全本全注全译丛书

中华经典名著

张亚新◎译注

玉台新咏 上

中華書局

图书在版编目(CIP)数据

玉台新咏/张亚新译注. —北京:中华书局,2021. 5(2022.2重印)
(中华经典名著全本全注全译丛书)
ISBN 978-7-101-15149-7

Ⅰ.玉… Ⅱ.张… Ⅲ.古典诗歌-诗集-中国 Ⅳ.I222

中国版本图书馆 CIP 数据核字(2021)第 060923 号

书　　名	玉台新咏(全二册)
译 注 者	张亚新
丛 书 名	中华经典名著全本全注全译丛书
责任编辑	刘胜利　肖帅帅
出版发行	中华书局 (北京市丰台区太平桥西里 38 号　100073) http://www.zhbc.com.cn E-mail:zhbc@zhbc.com.cn
印　　刷	北京市白帆印务有限公司
版　　次	2021 年 5 月北京第 1 版 2022 年 2 月北京第 2 次印刷
规　　格	开本/880×1230 毫米　1/32 印张 46½　字数 800 千字
印　　数	8001-14000 册
国际书号	ISBN 978-7-101-15149-7
定　　价	116.00 元

总目

上册

下册

目录

上册

卷二

卷三

卷四

卷六

前言

据《隋书·经籍志》，我国唐以前的诗歌总集，计有《诗经》《楚辞》《古诗集》《六代诗集钞》《今诗英》《古今诗苑英华》《众诗英华》《玉台新咏》《文林馆诗府》《古乐府》等多部。但除《诗经》《楚辞》《玉台新咏》外，其余皆已亡佚。南朝时期是诗歌史上总集编纂的一个鼎盛时期，前述总集除《诗经》《楚辞》外，都编撰于南朝时期，而其时编纂的众多总集皆已亡佚，仅得一部《玉台新咏》流传至今，可以说是硕果仅存。

一

《隋书·经籍志》云："《玉台新咏》十卷，徐陵撰。"新旧《唐书》等史籍、《郡斋读书志》《千顷堂书目》等公私书目著录与此相同；在留存至今的《玉台新咏》诸本中，被梁启超推为"人间最善本"的明代赵均小宛堂覆宋本，也在书前明标"陈尚书左仆射太子少傅东海徐陵字孝穆撰"；可见，《玉台新咏》的编者为徐陵，在学界已为共识。

徐陵（507—583），字孝穆，东海郯（今山东郯城）人。其父徐摛，初为晋安王萧纲侍读，中大通三年（531）萧纲被立为太子后，转家令，兼掌管记。出为新安太守，回建康（今江苏南京）后授中庶子，迁太子左卫率，深得萧纲宠信。萧纲即位为简文帝，在侯景乱中被幽禁，感气疾而卒。徐陵为徐摛长子，早年随父在萧纲幕中任职，参宁蛮府军事。萧纲被立为太子后,任东宫学士,不久迁尚书度支郎。出为上虞令,时御史中丞刘孝仪与徐陵有隙,风闻徐陵在县赃污,劾之,被免。久之起用,迁通直散骑侍郎、镇西湘东王中记室参军。太清二年(548),出使东魏,值侯景乱起,滞留邺城(今河北临漳西南)。北齐代东魏,梁湘东王萧绎称制于江陵,为元帝,复通使于北齐,徐陵屡求南归,不得。梁承圣三年(554),西魏攻克江陵,杀元帝,北齐送梁贞阳侯萧渊明南返为梁帝,徐陵才得随萧渊明返回建康(今江苏南京),任尚书吏部郎。绍泰二年(556),又出使北齐,返回后任给事黄门侍郎、秘书监。太平二年(557),陈霸先代梁自立,是为陈武帝。徐陵仕陈,历任太府卿、五兵尚书、散骑常侍、御史中丞、吏部尚书、领大著作、尚书左仆射、中书监、左光禄大夫、太子少傅等职,于至德元年(583)卒。其传在《陈书》卷二十六、《南史》卷六十二。

据《梁书》卷三十《徐摛传》,徐摛"幼而好学,及长,遍览经史"。梁武帝萧衍曾以《五经》大义、历代史及百家杂说、释教相询,徐摛"商较纵横,应答如响",萧衍"甚加叹异"。生长在这样的家庭中,徐陵因此从小就受到良好的教育。《陈书》本传载,徐陵"八岁,能属文。十二,通《庄》《老》义。既长,博涉史籍,纵横有口辩"。在东宫,诗文与庾信齐名,世号"徐庾体","当时后进,竞相模范,每有一文,京都莫不传诵"(《周书》卷四十一《庾信传》)。入陈,"文檄军书及禅授诏策,皆陵所制","为一代文宗"。"世祖、高宗之世,国家有大手笔,皆陵草之。其文颇变旧体,缉裁巧密,多有新意。每一文出手,好事者已传写成诵,遂被之华夷,家藏其本"(《陈书》本传)。可见,在梁、陈两代,徐陵都是文坛的领袖人物,其诗文创作取得了很高的成就,在当时具有极大的影响。

二

用现代的眼光看来,诗之作为诗,它必须具有两大美质:从内容来说,它必须是抒情的,能够以情感人;从形式来说,它能给人以美感,特别是，由于诗的语言是诗的物质外壳，是直接诉诸观者的视觉和听者的听觉的，它就更应当是美的。对于诗歌的这个特点，古今人的认识其实是相通的，只不过人们最初的认识是并不明确、自觉的，或者说绝大多数人的认识是并不明确、自觉的。从并不明确、自觉到比较明确、自觉，经历了一个漫长而曲折的过程。

在我国最早的一部历史文献《尚书·尧典》中，有“诗言志，歌永言。声依永，律和声”之说，其中的“诗言志”，被朱自清认为是中国历代诗论的“开山的纲领”（《诗言志辨序》）。对“诗言志”中的“志”，古人曾有不同的理解。一是把“志”理解为“意”，如汉人许慎《说文解字》：“志，意也。”一是把“志”理解为“情”，如《左传·昭公二十五年》载子产之言曰：“民有好恶、喜怒、哀乐，生于六气，是故审则宜类，以制六志。”杜预注：“为礼以制好恶、喜怒、哀乐六志，使不过节。”显然，这里所说的“六志”，指的就是“六情”。应当说，“意”与“情”在思维活动及创作实践中是不太可能截然加以分割的；但另一方面，两者确又存在着区别，特别是在将“志”理解为“思想”的时候。这样也就产生了一个问题：由于对“志”的理解不同，从不同的立场、角度乃至需要出发，对诗歌的特点也就有了不同的认识，同时对诗歌创作也就提出了不同的要求。

先秦时期，由于儒家看重政治教化，往往将“志”理解为志意、思想，而对诗歌抒发情感、以情动人的特点缺乏认识。到了汉代，特别是在汉武帝“罢黜百家，独尊儒术”之后，志意、思想更被强调到极端的地步。儒家诗论的纲领《诗大序》虽有“吟咏情性”之说，但又同时给它附加了三个条件：一是要“美盛德之形容”，即要赞美统治阶级的“盛德”。二是要“吟咏情性，以风其上”，“上以风化下，下以风刺上”，发挥“正得失，动天地，感鬼神”，“经夫妇，成孝敬，厚人伦，美教化，移风俗”的政治功用和伦理道德功用。三是要“发乎情，止乎礼义”，即用儒家的伦理道德来规范、限制情性。这样一来，诗歌的功能在实际上就只剩下社会功能，社会功能也只剩下“美”“刺”两端，而其审美功能、抒情的特点及其应当具有的语言美,就在有意无意间被忽略乃至否定了。

东汉末年,由于各种社会矛盾趋于激化,统一的中央政权解体,儒家思想逐渐失去维系人心的力量而走向衰颓,于是出现了一个思想活跃的局面,诗歌的特点也开始有意识地被重新审视。曹丕在《典论·论文》中提出了"诗赋欲丽"的命题,所谓"丽",指文辞的华丽,曹丕说"诗赋欲丽",表明他对作为一种语言艺术的诗歌的特征有了比较明确的认识。

东汉以后,人们对诗歌的特征有了更为全面、深刻的认识。陆机在其《文赋》中,提出了"诗缘情而绮靡"的命题。所谓"诗缘情",即谓诗歌乃因情而作,第一次明确地强调了"情"对于诗歌的重要性;所谓"绮靡",《文选》李善注为"精妙之言",即语言要精美,要有文采。从《文赋》"其会意也尚巧,其遣言也贵妍。暨音声之迭代,若五色之相宣","或藻思绮合,清丽千眠。炳若缛绣,凄若繁弦"等论述看,陆机所说的"绮靡",是包括了文辞的色泽、声律、骈偶、用典等诸多方面的,对诗歌语言美的认识,可以说已经相当全面了。

到了南朝,人们的思想进一步走向开放,对情性的追求也更加大胆,在这方面梁简文帝萧纲与梁元帝萧绎的看法可能是最突出、最具有代表性的了。萧纲在《诫当阳公大心书》中说:"立身之道与文章异。立身先须谨重,文章且须放荡。"明确地提出了为人与为文不必一致的二元化主张。所谓"立身先须谨重",即要注意自身的道德修养,讲究做人的规矩,不得放荡;而为文则不一样,不仅不必"谨重",而且还须"放荡"。这里所说的"放荡",乃与"谨重"相对而言,是通脱随便、不受拘束的意思。萧纲的弟弟萧绎也发表了与萧纲相似的见解,他在《金楼子·立言》中,将作为抒发性灵的"文"与作为实用文体的"笔"作了严格区分,认为"吟咏风谣,流连哀思者谓之文",而且认为:"至如文者,维须绮縠纷披,宫徵靡曼,唇吻适会,情灵摇荡。"不难看出,萧绎所理解的"文"的特征,包括情感、词采、声韵三个方面,这个"文"已与我们今天所说的纯文学大致相当,代表了当时对于抒情文学,特别是诗歌审美特征认识的最高水平。

在萧纲、萧绎等人的带动、影响和推动下，一种体现了当时人们对于诗歌特征的新认识、具有鲜明时代特色的新诗体即宫体应运而生。

三

“宫体”之名，最早见于《梁书》卷四《简文帝纪》：“（简文帝）雅好题诗，其序云：‘余七岁有诗癖，长而不倦。’然伤于轻艳，当时号曰‘宫体’。”

又《南史》卷八《梁本纪论》：“简文文明之姿，禀乎天授。……宫体所传，且变朝野。”

又《梁书》卷三十《徐摛传》：“属文好为新变，不拘旧体。……摛文体既别，春坊尽学之，‘宫体’之号，自斯而起。”

又《隋书·经籍志·集部总论》：“梁简文之在东宫，亦好篇什，清辞巧制，止乎衽席之间，雕琢蔓藻，思极闺闱之内。后生好事，递相仿习，朝野纷纷，号为宫体。流宕不已，讫于丧亡。”

又杜确《岑嘉州诗序》：“梁简文帝及庾肩吾之属，始为轻浮绮靡之辞，名曰‘宫体’，自后沿袭，务为妖艳。”

不难看出，“宫体”的所谓“宫”，指太子所居的东宫（也称“春坊”），所谓“宫体”，即在宫中流行的诗体。从上面的论述，可知宫体的特色主要是：内容多表现女子的生活和情思，“思极闺闱之内”，甚至有“止乎衽席之间”者；形式上追求声律，讲求对偶，雕琢辞藻，驰逐新巧，崇尚丽靡，形成了一种绮艳柔媚的风格。宫体不仅与汉魏时期的古体诗迥异其面，就是与南朝宋以来的元嘉体、永明体相比，也有了很大的不同，确实是“好为新变，不拘旧体”的产物。

宫体因东宫而得名，但其形成却在萧纲入主东宫之前，其真正的开创者是徐摛和庾肩吾。徐摛和庾肩吾都是长期追随萧纲的人物。徐摛是在天监八年（509）萧纲以晋安王、云麾将军身份出戍石头城时为萧纲侍读的，其时萧纲还是一个只有六岁的孩子，萧纲自称“余七岁有诗癖，长而不倦”,可以认为这“诗癖”是在徐摛耳提面命的教诲和影响下形成的,其审美取向必然与“属文好为新变”的徐摛趋同。庾肩吾是著名诗人庾信之父,在当时最为讲究声律的调谐和字句的琢炼。他进入萧纲王府的时间,应与徐摛相去不远,在长期的伴随中对萧纲自也会产生不小影响。除徐摛、庾肩吾外,在萧纲身边还聚集了大批文人,如任雍州刺史时,徐摛、庾肩吾被命与刘孝威、江伯摇等八人抄撰众籍,丰其果馔,号高斋学士。刘遵、陆罩、刘孝仪、王台卿等人也曾先后被萧纲所赏接。萧纲入主东宫后,所倚重的大抵还是他在藩镇时追随在他身边的以徐摛、徐陵父子和庾肩吾、庾信父子为代表的一批文人,大家相互影响和唱和,从而使宫体得以最后确立。

萧纲对于宫体的追求,还得到了乃父梁武帝萧衍的认可,得到了他的弟弟萧纶、萧纪等的支持。南朝的帝王大都喜欢网罗文学之士,尤以梁武帝父子最为突出。而当时的文学之士由于入仕缺乏稳定的制度上的保证,也往往乐于依附皇帝及诸王,因此梁武帝父子的好尚,对他们自然会产生不可抗拒的影响,于是宫体在不算太长的时间内形成了“递相仿习”、风靡朝野的局面。

四

就在宫体诗创作的鼎盛时期,徐陵奉萧纲之命编撰了一部诗歌总集,即《玉台新咏》。《文选》陆机《塘上行》:“发藻玉台下,垂影沧浪泉。”刘良注:“玉台,以玉饰台。”又《文选》张衡《西京赋》有“西有玉台,联以昆德”之句,薛综注指“玉台”为“台名”。这里借指东宫。全书共十卷。所收诗作数量,由于有的将一首分作数章的诗算作一首,而有的却算作数首,因此造成统计数字不一,如赵均《玉台新咏跋》云:“凡为十卷,得诗七百六十九篇。世所通行妄增,又几二百。”吴兆宜《序》则云:“孝穆所选诗凡八百七十章……宋刻不收者一百七十有九。”现依通行标准计算,则宋刻本加上郑玄抚等明刻本所增,共收自汉迄梁的诗840首(张衡

《四愁诗》、傅玄及张载的《拟四愁诗》均算作四首），其中有署名的作者134人，诗793首，无名氏作者的诗47首，宋刻本未收的诗179首。

关于《玉台新咏》编纂的时间，赵均《跋》云："此本则简文尚称皇太子，元帝亦称湘东王，可以明证。惟武帝之署梁朝，孝穆之列陈衔，并独不称名，此一经其子姓书，一为后人更定无疑也。"即认为书编成于萧纲尚为太子时，其时徐陵为东宫学士。此说大体得到学界的认同。《玉台新咏》十卷，前六卷所收为已故诗人的作品，大体按诗人卒年先后为排列顺序；卷七、卷八所收则为尚在世诗人的作品，其中卷七为梁武帝父子的作品，以父子兄弟为序，卷八为梁朝群臣的作品，大抵以其官职为序。曹道衡、沈玉成认为："卷五、六所收已为入梁的作家。如果不是已做古人，绝无排列在梁武帝父子之前的理由。从卷六中最晚卒的作家何思澄大约卒于中大通五、六年，卷八中最早卒的作家刘遵卒于大同元年，由此可以断定《玉台新咏》的成书当在中大通六年前后。"（《南北朝文学史》）其时萧纲不过三十一、二岁，入主东宫才约四年。

关于《玉台新咏》的内容，徐陵自序云："撰录艳歌，凡为十卷。"即说明所收录的皆为"艳歌"。又据前引《隋书·经籍志·集部总论》，所收皆为"止乎衽席之间""思极闺闱之内"之作。胡应麟《诗薮》外编卷二则云："《玉台》但辑闺房一体。"此三说皆有道理，而从所收作品的实际看，胡应麟所说更具代表性，即所收皆为表现女性闺房及男女之情的作品。

关于编纂《玉台新咏》的目的，据徐陵自序，是为了供后宫喜欢"新诗"的妃嫔宫女们读书作文、排遣寂寞之用。由于"往世名篇，当今巧制，分诸麟阁，散在鸿都"，颇不方便"披览"，因而才决定编撰此书。唐人刘肃《大唐新语·公直》则提供了另一种说法："梁简文帝为太子，好作艳诗，境内化之，浸以成俗，谓之宫体。晚年改作，追之不及，乃令徐陵撰《玉台集》以大其体。"刘肃所说不知所据为何。如前所说，此书若编于中大通六年（534）前后，则其时萧纲尚不能被称作"晚年"。萧纲为因写作宫体而后悔,“追之不及”而欲“改作”之,尚找不出相关史料支持这种说法。至于“以大其体”,不知所指为何。《玉台新咏》前六卷选录了不少自汉以来诗风大体古朴,而与“艳诗”渊源有关的作品,其目的也许在表明宫体其来有自,以标榜其正当性,并借以壮大声势,不知这是否即“以大其体”的含义?总之,其编纂目的还是以徐陵自序所说较为切实、可信。甚至不妨认为,编纂《玉台新咏》的目的,是要对宫体创作的时风和宫体创作的实绩作一总结、展示和肯定,同时发挥其示范和引领的作用,不然,对宫体后来进一步的发展和泛滥就难以作出合乎情理的解释。

五

由于宫体诗多为“艳诗”,多为“思极闺闱之内”“止乎衽席之间”之作,风格又“伤于轻艳”,因此历来颇遭非议。《隋书·文学传序》云:“梁自大同之后,雅道沦缺,渐乖典则,争驰新巧。简文、湘东,启其淫放,徐陵、庾信,分路扬镳。其意浅而繁,其文匿而彩,词尚轻险,情多哀思。格以延陵之听,盖亦亡国之音乎!”所评虽为“大同之后”的作品,但毋庸置疑是就宫体的整体而言,这里将其斥为“亡国之音”,可以说是十分严厉的批评。作为收录宫体的《玉台新咏》,自也不免受到牵累,在一个漫长的时期中受到轻慢乃至非议。儒家思想在中国历史上长期占据统治地位,站在正统儒家思想的立场,特别是站在理学家的立场来看待宫体及《玉台新咏》,其可非议的地方自会不少。但一代有一代之文学,一代有一代之审美观及审美标准。在今天看来,宫体自有其值得肯定之处,《玉台新咏》更有其不可轻忽的价值。以下几点是值得特别指出的:

(一)《玉台新咏》是我国诗歌史上女性题材诗歌的第一次大汇集、大展览,这不仅在当时是空前的,后世的同类集子也罕有能与之匹敌者。从内容看,其可注意和肯定者有三:一是从多方面、多角度表现了古代妇女的生活,真切、细腻地表现了她们的思想和情感,展示了她们孤独的守望、难耐的寂寞、无尽的悲凄和深沉的哀怨，对她们的种种不幸给予了关注和同情。二是大胆地表现、赞美了女性之美，包括她们的天生丽质之美、一颦一笑之美、歌容舞态之美及妆容服饰之美等。女性美本来就是世间一种客观存在且不可或缺的美，它理所当然地应当成为人们表现、欣赏的对象，《玉台新咏》中的作品大胆地涉足这一领域，以强有力的方式为人们提供了新的审美类型，这无疑很有必要、很有意义。三是大胆地表现了对于女性的欣赏和爱慕。自西汉董仲舒提出"三纲五常"的说教以来，人们的思想常被名教礼法思想所束缚，即使是正常的欲念也常要深自压抑，对男女之情极为正常的表现也常被视作禁区，《玉台新咏》对此予以突破，具有反封建的正面意义。

（二）《玉台新咏》卷一至卷四所收为自汉至南朝齐的作品，卷九所收为以七言为主的杂体诗，其中有不少内容雅正、诗风古朴的作品，比如来自民间的《汉桓帝时童谣歌》《日出东南隅行》（又作《陌上桑》）、《古诗为焦仲卿妻作》及阮籍《咏怀》、左思《娇女诗》、鲍照《玩月城西门》等。在卷五、卷六所收梁诗中，也有不少诗风与此类似，比如江淹《古体四首》、吴均《与柳恽相赠答六首》等。把这些诗划入"艳诗"的范畴显然不妥。它们之所以被选入《玉台新咏》，只是因为它们也描写了女性，也表现了男女之情，如胡应麟所云："《玉台》所集，于汉、魏、六朝无所诠择，凡言情则录之。"（《诗薮》外编卷二）就数量而言，这一类诗在《玉台新咏》中要占到多数；换言之，《玉台新咏》中的多数作品不能被视作艳诗。这些不能被视作艳诗的作品，与《诗经》中的相关作品在精神、风格上是一脉相传的，故陈玉父《跋》云："若其他变风化雅，谓'岂无膏沐，谁适为容''终朝采绿，不盈一掬'之类，以此集揆之，语意未大异也。"《四库全书总目提要》更云：此书"虽皆取绮罗脂粉之词，而去古未远，犹有讲于温柔敦厚之遗，未可概以淫艳斥之"。这样的看法，无疑是实事求是的。

（三）那么，地道的宫体诗是否就可一概以"淫艳"视之、斥之呢？

其实也不能。萧纲是宫体最具代表性的诗人,《玉台新咏》共收其诗109首(其中卷七70首,卷九14首,卷十25首),是所有诗人中收诗最多的一位。但综观其诗作,虽总的说来题材较琐屑,文辞较绮艳,格调不够高,但真正读来让人觉得不堪的作品却几乎没有。兹以历来最遭诟病的《咏内人昼眠》(此诗为宋刻本未收作品)为例。该诗历来被视作宫体诗中之最"艳"者,以"轻薄"视之者有之,以"色情""肉欲"视之者亦有之。诗篇其实是描写一个青年女性的睡态美,她的丈夫站在一旁,欣赏她的睡态和美貌,有感而作了此诗。对女性睡眠时体态、情景的描写十分细腻,特别是"梦笑开娇靥,眠鬟压落花。簟文生玉腕,香汗浸红纱"四句,"纤曲尽态"(陈祚明《采菽堂古诗选》卷二十二),尤为突出。过于迫近、直接、具体地描写女性的睡姿,缺少含蓄和寄托。不过,以"色情""肉欲"视之,也有判罚过当之嫌。尤可注意的是,萧纲的一些诗还具有积极的思想倾向和情感倾向。如《从顿暂还城》虽有"舞观""歌台"这些宫体中常见的语句,但也颇有些在边塞诗中常见的雄浑气象和豪迈精神。"持此横行去,谁念守空床",一反它诗绮靡哀婉的情调,有南北音合流之象。《和人以妾换马》咏人以爱妾换马,实代女子表达了内心的哀怨、痛苦和愤激,能看出诗人内心有同情女性、理解女性的一面。类似的作品,在宫体诗中并不鲜见。

(四)南朝时期,"追新求变"在诗坛是一种显得十分突出的风气,萧纲、萧绎、庾肩吾、徐摛等人无不把"新变"当作自己追求的目标。徐陵"其文颇变旧体,缉裁巧密,多有新意",对"新变"也有一股刻意追求的劲头。《玉台新咏》书名题作"新咏",其自序言及音乐曰"新曲""新声",言及诗歌曰"新制""新诗",其属意于"新",十分显然。宫体诗人刻意追新,由此带来诗坛日新月异的变化。其主要表现就是:诗人们不再接受任何名教礼法思想框框套套的束缚,大胆地表现女性和闺情,抒写自己的真性情;更广泛地将永明声律理论运用于创作实践,将其向精细化的方向推进;更加追求辞藻之美;更多地运用七言歌行和五言古绝这两种新的体式进行创作。其中最为根本的，是实现了文学观念的自觉，文学与非文学的界限从此有了一个清晰的划分，诗歌由功利转向非功利，从而涌现出大批真实地表现个人的喜怒哀乐、辞藻华美、声韵谐协、对偶精整、以审美价值为依归的作品，古代诗歌由此进入了一个新的发展阶段。因此，《玉台新咏》实为当时诗坛新变潮流的产物，反映了当时诗歌发展的新趋向、新成就。

（五）与此同时，《玉台新咏》显示诗人们对诗歌表现技巧的刻意追求也进入了一个前所未有的阶段。所收作品不少十分讲究描写的精致工细、表现的新奇工巧。如萧纲的《春日》描绘春日美景，可谓刻绘如画。“桃含可怜紫，柳发断肠青”二句，将春日具有特征性的景物之美表现到极致，同时融情入景，将诗人对春日景物发自内心的喜爱之情表现到极致，可拈为“有我之境，以我观物，故物皆著我之色彩”（王国维《人间词话》卷上）之例。“落花随燕入，游丝带蝶惊”二句，既出神入化，又自然天成，故王夫之评云：“得之空灵，出之自然。”（《古诗评选》卷六）注意在艺术表现和艺术技巧上下功夫，这对促进诗歌艺术特别是诗歌表现技巧的发展和进步，无疑具有积极意义。此外，不少作品题材虽显得琐细，但却体现了诗人们从日常生活中发现诗意和诗美的能力，这对促进诗歌题材的生活化、世俗化，对拓展诗歌的表现功能和表现领域也会发挥积极作用。

（六）除《玉台新咏》外，在南朝时期产生的文学总集流传至今的尚有萧纲之兄萧统负责编撰的《文选》，亦称《昭明文选》。《文选》问世后，由于其内容丰富，风格文质兼具，因此长期以来受到人们重视，成为人们学习汉魏六朝文学的主要读物，研究《文选》的也代不乏人，以致《文选》研究成为一门专门学问，即所谓“选学”。而《玉台新咏》“则在若隐若显间，其不亡者幸也”（纪容舒《玉台新咏考异序》），其命运与之相去甚远。但实际上，两书各有所长，可以互补。仅略举数端。其一，《文选》共收作品700多篇，但却是诗歌、辞赋和各体文章兼收并蓄，因此所收诗作数量远不如《玉台新咏》。据统计,两书同收的作品仅69篇,因此《玉台新咏》更多地收录了汉以来的作品,其中不少作品赖《玉台新咏》才得以留存至今。如著名的《古诗为焦仲卿妻作》,又如“曹植《弃妇篇》、庾信《七夕诗》,今本集皆失载,据此可补阙佚”(《四库全书总目提要》)。还有鲍令晖、许瑶等本来就无集传世的诗人,如果没有《玉台新咏》,他们的作品极有可能会完全湮没无闻。又,《文选》不收生人的作品,而《玉台新咏》不拒生人作品,因此保存了大量梁代(特别是梁中期)作品,从而形成了独一无二的优势。其二,由于《文选》以“雅正”为收录标准,因此许多被编者认为“俗艳”的作品(包括乐府民歌及文人的拟作乐府)被排除在外,而《玉台新咏》却予大量收录,这才使我们获得了将这两个方面的作品结合起来,一睹当时诗歌创作全貌的机会。其三,与《文选》相比,《玉台新咏》更注重对产生于南齐永明年间及其以后的新体诗的收录,特别是收录了大量短诗,其中五言四句的小诗还专门辑成了一卷,共185首,而《文选》收录短诗很少,五言四句的小诗一首也没有收录。其四,由于《玉台新咏》所收诗作较多,因此可较充分地发挥其补阙佚、资考证的功用。如“冯惟讷《诗纪》载苏伯玉妻《盘中诗》作汉人,据此知为晋代。梅鼎祚《诗乘》载苏武妻《答外诗》,据此知为魏文帝作”(同前)。还有大量作品虽也为其他总集及诗人别集所收录,但文字常有不一致处,《玉台新咏》可在考订异同、辨析真伪方面发挥作用。

(七)《玉台新咏》在编纂体例方面也有其特色。其前八卷为自汉至梁的五言诗,第九卷为七言歌行,第十卷为五言四句的小诗,其中前六卷及卷九、十两卷均大体依作者卒年及时代先后排列,于此可睹历代诗歌的发展轨迹及其盛衰之变,特别是如梁启超所云:“欲观六代哀艳之作及其渊源所自,必于是焉。”梁启超因此对《玉台新咏》大为肯定,说:“故吾于此二选(按指《文选》及《玉台新咏》),宁右孝穆而左昭明,右其善志流别而已。”(《玉台新咏跋》)各体诗歌分卷收录,对了解各体诗歌的发展轨迹自也大有好处。此外,《玉台新咏》一改《文选》不收生人作品的成例,大收生人作品,其中萧纲作品竟多达109首,可以说充分体现了详今略古乃至厚今薄古的原则,在当时具有开创的意义。

总之,无论宫体还是《玉台新咏》,都有其不可轻忽的价值。当然,两者也都存在这样那样的不足。就《玉台新咏》而言,虽然"但辑闺房一体"无可非议,但同一题材、同一风格的作品读多了就难免不给人以"千人一面"之感,何况其中确有取材较为琐细、内容缺少含蕴、格调不够高、风格过于轻靡的作品,因此对作品的取舍并非无可指摘。在编排、诗题、作者归属等方面也存在一些问题。比如在编排方面,卷九将《越人歌》置于《东飞伯劳歌》和《河中之水歌》之后,明显地是自乱其例。自明本增益作品之后,同一诗人的作品,甚至同题之作常被分列两处,如卷五同为江淹《杂体三十首》中作品,其中四首列于前,一首列于后,不免给人以凌乱之感。诸如此类。

六

《玉台新咏》的版本情况较为复杂,所幸刘跃进教授的《玉台新咏研究》(中华书局2000年版)和傅刚教授的《〈玉台新咏〉与南朝文学》(中华书局2018年版)对此作了颇为系统、深入的研究,为我们了解和认识此问题提供了极大方便。

大概由于不被重视,《玉台新咏》唐及唐前没有写本存世,明前没有刻本存世。现能见到的最早的传世版本是敦煌唐写本残卷,收于《鸣沙石室古籍丛残》。据罗振玉《雪堂校刊群书叙录》,该本"起张华《情诗》第五篇,讫《王明君辞》,存五十一行。前后尚有残字七行"。宋已有刻本,但未能留存至今,但能见到明翻刻本,宋刻本陈玉父《玉台新咏后叙》即见于明五云溪馆铜活字本、万历张嗣修巾箱本(此本或已失传,现在能见到的为康熙四十六年刻本)和崇祯寒山赵均小宛堂覆宋本,显示这三种本子的底本当都为陈玉父宋刻本。

明清两代,《玉台新咏》版本频出,除上面已提到的三种外,尚有嘉靖间徐学谟刻本、嘉靖十九年郑玄抚刻本、嘉靖二十二年张世美刻本、万历七年茅元祯刻本、天启二年沈逢春刻本、汲古阁本、崇祯二年冯班钞本、明陈垣芳刻本、清钞本、清初钞本、康熙四十六年孟璟据明万历张嗣修钞校本刻本、康熙五十三年冯鳌刻本、乾隆二十六年保元堂本、乾隆三十九年纪昀校正本、乾隆三十九年吴兆宜注程琰删补本、嘉庆十六年翁心存影钞冯知十影宋钞本、梁章钜《玉台新咏定本》、清芬堂丛书本、光绪五年宏达堂本、光绪十二年抱芳阁本等。进入民国后,尚有民国十一年徐乃昌刻本、《四部丛刊》影印本等。

在以上所列诸本中,以赵均小宛堂覆宋本最受学者重视。《四库全书总目提要》:"此本为赵宧光家所传宋刻,有嘉定乙亥永嘉陈玉父重刻跋,最为完善。"梁启超《玉台新咏跋》:"赵氏小宛堂本据宋刻审校,汰其羼续,积余重刻,更并雠诸本,附以札记,盖人间最善本矣。"张尔田《玉台新咏跋》:"今宋本已罕见,无以核其异同,则赵刻要为天壤祖本矣。"傅刚云:"我自己通过对《玉台新咏》版本的调查,认为赵氏覆宋本是最合于徐陵原貌的版本。"傅刚经认真研究,认为赵氏覆宋本有初刻初印本、初刻修板印本和补板修字印本(此本为文学古籍刊行社1955年影印所据本子)三种本子,以"第二次印本堪称最为精善"。

据刘跃进研究,明清版本"大体上不出陈玉父刻本和郑玄抚刻本这两个版本系统"。赵均小宛堂覆宋本、五云溪馆本、张嗣修巾箱本属于陈玉父刻本系统,茅元祯刻本、张世美刻本、汲古阁刻本则属于郑玄抚刻本系统。还有属于某些刻本的子系统,如康熙刻本、抱芳阁本、清芬堂本属于张嗣修巾箱本这个子系统,沈逢春刻本、陈垣芳刻本属于茅元祯刻本这个子系统等。

傅刚则认为:"《玉台新咏》版本存有两个系统:一是宋陈玉父系统,包括赵均覆宋本、孟璟刻本、五云溪馆铜活字本,一是明通行本系统,包括徐学谟本、郑玄抚本、张世美本、茅元祯本、沈逢春本等,这两个系统最大的区别是梁武帝父子作品排卷以及萧纲、萧绎的署名问题。”

《玉台新咏》明清时期版本不少，但注本只有吴兆宜一家。傅刚认为：“吴兆宜最初用通行本作底本注释，后来应该是发现了赵氏覆宋本，当时的学术界都认为赵氏覆宋本最合徐陵原貌，因此吴兆宜便将底本改为赵氏覆宋本。”吴兆宜注引证颇为赅博，并将明人所增益的作品退归每卷之末，注明“已下诸诗，宋刻不收”。由于吴兆宜注时有繁而失当之处及其他舛误，程琰又特予删补，将“讹者悉正，且删繁补阙，参以评点，洵为善本”（阮学濬《玉台新咏跋》），竣稿后于清乾隆三十九年（1774）刊行。无论是吴兆宜的注本还是程琰的删补本，前人都颇表肯定，如民国时期黄芸楣曾云：“《新咏》之有吴兆宜注，殆犹《文选》之有李注乎！程琰删补，只字单辞，必求依据，雠勘之功，亦不可灭云。”（《玉台新咏叙》）

由于“《玉台新咏》自明代以来刊本不一，非惟字句异同，即所载诸诗亦复参差不一”，于是纪容舒“详为校正，各加按语于简端，以补其所遗”（《四库全书总目提要》），遂有了《玉台新咏考异》十卷。该书参校诸书，确实校正了诸本不少错误。邵懿辰《增订四库简明目录标注》云《考异》实为纪昀所撰，因某种原因而“归之于父也”。刘跃进经过考证，认为此说可信。

1985年6月，中华书局排印出版了穆克宏点校本《玉台新咏笺注》。该书以乾隆三十九年（1774）刊行的程琰删补本为底本，并以赵均覆宋本、五云溪馆本、纪容舒《考异》和《太平御览》等类书参校，有参考价值的异文皆出校记，能够断定讹误的在校记中予以说明，但不径改原文。书后除附有原书十二篇序跋外，又辑补了二十八篇序跋，颇便于研究者参考。

傅刚的《〈玉台新咏〉与南朝文学》，分为上、下两编。下编《〈玉台新咏〉校笺》（不出作品全文，宋刻不收者不校笺）是近年来《玉台新咏》整理、校笺的最重要成果。该《校笺》以赵氏覆宋陈玉父本做底本，以清人笺校考释为考察对象，以清人所参考利用的明代版本为主要的参校本，并以清代以前各总集、类书、别集等参考、参校。这项工作耗时十余年，作者"爬梳剔抉，参互考寻"（《宋史·律历志》），可以说是不遗余力。比如，由于《文选》与《玉台新咏》关系最近，二书所选作品相同者最多，因此作者所采用的《文选》李善注、五臣注、六臣注等各种版本竟多达十余种，除刻本外还兼及写钞本，如日本藏九条家本等。作者向来重视版本研究，通过版本研究发现了许多问题，写成系列论文发表，从而大大推进、深化了对于《玉台新咏》的研究。

七

（一）本书译注原文所依从的本子，为穆克宏点校本《玉台新咏笺注》，各本《玉台新咏》所存在的异文，则参照、利用傅刚《校笺》所取得的成果。由于傅刚《校笺》不校宋刻不收者，所以本书仍在穆克宏《笺注》的基础上作了一些必要的校勘工作，引为校本的是宋以前比较有代表性的总集和类书，主要有以下几种：

1.《文选》，（南朝梁）萧统编，（唐）李善注，中华书局1977年影印胡克家重刊宋尤袤本。

2.《宋刊明州本六臣注文选》，（唐）李善、吕延济、刘良、张铣、吕向、李周翰注，日本足利学校藏，人民文学出版社2008年影印本。

3.《艺文类聚》，（唐）欧阳询等撰，上海古籍出版社1982年排印汪绍楹校订宋绍兴刻本。

4.《初学记》，（唐）徐坚等撰，中华书局1962年版。

5.《太平御览》，（宋）李昉等撰，台湾商务印书馆1986年影印文渊阁《四库全书》本。

6.《文苑英华》，（宋）李昉等编，中华书局1966影印宋、明刊本（其中宋刊140卷，明刊860卷）。

7.《乐府诗集》，（宋）郭茂倩编，中华书局1979年点校本。

有参考价值的异文，都在注文中标出。能够断定讹误或明显不妥的，为与译文保持一致，径改原文，并在注文中加以说明。所发现的异文同时见于他本《玉台新咏》者，为避烦琐，不再标列。但未曾发现的异文在他本中出现，则以引用傅刚《校笺》相关文字的方式予以标列。傅刚《校笺》引用纪容舒《考异》文字如有所取，也用此种方式处理。傅刚《校笺》所用参校诸本的简称为：明五云溪馆活字本简称五云溪馆本，明徐学谟本简称徐本，明郑玄抚本简称郑本，明张世美本简称张本，明茅元祯本简称茅本，明沈逢春本简称沈本，赵氏覆宋本简称赵本，明冯舒冯班校、清冯鳌刻本简称冯鳌本，明陈垣芳刻本简称陈本，清康熙四十六年孟璟据明万历张嗣修钞校本刻本简称孟本。由于《文选》《艺文类聚》等总集、类书存在不同版本，在傅刚《校笺》中出现的他本异文酌情予以标列。除原文外，诗题也有存在异文的情况，均在"题解"中加以说明，有的应以异文为是，诗题做出相应的修改。

（二）全书除前言外，以作品为单位，分为"作者简介""题解""原文""注释""译文"五个部分，具体情况如下：

"作者简介"对作者的基本情况包括生卒年、所处朝代、主要经历、文学成就、创作特色等予以介绍，作品收录不只一篇者，其情况只在首次出现的作品"作者简介"中介绍，后以参见从略。

"题解"对该作品的创作背景、思想艺术特色，特别是在艺术上的特色予以分析说明。如有前人的适切评论，随文加以征引。力求突出重点、特点和难点，有话则长，无话则短，要言不烦，点到为止。书中有不少组诗，有的同为一题（如卷八王筠《春月二首》《秋夜二首》），或所咏为同一题材甚至同一件事（如卷九《汉成帝时童谣歌二首》），一般只写一个题解。有的是将若干首诗临时集为一组，既有一个总的题目，同时组内各诗又往往自有题目者（如卷一《古乐府诗六首》），一般每首诗都有题解。

"注释"主要注释较难理解的字、词（包括成语、双关语等）。因有译文，因此一般不再做句意的串讲，文字力求准确简明。前人旧注有价值者，酌予引录，尤其是对词义的训释，为保持原始面貌，避免走样，有前人训释者尽量予以引录，一词多义者则以己意断之而有所弃取。难认字加注拼音。

“译文”以白话诗的形式出现，以信、达、雅作为追求的目标，对“信”尤为看重。所谓“信”，就是忠实于诗的原意，目的在帮助读者更好地理解和欣赏原诗。译文一般只将字面的意思译出，用隐喻、象征、借景抒情等手法表达的“言外之意”“象外之象”原则上留给读者自己去揣摩、想象和构建，一般在字面意思之外也尽量不再额外增添修饰性的词语。译文除力求准确、流畅外，还力求表现出原诗的风格，传达出原诗的神韵。

（三）原书前有目录，但较简略，如卷一有《古诗八首》，但不出八首古诗的标题。为方便读者查阅，本书将每首诗的标题均一一列出，并将原书目录与书中正文标题不一致的地方加以统一。原书常将若干首诗临时集为一组，而在目录中以“杂诗×首”为字样标示。凡此字样在正文中未再出现者，本书一律予以删除，而将每首诗的标题一一列出。

（四）由于本套丛书定位为具有较高学术含量的中国传统文化经典文本的全本注译图书，因此本书努力将“准确”“谨严”作为追求的目标。凡引文必与原文核对，并标明出处，以方便读者查核。由于诗歌意旨多采用委婉、含蓄、融情于景、借景抒情的手法加以表现，特别是作品的形象、意象、意境中往往有着极为丰富但又令人难以捉摸、确定的蕴涵，因此给人们的解读留下了非常广阔的空间，提供了无限多样的可能性。但是，其解读实际上也有个准确不准确、到位不到位的问题，其判断的标准就是：读者所理解的东西是不是符合文本总体的指向性，是不是在文本所提供的客观材料和信息（主要是其语言文字及运用语言文字所构建的形象、意象、意境等）所规定的方向和范围之内。因此，本书对作品的解读注重从文本实际出发，绝不信马由缰、天马行空，绝不穿凿附会，力避对作品的曲解和误解。

无论题解、注释还是译文，或都存在疏漏乃至谬误之处，敬祈读者、方家不吝教正。

张亚新

2020年8月于北京玉渊潭畔

序

【题解】

本序《艺文类聚》卷五十五节引；又见《文苑英华》卷七百十二，题作《玉台新咏集序》。序文主旨在于说明编选《玉台新咏》的背景、内容及拟达到的目的。开头展示了宫阙的壮丽，宫中的豪华，接着描写了来自四面八方的后宫女子的生活情状和情绪，赞美了她们的“佳丽”，也赞美了她们的“才情”，同时对她们“优游少托，寂寞多闲”的境遇寄予了同情。作者认为，后宫女子“无怡神于暇景，惟属意于新诗。庶得代彼皋苏，微蠲愁疾”。但由于“往世名篇，当今巧制，分诸麟阁，散在鸿都”，颇不方便“披览”，因而决定“撰录艳歌，凡为十卷”，即编成本书。作者认为这部书与儒家经典、道家黄老神仙之书及当时某些颇有热度的赋作都不同，甚至有胜过一筹之处，能满足后宫女子的需要，得到她们的喜爱，对所编选的这部书表现出了强烈的自信。

序文既构思缜密，又跌宕有致，既辞藻绮艳，又气韵遒逸，而且几乎一句一典，对仗工整，音韵谐美，为六朝骈文中不可多得的作品。吴兆宜注引齐召南评语云：“云中彩凤，天上石麟，即此一序，惊才绝艳，妙绝人寰。序言‘倾国倾城，无双无对’，可谓自评其文。”许梿评云：“骈语至徐、庾，五色相宣，八音迭奏，可谓六朝之渤澥，唐代之津梁。而是篇尤为声偶兼到之作。炼格炼词，绮绾绣错，几于赤城千里霞矣。”（《六朝文絜笺注》卷八）近人也有“旖语闲情，极尽声偶，而中有跌宕”（钱基博《中国文学史》第三编《中古文学》）、“秾丽极矣，而骨格自峻”（高步瀛《南北朝文举要》）之评。

夫凌云概日[1]，由余之所未窥[2]；千门万户[3]，张衡之所曾赋[4]。周王璧台之上[5]，汉帝金屋之中[6]，玉树以珊瑚作枝[7]，珠帘以玳瑁为押[8]，其中有丽人焉。其人也，五陵豪族[9]，充选掖庭[10]；四姓良家[11]，驰名永巷[12]。亦有颍川、新市[13]，河间、观津[14]，本号娇娥[15]，曾名巧笑[16]。楚王宫里[17]，无不推其细腰[18]；卫国佳人[19]，俱言讶其纤手[20]。阅诗敦礼[21]，岂东邻之自媒[22]；婉约风流[23]，异西施之被教[24]。弟兄协律[25]，生小学歌[26]；少长河阳[27]，由来能舞[28]。琵琶新曲，无待石崇[29]；箜篌杂引[30]，非关曹植[31]。传鼓瑟于杨家[32]，得吹箫于秦女[33]。

【注释】

①夫：《艺文类聚》《文苑英华》无此字。凌云：高耸入云。又有台名陵（凌）云，在今河南洛阳东，魏文帝黄初二年（221）十二月建。《世说新语·巧艺》："陵云台楼观精巧，先称平众木轻重，然后造构，乃无锱铢相负揭。台虽高峻，常随风摇动，而终无倾倒之理。"《艺文类聚》卷六十二引杨龙骧《洛阳记》："陵云台高二十三丈，登之见孟津。"凌，《艺文类聚》作"陵"。概日：谓与日齐平。又，因与下句"千门万户"相对，"概日"也有可能为台名。《周书》卷六《武帝纪下》："（建德六年正月诏）或穿池运石，为山学海；或层台累构，概日凌云。"概，本为量粟麦时刮平斗斛的器具，引申指刮平。《管子·枢言》："釜鼓满则人概之，人满则天概之。"

②由余：秦穆公时西戎的使臣。《史记》卷五《秦本纪》："戎王使由余于秦。由余，其先晋人也，亡入戎，能晋言。闻缪（穆）公贤，故使由余观秦，秦缪（穆）公示以宫室、积聚。由余曰：'使鬼为之，

则劳神矣。使人为之,亦苦民矣。'”

③千门万户:形容宫殿的雄伟。《史记》卷三十八《封禅书》:“于是作建章宫,度为千门万户。”《文选》张衡《西京赋》:“天梁之宫,寔开高闱。……闬庭诡异,门千户万。”张铣注:“门千户万,言多也。”门、户,皆指门,两扇为门,一扇为户。

④张衡:字平子,东汉著名天文学家、文学家。善机巧,尤工于天文、阴阳、历算,作浑天仪。善为文,尤善辞赋,有《二京赋》(《西京赋》《东京赋》)传世。可参见卷一《同声歌一首》作者简介。赋:铺陈描写。

⑤周王:指周穆王。璧台:即重璧台。《穆天子传》卷六:“天子乃为之台,是曰重璧之台。”郭璞注:“言台状如垒璧。”按重璧台乃周穆王为其爱妃盛姬所建。

⑥汉帝:指汉武帝。《汉武故事》载:“(武帝)年四岁,立为胶东王。……数岁,公主抱置膝上,问曰:‘儿欲得妇否?’长主指左右长御百余人,皆云不用。指其女阿娇好否。笑对曰:“好!若得阿娇作妇,当作金屋贮之。’”

⑦玉树:以诸宝装饰的树。《艺文类聚》引《汉武故事》载,汉武帝曾于宫外起神明殿九间,“前庭植玉树,珊瑚为枝,以碧玉为叶,或青或赤,悉以珠玉为之,子皆空其中”。珊瑚:由热带海洋中的腔肠动物珊瑚虫分泌的石灰质骨骼聚集而成,形状多像树枝,多为红色,也有白色和黑色,可做装饰品。

⑧玳瑁(dài mào):一种产于热带及亚热带海中的龟状爬行动物,甲壳黄褐色,光润,可做装饰品。押:帘押,即帘轴。傅刚《校笺》:“五云溪馆本、徐本、郑本、茅本作‘柙’。”

⑨五陵:《文选》班固《西都赋》:“南望杜霸,北眺五陵。”李善注:“高帝葬长陵,惠帝葬安陵,景帝葬阳陵,武帝葬茂陵,昭帝葬平陵。”汉元帝前,每立陵墓,便将四方富家豪族和外戚迁至陵墓附

近居住，令供奉陵园，于是其地便成为豪族聚居之地。五陵其地皆在今陕西兴平至咸阳间。

⑩掖庭：《文选》班固《西都赋》："后宫则有掖庭、椒房后妃之室。"李善注："应劭曰：'掖庭，宫人之官。'《汉官仪》曰：'婕妤以下，皆居掖庭。'"吕向注："掖庭，官名。在天子左右如肘腋。"《后汉书》卷十上《皇后纪上》载，汉法常在八月"遣中大夫与掖庭丞及相工，于洛阳乡中阅视良家童女，年十三以上，二十已下，姿色端丽，合法相者，载还后宫，择视可否，乃用登御"。

⑪四姓：指四个著名的姓氏。各时期所指不一。《后汉书》卷二《明帝纪》："（永平九年）为四姓小侯开立学校，置'五经'师。"李贤注引袁宏《汉纪》："永平中崇尚儒学，自皇太子、诸王侯及功臣子弟，莫不受经。又为外戚樊氏、郭氏、阴氏、马氏诸子弟立学，号四姓小侯，置'五经'师。"《梁书》卷三十四《张绾传》："绾在郡，述《制旨礼记正言》义，四姓衣冠士子听者常数百人。"泛指名门望族。良家：指清白人家的女儿。《资治通鉴》卷一百四十《齐高帝明皇帝中》："魏主（按指北魏孝文帝）雅重门族，以范阳卢敏、清河崔宗伯、荥阳郑羲、太原王琼四姓，衣冠所推，咸纳其女以充后宫。"

⑫永巷：皇宫中妃嫔居住的地方，即后宫。《南史》卷十二《张贵妃列传》："高皇受命，宫禁贬约，衣不文绣，色无红采，永巷贫空，有同素室。"

⑬颍川：郡名。辖境约相当于今河南中部及南部。《晋书》卷三十二《后妃传下》："明穆庾皇后讳文君，颍川鄢陵人也。……后性仁慈，美姿仪。"新市：县名。属江夏郡，故址在今湖北京山东北。或说"新市"当作"新野"。《后汉书》卷十上《皇后纪上》："光烈阴皇后讳丽华，南阳新野人。初，光武适新野，闻后美，心悦之。"

⑭河间：郡名。故治在今河北河间西南。《史记》卷四十九《外戚世

家》："钩弋夫人，姓赵氏，河间人也。得幸武帝，生子一人，昭帝是也。"观津：战国赵地。汉置县，故城在今河北武邑东南。《史记》卷四十九《外戚世家》："窦太后，赵之清河观津人也。"

⑮娇娥：美女之称。扬雄《方言》卷二："秦、晋之间，美貌谓之娥。"

⑯巧笑：崔豹《古今注》卷下："魏文帝宫人绝所爱者，有莫琼树、薛夜来、田尚衣、段巧笑四人，日夕在侧。"

⑰楚王：指春秋时楚灵王。里：傅刚《校笺》："徐本、郑本、孟本作'内'。"

⑱细腰：《墨子·兼爱中》："昔者，楚灵王好士细要，故灵王之臣皆以一饭为节。"《韩非子·二柄》："楚灵王好细腰，而国中多饿人。"《后汉书》卷二十四《马廖传》："传曰：'楚王好细腰，宫中多饿死。'"

⑲卫国佳人：《诗经·卫风·硕人》："手如柔荑，肤如凝脂。"卫，吴兆宜注："一作'魏'。"傅刚《校笺》引《考异》："'掺掺女手'，语本《魏风》，则'卫'当作'魏'。然'手如柔荑'，固亦《卫风》之语，未敢遽断其误。"

⑳纤手：《诗经·魏风·葛屦》："掺掺女手，可以缝裳。"毛传："掺掺，犹纤纤也。"

㉑阅：观览。《艺文类聚》作"说"。诗：《诗经》，被儒家奉为"六经"之一。敦：笃厚，尊崇。《艺文类聚》作"明"。礼：礼仪，礼教。又儒家经典有《周礼》《仪礼》《礼记》，合称"三礼"。

㉒岂：《文苑英华》作"非直"。东邻：宋玉《登徒子好色赋》："天下之佳人，莫若楚国；楚国之丽者，莫若臣里；臣里之美者，莫若臣东家之子。东家之子，增之一分则太长，减之一分则太短；著粉则太白，施朱则太赤。眉如翠羽，肌如白雪，腰如束素，齿如含贝。嫣然一笑，惑阳城，迷下蔡。然此女登墙窥臣三年，至今未许也。"又司马相如《美人赋》："臣之东邻，有一女子，云发丰艳，蛾眉皓齿，颜盛色茂，景曜光起。恒翘翘而西顾，欲留臣而共止，登垣而

望臣,三年于兹矣,臣弃而不许。”自媒:谓不经媒妁介绍而自我推荐。《管子·形势》:“自媒之女,丑而不信。”

㉓婉约:柔美。风流:有风韵、风情。

㉔异:《文苑英华》“异”字上有“无”字。西施:春秋时越国美女。据载,越王勾践被吴王夫差打败,遂命范蠡求得美女西施,献于吴王,吴王许和。勾践生聚教训,后终灭吴。《吴越春秋》卷九:“十二年,越王谓大夫种曰:‘孤闻吴王淫而好色,惑乱沉湎,不领政事。因此而谋,可乎?’种曰:‘可破。夫吴王淫而好色,宰嚭佞以曳心,往献美女,其必受之。惟王选择美女二人而进之。’越王曰:‘善。’乃使相工索国中,得苎萝山鬻薪之女,曰西施、郑旦。饰以罗縠,教以容步,习于土城,临于都巷,三年学服,而献于吴。”《越绝书》卷八:“美人宫,周五百九十步,陆门二,水门一,今北坛利里丘土城,勾践所习教美女西施、郑旦宫台也。女出于苎萝山,欲献于吴,自谓东垂僻陋,恐女朴鄙,故近大道居。去县五里。”

㉕弟兄:《艺文类聚》作“兄弟”。协律:校正音乐律吕,使之和谐。古代掌管音乐的官员,有协律都尉、协律校尉等称谓。此指精通音律。汉武帝宠妃李夫人之兄李延年官拜协律都尉。

㉖生小:从小。生,傅刚《校笺》:“徐本、郑本、孟本作‘自’。”

㉗河阳:汉置县名。故城在今河南孟州西。《汉书》卷九十七下《外戚传下》:“孝成赵皇后,本长安宫人。……及壮,属阳阿主家,学歌舞,号曰飞燕。”颜师古注:“阳阿,平原之县也。今俗书‘阿’字作‘河’。又或为河阳,皆后人所妄改耳。”

㉘由来:从来。

㉙“琵琶”二句:石崇,西晋大臣。巨富,曾与外戚王恺斗富,极尽奢侈。后被赵王伦宠臣孙秀所杀。见卷二《王昭君辞一首》作者简介。《王昭君辞序》:“王明君者,本为王昭君。以触文帝讳,故改。匈奴盛,请婚于汉。元帝诏以后宫良家女子明君配焉。昔公主嫁

乌孙，令琵琶马上作乐，以慰其道路之思，其送明君，亦必尔也。其新造之曲，多哀声。”

㉚箜篌（kōng hóu）：乐器名。《旧唐书》卷二十九《音乐志二》谓依琴制作，似瑟而小，七弦，用拨弹之，如琵琶。杂引：各种曲子。引，亦曲。薛雪《一瓢诗话》：“乐府凡用‘引’‘操’等名，皆是琴曲。”汉乐府有《箜篌引》，收入《乐府诗集》卷二十六《相和歌辞·相和六引》。郭茂倩题解引崔豹《古今注》：“《箜篌引》者，朝鲜津卒霍里子高妻丽玉所作也。子高晨起刺船，有一白首狂夫，被发提壶，乱流而渡，其妻随而止之，不及，遂堕河而死。于是援箜篌而歌曰：‘公无渡河，公竟渡河，堕河而死，将奈公何！’声甚凄怆，曲终亦投河而死。子高还，以语丽玉。丽玉伤之，乃引箜篌而写其声，闻者莫不堕泪饮泣。丽玉以其曲传邻女丽容，名曰《箜篌引》。”

㉛关：傅刚《校笺》：“徐本、郑本、孟本作‘因’。”曹植：字子建，汉末建安时期最有才华的诗人，其拟乐府有《箜篌引》，内容情调已与古辞相去甚远。

㉜鼓：弹奏。杨：指杨恽，西汉人。司马迁外孙。杨恽《报孙会宗书》：“家本秦也，能为秦声。妇，赵女也，雅善鼓瑟。”

㉝秦女：指秦穆公女弄玉。《列仙传》卷上载，有萧史者“善吹箫，能致孔雀、白鹤于庭”，穆公遂以女弄玉妻之。萧史“日教弄玉作凤鸣。居数年，吹似凤声，凤凰来止其屋。公为作凤台，夫妇止其上”。数年后，“皆随凤凰飞去”。

【译文】

高耸入云的凌云台和概日台，即使是由余也不曾见过；宫殿内的千门万户，张衡曾在他的笔下加以铺写。在周穆王的重璧台之上，在汉武帝的金屋之中，玉树用珊瑚做树枝，珠帘用玳瑁做帘押，其中住着许多美人。这些美人，或出身于五陵豪族，被挑选出来充实掖庭；或出身于四姓的清白人家，名声在后宫深巷播扬。也有颍川、新市、河间、观津等地的人，或本来名叫娇娥，或曾经名叫巧笑。在楚王的后宫里，没有谁不推崇她们那纤细的腰肢；卫国那些美人，都说特惊讶她们有那么纤巧的玉手。她们观览《诗经》尊崇礼仪，哪里会像东边邻家女那样自我推销；性情柔美风情万种，与西施在去吴国前被特地调教了一番不同。她们弟兄都精通音律，从小就开始学习唱歌；小时候在河阳长大，从来就擅长歌舞。她们弹奏的琵琶新曲，不用等待石崇作诗来加以宣扬；演奏各种箜篌曲子，也同曹植的创作没有关联。她们奏瑟的技艺得到了杨恽家的真传，吹箫的技艺则得自秦穆公的女儿弄玉。

至若宠闻长乐，陈后知而不平①；画出天仙，阏氏览而遥妒②。至如东邻巧笑③，来侍寝于更衣④；西子微颦⑤，得横陈于甲帐⑥。陪游馺娑⑦，骋纤腰于《结风》⑧；长乐鸳鸯⑨，奏新声于度曲⑩。妆鸣蝉之薄鬓⑪，照堕马之垂鬟⑫。反插金钿⑬，横抽宝树⑭。南都石黛⑮，最发双蛾⑯；北地燕脂⑰，偏开两靥⑱。亦有岭上仙童，分丸魏帝⑲；腰中宝凤，授历轩辕⑳。金星将婺女争华㉑，麝月与嫦娥竞爽㉒。惊鸾冶袖㉓，时飘韩掾之香㉔；飞燕长裾㉕，宜结陈王之佩㉖。虽非图画，入甘泉而不分㉗；言异神仙，戏阳台而无别㉘。真可谓倾国倾城㉙，无对无双者也㉚。

【注释】

①“至若”二句：意谓卫子夫得宠的消息传至长乐宫，陈皇后听闻后内心愤愤不平。《汉书》卷九十七上《外戚传上》：“孝武卫皇后字子夫，生微也。……子夫为平阳主讴者。武帝即位，数年无子。平阳主求良家女十余人，饰置家。帝祓霸上，还过平阳主。主见

所偫美人,帝不说。既饮,讴者进,帝独说子夫。帝起更衣,子夫侍尚衣轩中,得幸。还坐欢甚,赐平阳主金千斤。主因奏子夫送入宫。……(子夫)元朔元年生男据,遂立为皇后。"《汉书》卷九十七上《外戚传上》:"孝武陈皇后,长公主嫖女也。……初,武帝得立为太子,长主有力,取主女为妃。及帝即位,立为皇后,擅宠骄贵,十余年而无子,闻卫子夫得幸,几死者数焉。上愈怒。"至若,《文苑英华》作"以至",《艺文类聚》无此二字。长乐,汉宫名。《三辅黄图》卷二:"长乐宫,本秦之兴乐宫也。高皇帝始居栎阳,七年长乐宫成,徙居长安城。……高帝居此宫,后太后常居之。"

②"画出"二句:《汉书》卷一下《高帝纪下》:"七年冬十月,上自将击韩王信于铜鞮。……至平城,为匈奴所围,七日,用陈平秘计得出。"颜师古注:"应劭曰:'陈平使画工图美女,间遣人遗阏氏,云汉有美女如此,今皇帝困厄,欲献之。阏氏畏其夺己宠,因谓单于曰:"汉天子亦有神灵,得其土地,非能有也。"于是匈奴开其一角,得突出。'郑氏曰:'以计鄙陋,故秘不传。'师古曰:'应氏之说出桓谭《新论》,盖谭以意测之,事当然耳,非纪传所说也。'"阏氏(yān zhī),汉时匈奴单于嫡妻的名号,相当于皇后。

③如:吴兆宜注:"一作'乃'。"东邻巧笑:东邻,见前注。巧笑,《诗经·卫风·硕人》:"巧笑倩兮,美目盼兮。"

④"来侍"句:见本段注①。更衣,换衣。指换衣休息处。

⑤西子:即西施。参见前注。颦(pín):皱眉。西施微颦是一种美态。《庄子·天运》:"故西施病心而矉其里,其里之丑人见之而美之,归亦捧心而矉其里。其里之富人见之,坚闭门而不出;贫人见之,挈妻子而去走。彼知矉美而不知矉之所以美。"陆德明《释文》:"《通俗文》云:蹙额曰矉。"成玄英疏:"颦之所以美者,出乎西施之好也。彼之丑人,但美颦之丽雅,而不知由西施之姝好

也。"按"瞑""䁅"字通。

⑥得:傅刚《校笺》:"徐本、郑本、孟本作'将'。"横陈:横卧。宋玉《讽赋》:"内怵惕兮徂玉床,横自陈兮君之旁。"司马相如《美人赋》:"花容自献,玉体横陈。"甲帐:《汉书》卷六十五《东方朔传》:"陛下诚能用臣朔之计,推甲乙之帐燔之于四通之衢,却走马示不复用,则尧舜之隆宜可与比治矣。"颜师古注:"应劭曰:'帐多故以甲乙第之耳。'孟康曰:'《西域传》赞云"兴造甲乙之帐,络以随珠和璧,天子袭翠被,凭玉几,而处其中"也。'"又《艺文类聚》卷六十九引《汉武故事》:"上以琉璃珠玉、明月夜光,错杂天下珍宝为甲帐,其次为乙帐。甲以居神,乙以自居。"

⑦馺娑(sà suō):汉宫名。在建章宫内。又,《三辅黄图》卷三:"馺娑,马行疾貌。马行迅疾,一日之间遍宫中,言宫之大也。"

⑧骋:恣意。《结风》:曲名。《文选》傅毅《舞赋序》:"《激楚》《结风》《阳阿》之舞,材人之穷观,天下之至妙。"李善注引张晏曰:"结风,亦曲名。《上林赋》曰:'鄢郢缤纷,激楚结风。'"一说犹急风。文颖曰:"结风,回风,亦急风也。楚地风既自漂疾,然歌乐者犹复依激结之急风为节。"

⑨长乐、鸳鸯:皆汉宫殿名。《三辅黄图》卷三:"(未央宫)武帝时后宫八区,有昭阳、飞翔、增成、合欢、兰林、披香、凤皇、鸳鸯等殿。"《赵飞燕外传》载,汉成帝始于鸳鸯殿召赵飞燕之妹赵合德。长,《艺文类聚》作"张"。

⑩新声:新制作的乐曲。《汉书》卷九十七上《外戚传上》:"(李延年)每为新声变曲,闻者莫不感动。"度(duó)曲:按曲谱歌唱。张衡《西京赋》:"度曲未终,云起雪飞。"

⑪妆:《艺文类聚》作"装"。鸣蝉之薄鬓:即蝉鬓,古代妇女的一种发式。崔豹《古今注》卷下:"魏文帝宫人绝所爱者,有莫琼树、薛夜来、田尚衣、段巧笑四人,日夕在侧。琼树乃制蝉鬓,缥眇如蝉,

故曰蝉鬓。”

⑫照：用镜照看。堕马：古代妇女发髻名。《后汉书》卷三十四《梁冀传》：“（冀妻孙寿）色美而善为妖态，作愁眉、啼妆、堕马髻、折腰步、龋齿笑，以为媚惑。”李贤注引《风俗通》：“堕马髻者，侧在一边。”即发髻偏于头的一侧，呈似堕非堕之状，为当时时髦发式。鬟：环形的发髻。

⑬金钿（diàn）：镶嵌金花的首饰。钿，《艺文类聚》《文苑英华》作“莲”。

⑭宝树：即步摇，一种头饰。《后汉书·舆服志下》：皇后“步摇以黄金为山题，贯白珠为桂枝相缪，一爵九华，……诸爵兽皆以翡翠为毛羽。金题，白珠珰绕，以翡翠为华云”。《释名·释首饰》：“步摇，上有垂珠，步则摇动也。”宝，傅刚《校笺》：“五云溪馆本作‘瑶’。”

⑮南都：指南阳郡，故治在今河南南阳。因为东汉光武帝出生地，故称南都。这里泛指南方。石黛：古代女子用作画眉的青黑色颜料。黛，《释名·释首饰》：“代也，灭眉毛去之，以此画，代其处也。”

⑯发：显露，展示。双蛾：双眉。《诗经·卫风·硕人》：“齿如瓠犀，螓首蛾眉。”朱熹《集传》：“蛾，蚕蛾也。其眉细而长曲。”蚕蛾的触须细长而弯，故用以比喻女子长而弯曲的眉毛。蛾，《艺文类聚》作“娥”。

⑰燕（yān）脂：即胭脂，女子化妆用的颜料。《中华古今注》卷中：“盖起自纣，以红蓝花汁凝作燕脂。以燕国所生，故曰燕脂。涂之作桃花妆。”

⑱靥（yè）：女子在两颊所涂的妆饰物。高承《事物纪原·妆靥》：“近世妇人妆喜作粉靥，如月形，如钱样，又或以朱若燕脂点者。唐人亦尚之。”

⑲“亦有”二句：魏文帝曹丕《折杨柳行》：“西山一何高，高高殊无极。上有两仙僮，不饮亦不食。与我一丸药，光耀有五色。服

药四五日，身体生羽翼。”按二句所写，疑为衣物或帷帐上所绣图案。

⑳“腰中”二句：传说黄帝始创历法，而凤鸟也与历法的创制有关。《左传·昭公十七年》：“我高祖少皞挚之立也，凤鸟适至，故纪于鸟，为鸟师而鸟名：凤鸟氏，历正也。”杜预注：“凤鸟知天时，故以名历正之官。”傅刚《校笺》引《考异》：“四句与下文不属，疑有脱落。”轩辕，即黄帝。传说黄帝居于轩辕之丘，故名曰轩辕。宝凤，应为腰间所佩饰物。

㉑金星：太阳系九大行星之一，在诸星中最明亮。古代又称启明、长庚、太白。此指所用的裁剪成金星状的妆饰品。萧纲《美女篇》：“约黄能效月，裁金巧作星。”将：《艺文类聚》《文苑英华》作“与”。婺（wù）女：星名。二十八宿之一，即女宿。《左传·昭公十年》：“十年春王正月，有星出于婺女。”《史记》卷二十七《天官书》：“婺女，其北织女。”

㉒麝（shè）月：月亮。此指女子颊边微涡上所涂点的月亮形金黄色妆饰物。张正见《艳歌行》：“裁金作小靥，散麝起微黄。”与：《文苑英华》作“共”。嫦娥：又作“姮娥”，神话传说中人物。《淮南子·览冥训》：“羿请不死之药于西王母，姮娥窃以奔月，怅然有丧，无以续之。”高诱注：“姮娥，羿妻。羿请不死之药于西王母，未及服之，姮娥盗食之，得仙，奔入月中为月精。”竞爽：《左传·昭公三年》：“晏子曰：‘……二惠竞爽犹可，又弱一个焉，姜其危哉！’”杜预注：“子雅、子尾皆齐惠公之孙也。竞，强也；爽，明也。”犹言争辉、媲美。

㉓惊鸾：惊飞的鸾。鸾，凤凰一类的神鸟。这里形容舞姿的美妙。《初学记》卷十五引张载《鞞舞赋》：“轻裾鸾飞，漂微逾曳。”冶袖：艳美的衣袖。

㉔韩掾（yuàn）之香：《晋书》卷四十《贾充传》载，韩寿，美姿貌，善

容止，被贾充辟为司空掾。充女贾午见而悦之，侍婢遂潜修音好，厚相赠结，呼寿夕入，家中莫知。时西域有贡奇香，一着人则经月不歇，帝甚贵之，惟以赐充及大司马陈骞。充女密盗以遗寿，充僚属与寿燕处，闻其芬馥，称之于充，自是充意知女与寿通，乃秘之，遂以女妻寿。

㉕飞燕：为西汉成帝宠妃，许后废，立为后，专宠十余年。初学歌舞，因体态轻盈，号曰飞燕。《汉书》卷九十七下《外戚传下》："孝成赵皇后，本长安宫人。……及壮，属阳阿主家，学歌舞，号曰飞燕。成帝尝微行出，过阳阿主，作乐。上见飞燕而说之，召入宫，大幸。"裾（jū）：衣服的前襟。《艺文类聚》卷四十三引张衡《舞赋》："裾似飞燕，袖如回雪。"曹植《洛神赋》："践远游之文履，曳雾绡之轻裾。"《艺文类聚》作"裙"。

㉖陈王：即陈思王曹植。曹植《洛神赋》："愿诚素之先达兮，解玉佩以要之。"

㉗"虽非"二句：《汉书》卷九十七上《外戚传上》载，汉武帝所宠信的李夫人妙丽善舞，"少而蚤卒，上怜悯焉，图画其形于甘泉宫"。

㉘阳台：传说中巫山神女所居之处。宋玉《高唐赋序》："昔者先王尝游高唐，怠而昼寝，梦见一妇人，曰：'妾巫山之女也，为高唐之客，闻君游高唐，愿荐枕席。'王因幸之。去而辞曰：'妾在巫山之阳，高丘之阻，旦为朝云，暮为行雨，朝朝暮暮，阳台之下。'"

㉙倾国倾城：谓其绝美，全城的人皆为之倾倒（一说城墙为之倾倒）。《汉书》卷九十七上《外戚传上》："孝武李夫人，本以倡进。初，夫人兄延年性知音，善歌舞，武帝爱之。每为新声变曲，闻者莫不感动。延年侍上起舞，歌曰：'北方有佳人，绝世而独立，一顾倾人城，再顾倾人国。宁不知倾城与倾国，佳人难再得！'上叹息曰：'善！世岂有此人乎？'平阳主因言延年有女弟，上乃召见之，实妙丽善舞。由是得幸。"

㉚无对无双：傅刚《校笺》："孟本作'无双无对'。"

【译文】

至如卫子夫得宠的消息传到长乐宫，陈皇后知道后内心愤愤不平；画出的美女比天仙还美，远方的阏氏看到后心生嫉妒。至如有着美好笑貌的东邻女子，来到皇帝的更衣休息处侍寝；西施微微皱眉的样子很美，得到了到甲帐躺卧在皇帝身边的机会。在驺娑宫内陪着皇帝游玩，随着《结风》乐曲尽情地扭动着纤细的腰肢；又得在长乐、鸳鸯宫中，按曲谱演奏新制的乐曲。将鬓发梳理成缥眇如蝉的蝉鬓，用铜镜照看堕马形的环形发髻。倒插着首饰金钿，横穿着璀璨的金步摇。南方所产的石黛，能将双眉描画得最为出色；北地所产的胭脂，能将两颊装点得如鲜花盛开。也有岭上的仙童，将丸药送给魏文帝；腰中的宝凤，将历法传授给黄帝轩辕。所妆饰的金星可与天上的婺女争比光华，所妆饰的明月可与月中的嫦娥竞放光明。如惊鸾般的舞姿所扬起的艳美的衣袖，时时飘来韩寿曾用过的异香；像赵飞燕那样的长长的衣襟，最适合结上陈思王想赠给洛神的玉佩。虽然不是画中的李夫人，但要进入甘泉宫会无法与李夫人加以分辨；虽然不是巫山神女，但要在阳台嬉戏也看不出与巫山神女的区别。真可说有倾国倾城的美貌，在世上是无对无双的人啊。

加以天情开朗①，逸思雕华②，妙解文章③，尤工诗赋。琉璃砚匣④，终日随身；翡翠笔床⑤，无时离手。清文满箧⑥，非惟芍药之花⑦；新制连篇⑧，宁止蒲萄之树⑨。九日登高⑩，时有缘情之作⑪；万年公主，非无累德之辞⑫。其佳丽也如彼⑬，其才情也如此。

【注释】

①天情：天生的情性。情，原作"时"，《艺文类聚》作"时"，《文苑英

华》作"情"。傅刚《校笺》引《考异》:"《魏书·崔光传》曰:'天情冲谦,动容祇愧。'《齐书·王文殊传》曰:'婚义灭于天情,官序空于素抱。'庾信《谯国夫人步陆孤氏墓志》曰:'敬爱天情,言容礼典。'则'天情'二字,本南北朝之习语,盖讹'情'为'晴',又讹'晴'为'时'耳。揆以文意,舛误显然,今改正。"按纪容舒所说是,据改。

②逸思:超逸脱俗的情思。雕华:雕饰有文采。

③妙解:精妙的感悟、理解。

④琉璃:又称"璧流离",一种宝石。《汉书》卷九十六上《西域传上》:"(罽宾国)出……璧流离。"颜师古注:"孟康曰:'流离青色如玉。'师古曰:'《魏略》云大秦国出赤、白、黑、黄、青、绿、缥、绀、红、紫十种流离。孟言青色,不博通也。此盖自然之物,采泽光润,逾于众玉,其色不恒。'"砚匣:装砚台的盒子。

⑤笔床:放毛笔的文具。

⑥清文:清新俊雅的文章。箧(qiè):箱子。

⑦芍药之花:此指吟咏芍药花一类的诗句。江总《宛转歌》:"欲题芍药诗不成,来采芙蓉花已散。"

⑧新制:指新作的诗。

⑨蒲萄之树:此指吟咏葡萄树一类的诗句。蒲萄,即葡萄。徐悱妻刘令娴《南苑逢美人》:"风卷蒲萄带,日照石榴裙。"

⑩九日:指农历九月九日重阳节,有登高等习俗。《初学记》卷四引《荆楚岁时记》:"九月九日,土人并藉野饮宴。"又引《西京杂记》:"汉武帝宫人贾佩兰,九月九日佩茱萸,食饵,饮菊花酒,云令人长寿。盖相传自古,莫知其由。"

⑪缘情:谓因有了情感而写作。陆机《文赋》:"诗缘情而绮靡,赋体物而浏亮。"缘,因。

⑫"万年公主"二句:《晋书》卷三十一《后妃传上》:左贵嫔名

芬,“少好学,善缀文,名亚于思(按指其兄左思),武帝闻而纳之。……及帝女万年公主薨,帝痛悼不已,诏芬为诔,其文甚丽”。万年公主,晋武帝司马昭之女,早夭。累德之辞,即写作了诔文。累,《礼记·曾子问》:“贱不诔贵,幼不诔长,礼也。”郑玄注:“诔,累也,累列生时行迹,读之以作谥。”吴兆宜注:“一作‘诔’。”

⑬佳丽:《战国策·中山策》:“臣闻:赵,天下善为音,佳丽人之所出也。”姚宏注:“佳,大。丽,美。”

【译文】

加上天生性情开朗,情思飘逸能雕饰有文采,能精妙地理解文章,特别擅长写作诗赋。琉璃制作的砚盒,终日跟随在身边;翡翠制作的笔床,没有离开过手边的时候。清新俊雅的文章装满了箱子,不单只有吟咏芍药花的文字;新制作的诗篇一篇接着一篇,哪里只是描绘葡萄树的作品。九月九日登高,不时有抒发感情的诗作;万年公主去世后,并非没有罗列赞美她德行的文辞。她们的美丽是那样的出众,而其才情也是如此的出色。

既而椒宫宛转①,柘馆阴岑②,绛鹤晨严③,铜蠡昼静④。三星未夕⑤,不事怀衾⑥;五日犹赊⑦,谁能理曲⑧。优游少托⑨,寂寞多闲。厌长乐之疏钟⑩,劳中宫之缓箭⑪。纤腰无力⑫,怯南阳之捣衣⑬;生长深宫,笑扶风之织锦⑭。虽复投壶玉女⑮,为观尽于百骁⑯;争博齐姬⑰,心赏穷于六箸⑱。无怡神于暇景⑲,惟属意于新诗⑳。庶得代彼皋苏㉑,微蠲愁疾㉒。但往世名篇,当今巧制,分诸麟阁㉓,散在鸿都㉔。不籍篇章㉕,无由披览㉖。于是,燃脂暝写㉗,弄笔晨书㉘,撰录艳歌㉙,凡为十卷㉚。曾无忝于《雅》《颂》㉛,亦靡滥于《风》人㉜,泾渭之间㉝,若斯而已㉞。

【注释】

①椒宫：即椒房，西汉未央宫内殿名。《汉书》卷六十六《车千秋传》："曩者，江充先治甘泉宫人，转至未央椒房。"颜师古注："椒房，殿名。皇后所居也。以椒和泥涂壁，取其温而芳也。"宫，《艺文类聚》作"房"。宛转：曲折深邃。

②柘（zhè）馆：《汉书》卷九十七下《外戚传下》："（班）倢伃退处东宫，作赋以伤悼，其辞曰：'……痛阳禄与柘馆兮，仍襁褓而离灾。'"颜师古注："二馆并在上林中。"阴岑（cén）：阴暗岑寂，深邃。岑，冷清。

③绛（jiàng）鹤：此指深红色的鹤形铜锁。江总《为陈六宫谢表》："鹤籥晨启，雀钗晓映。"严：夜戒曰严。这里指锁钥未开。

④铜蠡（lí）：衔门环的铜制螺形底座，又称铺首。《艺文类聚》卷七十四引《风俗通》载，春秋时公输班见水中蠡（即螺，一种软体动物，体外包着锥形、纺锤形或扁椭圆形的硬壳，上有旋纹）"引闭其户，终不可得开"，便趁其把头伸出来时，"以足画图之"，再"施之门户"，云："人闭藏如是，固周密矣。"蠡，《文苑英华》作"铺"。

⑤三星：《诗经·唐风·绸缪》："绸缪束薪，三星在天。今夕何夕？见此良人。"毛传："三星，参也。在天，谓始见东方也。"未夕：谓尚未天黑。

⑥怀衾（qīn）：谓拥被而眠。衾，被子。

⑦五日犹赊（shē）：句谓侍寝之外，时间尚多。《礼记·内则》："故妾虽老，年未满五十，必与五日之御。"郑玄注："御，侍夜劝息也。……五日一御，诸侯制也。……天子十五日乃一御。"赊，指时间长。《文苑英华》作"余"。

⑧理曲：演习歌曲。

⑨优游：本为悠闲自得之意，这里主要指悠闲。少托：谓精神缺少寄托。

⑩“厌长乐”句:长乐,汉宫名。《史记》卷九十二《淮阴侯列传》载,长乐宫有钟室。疏钟,报时的钟声稀少。谓时间过得慢。

⑪劳:忧愁。中宫:皇后居住之处。借指皇后。《汉书》卷九十七下《外戚传下》:“常给我言从中宫来,即从中宫来,许美人儿何从生中?”颜师古注:“中宫,皇后所居。”泛指宫中。缓箭:谓时间过得缓慢。古代计时器铜壶分播水壶、受水壶两部分。播水壶有小孔,可以漏水,水流入受水壶。受水壶里有立箭,箭上面分一百刻,箭随蓄水逐渐上升,露出刻数,表示时间。

⑫纤腰:《艺文类聚》《文苑英华》作“身轻”。

⑬南阳:《孟子·告子下》:“一战胜齐,遂有南阳。”杨伯峻注:“即汶阳,在泰山之西南,汶水之北。”捣衣:古代女子缝制衣服前,常将衣料放在砧上捶平。杨慎《升庵诗话》卷十二:“《字林》云:‘直舂曰捣。’古人捣衣,两女子对立,执一杵,如舂米然。今易作卧杵,对坐捣之,取其便也。尝见六朝人画《捣衣图》,其制如此。”六朝人写捣衣者捣衣、缝衣,常为了寄远,寄托着捣衣者的思远之情。

⑭扶风:汉置郡名。治槐里(今陕西兴平东南)。织锦:指织锦为回文诗。《晋书》卷九十六《列女传》:“窦滔妻苏氏,始平人也,名蕙,字若兰。善属文。滔,苻坚时为秦州刺史,被徙流沙,苏氏思之,织锦为回文旋图诗以赠滔。宛转循环以读之,词甚凄惋,凡八百四十字。”

⑮投壶玉女:投壶,古人宴会时的游戏。宾主依次将箭投入特制的壶中,中多者为胜。《礼记·投壶》:“壶颈修七寸,腹修五寸,口径二寸半,容斗五升。壶中实小豆焉,为其矢之跃而出也。壶去席二矢半。矢以柘若棘,毋去其皮。”玉女,神女。《太平御览》卷三百七十三引《神异经》:“东荒山中有大石室,东王公居焉。长一丈,头发皓白,身人形而虎尾。与一玉女投壶。”

⑯观:《艺文类聚》作“欢”。百骁(xiāo):《西京杂记》卷五:“武帝

时，郭舍人善投壶，以竹为矢，不用棘也。古之投壶，取中而不求还，故实小豆，恶其矢跃而出也。郭舍人则激矢令还，一矢百余反，谓之为骁。言如博之掔于掌中，为骁杰也。”

⑰争博齐姬：《战国策·齐策一》：“临淄甚富而实，其民无不吹竽、鼓瑟、击筑、弹琴、斗鸡、走犬、六博、踏踘者。”博，古代一种与下棋相似的赌输赢的游戏。齐姬，来自齐地（今山东东北部一带）的美女。

⑱心赏：一种欣然自得的心境。犹赏心。六箸（zhù）：即六博，亦作“六簙”。古代博具，用竹、玉石、骨或象牙等材料做成。两人相博，每人用六根箸、十二枚棋子。宋玉《招魂》：“菎蔽象棋，有六博兮。”箸，《艺文类聚》作“著”。

⑲怡神：愉悦心神。暇景：空闲的时光。

⑳属（zhǔ）意：留意，倾心。

㉑庶：庶几，或许可以。《文苑英华》作“可”。皋苏：木名。相传其木汁味甜，食之不饥，可以释忧。《初学记》卷二十七引王朗《与魏太子书》：“不遗惠书，所以慰沃，奉读欢笑，以藉饥渴，虽复萱草忘忧，皋苏释劳，无以加也。”皋，《文苑英华》作“萱”。

㉒微蠲（juān）：赵氏覆宋本作“蠲兹”。蠲，免除。

㉓分诸：《艺文类聚》作“封”。麟阁：汉宫殿名。《历代宅京记》卷五：“天禄阁，藏典籍之所，在未央宫殿北。《汉宫殿疏》云：天禄、麒麟阁，萧何造，以藏秘书处贤才也。刘向于成帝之末，校书天禄阁。”

㉔鸿都：汉代藏书之所。《后汉书》卷七十九上《儒林传上》：“初，光武迁还洛阳，其经牒秘书载之二千余两，自此以后，参倍于前。及董卓移都之际，吏民扰乱，自辟雍、东观、兰台、石室、宣明、鸿都诸藏典策文章，竞共剖散。”

㉕不籍篇章：《艺文类聚》作“不籍连章”，《文苑英华》作“不务连章”。籍，通“藉”，凭借，借助。

㉖披览：翻阅。

㉗燃脂：点蜡烛或油灯。暝：夜晚。

㉘笔：《艺文类聚》作“墨”。

㉙撰录：收集著录。艳歌：即艳诗，指多以爱情、男女之情及女性为表现题材，辞藻华丽、情调缠绵的歌辞。刘肃《大唐新语》卷三：“梁简文帝为太子，好作艳诗，境内化之，浸以成俗，谓之宫体。”

㉚凡：一共。

㉛曾（zēng）：乃。无忝（tiǎn）：无愧。忝，《艺文类聚》作“参”。《雅》《颂》：《诗经》中《雅》《颂》的合称。《毛诗序》：“雅者，正也。言王政之所由废兴也。政有小大，故有小雅焉，有大雅焉。颂者，美盛德之形容，以其成功告于神明者也。”又朱熹《集传》：“雅者，正也，正乐之歌也。”“颂者，宗庙之乐歌。”在儒家思想占据统治地位的时代，“雅”“颂”历来被视作“正乐”，地位崇高。

㉜靡（mǐ）：无。滥：过度，无节制。风人：《文选》曹植《求通亲亲表》：“是以雍雍穆穆，风人咏之。”吕延济注：“雍，和；穆，美也。风人，诗人也，谓歌其和美也。”其中不少人为《诗经·国风》的作者。朱熹《诗集传》：“国者，诸侯所封之域；而风者，民俗歌谣之诗也。谓之风者，以其被上之化以有言，而其言又足以感人，如物因风之动以有声、而其声又足以动物也。”“国风”中有不少表现男女爱情的作品。

㉝泾渭：二水名。泾水源出甘肃，在今陕西境内入渭水，自古有泾清渭浊之说。《诗经·邶风·谷风》：“泾以渭浊，湜湜其沚。”毛传：“泾渭相入而清浊异。”

㉞斯：此。

【译文】

接下来的情况是椒宫曲折深邃，柘馆阴暗冷清，绛色的鹤形铜锁早晨没有打开，铜制的螺形底座白天一派清静。天色未晚天上的三星还未出现，还不能就去拥被而眠；侍寝之外五天中时间还很多，谁能有心思老坐在那里演奏乐曲。生活悠闲内心缺少寄托，常感寂寞多有闲暇。厌烦长乐宫报时的钟声太过稀少，为宫中铜壶中的立箭上升得过于缓慢而忧愁。纤柔的腰肢没有力气，怕去做南阳女子捣衣那样的力气活；生长在这深宫之中，不由得要笑话扶风窦滔妻苏氏所做的织锦回文诗。即使是在玩投壶游戏的仙女，百骁之后也会失去观赏的兴趣；争相博戏的齐地美姬，欣然自得的心境也会在玩过六箸之后消失。时光空闲不能使人的心神得到愉悦，唯对新诗特别倾心。这或许能代替那能使人消忧的皋苏，稍微消除内心的忧愁苦闷。但往世著名的篇章，当今精巧的作品，都分散在麒麟阁，散放在鸿都馆。不依靠这些作品，便无从得到翻览的机会。于是，就在夜晚点燃蜡烛抄录，清早拿起笔来书写，收集著录了许多美艳的歌辞，合起来一共有十卷。这些歌辞比起《雅》《颂》来并无愧色，比起《国风》作者的作品来也并不显得过分，泾渭之间的区别，不过如此而已。

于是，丽以金箱①，装之宝轴②。三台妙迹③，龙伸蠖屈之书④；五色花笺⑤，河北胶东之纸⑥。高楼红粉⑦，仍定鱼鲁之文⑧；辟恶生香⑨，聊防羽陵之蠹⑩。《灵飞》《六甲》⑪，高擅玉函⑫；《鸿烈》仙方⑬，长推丹枕⑭。至如青牛帐里⑮，余曲既终⑯；朱鸟窗前⑰，新妆已竟⑱。方当开兹缥帙⑲，散此绦绳⑳，永对玩于书帷，长循环于纤手。岂如邓学《春秋》㉑，儒者之功难习㉒；窦专黄老㉓，金丹之术不成㉔。因胜西蜀豪家㉕，托情穷于《鲁殿》㉖；东储甲观㉗，流咏止于《洞箫》㉘。娈彼诸姬㉙，聊同弃日㉚，猗欤彤管㉛，无或讥焉㉜。

【注释】

①丽：《左传・宣公十二年》："麋兴于前，射麋丽龟。"杜预注："丽，

著也。”这里是放置的意思。金箱:《文苑英华》作“金绳”。

②轴:卷轴。古代帛书或纸书用轴卷束,称卷轴。

③三台妙迹:指蔡邕高妙的书法。谓抄录诗作的都是高手。三台,《文选》陈琳《为袁绍檄豫州》:“坐领三台,专制朝政。”李善注引应劭《汉官仪》:“尚书为中台,御史为宪台,谒者为外台。”《后汉书》卷六十下《蔡邕传》:“中平六年,灵帝崩,董卓为司空,闻邕名高,辟之。……邕不得已,到,置祭酒,甚见敬重。举高第,补侍御使,又转持书御史,迁尚书。三日之间,周历三台。”迹,《文苑英华》作“札”。

④蠖(huò)屈:这里形容笔势屈曲,状如尺蠖。蠖,虫名。其体细长,行时屈伸其体,如尺量物,故称尺蠖。《周易·系辞下》:“尺蠖之屈,以求信也。”

⑤花笺:用于题咏的精致华美的小幅纸张。《初学记》卷二十一引《桓玄伪事》:“诏命平准作青、赤、缥、绿、桃花纸,使极精,令速作之。”

⑥河北、胶东:黄河以北,胶州以东,应为当时好纸的产地。

⑦红粉:女子化妆用的胭脂和白粉。代指美女。古诗“青青河畔草”:“盈盈楼上女,皎皎当窗牖。娥娥红粉妆,纤纤出素手。”

⑧仍:乃,于是。鱼鲁:谓文字在传写、刊刻过程中因形近而发生的讹误。葛洪《抱朴子内篇·遐览》:“书三写,‘鱼’成‘鲁’,‘虚’成‘虎’。”

⑨辟(bì)恶:避除邪恶。《太平御览》卷九百八十一引秦嘉与妇书:“今奉麝香一斤,可以辟恶。”香:此指芸香,一种草本植物,花叶有强烈气味,可用来避蠹驱虫。《初学记》卷十二引鱼豢《典略》:“芸台香辟纸鱼蠹,故藏书台称芸台。”

⑩聊:姑且,暂且。羽陵之蠹(dù):《穆天子传》卷五:“仲秋甲戌,天子东游。次于雀梁,蠹书于羽陵。”郭璞注:“谓暴书中蠹虫,因云

蠹书也。”羽陵，古地名。蠹，蛀虫，常蛀蚀衣服书籍。

⑪《灵飞》《六甲》：皆道经名。旧题班固《汉武内传》：“其后帝以王母所授《五真图》《灵光经》及上元夫人所授《六甲》《灵飞》十二事，自撰集为一卷，及诸经图，皆奉以黄金之箱，封以白玉之函，以珊瑚为轴，紫锦为囊，安著柏梁台上。”六，原作“太”，《文苑英华》作“六”，据改。

⑫擅：占据。赵氏覆宋本作“檀”。玉函：有玉饰的书套。

⑬《鸿烈》：书名。即《淮南鸿烈》，通称《淮南子》，为淮南王刘安及其门客所著，内容以道家思想为主导。

⑭丹枕：即枕中丹书。《汉书》卷三十六《刘向传》：“上复兴神仙方术之事，而淮南有《枕中鸿宝苑秘书》，书言神仙使鬼物为金之术，及邹衍重道延命方。”颜师古注：“《鸿宝苑秘书》，并道术篇名。藏在枕中，言常存录之不漏泄也。”

⑮青牛帐：画有青牛的帷帐。《史记》卷五《秦本纪》：“（秦文公）二十七年，伐南山大梓，丰大特。”张守节《正义》：“《括地志》云：大梓树在岐州陈仓县南十里仓山上。’《录异传》云‘秦文公时，雍南山有大梓树，文公伐之，辄有大风雨，树生合不断。时有一人病，夜往山中，闻有鬼语树神曰：“秦若使人被发，以朱丝绕树伐汝，汝得不困耶？”树神无言。明日，病人语闻，公如其言伐树，断，中有一青牛出，走入丰水中。其后牛出丰水中，使骑击之，不胜。有骑堕地复上，发解，牛畏之，入不出，故置髦头。汉、魏、晋因之。武都郡立怒特祠，是大梓牛神也’。按，今俗画青牛障是。”

⑯既：《艺文类聚》作“未”。

⑰朱鸟窗前：《文选》张衡《西京赋》：“麒麟、朱鸟，龙兴、含章，譬众星之环极。”李善注：“汉宫阙名有麒麟殿、朱鸟殿。”又张华《博物志·史补》：“汉武帝好仙道，祭祀名山大泽以求神仙之道。时

西王母遣使乘白鹿告帝当来,乃供帐九华殿以待之。七月七日夜漏七刻,王母乘紫云车而至于殿西。……唯帝与母对坐,其从者皆不得进。时东方朔窃从殿南厢朱鸟牖中窥母。"

⑱竟:完毕。

⑲缥帙(piǎo zhì):淡青色丝织物制作的书套。代指书卷。

⑳绦(tāo)绳:古代穿书简的丝绳。《文苑英华》作"缃编"。

㉑邓学《春秋》:《后汉书》卷十上《皇后纪上》:"和熹邓皇后讳绥……六岁能《史书》,十二通《诗》《论语》。诸兄每读经传,辄下意难问。志在典籍,不问居家之事。"

㉒功:功绩,成果。

㉓窦专黄老:《汉书》卷九十七上《外戚传上》:"窦太后好黄帝、老子言,景帝及诸窦不得不读《老子》尊其术。"黄老,道家尊黄帝、老子为祖,因称道家为黄老。黄老思想并融和古代民间巫术及神仙方术思想,形成了中国土生土长的传统宗教道教。道教奉老子为教主,以修真悟道、羽化登仙为最终目的。专,《文苑英华》作"传"。

㉔金丹:古代方士炼金石为药,谓服之可以长生,称金丹。

㉕因:《文苑英华》作"固"。西蜀豪家:指三国时蜀国刘琰。《三国志》卷四十《蜀书·刘琰传》:"刘琰字威硕,鲁国人也。……不豫国政,但领兵千余,随丞相亮讽议而已。车服饮食,号为侈靡,侍婢数十,皆能为声乐,又悉教诵读《鲁灵光殿赋》。"

㉖《鲁殿》:指《鲁灵光殿赋》,东汉王延寿作。灵光殿为汉景帝之子鲁恭王刘余所建,故址在今山东曲阜。

㉗东储:东宫储君。指皇太子。储,《文苑英华》作"台"。甲观:楼观名。汉太子宫有甲观。《汉书》卷十《成帝纪》:"孝成皇帝,元帝太子也。母曰王皇后,元帝在太子宫生甲观画堂,为世嫡皇孙。"观,《文苑英华》作"馆"。

㉘流咏：辗转吟咏。嵇康《杂诗》："流咏太素，俯赞玄虚。"吴兆宜注："一作'比兴'。"《洞箫》：《洞箫赋》，西汉王褒所作。《汉书》卷六十四下《王褒传》："太子喜褒所为《甘泉》及《洞箫颂》，令后宫贵人左右皆诵读之。"

㉙娈（luán）彼诸姬：《诗经·邶风·泉水》："娈彼诸姬，聊与之谋。"毛传："娈，好貌。诸姬，同姓之女。"郑玄笺："诸姬者，未嫁之女。"这里泛指宫中女子。

㉚弃日：谓打发日子，消磨时光。

㉛猗（yī）欤：叹词，表赞美。彤管：《诗经·邶风·静女》："静女其娈，贻我彤管。"郑玄笺："彤管，赤管笔也。"借指文墨之事。

㉜无或讥焉：傅刚《校笺》："明陈垣芳刻本作'丽矣香奁'。"

【译文】

于是，把这些歌辞放在金箱之中，装上华贵的卷轴。好似来自三台的精妙手迹，笔势如龙伸蠖屈般舒卷自如；所用的精致华美的五色花笺，是来自河北胶东的纸张。住在高楼上的美女，于是校定文字中"鱼成鲁"的讹误；放上芸香避除邪恶，姑且像在羽陵那样预防蠹虫。《灵飞》《六甲》，高据于玉制的书套之中；《淮南鸿烈》中的仙方，藏在枕中被长久地推重。至如青牛帐里，余下的乐曲已经演奏完毕；在朱鸟窗前，新妆已经打扮结束。于是便打开这淡青色的书套，解开这捆书简的丝绳，在有帷帐的书房中长久地相对把玩，在一双双纤柔的玉手中长久地传看。哪里会像邓皇后学《春秋》，儒者的成果难以习得；又哪会像窦太后专意黄老，但冶炼金丹的方法却并没有学成。因此胜过西蜀的豪家刘琰，他把感情全都寄托在一篇《鲁灵光殿赋》上；也胜过甲观楼上的东宫储君，他让后宫贵人左右辗转吟咏的就只是一篇《洞箫赋》。现在那些美丽的宫女，可用这些歌辞聊以打发时间，光闪闪的赤管笔写出的这些歌辞，大概是不会有人对它发出讥笑的。

卷一

古诗八首

六朝人所说的“古诗”，是指产生在汉魏时期的一批无主名的五言诗。“古诗”与“乐府”的区别，在于一为不入乐的徒诗，一为入乐的歌辞。但曾经入乐的歌辞，有的因后来脱离了音乐，失去了原先合乐的标题，也变成了古诗。反过来说，后来被视作“古诗”的作品，有的原来也是“乐府”，如这里所选的古诗“上山采蘼芜”，《太平御览》卷五百二十一引作古乐府诗；曾被萧统选入《古诗十九首》的“冉冉孤生竹”，《事文类聚》《合璧事类》作古乐府，《乐府诗集》作乐府“古辞”；“孟冬寒气至”“客从远方来”《合璧事类》也皆作古乐府，即其例。但仅从诗的角度说，二者并无实质的区别。

一

【题解】

古诗“上山采蘼芜”，载《艺文类聚》卷三十二，《艺文类聚》卷八十一、《太平御览》卷五百二十一、九百八十三节引。诗通过弃妇的不幸遭遇，揭露了“故夫”喜新厌旧、同时又怨新不如旧的市侩心理。通篇以问答成章，同时“不从正面写弃妇的怨哀，反而写故夫的念旧，更见出女主人公的被弃是无辜的”（余冠英《汉魏六朝诗选》），在写法上颇显别致。

上山采蘼芜[①]，下山逢故夫。长跪问故夫[②]：“新人复何如？”“新人虽言好③，未若故人姝④。颜色类相似⑤，手爪不相如⑥。”“新人从门入，故人从阁去⑦。”“新人工织缣⑧，故人工织素⑨。织缣日一匹⑩，织素五丈余。将缣来比素⑪，新人不如故⑫。”

【注释】

①蘼（mí）芜：也作“蘪芜”。《尔雅·释草》：“蕲茝，蘪芜。”郭璞注：“香草，叶小如萎状。”屈原《九歌·少司命》：“秋兰兮蘪芜，罗生兮堂下。绿叶兮素华，芳菲菲兮袭予。”

②长跪：古人席地而坐，坐时两膝着地，臀部压在脚后跟上。若将腰伸直，即挺起上身，则为跪。因上身显得长了，故曰长跪。这是一种表示尊敬的姿势。《战国策·魏策四》：“秦王色挠，长跪而谢之。”《太平御览》卷五百二十一作“回首”。

③言：《艺文类聚》卷三十二作“云”。

④姝（shū）：美好。

⑤“颜色”句：此句《艺文类聚》卷三十二作“其色似相类”。颜色，指模样。

⑥手爪：指纺织针线之类的女工技艺。

⑦阁（gé）：小门，旁门。

⑧工：善于，擅长。缣（jiān）：双丝织的细绢，略带黄色。

⑨素：白绢。素与缣比，素贵而缣贱。

⑩匹：其时一匹长四丈，宽二尺二寸。

⑪将缣（jiān）来：《艺文类聚》卷三十二作“持缣将”，卷八十五作“以缣持”。

⑫“新人”句：《古怨歌》：“茕茕白兔，东走西顾。衣不如新，人不如故。”

【译文】

上山去采蘼芜，下山时碰上了前夫。长跪着问前夫：“新娶的妻子怎么样?”“新娶的妻子虽说不错,却没有前妻那么突出。相貌长得差不多,纺织针线却不如。”“新人从大门进来,故人却从旁门离去。”“新人擅长织黄绢,故人善于织白绢。黄绢一天能织一匹,白绢一天能织五丈多。拿黄绢同白绢做比较,新人要比故人差好多。”

二

【题解】

古诗“凛凛岁云暮”,被萧统收入《文选》卷二十九,为《古诗十九首》之第十六首。诗写思妇思念游子,“于实情中幻出虚景,又于虚景中幻出实情”(金圣叹《唱经堂古诗解》),情调颇为缠绵凄婉。沈德潜评云:“此相见无期,托之于梦也。‘既来不须臾’二语,恍恍惚惚,写梦境入神。”(《古诗源》卷四)

凛凛岁云暮①,蝼蛄多鸣悲②。凉风率已厉③,游子寒无衣。锦衾遗洛浦④,同袍与我违⑤。独宿累长夜⑥,梦想见容晖⑦。良人惟古欢⑧,枉驾惠前绥⑨。“愿得长巧笑,携手同车归⑩。”既来不须臾⑪,又不处重闱⑫。谅无鹍风翼,焉能凌风飞⑬?眄睐以适意⑭,引领遥相晞⑮。徙倚怀感伤⑯,垂涕沾双扉⑰。

【注释】

①凛凛:寒冷貌。凛,赵氏覆宋本作“癝”。云:语助词,无义。《诗经·小雅·小明》:“曷云其还?岁聿云莫。”

②蝼蛄:虫名。俗称土狗,又名拉拉蛄,喜夜鸣。多:《文选》李善本作“夕”,六臣本作“多”。

③率（shuài）：大概，大都。厉：猛烈。

④锦衾（qīn）：锦被。《诗经·唐风·葛生》："角枕粲兮，锦衾烂兮。"遗（wèi）：《文选》吕延济注："与也。"洛浦：洛水之滨。相传伏羲氏之女宓妃，溺死于洛水，遂成为洛水之神。关于宓妃的神话多集中在人神恋爱方面，故这里设想丈夫将锦被送往洛水之滨的宓妃，也就是设想他另有了新欢。

⑤同袍：余冠英《汉魏六朝诗选》："'袍'就是被褡，今名披风，古代行军者白天用来当衣穿，夜里用来当被盖。也叫'裾'。《说文》：'裾，袍也。'《玉篇》：'裾，被也。'《诗经·无衣》有句云：'与子同袍。'那是军士表示友爱的话。本篇以'同袍'代同衾，指夫妇。"违：离。

⑥累长夜：经历了许多长夜。

⑦容晖（huī）：容貌风采。晖，同"辉"。

⑧良人：《文选》李周翰注："妇人呼夫为良人，尊之也。"惟：思。古欢：旧欢，旧爱。

⑨枉驾：屈驾。谓丈夫不惜委屈自己，驾车前来。惠：授。前绥：指以前结婚时丈夫所授之绥。古代风俗，结婚时丈夫驾车迎接新妇，授绥以引新妇上车。绥，供攀援上车的绳索。

⑩"愿得"二句：此为思妇梦中所听到的丈夫对自己说的话。巧笑，轻巧、美好的笑。《诗经·卫风·硕人》："巧笑倩兮，美目盼兮。""携手"句，《诗经·邶风·北风》："惠而好我，携手同归。"又《郑风·有女同车》："有女同车，颜如舜华。"

⑪须臾（yú）：一会儿。

⑫处：住下来。重闱：犹深闺，女子住处。闱，《文选》张铣注："闱，闺门也。"

⑬"谅无"二句：此二句为思妇醒后的悲怨之语。谅，信，实在。《文选》作"亮"。鷐（chén）风，鸟名。善飞。凌风，乘风。

⑭眄睐（miǎn lài）：邪视。这里为纵目四顾之意。适意：散怀，宽心。

⑮引领：伸长脖子。睎（xī）：望。

⑯徙倚：徘徊。司马相如《长门赋》："间徙倚于东厢兮，观夫靡靡而无穷。"

⑰扉（fēi）：门扇。

【译文】

寒气逼人一年又将过去，蝼蛄鸣叫让人感到悲凄。凉风刮来是那么猛烈，游子还没有过冬的棉衣。锦被已送给洛水边的美女，同袍之人就这样与我背离。独自眠宿度过了无数个长夜，忽在梦中见到了夫君的容颜。夫君尚思念旧日的情分，屈驾前来把我牵引上车。说："希望能常见你开颜欢笑，手拉着手一起乘车把家回。"既然来了却又只待了不一会儿，更没有打算眠宿在这深闺。我实在没有鷐风的翅膀，哪能追随着您乘风高飞？纵目四望放松一下心情，伸长了脖子远远地寻觅。徘徊门前情怀无限感伤，泪流不止竟把双门沾湿。

三

【题解】

古诗"冉冉孤生竹"，收入《文选》卷二十九，为《古诗十九首》之第八首；收入《乐府诗集》卷七十四《杂曲歌辞》，题作"古辞"。刘勰《文心雕龙·明诗》则云："古诗佳丽，或称枚叔，其'孤竹'一篇，则傅毅之辞。"诗一说为女子埋怨新婚久别之作，一说为女子埋怨婚迟之作，以前说为近是。篇中多处用比，起四句更是"比中用比"（沈德潜《古诗源》卷四），读来给人以"情何婉娈，语何凄其"（陆时雍《古诗镜》卷二）之感，颇富艺术感染力。

冉冉孤生竹①，结根泰山阿②。与君为新婚，菟丝附女萝③。菟丝生有时，夫妇会有宜④。千里远结婚，悠悠隔山陂⑤。

思君令人老，轩车来何迟[⑥]！伤彼蕙兰花[⑦]，含英扬光辉[⑧]。过时而不采，将随秋草萎。君亮执高节[⑨]，贱妾亦何为[⑩]？

【注释】

①冉冉：柔弱下垂貌。又《文选》李周翰注："冉冉，渐生进貌。"孤生竹：暗喻自己是个独养女儿，出嫁前依靠父母。又《文选》李周翰注："此喻妇人贞洁如竹也。"

②"结根"句：《文选》李善注："竹结根于山阿，喻妇人托身于君子也。"李周翰注："泰山，众山之尊，夫者，妇之所尊，故以喻之。"泰山阿，泰山里面。阿，山曲处。

③"菟（tù）丝"句：菟丝、女萝互相缠绕，比喻夫妇两情缠绵，难解难分。菟丝，一种细柔蔓生的草本植物，女子自比。女萝，即松萝，一种地衣类蔓生植物。这里比女子的丈夫。

④宜：适宜的时间。谓夫妇应趁年轻及时相聚。又《文选》李善注引《苍颉篇》："宜，得其所也。"

⑤"悠悠"句：此句说婚后又久别远离。悠悠，远貌。山陂（bēi），山坡。又《文选》吕向注："陂，水也。"

⑥轩车：有屏障的车，古时大夫以上官员所乘。"轩车来何迟"或谓女子的丈夫可能是远宦不归。

⑦蕙、兰：皆香草名。女子用以自比。

⑧"含英"句：《文选》李周翰注："此妇人喻己盛颜之时。"含英，指尚未盛开的花。

⑨君亮：《乐府诗集》作"亮君"。亮，同"谅"，诚然，想必。执高节：谓忠于爱情，守节不移。

⑩何为：干什么，谓自伤自怨干什么，也就是不必自伤自怨之意。

【译文】

一根柔弱而孤单的竹子，把根儿扎在泰山山窝。与君新婚结为夫妻，就像菟丝缠绕着女萝。菟丝生长有一定的时候，夫妇团聚也有适宜的时节。不远千里前来结成婚姻，婚后却被山坡远远地隔离。思念夫君使人一天天衰老，夫君的车却怎么来得这样的迟！可怜那些蕙草和兰花，即将盛开的花朵散发着光辉。过了时节而不加以采摘，将随秋草一起凋零枯萎。想来夫君一定会坚守高尚的节操，我又何必这样自伤自怨？

四

【题解】

古诗“孟冬寒气至”，收入《文选》卷二十九，为《古诗十九首》之第十七首；《太平御览》卷四百八十九、五百九十二节引。诗写思妇怀人，也颇感人。沈德潜评云：“置书怀袖，亲之也。三岁不灭，永之也。然区区之诚，君岂能察识哉！用意措辞，微而婉矣。”（《古诗源》卷二）

孟冬寒气至①，北风何惨栗②。愁多知夜长，仰观众星列③。三五明月满④，四五蟾兔缺⑤。客从远方来，遗我一书札⑥。上言长相思，下言久离别。置书怀袖中，三岁字不灭⑦。一心抱区区⑧，惧君不识察。

【注释】

①孟冬：初冬。指农历十月。

②惨栗：寒极貌。兼指生理上和心理上的感受。

③“愁多”二句：吴淇：“冬之夜自是长，无愁不觉得，愁多偏觉得。仰观众星，总愁极无聊之意。”（《六朝选诗定论》卷四）

④三五：指农历每月十五日。

⑤四五：指农历每月二十日。蟾（chán）兔：蟾蜍和玉兔。神话传说，嫦娥偷吃了其夫后羿的神药飞入月宫，化为蟾蜍，又月中有玉

兔捣药不息，因以“蟾兔”为月的代称。

⑥遗（wèi）：送来，带来。

⑦“置书”二句：《文选》吕向注：“言置于怀袖，久而不灭，敬重之至。”书，《太平御览》卷五百九十五作“之”。怀袖，犹言怀抱，指胸前。谓将书信藏在胸前贴身衣内。三岁，泛指多年。

⑧区区：指诚挚的相爱之情。繁钦《定情诗》：“何以致区区，耳中双明珠。”

【译文】

孟冬时节寒气阵阵袭来，北风劲吹何其凄厉惨栗。心多忧愁顿觉寒夜漫长，抬起头来且观众星排列。每逢十五月亮团团圆圆，每逢二十月亮出现亏缺。家中来了位远方客人，为我捎来了一封丈夫的信札。前面写他经常把我思念，后面感叹夫妇长久离别。特把信札珍藏在贴身的衣中，过了三年字迹也没有磨灭。一心保持着对夫君的挚爱，就怕夫君不能够洞识明察。

五

【题解】

古诗“客从远方来”，被萧统收入《文选》卷二十九，为《古诗十九首》之第十八首；《太平御览》卷五百九十五节引。诗歌咏爱情，多用谐音双关语，将因一段绮而生出的无限情意表现得极缠绵尽致。

客从远方来，遗我一端绮①。相去万余里，故人心尚尔②。文彩双鸳鸯，裁为合欢被③。著以长相思④，缘以结不解⑤。以胶投漆中，谁能别离此⑥？

【注释】

①遗（wèi）：送来，带来。《太平御览》作“赠”。端：古代布帛，皆以

古尺二丈为一端，二端为一两。绮：有花纹的绫。

②尔：这样。谓没有变心。

③合欢被：一种绣有对称的用以象征和合欢乐图案的被子。又，马茂元《古诗十九首初探》："这里的'合欢被'，是指把绮裁成表里两面合起来的被，所以有合欢之义，象征夫妇同居的愿望。"郑文《汉诗选笺》："合欢被，可能指被里被面同样大小，四周有带或丝缕将两片连缀一起，拆洗时可不用缝，如此形制之被。"

④著（zhuó）：在衣被中装绵。长相思：指丝绵絮。思，谐"丝"。

⑤"缘以"句：即在边上缀以丝缕。《文选》李善注："郑玄《礼记》注曰：'缘，饰边也。'"结不解，象征爱情的坚贞不移。

⑥此：指胶漆；也指胶漆一般牢固缠绵的爱情。

【译文】

有一个客人从远方来家，捎来丈夫送给我的一端绮。丈夫同我相距有万余里，他的心还是这样没有偏移。绮上绣有一对鸳鸯鸟，把它裁剪做成一条合欢被。装进象征长相思的丝绵絮，缘边缀以丝缕相互联结不能解。把胶投进漆中紧密地粘合，有谁能把它们再拆散分开？

六

【题解】

古诗"四坐且莫喧"载《艺文类聚》卷七十、《初学记》卷二十五，《初学记》题作《古诗咏香炉诗》；《太平御览》卷七百三节引。有人认为这是一首讽世诗，如余冠英云："这诗借歌咏香炉寄托讽谕。先写香炉的精致，次写香烟的悦人，最后以香风不久、香草空残比喻世俗的人竭尽精力追求浮名，博得一时的称羡，到头是空虚的，不值得的。"（《汉魏六朝诗选》）还有人认为这是一首愤世诗，如陈祚明云："以比己有才能，而君不录用。河清难俟，冉冉将老。通首但于闲处铺张，惟末二句，是正旨。"

(《采菽堂古诗选》卷三)但从后四句看,将其理解为女子的感伤身世之作,也未尝不可。逯钦立云:"《玉台》所载均有关女性之作,此其体例也。此诗不合原书体例,原本不应有之。"(《先秦汉魏晋南北朝诗》),此说尚可商榷。

四坐且莫喧①,愿听歌一言②。请说铜炉器,崔嵬象南山③。上枝以松柏④,下根据铜盘。雕文各异类,离娄自相联⑤。谁能为此器?公输与鲁班⑥。朱火然其中⑦,青烟飏其间⑧。从风入君怀⑨,四坐莫不叹⑩。香风难久居,空令蕙草残⑪。

【注释】

①四坐:即四座。

②愿:希望。

③崔嵬(wéi):高貌。东方朔《七谏·初放》:"高山崔巍(嵬)兮,水流汤汤。"

④以:《艺文类聚》《初学记》《太平御览》作"似"。

⑤离娄:刻镂分明的样子。又为众木交加之貌。联:《初学记》《太平御览》作"连"。

⑥公输:公输班,即鲁班,春秋时鲁国的巧匠。余冠英《汉魏六朝诗选》:"'公输与鲁班'一句语气虽似指两个人,意思还是指一个,就是说能雕刻成这样好器物的人除了公输班还是公输班,也就是说只有这最有名的巧匠做得出。"

⑦然:同"燃"。

⑧飏(yáng):飞扬。

⑨从:《艺文类聚》《初学记》《太平御览》作"顺"。

⑩莫不叹:傅刚《校笺》:"五云溪馆本、徐本、郑本作'且莫欢'。"

叹,赞叹。《艺文类聚》《初学记》《太平御览》作“欢”。

⑪蕙草:香草名。古代以兰蕙等香草炼膏,然后置于炉中燃烧以取其香。

【译文】

四座的客人且不要喧哗,希望能听我唱上一段。请让我来说一说铜香炉,它高大的样子就像南山。上端是遒劲的松枝柏枝,下端树根盘踞在铜盘。炉身雕刻的图文各式各样,线条都很分明彼此相连。谁能做出这样的器具?他们就是公输鲁班。炉中燃烧着红红的火焰,青烟飘扬在炉膛之间。香气随风飘入您的怀抱,四座的人无不发出赞叹。香风很难在怀抱中久留,徒然让蕙草在炉中被摧残。

七

【题解】

古诗“悲与亲友别”,或为惜别友人之诗,或为女子送夫远出的告别之词,以后者的可能性为最大。一个“悲”字为全篇诗眼,但又不只一个“悲”字,还蕴含着深沉的人生慨叹,于抑扬顿挫间展露得淋漓尽致。陆时雍评云:“恳款特至,语语披情。‘赠子以自爱’一语特珍。”(《古诗镜》卷二)陈祚明评云:“赠以自爱,望以来还,忠厚之至。”(《采菽堂古诗选》卷三)

悲与亲友别,气结不能言①。赠子以自爱,道远会见难。人生无几时,颠沛在其间。念子弃我去,新心有所欢。结志青云上②,何时复来还?

【注释】

①气结:因悲哀而气郁结。

②结志：专注于志向所在。青云：喻高官。《史记》卷七十九《范雎蔡泽列传》："贾不意君能自致于青云之上。"

【译文】

您悲伤地与众亲友告别，我心气郁结口不能言。送您一句话您要多加保重，路远了今后见面会很困难。人这一辈子并没有多长时间，期间颠沛流离总没个完。我思量您弃我而去之后，一定会有别的女人讨您喜欢。您一心只想着要青云直上，什么时候才能又把家还？

八

【题解】

古诗"穆穆清风至"《艺文类聚》卷八十一、《太平御览》卷九百九十四节引。这是一首"女子春日怀望所欢的诗。上半写由风吹衣裾而想到对方的青袍。下半写望而不见的怨思"（余冠英《汉魏六朝诗选》）。陈祚明评云："此言怨尽矣！所思之不信，可知矣！然但曰'安得抱柱信'，不遽责以不信也。若决绝言，其不信，则不必思矣。"（《采菽堂古诗选》卷三）"穆穆"二句，意象优美，女子之神态情思，仿佛可睹。末二句如陈祚明所云，似直而实曲，能曲折尽情。

穆穆清风至①，吹我罗裳裾②。青袍似春草，长条随风舒③。朝登津梁上④，褰裳望所思⑤。安得抱柱信⑥，皎日以为期⑦？

【注释】

①穆穆：柔和貌。《诗经·大雅·文王》："穆穆文王，於缉熙敬止。"

②罗：轻软而稀疏的丝织品。裳：《释名·释衣服》："下曰裳。裳，障也，所以自障蔽也。"裾（jū）：衣襟。

③条：枝条。此指衣袂。随：《太平御览》作“从”。

④津梁：桥梁。上：赵氏覆宋本作“山”。傅刚《校笺》：“下‘抱柱’，‘山’当作‘上’。”

⑤褰（qiān）：提起。

⑥抱柱信：《庄子·盗跖》载，尾生与女子相约在桥下相会，女子未来，而河水暴涨，尾生并不离去，抱梁柱而死。后“抱柱”被用作坚守信用的典故。

⑦“皎日”句：谓指着皎日立誓。《诗经·王风·大车》：“穀则异室，死则同穴。谓予不信，有如皎日。”皎，明。期，谓相会之期。

【译文】

柔和的清风吹了过来，吹拂着我的绸裙和长袖。他穿的青袍好似春草，长长的衣襟随风舒展。一早我登上了渡口边的桥梁，提起衣裙把所思念的人眺望。怎么找到可抱柱而死的守信之人，能指着太阳起誓定下相会之期？

古乐府诗六首

《宋书》卷十九《乐志一》云："凡乐章古词，今之存者，并汉世街陌谣讴。"所谓"乐章古词"，即乐府古诗，是六朝人对汉代乐府诗的称谓。"乐府"原是汉武帝时建立的音乐官署，其职能是掌管宫廷所用的音乐，兼采民间歌谣和乐曲，后来就将这些官署所采集、创作的歌诗称为"乐府"。汉乐府中采自民间的歌谣，具有"感于哀乐，缘事而发"（《汉书》卷三十《艺文志十》）的特色，反映了较为广阔的社会现实生活，形式有五言、七言和杂言，有较强的叙事性，语言质朴明快，风格刚健清新，对后世诗歌创作有深远影响。

日出东南隅行

【题解】

《日出东南隅行》始见于《宋书》卷二十一《乐志三》，题作《艳歌罗敷行》；收入《乐府诗集》卷二十八《相和歌辞·相和曲》，题作《陌上桑》；《艺文类聚》卷四十一节引，题作《古陌上桑罗敷行》；《初学记》卷十九、卷二十六节引，分别题作《古乐府陌上桑行》《古乐府陌上采桑》；《太平御览》有多卷节引，或题作《古诗》，或题作《古乐府陌上桑行》，或题作《古乐府歌诗》，或题作《古艳歌》。《乐府诗集》郭茂倩题解引崔豹《古今注》认为诗中主人公罗敷为邯郸千乘王仁妻，王仁后为赵王家令，赵王见罗敷悦之而欲夺焉，罗敷乃作《陌上桑》之歌以自明。朱熹则认为，“罗敷即使君之妻，使君即罗敷之夫”，《陌上桑》乃二人“相戏之词”（《朱子语类》卷八十）。现在比较通行的看法是，《陌上桑》写的是蚕桑女罗敷严词拒绝五马太守调戏的故事，揭露了封建官僚的丑恶，塑造了罗敷这样一个美丽、坚贞、勇敢而又具有高度智慧的女性形象。诗写罗敷之美、夸夫婿之盛采用了极度夸饰的写法，而其美又全从虚处着笔，这种手法，对从曹植《美女篇》到王实甫《西厢记》的众多文学作品产生了深刻影响。沈德潜评云：“铺陈秾至，与辛延年《羽林郎》一副笔墨，此乐府体别于古诗者在此。”“‘谢使君’四语，大义凛然。末段盛称夫婿，若有章法，若无章法，是古人入神处。”（《古诗源》卷三）陈祚明评云：“乐府体总以铺陈艳异为工，与古诗确分二种。”“从日写至楼，从楼写至女，古人发端往往条递不骤。”“将写罗敷容饰之盛，乃先用‘笼系’‘笼钩’二语，与下相排。一则文气变宕不羁，再则自采桑而转到容饰，无过渡之迹，其法甚妙。”“写罗敷全须写容貌，今止言服饰之盛耳，偏无一言及其容貌，特于看罗敷者尽情描写，所谓虚处著笔，诚妙手也。‘立峙嵎’是人踟蹰，反言马，故趣。”“罗敷致辞，截然严正，但二语已足，此诗意便可竟。后解又极写一段，傲使君耳！当时不必一一言及此，然若非此夫婿，几无以谢使君者然。”“‘鬑鬑有须’，如画；‘盈盈’‘冉冉’，字法生动。‘皆言夫婿殊’，如此竟住，大佳。落落无章法，乃其章法之妙也。”“写罗敷意中，视府君蔑如耳。”（以上《采菽堂古诗选》卷二）

日出东南隅[①]，照我秦氏楼。秦氏有好女，自言名罗敷[②]。罗敷善蚕桑[③]，采桑城南隅。青丝为笼绳[④]，桂枝为笼钩[⑤]。头上倭堕髻[⑥]，耳中明月珠[⑦]。绿绮为下裙[⑧]，紫绮为上襦[⑨]。行者见罗敷[⑩]，下担捋髭须[⑪]。少年见罗敷，脱帽著帩头[⑫]。耕者忘其耕[⑬]，锄者忘其锄。来归相怒怨[⑭]，但坐观罗敷[⑮]。

【注释】

①东南隅：犹言东南方。

②自言名：自称其名。言名，《宋书》《艺文类聚》《乐府诗集》及《太平御览》卷八百二十五作"名为"。

③善：《宋书》《艺文类聚》《乐府诗集》作"喜"，《太平御览》卷六百八十八、六百九十五作"好"。蚕桑：《初学记》作"采桑"，《太平御览》卷六百八十八作"养蚕"。

④笼：篮子。绳：系结篮子的绳。《宋书》《乐府诗集》作"系"。

⑤笼钩：篮子的提柄。钩，谓将桂树枝条弄弯，两端钩在篮上，其中间部分便可提携。

⑥倭堕髻：即堕马髻。参见徐陵《序》注。

⑦明月珠：宝珠名。干宝《搜神记》卷二十："隋县溠水侧，有断蛇丘。隋侯出行，见大蛇被伤，中断，疑其灵异，使人以药封之，蛇乃能走，因号其处'断蛇丘'。岁余，蛇衔明珠以报之。珠盈径寸，纯白，而夜有光，明如月之照，可以烛室。故谓之'隋侯珠'，亦曰'灵蛇珠'，又曰'明月珠'。"又《后汉书》卷八十八《西域传》："（大秦国土）多金银奇宝，有夜光璧、明月珠……"按大秦国即古罗马帝国。

⑧绿：《宋书》《艺文类聚》《乐府诗集》及《初学记》卷十九、卷二十六作"缃"，《太平御览》卷六百九十五作"绀"、六百九十六作"缃"。绮：绫有花纹者。裙：原作"裾"，《宋书》《乐府诗集》作"裙"，《初学记》卷二十六及《太平御览》卷六百九十五、六百九十六、八百十六作"裳"，兹据《宋书》《乐府诗集》改。

⑨襦（rú）：短袄。

⑩行者：过路人。《初学记》卷十九作"观者"。

⑪捋（lǚ）：用手顺着抹过去，抚摸。髭（zī）须：唇上的胡子曰髭，在下的曰须。

⑫帽：原作“巾”，《宋书》《乐府诗集》作“帽”，《初学记》卷十九作“幞”，兹据《宋书》《乐府诗集》改。帩（qiào）头：束发的纱巾。古代男子先以帩头束发，再戴上帽子。

⑬耕：《宋书》《乐府诗集》及《初学记》卷十九作“犁”。

⑭怒怨：原作“喜怒”，《宋书》《乐府诗集》作“怒怨”，又傅刚《校笺》：“徐本、郑本作‘怨怒’。”兹据《宋书》《乐府诗集》改。

⑮坐：因为。

【译文】

太阳从东南方升起，照在眼前的秦氏楼上。秦家有个俊俏的闺女，说自己的名字叫罗敷。罗敷特会采桑养蚕，采桑常在城南一角。青色丝带做篮子络绳，桂树枝条做篮子提柄。头上盘着时髦的倭堕髻，耳上戴着耀眼的明月珠。绿色绫罗做的下裙，短袄用的紫色绫罗。过路人见到秦罗敷，放下担来把胡须抹。年轻人见到秦罗敷，摘下帽来只有头巾把发束。耕地的忘了把地耕，锄地的忘了把地锄。回家后互相生气埋怨，只因你只顾站着看罗敷。

使君从南来①，五马立踟蹰②。使君遣吏往，问此谁家姝③。“秦氏有好女，自名为罗敷④。”“罗敷年几何？”“二十尚未满⑤，十五颇有余⑥。”使君谢罗敷⑦：“宁可共载不？”罗敷前置辞⑧：“使君一何愚⑨！使君自有妇，罗敷自有夫。”

【注释】

①使君：东汉时对太守或刺史的称谓。

②五马：闻人倓《古诗笺》：“（汉制）太守驷马而已，其有加秩中二千石，乃右骖，故以‘五马’为太守美称。”踟蹰（chí chú）：徘徊不前貌。

③此：《艺文类聚》《乐府诗集》作“是”。姝（shū）：美女。

④“秦氏”二句：此二句是小吏在询问后回复太守的话。傅刚《校笺》：“五云溪馆本、徐本、郑本作‘答云秦氏女，且言名罗敷’。”

⑤未满：《宋书》《乐府诗集》作“不足”，《艺文类聚》作“未然”。

⑥颇：稍微。

⑦谢：问。

⑧置辞：犹致辞。置，《艺文类聚》作“致”。

⑨一何：何其，怎么这样。

【译文】

这天太守从南面过来，五匹马站在那儿来回踏步。太守差个小吏走上前来，询问这是谁家的俊丫头。“她是秦家的好闺女，自己取名叫罗敷。”“罗敷今年多大了？”“二十还不到，十五刚出头。”太守上前问罗敷：“愿同我一起坐车回城不？”罗敷上前把话答：“太守你怎么这样蠢！你家里自有媳妇，我罗敷自有丈夫！”

“东方千余骑①，夫婿居上头②。何以识夫婿③？白马从骊驹④。青丝系马尾，黄金络马头⑤。腰间鹿卢剑⑥，可直千万余⑦。十五府小吏⑧，二十朝大夫⑨。三十侍中郎⑩，四十专城居⑪。为人洁白皙，鬑鬑颇有须⑫。盈盈公府步⑬，冉冉府中趋。坐中数千人⑭，皆言夫婿殊⑮。”

【注释】

①东方：指夫君做官的地方。千余骑：指夫君的随从。

②上头：前头，前列。

③以：《宋书》《艺文类聚》《乐府诗集》及《太平御览》卷八百十四皆作“用”。

④“白马”句：谓夫婿骑着白马，而随从们都骑着黑马。从，《太平御

览》卷八百十四作“紫”。骊(lí)驹,深黑色的小马。

⑤络:《太平御览》卷八百十四作“笼”。

⑥间:《宋书》《艺文类聚》及《太平御览》卷三百四十四作“中”。鹿卢剑:剑首用玉制作成辘轳形的剑。鹿卢,即辘轳,井口用作汲水的滑轮。

⑦直:同“值”。万:傅刚《校笺》:“陈本作‘金’。”

⑧吏:《宋书》《乐府诗集》作“史”。

⑨朝大夫:《汉书》卷十九上《百官公卿表上》:“大夫掌论议,有太中大夫、中大夫、谏大夫,皆无员,多至数十人。”

⑩侍中:汉代为在原官之上特加的荣衔。《汉书》卷十九上《百官公卿表上》:“侍中、左右曹诸吏、散骑、中常侍,皆加官。”

⑪专城居:为一城之主。指州牧、太守一类的官。

⑫鬑鬑(lián):胡须稀疏貌。一说,长貌。原作“髯髯”,《宋书》《艺文类聚》《乐府诗集》作“鬑鬑”。胡须多为“髯”,与下“颇有须”的描写不合,故据《宋书》《乐府诗集》改。颇:略微。

⑬盈盈:与下“冉冉”皆为步履从容舒缓的样子。《文选》屈原《离骚》:“老冉冉其将至兮,恐修名之不立。”吕向注:“冉冉,渐渐也。”

⑭“坐中”句:谓官员们在一起聚会。坐,同“座”。

⑮殊:不同,出众。

【译文】

“东方簇拥着千余骑,我夫君走在最前头。怎么才能认出我夫君?他骑着白马后面跟着的都是黑马驹。用青色丝绳系着马尾,黄金做的笼头套着马头。腰间佩戴着一把鹿卢剑,可值黄金千万多。十五岁就做了府中小吏,二十岁在朝廷做了大夫。三十岁就升为侍中郎,四十岁成为一城之主。人长得白白净净,稀稀疏疏还长了点儿胡须。舒缓地在公府中踱着方步,悠闲地在府衙中迈步徐行。在座的官员有数千人,都夸我夫君特别出众。”

相逢狭路间

【题解】

本篇收入《乐府诗集》卷三十四《相和歌辞·清调曲》，题作《相逢行》，郭茂倩题解："一曰《相逢狭路间行》，亦曰《长安有狭斜行》。"《文选》鲍照《舞鹤赋》李善注节引，题作《古乐府》；又徐悱《古意酬到长史溉登琅邪城诗》李善注节引，题作古乐府《日出东南隅行》；《艺文类聚》卷四十一节引，题作《古相逢行》；《初学记》卷十八节引，题作《古乐府诗》；《太平御览》卷一百七十六节引，题作《古诗》。诗以铺陈藻绘的手法，极写富贵人家官舍之华丽，气势之煊赫，生活之奢靡，反映了当时社会生活、社会心理的一个生动侧面。诗的思想倾向及感情色彩，有的认为是"意存讥诮，'黄金'以下，一路写去，似句句恭维，实句句奚落"（萧涤非《汉魏六朝乐府文学史》），有的则认为"这诗极力描写富贵之家种种享受，似是娱乐豪贵的歌曲"（余冠英《乐府诗选》）。细味之，两说皆可通。"写繁华甚盛，变宕百出，古雅纷披"（陈祚明《采菽堂古诗选》卷二），在艺术上颇见特色。

相逢狭路间，道隘不容车①。如何两少年②，挟毂问君家③。君家诚易知，易知诚难忘④。黄金为君门，白玉为君堂⑤。堂上置樽酒⑥，使作邯郸倡⑦。中庭生桂树⑧，华灯何煌煌⑨。兄弟两三人⑩，中子为侍郎⑪。五日一来归⑫，道上自生光。黄金络马头，观者满路傍⑬。入门时左顾⑭，但见双鸳鸯⑮。鸳鸯七十二，罗列自成行。音声何噰噰⑯，鹤鸣东西厢。大妇织罗绮⑰，中妇织流黄⑱。小妇无所作⑲，挟瑟上高堂⑳。丈人且安坐㉑，调丝未遽央㉒。

【注释】

①道隘：道路狭窄。陈祚明《采菽堂古诗选》卷二：“‘道隘’句，既切狭路，又见车之高广。”

②“如何”句：《艺文类聚》《乐府诗集》作“不知何年少”。

③挟毂（gǔ）：夹车，谓站在车的两旁。挟，《艺文类聚》《乐府诗集》作“夹”。毂，车轮中间插入车轴的圆木，使车轮保持直立不致往内或往外倾斜。代指车。

④易知：《初学记》作“悠悠”。诚：《艺文类聚》《初学记》《乐府诗集》作“复”。

⑤白玉：《文选》鲍照《舞鹤赋》李善注节引作“白璧”，《艺文类聚》作“璧玉”。

⑥“堂上”句：《文选》鲍照《舞鹤赋》李善注节引作“上有双樽酒”。置樽酒，谓摆设酒宴。《初学记》作“罗酒樽”。

⑦使作：役使。《乐府诗集》作“作使”。邯郸：战国时赵国都城，故地在今河北邯郸，战国秦汉间以出歌舞艺人著称。倡：歌舞艺人。

⑧中庭：庭院中。桂：《初学记》作“奇”。

⑨华灯：《楚辞》宋玉《招魂》：“兰膏明烛，华灯错些。”王逸注：“言灯锭尽雕琢错镂，饰设以禽兽，有英华也。”灯，傅刚《校笺》：“五云溪馆本、徐本、郑本作‘烛’。”煌煌：明亮貌。

⑩两三人：即三人，“两”为衬字。

⑪中子：即二儿子。为侍郎：《文选》徐悱《古意酬到长史溉登琅邪城诗》李善注节引作“侍中郎”。侍郎，皇帝的侍从官。据《汉书》卷十九上《百官公卿表上》，郎中令的属官有侍郎；又据《后汉书·百官志三》，尚书令的属官也有侍郎，负责“文书起草”。

⑫“五日”句：《初学记》卷二十：“休假亦曰休沐。汉律：吏五日得一下沐，言休息以洗沐也。”一，《艺文类聚》作“因”。归，傅刚《校笺》：“五云溪馆本、徐本、郑本作‘游’。”

⑬满路:《艺文类聚》《乐府诗集》作“盈道”。

⑭时:《艺文类聚》作“一”。左顾:谓左顾右盼,环顾。

⑮鸳鸯:水禽,与下“鹤”均为富贵人家所养宠物。汉乐府《鸡鸣》:“舍后有方池,池中双鸳鸯。鸳鸯七十二,罗列自成行。”

⑯噰噰(yōng):众鹤和鸣声。

⑰大妇:大儿媳妇。此乃从公婆角度说。颜之推《颜氏家训·书证》:“古乐府歌词,先述三子,次及三妇,妇是对舅姑(按即公婆)之称。其末章云:‘丈人且安坐,调弦未遽央。’古者,子妇供事舅姑,旦夕在侧,与儿女无异,故有此言。”罗绮:“罗”是轻软而稀疏的丝织品,“绮”是有细密花纹的丝织品。《艺文类聚》《太平御览》《乐府诗集》作“绮罗”。

⑱流黄:褐黄色的绢。

⑲作:《艺文类聚》《乐府诗集》作“为”。

⑳挟:《楚辞》刘向《九叹·愍命》:“破伯牙之号钟兮,挟人筝而弹纬。”王逸注:“挟,持也。”陈祚明《采菽堂古诗选》卷二:“大抵是小妇独承宠,故不令织作耳。”高堂:家中长辈所居的堂屋。

㉑丈人:子媳对公婆的尊称。王充《论衡·气寿篇》:“尊翁妪为丈人。”

㉒丝:《艺文类聚》作“弦”。未遽(jù)央:即未央,还没有调好。央,尽。《诗经·小雅·庭燎》:“夜如何其?夜未央。”《乐府诗集》作“方未央”。

【译文】

两车在狭窄的道路间相逢,道路窄得容不下两辆车。不知为什么竟有两个年轻人,站在车旁问您家住在哪里。您家住哪里其实很容易弄清楚,不仅容易弄清楚而且不容易忘记。您家的大门是用黄金做成,您家的厅堂是用白玉镶砌。堂上摆着酒杯正举行宴会,使唤的是来自邯郸的歌舞女。庭院中长着芳香的桂树,华美的灯光有多辉煌。兄弟一共有三人,居中的一位在朝中做侍郎。每隔五天回家一次,一路走来自有辉光。黄金做的笼头套住马头,看热闹的人们挤满路旁。走进家门不时四下张望,只见一对又一对的鸳鸯。鸳鸯一共有七十二只,排列起来自然成行。一片噰噰的叫声有多热闹,还有白鹤鸣叫在东厢西厢。大儿媳妇在织罗绮,二儿媳妇在织流黄。小儿媳妇没有做事,拿着瑟走上了高堂。二位老人且安心坐一会儿,她调弦还没有调到点上。

陇西行

【题解】

本篇收入《乐府诗集》卷三十七《相和歌辞·瑟调曲》。郭茂倩题解:"一曰《步出夏门行》。"又引《乐府解题》:"古辞云'天上何所有,历历种白榆'。始言妇有容色,能应门承宾。次言善于主馈,终言送迎有礼。"陇西,郡名。汉代郡治狄道(故地在今甘肃临洮),当时为通西域的要道,沿途居民多兼营客店、酒馆生意。诗的主旨在于赞美"健妇持门户,胜一大丈夫",塑造出一个别具一格的妇女形象,与《东门行》《白头吟》等篇中所写的柔弱女子相比,迥然不同。《汉书》卷六十九《赵充国传赞》云:"山西天水、陇西、安定、北地处势迫近羌胡,民俗修习战备,高上勇力鞍马骑射。故《秦诗》曰:'王于兴师,修我甲兵,与子皆行。'其风声气俗自古而然,今之歌谣慷慨,风流犹存耳。""健妇"的出现,实亦地域风气使然。诗以白描见长,从表情、言谈、举止、动作、风度等不同侧面刻画健妇,使健妇精明干练、既有礼又有节的才能品格跃然于纸,阅后给人留下深刻印象。开头写天上情景以起兴,也颇出色。陈祚明评云:"起八句与下不属,详意旨,只是兴起。'甚独殊'三字,天上谁能见之?从空结撰,写得俨然如睹,大奇。其中景物,总欲写令殊。'历历'字、'种'字、'夹'字、'生'字、'对'字、'啾啾'字、'将'字、'一'字、'九'字,并生动,且若极确,天上之殊如此。今此陇西事,亦大殊也。"(《采菽堂

古诗选》卷二)

天上何所有?历历种白榆[①]。桂树夹道生[②],青龙对道隅[③]。凤凰鸣啾啾[④],一母将九雏[⑤]。顾视世间人,为乐甚独殊。好妇出迎客,颜色正敷愉[⑥]。伸腰再拜跪[⑦],问客平安不,请客北堂上,坐客毡氍毹[⑧]。清白各异樽[⑨],酒上正华疏[⑩]。酌酒持与客[⑪],客言"主人持"。却略再拜跪[⑫],然后持一杯。谈笑未及竟,左顾敕中厨[⑬]。促令办粗饭,慎莫使稽留[⑭]。废礼送客出[⑮],盈盈府中趋[⑯]。送客亦不远,足不过门枢[⑰]。取妇得如此[⑱],齐姜亦不如[⑲]。健妇持门户[⑳],胜一大丈夫[㉑]。

【注释】

①历历:分明貌。白榆:星名。在北斗星旁。《太平御览》卷九百五十六引《春秋运斗枢》:"玉衡星散为榆。"

②桂树:星名。《艺文类聚》卷八十九引《春秋运斗枢》:"椒、桂合刚阳。"注:"椒、桂,阳星之精所生也。"道:指黄道。古人认为黄道是太阳绕地球运行的轨道。《汉书》卷二十六《天文志六》:"日有中道,月有九行。中道者,黄道,一曰光道。……日之所行为中道,月、五星皆随之也。"

③青龙:星名。即东方七宿。隅:旁。

④凤凰:星名。《鹖冠子·度万篇》:"凤凰者,鹑火之禽,阳之精也。"啾啾(jiū):凤鸣声。

⑤将:引领。九雏:九子。指凤凰星的尾宿九星。按古曲有《凤将雏》。应璩《百一诗》:"为作《陌上桑》,反言《凤将雏》。"屈原《天问》:"女歧无合夫,焉取九子?"

⑥敷愉:本形容草木繁荣,这里指和悦之貌。

⑦"伸腰"句:谓直起腰来拜了两拜(抱手胸前并俯身为拜),然后

又恢复原来的跪姿（古人坐时两膝着地，臀部压在脚后跟上。若将腰伸直则为跪，是一种对人表示尊重的姿势）。

⑧氍毹（qú yú）：毛织或毛麻混织的地毯。

⑨清白：指清酒、白酒。樽：酒杯。

⑩上：傅刚《校笺》："徐本、郑本作'止'。"华疏：指勺柄上华美的刻镂。借指勺。余冠英《汉魏六朝诗选》："这句是说酒送上来的时候将勺摆正，使柄向南方。"又，郑文《汉诗选笺》："华，即花字。疏，分散。华疏，指倾酒之时，酒入杯中所起泡沫，如花之分散。盖酒之佳者，倾注之际，酒泡集而成文，逐渐散去，有如花之疏散。"

⑪酌：用勺舀酒，斟酒。

⑫却略：即"略却"，稍稍退后，以表示谦让。

⑬左顾：回顾。敕：告诫，吩咐。中厨：内厨房。

⑭稽留：久留，延迟。意谓别耽误客人赶路。傅刚《校笺》："茅本、陈本作'留稽'。"

⑮废礼：傅刚《校笺》引《考异》："'废礼'二字，诸本并同，然不可解，当有讹误。"当为礼毕之意。

⑯盈盈：步履轻盈舒缓貌。汉乐府《陌上桑》（一作《日出东南隅行》）："盈盈公府步，冉冉府中趋。"

⑰枢：门轴。指门限、门口。

⑱取：同"娶"。

⑲齐姜：春秋时齐国国君姓姜，诸侯多娶齐女，因以"齐姜"代指贵族女子。《诗经·陈风·衡门》："岂其取妻，必齐之姜。"

⑳健妇：精明能干、有男子气概的女子。

㉑胜一：《乐府诗集》作"一胜"。

【译文】

看看天上都有些什么？清清楚楚地看见种着白榆。桂树生长在黄道的两旁，青龙也在黄道旁边两两相对。凤凰在啾啾地鸣叫，一只母鸟带着九只小鸟。回头看看世间的人们，他们的乐趣实在是特殊。美丽的女子出来迎客，表情是那样和颜悦色。伸直了腰两次恭行拜礼，跪直了身子问候客人一路是否平安，把客人请到北面正房，请客人坐在毛毯上面。两只酒杯分别盛着清酒白酒，放酒时又把勺子摆放端正。斟上酒把酒杯端给客人，客人说“请主人先喝上一杯”。稍稍退后又两次施礼跪拜，方才端起了桌上的酒杯。一起谈笑还没有十分尽兴，回过头来又吩咐厨房师傅。让快点儿把粗茶淡饭准备好，小心别把客人耽误得太久。礼毕把客人送出门来，在屋里迈着舒缓的细步。送客也不送得太远，双脚没有迈过门户。要是能娶一个这样的女人，这样的女人就连齐姜也不如。精明能干的女人把持门户，真要胜过一个大丈夫。

艳歌行

【题解】

本篇收入《乐府诗集》卷三十九《相和歌辞·瑟调曲》，《艺文类聚》卷九十二节引。曲写漂泊外乡之人既遭困顿、复遭猜疑、因而引起委屈之情和归乡之思的情景。诗篇细节描写生动，对漂泊者、女主人、男主人的个性和心理都有婉妙揭示。陈祚明评云：“客子情事曲笔写出，甚新异。……‘斜倚’，眄状，且怒且疑，无实可指。侧立睨视，极生动，极肖。”（《采菽堂古诗选》卷二）

翩翩堂前燕①，冬藏夏来见②。兄弟两三人，流荡在他县③。故衣谁当补④？新衣谁当绽⑤？赖得贤主人，览取为吾绽⑥。夫婿从门来⑦，斜柯西北眄⑧。语卿且勿眄⑨，水清石自见⑩。石见何累累⑪，远行不如归。

【注释】

①翩翩:轻快地飞行的样子。宋玉《九辩》:“燕翩翩其辞归兮,蝉寂漠而无声。”

②见:同“现”。以上二句兴起下文,言燕尚冬藏夏见,而兄弟流荡他县,却没有归期。

③荡:《艺文类聚》《乐府诗集》作“宕”。他县:异乡。

④故衣:旧衣。谁当补:谁给补。当,傅刚《校笺》:“五云溪馆本、徐本、郑本作‘为’。”

⑤新衣:与“故衣”连类而举,作为“故衣”的陪衬,无实在意义。绽:原义是“裂缝”,这里是缝补裂缝的意思。

⑥览:通“揽”,取。

⑦夫婿:指女房东的丈夫。

⑧斜柯(kē):侧着身。柯,傅刚《校笺》:“五云溪馆本、徐本、郑本作‘倚’。”眄(miǎn):斜着眼看。

⑨卿:妻子称丈夫。

⑩见:同“现”。

⑪累累:堆积不断貌。比喻只要在外,前路就会坎坷不平。

【译文】

燕子翩翩飞来堂前,冬天不见夏天重又出现。兄弟两三人,流荡到异乡。衣服破了谁给补补?衣服裂了谁给连连?幸好碰上女主人贤惠,把衣服拿去为我补连。男主人从门外进来,侧着身子朝西北斜着眼看。告诉您不要斜着眼看,水清石头自会露出真面。石头露出来一堆挨着一堆,远行在外终究不如把家来还。

皑如山上雪

【题解】

本篇载《宋书》卷二十一《乐志三》,收入《乐府诗集》卷四十一《相和歌辞·楚调曲》,皆题作《白头吟》;《太平御览》卷七十五节引,题作《古诗》。与本篇相比,《宋书》《乐府诗集》文字有多出,当为后来乐工所添加。《乐府诗集》郭茂倩题解引《西京杂记》:"司马相如将聘茂陵人女为妾,卓文君作《白头吟》以自绝,相如乃止。"但据《晋书》卷二十三《乐志下》:"凡乐章古辞,今之存者,并汉世街陌谣讴,《江南可采莲》《乌生十五子》《白头吟》之属是也。"可见应为来自民间的作品,卓文君之说当属附会。诗写女子向用情不专的情人表示决绝,有哀怨,有慨叹,也有诘责和对爱情理想的表白,于委婉蕴藉中表现出极复杂炽烈的情感。女子爱则倾其赤诚,既知对方有了二心,便主动前来决绝;既已决绝,又复相会;既相会矣,更复置酒。其落落大方、不卑不亢,其从容、镇定、自信、有主见、有思想,尤令人称绝。毋宁说,这既是一个爱情失败者的形象,也是一个爱情胜利者的形象。

皑如山上雪,皎若云间月①。闻君有两意,故来相诀绝②。今日斗酒会③,明旦沟水头④。躞蹀御沟上⑤,沟水东西流⑥。凄凄复凄凄⑦,嫁娶不须啼⑧。愿得一心人,白头不相离。竹竿何袅袅,鱼尾何蓰蓰⑨。男儿重意气⑩,何用钱刀为⑪!

【注释】

①"皑(ái)如"二句:谓男子有二心已是明摆着的事情。一说,二句是女主人公表白自己爱情的纯洁。皑,霜雪之白。《宋书》作"晴"。雪:《宋书》作"云"。皎,明亮洁白。

②诀:告别。《宋书》《乐府诗集》作"决"。绝:断绝关系。此句后《宋书》《乐府诗集》尚有"平生共城中,何尝斗酒会"二句。

③斗:酒器。会:《太平御览》作"别"。

④旦:《太平御览》作"日"。沟:即下文的"御沟"。

⑤躞蹀(xiè dié):徘徊。《太平御览》作"蹀躞"。御沟:流经宫禁或

环绕宫墙的水沟。

⑥东西流：余冠英《汉魏六朝诗选》："'东西流'，即东流。'东西'是偏义复词，这里偏用'东'字的意义。以上二句是设想别后在沟边独行，过去的爱情生活将如沟水东流，一去不返。"此句后《宋书》《乐府诗集》尚有"郭东亦有樵，郭西亦有樵。两樵相推与，无亲为谁骄"四句。

⑦复：《宋书》《乐府诗集》作"重"。

⑧嫁娶：偏用"嫁"义。不须：《宋书》《乐府诗集》作"亦不"。

⑨"竹竿"二句：以隐语表现男追女时二人情投意合、欢爱无已的情景。袅袅，形容细而长的竹竿在钓鱼时晃晃悠悠摆动的样子。蓰蓰（xǐ），鱼尾摆动貌。我国古代歌谣常以鱼作为匹偶的隐语，以钓鱼作为男女求偶的隐语。《宋书》《乐府诗集》作"离簁"。

⑩重意气：《宋书》《乐府诗集》作"欲相知"。意气，指情义。

⑪钱刀：即钱。古代铸造的钱币有的形如马刀，故称。为：语助词。此句后《宋书》《乐府诗集》尚有"龁如马啖萁，川上高士嬉。今日相对乐，延年万岁期"四句。

【译文】

洁白有如山上的积雪，明洁好像云间的朗月。听说您产生了二心，故来同您表示断绝。今天最后一次饮酒相会，明天一早御沟边分别。漫步徘徊在御沟边上，只见沟水东流永不回头。悲伤流泪啊流泪悲伤，其实出嫁用不着哭哭啼啼。但愿能找到一个一心的人，白头到老永不分离。竹竿钓鱼时晃晃悠悠有多轻快，鱼被钓上时鱼尾摆来摆去有多欢愉。男儿应当珍重情义，何必一头扎进钱眼里！

双白鹄

【题解】

本篇载《宋书》卷二十一《乐志三》，题作《白鹄》，又作《艳歌何尝》，题后注云:“一曰《飞鹄行》。”收入《乐府诗集》卷三十九《相和歌辞·瑟调曲》,题作《艳歌何尝行》。吴兆宜注:“鹄,一作‘鹤’。”《乐府诗集》郭茂倩题解引《乐府解题》:“古辞云:‘飞来双白鹄,乃从西北来。’言雌病雄不能负之而去,‘五里一反顾,六里一徘徊’。虽遇新相知,终伤生别离也。”诗写雄鹄在雌鹄病后既不能“衔汝去”,也不能“负汝去”,只好与之生生别离,情调颇凄楚。陈祚明评云:“‘十十五五’,与下‘群侣’相应,言它皆双。‘五里’‘六里’,写反顾情殷。此应夫有远行,妇病不能随,故赋此诗。”(《采菽堂古诗选》卷二)《宋书》所载与本篇大体相同(《乐府诗集》全从《宋书》),但《宋书》文字有多出,又本篇全为五言,而《宋书》所载以五言为主而杂有四言,仍有明显不同。吴兆宜注云:“此首与《宋志》大有不同,必孝穆删定者。”所说或有道理。《宋书》沈约注云“‘念与’下为趋曲,前有艳”,“趋”(结尾部分)、“艳”(前奏曲)可能就是徐陵删除的(“趋”保留了“延年”二句)。当然也不排除另一种可能,即本篇是更接近于古辞的作品,或干脆就是古辞,《宋书》多出的文字,乃后来乐工所加。

飞来双白鹄①,乃从西北来。十十将五五②,罗列行不齐③。忽然卒疲病④,不能飞相随⑤。五里一反顾,六里一徘徊⑥。吾欲衔汝去,口噤不能开⑦。吾欲负汝去,羽毛日摧颓⑧。乐哉新相知⑨,忧来生别离⑩。踌躇顾群侣⑪,泪落纵横垂⑫。今日乐相乐,延年万岁期⑬。

【注释】

①鹄(hú):鸿鹄,即天鹅。

②将:相将,相伴。《宋书》《乐府诗集》无此字。

③“罗列”句:此句《宋书》《乐府诗集》作“罗列成行”。

④卒：同“猝”，突然。此句《宋书》《乐府诗集》作“妻卒被病”。

⑤不能飞：《宋书》《乐府诗集》作“行不能”。

⑥徘徊：《古诗为焦仲卿妻作》：“孔雀东南飞，五里一徘徊。”《宋书》作“裴回”。

⑦噤：闭，嘴张不开。

⑧羽毛：《宋书》《乐府诗集》作“毛羽”。日：《宋书》《乐府诗集》作“何”。摧颓：损毁，衰败。谓羽毛因毁损而脱落。

⑨新相知：指其他同行的伙伴，即下文所说的“群侣”。

⑩生别离：生生地别离。屈原《九歌·少司命》：“悲莫悲兮生别离，乐莫乐兮新相知。”

⑪峙嶓（chí chú）：犹言徘徊。《宋书》《乐府诗集》作“躇踌”。

⑫“泪落”句：《宋书》《乐府诗集》作“泪下不自知”。此句后《宋书》《乐府诗集》尚有“念与君离别，气结不能言。各各重自爱，道远归还难。妾当守空房，闭门下重关。若生当相见，亡者会黄泉”八句。

⑬“今日”二句：为乐工在唱完一曲后所加的套语，与全诗内容不相关涉。

【译文】

一对对白色的天鹅，从西北方向飞来。相伴着或十只一排或五只一队，排成的队列并不整齐。一只雌天鹅突然因过度疲劳得病，不能再相随着一起飞行。雄天鹅飞出五里就要回顾，飞出六里就要徘徊。我想衔着你一起飞行，但嘴紧闭着就是张不开。我想背着你一起飞行，翅膀上羽毛一天天毁损脱落。新结识的这些伙伴都很快活，我却因与你生生别离忧愁难过。犹疑徘徊我望着这些伴侣，泪珠纵横交错从双颊滚落。今天大家在一起都非常快乐，我祝大家活一万岁幸福多多。

枚乘

枚乘（？—前140），字叔，淮阴（今属江苏）人。曾为吴王刘濞郎中，又从梁孝王游。汉景帝闻其名，召拜为弘农都尉，后以病去官。汉武帝即位，以安车蒲轮征之，卒于道。好辞赋，以《七发》为最著名。《汉书》卷三十《艺文志十》著录有“枚乘赋九篇”。其事见《汉书》卷五十一。

杂诗九首

“杂诗”其名，最早见于《文选》。《文选》卷二十九王粲《杂诗一首》李善题注云：“杂者，不拘流例，遇物即言，故云杂也。”可见所谓“杂诗”，与散文中的“杂文”“杂感”相类。这里所选的《杂诗九首》，作者署名“枚乘”，实为伪托，梁启超在其《中国之美文及其历史》中有较详辨析。除“兰若生春阳”一首外，余皆被萧统收入《文选》卷二十九，为《古诗十九首》中的作品。作者姓名失考，大约产生在东汉末年。沈德潜《说诗晬语》云：“《古诗十九首》，不必一人一辞，一时之作。大率逐臣弃妻，朋友阔绝，游子他乡，死生新故之感。”东汉末年，社会动乱，外出游学求仕的士人大都艰苦备尝，彷徨苦闷，发而为诗，于是便有了这许多或叹知音稀少、或悲年华易逝、或伤离怨别的作品，真实反映了当时士人失意苦闷的心境。感情真挚，语言自然，表现婉曲，富有余韵，艺术上有较高成就，与前面所选的《古诗八首》等皆为文学史上最早的一批成熟的五言诗，对后世产生了深远影响。

一

【题解】

古诗“西北有高楼”原列《古诗十九首》第五首，载《文选》卷二十九。李善注：“此篇明高才之人，仕宦未达，知人者稀也。”“不惜”二句为全诗主旨所在。余冠英分析说：“二句是说我所痛惜的还不是歌者心有痛苦，而是歌者心里的痛苦没有人能够理解。这种缺少知音的悲哀乃是楼中歌者和楼外听者所共有的（听者设想如此），所以闻歌而引起情绪的共鸣。”（《汉魏六朝诗选》）

西北有高楼，上与浮云齐。交疏结绮窗①，阿阁三重阶②。上有弦歌声③，音响一何悲！谁能为此曲，无乃杞梁妻④？清商随风发⑤，中曲正徘徊⑥。一弹再三叹⑦，慷慨有余哀⑧。不惜歌者苦，但伤知音稀。愿为双鸿鹄⑨，奋翅起高飞。

【注释】

①交疏：交错刻镂。绮窗：《文选》左思《蜀都赋》：“开高轩以临山，列绮窗而瞰江。”吕向注：“绮窗，雕画若绮也。”谓窗格子雕镂着就像丝织品的花纹。绮，绫之有花纹者。引申指花纹。

②阿阁：四边有檐的楼阁。三重阶：阶梯有三重。言其高。

③弦歌：以琴、瑟、筝等弦乐器伴奏的歌曲。

④无乃：犹言莫非、大概。杞梁妻：杞梁，名殖，字梁，春秋时齐国的大夫，伐莒而死。蔡邕《琴操》卷下有《芑梁妻歌》，其序云：“芑梁妻叹者，齐邑芑梁殖之妻所作也。”并云“曲终，自投淄水而死”。崔豹《古今注》则云：“《杞梁妻》，杞植妻妹朝日之所作也。植战死，妻曰：‘上则无父，中则无夫，下则无子，人生之苦至矣！’乃抗声长哭，杞都城感之而颓，遂投水而死。其妹悲其姊之

贞操,乃作歌,名曰《杞梁妻》焉。梁,植字也。”

⑤清商:乐调名。其音清越,宜于表现哀怨的情调。

⑥中曲:指乐曲中段。徘徊:指乐曲舒缓或旋律回环往复。朱自清《古诗十九首释》:“歌曲的徘徊也正暗示歌者心头的徘徊,听者足下的徘徊。”

⑦一弹:指奏完一曲。再三叹:指反复重奏或用泛声和奏。

⑧慷慨:《说文》:“慷慨,壮士不得志于心也。”余哀:不尽的哀伤。

⑨鸿鹄(hú):即天鹅,是一种善飞的大鸟。刘邦《鸿鹄歌》:“鸿鹄高飞,一举千里。羽翮已就,横绝四海。”《文选》李善本作“鸣鹤”,五臣本作“鸿鹄”。

【译文】

西北方向有一座高楼,高楼的顶端与浮云等齐。交错刻镂的窗格犹如绫罗的花纹,楼阁高耸建有三重阶梯。上面飘来弦乐伴奏的歌声,声音听起来是何等的悲凄!有谁才能作出这样的曲调,莫非就是那位杞梁的妻子?哀怨的曲调随着清风散发,乐曲奏到中段不住往复回环。一曲奏毕反复泛声和奏,内心失意留下无尽的悲哀。我不痛惜歌者心中的悲苦,只哀伤歌者的知音实在稀微。我愿同她变成一对鸿鹄,腾空而起奋力展翅高飞。

二

【题解】

古诗“东城高且长”原列《古诗十九首》第十二首,载《文选》卷二十九,《太平御览》卷三百八十一节引。是一首写士人因感年华易逝而思为荡涤情志的诗。陆时雍评云:“景驶年催,牢落莫偶,所以托念佳人,衔泥巢屋,是则荡情放志之所为矣。”(《古诗镜》卷二)由自然景物的触发而牵动人生短促易逝之感,由古人之情而及自己之情,表现颇有次第。“燕赵多佳人”以下与前文义不连贯,情调不一致,因此张凤翼《文选纂注》等书将其另作一首。

东城高且长[①],逶迤自相属[②]。回风动地起[③],秋草萋已绿[④]。四时更变化[⑤],岁暮一何速!《鷐风》怀苦心[⑥],《蟋蟀》伤局促[⑦]。荡涤放情志[⑧],何为自结束[⑨]?燕赵多佳人[⑩],美者颜如玉。被服罗裳衣[⑪],当户理清曲[⑫]。音响一何悲,弦急知柱促[⑬]。驰情整中带[⑭],沉吟聊踯躅[⑮]。思为双飞燕[⑯],衔泥巢君屋。

【注释】

①东城:指东城的城垣。《文选》李善注:"城高且长,故登之以望也。"

②逶迤(wēi yí):延续不断貌。相属(zhǔ):连续不断。

③回风:旋风。动地起:卷地而起。

④萋已绿:谓绿中已带有一种凄然的颜色,是初秋草木将衰未衰时的景象。萋,通"凄"。

⑤更:交替。

⑥"《鷐(chén)风》"句:《鷐风》,《诗经·秦风》篇名。为女子怀人的诗。中有句云:"未见君子,忧心钦钦。"情调哀苦,故云"怀苦心"。鷐风,亦作"晨风",鸟名。

⑦"《蟋蟀》"句:《蟋蟀》,《诗经·唐风》篇名。其第一章云:"蟋蟀在堂,岁聿其莫。今我不乐,日月其除。无已大康,职思其居。好乐无荒,良士瞿瞿。"因其思想拘束而不旷达,故云"伤局促"。

⑧荡涤:冲洗,谓清除心中的烦恼。放情志:放纵自己的情怀志意。

⑨结束:拘束。

⑩燕、赵:春秋战国时期二国名,其地约相当于今河北、山西北部及东部一带。佳人:从下文看,指习歌舞的女乐。

⑪被(pī)服:穿着。

⑫当:面对。户:门。古以单扇为户,两扇为门。理:练习。《文选》李善注:“如淳《汉书》注曰:‘今乐家五日一习乐,为理乐也。’”清曲:清商曲。

⑬柱促:将柱移近。柱是琴瑟等弦乐器上用来支弦的小木柱,每弦一柱,可自由移动以调整音的高低。柱促则弦紧,发出来的声音高而急,显得哀怨激动。

⑭驰情:神往。中带:《文选》李善注:“中带,中衣带。整带将欲从之。”即内衣的衣带。一说是古代女子衣服的一种。《仪礼·既夕》:“妇人则设中带。”郑玄注:“中带若今禅襂。”禅襂,即单衫。《文选》李善本作“中带”,五臣本作“巾带”。

⑮沉吟:谓心中还在犹豫。踯躅(zhí zhú):踏步不前貌。宋玉《神女赋》:“奋长袖以正衽兮,立踯躅而不安。”

⑯思:《太平御览》作“愿”。双飞燕:谓与歌者成为佳偶。

【译文】

东城的城墙既高且长,绵延不断一直伸向远方。旋风一阵阵拔地而起,秋草已凄然变成一片黄绿。一年四季交替变化,又到年底光阴何其迅速!《鹍风》包含凄苦的诗心,《蟋蟀》所见太过拘束。不如扫除烦恼放纵情志,何必把自己紧紧束缚?燕赵自古就多佳人,其中美者容颜犹如美玉。身穿绫罗裁制的衣裳,对着大门弹奏起清美的乐曲。乐曲的声调听起来何等悲伤,音调高急知已移近弦柱。不觉神往且把衣带整理,沉吟犹疑不禁徘徊踱步。只想变成一对燕子比翼双飞,衔泥把我们的爱巢建在您的华屋。

三

【题解】

古诗“行行重行行”原列《古诗十九首》第一首,载《文选》卷二十九、《艺文类聚》卷二十九,《太平御览》卷四百八十九节引。这是一首思妇怀人之作。将思妇相思、相念、相盼之情娓娓道来，语意曲折，感情深挚。“胡马”二句不仅用比，属对亦颇精切。炼字也有独到之处，王世贞即评云：“‘相去日以远，衣带日以缓。’‘缓’字妙极。……‘以’（按《玉台新咏》作‘已’）字雅，‘趋’字峭，俱大有味。”（《艺苑卮言》卷二）

行行重行行①，与君生别离②。相去万余里，各在天一涯。道路阻且长③，会面安可知④？胡马依北风⑤，越鸟巢南枝⑥。相去日已远⑦，衣带日已缓⑧。浮云蔽白日，游子不顾反⑨。思君令人老，岁月忽已晚⑩。弃捐勿复道⑪，努力加餐饭⑫。

【注释】

①“行行”句：张玉谷《古诗赏析》卷四：“言行之不止也。”

②生别离：生生地别离。含有“生离死别”之意。屈原《九歌·少司命》：“悲莫悲兮生别离，乐莫乐兮新相知。”

③阻：险阻，艰险。《诗经·秦风·蒹葭》：“所谓伊人，在水一方。溯洄从之，道阻且长。”

④知：《太平御览》作“期”。

⑤胡马：指北方所产的马。胡，汉代对西北少数民族的称谓。依：原作“嘶”，《文选》作“依”，傅刚《校笺》引《考异》：“‘依’，宋刻作‘嘶’。按此二句乃以一南一北申足各天一涯之意，以起下相去日远，作“依”为是。’”按纪容舒所说是，据改。

⑥越：指南方的越族，居住在今福建、两广一带。以上二句，《文选》李善注引《韩诗外传》：“《诗》曰：‘代马依北风，飞鸟栖故巢。’皆不忘本之谓也。”

⑦日已远：谓分别很久了。已，同“以”。远，就时间而言，犹言“久”。

⑧日已缓：衣带日渐宽松，谓人日渐消瘦。

⑨“浮云”二句：《文选》李善注：“浮云之蔽白日，以喻邪佞之毁忠良，故游子之行，不顾反也。《文子》曰：‘日月欲明，浮云盖之。’陆贾《新语》曰：‘邪臣之蔽贤，犹浮云之障日月。’《古杨柳行》曰：‘谗邪害公正，浮云蔽白日。’义与此同也。”朱自清《古诗十九首释》：“李善注引了三证，都只是‘谗邪害公正’一个意思。本诗与所引三证时代相去不远，该还用这个意思。不过也有两种可能：一是那游子也许在乡里被‘谗邪’所‘害’，远走高飞，不想回家。二也许是乡里中‘谗邪害公正’，是非黑白不分明，所以游子不想回家。前者是专指，后者是泛指。”马茂元《古诗十九首初探》：“‘浮云’，是设想他另有新欢，象征彼此间情感的障碍。”以马茂元说的可能性为较大。顾，念。反，同“返”。

⑩“岁月”句：朱自清《古诗十九首释》：“‘岁月忽已晚’和‘东城高且长’一首里‘岁暮一何速’同义，指的是秋冬之际岁月无多的时候。”晚，即指岁暮，也指年老。

⑪“弃捐”句：有两说，一说将心中的烦恼抛开，不必再说了；一说自己被丈夫抛弃，不必再说了。以前说较宜。捐，与“弃”同义。

⑫“努力”句：也有两说，一说希望丈夫努力加餐，一说勉励自己努力加餐。以前说较宜。

【译文】

走啊走啊您不停地朝前走，我同您就这样生生地别离。两地间相距有一万余里，我们各自在天的一边。道路不仅艰险而且漫长，何时会面有谁能够知道？北方的马到了南方仍然依恋北风，越鸟到了北方筑巢在朝南的树枝。我们相距得一天更比一天远，腰间的衣带一天比一天松缓。天上的浮云遮蔽了白日，游子不再想着把家还。思念您让人很快地衰老，转眼间这又快到年关。抛开这些烦恼吧不用再说，您还是要努力多吃点儿饭。

四

【题解】

古诗“涉江采芙蓉”原列《古诗十九首》第六首，载《文选》卷二十九、《艺文类聚》卷二十九，《太平御览》卷九百九十九节引。这是一首写游子思乡怀人的诗，而所怀之人，应为其妻。刘履评云：“客居远方，思亲友而不得见，虽欲采芳以为赠，而路长莫致，徒为忧伤终老而已。”（《选诗补注》卷一）陈祚明评云：“‘望旧乡’，属远道人。‘忧伤’‘终老’，彼此共之。”（《采菽堂古诗选》卷三）诗篇借物抒怀，以物寄情，多借鉴《诗经》《楚辞》手法。其优美隽永的意境，哀婉动人的情调，沉郁悠长的韵味，颇耐咀嚼，实为短章中神品。

涉江采芙蓉[①]，兰泽多芳草[②]。采之欲遗谁[③]？所思在远道[④]。还顾望旧乡，长路漫浩浩[⑤]。同心而离居[⑥]，忧伤以终老。

【注释】

①芙蓉：莲花。

②兰泽：长有兰草的低湿之地。芳草：指兰。屈原《离骚》：“兰芷变而不芳兮，荃蕙化而为茅。何昔日之芳草兮，今直为此萧艾也。”

③遗（wèi）：赠送。

④所思：屈原《九歌·山鬼》：“被石兰兮带杜衡，折芳馨兮遗所思。”

⑤漫：即漫漫。浩浩：广大无际貌。

⑥同心：指夫妻感情融洽。《周易·系辞上》：“二人同心，其利断金。”离居：屈原《九歌·大司命》：“折疏麻兮瑶华，将以遗兮离居。”

【译文】

涉水过江去采摘芙蓉，沼泽长着许多芳香的兰草。采来花草想要赠送给谁？所思的人她在远方。回头眺望久别的故乡，只有望不到头的长路一条。彼此同心而竟长久地分离，怕要忧愁悲伤一直到老。

五

【题解】

古诗“青青河畔草”原列《古诗十九首》第二首，载《文选》卷二十九、《艺文类聚》卷三十二、《初学记》卷十九。这是一首写思妇的诗。陈绎曾说《古诗十九首》“情真、景真、事真、意真。澄至清，发至情”（《诗谱》），本篇庶可当之。王国维《人间词话》：“‘昔为倡家女，今为荡子妇。荡子行不归，空床难独守。’……可谓淫鄙之尤。然无视为淫词、鄙词者，以其真也。”可谓一语中的。叠字的使用极为出色。顾炎武《日知录》云：“诗用叠字最难。《卫诗》：‘河水洋洋，北流活活。施罛涉涉，鳣鲔发发，葭菼揭揭。庶姜孽孽。’连用六叠字，可谓复而不厌、赜而不乱矣。古诗：‘青青河畔草，郁郁园中柳。盈盈楼上女，皎皎当窗牖。娥娥红粉妆，纤纤出素手。’连用六叠字，亦极自然。下此即无人可继。”《诗经·卫风·硕人》曾连用六叠字，然本色自然不及本诗。

青青河畔草，郁郁园中柳①。盈盈楼上女②，皎皎当窗牖③。娥娥红粉妆④，纤纤出素手⑤。昔为倡家女⑥，今为荡子妇⑦。荡子行不归，空床难独守。

【注释】

①“青青”二句：朱自清《古诗十九首释》：“‘青青’是颜色兼生态，‘郁郁’是生态，……都带有动词性。”郁郁，浓密茂盛貌。

②盈盈：仪态美好貌。

③皎皎：白皙明净貌。当：对着。牖（yǒu）：窗户。

④娥娥：娇美貌。红粉妆：以红色脂粉为主色的艳妆。妆，《文选》李善本作“妆”，五臣本作“装”。

⑤纤纤:手指细而柔长貌。《诗经·魏风·葛屦》:"掺掺女手,可以缝裳。"掺掺,即"纤纤"。素:白皙。

⑥昔为:《初学记》作"自云"。倡:古代专门从事歌舞的艺人,与后代所谓娼妓不同。《艺文类聚》《初学记》作"娼"。

⑦今:《初学记》作"嫁"。荡子:漫游异乡、久而不归的人,即游子。与后世浪荡不务正业的所谓浪子不同。

【译文】

河畔是青翠欲滴的春草,园中是葱茏茂密的垂柳。楼上是一位婀娜的美女,明净白皙正站在窗口。娇媚艳丽化着红粉盛妆,伸出一双纤柔白皙的手。曾经是一名歌舞艺人,今天做了荡子的媳妇。荡子外出总不回来,空床难以独自坚守。

六

【题解】

古诗"兰若生春阳"《艺文类聚》卷三十二节引。这是一首怀念情人的诗。余冠英认为"似女子辞。前四句言自己虽经历艰苦而情意如旧。后六句言所思已远,相见无由,忧思累积,至于发狂"(《汉魏六朝诗选》)。后二句特有蕴涵,特别着力。"谁谓我无忧",或不便将已之忧愁示人,或别人不理解自己的忧愁,都有万般无奈,其寂寞孤独,可想而知。正因如此,故"积念发狂痴"。谭元春云:"五字是忧中所必至,人多不肯自道。"(《古诗归》卷四)"兰若生春阳""美人在云端"等句,意象颇优美,思妇的仪容与情感,也由此得到了婉曲形象的表现。

兰若生春阳①,涉冬犹盛滋②。愿言追昔爱③,情款感四时④。美人在云端,天路隔无期。夜光照玄阴⑤,长叹恋所思。谁谓我无忧?积念发狂痴⑥。

【注释】

①兰若:兰草和杜若,皆香草名。

②涉:经历。滋:滋长。

③言:语助词,无义。

④情款:情意诚挚融洽。四时:春夏秋冬四季。又一日分为朝、昼、夕、夜四时。

⑤夜光:指月光。玄阴:幽暗。

⑥狂痴:蔡琰《悲愤诗》:“见此崩五内,恍惚生狂痴。”

【译文】

兰草杜若生长在春天的阳光下,经历了冬天还如此茂盛长个不止。特喜欢追念我们昔日的恩爱,诚挚融洽的情意足可感动四时。如今美人身在高高的云端,天路阻隔会面将遥遥无期。夜晚月光照耀着无边的幽暗,思恋我的所爱不禁长声叹息。谁能说我的心中没有忧愁?积聚的思念让我发狂发痴。

七

【题解】

古诗“庭前有奇树”原列《古诗十九首》第九首,载《文选》卷二十九、《艺文类聚》卷二十九。这是一首思妇怀念游子的诗。清人邵长蘅说:“与《涉江采芙蓉》首意同,而前曰望乡,此称路远者,有行者、居者之别。”(隋树森《古诗十九首集释》引)张庚评云:“通篇只就‘奇树’一意写到底,中间却有千回百折,而妙在由‘树’而‘条’,而‘荣’而‘馨香’,层层写来,以见美盛,而以一语反振出‘感别’便住,不更赘一语,正如山之蜿嬗迤逦而来,至江以峭壁截住。格局笔力,千古无两。”(《古诗十九首解》)层层深入地抽绎出思妇幽远深长的哀怨,而语言又颇浅近纯净,笔调又颇安详自然,足当“深衷浅貌,短语长情”(陆时雍《古诗镜总论》)之评。

庭前有奇树①，绿叶发华滋②。攀条折其荣③，将以遗所思④。馨香盈怀袖⑤，路远莫致之⑥。此物何足贵⑦？但感别经时。

【注释】

①前:《艺文类聚》作“中”,《文选》李善本作“中”,五臣本作“前”。奇树:犹言嘉树,即美好的树木。

②发:开放。华:古“花”字。滋:繁盛。

③条:树枝。荣:花。

④遗(wèi):赠送。

⑤怀袖:衣服、袖子。《文选》李善注:“王逸《楚辞》注曰:‘在衣曰怀。’”

⑥致:送达。《诗经·卫风·竹竿》:“岂不尔思,远莫致之。”

⑦贵:《文选》李善本作“贡”,五臣本作“贵”。沈德潜云:“《文选》作‘何足贡’,谓献也,较有味。”(《古诗源》卷四)

【译文】

庭院前有一棵很美的树,树叶碧绿花儿十分繁盛。攀着树枝折下一枝鲜花,想把它送给我思念的人。馥郁的花香充溢于衣服襟袖之间,怎奈路远哪有可能送到他的手里。说来这枝花又能有多贵重?只因感念我们离别得太久。

八

【题解】

古诗“迢迢牵牛星”原列《古诗十九首》第十首,载《文选》卷二十九、《艺文类聚》卷四、《初学记》卷四、《太平御览》卷三十一,又《艺文类聚》卷六十五、《太平御览》卷八节引。天上有牵牛星,俗称牛郎星,为天鹰星座主星,在银河南;又有织女星,为天琴星座主星,在银河北。牵牛、织女二星隔河相对,于是大约从西汉起,就有了二星为夫妇、七月七日乃得一会的传说，这一传说在魏晋间已颇盛行。《文选》卷二十七曹丕《燕歌行》："牵牛织女遥相望，尔独何辜限河梁。"李善注引曹植《九咏注》："牵牛为夫，织女为妇。织女、牵牛之星，各处一旁，七月七日得一会同矣。"曹植《洛神赋》也有"叹匏瓜之无匹兮，咏牵牛之独处"之句。又《初学记》卷四引吴均《续齐谐记》："桂阳城武下有仙道，忽谓其弟曰：'七月七日织女当渡河，吾向已被召。'弟问织女何事渡河，答曰：'暂诣牵牛。'世人至今云织女嫁牵牛是也。"又引傅玄《拟天问》："七月七日，牵牛、织女会天河。"牵牛织女的传说在魏晋六朝成为不少诗人吟咏的对象，本篇是其中较早出现的作品。诗实借天上的牛女双星故事，写人间的男女相思之情。沈德潜评云："相近而不能达情，弥复可伤。此亦托兴之词。"（《古诗源》卷四）李因笃评云："写无情之星，如人间好合绸缪，语语认真，语语神化。"（《汉诗音注》）语言自然而精炼，十句中有六句用叠字组成的形容词开头，均能抓住特征，颇具腾挪变化、生动传神之妙。张庚评云："《青青河畔草》章双叠字六句，连用在前，此章双叠字亦六句，都有二句在结处，遂彼此各成一奇局。"（《古诗十九首解》）

迢迢牵牛星①，皎皎河汉女②。纤纤擢素手③，札札弄机杼④。终日不成章⑤，泣涕零如雨⑥。河汉清且浅，相去复几许⑦？盈盈一水间⑧，脉脉不得语⑨。

【注释】

①迢迢（tiáo）：远貌。

②皎皎：明貌。《诗经・陈风・月出》："月出皎兮，佼人僚兮。"河汉女：指织女星。河汉，即银河。

③擢（zhuó）：举，摆动。《艺文类聚》卷六十五、《太平御览》卷三十一作"濯"。素：白皙。古诗"青青河畔草"："娥娥红粉妆，纤纤出素手。"

④札札：机杼声。机杼(zhù)：《集韵》："织具谓之机杼。机以转轴，杼以持纬。"杼即织机上穿引纬线的梭子。

⑤"终日"句：《诗经·小雅·大东》："跂彼织女，终日七襄。""虽则七襄，不成报章。"说织女徒有虚名，不会织布。这里承袭其意，说织女因相思无心织布，而终日没有将布帛织出来。章，布帛的经纬纹理。这里指有经纬纹理的布帛。

⑥泣涕：《艺文类聚》卷四作"涕泣"。《诗经·邶风·燕燕》："瞻望弗及，泣涕如雨。"零：落。

⑦复：《艺文类聚》及《太平御览》卷八作"讵"。

⑧盈盈：水清浅貌。水：指河汉。

⑨脉脉：含情相视貌。

【译文】

远远的那颗就是牵牛星，明明亮亮的这是织女星。织女摆动着纤细白皙的手，投梭织布札札声响个不停。忙碌终日也没能织出成品，悲伤地哭泣泪落如同下雨。银河水很清而且并不很深，我们相隔又能有多少距离？清浅的河水却横隔在我们中间，彼此深情相视却无法开口言语。

九

【题解】

古诗"明月何皎皎"原列《古诗十九首》第十九首，载《文选》卷二十九，《艺文类聚》卷二十九节引。其诗旨有两说：一说为闺妇思夫之词。张玉谷云："此亦思妇之诗。首四即夜景引起空闺之愁，中二申己之望归也，却反从彼边揣度。'客行云乐，不如早归'，便觉笔曲意圆。末四只就出户入房，彷徨泪下，写出相思之苦，收得尽而不尽。"(《古诗赏析》卷四)一说为久客思归之词。方东树云："客子思归之作，语意明白。见月起思，一出一入，情景如画。"(《昭昧詹言》卷二)两说皆可通，但因"诗的情调和古乐府《伤歌行》、曹丕《燕歌行》相类，作思妇的诗为是"(余冠英《汉魏六朝诗选》)。全诗结构绵密,环环相扣,波澜层生,短章中有千回百折之势。其题材、手法、意境,对后来如曹丕的《杂诗》(漫漫秋夜长)等作颇有影响。

明月何皎皎,照我罗床帏[①]。忧愁不能寐,览衣起徘徊[②]。行客虽云乐[③],不如早旋归。出户独彷徨,愁思当告谁?引领还入房[④],泪下沾裳衣[⑤]。

【注释】

①罗床帏:用轻薄透亮的罗绮制作的床帐。床帏,傅刚《校笺》:"五云溪馆本、徐本、郑本作'裳帏'。"

②览衣:提起衣裳。览,通"揽"。《文选》《艺文类聚》作"揽"。

③行客:《文选》作"客行"。

④引领:伸颈。谓抬头远望。

⑤泪下:《文选》李善本作"泪下",五臣本作"下泪"。

【译文】

一轮明月多么皎洁明亮,照着我轻薄的罗绮床帐。心中忧愁不能入睡,披衣起床踱步徘徊。在外做客虽然快乐,还是不如早点儿归来。踱出门外独自彷徨,愁思应当倾诉给谁?抬头远望后回到房中,泪珠滚落浸湿了衣裳。

李延年

李延年（？—约前87），中山（今河北定州）人。父母兄弟皆乐人。李延年因犯法受腐刑，给事狗监中。精通音乐，擅长歌舞。其妹得武帝宠幸，号李夫人，因得爱幸，官至协律都尉。李夫人卒后，失宠，被杀。其事见《史记》卷一百二十五《佞幸列传》、《汉书》卷九十三《佞幸传》。

歌诗一首 并序

【题解】

本篇原载《汉书》卷九十七上《外戚传上》，又见《艺文类聚》卷十八、四十三，《初学记》卷十、十九，《太平御览》卷一百三十六、一百四十四、三百八十、三百八十一、五百十七及五百七十四。《汉书》卷九十七上《外戚传上》："孝武李夫人，本以倡进。初，夫人兄延年性知音，善歌舞，武帝爱之。每为新声变曲，闻者莫不感动。延年侍上，起舞，歌曰：'北方有佳人，绝世而独立，一顾倾人城，再顾倾人国。宁不知倾城与倾国，佳人难再得！'上叹息曰：'善！世岂有此人乎？'平阳主因言延年有女弟，上乃召见之，实妙丽善舞。由是得幸，生一男，是为昌邑哀王。"诗写佳人之美，从其所产生的巨大的摧毁力和破坏力的角度来表现，具有一种出人意表、撼人心魄的艺术力量，手法颇独特。张玉谷评云："说其可爱，却反说其可畏；说其可畏，正是说其可爱。妙在'宁不知'句，索性将可畏之疑团打破，而以'难再得'兜醒可爱意，用笔真有欲活故杀之奇。"

(《古诗赏析》卷三)后汉乐府《陌上桑》写罗敷之美,全从旁观者的眼中、反应中虚摹,让读者去充分地发挥自己的想象,从而将罗敷之美表现到极致,手法与此相同,而又有了进一步的发展。

李延年知音,善歌舞,每为汉武帝作新歌变曲①,闻者莫不感动。延年侍上②,起舞,歌曰:

【注释】

①每:常。新歌变曲:新制作的富于变化的歌曲。

②侍上:原作“侍坐上”,傅刚《校笺》:“《考异》作‘上坐’,校说:‘宋刻作“坐上”,误。’刚按,‘坐’当是衍字,《汉书》及《太平御览》《乐府诗集》均无‘坐’字。”傅刚所说是,据删。上,指汉武帝。

【译文】

李延年精通音律,擅长歌舞,常为汉武帝创作新的歌曲,听的人没有不被感动的。一次李延年陪侍汉武帝,起舞,歌唱道:

北方有佳人,绝世而独立①。一顾倾人城②,再顾倾人国。宁不知倾城复倾国③,佳人难再得④!

【注释】

①绝世:冠绝当代,举世无双。世,赵氏覆宋本作“出”。独立:谓卓立不群。

②倾人城:按对“倾人城”“倾人国”之“倾”历来有不同理解。一说此“即《登徒子好色赋》‘嫣然一笑,惑阳城,迷下蔡’之意”(周中孚《郑堂札记》),即美人之美使全城的人都为之心动。但从后二句看,似以解“倾”为“倾覆”之“倾”较适宜。城,城墙。《诗经·大雅·瞻卬》:“哲夫成城,哲妇倾城。”下句“国”也指城墙。

③宁不知：原无此三字，《汉书》卷九十七上《外戚传上》及《艺文类聚》卷十八、《初学记》卷十九有此三字，兹据补。《初学记》卷十作“岂不知”。《汉书》颜师古注：“非不吝惜城与国也，但以佳人难得，爱悦之深，不觉倾覆。”倾城复倾国：《艺文类聚》卷十八作“与倾国”，《初学记》卷十九作“倾城国”。

④难再：《太平御览》卷三百八十作“不可”。

【译文】

北方有一位美人，举世无双独立不群。回眸一看城墙竟为之坍塌，再次回眸城墙又一次为之倾倒。难道不知道她会一次又一次让城墙倾倒，这样的美人实在是难找！

苏武

苏武(？—前60),字子卿,杜陵(今陕西西安东)人。汉武帝时为郎。天汉元年(前100),以中郎将身份持节出使匈奴,因故被扣。单于使人多方威胁利诱,欲使投降,不从。被迁至北海(今俄罗斯贝加尔湖)牧羊。单于复使李陵前往劝降,仍不从。留匈奴十九年,历尽艰辛,始终守节不屈。昭帝时,匈奴与汉和亲,方获释回朝。官至典属国,封关内侯。其事见《汉书》卷五十四。

留别妻一首

【题解】

《文选》卷二十九收有苏武《诗四首》,本篇为其中的第三首;《艺文类聚》卷二十九节引,题作《苏武别李陵诗》。由于如此成熟的五言诗不可能在西汉时期就产生出来,加之诗中内容多与苏武行迹不合,因此从六朝时期起就有人怀疑这些诗乃伪托苏武之作,实际上当为东汉末年无名氏的作品。诗当为丈夫应征入伍时留别其妻之作。首叙平时恩爱,落到今夕良时;而"今夕"虽然"欢娱",征夫却因怕误了上路,不得不"起视夜何其",其无奈不堪可以想知。末为勉励展望自誓之辞。通篇写出离别时的难舍难分和夫妻之情的深挚缠绵,为"情苦爱至"(陆时雍《古诗镜》卷二)之诗。王夫之认为"四首中,此为擅场,所谓'白地光明锦'也"(《古诗评选》卷四)。陈祚明更有具体分析:"'征夫'四句,写得生

动。‘行役’以下,语语真切。末二句情至,更无剩语。当此时,何以堪?”(《采菽堂古诗选》卷三)

结发为夫妇①,恩爱两不疑。欢娱在今夕,嬿婉及良时②。征夫怀远路③,起视夜何其④。参辰皆已没⑤,去去从此辞。行役在战场⑥,相见未有期。握手一长叹,泪为生别滋⑦。努力爱春华⑧,莫忘欢乐时。生当复来归,死当长相思。

【注释】

①结发:束发。借指男子刚成年时。古代男子二十岁束发加冠,女年十五束发加笄,表示成年。妇:《文选》作“妻”。

②嬿婉:《文选》吕向注:“欢好貌。”《诗经·邶风·新台》:“燕(嬿)婉之求,籧篨不鲜。”

③远:《文选》《艺文类聚》作“往”。

④夜何其(jī):夜里什么时候。其,表疑问的语气词。《诗经·小雅·庭燎》:“夜如何其?夜未央。”

⑤参(shēn)辰:二星名。代指所有星辰。辰,即房星。原作“晨”,赵氏覆宋本作“辰”,据改。皆已没:言将天晓。

⑥行役:因服役而远行。《诗经·魏风·陟岵》:“嗟予子行役,夙夜无已。”行,赵氏覆宋本作“征”。

⑦生别:生生地别离。屈原《九歌·少司命》:“悲莫悲兮生别离,乐莫乐兮新相知。”原作“别生”,《文选》作“生别”,据改。

⑧春华:《文选》李善注:“喻少时也。”

【译文】

刚一成年我就与你结成了夫妻,恩恩爱爱两人从来不相互猜疑。只有今晚我们还可以欢愉,缱绻缠绵要趁着这良辰美时。征夫想着即将踏上遥远的征途，辗转难眠起身看看已到何时。参星辰星都已隐没不见，走了走了我们就此辞别。应征服役就要奔赴战场，何时相见实在难以估计。紧握双手长长地叹息一声，泪流不止只为这生离死别。努力珍惜我们的青春年华，别忘了在一起时的欢乐日子。如果活着我一定回来同你团聚，如果死了你一定要长久地把我思念。

辛延年

辛延年，东汉人。生平不详。

羽林郎诗一首

【题解】

本篇收入《乐府诗集》卷六十三《杂曲歌辞》。《汉书》卷十九上《百官公卿表上》："武帝太初元年初置，名曰建章营骑，后更名羽林骑。"颜师古注："羽林，亦宿卫之官。言其如羽之疾，如林之多。一说，羽所以为王者羽翼也。"羽林军即为皇家的禁卫军，羽林郎为其高级军官。但作品并未关涉羽林军事，可能是用乐府旧题讽咏时事。朱乾云："后汉和帝永元元年，以窦宪为大将军。窦氏兄弟骄纵，而执金吾景尤甚；奴客缇骑，强夺财货，篡取罪人妻，略妇女，商贾闭塞，如避寇仇。此诗疑为窦景而作，盖托往事以讽今也。"（《乐府正义》卷十二）所说不无道理。诗写一个年仅十五岁的酒家少女抗拒豪门恶奴调戏的经过，展示了她的美丽容貌、坚贞节操、机敏言行，特别是她不畏强暴的精神。其思想内容、故事情节及所采用的铺陈、夸张手法都与《陌上桑》有相似处，充分体现出乐府民歌的特色。

昔有霍家奴①，姓冯名子都②。依倚将军势，调笑酒家胡③。胡姬年十五④，春日独当垆⑤。长裾连理带⑥，广袖合欢襦[7]。头上蓝田玉[8]，耳后大秦珠[9]。两鬟何窈窕[10]，一世良所无[11]。一鬟五百万[12]，两鬟千万余。不意金吾子[13]，娉婷过我庐[14]。银鞍何昱爚[15]，翠盖空踟蹰[16]。就我求清酒，丝绳提玉壶。就我求珍肴，金盘脍鲤鱼[17]。贻我青铜镜，结我红罗裾。不惜红罗裂，何论轻贱躯[18]！男儿爱后妇，女子重前夫。人生有新故，贵贱不相逾[19]。多谢金吾子[20]，私爱徒区区[21]！

【注释】

①霍家：指霍光家。霍光在西汉昭帝时任大司马大将军，权倾一时。奴：《乐府诗集》作“姝”。

②“姓冯”句：冯子都，霍光家的“监奴”（家奴头子）。《汉书》卷六十八《霍光传》：“（光）爱幸监奴冯子都，常与计事。”

③酒家胡：卖酒的胡人之女。胡，当时对西域人或匈奴人的称谓。

④姬：古代对女子的美称。

⑤当垆：谓坐在垆边卖酒。当，犹“值”。垆，用土垒成的用作安放酒瓮、酒坛的土台子。

⑥裾（jū）：衣服的前襟。胡姬所穿或为对襟衣服，因衣襟较长，故称“长裾”。连理带：用来连结两侧衣襟的两根带子。古代无纽扣，两侧衣襟用带子连结。连理，本指异根而枝干连生的草木，古以为吉祥之兆，常用来比喻恩爱的夫妻。

⑦合欢襦（rú）：绣有合欢图案的短袄。合欢，植物名。叶似槐叶，至晚则合，古以为象征和合欢乐。

⑧蓝田：山名。位于陕西蓝田东，古以产玉著称。

⑨大秦：即古罗马帝国。《后汉书》卷八十八《西域传》：“（大秦国土）多金银奇宝，有夜光璧、明月珠、骇鸡犀。”大秦珠悬于耳后，或为悬挂于横穿髻（即下句所说的“鬟”）上的簪子两端的饰物。

⑩鬟：一种环形的发髻。窈窕（yǎo tiǎo）：美好貌。

⑪良：确实。

⑫五百万：与下“千万余”皆指发髻上首饰的价值。

⑬金吾：执金吾，羽林军中的武官。“霍家奴”并非执金吾，或其冒充执金吾以招摇撞骗，或为胡姬对霍家奴作为顾客的尊称，“正如后世的老百姓见了兵都称‘老总’‘长官’之类”（余冠英《汉魏六朝诗选》）。

⑭娉（pīng）婷：本形容女子身姿的舒徐美好，这里用以形容冯子都拿腔作态的样子。

⑮昱爚（yù yuè）：有光彩貌。昱，《乐府诗集》作“煜”。

⑯翠盖：饰有翠鸟羽毛的车盖。代指华美的车。空：徒然。踟蹰（chí chú）：徘徊不前貌。

⑰脍：细切的肉。这里用作动词，细切。

⑱“贻（yí）我”四句：意谓你将青铜镜结于我的衣襟之上，我尚且不惜撕裂衣襟以表示拒绝，对我自己的身体当然会更加看重，岂容别人猥亵侵占！贻，赠给。

⑲“人生”二句：谓自己不会像霍家奴那样喜新厌旧，也不会去高攀贵人。逾，越。

⑳多谢：郑重地告诉。《古诗为焦仲卿妻作》：“多谢后世人，戒之慎勿忘！”

㉑徒区区：犹言白献殷勤。区区，诚挚之心。古诗“孟冬寒气至”：“一心抱区区，惧君不识察。”这里是说反话。

【译文】

从前有一个霍府的家奴，姓冯名叫子都。依仗将军的权势，把酒店的胡女欺辱。这个姑娘年方十五，春日独自站在酒台边卖酒。长长的衣襟上系着一条连理带，合欢图案的短袄配着宽大的衣袖。头上戴着产自蓝田的美玉，耳后缀着产自大秦的宝珠。两个环形发鬟多么好看，在这世上实在是独一无二。一个发鬟上的首饰值五百万，两个发鬟上的首饰值千万多。没想到来了一个执金吾，袅袅婷婷来到了我的酒店。银饰的马鞍多么鲜亮夺目，华美的车子空自徘徊不前。走到我跟前要喝清醇的美酒，我用丝绳提着玉壶上前侍候。走到我跟前要吃珍美的菜肴，我用金盘端上切细的鲤鱼。要送给我一面青铜明镜，还要系上我的红罗衣襟。不惜把我的红罗衣裳撕裂，更不可能不看重自己卑贱的身躯！男子喜欢后来遇见的女人，女子看重自己初婚的丈夫。人生总会碰上新人故人，唯有贵贱不能相互逾越。金吾子我郑重地告诉你，你私下表达的诚挚实在徒劳无益！

班婕妤

班婕妤（约前48—约前6），名不详，楼烦（今山西宁武）人。班固祖姑。汉成帝时被选入宫，初为少使，不久立为婕妤。后遭赵飞燕谗毁，失宠，自请退居长信宫侍奉太后。成帝卒，充奉园陵，卒，葬于园中。《隋书》卷三十五《经籍志四》著录有集一卷，已佚。今存《自悼赋》等。其事见《汉书》卷九十七下《外戚传下》。

怨诗一首 并序

【题解】

本篇载《文选》卷二十七，《艺文类聚》卷四十一、六十九，收入《乐府诗集》卷四十二《相和歌辞·楚调曲》，除《艺文类聚》卷六十九题作《扇诗》外，皆题作《怨歌行》；又《初学记》卷一、二，《太平御览》卷七百二、八百十四节引，《太平御览》卷七百二题作《扇诗》。本书及《文选》《艺文类聚》《乐府诗集》等均谓汉成帝班婕妤所作，但刘勰《文心雕龙·明诗》却有“见疑于后代”一说，至《文选》李善注引《歌录》则明确云为“古辞”，今人多信从其说。严羽《沧浪诗话·考证》更有“《乐府》以为颜延年作”一语，不知所据为何，信者盖寡。诗通篇以“扇”为喻，描写女子因内美外修而得宠，但在得宠时却担心色衰爱弛，被弃如敝屣，就像秋凉后的扇子一样，反映了古代女子“百年苦乐由他人”（白居易《太行路》）的悲剧命运。诗篇构思精巧，层层寄寓，情致哀婉，辞采清丽。成书评云:“清婉秀弱,想见柔肠百结。”(《多岁堂古诗存》卷二)沈德潜评云:“用意微婉,音韵和平,《绿衣》诸什,此其嗣响。”(《古诗源》卷二)

昔汉成帝班婕妤失宠,供养于长信宫,乃作赋自伤,并为怨诗一首。

【译文】

从前汉成帝的班婕妤失宠后,在长信宫供养太后,于是作赋抒发自己的悲伤之情,并作了一首《怨诗》。

新裂齐纨素①,鲜洁如霜雪②。裁为合欢扇③,团团似明月④。出入君怀袖⑤,动摇微风发。常恐秋节至⑥,凉风夺炎热⑦。弃捐箧笥中⑧,恩情中道绝。

【注释】

①裂:截断。指布织成匹时从织机上扯下来。傅刚《校笺》引孟本校:“一作‘制’。”齐纨(wán)素:《文选》李周翰注:“纨、素,细绢,出于齐国。”

②鲜:《艺文类聚》卷四十一、《文选》李善本作“皎”,五臣本作“鲜”。

③合欢扇:一种绘有合欢图案的团扇。古诗“客从远方来”:“文彩双鸳鸯,裁为合欢被。”

④团团:圆貌。《太平御览》卷八百十四作“团圆”。似:《太平御览》卷八百十四作“象”。

⑤怀袖:怀抱。

⑥“常恐”句:汉乐府《长歌行》:“常恐秋节至,焜黄华叶衰。”

⑦风:《文选》李善本作“风”,五臣本及《艺文类聚》卷六十九、《乐府诗集》作“飙”。

⑧捐:弃。箧笥(qiè sì):盛衣物的箱子。

【译文】

新截下一块齐地出产的绢帛,就像霜雪一样鲜亮皎洁。裁剪后做成一把合欢扇,团团圆圆就像天上的明月。在夫君的怀抱中出出进进,一动一摇散发出微风习习。常常担心秋天降临人间,凉风吹走了夏天的炎热。扇子被抛弃在衣箱之中,恩情就这样中途断绝。

宋子侯

宋子侯，东汉人。生平不详。

董娇娆诗一首

【题解】

本篇载《艺文类聚》卷八十八，《初学记》卷二十八、《太平御览》卷九百六十七节引；收入《乐府诗集》卷七十三《杂曲歌辞》。娇娆，即妍媚、美丽。董娇娆疑为当时的著名歌姬，后来唐代诗人多用作美女代称。关于本篇的主旨，历来有不同的说法。如朱乾云："士不遇时，追慕盛世也。"（《乐府广序》卷十三）李因笃云："借春花好女言欢日无多，劝之取乐及时也。"（《汉诗音注》）王尧衢云："此诗伤盛年之难再，而托兴于折花也。"（《古唐诗合解》卷一）一般认为是伤悼女子命不如花，花落还可以"春月复芬芳"，而人的盛年则一去不复返，欢爱也跟着年华永逝。诗篇以花拟人，设为问答，"婀娜其姿，无穷摇曳"（沈德潜《古诗源》卷三），颇富艺术魅力，历来颇受好评。

洛阳城东路，桃李生路旁。花花自相对，叶叶自相当①。春风东北起②，花叶正低昂③。不知谁家子④，提笼行采桑⑤。纤手折其枝，花落何飘飏⑥。请谢彼姝子⑦："何为见损伤？""高秋八九月⑧，白露变为霜⑨。终年会飘堕⑩，安得久馨香？"

"秋时自零落,春月复芬芳。何如盛年去⑪,欢爱永相忘⑫!"
吾欲竟此曲,此曲愁人肠。归来酌美酒,挟瑟上高堂⑬。

【注释】

①相当:相对。即互相映衬、辉映。

②东:《初学记》《太平御览》作"南"。

③正:《初学记》《太平御览》作"自"。

④子:指年轻的女子。

⑤笼:篮子。行:将。

⑥飘飏(yáng):即飘扬。

⑦请谢:请问。姝(shū)子:美女。

⑧高秋:秋高气爽之时。

⑨"白露"句:《诗经·秦风·蒹葭》:"蒹葭苍苍,白露为霜。"

⑩终年:年终。

⑪如:原作"时",《艺文类聚》作"如"。傅刚《校笺》引《考异》:"宋刻作'时',诸本亦皆作'时',惟《艺文类聚》作'如'。按此四句本言花落仍可重开,不如人之盛年,一去即遭捐弃,而从前之欢爱俱忘,乃一篇立言寄慨之本旨。如作'时'字,则此句竟不可解,全篇文义俱阂矣。今从《艺文类聚》改正。"据改。

⑫爱:《艺文类聚》作"好"。

⑬挟:持。汉乐府《相逢狭路间》:"小妇无所作,挟瑟上高堂。"

【译文】

洛阳城东有一条道路,桃树李树生长在路旁。桃花李花花花相对,桃叶李叶叶叶相衬。春风从东北方向吹来,花叶时而低垂时而高昂。不知来了一位谁家的姑娘,提着篮子将要去采桑。伸出纤柔的手折断桃枝李枝,抖落桃花李花四散飘扬。请问这位美女:"为何要把桃树李树损伤?”“八月九月秋高气爽,白色露珠变成了白霜。花到了年尾终会飘落,哪能长久地保留馨香?”“深秋时节花自然会凋落,但到了春天又会再吐芬芳。哪里像青春的年华一去不返,欢爱之情也将永远相忘!”我想唱完这支歌曲,这支歌曲愁断人肠。不如回家酌饮美酒,手持琴瑟走上高堂。

汉时童谣歌一首

【题解】

本篇原载《后汉书》卷二十四《马廖传》，又载《艺文类聚》卷四十三、《太平御览》卷四百九十五，《艺文类聚》题作《后汉章帝时童谣》；收入《乐府诗集》卷八十七《杂歌谣辞》，题作《城中谣》。《马廖传》云："时皇太后躬履节俭，事从简约，廖虑美业难终，上疏长乐宫以劝成德政。"在其疏中，即引了这首长安民谣，以说明"改政移风，必有其本"，"吏不奉法，良由慢起京师"，形象、生动地说明了"上行下效"的道理，具有一定的警示意义。

城中好高髻①，四方高一尺②。城中好大眉③，四方眉半额④。城中好广袖⑤，四方用匹帛⑥。

【注释】

①城中：指京都长安城中。

②高：《太平御览》作"且"。

③大眉：画宽阔的眉毛。大，《后汉书》《太平御览》《乐府诗集》作"广"。

④眉：《后汉书》《艺文类聚》《乐府诗集》作"且"。傅刚《校笺》："徐本、郑本、孟本作'皆'。"

⑤广：《后汉书》《太平御览》《乐府诗集》作"大"。

⑥用:《后汉书》《太平御览》《乐府诗集》作“全”。

【译文】

京城中喜欢高高的发髻,四方的发髻就高到一尺。京城中喜欢画宽阔的眉毛,四方的眉毛就要画半个额头。京城中喜欢宽大的衣袖,四方的袖子就要用整匹的丝绸。

张衡

张衡(78—139),字平子,南阳西鄂(今河南南阳)人。少善属文,通《五经》,贯六艺。举孝廉不行,连辟公府不就。安帝时,公车特征拜郎中,再迁为太史令。顺帝初,复为太史令。后迁侍中,帝引在帷幄,讽议左右,遭宦官谗毁,出为河间王相。后征拜尚书,卒。善机巧,尤致思于天文、阴阳、历算。曾创制浑天仪和候风地动仪,著有《灵宪》等天文学著作及《二京赋》《归田赋》等文学作品。《隋书》卷三十五《经籍志四》著录有集十一卷,注云:"梁十二卷,又一本十四卷。"已散佚。明人辑有《张河间集》。其事见《后汉书》卷五十九。

同声歌一首

【题解】

本篇收入《乐府诗集》卷七十六《杂曲歌辞》。歌,傅刚《校笺》:"五云溪馆本作'诗'。"《周易·乾·文言》:"同声相应,同气相求。"孔颖达《正义》:"同声相应者,若弹宫而宫应,弹角而角动是也。"歌之取义在此。关于诗的主旨,《乐府诗集》郭茂倩题解引《乐府解题》云:"妇人自谓幸得充闺房,愿勉供妇职,不离君子。思为莞簟,在下以蔽匡床;衾裯,在上以护霜露。缱绻枕席,没齿不忘焉。以喻臣子之事君也。"其说颇有理。诗篇刻绘封建社会为臣者在君王面前既"不才勉自竭",又"恐栗若探汤"的种种情状和心态,形象刻画可谓入木三分。以夫妇情事比拟君臣好合，乃古人常用手法，而本篇则发挥到极致，算得上是诗歌史上的一篇奇文。后来陶渊明的《闲情赋》等，颇受本篇影响。

邂逅承际会①，得充君后房②。情好新交接③，恐栗若探汤④。不才勉自竭⑤，贱妾职所当。绸缪主中馈⑥，奉礼助蒸尝⑦。思为莞蒻席⑧，在下蔽匡床⑨。愿为罗衾帱⑩，在上卫风霜。洒扫清枕席，鞮芬以狄香⑪。重户结金扃⑫，高下华灯光。衣解巾粉御⑬，列图陈枕张⑭。素女为我师⑮，仪态盈万方⑯。众夫所希见，天老教轩皇⑰。乐莫斯夜乐，没齿焉可忘⑱。

【注释】

①邂逅（xiè hòu）：不期而遇。际会：《礼记·大传》："同姓从宗、合族属，异姓主名治际会。"郑玄注："际会，昏礼交接之会也。"指举行婚礼，成为妻室。会，吴兆宜注："一作'遇'。"

②"得充"句：赵氏覆宋本作"遇得充后房"；傅刚《校笺》："五云溪馆本作'偶得充后房'。"后房，妻妾所居的内室。

③交接：指男女交合。交，吴兆宜注："一作'相'。"

④栗：原作"慄"，《乐府诗集》作"栗"，据改。汤：开水。

⑤不才：没有才能。为自谦之词。《左传·成公三年》："臣不才，不胜其任。"

⑥绸缪（chóu móu）：情意殷勤。中馈：古时妇女在家主持饮食之事，称中馈。

⑦蒸尝：冬祭曰烝，秋祭曰尝。《诗经·小雅·天保》："禴祠烝尝，于公先王。"泛指祭祀。蒸，同"烝"。

⑧莞蒻（guān ruò）：莞，蒲草；蒻，细嫩的蒲草。皆可制席，这里即指蒲席。《诗经·小雅·斯干》："下莞上簟，乃安斯寝。"莞，原作

"苑",傅刚《校笺》:"徐本、郑本、孟本作'莞'。"据改。

⑨匡床:方床。《淮南子·主术训》:"匡床蒻席,非不宁也。"

⑩罗衾(qīn):绸被。帱(chóu):床帐。

⑪鞮(dī):一种皮制的鞋。芬:吴兆宜注:"一作'芳'。"狄香:外域产的香料。汉世重外域之香。狄,对古代北方少数民族的泛称。

⑫扃(jiōng):从外面关门的门闩。

⑬御:进用。

⑭图:指有关房中术的图解。张:铺开。

⑮素女:传说中神女名,善房中术。《隋书》卷三十四《经籍志三》著录有《素女秘道经》《素女方》等。

⑯盈:超过。

⑰天老:相传为黄帝的臣子。轩皇:即黄帝。传说二人皆善房中术。《汉书》卷三十《艺文志十》著录有《天老杂子阴道》二十五卷、《黄帝三王养阳方》二十卷。

⑱没齿:犹终身。

【译文】

在婚礼上同您不期而遇,我得以作为妻子住进您的内室。两情相悦初次交合的时候,我恐惧战栗就像要把手伸进开水。我没有能耐总勉励自己要尽心竭力,承担起妻子所应尽的职责和担当。殷勤地操持家中的饭菜饮食,遵照礼仪帮着把祭祀之事安排妥当。我想要成为一张蒲席,在下面为您遮蔽方床。我愿意成为锦被床帐,在上面为您抵御风霜。洒扫卧室把枕席清理,用外域香把皮鞋薰香。重重门户都插紧了门闩,上下一片华美的灯光。脱衣解带递上丝巾香粉,把画图展开放在枕上。素女就是我的老师,按照图示岂止仪态万方。一般人很少能够见到,都是天老和黄帝传授的秘方。再快乐也比不上今晚的快乐,今生今世怎么可能遗忘。

秦嘉

秦嘉（生卒年不详），字士会，陇西（治狄道，在今甘肃临洮）人。生活在东汉顺帝、桓帝时。举郡上掾，奉使入京，留为黄门郎。数年后病卒。与其妻徐淑并工五言诗，钟嵘《诗品》将其诗列入中品。

赠妇诗三首 并序

【题解】

《赠妇诗》三首是秦嘉为郡上计入京前写给其妻徐淑的，书写了诗人奉役离家而不得与妻子面别的怅惘与愁思，表现了夫妻之间的缱绻深情。又，傅刚《校笺》引《考异》："姚宽《西溪丛语》以第一首为徐淑赠诗，后二首为秦嘉答诗，盖由误读小序，不足为据。"胡应麟评云："秦嘉夫妇往还曲折，具载诗中。真事真情，千秋如在，非他托兴可以比肩。"（《诗薮》内编卷二）陆时雍评云："诗可代札，情款具存。"（《古诗镜》卷三）陈祚明评第一首云："伉俪之情甚真。结句原于《国风》，演为六朝乐府。"评第二首云："情深缱绻，句亦苍逸。"评第三首云："絮絮意长。"（《采菽堂古诗选》卷四）均为切中肯綮之谈。汉诗风格大都质朴浑厚，而本篇清婉缠绵，已兆诗风嬗变之迹。

秦嘉，字士会，陇西人也。为郡上掾[①]。其妻徐淑，寝疾还家[②]，不获面别，赠诗云尔[③]。

【注释】

①掾(yuàn):辅佐主官的属官。傅刚《校笺》引《考异》:"《西溪丛语》引此文注:'掾',一作'计'。按汉法:岁终郡国各遣吏上计。郑玄注《周礼》'岁终则令群吏致事'句,谓'若今上计'是也。其所遣之吏,亦谓之上计。"《诗品》卷中直题"汉上计秦嘉"。《后汉书》卷八十下《文苑传下》:"(赵壹)光和元年,举郡上计到京师。"或以作"计"为是。

②寝疾:卧病。

③云尔:语末助词,相当于"如此而已"。

【译文】

秦嘉,字士会,是陇西人。任郡上掾。其妻徐淑,因卧病回了家,没能够当面告别,只得做了这首诗赠给徐淑。

一

人生譬朝露,居世多屯蹇①。忧艰常早至,欢会常苦晚。念当奉时役②,去尔日遥远。遣车迎子还③,空往复空返。省书情凄怆④,临食不能饭。独坐空房中,谁与相劝勉?长夜不能眠,伏枕独展转。忧来如寻环⑤,匪席不可卷⑥。

【注释】

①屯、蹇(jiǎn):《周易》二卦名。均表示艰难险阻、不顺。

②时:是,此。

③还:吴兆宜注:"一作'归'。"

④省书:看信。秦嘉接到使命后,曾派车去接徐淑,还写去一封信,徐淑给秦嘉回了一封信。

⑤寻环:即循环。傅刚《校笺》引《考异》:"'寻'疑作'循'。《史记·高祖本纪》曰:'三王之道若循环。'"

⑥"匪席"句:《诗经·邶风·柏舟》:"我心匪席,不可卷也。"此以席之不可卷,比喻己之愁思不可消除。

【译文】

人生就如清晨的露珠,活在这世上有许多艰难险阻。忧愁艰险常早早地来到身边,欢乐的聚会却常恨来得很晚。想到我就要去承办这个差事,离开你将会一天比一天遥远。打发了车想把你迎接回来,谁知是空车去又空车回返。看了回信内心无比凄怆,面对饭食竟至不能下咽。独自坐在空空的房中,有谁能给我安慰劝勉?长夜漫漫总是不能入睡,伏在枕上独自翻覆辗转。忧思袭来就像循环不尽,不像苇席可以随便折卷。

二

皇灵无私亲[1],为善荷天禄[2]。伤我与尔身,少小罹茕独[3]。既得结大义[4],欢乐苦不足[5]。念当远离别,思念叙款曲[6]。河广无舟梁,道近隔丘陆[7]。临路怀惆怅[8],中驾正踯躅[9]。浮云起高山,悲风激深谷。良马不回鞍,轻车不转毂[10]。针药可屡进,愁思难为数[11]。贞士笃终始[12],恩义不可属[13]。

【注释】

①皇灵:神灵。

②荷:承受,享受。

③罹(lí):遭遇。茕(qióng)独:孤独。

④结大义:谓结为夫妇。

⑤苦:原作"若",傅刚《校笺》:"徐校:'五云溪馆本、孟本均作"苦"。'刚按,徐本、郑本作'苦'。"当以作"苦"为是,据改。

⑥款曲:心里话。

⑦陆:高平之地。

⑧临路:临上路。

⑨中驾：车在中途。踯躅（zhí zhú）：徘徊不进貌。

⑩毂（gǔ）：车轮中间插入车轴的圆木，车行时毂不停地转动。

⑪“针药”二句：谓虽然可以坚持针刺与服药，但频繁袭来的愁思实难让人忍受。数（shuò），屡次，频繁。

⑫贞士：言行一致、守节不移的人。贞，正。笃：忠诚，厚道。

⑬恩：赵氏覆宋本作“思”。不可属（zhǔ）：余冠英《汉魏六朝诗选》：“‘不可属’，未详。疑当作‘可不属’。‘属’同‘续’。这句诗似说恩义岂可不继续呢?”属，傅刚《校笺》引徐校：“五云溪馆本作‘促’。”

【译文】

神灵秉公办事不念私情，行善的人享受天赐福禄。只有我同你命运可悲，从小就遭遇凄凉孤独。我们结成夫妻之后，得到的欢乐常恨不足。想到就要远远地别离，想念你就想把心里话倾吐。河水宽阔没有渡船和桥梁，路虽不远却隔着高地丘陵。临要上路内心满怀惆怅，行到中途车驾徘徊不前。高山上涌起一阵阵浮云，悲凉的山风激荡在深谷。良马纵然想要一路向前，轻车却不肯转动轮毂。针药可以常常进用，频频袭来的愁思却难消除。贞士忠诚言行始终如一，夫妻情意哪会那么短促。

三

肃肃仆夫征①，锵锵扬和铃②。清晨当引迈③，束带待鸡鸣④。顾看空室中，仿佛想姿形。一别怀万恨，起坐为不宁。何用叙我心？遗思致款诚⑤：宝钗可耀首⑥，明镜可鉴形。芳香去垢秽，素琴有清声⑦。诗人感木瓜，乃欲答瑶琼⑧。愧彼赠我厚，惭此往物轻。虽知未足报，贵用叙我情⑨。

【注释】

①肃肃：疾速貌。仆夫：车夫。征：行。

②锵锵（qiāng）：鸣声。和：铃名。挂在车前横木上。

③引迈：启程远行。

④待：傅刚《校笺》："茅本、陈本作'俟'。"

⑤遗思：指写信。遗，傅刚《校笺》："冯本作'遣'。校说：'宋刻作"遗"，误。今从《西溪丛语》。'《考异》亦作'遣'，同冯校。"

⑥宝钗：与下"明镜""芳香""素琴"皆为秦嘉临行前留赠徐淑的东西。其《重报妻书》云："车还空反，甚失所望。兼叙远别，恨恨之情，顾有怅然。间得此镜，既明且好，形观文彩，世所希有，意甚爱之，故以相与。并致宝钗一双，价值千金。龙虎组履一緉，好香四种各一斤。素琴一张，常所自弹也。明镜可以镜形，宝钗可以耀首，芳香可以馥身去秽，麝香可以辟恶气，素琴可以娱耳。"（严可均校辑《全上古三代秦汉三国六朝文·全后汉文》）可：傅刚《校笺》："五云溪馆本、徐本作'好'。"

⑦素琴：不加修饰的琴。

⑧"诗人"二句：《诗经·卫风·木瓜》："投我以木瓜，报之以琼瑶。匪报也，永以为好也。"诗人，指《诗经》的作者。木瓜，木瓜树的果实，似小瓜，淡黄色，味酸带涩。琼瑶（yáo），美玉。

⑨用：以。

【译文】

车夫驾起了车急切地要出发，和铃扬声锵锵地响个不停。清晨就要启程远行，早早地结好了衣带等待鸡鸣。回头看看空空的室中，仿佛能想象到你的姿态身形。一旦别离内心怀着万般憾恨，一起一坐都会为之心绪不宁。用什么来表达我的心意呢？留下一封信来表达我的至诚：宝钗可使头上光耀夺目，明镜可照见自己的容颜。芳香可以去除尘垢污秽，素琴能发出清亮的声音。诗人有感于情人所赠的木瓜，于是想要回报给对方瑶琼。很惭愧你赠我的礼物实在丰厚，而我回赠的礼物又实在太轻。虽然知道这些东西不足以回报，但重要的是可以用来表达我的心情。

秦嘉妻徐淑

徐淑(生卒年不详),秦嘉妻。秦嘉病卒后,她哀痛过度而卒。一说秦嘉卒后,兄逼她改嫁,她坚决不从,毁形守节,在哀恸中度过余生。钟嵘《诗品》将其诗列入中品,评云:“为五言诗,不过数家,而妇人居二。徐淑叙别之作,亚于《团扇》矣。”《隋书》卷三十五《经籍志四》著录有集一卷,已佚。清严可均辑有《后汉秦嘉妻徐淑传》,载《铁桥漫稿》卷七。

答诗一首

【题解】

傅刚《校笺》:“徐本作‘答夫秦嘉’,陈本全题作‘答夫’。”诗篇文辞凄婉,情调缠绵。钟嵘《诗品》认为“徐淑叙别之作,亚于《团扇》”,但也有人认为本篇并不逊于班婕妤之《怨歌行》,如许文雨《诗品讲疏》引李因笃评徐淑诗即云“不在《团扇》之亚”。又陈祚明云:“详《诗品》称徐淑能为五言,当时必别有答诗,今不传。此首亦切至,除去‘兮’字,乃四言平调耳。”(《采菽堂古诗选》卷四)

妾身兮不令[①],婴疾兮来归[②]。沉滞兮家门[③],历时兮不差[④]。旷废兮侍觐[⑤],情敬兮有违[⑥]。君今兮奉命,远适兮京师[⑦]。悠悠兮离别,无因兮叙怀。瞻望兮踊跃[⑧],伫立兮徘徊[⑨]。思君兮感结[⑩],梦想兮容辉。君发兮引迈[⑪],去我兮日乖[12]。恨无兮羽翼，高飞兮相追。长吟兮永叹，泪下兮沾衣。

【注释】

①不令：不善，不好。

②婴疾：患病。婴，缠绕。

③沉滞：滞留。

④差（chài）：病愈。

⑤旷：空。觏：会面。

⑥违：失。

⑦适：往。

⑧瞻望：《诗经·邶风·燕燕》："瞻望弗及，伫立以泣。"踊跃：跳跃，奋起。

⑨伫立：久立。

⑩结：集聚。

⑪引迈：动身启程。

⑫乖：违，远。

【译文】

我的身体啊是这样不好，疾病缠身啊只得回家。滞留在家啊出不了门，过了很久啊仍不能痊愈。侍奉会面啊都只能缺席，深情礼敬啊都不能落实。夫君今天啊遵奉上命，要出远门啊奔赴京师。情思悠悠啊感叹别离，没有机会啊畅叙别怀。远远地眺望啊努力奋起，久久地站立啊流连徘徊。思念夫君啊愁思郁结，梦想见到啊容颜风采。夫君出发啊就要启程远行，离开我啊将一天比一天遥远。只恨我没有啊能飞的羽翼，高高地飞翔啊去把你追随。长长地吟叹啊久久地叹息，泪珠滚落啊浸湿了衣衫。

蔡邕

蔡邕（133—192），字伯喈，陈留圉（今河南杞县南）人。少博学，好辞章，精通数术、天文、音律。初为司徒桥玄属官，出补河平长，旋召拜郎中，校书于东观。迁为议郎。奏求正定“六经”文字，自写经文，使工匠镌刻，立于太学门外，观视摹写者填塞街陌。因上书极言时政之失，被宦官等诬告，流放朔方。遇赦后，复被谗，乃亡命江湖，积十年。董卓专政，应征出仕，官至左中郎将，故世称“蔡中郎”。从献帝迁长安，封高阳乡侯。董卓被诛，为之叹息，被下狱死。《隋书》卷三十五《经籍志四》著录有集十二卷（注云“梁有二十卷，录一卷”），已散佚。后人辑有《蔡中郎集》。其事见《后汉书》卷六十下。

饮马长城窟行一首

【题解】

本篇载《文选》卷二十七，题作《乐府古辞》；又载《艺文类聚》卷四十一，题作《乐府古诗》；收入《乐府诗集》卷三十八《相和歌辞·瑟调曲》，注明为“古辞”；《太平御览》卷九百五十五节引，题作《古歌辞》。《蔡中郎集》从《玉台新咏》，作者署为“蔡邕”。陈沆云：“题蔡邕者，未见其必然也。蔡邕所传《琴歌》《樊惠渠歌》《翠鸟诗》，词并质直；视此诗之高妙古宕，殊不相类。”（《诗比兴笺》卷一）当为乐府古辞，或本为无名氏所作古诗，后乐官配以“饮马长城窟”曲调歌唱。《文选》李善注：

“郦善长《水经》曰：‘余至长城，其下往往有泉窟，可饮马。古诗《饮马长城窟行》，信不虚也。’然长城，蒙恬所筑也。言征戍之客，至于长城而饮其马，妇思之，故为《长城窟行》。《音义》曰：‘行，曲也。’”诗篇写思妇对于远在他乡行役的丈夫的思念，善于借助典型细节来表现情绪，情节若断若续，用韵无拘无束，从起伏跌宕中一层深似一层地展示思妇复杂而微妙的内心世界，充分体现了民歌不遵轨范、纯任自然的特色。沈德潜评云：“通首皆思妇之词，缠绵宛折，篇法极妙。……前面一路换韵，联折而下，节拍甚急。‘枯桑’二句，忽用排偶承接。急者缓之，最是古人神妙处。”（《古诗源》卷三）陈祚明评云：“此篇流宕曲折，转掉极灵。抒写复快，兼乐府古诗之长，最宜熟诵。子桓兄弟拟古，全法此调。”（《采菽堂古诗选》卷四）

青青河边草①，绵绵思远道②。远道不可思③，宿昔梦见之④。梦见在我旁，忽觉在他乡。他乡各异县，展转不相见⑤。枯桑知天风，海水知天寒⑥。入门各自媚⑦，谁肯相为言⑧。客从远方来，遗我双鲤鱼⑨。呼儿烹鲤鱼⑩，中有尺素书⑪。长跪读素书⑫，书中竟何如⑬？上有加餐食⑭，下有长相忆⑮。

【注释】

①边：《文选》李善本作“边”，五臣本及《艺文类聚》《乐府诗集》作“畔”。

②绵绵：不绝貌。语含双关，既指青草之连绵不绝，也指情思之缠绵不断。远道：犹言远方。

③不可思：谓思念没有用，只能徒劳无益。

④宿昔：犹“夙夜”。这里作“昨夜”解。宿，《文选》李善本作“夙”，五臣本作“宿”。

⑤展转：同“辗转”。谓思妇醒后在床上辗转反侧，不能再入睡，

在梦中与丈夫相见。《诗经·周南·关雎》:"求之不得,寤寐思服。悠哉悠哉,辗转反侧。"相:《文选》李善本作"可",五臣本作"相"。

⑥"枯桑"二句:以桑、海为喻,写自己的相思之情。闻一多《乐府诗笺》:"枯桑无叶可落,海水经冬不冰,一似不知风寒者;非真不知之,人不见其知之迹象耳。以喻夫妇久别,口虽不言而心自知苦。"

⑦入门:指从远方回到家的同乡人。媚:爱悦。

⑧"谁肯"句:指帮着打探一下丈夫的消息。为,《艺文类聚》作"与"。言,问讯。

⑨遗(wèi):赠予。这里是"带来"的意思。《太平御览》作"赠"。双鲤鱼:指夹藏着信的鱼形木匣。木匣一底一盖,分开就像两条鲤鱼。《文选》吕向注:"鱼者,深隐之物,不令漏泄之意耳。"

⑩烹鲤鱼:谓打开书匣。

⑪尺素书:即书简。古人在绢上写字,其长不过尺,故称"尺素"。

⑫长跪:参见本卷《古诗八首》"上山采蘼芜"注。

⑬中:《文选》李善本作"上",五臣本作"中"。

⑭有:《乐府诗集》作"言"。餐食:《艺文类聚》《乐府诗集》作"餐饭"。古诗"行行重行行":"弃捐勿复道,努力加餐饭。"

⑮有:《乐府诗集》作"言"。忆:《艺文类聚》作"思"。

【译文】

河边长满青青的春草,绵延不绝将思绪引向远方。在远方的亲人不可思念,昨晚在梦中与他相见。梦见他就在我的身旁,忽然又觉得他在他乡。他乡属于不同的郡县,醒后辗转反侧不得相见。枯桑能感知天风,海水亦能感知天寒。回乡的人进了家门各自爱悦,谁肯代为问讯一声。忽有客人从远方来家,带给我藏有书信的双鲤鱼。赶忙叫孩子打开双鲤鱼,中间有一封亲人的来信。长跪着捧读来信,信中到底都说了什么?前面说要我多多进餐,下面说长久地把我思念。

陈琳

陈琳（156—217），字孔璋，广陵射阳（今江苏宝应）人。“建安七子”之一。初为大将军何进主簿，后为袁绍掌书记。绍败，归附曹操，任司空军谋祭酒，管记室。以章表书檄见长，曹丕《典论·论文》称其“表章书记，今之隽也”。诗仅存四首。《隋书》卷三十五《经籍志四》著录有集三卷（注云“梁十卷，录一卷”），已散佚。明人辑有《陈记室集》二卷。其事见《三国志》卷二十一《魏书·王卫二刘傅传》。

饮马长城窟行一首

【题解】

本篇收入《乐府诗集》卷三十八《相和歌辞·瑟调曲》。张玉谷云：“此伤秦时役卒筑城、民不聊生之诗，比汉蔡中郎作为切题矣。”（《古诗赏析》卷九）确实，本篇内容与题目一致，不似现存古辞（或云为蔡邕所作）“青青河畔草”写妇女思念远人，内容不涉题旨，以致有人怀疑本篇为古辞，而“青青河畔草”一首为使用乐府旧题。诗篇语言质朴，格调苍劲悲凉，用生动的对话形式，语言参差错落，且直引民谣入诗，有浓郁而鲜明的民歌色彩。沈德潜评云：“‘作书与内舍’，健少作书也。‘报书往边地’二句，内舍答书也。‘身在祸难中’六语，又健少之词。‘结发行事君’四句，又内舍之词。无问答之痕，而神理井然，可与汉乐府竞爽矣。”（《古诗源》卷六）陈祚明评云：“边事倥偬之状，言之悲切。‘举筑谐汝声’

句,中有用力之态,如闻《邪许》歌。后段淋漓曲致,汉人乐府也。"(《采菽堂古诗选》卷七)本诗确立了陈琳在诗史上的地位,对后来鲍照等人的乐府诗创作有很大影响。

饮马长城窟[1],水寒伤马骨。往谓长城吏:"慎莫稽留太原卒[2]!""官作自有程[3],举筑谐汝声[4]!""男儿宁当格斗死,何能怫郁筑长城[5]!"长城何连连[6],连连三千里。边城多健少[7],内舍多寡妇[8]。作书与内舍:"便嫁莫留住!善事新姑章[9],时时念我故夫子[10]!"报书往边地[11]:"君今出语一何鄙[12]!""身在祸难中,何为稽留他家子[13]?生男慎莫举,生女哺用脯。君独不见长城下,死人骸骨相撑拄[14]!""结发行事君[15],慊慊心意关[16]。明知边地苦[17],贱妾何能久自全!"

【注释】

①窟:洞穴。此指泉窟,即今之所谓泉眼。《文选》卷二十七古辞《饮马长城窟行》题解李善注引郦道元《水经》:"余至长城,其下往往有泉窟,可饮马。古诗《饮马长城窟行》,信不虚也。"

②稽留:滞留。指服役期限到后再延迟归期。太原卒:指思妇的丈夫。太原,秦郡名。治晋阳(今山西太原)。

③官作:官府的工程。程:期限。

④筑:筑城夯土的工具。谐汝声:即伴着夯歌或号子干活。

⑤怫(fú)郁:烦闷不乐。

⑥连连:连绵不断貌。

⑦少:傅刚《校笺》:"五云溪馆本、徐本、郑本作'儿'。"

⑧内舍:指内地戍卒家中。寡妇:指戍卒的妻子。古时妇女独居者也可称为寡妇。

⑨姑章：古时妻子称丈夫的父母为姑章。章，《乐府诗集》作“嫜”。

⑩故夫子：即前夫，为戍卒自指。

⑪往：傅刚《校笺》：“五云溪馆本、徐本、郑本作‘与’。”

⑫鄙：鄙陋，愚蠢。

⑬他家子：别人家的女孩子。此指戍卒的妻子。

⑭“生男”四句：秦时有民歌：“生男慎勿举，生女哺用脯。不见长城下，尸骸相支拄？”（见《水经注·河水》引杨泉《物理论》）举，养育，抚养。哺（bǔ），喂养。用，傅刚《校笺》：“冯本作‘其’。”“陈本作‘同’。”脯（fǔ），肉干。

⑮结发：指十五岁。古代女子十五岁开始用笄（簪子）束发，以示成年。行事君：指与戍卒结婚。

⑯慊慊（qiǎn）：心不满足、有牵挂貌。关：牵挂。

⑰明知：原无此二字，傅刚《校笺》：“徐校：‘五云溪馆本、孟本此句上均有“明知”二字。’按，明冯惟讷《古诗纪》、张溥《汉魏六朝百三家集》、陆时雍《古诗镜》均有‘明知’二字。”按以有二字为是，据补。

【译文】

在长城边的泉眼饮马，冰凉的泉水损伤马骨。前去恳求监督筑城的官吏：“请留意不要滞留太原卒！”“官家的工程自有限期，赶快打夯紧跟着号子声！”“男子汉宁愿格斗战死，哪能憋闷着在这儿筑长城！”长城是多么绵延漫长，绵延漫长长达三千里。边地有许多健壮男儿，内地家中有许多寡妇。写封信给家中的妻子：“你就改嫁吧不要再留在家里！改嫁后好好侍奉新公婆，也要时时把我这个前夫放在心里！”写封回信寄往边地：“你今天说的话怎么这么愚蠢！”“现在我正处在祸难之中，怎能把别人家的女子稽留在家里？生了男孩要注意别把他养大成人，生了女孩要用肉干精心养育。你难道没有看见在长城下面，死人骸骨堆积如山互相撑拄！”“刚一成年我就结婚把你侍奉，心里总是空落落地把你挂牵。明知道你在边地受苦受难，我哪能独自活着长保周全！”

徐幹

徐幹（171—218），字伟长，北海剧（今山东寿光南）人。“建安七子”之一。年轻时就博览群书，“言则成章，操翰成文”（《中论序》）。值时局动乱，隐居不仕。后应曹操征召，任司空军谋祭酒、五官将文学。性恬淡，不慕荣禄，以著述自娱。钟嵘《诗品》将其诗列入下品。《隋书》卷三十五《经籍志四》著录有集五卷，已散佚。后人辑有《徐伟长集》。其事见《三国志》卷二十一《魏书·王卫二刘傅传》。

室思一首

【题解】

本篇原目录作《室思六首》。吴兆宜注云：“一前五首作《杂诗》，末一首作《室思》。按：后六章宋本统作《室思一首》。郭茂倩《乐府诗集》云：徐幹有《室思》诗五章。据此，则后一章不知何题。诸本多作《杂诗》五首，《室思》诗一首。然据《乐府》云：徐幹《室思》诗第三章曰：‘自君之出矣，明镜暗不治。’知诸本误，当以宋本为正。”应以“统作《室思一首》”为是，所谓“六首”，实即六章。《艺文类聚》卷三十二引第三章；《太平御览》卷七百十四节引，作者作“徐岑”。诗写女子思念丈夫，展示了女子由思念到期盼、由期盼到失望、再由失望到希望的心路历程，循环往复，情致凄婉，文辞质朴而又生动。陈祚明评第一章云：“创句并健。‘不聊’二句，奇劲。”评第二章云：“总能自成一调。”评第三章云：“缥缈虚圆，文情生动，独绝之笔。末四句，遂为千古拟作，然举不能如'何有穷已时'之健。"评第五章云："语与意未异，而调定异，但觉其健。"(《采菽堂古诗选》卷七)沈德潜评第六章云："自处于厚，而望君不薄。情极深至。"(《古诗源》卷六)"自君之出矣，明镜暗不治。思君如流水，何有穷已时"数句，自然流畅，意韵悠长，后世传诵不衰，拟作者甚众，乐府杂曲《自君之出矣》即源于此。

沉阴结愁忧，愁忧为谁兴①？念与君相别②，各在天一方。良会未有期，中心摧且伤③。不聊忧餐食④，慊慊常饥空⑤。端坐而无为，仿佛君容光⑥。其一。

【注释】

①兴：起。

②相：赵氏覆宋本作"生"。

③摧：伤痛。旧题苏武《别诗》："长歌正激烈，中心怆以摧。"

④聊：赖，因为。

⑤慊慊(qiǎn)：空虚不满足貌。

⑥容光：仪容风采，模样。

【译文】

阴阴沉沉地内心忧愁郁结，忧愁不知为谁而起？想到与您相别以来，各自住在天的一方。欢会不知要等到何时，内心既伤痛又忧伤。并不是因为担忧没有饭吃，是常感到饥饿似的空空荡荡。端坐房中做不了任何事情，在冥想中仿佛看到了您的模样。其一。

峨峨高山首①，悠悠万里道②。君去日已远③，郁结令人老④。人生一世间，忽若暮春草⑤。时不可再得，何为自愁恼？每诵昔鸿恩⑥，贱躯焉足保⑦！其二。

【注释】

①峨峨:高貌。首:山顶。

②悠悠:远貌。

③日已:赵氏覆宋本作"已日"。古诗"行行重行行":"相去日已远,衣带日已缓。"

④令人老:古诗"行行重行行":"思君令人老,岁月忽已晚。"又"冉冉孤生竹":"思君令人老,轩车来何迟。"

⑤忽:疾速。古诗"青青陵上柏":"人生天地间,忽如远行客。"又"今日良宴会":"人生寄一世,奄忽若飙尘。"

⑥诵:称道。

⑦焉足保:哪值得珍惜。

【译文】

巍峨耸立的高山之顶,悠长邈远的万里大道。您离我一天比一天遥远,愁思郁结催人不断变老。人到世上来走这一遭,快得就像暮春的野草。青春流逝后不可再得,自己为何要忧愁烦恼?每称道您以前的大恩,就觉得我哪值得那么珍惜!其二。

浮云何洋洋[①],愿因通吾辞[②]。飘飖不可寄,徙倚徒相思[③]。人离皆复会,君独无返期[④]。自君之出矣,明镜暗不治[⑤]。思君如流水,何有穷已时。其三。

【注释】

①洋洋:舒卷自如貌。

②因:依靠。

③"飘飖(yáo)"二句:《艺文类聚》作"一逝不可归,啸歌久踟蹰"。飖,傅刚《校笺》:"五云溪馆本、徐本、郑本作'飘'。"徙倚,流连徘徊貌。

④君:《艺文类聚》作“我”。

⑤治:擦拭。

【译文】

天上的浮云多么舒卷自如,想要靠它把我的话传给您。浮云飘摇并不能担当此任,只得流连徘徊徒然把您相思。别人离别后都能重新团聚,独有您没有个回家的日期。自从您离家走出了家门,明镜暗了就懒得再去擦拭。对您的思念就如长长的流水,日夜流淌哪有个穷尽之时。其三。

惨惨时节尽,兰华凋复零。喟然长叹息[①],君期慰我情[②]。展转不能寐,长夜何绵绵。蹑履起出户[③],仰观三星连[④]。自恨志不遂,泣涕如涌泉。其四。

【注释】

①喟(kuì):叹息声。

②君期:傅刚《校笺》引《考异》:"'君期'二字未详,疑为'期君'之讹。又傅玄《秋兰篇》'君期历九秋'句,《乐府诗集》作'期'作'其',或此亦当作'君其'欤?"以作"其"为近是。

③蹑履:趿拉着鞋,即穿鞋而不提上鞋的后帮。

④三星:即参星。参宿共有七星。《诗经·唐风·绸缪》:"绸缪束薪,三星在天。今夕何夕?见此良人!"写一对相爱的青年男女在夜间相聚的情景,思妇可能因此而联想到了自己与夫君的相聚。

【译文】

天阴地惨这一年又将结束,兰花一枝接着一枝凋零。喟然一声发出长长的叹息,只有想您时才能得到一些慰藉。翻来覆去总是不能入睡,长夜竟会这样漫长迁延。起床趿拉着鞋走出门去,仰头看见三星彼此相连。只恨自己的心愿不能实现,眼泪流淌就如喷涌的清泉。其四。

思君见巾栉[①],以益我劳勤[②]。安得鸿鸾羽[③]?觏此心中人[④]。诚心亮不遂[⑤],搔首立悁悁[⑥]。何言一不见,复会无因缘。故如比目鱼[⑦],今隔如参辰[⑧]。其五。

【注释】

①思君见:《太平御览》作“思见君”。巾栉(zhì):手巾、篦子。泛指梳洗用具。

②益:增添。《太平御览》作“弭”。劳:忧愁。勤:《诗经·召南·江有汜序》:“勤而无怨。”孔颖达《正义》:“勤者,心企望之。”即期盼之意。《太平御览》作“惭”。傅刚《校笺》:“(此二句)《考异》作‘思见君巾栉,以弭我劳勤’。”

③鸾:传说中凤凰一类的神鸟。《说文》:“鸾,亦神灵之精也。赤色,五采,鸡形。鸣中五音。”

④觏(gòu):遇见。

⑤亮:通“谅”,诚然。

⑥悁悁(yuān):忧闷貌。《诗经·陈风·泽陂》:“寤寐无为,中心悁悁。”

⑦比目鱼:《尔雅·释地》:“东方有比目鱼焉,不比不行,其名谓之鲽。”鲽身体扁平,在成长过程中两眼逐渐移到头部的一侧,据说须两条鱼并排一起时才可游动。古人常用以比恩爱夫妻。

⑧参、辰:二星名。参星居西方,辰星居东方,出没两不相见。旧题苏武《别诗》:“昔为鸳与鸯,今为参与辰。”

【译文】

想您时看看您用过的手巾篦子,却反把内心的忧愁和期盼增添。怎能像鸿雁鸾鸟那样长上翅膀?飞到远方去见我的心上人。这个心愿实在是不可能实现,不住挠头立刻涌来忧闷烦恼。哪能说一旦分别不能见面,我们就再没了见面的机缘。以前我们就像比目鱼那样亲近,今天却像参星辰星那样地远离。其五。

人靡不有初，想君能终之①。别来历年岁，旧恩何可期②？重新而忘故，君子所尤讥③。寄身虽在远，岂忘君须臾④！既厚不为薄⑤，想君时见思。其六。

【注释】

①“人靡（mǐ）”二句：《诗经·大雅·荡》：“靡不有初，鲜克有终。”认为凡事都有个开头，但很少有善始善终的。这里反用其意，表示希望对方能始终如一。靡，无。

②恩：赵氏覆宋本作“思”。

③尤：指责，责怪。

④须臾：一会儿。

⑤“既厚”句：古诗“青青陵上柏”：“斗酒相娱乐，聊厚不为薄。”

【译文】

一个人做事莫不有个开头，想来您能够做到有始有终。分别以来已经过去了几年，旧日的恩情哪还可以希冀？看重新欢而把旧情忘记，君子对此总要指责讥刺。您栖身的地方虽然遥远，我哪里会有片刻把您忘记！感情深厚就不应当再变淡薄，想来您也会常常把我相思。其六。

情诗一首

【题解】

这是一首思妇诗。通过对空寂凄清的环境气氛的描绘和渲染，表现了思妇的孤单寂寞和百无聊赖。与《室思》相比，语言质朴而略显刻镂。陈祚明评云：“亦复极意摹写，无一二虚语。倾吐至情，故但觉平实。”（《采菽堂古诗选》卷七）

高殿郁崇崇①，广厦凄泠泠②。微风起闺闼③，落日照阶庭。峙嵎云屋下④，啸歌倚华楹⑤。君行殊不返⑥，我饰为谁荣⑦？炉薰阖不用，镜匣上尘生。绮罗失常色，金翠暗无精⑧。嘉肴既忘御⑨，旨酒亦常停⑩。顾瞻空寂寂，惟闻燕雀声。忧思连相属⑪，中心如宿酲⑫。

【注释】

①郁：盛貌。崇崇：高峻貌。

②泠泠（líng）：冷清貌。

③闺闼（tà）：《文选》张衡《西京赋》："重闺幽闼，转相逾延。"薛综注："宫中之门，小者曰闼。"指内室、深闺。

④峙嵎（chí chú）：即踟蹰，因心中犹疑而要走不走的样子。云屋：高屋。

⑤啸歌：长啸，歌唱。撮口长呼为啸，其声清越而长，是古人抒发感情的一种方式。《诗经·小雅·白华》："啸歌伤怀，念彼硕人。"华楹：有彩饰的柱子。

⑥殊：久。

⑦荣：草木的花。此指修饰容貌。《诗经·卫风·伯兮》："岂无膏沐，谁适为容。"

⑧金翠：金玉翡翠。精：明亮。

⑨御：用。

⑩旨酒：美酒。

⑪属（zhǔ）：连续不断。原作"嘱"，吴兆宜注："一作'属'。"以作"属"为是，据改。

⑫宿酲（chéng）：酒醉后经夜未醒。

【译文】

殿堂高大而又深邃，大厦凄凉而又冷清。微风在内室阵阵刮起，落日将台阶庭院照亮。在高高的房屋下徘徊踱步，倚着华美的屋柱长啸歌吟。夫君离家很久总是不见回返，我为谁去涂脂抹粉梳妆打扮？薰香的炉子关闭了不再使用，铜镜妆匣上蒙上了一层灰尘。绸衣失去了往常鲜艳的颜色，金珠翡翠暗淡而没有了光明。精美的菜肴忘了举筷食用，美酒也常常停下杯来不饮。回头四顾只见一片虚空沉寂，只能偶尔听见燕雀叫上几声。忧思涌来总是连绵不断，内心就像醉酒后经夜不醒。

繁钦

繁（pó）钦（？—218），字休伯，颍川（今河南许昌）人。以文才机辩，少得名于汝、颍间。长于书记，善于诗赋。曾任曹操丞相府主簿。《隋书》卷三十五《经籍志四》著录有集十卷，已散佚。其事见《三国志》卷二十一《魏书·王卫二刘傅传》裴松之注引《典略》。

定情诗一首

【题解】

本篇收入《乐府诗集》卷七十六《杂曲歌辞》，《艺文类聚》卷八十四、《初学记》卷二十六及《太平御览》多卷节引。据《文选》卷十九曹植《洛神赋》李善注引，本篇尚有佚文“何以消滞忧，足下双远游”二句。“定情”，即“安定其情”之意。朱乾《乐府正义》云：“《卫·氓》在被弃之后，此诗在负约之初，其为愧悔则一耳。《氓》诗曰‘老使我怨’，可伤也；此诗曰‘厕此丑陋质，徙倚无所之’，尤可惜也。一不自检，遂不胜自失之悔，情之荡可惧哉！‘定情’者，约之以礼而不自失也。”自张衡《定情赋》之后，文人纷纷模仿，在汉末尤出现一个热潮，如蔡邕有《静情赋》，陈琳、阮瑀皆有《止欲赋》，王粲有《闲邪赋》，应玚有《正情赋》，曹植有《静思赋》，陶渊明有《闲情赋》等，其赋旨皆大体相同。本篇则将赋体演化为诗，写一个女子初与男子相恋却终遭男子遗弃所引起的痛苦，对女子的不幸遭际表达了深切的同情。诗中运用赋体的铺陈手法写热恋，写期盼，写失望，浓墨重彩，回环婉转，淋漓尽致。陈祚明评云："悲感淋漓，务以尽言快其离结，文情横恣。东南西北，随笔写成，擅一时奇胜，不可有两。与《四愁诗》同。"（《采菽堂古诗选》卷七）

我出东门游①，邂逅承清尘②。思君即幽房③，侍寝执衣巾。时无桑中契④，迫此路侧人⑤。我既媚君姿⑥，君亦悦我颜。何以致拳拳⑦？绾臂双金环⑧。何以致殷勤？约指一双银⑨。何以致区区⑩？耳中双明珠。何以致叩叩⑪？香囊系肘后。何以致契阔⑫？绕腕双跳脱⑬。何以结恩情？佩玉缀罗缨⑭。何以结中心⑮？素缕连双针⑯。何以结相于⑰？金薄画搔头⑱。何以慰别离⑲？耳后玳瑁钗⑳。何以答欢悦？纨素三条裙㉑。何以结愁悲？白绢双中衣㉒。

【注释】

①东门：《诗经·郑风·出其东门》："出其东门，有女如云。"此化用其意。

②邂逅（xiè hòu）：不期而遇。承清尘：犹言承蒙足下眷顾，得以亲近足下。清尘，《汉书》卷五十七下《司马相如传》："犯属车之清尘。"颜师古注："尘谓行而起尘也。言清者，尊贵之意也。"此代指其人。

③即：至，到。幽房：深邃的居室。

④"时无"句：是说当时本无约会。桑中，指《诗经·鄘风·桑中》，这是一首描写情人幽期密约的诗。

⑤迫：靠近，碰上。路侧人：指所邂逅的男子。

⑥既：原作"即"，傅刚《校笺》："五云溪馆本、徐本、郑本作'既'。"据改。媚：悦，爱。

⑦拳拳:恳切、诚挚之情。

⑧绾(wǎn):束,缠绕。

⑨约指:戴上指环或戒指。约,套上。

⑩区区:诚挚之心。古诗"孟冬寒气至":"一心抱区区,惧君不识察。"

⑪叩叩:恳切之意。

⑫契(qiè)阔:要约,以死生相约。

⑬"绕腕"句:此句《太平御览》卷七百十八作"绕臂金跳脱"。跳脱,手镯、腕钏一类的臂饰。

⑭缨:丝线等做成的穗状饰物。

⑮中心:内心。

⑯素缕:白色丝线。象征纯洁。连双针:相连双针,象征两心相连。针,也谐"坚贞"之"贞"。

⑰相于:同"相与",交好。于,《太平御览》卷六百八十八作"知";傅刚《校笺》:"徐本、郑本、张世美本作'投'。"

⑱金薄:即金箔,金的薄片,用作装饰。《北堂书钞》卷一百三十四引《邺中记》:"石季龙作云母五明金薄莫难扇,此一扇之名也,薄打纯金如蝉翼。"画:装饰。搔头:即簪子,一般以玉为之。《西京杂记》卷二:"武帝过李夫人,就取玉簪搔头。自此后宫人搔头皆用玉,玉价倍贵焉。"搔,《太平御览》卷六百八十八作"绡",又傅刚《校笺》引《考异》作"幧"。

⑲慰:《艺文类聚》卷八十四、《太平御览》卷八百七作"表"。

⑳玳瑁(dài mào)钗:用玳瑁制作的钗。玳瑁,海中一种似龟的爬行动物,甲壳光润,有黑斑,可做装饰品。钗,古代妇女别在发髻上的一种首饰,由两股簪子合成。

㉑纨(wán)素:均为白色绸,纨为素之细者。三条裙:装饰着三道花边的裙子。条,即"縧",丝带,可镶在衣服的边缘做装饰。裙,《乐府诗集》作"裾"。以上二句《初学记》及《太平御览》卷六

百九十六作“何以合欢欣，纨素三条裙”，《太平御览》卷八百十九作“何以合欢欣，纨素为衫裙”。

㉒中衣：近身的衣。中，谐“衷”。

【译文】

我走出城东门去郊游，没想到遇上了承蒙眷顾让我亲近的人。因倾慕他而愿意走进深幽的内室，侍候他就寝为他手执衣服手巾。其时并无桑林中那样的约会，就在路边碰上了这个人。我喜欢上了他的身姿，他也喜欢上了我的容颜。用什么来表达我诚挚的内心？用绕在手臂上的一对金环。用什么来表达我的殷情蜜意？用戴在手指上的一对银环。用什么来表达我的一片诚心？用嵌在耳中的一对明珠。用什么来表达我的恳切之情？用系在肘后边的香囊。用什么来表达死生相约之意？用绕在手腕上的一对跳脱。用什么来连结我们的恩爱之情？用缀着绸缨的佩玉。用什么来连结我们的内心？用白色丝线相连的双针。用什么来连结我们的交好之情？用金箔装饰的玉簪。用什么来慰藉我们的别离？用耳后以玳瑁制作的钗。用什么来回报内心的欢悦？用装饰着三条花边的绸裙。用什么来连结我们的悲愁？用两件白绢裁剪成的贴身衣。

与我期何所①？乃期东山隅②。日旰兮不至③，谷风吹我襦④。远望无所见，涕泣起踌躇。与我期何所？乃期山南阳⑤。日中兮不来，凯风吹我裳⑥。逍遥莫谁睹，望君愁我肠。与我期何所？乃期西山侧。日夕兮不来，踯躅长叹息⑦。远望凉风至，俯仰正衣服。与我期何所？乃期山北岑⑧。日暮兮不来，凄风吹我衿。望君不能坐，悲苦愁我心。爱身以何为？惜我华色时。中情既款款⑨，然后克密期⑩。褰衣蹑茂草⑪，谓君不我欺。厕此丑陋质⑫，徙倚无所之⑬。自伤失所欲，泪下如连丝。

【注释】

①期：约会。

②隅：角落。

③旰（gàn）：晚。至：傅刚《校笺》："徐本、郑本、张世美本、孟本作'来'。"

④谷风：山谷中的风。《诗经·小雅·谷风》："习习谷风，维风及雨。"襦（rú）：短衣。

⑤阳：山的南面。

⑥凯风：南风，和风。《诗经·邶风·凯风》："凯风自南，吹彼棘心。"凯，《乐府诗集》作"飘"。

⑦踯躅（zhí zhú）：踏步不前貌。

⑧岑（cén）：小而高的山。

⑨款款：恳切貌。

⑩克：约定。密期：幽会的日期。

⑪褰（qiān）衣：提起衣服。衣，吴兆宜注："一作'裳'。"蹑：踩。茂：《乐府诗集》作"花"。

⑫厕：即侧，谓侧身、置身于。丑陋质：犹言贱躯。

⑬徙倚：流连徘徊。

【译文】

您约我在什么地方会面？约会在东山的一个角落。到了傍晚啊还不见您来，只有山谷的风吹动我的短衣。纵目远望却什么也没看见，哭着起身想走又游移不定。您约我在什么地方会面？约会在山南的一个地方。到了中午啊还不见您来，只有南风吹动我的衣裳。走来走去谁也没有看见，盼望您来愁坏了我的肝肠。您约我在什么地方会面？约会在西山的一侧。太阳落山了还不见您来，我流连徘徊发出长长的叹息。纵目远望吹来阵阵凉风，低头抬头把衣服整理。您约我在什么地方会面？约会在北面小而高的山间。天快黑了啊还不见您来，凄厉的山风吹动我的衣襟。盼望您来我坐也坐不安稳，悲苦忧愁笼罩了我的心。我爱惜自己到底为了什么？我珍惜我这青春美艳之时。内心既抱有恳切挚爱的情意，然后才与您约定了幽会的日期。提起衣裳踩着茂密的野草，自以为您不会把我相欺。以这卑贱的身子置身于世，我流连徘徊不知该去往何处。悲痛自己失去了心中希望，泪如雨下就如连绵的细丝。

无名人

古诗为焦仲卿妻作 并序

【题解】

本篇收入《乐府诗集》卷七十三《杂曲歌辞》，题作《焦仲卿妻》；《艺文类聚》卷三十二节引。后来人们常取诗之首句，题作《孔雀东南飞》。作者"无名人"，人，傅刚《校笺》："徐本、郑本作'氏'。"据徐陵《序》，本篇所叙故事发生在"汉末建安中"，"时人伤之，为诗云尔"，则写作时间也应为同时稍后。《史记》卷八十六《刺客列传》中《聂政传》张守节《正义》及《荆轲传》司马贞《索隐》皆引韦昭注云："古者名男子为丈夫，尊妇妪为丈人。"故《汉书》卷八十《宣元六王传》所云"丈人"，谓淮阳宪王外王母，即张博母。"故古诗曰'三日断五匹，丈人故言迟'是也"。据《三国志》卷六十五《吴书·韦曜传》，韦昭（按韦曜即韦昭，史为晋讳，改之）卒于吴孙浩凤凰二年（273），可知本篇最迟在三国末、西晋初已成型流传，并已被称为"古诗"。但诗中也出现了一些三国以后方出现的词语（如"交广"）和名物（如"红罗复斗帐"），因此在流传过程中应经过六朝人的加工修润，但其最后的写定时间必在徐陵编纂本书之前。

本诗是我国历史上一篇杰出的长篇五言叙事诗，久已脍炙人口。诗篇通过对焦仲卿和刘兰芝婚姻悲剧的描述，深刻揭露了封建家长制的罪恶，既同情于二人的不幸遭遇，更热情地歌颂了二人忠于爱情、反抗礼教的精神，表达了人民要求婚姻自主的强烈愿望。诗篇长达三百五十句，一千七百多字，但结构谨严，不枝不蔓，布局合理，繁简适宜，如无缝天衣，浑然天成。故事情节波澜起伏，婉转曲折，扣人心弦。人物形象各具个性，生动鲜明，光彩夺目。沈德潜评云："共一千七百八十五字，古今第一首长诗也。淋淋漓漓，反反复复，杂述十数人口中语，而各肖其声音面目，岂非化工之笔。"又云："作诗贵剪裁。入手若叙两家家世，末段若叙两家如何悲恸，岂不冗漫拖沓，故竟以一二语了之。极长诗中具有剪裁也。"（《古诗源》卷四）陈祚明亦云："长篇淋漓古致，华采纵横，所不俟言。"又特别评到末段："末段淋漓宛转，赋中之乱，使人情不可堪。"（《采菽堂古诗选》卷二）诗篇在叙事中融入了对话、比兴、渲染、烘托、对比、照应、夸饰、抒情、描写等多种艺术手法，表现出了圆熟的艺术技巧和卓异的艺术功力，代表着汉乐府民歌的最高成就，对后代产生了深远的影响。

汉末建安中①，庐江府小吏焦仲卿妻刘氏②，为仲卿母所遣③，自誓不嫁。其家逼之，乃没水而死。仲卿闻之，亦自缢于庭树。时人伤之，为诗云尔④。

【注释】

①建安中：建安年间。建安，汉献帝年号（196—220）。

②庐江：汉置郡名。郡治在今安徽庐江西。东汉末徙治，在今安徽潜山。

③遣：休弃使回娘家。

④"时人"二句：原无"人"字，《艺文类聚》及《乐府诗集》有"人"字，据补。此二句《乐府诗集》作"时人伤之而为此辞也"。

【译文】

东汉末年建安年间，庐江郡太守府中小吏焦仲卿的妻子刘氏，被焦仲卿母亲所休弃，自誓不再改嫁。她家里逼她，于是投水而死。焦仲卿听到消息，亦在庭树上自缢。当时人们都很悲伤，就作了一首诗来记述这件事。

孔雀东南飞,五里一徘徊[①]。"十三能织素[②],十四学裁衣。十五弹箜篌[③],十六诵诗书[④]。十七为君妇[⑤],心中常苦悲。君既为府吏,守节情不移[⑥]。贱妾留空房,相见常日稀[⑦]。鸡鸣入机织,夜夜不得息。三日断五匹[⑧],大人故嫌迟[⑨]。非为织作迟,君家妇难为!妾不堪驱使,徒留无所施[⑩]。便可白公姥[⑪],及时相遣归。"

【注释】

①"孔雀"二句:这两句以鸟起兴,隐示下文刘兰芝与焦仲卿被迫恋恋不舍地分离。汉乐府《艳歌何尝行》(一作《飞鹄行》):"飞来双白鹄,乃从西北来。……五里一反顾,六里一徘徊。"旧题苏武《别诗》:"黄鹄一远别,千里顾徘徊。"孔雀,相传是鸾鸟的配偶。

②素:白色生绢。《艺文类聚》作"绮"。

③箜篌(kōng hóu):弦乐器名。其体细而长,二十三弦。《隋书》卷十五《音乐志下》谓"出自西域,非华夏旧器"。

④诗书:本指《诗经》《尚书》,后泛指书籍。《艺文类聚》作"书诗"。

⑤为君妇:《艺文类聚》作"嫁为妇"。

⑥"守节"句:谓焦仲卿坚守为官之节,恪尽职守,不为夫妇之情所移。

⑦"贱妾"二句:吴兆宜注:"郭、左二《乐府》无此二句。活本、杨本有之。"

⑧断:织成一匹后从织机上截下来。

⑨大人:刘兰芝对婆婆的敬称。嫌:《艺文类聚》作"言"。

⑩施:用处。

⑪白:禀告。公姥(mǔ):公婆。这里单指婆婆。

【译文】

孔雀向着东南飞去，飞出五里就要徘徊回顾。“十三岁能织出白绢，十四岁学会了裁剪衣服。十五岁能弹奏箜篌，十六岁能诵读诗书。十七岁成为您的妻子，心中常感到悲伤痛苦。您既在府中做了小吏，坚守为官之节情感不移。我在家中独守空房，相见的日子总很稀少。鸡一叫就上织机织布，夜夜操劳不得休息。三天就能断下五匹，婆婆却还嫌我动作太慢。不是因为我织布太慢，做您家的媳妇实在太难！我不能胜任婆婆驱使，徒然留下又有何益。您就去跟婆婆说说，趁早把我往娘家遣返。”

府吏得闻之，堂上启阿母[①]：“儿已薄禄相[②]，幸复得此妇。结发同枕席[③]，黄泉共为友[④]。共事二三年[⑤]，始尔未为久[⑥]。女行无偏斜，何意致不厚？”阿母谓府吏：“何乃太区区[⑦]！此妇无礼节，举动自专由。吾意久怀忿，汝岂得自由！东家有贤女，自名秦罗敷。可怜体无比，阿母为汝求。便可速遣之，遣之慎莫留[⑧]！”府吏长跪答[⑨]，伏惟启阿母[⑩]：“今若遣此妇，终老不复取[⑪]！”阿母得闻之，捶床便大怒[⑫]：“小子无所畏，何敢助妇语！吾已失恩义，会不相从许[⑬]！”

【注释】

①堂上：应作“上堂”。启：禀告。

②薄禄相：禄命骨相俱薄，谓命不好。古人迷信，认为从骨相可看出一个人命运的好坏。

③结发：束发。古时男子到了二十岁、女子到了十五岁时，要把头发扎结起来，表示已经成年。

④黄泉：黄土下的泉水。指人死后的埋葬之地。

⑤二三：傅刚《校笺》：“五云溪馆本、徐本、郑本均作‘三二’。”

⑥尔：如此。

⑦区区：谓见识狭隘、浅薄、没出息。

⑧之：傅刚《校笺》："五云溪馆本、徐本、郑本均作'去'。"

⑨长跪：古人席地而坐，两膝着地，坐在脚后跟上。跪时将腰挺直，上身变长，故云长跪。答：《乐府诗集》作"告"。

⑩伏惟：伏下身子想。古人表示谦卑的套语。

⑪取：同"娶"。

⑫床：古代的一种坐具。当时年老或尊贵者可坐在床上，不用席地而坐。

⑬会不：当不，绝不。从许：依从允许。

【译文】

府吏听了媳妇的话，走上堂来禀告母亲："儿生来禄命不好骨相薄，幸亏能娶上这个媳妇。刚成年我们就同枕共席，死后到了黄泉也不分手。在一起生活才两三年，这样的日子还不算久。媳妇品行并没有偏差，是什么让您对她竟这样不满？"阿母听后回答府吏："你怎么这样没有见识！这个媳妇不讲礼节，一举一动都自有主意。我早就对她心怀不满，你想自由哪里能够！东边邻家有一个贤惠的姑娘，自己取名叫秦罗敷。体态容貌无比可爱，我会去替你把婚求。你就快点儿把媳妇遣送走，遣走她千万不要再挽留！"府吏伸直了身子把话答，恭敬地把想法禀告母亲："今天如果遣走了这个媳妇，儿就到老都不会再婚娶！"母亲听了儿子这话，举手捶床大为震怒："你这小子无所畏惧，竟敢帮着媳妇胡言乱语！我同她已恩断义绝，对你绝不迁就容许！"

府吏默无声，再拜还入户①。举言谓新妇②，哽咽不能语："我自不驱卿③，逼迫有阿母。卿但暂还家，吾今且报府④。不久当归还，还必相迎取。以此下心意⑤，慎勿违吾语。"新妇谓府吏："勿复重纷纭⑥！往昔初阳岁⑦，谢家来贵门[8]。奉事循公姥[9]，进止敢自专[10]？昼夜勤作息[11]，伶俜萦苦辛[12]。谓言无罪过，供养卒大恩[13]。仍更被驱遣，何言复来还？妾有绣腰襦[14]，葳蕤自生光[15]。红罗复斗帐[16]，四角垂香囊[17]。箱帘六七十，绿碧青丝绳[18]。物物各自异，种种在其中。人贱物亦鄙，不足迎后人[19]。留待作遗施[20]，于今无会因[21]。时时为安慰，久久莫相忘！”

【注释】

①户：单扇门为户。指回到焦仲卿和刘兰芝的房间。

②举言：谓将母亲的话转告刘兰芝。谓：赵氏覆宋本作“为”。新妇：即媳妇。

③卿：夫妻间亲昵的称呼。

④报府：赴府。指回庐江府当差。

⑤“以此”句：谓为了这个，你就安心等待一下。

⑥重纷纭：再麻烦。意谓不用再接我回来了。

⑦初阳：指冬末春初的季节。古人认为从冬至开始阳气初生，所以说“初阳”。岁：指时节。

⑧谢：辞别。

⑨奉事：做事。循：顺着。

⑩止：傅刚《校笺》：“五云溪馆本作‘心’。”敢：岂敢。

⑪作息：劳作和休息。这里单指劳作。

⑫伶俜（líng pīng）：孤单的样子。萦：缠绕。

⑬卒大恩：谓尽力报答婆婆的大恩。

⑭绣腰襦（rú）：绣花的齐腰短袄。

⑮葳蕤（wēi ruí）：光彩盛貌。这里形容短袄上的刺绣之美。自生：《艺文类聚》作“金缕”。

⑯红罗复斗帐:双层红色纱罗做的斗帐。斗帐,一种上窄下宽、形如覆斗的帐子。南朝乐府《长乐佳》:"红罗复斗帐,四角垂朱珰。"

⑰香囊:装有香料的小袋。

⑱"箱帘"二句:《艺文类聚》作"交文象牙簟,宛转素丝绳"。帘,通"奁",梳妆用的镜匣。

⑲"人贱"二句:《艺文类聚》作"鄙贱虽可薄,犹中迎后人"。后人,指焦仲卿以后要再娶的媳妇。

⑳遗施:赠送。遗,傅刚《校笺》引徐校:"五云溪馆本、孟本均作'遗'。"

㉑"于今"句:谓从此再没有见面的机会了。

【译文】

府吏听后默默无声,拜了两拜回到房里。把母亲的话转告媳妇,声音哽咽不能言语:"我本来不肯把你驱遣,无奈母亲在那相逼。你只暂时回到娘家,我要当差也回府衙。过不多久我会回来,然后肯定把你迎回。你就暂且安心等待,千万不要拂了我的心意。"媳妇听了回答府吏:"不用再这样来回折腾!回想那年初阳时节,我辞别爹娘进了您家大门。做事全依婆婆意思,举动哪敢独断专行?白天夜晚辛勤劳作,独自一人尝够苦辛。自己觉得并无过错,奉养婆婆报答大恩。虽然如此仍被驱遣,何必还说再把家回?我有一件绣花短袄,刺绣精美闪闪发光。一顶红罗双层斗帐,四个角上垂有香囊。箱笼镜匣六七十个,都用绿碧青丝捆绑。箱中物件各不相同,林林总总尽在其中。人不值钱物亦鄙贱,不配送给后来的新人。就留下来送给他人,以后再无见面机缘。时常看看旧物作为安慰,永远不要把我相忘!"

鸡鸣外欲曙,新妇起严妆[①]。著我绣裌裙,事事四五通。足下蹑丝履[②],头上玳瑁光[③]。腰若流纨素[④],耳著明月珰[⑤]。指如削葱根,口若含朱丹。纤纤作细步[⑥],精妙世无双。上堂拜阿母[7]，母听去不止[8]。“昔作女儿时，生小出野里。本自无教训，兼愧贵家子。受母钱帛多[9]，不堪母驱使[10]。今日还家去，念母劳家里。”却与小姑别[11]，泪落连珠子：“新妇初来时，小姑始扶床。今日被驱遣，小姑如我长。勤心养公姥，好自相扶将[12]。初七及下九[13]，嬉戏莫相忘。”出门登车去，涕落百余行。

【注释】

①严妆：端整装束，仔细地梳妆打扮。

②蹑：踩，踏。这里是穿的意思。

③玳瑁（dài mào）：指玳瑁簪，是一种用玳瑁制作的簪。玳瑁是一种似龟的爬行动物，其甲壳有光泽，可做装饰品。

④若：傅刚《校笺》：“《考异》：‘按“腰如束素”，虽本宋玉赋语，然“著我绣袂裙”六句，皆言服饰，“指如削葱根”四句，乃言姿态，此处“腰若”一句，未免叙述夹杂，疑“若”字当作“著”字。’刚按，陈本作‘著’。”流纨（wán）素：谓腰束纨素的带子，光彩闪烁动荡，像流水一样。纨、素，都是白绢，纨比素更精细。

⑤明月珰（dāng）：用明月珠做的耳饰。明月珠与下句“朱丹”（一种宝石）相传皆出自西域大秦国（古罗马帝国）。参见本卷辛延年《羽林郎》注。

⑥纤纤：小步貌。

⑦拜：吴兆宜注：“一作‘谢’。”

⑧“母听”句：傅刚《校笺》：“五云溪馆本、徐本、郑本均作‘阿母怒不止’。”

⑨钱帛：指聘礼。

⑩不堪：不配。

⑪却:退下来。

⑫“好自”句:谓好好侍奉老人家。扶将,搀扶,扶持。这里是服侍的意思。

⑬初七及下九:古时妇女聚会嬉戏的两个日子。初七,指农历七月七日。这一天晚上妇女们聚在一起“乞巧”,用线穿针做游戏。下九,指每月的十九日。古人以农历每月的二十九日为上九,初九为中九,十九为下九。下九是妇女们结伴嬉游的日子。

【译文】

雄鸡鸣叫天就要放亮,媳妇起来仔细地梳妆。穿上我的绣花夹裙,事事都要做上四遍五遍。脚下穿上一双轻软的丝鞋,头上的玳瑁簪闪闪发光。腰间所束纨素光彩荡漾,耳上戴着明月宝珰。手指犹如削尖的葱白,口唇红润如含宝石朱丹。袅袅婷婷轻迈细步,精妙无比举世无双。走上堂来拜别婆婆,婆婆任凭离去并不挽留。“以前我做女儿的时候,自小生活在荒僻的乡里。本来就没有受过家教,很惭愧嫁给了贵家子弟。接受母亲的钱帛太多,却不配供母亲使唤驱使。今天我告辞回娘家去,担心母亲在家操心受累。”退下再与小姑告别,泪落就如断线珠子:“我刚来到你们家时,你走路还要扶着凳子。今天我被驱遣回家,你差不多长得同我一样。以后要尽心侍奉母亲,好好地将母亲扶持奉养。初七下九两个节日,嬉戏欢乐时别把我遗忘。”说完出门登车而去,泪珠滚落有百余行。

府吏马在前,新妇车在后。隐隐何甸甸①,俱会大道口。下马入车中,低头共耳语:“誓不相隔卿②,且暂还家去③,吾今且赴府。不久当还归,誓天不相负!”新妇谓府吏:“感君区区怀④!君既若见录⑤,不久望君来。君当作盘石,妾当作蒲苇。蒲苇纫如丝⑥,盘石无转移。我有亲父兄⑦,性行暴如雷。恐不任我意⑧,逆以煎我怀⑨。”举手长劳劳⑩,二情同依依[11]。

【注释】

①“隐隐”句：谓车行的声音很沉重。隐隐、甸甸，都是车行声。何，语助词。

②隔：分离。

③还：傅刚《校笺》：“五云溪馆本、徐本、郑本作‘归’。”

④区区：形容情意的诚挚。与上文“何乃太区区”句的“区区”不同。

⑤录：收容，收留。

⑥纫：通“韧（rèn）”，柔软而结实。

⑦父兄：偏义复词，偏用“兄”意。

⑧任：依从。

⑨“逆以”句：想到将来，我心里就受到煎熬。逆，逆料，预想。

⑩劳劳：忧伤不止貌。

⑪依依：不舍貌。

【译文】

府吏骑马走在前面，新妇乘车跟在后头。隐隐甸甸响个不停，一起来到大路口。府吏下马走进车中，低下头来一起耳语：“我誓不同你彼此分离，你且暂时回娘家去，我也暂且赶回府里。过不多久我会回来，指天为誓绝不相负！”媳妇立即回答府吏：“感谢您的一片诚心！既然您打算把我容留，希望不久就回来接我。您应当做一块磐石，我应当做蒲草芦苇。蒲草芦苇像丝一样坚韧，磐石厚重永不转移。我有一个同胞兄长，性情粗暴就像霹雳。怕他不能依从我意，想到将来如油煎我心。”举手道别忧伤不已，难舍难分两情依依。

入门上家堂，进退无颜仪。阿母大拊掌：“不图子自归[1]！十三教汝织，十四能裁衣，十五弹箜篌，十六知礼仪，十七遣汝嫁,谓言无誓违[②]。汝今何罪过[③],不迎而自归?”兰芝惭阿母:“儿实无罪过。”阿母大悲摧[④]。

【注释】

①图:想到,料到。

②无誓违:傅刚《校笺》引《考异》:“‘誓违’二字,义不可通,疑是‘諐违’之讹。諐,古‘愆’字。”所说是。无愆违,即无过失。

③何:原作“无”,傅刚《校笺》:“《考异》:‘“无”,《诗乘》诸书并作“何”。按“无罪过”不似问词,作“何”为是。然皆不言所本,盖明人推求文义,以意改之。’按,徐本、郑本、张世美本均作‘何’。”当以作“何”为是,据改。

④悲摧:悲痛,哀伤。

【译文】

踏进家门走上厅堂,进退都觉没脸见人。母亲惊得大拍手掌:“没有想到你被遣回!十三岁时就教你织布,十四岁时就能裁衣,十五岁时能弹箜篌,十六岁时就知礼仪,十七岁时送你出嫁,总以为你不会有过失。如今不知你有何过错,没去接你就把家回?”兰芝惭愧地回答母亲:“女儿实在没有过失。”母亲听了悲伤不已。

还家十余日,县令遣媒来。云“有第三郎,窈窕世无双[①]。年始十八九,便言多令才”[②]。阿母谓阿女:“汝可去应之。”阿女含泪答:“兰芝初还时,府吏见丁宁,结誓不别离。今日违情义,恐此事非奇[③]。自可断来信[④],徐徐更谓之。”阿母白媒人:“贫贱有此女,始适还家门[⑤]。不堪吏人妇,岂合令郎君[⑥]?幸可广问讯,不得便相许[⑦]。”

【注释】

①窈窕（yǎo tiǎo）：美好貌。

②便（pián）言：善于辞令。令：美好，出众。

③奇：傅刚《校笺》引《考异》："'奇'字义不可通，疑为'宜'字之讹。"其说近是。

④断：回绝。信：使者。指媒人。

⑤始适：刚出嫁不久。适，出嫁。

⑥令郎君：犹言贵公子。令，对郎君的敬称。

⑦得：傅刚《校笺》："五云溪馆本、徐本、郑本作'可'。"

【译文】

回到家中才十多天，县令派了媒人前来。说"县令有位三少爷，容貌美好举世无双。年纪刚刚十八九岁，善于言辞又特有才华"。母亲听了吩咐女儿："你可去把婚事答应。"女儿含泪回答母亲："兰芝当初回娘家时，府吏一再对我叮咛，两人发誓永不分离。今天如果违背情义，恐怕这样太不合适。您可先去回绝媒人，之后再慢慢从长计议。"母亲前去回复媒人："贫贱人家有这个女儿，出嫁不久就被遣回家门。既不配做吏人媳妇，岂能配上县令郎君？希望你再多方打听，我不能就这样应承。"

媒人去数日①，寻遣丞请还②。说"有兰家女，承籍有宦官"③。云"有第五郎，娇逸未有婚④。遣丞为媒人，主簿通语言"⑤。直说"太守家⑥，有此令郎君。既欲结大义⑦，故遣来贵门"。阿母谢媒人⑧："女子先有誓，老姥岂敢言！"阿兄得闻之，怅然心中烦。举言谓阿妹："作计何不量！先嫁得府吏，后嫁得郎君。否泰如天地⑨，足以荣汝身。不嫁义郎体⑩，其住欲何云⑪？"兰芝仰头答："理实如兄言。谢家事夫婿，中道还兄门。处分适兄意，那得自任专！虽与府吏要⑫，渠会永无缘⑬。登即相许和,便可作婚姻。”

【注释】

①去:离去。指向县令复命后从县令处离去。

②“寻遣”句:不久县令差遣县丞向太守请示工作后回县。寻,不久。丞,县丞,辅佐县令的官。

③“说‘有兰家女’”二句:此二句是县丞对县令说的话,意思是有兰家之女,出身于做官人家,可配县令之子,县令可向兰家求婚。“承籍”句,承继先辈的仕籍,家中有为官做宦的人。

④逸:洒脱,飘逸。

⑤“主簿”句:(遣县丞去做媒)这是主簿传达的(太守的)话。主簿,掌管档案文书的官,府中、县中都有,这里指太守府中的主簿。通,传达。以上四句仍是县丞对县令说的话,意思是自己已受太守的委托为其五少爷向刘家求婚,这委托是由府主簿传达的。

⑥直说:直截了当地说。“太守家”以下四句,为县丞到刘家说亲的话。

⑦结大义:指结为婚姻。

⑧谢:谢绝,拒绝。

⑨否(pǐ):恶运,指“先嫁得府吏”。泰:好运,指“后嫁得郎君”。

⑩义郎:对太守之子的美称。郎,原作“即”,《乐府诗集》作“郎”,据改。

⑪住:吴兆宜注:“《列子·黄帝篇》:‘沤鸟之至者百,住而不止。’住,止也,立也,居也。”

⑫要(yāo):约定。

⑬渠会:与他相会。渠,他。

【译文】

媒人走后不过几天,不久县丞请示太守后回县。说“兰家有个姑娘,家中承继仕籍有人做官”。说“太守有个五公子,娇美洒脱还未成家。派遣县丞我来做个媒人，这意思由主簿向我转达”。直接就说“太守家中，有这样一个不错的郎君。想要同你家结成婚姻，所以特派我来向你家提亲”。兰芝母亲谢绝媒人：“我家女儿有誓在先，老婆子我岂敢出言阻拦！”兰芝胞兄听说了此事，心中恼怒很不耐烦。对着妹妹高声斥责：“你做事情怎不掂量！开始嫁个府中小吏，如今嫁个太守少爷。好坏就如天地之别，足以为你增添荣光。今天不肯嫁给郎君，留在家里将怎么办？”兰芝仰头回答兄长：“哥哥所说确有道理。离家出嫁侍奉夫婿，中途又进哥哥大门。怎么处理要合兄意，我哪里能够独断专行！虽与府吏有过约定，同他再聚已永无机缘。就请立即答应媒人，马上就可结成婚姻。”

媒人下床去，诺诺复尔尔①。还部白府君：“下官奉使命，言谈大有缘。”府君得闻之，心中大欢喜。视历复开书②，便利此月内，六合正相应③。“良吉三十日，今已二十七，卿可去成婚④。”交语速装束⑤，骆绎如浮云⑥。青雀白鹄舫⑦，四角龙子幡⑧。婀娜随风转，金车玉作轮。踯躅青骢马⑨，流苏金镂鞍⑩。赍钱三百万⑪，皆用青丝穿。杂彩三百匹⑫，交广市鲑珍⑬。从人四五百，郁郁登郡门⑭。

【注释】

①诺诺复尔尔：表示连声答应。尔尔，就这样就这样。尔，这。

②“视历”句：谓忙着翻开历书。指为挑选吉日而查看历书。古代有《六合婚嫁历》《阴阳婚嫁书》等。

③“六合”句：《南齐书》卷九《礼志上》：“五行说十二辰为六合，寅与亥合，建寅月东耕，取月建与日辰合也。”阴阳家将一年十二个月分为子丑寅卯等十二支，称“月建”；又以干支纪日，称“日辰”，认为“月建”与“日辰”相应（相合），这个日子就吉利。六

合，即子与丑合，寅与亥合，卯与戌合，辰与酉合，巳与申合，午与未合。

④“良吉”三句：这三句是太守吩咐县丞的话。“卿可”句，你可去刘家订好结婚日期。

⑤交语：交相传话。装束：指筹办婚礼所需东西。

⑥骆绎：同“络绎”，指筹办婚礼的人来来往往，川流不息。

⑦“青雀”句：青雀舫和白鹄舫。即在船头画有青雀和白鹄的画舫。

⑧“四角”句：船的四角挂着龙子幡。龙子幡，绣有龙形的旗帜。

⑨踯躅（zhí zhú）：犹踟蹰，踏步不前貌。青骢（cōng）马：一种毛色青白相杂的马。

⑩“流苏”句：句谓马鞍下垂着缨子。流苏，下垂的缨子，用五彩羽毛或丝线做成。金镂鞍，雕刻有金花的马鞍。

⑪赍（jī）钱：指聘礼。赍，赠送。

⑫杂彩：各色绸缎。

⑬交、广：皆汉代郡名。在今广西、广东一带。市：买。鲑（xié）珍：泛指山珍海味。鲑，吴人对鱼菜的总称。珍，美味。

⑭郁郁：人多貌。登郡门：谓来到郡太守衙门帮忙。又，傅刚《校笺》引《考异》：“‘登’字疑当作‘发’。”谓迎亲队伍从郡门出发。两说皆可通。

【译文】

媒人听了离开座位，连声答应这样行这样行。回到府衙回复太守：“下官奉命前去提亲，商谈结果大有缘分。”太守听到这个消息，不禁心中大为欢喜。手忙脚乱翻看历书，婚期定在本月就很吉利，本月六合正好相配。“良辰吉日定在三十，今天已是二十七日，你就去刘家通知成婚。”互相传话让抓紧准备，人群来往犹如浮云。青雀画舫白鹄画舫，四角挂有龙形旗帜。婀娜多姿随风飘转，黄金做车白玉做轮。青骢骏马不停踏步，五彩流苏金雕马鞍。赠送聘礼整三百万，银钱皆用青丝穿连。

各色绸缎整三百匹，交、广买来海味山珍。随从共有四五百人，熙熙攘攘从郡门起程。

阿母谓阿女："适得府君书，明日来迎汝。何不作衣裳？莫令事不举[1]！"阿女默无声，手巾掩口啼，泪落便如泻。移我琉璃榻[2]，出置前窗下。左手持刀尺，右手执绫罗。朝成绣裌裙，晚成单罗衫。晻晻日欲暝[3]，愁思出门啼。

【注释】

①举：成。

②琉璃榻：一种镶嵌着琉璃的榻。琉璃，一种半透明的类似玻璃的东西。参见徐陵《序》注。榻，一种比床低的坐具。原作"塌"，《乐府诗集》作"榻"，据改。

③晻晻（yǎn）：日光昏暗貌。

【译文】

母亲赶忙告诉女儿："刚才接到太守来信，明天就来接你成亲。还不快点儿准备嫁衣？不要到时事办不成！"女儿听后默默无声，手巾掩口暗自悲啼，泪珠落下有如水泻。移动我的琉璃坐榻，搬出放在前窗之下。左手拿着剪刀尺子，右手拿着绸缎绫罗。早上做成绣花裌裙，傍晚做成单罗衣衫。暮色沉沉就要天黑，满怀愁思出门哭泣。

府吏闻此变，因求假暂归。未至二三里，摧藏马悲哀[1]。新妇识马声，蹑履相逢迎[2]。怅然遥相望，知是故人来。举手拍马鞍，嗟叹使心伤："自君别我后，人事不可量。果不如先愿，又非君所详。我有亲父母[3]，逼迫兼弟兄。以我应他人，君还何所望！"府吏谓新妇："贺卿得高迁！盘石方可厚，可以卒千年。蒲苇一时纫，便作旦夕间。卿当日胜贵④，吾独向黄泉！”新妇谓府吏：“何意出此言！同是被逼迫，君尔妾亦然。黄泉下相见⑤，勿违今日言！”执手分道去，各各还家门。生人作死别，恨恨那可论⑥！念与世间辞，千万不复全。

【注释】

①摧藏：义同“凄怆”，悲哀貌。

②蹑履：穿上鞋。

③亲父母：即生父生母。从前面描写看，刘兰芝似已无父，此乃偏义复词，偏指母。

④日胜贵：一天比一天富贵。

⑤下：原作“不”，傅刚《校笺》：“五云溪馆本、徐本、郑本、张本、孟本均作‘下’。”据改。

⑥“恨恨”句：内心的怨恨简直难以言说。恨恨，恨而又恨，愤恨到极点。

【译文】

府吏得知这个变故，于是临时请假赶了回来。离刘家还有二三里路，马儿鸣叫不胜悲哀。兰芝听出是府吏马叫，穿鞋出门前去相迎。满腹惆怅远远相望，知是故人骑马前来。抬起手来拍拍马鞍，一声哀叹使人心伤：“您自同我相别离去，事情变化难以预料。果然难遂先前愿望，原委您又不知其详。我有母亲有违我意，更有哥哥横加逼迫。答应把我许配他人，如今您还有何希望！”府吏听后回答媳妇：“祝贺你得高高升迁！磐石方正而且厚重，可以保持千年不变。蒲草芦苇一时坚韧，折断只在旦夕之间。从今你会一天天富贵，我就独自奔向黄泉！”媳妇听了回答府吏：“怎么您竟口出此言！同是不幸遭受逼迫，您是如此我亦依然。黄泉之下我们相见，不要违背了今日誓言！”紧握双手后分别离去，各人回到自己家中。活人死前见面诀别，心中怨恨哪能说清！一心只想着辞别人世，无论如何再难保全。

府吏还家去，上堂拜阿母："今日大风寒，寒风摧树木，严霜结庭兰。儿今日冥冥①，令母在后单。故作不良计②，勿复怨鬼神。命如南山石，四体康且直。"阿母得闻之，零泪应声落："汝是大家子，仕宦于台阁③。慎勿为妇死，贵贱情何薄④？东家有贤女，窈窕艳城郭。阿母为汝求，便复在旦夕。"府吏再拜还，长叹空房中，作计乃尔立⑤。转头向户里，渐见愁煎迫。

【注释】

①日冥冥：日暮。喻自己的生命即将结束。

②"故作"句：谓有意作出不好的打算（指自尽）。

③台阁：尚书的别称，为掌管中央机要的机构。泛指大的官府。这里或指焦仲卿前辈曾在台阁做过官，或谓焦仲卿前程远大，将来还会到台阁做官。

④"贵贱"句：意谓焦仲卿与刘兰芝贵贱不同，焦仲卿休弃刘兰芝，哪能算是薄情呢！

⑤"作计"句：（自尽的）主意就这样打定了。乃尔，就这样。

【译文】

府吏回到自己家中，走上堂去拜见母亲："今天大风刮得天寒地冻，寒风猛烈摧折树木，严霜覆盖庭院芝兰。儿就要走向迷蒙日暮，担心母亲日后孤单。是我有意作出不好打算，不要再去把鬼神埋怨。但愿您命如南山之石，身体健康腰板挺直。"母亲听了这番言语，不觉眼泪应声坠落："你可是个大家子弟，将来还要仕宦台阁。千万不要为媳妇去死，你贵她贱哪算情薄？东家有一个贤惠姑娘，窈窕美艳全城第一。阿母为你前去求婚，答复就在早晚之间。”府吏拜了两拜退下堂来，在空空的房中长声叹息，主意就这样最后打定。转头朝向母亲门户，渐感忧愁煎熬逼迫。

其日马牛嘶，新妇入青庐①。奄奄黄昏后②，寂寂人定初③。“我命绝今日，魂去尸长留！”揽裙脱丝履④，举身赴清池。府吏闻此事，心知长别离。徘徊庭树下⑤，自挂东南枝。

【注释】

①青庐：用青布搭成的篷帐，为举行婚礼的地方。

②奄奄（yǎn）：昏暗貌。黄昏：指晚饭后的一段时间，相当于19—21时。

③人定：指紧接着黄昏后的一段时间，相当于21—23时。

④揽：提起。丝：吴兆宜注：“一作‘素’。”

⑤庭：傅刚《校笺》：“五云溪馆本、徐本、郑本、张世美本均作‘顾’。”

【译文】

三十这天牛叫马嘶，新娘兰芝走进青庐。暮色昏沉黄昏之后，夜深人静人定之时。“我命断绝就在今日，灵魂逝去尸身长留！”提起罗裙脱掉丝鞋，纵身一跃没入清池。府吏在家听到此事，心知从此长相别离。徘徊庭中大树之下，自己挂上东南树枝。

两家求合葬，合葬华山傍①。东西植松柏，左右种梧桐。枝枝相覆盖，叶叶相交通。中有双飞鸟，自名为鸳鸯。仰头相向鸣，夜夜达五更。行人驻足听，寡妇起彷徨。多谢后世人②，戒之慎勿忘③！

【注释】

①华山:或用“华山畿”典故。《乐府诗集》卷四十六《清商曲辞·吴声歌》有《华山畿》二十五首。郭茂倩题解引《古今乐录》:“少帝时,南徐一士子,从华山畿往云阳,见客舍有女子,年十八九,悦之无因,遂感心疾。母问其故,具以启母。母为至华山寻访,见女具说闻感之因。脱蔽膝令母密置其席下卧之,当已。少日果差。忽举席见蔽膝而抱持,遂吞食而死。气欲绝,谓母曰:‘葬时车载,从华山度。’母从其意。比至女门,牛不肯前,打拍不动。女曰:‘且待须臾。’妆点沐浴,既而出。歌曰:‘华山畿,君既为侬死,独活为谁施?欢若见怜时,棺木为侬开。’棺应声开,女透入棺,家人叩打,无如之何,乃合葬,呼曰‘神女冢’。”

②谢:告。

③戒之:指以刘兰芝与焦仲卿的婚姻悲剧为戒。

【译文】

焦刘两家要求合葬,一起葬在华山旁边。墓的东西植上松柏,墓的左右种上梧桐。根根树枝交相覆盖,片片树叶交互连通。树间有对双飞鸟儿,自己取名就叫鸳鸯。鸳鸯仰头相向而鸣,夜夜都要叫到五更。行人都要驻足静听,寡妇起床徘徊彷徨。再三劝告后世人们,牢记教训切不可忘!

卷二

魏文帝

魏文帝(187—226),即曹丕,字子桓,沛国谯(今安徽亳州)人。曹操次子。建安十六年(211)为五官中郎将、副丞相,二十二年(217)为魏太子,二十五年(220)代汉称帝。在位七年,谥文帝。爱好文学,为邺下文人集团首领。诗、文皆擅长,并撰有文艺理论批评专著《典论·论文》。钟嵘《诗品》将其诗列入中品。曾命诸儒撰集经传,随类相从,凡千余篇,号曰《皇览》,为我国类书之祖。《隋书》卷三十五《经籍志四》著录有集十卷(注云"梁二十三卷")、《典论》五卷、《列异传》三卷,已散佚。明人辑有《魏文帝集》。其事见《三国志》卷二《魏书·文帝纪》。

于清河见挽船士新婚与妻别一首

【题解】

本篇载《艺文类聚》卷二十九,题作《为挽船士与新娶妻别诗》,作者作"徐幹"。傅刚《校笺》:"(标题)徐本、郑本无'于'。"清河,水名。为淇水支流,出内黄县(今河南汤阴)。挽船士,指拉纤的兵士。诗写拉纤的兵士与新婚的妻子辞别的情景,通过环境气氛的渲染和内心痛苦的倾诉,生动地展示了下层人民生活的悲惨。末写挽船士夫妻的美好愿望,与悲惨的现实形成强烈对比,进一步强化了悲剧效果。具有浓郁的民歌化气息,语言质朴通俗,语势回环往复,读来饶有余味。王夫之评云:"无穷,其无穷故动人不已;有度,其有度故含怨何终!"(《古诗评选》卷四)

与君结新婚，宿昔当别离[①]。凉风动秋草，蟋蟀鸣相随。冽冽寒蝉吟[②]，蝉吟抱枯枝。枯枝时飞扬，身体忽迁移。不悲身迁移[③]，但惜岁月驰[④]。岁月无穷极[⑤]，会合安可知？愿为双黄鹄[⑥]，比翼戏清池[⑦]。

【注释】

①宿昔：犹“旦夕”，早晚，表示时间短暂。

②冽冽：寒冷貌。

③身迁移：《艺文类聚》作“身体移”。

④但：《艺文类聚》作“当”。

⑤岁月：《艺文类聚》作“月驰”。

⑥黄鹄（hú）：天鹅。古人认为黄鹄善飞。《商君书·画策》：“黄鹄之飞，一举千里。”旧题苏武答李陵诗：“愿为双黄鹄，送子俱远飞。”

⑦比翼：《文选》屈原《卜居》：“宁与黄鹄比翼乎？将与鸡鹜争食乎？”刘良注：“比翼，犹并肩也。”即翅膀挨着翅膀。《尔雅·释地》：“南方有比翼鸟焉，不比不飞，其名谓之鹣鹣。”曹植《送应氏》其二：“愿为比翼鸟，施翮起高翔。”

【译文】

同你刚刚结婚成为夫妻，这么快我们就要彼此分离。凉风吹动秋天的野草，蟋蟀和鸣一声接着一声。蝉也在冽冽的寒风中发出了悲吟，一边悲吟一边紧抱着枯枝。枯枝不时折断随风飘扬，身不由己随之飞快迁移。身子迁移不会感到悲伤，只可惜岁月一天天流逝。岁月流逝永远没有穷尽，何时团聚哪里能够料知？但愿我们能够变成一对天鹅，翅膀挨着翅膀在清池中嬉戏。

又清河作一首

【题解】

本篇《艺文类聚》卷二十八节引，题作《又于清河作》。傅刚《校笺》："（标题）孟本'又'下有'于'。"诗写闻乐而心感，希望夫妻情深，比翼双飞。意境优美，凄恻动人。王夫之有"玄音绝唱"（《古诗评选》卷四）之评。沈德潜云："子桓诗有文士气，一变乃父悲壮之习矣。要其便娟婉约，能移人情。"（《古诗源》卷五）从此诗不难窥见一斑。

方舟戏长水①，湛澹自浮沉②。弦歌发中流③，悲响有余音④。音声入君怀，凄怆伤人心⑤。心伤安所念？但愿恩情深。愿为鷐风鸟，双飞翔北林⑥。

【注释】

①方舟：两船并行。

②湛澹（dàn）：水波起伏貌。《艺文类聚》作"澹澹"。

③弦歌：用琴瑟等伴奏而歌。《礼记·乐记》："正六律，和五声，弦歌《诗·颂》。"中流：河中间。汉武帝刘彻《秋风辞》："泛楼船兮济汾河，横中流兮扬素波。箫鼓鸣兮发棹歌，欢乐极兮哀情多。"

④"悲响"句：《艺文类聚》作"悲风漂余音"。

⑤凄怆：悲伤。曹植《情诗》："慷慨对嘉宾，凄怆内伤悲。"

⑥"愿为"二句：《诗经·秦风·晨风》："鴥彼晨风，郁彼北林。"鷐（chén）风，即晨风，又名鹯鸟，属鹰鹞一类猛禽。

【译文】

方舟戏弄着长长的流水，在起伏的波浪中一浮一沉。从河中间传来有琴瑟伴奏的歌声，悲凄的歌声留下袅袅余音。音声飞入您的心怀，悲怆凄恻使人伤心。内心悲伤不知想些什么？但愿我们能够恩厚情深。但愿我们变成一对晨风鸟儿，比翼双飞在北林。

甄皇后

甄皇后（？—221），名不详，中山无极（今属河北）人。初为袁绍次子袁熙妻，曹操破邺城，为曹丕所纳，曹丕代汉称帝后被立为皇后。生明帝曹叡及东乡公主。黄初二年（221）被谗赐死。其事见《三国志》卷五《魏书·后妃传》。

乐府塘上行一首

【题解】

本篇《艺文类聚》卷四十一节引，题作《魏文帝甄皇后塘上行》；收入《乐府诗集》卷三十五《相和歌辞·清调曲》，共二首，一首为晋乐所奏，一首为本辞，作者皆作“魏武帝”。《文选》陆机《乐府十七首·塘上行》李善注引《歌录》亦云：“《塘上行》，古辞，或云甄皇后造，或云魏文帝，或云武帝。”《乐府诗集》郭茂倩题解引《邺都故事》：“魏文帝甄皇后，中山无极人。袁绍据邺，与中子熙娶后为妻。后太祖破绍，文帝时为太子，遂以后为夫人。后为郭皇后所谮，文帝赐死后宫。临终为诗曰：‘蒲生我池中，绿叶何离离。……’”所述皆为甄后故事，与本篇为弃妇之辞的内容吻合，而与曹操并无关联，因此以甄皇后作为近是。当然也不能排除为无名氏托附之作的可能。作品“淋漓恻伤，情至之语，不忍多读”（陈祚明《采菽堂古诗选》卷五），且在慨叹遭谗见弃的同时，连以“莫以”“弃捐”为句，发出了不要喜新厌旧的痛呼，体现了一定的抗争精神。语言清新自然,多用比兴、排比,具有乐府民歌的特色。后面“出亦复苦愁”以下为乐人谱入之曲,与作品主旨无涉。

蒲生我池中[①],其叶何离离[②]。傍能行仁义[③],莫若妾自知[④]。众口铄黄金[⑤],使君生别离[⑥]。念君去我时,独愁常苦悲。想见君颜色,感结伤心脾。念君常苦悲,夜夜不能寐[⑦]。莫以贤豪故[⑧],弃捐素所爱[⑨]。莫以鱼肉贱[⑩],弃捐葱与薤[⑪]。莫以麻枲贱[⑫],弃捐菅与蒯[⑬]。出亦复苦愁,入亦复苦愁[⑭]。边地多悲风,树木何修修[⑮]。从君致独乐[⑯],延年寿千秋。

【注释】

①蒲:香蒲。丛生水边,其叶可制席、扇等。吴兆宜注:“一此下重一句。”按《乐府诗集》所载二首,晋乐所奏重此句,本辞不重。下“念君去我时”“莫以贤豪故”“出亦复苦愁”三句后,吴兆宜注皆云“一此下重一句”,情况同此。

②其:《艺文类聚》作“蒲”。离离:繁茂貌。

③傍:依傍。指依傍君王。行仁义:《三国志》卷五《魏书·后妃传·文昭甄皇后》裴松之注引《魏书》:“后宠愈隆而弥自挹损,后宫有宠者劝勉之,其无宠者慰诲之,每因闲宴,常劝帝,言‘昔黄帝子孙蕃育,盖由妾媵众多,乃获斯祚耳。所愿广求淑媛,以丰继嗣。’帝心嘉焉。”又:“有司奏建长秋宫,帝玺书迎后,诣行在所,后上表曰:‘妾闻先代之兴,所以飨国久长,垂祚后嗣,无不由后妃焉。故必审选其人,以兴内教。今践阼之初,诚宜登进贤淑,统理六宫。妾自省愚陋,不任粢盛之事,加以寝疾,敢守微志。’玺书三至而后三让,言甚恳切。”所谓“行仁义”,应指此类。仁义,吴兆宜注:“一作‘人仪’。”

④若妾:吴兆宜注:“一作‘能缕’。”

⑤“众口”句:《国语·周语下》:“故谚曰:‘众志成城,众口铄金。’”韦昭注:“众口所毁,虽金石犹可销也。”铄,销毁。

⑥别离:吴兆宜注:“一作‘离别’。”古诗“行行重行行”:“行行重行行,与君生别离。”

⑦“念君”二句:吴兆宜注:“‘念君’至此,一作‘今悉夜夜愁不寐’。”苦悲,《古诗为焦仲卿妻作》:“十七为君妇,心中常苦悲。”

⑧以:吴兆宜注:“一作‘用’。”下“莫以鱼肉贱”“莫以麻枲贱”两句中的“以”字同。贤豪:贤德而有势力。指新欢。《艺文类聚》作“毫发”,《乐府诗集》作“豪贤”。

⑨捐:弃。素:一向。

⑩贱:吴兆宜注:“一作‘贵’。”

⑪薤(xiè):草本植物名。可食。《礼记·内则》:“脂用葱,膏用薤。”

⑫麻枲(xǐ):即麻。

⑬“弃捐”句:吴兆宜注:“一作‘倍恩者苦枯,倍恩者苦枯,蹶船常苦没。教君安息定,慎莫致仓卒。念与君一共离别,亦当何时,共坐复相对’。”按此八句见于《乐府诗集》所载“晋乐所奏”的一首,当为乐工所增。菅(jiān)、蒯(kuǎn),皆草名。茎可编席、鞋、绳索。《左传·成公九年》:“诗曰:‘虽有丝、麻,无弃菅、蒯;虽有姬、姜,无弃蕉萃。’”

⑭“出亦”二句:汉乐府《古歌》:“秋风萧萧愁杀人。出亦愁,入亦愁,座中何人,谁不怀忧?”

⑮修修:鸟尾干枯不润泽貌。借以形容树木被风吹得干枯的样子。吴兆宜注“一作‘翛翛’,一作‘萧萧’。”《古歌》:“胡地多飙风,树木何修修。”

⑯从君致独:吴兆宜注:“一作‘今日乐相’。”君,指听乐的人。

【译文】

香蒲生长在我家池中,它的叶子是多么繁盛茂密。我能依傍君王奉行仁义,没有谁比我自己更知底细。众人的谗毁能把黄金销熔,使得您和我生生地别离。想起您离开我的时候,我常常独自悲伤痛苦。想起您的身姿容仪,郁结感伤痛彻心脾。想起您常常痛苦悲伤,天天夜里不能入睡。不要因为贤德而有势力的缘故,就把一直所爱的人抛弃。不要因为鱼肉便宜,就把葱和薤抛弃。不要因为麻不值钱,就把菅和蒯抛弃。出门也是痛苦忧愁,进门也是痛苦忧愁。边境地区常刮悲风,树木都被吹得干枯。希望诸君皆能快乐,延年益寿活上千年。

刘勋妻王宋

据《三国志》卷十六《魏书·杜畿传》裴松之注引《杜氏新书》,“平虏将军刘勋为太祖所亲,贵震朝廷”,后因罪被杀。其妻王宋,生平不详。宋,赵氏覆宋本作“氏”。

杂诗二首 并序

诗篇表现弃妇虽然被弃、虽然伤感却不失其胸襟情操,颇显特别。后来李白参照“千里”二句也写下两句诗:“古人不唾井,莫忘昔缠绵。”(《平虏将军妻》)在表现上也不无特色。

王宋者,平虏将军刘勋妻也。入门二十余年。后勋悦山阳司马氏女①,以宋无子出之②。还于道中,作诗二首。

【注释】

①山阳:县名。在今河南焦作东北。

②出:休弃。

【译文】

王宋是平虏将军刘勋的妻子。嫁到刘勋家已经有二十多年了。后来刘勋喜欢上了山阳司马氏的女儿,就以王宋没有生儿子为由休弃了她。王宋在回娘家的路上,作了两首诗。

一

【题解】

第一首“翩翩床前帐”载《艺文类聚》卷二十九，题作《代刘勋出妻王氏》，作者作“魏文帝”。陈祚明评云：“此章心伤断绝，借物形己。”（《采菽堂古诗选》卷五）

翩翩床前帐①，张以蔽光辉②。昔将尔同去③，今将尔共归④。缄藏箧笥里⑤，当复何时披⑥？

【注释】

①翩翩：飘动貌。

②张以：《艺文类聚》作“可以”。

③尔：指床帐。同去：谓离开娘家一起去刘勋家。

④共归：一起回娘家。共，傅刚《校笺》：“五云溪馆本、徐本、郑本作‘同’。”

⑤缄（jiān）：封。箧、笥（qiè sì）：都是盛衣服的竹箱。

⑥披：打开，张挂。

【译文】

床前的帷帐轻柔摇曳，张挂起来遮蔽光辉。当初我带着你一同前去，今天我带着你一同回归。将你封藏在竹箱里面，重新张挂不知要等到何时？

二

【题解】

第二首“谁言去妇薄”，邢凯《坦斋通编》作曹植诗，题作《代刘勋妻王氏杂诗》。作者为谁，说法不一，但因何而作则无歧见。陈祚明评云：“语不须琢，婉曲缠绵矣。”（《采菽堂古诗选》卷五）

谁言去妇薄[1]，去妇情更重。千里不唾井，况乃昔所奉[2]。远望未为遥，踟蹰不得往[3]。

【注释】

①薄：谓被休弃后心怀怨愤，情意变淡薄了。

②“千里”二句：吴兆宜注引李济翁《紫暇录》：“谚云：‘千里井，不反唾。’盖由南朝宋之计吏，泻剉残草于公馆井中，且自言相去千里，岂当重来。及其复至，热汤汲水遽饮，不忆前所弃草也。结于喉而毙。俗因相戒曰：‘千里井，不反剉。’后讹为‘唾’尔。”又王琦《李太白集注》卷二十五《平虏将军妻》：“古人不唾井，莫忘昔缠绵。”注：“程大昌曰：千里不唾井，况乃昔所奉。谓尝饮此井，虽舍而去之千里，知不复饮矣。然犹以尝饮乎此而不忍吐也。况昔所尝奉以为君子者乎！”

③踟蹰（chí chú）：即“踟蹰”，徘徊貌。往：傅刚《校笺》：“《考异》作‘共’。”“五云溪馆本作‘住’，徐本、郑本作‘踟蹰不得并’。”

【译文】

谁说被休弃的女人情意淡薄，被休弃的女人情意更加厚重。走到千里之外也不肯唾井，何况以前曾将丈夫侍奉。远望娘家路途不算遥远，犹疑徘徊往前迈不开脚步。

曹植

曹植（192—232），字子建，沛国谯（今安徽亳州）人。曹操之子，曹丕同母弟。少聪敏，年十岁余，诵读《诗》、论及辞赋数十万言；既长，诗、赋、散文兼善。多次跟随曹操征战。建安十六年（211）封平原侯，十九年（214），徙封临淄侯。得曹操宠爱，一度拟被立为太子，但因他“任性而行，不自雕励”，终于失宠。曹丕即位后，长期受到猜忌打击，一再徙封，曹叡即位后情况仍无改善，最后抑郁而死。谥曰“思”，又因曾封陈王，世称“陈思王”。曹操打败袁绍、攻下邺城后，众多文人汇聚邺城，形成邺下文人集团，曹丕、曹植成为这个集团的首领。曹植文学成就在当时最高。钟嵘《诗品》将其推为“建安之杰”，其诗被列入上品，并得到“骨气奇高，词采华茂，情兼雅怨，体被文质”的评价。《隋书》卷三十五《经籍志四》著录有集三十卷，已散佚。宋人辑有《曹子建集》。其事见《三国志》卷十九《魏书·陈思王植传》。

杂诗五首

《杂诗五首》各首内容并无紧密关联，不作于一时一地。《文选》卷二十九有曹植《杂诗六首》，所选篇目，除“西北有织妇”“南国有佳人”二首外，均与此不同。吴淇认为《杂诗六首》“诗中不专指一事，亦不必作于一时。称物引类，比兴之义为多，故题名曰《杂诗》”（《六朝选诗定论》卷五），用这来说明《杂诗五首》的情况，也是适合的。

一

【题解】

“明月照高楼”一诗载《文选》卷二十三,题作《七哀诗》;又载《艺文类聚》卷三十二;《太平御览》卷三十七节引,题作“古诗”;收入《乐府诗集》卷四十一《相和歌辞·楚调曲》,题作《怨诗行》。葛立方云:“《七哀》诗起曹子建,其次则王仲宣、张梦阳也。释诗者谓病而哀、义而哀、感而哀、悲而哀、耳目闻见而哀、口叹而哀、鼻酸而哀,谓一事而七者具也。”(《韵语阳秋》卷四)对“七哀”的解释,不免拘泥,大抵只是形容悲哀很多很深而已。诗写思妇对于丈夫的思念与哀怨,可能有所寄托。刘履云:“子建与文帝同母骨肉,今乃浮沉异势,不相亲与,故特以孤妾自喻,而切切哀虑之也。”(《选诗补注》卷二)诗“情兼雅怨”,怨而不怒,缠绵蕴藉,富有余韵。沈德潜评云:“绝无华饰,性情结撰,其品最工。”(《古诗源》卷五)

明月照高楼,流光正徘徊①。上有愁思妇,悲叹有余哀②。借问叹者谁,言是客子妻③。君行逾十年,孤妾常独栖。君若清路尘,妾若浊水泥。浮沉各异势,会合何时谐④?愿为西南风,长逝入君怀⑤。君怀时不开⑥,妾心当何依⑦?

【注释】

①流光:流动的月光。徘徊:《文选》李善注:“夫皎月流辉,轮无辍照,以其余光未殁,似若徘徊。”

②余哀:不尽的悲哀。古诗“西北有高楼”:“一弹再三叹,慷慨有余哀。”

③言是客:傅刚《校笺》引孟本校:“一作‘自云荡’。”言是,《艺文类聚》作“云是”。客子:流寓他乡、久出不归的人。

④“君若”四句:《文选》吕延济注:“清路尘,谓风上尘也。”“……

言尘随风之飘扬，比夫从征不息。泥在浊水之下，以自比。幽思不通，浮沉既异，会合何时谐？”黄节《曹子建诗注》：“‘清路尘’与‘浊水泥’是一物，浮为尘，沉为泥，故下云‘浮沉异势’，指尘泥也。”曹植《九愁赋》：“宁作清水之沉泥，不为浊路之飞尘。”两“若”字，《太平御览》均作“为”。谐，《尔雅·释诂》：“和也。”

⑤逝：往。

⑥时：时常，经常。《文选》作“良”。

⑦妾心：《文选》作“贱妾”。当：《艺文类聚》作“将”。

【译文】

明月照耀着高楼，流动的月光来回徘徊。楼上有一位满怀愁思的少妇，悲哀的叹息声中有无尽的哀愁。请问这位不断悲叹的人是谁，说是一位客游在外的人的妻子。夫君客游在外已经超过十年，留下我孤身一人长年独居。夫君您就像路上飘扬的轻尘，我却像是浊水中沉积的淤泥。一浮一沉两者情势大不一样，何时才是我们欢会的日子？我愿化作一股吹向西南的风，吹啊吹啊直到扑进夫君的怀抱。夫君的怀抱却总没有一个敞开的时候，我的心不知道应当去依靠谁？

二

【题解】

“西北有织妇”一诗载《文选》卷二十九、《艺文类聚》卷三十二，《太平御览》卷八百十六节引。写女子对久戍不归的丈夫的思念，前人多认为有寄托，如刘履云：“比也。……此自言才华之美，而君不见用，如空闺织妇，服饰既盛，而良人从军久而不归者也。然则虽秉机杼，实何心于效功，惟终夜悲叹而已。至于感鸣鸟之索群，则其愿见之心为何如哉？”（《选诗补注》卷二）。联系曹植后期强烈地希冀见用、建功立业而终不能如愿的苦闷心境及其好用比兴的创作特色，有所寄托的可能性是完全存在的。诗篇一气流注而又曲折多姿，造语自然而又不失奇妙，尤其是末二句出人意表，十分切合思妇其时的处境及心境，可谓神来之笔。宝香山人有“似山起伏，欲断还连”（《三家诗》曹集卷一）之评。

西北有织妇①，绮缟何缤纷②！明晨秉机杼③，日昃不成文④。太息终长夜⑤，悲啸入青云⑥。妾身守空房⑦，良人行从军⑧。自期三年归⑨，今已历九春⑩。孤鸟绕树翔⑪，嗷嗷鸣索群⑫。愿为南流景，驰光见我君⑬。

【注释】

①织妇：指织女星。织女星位于银河北，与牵牛星隔河相对。

②绮缟（gǎo）：有花纹的丝织品。宋玉《招魂》：“纂组绮缟，结琦璜兮。”缤纷：《文选》张铣注：“言乱多。”

③明晨：清晨。明，《太平御览》作“清”。秉：持。指拿梭织布。杼（zhù）：梭子，织布机上穿引纬线的工具。

④日昃（zè）：日过午，太阳西斜。昃，《艺文类聚》作“晏”，《太平御览》作“暮”。不成文：织不成花纹，即织不成布。《文选》李善注：“言忧甚而志乱。”《诗经·小雅·大东》：“跂彼织女，终日七襄。虽则七襄，不成报章。”古诗“迢迢牵牛星”有“札札弄机杼”“终日不成章”之句。

⑤太息：叹息。

⑥啸：蹙口出声，为发抒愤懑之情的一种方式。犹今之吹口哨。

⑦房：《文选》作“闺”。

⑧良人：女子对丈夫的称谓。行从：《艺文类聚》作“从行”。

⑨期：预期，预定。

⑩九春：九年。一说，三年。《文选》李善注：“一岁三春（按指春季的三个月），故以三年为九春。言已过期也。”

⑪孤：《文选》作“飞”。树：傅刚《校笺》：“五云溪馆本、徐本、郑本

作‘林’。”

⑫嗷嗷（jiào）：鸟鸣声。赵氏覆宋本作“嗷嗷”。索：求。

⑬“愿为”二句：《文选》张铣注：“南流景，日也。日光远近皆同，人无不见，故愿托驰光见其夫也。”南，与首句“西北”相对。

【译文】

西北方有一个织绢的少妇，织出的花纹何等的纷繁！清早起来就拿着梭子忙个不停，太阳都偏西了却还织不成花纹。她整夜一声接一声地叹息，悲凄的叹息声一直飘入青云。我孤身一人守着这间空房，丈夫离家到远方去当了兵。走时自以为三年就可以回来，现在已经过去了九个阳春。孤鸟绕着树木不住地飞翔，叽叽喳喳地叫着寻找鸟群。我愿化作向南流泻的日光，飞驰到南方见到我的夫君。

三

【题解】

“微阴翳阳景”一诗载《文选》卷二十九，题作《情诗》；又载《艺文类聚》卷二十九，同书卷二十七节引，题作《杂诗》。诗写游子远役思归之叹，可能寓有诗人的身世之慨。吴淇云：“大抵子建平生，只为不得于文帝，常有忧生之嗟，因借遥役思归之情，以喻其忧谗畏讥、进退维谷之意。”（《六朝选诗定论》卷五》）不无道理。诗篇意象生动，音节流美。“游鱼”“始出”两联，对仗已较工稳，平仄也能谐协，已暗含律诗粘对的规则，显露出古体向新体、近体的转换之迹。

微阴翳阳景①，清风飘我衣。游鱼潜绿水②，翔鸟薄天飞③。眇眇客行士④，遥役不得归⑤。始出严霜结，今来白露晞⑥。游子叹《黍离》⑦，处者歌《式微》⑧。慷慨对嘉宾⑨，凄怆内伤悲⑩。

【注释】

①翳(yì):遮蔽。景:日光。

②绿:《艺文类聚》卷二十七、二十九均作"渌"。

③鸟:《艺文类聚》卷二十七作"鸾"。薄天飞:《文选》李善注:"言得所也。"《大戴礼记·易本命》:"鱼游于水,鸟飞于云。"薄,迫近。

④眇眇(miǎo):孤单无依貌。《楚辞》东方朔《七谏·怨世》:"卒不得效其心容兮,安眇眇而无所归薄。"王逸注:"薄,附也。言己放流,不得内竭忠诚,外尽形体,东西眇眇,无所归附也。"

⑤"遥役"句:《文选》刘良注:"言不如鱼鸟之得志。"遥役,在遥远的地方服役。遥,《艺文类聚》卷二十九作"徭"。

⑥晞(xī):干。《诗经·秦风·蒹葭》:"蒹葭凄凄,白露未晞。"

⑦《黍离》:《诗经·王风》篇名。其首章云:"彼黍离离,彼稷之苗。行迈靡靡,中心摇摇。知我者谓我心忧,不知我者谓我何求。悠悠苍天,此何人哉!"《毛诗序》认为是东周初年,有周大夫行役到镐京,见原来的宗庙宫室均已毁坏,原址长出了禾黍,不胜感慨而所作的诗。这里只取其行役而悲之意。

⑧处者:在家的人。《式微》:《诗经·邶风》篇名。其首章云:"式微式微,胡不归?微君之故,胡为乎中露?"《毛诗序》认为是黎侯的臣属劝寄居在卫国的黎侯回国的诗。这里只取其劝归之意。曹植《临观赋》:"叹《东山》之愬勤,歌《式微》以诉归。"

⑨嘉宾:《文选》刘良注:"友人也。"《诗经·小雅·鹿鸣》:"我有嘉宾,鼓瑟吹笙。"

⑩内伤悲:《诗经·小雅·采薇》:"我心伤悲,莫知我哀。"

【译文】

轻薄的云层遮蔽了阳光,清风吹来掀动了我的衣裳。鱼儿在碧绿的水中漫游,鸟儿在高高的天空飞翔。孤零零地客居在外的游子,他在远方服役却不能回家。离家时原野结满了寒霜,今天回来白露已经消失。

游子因悲行役而感叹《黍离》，家人因盼回归而歌吟《式微》。对着嘉宾心情无比激动，内心怀着难以言表的伤悲。

四

【题解】

“揽衣出中闺”一诗载《艺文类聚》卷三十二。诗写思妇对丈夫的思念及其对前途的忧惧，应也有所寄托。张玉谷评云：“此首代作闺怨，亦自比思君之无已也。首八从空闺寂寞、触景添忧叙起。‘佳人’六句，点明人远身单，会难时去之痛。而时去意突用芝兰作比，奇！接入‘人皆’十字，怨其负心，妙在仍能翻空放活。‘寄松’四句，深明己心不贰，插喻引入，便觉敷腴。末二以终望垂顾副情作收，一篇结穴。”（《古诗赏析》卷九）陈祚明评云：“当亦思君之怀。‘空室自生风’，佳句，超脱。‘人皆’二句，忠厚之情，惓惓不忘，冀幸见遇殊昔。‘寄松’二句，言托命之重，岂有他心？”（《采菽堂古诗选》卷六）

揽衣出中闺①，逍遥步两楹②。闲房何寂寞③，绿草被阶庭④。空室自生风⑤，百鸟翔南征⑥。春思安可忘，忧戚与我并⑦。佳人在远道⑧，妾身独单茕⑨。欢会难再遇⑩，兰芝不重荣⑪。人皆弃旧爱，君岂若平生⑫？寄松为女萝，依水如浮萍⑬。束身奉衿带⑭，朝夕不堕倾⑮。倘愿终顾盼⑯，永副我中情⑰。

【注释】

①揽：《广雅·释诂》：“持也。”这里为“提起”之意。闺：《尔雅·释宫》：“宫中之门谓之闱，其小者谓之闺。”

②逍遥：缓步貌。两楹：《楚辞》刘向《九叹·愍命》：“戚宋万于两楹兮，废周邵于遐夷。”王逸注：“楹，柱也。两楹之间，户牖之前，尊

者所处也。”

③闲：宋玉《招魂》：“像设君室，静闲安些。”王逸注：“无声曰静，空宽曰闲。”曹丕《答繁钦书》：“谨卜良日，纳之闲房。”寞：《艺文类聚》作“寥”。

④被：覆盖。

⑤“空室”句：《文选》宋玉《风赋》：“枳句来巢，空穴来风。”李善注：“司马彪曰：‘门户孔空，风善从之。’”室，《艺文类聚》作“穴”。

⑥翔：《艺文类聚》作“翩”。

⑦我：《艺文类聚》作“君”。并：《说文》：“相从也。”

⑧佳人：指丈夫。

⑨独单：《艺文类聚》作“单且”。茕（qióng）：孤单，孤独。

⑩遇：吴兆宜注：“本集作‘逢’。”

⑪荣：草开花曰荣。

⑫平生：平素，平时。

⑬“寄松”二句：以女萝依松、浮萍依水喻妻子依丈夫。寄，《广雅·释诂四》：“依也。”女萝，一种地衣类植物，常缠绕在树上。

⑭“束身”句：余冠英《三曹诗选》：“古代女子出嫁的时候母亲要为她结上蔽膝的带，同时说几句训诫的话。这句是追溯初嫁的时候。‘束身’言对事谨慎，约束其身。‘衿’就是蔽膝。”束，《艺文类聚》作“赍”。

⑮堕倾：喻犯错。

⑯“傥愿”句：吴兆宜注：“本集作‘傥终顾盼恩’。”《艺文类聚》作“傥终顾眄恩”，赵氏覆宋本作“傥愿终盼眄”。又，愿，吴兆宜注：“一作‘能’。”顾盼，眷顾。

⑰副：符合。中情：内心的感情，内心。

【译文】

提起衣裳踱出了闺房，在两柱之间缓步徘徊。空荡荡的房屋有多寂寞，绿草将台阶和庭院覆盖。空屋内自会生出凉风，百鸟一齐飞向南方。春天的思念哪可忘记，这让我们都感到忧伤。夫君你在遥远的他乡，我一人在家有多孤单。欢乐的团聚再难遇上，就像兰芝不会再把花开。世人都喜欢抛弃旧爱，夫君你难道还会同平常一样？寄身松树成为了女萝，紧依绿水就如浮萍一样。约束自己把襟带小心维护，无论早晚都不堕不倾。假如你终于愿意把我眷顾，这会永远让我感到称心。

五

【题解】

"南国有佳人"一诗载《文选》卷二十九、《艺文类聚》卷十八；《艺文类聚》卷二十六节引，误作阮籍《咏怀诗》。曹植具有"混同宇内，以致太和"（《求自试表》）的政治理想，对自己的政治、军事才能又高度自信，但在其后期不仅得不到当权者的赏识，反遭疑忌排挤打击，因此常心怀怨愤。本诗写佳人不为时俗所重，很可能是自伤不遇之作。刘履云："此亦自言才美足以有用，今但游息闲散之地，不见顾重于当世，将恐时移岁改，功业未建，遂湮没而无闻焉。故借佳人为喻以自伤也。"（《选诗补注》卷二）此种说法很具有代表性。也有人认为"佳人盖指（曹）彪"，"此诗盖为彪而发，亦以自伤也"（黄节《曹子建诗注》）。诗篇继承了《楚辞》以美人、香草比喻贤能之士的艺术传统，从立意、构思到写法均明显地接受了屈赋的影响，含蓄蕴藉，有意在言外、言近旨远之妙。

南国有佳人①，容华若桃李②。朝游江北岸，夕宿湘川沚③。时俗薄朱颜④，谁为发皓齿⑤？俯仰岁将暮⑥，荣耀难久恃⑦。

【注释】

①南国：《文选》李善注："《楚辞》曰：'受命不迁，生南国。'谓江南

也。”佳人:《文选》李周翰注:“以佳人喻贤人,不见重于时也。”

②“容华”句:《诗经·召南·何彼秾矣》:“何彼秾矣,华如桃李。”容华,容颜。

③“朝游”二句:“朝游江北”,“夕宿湘沚”,比喻流徙不定。屈原《九歌·湘君》:“朝驰骛兮江皋,夕弭节兮北渚。”“夕宿”句,《文选》李善本作“日夕宿湘沚”,五臣本及《艺文类聚》作“夕宿潇湘沚”。湘,湘水。沚,水中小洲。

④薄朱颜:喻不重视有才德的人。薄,鄙薄,不看重。朱颜,红颜,指美色。屈原(一说景差)《大招》:“容则秀雅,穉朱颜只。”

⑤谁为:为谁。发皓齿:犹言启玉齿。或指唱歌,或指言笑。皓齿,屈原(一说景差)《大招》:“朱唇皓齿,嫭以姱只。”曹植《洛神赋》:“丹唇外朗,皓齿内鲜。”

⑥“俯仰”句:屈原《离骚》:“汨余若将不及兮,恐年岁之不吾与。”又:“惟草木之零落兮,恐美人之迟暮。”俯仰,俯仰之间。喻时间短暂。

⑦荣耀:照应“桃李”,指花开灿烂。喻青春容颜、青春。边让《章华台赋》:“体迅轻鸿,荣曜春华。”难:《艺文类聚》作“宁”。久恃:久留。久,傅刚《校笺》:“五云溪馆本、徐本、郑本作‘永’。”

【译文】

江南有一个美人,容貌就像盛开的桃花李花。早晨在长江北岸漫游,夜晚歇宿在湘水中的小洲。她的美貌不被时人看重,那能为谁把洁白的牙齿开启?俯仰之间一年又将终结,美丽的容貌很难长久地依恃。

美女篇

【题解】

本篇载《文选》卷二十七,《艺文类聚》卷十八、《初学记》卷十九、《太平御览》卷三百八十一节引;收入《乐府诗集》卷六十三《杂曲歌辞》。美，吴兆宜注："一作'姜'。"诗从容仪、服饰、神态等方面对美女作了十分细致的刻画，说明美女虽然容貌美好、出身高贵，但由于她"慕高义""求贤"，不愿降低条件苟且求合，因而婚配不成；但由于正当盛年却独处闺房，也常为此"中夜起长叹"。曹植自恃有抱负和才能，但却遭受猜忌和排挤，为此感到非常苦闷，因此本篇有以美女自比之意，如刘履所说："子建志在辅君匡济，策功垂名，乃不克遂，虽授爵封而其心犹为不仕，故托处女以寓怨慕之情焉。"（《选诗补注》卷二）诗篇刻画美女形象，用词丰美，充分体现了曹植诗"词采华茂"的特色。陈祚明评云："此篇佳处在'容华耀朝日'以下，低徊有情。'罗衣飘飖（飘）'数句，亦复生动华腴，无俟言。"（《采菽堂古诗选》卷六）

美女妖且闲[①]，采桑岐路间[②]。长条纷冉冉[③]，落叶何翩翩[④]。攘袖见素手[⑤]，皓腕约金环[⑥]。头上金爵钗[⑦]，腰佩翠琅玕[⑧]。明珠交玉体[⑨]，珊瑚间木难[⑩]。罗衣何飘飖[⑪]，轻裾随风还[⑫]。顾眄遗光彩[⑬]，长啸气若兰[⑭]。行徒用息驾[⑮]，休者以忘餐[⑯]。借问女安居[⑰]？乃在城南端[⑱]。青楼临大路[⑲]，高门结重关[⑳]。容华耀朝日[㉑]，谁不希令颜[㉒]？媒氏何所营[㉓]？玉帛不时安[㉔]。佳人慕高义[㉕]，求贤良独难[㉖]。众人徒嗷嗷[㉗]，安知彼所欢[㉘]。盛年处房室[㉙]，中夜起长叹[㉚]。

【注释】

①美：吴兆宜注："一作'姜'。"妖且闲：《文选》司马相如《上林赋》："绝殊离俗，妖冶娴都。"李善注："《字书》曰：'妖，巧也。'《说文》曰：'娴，雅也。'或作'闲'。"又《文选》吕向注："妖，美；闲，丽也。"

②岐（qí）路：岔路。岐，同"歧"。间：《文选》李善本作"间"，五臣本作"西"。

③长条：指桑树枝。长，《文选》《乐府诗集》《太平御览》作"柔"。

纷：《初学记》作“芬”。冉冉：轻轻摇荡貌。一说，下垂之貌。《太平御览》作“苒苒”。

④落叶：《文选》《初学记》《乐府诗集》作“叶落”。翩翩：飞动貌。《太平御览》作“翻翻”。

⑤攘（rǎng）袖：卷起袖子。素：白皙。

⑥皓：洁白。约：套着，戴着。金环：金手镯。

⑦金爵钗：一端作雀形的金钗。金，《艺文类聚》《乐府诗集》作“三”。爵，通“雀”。

⑧琅玕（gān）：《尔雅·释地》：“西北之美者，有昆仑虚之璆琳琅玕焉。”郭璞注：“琅玕，状似珠也。”又《文选》吕延济注：“琅玕，石而似玉。”

⑨交：《文选》刘良注：“络也。”指珠子交错地挂着。

⑩珊瑚：《史记》卷一百十七《司马相如列传》：“玫瑰碧琳，珊瑚丛生。”张守节《正义》引郭璞云：“珊瑚生水底石边，大者树高三尺余，枝格交错，无有叶。”间：夹杂。木难：《文选》李善注：“《南越志》：‘木难，金翅鸟沫所成。’碧色珠也，大秦国珍之。”刘良注：“珊瑚，亦珠也。”傅刚《校笺》：“五云溪馆本作‘朱颜’。”

⑪飘飖：《文选》李善本作“飘飘”，五臣本及《艺文类聚》《初学记》作“飘飖”。

⑫裾（jū）：衣襟。还（xuán）：转动。

⑬眄（miǎn）：斜视。曹植《洛神赋》：“转眄流精，光润玉颜。”《文选》《艺文类聚》《初学记》作“盼”。遗：留，有。

⑭啸：蹙口长呼，即今之吹口哨。古人好长啸以抒情。《艺文类聚》《初学记》作“笑”。气若兰：《文选》吕向注：“言兰者，取其芳香。”宋玉《神女赋》：“吐芬芳，其若兰。”

⑮行徒：过路人。用：因此。息驾：停车。

⑯休者：指正休息吃饭的人。以：因。以上二句，汉乐府《陌上桑》

(一作《日出东南隅行》):“行者见罗敷,下担捋髭须。少年见罗敷,脱帽著帩头。耕者忘其耕,锄者忘其锄。来归相怒怨,但坐观罗敷。”意同。

⑰安:《艺文类聚》《乐府诗集》作“何”。

⑱城南端:《文选》李善注:“城之正南门也。”

⑲青楼:涂成青色的楼。指富贵人家,不同于后来代指妓院的青楼。《文选》李善注引《列子》:“虞氏,梁之富人,高楼临大路。”

⑳重关:谓有几道门。关,门闩(用以闭门的横木)。

㉑“容华”句:宋玉《神女赋》:“其始来也,耀乎若白日初出照屋梁。”《文选》李善注:“《韩诗》曰:‘东方之日兮,彼姝者子,在我室兮。’薛君曰:‘诗人言所说者,颜色盛也,言美如东方之日出也。’”容华,容颜,容光。耀,原作“晖”,《文选》《乐府诗集》作“耀”,据改。

㉒希:仰慕。令颜:美好的容貌。

㉓媒氏:媒人。营:做。

㉔玉帛:圭璋和束帛。古代用作定亲的彩礼。不时安:不及时定下来。安,《尔雅·释诂》:“定也。”

㉕佳人:指美女。高义:指品德高尚的人。

㉖良:诚然,确实。

㉗众人:指一般人。徒嗷嗷:只知道嗷嗷乱叫。徒,《文选》五臣本作“徒”,李善本作“何”。

㉘彼:指美女。欢:《文选》《乐府诗集》作“观”。

㉙盛年:指正当婚嫁的年龄。含有年龄已经不小的意思。处房室:指独处闺房。房,吴兆宜注:“一作‘幽’。”

㉚中夜:半夜。蔡邕《霖雨赋》:“中宵夜而叹息,起饰带而抚琴。”

【译文】

美女艳丽而又文静,采摘桑叶在城外的岔路间。轻柔的桑枝纷纷摇荡,桑叶飘落姿态何其翩翩。挽起袖子露出白皙的双手,白皙的手腕上戴着金手镯。头上插着华美的金雀钗,腰间则佩着青绿的琅玕。明珠闪烁在玉体上交错,珊瑚之间杂错着木难。罗衣飘曳何等的优美,轻薄的衣襟随风旋转。顾盼之间留下迷人的光彩,张口长啸气息芳香如兰。过路的人因此把车停下,休息的人因此忘了用餐。请问这位美女住在哪儿?美女就住在城的南端。青色的楼房正对着大路,高高的大门有几道门闩。容光焕发就如朝日般绚烂,美丽的容颜有谁能不艳羡?不知媒人都在做些什么?圭璋和束帛迟迟没有送来。美人仰慕高尚的品格,要找到贤人确实困难。一般人只知道嗷嗷地乱叫,哪知道美人能够把谁喜欢。正当婚嫁的年龄却仍独处闺房,半夜里不由得起来长长地哀叹。

种葛篇

【题解】

本篇收入《乐府诗集》卷六十四《杂曲歌辞》,《艺文类聚》卷四十二节引。写女子早年夫妻恩爱而到了晚年却惨遭抛弃的命运,很可能有所寄托。朱乾一面说"晚暮弃妻,尤为可怜",一面又说"此托夫妇之好不终,以比君臣"(《乐府正义》卷十二),就将表里两层意思都点了出来。曹植早年曾一度得到曹操宠爱,甚至"几为太子者数矣"(《三国志》曹植本传),而后来却被疏远弃置,确与"晚暮"遭弃的女子命运相类。其《求通亲亲表》云:"恩纪之违,甚于路人;隔阂之异,殊于胡越。"与本篇"恩绝旷不接,我情遂抑沉。""昔为同池鱼,今若商与参"句意亦如出一辙。诗篇善用比兴,情辞缠绵而凄婉,细致、真切地表现了女子复杂的内心情感。

种葛南山下[①],葛蔓自成阴[②]。与君初婚时[③],结发恩义深[④]。欢爱在枕席,宿昔同衣衾[⑤]。窃慕《棠棣》篇[⑥],好乐和瑟琴[7]。行年将晚暮[8]，佳人怀异心[9]。恩绝旷不接[10]，我情遂抑沉[11]。出门当何顾[12]？徘徊步北林。下有交颈兽[13]，仰见双栖禽。攀枝长叹息，泪下沾罗衿[14]。良鸟知我悲[15]，延颈对我吟[16]。昔为同池鱼[17]，今若商与参[18]。往古皆欢遇，我独困于今。弃置委天命[19]，悠悠安可任[20]？

【注释】

①葛：一种多年生蔓草，茎可长二三丈，缠附它物生长。《诗经·大雅·旱麓》："莫莫葛藟，施于条枚。"

②"葛蔓"句：此用葛藤的缠绕成荫比喻当初爱情的缠绵和深厚。蔓，葛藤。《乐府诗集》作"虆"。

③婚时：《艺文类聚》作"定婚"。

④结发：成婚之夕，男左女右共髻束发。

⑤宿昔：犹言早晚。衾（qīn）：被子。

⑥《棠棣（dì）》：《诗经·小雅》篇名。中有句云："妻子好合，如鼓瑟琴。"

⑦"好乐"句：谓夫妻双方情投意合，如同琴瑟之音一样和谐。曹植《浮萍篇》："在昔蒙恩惠，和乐如瑟琴。"

⑧行年：即经历过的年岁。行，《国语·晋语四》："郤縠可，行年五十矣。"韦昭注："行，历也。"晚暮：谓将老。

⑨佳人：指丈夫。

⑩绝：《艺文类聚》《乐府诗集》作"纪"。旷：久。接：交接，会面。

⑪抑沉：压抑消沉。

⑫顾：念。

⑬交颈：颈与颈靠在一起摩擦。是一种亲昵的表示。《庄子·马蹄》："夫马，陆居则食草饮水，喜则交颈相靡，怒则分背相踶。"司

马相如《琴歌》:“室迩人遐毒我肠,何缘交颈为鸳鸯?”

⑭“泪下”句:古诗“明月何皎皎”:“引领还入房,泪下沾裳衣。”

⑮鸟:《乐府诗集》作“马”。悲:傅刚《校笺》:“徐本、郑本、五云溪馆本作‘愁’。”

⑯延颈:伸长脖子。对:《乐府诗集》作“代”。

⑰同池:曹植《释思赋》:“乐鸳鸯之同池,羡比翼之共林。”

⑱若:《乐府诗集》作“为”。商与参:二星名。一在东,一在西,此出彼没,永不相见。

⑲弃置:谓放下不说了。曹丕《杂诗》其二:“弃置勿复陈,客子常畏人。”委:托付。天命:命运。

⑳悠悠:《诗经·小雅·十月之交》:“悠悠我里,亦孔之痗。”毛传:“悠悠,忧也。”指心绪烦乱。原作“愁愁”,《乐府诗集》作“悠悠”,据改。傅刚《校笺》:“徐本、五云溪馆本、郑本作‘悲愁’。”任:承受。

【译文】

在南山之下种葛,葛蔓延伸自成一片浓荫。同您刚刚结婚的时候,共髻束发恩情很深。枕席间有无尽的欢爱,同衣共被从早到晚都不离分。私下特别喜欢《棠棣》这首诗,情投意合就像琴瑟和鸣。年复一年眼看快到暮年,夫君却突然有了异心。恩情断绝很久不能见面,我的心情于是变得压抑消沉。出了门应当看些什么呢?在北林中踱步徘徊。树下有两颈相依的野兽,仰头看见树上有成双的鸟儿栖宿。手攀树枝发出长长的叹息,眼泪流下浸湿了丝绸衣襟。善良的鸟儿知道我内心悲痛,伸长了脖子对着我歌吟。以前我们是一个水池中的鱼儿,现在却像永不见面的商星参星。往古的人们都能欢快地相遇,现在的我却独在痛苦困顿。抛开这些痛苦吧干脆听天由命,可这沉重的忧愁又怎能担承?

浮萍篇

【题解】

本篇收入《乐府诗集》卷三十五《相和歌辞·清调曲》,题作《蒲生行·浮萍篇》;《艺文类聚》卷四十一节引,题作《蒲生行》。诗写弃妇希望"君恩中还"、恢复旧爱,或亦反映了作者后期的心境情绪。陈祚明评云:"应是自寄思恋之怀,故慨然于年命之不俟。缠绵悱恻。'行云'二句,忠厚之思。"(《采菽堂古诗选》卷六)宝香山人亦云:"写出恋恋之情,言辞温厚。"(《三家诗》曹集卷一)"茱萸"四句,自信中透出凄婉,颇为感人。

浮萍寄清水①,随风东西流。结发辞严亲②,来为君子仇③。恪勤在朝夕④,无端获罪尤⑤。在昔蒙恩惠,和乐如瑟琴⑥。何意今摧颓⑦,旷若商与参⑧。茱萸自有芳,不若桂与兰⑨;新人虽可爱⑩,无若故人欢⑪。行云有返期,君恩倘中还⑫?慊慊仰天叹⑬,愁心将何诉⑭?日月不常处⑮,人生忽若寓⑯。悲风来入怀⑰,泪下如垂露⑱。发箧造裳衣⑲,裁缝纨与素⑳。

【注释】

①清:《艺文类聚》作"绿"。

②结发:古代男子二十岁加冠,女子十五岁用笄,表示成年。严亲:指父母。

③君子:对丈夫的称谓。仇(qiú):配偶。

④恪勤:恭谨勤劳。

⑤无端获罪:《艺文类聚》作"中年获愆"。尤:过失。

⑥如瑟琴:像琴瑟合奏时那么和谐。《诗经·小雅·常棣》:"妻子好合,如鼓瑟琴。"《诗经·小雅·鹿鸣》:"鼓瑟鼓琴,和乐且湛。"

⑦摧颓:蹉跎,失意。《汉书》卷五十三《景十三王传》:"日崔隤,时不再。"颜师古注:"崔隤犹言蹉跎也。"崔隤,即"摧颓"。

⑧旷:远。商与参:见前曹植《种葛篇》注。

⑨"茱萸(zhū yú)"二句:赵幼文《曹植集校注》:"茱萸香气辛烈,不及兰、桂逸馨之淡远。古人常以茱萸象征小人,而以兰、桂比喻贤者。"有,《艺文类聚》作"内"。

⑩"新人"句:《艺文类聚》作"佳人虽成列"。古诗"上山采蘼芜":"新人虽言好,未若故人姝。"

⑪无:《艺文类聚》作"不"。人:《艺文类聚》《乐府诗集》作"所"。

⑫倘:或。

⑬慊慊(qiǎn):空虚不满足貌。

⑭愁心:原作"愁愁",《乐府诗集》作"愁心",据改。

⑮常:《乐府诗集》作"恒"。

⑯忽:疾速。古诗"驱车上东门":"人生忽如寄,寿无金石固。"又古诗"今日良宴会":"人生寄一世,奄忽若飙尘。"寓:《国语·吴语》:"民生于地上,寓也。"韦昭注:"寓,寄也。"即寄居之意。赵氏覆宋本作"遇"。

⑰怀:傅刚《校笺》:"宋刻《曹子建集》本作'帷'。"

⑱下:傅刚《校笺》:"徐本、五云溪馆本作'落'。"

⑲发:《释名·释言语》:"发,拨也,拨使开也。"箧(qiè):竹箱。

⑳纨(wán):白色细绢。素:白色生绢。古诗"驱车上东门":"不如饮美酒,被服纨与素。"

【译文】

浮萍寄身在清澈的水面,随着风势或东或西漂流。刚一成年就离开了父母,来做了夫君您的配偶。从早到晚既恭谨又勤恳,却无缘无故被指责有过失。以前曾蒙受夫君的恩惠，和谐欢乐如同琴瑟和鸣。哪想到今天却如此失意，夫妻远隔就像商星参星。茱萸自有浓烈的芳香，但它哪能与桂花兰花相比；新的相好虽然可爱，但她哪比得上您曾爱过的人。飘走的云彩有返回的时候，夫君您有一天或也会回心转意？内心空寂常常仰天叹息，愁苦的内心不知该向谁去倾诉？日月不会总停留在一个地方，人生快得就像是在世上寄居。悲风吹进我的怀抱，泪水流淌就像是下垂的露珠。打开箱子准备缝制衣裳，赶紧将细绢生绢裁剪缝连。

弃妇诗一首

【题解】

本篇《太平御览》卷九百七十节引，题作《弃妻诗》。傅刚《校笺》："程校：'此首本集不载。'按，《子建集》后人所辑，实非原书，搜录时偶遗之耳。《太平御览》载此诗，亦云曹植作。"诗写女子因无子而被休弃的痛苦，迭用比兴，意兴婉曲，表达细腻，真切感人。陈祚明评云："兴意宛转而下，其曲如此，甚佳。'有子'四句，比拟警切，神到之语，直追汉人。'反侧'以下，写无聊失意，爱恋徘徊之情，俨然如睹。坐立不宁，出入百反，诚可哀也。结希恩万一，情愈真，词愈苦。"（《采菽堂古诗选》卷六）张玉谷还认为："此代为弃妇语夫之辞，其亦有悟君之意也。"（《古诗赏析》卷九）

石榴植前庭[1]，绿叶摇缥青[2]。丹华灼烈烈[3]，璀彩有光荣[4]。光荣晔流离[5]，可以戏淑灵[6]。有鸟飞来集[7]，树翼以悲鸣[8]。悲鸣复何为[9]？丹华实不成[10]。拊心长叹息[11]，无子当归宁[12]。有子月经天[13]，无子若流星。天月相终始，流星没无精[14]。栖迟失所宜[15]，下与瓦石并[16]。忧怀从中来[17]，叹息通鸡鸣[18]。反侧不能寐[19]，逍遥于前庭[20]。踟蹰还入房[21]，肃肃帷幕声[22]。搴帷更摄带[23]，抚节弹素筝[24]。慷慨有余音[25]，要妙悲且清[26]。收泪长叹息，何以负神灵。招摇待霜露，何必春夏成？晚获为良实，愿君且安宁[27]。

【注释】

①石榴：一种落叶灌木或小乔木，果可食。

②缥（piǎo）青：淡青色。蔡邕《翠鸟诗》："回顾生碧色，动摇扬缥青。"

③丹华：红花。灼：鲜亮貌。《诗经·周南·桃夭》："桃之夭夭，灼灼其华。"烈烈：炽烈貌。《诗经·商颂·长发》："有虔秉钺，如火烈烈。"

④璀（cuǐ）彩：即璀璨，色彩鲜明貌。璀，原作"帷"，傅刚《校笺》："陈本作'璀'。明人如《升庵集》《古诗纪》《汉魏六朝百家集》引均作'璀'。"据改。光荣：光彩。

⑤荣：原作"好"，傅刚《校笺》："徐本、郑本作'荣'。"据改。晔（yè）：光辉绚烂。流离：即琉璃，宝石名。

⑥戏：傅刚《校笺》："五云溪馆本、徐本、郑本作'处'。"淑：善，美好。灵：神灵。指下句所说的"鸟"。

⑦有：《太平御览》作"翠"。飞来集：傅刚《校笺》："徐本、郑本作'来集树'。"

⑧树翼：鼓动翅膀。树，《太平御览》作"拊"。又，傅刚《校笺》："徐本、郑本作'飞'。"

⑨复：赵氏覆宋本作"夫"。

⑩实不成：喻女子无子。实，结出果实。以上二句，傅刚《校笺》："五云溪馆本、徐本此两句作'夫何为丹华，丹华实不成。'"《汉书·五行志》："成帝时歌谣又曰：'……桂树华不实，黄爵（雀）巢

其颠。'"

⑪拊:抚,抚摸。

⑫归宁:已嫁女儿回家看望父母,称归宁。《诗经·周南·葛覃》:"害浣害否,归宁父母。"这里实指"大归",即妇女被丈夫休弃后回母家。

⑬月经天:《后汉书》卷二十八上《冯衍传》:"日月经天,河海带地。"经,行。天,双关语。兼指丈夫。《仪礼·丧服》:"父者子之天也,夫者妻之天也。"

⑭没:灭。精:光亮。

⑮栖迟:《诗经·陈风·衡门》:"衡门之下,可以栖迟。"毛传:"栖迟,游息也。"

⑯并:合,一起。

⑰忧怀:即忧思。中:内心。曹操《短歌行》:"忧从中来,不可断绝。"

⑱通:《国语·晋语二》:"道远难通,望大难走。"韦昭注:"通,至也。"

⑲反侧:《诗经·周南·关雎》:"悠哉悠哉,辗转反侧。"朱熹《集传》:"辗者,转之半;转者,辗之周;反者,辗之过;侧者,转之留;皆卧不安席之意。"寐(mèi):睡。曹丕《杂诗》其一:"展转不能寐,披衣起彷徨。"

⑳逍遥:缓行貌。

㉑峙𧼯(chí chú):徘徊。

㉒肃肃:风吹帷幕声。

㉓搴(qiān):揭起。摄:牵引。

㉔抚节:击节,打拍子。曹植《闺情》其二:"弹琴抚节,为我弦歌。"素筝:无纹饰的筝。筝,一种弦乐器,似瑟,十二弦。

㉕慷慨:失意貌。余音:谓音声无尽。古诗"西北有高楼":"一弹再三叹,慷慨有余哀。"

㉖要妙：义同“幼眇”。《汉书》卷五十三《景十三王传》：“每闻幼眇之声，不知涕泣之横集也。”颜师古注：“眇，音妙。幼妙，精微也。”

㉗“招摇”四句：招摇，山名。《山海经·南山经》：“《南山经》之首曰䧿山。其首曰招摇之山，临于西海之上，多桂。”君，指丈夫。余冠英《三曹诗选》：“《吕氏春秋》云：‘招摇之桂，实大如枣，得而食之，后天而老。’‘待霜露’是说到秋季才结实。结尾几句说植物之中如桂树结实期很晚而很好，何必一定要像石榴成熟于春夏呢？比喻妇人迟生儿子没有什么不好。”

【译文】

石榴种植在房前庭院，微风摇曳着淡青色的绿叶。红花怒放色彩是那样浓烈，色彩鲜明闪耀着夺目的光彩。光辉绚烂犹如琉璃宝石，美好的神灵可以在上面嬉戏。有鸟儿飞来在上面驻留，拍着翅膀发出一声声悲鸣。鸟儿悲鸣不知为了什么？石榴开了红花却没有结出果实。抚着胸口发出长长的叹息，没有儿子就会被休弃。有了儿子就如月亮经行长天，没有儿子就如转瞬即逝的流星。月亮和长天相伴始终，流星隐没就再没了光影。游乐栖息如没找到合适的地方，就会落到地上与瓦片石块一起。内心产生出无尽的忧愁，不住地叹息一直到鸡鸣。翻来覆去总是不能入睡，来到庭院中踱步徘徊。犹疑徘徊又踱回室内，风吹帷幕发出肃肃的声响。揭起帷幕同时提起衣带，打着拍子弹奏起了素筝。满怀失意乐音袅袅不尽，音声微妙悲凉而又凄清。收住泪珠长长地叹息一声，我怎能这样辜负了神灵。招摇山上的桂树要到霜露降后才结果，何必要求它春夏就把果实长成？晚一点儿收获的是最好的果实，希望夫君在等待时一定要耐心。

魏明帝

魏明帝，即曹叡（205—239），字元仲，沛国谯（今安徽亳州）人。曹丕之子，曹操之孙。太和元年（227）即帝位。提倡文学，置崇文观，征召文士充之。擅长乐府，与曹操、曹丕合称“三祖”，然其成就远不如操、丕。钟嵘《诗品》将其诗列入下品。《隋书》卷三十五《经籍志四》著录有集七卷，已散佚。其事见《三国志》卷三《魏书·明帝纪》。

乐府诗二首

一

【题解】

“昭昭素明月”一诗载《文选》卷二十七，又收入《乐府诗集》卷六十二《杂曲歌辞》，均作乐府古辞，题作《伤歌行》；《艺文类聚》卷四十二节引，题作《古长歌行》。诗写闺怨，但也有人认为乃“伤日月代谢，年命遒尽，绝离知友，伤而作歌”（《乐府诗集》郭茂倩解题）之辞。其情调手法颇与古诗《明月何皎皎》相类，有人认为即从中“翻出”，但能“各极其妙”（见吴淇《六朝选诗定论》卷四）。其写景则明晰细腻，抒情则清凄感人，心理刻画也颇生动细致。顾茂伦评云：“从赋入比，如云山连断。”（《乐府英华》卷九）沈德潜评云：“不追琢，不属对，和平中自有骨力。”（《古诗源》卷三）

昭昭素明月[①]，辉光烛我床[②]。忧人不能寐[③]，耿耿夜何长[④]。微风吹闺闼[⑤]，罗帷自飘飖。揽衣曳长带[⑥]，屣履下高堂[⑦]。东西安所之[⑧]，徘徊以彷徨[⑨]。春鸟向南飞[⑩]，翩翩独翱翔。悲声命俦匹[⑪]，哀鸣伤我肠。感物怀所思，泣涕忽沾裳[⑫]。伫立吐高吟[⑬]，舒愤诉穹苍[⑭]。

【注释】

①昭昭：明亮貌。素：白色。《艺文类聚》作"清"。明月：古诗"明月何皎皎"："明月何皎皎，照我罗床帏。"《文选》五臣本作"明月"，李善本作"月明"。

②烛：《文选》李周翰注："照也。"

③寐（mèi）：睡着。古诗"明月何皎皎"："忧愁不能寐，揽衣起徘徊。"

④耿耿：心不安貌。《诗经·邶风·柏舟》："耿耿不寐，如有隐忧。"又，《文选》李周翰注："夜深长貌。"

⑤吹：原作"冲"，《文选》《乐府诗集》作"吹"。傅刚《校笺》引《考异》："按微风徐入，似不得云'冲'。"据改。闺闼（tà）：指内室。应璩《与侍郎曹长思书》："悲风起于闺闼，红尘蔽于机榻。"闼，《文选》吕延济注："门也。"李善注："毛苌《诗传》曰：'闼，内门也。'"

⑥揽衣：犹披衣。揽，取。曳：拖着。

⑦屣（xǐ）履：穿鞋而不提上鞋跟，即趿拉着鞋。原作"纵履"，《文选》《艺文类聚》《乐府诗集》均作"屣履"，据改。司马相如《长门赋》有"蹝履起而彷徨"之句，当为此句及下句"徘徊以彷徨"所本。傅刚《校笺》："五云溪馆本、徐本、郑本作'纵屣'。"

⑧安：《文选》吕向注："何也。"之：往。

⑨"徘徊"句：《文选》吕向注："徘徊、彷徨，皆时行不止貌。"

⑩向:《文选》《乐府诗集》作“翻”。

⑪命:呼唤。俦(chóu)匹:《楚辞》王褒《九怀·危俊》:“步余马兮飞柱,览可与兮匹俦。”王逸注:“二人为匹,四人为俦。”即伴侣之意。

⑫“泣涕”句:《诗经·邶风·燕燕》:“瞻望弗及,泣涕如雨。”古诗“明月何皎皎”:“引领还入房,泪下沾裳衣。”

⑬伫立:《诗经·邶风·燕燕》:“瞻望弗及,伫立以泣。”毛传:“伫立,久立也。”

⑭穹(qióng)苍:《尔雅·释天》:“苍天也。”郭璞注:“天形穹隆,其色苍苍,因名云。”《诗经·大雅·桑柔》:“靡有旅力,以念穹苍。”以上二句吴兆宜注:“宋刻无此二句,今依《文选》补入。”

【译文】

月亮高悬明明亮亮,银光四溢照着我床。怀忧之人不能入睡,内心烦躁只觉夜长。微风轻轻吹进闺房,掀起帷帐来回飘荡。披上衣服拖着长带,趿拉着鞋走下高堂。朝东朝西不知所往,踱来踱去苦闷彷徨。春鸟翩翩朝南飞去,独自翩飞独自翱翔。声音悲凄呼唤同伴,阵阵哀鸣令人心伤。睹物兴感想起亲人,热泪滚滚沾湿衣裳。久久站立高声叹息,朝着苍天倾诉愁肠。

二

【题解】

“种瓜东井上”一诗收入《乐府诗集》卷七十七《杂曲歌辞》。傅刚《校笺》引程校:“次篇一作《种瓜篇》,一作《春游曲》。茂倩《乐府》作《乐府》十首,其一古辞,其二即魏明帝‘种瓜东井上’诗。”诗写一位新婚女子向丈夫表明心意,揭示了她担心遭到遗弃的心理。从立意谋篇到遣词造句均与古诗“冉冉孤生竹”有相似处,显然从中受到了影响。陈祚明评云:“情思悱恻。‘冉冉逾垣’句,生动。”(《采菽堂古诗选》卷五)

种瓜东井上，冉冉自逾垣[1]。与君新为婚，瓜葛相结连[2]。寄托不肖躯[3]，有如倚太山。菟丝无根株[4]，蔓延自登缘。萍藻托清流，常恐身不全。被蒙丘山惠[5]，贱妾执拳拳[6]。天日照知之，想君亦俱然。

【注释】

①冉冉：柔弱貌。古诗“冉冉孤生竹”：“冉冉孤生竹，结根泰山阿。”逾：越过。垣（yuán）：墙。

②“与君”二句：古诗“冉冉孤生竹”：“与君为新婚，菟丝附女萝。”

③不肖躯：犹言“贱躯”。新妇自谦不肖，即不贤惠。孔融《杂诗》其一：“幸托不肖躯，且当猛虎步。”

④菟（tù）丝：一种柔弱蔓生的植物。新妇自比。根株：树木的根。

⑤被蒙：蒙受。丘山惠：谓巨大的恩惠。《汉书》卷九十九上《王莽传》：“一言之劳，然犹皆蒙丘山之赏。”

⑥拳拳：诚挚、挚爱貌。繁钦《定情诗》：“何以致拳拳？绾臂双金环。”

【译文】

在东边的井上种上瓜秧，柔弱的瓜蔓自个儿越过了墙垣。刚刚与您结成了夫妇，瓜与葛蔓从此彼此相连。寄托我这不肖的身躯，犹如靠着巍峨的泰山。菟丝没有牢固的根本，但它自会不断延伸爬升攀缘。浮萍水藻依托清澈的流水，常常担心自身不能保全。蒙受您如丘山般的恩惠，我会始终把诚挚的心意抱持。天上的太阳把我的心照得透亮，想来您想的也会同我一样。

阮籍

阮籍(210—263),字嗣宗,陈留尉氏(今属河南)人。其父阮瑀,为"建安七子"之一。志气宏放,任性不羁,不拘礼教,喜怒不形于色。博览群籍,尤好《老》《庄》。本有济世志,因生当魏、晋易代之际,统治阶级内部矛盾十分尖锐,名士多遭杀戮,因此不问世事,而以酣饮为常,但其实内心极为痛苦愤懑。曾短暂出仕为曹爽参军、司马懿司马师父子从侍中郎等职。闻步兵厨营人善酿,有贮酒三百斛,乃自求为步兵校尉,后人因称之为"阮步兵"。与嵇康、山涛等七人合称为"竹林七贤"。主要作品为八十二首《咏怀诗》。《隋书》卷三十五《经籍志四》著录有集十卷,已散佚。明人辑有《阮步兵集》。钟嵘《诗品》将其诗列入上品。其事见《三国志》卷二十一《魏书·王卫二刘傅传》附、《晋书》卷四十九。

咏怀诗二首

《晋书》阮籍本传:"作《咏怀诗》八十余篇,为世所重。"保存至今的篇目基本上就是当时创作的篇目。吴汝纶认为:"八十一章决非一时之作,吾疑其总集平生所为诗,题为《咏怀》耳。"(《古诗钞》卷二)但据《文选》卷二十三李善注引颜延之语:"说者(云)阮籍在晋文代,常虑祸患,故发此咏耳。"则八十余首《咏怀》当作于诗人晚年。《咏怀诗》内容丰富,而"忧生之嗟""志在刺讥"(《文选》李善注)之作在其中占有很大比重,成为《咏怀》的基本主题。所谓"忧生",即忧人生的忧患、生命的短暂；所谓“刺讥”，即对时事进行讽刺。诗篇除对礼法之士的揭露刺讥较为直露外，对其余内容的表现大都较为隐晦，即前人所说的“厥旨渊放，归趣难求”（钟嵘《诗品》上），“文多隐蔽，百代之下，难以情测”（《文选》李善注）。诗篇大量运用了比兴、象征、隐晦曲折的手法，将感伤、忧愤、恐惧、郁懑等种种强烈而复杂的情感婉转曲折地表现出来，形成鲜明的特色。在五言诗的发展史上占有重要地位，其独特的艺术表现手法对后世也有深远影响。

一

【题解】

“二妃游江滨”一诗载《文选》卷二十三，《艺文类聚》卷十八、《初学记》卷十九、《太平御览》卷三百八十一节引。诗借郑交甫与江妃二女相遇而获赠佩的传说，加以敷衍，抒发交而不忠、始好终弃的感慨。方东树云：“此即‘初既与余成言，后悔遁而有他’，‘交不忠兮怨长’之情。然不知为何人而发。”（《昭昧詹言》卷三）刘履认为这是讽刺司马昭的：“初，司马昭以魏氏托任之重，亦自谓能尽忠于国；至是专权僭窃，欲行篡逆，故嗣宗婉其词以讽刺之。言交甫能念二妃解佩于一遇之顷，犹且情爱猗靡，久而不忘；佳人以容好结欢，犹能感激思望，专心靡他，甚而至于忧且怨。如何股肱大臣视同腹心者，一旦更变而有乖背之伤也。”（《选诗补注》卷三）也有人认为：“只是借交甫遇洛妃一事，写人生会少离多之意。然却缀得色浓，练得声响。”（吴淇《六朝选诗定论》卷七）由于阮籍诗“文多隐蔽”，于是给人们留下了巨大的想象与解读的空间，应当说这也从一个重要的方面，展示了诗歌无穷的魅力。

二妃游江滨①，逍遥从风翔②。交甫怀环佩③，婉娈有芬芳④。猗靡情欢爱⑤，千载不相忘⑥。倾城迷下蔡⑦，容好结中肠⑧。感激生忧思⑨，萱草树兰房⑩。膏沐为谁施⑪？其雨怨朝阳[12]。如何金石交[13],一旦更离伤[14]?

【注释】

①“二妃”句:《列仙传》卷上:“江妃二女者,不知何所人也。出游于江汉之湄,逢郑交甫。见而悦之,不知其神人也,谓其仆曰:‘我欲下请其佩。’仆曰:‘此间之人皆习于辞,不得,恐罹悔焉。’交甫不听,遂下与之言曰:‘二女劳矣!’二女曰:‘客子有劳。妾何劳之有!’交甫曰:‘橘是柚也,我盛之以筥,今附汉水,将流而下,我遵其旁,采其芝而茹之,以知吾为不逊也。愿请子之佩。’二女曰:‘橘是柚也,我盛之以筥,今附汉水,将流而下,我遵其旁,采其芝而茹之。’遂手解佩与交甫。交甫悦受而怀之中当心。趋去数十步,视佩,空怀无佩;顾二女,忽然不见。”《文选》张衡《南都赋》:“耕父扬光于清泠之渊,游女弄珠于汉皋之曲。”李善注引《韩诗外传》:“郑交甫将南适楚,遵波汉皋台下,乃遇二女,佩两珠,大如荆鸡之卵。”

②逍遥:安闲自得貌。《诗经·郑风·清人》:“河上乎逍遥。”从:《文选》《初学记》《太平御览》作“顺”。翔:《诗经·郑风·女曰鸡鸣》:“将翱将翔,弋凫与雁。”

③怀:原作“解”,《文选》《艺文类聚》《初学记》《太平御览》皆作“怀”;据《列仙传》,应作“怀”字为是,据改。环佩:《礼记·经解》:“行步,则有环佩之声。”郑玄注:“环佩,佩环佩玉也。环取其无穷止,玉则比德焉。”环,《初学记》《太平御览》作“玉”。

④婉娈(luán):《诗经·曹风·候人》:“婉兮娈兮,季女斯饥。”毛传:“婉,少貌。娈,好貌。”娈,《艺文类聚》作“娩”。芬芳:香气。也比喻品德的美好。屈原《九章·惜往日》:“妒佳冶之芬芳兮,嫫母姣而自好。”

⑤猗靡(yǐ mí):《文选》刘良注:“相思不相忘者,情意深也。交甫

则未如此，籍饰成此文。”即缠绵之意。猗，《艺文类聚》作“绮”，《初学记》作“倚”。

⑥载：《艺文类聚》作“岁”。

⑦倾城：指有绝世之美。《诗经·大雅·瞻卬》：“哲夫成城，哲妇倾城。”又参见卷一李延年《歌诗一首》。迷下蔡：《文选》宋玉《登徒子好色赋》：“臣东家之子，嫣然一笑，惑阳城，迷下蔡。”李善注：“阳城、下蔡，二县名。”

⑧容好：《汉书》卷九十七上《外戚传上》：“我以容貌之好，得从微贱爱幸于上。”好，《艺文类聚》作“华”。结中肠：谓牢记内心。中，《初学记》作“衷”。《文选》王粲《赠士孙文始》李善注引张衡《怨诗》：“同心离居，绝我中肠。”

⑨感激：因有所感而激动。刘向《说苑·修文》：“感激憔悴之音作而民思忧。”忧：《初学记》作“爱”。

⑩萱草：任昉《述异记》卷下：“萱草，一名紫萱，又呼为忘忧草，吴中书生呼为疗愁花。嵇中散《养生论》曰：‘萱草忘忧。’”树：种。《诗经·卫风·伯兮》：“焉得谖草，言树之背。”兰房：芳香的居室，为女子所居。黄节《阮步兵咏怀诗注》：“此诗萱草树兰房，亦指房北之阶下，非树于房中也。”

⑪“膏沐”句：《诗经·卫风·伯兮》：“自伯之东，首如飞蓬。岂无膏沐？谁适为容。”此用其意。膏沐，妇女润发用的化妆品。施，用。

⑫“其雨”句：《诗经·卫风·伯兮》：“其雨其雨，杲杲出日。”郑玄笺：“人言其雨其雨，而杲杲然日复出。犹我言伯且来伯且来，则复不来。”谓盼下雨却偏偏出了太阳，故怨之。其，语助词。这里表示一种祈求的语气。

⑬金石交：《汉书》卷三十四《韩信传》：“今足下虽自以为与汉王为金石交，然终为汉王所禽矣。”颜师古注：“称金石者，取其坚固。”《文选》李善注引沈约曰：“婉娈则千载不忘，金石之交一旦轻绝，

未见好德如好色。”石,赵氏覆宋本作“磐”。

⑭一旦:与前“千载”相对,为“片刻间”之意。离伤:遭遇悲伤。《汉书》卷五十五《霍去病传》:“战士不离伤,十万之众毕怀集服。”颜师古注:“离,遭也。”也可理解为因分离而悲伤。古诗“涉江采芙蓉”:“同心而离居,忧伤以终老。”

【译文】

江妃二女漫游于江汉之滨,逍遥自在犹如鸟儿随风飞翔。郑交甫把二妃赠送的环佩藏在怀中,环佩情意深长又气味芬芳。情意缠绵愿与二妃倾心相爱,过一千年彼此也不相忘。二妃有着倾城墙迷下蔡的美貌,这绝世的容貌牢记在我心房。心有所感二妃却心生忧愁,把忘忧草种到了闺房旁。能为谁去把这膏沐使用?盼下雨却只恨偏偏升起了朝阳。怎么当初如金石般坚固的爱情,转瞬间就反成了离别的哀伤?

二

【题解】

“昔日繁华子”一诗载《文选》卷二十三,《艺文类聚》卷三十三节引。诗歌写古代的两个宠臣安陵与龙阳尽心事主的故事,貌似赞美,而实非赞美,有寓意存焉。《文选》吕延济注:“安陵、龙阳以色事楚、魏之主,尚犹尽心如此,而晋文王蒙厚恩于魏,不能竭其股肱而将行篡夺。籍恨之甚,故以刺也。”也有人认为:“此盖指贾充、钟会辈为贼臣用事者言之,谓尔斫伤公室,自诩佐命,不知行且自及也。”(何焯《义门读书记》卷四十六)可见,隐藏在赞美之辞这件华美外衣背后的,是对现实政治的极度不满和极为冷峻、深刻、尖锐的批判。王夫之对本篇极为推崇,评云:“微词亮韵,太白首学之,苦不可逮。他人则梦亦莫相仿佛。”(《古诗评选》卷四)

昔日繁华子①,安陵与龙阳②。夭夭桃李花,灼灼有辉光[3]。悦怿若九春[4]，磬折似秋霜[5]。流盼发媚姿[6]，言笑吐芬芳[7]。携手等欢爱[8]，宿昔同衾裳[9]。愿为双飞鸟[10]，比翼共翱翔[11]。丹青著明誓，永世不相忘[12]！

【注释】

①繁华子：《文选》吕延济注："喻人美盛如春华（花）之繁。"《史记》卷八十五《吕不韦列传》："以色事人者，色衰而爱弛。……不以繁华时树本，即色衰爱弛后，虽欲开一语，尚可得乎？"

②安陵：安陵君，战国时楚恭王的男宠，因封于安陵，故称。龙阳：龙阳君，战国时魏王男宠，因封于龙阳，故称。《文选》李善注引《说苑》："安陵君缠得宠于楚恭王。江乙谓缠曰：'吾闻以财事人者，财尽则交绝；以色事人者，华（花）落则爱衰。子安得长被幸乎？'会王出猎，江渚有火若云蜺，兕从南方来，正触王骖，善射者射之，兕死于车下。王谓缠曰：'万岁后，子将谁与乐？'缠泣下沾衣曰：'大王万岁后，臣将殉。'恭王乃封缠车下三百户。"《战国策·魏策四》："魏王与龙阳君共船而钓，龙阳君得十余鱼而涕下。王曰：'有所不安乎？如是，何不相告也？'对曰：'臣无敢不安也。'王曰：'然则何为涕出？'曰：'臣为王之所得鱼也。'王曰：'何谓也。'对曰：'臣之始得鱼也，臣甚喜，后得又益大，今臣直欲弃臣前之所得矣。今以臣凶恶，而得为王拂枕席。今臣爵至人君，走人于庭，辟人于途。四海之内，美人亦甚多矣，闻臣之得幸于王也，必褰裳而趋王，臣亦犹曩臣之前所得鱼也，臣亦将弃矣，臣安能无涕出乎？'魏王……于是布令于四境之内曰：'有敢言美人者族。'"

③"夭夭"二句：写茂盛之貌。《诗经·周南·桃夭》："桃之夭夭，灼灼其华。"毛传："桃，有华之盛者。夭夭，其少壮也；灼灼，华之盛也。"又《文选》刘良注："夭夭，美貌；灼灼，明貌。"此用以形容

安陵与龙阳。

④悦怿（yì）：喜爱，悦乐。《诗经·邶风·静女》："彤管有炜，说（悦）怿女美。"悦，吴兆宜注："一作'恍'。"怿，《艺文类聚》作"泽"。九春：春季的九十天。

⑤磬（qìng）折：谓身体向前弯曲如磬之曲折。为毕恭毕敬的样子。磬，打击乐器名。其形曲折。《尚书大传》卷三："诸侯之悉来，进受命于周公，诸侯皆莫不磬折。"吴兆宜注："一作'声'。"似秋霜：像被秋霜摧折的百草。

⑥流眄（miǎn）：谓目光转动有神。宋玉《登徒子好色赋》："含喜微笑，窃视流眄。"眄，《文选》作"盼"。发：生出。媚姿：妩媚的姿态。繁钦《定情诗》："我既媚君姿，君亦悦我颜。"《文选》作"姿媚"。

⑦"言笑"句：宋玉《神女赋》："陈嘉辞而云对兮，吐芬芳其若兰。"

⑧携手：《诗经·邶风·北风》："惠而好我，携手同行。"欢爱："二妃游江滨"有"猗靡情欢爱，千载不相忘"之句。

⑨宿昔：《文选》李善注："《广雅》曰：'宿，夜也。'"吕向注："昔，夜也。"汉乐府《饮马长城窟行》："远道不可思，宿昔梦见之。"衾（qīn）：被子。《文选》作"衣"。

⑩双飞鸟：《古诗为焦仲卿妻作》："中有双飞鸟，自名为鸳鸯。"古诗"东城高且长"："思为双飞燕，衔泥巢君屋。"

⑪比翼：参见本卷魏文帝《于清河见挽船士新婚与妻别一首》注。

⑫"丹青"二句：《文选》吕延济注："誓约如丹青分明，虽千载而不相忘也。"李善注引《东观汉记》："光武诏曰：'明设丹青之信，广开束手之路。'"丹青，绘画用的两种颜色。著，明。永世，《文选》李善本作"永世"，五臣本作"千载"。

【译文】

从前有两位美如繁花的人，他们就是安陵和龙阳。他们好似盛开的桃花李花，明丽鲜艳发出耀眼的辉光。喜悦快乐就像绚烂的春天，屈身逢迎又如百草遇上了秋霜。眼波流转生发出千娇百媚，开口说笑吐出醉人的芬芳。手拉着手与君王共享欢愉情爱，无论早晚都共用被子和衣裳。愿意同你成为一对双飞的鸟儿，比翼齐飞在蓝天一起翱翔。坚定的誓约就像丹青一样分明，永生永世铭刻心头绝不相忘！

傅玄

傅玄（217—278），字休奕，一作“休逸”，北地泥阳（今陕西铜川耀州区）人。在魏曾任弘农太守、散骑常侍等，封鹑觚男。司马氏代魏，晋爵为子，历官驸马都尉、侍中、御史中丞、司隶校尉等。性刚直峻急，不能容人之短，在朝多有针对时弊的谏议。博学能文，精通音律，勤于著述。著《傅子》数十万言，评论诸家学说及三史故事，已散佚，今存辑本五卷。又工诗，尤以乐府见长。钟嵘《诗品》将其诗列入下品。《隋书》卷三十五《经籍志四》著录有集十五卷（注云“梁五十卷，录一卷”），已散佚。明人辑有《傅鹑觚集》。其事见《晋书》卷四十七。

乐府诗七首

青青河边草篇

【题解】

本篇收入《乐府诗集》卷三十八《相和歌辞·瑟调曲》，题作《饮马长城窟行》（无“梦君结同心，比翼游北林。既觉寂无见，旷如商与参”四句）；《艺文类聚》卷四十一节引。诗写思妇怀念远方游子的无限思绪，颇细腻曲折。与古辞《饮马长城窟行》（见本书卷一，作者作“蔡邕”）一脉相承，但气调较为柔弱。陈沆云：“此亦家居怀主之思也。期久要于黄泉，谓九死以无改。”（《诗比兴笺》卷二）说写的是“家居怀主之思”，不免穿凿。

青青河边草[1]，悠悠万里道[2]。草生在春时，远道还有期[3]。春至草不生，期尽叹无声[4]。感物怀思心，梦想发中情[5]。梦君如鸳鸯，比翼云间翔[6]。既觉寂无见，旷如参与商[7]。梦君结同心，比翼游北林[8]。既觉寂无见，旷如商与参。河洛自用固[9]，不如中岳安[10]。回流不及反，浮云往自还[11]。悲风动思心，悠悠谁知者[12]？悬景无停居[13]，忽如驰驷马[14]。倾耳怀音响[15]，转目泪双堕[16]。生存无会期[17]，要君黄泉下[18]。

【注释】

①“青青”句：古诗“青青河畔草”：“青青河畔草，郁郁园中柳。”

②悠悠：远貌。徐幹《室思》：“峨峨高山首，悠悠万里道。”

③远：《艺文类聚》作“还”。期：谓出远门前约定的归期。

④“春至”二句：谓到了约定的日期，远行的人却没有回来，这就像春天到了草没有生出来一样。期，傅刚《校笺》引孟校：“一作‘泣’。”叹，《艺文类聚》作“漠”。声，音讯。

⑤“梦想”句：谓因内心想念而做梦。中，内心。

⑥“梦君”二句：《古诗为焦仲卿妻作》：“中有双飞鸟，自名为鸳鸯。”比翼，参见前魏文帝《于清河见挽船士新婚与妻别一首》诗注。

⑦旷：遥远。如：《艺文类聚》作“若”。参与商：参、商二星名。见曹植《种葛篇》注。曹植《浮萍篇》：“何意今摧颓，旷若商与参。”

⑧北林：《诗经·秦风·晨风》：“鴥彼晨风，郁彼北林。”曹植《杂诗》：“高台多悲风，朝日照北林。”

⑨河洛：黄河和洛水。洛水源出陕西洛南，东入河南，流经洛阳等地，至巩义流入黄河。用固：逯钦立辑校《先秦汉魏晋南北朝诗》：“当作‘有涸’。”疑是。又，曹道衡《乐府诗选》：“河洛指黄

河与洛水，这两条河虽长存不变，但水还是流动的，不及中岳（嵩山）这样安稳不变。”

⑩中岳：中岳嵩山，为五岳之一，在河南登封北。安：谓安安稳稳，不会发生变化。

⑪“回流”二句：曹道衡《乐府诗选》：“这两句说旋涡的水虽回转仍流去不归，倒不如浮云，飘走了有时还能飘回来。”反，同“返”。

⑫悠悠：深长貌。

⑬悬景：指太阳。

⑭忽：形容快速。驷（sì）马：驾一车之四马。

⑮怀音响：谓怀想远行人归来的声响。

⑯“转目”句：班婕妤《自伤赋》：“仰视兮云屋，双涕兮横流。”

⑰生存：指活着的时候。

⑱“要（yāo）君”句：谓死后在一起。要，相约，约定。

【译文】

河边长满了青青的野草，旁边是一条通向万里之外的长长大道。野草生长的季节是在春天，跋涉远道的亲人会有个归来的日子。可到了春天野草没有长出，归期到了亲人没有回来这令人欲叹无声。有感于外物不禁产生了思念之情，因内心想念而恍惚进入了梦境。梦中我与夫君好似一对鸳鸯，翅膀挨着翅膀在云间飞翔。醒来之后寂静无声一无所见，彼此远隔就像是参星商星。梦中我与夫君共结同心之好，翅膀挨着翅膀在北林畅游。醒来之后寂静无声一无所见，彼此远隔就像是商星参星。黄河洛水自会有个干涸的时候，不如中岳嵩山那样坚固安稳。旋涡的水虽有回转仍流去不归，浮云飘走后却还能飘回。秋风吹来触动我的悲愁之情，愁思悠长有谁能够知晓。太阳运转没有停下来的时候，快得就像四匹马驾着车在大道上飞奔。侧耳倾听有无夫君回来的声响，回过头来双眼已是泪珠滚滚。在世时看来已没有见面的机会，只好相约夫君将来在黄泉下团聚。

苦相篇 豫章行

【题解】

本篇收入《乐府诗集》卷三十四《相和歌辞·清调曲》,题作《豫章行·苦相篇》;《艺文类聚》卷四十一节引。“豫章行”为古乐府曲调名,“苦相篇”为诗题。揭露封建社会重男轻女的不合理现象,对妇女的种种痛苦和不幸寄予同情,是傅玄乐府诗的重要内容,也是其乐府诗的主要成就之所在,本篇是此类诗作的代表。萧涤非《汉魏六朝乐府文学史》云:“诗歌中写社会重男轻女之心理及女子因而所受之种种痛苦者,傅玄此作,实为仅见。时至今日,犹觉读之有余悲也。”诗以“苦相”二字总起全篇,接着以“男儿”的状况反衬,然后展开描写女子从出生、长大到出嫁及婚后生活整个过程的种种浮生“苦相”,真切细致,入木三分。多用白描手法,而“堕地自生神”等句,描绘形象,揭示心理,也颇传神。为学习汉乐府民歌而能加以发展、有所创新的佳作。

苦相身为女①,卑陋难再陈②。男儿当门户③,堕地自生神④。雄心志四海,万里望风尘⑤。女育无欣爱⑥,不为家所珍。长大避深室⑦,藏头羞见人。垂泪适他乡⑧,忽如雨绝云⑨。低头和颜色,素齿结朱唇⑩。跪拜无复数⑪,婢妾如严宾⑫。情合同云汉⑬,葵藿仰阳春⑭。心乖甚水火⑮,百恶集其身。玉颜随年变⑯,丈夫多好新。昔为形与影,今为胡与秦⑰。胡秦时相见,一绝逾参辰⑱。

【注释】

①苦相:犹言苦命。古代相术通过观察人的形貌以占测人的命运,认为貌相苦的人其命运便苦。又,曹道衡《乐府诗选》认为此乃“作者虚拟的人名,借此表示妇女的苦难”。

②卑陋:卑贱。

③男儿:《乐府诗集》作“儿男”。当门户:即当家做主。

④堕地:指一生下来。

⑤望风尘:谓奔赴沙场,建立军功。《汉书》卷六十四下《终军传》:“边境时有风尘之警,臣宜被坚执锐,当矢石,启前行。”

⑥育:抚养。欣爱:喜爱。爱,《艺文类聚》作“庆”。

⑦避:《乐府诗集》作“逃”。

⑧适:出嫁。

⑨雨绝云:雨离开了云掉落地上,就再也不可能返回了,是为“绝”。

⑩“素齿”句:白齿、红唇紧贴在一起。谓不敢随便开口说话。素齿,傅刚《校笺》:“五云溪馆本、徐本、郑本作‘素频’。”张衡《七辩》:“皓齿朱唇,的皪粲练。”曹植《洛神赋》:“丹唇外朗,皓齿内鲜。”傅玄《明月篇》:“丹唇列素齿,翠彩发蛾眉。”

⑪无复数:谓数不过来。

⑫“婢妾”句:谓对待夫家的婢妾也像对待尊敬的宾客一样。

⑬同云汉:谓就像牛郎、织女聚会于银河那样。同,傅刚《校笺》:“五云溪馆本、徐本、郑本作‘双’。”

⑭“葵藿”句:葵,向日葵,有向日的本性。藿,豆叶,嫩时可食。藿并不向日,此乃连类而及。阳春,温暖的春天。曹植《请通亲亲表》:“若葵藿之倾叶,太阳虽不为之回光,然终向之者,诚也。”

⑮心乖:指感情不和。乖,背离。

⑯玉颜:指青春容颜。

⑰胡与秦:胡,指西北及北方少数民族。秦,西域人称中国人为秦。胡与秦,犹言“中外”,比喻关系非常疏远。旧题苏武诗:“昔者常相近,邈若胡与秦。”

⑱逾:超过。参辰:即参、商二星。二星分处东西,出没互不相见。

【译文】

生来苦命做了一个女人,地位卑贱难以一一陈说。男儿能够当家做主,一生下地就凛然有神。满怀雄心志在四海,万里驰骋望断风尘。女儿养育得不到欢爱,不能被家中人珍惜。长大后就躲进深闺,不敢露面羞见外人。流着眼泪嫁到外乡,快得就像雨滴脱离乌云。来到夫家总得低头和颜悦色,不敢随便说话白齿总贴着红唇。逢人就跪拜无法计算次数,对待婢妾也像是面对贵宾。感情融洽就像牛郎织女在银河相聚,仰赖夫君情意如葵藿倾向太阳。感情不和又甚于水火之不容,万般罪恶都被集于我身。如玉的容颜随着岁月发生变化,而男人大都是厌旧喜新。以前就像是形与影总不分离,今天却像隔得远远的胡与秦。胡秦有时还有机会见面,我们一断绝就胜过参星辰星。

有女篇　艳歌行

【题解】

本篇收入《乐府诗集》卷三十九《相和歌辞·瑟调曲》,题作《艳歌行·有女篇》。《艺文类聚》卷十八节引,题作"傅玄诗";卷四十二节引,题作《艳歌行》。《初学记》卷十九、《太平御览》卷三百八十一节引,并题作《晋傅玄歌》。诗赞颂一位美女,说她不仅有王嫱般的美貌,而且"志节拟秋霜""徽音贯青云",有着非常好的条件,"宜配侯与王",而迎聘她的场面确也盛况空前,一般人只能是望尘莫及。诗显然有所寄托,也许是一方面能得到帝王重用,另一方面却"性刚劲亮直,不能容人之短",以致"贵游慑伏,台阁生风"(《晋书》本传)的诗人自我人生理想的写照。写作深受曹植《美女篇》的影响,而辞藻的华美与刻镂的精细却远过之。陈祚明评云:"托意雅正。不能如子建'众人徒嗷嗷,何知彼所观',正以太尽逊之。'巧笑'二句,生动。'头安金步摇','安'字雅。'羔雁鸣前堂','鸣'字生动。"(《采菽堂古诗选》卷九)

有女怀芬芳①，提提步东箱②。蛾眉分翠羽③，明目发清扬④。丹唇翳皓齿⑤，秀色若珪璋⑥。巧笑露权靥⑦，众媚不可详⑧。容仪希世出⑨，无乃古毛嫱⑩。头安金步摇⑪，耳系明月珰⑫。珠环约素腕⑬，翠爵垂鲜光⑭。文袍缀藻黼⑮，玉体映罗裳。容华既以艳⑯，志节拟秋霜⑰。徽音贯青云⑱，声响流四方。妙哉英媛德⑲，宜配侯与王。灵应万世合⑳，日月时相望。媒氏陈束帛㉑，羔雁鸣前堂㉒。百两盈中路㉓，起若鸾凤翔。凡夫徒踊跃㉔，望绝殊参商㉕。

【注释】

①芬芳：香，香气。宋玉《神女赋》："陈嘉辞而云对兮，吐芬芳其若兰。"

②提提：《诗经·魏风·葛屦》："好人提提，宛然左辟。"朱熹《集传》："提提，安舒之意。"《艺文类聚》卷十八、《初学记》《太平御览》《乐府诗集》作"媞媞"。箱：正厅两旁的房屋。《艺文类聚》卷十八、《初学记》《太平御览》《乐府诗集》作"厢"。

③蛾眉：蚕蛾的触须弯曲而细长，因用以形容女子的美眉。分翠羽：《艺文类聚》卷十八作"若双翠"。分，《初学记》《太平御览》作"双"。翠羽，《文选》宋玉《登徒子好色赋》："眉如翠羽，肌如白雪。"吕向注："眉色如翡翠之羽。"

④目：《初学记》《太平御览》《乐府诗集》作"眸"。《艺文类聚》卷十八作"眸"、卷四十二作"月"。清扬：《诗经·郑风·野有蔓草》："有美一人，清扬婉兮。"毛传："清扬，眉目之间婉然美也。"扬，《艺文类聚》卷四十二作"阳"，《初学记》《太平御览》作"光"。

⑤翳（yì）：遮蔽。

⑥秀色：张衡《七辩》："淑性窈窕，秀色美艳。"色，《艺文类聚》卷十

八、《初学记》《太平御览》作“颜”。珪(guī)、璋:皆为朝会时所执的玉器。《庄子·马蹄》:“白玉不毁,孰为珪璋!”成玄英疏:“上锐下方曰珪,半珪曰璋。”泛指美玉。珪,同“圭”。

⑦巧笑:轻盈、动人的笑。《诗经·卫风·硕人》:“巧笑倩兮,美目盼兮。”权靥(yè):权,通“颧”,面颊。靥,颊边小窝,即酒窝。《初学记》作“靥转(按当为“辅”字之误)”,《太平御览》作“靥辅”。权,吴兆宜注:“一作‘颧’。”傅刚《校笺》:“五云溪馆本作‘欢’,徐本、郑本作‘懽’。”张衡《七辩》:“靥辅巧笑,清眸流眄。”曹植《洛神赋》:“明眸善睐,靥辅承权。”

⑧“众媚”句:谓还有很多地方很美,难以一一详说。媚,美好。

⑨容:《艺文类聚》卷十八、《初学记》《太平御览》《乐府诗集》作“令”。希世:世所罕有。王延寿《鲁灵光殿赋》:“邈希世而特出,羌瑰谲而鸿纷。”希,少,罕有。

⑩无乃:该不会是。毛嫱(qiáng):《庄子·齐物论》:“毛嫱、丽姬,人之所美也。”成玄英疏:“毛嫱,越王嬖妾;丽姬,晋国之宠嫔。此二人者,姝妍冠世,人谓之美也。”

⑪头安:《艺文类聚》卷十八、《初学记》作“首戴”,《太平御览》作“手(按当为“首”字之误)戴”。金步摇:首饰名。《释名·释首饰》:“步摇,上有垂珠,步则摇动也。”

⑫明月珰(dāng):用明月珠做的耳饰。明月珠相传出自西域大秦国(古罗马帝国)。参见卷一辛延年《羽林郎》注。《古诗为焦仲卿妻作》:“腰若流纨素,耳著明月珰。”

⑬约:套。曹植《美女篇》:“攘袖见素手,皓腕约金环。”

⑭爵(què):通“雀”。此指雀形的饰物。《艺文类聚》卷十八、《乐府诗集》作“羽”。曹植《美女篇》:“头上金爵钗,腰佩翠琅玕。”

⑮文袍:有纹饰的衣袍。缀:绣上。藻黼(fǔ):多彩的花纹。黼,古代礼服上绣的半白半黑的花纹。

⑯容华：美丽的容颜。以：《艺文类聚》卷十八、《乐府诗集》作“已”。

⑰志节：志向和节操。拟秋霜：谓像秋霜一般高洁。《后汉书》卷七十《孔融传》：“懔懔焉，皓皓焉，其与琨玉、秋霜比质可也。”拟，比。

⑱徽音：美誉。《诗经·大雅·思齐》：“大姒嗣徽音，则百斯男。”贯：直上，穿越。

⑲英媛：贤德的女子。崔骃《婚礼结言》：“夫妇作始，乃降英媛。”

⑳灵应：神灵感应。

㉑氏：傅刚《校笺》：“陈本作‘人’。”陈：陈列。傅刚《校笺》：“孟本‘陈’作‘承’。”束帛：帛是丝织品的总称，五匹为束。用作聘礼。

㉒羔雁：羊羔和大雁。用作聘礼。《周礼·春官·大宗伯》：“卿执羔，大夫执雁。”郑玄注：“羔，小羊，取其群而不失其类。雁，取其候时而行。”

㉓百两（liàng）：一百辆车。形容亲迎之礼甚盛。《诗经·召南·鹊巢》：“之子于归，百两御之。”两，指车。盈：满。中路：路上。

㉔凡夫：一般人。徒踊跃：徒然在那儿欢喜跳跃。犹言白高兴。

㉕殊参商：谓与美女隔绝得比参、商二星还要遥远。殊，甚，超过。

【译文】

有个美女散发出迷人的芳香，安详地行走在东边的厢房。一双蛾眉好似分开的两片翠羽，明亮的双目无比明澈清朗。红润的双唇遮蔽着洁白的牙齿，秀美的容色就像是圭璋。笑容灿烂露出面颊上的酒窝，万般妩媚难以描述得周详。容貌仪表在世上很难见到，这岂不就是古代的毛嫱。头上戴着光闪闪的金步摇，耳朵上缀着耀眼的明月珰。珠环套在白皙的手腕上，翠色的雀钗发出鲜亮的辉光。有纹饰的衣袍上绣有多彩的图案，如玉的身体辉映着轻软的罗裳。如花的容颜既已这样美艳，志向节操还可媲美高洁的秋霜。美誉直贯青云之上，响亮的名声流播四方。多么美妙啊这美女的贤德，适合许配给侯或王。犹如神灵感应能够万世谐和，好似太阳月亮时时相望。媒人送来了聘礼束帛，羊羔大雁鸣叫于前堂。迎亲的百辆大车塞满大路，一齐行进有似鸾飞凤翔。凡夫俗子徒然在那儿欢喜跳跃，这比让参商二星会面还要毫无希望。

朝时篇 怨歌行

【题解】

本篇收入《乐府诗集》卷四十二《相和歌辞·楚调曲》，题作《怨歌行·朝时篇》。傅刚《校笺》："五云溪馆本作《怨歌行》，徐本作《朝时篇》。"《乐府诗集》卷四十一《怨诗行》郭茂倩题解引《乐府解题》："傅休奕《怨歌行》云'昭昭朝时日，皎皎最（晨）明月'，盖伤'十五入君门，一别终华发'，不及偕老，犹望死而同穴也。""形影"二句，写思妇寂寞中的想望与凄怨，别出心裁，微妙传神。"已尔"二句，写痛苦无情地撕碎思妇的心，就像洁白的细绢被无情地撕裂了一样，比喻也颇新奇。比兴用得多而出色，陈祚明有"托兴杂集，纷来无端，可谓善写繁忧。语亦并老"（《采菽堂古诗选》卷九）之评。

昭昭朝时日，皎皎晨明月[①]。十五入君门，一别终华发[②]。同心忽异离，旷如胡与越[③]。胡越有会时，参辰辽且阔[④]。形影无仿佛[⑤]，音声寂无达。纤弦感促柱[⑥]，触之哀声发。情思如循环，忧来不可遏。涂山有余恨[⑦]，诗人咏《采葛》[⑧]。蜻蛚吟床下[⑨]，回风起幽闼[⑩]。春荣随露落[⑪]，芙蓉生木末[⑫]。自伤命不遇，良辰永乖别[⑬]。已尔可奈何[⑭]，譬如纨素裂[⑮]。孤雌翔故巢[⑯]，星流光景绝[⑰]。魂神驰万里，甘心要同穴[⑱]。

【注释】

①"昭昭"二句：首二句以日、月的光明形容自己心地的纯洁。昭昭，明亮。朝时，早晨。皎皎，光明貌。古诗："迢迢牵牛星，皎皎河汉

女。”又:“明月何皎皎,照我罗床帏。”晨,《乐府诗集》作“最”。

②终华发:谓一直到老。华发,老人的花白头发。曹植《行女哀辞》:“或华发以终年,或怀妊而逢灾。”

③旷:远隔。如:傅刚《校笺》:“徐本、郑本作‘若’。”胡:古代对西北及北方少数民族的称谓。越:古代对南部和东南部各民族的统称。李善注引《淮南子》:“肝胆胡越。”

④“胡越”二句:傅玄《苦相篇》:“胡秦时相见,一绝逾参辰。”意近。

⑤无仿佛:谓一点儿都看不到夫君的身影。无,吴兆宜注:“一作‘虽’。”

⑥促柱:急弦。参见卷一枚乘《杂诗九首》“东城高且长”注。

⑦“涂山”句:《吕氏春秋·音初》:“禹行功,见涂山之女,禹未之遇而巡省南土。涂山氏之女乃令其妾待禹于涂山之阳,女乃作歌,歌曰‘候人兮猗’,实始作为南音。”《史记》卷二《夏本纪》:“禹曰:‘予娶涂山,[辛壬]癸甲,生启予不子,以故能成水土功。’”裴骃《集解》引孔安国注:“涂山,国名。辛日娶妻,至于甲四日,复往治水。”司马贞《索隐》:“杜预云‘涂山在寿春东北’,皇甫谧云‘今九江当涂有禹庙’,则涂山在江南也。”

⑧《采葛》:《诗经·王风》篇名。中有句云:“一日不见,如三月兮。”“一日不见,如三秋兮。”“一日不见,如三岁兮。”

⑨蜻蛚(jīng liè):即蟋蟀。《诗经·豳风·七月》:“七月在野,八月在宇,九月在户,十月蟋蟀入我床下。”

⑩回风:旋风。幽闼(tà):《文选》张衡《西京赋》:“重闺幽闼,转相逾延。”薛综注:“宫中之门,小者曰闼。”

⑪春荣:春花。露:《乐府诗集》作“路”。

⑫芙蓉:指木芙蓉,长于陆地,八、九月始开花。木末:树梢。屈原《九歌·湘居》:“采薜荔兮水中,搴芙蓉兮木末。”

⑬乖:违背,背离。

⑭已尔:犹言“算了吧”。可奈何:无奈何。

⑮纨（wán）：白色细绢。素：白色生绢。汉乐府《怨歌行》："新裂齐纨素，鲜洁如霜雪。"

⑯"孤雌"句：王褒《洞箫赋》："孤雌寡鹤，娱优乎其下兮。"

⑰光景：日月的光辉。屈原《九章·惜往日》："借光景以往来兮，施黄棘之枉策。"

⑱要（yāo）同穴：希望死后能葬在一起。要，约定。

【译文】

明亮的朝阳从东方升起，清晨的月亮还散发着光明。十五岁进入夫君的家门，一分别就分别到满头白发。两人同心却突然遭遇意外离别，相隔之远就像一个是胡一个是越。胡与越有时还有机会见面，参星商星之间的距离却非常辽阔。看不到一点儿与夫君相似的身影，寂寂静静听不到夫君的一点儿音声。纤细的琴弦因柱促而感奋，刚一碰触就发出了悲哀的音声。思念之情就如循环往复不停，忧愁袭来毫无办法加以遏止。涂山氏女有着无尽的怨恨，诗人在吟咏《采葛》时也发出了相思的悲声。蟋蟀已经钻到床下低吟，深闺中刮起了旋风阵阵。春花随着露珠一起坠落，只有芙蓉还在树梢留存。悲伤自己没有碰上好运，在美好的时辰永远背离。已经这样了实在无可奈何，就像是纨素被生生地撕裂。孤单的雌鸟在旧巢边飞来飞去，星星流逝光影灭绝。精魂飞驰到了万里之外，心甘情愿要与夫君葬在同一墓穴。

明月篇

【题解】

本篇收入《乐府诗集》卷六十五《杂曲歌辞》，《艺文类聚》卷四十一节引，题作《怨诗》。吴兆宜注："一作《朗月篇》。"诗写一个正当盛年的女子对年老色衰后终将被抛弃的忧惧，诗人对其没有独立地位、如浮萍之无依、忧喜相接、乐极还悲的可悲命运寄予了深切同情。"常恐"二句，写出女子惴惴不安、如履薄冰的心理，平易深刻，值得体味。陈沆认为此诗有寄托,云:"此泰始五年起用时所作。傅引皇甫陶同列谏职,为众忌惮,因其小争,一举而两伤之,所谓'变故兴细微'也。孤立无依,委身明主,故云'浮萍无根''非水何依'也。忧喜相接,乐还自悲,直道焉往不三黜之谓也。"(《诗比兴笺》卷二)可资参考。

皎皎明月光,灼灼朝日晖[1]。昔为春茧丝[2],今为秋女衣。丹唇列素齿[3],翠彩发蛾眉[4]。娇子多好言[5],欢合易为姿[6]。玉颜盛有时[7],秀色随年衰。常恐新间旧[8],变故兴细微[9]。浮萍无根本[10],非水将何依?忧喜更相接,乐极还自悲[11]。

【注释】

①灼灼:红艳貌。晖(huī):日光。

②茧:《乐府诗集》《艺文类聚》作"蚕"。丝:《艺文类聚》作"绪"。

③列:《艺文类聚》作"形"。

④翠:用作画眉的青色颜料。发:生。

⑤娇子:犹言娇女,指美貌女子。

⑥易为姿:谓无论姿态如何都讨人喜欢。

⑦盛:《艺文类聚》作"亏"。

⑧间:离间,更替。《左传·隐公三年》:"少陵长,远间亲,新间旧。"

⑨"变故"句:谓一点儿小事就可能会造成变故的发生。应璩《百一诗》:"细微可不慎,堤溃自蚁穴。"兴,吴兆宜注:"一作'与'。"

⑩无根本:《乐府诗集》《艺文类聚》作"本无根"。王褒《九怀·尊嘉》:"窃哀兮浮萍,泛淫兮无根。"

⑪还自:赵氏覆宋本作"自还"。

【译文】

月亮闪耀着明亮的光辉,朝阳发出红艳的光芒。以前是春茧的细丝,而今缝制成了女子的秋衣。朱红的双唇内排列着洁白的牙齿,青翠的光彩来自细长的蛾眉。美貌的女子容易听到悦耳的话语,欢乐的聚合喜欢摆弄窈窕的身姿。美丽的容颜只能保持一定的时间,秀色随着年华的消逝会一天天衰损。常常担心新欢会来取代旧人,只因一点儿小事变故就有可能发生。浮萍本来就没有根,没有了水它还能去依靠谁?忧愁和喜悦交替出现相连,快乐到极点时自会有悲愁产生。

秋兰篇

【题解】

本篇收入《乐府诗集》卷六十四《杂曲歌辞》;《艺文类聚》卷八十一、《初学记》卷二十七、《太平御览》卷九百八十三节引,并题作《咏秋兰诗》。郭茂倩题解云:"秋兰本出于《楚辞》。《离骚》云:'秋兰兮蘼芜,罗生兮堂下。绿叶兮素华,芳菲菲兮袭予。'兰,香草。言芳香菲菲,上及于我也。傅玄《秋兰篇》云:'秋兰荫玉池,池水且芳香。'其旨言妇人之托君子,犹秋兰之荫玉池,与《楚辞》同意。"按"秋兰兮蘼芜"四句出自屈原《九歌·少司命》,本篇诗旨,则主要在表现女子的爱情理想和她对爱情的忠贞。诗篇画面温馨,情调温婉,诗境开朗,与一般以伤感凄凉为主调的同类题材诗作不同。

秋兰荫玉池①,池水清且芳②。芙蓉随风发③,中有双鸳鸯④。双鱼自踊跃⑤,两鸟时回翔。君其历九秋⑥,与妾同衣裳⑦。

【注释】

①荫:遮蔽。傅刚《校笺》:"《考异》作'映'。"玉池:对水池的美称。

②清且芳:《乐府诗集》作"且芳香"。

③芙蓉:指荷花。

④“中有”句:《古诗为焦仲卿妻作》:“中有双飞鸟,自名为鸳鸯。”

⑤踊跃:《乐府诗集》作“涌濯”。

⑥其:原作“期”,《乐府诗集》作“其”,据改。历:经历。九秋:秋季的九十天。泛言时间长久。《文选》张衡《南都赋》:“结九秋之增伤,怨西荆之折盘。”李善注:“古乐府有《历九秋妾薄相行》。”

⑦同衣裳:《诗经·秦风·无衣》:“岂曰无衣?与子同裳。”

【译文】

秋兰荫蔽着碧玉般的水池,池水清澈还散发着芳香。荷花伴随着清风纷纷绽放,荷花中间嬉游着一对鸳鸯。成双的鱼儿在水中欢欣踊跃,一对鸟儿不时在水面上来回飞翔。夫君您度过这秋季的九十天,要与我亲密恩爱同穿一件衣裳。

西长安行

【题解】

本篇载《乐府诗集》卷六十四《杂曲歌辞》。郭茂倩题解引《乐府解题》:“《西长安行》晋傅休奕云:‘所思兮何在?乃在西长安。’其下因叙别离之意也。”又引《周地图记》:“长安城南为南斗形,北为北斗形。”又引《通典》:“汉高帝自栎阳徙都长安,至惠帝,方发人徒筑城,即长安西北古城是也。”诗写女子在闻知男子变心后的心理活动,明显地模仿汉乐府《有所思》,但又与《有所思》有着很大的不同。《有所思》所表现的是女子对负心男子毫不犹疑的决绝态度,而本篇所表现的则是女子的犹疑,所塑造的是一个性格较为软弱的女子形象。而由此也造成了两诗风格的不同,即《有所思》奔放激烈,而本篇缠绵婉转。陈祚明评云:“意与调固皆出于《有所思》。古辞而宛转飘扬,太白乃用此调。”(《采菽堂古诗选》卷九)

所思兮何在?乃在西长安[1]。何用存问妾[2]?香橙双珠环[3]。何用重存问？羽爵翠琅玕[4]。今我兮闻君[5]，更有兮异心。香亦不可烧，环亦不可沉。香烧日有歇，环沉日自深[6]。

【注释】

①“所思”二句：汉乐府《有所思》：“有所思，乃在大海南。”

②用：以。存：《汉书》卷六十四上《严助传》：“使重臣临存。”颜师古注：“存谓省问之。”即问候、慰问之意。《有所思》：“何用问遗君？双珠玳瑁簪。”

③香𦄂（dēng）：𦄂为毛织的带，上有贮香料的地方或附件，称香𦄂。𦄂，傅刚《校笺》：“徐本、郑本作‘橙’。”

④羽爵：作雀状、左右形如两翼的饮酒器。翠琅玕（gān）：一种青绿色的玉石。曹植《美女篇》：“头上金爵钗，腰佩翠琅玕。”

⑤闻：《乐府诗集》作“问”。

⑥“香烧”二句：谓香𦄂可以一天天地把它烧完，双珠环可以在水里沉得越来越深，但这并不能解决什么问题。歇，尽。

【译文】

我所思念的人啊他在哪里？他就在西长安城里。他用什么礼物对我表示问候？用香𦄂和一对珠环。用什么再次表示问候？用羽状的酒杯和青绿色的琅玕。今天啊我却听说这个人，他对我啊有了异心。香𦄂不能放到火中烧掉，珠环也不能放到水中沉没。香𦄂可以一天天地把它烧完，珠环可以一天天地沉得越来越深。

和班氏诗一首

【题解】

本篇收入《乐府诗集》卷三十六《相和歌辞·清调曲》，题作《秋胡行》，共二首，此为第二首；《艺文类聚》卷十八节引。傅刚《校笺》引冯舒《诗纪匡谬》“傅玄和秋胡行”条：“按《玉台》题‘和班氏诗’，似拟《咏史》之作也，故曰‘彼夫既不淑，此妇亦太刚。’直作史家按断语。”又引《考异》：“按《乐府诗集》载休奕《秋胡行》二首，此第二首也。然二首语意相同，何必复作？疑班固《咏史诗》中有《秋胡妻》一首，休奕和之。”又：“徐本、郑本作‘和秋胡行’。”《列女传·节义传·鲁秋洁妇》：“洁妇者，鲁秋胡子妻也。既纳之五日，去而宦于陈，五年乃归。未至家，见路旁妇人采桑，秋胡子说之。下车谓曰：‘若曝采桑，吾行道，愿托桑荫下，下赍休焉。’妇人采桑不辍，秋胡子谓曰：‘力田不如逢丰年，力桑不如见国卿。吾有金，愿以与夫人。’妇人曰：‘嘻！夫采桑力作，纺绩织纴，以供衣食，奉二亲，养夫子。吾不愿金，所愿卿无有外意，妾亦无淫泆之志，收子之赍与笥金。’秋胡子遂去。至家，奉金遗母，使人唤妇至，乃向采桑者也。秋胡子惭。妇曰：‘妾不忍见。’遂去而东走，投河而死。”《秋胡行》曲名的产生显与此故事有关，而其古辞已佚。《乐府诗集》所载曹操、曹丕及嵇康的《秋胡行》只是以乐府题目自作诗，内容都与秋胡事无关。目前所见与秋胡事有关的作品，以本篇为最早。诗对秋胡妻寄予了同情，对其节操德行作了赞美，而对秋胡则进行了谴责。表现上较为平直，但“忧来犹四海”“言辞厉秋霜”“惕然怀探汤”等比喻自然贴切，“清浊必异源，凫凤不并翔”能以形象的语言阐说道理，道出褒贬，见出爱憎，也不无特色。陈祚明评云：“气调犹健。‘忧来’句，意新，以语浑不觉其尖。少游诗余云‘愁似海’，不知其本于此？‘人言’二句，亦新曲。”（《采菽堂古诗选》卷九）

秋胡纳令室[①]，三日宦他乡[②]。皎皎洁妇姿[③]，泠泠守空房[④]。燕婉不终夕[⑤]，别如参与商。忧来犹四海[⑥]，易感难可防。人言生日短，愁者苦夜长[⑦]。百草扬春华，攘腕采柔桑[⑧]。素手寻繁枝，落叶不盈筐[⑨]。罗衣翳玉体[⑩]，回目流彩章[⑪]。

君子倦仕归，车马如龙骧[12]。精诚驰万里[13]，既至两相忘[14]。行人悦令颜[15]，请息此树傍[16]。诱以逢卿喻[17]，遂下黄金装[18]。烈烈贞女忿[19]，言辞厉秋霜。长驱及居室，奉金升北堂[20]。母立呼妇来，欢情乐未央[21]。秋胡见此妇，惕然怀探汤[22]。负心岂不惭，永誓非所望[23]。清浊必异源[24]，凫凤不并翔[25]。引身赴长流[26]，果哉洁妇肠！彼夫既不淑[27]，此妇亦太刚。

【注释】

①令室：美妻。

②三日：指结婚三日。宦：《乐府诗集》作“官”。

③皎皎：白皙貌。洁妇：指秋胡妻，“洁”为贞洁之意。

④泠泠（líng）：冷清貌。

⑤燕婉：和乐貌。谓夫妻恩爱。旧题苏武《别诗》：“欢娱在今夕，嬿婉及良时。”

⑥犹四海：像大海一样茫茫无边。

⑦苦夜长：古诗“生年不满百”：“昼短苦夜长，何不秉烛游？”

⑧攘（rǎng）腕：捋起袖子，伸出手臂。曹植《美女篇》：“美女妖且闲，采桑岐路间。柔条纷冉冉，叶落何翩翩。攘袖见素手，皓腕约金环。”

⑨盈：满。《诗经·周南·卷耳》：“采采卷耳，不盈顷筐。”

⑩翳（yì）：遮蔽。

⑪彩章：光彩。

⑫龙骧（xiāng）：如龙之腾跃。

⑬“精诚”句：谓一心一意地往家赶，走了很远的路。

⑭至：傅刚《校笺》：“徐本、郑本作‘去’。”两相忘：谓两人都不认识对方了。

⑮行人：指秋胡。令颜：美丽的容颜。指秋胡妻。颜，吴兆宜注："一作'色'。"

⑯"请息"句：傅刚《校笺》："五云溪馆本'树'作'路'，徐本、郑本此句作'借息此路旁'。"请，《艺文类聚》作"借"。

⑰诱：即以"力桑不如见国卿"相诱。卿：原作"郎"，《乐府诗集》《艺文类聚》作"卿"，据改。

⑱黄金装：谓从行装中取出黄金相赠。

⑲烈烈：激烈貌。

⑳升北堂：指秋胡走进北堂拜见母亲。北堂，正屋，为长者所居。

㉑未央：谓欢乐不已。央，尽。

㉒惕（tì）然：戒惧貌。探汤：手伸进沸水中。汤，热水。

㉓"永誓"句：谓当初永不相负的誓言并不希望是这样。

㉔"清浊"句：《诗经・邶风・谷风》："泾以渭浊，湜湜其沚。"毛传："泾渭相入而清浊异。"按泾水源出甘肃，在今陕西境内注入渭水。必，傅刚《校笺》："五云溪馆本、徐本、郑本作'自'。"

㉕凫（fú）：野鸭。吴兆宜注："疑作'枭'。"《文选》刘峻《辩命论》："薰莸不同器，枭鸾不接翼。"李善注引孙盛《晋阳秋》："王夷甫论曰：'夫芝兰之不与茨棘俱植，鸾凤之不与枭鸮同栖。'"

㉖引身：纵身。

㉗淑：好，善良。

【译文】

秋胡娶了一个美丽的妻子，结婚才三天就外出做官去了他乡。洁妇的身姿光彩照人，从此冷清清地独守空房。快乐亲热还没等到天亮，彼此别离就如远隔的参与商。忧愁袭来就如四海茫茫无边，能明白感知却难加以预防。人们都说人这一生非常短暂，忧愁的人却恨夜晚实在漫长。春天百草洋溢着光彩，洁妇伸出手腕到郊外采桑。白皙的双手探寻着繁密的桑枝，采摘的桑叶却不满一筐。丝绸衣裳遮蔽着如玉的身体，流光溢彩的是转动的目光。君子厌倦了做官回归故乡,车马奔驰就如龙之腾跃。一心一意往家赶走了上万里的路,到了家乡夫妻二人却都忘了对方的模样。赶路的君子爱上了采桑女的美貌,请洁妇休息一起到大树旁。以“努力采桑不如遇上国卿”相诱惑,又取下了装着黄金的行囊。贞洁的女子顿时感到非常愤怒,严厉的言辞就像秋天的寒霜。秋胡一路驱驰回到家中,登上北堂向母亲奉上黄金。母亲立即吩咐让把媳妇叫来,一家欢喜快乐全在兴头上。秋胡见了这个走进来的媳妇,顿时惊恐得就像把手伸进了沸水一样。做了亏心事哪能会不惭愧,当初永不相负的誓言并不希望这样。清水浊水必然来自不同的源头,鸭子凤凰不会翅膀挨着翅膀飞翔。纵身跳进了长长的江流,多么果决啊洁妇的心肠!那位夫君自然说不上善良,这位妇女的表现也过于刚强。

张华

张华（232—300），字茂先，范阳方城（今河北固安）人。少孤贫，曾以牧羊为生。魏末，曾任佐著作郎、长史兼中书郎等职。司马炎代魏，拜黄门侍郎，封关内侯。历任中书令、散骑常侍、度支尚书等职，因伐吴有功，进封广武县侯。官至司空，进封壮武郡公。后因拒绝参与赵王伦和孙秀的篡夺阴谋，被杀。喜奖掖文士，陆机兄弟、左思、成公绥、陈寿等都曾得其称引、交接。博学多识，著有《博物志》十卷。工诗能文，其诗被钟嵘《诗品》列入中品。《隋书》卷三十五《经籍志四》著录有集十卷，已散佚。明人辑有《张司空集》。其事见《晋书》卷三十六。

情诗五首

《情诗五首》表现夫妻间的离别相思之情，颇受汉代古诗的影响。诗篇刻画细致，情调凄回，意致绵邈，词采清丽，为张华“儿女情多，风云气少”“其体华艳”“务为妍冶”（钟嵘《诗品》中）之作的代表。

一

【题解】

“北方有佳人”一诗《艺文类聚》卷三十二节引。诗写思妇因丈夫在外服役、久滞不归而引起的孤独寂寞。“忧来结不解，我思存所钦”为全诗关键，思妇因此而弹了一天的琴也未能弹出一支像样的曲子，而所居的环境在她眼里也变得凄凉不堪。最后二句,表现了她欲借助晨风鸟的羽翼飞到丈夫身边的美好愿望。全诗旖旎写来,脉理细密,情景交融,真挚感人。

北方有佳人①,端坐鼓鸣琴②。终晨抚管弦③,日夕不成音④。忧来结不解⑤,我思存所钦⑥。君子寻时役⑦,幽妾怀苦心⑧。初为三载别,于今久滞淫⑨。昔邪生户牖⑩,庭内自成林⑪。翔鸟鸣翠隅⑫,草虫相和吟⑬。心悲易感激⑭,俯仰泪流衿⑮。愿托晨风翼⑯,束带侍衣衾⑰。

【注释】

①“北方”句:李延年歌:“北方有佳人,绝世而独立。”

②“端坐”句:阮籍《咏怀诗》其一:“夜中不能寐,起坐弹鸣琴。”鼓,弹奏。

③终晨:整个早晨。抚:于“弦”其意则为弹,于“管”其意则为按。此偏用“弦”义。管弦:管为箫笛之类的管乐器,弦为琴瑟之类的弦乐器。

④“日夕”句:古诗“迢迢牵牛星”:“终日不成章,泣涕零如雨。”日夕,曹丕《秋胡行》:“朝与佳人期,日夕殊不来。”

⑤结不解:屈原《九章·哀郢》:“心絓结而不解兮,思蹇产而不释。”

⑥思存:思念之所在。《诗经·郑风·出其东门》:“虽则如云,匪我思存。”所钦:怀念所钦敬的人。此指丈夫。嵇康《兄秀才公穆入军赠诗十九首》其十三:“感悟驰情,思我所钦。”陆机《赠冯文罴诗》:“慷慨谁为感,愿言怀所钦。”

⑦寻:服。时役:按时应服之役。

⑧幽:谓深居闺房。心:傅刚《校笺》:“徐本、郑本作‘辛’。”古诗

“东城高且长”:“《晨风》怀苦心,《蟋蟀》伤局促。”

⑨滞淫:长久地停留。王粲《七哀诗》其二:“荆蛮非我乡,何为久滞淫?”淫,吴兆宜注:“一作‘音’。”

⑩昔邪:《广雅·释草》:“昔邪,乌韭也。在屋曰昔邪,在墙曰垣衣。”为生长在屋瓦上的苔类。户牖(yǒu):门窗。

⑪林:吴兆宜注:“一作‘阴’。”

⑫翠隅:傅刚《校笺》:“五云溪馆本作‘翠偶’。”又引《考异》:“‘翠隅’二字未详。《诗纪》作‘翠偶’,亦不可解。疑为‘率偶’二字,以形似而讹。”按“率偶”二字亦不可解。“翠隅”当为树林边的意思。翠,青绿色,即指树林。隅,角落。

⑬草虫:即蝈蝈,又称纺织娘。《诗经·召南·草虫》:“喓喓草虫,趯趯阜螽;未见君子,忧心忡忡。”

⑭感激:感动,受到触动。

⑮衿(jīn):衣襟。

⑯晨风:鸟名。即鹯,飞起来很快。《诗经·秦风·晨风》:“鴥彼晨风,郁彼北林。未见君子,忧心钦钦。”古诗“凛凛岁云暮”:“亮无晨风翼,焉能凌风飞。”

⑰束带:束紧衣带以表示恭敬。侍:傅刚《校笺》“陈本作‘视’。”衾(qīn):被子。

【译文】

北方有一位美人,端端正正地坐着在弹琴。在琴弦上弹奏了一个早晨,到了傍晚也没有把一支曲子弹成。忧愁袭来郁结不能排解,我心中装着一个我所仰慕的人。君子被派去服应时之役,幽居的女子怀着苦闷的心情。当初离别时只说分别三年,谁知却长久滞留直到如今。乌韭在门窗上长了出来,庭院内竟至长出了树林。飞翔的鸟儿在树林的一角啼鸣,纺织娘一声声地相互应和低吟。内心悲痛易被外物触动,低头抬头间泪水已流到衣襟。希能寄身在晨风鸟的翅膀上,飞到远方恭敬地折衣叠被侍奉夫君。

二

【题解】

“明月曜清景”一诗为男子的怀内之作。男子在朝为官，孤身一人，怀念妻子，因而“静夜”不能入寐，清晨也不能安心。对静夜、清晨景象的描绘，颇能衬托男子内心的空虚寂寞。梦中所见“佳人姿”，美丽生动，情景如画。

明月曜清景①，胧光照玄墀②。幽人守静夜③，回身入空帷。束带俟将朝④，廓落晨星稀⑤。寐假交精爽⑥，觌我佳人姿⑦。巧笑媚权靥⑧，联娟眸与眉⑨。寐言增长叹⑩，凄然心独悲。

【注释】

①曜（yào）：同“耀”。景：亮光。

②胧光：指月光。玄墀（chí）：《文选》班固《西都赋》：“玄墀钔砌，玉阶彤庭。”张铣注：“玄墀，以漆饰墀。墀，阶也。”

③幽人：此指独居者。指远在他乡的男子。《周易·履》：“履道坦坦，幽人贞吉。”

④束带：束紧衣带，为恭谨的样子。俟（sì）：等待。傅刚《校笺》：“冯校本作‘侍’，无校。”

⑤廓落：空旷、空寂貌。

⑥寐（mèi）假：即假寐，不脱衣而睡。《左传·宣公二年》：“（赵宣子）盛服将朝。尚早，坐而假寐。”寐，睡着。傅刚《校笺》：“徐本、郑本作‘寝’。”交精爽：谓在梦中与佳人交会团聚。精爽，指

魂灵。《左传·昭公二十五年》:“心之精爽,是谓魂魄。”潘岳《寡妇赋》:“睎形影于几筵兮,驰精爽于丘墓。”精,吴兆宜注:“一作‘情’。”

⑦觌(dí):见,相见。

⑧“巧笑”句:见傅玄《有女篇·艳歌行》注。权,傅刚《校笺》:“五云溪馆本、陈本作‘欢’,徐本、郑本作‘懽’。”

⑨联娟:微曲貌。形容弯弯的长眉。娟,原作“媚”,傅刚《校笺》:“徐校:‘五云溪馆本、孟本均作“娟”。’按,徐本、郑本作‘娟’。”据改。宋玉《神女赋》:“眉联娟以蛾扬兮,朱唇的其若丹。”曹植《洛神赋》:“云髻峨峨,修眉联娟。”

⑩寐(mèi):睡着。逯钦立辑校《先秦汉魏晋南北朝诗》作“寤”。寤,睡醒。以作“寤”为是。

【译文】

明月闪耀着清朗的光辉,月光把黑夜中的台阶照得通明。幽居的男子守着寂静的夜晚,转身进入了空落落的帷帐。束紧衣带等待上朝,夜空高旷晨星疏稀。和衣而卧在梦中与爱妻魂灵相会,看到了美人窈窕的身姿。美妙的笑容使面颊上的酒窝更加妩媚,还有明亮的眸子和弯弯的长眉。醒来后平添了长长的叹息,内心凄然独自感到无比的伤悲。

三

【题解】

“清风动帷帘”一诗载《文选》卷二十九。诗写女子独处空闺的寂寞与感伤。“晨月”句,暗示思妇自夕达旦,辗转反侧,通宵未眠。“拥虚景”,能状难写之景于目前。“居欢”二句,写出了人人都曾有过的感受,言简意赅,耐人寻味。陈祚明评云:“‘居欢’二句,名言,琢令大雅。”(《采菽堂古诗选》卷九)

清风动帷帘，晨月烛幽房[①]。佳人处遐远[②]，兰室无容光[③]。衿怀拥虚景[④]，轻衾覆空床[⑤]。居欢惜夜促[⑥]，在蹙怨宵长[⑦]。抚枕独吟叹[⑧]，绵绵心内伤[⑨]。

【注释】

①晨月：天将亮时的月亮。烛：照。《文选》李善本作"照"，五臣本作"烛"。幽房：深闺。

②佳人：女子称丈夫。遐（xiá）：远。

③兰室：芬芳的居室。指女子闺房。无容光：谓看不到丈夫的身影。《文选》李善注引曹植《离别诗》："人远精魂近，寤寐梦容光。"又《文选》吕向注："无容光，言寂然也。"

④衿（jīn）怀：胸怀。拥：抱。虚景：《文选》李周翰注："言襟怀之中但抱虚影。"虚，《文选》李善本作"灵"，五臣本作"虚"。

⑤衾（qīn）：被子。

⑥惜：《文选》李善本作"愒"，五臣本作"惜"。促：短。《文选》吕延济注："谓夫未行之时居欢爱之情，惧其夜促。……惜，惧也。"

⑦蹙（cù）：皱眉，忧愁貌。《文选》李善本作"慽"，五臣本作"戚"。宵：夜。《文选》吕延济注："今在忧念，怨此夜长。"

⑧吟：《文选》作"啸"。

⑨绵绵：悠长貌。《文选》作"感慨"。曹植《洛神赋》："浮长川而忘返，思绵绵而增慕。"

【译文】

清风吹拂着帐幔和窗帘，晨月照进了幽静的闺房。丈夫身在遥远的地方，闺房中一点儿也看不到他的模样。胸前只拥抱着虚空的光影，轻软的被子覆盖着空床。欢乐时常惋惜夜晚太短，忧愁时又怨恨夜晚太长。抚摸着枕头独自长吟短叹，内心有着绵延不尽的忧伤。

四

【题解】

“君居北海阳”一诗载《艺文类聚》卷三十二。写女子投桃报李的心理，表现了她对爱情的坚贞不渝。“万里托微心”，其心可赞，其情可悯。情感真挚而深沉，无半点儿感伤凄凉，也无半点儿抱怨，更无“空床难独守”之类的表白，也属于“雅调”（《采菽堂古诗选》卷九）一类作品。

君居北海阳①，妾在南江阴②。悬邈修途远③，山川阻且深④。承欢注隆爱⑤，结分投所钦⑥。衔恩守笃义⑦，万里托微心。

【注释】

①北海：湖名。即今贝加尔湖。《汉书》卷五十四《苏武传》：“乃徙武北海上无人处，使牧羝，羝乳乃得归。”阳：水之北为阳。指北面。

②南江：《艺文类聚》作“江南”。阴：水之南为阴。指南面。

③悬邈：指隔很远。修途远：《艺文类聚》作“极修途”。曹植《怀亲赋》：“回骥首而永逝，赴修途以寻远。”修，长。

④“山川”句：曹植《送应氏》其二：“山川阻且远，别促会日长。”

⑤承欢：揣摩心意，博取欢心。隆：盛，厚。

⑥分：情分，感情。《文选》潘岳《金谷集作诗》：“投分寄石友，白首同所归。”李善注：“阮瑀《为魏武与刘备书》：‘披怀解带，投分记意。’”

⑦衔恩：受恩。恩，赵氏覆宋本作“思”。守笃：吴兆宜注：“一作‘笃守’。”笃，厚。

【译文】

夫君住在北海的北边，我住在南江的南面。相隔很远路途十分漫长，途中山川险阻而且幽深。迎合心意倾注深厚的情爱，投入情感把爱献给所钦敬的人。接受恩爱坚守笃厚的情义，把这颗微薄的心托付给万里外的夫君。

五

【题解】

“游目四野外”一诗载《文选》卷二十九、《艺文类聚》卷三十二。诗写游子对家中妻子的思慕（也有人解作是妻子对游子的思慕，也可通）。繁花茂盛，欲采之以赠佳人，而佳人不在，无可与赠，其内心的怅惘与失落可想而知。以“巢居”二句比喻不曾经历远离，就体会不到这种思慕爱侣的感情，既贴切，又新奇。陈祚明评云：“末四句有古风。凡言有古风有古意者，要是善用比兴耳。”（《采菽堂古诗选》卷九）颇受《楚辞》影响，辞藻较为华美。沈德潜评云：“秾丽之作，油然入人。茂先诗之上者。”（《古诗源》卷七）

游目四野外①，逍遥独延伫②。兰蕙缘清渠③，繁华荫绿渚④。佳人不在兹⑤，取此欲谁与⑥？巢居觉风飘⑦，穴处识阴雨⑧。未曾远别离，安知慕俦侣⑨。

【注释】

①游目：随意地观览。目，赵氏覆宋本作“自”。屈原《离骚》：“忽反顾以游目兮，将往观乎四荒。”

②逍遥：《文选》吕向注：“缓步貌。”延伫：久立。屈原《离骚》：“时暧暧其将罢兮，结幽兰而延伫。”

③蕙：香草名。暮春开花。屈原《离骚》：“余既滋兰之九畹兮，又树蕙之百亩。”缘：沿。渠：水沟，河道。曹植《节游赋》：“仰西岳之崧岑，临漳滏之清渠。”

④繁华：繁花。指兰、蕙花。华，同“花”。荫：覆盖。渚（zhǔ）：小

洲,水中的小块陆地。或江边。

⑤佳人:指妻子。兹:此。

⑥“取此”句:古诗“涉江采芙蓉”:“采之欲遗谁?所思在远道。”此,《艺文类聚》作“之”。谁与,与谁,赠谁。古时有采兰蕙以赠所爱的习俗。一说,“谁与”,谓与谁共赏,也可通。

⑦“巢居”句:《文选》李善注引《春秋汉含孳》:“巢居之鸟先知风,树木摇,鸟已翔。”巢居,指鸟。觉风飘,《文选》作“知风寒”,《艺文类聚》作“知寒风”。

⑧穴处:指蝼蚁之类。相传蝼蚁穴处能预知阴雨。识:《艺文类聚》作“知”。

⑨“未曾”二句:《文选》吕向注:“喻人若不曾为远别,何知慕侣之忧甚邪!”未,《文选》《艺文类聚》作“不”。俦(chóu)侣,伴侣,指夫妻。曹植《洛神赋》:“众灵杂遝,命俦啸侣。”

【译文】

在野外四处随意观览,独自优游不禁久久地站立。兰花蕙草沿着流着清水的渠沟生长,繁茂的百花覆盖着碧绿的小洲。只可惜美人她不在这里,采摘了兰蕙又赠送给谁?住在巢中的鸟儿能先感到风吹,住在洞中的蝼蚁能预知阴雨。不曾经历过远别离的夫妻,怎能理解思慕伴侣的深情。

杂诗二首

《杂诗二首》均写思妇对远行在外的丈夫的思念,但角度、场景有所不同。两诗均颇重刻绘,颇当钟嵘“华艳”“妍冶”(见《诗品》中)之评。通篇音调悠扬,描写也不乏生动之处,“微风”二句尤为出色,“房栊”二句也颇堪回味。对对仗的讲求也颇显突出,尤以第一首为甚。以陆机为代表的讲究藻彩、追求骈偶的太康诗风,已在张华这里露出端倪。

一

【题解】

“逍遥游春宫”一诗首先以浓墨重彩写春景之美，然后再以“王孙”一句转折，写思妇的孤独和哀伤，是一篇以乐景写哀情的作品。

逍遥游春宫①，容与绿池阿②。白蘋开素叶③，朱草茂丹花④。微风摇茝若⑤，层波动芰荷⑥。荣彩曜中林⑦，流馨入绮罗⑧。王孙游不归⑨，修路邈以遐⑩。谁与玩遗芳⑪，伫立独咨嗟⑫。

【注释】

①逍遥：优游自得貌。游春宫：即游春。春宫，古代传说中东方青帝所居住的地方，青帝为春神，即代指春天。屈原《离骚》：“溘吾游此春宫兮，折琼枝以继佩。”宫，傅刚《校笺》：“五云溪馆本、徐本、郑本作‘空’。”

②容与：安闲自得貌。屈原《九歌·湘夫人》：“时不可兮骤得，聊逍遥兮容与。”绿池：《初学记》卷七：“魏在邺有渌水池、琼华池。”绿，傅刚《校笺》：“唐写本作‘缘’。”阿：池边。

③白蘋（pín）：一种水中浮草。罗愿《尔雅翼》卷六：“萍之大者曰蘋，五月有花，白色，故谓之白蘋。”屈原《九歌·湘夫人》：“鸟何萃兮蘋中？罾何为兮木上？”开：傅刚《校笺》：“唐写本作‘齐’。”

④朱草：葛洪《抱朴子内篇·金丹》：“朱草状似小枣，栽长三四尺，枝叶皆赤，茎如珊瑚，喜生名山岩石之下。”

⑤茝（chǎi）、若：皆香草名。茝即白芷，若即杜若。屈原《九歌·湘夫人》：“沅有茝兮澧有兰，思公子兮未敢言。”《九歌·湘君》：“采芳洲兮杜若，将以遗兮下女。”傅刚《校笺》：“唐写本作‘藁若’。”

⑥层波：淮南小山《招隐士》：“山气巃嵸兮石嵯峨，豁谷崭岩兮水曾（层）波。”芰（jì）：菱角。

⑦荣：草的花。

⑧馨（xīn）：芳香。傅刚《校笺》："唐写本作'声'。"

⑨王孙：淮南小山《招隐士》："王孙游兮不归，春草生兮萋萋。"借指夫君。

⑩修：长。邈、遐（xiá）：皆远之意。

⑪遗芳：余芳。指余下的春色。屈原《远游》："谁可与玩斯遗芳兮，晨向风而舒情。"

⑫伫立：久立。咨嗟：叹息。

【译文】

在这美好的春色中自在地优游，在这碧绿的水池边安闲地漫步。水中的白蘋伸出白色的叶片，池畔的朱草绽开繁密的红花。白芷杜若在微风中轻轻摇曳，层层的水波将菱荷不断晃动。在树林中闪耀着春花的光彩，弥漫的馨香浸入了绮衣罗衫。王孙远游在外久久不归，道路漫长望去非常邈远。谁能同我一起赏玩这余下的春色，不禁久久地站立独自叹息。

二

【题解】

"荏苒日月运"一诗写秋景所触发的愁思，是以哀景写哀情之作。

荏苒日月运①，寒暑忽流易②。同好游不存③，茗茗远离析④。房栊自来风⑤，户庭无行迹⑥。蒹葭生床下⑦，蛛螯网四壁⑧。怀思岂不隆，感物重郁积。游雁比翼翔，归鸿知接翮⑨。来哉彼君子⑩，无愁徒自隔⑪。

【注释】

①荏苒（rěn rǎn）：时光渐渐逝去。张华《励志诗》："日与月与，荏苒代谢。"

②流易：流逝变换。潘岳《悼亡诗》其一："荏苒冬春谢，寒暑忽流易。"

③同好：爱好相同的人。此指丈夫。游：傅刚《校笺》："徐本、郑本作'逝'。"

④苕苕（tiáo）：遥远貌。傅刚《校笺》："徐本、郑本作'迢迢'。"远：傅刚《校笺》："徐校，唐写本作'久'。"离析：四散。《论语·季氏》："邦分崩离析而不能守也。"孔安国注："民有畏心曰分，欲去曰崩，不可会聚曰离析。"

⑤房栊（lóng）：《汉书》九十七下《外戚传下·孝成班倢伃》："广室阴兮帷幄暗，房栊虚兮风泠泠。"颜师古注："栊，疏槛也。"即窗户。又，《文选》张协《杂诗》："房栊无行迹，庭草萋已绿。"李周翰注："栊，亦房之通称。"

⑥户庭：户外庭院，门庭。《周易·节》："不出户庭，无咎。"

⑦蒹葭（jiān jiā）：芦苇。《诗经·秦风·蒹葭》："蒹葭苍苍，白露为霜。"

⑧蛛蝥（máo）：蜘蛛。

⑨接翮（hé）：犹比翼。翮，羽毛中间的硬管。代指鸟的翅膀。吴兆宜注："一作'翼'。"

⑩彼：傅刚《校笺》："陈本作'比'。"

⑪"无愁"句：谓不要再像现在这样，空自分离，造成彼此痛苦。愁，傅刚《校笺》引《考异》："'愁'字未详，疑有舛误。"又引徐本校："'愁'，唐写本作'然'。"

【译文】

光阴荏苒日月不停运行，寒暑在转瞬间就已流逝改变。爱好相同的人远游不在身边，相距遥远家就这样被分崩离析。窗户间自有习习的凉风吹进，门庭中没有一点儿他的足迹。床下长出了青青的芦苇，蜘蛛将网结在了四壁。怀念的感情难道不算浓厚，感念外物愁思更加沉郁堆积。远游的大雁在天空比翼飞翔，回归的鸿雁知道翅膀挨着翅膀。快些归来吧那在外的夫君，为了没有忧愁不要让我们再空自隔绝分离。

潘岳

潘岳（247—300），字安仁，荥阳中牟（今属河南）人。少时以聪颖有才见称，乡邑号为奇童。晋武帝时举秀才为郎，后历任司空掾、河阳令、怀县令、长安令、著作郎、散骑侍郎、给事黄门侍郎等职。与石崇等谄事贾谧，为贾谧“二十四友”中的主要人物。后遭赵王伦亲信孙秀陷害，被杀。美姿仪，工于诗赋，《晋书》本传称其“辞藻绝丽，尤善为哀诔之文”。诗文与陆机齐名，时并称“潘陆”。钟嵘《诗品》将其诗列入上品。《隋书》卷三十五《经籍志四》著录有集十卷，已散佚。明人辑有《潘黄门集》。其事见《晋书》卷五十五。

内顾诗二首

《汉书》卷九十《杨仆传》：“失期内顾，以道恶为解。”颜师古注：“内顾，言思妻妾也。”两首诗即为诗人在外思念其妻之作。两诗均有出奇创新之句，陈祚明即曾指出：“‘寸阴过盈尺’，语甚新警，想见驰晖之速。”“‘精爽交中路’，奇创，与休文‘梦中不识路’各擅新旨，而此语尤健。”（《采菽堂古诗选》卷十一）按沈约《别范安成》诗云：“梦中不识路，何以慰相思。”与此异曲同工，足可后先辉映。

一

【题解】

本篇载《艺文类聚》卷三十二。诗先描写春天的优美景色，形象生动，色彩鲜明；接着转入对思念之情的抒发，以乐景衬哀情。

静居怀所欢，登城望四泽①。春草郁青青②，桑柘何奕奕③。芳林振朱荣④，绿水激素石。初征冰未泮⑤，忽焉袗绨绤⑥。漫漫三千里，苕苕远行客⑦。驰情恋朱颜⑧，寸阴过盈尺⑨。夜愁极清晨⑩，朝悲终日夕。山川信悠永⑪，愿言良弗获⑫。引领讯归云⑬，沉思不可释⑭。

【注释】

①四泽：指四方。泽，水草丛杂之地。

②"春草"句：古诗"青青河畔草"："青青河畔草，郁郁园中柳。"

③柘（zhè）：一种落叶灌木或乔木，其叶可以喂蚕。奕奕（yì）：《文选》左思《吴都赋》："缔交翩翩，傧从奕奕。"吕向注："奕奕，盛貌。"

④芳林：张衡《东京赋》："濯龙芳林，九谷八溪。"振：摇动。朱荣：红花。司马相如《上林赋》："发红华，垂朱荣。"朱，《艺文类聚》作"丹"。荣，草开花。

⑤征：行，出发。泮（pàn）：冰化开。

⑥袗（zhěn）：单衣。此用作动词，谓穿上单衣。绨（chī）：细葛布。绤（xì）：粗葛布。谓用绨、绤制作的单衣。《诗经·周南·葛覃》："为绨为绤，服之无斁。"

⑦苕苕（tiáo）：遥远貌。《艺文类聚》作"迢迢"。

⑧驰情：犹言神往。古诗"东城高且长"："驰情整中带，沉吟聊踯躅。"朱颜：红颜，指美色。屈原（一说景差）《大招》："容则秀雅，

稚朱颜只。”

⑨“寸阴”句:谓时间越来越漫长。《淮南子·原道训》:“圣人不贵尺之璧而重寸之阴,时难得而易失也。”盈,满。

⑩极:直到。

⑪信:确实,实在。悠永:漫长。

⑫愿:与妻子团聚的心愿。言:语助词。弗:《艺文类聚》作“不”。

⑬引领:伸长脖子。古诗“凛凛岁云暮”:“引领遥相睎,徙倚怀感伤。”讯:询问。按此句《艺文类聚》作“别岭诉归期”。

⑭沉思:深沉的思念。《艺文类聚》作“云沉”。释:排解。

【译文】

静处居室中怀念所爱的人,登上城楼眺望四面的旷野。春草青青一派郁郁葱葱,桑树柘树枝叶何其茂盛。芬芳的绿林中摇曳着红花,清碧的春水拍打着白色的石头。当初离家时冰凌还没有化开,转瞬间穿起了葛布做的单衣。长路漫漫彼此远隔着三千里,在这遥远的异乡漂泊着远行的客人。思念之情奔向远方只因眷恋美人,一寸光阴要远胜过一尺长的玉璧。夜间的忧愁要一直延续到清晨,清晨的悲伤要一直延续到夜晚。山川阻隔实在非常漫长遥远,团聚的心愿诚然只能是虚幻。伸长脖子向飘浮的云彩问讯,深沉的忧思总也不能得到排遣。

二

【题解】

本篇表现夫妻相互思念的深情,并表达对于爱情的坚贞不渝。“尔情”句想象妻子也在深情地思念,从对面写来,平添曲折。

独悲安所慕①?人生若朝露②。绵邈寄绝域③,眷恋想平素④。尔情既来追,我心亦还顾。形体隔不达,精爽交中路⑤。不见山上松⑥,隆冬不易故⑦。不见陵涧柏⑧,岁寒守一度[9]。无谓希见疏[10]，在远分弥固[11]。

【注释】

①慕：想念。

②“人生”句：《汉书》卷五十四《苏武传》：“人生如朝露，何久自苦如此。”

③绵邈：广远貌。绝域：极远的地方。《管子·七法》：“不远道里，故能威绝域之民。”

④平素：指在一起时的平常生活情景。

⑤精爽：指魂灵。潘岳《寡妇赋》：“睎形影于几筵兮，驰精爽于丘墓。”中路：半道。

⑥上：傅刚《校笺》：“徐本、郑本作‘下’。”

⑦隆冬：严冬。《文选》司马相如《上林赋》：“迎隆冬而不凋，常晔晔以猗猗。”郭璞注：“善曰：‘《孙卿子》曰：‘松柏经隆冬而不凋。’”

⑧陵涧：傅刚《校笺》：“徐本、郑本作‘涧边’。”

⑨守一：《庄子·在宥》：“天地有官，阴阳有藏，慎守汝身，物将自壮。我守其一以处其和，故我修身千二百岁矣，吾形未尝衰。”本指守心一处，守一于道，“保恬淡一心，处中和妙道”（成玄英疏），是讲道家修养之术；这里即坚守如一之意（谓经冬而不凋）。

⑩希：少，罕有。见：原作“是”，傅刚《校笺》：“徐本、郑本、孟本作‘见’。”据改。

⑪分（fèn）：情分，感情。曹植《赠白马王彪》：“恩爱苟不亏，在远分日亲。”

【译文】

独自悲伤不知在把谁思念？人的一生就像是转瞬即逝的朝露。寄身在这离家极远的地方，眷念着你并把平常在一起时的情景追忆。你的情思在紧紧地把我追随，我的心也在频频地把你回忆。身体虽被隔断不能聚在一起，魂魄却总能够在半道上相遇。难道没有看见山上的松树，严冬时节它也没有改变自己固有的模样。难道没有看见山涧边的柏树，天冷了它仍能在坚守如一中度过。不要认为我们相聚是如此的少，虽然相距遥远我们的感情却更加坚固。

悼亡诗二首

《悼亡诗》原共三首，《玉台新咏》仅收二首。此二首载《文选》卷二十三，《艺文类聚》卷三十四节引，另第二首又为《太平御览》卷二十五、七百七、七百八节引。何焯云："《悼亡》之作，盖在终制之后。'荏苒冬春谢，寒暑忽流易'，是一期已周也。大功去琴瑟，古人未有有丧而赋诗者。"（《义门读书记》卷四十六）根据古代礼制，妻死后丈夫须服丧一年，《悼亡诗二首》即潘岳为妻服丧满一年后返回任所时所作。吴淇评云："虽分三首，总是一线到底，有起有落，有次第，有映带，写得凄凄惨惨，缠缠绵绵。不知文生于情，情生于文。安仁的是情种。"（《六朝选诗定论》卷八）陈祚明评第一首云："情至凄惨。'望庐'六句，千古悼亡至情。'春风'二句言愁，愁在声中，觉无声非愁也。"评第二首云："述感淋漓，宛转流畅，以尽其悲痛。"又云："促节回换处，正见繁会之情。"（《采菽堂古诗选》卷十一）《悼亡诗》出，后人深受影响，此后悼念亡妻的诗作，便多以"悼亡"为题。

一

【题解】

本篇写物在人亡、因物思人的哀思，"望庐"六句，"怅恍"二句，"春风"二句，抒发悲怆痛苦感情，表现恍惚迷离神态，渲染寂寞凄凉气氛，均颇真切感人。

荏苒冬春谢[1]，寒暑忽流易[2]。之子归穷泉[3]，重壤永幽隔[4]。私怀谁克从[5]？淹留亦何益[6]？僶俛恭朝命[7]，回心反初役[8]。望庐思其人[9]，入室想所历。帏屏无仿佛[10]，翰墨有余迹[11]。流芳未及歇，遗挂犹在壁[12]。怅恍如或存[13]，回遑忡惊惕[14]。如彼翰林鸟[15]，双栖一朝只[16]。如彼游川鱼，比目中路析[17]。春风缘隙来[18]，晨溜依檐滴[19]。寝息何时忘？沉忧日盈积[20]。庶几有时衰[21]，庄缶犹可击[22]。

【注释】

①荏苒（rěn rǎn）：《文选》刘良注："渐尽貌。"谢：逝去。

②忽：疾貌。流易：消逝，改变。张华《杂诗》："荏苒日月运，寒暑忽流易。"

③之子：这个人。指亡妻。归：《文选》吕向注："人死曰归。"穷泉：深泉。指地下。

④重（chóng）壤：指九泉。《文选》嵇康《琴赋》："披重壤以诞载兮，参辰极而高骧。"李善注："壤，谓地也。泉壤称九，故曰重也。"幽隔：《文选》吕向注："谓幽冥之道长为阻隔。"

⑤"私怀"句：《文选》吕延济注认为指"哀伤私情，欲不就仕"，谓自己因内心悲伤，想留在家中而不赴任所，不会得到朝廷的允许。私怀，私情。宋玉《神女赋》："情独私怀，谁者可语？"克，能。从，听从，允许。

⑥淹留：久留。指滞留在家不回任所。屈原《离骚》："时缤纷其变易兮，又何可以淹留。"

⑦僶俛（mǐn miǎn）：勉力，尽力。原作"僶仰"，《文选》作"僶俛"，据改。《诗经·小雅·十月之交》："黾（同"僶"）勉从事，不敢告劳。"恭：奉。

⑧回心:收起哀痛的心。反初役:指回原所在的官府任职。反,同“返”。

⑨庐:房屋。其人:指亡妻。《左传·定公九年》:“思其人,犹爱其树,况用其道而不恤其人乎!”

⑩帏屏:帷帐和屏风。仿佛:指与亡妻相似的形影。

⑪“翰墨”句:《文选》张铣注:“其妻善属文。翰墨余迹,平生所作之文尚有余迹也。”翰墨,笔墨。

⑫“流芳”二句:《文选》吕延济注:“芳谓衣余香今犹未歇,遗挂谓平生玩用之物尚在于壁。”余冠英《汉魏六朝诗选》:“‘流芳’‘遗挂’都承翰墨而言,言亡妻笔墨遗迹,挂在墙上,还有余芳(近人以遗挂为影像,未审是否)。”两说皆可通。流芳,曹植《洛神赋》:“践椒涂之郁烈,步蘅薄而流芳。”

⑬怅恍:神志恍惚。原作“帐幔”,《文选》作“怅恍”,据改。

⑭“回遑”句:回遑,《文选》李善本作“周遑”,五臣本作“周惶”。陈祚明认为“‘周遑’句,不成语。”(《采菽堂古诗选》卷十一)沈德潜也认为:“‘周遑忡惊惕’五字,颇不成句。”(《古诗源》卷七)而吴淇则认为:“此诗‘周遑忡惊惕’五字,似复而实一字有一字之情。‘怅恍’者,见其所历而犹为未亡。‘周遑忡惊惕’,想其所历而已知其亡,故以‘周遑忡惊惕’五字,合之‘怅恍’共七字,总以描写室中人新亡,单剩孤孤一身在室内,其心中忑忑忐忐,光景如画。”(《六朝选诗定论》卷八)回遑,惶恐。忡(chōng),忧。惕(tì),惊惧。

⑮“如彼”句:《文选》李善注引曹植《善哉行》:“如彼翰鸟,或飞戾天。”翰林,指鸟所群栖的树林。翰,鸟羽。代指鸟。

⑯“双栖”句:曹植《种葛篇》:“下有交颈兽,仰见双栖禽。”栖,《文选》李善本作“栖”,五臣本作“飞”。

⑰比目:《尔雅·释地》:“东方有比目鱼焉,不比不行。”比目鱼须成

双才能游行，单只则无法游行。析：分开。《艺文类聚》作“隔”。

⑱隙：《文选》吕延济注：“门隙也。”

⑲溜（liù）：屋檐流下来的水。依：《文选》作“承”。

⑳盈积：《文选》张铣注：“多也。”

㉑庶几：但愿。表希望之词。衰：减退。指对亡妻的哀痛之情。

㉒“庄缶”句：《庄子·至乐》：“庄子妻死，惠子吊之，庄子则方箕踞鼓盆而歌。惠子曰：‘与人居，长子老身，死不哭亦足矣。又鼓盆而歌，不亦甚乎？’庄子曰：‘不然。是其始死也，我独何能无概然！察其始而本无生，非徒无生也而本无形，非徒无形也而本无气。杂乎芒芴之间，变而有气，气变而有形，形变而有生，今又变而之死，是相与为春秋冬夏四时行也。人且偃然寝于巨室，而我噭噭然随而哭之，自以为不通乎命，故止也。’”句谓自己的哀伤之情能够有所减退，能像庄周那样达观才好。庄，指庄周。缶，瓦盆，古人用为打击的乐器。

【译文】

渐渐地冬天和春天都已过去了，寒来暑往转瞬间节候就已流逝变换。这个人已经回归到九泉之下，重重黄土下幽冥之路将我们永远隔离。个人的想法有谁能够允许？久留在家实际上又有何益？还是勉力恭从朝廷的安排，收起哀痛回任原来的官职。一望这个家就想起逝去的亲人，一进室内就想起她留下的行迹。帏帐屏风上没有与她相似的身影，笔墨文字倒还留有一些遗迹。余留的芳香还未完全消逝，留下的物品有的还挂在墙壁。神志恍惚有时觉得她还活着，回过神来感到更加惶恐悲伤。就像那栖息在树林中的鸟儿，成双成对的突然只剩下一只。就像那游在河里的比目鱼，游到半道突然被冲散分离。春风沿着门缝吹了进来，清晨雨水顺着屋檐下滴。就寝休息何时能把你忘记？深沉的忧思一天天堆积。但愿有朝一日哀痛能够减轻，还能像庄子那样把瓦盆拿起来敲击。

二

【题解】

本篇写深秋月夜触发的思念之情,“岂曰”以下数句急管繁弦,营造出一片极凄凉的氛围。感情深挚,笔触细腻,悱恻缠绵,是两诗共有的特色。

皎皎窗中月①,照我室南端②。清商应秋至③,溽暑随节阑④。凛凛凉风升⑤,始觉夏衾单⑥。岂曰无重纩⑦,谁与同岁寒。岁寒无与同⑧,朗月何胧胧⑨。展转眄枕席⑩,长簟竟床空⑪。床空委清尘⑫,室虚来悲风⑬。独无李氏灵⑭,仿佛睹尔容。抚衿长叹息,不觉涕沾胸⑮。沾胸安能已,悲怀从中起⑯。寝兴目存形⑰,遗音犹在耳⑱。上惭东门吴⑲,下愧蒙庄子⑳。赋诗欲言志㉑,零落难具纪㉒。命也可奈何㉓?长戚自令鄙㉔。

【注释】

①皎皎:明貌。古诗“明月何皎皎”:“明月何皎皎,照我罗床帏。”

②室南端:《文选》李善注:“室南端,室之南正门。”

③清商:商风,即秋风、西风。

④溽(rù)暑:盛夏湿热的气候。阑:微弱,尽。

⑤凛凛:寒冷貌。古诗“凛凛岁云暮”:“凛凛岁云暮,蝼蛄夕鸣悲。”

⑥夏衾(qīn):夏被。

⑦重纩(kuàng):多层的丝棉絮。

⑧无与同:《诗经·邶风·旄丘》:“叔兮伯兮,靡所与同。”

⑨胧胧:暗淡貌。

⑩展转:同“辗转”。《诗经·周南·关雎》:“悠哉悠哉,辗转反侧。”眄(miǎn):视。《太平御览》卷七百八作“盼”。

⑪簟(diàn):竹席。

⑫委清尘:,《文选》吕向注:“委,积也。清,轻也。”

⑬“室虚”句:《文选》宋玉《风赋》:“枳句来巢,空穴来风。”李善注:“司马彪曰:‘门户孔空,风善从之。’”虚,空。

⑭李氏:指汉武帝李夫人。《汉书》卷九十七上《外戚传上·孝武李夫人》:“上思念李夫人不已,方士齐人少翁言能致其神。乃夜张灯烛,设帷帐,陈酒肉,而令上居他帐,遥望见好女如李夫人之貌,还幄坐而步。又不得就视。”

⑮“不觉”句:曹丕《燕歌行》其一:“忧来思君不敢忘,不觉泪下沾衣裳。”

⑯怀:傅刚《校笺》:“徐本、郑本作‘叹’。”中:内心。曹操《短歌行》:“忧从中来,不可断绝。”

⑰寝兴:睡觉时和起床后。《诗经·秦风·小戎》:“言念君子,载寝载兴。”目:《文选》李善本作“目”,五臣本作“自”。《文选》李善注引杨修《伤夭赋》:“悲体貌之潜翳兮,目常存乎遗形。”

⑱遗音:《文选》刘良注:“谓平生所言声也。”

⑲东门吴:《战国策·秦策三》:“梁人有东门吴者,其子死而不忧,其相室曰:‘公之爱子也,天下无有,今子死不忧,何也?’东门吴曰:‘吾尝无子,无子之时不忧;今子死,乃即与无子时同也。臣奚忧焉?’”

⑳蒙庄子:即庄子,庄子为战国时宋国蒙(在今河南商丘东北)人,故称。庄子妻死,不悲,反鼓盆而歌。见前注。

㉑赋诗:写诗。言志:《尚书·尧典》:“诗言志,歌永言。”《毛诗序》:“诗者,志之所之也。在心为志,发言为诗。”

㉒“零落”句:《文选》吕向注:“悲情不可具纪者,言多也。”零落,《文选》作“此志”。难具纪,难以完全记录下来。难具,傅刚《校笺》:“徐本、郑本作‘具难’。”

㉓“命也”句:《后汉书》卷六十四《赵岐传》:“有志无时,命也奈何!”命也,傅刚《校笺》:“唐写本作‘今世’。”

㉔戚:忧伤。《论语·述而》:“君子坦荡荡,小人长戚戚。”自令:傅刚《校笺》:“徐校:唐写本作‘令自’。”鄙:庸俗,浅陋。

【译文】

皎洁的月光从窗户照进,照耀着我这卧室的南端。清凉的西风随着秋天来临,暑天的湿热随之逐渐消歇。凉风吹来一阵紧似一阵,这才觉得夏被已经单薄。难道就没有多层的棉絮,有谁同我一起度过秋寒。秋寒无人与我共同抵御,朗月变得多么暗淡朦胧。翻来覆去凝视身旁的枕席,长长的竹席竟是如此虚空。竹床虚空堆起细细的尘土,空荡的室内吹来阵阵悲风。独没有李夫人那样的魂灵,能让我依稀看到你的面容。手抚衣襟发出长长的叹息,不知不觉泪水浸湿了前胸。浸湿了前胸岂能停止悲戚,悲哀之情照样在内心腾涌。睡觉起床眼前都有你的身影,耳畔仿佛仍萦绕着你的声音。上与东门吴相比感到很惭愧,下与蒙庄子相比亦无地自容。写首诗想把内心的感受抒写,这种感受七零八落难以一一记述清楚。这就是命啊难道就无可奈何?长久悲戚将使自己变得浅陋。

石崇

石崇（249—300），字季伦，渤海南皮（今属河北）人。生于青州，故小名齐奴。初任修武令，入为散骑郎，迁城阳太守。以伐吴有功，封安阳乡侯。累迁散骑常侍、侍中。出为南中郎将、荆州刺史。在荆州，劫掠远使商贾，致成巨富。入为国子祭酒、太仆，官至卫尉卿。与潘岳等人谄事贾谧，为“二十四友”之一。为赵王伦所杀。善诗文，钟嵘《诗品》将其诗列入中品。《隋书》卷三十五《经籍志四》著录有集六卷，已散佚。今存诗九首。其事见《晋书》卷三十三《石苞传》附。

王昭君辞一首 并序

【题解】

本篇载《文选》卷二十七；《艺文类聚》卷四十二节引，题作《明君辞》；《太平御览》卷五百八十三节引序文，题作《琵琶引》；收入《乐府诗集》卷二十九《相和歌辞·吟叹曲》，题作《王明君》。《西京杂记》卷二：“元帝后宫既多，不得常见，乃使画工图形，按图召幸之。诸宫人皆赂画工，多者十万，少者亦不减五万；独王嫱不肯，遂不得见。匈奴入朝，求美人为阏氏。于是上按图以昭君行。及去，召见，貌为后宫第一，善应对，举止娴雅。帝悔之，而名籍已定，帝重信于外国，故不复更人。乃穷按其事，画工皆弃市，籍其家资，皆巨万。”又《乐府诗集》郭茂倩题解引《唐书·乐志》：“《明君》，汉曲也。元帝时，匈奴单于入朝，诏以王嫱配之，即昭君也。及将去,入辞,光彩射人,悚动左右,天子悔焉。汉人怜其远嫁,为作此歌。晋石崇妓绿珠善舞,以此曲教之,而自制新歌。”诗用第一人称,代王昭君自述其远嫁匈奴的情况、在匈奴的遭遇及内心的哀痛,是歌咏王昭君题材的较为有名的作品,历来颇受好评。王世贞评云:“《思归引》《明君辞》情质未离,不在潘、陆下。”(《艺苑卮言》卷三)何焯评云:“石季伦《王明君辞》,逼似陈王。此诗可以讽失节之士。”(《义门读书记》卷四十七)陈祚明评云:“笔调甚古。末段徘徊哀怨,甚有古风。”(《采菽堂古诗选》卷十二)

王明君者,本为王昭君①。以触文帝讳②,故改③。匈奴盛,请婚于汉。元帝诏以后宫良家女子明君配焉④。昔公主嫁乌孙,令琵琶马上作乐,以慰其道路之思,其送明君,亦必尔也⑤。其新造之曲⑥,多哀声⑦,故叙之于纸云尔⑧。

【注释】

①本为:《文选》李善本作“本是”,五臣本作“本为”。傅刚《校笺》:“徐本、郑本作‘本名’。”

②触:犯。文帝:指晋文帝司马昭。司马昭魏末为晋王,病卒,其子司马炎代魏称帝后被追尊为文帝。讳:指名讳“昭”字。

③故改:《文选》李善本作“改焉”,五臣本及《艺文类聚》作“改之”,《太平御览》无“故”字。傅刚《校笺》:“唐写本作‘故改也’。”

④“元帝”句:元帝,指汉元帝刘奭,前48—前33年间在位。良家女子,好人家的女子。此句《文选》李善本作“元帝以后宫良家子昭君配焉”,五臣本同,而“昭君”作“明君”;《艺文类聚》《太平御览》作“元帝以明君配焉”。

⑤“昔公主”五句:乌孙,西域国名。在今新疆温宿以北、伊宁以南

一带。据《汉书》卷九十六下《西域传下》,汉武帝元封年间,因来自北方匈奴的威胁十分严重,为了对付匈奴,武帝采纳张骞建议,与乌孙王昆莫修好,“妻以公主,与为兄弟,以制匈奴”,于是“遣江都王建女细君为公主”,远嫁到了乌孙。琵琶,亦作“枇杷”。《释名·释乐器》:“枇杷,本出于胡中,马上所鼓也。推手前曰枇,引手却曰杷,象其鼓时,因以为名也。”傅玄《琵琶赋》:“汉遣乌孙公主嫁昆弥,念其行道思慕,故使工人知音者载琴、筝、筑、箜篌之属,作马上之乐。今观其器,中虚外实,天地之象也。盘圆柄直,阴阳之序也。柱十有二,配律吕也。四弦,法四时也。以方语目之,故云琵琶。”以慰其,吴兆宜注:“一无‘其’字。”思,忧思。亦必尔也,《文选》李善本同此,五臣本作“亦尔也”,《太平御览》作“亦然”。尔,这样。

⑥其新造之曲:《文选》李善本作“其造新曲”,五臣本作“其造新之曲”。

⑦哀声:《文选》作“哀怨之声”。

⑧“故叙之”句:与付诸管弦相对而言,指将歌辞写在纸上。此句《太平御览》作“故序之云尔”。

【译文】

王明君,本来叫王昭君。因为犯了晋文帝的名讳,所以作了更改。匈奴强盛,向汉朝请求通婚。汉元帝下诏,让后宫把好人家选来的女子明君许配给单于。以前将公主嫁给乌孙王,命骑在马上的人用琵琶弹奏乐曲,用来慰藉公主在途中的忧愁,现在送明君,肯定也是这样。他们所制作的新曲,多为哀怨的调子,我因此用文字将歌词记录在纸上。

我本汉家子①,将适单于庭②。辞决未及终③,前驱已抗旌④。仆御涕流离⑤,辕马为悲鸣⑥。哀郁伤五内⑦,泣泪沾珠缨⑧。行行日已远⑨,乃造匈奴城⑩。延我于穹庐⑪,加我阏氏名⑫。殊类非所安⑬,虽贵非所荣。父子见凌辱⑭,对之惭且惊。杀身良未易⑮,默默以苟生⑯。苟生亦何聊⑰,积思常愤盈⑱。愿假飞鸿翼⑲,弃之以遐征⑳。飞鸿不我顾,伫立以屏营㉑。昔为匣中玉,今为粪土英㉒。朝华不足欢㉓,甘与秋草并㉔。传语后世人,远嫁难为情㉕。

【注释】

①子:女子。古代女子也称“子”。

②适:出嫁。单于:匈奴最高首领的称号。时匈奴单于为呼韩邪。

③辞决:告别。决,《文选》《乐府诗集》《艺文类聚》作“诀”。按“决”“诀”字通。

④前驱:《文选》张铣注:“引路者。”抗旌:举旗。谓已举起旗子出发。曹植《应诏诗》:“前驱举燧,后乘抗旌。”

⑤仆御:驾车的人。流离:犹言淋漓,泪流貌。司马相如《长门赋》:“左右悲而垂泪兮,涕流离而从横。”

⑥辕马:驾车的马。为悲鸣:《文选》《乐府诗集》《艺文类聚》作“悲且鸣”。屈原《离骚》:“仆夫悲余马怀兮,蜷局顾而不行。”《文选》李善注引李陵诗:“辕马顾悲鸣。”

⑦五内:五脏。蔡琰《悲愤诗》:“见此崩五内,恍惚生狂痴。”

⑧泪:傅刚《校笺》:“唐写本作‘涕’。”沾:《文选》李善本作“湿”,五臣本作“沾”。珠:《文选》李善本作“朱”,五臣本作“珠”,《乐府诗集》作“朱”。缨:系在脖子上的帽带。吴兆宜注:“一作‘璎’。”《淮南子·缪称训》:“雍门子以哭见孟尝君,涕流沾缨。”

⑨“行行”句:古诗“行行重行行”:“行行重行行,与君生别离。……相去日已远,衣带日已缓。”曹操《苦寒行》:“行行日已远,人马同时饥。”

⑩乃:《文选》《乐府诗集》《艺文类聚》作“遂”。造:《文选》李周翰注:“至也。”

⑪延:引,延请。穹(qióng)庐:毡帐,游牧民族所居。俗称蒙古包。乌孙公主《悲秋歌》:“吾家之嫁我兮天一方,远托异国兮乌孙王。穹庐为室兮旃为墙。”

⑫阏氏(yān zhī):汉时匈奴单于正妻的称号。《文选》李善注:“如汉皇后。”

⑬殊类:异类。即不同的种族。

⑭“父子”句:匈奴风俗,儿子可以娶后母。据《汉书》卷九十四下《匈奴传》,呼韩邪单于死后,其前妻之子继为单于,“复妻王昭君,生二女”。凌,《文选》《乐府诗集》作“陵”。

⑮杀身:指自杀。未:《文选》《乐府诗集》《艺文类聚》作“不”。曹植《三良诗》:“谁言捐躯易?杀身诚独难。”

⑯默默:《文选》吕延济注:“隐忍貌。”

⑰聊:《楚辞》王逸《九思·逢尤》:“心烦愦兮意无聊,严载驾兮出戏游。”王逸注:“聊,乐也。”蔡琰《悲愤诗》:“为复强视息,虽生何聊赖。”

⑱积思:《楚辞》宋玉《九辩》:“蓄怨兮积思。”王逸注:“结恨在心,虑愤郁也。”

⑲假:借。曹丕《喜霁赋》:“思寄身于鸿鸾,举六翮而轻飞。”

⑳弃:《文选》作“乘”。遐(xiá)征:远行。

㉑伫立:久久地站立。屏营:惶恐、彷徨貌。《国语·吴语》:“王亲独行,屏营彷徨于山林之中。”又《文选》张铣注:“回行貌。”

㉒土:《文选》《乐府诗集》《艺文类聚》作“上”。英:花。

㉓朝华:早晨的花。喻短暂的荣华。朝,傅刚《校笺》:“徐校:‘唐写本作“英”。’”欢:《乐府诗集》作“嘉”。

㉔“甘与”句:《文选》张铣注:“甘以其身与秋草俱凋陨,不愿生居

匈奴之中。”与,原作“为”,《文选》《乐府诗集》《艺文类聚》皆作“与”,据改。

㉕难为情:难忍、难堪之意。

【译文】

我本来是一个汉家的女子,将远嫁到匈奴单于的门庭。告别的话还没有来得及说完,前面的队伍已经举起了旌旗。赶车的人都伤心得泪流满面,驾车的马也为之发出了悲鸣。悲痛忧郁使五脏受到了损伤,有珠饰的帽带也被泪水浸润。走啊走离乡土一天比一天远,终于来到了这座匈奴的小城。将我引进到毡帐之中,给我加上了阏氏的名号。异族所居不是我能安居的地方,虽然尊贵却不是我想要的荣光。先后遭到父子两代人的凌辱,面对这种情形既惭愧又吃惊。想要自杀诚然也不容易,只能默默忍受苟且偷生。勉强活着又有什么乐趣,忧思累积常常悲愤填膺。我愿借助鸿雁的翅膀,抛弃这一切向着远方飞翔。但飞鸿看都不看我一眼,久久地站立为之惶恐彷徨。以前我是装在匣中的宝玉,而今却成了粪堆上的花朵。早晨的鲜花并不值得喜欢,甘心与秋草一起枯萎凋零。传一句话给后世的姊妹们,远嫁到异乡不能让人容忍。

左思

左思（约252—约306），字太冲，齐国临淄（今属山东）人。出身寒微，貌寝口讷，不好交游。以妹左芬入宫，移家京师洛阳，官秘书郎。曾追随贾谧，为“二十四友”之一。谧诛，退居宜春里，专意典籍。齐王冏命为记室督，辞疾不就。因河间王司马颙部将作乱，举家迁冀州。数岁，以疾终。曾撰《三都赋》，成，豪贵之家竞相传写，洛阳为之纸贵。诗以《咏史》八首影响最大。刘勰《文心雕龙·才略》有“左思奇才，业深覃思，尽锐于《三都》，拔萃于《咏史》”之评。钟嵘《诗品》将其诗列入上品。《隋书》卷三十五《经籍志四》著录有集二卷（注云“梁有五卷，录一卷”），已散佚。后人辑有《左太冲集》。其事见《晋书》卷九十二《文苑传》。

娇女诗一首

【题解】

本篇《太平御览》卷三百八十一、八百六十七节引。写诗人两个小女儿的种种天真活泼、顽皮娇憨的情态。据诗中描绘推测，大女儿惠芳约十岁上下，小女儿纨素不过六七岁。开头部分写纨素，“其姊字惠芳”以下写惠芳，“驰骛翔园林”以下合写姐妹俩。姐妹俩年龄相差不大，有共同的兴趣爱好，但又有一些不同，诗人将其相似与不同都作了细致入微的表现。作品善于选择组织富有特征性的细节，使用准确传神的语汇，娓娓道来，绘声绘色，使两个女孩的情态脾性跃然纸上，呼之欲出，充满生活情趣。谭元春评云:“字字是女,字字是娇女,尽情尽理尽态。”钟惺评云:“字字是娇女,不是成人。而女儿一段聪明,父母一段矜惜,笔端言外,可见可思。”(《古诗归》卷八)为我国诗史上第一篇细致描绘儿童形象的作品,后来陶渊明的《责子》诗,杜甫《北征》中有关小儿女的一段描述,李商隐《骄儿诗》等,都明显地受到本诗的影响。

吾家有娇女,皎皎颇白皙①。小字为纨素②,口齿自清历③。鬓发覆广额,双耳似连璧④。明朝弄梳台⑤,黛眉类扫迹⑥。浓朱衍丹唇⑦,黄吻澜漫赤⑧。娇语若连琐⑨,忿速乃明愊⑩。握笔利彤管⑪,篆刻未期益⑫。执书爱绨素⑬,诵习矜所获⑭。其姊字惠芳⑮,面目粲如画⑯。轻妆喜楼边⑰,临镜忘纺绩⑱。举觯拟京兆⑲,立的成复易⑳。玩弄眉颊间,剧兼机杼役㉑。从容好赵舞㉒,延袖象飞翮㉓。上下弦柱际㉔,文史辄卷襞㉕。顾眄屏风画㉖,如见已指摘㉗。丹青日尘暗㉘,明义为隐赜㉙。驰骛翔园林㉚,果下皆生摘㉛。红葩掇紫蒂㉜,萍实骤抵掷㉝。贪华风雨中㉞,倏忽数百适㉟。务蹑霜雪戏㊱,重綦常累积㊲。并心注肴馔㊳,端坐理盘槅㊴。翰墨戢闲案㊵,相与数离逖㊶。动为垆钲屈㊷,屣履任之适㊸。止为荼菽据㊹,吹嘘对鼎䥥㊺。脂腻漫白袖㊻,烟熏染阿锡㊼。衣被皆重地㊽,难与沉水碧㊾。任其孺子意㊿,羞受长者责[51]。瞥闻当与杖[52],掩泪俱向壁[53]。

【注释】

①皎皎:光洁的样子。古诗“迢迢牵牛星”:“迢迢牵牛星,皎皎河汉女。”白皙:指肤色白净。《太平御览》卷三百八十一作“娇女”。

②小字:乳名。纨(wán)素:左思次女名。纨,傅刚《校笺》:“徐本、郑本作‘织’。”

③清历:分明,清楚。

④连璧:相连的一对璧。《庄子·列御寇》:“庄子曰:‘吾以天地为棺椁,以日月为连璧。’”璧,美玉。

⑤明朝:第二天清晨。弄梳台:在梳妆台前打扮。

⑥黛:一种墨绿色的画眉膏。这里用作动词,给眉涂上黛色,即画眉的意思。类扫迹:像扫帚在地上扫过的痕迹。指涂得不均匀。

⑦浓朱:深红色。衍:漫延,敷抹。

⑧黄吻:黄口。本指小孩,这里指小孩的唇两边。曹植《魏德论》:“黄吻之龀,含哺而怡。”澜漫:淋漓貌。

⑨娇语:撒娇时说话。连琐:一环扣着一环。形容语句连接不断。

⑩忿速:因恼了、急了而话讲得很快。乃:就。明愐(huā):是说明目张胆地撒泼、犟嘴。是孩子天真无邪的表现。愐,《玉篇》:“乖戾也,顽也。”在这里犹言撒泼、犟嘴。

⑪利:贪爱。彤管:《后汉书》卷十上《皇后纪上》:“女史彤管,记功书过。”李贤注:“彤管,赤管笔也。”这里指好笔。《诗经·邶风·静女》:“静女其娈,贻我彤管。”

⑫篆刻:指拿笔写字,因不熟练,就像在一笔一画刻篆似的。期:希望。益:进益。以上二句是说,纨素喜欢用好笔写字,但并不期望有所长进,因为她不过是喜欢这支红色的笔而已。

⑬执书:拿着书翻阅。绨(tí)素:古人常用绢帛书写,即指用绢帛书写的书籍。绨,厚绢。素,白绢。

⑭矜:夸耀。所获:指认得几个字。

⑮其:《太平御览》卷八百六十七作“有”。

⑯面:《太平御览》卷八百六十七作“眉”。粲(càn):美好貌。原作“暸”,《太平御览》卷八百六十七作“粲”,傅刚《校笺》引《考异》:

"瞭字,《说文》《玉篇》皆不载,似非梁以前字,疑当作'粲'。然宋刻如是,姑存俟考。"兹据《太平御览》改。

⑰轻妆:淡妆。妆,吴兆宜注:"一作'庄'。"喜楼边:因楼边光线较好,故喜欢到楼边化妆。楼,赵氏覆宋本作"缕"。

⑱临镜:照镜子。纺绩:纺纱绩麻。绩,续麻为缕。

⑲觯(zhì):酒器。吴兆宜注:"疑作'觚'。""举觯"于文义不通,"觯"或确为"觚"之误。"觚"是一个多义词,其一义为酒器,还有一义是可以用来书写的木简。史游《急就篇》卷一:"急就奇觚与众异。"颜师古注:"觚者,学书之牍,或以记事,削木为之,盖简属也。孔子叹觚,即此之谓。其形或六面,或八面,皆可书。觚者,棱也。以有棱角,故谓之觚。……今俗犹呼小儿削书简为木觚章,盖古之遗语也。"这里代指笔。拟:比拟。左思《咏史》其一:"著论准《过秦》,作赋拟《子虚》。"京兆:指张敞。张敞在汉宣帝时做京兆户,在家时喜为妻画眉。

⑳的:古代女子用朱色点在面额上的装饰。王粲《神女赋》:"税衣裳兮免簪笄,施华的兮结羽仪。"成复易:点成后又抹去重新点画。易,变换。

㉑剧:剧烈。兼:倍于。机杼(zhù)役:指织布的工作。机,织机。杼,织机上穿引纬线的工具,俗称梭子,在织布时须不停地来回投掷。

㉒从容:舒缓貌。赵舞:赵国的舞蹈,在古代很有名。

㉓延袖:展袖。飞翮(hé):飞翔的鸟翼。翮,鸟羽的茎。

㉔柱:乐器上架弦的木柱。际:间。

㉕文史:指书籍。辄(zhé):就。襞(bì):折叠。

㉖顾眄(miǎn):回头看。眄,斜视。

㉗如见:仿佛看见。谓看得不很真切。指摘:指点批评。

㉘丹青:指屏风上的画。日尘暗:一天天因灰尘覆盖而晦暗。

㉙赜（zé）：深隐难见。《周易·系辞上》："探赜索隐，钩深致远。"

㉚骛（wù）：乱跑。东方朔《七谏·自悲》："驾青龙以驰骛兮，班衍衍之冥冥。"

㉛果下：指下垂的果子。

㉜葩（pā）：花。掇：摘取。蒂：花蒂，即花与枝茎相连的地方。

㉝萍实：萍，水草名。所结果实为传说中的一种甘美的水果。《孔子家语》卷一："楚王渡江，江中有物大如斗，圆而赤，直触王舟，舟人取之。王大怪之，遍问群臣，莫之能识。王使使聘于鲁，问于孔子。孔子曰：'此所谓萍实者也。可剖而食之，吉祥也。'"这里泛指一般果子。骤：频频。抵掷：投掷。

㉞华：即花。《太平御览》卷八百六十七作"走"。

㉟倏（shū）忽：瞬间。忽，赵氏覆宋本作"眒"。适：往。

㊱务蹑：一定要踏着。

㊲綦（qí）：《汉书》卷八十七上《扬雄传》："带钩矩而佩衡兮，履欃枪以为綦。"颜师古注："晋灼曰：'綦，履迹也。'"即脚印。

㊳并心：专心。注：注视。肴馔（zhuàn）：煮熟的鱼肉等食品。曹植《七启》："此肴馔之妙也。"

㊴槅（hé）：通"核"。古人祭祀时盛在器皿中的桃、梅、枣之类有核的果品。

㊵翰墨：笔墨。戢（jí）：聚，收藏。闲：赵氏覆宋本作"函"。案：书桌。

㊶离逖（tì）：《尚书·多方》："我则致天之罚，离逖尔土。"孔安国传："离逖汝土，将远徙之。"即离开远走之意。逖，远。

㊷"动为"句：谓不能抵御外面乐器敲打声的诱惑，忍不住想要跑出去看。余冠英《汉魏六朝诗选》："'鑪（lú）'，缶也，古人用为乐器。'钲'，乐器名，铙、铎之类。'屈'，疑是'出'字之误（和'止为'句'据'字相对）。这句似说儿童听到门外有钲、缶的声音因而奔出。钲、缶当是卖小食者所敲。"按钲（zhēng）、缶也可能是

婚丧嫁娶的队伍所敲。

㊸屣（xǐ）履：穿鞋而不提上鞋跟。之：指鞋。适：往。

㊹止：停下来。荼：苦菜。菽：豆的总称。据：《广雅·释诂三》："按也。"即以手按地，以方便俯身对着鼎鬲吹火。此句《太平御览》卷八百六十七作"心为荼荈剧"。

㊺嘘：吹气声。鼎：三脚两耳的烹饪器。鬲（lì）：与鼎同类的烹饪器。

㊻脂腻：油腻。漫：浸染。

㊼阿锡：《文选》司马相如《子虚赋》："被阿緆，揄纻缟。"郭璞注："阿，细缯也。緆，细布也。"这里指女孩所穿的衣服的料子。锡，通"緆"。

㊽衣被：这里偏指衣服。被，傅刚《校笺》："徐本、郑本作'破'。"重（chóng）地：指衣服底色因被油污烟熏，变得五颜六色。赵氏覆宋本作"重池"。又，傅刚《校笺》："五云溪馆本、徐本、郑本作'重施'。"地，质地，底子。

㊾"难与"句：谓难以浸入碧水中洗净。水碧，即清水。

㊿孺子：儿童的通称。

51长者：指大人。

52瞥闻：忽闻。与杖：用棒责打。

53掩泪：吴兆宜注："一作'泪眼'。"傅刚《校笺》："五云溪馆本作'泪掩'，徐本、郑本作'泪淹'。"

【译文】

我家有两个娇痴可爱的女孩，都长得白白净净光洁可人。小的乳名叫作纨素，说话伶俐口齿清楚。鬓发盖住宽宽的额头，双耳悬垂像相连的璧玉。清早起来坐在梳妆台前打扮，眉毛画得就跟扫帚扫的相似。往红润的嘴唇涂抹口红，小嘴儿被抹得一片通红。撒娇时说话如环相扣滔滔不绝，气恼时则语速飞快公然犟嘴。特别喜欢手执红漆管的好笔，但不是想把字写好有所进益。喜欢翻阅绢帛书写的书籍，有点儿收获就向人夸耀喜形于色。纨素的姐姐名叫惠芳，面容娇美就像画的一样。化淡妆时喜欢站在楼边，照镜子会把纺纱绩麻的事忘掉。握笔画眉可与京兆尹张敞相比，点面的朱丹总是点了又改。在眉颊间不停地玩弄观赏，比织布时的忙碌还要紧张。喜欢跳从容舒缓的赵地舞蹈，挥动长袖就像鸟儿展翅飞翔。双手或上或下地抚弄琴弦，文史书籍被卷起放到一旁。回过头来瞥了一眼屏风上的画，不过看个大概就开始批评指点。其实画因蒙上灰尘已变得模糊不清，原来明明白白的内容已经深隐难见。姊妹俩在园林中飞快地蹦跳奔跑，下垂的生果子都被摘下。连着红花带着紫蒂，被两人频频抛来掷去。贪恋花儿哪管什么刮风下雨，转眼间已跑去看了好几百次。非得踏着霜雪到外面嬉戏，地上常布满了重重叠叠的脚印。吃饭时会专注地看着菜肴，端坐在那儿摆弄盘中的果品。读书总把笔墨放进书桌，多次相携出门跑得老远。动不动就禁不住钲缶声响的诱惑，趿拉着鞋拔腿就往外跑。锅里煮着苦菜豆子时就手撑地上，对着炉子一个劲儿地吹气。油腻染污了洁白的袖子，烟气熏脏了细缯细布做的衣裙。衣服的底子变成了浑浊的五颜六色，很难再放到清水中去清洗干净。一味放纵自己小孩子的脾气，受到大人督责时还感到特别委屈。忽然听说大人要用棍棒责打，便都对着墙壁抹起了眼泪。

卷三

陆机

陆机（261—303），字士衡，吴郡吴（今江苏苏州）人。祖逊、父抗均为东吴名臣。少时曾任吴牙门将。吴亡，闭门勤学，十年不仕。太康十年（289），与弟陆云被征入洛阳，得张华称美，名动一时。历任太子洗马、殿中郎、著作郎、中书郎等职。晋惠帝太安初，入成都王颖幕，被表为平原内史，故世称“陆平原”。为成都王颖伐长沙王乂，被任为后将军、河北大都督，兵败被谗，为成都王颖所杀。为太康、元康间最负盛名的诗人，与其弟陆云并称“二陆”，又与潘岳并称“潘陆”。其诗辞藻富丽，讲求字句的锤炼和排偶，代表了当时诗歌发展的一种新趋向。钟嵘《诗品》将其诗列入上品。《隋书》卷三十五《经籍志四》著录有集十四卷（注云“梁四十七卷，录一卷”），已散佚。宋人辑有《陆士衡集》。其事见《晋书》卷五十四。

拟古七首

“拟古”，即拟模古人之诗，所拟或为题材，或为体裁，或为格调，或兼而有之。陆机所拟十二首，除“兰若生朝阳”（《玉台新咏》作“兰若生春阳”）一首外，余皆在《古诗十九首》之列。古人拟诗，大体有两种情况：一为学古的一种方法，力求形似，有时甚至到了与原诗亦步亦趋的地步；一以“拟古”为名，即境抒怀，自出机杼。陆机拟作，大体上属于第一种，但也有即景抒怀的成分，大约是吴亡后回到华亭故里闭门勤学时期的作品。由于目的在于学古，因此往往因袭原作意思，无甚发挥或发挥不多；词句也大抵从原诗变换而来，但刻画较为精工，形式较为整对。这些拟作曾名重当世，钟嵘《诗品序》将其与曹植《赠弟》、王粲《七哀诗》等相提并论，认为“斯皆五言之警策者也。所以谓篇章之珠泽，文采之邓林”。但因感兴不深，缺少新意，也曾遭到一些非议。如李重华云：“陆士衡《拟古诗》，名重当世，余每病其呆板。”（《贞一斋诗说》）陈祚明云：“士衡诗束身奉古，亦步亦趋。……造情既浅，抒响不高。”（《采菽堂古诗选》卷十）总体看来，这些拟作与原诗相较，确实比较逊色。

拟西北有高楼

【题解】

《拟西北有高楼》载《文选》卷三十，《艺文类聚》卷六十二节引。写对高楼上佳人的仰慕艳羡和叹息同情，希望能与佳人比翼双飞，抒发了诗人的不得志及希望能寻求到知音的思想感情。古诗“西北有高楼”（见卷一枚乘《杂诗九首》）重点在感慨知音难遇，本篇显然承袭了这一主题。在表现上则不及古诗的流转自然。陈祚明曾指出：“‘苕苕峻而安’，‘安’字无趣。‘但愿歌者欢’，亦少味。”并认为本诗“通首亦平平”（《采菽堂古诗选》卷十）。但能以“听”为枢机，将种种感受写出来，也不无可取之处。吴淇即评云：“只一声闻，逗得六根皆动。‘哀响馥若兰’，耳连鼻动。‘顾望’，目动。‘踯躅’，身动。‘再三叹’，口动。‘思驾归鸿羽’，意动。”（《六朝选诗定论》卷十）

高楼一何峻①，苕苕峻而安②。绮窗出尘冥③，飞阶蹑云端④。佳人抚琴瑟⑤，纤手清且闲⑥。芳气随风结⑦，哀响馥若兰⑧。玉容谁能顾？倾城在一弹⑨。伫立望日昃⑩，踯躅再三叹⑪。不怨伫立久，但愿歌者欢⑫。思驾归鸿羽，比翼双飞翰⑬。

【注释】

①楼:《艺文类聚》作“台”。峻:陡直高耸。

②苕苕(tiáo):高貌。《文选》李善本作“苕苕”,五臣本及《艺文类聚》作“迢迢”。安:稳固。

③绮窗:雕画精美的窗户。参见卷一枚乘《杂诗九首》“西北有高楼”注。尘冥:指覆盖在大地上面的一层尘雾。冥,昏暗。陆机《幽人赋》:“超尘冥以绝绪,岂世网之能加!”

④飞阶:高耸的台阶。阶,《文选》作“陛”。蹑:登上。

⑤“佳人”句:《文选》李周翰注:“佳人,喻君子。抚琴瑟,喻有才德也。”

⑥清闲:谓动作安闲,不疾不乱。清,亦“闲”之意。

⑦芳气:香气。《文选》李周翰注:“芳气,言德之美也。”气,原作“草”,《文选》作“气”,《艺文类聚》作“音”,兹据《文选》改。结:聚。

⑧“哀响”句:《文选》李周翰注:“言虽不见用,哀叹之音,犹馥于若兰。”哀响,指哀婉的歌声。馥若兰,谓随着歌声传来的香气犹如幽兰。馥,香气。

⑨“玉容”二句:《文选》吕延济注:“玉容,喻美才也。言谁能眷顾我之才,为一弹抚,当倾于城国而视也。”玉容,《文选》陆云《大将军讌会被命作诗》:“俯觌嘉客,仰瞻玉容。”张铣注:“玉容,谓容如玉也。”李善注引曹植《罢朝表》:“觐玉容而庆荐,奉欢宴而慈润。”(全文今佚)能,《文选》五臣本作“能”,李善本作“得”。倾城,谓有绝世之美。参见卷一李延年《歌诗一首》。句谓在“一弹”之间即展露了佳人倾城的本色。

⑩伫立:久久地站立。日昃(zè):太阳西斜。

⑪踯躅(zhí zhú):踏步不前貌。宋玉《神女赋》:“奋长袖以正衽兮,立踯躅而不安。”

⑫歌者:吴淇《六朝选诗定论》卷十:“歌者即佳人。前写佳人,只说

一弹，此乃变作歌者，何也？古人琴瑟，将以和声，多不专弹。则佳人或倚琴瑟而歌，或间琴瑟而歌。”

⑬翰：高飞。

【译文】

一座高楼何其崇高险峻，崇高险峻而又安安稳稳。精美的窗户耸出尘雾之外，高高的台阶直上云端。楼上有位美人正在弹奏琴弦，纤手挥动安静而又悠闲。芳香的气息随着轻风汇聚，哀婉的歌声芬芳犹如幽兰。美好的姿容有谁能够观赏？绝世的美艳就在一弹之间。久久地站立仰望直到日头偏西，来回徘徊不禁感叹再三。不怨自己时间站得太久，但愿歌者能够快乐喜欢。想驾着一对归鸿的翅膀，与她比翼双飞直上云天。

拟东城一何高

【题解】

本篇载《文选》卷三十。赵氏覆宋本作《拟东城高且长》。傅刚《校笺》引《考异》：“《文选》作‘拟东城一何高’。按，《文选》载《古诗十九首》，正作‘东城高且长’。李善注：‘城高且长，故登之以望也。’然则高且长为定本，而此首标题乃别本，未及画一也。”古诗“东城高且长”，见卷一枚乘《杂诗九首》。《文选》李周翰注：“言高城常存而人易老，不如早为行乐。”季节的转换，年华的易逝，俗务的牵累，行动与心愿的悖违，都使人高兴不起来；适逢美人弹奏出悲凄之曲，于是便产生了强烈的共鸣。诗中是寄寓了诗人的真情实感的。注意语言的刻镂，有的较成功，如“零露”二句，颇能给人以寥廓苍凉之感。“一唱”等句，化用典故，能出奇创新。但有的却显板滞，如陈祚明所云：“‘三间’‘大耋’语，亦强，欠自然。”（《采菽堂古诗选》卷十）

西山何其峻，层曲郁崔嵬①。零露弥天坠②，蕙叶凭林衰③。寒暑相因袭，时逝忽如遗④。三闾结飞辔⑤，大耋悲落晖[6]。曷为牵世务[7]，中心怅有违[8]。京洛多妖丽[9]，玉颜侔琼蕤[10]。闲夜抚鸣琴[11]，惠音清且悲[12]。长歌赴促节[13]，哀响逐高徽[14]。一唱万夫叹[15]，再唱梁尘飞[16]。思为河曲鸟[17]，双游丰水湄[18]。

【注释】

①层曲：重叠盘旋。层，《文选》作“曾”。按二字通。郁：盛貌。崔嵬（wéi）：高耸貌。

②零露：即露。弥天：满天。《汉书》卷二十七下《五行志下》：“云起于山，而弥于天。”

③蕙：香草名。凭林：依林，即在林中。

④忽：疾速貌。遗：落下。《文选》作“颓”。

⑤“三闾”句：屈原《离骚》：“饮余马于咸池兮，总余辔乎扶桑。”又：“吾令羲和弭节兮，望崦嵫而勿迫。”此隐用其意，谓不欲早早地到达日入之处。三闾，指屈原。屈原曾任三闾大夫。结飞辔（pèi），拴上马缰。谓不使前行。辔，马缰。

⑥大耋（dié）：年高的人。耋，八十岁。一说指七十或六十岁。大，赵氏覆宋本作“太”。悲：《文选》作“嗟”。《周易·离》：“九三，日昃之离，不鼓缶而歌，则大耋之嗟，凶。”

⑦曷为：何为。

⑧中心：心中。怅：《文选》作“若”。有违：《文选》吕向注：“言何为牵于时事而违欢赏之心。”《诗经·邶风·谷风》：“行道迟迟，中心有违。”

⑨京洛：指东汉都城洛阳。曹植《名都篇》：“名都多妖女，京洛出少年。”

⑩侔（móu）：等同。琼蕤（ruí）：《文选》张铣注：“琼蕤，玉花也。言

妖丽之颜，齐于玉花。”

⑪闲夜：静夜。抚：弹奏。

⑫惠音：和谐的声音。吴兆宜注：“一作‘专言’。”

⑬赴：犹“逐”，和着乐曲唱歌的意思。促节：节奏急促。司马相如《上林赋》：“然后侵淫促节，儵夐远去。”

⑭高徽：高亢的乐曲。《汉书》卷八十七下《扬雄传》：“今夫弦者，高张急徽。”颜师古注：“徽，琴徽也，所以表发抚抑之处。”即琴上系弦的绳。这里代指乐曲。又《文选》李周翰注：“调急曰高。言歌之哀响逐琴调而急也。”

⑮“一唱”句：《文选》吕延济注：“万夫叹，言称美者众也。”司马相如《上林赋》：“奏陶唐氏之舞，听葛天氏之歌，千人唱，万人和。”叹，原作“欢”，《文选》作“叹”，据改。

⑯梁尘飞：《艺文类聚》卷四十三引刘向《别录》：“汉兴以来，善雅歌者，鲁人虞公，发声清哀，盖动梁尘。”形容歌声高妙动人。

⑰河曲鸟：鸳鸯的别名。

⑱丰水：水名。源出陕西秦岭，北流至西安西北入渭水。西周丰京即建于此水西岸。丰，《文选》李善本作“丰”，五臣本作“澧”。湄：水草交接之处，即岸边。

【译文】

西山是多么高峻陡峭，重叠盘旋气象蓊郁高耸。露珠漫天遍野地坠落下来，树林中的蕙叶渐渐枯萎。寒来暑往彼此前后相承，时光流逝快得就像重物下坠。三闾大夫拴上马缰不再前行，高龄的人悲叹落日余晖。为何要被世间的俗务牵累，内心惆怅只因行动与心意相违。京都洛阳有很多美艳的女子，容貌姣好可以与玉花媲美。在静谧的夜晚将琴弦拨响，和谐的乐音清越而又凄悲。跟着急促的节奏放声歌唱，高亢的乐声中有哀响伴随。一唱引得万人为之感叹，再唱振得梁上尘土纷飞。想要与她化作一对河曲鸟，在丰水岸边一起游乐前行。

拟兰若生春阳

【题解】

本篇载《文选》卷三十,《艺文类聚》卷三十二节引。《文选》张铣注:"兰、若,皆香草。古诗取兴闺中守芳香之气以待远人,机以松柏坚贞取之为比。"春阳,《文选》作"朝阳"。古诗"兰若生春阳"(见卷一枚乘《杂诗九首》)是一首怀念情人的诗,大抵看不出有什么寄托。而本篇则较明显地有所寄托。如"执心"二句,大抵是说要坚持自己的理想,不会随时而变,也不敢稍有懈怠。而"灼灼在云霄"的美人,字面上指远人,而实为其美好理想的化身,虽遥不可及,而心向往之。由于有所寄托,诗就有了较深刻的内涵,也给读者提供了驰骋想象的空间。吴淇对本诗颇表肯定,在将古诗诗句与本诗一一对照之后说:"觉原诗尚是儿女子情态,原诗'美人'云云,专写美人光彩,带出高旷。此专写美人之高旷,带出光彩。力足相敌。原诗末句'续念发狂',已是鲁矢之末。此诗'引领'云云,从高旷生来,犹自余劲矫矫。"(《六朝选诗定论》卷十)

嘉树生朝阳①,凝霜封其条②。执心守时信③,岁寒不敢凋④。美人何其旷⑤,灼灼在云霄⑥。隆想弥年时⑦,长啸入飞飙⑧。引领望天末⑨,譬彼向阳翘⑩。

【注释】

①嘉树:美树。屈原《橘颂》:"后皇嘉树,橘徕服兮。"这里指松柏。朝阳:指山的东面,因其早晨为太阳所照。《诗经·大雅·卷阿》:"梧桐生矣,于彼朝阳。"

②凝霜:曹植《赠丁仪》:"凝霜依玉除,清风飘飞阁。"封:附着,盖住。条:树枝。

③"执心"句:《文选》吕延济注:"言我执持其心,同松柏经寒而不凋落也。"执心,专心。时信,一定的时节变化。信,讲信用。

④岁寒：一年的寒冬。不敢凋：《文选》《艺文类聚》作“终不凋”。傅刚《校笺》引《考异》：“‘终不凋’则质本天生，‘不敢凋’，则有拳拳自保之意。故从宋刻。”凋，枯败。《论语·子罕》：“岁寒，然后知松柏之后凋也。”

⑤旷：遥远。

⑥灼灼：《文选》吕延济注：“中心明忆之貌。”《艺文类聚》作“的的”。

⑦隆想：犹言苦想。隆，盛，多。弥：满，终。时：《文选》作“月”。陆机《叹逝赋》：“弥年时其讵几，夫何往而不残。”

⑧“长啸”句：《文选》刘良注：“长为啸声，入于飞风，冀达远情也。”啸，撮口出声。是古人抒发抑郁感情的一种方式。飞飙（biāo），原作“风飃”，《文选》作“飞飙”，据改。飙，狂风。

⑨引领：伸颈。天末：犹言天边。张衡《东京赋》：“眇天末以远期，规万世而大摹。”

⑩翘：《文选》刘良注：“翘，英之秀者。旷远之心，亦犹葵藿倾翘以向日也。”又《文选》陆机《叹逝赋》：“步寒林以凄恻，玩春翘而有思。”李善注：“翘，茂盛貌。”

【译文】

美好的树生长在向阳的东面，冬天严霜盖住了它的枝条。执持其心伴随时节的变化，在严寒的冬天也不敢枯凋。美人居住的地方何其遥远，明明白白地在那九重云霄。冥思苦想已是经年累月，长啸一声啸声融入了狂飙。伸长了脖子朝着天边眺望，就像那葵藿朝着太阳倾翘。

拟苕苕牵牛星

【题解】

本篇载《文选》卷三十。吕延济注：“此述思妇之情，托牵牛以明之也。”苕苕（tiáo），远貌。傅刚《校笺》：“五云溪馆本、徐本、郑本作‘迢迢'。"诗拟古诗"迢迢牵牛星"(见卷一枚乘《杂诗九首》),诗旨与之一般无二。沈德潜评古诗"迢迢牵牛星"云:"相近而不能达情,弥复可伤。"(《古诗源》卷四)本篇大体上也具有这样的艺术感染力。但古诗十句有六句用了叠字,腾挪变化,语语传神,本篇与之相比,则不免逊色。

昭昭天汉晖①,粲粲光天步②。牵牛西北回③,织女东南顾④。华容一何冶⑤,挥手如振素⑥。怨彼河无梁,悲此年岁暮⑦。跂彼无良缘⑧,睆焉不得度⑨。引领望大川⑩,双涕如沾露⑪。

【注释】

①昭昭:明貌。赵氏覆宋本作"炤炤"。天汉:指银河。天,《文选》作"清"。晖(huī):同"辉"。

②"粲粲(càn)"句:《文选》刘良注:"粲粲,衣服鲜洁貌。行于天上,故云光天步。"李善注:"步,行也。言行止之盛,微步而光辉于天。"

③牵牛:牵牛星为天鹰座的主星,在银河南。西北回:谓朝着织女所在的西北方向注视。回,回顾。

④织女:织女星为天琴座的主星,在银河北。东南顾:谓朝着牵牛所在的东南方向注视。《大戴礼记·夏小正》:"七月初昏,织女正东乡。"

⑤华:同"花"。冶:艳丽。

⑥振:摇动。素:未经染色的绢,其色洁白。这里形容白皙的手臂。

⑦年岁暮:《文选》吕向注:"谓秋也。"

⑧跂(qí):《诗经·小雅·大东》:"跂彼织女,终日七襄。"高亨《今注》:"跂,通'歧',分歧。织女有三颗星,联成等边三角形,三角分出,所以用'跂'字形容它。"又《文选》吕向注:"跂,举踵也。谓举踵望彼牵牛,无其良缘,但相视而不得渡河也。"

⑨睆(huǎn):《诗经·小雅·大东》:“睆彼牵牛,不以服箱。”高亨《今注》:“睆,星光明亮貌。”又《文选》吕向注:“睆,视也。”赵氏覆宋本作“晥”。

⑩引领:伸长脖子。大川:指银河。

⑪沾露:《文选》李周翰注:“沾露,零露也。”即露珠坠落。

【译文】

明明亮亮的银河闪耀着清辉,光彩夺目在天空迈开了细步。牵牛朝着西北方向眺望,织女朝着东南方向瞻顾。如花的姿容何其美艳,挥动双手就像是挥动纨素。只恨那银河上竟无一座桥梁,可悲这个秋天又快结束。三角形的织女星她没有良缘,光闪闪的牵牛星也没有办法涉渡。伸长了脖子望着眼前的大河,双眼泪流就像滚动着晶莹的露珠。

拟青青河畔草

【题解】

本篇载《文选》卷三十、《艺文类聚》卷三十二。吴淇评云:“词虽句句摹拟原诗,而义迥不同。原诗是刺,此诗是美。”(《六朝选诗定论》卷十)诗拟古诗“青青河畔草”(见卷一枚乘《杂诗九首》),写思妇的独居之苦,极力描写其美艳,以反衬其独居之值得同情。原诗具有“情真、景真、事真、意真,澄至清,发至情”(陈绎曾《诗谱》)的特色,而本篇在这方面则大为逊色。古诗对叠字的使用极为出色,顾炎武《日知录》云:“古诗:‘青青河畔草,郁郁园中柳。盈盈楼上女,皎皎当窗牖。娥娥红粉妆,纤纤出素手。’连用六叠字,亦极自然。下此即无人可继。”本篇算得是“无人可继”的突出一例。另诗以“偏栖独只翼”喻思妇独眠,也略嫌生造。

靡靡江蓠草[①],熠耀生河侧[②]。皎皎彼姝女[③],阿那当轩织[④]。粲粲妖容姿[⑤],灼灼美颜色[⑥]。良人游不归[⑦],偏栖独只翼[8]。空房来悲风[9],中夜起叹息[10]。

【注释】

①靡靡(mǐ):草伏相依貌。又《文选》刘良注:"细弱貌。"宋玉《高唐赋》:"薄草靡靡,联延夭夭。"江蓠(lí):香草名。蓠,《文选》《艺文类聚》作"离"。傅刚《校笺》:"五云溪馆本、徐本、郑本作'蓠'。"

②熠(yì)耀:《文选》刘良注:"光色盛也。"《艺文类聚》作"熠熠"。傅刚《校笺》:"五云溪馆本作'熠熠',徐本、郑本作'耀耀'。"

③皎皎:明洁貌。姝(shū)女:美女。

④阿那:《文选》吕向注:"柔顺貌。"那,《艺文类聚》作"娜"。当轩:面对着窗户。

⑤粲粲(càn):光彩貌。妖容姿:艳丽妩媚的姿容。妖,《艺文类聚》作"娇"。

⑥灼灼:明艳貌。美颜:原作"华美",《文选》《艺文类聚》作"美颜",据改。

⑦良人:思妇对丈夫的称谓。

⑧偏:《文选》张铣注:"独也。"独只翼:谓鸟儿独眠。此以形容思妇独眠无侣。独,傅刚《校笺》:"徐本、郑本作'常'。"

⑨房:傅刚《校笺》:"徐本、郑本作'室'。"

⑩中夜:半夜。

【译文】

绵密的江蓠草错杂相依,绿油油地长在河的两侧。那个美女肌肤是多么白皙,正柔顺地面对着窗户织布。艳丽妩媚的姿容焕发光彩,美丽的容颜是何等的明艳。夫君远游在外久久不归,美人如失偶的鸟儿独自眠宿。悲凉的风儿吹进空房之中,半夜起来发出长长的叹息。

拟庭中有奇树

【题解】

本篇载《文选》卷三十,《艺文类聚》卷二十九节引。《文选》张铣注:“此言友朋离索相思之情。”古诗“庭中有奇树”(见卷一枚乘《杂诗九首》)写思妇怀念游子,本篇则明说是怀念“欢友”,没有完全步趋古诗。能次第展示与抒写思念友人的绵邈深情,语短而情长,这点与古诗大体相似。但古诗“通篇只就‘奇树’一意写到底”(张庚《古诗十九首解》),本篇在这方面则存在不足。

欢友兰时往①,迢迢匿音徽②。虞渊引绝景③,四节逝若飞④。芳草久已茂⑤,佳人竟不归⑥。踯躅遵林渚⑦,惠风入我怀⑧。感物恋所欢,采此欲贻谁⑨?

【注释】

①欢友:犹言好友。兰时:良时。指初春时节。

②迢迢(tiáo):远貌。《文选》李善本作“苕苕”,五臣本作“迢迢”。匿音徽:《文选》李周翰注:“匿,亡也。音徽,言文章、书信。”

③虞渊:神话传说中的日入之处。《淮南子·天文训》:“日至于虞渊,是谓黄昏。”绝景(yǐng):指黄昏时分。其时日光消逝,故云。景,日光。

④逝:原作“游”,《文选》作“逝”,据改。

⑤久:《艺文类聚》作“忽”。

⑥佳人:指友人。

⑦踯躅(zhí zhú):小步行貌。遵:沿。渚(zhǔ):水边。

⑧惠风:和风。

⑨此:指芳草。贻(yí):赠给。

【译文】

好友在美好的时节离开了家门，路途遥远已很久没有了音讯。虞渊吞噬了最后一缕阳光，四季逝去就如鸟儿疾飞。芳草早已长得十分繁茂，佳人竟然还是没有回归。沿着山林水畔一路徘徊观望，和风阵阵吹进我的胸怀。感念外物更加怀恋我的好友，采来芳草打算赠送给谁？

拟涉江采芙蓉

【题解】

本篇载《文选》卷三十。刘良注："芙蓉，水草，其花美。此言思妇盛年，其夫远游，采此以自伤也。"一般认为古诗"涉江采芙蓉"（见卷一枚乘《杂诗九首》）是一首写游子思乡怀人的诗，本篇至少"故乡"以下四句是从游子的角度着墨的，抒发的是游子的感情，因此刘良之说值得商榷。诗篇以物寄情，情调凄婉，气韵沉郁而悠长，这与古诗是一脉相承的。

上山采琼蕊①，穹谷饶芳兰②。采采不盈掬，悠悠怀所欢③。故乡一何旷④，山川阻且难。沉思钟万里⑤，踯躅独吟叹⑥。

【注释】

①琼蕊：古代传说中琼树的花蕊，似玉屑。这里喻珍美的花。《文选》张衡《西京赋》："屑琼蕊以朝飧，必性命之可度。"李善注引《楚辞》："屑琼蕊以为粮。"

②穹（qióng）谷：深谷。傅刚《校笺》："徐本、郑本作'穷'。"班固《西都赋》："其阳则崇山隐天，幽林穹谷。"饶：多。

③"采采"二句：《文选》吕向注："言采之未及盈把，悠然怀远人，思与之同欢也。"采采，采而又采，不断地采。不盈掬（jū），不满一把。掬，用两手捧起。《诗经·小雅·采绿》："终朝采绿，不盈一掬。"悠悠，深长貌。

④旷：遥远。

⑤沉思：深深的思念。钟：积聚，倾注。

⑥踯躅（zhí zhú）：徘徊貌。宋玉《神女赋》："奋长袖以正衽兮，立踯躅而不安。"

【译文】

上山去采摘琼蕊般的花朵，深谷有许多芳香的幽兰。采来采去总是采不满一捧，内心深长地怀念着所欢。故乡是多么迷茫遥远，山重水复既险阻又艰难。深深的思念之情倾注于万里之外，踱来踱去独自悲吟慨叹。

为顾彦先赠妇诗二首

《为顾彦先赠妇诗二首》载《文选》卷二十四，第二首《初学记》卷十八节引。《文选》李善注云："集云'为令彦先作'，今云'顾彦先'，误也。且此上篇赠妇，下篇答，而俱云赠妇，又误也。"傅刚《校笺》引《考异》："李善《文选注》曰：'集云"为令彦先作"，今云"顾彦先"，误也。且此上篇赠妇，下篇答，而俱云赠妇，亦误也。'按，《晋书》：顾荣，字彦先，令彦先别无所考。二陆皆别有赠顾彦先诗，则作顾彦先，似不误。士龙此题'赠妇'下有'往返'二字，士衡此题亦必耳。当是传写误脱，《文选》载士龙诗题，亦脱'往返'二字也。刚按，唐写本《文选集注》作'令'。又，尤袤本李善注作'全'，胡克家《文选考异》说：'"顾"当作"全"。'"《考异》所说可从。

顾彦先出身于东吴士族，吴亡后与陆机、陆云兄弟一同入洛，时人号为"三俊"。第一首为代顾彦先所作的赠妇诗，第二首为代顾妻所作的答夫诗。看来均为游戏之作，但其中实亦寄托了诗人自己的一些体验和感慨。

一

【题解】

本篇“素衣化为缁”一句造语新颖,后人颇受影响,谢朓“谁能久京洛,缁尘染素衣”(《酬王晋安》)直用其语,陆游“素衣莫起风尘叹,犹及清明可到家”(《临安春雨初霁》)则化用其语,均其例。“沉欢滞不起”,造语则颇古朴有力。

辞家远行游①,悠悠三千里②。京洛多风尘③,素衣化为缁④。修身悼忧苦⑤,感念同怀子⑥。隆思乱心曲⑦,沉欢滞不起⑧。欢沉难克兴⑨,心乱谁为理?愿假归鸿翼,翻飞浙江汜⑩。

【注释】

①“辞家”句:祢衡《鹦鹉赋》:“女辞家而适人,臣出身而事主。”游,傅刚《校笺》:“冯校本作‘役’。”

②悠悠:远貌。蔡琰《悲愤诗》:“悠悠三千里,何时复交会?”

③京洛:指洛阳。因东周、东汉皆建都于此,故称。

④素衣:白色衣服。缁(zī):黑色。

⑤修身:努力提高自己的品德修养。此指修身以求仕。《孟子·尽心上》:“古之人,得志,泽加于民;不得志,修身见于世。”傅刚《校笺》引《考异》:“‘循身’《文选》作‘修身’。按‘循身’即抚躬之意,作‘修身’,非惟句格板拙,且与忧苦感念俱不贯矣。”修,赵氏覆宋本作“循”。悼:伤。忧苦:《列子·杨朱篇》:“尊荣则逸乐,卑辱则忧苦。”

⑥同怀子:《文选》吕向注:“谓同怀抱之子,即其妇也。”

⑦隆:多,繁。心曲:内心深处,心窝。《诗经·秦风·小戎》:“在其板屋,乱我心曲。”

⑧沉：《广雅·释诂一》："没也。"

⑨克：能够。兴：起。

⑩"愿假"二句：《文选》李周翰注："愿借归鸿之翼共飞，游江水之涯，以见所思也。"假，借。翻飞，忽上忽下来回地飞。曹植《临观赋》："俯无鳞以游遁，仰无翼以翻飞。"浙，傅刚《校笺》："陈本作'游'。又按，六臣注《文选》校记称李善作'浙'，五臣作'游'。"汜(sì)，《诗经·召南·江有汜》："江有汜。之子归，不我以；不我以，其后也悔。"高亨《今注》："小水出于大水又入于这条大水叫做汜。"

【译文】

离开家来到遥远的地方宦游，与家乡隔着很远很远的三千里距离。京都洛阳颇多风沙尘埃，白色的衣服被染成了黑色的衣服。修身求仕却为忧患辛苦而伤悼不已，特别感念与我怀抱相同的妻子。纷繁的思虑将内心深处搅乱，欢乐如同重物沉滞不起。欢乐沉滞很难再从心底升起，内心纷乱有谁能为我梳理？多想凭借南归鸿雁的双翅，回到故乡的水滨游乐翩飞。

二

【题解】

本篇层次清晰，曲折尽情。张玉谷评云："前四由居愁即点怀人，却用记事体诘问而起，别甚。中四叙阔别正面，简而括。后四推开，以安命语作慰，以保身语致祈，而己之饥渴只在反面点出，若不望其归而望归之意愈显，用意最曲。"(《古诗赏析》卷十一)

东南有思妇，长叹充幽闼[①]。借问叹何为？佳人眇天末[②]。游宦久不归[③]，山川修且阔[④]。形影参商乖[⑤]，音息旷不达[⑥]。离合非有常，譬彼弦与筈[⑦]。愿保金石志[⑧]，慰妾长饥渴⑨。

【注释】

①幽闼（tà）：《文选》张衡《西京赋》："重闺幽闼，转相逾延。"薛综注："宫中之门，小者曰闼。"借指深闺。

②佳人：指丈夫。眇（miǎo）：遥远。天末：天边。《文选》李周翰注："眇然极望，若在天之末畔，盖思远也。"张衡《东京赋》："眇天末以远期，规万世而大摹。"

③游宦：离家外出求官或做官。此指在外做官。

④修：长。

⑤形影：形容夫妻如影随形。参、商：二星名。分处东西，此出彼没，两不相见。旧题苏武诗："昔为鸳与鸯，今为参与辰。"乖：离。

⑥息：《初学记》作"信"。旷：长久。

⑦"离合"二句：《文选》吕延济注："曰人生离合不可常，如弓弦与箭筈暂著弦乃释远去也。"《庄子·山木》："若夫万物之情，人伦之传，则不然。合则离，成则毁。"《文选》李善注引《吕氏春秋》："夫万物成则毁，合则离，离则复合，合则复离。"筈（kuò），箭的末端。

⑧金石：金石为坚固之物，此以喻心志的坚定。《后汉书》卷八十一《独行列传》："或志刚金石，而克扞于强御。"志：《文选》作"躯"，傅刚《校笺》："《考异》作'躯'，校说：'"躯"，宋刻作"志"。按，作"志"乃冀不相负，犹是恒意；作"躯"则忧念行人，祝其无恙，用意更为深至。故从《文选》。'刚按，唐写本《文选集注》正作'躯'，各家无异文。又，徐本、郑本作'躯'。"

⑨饥渴：形容相思之情。《文选》李周翰注："言相思如饥渴，思饮食也。"李善注："李陵赠苏武诗曰：'思得琼树枝，以解长饥渴。'"

【译文】

东南方有一位思妇，长叹声充满了深闺。请问她为什么老这样长叹？她的夫君现在遥远的天边。在外做官久久地不能归家，山重水复既漫长又辽阔。形影就像参星商星那样远离，已有很长时间音讯不通。人生或离或合没有什么一定，其关系就像那弓弦与箭末。愿你永保初志让爱情如金石般坚固，以慰藉我这绵长的如饥似渴的思念。

为周夫人赠车骑一首

【题解】

本篇赵氏覆宋本题作《周夫人赠车骑》。这是一首代言体的思妇诗。诗篇情感凄婉深挚，表现回环曲折，语言平易明净，在陆机集中是较为引人瞩目的篇什。明显地接受了古诗和乐府的影响，陈祚明即曾指出："稍有古意，起手似乐府。"（《采菽堂古诗选》卷十）陆机离吴以后，常常思乡，《怀土赋》《思归赋》等作品都深刻地抒发了这一感情，因此诗篇虽名为代言，实亦反映了诗人自身的遭际和心境。

碎碎织细练①，为君作褠襦②。君行岂有顾③，忆君是妾夫。昔者得君书，闻君在高平④。今时得君书，闻君在京城。京城华丽所⑤，璀璨多异端⑥。男儿多远志⑦，岂知妾念君。昔者与君别，岁聿薄将暮⑧。日月一何速⑨，素秋坠湛露⑩。湛露何冉冉⑪，思君随岁晚⑫。对食不能餐，临觞不能饭⑬。

【注释】

①碎碎：形容织布动作的不断重复和忙碌不停。练：白色熟绢。

②"为君"句：傅刚《校笺》："五云溪馆本、徐本、郑本作'当为君作襦'。"褠襦（gōu rú），单层的短衣。

③岂有顾：谓不顾念家中。顾，关照，关心。傅刚《校笺》："沈逢春

本、陈本作‘故’。”

④高平：晋置高平国，治昌邑，故城在今山东钜野南。

⑤所：傅刚《校笺》：“五云溪馆本、徐本、郑本作‘乡’。”

⑥璀璨（cuǐ càn）：华丽貌。曹植《洛神赋》：“披罗衣之璀粲兮，珥瑶碧之华琚。”端：吴兆宜注：“一作‘人’。”

⑦远志：高远的志向。指到远方去做官以实现其政治抱负。屈原《九章·悲回风》：“眇远志之所及兮，怜浮云之相羊。”

⑧聿（yù）：语助词。傅刚《校笺》：“五云溪馆本、徐本、郑本作‘律’。”薄：迫近。将暮：将到年末。《诗经·唐风·蟋蟀》：“蟋蟀在堂，岁聿其莫。”

⑨“日月”句：古诗“东城高且长”：“四时更变化，岁暮一何速！”

⑩素秋：秋天。古代五行以金配秋，其色白，故称。刘祯《鲁都赋》：“及其素秋二七，天汉指隅。”湛露：浓重的露。《诗经·小雅·湛露》：“湛湛露斯，匪阳不晞。”

⑪冉冉：《文选》屈原《离骚》：“老冉冉其将至兮，恐修名之不立。”吕向注：“冉冉，渐渐也。”此为露珠慢慢下坠貌。

⑫“思君”句：古诗“行行重行行”：“思君令人老，岁月忽已晚。”

⑬“临觞（shāng）”句：阮籍《咏怀》其三十四：“临觞多哀楚，思我故时人。对酒不能言，凄怆怀酸辛。”陆机《赠弟士龙》：“指途悲有余，临觞欢不足。”觞，酒杯。

【译文】

忙忙碌碌地赶织细练，要为夫君做一件单层短衣。夫君走后哪有顾家的时候，想他只因他是我的丈夫。以前曾接到夫君的一封信，得知夫君那时在高平。现在又接到夫君的一封信，得知夫君眼下在京城。京城是一个华丽的所在，华丽无比有许多奇异的东西。男儿有许多远大的志向，哪知我在家里想念夫君。以前与夫君分别的时候，正是一年将要结束之时。日月运转是多么迅速，秋天到处在坠落浓重的露珠。露珠不断慢慢地坠落，思念夫君转眼又到年关。对着饭食不能吃进一口，对着美酒怎么也不想用餐。

乐府三首

艳歌行

【题解】

本篇载《文选》卷二十八，题作《日出东南隅行》，或曰《罗敷艳歌》；《艺文类聚》卷四十一节引，题作《日出东南隅行》；收入《乐府诗集》卷二十八《相和歌辞·相和曲》，题作《日出东南隅行》。其古辞最早著录于《宋书》卷二十一《乐志三》，题作《艳歌罗敷行》；《乐府诗集》卷二十八则题作《陌上桑》。郭茂倩题解引《乐府解题》："古辞言罗敷采桑，为使君所邀，盛夸其夫为侍中郎以拒之。……若陆机'扶桑升朝晖'，但歌美人好合，与古辞始同而末异。"本篇着重描写洛水边美女春游情景，词语雕琢，举体华美，"而缀词尤繁"（《文心雕龙·镕裁》）。吴淇认为"此诗写艳，可谓尽态极妍，令人目眩，最难察其端绪所在"。又认为本篇有寄托，乃以"妖丽"喻小人，"清颜"喻君子，"盖比其在吴时也"；而"方驾"二句，喻其入洛。"蔼蔼"以下，"盖指当时权贵，幸禅革之际，自为际会风云"；而"又有一辈小人，争相趋赴，工为谐媚，分明是一群妖魅，却自以为清颜佳人"；"南崖"以下，"写得热艳，朋党宠附，兼有权势相倾之意"。总之，是在写当时的"朝政之乱"。但同时又说："此虽寓言，观贾充命姬妾千人，绕舟三匝，以夸示夏统，想亦实赋。"（以上见《六朝选诗定论》卷十）其说有一定道理，可参考。

扶桑升朝晖①，照此高台端②。高台多妖丽③，洞房出清颜④。淑貌曜皎日⑤，惠心清且闲⑥。美目扬玉泽⑦，蛾眉象翠翰[8]。鲜肤一何润,秀色若可餐[9]。窈窕多容仪[10],婉媚巧笑言[11]。暮春春服成[12],粲粲绮与纨[13]。金雀垂藻翘[14],琼佩结瑶璠[15]。方驾扬清尘[16],濯足洛水澜[17]。蔼蔼风云会[18],佳人一何繁!南崖充罗幕[19],北渚盈軿轩[20]。清川含藻景[21],高岸被华丹[22]。馥馥芳袖挥[23],泠泠纤指弹[24]。悲歌吐清音[25],雅舞播《幽兰》[26]。丹唇含《九秋》,妍迹凌《七盘》[27]。赴曲迅惊鸿[28],蹈节如集鸾[29]。绮态随颜变[30],沉姿无定源[31]。俯仰纷阿那[32],顾步咸可欢。遗芳结飞飙[33],浮景映清湍。冶容不足咏[34],春游良可叹[35]!

【注释】

①扶桑:神话中长在东方日出处的大树。《淮南子·天文训》:"日出于旸谷,浴于咸池,拂于扶桑,是谓晨明。"《山海经·海外东经》:"汤谷上有扶桑,十日所浴,在黑齿北。"又《大荒东经》:"汤谷上有扶木,一日方至,一日方出。"按扶木即扶桑。扶,赵氏覆宋本作"榑"。朝晖(huī):即朝日。颜延之《归鸿诗》:"昧旦濡和风,沾露践朝晖。"

②此:傅刚《校笺》:"徐本、郑本作'我'。"台端:《文选》李善注:"台端,犹室端也。"傅刚《校笺》:"五云溪馆本作'楼端'。"

③高台:傅刚《校笺》:"徐本、郑本作'台端',五云溪馆本作'高堂'。"妖丽:美女。《汉书》卷四十七《梁怀王刘揖传》:"梁国之富,足以厚聘美女,招致妖丽。"傅刚《校笺》:"五云溪馆本、徐本、郑本作'艳丽'。"妖,美艳。

④洞房:深邃的内室。洞,《文选》《乐府诗集》作"濬"。清颜:清丽的容貌。指美女。

⑤淑貌:美貌。曜(yào):同"耀",照耀,辉映。皎日:白日。

⑥惠心：善良的心地。惠，《艺文类聚》作“蕙”。清：纯洁。闲：雅。曹植《美女篇》：“美女妖且闲，采桑岐路间。”

⑦玉泽：《文选》李周翰注：“目若玉之光泽。”

⑧蛾眉：蚕娥的触须，细长而弯，用以比喻女子长而美的眉毛。宋玉《招魂》：“蛾眉曼睩，目腾光兮。”翠翰：翠鸟之羽。宋玉《登徒子好色赋》：“眉如翠羽，肌如白雪。”傅玄《有女篇·艳歌行》：“蛾眉分翠羽，明目发清扬。”

⑨秀色：清秀美丽的容颜。张衡《七辩》：“淑性窈窕，秀色美艳。”秀，原作“彩”，傅刚《校笺》：“五云溪馆本、徐本、郑本作‘秀’。又《乐府诗集》作‘秀’。”据改。

⑩窈窕（yǎo tiǎo）：娴静美好貌。《诗经·周南·关雎》：“窈窕淑女，君子好逑。”容仪：容貌仪表。

⑪媚：傅刚《校笺》：“五云溪馆本、徐本、郑本作‘美’。”巧笑：妩媚动人的笑。《诗经·卫风·硕人》：“巧笑倩兮，美目盼兮。”

⑫“暮春”句：《论语·先进》：“莫（暮）春者，春服既成，冠者五六人，童子六七人，浴乎沂，风乎舞雩，咏而归。”

⑬粲粲（càn）：鲜明貌。《诗经·小雅·大东》：“西人之子，粲粲衣服。”绮：有花纹的丝织品。纨（wán）：白色细绢。

⑭金雀：一端饰有雀形的金钗。雀，或作“爵”。曹植《美女篇》：“头上金爵钗，腰佩翠琅玕。”藻翘：即翠翘。《楚辞》宋玉《招魂》：“砥室翠翘，挂曲琼些，翡翠珠被，烂齐光些。”王逸注：“翠，鸟名也。翘，羽也。”本指翠鸟尾上的长毛，这里指形似翠翘的头饰。

⑮琼、瑶（yáo）、璠（fán）：皆美玉。

⑯方驾：两车并行。《后汉书》卷二十四《马防传》：“临洮道险，车骑不得方驾。”清尘：即尘土。《汉书》卷五十七下《司马相如传》：“犯属车之清尘。”颜师古注：“尘谓行而起尘也。言清者，尊贵之意也。”

⑰濯（zhuó）足：洗脚。扬雄《太玄赋》："升昆仑以散发兮，踞弱水而濯足。"洛水：水名。发源于陕西洛南的冢岭山，向东流经河南洛阳，注入黄河。

⑱蔼蔼：犹言"济济"，盛多貌。风云会：《文选》刘良注："佳人繁多，若风云之会。"

⑲崖：《文选》张铣注："崖，岸也。"充：满。罗幕：用轻软的丝织品搭成的帐幕。

⑳渚（zhǔ）：水边。屈原《九歌·湘夫人》："帝子降兮北渚，目眇眇兮愁予。"张衡《南都赋》："抚轻舟兮浮清池，乱北渚兮揭南涯。"軿（píng）轩：妇女乘坐的四周有障蔽的车。

㉑藻景：《文选》李善注："藻景，华景也。"即花影。又吕向注："藻，草也。藻景，日光有文也。"

㉒岸：《文选》作"崖"。被：覆盖。华丹：《文选》吕向注："华丹，丹华也。"即红花。

㉓馥馥（fù）：香气浓烈貌。旧题苏武诗："烛烛晨明月，馥馥我兰芳。"挥：举。指起舞。

㉔泠泠（líng）：声音清脆貌。旧题苏武诗："请为游子吟，泠泠一何悲！"弹：指弹奏乐器。

㉕悲歌：《列子·汤问篇》："饯行于郊衢，抚节悲歌，声振林木，响遏行云。"音：《文选》《乐府诗集》作"响"。左思《招隐诗》："非必丝与竹，山水有清音。"

㉖舞：《艺文类聚》《乐府诗集》作"韵"。播：扬。《幽兰》：古琴曲名。宋玉《讽赋》："臣援而鼓之，为《幽兰》《白雪》之曲。"

㉗"丹唇"二句：曹植《洛神赋》："丹唇外朗，皓齿内鲜。"《九秋》：古乐府曲名。妍（yán），美好。迹，指舞步。凌，升，超过。《文选》作"陵"。按二字通。《七盘》，古舞名。《文选》张衡《南都赋》："结《九秋》之增伤，怨《西荆》之折盘。"李善注："古乐府有《历

九秋妾薄相行》,歌辞曰:‘齐讴楚舞纷纷,歌声上彻青云。’《西荆》,即楚舞也。折盘,舞貌。张衡有《七盘舞赋》,或以‘折盘’为‘七盘’也。”又《通典》卷一百四十五《乐》:“盘舞,汉曲。……张衡《舞赋》云:‘历《七盘》而蹝蹑。’王粲释云:‘《七盘》陈于广庭。’”

㉘赴曲:谓依乐曲而舞。迅:迅疾。鸿:水鸟名。是雁中最大者。《文选》李善注引卞兰《七牧》:“翻放袂而赴节,若游鸿之翔天。”

㉙蹈节:踩着节拍。集:聚集。鸾:传说中凤凰一类的神鸟。中山王刘胜《文木赋》:“或如龙盘虎踞,复似鸾集凤翔。”边让《章华台赋》:“忽飘飖以轻逝兮,似鸾飞于天汉。”

㉚绮态:美丽的容态。

㉛沉:原作“澄”,《文选》《乐府诗集》作“沉”,据改。无定源:《文选》吕向注:“绮美之态,随舞容而有沉深之姿,纵横而出,其源不定。”谓变化多端,层出不穷。定,《文选》五臣本作“定”,李善本作“乏”,并注云:“或为‘定’。”

㉜阿那:柔美貌。《文选》张衡《南都赋》:“阿那蓊茸,风靡云披。”李善注:“阿那,柔弱之貌。”又张衡《七辩》:“蝤蛴之领,阿那宜顾。”

㉝芳:香。屈原《远游》:“谁可与玩斯遗芳兮,晨向风而舒情。”结:《文选》张铣注:“束也。”此应为附着、依附之意。飙(biāo):暴风。

㉞冶容:《后汉书》卷五十二《崔骃传》:“扬蛾眉于复关兮,犯孔戒之冶容。”李贤注:“《易·系辞》曰:‘冶容诲淫。’郑玄注:‘谓饰其容而见于外曰冶。’”不足:不值得。

㉟良:确实。

【译文】

扶桑树上升起了绚烂的朝阳,阳光照在这一座高台上面。高台上有许多美艳的女子,从深房中走出都有清丽的容颜。美丽的容貌与白日交相辉映,心地善良纯洁而且高雅。美妙的双目闪耀着美玉般的光泽,蛾眉就像是翠鸟的羽毛一般。鲜嫩的肌肤是多么的柔润,秀美的姿色像是一道美食可餐。娴静美好仪态变幻万端，无论说话微笑都十分婉媚乖巧。暮春时节春服已经做成，绮衣纨裳多么华丽鲜艳。头上悬垂着金雀翠翘，身上缠结着玉佩瑶璠。两车并行扬起一路清尘，在洛水的水波中洗濯双足。人们聚在一起犹如风涌云会，一眼望去美人是何等的众多！南面的岸边到处张设罗幕，北面的水边停满了辩轩。清澈的水中摇曳着花影，高岸边覆盖着红花一片。长袖挥舞送来浓郁的芳香，纤指轻弹响起清脆的琴声。唱起悲歌发出清越的音响，舞曲高雅响起了《幽兰》。朱唇微启吟唱《九秋》，舞步美妙跳起《七盘》。依乐起舞迅疾犹如鸿鹄惊飞，节拍踩得整齐就像鸾鸟聚集。美丽的容态随着表情变化，深沉的舞姿不断地变换。俯仰之间不断展现婀娜身姿，眼神舞步无不让人看了喜欢。留下芳香依附暴风飘到远方，漂浮的美景映入清澈的激流。美艳的姿容不值得过多地吟咏，春天的游乐实在值得深情慨叹！

前缓声歌

【题解】

本篇载《文选》卷二十八；《艺文类聚》卷四十二、《太平御览》卷五十六节引，《太平御览》题作《缓齐歌行》；收入《乐府诗集》卷六十五《杂曲歌辞》。其古辞今存，是一首讲穷则变、变则通道理的说理诗。本篇则为游仙诗，婉蓄地表现了企图解脱在短促人生中所遭受的太多压抑和痛苦的心理。《乐府诗集》郭茂倩于古辞前有题解云："晋陆机《前缓声歌》曰：'游仙聚灵族，高会曾（层）城阿。'言将前慕仙游，冀命长缓，故流声于歌曲也。……按缓声本谓歌声之缓，非言命也。"《乐府诗集》卷六十三收有曹植的游仙诗《升天行》，郭茂倩题解引《乐府解题》云："《升天行》，曹植云：'日月何时留。'鲍照云：'家世宅关辅。'曹植又有《上仙箓》与《神游》《五游》《龙欲升天》等篇，皆伤人世不永，俗情险艰，当求神仙，翱翔六合之外，与《飞龙》《仙人》《远游篇》《前缓声歌》同意。"两题解言及本篇作意及渊源，不为无见。对众神灵高会情景的描写绘声绘色，十分生动。吴淇认为此描写具有讽意，云："此篇似极其颂美，却是痛刺晋家诸王外戚，专权自恣，树立党援，争以游戏荒淫相尚，全无体统纪纲也，故借仙灵聚会以寓意。"(《六朝选诗定论》卷十)末衍为祝颂之辞，乃受古辞影响。

游仙聚灵族①，高会层城阿②。长风万里举③，庆云郁嵯峨④。宓妃兴洛浦⑤，王韩起泰华⑥。北征瑶台女⑦，南要湘川娥⑧。肃肃霄驾动⑨，翩翩翠盖罗⑩。羽旗栖琼鸾⑪，玉衡吐鸣和⑫。太容挥高弦⑬，洪崖发清歌⑭。献酬既已周⑮，轻轩垂紫霞⑯。总辔扶桑枝⑰，濯足旸谷波⑱。清晖溢天门，垂庆惠皇家⑲。

【注释】

①游仙：脱离尘世，游历仙境。《太平御览》作"遨山"。灵族：指众神灵。

②高会：盛大的宴会。《汉书》卷一上《高帝纪上》："汉王遂入彭城，收羽美人货赂，置酒高会。"会，《艺文类聚》《太平御览》作"宴"。层城：传说中地名。又作"增城"。《淮南子·坠形训》："掘昆仑虚以下地，中有增城九重，其高万一千里百一十四步二尺六寸。"《水经注·河水》："三成为昆仑丘。《昆仑记》曰：'昆仑之山三级，下曰樊桐，一名板桐；二曰玄圃，一名阆风；上曰增城，一名天庭，是谓太帝之居。'"《文选》《乐府诗集》作"曾城"，赵氏覆宋本作"曾山"。阿：转弯处。

③举：起。《艺文类聚》作"急"。

④庆云：五色云，古以为祥瑞之气。《汉书》卷二十六《天文志六》："若烟非烟，若云非云，郁郁纷纷，萧索轮囷，是谓庆云。庆云见，

喜气也。”嵯（cuó）峨：《文选》刘良注：“云盛貌。”

⑤宓（fú）妃：《史记》卷一百十七《司马相如列传》：“若夫青琴、宓妃之徒，绝殊离俗。”司马贞《索隐》：“如淳曰：‘宓妃，伏羲女，溺死洛水，遂为洛水之神。’”兴：起。洛浦：洛水之滨。张衡《思玄赋》：“载太华之玉女兮，召洛浦之宓妃。”

⑥王、韩：指王子乔和韩众，皆传说中仙人。王子乔，一作“王乔”。《列仙传》卷上：“王子乔者，周灵王太子晋也。好吹笙作凤凰鸣，游伊洛之间，道士浮邱公接以上嵩高山。三十余年后，求之于山上，见柏良曰：‘告我家，七月七日待我于缑氏山巅。’至时，果乘白鹤驻山头，望之不得到。举手谢时人，数日而去。”韩众，一作“韩终”。楚辞《远游》：“奇傅说之托星辰兮，羡韩众之得一。”洪兴祖补注：“《列仙传》：‘齐人韩终为王采药，王不肯服，终自服之，遂得仙也。’”《神仙传》卷九：“（刘根）后入华阴山，见一人乘白鹿，从千余人，玉女左右，四人执彩旄之节，年皆十五六。余再拜顿首，求乞一言，神人乃住，告余曰：‘汝闻昔有韩众否乎？’答曰：‘尝闻有之。’神人曰：‘即我是也。’”《文选》李善注引魏文帝诗：“王韩独何人，翱翔随天涂。”（按全诗今佚）泰华：即西岳华山，在今陕西华阴南。

⑦征：召。瑶（yáo）台女：《楚辞》屈原《离骚》：“望瑶台之偃蹇兮，见有娀之佚女。”洪兴祖补注：“《说文》云：‘瑶，玉之美者。’”王逸注：“有娀，国名。佚，美也。谓帝喾之妃，契母简狄也。……《吕氏春秋》曰：‘有娀氏有美女，为之高台而饮食之。’”

⑧要：邀请。湘川娥：指传说中的尧之二女娥皇、女英，为舜妃。《水经注·湘水》：“大舜之陟方也，二妃从征，溺于湘江，神游洞庭之渊，出入潇湘之浦。”谓二女死后成为湘水之神。以上二句《文选》刘良注：“言众仙神皆见征要会于曾城之曲。”

⑨肃肃：《文选》李周翰注：“车行貌。”霄驾：《文选》李周翰注：“谓

薄天而行。”霄，云霄。《文选》五臣本作“霄”，李善本及《艺文类聚》作“宵”。傅刚《校笺》引《考异》：“诗叙游仙，正指驾于云霄之上，作‘霄’为是。”《诗经·召南·小星》：“肃肃宵征，夙夜在公。”

⑩翩翩：摇曳貌。《文选》李善注引曹植《飞龙篇》：“芝盖翩翩。”翠盖：用翠鸟羽毛装饰的车盖。扬雄《甘泉赋》：“流星旄以电爥兮，咸翠盖而鸾旗。”罗：排列。

⑪羽旗：以羽毛装饰的旌旗。琼鸾：《文选》李善注：“以琼为鸾，以施于旗上。鸾，鸟，故曰栖也。”鸾，铃铛。屈原《离骚》：“扬云霓之晻蔼兮，鸣玉鸾之啾啾。”琼，原作“琐”，《文选》作“琼”，据改。

⑫玉衡：言其华美。衡，车辕前端的横木。和：《周礼·夏官·大驭》：“凡驭路仪，以鸾和为节。”郑玄注：“鸾在衡，和在轼，皆以金为铃。”《诗经·小雅·蓼萧》：“和鸾雝雝，万福攸同。”

⑬太容：《文选》张衡《思玄赋》：“素女抚弦而余音兮，太容吟曰念哉。”李善注：“太容，黄帝乐师也。”挥：动。高弦：《文选》吕向注：“谓高张琴瑟弦也。”

⑭洪崖：传说中仙人名。《艺文类聚》作“洪涯”。《文选》张衡《西京赋》：“洪涯立而指麾，被毛羽之襳裲。”薛综注：“洪涯，三皇时伎人。”清歌：清美的歌声。张衡《思玄赋》：“双材悲于不纳兮，并咏诗而清歌。”

⑮献：敬酒。酬：劝酒。周：《艺文类聚》作“终”。《诗经·小雅·楚茨》：“献酬交错，礼仪卒度。”

⑯轻轩：轻车。《文选》《艺文类聚》《乐府诗集》作“轻举”。垂：《文选》《艺文类聚》《乐府诗集》作“乘”。《文选》刘良注：“众仙会毕，乘霞而去。”

⑰总辔（pèi）：结上马缰绳。扶桑：参见本卷陆机《乐府三首·艳歌

行》注。扶，赵氏覆宋本作“榑”。屈原《离骚》：“饮余马于咸池兮，总余辔乎扶桑。”枝：《文选》李善本作“枝”，五臣本作“底”。

⑱濯（zhuó）足：洗脚，谓除去世俗的污垢。左思《咏史》其五：“振衣千仞冈，濯足万里流。”旸（yáng）谷：神话传说中太阳升起之处。屈原《远游》：“朝濯发于汤（旸）谷兮，夕晞余身兮九阳。”旸，《文选》作“汤”。

⑲“清晖（huī）”二句：《文选》李周翰注：“群仙飞举，溢满天门，垂降庆福，惠赐我皇家。”天门，《淮南子·原道训》：“乘云车，入云蜺，游微雾，……排阊阖，瀹天门。”高诱注：“天门，上帝所居紫微宫门也。”垂庆，留下幸福。惠，给以好处。

【译文】

游历仙境聚集了众多的神灵，在层城的一角高会欢饮。驾起长风在万里长空翱翔，五彩云浓郁得像大山一般高峻。宓妃从洛水之滨动身，王乔韩众从华山启程。北方请来瑶台神女，南方邀来娥皇女英。驾起车马奔驰在云霄之上，翠盖随风摇曳列队前行。鸟羽装饰的旌旗上挂着玉铃，华美的车衡上响着和铃。太容挥手拨动高张着的琴弦，洪崖高唱响起清美的歌声。敬酒劝酒已经轮了个遍，乘上轻车车下是一片紫色的云霞。把马缰绳拴在扶桑枝上，在旸谷的水波中濯洗双足。清朗的光辉把天门洒满，给皇家带来无限的好运。

塘上行

【题解】

本篇载《文选》卷二十八，《艺文类聚》卷四十一节引；收入《乐府诗集》卷三十五《相和歌辞·清调曲》。参见卷二甄皇后《乐府塘上行一首》题解。郭茂倩题解引《乐府解题》：“前志云：晋乐奏魏武帝《蒲生篇》，而诸集录皆言其词文帝甄后所作，叹以谗诉见弃，犹幸得新好，不遗故恶焉。若晋陆机‘江蓠生幽渚’，言妇人衰老失宠，行于塘上而为此歌，与古辞同意。”诗篇形象鲜明，情辞委婉。吴淇评云：“甄后既衰，作《塘上行》，说者以为怨而不怒。此拟更加雅秀，深得风人之致。”（《六朝选诗定论》卷十）诗以香草美人为比，既抒写了弃妇的幽怨，实亦寄寓了诗人的人生盛衰之叹，表达了诗人在仕进之中的危惧感和对朝政的忧患意识。

江蓠生幽渚，微芳不足宣①。被蒙风雨会②，移居华池边③。发藻玉台下④，垂影沧浪渊⑤。沾润既已渥⑥，结根奥且坚⑦。四节逝不处⑧，繁华难久鲜⑨。淑气与时殒⑩，余芳随风捐⑪。天道有迁易⑫，人理无常全⑬。男欢智倾愚⑭，女爱衰避妍⑮。不惜微躯退，但惧苍蝇前⑯。愿君广末光⑰，照妾薄暮年⑱。

【注释】

①“江蓠（lí）”二句：《文选》吕延济注：“妇人自喻本在父母家居幽闲之室，谦以德微不足以奉君子。”江蓠，一作“江离”，香草名。屈原《离骚》：“扈江离与辟芷兮，纫秋兰以为佩。”幽渚（zhǔ），幽僻的小洲。宣，播扬，散布。

②被：遭遇，碰上。蒙：蒙受。雨：《文选》《艺文类聚》作“云”。会：机会，际遇。

③居：原作“君”，《文选》《艺文类聚》《乐府诗集》皆作“居”，据改。华池：《楚辞》东方朔《七谏·谬谏》：“鸡鹜满堂坛兮，蛙黾游乎华池。”王逸注：“华池，芳华之池也。”

④藻：《文选》刘良注：“花也。”班固《答宾戏》：“董生下帷，发藻儒林。”玉台：《文选》刘良注：“以玉饰台。”又《文选》张衡《西京赋》：“朝堂承东，温调延北。西有玉台，联以昆德。”薛综注：“皆

殿与台名也。”

⑤沧浪:水青色。一说为水名。为汉水支流,或云即为汉水。屈原《渔父》:“沧浪之水清兮,可以濯吾缨。沧浪之水浊兮,可以濯吾足。”渊:《文选》《乐府诗集》作“泉”。傅刚《校笺》:“《文选》作‘泉’,则避唐讳也。”

⑥沾润:沾湿浸润。渥:厚,水分充足。《诗经·小雅·信南山》:“既优既渥,既沾既足。”

⑦结根:扎根。古诗“冉冉孤生竹”:“冉冉孤生竹,结根泰山阿。”奥:深。

⑧四节:春夏秋冬四季。逝:原作“游”,《文选》《乐府诗集》作“逝”,据改。不处:不停留。刘祯《赠五官中郎将诗四首》其一:“四节相推斥,季冬风且凉。”

⑨繁华:喻青春年华。《文选》李善本作“华繁”,五臣本作“繁华”。华,古“花”字。

⑩淑气:温和之气。陆机《悲哉行》:“蕙草饶淑气,时鸟多好音。”殒:落。

⑪“余芳”句:《文选》张铣注:“言容颜亦随岁时而毁。”捐,除去,消散。

⑫天道:自然运行的法则。犹天理。迁易:迁移、变易。

⑬人理:犹“人道”,指人与人之间相处的法则、道理。司马迁《悲士不遇赋》:“天道微哉,吁嗟阔兮!人理显然,相倾夺兮!”(《文选》李善注引作“天道悠昧,人理促兮”。)

⑭“男欢”句:《庄子·在宥》:“于是乎喜怒相疑,愚知相欺,善否相非,诞信相讥,而天下衰矣。”《文选》李善注引仲长统《昌言》:“强者胜弱,智者欺愚也。”倾,排挤,欺凌。

⑮妍(yán):美丽。《毛诗序》:“华落色衰,复相弃背。”

⑯但:只。《乐府诗集》作“恒”。苍蝇:比喻搬弄是非的小人。《诗经·小雅·青蝇》:“营营青蝇,止于樊。”郑玄笺:“蝇之为虫,污

白使黑,污黑使白。喻佞人变乱善恶也。”曹植《赠白马王彪》:“苍蝇间白黑,谗巧令亲疏。”

⑰末光:日月之余辉。喻夫君微末的恩惠。《史记》卷五十三《萧相国世家》:“及汉兴,依日月之末光。”

⑱薄暮年:指晚年。薄暮,傍晚时分。

【译文】

江蓠本生长在幽僻的小洲,香气微弱不能向外播散。不料碰上风吹雨飘的机会,种子被移居到华池的旁边。在玉台之下绽放花蕾,倩影映入深深的水间。沾溉浸润既已优厚,扎根地下又深又坚。四季流逝不会停留下来,繁花虽美难以久保鲜艳。温和之气随着时节消逝,余留的芳香随着凉风飘散。天道运行大自然会有迁移变易,依照人理人生也不能常保久全。男人喜欢智者而排斥愚者,女人喜爱美艳而躲避色衰。微躯退避并不值得可惜,是害怕苍蝇进身上前。但愿君王能将余光延伸,照着我度过寂寞的晚年。

陆云

陆云（262—303），字士龙，吴郡吴（今江苏苏州）人。陆机之弟。《晋书》本传称其“六岁能属文，性清正，有才理。少与兄机齐名，虽文章不及机，而持论过之，号曰‘二陆’”。与陆机同赴洛阳，曾任尚书郎、太子中舍人、中书侍郎、清河内史等职，世称“陆清河”。后转大将军右司马。成都王司马颖杀陆机，陆云同时遇害。钟嵘《诗品》将其诗列入中品。《隋书》卷三十五《经籍志四》著录有集十二卷（注云“梁十卷，录一卷”），已散佚。明人辑有《陆清河集》。其事见《晋书》卷五十四。

为顾彦先赠妇往返四首

【题解】

《为顾彦先赠妇往返四首》当与陆机《为顾彦先赠妇二首》作于同时。《文选》卷二十五载其中妇答的二首，诗题无“往返”二字。吴淇认为“士衡诗二首，一赠一答，士龙俱是答诗。前首谓北人不可交，后首谓彦先不得交北人”（《六朝选诗定论》卷十），其说恐非是。综观四首诗，第一首应为丈夫给妻子的赠诗，写出门在外的丈夫对妻子的思念；第二首应为妻子的答诗，表达了妻子既思念丈夫又担心丈夫在京都另觅新欢的心情；第三首（即《文选》所载的第一首）应又为丈夫的赠诗，丈夫针对妻子的疑虑，指天发誓，表明心迹。第四首（即《文选》所载的第二首）应又为妻子的答诗，她根据社会和人生的体验，并不轻信丈夫的誓言，相反对丈夫的誓言进行了嘲讽和揶揄，深层次地表达了不能主宰自己命运的哀怨和痛苦。诗篇对男女主人公（特别是对女主人公）内在心理的揭示比较深刻，描写比较细致。表现比较直接，有人对此持批评意见，如张玉谷在评陆机《赠妇二首》之后即云："士龙亦有此题往返四首，平直少味矣。"（《古诗赏析》卷十一）但其中亦间有出彩之句，如第四首"浮海"二句化用《孟子》语句便极成功，包蕴哲理，耐人寻味，对唐人名句"曾经沧海难为水，除却巫山不是云"（元稹《离思五首》其四）应具有示范作用。陈祚明评第四首云"此诗太怨矣，不若二章之和，然固警快"（《采菽堂古诗选》卷十一），而"浮海"二句，可足当"警快"之评。

一

我在三川阳①，子居五湖阴②。山海一何旷③，譬彼飞与沉。目想清惠姿④，耳存淑媚音⑤。独寐多远念⑥，寤言抚空衿⑦。彼美同怀子⑧，非尔谁为心？

【注释】

①三川：指伊、洛、黄河三条河流，都在洛阳附近，即代指洛阳。阳：水北曰阳，即北面。下文"阴"，指南面。

②五湖：所在说法不一。或以太湖为五湖，或以太湖及其附近的四湖为五湖。即指顾彦先家乡一带。

③旷：空阔。

④目想：谓通过想象在眼前浮现出。清惠：清秀聪慧。夏侯湛《玄鸟赋》："吐清惠之泠音，永吟鸣而自足。"惠，通"慧"。

⑤淑媚：美好，美妙。

⑥寐（mèi）：睡着。

⑦寤（wù）：睡醒。言：语助词。衿（jīn）：衣襟。

⑧同怀子：《文选》陆机《为顾彦先赠妇二首》其一："修身悼忧苦，

感念同怀子。”吕向注:“同怀,谓同怀抱之子,即其妇也。”

【译文】

我住在三川的北面,你住在五湖的南边。中间高山大海是多么空阔,就像是鱼游水底鸟飞蓝天。眼中总浮现你清秀聪颖的身姿,耳中还萦绕着你美妙的声音。独自眠宿常思念远方的亲人,醒来后只能空自抚弄着衣襟。与我同心的妻子你是那样的美丽,除了你我还能为谁如此牵挂动情?

二

悠悠君行迈①,茕茕妾独止②。山河安可逾③?永隔路万里④。京室多妖冶⑤,粲粲都人子⑥。雅步袅纤腰⑦,巧笑发皓齿⑧。佳丽良可羡⑨,衰贱焉足纪⑩。远蒙眷顾言⑪,衔恩非望始⑫。

【注释】

①悠悠:远貌。《诗经·小雅·黍苗》:“悠悠南行,召伯劳之。”行迈:远行,行走不止。迈,行。《诗经·王风·黍离》:“行迈靡靡,中心摇摇。”

②茕茕(qióng):孤独貌。屈原《九章·思美人》:“独茕茕而南行兮,思彭咸之故也。”

③逾:越过。

④永:长。隔路:傅刚《校笺》:“徐本、郑本作‘路隔’。”

⑤京室:本指王室。《诗经·大雅·思齐》:“思媚周姜,京室之妇。”此指京中。妖冶:艳丽。司马相如《上林赋》:“若夫青琴宓妃之徒,绝殊离俗,妖冶娴都。”

⑥粲粲(càn):鲜明貌。多形容服饰。《诗经·小雅·大东》:“西人

之子，粲粲衣服。”都人子：《文选》吕延济注：“都，亦美也。人子，士女也。”又《诗经·郑风·有女同车》：“彼美孟姜，洵美且都。”毛传：“都，闲也。”即文雅之意。

⑦雅步：《文选》李善注：“雅，闲雅，谓妖丽也。”陆机《百年歌》其二：“光车骏马游都城，高谈雅步何盈盈。”袅：体态轻盈柔美貌。《文选》作“擢”。纤腰：张衡《舞赋》：“搦纤腰而互折，嬛倾倚兮低昂。”

⑧皓齿：《诗经·卫风·硕人》：“齿如瓠犀，螓首蛾眉，巧笑倩兮，美目盼兮。”屈原（一说景差）《大招》：“朱唇皓齿，嫭以姱只。”皓，白。

⑨佳丽：《战国策·中山策》：“臣闻赵，天下善为者，佳丽人之所出也。”姚宏注：“佳，大。丽，美。”羡：《文选》作“美”。

⑩衰贱：思妇自称。贱，傅刚《校笺》：“陈本作‘颜’。”纪：《汉书》卷五十八《公孙弘卜式兒宽传赞》：“其余不可胜纪。”颜师古注：“纪，记也。”

⑪“远蒙”句：《文选》李周翰注：“远蒙眷顾言，谓夫先寄诗也。”眷顾，《诗经·小雅·大东》：“眷言顾之，潸焉出涕。”毛传：“眷，反顾也。”郑玄笺：“顾，视之。”又，《诗经·大雅·皇矣》：“乃眷西顾，此维与宅。”

⑫衔恩：受恩。非望始：谓超过了当初所希望得到的。《左传·宣公十二年》：“君之惠也，孤之愿也，非所敢望也。”《文选》李善注引曹丕《哀己赋》：“蒙君子之博爱，垂过望之渥恩。”（全赋今佚）

【译文】

夫君您离开家到了很远的地方，留下我孤零零地独守空房。山重水复哪有可能逾越？我俩被长达万里的路途隔绝。京城有许多艳丽妖娆的女人，人长得漂亮衣服也穿得鲜丽。步履优雅纤腰轻盈而优美，在轻巧地笑时总露出两排洁白的牙齿。这样美貌的女子确实值得爱羡，我又衰老又低贱哪还值得您挂念。承蒙您老远地说了许多表示眷念的话，得到的恩惠已经超出了我当初的企盼。

三

翩翩飞蓬征①,郁郁寒木荣②。游止固殊性③,浮沉岂一情④。隆爱结在昔⑤,信誓贯三灵⑥。秉心金石固⑦,岂从时俗倾。美目逝不顾,纤腰徒盈盈⑧。何用结中款⑨,仰指北辰星⑩。

【注释】

①翩翩:飞舞貌。飞蓬:蓬是一种草本植物,秋天枯萎后遇风即被吹起,四处飘荡,故名。曹植《吁嗟篇》:“吁嗟此转蓬,居世何独然!长去本根逝,宿夜无休闲。”征:远行。

②郁郁:茂盛貌。寒木:耐寒不凋的树木。陆机《演连珠》其五十:“劲阴杀节,不凋寒木之心。”荣:茂盛。

③游:远游在外。指自己。止:留在家中。指妻子。固殊性:谓彼此的感受不同。

④“浮沉”句:曹植《七哀诗》(本书《杂诗五首》其一):“君若清路尘,妾若浊水泥。浮沉各异势,会合何时谐?”

⑤隆:厚。

⑥信誓:以诚信为誓。贯:通。三灵:《汉书》卷八十七上《扬雄传》:“方将上猎三灵之流,下决醴泉之滋。”颜师古注引如淳曰:“三灵,日月星垂象之应也。”

⑦“秉心”句:古诗“驱车上东门”:“人生忽如寄,寿无金石固。”秉,持。

⑧盈盈:仪态美好貌。古诗“青青河畔草”:“盈盈楼上女,皎皎当窗牖。”

⑨何用:用何。中款:内心,诚心。繁钦《定情诗》:“中情既款款,然后克密期。”

⑩北辰星：即北极星。北极星从地球上看，其位置几乎不变，故常用以比喻爱情的专一。句谓仰指北极星以为誓。

【译文】

秋天蓬草轻飘飘地飞去了远方，耐寒不凋的树木依然长得十分茂盛。远游在外与留在家中固然有着很大不同，浮在水面与沉在水底哪会是一样的心情。但老早以前我们就已结下深厚的情爱，我真挚的誓言足可贯通日月星这三灵。我秉持的爱心就如金石般坚固，它哪会随着时俗轻易倾倒转移。长得再漂亮的眼睛我也不会看上一眼，再纤细的腰肢也只能徒然地柔美轻盈。若问用什么来表白我内心的深情，抬起头来我要指指天上的北极星。

四

浮海难为水①，游林难为观②。容色贵及时③，朝华忌日晏④。皎皎彼姝子⑤，灼灼怀春粲⑥。西城善雅舞⑦，总章饶清弹⑧。鸣簧发丹唇⑨，朱弦绕素腕⑩。轻裾犹电挥⑪，双袂如霞散⑫。华容溢藻幄⑬，哀响入云汉⑭。知音世所希⑮，非君谁能赞⑯？弃置北辰星，问此玄龙焕⑰。时暮勿复言⑱，华落理必贱⑲。

【注释】

①“浮海”句：语出《孟子·尽心上》：“故观于海者难为水，游于圣人之门者难为言。”意谓见过大海的人，别的水便难于吸引他了。

②“游林”句：《文选》李善注：“林、海，以喻上京也。言游上京，难为容色也。”又张铣注：“言夫在京所见既广，难为容态也。”林，指森林。

③及时：指青春妙龄之时。

④“朝华”句:《文选》吕向注:“忌,畏;晏,晚也。……朝华,木槿也,木槿花暮落,故云畏日晚也。”

⑤皎皎:白皙貌。古诗“青青河畔草”:“盈盈楼上女,皎皎当窗牖。”姝(shū)子:美丽的女子。《文选》吕向注:“彼姝,谓彼都美人也。”《诗经·鄘风·干旄》:“彼姝者子,何以畀之?”

⑥灼灼:鲜明貌。《诗经·周南·桃夭》:“桃之夭夭,灼灼其华。”怀春:思春,动了春心。《诗经·召南·野有死麕》:“有女怀春,吉士诱之。”粲(càn):《国语·周语上》:“人三为众,女三为粲。”韦昭注:“粲,美貌也。”《诗经·唐风·绸缪》:“今夕何夕,见此粲者。”

⑦“西城”句:《文选》李善注引陆机《洛阳记》:“金墉城在宫之西北角,魏故宫人皆在中。”又引崔豹《古今注》:“魏文帝宫人尚衣,能歌舞,一时冠绝。”《文选》吕延济注:“西城、总章皆出伎乐。”善,《初学记》作“多”。

⑧总章:《后汉书》卷九《献帝纪》:“公卿初迎冬于北郊,总章始复备八佾舞。”李贤注:“总章,乐官名。”饶:多。清弹:清美的弹唱。

⑨鸣簧:指笙箫一类管乐器。簧,管乐器中有弹性的薄片,气流通过时可振动发声。《诗经·小雅·鹿鸣》:“吹笙鼓簧,承筐是将。”丹唇:宋玉《神女赋》:“眉联娟以蛾扬兮,朱唇的其若丹。”曹植《洛神赋》:“丹唇外朗,皓齿内鲜。”

⑩“朱弦”句:《文选》刘良注:“朱弦,谓筝、琴也。素腕在上弹,故云绕也。”素,白皙。

⑪“轻裾(jū)”句:《文选》李善注引张衡《舞赋》:“裾若飞燕,袖如回雪,徘徊相佯,瞥若电伐。”裾,衣服的前襟。

⑫袂(mèi):衣袖。霞:《文选》作“雾”。《汉书》卷五十七下《司马相如传》:“旁魄四塞,云布雾散。”

⑬华容:美丽的容貌。曹植《洛神赋》:“华容阿娜,令我忘餐。”藻幄(wò):《文选》吕向注:“谓饰之以文也。”指华美的帐幔。

⑭哀响：指动人的音乐。汉魏六朝风气，奏乐以能生悲为善音。响，《文选》李善本作“响”，五臣本作“音”。云汉：天河，云天。《列子·汤问篇》：“薛谭学讴于秦青，未穷青之技，自谓尽之，遂辞归。秦青弗止，饯于郊衢，抚节悲歌，声振林木，响遏行云。薛谭乃谢求反，终身不敢言归。”

⑮希：少。

⑯赞：《文选》李善注：“称人之美曰赞也。”

⑰“弃置”二句：《文选》李善注：“玄龙，喻美女也。言弃彼北辰之心，而问此玄龙之色，讥好色而不好德。”北辰星，《文选》吕向注：“北辰星不移动，喻己也。”玄龙，黑红而有光彩的龙，喻美女。焕，鲜亮。

⑱时暮：谓年华迟暮，青春消逝。勿复：《文选》作“复何”。《文选》吕延济注：“复何言，自叹也。”曹丕《杂诗》其二：“弃置勿复陈，客子常畏人。”

⑲“华落”句：《文选》吕延济注：“言容华衰落，于理当见贱也。”《毛诗序》：“华落色衰，复相弃背。”华，同“花”。

【译文】

浮游过大海的人很难再以小河为意，见识过森林的人很难再觉得小树林好看。美丽的容颜贵在青春妙龄时展露，早晨的花朵最害怕傍晚太阳落山。京城中那些肌肤白皙的美人，光彩照人正是春心荡漾的时候。西城的美女善跳高雅的舞蹈，乐官总章有很多清美的弹唱。笙簧从丹唇发出美妙的音响，白皙的手将红色丝弦弹奏。轻盈的衣袖挥动起来犹如电闪，双袖挥舞就像朝霞光芒四散。美艳的容颜在华屋中流光溢彩，动人的音响直上九天云汉。知音的人世上实在是太少，除了您谁能对她们发出赞叹？您早就把北辰星抛到了一边，而向炫人眼目的玄龙问候缠绵。年华迟暮我也没必要再说什么，容华衰落照常理确会被人轻贱。

张协

张协（生卒年不详），字景阳，安平（今属河北）人。曾任秘书郎、华阴令、中书侍郎、河间内史等职。见天下已乱，乃弃绝人事，屏居草泽，以吟咏自娱。永嘉初，复征为黄门侍郎，托疾不就，终于家。工诗文，与兄张载、弟张亢并称“三张”。其诗善巧构形似之言，语言精警，有较强的艺术性。钟嵘《诗品》将其诗列入上品。《隋书》卷三十五《经籍志四》著录有集三卷（注云“梁四卷，录一卷”），已散佚。明人辑有《张景阳集》。其事见《晋书》卷五十五《张载传》附。

杂诗一首

【题解】

本篇载《文选》卷二十九。张协所作《杂诗》一共十首，此为其中的第一首。诗写一个女子秋夜思夫的情怀。诗篇通过对节候推移、景物变换以及这种推移、变换所造成的凄凉索寞情景的表现，揭示了思妇复杂的内心世界和悲凉索寞的心绪，情调婉转，笔触细致。语言朴素明净，与同时代的潘（岳）、陆（机）不同，而与后来的陶渊明颇为相似。“秋夜”二句、“房栊”二句等，皆为“巧构形似之言”（钟嵘《诗品》上），对后世颇有影响，南朝梁刘缓“清气流暄浊”（《奉和玄圃纳凉诗》）、刘孝威“清阴荡暄浊”（《望雨诗》）甚至直接袭用了“清气荡暄浊”句。陈祚明评云：“景即是情。‘房栊’四句，悲凉萧瑟。”（《采菽堂古诗选》卷十二）

秋夜凉风起，清气荡暄浊①。蜻蛚吟阶下②，飞蛾拂明烛③。君子从远役④，佳人守茕独⑤。离居几何时⑥？钻燧忽改木⑦。房栊无行迹⑧，庭草萋已绿⑨。青苔依空墙，蜘蛛网四屋⑩。感物多所怀⑪，沉忧结心曲⑫。

【注释】

①荡：清除，洗涤。暄浊：指炎热浑浊之气。

②蜻蛚（jīng liè）：蟋蟀的一种。《艺文类聚》卷九十七引蔡邕《月令章句》："蟋蟀虫名斯螽、莎鸡之类，世谓之蜻蛚。"《太平御览》卷九百四十九引《易通卦验》："立秋，蜻蛚鸣；白露下，蜻蛚上堂。"

③"飞蛾"句：崔豹《古今注》卷中："飞蛾，善拂灯烛。一名火花，一名慕光。"

④君子：指女子的丈夫。《诗经·周南·召南》："未见君子，忧心忡忡。"

⑤佳人：美女。指思妇。茕（qióng）：《文选》吕延济注："茕，孤也。"屈原《离骚》："世并举而好朋兮，夫何茕独而不予听？"

⑥离居：屈原《九歌·大司命》："折疏麻兮瑶华，将以遗兮离居。"

⑦钻燧：钻木取火。燧，古代取火的一种工具。《艺文类聚》卷十一引《礼含文嘉》："燧人始钻木取火，炮生为熟，令人无腹疾。"忽改木：《论语·阳货》："钻燧改火，期可已矣。"马融注："《周书·月令》有更火之文。春取榆柳之火，夏取枣杏之火，季夏取桑柘之火，秋取柞楢之火，冬取槐檀之火。一年之中钻火各异木，故曰'改火'也。"

⑧房栊（lóng）：犹言房舍。

⑨萋已绿：谓秋风初起、草木尚未衰败时的情景。古诗"东城高且长"："回风动地起，秋草萋已绿。"《文选》吕向注："萋，盛貌。"

以:《文选》五臣本作“已”,李善本作“以”。

⑩“青苔”二句:《文选》李善注引曹丕诗:“蜘蛛绕户牖,野草当阶生。”(按全诗今佚)四屋,指墙的四面。

⑪“感物”句:汉乐府《伤歌行》:“感物怀所思,泣涕忽沾裳。”

⑫沉忧:深忧。曹植《杂诗》:“去去莫复道,沉忧令人老。”心曲:《诗经·秦风·小戎》:“在其板屋,乱我心曲。”朱熹《集传》:“心曲,心中委曲之处也。”指内心深处。

【译文】

秋天的夜晚凉风开始吹拂,清凉之气荡涤了闷热和混浊。蟋蟀在台阶下不停地鸣叫,飞蛾扑向明亮的蜡烛。夫君离家到远方去服役,美人守着空闺寂寞又孤独。离别分居已有多长时间?转瞬间已改换了钻燧所用的树木。房中看不到夫君的一点点踪迹,庭院中的秋草茂盛而且翠绿。青苔沿着空墙悄悄地滋长,四面的墙壁上结满了蛛网。为物所感涌出了多少情怀,深深的忧愁郁结在心底。

杨方

杨方（生卒年不详），字公回，会稽（今浙江绍兴）人。少好学，有异才，得到虞预、贺循等人赏识。司徒王导辟为掾，转东安太守，迁司徒参军事。不愿久留京华，求补远郡，欲闲居著述，遂出任高梁太守。在郡著有《五经钩沉》《吴越春秋》等。以年老辞官，终于家。《隋书》卷三十五《经籍志四》著录有集二卷，已佚。其事见《晋书》卷六十八《贺循传》附。

合欢诗五首

【题解】

《合欢诗五首》，收入《乐府诗集》卷七十六《杂曲歌辞》。后三首《诗纪》别题作《杂诗》。《艺文类聚》卷八十九收第五首。崔豹《古今注》卷下："合欢树似梧桐，枝叶繁，互相交结。每风来，辄身相解，了不相牵缀。树之阶庭，使人不忿。"又《艺文类聚》引《本草经》："合欢，味甘平，生川谷，安五脏，和心志，令人欢乐无忧，久服轻身明目。生益州。"嵇康《养生论》："合欢蠲忿，萱草忘忧。"傅刚《校笺》引《考异》："此五首皆属寓言，前二首极写笃挚之忱，第三首乃入睽违之感，第四首言见而不亲，第五首言求之不得。词虽不属，意实相承。"《乐府诗集》郭茂倩题解引《乐府解题》对前二首有更详尽的解读："《合欢诗》……言妇人谓虎啸风起，龙跃云浮，磁石引针，阳燧取火，皆以同声相应，同气相求，我与君情，亦犹形影宫商之不离也。常愿食共并根穗，饮共连理杯，衣共双丝绢，寝共无缝裯；坐必接膝，行必携手，如鸟同翼，如鱼比目，利断金石，密逾胶漆也。”三、四首主要写相思，思人者当为男性，一为家居之思，一为出游之思（《考异》说“第四首言见而不亲”与诗意不合）。第五首亦当从男性落笔，欲将“奇树”“徙著余家”，“奇树”或即为所思之女子，别有寄托。诗写如胶似漆、形影不离之情爱，极尽铺陈，颇受张衡《同声歌》影响。第四首写途中所见秋景，美艳非常，而末却转笔抒悲情，是典型的以乐景写哀情之法。语言或“浅而入情”（陈祚明《采菽堂古诗选》卷十二），或清丽可喜，“黄华如沓金，白花如散银”，其风格大体亦如之。

一

虎啸谷风起[①]，龙跃景云浮[②]。同声好相应，同气自相求[③]。我情与子亲，譬如影追躯[④]。食共并根穗[⑤]，饮共连理杯[⑥]。衣用双丝绢[⑦]，寝共无缝裯[⑧]。居愿接膝坐，行愿携手趋[⑨]。子静我不动[⑩]，子游我无留[⑪]。齐彼同心鸟[⑫]，譬此比目鱼[⑬]。情至断金石[⑭]，胶漆未为牢[⑮]。但愿长无别，合形作一躯。生为并身物，死为同棺灰[⑯]。秦氏自言至[⑰]，我情不可俦[⑱]。

【注释】

①“虎啸”句：冯复京《六家诗名物疏》卷十二引《春秋元命苞》：“猛虎啸，谷风起，类相动也。”曹丕《十五》：“雉雊山鸡鸣，虎啸谷风起。”

②“龙跃”句：《淮南子·天文训》：“虎啸而谷风至，龙举而景云属。”景云，五色祥云。一作“庆云”。

③“同声”二句：语出《周易·乾》：“同声相应，同气相求。”谓声音相同就互相应和，气味相投就互相求助。

④影：傅刚《校笺》："徐本、郑本作'形'。"

⑤并根穗：《太平御览》卷八百三十九引《东观汉记》："光武以建平元年生于济阳县，是岁有嘉禾生，一茎九穗，大于凡禾，县界大熟，因名上曰秀。"并，《乐府诗集》作"同"。

⑥连理杯：指两只杯子连在一起。连理，《太平御览》卷八百七十三引《白虎通》："王者德至，草木则木连理也。"指不同的草木的枝干连生在一起。曹植《魏德论·连理木》："有木连理，别干同枝。"古代多用以比喻生死不渝的爱情。

⑦用：《乐府诗集》作"共"。

⑧共：吴兆宜注："一作'用'。"裯（chóu）：单层的被子。

⑨趋：吴兆宜注："一作'游'。"

⑩不：傅刚《校笺》："陈本作'求'。"

⑪无：《乐府诗集》作"不"。

⑫同心鸟：传说中鸟名。常用作爱情的象征。傅玄《拟四愁诗四首》其二："佳人贻我兰蕙草，何以要之同心鸟。"

⑬此：《乐府诗集》作"彼"。比目鱼：一种只生有一目、须两鱼相并始能游行的鱼，古人常用以比恩爱夫妻。傅玄《拟四愁诗四首》其二："佳人贻我明月珠，何以要之比目鱼。"

⑭"情至"句：陆云《为顾彦先赠妇往返四首》其三："秉心金石固，岂从时俗倾。"

⑮"胶漆"句：古诗"客从远方来"："以胶投漆中，谁能别离此。"

⑯棺：傅刚《校笺》："五云溪馆本、徐本、郑本作'椁'。"

⑰秦氏：指东汉人秦嘉，与其妻徐淑感情笃厚。本书卷一收有秦嘉《赠妇诗三首》。自言至：谓秦嘉自以为对爱情的忠贞达到了极致。

⑱不可俦（chóu）：没有可与我相比的。俦，同类。

【译文】

虎一长啸山谷间便刮起大风，龙一腾跃天空便浮现五彩祥云。相同的声音总喜欢相互和应，相同的气味自然会彼此相求。我的感情同你这样亲密无间，就像是身影追随着身躯。进食一起食用根并生的谷穗，喝水两人共用一个连理杯。穿衣都穿双丝绢缝制的衣服，睡觉共盖一床无缝被。在家愿与你膝盖挨着膝盖坐着，出门愿与你手拉着手前行。你安静时我也不会动一动，你出游时我也不会在家停留。我们就与那同心鸟完全一样，我们就像这并肩畅游的比目鱼。感情深厚合力可以把金石截断，胶和漆与我们相比也不算坚牢。但愿我们永远也不要别离，两个人可以合成一个身躯。活着时两个人的身躯合在一起，死后在一副棺材里化成细灰。秦氏自己说他的感情最为坚贞，我的感情才没有人能与我相比。

二

磁石招长针①，阳燧下炎烟②。宫商声相和③，心同自相亲。我情与子合，亦如影追身。寝共织成被④，絮用同功绵⑤。暑摇比翼扇⑥，寒坐并肩毡⑦。子笑我必哂⑧，子戚我无欢⑨。来与子共迹⑩，去与子同尘⑪。齐彼蛩蛩兽⑫，举动不相捐⑬。惟愿长无别，合形作一身。生有同室好⑭，死成并棺民。徐氏自言至⑮，我情不可陈⑯。

【注释】

①招：《乐府诗集》作“引”。

②阳燧：古代以日光取火的凹面铜镜。

③宫、商：皆为古代五音之一。《礼记·乐记》：“感于物而动，故形于声。”郑玄注：“宫、商、角、徵、羽，杂比曰音，单出曰声。”相和：《尚书·舜典》：“八音克谐，无相夺伦，神人以和。”

④织成：古代一种以彩丝及金缕织出花纹图案的名贵丝织物，汉以

来为权贵者所服。《后汉书·舆服志下》:“衣裳玉佩备章采,乘舆刺绣,公侯九卿以下皆织成。”

⑤用:《乐府诗集》作“共”。同功绵:吴兆宜注:“《通雅》高诱注引《海阳异名记》云:八蚕共为一大茧,同功绵当即此。按:戏瑕《古乐府》有‘终用同功绵’。今吴兴养蚕家,以两蚕共作茧者,谓之同功绵,价倍于常。”《艺文类聚》卷四十引嵇含《伉俪诗》:“裁彼双丝绢,著以同功绵。”

⑥比翼扇:谓两扇并在一起摇动。比翼,参见卷二魏文帝《于清河见挽船士新婚与妻别一首》注。《北堂书钞》卷一百三十四引陆机《芙蓉诗》:“夏摇比翼扇。”(按全诗今佚)《艺文类聚》卷四十引嵇含《伉俪诗》:“夏摇比翼扇,冬卧蛩蛩毡。”

⑦并肩毡:两块毡并排放在一起。《太平御览》卷七百八引陆云诗:“冬坐比肩毡。”

⑧哂(shěn):微笑。

⑨戚:《乐府诗集》作“蹙”。

⑩共迹:陆机《吴贞献处士陆君诔》:“行焉比迹,诵必共响。”

⑪同尘:尘垢混同。《老子》第五十六章:“挫其锐,解其纷,和其光,同其尘,是谓玄同。”

⑫蛩蛩(qióng):《文选》司马相如《子虚赋》:“蹴蛩蛩,辚距虚。”张揖注:“蛩蛩,青兽,状如马。……距虚,似蠃而小。”蛩蛩,一作“邛邛”;距虚,一作“巨虚”“岠虚”。《孔子集语》卷下:“孔子曰:北方有兽,其名曰蟨,前足鼠而后足兔。是兽也甚。其爱蛩蛩、巨虚也,食得甘草,必啮以遗蛩蛩、巨虚;蛩蛩、巨虚见人将来,必负蟨以走。蟨非性爱蛩蛩、巨虚也,为其假足之故也。二兽者亦非性爱蟨也,为其得甘草而遗之故也。夫禽兽、昆虫犹知比假以相报也,况于士君子之欲兴名利于天下者乎!”又《尔雅·释地》:“西方有比肩兽焉,与邛邛、岠虚比,为邛邛、岠虚啮甘草。即有难,邛

邛、岠虚负而走，其名谓之蹷。”此取其“比”“比假而相报”之意。

⑬举动：《古诗为焦仲卿妻作》：“此妇无礼节，举动自专由。”捐：弃。

⑭同室：谓夫妇同居一室。《诗经·王风·大车》：“穀则异室，死则同穴。”

⑮徐氏：指东汉秦嘉妻徐淑，夫妻二人感情笃厚。本书卷一收有秦嘉《赠妇诗三首》、徐淑《答诗》一首。

⑯不可陈：谓感情深厚得难以用言语表达。

【译文】

磁石把长针紧紧地吸引，阳燧在太阳下很快发热冒烟。宫音商音其声相互应和，两心相同自然就会相互亲近。我的感情与你紧扣密合，就像身躯旁边总是追随着身影。睡觉共用一床织成被，棉絮用的是同功绵。热天摇动的是比翼扇，冷天坐着的是并肩毡。你笑时我肯定也会跟着笑，你发愁时我肯定也不欢喜。来时与你踏着同一足迹，去时与你蒙受同样的风尘。与那蛩蛩兽完全一样，一举一动彼此都不相弃。但愿我们永远也不别离，两个人合在一起成为一身。活着时有同住一室的恩爱，死后两个人在一副棺木中栖身。徐氏说她对丈夫的感情最为忠贞，我对丈夫的深情却无法一一细陈。

三

独坐空室中①，愁有数千端②。悲响答愁叹③，哀涕应苦言④。彷徨四顾望⑤，白日入西山⑥。不睹佳人来⑦，但见飞鸟还。飞鸟亦何乐？夕宿自作群⑧。

【注释】

①“独坐”句：秦嘉《赠妇诗三首》其一：“独坐空房中，谁与相劝勉？”

②端：方面，件。曹丕《折杨柳行》：“追念往古事，愦愦千万端。”

③悲响：曹丕《清河作》："弦歌发中流，悲响有余音。"愁叹：屈原《九章·抽思》："愁叹苦神，灵遥思兮。"

④哀涕：嵇康《声无哀乐论》："唯睹其哀涕之容，而未曾见笑噱之貌。"苦言：凄苦的言辞。陆机《赠冯文罴》："悲情临川结，苦言随风吟。"言，傅刚《校笺》："徐本、郑本作'心'。"

⑤四顾望：曹操《气出唱》其一："四面顾望，视正焜煌。"

⑥"白日"句：王粲《从军诗》其三："白日半西山，桑梓有余晖。"

⑦佳人：喻丈夫。

⑧宿：《埤雅》卷六引《禽经》："陆鸟曰栖，水鸟曰宿。"

【译文】

独自坐在空空的屋内，发愁的事有好几千件。悲凄的音响应答着哀愁的叹息，悲哀的泪水回应着凄苦的话语。苦闷彷徨朝着四面张望，只见白日已经落下西山。总也望不见最美的人回来，只见一只只飞鸟飞回老巢。飞鸟为什么能那么快乐？晚上歇宿能够结队成群。

四

飞黄衔长辔[①]，翼翼回轻轮[②]。俯涉绿水涧，仰过九层山。修途曲且险[③]，秋草生两边。黄华如沓金[④]，白花如散银。青敷罗翠彩[⑤]，绛葩象赤云[⑥]。爰有承露枝[⑦]，紫荣合素芬[⑧]。扶疏垂清藻[⑨]，布翘芳且鲜[⑩]。目为艳彩回，心为奇色旋。抚心悼孤客[⑪]，俯仰还自怜。踌躇向壁叹，揽笔作此文[⑫]。

【注释】

①飞黄：传说中的神马。《淮南子·览冥训》："青龙进驾，飞黄伏皂。"高诱注："飞黄，乘黄也。出西方，状如狐，背上有角，寿千岁。"辔（pèi）：马缰绳。

②翼翼：飞动貌。《后汉书》卷五十九《张衡传》："纷翼翼以徐戾兮，猋回回其扬灵。"李贤注："翼翼，飞貌。"

③修：长。

④华：同"花"。沓：众多的样子。

⑤敷：布。罗：分布，罗列。

⑥绛（jiàng）：深红色。葩（pā）：花。

⑦承露：承接甘露。班固《西都赋》："抗仙掌以承露，擢双立之金茎。"

⑧荣：花。合：傅刚《校笺》引《考异》："'合'疑作'含'。"素芬：淡雅的清香。

⑨扶疏：繁茂四布貌。司马相如《上林赋》："垂条扶疏，落英幡纚。"清藻：清丽有文采。潘尼《赠陆机出为吴王郎中令》："玩尔清藻，味尔芳风。"

⑩翘：高举的样子。

⑪悼：感伤。孤客：《文选》谢灵运《七里濑诗》李善注引曹植《九咏》："何孤客之可悲。"

⑫揽笔：《后汉书》卷八十下《文苑传·祢衡传》："揽笔而作，文无加点。"揽，持。

【译文】

飞黄衔着马勒拖曳着长长的缰绳，在行进中轻快地转动着双轮。低着头涉过流淌着绿水的山涧，仰着头驶过一重重大山。漫长的旅途曲折而且艰险，秋草丛生在路的两边。黄花如同一簇簇黄金，白花好似星星点点的白银。青色散开排列出一处处翠绿的色彩，深红色的花就像是天上的赤云。还有那承接露珠的树枝，紫花聚拢散发出淡雅的清香。繁茂四布悬垂着清丽的文采，高高地敷布芬芳而且光鲜。眼为艳丽的色彩而四处转动，心为奇丽的色彩而荡漾盘旋。抚摸着心为自己身为孤客感伤，低头抬头都为自己的境遇哀怜。徘徊彷徨对着墙壁长叹，拿起笔来写下了这一诗篇。

五

南邻有奇树[①]，承春挺素华[②]。丰翘被长条[③]，绿叶蔽朱柯[④]。因风吐徽音[⑤]，芳气入紫霞。我心羡此木，愿徙著余家。夕得游其下，朝得弄其葩[⑥]。尔根深且坚[⑦]，余宅浅且洿[⑧]。移植良无期[⑨]，叹息将如何[⑩]？

【注释】

①邻：傅刚《校笺》："五云溪馆本、徐本、郑本作'林'。"奇树：古诗"庭中有奇树"："庭中有奇树，绿叶发华滋。"

②承：通"乘"，趁着。素华：白花，素净的花。

③丰翘：繁茂貌。皆指白花。被：覆盖。条：枝条。

④朱柯（kē）：《文选》张衡《西京赋》："浸石菌于重涯，濯灵芝以朱柯。"薛综注："朱柯，芝草，茎赤色也。"

⑤因：凭借。徽音：《诗经·大雅·思齐》："大姒嗣徽音，则百斯男。"郑玄笺："徽，美也。"原作"微"，傅刚《校笺》："五云溪馆本、徐本、郑本作'徽'。"据诗意，应以作"徽"为是，据改。

⑥弄：赏玩。

⑦坚：《艺文类聚》作"固"。

⑧洿（wū）：低洼。

⑨良无：傅刚《校笺》："五云溪馆本、徐本、郑本作'无良'。"

⑩将如何：谓叹息又有什么用。如何，傅刚《校笺》："徐本、郑本作'何如'。"

【译文】

南边邻家有一棵奇异的树木，趁着春天开出白色的花。繁茂的白花覆盖着长长的枝条，碧绿的树叶遮蔽着红色的芝草。凭借着风力发出美妙的音响,芳香的气息散入紫色的云霞。我从心里艳羡这奇异的树木,希望能把她移栽到我家。傍晚能到树下游憩休息,早晨能到树下赏玩白花。你的根扎得很深很坚实,我的家根基浅又地处低洼。移植实在没有一个准日子,除了叹息又能有什么办法?

王鉴

王鉴（280？—321？），字茂高，堂邑（今江苏南京六合区）人。少以文笔著称。初为晋元帝琅邪国侍郎，后拜驸马都尉，出补永兴令。大将军王敦请为记室参军，未就而卒，时年四十一。《隋书》卷三十五《经籍志四》著录有集九卷，已佚。其事见《晋书》卷七十一。

七夕观织女一首

【题解】

我国古代有牛郎、织女为夫妇，为天河所隔，只能于每年农历七月七日夜相会一次的传说，这个传说在魏晋时期已经流传得相当广泛（参见卷一枚乘《杂诗九首》“迢迢牵牛星”）。本篇吟咏这一传说，着重渲染织女在前往会聚牛郎途中排场的宏大，气势的煊赫，织女的兴奋和喜悦自在不言之中。而最后仍以抒写“忧怨”之情作结，前后形成强烈的对比。诗人心目中的织女形象实为一贵妇人的形象，在写法上则颇受《楚辞》的影响。

牵牛悲殊馆[①]，织女悼离家[②]。一稔期一宵[③]，此期良可嘉。赫奕玄门开[④]，飞阁郁嵯峨[⑤]。隐隐驱千乘[⑥]，阗阗越星河[⑦]。六龙奋瑶辔[⑧]，文螭负琼车[⑨]。火丹秉瑰烛[⑩]，素女执琼华[11]。绛旗若吐电,朱盖如振霞[12]。《云》《韶》何嘈嗷[13],灵鼓鸣相和[14]。亭轩伫高盼[15],眷余在岌峨[16]。泽因芳露沾[17],恩附兰风加。明发相从游[18],翩翩鸾鹭罗[19]。同游不同观[20],念子忧怨多。敬因三祝末[21],以尔属皇娥[22]。

【注释】

①殊馆:居所不同,谓未与织女住在一起。

②悼:傅刚《校笺》:"五云溪馆本、徐本、郑本作'怨'。"

③稔(rěn):一年。期:期望,盼着。宵:《吕氏春秋·明理》:"有昼盲,有宵见。"高诱注:"宵,夜。"

④赫奕(yì):光明貌。陈琳《武军赋》:"声訇隐而动山,光赫奕以烛夜。"玄门:高深的大门。

⑤飞阁:凌空耸立、其势如飞的楼阁。何晏《景福殿赋》:"飞阁干云,浮阶乘虚。"郁:盛貌。嵯(cuó)峨:高峻貌。《文选》潘岳《河阳县作》其二李善注引秦嘉诗:"岩石郁嵯峨。"(按全诗今佚)

⑥隐隐:车马行进之声。《古诗为焦仲卿妻作》:"隐隐何甸甸,俱会大道口。"

⑦阗阗(tián):《文选》左思《蜀都赋》:"车马雷骇,轰轰阗阗。"刘良注:"轰轰、阗阗,车马声。"星河:指银河。

⑧六龙:《初学记》卷一:"爰止羲和,爰息六螭。"注:"日乘车驾以六龙,羲和御之。"瑶辔(yáo pèi):有玉饰的马缰绳。

⑨文螭(chī):有文采的螭。螭,《说文》:"若龙而黄,北方谓之地蝼。或云无角曰螭。"琼车:有玉饰的车。

⑩火丹:吴兆宜注:"仙女名。"瑰:次于玉的美石。

⑪素女:传说中神女名。为黄帝的侍女。《世本·作篇》:"庖牺氏作瑟……五十弦。黄帝使素女鼓瑟,哀不自胜,乃破为二十五弦。"

琼华：玉花。

⑫盖：车盖。振：《汉书》卷六十四上《严助传》："天子不振，尚安所诉。"颜师古注："振，举也，起也。"

⑬《云》《韶》：《云》，即《云门》，周代六乐舞之一，相传为黄帝所制。《韶》，乐曲名。传说为舜所制。《论语·述而》："子在齐闻《韶》，三月不知肉味。"这里借指美妙的音乐。陆云《谷风赠郑曼季诗》："鸾栖高冈，耳想《云》《韶》。"嘈嗷：音乐声。

⑭灵鼓：古乐器。《周礼·地官·鼓人》："以灵鼓鼓社祭。"郑玄注："灵鼓，六面鼓也。"

⑮亭：通"停"。赵氏覆宋本作"亭"，傅刚《校笺》引《考异》："宋刻作'亭'，误。"轩：车。伫：久久地站立。原作"纡"，傅刚《校笺》："五云溪馆本、徐本、郑本作'伫'。"据改。

⑯眷：顾，视。岌（jí）峨：本为山势高危之貌，这里形容倾斜欲倒的样子。曹植《九咏》："冠北辰兮岌峨，带长虹兮陵厉。"

⑰泽：恩泽。指情爱。

⑱明发：《诗经·小雅·小宛》："明发不寐，有怀二人。"朱熹《集传》："明发，谓将旦而光明开发也。"

⑲鸾、鷟（zhuó）：皆为凤凰一类的神鸟。罗：排列。

⑳观：傅刚《校笺》引《考异》："'观'字疑'欢'字之误。"按纪容舒说可参考。

㉑因：借，趁着。三祝：《庄子·天地》："'使圣人寿。'尧曰：'辞。''使圣人富。'尧曰：'辞。''使圣人多男子。'尧曰：'辞。'"后以祝人多寿、多富、多男子为三祝。

㉒尔：指织女。皇娥：传说中古帝少昊氏之母。王嘉《拾遗记》卷一："少昊以金德王。母曰皇娥，处璇宫而夜织，或乘桴木而昼游，经历穷桑沧茫之浦。时有神童，容貌绝俗，称为白帝之子，即太白之精，降乎水际，与皇娥谦戏，奏嫂娟之乐，游漾忘归。"此句谓希

望织女也能像皇娥一样得到“谑戏”和“游漾忘归”的机会。

【译文】

牵牛因与织女各处一方而悲伤，织女因远离了自己的家而愁怨。一年到头就盼着这一晚，这种期盼确实值得称赞。光芒闪耀高深的大门被打开，如飞的楼阁层层叠叠高峻巍峨。千辆车往前奔驰隆隆地作响，隆隆作响的车队越过了天河。六条龙拖曳着有玉饰的马缰昂首奋进，有花纹的独角龙牵拉着有玉饰的车。火丹举着玉一般晶莹的蜡烛，素女手持着光闪闪的玉花。深红色的旗帜好像喷吐着闪电，红红的车盖犹如高举着的云霞。《云》《韶》乐音嘈嗷多么热闹，灵鼓擂响隆隆的声音互相应和。停下车来久久地仰头张望，仰头张望我的身子倾斜欲倒。恩泽因芬芳的雨露而得到沾溉，恩情因香风依附而变得更加浓郁。明天一早我就能与你一起游乐，将会有鸾鹫翩翩飞舞前后相随。虽然同游却不会有心思一同观赏，顾念着你内心的忧怨实在太多。我愿恭敬地借着三祝之余，祝你织女成为又一个皇娥。

李充

李充（生卒年不详），字弘度，江夏平春（今河南信阳西北）人。初为丞相王导掾，后历任剡县令、大著作郎、中书侍郎等职。任大著作郎期间，典籍混乱，李充以类相从，分作四部，甚有条贯，秘阁定以为制。著有《翰林论》等。《隋书》卷三十五《经籍志四》著录有集二十二卷（注云“梁十五卷，录一卷”），已散佚。其事见《晋书》卷九十二《文苑传》。

嘲友人一首

【题解】

本篇载《艺文类聚》卷二十五。诗以夫妻关系比拟朋友关系，虽曰“嘲”，却写出了夫妻间（实即朋友间）的缠绵深挚之情。笔致腾挪，音韵谐协。此类文字，自汉魏以来不绝于纸，文人耳闻目染，了然于心，写来便能驾轻就熟，不滞于笔。文字语意皆多袭前人，“目想”二句，便直接从陆云《为顾彦先赠妇往返四首》其一“目想清惠姿，耳存淑媚音”二句化出。

同好齐欢爱[①]，缠绵一何深[②]。子既识我情，我亦知子心。嬿婉历年岁[③]，和乐如瑟琴[④]。良辰不我俱，中阔似商参[⑤]。尔隔北山阳[⑥]，我分南川阴[⑦]。嘉会罔克从[⑧]，积思安可任[⑨]。目想妍丽姿[⑩]，耳存清媚音[⑪]。修昼兴永念，遥夜独悲吟[12]。逝将寻行役[13],言别涕沾衿[14]。愿尔降玉趾[15],一顾重千金[16]。

【注释】

①同好:彼此交好。《左传·僖公四年》:"先君之好是继,与不穀同好如何?"

②缠绵:指感情深厚。成公绥《啸赋》:"舒蓄思之悱愤,奋久结之缠绵。"

③嬿婉:安顺和乐貌。旧题苏武诗:"欢娱在今夕,嬿婉及良时。"

④"和乐"句:《诗经·小雅·鹿鸣》:"鼓瑟鼓琴,和乐且湛。"《诗经·小雅·常棣》:"妻子好合,如鼓瑟琴。"曹植《浮萍篇》:"在昔蒙恩惠,和乐如瑟琴。"

⑤阔:《尔雅·释诂》:"远也。"商、参:二星名。商在东,参在西,在天空此出彼没,彼出此没,两不相见。常用以比喻亲友隔绝,两不相见。曹植《与吴季重书》:"面有过景之速,别有参商之阔。"又《浮萍篇》:"何意今摧颓,旷若商与参。"

⑥阳:山的南面。

⑦阴:水的南面。

⑧嘉会:旧题李陵诗:"嘉会难再遇,三载为千秋。"曹植《送应氏》其二:"清时难屡得,嘉会不可常。"嘉,《尔雅·释诂》:"美也。"罔克:不能。

⑨积思:东方朔《七谏·谬谏》:"念三年之积思兮,愿壹见而陈词。"石崇《王明君辞》:"苟生亦何聊,积思常愤盈。"任:承受。曹植《杂诗·高台多悲风》:"方舟安可极,离思故难任。"

⑩妍(yán)丽:美艳。杨泉《织机赋》:"丽姿妍雅,动有令光。"

⑪清媚:清丽妩媚。

⑫遥夜:长夜。宋玉《九辩》:"靓杪秋之遥夜兮,心缭悷而有哀。"

⑬逝:《诗经·魏风·硕鼠》:“逝将去女,适彼乐土。”郑玄笺:“逝,往也。”又高亨《今注》:“逝,通‘誓’。”行役:服役。或因公务跋涉在外。

⑭涕沾衿(jīn):眼泪浸湿了衣襟。《庄子·应帝王》:“列子入,泣涕沾襟以告壶子。”张衡《四愁诗》:“侧身南望涕沾襟。”

⑮尔:《艺文类聚》作“示”。玉趾:指脚。玉,形容其白皙。

⑯“一顾”句:参见本书卷一李延年《歌诗一首》。又《文选》谢朓《和王主簿怨情》:“生平一顾重,宿昔千金贱。”李善注引曹植诗:“一顾千金重,何必珠玉钱。”(按全诗今佚)

【译文】

有着同样的喜好同样的欢爱,依恋缠绵感情是何等的深厚。你对我的感情有很深的了解,我也很了解你的一片诚挚的心。安顺和乐已经有些年头,和谐欢乐就如瑟琴和鸣。美好的时辰不会永远与我伴随,中途远离好似商星参星。你被远隔在北山的南面,我被分离在南川的南边。美好的聚会无从寻求,愁思一天天累积哪能承受。眼里总浮现出你美艳的身姿,耳中还保留着你清美的声音。长长的白昼总要萌生无尽的思念,漫长的夜晚总要独自悲切地哀吟。我要把行役在外的你找寻,一提起别离泪水就总要沾湿衣襟。希你高抬贵脚降临到我跟前,你看我一眼要重于千两黄金。

曹毗

曹毗（生卒年不详），字辅佐，谯国（今安徽亳州）人。郡举孝廉，历任佐著作郎、太学博士、尚书郎、下邳太守等职。累迁至光禄勋。少好文籍，善属词赋，《晋书》卷九十二《文苑传序》将其与庾阐并称为“中兴之时秀”。《晋书》本传云“凡所著文笔十五卷，传于世”。《隋书》卷三十五《经籍志四》著录有集四卷，皆已佚。其事见《晋书》卷九十二《文苑传》。

夜听捣衣一首

【题解】

本篇载《艺文类聚》卷六十七。古人缝制衣服前，要先将衣料放在较为平整的石头上用杵捶平。秋凉之时，思妇为远行在外的丈夫缝制寒衣，于是就会响起一片捣衣声，人听到捣衣声而有感，于是这便成为诗人们不断吟咏的题材，本篇是今所见这类诗中较早产生的作品。诗以“夜听”为题，但不仅限于“听”，而且展开想象，将思妇捣衣的环境、情态和内在心理感受作了生动刻绘。最后写诗人自己的感触。《晋书》本传说曹毗“以名位不至，著《对儒》以自释”，所谓“悼彼幽滞心”，在“悼彼”的同时，实亦不无自悼之意。“岂但声与音”，话外有话，耐人寻味。

寒兴御纨素①，佳人理衣衿②。冬夜清且永③，皓月照堂阴④。纤手叠轻素，朗杵叩鸣砧⑤。清风流繁节⑥，回飙洒微吟[7]。嗟此往运速[8],悼彼幽滞心[9]。二物感余怀[10],岂但声与音。

【注释】

①兴:起。御:用。纨(wán):细绢。素:白绢。

②佳人:指思妇。理:《艺文类聚》作“治”。裣:同“襟”。傅刚《校笺》:“五云溪馆本、徐本、郑本作‘衾’。”

③永:长。

④皓:傅刚《校笺》:“《考异》作‘皎’。”阴:背面。

⑤朗:响亮。杵:捣衣的木棒。砧(zhēn):捣衣石。南朝乐府《子夜四时歌·秋歌》:“佳人理寒服,万结砧杵劳。”

⑥繁节:指杵发出的繁密的声响。节,节奏。

⑦回飙(biāo):旋风。

⑧此:指时节。往运:流逝。往,《艺文类聚》作“嘉”。

⑨幽滞:幽居沉滞。也指失意不得仕进的人。《后汉书》卷七十二《董卓传》:“幽滞之士,多所显拔。”

⑩二物:指时节(此)与“幽滞心”(彼)。

【译文】

寒意袭来细绢白绢派上了用场,美人先整理一下自己的衣襟。冬天的夜晚清冷而又漫长,明月把堂屋的背面也照得通亮。纤细的双手把轻软的绢料折叠起来,短棒敲打捣衣石发出响亮的声音。清风传送一片繁密的声响,旋风掠过洒下低微的悲吟。感叹时节流逝得如此的迅速,悲悼美人那一颗幽居沉滞之心。这两件事深深地触动了我的情怀,哪里只是因听到了捣衣声与吟叹声。

陶潜

陶潜(365—427),一名渊明,字元亮,自号五柳先生,私谥靖节,浔阳柴桑(今江西九江西南)人。晋大司马陶侃曾孙。少怀高尚,博学善属文,颖脱不羁,任真自得。闲静少言,不慕荣利。好读书,性嗜酒。青年时也曾有建功立业志向,加之家贫,为解决生计问题,曾几次出仕,做过江州祭酒、镇军参军、建威参军等,但均因不堪吏职,不久即辞归故里。义熙元年(405)最后一次出仕,为彭泽令,仅在官八十余日,即彻底弃官归隐。归隐后,写作了大量田园诗,为开创田园诗派的诗人,对后世影响很大。钟嵘《诗品》将其诗列入中品。有《陶渊明集》传世。其事见《晋书》卷九十四、《宋书》卷九十三、《南史》卷七十五及颜延之《陶徵士诔》、萧统《陶渊明传》等。

拟古诗一首

【题解】

本篇载《文选》卷三十。刘履云:“凡靖节退休后所作之诗,类多悼国伤时托讽之词,然不欲显斥,故以《拟古》《杂诗》等目名其题云。”(《选诗补注》卷五)《拟古》共九首,略作于刘宋初年,内容恰如刘履所言,多感时伤世、追慕节义之作,而表现则往往以托喻出之,颇见特色。本篇原列第七首,书写了佳人好景不长、盛年难再的感慨,实诗人在晋、宋易代之际心境的反映。吴瞻泰评云:“‘云间月’‘叶中华’,借以兴一时好，而着‘岂无’字、‘当如何’字，冷雨刺骨。《楚辞》‘恐美人之迟暮’，即首六句意，正悲美人之失时也。”（《陶诗汇注》卷四）虽题作“拟古”，却能自出机杼。清无名氏评云：“不屑屑摹拟，而自有跌宕，庶几颉颃古调。”（批注《选诗补注》卷五）

日暮天无云，春风扇微和①。佳人美清夜，达曙酣且歌②。歌竟长叹息，持此感人多③。明明云间月④，灼灼叶中华⑤。岂无一时好，不久当如何⑥？

【注释】

①“春风”句：《文选》嵇康《杂诗》：“微风清扇，云气四除。”吕向注：“扇，动，除去也。”微和，微微有点儿和暖。

②“佳人”二句：《文选》吕向注：“天清风和，贤人爱此良夜，至明酣歌也。”佳人，《文选》吕向注：“佳人，谓贤人也。美，犹爱也。”达曙，直到天亮。酣且歌，《尚书·伊训》：“敢有恒舞于宫，酣歌于室。”孔安国传：“淫乐酒曰酣。”

③持此：凭此，因此。此，指佳人清夜至曙唱歌叹息之事。

④明明：《陶渊明集》作“皎皎”。嵇康《杂诗》：“皎皎亮月，丽于高隅。”

⑤灼灼：鲜亮貌。华：《文选》作“花”。《诗经·周南·桃夭》：“桃之夭夭，灼灼其华。”

⑥“岂无”二句：《文选》李周翰注：“言月满则缺，花盛则落，好恶暂时，此安能久。当如何，言不可奈何。”

【译文】

傍晚时分晴空万里无云，春风吹拂送来微微的暖意。美人喜欢这清朗的夜晚，通宵达旦一边酣饮一边高歌。歌儿唱罢一声长长的叹息，此景此情实在是感人良多。云间的月亮明明朗朗，绿叶中的红花鲜鲜亮亮。难道没有一时间的美好，只是不知道不久后会怎么样？

荀昶

荀昶（生卒年不详），字茂祖，颍川颍阴（今河南许昌）人。刘宋元嘉初以文义官至中书郎。《隋书》卷三十五《经籍志四》著录有集十四卷（注云"梁十五卷，录一卷"），已佚。其事见《宋书》卷六十、《南史》卷三十三《荀伯子传》附。

拟相逢狭路间

【题解】

本篇收入《乐府诗集》卷三十五《相和歌辞·清调曲》。拟乐府古辞《相逢狭路间》（见卷一《古乐府诗六首》），可谓亦步亦趋。有人认为古辞"意存讥诮，'黄金'以下，一路写去，似句句恭维，实句句奚落"（萧涤非《汉魏六朝乐府文学史》），本篇实无这样的蕴含，而更像是一篇游戏之作。不过与古辞相比，诗篇没有极写富贵人家的华丽与奢靡，故事皆围绕赵地展开，文字也更为圆润流转。末以"梁尘将欲飞"作结，意致也与古辞不同。

朝发邯郸邑[1]，暮宿井陉间[2]。井陉一何狭，车马不得旋[3]。邂逅相逢值[4]，崎岖交一言[5]。一言不容多，伏轼问君家[6]。君家诚易知，易知复易博[7]。南面平原居[8]，北趣相如阁[9]。飞楼临名都[10]，通门枕华郭[11]。入门无所见，但见双栖鹤[12]。栖鹤数十双，鸳鸯群相追[13]。大兄珥金珰[14]，中兄振缨緌[15]。伏腊一来归[16]，邻里生光辉。小弟无所作[17]，斗鸡东陌逵[18]。大妇织纨绮[19]，中妇缝罗衣。小妇无所作，挟瑟弄音徽[20]。丈人且却坐[21]，梁尘将欲飞[22]。

【注释】

①邯郸：地名。即今河北邯郸，战国时为赵都。

②井陉（xíng）：山名。为太行山的支脉，有要隘名井陉口。《元和郡县志·恒州·获鹿县》引《述征记》："其山首自河内有八陉，井陉第五，四面高，中央低，似井，故名之。"

③"井陉（xíng）"二句：《汉书》卷三十四《韩信传》载，广武君李左车劝说安成君曰："今井陉之道，车不得方轨，骑不得成列。"旋，《楚辞》宋玉《招魂》："旋入雷渊，爢散而不可止些。"王逸注："旋，转也。"

④"邂逅（xiè hòu）"句：《诗经·郑风·野有蔓草》："邂逅相遇，适我愿兮。"值，碰上。

⑤崎岖：《文选》张衡《南都赋》："上平衍而旷荡，下蒙笼而崎岖。"李善注引《广雅》："崎岖，倾侧也。"

⑥伏轼（shì）：凭轼，靠着轼。轼，车厢前用作扶手的横木。

⑦"君家"二句：两句中的"易"字，原均作"难"，《乐府诗集》均作"易"；又傅刚《校笺》："徐本、郑本：'难'字均作'易'。按，《艺文类聚》卷四十一载《古相逢行》有'君家诚易知，易知复难忘'句，或为荀氏所本，故当作'易'。"据改。博：傅刚《校笺》："《考异》：'"博"者，寻觅之意。释宝月《估客乐》曰："五两如竹林，何处相寻博？"盖六朝有此方言。或疑为误字，非也。'刚按，《乐府诗集》卷四十五载《阿子歌》其二：'工知悦弦死，故来相寻博。'卷四十

六载《读曲歌》第七十八首:'自从近日来,了不相寻博。'第八十首:'近日莲违期,不复寻博子。'皆具此义。"

⑧面:朝着。平原:指平原君赵胜。赵国赵武灵王之子,惠王之弟,为著名的战国四公子之一,曾三任赵相。

⑨趣(qū):趋向,向着。相如:指蔺相如。战国赵人,曾为赵国屡建奇功,官至上卿。

⑩飞楼:高耸如飞的楼阁。临:对着。名都:指邯郸。

⑪通门:可通达四方的门。班固《西都赋》:"披三条之广路,立十二之通门。"枕:《汉书》卷六十四上《严助传》:"南近诸越,北枕大江。"颜师古注:"枕,临也。"郭:在城的外围加筑的一道城墙。

⑫双栖:谓雌雄共栖止。

⑬追:傅刚《校笺》:"沈本、陈本作'逐'。"

⑭珥(ěr):插戴。金珰(dāng):古代近臣的冠饰。

⑮振缨绥(ruí):《乐府诗集》注:"一作'缨玉蕤'。"振,抖动。缨,帽带。绥,《礼记·内则》:"冠、绥、缨。"郑玄注:"绥,缨之饰也。"孔颖达《正义》:"缨之饰也者,结缨颔下以固冠,结之余者,散而下垂,谓之绥。"即帽带下垂的末梢部分,可作为装饰。

⑯伏腊:伏,伏日,三伏中祭祀的一天。腊,腊日,岁末祭祀百神的一天。秦汉时,伏日、腊日都是节日,合称"伏腊"。

⑰作:《乐府诗集》作"为"。

⑱斗鸡:一种使鸡相斗的游戏。陌逵:道路。陌为田间道路,逵指四通八达的道路。

⑲纨(wán):白色细绢。绮:有花纹的丝织品。陆机《艳歌行》(一作《日出东南隅行》):"暮春春服成,粲粲绮与纨。"

⑳挟:持。弄音徽:谓调音准备弹奏。徽,《汉书》卷八十七下《扬雄传》:"今夫弦者,高张急徽。"颜师古注:"徽,琴徽也,所以表发抚抑之处。"即琴上系弦的绳。这里代指乐曲。

㉑丈人：子媳对公婆的尊称。却坐：退后一点儿坐。坐，傅刚《校笺》："陈本作'步'。"

㉒"梁尘"句：《艺文类聚》卷四十三引刘向《别录》："汉兴以来，善雅歌者，鲁人虞公，发声清哀，盖动梁尘。"形容歌声高妙动人。

【译文】

早晨从邯郸城出发，傍晚歇宿在井陉间。井陉的道路多么狭窄，窄得车马都转不开。偶然与人在途中相遇，侧着身子说一句话。就一句话不会多说，扶着轼问哪里是那位先生的家。那位先生的家其实很容易知晓，不仅容易知晓还很容易寻找。他家南面对着平原君的宅邸，北面对着蔺相如家的楼阁。高耸如飞的楼阁面对着名都邯郸，畅通四方的大门临近华美的城郭。走进大门一时没看见别的，只见在一起的雌鹤和雄鹤。这样的鹤一共有数十双，还有成群结队互相追逐的鸳鸯。大哥的帽子上戴着金珰，二哥的胸前抖动着帽带。每逢伏日腊日会回来一次，左邻右舍都因此生出光辉。小弟还没有做什么事，在东面的大路边斗鸡作乐。大儿媳妇在织纨绮，二儿媳妇在缝罗衣。小儿媳妇没做别的事，抱着瑟把音徽调理。公婆请你们坐得靠后一点儿，瑟一响梁上的尘土将会纷飞。

拟青青河畔草

【题解】

本篇收入《乐府诗集》卷三十八《相和歌辞·瑟调曲》。拟汉乐府古辞《饮马长城窟行》（见卷一，作者题作"蔡邕"），构思意旨，皆与之同。唯将夫君远游之地坐实为陇左；"升朝"二句用意与古诗"昔我同门友，高举振六翮；不念携手好，弃我如遗迹"相似而与古辞"入门各自媚，谁肯相为言"不同。"迷墟"二句，构造寥廓迷茫的意境，展示萧条肃杀的环境，较具形象和感染力。

荧荧山上火[①]，苕苕隔陇左[②]。陇左不可至，精爽通寤寐[③]。寤寐衾帱同[④]，忽觉在他邦[⑤]。他邦各异邑，相逐不相及。迷墟在望烟[⑥]，木落知冰坚。升朝各自进，谁肯相攀牵[⑦]？客从北方来，遗我端弋绨[⑧]。命仆开弋绨，中有隐起珪[⑨]。长跪读隐圭[⑩]，辞苦声亦凄。上言各努力，下言长相怀[⑪]。

【注释】

①荧荧（yíng）：微光闪烁貌。山：指陇山。此为想象中夫君所在地的情景。

②苕苕（tiáo）：远貌。陇左：陇山以东一带。陇山在今陕西陇县至甘肃平凉一带，为六盘山南段的别称。

③精爽：精神，魂魄。寤寐（wù mèi）：醒着时与睡着时。指日夜。《诗经·周南·关雎》："窈窕淑女，寤寐求之。"

④寤寐（wù mèi）：此偏用"寐"义。衾帱（qīn chóu）：被帐。帱，傅刚《校笺》"五云溪馆本、徐本、郑本作'帏'。"

⑤觉：醒来。他邦：他乡。

⑥墟：大土山。亦作"虚"。《诗经·鄘风·定之方中》："升彼虚矣，以望楚矣。"这里也有升墟而望乡之意。

⑦攀牵：援引，推荐。

⑧遗（wèi）：送。端：布帛的长度单位。《左传·昭公二十六年》："申丰从女贾，以币锦二两。"杨伯峻注："古代布帛，皆以古尺二丈为一端，二端为一两。"弋绨（tí）：黑色粗厚的丝织品。

⑨隐起珪（guī）：傅刚《校笺》引《考异》："三字未详。"吴兆宜注引陶弘景《刀剑录》："董卓少时耕野得一刀，无文字，四面隐起作山云文。"从下句看，此指圭上凸起的隐约可见的文字。珪，同

"圭",诸侯朝聘或祭祀时所持的长形玉版,上圆或尖,下方。

⑩长跪:伸直了腰跪着,是一种表示恭敬的姿势。古诗"上山采蘼芜":"长跪问故夫:'新人复何如?'"

⑪"上言"二句:句式同古诗"孟冬寒气至":"上言长相思,下言久离别。"

【译文】

他在微微地闪烁着火光的山上,他被远远地隔离在陇山以东。陇山以东我不可能到达,但无论醒着睡着我们的精魂都彼此相通。睡觉时我们同盖一床被子共用一袭帷帐,忽然醒来才知道他还是远在他乡。他乡有一个又一个不同的城镇,我在他后边追赶却总是没办法追上。从迷蒙的大土山望去是一派迷茫的云烟,树叶飘落知道已是雪厚冰坚。昔日的好友只知道在朝中谋求各自的升迁,有谁肯将他援引推荐?有一位客人从北方前来,送给我一端黑颜色的绨。让仆人打开这一包黑颜色的绨,中间包着一块隐隐约约写有字的圭。伸直了腰跪着读圭上的文字,只觉得文辞凄苦字音亦很悲凄。前面说我们各自都要努力,后面说他永久地把我相思。

王微

王微（415—453，一作443），字景玄，琅邪临沂（今属山东）人。少好学，善属文，能书画，兼解音律，又博通医方、阴阳术数。始为司徒祭酒，转主簿，后任太子中舍人、始兴王友，以父丧去职。因素无宦情，后屡征，皆称疾不就。常住门屋一间，寻书玩古，如此者十余年。卒赠秘书监。钟嵘《诗品》将其诗列入中品。《隋书》卷三十五《经籍志四》著录有集十卷（注云“梁有录一卷”），已散佚。其事见《宋书》卷六十二、《南史》卷二十一。

杂诗二首

【题解】

《杂诗二首》，《文选》卷三十选载其第二首。两诗皆以情景交融、娓娓道来、如泣如诉的手法，抒写思妇思念与独处的哀怨，读来颇凄切感人，尤以其后半为最，故陈祚明评第一首云：“‘传闻’一段，备极哀凉。”评第二首云：“凄怨入情。”（《采菽堂古诗选》卷十九）这种凄怨的诗风，对后来江淹诗歌创作有一定影响，故钟嵘《诗品》评江淹诗，有“筋力于王微”之语。第一首的前半写从军的夫君报国立功的壮志豪情，气概超拔，骨力遒劲，颇有边塞诗的风采，恰与诗末表现的哀怨凄切形成了强烈对比。文字有生涩之处，曾遭讥议，陈祚明在评第一首时即云：“前段强句，凑韵太多，拟删六句，便可诵。”（《采菽堂古诗选》卷十九）

一

桑妾独何怀[1]？倾筐未盈把[2]。自言悲苦多，排却不肯舍[3]。妾悲叵陈诉[4]，填忧不销冶[5]。寒雁归所从，半途失凭假[6]。壮情抃驱驰[7]，猛气捍朝社[8]。常怀雪汉惭[9]，常欲复周雅[10]。重名好铭勒[11]，轻躯愿图写[12]。万里度沙漠[13]，悬师蹈朔野[14]。传闻兵失利，不见来归者。奚处埋旍麾[15]？何处丧车马？拊心悼恭人[16]，零泪覆面下[17]。徒谓久别离，不见长孤寡[18]。寂寂掩高门[19]，寥寥空广厦[20]。待君竟不归，收颜今就槚[21]。

【注释】

①桑妾：正采桑的女子。

②倾筐：前低后高的浅筐，犹今之畚箕。倾，一作“顷”。盈：满。《诗经·周南·卷耳》：“采采卷耳，不盈顷筐。”

③排却：排除。

④叵（pǒ）：不可。

⑤填：充塞，满。江淹《恨赋》：“置酒欲饮，悲来填膺。”销冶：销熔。本指销熔金属，此指不能将忧愁化掉。

⑥凭假：依凭，依靠。

⑦壮情：豪壮的情怀。《后汉书》卷二十四《马援传赞》：“徂年已流，壮情方勇。”抃（biàn）：鼓掌，表示欢欣鼓舞。《列子·汤问篇》：“一里老幼喜跃抃舞，弗能自禁。”驱驰：谓奔走效力。诸葛亮《出师表》：“由是感激，遂许先帝以驱驰。”

⑧朝社：《尚书·盘庚下》：“乃正厥位。”孔颖达《正义》：“礼郊在国外，左祖右社，面朝后市。‘正厥位’，谓正此郊庙朝社之位也。”朝，朝廷；社，祭土神的地方。借指国家。

⑨雪：傅刚《校笺》："徐本、郑本作'云'。"汉慚：指汉朝为匈奴所犯的羞慚、耻辱。

⑩周雅：朱熹《诗集传》卷四《小雅序》："雅者，正也，正乐之歌也。"雅乐常被视为盛世之乐。《诗经》有《大雅》《小雅》之分，《大雅》全部产生于西周，《小雅》大部分产生于西周，也有一部分东周的作品。《荀子·王制》："禁淫声，以时顺修，使夷俗邪音不敢乱雅，大师之事也。"

⑪铭勒：镌刻。谓将功名镌刻在金石之上。东汉时窦宪破匈奴，登燕然山，曾刻石纪功，并命班固作《燕然山铭》。《后汉书》卷二十八上《冯衍传》："君臣两兴，功名兼立，铭勒金石，令问不忘。"铭、勒，二词皆有刻的意思。

⑫轻躯：谓不怕牺牲。图写：指画像。写，摹绘。《后汉书》卷二十二《马武传》："永平中，显宗追感前世功臣，乃图画二十八将于南宫云台。"

⑬"万里"句：《汉书》卷五十四《苏武传》载李陵歌："径万里兮度沙幕，为君将兮奋匈奴。"

⑭"悬师"句：《史记》卷三十二《齐太公世家》："西伐大夏，涉流沙。束马悬车登太行，至卑耳山而还。"悬师，孤军深入敌境。蹈，踏进。朔野，北方的郊野。指战场。班固《幽通赋》："飖凯风而蝉蜕兮，雄朔野以飏声。"

⑮奚处：何处。旍（jīng）麾：帅旗。旍，同"旌"。

⑯拊：抚摸。恭人：恭谨的人。此指阵亡的丈夫。《诗经·小雅·小宛》："温温恭人，如集于木。"

⑰零泪：落泪。

⑱孤寡：宋玉《高唐赋》："孤子寡妇，寒心酸鼻。"

⑲"寂寂"句：左思《咏史》其四："寂寂扬子宅，门无卿相舆。"其五："峨峨高门内，蔼蔼皆王侯。"

⑳寥寥：江淹《杂体三十首·谢仆射游览》："凄凄节序高，寥寥心悟永。"

㉑收颜：谓停止哀痛。槚（jiǎ）：木名。古人常用来制作棺椁。

【译文】

独自采桑的女子正在想些什么？浅筐中的桑叶还没有采满一把。内心的悲苦感到实在是太多，想要把它排除它却不肯把我放下。我这些悲苦哪能一一诉说出来，它填满了胸腔想要化掉却毫无办法。带着秋寒的大雁相伴着南归，却在半途失散没有了依靠。夫君满怀豪情拍着巴掌策马驱驰，猛气纵横一心要出力捍卫国家。常怀着雄心要洗雪汉朝曾蒙受的耻辱，常想着要把周代的雅正之音恢复。看重功名希望能够刻石纪功，不怕牺牲但愿也能将自己的形貌图画。长驱万里越过广袤的沙漠，孤军踏入北方荒凉的郊野。谁知听说前方的战斗失利，没看见有人活着归来。不知帅旗埋葬在了什么地方？又在什么地方丧失了车马？抚着心口把那位恭谨的人哀悼，眼泪布满脸颊不住地淌下。只说是要长久地别离，哪想到要长久地变成孤寡。关上高门屋内是一派沉寂，寂寥使得大屋子显得更加空阔高大。等待夫君而夫君竟再也不会回来，止住哀痛我今天就要到棺椁中躺下。

二

思妇临高台①，长想凭华轩②。弄弦不成曲③，哀歌送苦言④。箕帚留江介⑤，良人处雁门⑥。讵忆无衣苦⑦，但知狐白温⑧。日暗牛羊下⑨，野雀满空园⑩。孟冬寒风起⑪，东壁正中昏⑫。朱火独照人⑬，抱景自愁怨⑭。谁知心曲乱⑮？所思不可论⑯。

【注释】

①思妇：曹植《七哀诗》（本书《杂诗五首》其一）："上有愁思妇，悲

叹有余哀。”临高台：登临高台。又汉乐府“铙歌十八曲”的第十六曲名《临高台》。曹丕《临高台》：“鹄欲南游，雌不能随，我欲躬衔汝，口噤不能开。”

②长想：傅毅《舞赋》：“游心无垠，远思长想。”凭：靠。华轩：吕延济注：“楼上钩栏也。华者，有华饰文彩也。”即栏杆上的横板。

③弄弦：弹琴。

④哀歌：左思《咏史》其六：“哀歌和渐离，谓若旁无人。”送苦：原作“若送”，《文选》作“送苦”，据改。苦言，《文选》李周翰注：“相思之苦言也。”李善注引张衡书：“酸者不能不苦于言也。”（按全文今佚）

⑤箕帚：《文选》李周翰注：“箕所以簸扬物者，帚扫除地者。此妇人所执以事夫也。今言执此物留居江间，夫在北塞，相去远也。介，间也。”《国语·吴语》：“勾践请盟：一介嫡女，执箕帚以晐姓于王宫。”江介：江边。屈原《九章·哀郢》：“哀州土之平乐兮，悲江介之遗风。”

⑥良人：思妇称其夫。《孟子·离娄上》：“齐人有一妻一妾而处室者，其良人出，则必餍酒肉而后反。”雁门：秦置郡名。辖境在今山西北部，当时为边塞之地。

⑦讵（jù）：岂。

⑧但：只。狐白：指狐白裘，名贵的轻暖之物，为贵者所服。《文选》曹植《赠丁仪》：“狐白足御冬，焉念无衣客。”李善注：“言服狐白者，不念无衣，以喻处尊贵者，多忘贫贱也。《晏子春秋》曰：‘景公之时，雨雪三日，公被狐白之裘，坐于堂侧，谓晏子曰：“雨雪三日，天下不寒，何也？”晏子曰：“贤君饱知人饥，温知人寒。”’”

⑨“日暗”句：《诗经·王风·君子于役》：“日之夕矣，羊牛下来。”朱熹《集传》：“日则夕矣，羊牛则下来矣。是则畜产出入，尚有旦暮之节，而行役之君子乃无休息之时，使我如何而不思也哉！”

⑩“野雀”句:《文选》张铣注:“日暗牧牛羊之人皆下而归,野鸟皆满空园,咸有匹偶,安其栖息,而我且孤也。”野雀,汉乐府《猛虎行》:“饥不从猛虎食,暮不从野雀栖。”

⑪孟冬:初冬,农历十月。古诗“孟冬寒气至”:“孟冬寒气至,北风何惨栗。”

⑫“东壁”句:东壁,星名。也称壁宿,二十八宿之一。与营室星连成正方形,在营室之东,故名。初冬黄昏时,出现于正南天空,意味着时近岁暮。《礼记·月令》:“仲冬之月,日在斗,昏东壁中。”

⑬朱火:《文选》吕延济注:“灯也。”张华《杂诗》:“朱火青无光,兰膏坐自凝。”

⑭景:同“影”,指身影。《文选》吕延济注:“灯烛照人,抱影多愁也。”庄忌《哀时命》:“廓抱景而独倚兮,超永思乎故乡。”

⑮心曲:《诗经·秦风·小戎》:“在其板屋,乱我心曲。”朱熹《集传》:“心曲,心中委曲之处也。”指内心深处。

⑯“所思”句:《文选》李周翰注:“所思不见,复何论也。”所思,古诗“涉江采芙蓉”:“采之欲遗谁?所思在远道。”

【译文】

思妇登上高台极目远望,靠着华美的栏杆久久地冥想。弹奏琴弦却总也弹不成曲调,悲哀的歌声传送的是一派凄凉。畚箕和扫帚被留在了江边,夫君却身处遥远的雁门。人们哪会想起无衣人的痛苦,只知道狐白裘非常的保暖。太阳落山牛羊都已回到圈中,野雀回巢把空空的园林挤满。孟冬十月刮起了一阵阵寒风,东壁高挂南天正是黄昏时分。只有红红的灯光照着孤独的人,独自守着身影品尝忧愁怨恨。内心深处的烦乱有谁能够知晓?所思所想实在不值得再去谈论。

谢惠连

谢惠连(407—433),原籍陈郡阳夏(今河南太康)人。谢灵运族弟。幼聪敏,十岁能属文,深得谢灵运赏识,见其新文,每曰:“张华重生,不能易也。”作《雪赋》,以高丽见奇,与谢庄《月赋》并为刘宋时期小赋佳作。少年时因被认为行止失检而不得仕进。宋文帝元嘉七年(430)得人力荐,任司徒彭城王刘义康法曹参军。钟嵘《诗品》将其诗列入中品。与谢灵运并称“大小谢”,又与谢灵运、谢朓合称“三谢”。《隋书》卷三十五《经籍志四》著录有集六卷,已散佚。明人辑有《谢法曹集》。其事见《宋书》卷五十三及《南史》卷十九《谢方明传》附。

七月七日夜咏牛女

【题解】

本篇载《文选》卷三十,《艺文类聚》卷四、《初学记》卷四、《太平御览》卷三十一节引。诗题中原无“夜”字,《文选》有“夜”字,据补。《文选》李善题解引《齐谐记》:“桂阳城武丁有仙道,常在人间。忽谓其弟曰:‘七月七日织女渡河,诸仙悉还宫。吾向以被召,不得停,与尔别矣。’弟问:‘织女何事渡河?兄何当还?’答曰:‘织女暂诣牵牛。吾去后,三千年当还耳。’明旦,失武丁所在。世人至今犹云:七月七日织女嫁牵牛。”本篇即据上述“七月七日织女嫁牵牛”的故事写成。这个故事是我国古代传说中最动人的故事之一,在魏晋时期已有较广流传。南朝乐府有《七日夜女歌》九首(载《乐府诗集》卷四十五),其五云:"婉娈不终夕,一别周年期。桑蚕不作茧,昼夜长悬丝。"其六云:"灵匹怨离处,索居隔长河。玄云不应雷,是侬啼叹歌。"产生年代比本诗同时稍早,本诗的写作或受其影响。诗篇境界阔大,文辞绮丽,陈祚明有"迥秀"(《采菽堂古诗选》卷十八)之评。"昔离"二句,言简意赅,构思新巧。

落日隐榈楹①,升月照房栊②。团团满叶露③,析析振条风④。蹀足循广除⑤,瞬目䁲层穹⑥。云汉有灵匹⑦,弥年阙相从⑧。遐川阻昵爱⑨,修渚旷清容⑩。弄杼不成藻⑪,耸辔骛前踪⑫。昔离秋已两,今聚夕无双⑬。倾河易回斡⑭,款颜难久悰⑮。沃若灵驾旋⑯,寂寥云幄空⑰。留情顾华寝,遥心逐奔龙⑱。沉吟为尔感⑲,情深意弥重⑳。

【注释】

①榈(yán):同"檐",屋檐。楹:堂前直柱。

②房栊(lóng):指房屋的窗户。房,《文选》《艺文类聚》《初学记》及《太平御览》作"帘"。栊,窗上棂木。代指窗户。

③团团:圆貌。《诗经·郑风·野有蔓草》:"野有蔓草,零露漙兮。"

④析析:《文选》谢灵运《邻里相送方山诗》:"析析就衰林,皎皎明秋月。"刘良注:"析析,风吹木声也。"振条:吹动树枝。王褒《九怀·蓄英》:"秋风兮萧萧,舒芳兮振条。"

⑤蹀(dié)足:谓迈步而行。蹀,踩。除:殿阶。原作"涂",《文选》《艺文类聚》《初学记》皆作"除",据改。王粲《登楼赋》:"循阶除而下降兮,气交愤于胸臆。"

⑥瞬目:《说文》:"瞬,开阖目也。"即眨眼。这里是开目而视之意。䁲(xǐ):远视,远看。层穹(qióng):天空。

⑦云汉:指银河。《诗经·大雅·云汉》:“倬彼云汉,昭回于天。”灵匹:神仙匹偶。指牵牛、织女二星。

⑧弥年:终年。弥,《太平御览》作“终”。阙:分隔。《文选》李善注:“曹植《九咏》注曰:‘牛、女为夫妇,七月七日得一会同也。’”

⑨遐(xiá)川:指银河。遐,远。《文选》李善注:“曹植《九咏》注曰:‘织女、牵牛之星,各处河之旁。’”昵:《尔雅·释诂》:“近也。”郭璞注:“亲近也。”

⑩修:长。渚(zhǔ):水边或水中小洲。旷:隔绝。清容:清丽的容颜。

⑪弄杼(zhù):投梭织布。指织女。弄,《初学记》作“投”。不成藻:谓织不成布。藻,布上的纹理。原作“彩”,《文选》《艺文类聚》《初学记》及《太平御览》皆作“藻”,据改。古诗“迢迢牵牛星”:“纤纤擢素手,札札弄机杼。终日不成章,泣涕零如雨。”

⑫耸辔(pèi):谓提起缰绳,加速前行。耸,《文选》吕延济注:“踊也。”骛(wù):奔驰。原作“惊”,《文选》《艺文类聚》《初学记》及《太平御览》皆作“骛”,据改。前踪:谓历年所行之路。

⑬“昔离”二句:《文选》李善注:“昔离迄今会,而秋已两;今聚便别,故夕无双也。”

⑭“倾河”句:李善注引边让《章华台赋》:“天河既回,欢乐未终。”倾河,指银河。回斡,回转。《文选》吕向注:“天河将斜,易为回转,谓向晓也。”

⑮“款颜”句:《文选》吕向注:“爱情难为久乐,即见分离。”款颜,犹言欢颜。《太平御览》作“凝情”。款,诚恳。颜,《文选》李善本作“颜”,五臣本及《初学记》作“情”。悰(cóng),快乐。

⑯沃若:《文选》李周翰注:“沃若,龙行貌。”《诗经·小雅·皇皇者华》:“我马维骆,六辔沃若。”灵驾旋:《文选》李周翰注:“谓牛、女龙驾各还归也。”

⑰寂寥:《文选》李周翰注:“空虚貌。”寥,《初学记》《太平御览》作

“寞”。幄(wò):帷帐。

⑱“留情”二句:《文选》李周翰注:“谓牛星留情顾恋华寝之处,远心逐织女之龙车也。”遥心,谓牛郎随织女远去之心。《文选》李善注:“龙,仙者所驾,故遥心以逐之。《庄子》曰:‘神人,承云气,御飞龙也。’”

⑲尔:你。感:《广雅·释诂二》:“伤也。”即哀伤、悲伤之意。

⑳弥:更加。

【译文】

落日隐没在了房檐屋柱的后面,月亮升起照向房屋窗户。叶片上满是圆圆的露珠,树枝摇动吹过析析凉风。沿着宽阔的殿阶迈步往下,抬眼一望是寥廓深邃的星空。天河边上有一对神仙匹偶,终年分隔不能团聚相伴。宽阔的河面把亲昵的欢爱阻断,长长的沙洲隔绝了清丽的面容。投梭织布却总是织不成匹,驾车奔驰沿着此前的行踪。自去年别离至今已经历两个秋天,今夜得以团聚良宵却不能成双。天河回转竟是那么容易,脸上的欢乐却难保久长。手握光润的缰绳驾着仙车回返,云中的帷幄重又变得寂寞虚空。满怀深情回顾华美的寝卧,爱心随着远去追逐奔驰的神龙。沉吟不语为你感伤悲痛,深厚的感情此时更加厚重。

捣衣

【题解】

本篇载《文选》卷三十,《艺文类聚》卷六十七、《太平御览》卷二十五节引。六朝隋唐间,“捣衣”是诗歌中时常吟咏的题材,往往借此抒写思妇的孤寂愁怨及对夫君的思念、盼归之情。南朝乐府《子夜四时歌·秋歌》:“风清觉时凉,明月天色高。佳人理寒服,万结砧杵劳。”是民歌中较早吟咏“捣衣”的作品。谢惠连的这首诗,与曹毗的《夜听捣衣》均为文人诗中较早吟咏“捣衣”的作品,而本诗在诗歌史上的影响更大。诗篇描写颇细腻生动，所表现的情感也较委婉真挚，不失为精心结撰之作。钟嵘《诗品序》将其列为“五言之警策”者。何焯评云：“结语托意高妙。”（《义门读书记》卷四十七）陈祚明评云：“前段景物凄肃，后段声情流逸。结句作意新警，语复安雅不纤。”（《采菽堂古诗选》卷十八）沈德潜虽认为谢惠连的诗“一味镂刻，失自然之致”，但也认为本篇“一结能作情语，不入纤靡”（《古诗源》卷十一）。

衡纪无淹度①，晷运倏如催②。白露滋园菊③，秋风落庭槐。肃肃莎鸡羽④，烈烈寒螀啼⑤。夕阴结空幕，霄月皓中闺⑥。美人戒裳服⑦，端饰相招携⑧。簪玉出北房⑨，鸣金步南阶⑩。櫩高砧响发⑪，楹长杵声哀⑫。微芳起两袖⑬，轻汗染双题⑭。纨素既已成⑮，君子行未归⑯。裁用笥中刀⑰，缝为万里衣⑱。盈箧自予手⑲，幽缄俟君开⑳。腰带准畴昔㉑，不知今是非㉒。

【注释】

①衡纪：即星纪。《尔雅·释天》：“星纪，斗、牵牛也。”郭璞注：“牵牛、斗者，日月五星之所终始，故谓之星纪。”衡，北斗星的第五星，代指北斗星。随着时间的推移，斗转星移，其位置会发生变更。淹度：停留。

②“晷（guǐ）运”句：《文选》张铣注：“日行倏忽之疾，有如相催。”晷，日影。倏（shū），疾速。催，原作“摧”，《文选》《艺文类聚》《太平御览》作“催”，据改。

③滋：生。

④肃肃：振羽声。莎鸡：虫名。即纺织娘。《诗经·豳风·七月》：“六月莎鸡振羽。”

⑤烈烈：寒冷貌。寒螀（jiāng）：蝉的一种。《尔雅·释虫》："蜺，寒蜩。"郭璞注："寒螀也。似蝉而小，青赤。"《艺文类聚》卷九十七引《风土记》："七月而蝼蛄鸣于朝，寒螀鸣于夕。"王充《论衡·变动》："是故夏末蜻蛚鸣，寒螀啼，感阴气也。"

⑥霄：天空。《文选》李善本作"霄"，五臣本及《艺文类聚》作"宵"。皓：明。中：《艺文类聚》作"空"。

⑦戒：准备。裳：吴兆宜注："一作'常'。"

⑧端饬：郑重地修饰一番。饬，《文选》《艺文类聚》《太平御览》作"饰"。招携：邀约。

⑨簪玉：玉簪。此代指美人。簪，插定发髻的针形首饰。

⑩鸣金：走起路来就发出声响的金饰，如耳环之类。此代指美人。

⑪榈（yán）：同"檐"，屋檐。傅刚《校笺》："徐本作'栏'。"砧（zhēn）：捶衣物时垫在下面的石头。

⑫楹：堂前直柱。指长廊。杵：捶平衣料用的短棒。

⑬芳：香。陆机《塘上行》："江蓠生幽渚，微芳不足宣。"起：《艺文类聚》作"发"。

⑭双题：《文选》李周翰注："运杵用力，故有微汗。言双者，两人对为之。"题，李善注："额也。"

⑮纨（wán）：细绢。素：白绢。《文选》吕向注："纨素谓帛也。"

⑯君子：指丈夫。《诗经·召南·草虫》："未见君子，忧心忡忡。"未：原作"不"，《文选》作"未"，据改。

⑰笥（sì）：一种盛物的竹器。

⑱万里衣：《文选》刘良注："夫在远方，故云'万里衣'。"

⑲盈箧（qiè）：满箱。指满箱的衣服。

⑳幽缄（jiān）：藏闭。俟（sì）：等候。《文选》李善本作"候"，五臣本作"俟"。

㉑准畴（chóu）昔：谓按旧时丈夫在家时所穿衣服的尺寸做。畴昔，

旧时。

㉒今是非：意指现在的大小。

【译文】

斗转星移一会儿也不停留，日影消逝快得就像有人催逼。园中的菊花滋生出晶莹的白露，秋风劲吹院中的槐树落叶纷纷。纺织娘肃肃地振动着翅膀，蝉在寒风中一声声地哀啼。夜色在空虚的帐幕上凝聚，皓月当空又把闺中照明。美人准备好要穿的衣裳，仔细地打扮后互相邀约到一起。戴着玉簪的走出了北房，响着金饰的走下了南阶。高高的屋檐下砧声乒乒地响起，长廊中杵声传送出一阵阵悲伤。双袖飘舞散发出一缕缕幽香，一双额角渗出了细细的汗珠。细绢白绢都已经捣捶平整，夫君远行至今还没有回归。从竹箱中拿出剪刀把绢裁好，给万里之外的夫君缝制冬衣。这满箱的衣服都出自我手，收拾包好等候着夫君打开。腰带依照的是以前的尺寸，不知现在穿上还合不合身。

代古

【题解】

本篇《太平御览》卷四百七十八节引。代古，即拟古。本篇拟古诗“客从远方来”（见卷一《古诗八首》），情致缠绵大体似之，但在情感表现的深度方面胜过古诗。末四句连用两个比喻，表达夫妻感情的不可分离及思妇对夫君感情的坚贞不渝，能自出机杼。王夫之认为本篇为拟古之作中的上乘之作，曾评云：“几欲使人疑为艳诗，必如此乃可不愧代古。”（《古诗评选》卷五）

客从远方来，赠我鹄文绫①。贮以相思箧②，缄以同心绳③。裁为亲身服④，著以俱寝兴⑤。别来经年岁⑥，欢心不可凌⑦。泻酒置井中，谁能辨斗升？合如杯中水，谁能判淄渑⑧？

【注释】

①鹄（hú）文绫：绣有鹄文的绫罗。鹄，《太平御览》作“鹤”。《晋书》卷四十四《卢志传》：“帝悦，赐志绢二百匹、绵百斤、衣一袭、鹤绫袍一领。”

②相思箧（qiè）：用相思木或相思竹编成的箱子。相思，指相思木、相思树。旧题任昉《述异记》上：“昔战国时，魏国苦秦之难。尝有以民从征戍秦，久不返，妻思而卒。既葬，冢上生木，枝叶皆向夫所在而倾，因谓之相思木。”《文选》左思《吴都赋》：“楠榴之木，相思之树。”刘渊林注：“相思，大树也，材理坚，邪斫之，则文可作器。其实如珊瑚，历年不变，东冶有之。”

③缄（jiān）：捆扎。同心绳：打了同心结的绳。同心结是一种菱形的连环回文结，象征爱情。

④亲身：贴身。

⑤俱寝兴：一同就寝和起床。《太平御览》作“寝且兴”。

⑥经年岁：过去了一年或几年。

⑦凌：侵犯，更改。

⑧淄、渑：二水名。皆在今山东境内，淄水清，渑水浊。《吕氏春秋·精谕》：“孔子曰：‘淄、渑之合者，易牙尝而知之。’”

【译文】

从远方来了一位客人，夫君托他送我一段鹄文绫。把绫存放在相思箱中，用同心绳把它扎紧。裁剪成一件贴身的内衣，穿着它一同就寝一同起身。我们分别已经好多年了，没有什么能改变我爱夫君的心。把酒倒进井中与水混合，有谁能分辨出一斗一升？合起来就像是一只杯中的水，是淄水是渑水有谁能够分清？

刘铄

刘铄(431—453),字休玄,原籍彭城(今江苏徐州)人。宋文帝刘义隆第四子,宋孝武帝刘骏异母兄弟。元嘉十六年(439)封南平王,历任湘州刺史、南豫州刺史、散骑常侍、抚军将军等职。刘劭弑文帝自立,附劭,任中军将军、南兖州刺史、侍中、录尚书事等职。刘骏起兵入讨,归降最晚。刘骏即位,被任为侍中、司空,旋被毒杀。少好学,有文才。作拟古三十余首,时人以为"亚迹陆机"。钟嵘《诗品》将其诗列入下品。《隋书》卷三十五《经籍志四》著录有集五卷,已散佚。其事见《宋书》卷七十二、《南史》卷十四。

代行行重行行

【题解】

本篇载《文选》卷三十一,"代"作"拟"。拟古诗《行行重行行》(见卷一枚乘《杂诗九首》),抒写思妇的相思幽怨之情。陈祚明评云:"颇臻古调,转处、收处、节奏并合。'悲发'六句,抒写隐约。"(《采菽堂古诗选》卷十六)不及古诗的朴质清纯,然也未堕入雕琢堆砌,而缠绵悱恻、凄切感人则过之。据《南史》刘铄本传,刘骏讨伐刘劭,在依附刘劭的人中刘铄归降最晚,因此"常怀忧惧,每于眠中蹶起坐,与人语亦多谬僻"。语家人云:"我自觉无复魂守。"何焯因此认为"二诗(指本篇及下《代明月何皎皎》)亦惧孝武之猜忍而作"(《义门读书记》卷四十七),可备一说。

眇眇凌长道①，遥遥行远之②。回车背京里③，挥手于此辞④。堂上流尘生⑤，庭中绿草滋⑥。寒螿翔水曲，秋兔依山基⑦。芳年有华月⑧，佳人无还期⑨。日夕凉风起，对酒长相思⑩。悲发江南调⑪，忧委《子衿》诗⑫。卧看明灯晦⑬，坐见轻纨缁⑭。泪容旷不饰⑮，幽镜难复治⑯。愿垂薄暮景⑰，照妾桑榆时⑱。

【注释】

①眇眇（miǎo）：屈原《九章·悲回风》："登石峦以远望兮，路眇眇之默默。"洪兴祖补注："眇眇，远也。"凌：登上，踏上。长：原作"羡"，《文选》作"长"，据改。

②遥遥：傅刚《校笺》："《考异》作'摇摇'。校说：'宋刻作"遥遥"，《文选》李善本亦作"遥遥"，注引《左传》："远哉遥遥。"惟五臣本作"摇摇"。吕向注曰："摇摇，心不安貌。"按，既曰长道，又曰远之，再曰遥遥，未免太复，不必以《左传》为例也。故改从五臣本。'"按"遥遥"也有飘荡、不安之意，陶渊明《归去来兮辞》"舟遥遥以轻飏"句中的"遥遥"即其例。远之：黄侃《文选评点》："远之即远哉，改以合韵耳。"

③回车：转过车头。古诗"回车驾言迈"："回车驾言迈，悠悠涉长道。"背：转身离开。京里：《文选》张铣注："谓都里也。"里，傅刚《校笺》："五云溪馆本、徐本、郑本作'邑'。"

④"挥手"句：刘琨《扶风歌》："挥手长相谢，哽咽不能言。"旧题苏武诗："参辰皆已没，去去从此辞。"于，《文选》作"从"。

⑤"堂上"句：《文选》李善注引曹植《曹仲雍诔》："流尘飘荡魂安归。"流尘，浮尘。

⑥滋：生。又《文选》李周翰注："茂也。言堂庭无人而尘草生。"

⑦“寒螿(jiāng)”二句:《古今事文类聚》后集卷四十八引《文子》:“飞鸟反乡,兔反归窟,狐死首丘,寒螿翔水,各依所生。”又《文选》吕延济注:“言寒螿依水,秋兔依山,皆得其所,而人不归。”寒螿,参见前谢惠连《捣衣》注。水曲,水边。山基,山脚。

⑧“芳年”句:《文选》刘良注:“芳年、华月,喻盛时也。”指青春年少时。

⑨佳人:指远行者。曹丕《秋胡行》:“朝与佳人期,日夕殊不来。”

⑩“日夕”二句:旧题李陵赠苏武诗:“远望悲风至,对酒不能酬。”

⑪江南调:即南朝乐府《江南》,收入《乐府诗集》卷二十六《相和歌辞·相和曲》。郭茂倩题解引《乐府解题》:“江南古辞,盖美芳晨丽景,嬉游得时。”其辞云:“江南可采莲,莲叶何田田。鱼戏莲叶间,鱼戏莲叶东,鱼戏莲叶西,鱼戏莲叶南,鱼戏莲叶北。”萧统《芙蓉赋》:“兴《泽陂》之徽章,结《江南》之流调。”

⑫委:托付。《子衿(jīn)》:《诗经·郑风》篇名。其辞曰:“青青子衿,悠悠我心。纵我不往,子宁不嗣音?”《文选》吕向注:“《子衿》诗,叹无音信也。”又:“言悲忧之心,但委此歌诗而已。”

⑬看:《文选》作“觉”。晦:《文选》张铣注:“暗也。夜久则灯暗。”

⑭“坐见”句:《文选》张铣注:“言昼夜坐卧,唯见此而已。”谓因灯光越来越暗淡,白绢看上去也变成了黑色。纨(wán),白色细绢。缁(zī),黑色。陆机《为顾彦先赠妇二首》其一:“京洛多风尘,素衣化为缁。”

⑮“泪容”句:《文选》李周翰注:“言泣涕之容不可修饰。”旷不饬,《文选》作“不可饰”。傅刚《校笺》:“五云溪馆本作‘不可饬’,张本作‘旷不饰’。”旷,久。饬,整理。

⑯“幽镜”句:《文选》李周翰注:“言幽匣之镜谁复重理。”《文选》李善注引曹植《七哀诗》:“膏沐谁为容,明镜暗不治。”治,擦拭。

⑰垂:下照。薄暮景:喻不多的一点爱。陆机《塘上行》:“愿君广末光,照妾薄暮年。”薄暮,接近日落之时,即傍晚。《文选》吕延济

注："谓微光也。"景，日光。

⑱桑榆：桑树和榆树。《初学记》卷一引《淮南子》："日西垂，景在树端，谓之桑榆。"《文选》李善注："日在桑榆，以喻人之将老。"《后汉书》卷十七《冯异传》："可谓失之东隅，收之桑榆。"

【译文】

踏上了一条漫长的通向远方的路，怀着一颗不安的心朝着远方出发。调转车头就这样离开了京城，挥挥手就在这里告辞。堂上慢慢地有了一层浮尘，庭院中长出了碧绿的野草。寒蝉在弯曲的水边飞来飞去，秋兔开始依恋山脚的洞穴。青春年少时有许多美好的日子，远行的人却没有一个回家的日期。傍晚时分吹起了阵阵凉风，对着美酒我久久地把你思忆。悲伤起来我不由得唱起了江南调，几多忧愁都托付给了《子衿》诗。躺在床上只见明灯逐渐昏暗，坐着只见昏黑把轻软的白绢浸染。脸上总流泪已有很久没有修饰，铜镜幽暗已很难再把它擦拭干净。但愿夕阳的光辉能够继续垂照，让我在迟暮之年能得到一点儿光明。

代明月何皎皎

【题解】

本篇载《文选》卷三十一，"代"作"拟"。拟古诗"明月何皎皎"（见卷一枚乘《杂诗九首》），其诗旨正如《文选》刘良注所说："此篇为远人未还，中闺感月而叹。"不如古诗的清新爽利，但仍大体保留了古诗古朴的格调。陈祚明评云："古调浏亮，晋以后人不易复得。"（《采菽堂古诗选》卷十六）结尾给人以戛然而止的感觉，但"只如此便佳，含味乃更长"（于光华《重订文选集评》引）。思妇也许是在为她的夫君不能回家找一个理由，也许是想借此安慰一下自己，如此，则进一步展示了思妇心地的善良，更加激起了读者对她的同情。

落宿半遥城[①],浮云蔼层阙[②]。玉宇来清风[③],罗帐延秋月[④]。结思想伊人[⑤],沉忧怀明发[⑥]。谁谓客行久[⑦],屡见流芳歇[⑧]。河广川无梁[⑨],山高路难越[⑩]。

【注释】

①宿(xiù):星星。遥城:指夫君所在之地。

②"浮云"句:谓浮云在层阙之上,好似加了一个盖子。蔼,《文选》吕向注:"蔼,盖也。"谓天色暗淡。层阙,高高的城楼。层,重叠。

③玉宇:《文选》吕向注:"以玉饰屋也。"指华美的居室。

④延:引进,照进。

⑤结思:凝神。伊人:这个人,即指所思之人。《诗经·秦风·蒹葭》:"所谓伊人,在水一方。"

⑥沉忧:深忧。明发:黎明。《文选》张铣注:"远怀至于曙色之发。"《诗经·小雅·小宛》:"明发不寐,有怀二人。"

⑦"谁谓"句:原作"谁谓行客游",《文选》作"谁谓客行久",据改。《文选》李周翰注:"言谁知行者之久。"谓,《文选》李善本作"为",五臣本作"谓"。

⑧歇:消逝。潘岳《悼亡诗》其一:"流芳未及歇,遗挂犹在壁。"

⑨"河广"句:《文选》李周翰注:"思欲就君,河广山高,不可逾越而至。"梁,桥。庄忌《哀时命》:"道壅塞而不通兮,江河广而无梁。"古诗"步出城东门":"我欲渡河水,河水深无梁。"

⑩"山高"句:徐淑《答夫秦嘉书》:"高山岩岩,而君是越,斯亦难矣。"

【译文】

已有半天星斗从遥远的边城上空坠落,暗淡的浮云像盖子一样笼罩着高高的城楼。华美的居室吹来了清冷的秋风,清朗的秋月照进了轻软的罗帐。凝神默想我心中的人儿,深沉的忧思延续到天亮。有谁知道你已在外客游了多久,我已多次看见飘香的花儿开了又落。江河宽广河面上又没有桥梁，山势高峻山路实在是难以穿过。

代孟冬寒气至

【题解】

本篇拟古诗“孟冬寒气至”（见卷一《古诗八首》）。立意构思与古诗大体相同，情意的深挚和文辞的质朴也与古诗一脉相承，故陈祚明有“亦饶古意”（《采菽堂古诗选》卷十六）之评。前半描写节候变化，展示环境，渲染气氛，比古诗更见凄清，也更能让人从中感受到思妇的寂寞凄凉，用的是所谓寓情于景、以景传情之法。首四句上钩下连，一气呵成，显受民歌中常见的接字法的影响，读来有回环复沓、摇曳多姿之感。

白露秋风始，秋风明月初。明月照高楼①，白露皎玄除②。迨及凉风起③，行见寒林疏④。客从远方至，赠我千里书。先叙怀旧爱，末陈久离居。一章意不尽⑤，三复情有余⑥。愿遂平生眷⑦，无使甘言虚⑧。

【注释】

①“明月”句：曹植《七哀诗》（本书《杂诗五首》其一）：“明月照高楼，流光正徘徊。上有愁思妇，悲叹有余哀。”

②皎：洁白明亮。玄：黑色。除：台阶。曹植《赠丁仪》：“凝霜依玉除，清风飘飞阁。”

③迨（dài）：及。风：原作“云”，傅刚《校笺》：“五云溪馆本、徐本、郑本作‘风’。”据改。

④行：将要。疏：张协《杂诗》：“凝霜竦高木，密叶日夜疏。”

⑤章：文章或作品的一篇。此指一段。

⑥三复：多次重复。《论语·先进》：“南容三复白圭。”陶渊明《答庞

参军诗序》:“三复来贶,欲罢不能。”

⑦平生:平素。眷:留恋。傅刚《校笺》:“五云溪馆本、徐本、郑本作‘志’。”旧题苏武赠李陵诗:“愿子留斟酌,叙此平生亲。”

⑧甘言:《国语·晋语一》:“又有甘言焉。言之大甘,其中必苦。”韦昭注:“申生将去,父又以美言抚慰之也。”指甜蜜、好听的话。

【译文】

白露滋生秋风也开始吹拂,在秋风中一轮明月冉冉东升。明朗的月光把高楼照亮,白露让昏暗的台阶洁白明净。等到寒冷的秋风阵阵刮起,林中的树叶就将一天天凋零。有一位客人从远方来到家里,给我捎来一封来自千里之外的书信。信中先说怀念我们昔日的欢爱,最后感伤我们这样长久地离居。一段没说完心中的缠绵之意,再三地诉说仍然意犹未尽。但愿平素的眷念终能梦想成真,不要让这些甜蜜的话变成一纸空文。

代青青河畔草

【题解】

本篇拟古诗“青青河畔草”(见卷一枚乘《杂诗九首》)。古诗首二句“青青河畔草,郁郁园中柳”把春景描绘得十分形象,把春的氛围渲染得十分浓郁,而本诗首二句不仅淡化了对春景的描写,而且凄凄白露、肃肃风声,还给人以秋天的感觉。古诗前六句连用叠字,读来给人以回环复沓、千姿百态之感,而且又出之自然,了无雕琢之痕,本诗在这方面则远不能与之相比。本诗比较讲究文字的琢炼,当然有的琢炼还算出色,如陈祚明就评云:“‘端抚’二句,情境俨然。‘端’字苍。”(《采菽堂古诗选》卷十六)本诗点明夫君是在外服“徭役”,其身份不是一般的“荡子”,因此重点在表现思妇的凄苦,而不是她“空床难独守”的寂寞,这点是与古诗最不相同的地方。

凄凄含露台，肃肃迎风馆[①]。思女御棂轩[②]，哀心彻云汉[③]。端抚悲弦泣[④]，独对明灯叹。良人久徭役[⑤]，耿介终昏旦[⑥]。楚楚《秋水》歌[⑦]，依依《采菱》弹[⑧]。

【注释】

①"凄凄"二句：《三辅黄图》卷二："（汉）武帝作迎风馆于甘泉山。"潘岳《关中记》："桂宫，一名甘泉。又作迎风观、寒露台以避暑。"此借指思妇居处的建筑。肃肃，风声。

②思女：思念夫君的女子。《列子·天瑞篇》："思士不妻而感，思女不夫而孕。"御：犹"凭"，依靠。棂轩：栏杆。曹植《杂诗》："飞观百余尺，临牖御棂轩。"

③彻：通。云汉：银河。

④抚：弹琴。

⑤良人：对丈夫的称谓。徭：傅刚《校笺》："徐本、郑本作'遥'。"

⑥耿介：《文选》潘岳《秋兴赋》："宵耿介而不寐兮，独展转于华省。"李善注："王逸《楚辞注》曰：'耿介，执节守度。'毛诗曰：'耿耿不寐，如有隐忧。'"李周翰注："耿介，执节守度也。"《诗经·邶风·柏舟》："耿耿不寐，如有隐忧。"朱熹《集传》注"耿耿"："忧之貌也。"李善注既引了王逸《楚辞注》，又引了毛诗，李周翰注则直接将赋中的"耿介"解成了"执节守度"。其实，将赋中的"耿介"解为"执节守度"并不适切，而应与毛诗中的"耿耿"同义，如朱熹所说，为"忧之貌也"。本句"耿介"的意思与之相同，即忧愁不安的样子。昏旦：从黄昏到天亮。谢灵运《石壁精舍还湖中作》："昏旦变气候，山水含清晖。"

⑦楚楚：凄苦貌。《秋水》歌：吴兆宜注："秋，疑作'狄'。"又引《续博物志》卷八："孔子临狄水而歌曰：'狄水衍兮风扬波。'"傅刚《校笺》引《考异》："吴显令注曰：'秋'疑作'狄'。按孔子狄水

之歌，未闻被之弦管，且尤于闺情无与，作'狄'非是，疑为'绿水'之讹。《淮南子》曰：'手会《绿水》之趣。'高诱注：'《绿水》，古诗也。'《琴操》蔡邕《五弄》亦有《绿水》一曲。"

⑧依依：眷恋貌。《古诗为焦仲卿妻作》："举手长劳劳，二情同依依。"《采菱》：《乐府诗集·清商曲辞》收有《采菱曲》《采菱歌》，内容多表现男女恋情。

【译文】

含露台笼罩着悲凉的气氛，迎风馆阵阵肃肃的风声。思念远方的女人正靠着栏杆，满腹的哀怨直冲银河九天。端坐弹琴抚着琴弦悲泣，独自对着明灯发出长叹。丈夫长期在外服役受苦，忧心焦灼从昏到明一夜不眠。内心凄苦且把《秋水》歌吟唱，无比眷恋又将《采菱》曲轻弹。

咏牛女

【题解】

本篇载《艺文类聚》卷四、《初学记》卷四，皆题作《七夕咏牛女》。咏天上牛女双星故事，却从人间七夕的实景写起，然后以"倾望"二字承前启后，转入对天上想象中的牛女相会情景的描写，虚实结合，相得益彰。写天上想象中的牛女相会情景，未作过多铺陈，只将重点放在"谁云"二句上，表现聚短离长的情事和欢愉恨短的心理，言简而意赅，语短而情长。通常总说银河宽阔，涉渡不易，本诗却说长河不长，以此反衬促膝倾诉的时间过于短暂，可谓别出心裁。

秋动清风扇①，火移炎气歇②。广栏含夜阴③，高轩通夕月④。安步巡芳林⑤，倾望极云阙⑥。组幕萦汉陈⑦，龙驾凌霄发⑧。谁云长河遥⑨，颇觉促筵越⑩。沉情未申写⑪，飞光已飘忽⑫。来对眇难期⑬，今欢自兹没。

【注释】

①风:原作“氛”,《艺文类聚》《初学记》皆作“风”。傅刚《校笺》:“《考异》作‘风’,校说:‘宋刻作“氛”。按,氛不可言清,亦不可言扇,今从《艺文类聚》。’”据改。

②火:星名。亦称大火,即星宿二。每年夏历五月黄昏时出现在南方,方向最正,位置最高。六月以后,开始偏西向下行。歇:消散。

③栏:《艺文类聚》《初学记》皆作“檐”。

④高轩:《文选》左思《蜀都赋》:“开高轩以临山,列绮窗而瞰江。”刘渊林注:“高轩,堂左右长廊之有窗者。”

⑤安步:谓缓步徐行。《史记》卷九十二《淮阴侯列传》:“骐骥之跼躅,不如驽马之安步。”巡:傅刚《校笺》:“陈本作‘寻’。”芳林:曹植《七启》:“背洞壑,对芳林。”

⑥极:尽。云阙:云中的宫阙。《文选》鲍照《代君子有所思》:“西出登雀台,东下望云阙。”李善注引刘歆《甘泉赋》:“云阙蔚之岩岩,众星接之皑皑。”

⑦组幕:华美的帷幕。组,系帐幕的丝带。嵇康《兄秀才公穆入军赠诗十九首》其十六:“微风动袿,组帐高褰。”萦:绕着。汉:银河。

⑧龙驾:《楚辞》屈原《九歌·云中君》:“龙驾兮帝服,聊翱游兮周章。”王逸注:“龙驾,言云神驾龙也。”此指织女驾龙而行。凌霄:谓行于空中。凌,升。霄,《初学记》作“宵”。《淮南子·原道训》:“是故大丈夫乘云凌霄,与造化者俱。”

⑨长河:曹丕《永思赋》:“哀遐路之漫漫,痛长河之无梁。”

⑩觉:赵氏覆宋本作“剧”。促筵:《文选》潘岳《笙赋》:“尔乃促中筵,携友生。”吕向注:“促,近膝坐也。筵,席也。”筵,指竹席。傅刚《校笺》引《考异》:“冯氏《诗纪》此句作‘颇觉促筵悦’。按,此句言长河虽遥,倏忽可渡,更捷于促筵之时。越席相接,虽措语稍涩,非竟不可训释。冯氏因其难解,而以意改之,于古无据。今

仍从宋刻。又《初学记》《艺文类聚》皆载此诗，而皆无此二句。按上二句言渡河，下二句言晚别，无此二句似非情事，当是类书删本，辗转相承，谢惠连《七夕诗》，两书亦皆无末二句，其明证也。”

⑪写（xiè）：宣泄，倾吐。《诗经·邶风·泉水》：“驾言出游，以写我忧。”谢灵运《富春渚》：“宿心渐申写，万事俱零落。”

⑫飞光：指日光。江淹《别赋》：“日下壁而沉彩，月上轩而飞光。”飘忽：闪烁貌。

⑬来：傅刚《校笺》：“冯校本作‘未’。”眇（miǎo）：遥远。

【译文】

秋气萌动清风开始吹拂，心宿西移炎热之气消散。宽阔的栏杆蒙上夜色的昏暗，高高的长廊照进夜晚的月色。安闲地漫步在芬芳的园林之中，倾身仰望直望到云间的宫阙。华美的帷幕环绕着银河陈设，驾着龙车升空向对岸出发。谁说银河的两岸相距遥远，只觉得促膝而坐的时光瞬间飞越。深沉的情愫还没来得及抒发倾诉，飘忽的日光就已开始在东方闪烁。将来再聚的日子远得还难以预期，今天的欢愉却很快就要在眼前消逝。

陆机

见本卷《拟古七首》作者简介。

拟行行重行行

【题解】

本篇载《文选》卷三十。吴淇《六朝选诗定论》卷十:“此诗首尾全依原诗,中间小错。‘惊飙’二字,拟原诗‘浮云蔽白日’句,是晋人伎俩。‘伫立’二句,稍脱原诗,故佳。‘揽衣’句,从‘衣带日已缓’句变来,若无‘循形’句累之,则亦居然汉句矣。”所谓“晋人伎俩”,即晋人比起汉人来,更为讲究文辞的刻镂和辞藻的华美,在这方面“惊飙”二句确具有代表性。陈祚明云:“‘揽衣’二句,秀琢。”(《采菽堂古诗选》卷十)所谓“秀琢”,即秀美琢雕之意,也是“晋人伎俩”。所以与原诗相比,虽诗旨、构思与之一脉相承,而感情的真挚自然与文辞的质朴自然已不能与之相提并论,诗篇是深深地打上了时代与诗人创作个性的烙印的。

悠悠行迈远①,戚戚忧思深②。此思亦何思?思君徽与音③。音徽日夜离,缅邈若飞沉④。王鲔怀河岫⑤,晨风思北林⑥。游子眇天末⑦,还期不可寻⑧。惊飙褰反信⑨,归云难寄音⑩。伫立想万里⑪,沉忧萃我心⑫。揽衣有余带⑬,循形不盈襟⑭。去去遗情累⑮,安处抚清琴⑯。

【注释】

①悠悠:远貌。行迈:“行”“迈”同义,皆“行”的意思。《诗经·王风·黍离》:“行迈靡靡,中心摇摇。”

②戚戚:忧貌。陶渊明《五柳先生传》:“不戚戚于贫贱,不汲汲于富贵。”

③“思君”句:《文选》张铣注:“徽,美也。言思君美德及音信也。”徽音,佳音。陆机《拟庭中有奇树》:“欢友兰时往,迢迢匿音徽。”

④缅邈:遥远。缅,亦远的意思。飞沉:飞上高天,沉入水底。《文选》李周翰注:“喻高下悬隔也。”陆机《悲哉行》:“寤寐多远念,缅然若飞沉。”

⑤“王鲔(wěi)”句:《文选》张衡《东京赋》:“王鲔岫居,能鳖三趾。”薛综注:“山有穴曰岫也。王鲔,鱼名也,居山穴中。长老言:王鲔之鱼,由南方来,出此穴中,入河水,见日目眩,浮水上,流行七八十里。钓人见之,取之以献,天子用祭。其穴在河南小平山。”《周礼·天官·𩚳人》:“春献王鲔。”郑玄注:“王鲔,鲔之大者。”

⑥晨风:鸟名。即鹯鹰,一种猛禽。思:原作“悲”,《文选》作“思”,当以作“思”为是,据改。《诗经·秦风·晨风》:“鴥彼晨风,郁彼北林。”以上二句《文选》刘良注:“言鱼、鸟犹思所居,而君何不思归。”

⑦眇(miǎo):遥远。天末:犹言天边。张衡《东京赋》:“眇天末以远期,规万世而大摹。”

⑧还:《文选》李善本作“还”,五臣本作“远”。

⑨惊飙(biāo):疾风。褰(qiān):《文选》吕向注:“褰,绝也。惊风之来,绝其反信。”反:同“返”。

⑩“归云”句:《文选》吕向注:“归云之去,难以寄音。”屈原《九章·思美人》:“愿寄言于浮云兮,遇丰隆而不将。”

⑪伫立:久久地站立。

⑫沉忧:深忧。萃:聚集。

⑬揽衣：即提起衣服。曹植《杂诗》（一题作《闺情》）："揽衣出中闺，逍遥步两楹。"揽，《广雅·释诂》："持也。"有余带：谓身体越来越消瘦，即古诗"相去日已远，衣带日已缓"之意。带，衣带。

⑭不盈襟：意同"有余带"。

⑮"去去"句：去掉感情上的牵累。旧题苏武答李陵诗："参辰皆已没，去去从此辞。"《周易·夬》："君子夬夬。"王弼注："君子处之，必能弃夫情累，决之不疑。"

⑯"安处"句：《文选》吕延济注："安居而抚琴，言自宽也。"抚，弹奏。

【译文】

走啊走你走得离我越来越远，忧啊忧我的忧思越来越深沉。我到底都在忧思些什么？我在想夫君何时能有回家的佳音。佳音无日无夜不与我两相背离，遥远得就像是飞上高天与沉入水底。王鲔怀想黄河岸边的洞穴，晨风思念窝巢所在的北林。游子在那邈远的天边，回家的日子无法找寻。疾风吹断了回家的音信，归云难以托它寄回佳音。久久地站立把万里之外冥想，沉重的忧愁一点点聚集到我心底。提起衣裳衣带多出了一截，身体消瘦得已填不满衣襟。去吧去吧抛开这许多情感的牵累，安然处之且把清越的琴声弹奏。

拟明月何皎皎

【题解】

本篇载《文选》卷三十，《初学记》卷一、《太平御览》卷一百八十八节引。《文选》李周翰注："此谓闺人对月思行人之意。"但从后四句看，理解为客子思其室家更为确切，此应是本诗与原诗最大的不同之处。在陆机拟古诗中为难得的清新可诵之作，特别是"照之"二句，构想出奇，意象空灵，颇堪咀味。唐人杨濬《送刘散员赋得陈思王诗明月照高楼》："余辉揽讵盈。"张九龄《望月怀远》："不堪盈手赠。"宋苏轼《渔家傲·七夕》："明月多情来照户。但揽取，清光长送人归去。"都与陆机所作有或多或少的关联，不难看出其对后世的影响。

安寝北堂上，明月入我牖①。照之有余晖，揽之不盈手②。凉风绕曲房，寒蝉鸣高柳③。踟蹰感节物④，我行永已久⑤。游宦会无成⑥，离思难独守⑦。

【注释】

①牖（yǒu）：窗户。

②"照之"二句：《文选》吕延济注："安卧之时，明月入于我窗牖之中，照则光晖有余，揽而取之不盈于手，喻夫空有名而不能见。"照之，指月光照到窗户上。揽，用手去抓握。《淮南子·览冥训》："天地之间，巧历不能举其数；手征忽恍，不能览其光。"高诱注："言手虽览（揽）得微物，不能得其光。"

③"凉风"二句：《文选》刘良注："凉风、寒蝉，七月时候也。"曲房，有曲廊的屋子。

④踟蹰（chí chú）：徘徊不前貌。节物：指凉风吹、寒蝉鸣等秋天特有的景物。

⑤永：长。

⑥游宦：远游求仕。会：当。

⑦独：《文选》作"常"。

【译文】

安安静静地躺卧在北堂之上，明亮的月光照进了我的窗户。照进窗户的月光充盈有余，伸手去抓握却握不满一手。凉风绕着有曲廊的房舍吹拂，寒蝉在高高的柳树上叫个不休。徘徊往复感叹节候景物的变化，我离家出游的时间已经很久。远游求仕终当不会成功，离别的忧思却让我难把空房独守。

卷四

王僧达

王僧达（423—458），琅邪临沂（今属山东）人。少好学，善属文。宋文帝时，任始兴王后军参军，迁太子舍人，出任宣城太守。太子刘劭作乱，刘骏进讨，王僧达南奔迎候。刘骏即位，历任尚书右仆射、征虏将军、吴郡太守、中书令等职。自负才器，屡忤上意，被赐死狱中。钟嵘将其诗列入中品。《隋书》卷三十五《经籍志四》著录有集十卷，已散佚。其事见《宋书》卷七十五、《南史》卷二十一。

七夕月下一首

【题解】

本篇载《艺文类聚》卷四、《初学记》卷四。咏叹七夕牛郎织女相聚的故事，从着力描写秋凉情景、刻意渲染悲凉的环境气氛入手，融情入境，以景传情，写法自具特色。笔触细腻，但也不无刻镂之迹。“广庭”句，意境空灵，颇堪咀味。

远山敛雰祲①，广庭扬月波。气往风集隙②，秋还露泫柯③。节期既已孱④，中宵振绮罗⑤。来欢讵终夕⑥，收泪泣分河⑦。

【注释】

①雰祲（fēn jìn）：雾气。是一种不祥的征象。

②气：指秋天的萧瑟之气。

③泫（xuàn）：悬垂欲滴之状。柯（kē）：树枝。

④节期：指七夕相会之期。期，《艺文类聚》《初学记》作“气”。孱（chán）：迫促。

⑤中宵：半夜。傅刚《校笺》：“陈本作‘终霄’。”振绮罗：谓整理罗衣准备回返。

⑥讵（jù）：岂。

⑦分河：在银河边分手离别。

【译文】

远山收敛了不祥的雾气，宽阔的庭院中月波荡漾挪移。凉气袭来寒风在缝隙间聚集，秋天返回露珠在树枝上悬垂。相聚的时间既已如此迫促，半夜时分就赶紧把罗衣整理。前来欢聚哪能够延续终夜，在河边收泪分手但还是忍不住哭泣。

颜延之

颜延之(384—456),字延年,琅邪临沂(今属山东)人。少孤贫,好读书,无所不览,善属文,《宋书》本传称其"文章之美,冠绝当时"。东晋末年,官江州刺史刘柳行参军,转主簿。与陶渊明结识,建立了深厚的友情。入宋,历任太子舍人、始安太守、中书侍郎、永嘉太守、侍中、御史中丞、秘书监等职。官至金紫光禄大夫,故世称"颜光禄"。其诗与谢灵运齐名,世称"颜谢"。钟嵘《诗品》将其诗列入中品。《隋书》卷三十五《经籍志四》著录有集二十五卷(注云"梁三十卷。又有《颜延之逸集》一卷,亡"),已散佚。明人辑有《颜光禄集》。其事见《宋书》卷七十三、《南史》卷三十四。

为织女赠牵牛一首

【题解】

本篇《艺文类聚》卷四、《初学记》卷四节引。吟咏牛郎织女故事,从代为织女致信牵牛的角度落笔,抒写织女在相会前复杂的内心情感及其急切盼望相会的心情,构思较独特。喜用典故,注重刻绘,能显示颜诗"尚巧似,体裁绮密,情喻渊深"(钟嵘《诗品》中)的创作特色。对织女内在心理的揭示与刻绘细致入微,真切传神。

婺女俪经星①,嫦娥栖飞月②。惭无二媛灵③,托身侍天阙④。阊阖殊未晖⑤,咸池岂沐发⑥。汉阴不夕张⑦,长河为谁越?虽有促讌期⑧,方须凉风发⑨。虚计双曜周⑩,空迟三星没⑪。非怨杼轴劳⑫,但念芳菲歇⑬。

【注释】

①婺(wù)女:星名。即女星,二十八宿之一。俪:成双,成对。婺女星共四星,故曰"俪"。经星:二十八宿为恒星,在天空的位置相对不变,犹经之于纬,故称。

②"嫦娥"句:《淮南子·览冥训》:"羿请不死之药于西王母,姮娥窃以奔月,怅然有丧,无以续之。"高诱注:"姮娥,羿妻。羿请不死之药于西王母,未及服之,姮娥盗食之,得仙,奔入月中为月精。"嫦,《艺文类聚》《初学记》作"姮"。

③二媛:指婺女、嫦娥。媛,美女。

④天阙:天宫。阙,皇宫门前两边的望楼。

⑤阊阖(chāng hé):《楚辞》屈原《离骚》:"吾令帝阍开关兮,倚阊阖而望予。"王逸注:"阊阖,天门也。"殊:《广雅·释诂四》:"绝也。"傅刚《校笺》:"五云溪馆本、徐本、郑本作'朱'。"

⑥咸池:传说中日浴处。《淮南子·天文训》:"日出于旸谷,浴于咸池。"又屈原《九歌·少司命》:"与女沐兮咸池,晞女发兮阳之阿。"王逸注:"咸池,星名。盖天池也。"沐发:洗发。

⑦汉:银河。阴:水的南面。牵牛星在银河南。夕:原作"久",《艺文类聚》作"夕",据改。张:屈原《九歌·湘夫人》:"登白薠兮骋望,与佳期兮夕张。"王逸注:"张,施。"洪兴祖补注:"言夕张者,犹黄昏以为期之意。"指张设帷帐之类,为聚会时所用。

⑧促讌(yàn):短促的欢聚。讌,同"宴"。指欢聚。

⑨方:正当。

⑩双曜(yào):指日月。周:指运行的周而复始。

⑪三星：指参星。《诗经·唐风·绸缪》："绸缪束薪，三星在天。今夕何夕？见此良人。"

⑫杼（zhù）轴：指织布。杼，织布用的梭子，用以穿引纬线。轴，滚筒，用以承经线。

⑬芳菲：花草。喻指美好的日子、美好的青春。歇：尽。

【译文】

婺女在经星中成对排列，嫦娥栖居在高飞的月宫。惭愧没有二位美女那样的神通，能寄身天宫把天帝侍奉。天门阻隔没有一点儿辉光，哪能到咸池把秀发洗沐。天河南岸傍晚并没有张设帷幔，我为谁飞越到长河对面？虽然有一个短促欢聚的日子，但还须正好有清凉的秋风吹拂。徒然在这儿计算日月的运行，空自觉得三星的出没过于迟缓。不是因为怨恨天天织布过于辛苦，只是担忧芳香的花草就要衰败。

秋胡诗一首

【题解】

本篇载《文选》卷二十一，《艺文类聚》卷十八节引，收入《乐府诗集》卷三十六《相和歌辞·清调曲》。秋胡本事，参见卷二傅玄《和班氏诗一首》。全诗共分为九章。第一章写秋胡娶妻后伉俪相得的美满；第二章至第四章写秋胡妻对秋胡的思念与担忧；第五章写秋胡返家途中遇采桑美妇（实即秋胡妻）；第六章写秋胡赠金、美妇却金之事；第七章写秋胡返家后与母亲、妻子相见；第八章写妻子倾诉离别五年之苦；第九章写妻子切责其夫、诀别自沉。沈德潜评第八章云："前章说相持矣，以常情言，宜即出愤语，此却申言离居之苦，急处用缓承，正是节奏之妙。"最后总评云："无古乐府之警健，然章法绵密，布置稳顺，在延之为上乘矣。"（《古诗源》卷十）陈祚明评云："章法绵密，布置稳贴，风调亦颇流丽，不类延之恒调。虽不逮古乐府，颇有魏人遗风。"（《采菽堂古诗选》卷十六)另《文选》刘良注云:"延年咏此,以刺为君之义不固也。"认为诗有寄托,可备一说。

椅梧倾高凤①,寒谷待鸣律②。影响岂不怀③,自远每相匹④。婉彼幽闲女⑤,作嫔君子室⑥。峻节贯秋霜⑦,明艳侔朝日⑧。嘉运既我从⑨,欣愿自此毕⑩。其一。

【注释】

①椅(yī):梧桐一类的树,青色。梧:梧桐。《诗经·小雅·湛露》:"其桐其椅,其实离离。"凤:《庄子·秋水》:"南方有鸟,其名为鹓鸰。……非梧桐不止,非练实不食,非醴泉不饮。"成玄英疏:"鹓鸰,鸾凤之属,亦言凤子也。"《诗经·大雅·卷阿》:"凤凰鸣矣,于彼高冈。梧桐生矣,于彼朝阳。"司马彪《与山巨源诗》:"苕苕椅桐树,寄生于南岳。……昔也植朝阳,倾枝俟鸾鹥。"

②"寒谷"句:《文选》李善注引刘向《别录》:"邹衍在燕,有谷寒不生五谷。邹子吹律而温至,生黍也。"律,用竹管或金属管制成的定音仪器,有所谓六律、十二律。《尚书·舜典》:"声依永,律和声。"以上二句,沈德潜《古诗源》卷十曰:"椅梧伫凤鸟之来仪,寒谷待吹律而成煦。言夫妇之相匹,如影响之相思也。"

③影响:《文选》李善注引《鹖冠子》:"影则随形,响即应声。"比喻女子从远方来嫁秋胡,如影之随形,响之应声。怀:思。

④远:傅刚《校笺》:"五云溪馆本作'达'。"匹:配。

⑤婉:《诗经·郑风·野有蔓草》:"有美一人,清扬婉兮。"毛传:"婉然,美也。"幽闲女:指秋胡妻。幽闲,容貌美好。《诗经·周南·关雎》:"窈窕淑女,君子好逑。"朱熹《集传》:"窈窕,幽闲之意。"

⑥嫔:妇人的美称。君子:指秋胡。

⑦"峻节"句:李周翰注:"志节高峻过秋霜之厉。"峻节,高尚的节

操。贯,《文选》李善注:"犹连也。"秋霜,傅玄《有女篇·艳歌行》:"容华既以艳,志节拟秋霜。"

⑧"明艳"句:《文选》李周翰注:"明惠艳淑等朝日之美。"《诗经·齐风·东方之日》:"东方之日兮,彼姝者子,在我室兮。"宋玉《神女赋》:"其始来也,耀乎若白日初出照屋梁。"侔(móu),相等。

⑨嘉运:好运。陆机《吴王郎中时从梁陈作诗》:"在晋蒙嘉运,矫迹入崇贤。"

⑩"欣愿"句:《文选》吕延济注:"偶此嘉会,故欣愿毕矣。"

【译文】

梧桐树枝倾斜等待着高飞的凤凰,寒凉的山谷等待着律管的鸣奏。如影随形如响应声哪会不把君子怀想,即使来自远方也常会结成佳偶。那是一个十分美丽的女子,终于成了君子秋胡的妻室。高尚的节操可与秋霜比拟,明艳的容颜可与朝阳媲美。好运降临到了我的头上,美好的心愿总算有了圆满的结局。其一。

燕居未及好①,良人顾有违②。脱巾千里外③,结绶登王畿④。戒徒在昧旦,左右来相依⑤。驱车出郊郭⑥,行路正威迟⑦。存为久离别,没为长不归⑧。其二。

【注释】

①"燕居"句:《文选》刘良注:"秋胡娶后五日而行,故云'安(燕)居未及欢'。"燕居,安居。《诗经·小雅·北山》:"或燕燕居息,或尽瘁事国。"未及好,谓还没有享受到欢乐。好,《文选》李善本作"好",五臣本、《乐府诗集》作"欢"。

②良人:《文选》刘良注:"妇谓夫曰良人。"顾:念。违:《文选》刘良注:"别也。"《诗经·邶风·谷风》:"行道迟迟,中心有违。"

③脱巾:谓将出仕。巾,裹头用的丝麻织品,无官职的士人所服。千

里外：据《列女传》，秋胡鲁人，宦于陈，两地相距遥远，故云。

④结绶（shòu）：比喻出仕做官。绶，系印的丝带。王畿（jī）：古代称王城附近的地域。《文选》李善注："秋胡仕陈，而曰王畿。《诗纬》曰：'陈，王者所起也。'"

⑤"戒徒"二句：《文选》吕向注："言未明而戒徒者早起，使左右相依而行。"戒徒，命同伴准备。戒，命，令。徒，吴兆宜注："一作'途'。"傅刚《校笺》："徐本、郑本作'涂'。"《文选》李善注引《易归藏》："君子戒车，小人戒徒。"昧旦，《左传·昭公三年》："《谗鼎之铭》曰：'昧旦丕显，后世犹怠。'"杨伯峻注："昧旦，欲明未明之时。"

⑥郭：外城。古诗"驱车上东门"："驱车上东门，遥望郭北墓。"

⑦威迟：曲折绵延貌。《诗经·小雅·四牡》："四牡骓骓，周道倭迟。"

⑧没：死。旧题苏武诗："生当复来归，死当长相思。"

【译文】

还没好好地享受安居的欢乐，夫君就想去远游与我别离。要摘下头巾远赴千里之外，结上印绶走进王城一带的官府。天未大亮就令徒众准备，要让左右随员相伴而行。一行驱车出了城门，在郊野的路上曲曲折折地行进。我活着是因为我们还长久地别离，我死去是因为夫君长久地不归。其二。

嗟余怨行役[①]，三陟穷晨暮[②]。严驾越风寒[③]，解鞍犯霜露[④]。原隰多悲凉[⑤]，回飙卷高树[⑥]。离兽起荒蹊[⑦]，惊鸟纵横去。悲哉游宦子，劳此山川路[⑧]。其三。

【注释】

①"嗟余"句：《文选》吕延济注："'余'谓秋胡称也，怨叹此行役也。"《诗经·魏风·陟岵》："嗟！予子行役，夙夜无已。"

②三陟(zhì):《诗经·魏风·陟岵》共三章,首章首句云:“陟彼岵兮!”次章首句云:“陟彼屺兮!”三章首句云:“陟彼冈兮!”故曰“三陟”。三,傅刚《校笺》:“徐本、张本作‘尽’。”

③严驾:整驾。曹植《杂诗》:“仆夫早严驾,吾行将远游。”

④解鞍:《文选》刘良注:“息驾也。”指停车。犯霜露:《左传·襄公二十八年》:“跋涉山川,蒙犯霜露。”

⑤原隰(xí):《诗经·小雅·皇皇者华》:“皇皇者华,于彼原隰。”毛传:“高平曰原,下湿曰隰。”

⑥飙(biāo):暴风。

⑦离兽:离群之兽。阮籍《咏怀》其十七:“孤鸟西北飞,离兽东南下。”蹊:小路。

⑧“劳此”句:《诗经·小雅·渐渐之石》:“山川悠远,维其劳矣。”

【译文】

哀叹啊我秋胡怨恨这远行的差役,从早到晚多次在山谷间攀登。整理好车驾要在寒风中穿行,卸下马鞍只能在霜露间歇息。低湿的原野颇多悲凉之气,旋风在高树间猛烈地飘卷。荒野小路上有离群的野兽游荡,惊慌的鸟儿或南或北飞来飞去。悲哀啊我这个在异乡做官的人,在这环山绕水的路上含辛茹苦。其三。

迢遥行人远①,宛转年运徂②。良时为此别③,日月方向除④。孰知寒暑积,僶俛见荣枯⑤。岁暮临空房,凉风起座隅⑥。寝兴日已寒⑦,白露生庭芜⑧。其四。

【注释】

①迢(tiáo)遥:远貌。迢,《文选》《乐府诗集》作“超”。

②宛转:庄忌《哀时命》:“愁修夜而宛转兮,气涫沸其若波。”王逸注:“言己心忧宛转而不能卧。”运:《庄子·天运》:“予年运而往

矣,子将何以戒我乎?”成玄英疏:“运,时也。”徂(cú):往。

③良时:美好的时刻。旧题李陵诗:“良时不再至,离别在须臾。”时,《文选》李善本作“时”,五臣本及《乐府诗集》作“人”。

④方:始。除:《诗经·唐风·蟋蟀》:“今我不乐,日月其除。”毛传:“除,去也。”又,《诗经·小雅·小明》:“昔我往矣,日月方除。”毛传:“除,除陈生新也。”

⑤僶俛(mín miǎn):《文选》李善注:“犹俯仰也。”吕向注:“犹须臾也。”谓时间短暂。荣枯:指草木的盛衰。《文选》李善注引程晓《女典》:“春荣冬枯,自然之理。”

⑥“岁暮”二句:贾谊《鹏鸟赋》:“有鹏鸟飞入谊舍,止于坐隅。”陆机《拟青青河畔草》:“空房来悲风,中夜起叹息。”隅,角落。

⑦寝兴:睡觉与起床。潘岳《悼亡诗》其二:“寝兴目存形,遗音犹在耳。”日已寒:宋玉《讽赋》:“岁将暮兮日已寒,中心乱兮勿多言。”

⑧芜:丛生的草。

【译文】

远游的人离家是如此的遥远,愁肠百转过去了一年又一年。在这美好的年华与夫君别离,岁月从此开始无情地流逝。有谁知道经历了多少个寒来暑往,转眼间才见花开又见草枯。年末岁尾走进空荡荡的闺房,座椅下会有飕飕的凉风吹起。睡觉起床只觉得一天比一天寒冷,庭院的杂草上有白露滋生。其四。

勤役从归愿①,反路遵山河②。昔辞秋未素③,今也岁载华④。蚕月观时暇⑤,桑野多经过⑥。佳人从所务⑦,窈窕援高柯⑧。倾城谁不顾⑨?弭节停中阿⑩。其五。

【注释】

①役:指做官。愿:原作“顾”,《文选》《乐府诗集》作“愿”,据改。

②遵:沿着。

③未素:《文选》刘良注:"谓木未落。"指树尚未落叶。

④载:则。华:开花。屈原《九歌·山鬼》:"留灵修兮憺忘归,岁既晏兮孰华予。"

⑤蚕月:忙于蚕事之月,指夏历三月。《诗经·豳风·七月》:"蚕月条桑,取彼斧斨。"观:傅刚《校笺》:"五云溪馆本、孟本亦作'欢'。"暇:空闲。

⑥桑野:《诗经·豳风·东山》:"蜎蜎者蠋,烝在桑野。"多经过:阮籍《咏怀》其五:"西游咸阳中,赵李相经过。"

⑦佳人:指秋胡妻。从所务:指采桑。所,《文选》李善本作"此",五臣本作"所"。

⑧窈窕(yǎo tiǎo):美好貌。《诗经·周南·关雎》:"窈窕淑女,君子好逑。"援:攀。柯(kē):树枝。

⑨倾城:形容绝色女子。参见卷一李延年《歌诗一首》。

⑩弭(mǐ)节:屈原《离骚》:"吾令羲和弭节兮,望崦嵫而勿迫。"王逸注:"弭,按也,止也。按节,徐步也。"又,洪兴祖补注:"弭,止也。"中阿:《文选》李善注引郑玄《毛诗笺》:"中阿,阿中也。大陵曰阿。"又吕向注:"路之曲也。"即路之转弯处。

【译文】

做官辛苦开始遂从回家的心愿,循山傍水踏上了返乡的路程。当初离家时已入秋但树叶还未凋落,现在回来正逢春天花开得正盛。养蚕采桑的月份正好有时间观赏,多次在郊野长满桑树的地方经过。有一个美人正在忙着采桑,身姿窈窕手攀着高高的桑枝正忙。如此绝美的女子有谁能不多看几眼?立即把车停在了路旁。其五。

年往诚思劳①,事远阔音形②。虽为五载别,相与昧平生③。舍车遵往路④,凫藻驰目成⑤。南金岂不重⑥?聊自意所轻[7]。义心多苦调[8],密此金玉声[9]。其六。

【注释】

①年往:宋玉《九辩》:"年洋洋以日往兮,老嵺廓而无处。"诚思劳:确实思念得很苦。诚思,傅刚《校笺》引《考异》:"疑作'思诚'。"曹植《与杨德祖书》:"数日不见,思子为劳。"

②事:谓秋胡夫妻结婚成家之事。《文选》李善本作"事",五臣本、《乐府诗集》作"路"。阔:远离。陆机《赠尚书郎顾彦先诗》其一:"形影旷不接,所托声与音。音声日夜阔,何用慰吾心。"

③昧平生:《文选》李周翰注:"言不相识也。"又,李善注:"五载之别虽久,论情无容不识,直为先昧平生,所以致谬。孔安国《论语》注曰:'平生,犹少时也。'"

④遵:沿着。往路:旧题李陵诗:"行人怀往路,何以慰我愁?"

⑤凫(fú)藻:喻欢悦。《后汉书》卷三十一《杜诗传》:"陛下起兵十有三年,将帅和睦,士卒凫藻。"李贤注:"言其和睦欢悦,如凫之戏于水藻也。"凫,野鸭。目成:男女钟情,以目通意。屈原《九歌·少司命》:"满堂兮美人,忽独与余兮目成。"

⑥南金:南方出产的金。《诗经·鲁颂·泮水》:"元龟象齿,大赂南金。"毛传:"南谓荆、扬也。"

⑦聊:《诗经·邶风·泉水》:"娈彼诸姬,聊与之谋。"郑玄笺:"聊,且略之辞。"即"姑且"之意。

⑧义心:坚守节义之心。潘岳《从姊诔》:"义心清尚,莫之与邻。"调:《文选》李善注:"犹辞也。"

⑨密:《文选》吕延济注:"南金虽重,执义不受。密,绝之义也。"此:《文选》作"比"。金玉声:《诗经·小雅·白驹》:"毋金玉尔音,而有遐心。"

【译文】

岁月流逝诚然一直相思得好苦,但当初在一起的情景已隔得太久。虽然只是分别了五年,但今天见面时已是互不相识。下得车来顺着回家的路前行,一双眼睛欢快地不眨眼地把我紧盯。赠给我的南金岂能说不贵重?但在我看来还是很轻很轻。节义之心有许多凄苦的调子,不可能与金玉之声合奏齐鸣。其六。

高节难久淹①,朅来空复辞②。迟迟前途尽③,依依造门基④。上堂拜嘉庆⑤,入室问何之⑥。日暮行采归⑦,物色桑榆时⑧。美人望昏至,惭叹前相持⑨。其七。

【注释】

①高节:高尚的节操。指秋胡妻。淹:留。《文选》刘良注:"妇既志高,故难久留。"

②"朅(qiè)来"句:《文选》刘良注:"朅,去也。空复辞,无所得也。"李善注引刘向《七言》:"朅来归耕永自疏。"朅来,偏用"朅"义。

③迟迟:徐行貌。

④依依:不舍貌。谓心中仍挂念着佳人。《韩诗外传》卷二:"其民依依,其行迟迟,其意好好。"造门基:谓到家门口。造,至。基,《诗经·周颂·丝衣》:"自堂徂基,自羊徂牛。"毛传:"基,门塾之基。"即墙根。

⑤拜嘉庆:谓问候母亲别来无恙之类。嘉庆,嘉庆吉祥之事。

⑥何之:何往。何,傅刚《校笺》:"徐本、郑本作'所'。"

⑦采:傅刚《校笺》:"陈本作'来'。"

⑧物色:景色。桑榆时:谓日暮。《太平御览》卷三引《淮南子》:"日西垂景在树端,谓之桑榆。"参见卷三刘铄《代行行重行行》注。

⑨惭:傅刚《校笺》:"茅本、陈本作'暂'。"

【译文】

节操高尚的人难以在她这里久留,我要离去不用再多说什么。秋胡缓缓前行走到了路的尽头,怀着对佳人的不舍走到了家门口。上堂问候母亲说了些喜庆的话,入室不见妻子问她去了哪里。暮色降临妻子采完桑叶回家,景色朦胧正好是傍晚时分。美人就在这傍晚时分走进了家门,秋胡既惭愧又感叹上前拉住爱妻。其七。

有怀谁能已①?聊用申苦难②。离居殊年载③,一别阻河关④。春来无时豫⑤,秋至恒早寒⑥。明发动愁心⑦,闺中起长叹⑧。惨凄岁方晏,日落游子颜⑨。其八。

【注释】

①有怀:《诗经·邶风·泉水》:"有怀于卫,靡日不思。"已:止。

②"聊用"句:《文选》刘良注:"妻既恨之,聊述其情。"难,傅刚《校笺》引孟本校:"一作'艰'。"

③离居:屈原《九歌·大司命》:"折疏麻兮瑶华,将以遗兮离居。"殊:久。

④"一别"句:《史记》卷九十二《淮阴侯列传》:"(魏王豹)至国,即绝河关,反汉。"

⑤豫:快乐。

⑥恒:原作"应",《文选》《乐府诗集》作"恒",据改。

⑦明发:《诗经·小雅·小宛》:"明发不寐,有怀二人。"毛传:"明发,发夕至明。"

⑧"闺中"句:曹植《美女篇》:"盛年处房室,中夜起长叹。"起,《乐府诗集》作"夜"。

⑨"惨凄"二句:《文选》李善注:"言情之惨凄,在乎岁之方晏,日之将落,愈思游子之颜。"吕向注:"每及岁暮,常凄惨烦忧,恐秋胡颜

貌日就销落,奈何来归失义如此。皆秋胡子妻恨辞。”岁方晏,屈原《九歌·山鬼》:“留灵修兮憺忘归,岁既晏兮孰华予。”方,向。晏,晚。

【译文】

满怀怨愤有谁能够控制自己?姑且申诉一番这些年所经受的苦难。彼此分离过去了这么些年,一别就被大河关山阻断。春天来了没有什么时候感到快乐,秋天来了常早早地就感到了风寒。从夜到晨跳动着的都是一颗悲苦的心,在闺房中常起身长声哀叹。一年将尽时尤其感到凄惨,还担心你在外一天天衰老了容颜。其八。

高张生绝弦,声急由调起[①]。自昔枉光尘[②],结言固终始[③]。如何久为别,百行愆诸己[④]。君子失明义[⑤],谁与偕没齿[⑥]?愧彼《行露》诗[⑦],甘之长川汜[⑧]。其九。

【注释】

①“高张”二句:《文选》李善注:“高张生于绝弦,以喻立节期于效命;声急由乎调起,以喻辞切兴于恨深。”李周翰注:“以琴瑟为喻也。高张必致绝弦,立节有以尽命,声急自于调起,词苦由乎恨深。”高张,声音高而紧张。此以琴之音高紧张喻秋胡妻的声色俱厉。绝弦,断绝琴弦。《吕氏春秋·本味》:“钟子期死,伯牙破琴绝弦,终身不复鼓琴。”后用以比喻失去知音,此则比喻秋胡妻失去了秋胡的恩爱。《汉书》卷八十七下《扬雄传》:“今夫弦者,高张急徽。”陆机《演连珠》其十四:“繁会之音,生于绝弦。”

②光尘:对人风采的敬称。繁钦《与魏文帝书》:“冀事速讫,旋侍光尘。”此指秋胡。

③结言:指口头之盟约。屈原《离骚》:“解佩纕以结言兮,吾令蹇修以为理。”

④百行：多方面的品行。《诗经·卫风·氓》："士之耽兮，犹可说也。"郑玄笺："士有百行，可以功过相除。"愆：过失，过错。已：指秋胡。

⑤明义：《大戴礼记·盛德》："凡淫乱生于男女无别，夫妇无义。昏礼享聘者，所以别男女，明夫妇之义也。"明，赵氏覆宋本作"时"。

⑥没齿：《文选》刘良注："偕俱没尽齿年也。言怨其失义，不俱尽年。"《论语·宪问》："饭疏食，没齿无怨言。"

⑦"愧彼"句：《文选》李善注："贞女不犯霜露而违礼，而我贪生以弃义，比之为劣，故有愧焉。"张铣注："《诗序》云强暴之男不能侵凌贞女也。《诗》曰'厌浥行露'，言不可以无礼干有礼也。妻愧于此诗，甘赴水而死。"《行露》，《诗经·召南》篇名。其辞曰："厌浥行露，岂不夙夜，谓行多露！"朱熹《集传》："言道间之露方湿，我岂不欲早夜而行乎？畏多露之沾濡而不敢尔。盖以女子早夜独行，或有强暴侵陵（凌）之患，故托以行多露而畏其沾濡也。"

⑧"甘之"句：谓情愿投水而死。之，往，赴。长川，大河。汜（sì），水分岔流出后又回到主流者。《艺文类聚》作"涘"。

【译文】

琴音高张必然导致琴弦折断，乐音高急是因为曲调改变。以前你屈尊赏光把我迎娶到家，彼此约定要有始有终永不分离。怎么经过这一段长久的别离，你多方面的品行就出现了问题。君子丧失了光明的大义，谁还会一生一世同他在一起？对照《行露》诗我感到羞愧，甘愿跳进长河去赴死。其九。

鲍照

鲍照(约414—466),字明远,东海(今山东郯城一带)人。出身寒微,沉沦下僚,郁郁不得志。宋文帝元嘉十六年(439),因献诗临川王刘义庆,被任为国侍郎。后又任永安令、秣陵令、太学博士兼中书舍人等职。宋孝武帝大明六年(462),任临海王刘子顼前军参军,故世称“鲍参军”。后刘子顼起兵反宋明帝刘彧,兵败被诛,鲍照亦死于乱军之中。以诗著称,其中乐府最有特色,《宋书》本传有“文甚遒丽”之评。与谢灵运、颜延之并称“元嘉三大家”,又与谢灵运并称“鲍谢”,与休上人并称“休鲍”。钟嵘《诗品》将其诗列入中品。《隋书》卷三十五《经籍志四》著录有集十卷(注云“梁六卷”)。明人辑有《鲍参军集》。其事见《宋书》卷五十一、《南史》卷十三《临川王刘道规传》附。

玩月城西门

【题解】

本篇载《文选》卷三十,李善本题作《玩月城西门解中》,五臣本题作《玩月城西门廨中》,按“解”“廨”字通;《艺文类聚》卷一节引,题作《玩月诗》;《初学记》卷一、《太平御览》卷四节引。作于诗人任秣陵令时。“城西门廨”即秣陵(今江苏南京江宁区)西门的官舍。诗写“玩月”,有的认为是“玩”十五六月圆之夜的情景,而以前六句追述此前初生之月的情景作为陪衬;有的则认为是写初生之月,而十五六之夜的圆月乃属想象和展望。两说皆可通,而以前说的可能性为最大。吴淇评云:"玩月诗中,却句句是怀人诗,然不可作怀人诗看,乃是《玩月城西门廨中》诗也。"(《六朝选诗定论》卷十三)确实,诗人将赏月与怀人水乳交融地结合在一起,从而巧妙而有力地表现了望月怀远兼厌倦宦游的主题。首创"蛾眉""玉钩"两词以状摹新月之形,贴切形象,后人遂沿用不衰。"归华"二句,为一篇转折,引出厌倦宦游、欲借公余宴饮聊以消忧之意。最后结于怀友,戛然而止,不枝不蔓。诗篇琢句精工(尤以"归华"一联为最),但无"有句无篇"之弊,环环相生,气势流贯,灵幻之景,郁勃之情,一一诉诸笔端,浑融无迹。

始见西南楼[①],纤纤如玉钩[②]。末映东北墀[③],娟娟似蛾眉[④]。蛾眉蔽珠栊[⑤],玉钩隔绮窗[⑥]。三五二八时[⑦],千里与君同[⑧]。夜移衡汉落[⑨],徘徊帷幌中[⑩]。归华先委露,别叶早辞风[⑪]。客游厌辛苦[⑫],仕子倦飘尘[⑬]。休浣自公日[⑭],晏慰及私辰[⑮]。蜀琴抽《白雪》[⑯],郢曲绕《阳春》[⑰]。肴干酒未缺[⑱],金壶启夕沦[⑲]。回轩驻轻盖,留酌待情人[⑳]。

【注释】

①见:《文选》李善本作"见",五臣本作"出"。

②纤纤:尖细貌。玉钩:指月亮。公孙乘《月赋》:"猗嗟明月,当心而出。隐圆岩而似钩,蔽修堞如分镜。"

③"末映"句:《文选》吕向注:"出于西南,固宜映东北阶也。"东北,《初学记》作"西北"。墀(chí),台阶。

④娟娟:明媚美好貌。蛾眉:蚕蛾的触须细长而弯,故用以比喻女子长而美的眉毛。《诗经·卫风·硕人》:"齿如瓠犀,螓首蛾眉。"

⑤珠栊(lóng):有珠饰的窗棂。傅刚《校笺》:"徐本、郑本作'朱

栊'。"栊,原作"笼",《文选》《艺文类聚》《太平御览》皆作"栊",据改。谢惠连《七月七日夜咏牛女》:"落日隐櫩楹,升月照房栊。"

⑥绮窗:窗格镂刻有犹如细绫花纹的窗户。绮,《文选》《艺文类聚》《太平御览》作"琐"。

⑦三五:农历十五日。二八:农历十六日。十五、十六日为月圆之时。《释名·释天》:"望,月满之名也。月大十六日,小十五日,日在东,月在西,遥相望也。"

⑧千里:《淮南子·齐俗训》:"道德之论,譬犹日月也。江南河北,不能易其指;驰骛千里,不能易其处。"谢庄《月赋》有"隔千里兮共明月"之句。君:即后文的"情人"。

⑨衡:北斗七星的第五星。《史记》卷二十七《天官书》:"北斗七星,所谓璇玑玉衡,以齐七政。"司马贞《索隐》:"斗,第一天枢,第二旋,第三玑,第四权,第五衡,第六开阳,第七摇光。"此代指北斗。汉:《诗经·小雅·大东》:"维天有汉,监亦有光。"毛传:"汉,天河也。"即银河。

⑩徘徊:《文选》曹植《七哀诗》:"明月照高楼,流光正徘徊。"李善注:"夫皎月流辉,轮无辍照,以其余光未没,似若徘徊。"帷幌(huǎng):《文选》李善本作"帷户",五臣本作"入户"。

⑪"归华"二句:《文选》李善注:"言归华先委,为露所堕;别叶早辞,为风所陨。华落向本,故曰归本;叶下离枝,故云别叶。"华,同"花"。委,屈原《离骚》:"委厥美以从俗兮,苟得列乎众芳。"王逸注:"委,弃。"

⑫辛苦:《文选》作"苦辛"。

⑬飘尘:喻迁徙不定的游宦生活。

⑭休浣(huàn):犹"休沐",官吏休息洗沐,即休假。浣,洗。《文选》吕延济注:"谓洗濯神思也。"自公:《诗经·召南·羔羊》:"退食

自公,委蛇委蛇。"毛传:"公,公门也。"

⑮晏慰:安逸。晏,《文选》作"宴"。慰,《诗经·邶风·凯风》:"有子七人,莫慰母心。"毛传:"慰,安也。"私辰:指属于自己的时间。《广韵》卷一:"辰,时。"辰,原作"晨",《文选》作"辰",据改。

⑯蜀琴:暗用司马相如事。《史记》卷一百十七《司马相如列传》载,临邛富人卓王孙有女文君,寡居在家。成都司马相如饮于卓氏,以琴心挑之,卓文君乃夜奔司马相如。《文选》李善注:"相如工琴而处蜀,故曰蜀琴。"抽:《文选》吕延济注:"犹奏也。"《白雪》:《古文苑》宋玉《讽赋》:"中有鸣琴焉,臣援而鼓之,为《幽兰》《白雪》之曲。"章樵注:"曲名。取洁白之中芬芳悦人,以挑女也。"

⑰郢曲:《文选》李善注:"客歌郢中,故称郢曲。"郢,战国时楚国都城,在今湖北江陵。绕:谓环绕、缭绕。《文选》李善本作"发",五臣本作"绕"。《阳春》:与《白雪》皆为高雅歌曲。宋玉《对楚王问》:"客有歌于郢中者,其始曰《下里》《巴人》,国中属而和者数千人;其为《阳阿》《薤露》,国中属而和者数百人;其为《阳春》《白雪》,国中属而和者不过数十人;引商刻羽,杂以流徵,国中属而和者不过数人而已。是其曲弥高,其和弥寡。"以上二句《文选》吕延济注:"休息公务之日,宴乐私家之辰,奏此琴曲以自娱也。"

⑱肴干:菜肴已尽。缺:尽。《文选》李善本作"缺",五臣本作"阕"。

⑲金壶:即铜壶、铜漏,为古代计时器。分播水壶、受水壶两部分。播水壶有小孔,可以漏水,水流入受水壶。受水壶中立一有刻度的箭形浮标,箭上划分一百刻,箭随蓄水逐渐上升,露出刻数以表示时间。启夕沦:谓铜壶滴漏表示一夜将尽。沦,《广雅·释诂一》:"没也。"《文选》刘良注:"犹尽也。"沦,原作"轮",《文选》作"沦",据改。

⑳"回轩"二句:《文选》刘良注:"轩,车也。言回车将归,复驻轻盖

而留酌,以待情人。情人,友人之别离者。”驻轻盖,谓停车。盖,车盖。

【译文】

新月最初在西南楼顶出现,形状尖细就像是一只玉钩。最后映照在东北的台阶上,明媚美好就像是一弯蛾眉。蛾眉被华美的窗棂遮蔽,玉钩被雕花的窗户隔离。十五十六的夜晚皓月当空,与千里之外的你共享光明。夜色推移北斗银河下沉,月光在帷帐中流连徘徊。花朵因寒露先自凋落归根,树叶因秋风早早离别树枝。客游在外备尝劳碌辛苦,出仕之人厌倦官海风尘。离开公门的日子赶紧休息洗沐,趁时间属于自己好好享受安宁。用蜀琴把高雅的《白雪》弹奏,余音缭绕是郢中的歌曲《阳春》。菜肴吃完酒还剩有不少,铜壶滴漏表示已快夜尽。调转车头且再停留一阵,把酒留下等待我的情人。

代京洛篇

【题解】

本篇收入《乐府诗集》卷三十九《相和歌辞·瑟调曲》,题作《煌煌京洛行》;《艺文类聚》卷四十二、《初学记》卷十八节引,题作《代京洛篇》。代,拟。《乐府诗集》郭茂倩题解引《乐府题解》:“始则盛称京洛之美,终言君恩歇薄,有怨旷沉沦之叹。”前八句写皇宫的堂皇富丽,由远及近,由外及里,层层递进,颇有次第。连用了“十二”“四”“八”“三千”“一”五个数字,不显堆垛枯燥,反使对皇宫盛况的描写更显真实可信。九至十二句写宫内生活的骄奢淫逸。十三句至二十句,转写皇宫的衰败萧条,与前面所描写的盛况形成强烈对比,有力地逼出“古来皆歇薄,君意岂独浓”的主题。最后二句,抒写爱情理想,留下不尽的余味。

凤楼十二重[①]，四户八绮窗[②]。绣桷金莲华[③]，桂柱玉盘龙[④]。珠帘无隔露[⑤]，罗幌不胜风[⑥]。宝帐三千所[⑦]，为尔一朝容[⑧]。扬芬紫烟上[⑨]，垂彩绿云中[⑩]。春吹回白日，霜歌落塞鸿[⑪]。但惧秋尘起[⑫]，盛爱逐衰蓬[⑬]。坐视青苔满，卧对锦筵空[⑭]。琴筑纵横散[⑮]，舞衣不复缝。古来皆歇薄[⑯]，君意岂独浓？惟见双黄鹄，千里一相从[⑰]。

【注释】

①凤楼：皇宫内的楼阁。《玉海》卷一百六十四引《晋宫阁名》："洛阳有凤皇楼、总章观，仪凤楼在观上。广望观之南又别有翔凤楼。"楼，《艺文类聚》作"台"。十二重：《后汉书》卷六十九《何进传》："起大坛，上建十二重五采华盖，高十丈。"

②户：《广韵》卷三："半门为户。"绮窗：雕有花纹的窗户。《大戴礼记·明堂》："明堂者，古之有也。……凡九室，一室而有四户八牖，三十六户，七十二牖。"

③绣桷（jué）：《文选》何晏《景福殿赋》："于是列髹彤之绣桷，垂琬琰之文珰。"李周翰注："髹彤，丹漆也。画文绣之色于椽上，涂以丹漆。"桷，方形的椽子（椽为屋顶承屋瓦的木条）。《初学记》作"角"。华：《乐府诗集》《艺文类聚》《初学记》作"花"。

④桂柱：《三辅黄图》卷四："一说甘泉宫南有昆明池，池中有灵波殿，皆以桂为殿柱，风来自香。"盘龙：《太平御览》引《西京杂记》："昭阳殿椽桷皆刻作蛇龙萦绕，其间鳞甲分明。"

⑤珠帘：用珍珠缀饰的帘子。《太平御览》卷八百三引《西京杂记》："昭阳殿织珠为帘，风至则鸣，如珂佩之声。"无隔露：谓露珠可以进入珠帘内。

⑥幌（huǎng）：帐幔。

⑦宝帐：华美的帷帐。《太平御览》卷七百六引《西京杂记》："武帝为七宝床，杂宝屏风、八宝帐，设于宫中，时人谓为宝宫。"三千：《初学记》作"三十"。所：原作"万"，《乐府诗集》作"所"，据改。

⑧尔：指君王。一朝：一时。容：打扮。谓宫女为博得君王的欢心而精心打扮自己。《战国策·赵策一》："豫让遁逃山中，曰：'嗟乎！士为知己者死，女为悦己者容。'"

⑨紫烟：指香炉上的紫烟。

⑩绿云：指女子如云的鬓发。

⑪"春吹"二句：闻人倓《古诗笺》卷八："言其吹响可以回春，歌声足以召秋也。"吹，指所吹奏的乐曲。霜歌，指在秋天演唱的歌曲。塞鸿，从北方边塞飞来的鸿雁。

⑫秋尘：鲍照《送盛侍郎饯候亭》："高墉宿寒雾，平野起秋尘。"

⑬蓬：蓬草。秋天枯萎后遇风即连根拔起，四处飘荡。曹植《杂诗》："转蓬离本根，飘飖随长风。"

⑭锦筵：华美的坐席。

⑮筑：弦乐器名。《西京杂记》卷一："高帝戚夫人善鼓瑟击筑。"《乐府诗集》作"瑟"。

⑯皆：吴兆宜注："一作'共'。"歇薄：淡薄。

⑰"惟见"二句：旧题苏武诗："黄鹄一远别，千里顾徘徊。……愿为双黄鹄，送子俱远飞。"

【译文】

凤楼重重叠叠一共有十二层，一共有四道门八个雕花的窗户。雕绘的椽头上装饰有金色的莲花，桂木殿柱上用玉装饰着雕刻的盘龙。珍珠编串的帘子并不隔断晶莹的露珠，柔软的丝织帐幔禁不住风的吹拂。华美的帷帐一共有三千处，为了您一时间把自己精心妆饰。紫烟缭绕的香炉飘逸着芬芳，首饰在如云的发髻上闪着异彩。春天吹奏的乐曲能让白日为之回转，秋天的歌唱能让塞外飞鸿落下倾听。就只怕秋风吹来刮起一阵阵黄尘，深厚的爱将随着衰枯的蓬草飘零。坐着看见宫中逐渐长满了青苔，躺着面对的是华美坐席的虚空。琴筑横七竖八地四处散置，舞衣破了再也不会去补缝。古往今来感情最终都会变得淡薄，难道只有君王的情意能独自笃厚？只见天边有一对比翼齐飞的黄鹄鸟，远飞千里仍然不离不散相伴相从。

拟乐府白头吟

【题解】

本篇载《文选》卷二十八，收入《乐府诗集》卷四十一《相和歌辞·楚调曲》，均题作《白头吟》；《艺文类聚》卷四十一节引，题作《白头行吟》。《白头吟》见卷二《古乐府诗六首》，题作《皑如山上雪》，《乐府诗集》作《白头吟》古辞。郭茂倩题解引《西京杂记》云："司马相如将聘茂陵人女为妾，卓文君作《白头吟》以自绝，相如乃止。"又引《乐府解题》："古辞云：'皑如山上雪，皎若云间月。'又云：'愿得一心人，白头不相离。'始言良人有两意，故来与之相决绝。次言别于沟水之上，叙其本情。终言男儿重意气，何用于钱刀。若宋鲍照'直如朱丝绳'，……自伤清直芬馥，而遭铄金玷玉之谤，君恩以薄，与古文近焉。"按《白头吟》古辞本是一首弃妇谴责丈夫变心的诗，鲍照所作，则写君王任用谗佞而疏远正直之士的事，主题有所发展。鲍照出仕期间曾有过遭谗被弃的经历及忧谗畏讥的感受，故诗篇不仅针砭社会现实，实亦抒写了自己内心的失意不平。诗篇感情冷峻，字句琢炼，笔势跌宕，构思谨严。方回评云："此诗可谓遒丽俊逸。"又特别赞云："'心赏''貌恭'一联，至佳至佳。"（《颜鲍谢三家诗评》卷三）

直如朱丝绳①，清如玉壶冰②。何惭宿昔意，猜恨坐相仍③。人情贱恩旧④，世议逐衰兴⑤。毫发一为瑕，丘山不可胜[⑥]。食苗实硕鼠[⑦]，点白信苍蝇[⑧]。凫鹄远成美[⑨]，薪刍前见凌[⑩]。申黜褒女进[⑪]，班去赵姬升[⑫]。周王日沦惑[⑬]，汉帝益嗟称[⑭]。心赏犹难恃，貌恭岂易凭[⑮]？古来共如此，非君独抚膺[⑯]。

【注释】

①朱丝绳：朱弦。《礼记·乐记》："《清庙》之瑟，朱弦而疏越。"丝绳，指琴弦。《艺文类聚》卷四十四引桓谭《新论》："神农氏继而王天下，于是始削桐为琴，绳丝为弦。"《后汉书·五行志一》："顺帝之末，京都童谣曰：'直如弦，死道边。曲如钩，反封侯。'"

②玉壶冰：《文选》陆机《汉高祖功臣颂》："周苛慷忾，心若怀冰。"李善注引应劭《风俗通》："言人清高，如冰之洁。"

③"何惭"二句：《文选》李善注："冯衍《答任武达书》曰：'敢不露陈宿昔之意。'《东观汉记》段颖曰：'张奂事势相反，遂怀猜恨。'《方言》曰：'猜，疑也。'"吕向注："言我清直不惭昔时之意，而君疑恨坐而相仍。"宿昔，向来，往日。相仍，相因，相继。

④贱恩旧：《文选》陆机《君子行》："逐臣尚何有，弃友焉足叹。"李善注："《毛诗·谷风序》曰：'天下俗薄，朋友道绝焉。'郑玄曰：'道绝者，弃恩旧也。'"贱，轻视。恩旧，谓旧日情义。

⑤世议：世俗的议论。议，原作"义"，《文选》《艺文类聚》作"议"，《乐府诗集》作"路"，兹据《文选》《艺文类聚》改。逐：追逐，趋奉。衰兴：失势得势。

⑥"毫发"二句：《太平御览》卷三百五十三引李尤《戟铭》："山陆之祸，起于豪芒。"《文选》李善注："孙盛曰：'刘琨、王浚，睚眦起于丝发，衅败成于丘海。'《文子》曰：'祸福之至，虽丘山无由识之矣。'"刘良注："言人之情移，纵见瑕隙如毫发之小，则以为如丘

山之大,不可胜载。”瑕,玉上的斑点。引申指毛病、过失。胜,承担,承受。

⑦硕鼠:大老鼠。《诗经·魏风·硕鼠》:“硕鼠硕鼠,无食我苗。”

⑧“点白”句:《诗经·小雅·青蝇》:“营营青蝇,止于樊。”郑玄笺:“蝇之为虫,污白使黑,污黑使白,喻佞人变乱善恶也。”点,污,玷污。《文选》李善本作“玷”,五臣本作“点”。白,指白璧。信,实为。

⑨“凫鹄(fú hú)”句:《韩诗外传》卷二:“田饶事鲁哀公而不见察,谓哀公曰:‘臣将去君,黄鹄举矣。’哀公曰:‘何谓也?’田饶曰:‘君独不见夫鸡乎?头戴冠者文也,足傅距者武也,敌在前敢斗者勇也,见食相呼者仁也,守夜不失时者信也。鸡虽有此五德,君犹日瀹而食之者何也?则以其所从来者近也。夫黄鹄一举千里,止君园池,食君鱼鳖,啄君黍粱,无此五德者,君犹贵之者何也?以其所从来者远也。故臣将去君,黄鹄举矣。’”凫,野鸭。鹄,天鹅。这里偏指天鹅。《艺文类聚》作“鹤”。

⑩薪刍:指柴草。薪,柴。刍,草。前见凌:指烧柴草时先烧的被后烧的压在下面。《史记》卷一百二十《汲郑列传》:“(汲黯)见上,前言曰:‘陛下用群臣如积薪耳,后来者居上。’”凌,侵。《文选》《艺文类聚》作“陵”。

⑪申:申后,为申侯之女,周幽王之后。褒女:即褒姒,周幽王宠妃。幽王为取得她的欢心,废去申后母子,改立她为后。见《史记》卷四《周本纪》。

⑫班:班婕妤,班固祖姑。汉成帝即位,选入后宫,始为少史,后立为婕妤。赵姬:赵飞燕,汉成帝宠妃。谗班婕妤,班婕妤惧祸,自求供养太后,成帝允其入长信宫侍奉。事见《汉书》卷九十七下《外戚传下》。

⑬“周王”句:周幽王为博褒姒一笑,多次谎报敌警,举烽火征兵,由

此失信于诸侯。后犬戎兵至,被杀于骊山下,西周亡。周王,指周幽王。沦惑,沉沦迷惑。指为褒姒所迷。

⑭“汉帝”句:《说郛》卷一百十引《赵飞燕外传》:“宫中素幸者,从容问帝,帝曰:‘丰若有余,柔若无骨,迁延谦畏,若远若近,礼义人也,宁与女曹婢胁肩者比耶!’”“汉帝益嗟称”当指此类。汉帝,指汉成帝。益,更。嗟称,嗟叹称赞。指“嗟称”赵飞燕。

⑮“心赏”二句:《文选》刘良注:“假如深心相赏犹难恃也,美貌、外恭岂足凭也。”《吕氏春秋·任数》:“孔子叹曰:‘所信者目也,而目犹不可信;所恃者心也,而心犹不足恃。弟子记之,知人固不易矣。”心赏,有契于心,欣然自得。犹,《乐府诗集》作“固”。貌,容色。恭,恭谨,有礼貌。《论语·季氏》:“貌思恭。”“岂易凭”“心赏”“貌恭”皆指“周王”“汉帝”。

⑯君:指被谗遭疏者。抚膺(yīng):捶胸。表示怅恨、慨叹。《列子·说符篇》:“昔人言有知不死之道者。燕君使人受之,不捷,而言者死。……有齐子亦欲学其道,闻言者之死,乃抚膺而恨。”

【译文】

端直犹如琴上红色的丝弦,清纯犹如玉壶中洁白的冰。哪会为往昔的情意感到愧疚,却频频招来猜疑嫉恨。轻视旧日的情义是人之常情,世俗的议论以人的失势得势而定。毛病不过细如毫发,却被夸大到丘山都不能担承。盗食禾苗的其实是那些大老鼠,玷污白壁的其实是那些黑苍蝇。远方飞来的天鹅得以成其美名,柴草先烧的要被后添上的侵凌。申后被废黜褒姒得以立为王后,班婕妤离去后赵飞燕得以晋升。周幽王一天天沉沦迷惑,汉成帝对赵飞燕更加赞叹连声。他们内心高兴尚且靠不住,外貌恭谨有礼哪里就能依恃?从古至今都是这个样子,不只是您一个人独自捶胸叹恨。

采桑诗

【题解】

本篇收入《乐府诗集》卷二十八《相和歌辞·相和曲》。傅刚《校笺》引《考异》:"《乐府》相和曲有'采桑',此'诗'字疑衍。"《鲍参军集》黄节补注:"此拟古辞《陌上桑》也。……明远此篇,最得古意。若魏武《驾虹霓》篇、魏文《弃故乡》篇,皆题《陌上桑》,而与古辞无涉。"本篇写采桑事,确与古辞《陌上桑》(一作《艳歌罗敷行》,又作《日出东南隅行》)一脉相承,但"古辞言罗敷采桑,为使君所邀,盛夸其夫为侍中郎以拒之"(《乐府诗集》郭茂倩题解引《乐府解题》),而本篇主要写采桑女在阳春三月从美景和爱情中所得到的欢乐,自有不同。对春景的描绘细致而生动,辞藻瑰丽,颇能体现鲍照"善制形状写物之词"(钟嵘《诗品》中)的创作特色。又吴汝纶云:"孝武宫闱渎乱,倾惑殷姬,诗殆为此而作。"(《古诗钞》卷四)据《宋书》卷六十八《武二王传·南郡王义宣》及《南史》卷十一《后妃传上》,宋孝武帝刘骏确有"宫闱渎乱"之事,本篇"卫风"等句似语含讥刺,说"诗殆为此而作",也不无可能,可备一说。

季春梅始落①,女工事蚕作②。采桑淇洧间③,还戏上宫阁④。早蒲时结阴⑤,晚篁初解箨⑥。蔼蔼雾满闺⑦,融融景盈幕⑧。乳燕逐草虫,巢蜂拾花萼⑨。是节最暄妍⑩,佳服又新烁⑪。敛叹对回涂⑫,扬歌弄场藿⑬。抽琴试伫思⑭,荐佩果成托⑮。承君郢中美⑯,服义久心诺⑰。卫风古愉艳⑱,郑俗旧浮薄⑲。虚愿悲渡湘⑳,空赋笑瀍洛㉑。盛明难重来㉒,渊意为谁涸㉓?君其且调弦㉔,桂酒妾行酌㉕。

【注释】

①季春:春季的第三个月,即农历三月。梅:指梅子,似杏而味酸。

《诗经·召南·摽有梅》："摽有梅，其实七兮。"郑玄笺："兴者，梅实尚余七，未落喻始衰也。谓女二十春盛而不嫁，至夏则衰。"

②女工：从事手工劳动的女性。《乐府诗集》作"工女"。蚕作：有关养蚕的工作。扬雄《元后诔》："分茧理丝，女工是敕。"

③淇、洧（wěi）：二水名。均在今河南境内，当为青年男女嬉游欢会之地。洧，《乐府诗集》作"澳"。《诗经·卫风·竹竿》："泉源在左，淇水在右。"《诗经·郑风·溱洧》："溱与洧，方涣涣兮。士与女，方秉蕑兮。"

④上宫阁：楼阁名。在淇水附近。《诗经·鄘风·桑中》："期我乎桑中，要我乎上宫，送我乎淇之上矣。"毛传："桑中、上宫，所期之地。"

⑤蒲：草名。即香蒲，其叶可供编织。结阴：左思《魏都赋》："篁篠怀风，蒲陶结阴。"

⑥"晚篁"句：《文选》谢灵运《于南山往北山经湖中瞻眺》："初篁苞绿箨，新蒲含紫茸。"李善注："服虔《汉书》注曰：'篁，丛竹也。箨，竹皮也。'"篁，《乐府诗集》字下注："一作'竹'。"箨（tuò），俗称笋壳。

⑦蔼蔼：雾盛貌。又，《文选》刘铄《拟明月何皎皎》："落宿半遥城，浮云蔼曾阙。"吕向注："蔼，盖也。"闺：《尔雅·释宫》："宫中之门谓之闱，其小者谓之闺。"

⑧融融：和暖貌。景：日光。

⑨花萼：花和萼。萼是环列在花最外面的一轮叶状薄片。这里偏指花。萼，《乐府诗集》作"药"。

⑩是：傅刚《校笺》："徐本、郑本作'景'。"暄妍（yán）：热闹美好。鲍照《春羁诗》："暄妍正在兹，摧抑多嗟思。"暄，《乐府诗集》作"喧"。

⑪烁：光闪动貌。

⑫敛：收起。《乐府诗集》作"钦"，《鲍参军集》作"绵"。回：傅刚

《校笺》:"五云溪馆本、徐本、郑本、张本作'迥'。"

⑬弄:嬉戏。场:园圃。藿:豆叶。《诗经·小雅·白驹》:"皎皎白驹,食我场藿。"

⑭抽琴:《韩诗外传》卷一:"孔子南游适楚,至于阿谷之隧,有处子佩瑱而浣者。孔子曰:'彼妇人其可与言矣乎?'……抽琴去其轸,以授子贡曰:'善为之辞,以观其语。'子贡曰:'……于此有琴而无轸,愿借子以调其音。'妇人对曰:'吾野鄙之人也,僻陋而无心,五音不知,安能调琴?'"又《史记》卷一百十七《司马相如列传》载,临邛富人卓王孙有女卓文君,寡居在家,司马相如饮于卓氏,以琴心挑之,卓文君乃夜奔司马相如。试:试探,挑逗。伫思:集聚的情思。指少女的春心。伫,《乐府诗集》作"纡"。傅刚《校笺》:"陈本作'抒'。"

⑮荐:进献。佩:玉佩。参见卷二阮籍《咏怀诗二首》"二妃游江滨"注。

⑯郢中:宋玉《对楚王问》:"客有歌于郢中者,其始曰《下里》《巴人》,国中属而和者数千人。"郢,战国时楚国都城,在今湖北江陵。此代指歌曲。

⑰服义:服膺仁义。义,指答应对方的求爱。宋玉《招魂》:"朕幼清以廉洁兮,身服义而未沬。"诺:《文选》袁淑《效曹子建乐府白马篇》:"一朝许人诺,何能坐相捐。"李善注:"诺,相然许之辞也。"

⑱卫:春秋时国名。其地在今河南北部及南部地区,建都朝歌(今河南淇县)。《诗经》有《卫风》,其中多有表现男女爱情的作品。愉艳:欢乐美艳。《艺文类聚》卷八十一引颜延之《蜀葵》:"愉艳众葩,冠冕群英。"

⑲郑:春秋时国名。其地在今河南中部新郑一带。《诗经》有《郑风》,其中多有表现男欢女爱之作。孔子曾有"放郑声,远佞人。郑声淫,佞人殆"(《论语·卫灵公》)的说法。

⑳虚:《乐府诗集》作“灵”。悲渡湘:用《楚辞》所写故事。《湘君》:“令沅湘兮无波,使江水兮安流。望夫君兮未来,吹参差兮谁思?”又:“望涔阳兮极浦,横大江兮扬灵。”《湘夫人》:“帝子降兮北渚,目眇眇兮愁予。”均抒写两相恋慕的神灵(即湘君、湘夫人)约会而不能如愿的哀愁。

㉑空:《乐府诗集》作“宓”。笑瀍(chán)洛:用曹植咏神女宓妃的故事。曹植《洛神赋序》:“黄初三年,余朝京师,还济洛川。古人有言,斯水之神名曰宓妃。感宋玉对楚王说神女之事,遂作斯赋。”宓妃,传为伏羲氏之女,溺死洛水,遂为洛水之神。《洛神赋》写的是一个人神相恋而不得、因而满怀怅怨的故事。瀍、洛,二水名。洛水源出今陕西洛南冢岭山,东南流入河南境内,经洛阳,至巩义入黄河。瀍水源出洛阳西北谷城山,南流经洛阳城东入洛水。《艺文类聚》卷九引张载《濛汜池赋》:“激通渠于千金,承瀍洛之长川。”瀍,《乐府诗集》字下注:“一作‘景’。”

㉒盛明:昌盛清明。《汉书》卷九十七下《外戚传下·孝成班倢伃》:“蒙圣皇之渥惠兮,当日月之盛明。”

㉓渊意:深厚的情谊。

㉔调弦:指弹奏弦乐器。

㉕桂酒:屈原《九歌·东皇太一》:“蕙肴蒸兮兰藉,奠桂酒兮椒浆。”王逸注:“桂酒,切桂置酒中也。”行酌:巡行劝饮。酌,饮酒。

【译文】

阳春三月梅子刚开始下落,女工开始了与养蚕有关的工作。在淇水洧水之间采摘桑叶,回头还到上宫阁嬉戏游乐。初生的蒲叶纵横交错下自成荫,晚出的新竹裂开了笋壳。闺房之内笼罩着浓浓的雾气,帷幕上阳光充盈暖暖和和。小燕低回追逐着草间的小虫,蜜蜂出巢飞来飞去采拾花萼。这个季节最为美好热闹,刚穿上的新衣光彩闪烁。面对归途且把轻轻的叹息止住,在园圃豆叶繁茂的地方嬉戏高歌。您取出琴弹奏撩拨我郁积的情思，我送上玉佩您果然没有辜负我的寄托。承蒙您在歌曲中所表达的美意，我奉行大义对您的追求早已允诺。古代卫国的风俗多么欢乐美好，旧时郑国的习俗被认为浮艳浅薄。神灵为不能如愿渡过湘水约会而空自悲哀，曹植为在瀍水洛水间的欢笑而空把赋作。如此昌盛清明的时节难再重来，我这深厚的情意能为谁而枯竭干涸？您姑且把琴弦调好弹奏起来，我斟上桂酒要劝您尽情地喝。

梦还诗

【题解】

本篇写客居他乡因思念家室而致梦的情景，据曹道衡考证，当作于诗人在长江以北任永安令时（见曹道衡《中古文学史论文集·鲍照几篇诗文的写作时间》）。吴兆宜题下注："一作《梦归乡》。"诗人对梦中情景的描绘颇细致，这在此前的写梦诗中很罕见，这为李白的长篇写梦诗《梦游天姥吟留别》开出了先河。所表现的感情强烈而深挚，尤其是对梦醒后感情的抒写，盖梦后的失望与失落比梦前的思念更让人难以承受，所以如此。陈祚明评云："情至，亦多隽语。"又评末句云："不得志而思归也。发端言'衔泪'，以此结，亦极悲。"（《采菽堂古诗选》卷十九）

衔泪出郭门①，抚剑无人逵②。沙风暗塞起③，离心眷乡畿④。夜分就孤枕⑤，梦想暂言归⑥。孀妇当户叹⑦，缫丝复鸣机⑧。慊款论久别⑨，相将还绮帷⑩。靡靡檐下凉⑪，胧胧窗里辉⑫。刈兰争芬芳⑬，采菊竞葳蕤⑭。开奁集香苏⑮，探袖解缨徽⑯。寐中长路近⑰，觉后大江违⑱。惊起空叹息，恍惚神魂飞⑲。白水漫浩浩⑳，高山壮巍巍㉑。波潮异往复㉒，风霜改荣衰[23]。此土非吾土[24]，慊慨当诉谁？

【注释】

①郭门：外城门。古诗“去者日以疏”：“出郭门直视，但见丘与坟。”

②抚：按，握。逵：四通八达的道路。

③塞：《鲍参军集》作“空”。

④乡畿（jī）：故乡。畿，京城管辖的地区。

⑤夜分：《后汉书》卷一下《光武帝纪》：“数引公卿、郎、将讲论经理，夜分乃寐。”李贤注：“分犹半也。”

⑥言：语助词。

⑦孀：《列子·汤问篇》：“邻人京城氏之孀妻有遗男。”张湛注：“孀，寡也。”又《管子·入国》：“妇人无夫曰寡。”古代已婚而独居的妇女也可称寡，故陈琳《饮马长城窟行》云：“边城多健少，内舍多寡妇。作书与内舍，便嫁莫留住。”当户：对着门。王粲《咏史》：“妻子当门泣，兄弟哭路垂。”叹：原作“笑”，傅刚《校笺》：“《考异》作‘叹’。校说：‘宋刻作“笑”。按，此句在缫丝鸣机之上，作“笑”字不近情理。’”“按，徐本、郑本俱作‘叹’。”据改。

⑧缫（sāo）丝：把蚕茧放在热水里，抽出蚕丝。傅刚《校笺》引孟本校：“或作‘搔首’。”鸣机：指织布。

⑨慊（qiǎn）：《礼记·坊记》：“贫不至于约，贵不慊于上。”郑玄注：“慊，恨不满之貌。”陈琳《饮马长城窟行》：“结发行事君，慊慊心意关。”款：《广雅·释诂一》：“诚也。”繁钦《定情诗》：“中情既款款，然后克密期。”

⑩相将：相互搀扶着，一起。

⑪靡靡（mǐ）：《诗经·王风·黍离》：“行迈靡靡，中心摇摇。”毛传：“靡靡，犹迟迟也。”陶渊明《己酉岁九月九日》：“靡靡秋已夕，凄凄风露交。”引申为渐渐之意。傅刚《校笺》：“徐本、郑本作‘历

历'。"

⑫胧胧：微明貌。夏侯湛《秋可哀》："月翳翳以隐云，星胧胧而没光。"窗：《鲍参军集》作"帐"。

⑬刈（yì）：割取。夏侯湛《秋可哀》："既采萧于大陆兮，又刈兰乎崇冈。"

⑭葳蕤（wēi ruí）：鲜丽貌。王粲《公宴诗》："昊天降丰泽，百卉挺葳蕤。"

⑮奁（lián）：盛物之器。集：《鲍参军集》作"夺"。苏：《尔雅·释草》："苏，桂荏。"邢昺疏："释曰：苏，荏类之草也，以其味辛，似荏，故一名桂荏。陶注《本草》云：'叶下紫色而气甚香，其无紫色不香似荏者，名野苏。'"

⑯探袖：犹伸手。缨徽：《文选》嵇康《琴赋》："新衣翠粲，缨徽流芳。"李善注："《尔雅》曰：'妇人之徽谓之缡。'郭璞曰：'今之香缨也。'"李周翰注："缨，衣领也。徽，美。芳，香也。"缨，古代女子许嫁时所系的彩色带子，上可系香囊。《礼记·曲礼上》："女子许嫁，缨。"陈澔注："许嫁则系以缨，示有所系属也。此与幼所配香缨不同。"《仪礼·士昏礼》："主人入，亲说妇之缨。"郑玄注："妇人十五许嫁，笄而礼之，因著缨，明有系也。盖以五采为之。其制未闻。"《礼记·内则》："衿缨，皆佩容臭。"陈澔注："容臭，香物也。助为形容之饰，故言容臭。以缨佩之。后世香囊即其遗制。"从"流芳"二字看，"缨徽"当以理解为"香缨"为宜，而缨乃系香囊之物，即指香囊。繁钦《定情诗》有"何以致叩叩？香囊系肘后"之句。又，《鲍参军集》黄节补注："嵇康《琴赋》李善注：'《尔雅》曰："妇人之徽谓之缡。"郭璞曰："今之香缨也。"'节按，《尔雅》作'袆'，不作'徽'。徽，疑谓琴徽。缨，系也。'开奁集香苏，探袖解缨徽'，用秦嘉《赠妇诗》'芳香去垢秽，素琴有清声'意。"所说"琴徽"，为琴上系弦的绳。

⑰寐（mèi）：睡着。《古诗纪》作“梦”。《鲍参军集》黄节补注：“《古诗》：‘独宿累长夜，梦想见容辉。’乐府古辞：‘远道不可思，夙昔梦见之。梦见在我旁，忽觉在他乡。’皆述梦中情况，此诗所本。”

⑱违：《诗经·邶风·谷风》：“行道迟迟，中心有违。”毛传：“违，离也。”此为隔绝之意。

⑲恍惚：司马相如《上林赋》：“芒芒恍惚，视之无端，察之无涯。”神魂：傅玄《朝时篇·怨歌行》：“魂神驰万里，甘心要同穴。”

⑳“白水”句：《列女传·辩通传·齐管妾婧》：“妾婧者，齐相管仲之妾也。宁戚欲见桓公，道无从，乃为人仆，将车宿齐东门之外。桓公因出，宁戚击牛角而商歌，甚悲。桓公异之，使管仲迎之，宁戚称曰：‘浩浩乎白水。’管仲不知所谓，不朝五日，而有忧色。其妾婧进曰：‘……古有《白水》之诗，诗不云乎：“浩浩白水，儵儵之鱼。君来召我，我将安居？国家未定，从我焉如？”此宁戚之欲得仕国家也。’管仲大悦，以报桓公。”浩浩，《尚书·尧典》：“汤汤洪水方割，荡荡怀山襄陵，浩浩滔天。”孔安国传：“浩浩，盛大若漫天。”

㉑巍巍：《论语·泰伯》：“巍巍乎！舜、禹之有天下也，而不与焉。”何晏注：“巍巍，高大之称。”《鲍参军集》黄节补注：“‘白水漫浩浩，高山壮巍巍’，亦用秦嘉《赠妇诗》‘河广无舟梁，浮云起高山’意。”

㉒“波潮”句：郭璞《江赋》：“呼吸万里，吐纳灵潮。自然往复，或夕或朝。”潮，吴兆宜注：“一作‘澜’。”

㉓霜：傅刚《校笺》：“徐本、郑本作‘云’。”荣衰：犹盛衰。《周易·杂卦》：“《损》《益》，盛衰之始也。”荣，草木繁盛时。

㉔“此土”句：王粲《登楼赋》：“虽信美而非吾土兮，曾何足以少留。”

【译文】

眼含热泪走出了外城城门，手按宝剑徘徊在无人的大道上。风吹起来卷着黄沙暗了天空，游子的心在眷念着故乡。半夜时分孤独地就枕而眠，在睡梦中暂时回到了故乡。独居的妻子正朝着家门叹息，忙完抽丝织机又开始鸣响。既怨恨又深情地对我谈起久别，手拉着手一起走进了帷帐。慢慢地屋檐下弥漫着清凉，窗户里朦胧地有一些微光。割回的兰草争相散发出芬芳，采来的菊花一枝比一枝鲜亮。打开箱奁里面满是苏草的芳香，伸手解下了精美的香囊。睡梦中漫长的道路变得很近，醒来后我们之间还是隔着大江。猛然惊起徒然发出深深的叹息，恍惚间神魂飞散不知何往。白色水波浩莽无边，高山巍峨何其雄壮。波涛汹涌往复来回不断变样，改变着荣衰的是无情的风霜。这个地方不是我的故乡，这满腔的郁懑我能对谁去讲？

拟古

【题解】

鲍照《拟古》诗共八首，不作于一时一地，大抵都为感怀时事、感伤身世之作。本篇原列第七首。诗写思妇对远征在外的夫君的思念，写法颇富于变化。陈祚明评云："'扶'，犹依也，字新。写情曲折，本言思妇，偏道夫君，又从流传口中序出，何其迂萦！"（《采菽堂古诗选》卷十九）方东树评云："又托闺妇思远，以寄其羁旅之苦。起有翩势。'宿昔'二句，指客陇之人。'念此'四句，始自言也。"（《昭昧詹言》卷六）所论皆极是。"本言思妇，偏道夫君"，即所谓"从对面写来"的笔法，其好处是能避免平直，平添曲致，从而使作品更具艺术魅力。

河畔草未黄，胡雁已矫翼①。秋蛩扶户吟②，寒妇晨夜织③。去岁征人还④，流传旧相识⑤。闻君上陇时⑥，东望久叹息。宿昔衣带改⑦，旦暮异容色⑧。念此忧如何，夜长忧向多[9]。明镜尘匣中，宝瑟生网罗[10]。

【注释】

①胡雁：指北方的大雁。矫：举。

②蛩（qióng）：崔豹《古今注》卷中："蟋蟀，一名吟蛩，一名蛩，秋初生，得寒则鸣。"扶护：《焦氏易林》卷四："昆虫扶户，阳明所得。"扶，《汉书》卷二十六《天文志六》："晷长为潦，短为旱，奢为扶。扶者，邪臣进而正臣疏，君子不足，奸人有余。"颜师古注："晋灼曰：'扶，附也，小臣佞媚附近君子之侧也。'"傅刚《校笺》："徐校：'五云溪馆本作"挟"。'按，徐本、郑本作'挟'。"

③晨：傅刚《校笺》："徐本、郑本作'成'。"

④征人：远行或出征在外的人。

⑤流传：传布，传播。

⑥陇：陇山，六盘山南段的别称，绵亘于今陕西的陇县、宝鸡和甘肃的镇原、清水、秦安等县，在古代以迂回险阻著称。《太平御览》卷五十六引《三秦记》："关中人上陇者，还望故乡，悲思而歌，则有绝死者。"

⑦宿昔：犹"旦夕"，早晚，表示时间短暂。曹丕《与清河见挽船士新婚与妻别》："与君结新婚，宿昔当别离。"衣带改：谓人消瘦，衣带变得松缓了。古诗"行行重行行"："相去日已远，衣带日已缓。"傅刚《校笺》："五云溪馆本、徐本、郑本作'改衣带'。"

⑧旦暮：早晚。异容色：谓脸色变得不好了。容色，神色。《论语·乡党》："享礼，有容色。"

⑨忧向：傅刚《校笺》："五云溪馆本、徐本、郑本作'愁更'。"

⑩"明镜"二句：谓心情不好，无心照镜、修饰，也无心弹奏琴瑟。网罗，指蜘蛛网。"江淹《步桐台诗》："绮帷生网罗，宝刀积尘埃。"罗，吴兆宜注："一作'丝'。"

【译文】

河畔的青草还没有变黄，北雁已展开双翅飞向南方。蟋蟀感知秋意爬在门上鸣叫，思妇冒着轻寒在织机上从早到晚地操劳。去年有征人从远方回来，四处传布过去熟人的情况。听说夫君登上陇山的时候，遥望东方发出不停的叹息。早晚之间衣带就变得宽松起来，早晚之间脸色也有了改变。想到这里我内心是如何的忧愁，寒夜漫长我的忧愁也越来越多。明镜放在积满了灰尘的奁匣中，宝瑟也被密密麻麻的蛛网封锁。

咏双燕

【题解】

本篇载《艺文类聚》卷九十二。赵氏覆宋本诗题无“双”字。《鲍参军集》所载共二首，本篇为其中的第一首。诗人因出身贫寒，步入仕途后不被重用，辗转投靠，一直郁郁不得志，本篇即以“意欲巢君幕”而终不得如愿为喻，抒写了自己内心的失落和郁懑。句句从燕子着笔，又句句不离人的际遇与心情，可谓体物传情，出神入化。

双燕戏云崖①，羽翮始差池②。出入南闺里，经过北堂陲③。意欲巢君幕④，层楹不可窥⑤。沉吟芳岁晚⑥，徘徊韶景移⑦。悲歌辞旧爱⑧，衔泥觅新知⑨。

【注释】

①云崖：高耸入云的山崖。左思《杂诗》：“明月出云崖，皦皦流素光。”

②羽翮（hé）：翅膀。翮，羽毛中的硬管。傅刚《校笺》：“陈本作‘翰’。”差（cī）池：不齐貌。《诗经·邶风·燕燕》：“燕燕于飞，差池其羽。”

③陲:《文选》王粲《咏史》:"妻子当门泣,兄弟哭路垂。"李善注:"垂,边也。"垂、陲二字通。

④巢君幕:古诗"东城高且长":"思为双飞燕,衔泥巢君屋。"幕,帘子。

⑤楹:《说文》:"楹,柱也。"

⑥芳岁:指春天。吴兆宜注引梁元帝《纂要》:"正月孟春,亦曰芳岁。"

⑦韶景:美景。《太平御览》卷十九引梁元帝《纂要》:"景曰媚景、和景、韶景。"

⑧悲歌:汉乐府《悲歌》:"悲歌可以当泣,远望可以当归。"

⑨泥:《艺文类聚》作"泪"。新知:屈原《九歌·少司命》:"悲莫悲兮生别离,乐莫乐兮新相知。"新,《艺文类聚》作"所"。

【译文】

燕子双双在高耸入云的山崖嬉戏,展开参差不齐的翅膀开始飞翔。在南面的门里飞进飞出,又一次次飞过北堂边上。想要在您家的帘幕上筑巢,但一排排柱子将视线阻挡。沉吟之间美好的春天就要结束,徘徊之间明媚的春景渐渐离去。悲歌一曲与所爱的旧居辞别,衔着泥去寻觅新的知己。

赠故人二首

傅刚《校笺》:"五云溪馆本、徐本、郑本、张本、茅本、陈本俱作'赠故人马子乔'。"《鲍参军集》亦题作《赠故人马子乔》。共六首,这里所选的第一首为其中的第二首,第二首为其中的第六首。从诗中的描写不难看出,诗人与马子乔的交情极为深厚,分别时依依不舍,发而为诗,其情也颇深挚感人。

一

【题解】

本篇先以“寒灰灭更燃”四句对比、反衬，以突出“佳人舍我去，赏爱长绝缘”的不堪，逼出“每感辄伤年”的结尾，情致婉曲，余韵悠长。王夫之评云：“珊枝无叶，而有便娟之势，光润存也。”（《古诗评选》卷五）

寒灰灭更燃①，夕华晨更鲜②。春冰虽暂解，冬冰复还坚③。佳人舍我去，赏爱长绝缘④。欢至不留时⑤，每感辄伤年⑥。

【注释】

①“寒灰”句：《史记》卷一百八《韩长孺列传》：“安国曰：‘死灰独不复然（燃）乎？’”

②华：同“花”。

③复还坚：《礼记·月令》：“冰方盛，水泽腹坚。”复还，傅刚《校笺》：“五云溪馆本、徐本、郑本、孟本作‘还复’。”

④赏爱：赏识欢爱。

⑤欢至：欢乐到极点。时：傅刚《校笺》：“陈本作‘日’。”

⑥每感：傅刚《校笺》：“陈本作‘感物’。”“五云溪馆本、徐本、郑本作‘每念’。”伤年：损害健康，影响寿命。

【译文】

冷灰熄灭了还会再燃，傍晚的花早晨会更光鲜。春天冰虽会暂时化解，冬天结冰后还会更厚更坚。今天美人舍我而去，赏识欢爱却从此永久绝缘。欢爱达到极致后不能再保持，每念及此就会感伤而把寿减。

二

【题解】

本篇《艺文类聚》卷六十、《太平御览》卷三百四十四节引。诗以传说中的双剑分离为比，字字着力，境界雄奇，悲壮之气回荡于字里行间，与第一首的婉约感伤有所不同。陈祚明评“烟雨交将夕”句云：“写得森然。”（《采菽堂古诗选》卷十八）王闿运评“双剑”以下四句云：“炼气于无形，便有自然神力。”（《湘绮楼说诗》卷八）

双剑将别离①，先在匣中鸣。烟雨交将夕，从此遂分形。雌沉吴江水②，雄飞入楚城③。吴江深无底，楚城有崇扃④。一为天地别，岂直阻幽明⑤。神物终不隔⑥，千祀倘还并⑦。

【注释】

①“双剑”句：《晋书》卷三十六《张华传》：“初，吴之未灭也，斗牛之间常有紫气。……华闻豫章人雷焕妙达纬象，乃要焕宿，屏人曰：‘可共寻天文，知将来吉凶。’因登楼仰观。焕曰：‘仆察之久矣，惟斗牛之间颇有异气。’华曰：‘是何祥也？’焕曰：‘宝剑之精，上彻于天耳。’……因问曰：‘在何郡？’焕曰：‘在豫章丰城。’……华即补焕为丰城令。焕到县，掘狱屋基，入地四丈余，得一石函，光气非常，中有双剑，并刻题，一曰龙泉，一曰太阿。其夕，斗牛间气不复见焉。……遣使送一剑并土与华，留一自佩。……华得剑，宝爱之，常置坐侧。华以南昌土不如华阴赤土，报焕书曰：‘详观剑文，乃干将也，莫邪何复不至？虽然，天生神物，终当合耳。’……华诛，失剑所在。焕卒，子华为州从事，持剑行经延平津，剑忽于腰间跃出堕水。使人没水取之，不见剑，但见两龙各长数丈，蟠萦有文章，没者惧而反。须臾光彩照水，波浪惊沸，于是

失剑。”别离,一作“离别”。傅刚《校笺》:“陈本作‘离别’。”

②吴江:《国语·越语上》:“夫吴之与越也,仇雠敌战之国也。三江环之,民无所移。”韦昭注:“三江,吴江、钱唐江、浦阳江。”吴,周代诸侯国名。在今江苏一带。水:《艺文类聚》《太平御览》作“里”。

③楚:周代诸侯国名。春秋时辖境在今湖北、湖南一带,战国时扩展到今河南、安徽、江苏、浙江、江西和四川,成为战国七雄之一。《鲍参军集》黄节补注:“《宋书·州郡志》:‘江州豫章郡丰城县。’即今江西南昌府,晋扬州豫章郡也。诗用吴江、楚关,盖切丰城而言。”

④城:《艺文类聚》《太平御览》作“阙”。崇:高。扃(jiōng):《说文》:“门之关也。”即门闩。

⑤直:仅,只是。阻:《艺文类聚》《太平御览》作“限”。幽明:《大戴礼记·曾子天圆》:“天道曰圆,地道曰方;方曰幽而圆曰明。”指天地。颜延之《和谢监灵运》:“人神幽明绝,朋好云雨乖。”

⑥神物:神奇灵异之物。《周易·系辞上》:“天生神物,圣人则之。”

⑦千祀:千年。谢瞻《张子房诗》:“惠心奋千祀,清埃播无疆。”并:指双剑还会合在一起。

【译文】

双剑将要别离之时,先在剑匣中铿锵鸣响。烟雨交加黑夜就要降临,从此双剑就要天各一方。雌剑沉没吴江水中,雄剑飞进楚国城池。吴江水深不见底,楚城被高高的门闩关闭。一旦像天和地那样分离,岂只像夜和昼那样阻隔。神奇灵异之物最终不会隔离,千年之后还有可能合到一起。

王素

王素（410—463），字休业，琅邪临沂（今属山东）人。少有志行，家贫。爱好文义，不以世俗为怀。初为庐陵国侍郎，后隐居不仕。诏授太子舍人，又召为太子中舍人，皆不就。《隋书》卷三十五《经籍志四》著录有集十六卷，已佚。其事见《宋书》卷九十三《隐逸传》。

学阮步兵体

【题解】

本篇拟阮籍《咏怀诗》，从立意到遣词均颇相似。主旨在表现自己远离尘世的人生理想，并对“芳华士”进行讽谏，表示自己与他们相比就如泾渭之分明，己清彼浊，判然有别。肯定了自己隐居不仕的人生道路。神至兴到，直抒胸臆，不事雕琢，诗风高古，也都能得《咏怀诗》神髓。

沉情发遐虑①，纡郁怀所思②。仿佛闻箫管，鸣凤接嬴姬③。连绵共云翼④，嬿婉相携持⑤。寄言芳华士⑥，宠利不常期。泾渭分清浊⑦，视彼《谷风》诗⑧。

【注释】

①沉情：谓心情沉重。遐（xiá）虑：远虑。遐，远。

②纡郁：刘向《九叹》：“愿假簧以舒忧兮，志纡郁其难释。”王逸注：

"纡,屈也。郁,愁也。"所思:指心中的理想、追求。

③"仿佛"二句:《列仙传》卷上:"萧史者,秦穆公时人也。善吹箫,能致孔雀、白鹤于庭。穆公有女字弄玉,好之,公遂以女妻焉。日教弄玉作凤鸣。居数年,吹似凤声,凤凰来止其屋。公为作凤台,夫妇止其上,不下数年。一旦,皆随凤凰飞去。"嬴姬,即指秦穆公女弄玉。穆公嬴氏。

④连绵:相连不断。谢灵运《过始宁墅》:"岩峭岭稠叠,洲萦渚连绵。"共云翼:谓比翼高飞。《庄子·逍遥游》:"怒而飞,其翼若垂天之云。"

⑤嬿婉:美好貌。旧题苏武诗:"欢娱在今夕,嬿婉及良时。"

⑥芳华士:即阮籍《咏怀诗》中所说的"繁华子"。《文选》阮籍《咏怀》:"昔日繁华子,安陵与龙阳。"吕延济注:"喻人美盛如春华(花)之繁。"《史记》卷八十五《吕不韦列传》:"以色事人者,色衰而爱弛。……不以繁华时树本,即色衰爱弛后,虽欲开一语,尚可得乎?"

⑦泾、渭:二水名。源出甘肃,在今陕西境内合流。泾水清而渭水浊。

⑧《谷风》:《诗经·邶风》篇名。中有句云:"泾以渭浊,湜湜其沚。"

【译文】

沉重的心情引发深远的思虑,愁思纡曲内心怀念着自己的所思。仿佛传来了箫管吹奏的声音,箫声作凤鸣迎来了嬴姓的美姬。翅膀挨着翅膀在云天自在翱翔,情意缠绵彼此一路相携扶持。送一句话给那些美盛如春花的人,贵宠和名利并不能够长久地保持。泾水渭水清与浊分得很清楚,可以去看看那首《谷风》诗。

吴迈远

吴迈远(? —474),籍贯不详。曾官奉朝请、江州从事。善为文章,宋明帝闻而召见。《南史》谓“迈远好自夸而蚩鄙他人,每作诗,得称意语,辄掷地呼曰:‘曹子建何足数哉!’”后废帝时因卷入皇室内乱,被杀。钟嵘《诗品》将其诗列入下品。《隋书》卷三十五《经籍志四》著录有集一卷(注云“梁八卷”),已佚。其事见《南史》卷七十二。

拟乐府四首

飞来双白鹄

【题解】

本篇载《文苑英华》卷二百六,题作《飞来双白鹤》;收入《乐府诗集》卷三十九《相和歌辞·瑟调曲》。诗写双白鹄的不幸遭遇及其生死不渝的爱情,读来颇凄切感人。拟乐府《双白鹄》(一作《艳歌何尝行》,见卷一《古乐府诗六首》),从内容到情调,均与古乐府相似,而古乐府说雌雄被迫分离是因为“妻卒被病”,而本篇则说是因为“逢罗复逢缴”,是由于来自外部的戕害,或有讽喻之意。陈祚明评云:“清惋。以直叙,稍单。结有余韵。”(《采菽堂古诗选》卷十九)

可怜双白鹄[①],双双绝尘氛[②]。连翩弄光景[③],交颈游青云[4]。逢罗复逢缴[5]，雌雄一旦分。哀声流海曲[6]，孤叫出江溃[7]。岂不慕前侣？为尔不及群。步步一零泪[8]，千里犹待君。乐哉新相知，悲来生别离[9]。恃此百年命[10]，共逐寸阴移[11]。譬如空山草，零落心自知[12]。

【注释】

①可怜：可爱。鹄（hú）：天鹅。《文苑英华》作“鹤”。潘岳《笙赋》：“双鸿翔，白鹤飞。”

②绝尘氛：谓在高空飞翔。鲍照《从临海王上荆初发新渚》：“扳龙不待翼，附骥绝尘冥。”

③连翩：接连不断。曹植《白马篇》：“白马饰金羁，连翩西北驰。”弄：嬉戏。景：日光。谢灵运《初发石首城诗》：“日月垂光景，成贷遂兼兹。”

④交颈：两颈相依。谓亲密。司马相如《琴歌》：“室迩人遐独我伤。何缘交颈为鸳鸯？”游：《文苑英华》作“想”。青云：屈原《远游》：“涉青云已泛滥游兮，忽临睨乎旧乡。”

⑤罗：罗网，捕鸟的工具。缴（zhuó）：拴在箭上的生丝绳。即指箭。

⑥海曲：犹海隅。指沿海偏远地区。

⑦出：《乐府诗集》作“去”，傅刚《校笺》：“徐本、郑本作‘绝’。”江溃（fén）：水边。

⑧零泪：落泪。

⑨“乐哉”二句：屈原《九歌·少司命》：“悲莫悲兮生别离，乐莫乐兮新相知。”新相知，指其他同行的伙伴。来，赵氏覆宋本作“矣”。

⑩恃：《乐府诗集》《文苑英华》作“持”。百年命：指一生。

⑪逐：傅刚《校笺》：“陈本作‘付’。”寸阴：谓极短的时间。古人用日晷计时，用影的长短来看时间的早晚，故有“寸阴”之说。

⑫零落：屈原《离骚》："惟草木之零落兮，恐美人之迟暮。"王逸注："零、落，皆堕也。草曰零，木曰落。"

【译文】

多么可爱的两只白天鹅，双双在高空中展翅飞翔。不停地在阳光中嬉戏，两颈相依在青云中穿行。谁知先遇上罗网再遇上箭矢，雌雄在一瞬间被迫分离。海边掠过凄切的哀鸣，江边响起孤独的叫声。难道不思慕前面的伴侣？只因你已赶不上我们这一群。飞一步就掉一步眼泪，飞上千里我还会等着你来临。为结识了新伙伴感到快乐，却很悲痛与你生生地别离。本想用这百年的生命，与你共度每一点儿光阴。就像长在空旷山中的青草，何时凋零只有自己内心深知。

阳春曲

【题解】

本篇载《文苑英华》卷一百九十三，收入《乐府诗集》卷五十一《清商曲辞·江南弄》，皆题作《阳春歌》；《艺文类聚》卷四十二节引。《乐府诗集》卷五十《阳春曲》郭茂倩题解："刘向《新序·宋玉对楚威王问》曰：'客有歌于郢中者，其始曰《下里》《巴人》，国中属而和者千人。其为《阳陵》《采薇》，国中属而和者数百人。其为《阳春》《白雪》，国中属而和者，数十人而已也。引商刻角，杂以流徵，国中属而和者，不过数人。是以其曲弥高，其和弥寡。然则《阳春》所从来亦远矣。'"又引《乐府解题》："阳春，伤也。"诗写夫君在京城流连繁华，陶醉新欢，审美口味、生活追求发生了很大的改变，属于"下里巴人"的思妇不再被欣赏、被爱怜了，思妇因而感到无尽的悲伤。对京城情景的刻绘颇细致，词采颇华美，已具齐梁宫体气息。

百里望咸阳[①]，知是帝京域[②]。绿树摇云光[③]，春城起风色[④]。佳人爱景华[⑤]，流靡园塘侧[⑥]。妍姿艳月映[⑦]，罗衣飘蝉翼[8]。宋玉歌《阳春》[9],巴人长叹息[10]。雅郑不同赏[11],那令君怆恻[12]。生平重爱惠[13],私自怜何极[14]。

【注释】

①咸阳:秦朝都城,在今陕西咸阳东北。

②域:傅刚《校笺》:"徐本、郑本作'邑'。"

③云光:云彩和日光。

④风色:风光、景色。

⑤景华:景致、光华。《艺文类聚》《乐府诗集》《文苑英华》作"华景"。

⑥流靡(mǐ):即流美,流连美艳之意。靡,《文选》左思《吴都赋》:"其邻则有任侠之靡。"刘渊林注:"靡,美也。"

⑦妍(yán)姿:美好的姿容。曹丕《善哉行》其二:"妍姿巧笑,和媚心肠。"

⑧蝉翼:喻绸衣的轻薄。

⑨宋玉:战国时楚人,辞赋家,与屈原并称"屈宋"。《汉书》卷三十《艺文志十》著录有赋十六篇,其中《风赋》《对楚王问》等七篇作品被《文选》收录。

⑩巴人:借指下层百姓。此思妇用以自指。又,巴人或为产生在巴地的民间通俗歌曲。巴,古国名。在今四川、重庆东部及湖北西部一带。

⑪雅、郑:雅乐与郑声。雅乐被认为是雅正、高雅的乐曲。《诗经》有风、雅、颂三个部分,其中的"雅"又分为大雅、小雅。郑声被认为是俚俗的乐曲,孔子甚至曾说过"郑声淫"(《论语·卫灵公》)。《诗经·国风》有《郑风》,所收多为郑地的民间歌谣。曹植《当事君行》:"人生有所贵尚,出门各异情。朱紫更相夺色,雅郑异音声。"

⑫那令:哪里能够使。怆恻:《文选》潘岳《寡妇赋》:"思缠绵以瞀乱兮,心摧伤以怆恻。"吕向注:"怆恻,悲伤也。"

⑬"生平"句:此句《艺文类聚》《文苑英华》作"生重爱惠轻",《乐府诗集》作"生重受惠轻"。生平,平生。重爱惠,看重仁爱和恩惠。

⑭怜:《说文》:"哀也。"何极:何时才能终结。宋玉《九辩》:"私自怜兮何极,心怦怦兮谅直。"

【译文】

站在百里之外眺望咸阳,知道那是帝都所在的地方。绿树在云彩和日光中摇曳,春天的京城别有一番风光。美人喜欢春天的景致光华,在花园的水池边流连。美丽身姿与明月交相辉映,罗衣飘曳如同轻薄的蝉翼。宋玉唱起高雅的《阳春》,巴人听了发出长长的叹息。雅音郑声不能同时得到欣赏,哪会让您为我感到悲伤。我平生特别看重仁爱恩惠,独自悲伤不知何时才能终结。

长别离

【题解】

本篇载《文苑英华》卷二百二;收入《乐府诗集》卷七十二《杂曲歌辞》;《艺文类聚》卷四十二节引,题作《长离别》。《乐府诗集》卷七十一江淹《古别离》郭茂倩题解:"《楚辞》曰:'悲莫悲兮生别离。'古诗曰:'行行重行行,与君生别离。相去万余里,各在天一涯。'后苏武使匈奴,李陵与之诗曰:'良时不可再,离别在须臾。'故后人拟之为《古别离》。梁简文帝又为《生别离》,宋吴迈远有《长别离》,唐李白有《远别离》,亦皆类此。"叙述源流甚详。本篇既抒写了长别离的相思和痛苦,也对宦游在外的丈夫提出了劝诫,并对社会人生及历史的经验教训有所思考,熔情景理事于一炉,可谓能自出机杼。"富贵"二句,被陈祚明引以为"迈远诗稍有远情"(《采菽堂古诗选》卷十九)之例。

生离不可闻[①],况复长相思[②]。如何与君别,当我盛年时[③]。蕙华每摇荡[④],妾心空自持[⑤]。荣乏草木欢[⑥],瘁极霜露悲[⑦]。富贵身难老[⑧],贫贱年易衰[⑨]。持此断君肠,君亦宜自疑[⑩]。淮阴有逸将[⑪],折翮谢翻飞[⑫]。楚有扛鼎士[⑬],出门不得归。正为隆准公[⑭],仗剑入紫微[⑮]。君才定何如?白日下争晖[⑯]。

【注释】

①"生离"句:屈原《九歌·少司命》:"悲莫悲兮生别离,乐莫乐兮新相知。"

②长:傅刚《校笺》引孟本校:"一作'空'。"思:傅刚《校笺》引《考异》:"据本题,疑'思'字当作'离'字。"

③盛:《乐府诗集》作"少"。

④蕙:香草名。华:同"花"。宋玉《九辩》:"窃悲乎蕙华之曾敷兮,纷旖旎乎都房。"

⑤空:《文苑英华》《乐府诗集》作"长"。自持:自我克制、约束,保持操守。

⑥荣:《尔雅·释草》:"木谓之华,草谓之荣。"这里泛指草木开花。

⑦瘁(cuì)极:过度劳累。《文苑英华》作"悴剧"。瘁,《乐府诗集》作"悴"。

⑧身难老:《乐府诗集》作"貌难变"。身,《文苑英华》作"貌"。

⑨年:《文苑英华》《乐府诗集》作"颜"。

⑩宜:傅刚《校笺》:"徐本、郑本作'且'。"

⑪淮阴:指淮阴侯韩信。在楚汉相争时,初属项羽,未得重用。后归刘邦,任大将军,因军功被封为齐王。公元前202年,率军与刘邦会合,击灭项羽于垓下。西汉建立,改封楚王,以阴谋叛乱罪,降

为淮阴侯。后为吕后所杀。逸将：才智出众的将领。

⑫折翮（hé）：折翅。《乐府诗集》作“析羽”。翮，羽毛中的硬管。《文苑英华》作“羽”。谢翻飞：谓不能再自由地飞翔。《文苑英华》《乐府诗集》作“不曾飞”。谢，停止。翻飞，忽上忽下来回地飞。曹植《临观赋》：“俯无鳞以游遁，仰无翼以翻飞。”

⑬有：原作“亦”，《乐府诗集》作“有”，据改。扛鼎士：指项羽。《史记》卷七《项羽本纪》：“籍长八尺余，力能扛鼎。”项羽为楚贵族出身，陈胜起义后，他与其叔项梁举吴中兵响应，后击败秦军主力，入关，自立为西楚霸王。随后与刘邦争天下，历时四年，公元前202年，被刘邦困于垓下，突围至乌江，自刎而死。扛，举。

⑭正：只有。隆准公：指刘邦。《史记》卷八《高祖本纪》：“高祖为人，隆准而龙颜。”隆准，高鼻子。

⑮“仗剑”句：《汉书》卷一下《高帝纪下》：“吾以布衣提三尺取天下。”颜师古注：“三尺，剑也。”仗剑，持剑。紫微，《后汉书》卷四十八《霍谞传》：“呼嗟紫宫之门，泣血两观之下。”李贤注：“天有紫微宫，是上帝之所居也，王者立宫，象而为之。”指帝王宫殿。

⑯下：傅刚《校笺》：“徐本、郑本作‘不’。”吴兆宜注引崔寔《政论》：“使贤不肖，相去如日月与萤火。”

【译文】

活着分离这是不忍心听到的事情，何况别离后还长久地相思。怎么我与您的离别，会正是我盛年之时。蕙草的花常会随风摇荡，我却徒然地在自我坚持。开花时缺少草木的欢乐，过度劳累时却像受到霜露摧残而伤悲。既富且贵的人身体很难衰老，贫穷低贱的人却很容易年老体衰。想到这我为您感到肝肠寸断，您也应当好好地自我反思。淮阴有一个才智出众的将军，后来像鸟折断翅膀一样不能再自由地飞翔。楚国也有一个力能扛鼎的壮士，走出家门后就再也没能回来。只有那位高鼻梁的刘邦，提着宝剑走进了宫殿。您的才干能达到什么水平？站在太阳下竟想去与太阳争辉。

长相思

【题解】

本篇收入《乐府诗集》卷六十九《杂曲歌辞》,《艺文类聚》卷四十二节引。《乐府诗集》郭茂倩题解:"古诗曰:'客从远方来,遗我一书札。上言长相思,下言久离别。'李陵诗曰:'行人难久留,各言长相思。'苏武诗曰:'生当复来归,死当长相思。'长者久远之辞,言行人久戍,寄书以遗所思也。古诗又曰:'客从远方来,遗我一端绮。文彩双鸳鸯,裁为合欢被。著以长相思,缘以结不解。'谓被中著绵以致相思绵绵之意,故曰'长相思'也。"又闻人倓《古诗笺》卷八:"此因客造门而寄之以书,使达于所同栖之人也。'遣妾'以下皆书中语。"诗以"烦君"二句为转折,前写"客子"情状,后写"尺帛书"中语,构思新巧,造语新颖,生动地刻画了思妇孤身独处的凄凉情景,表现了思妇期盼丈夫归来的急切心情。王夫之评云:"才清切拈出,即用兴用比托开结意,尺幅之中,春波万里。"(《古诗评选》卷一)

晨有行路客①,依依造门端②。人马风尘色,知从河塞还③。时我有同栖④,结宦游邯郸⑤。将不异客子⑥,分饥复共寒。烦君尺帛书⑦,寸心从此殚⑧。遣妾长憔悴⑨,岂复歌笑颜⑩。檐隐千霜树⑪,庭枯十载兰⑫。经春不举袖⑬,秋落宁复看。一见愿道意⑭,君门已九关⑮。虞卿弃相印⑯,担簦为同欢⑰。闺阴欲早霜,何事空盘桓⑱?

【注释】

①行路:《艺文类聚》作"远道"。

②依依:行走缓慢的样子。造门端:到门口。

③河塞:《史记》卷七《项羽本纪》:"关中阻山河四塞,地肥饶,可都以霸。"泛指北部边远地区。河,《艺文类聚》作"关"。

④同栖:同住的人。指丈夫。

⑤结宦:交结官场。指宦游(为了做官而奔走)。邯郸:战国赵都,故地在今河北邯郸。

⑥异:谓在外的丈夫会不把"客子"当外人。客子:游子。指"造门端"的"行路客"。曹丕《杂诗》其二:"弃置勿复陈,客子常畏人。"

⑦尺帛书:指书信。古人在帛上写字,帛长不过尺,故称"尺帛"或"尺素"。帛,《艺文类聚》作"锦"。

⑧寸心:即心。陆机《文赋》:"函绵邈于尺素,吐滂沛乎寸心。"殚(dān):尽。赵氏覆宋本作"单"。

⑨遣:致使。《艺文类聚》作"道"。

⑩岂:《艺文类聚》作"无"。

⑪檐:《艺文类聚》作"栏"。

⑫载:《艺文类聚》作"年"。

⑬经春:整个春天。不举袖:谓不伸手摘花赏玩。

⑭"一见"句:宋玉《九辩》:"愿一见兮道余意,君之心兮与余异。"

⑮九关:《文选》宋玉《招魂》:"虎豹九关,啄害下人些。"王逸注:"虎豹九关,言天门九重,虎豹守之,下人有欲上者,则啮杀之也。"

⑯虞卿:《史记》卷七十六《平原君虞卿列传》:"虞卿者,游说之士也。蹑跻檐簦,说赵孝成王。一见,赐黄金百镒,白璧一双;再见,为赵上卿,故号为虞卿。"后因朋友魏齐与秦相范雎有仇,被秦追杀,虞卿遂"不重万户侯卿相之印",与魏齐一起偷偷离开赵国。后困于梁,"不得意,乃著书"。

⑰担:载。簦(dēng):长柄斗笠,犹今之伞。傅刚《校笺》:"五云溪

馆本、徐本、郑本俱作‘笠’。”虞卿“蹑跻檐簦，说赵孝成王”，这里设想他离赵也是担簦而去。

⑱盘桓（huán）：逗留不进貌。

【译文】

清晨有一个过路的客人，慢慢地走到我家门前。人和马看上去都风尘仆仆，知道是从黄河以北边塞回来。当时与我共同生活的丈夫，结伴正宦游在河北的邯郸。他可能会与客人不分彼此，在一起共同面对饥饿与严寒。麻烦您替我捎封家信，我要把内心想说的话说完。夫君离去使我一直憔悴不堪，哪里还会有欢歌与笑颜。屋檐遮住的树已经历千载风霜，庭院中枯萎了已种十年的兰。整个春天我没有伸手摘花赏玩，秋天花落了哪还有心思去看。想要见夫君一面倾吐情意，夫君家的九道门道道都被紧关。当年虞卿能抛弃卿相之印，载着斗笠离赵为与朋友同欢。闺房阴沉很快早霜就要降临，为什么还要在外面逗留徘徊?

鲍令晖

鲍令晖（生卒年不详），东海（今山东郯城一带）人。鲍照之妹。陆龟蒙《小名录》卷下："鲍照，字明远。妹字令晖，有才思，亚于明远。著《香茗赋集》行于世。"钟嵘《诗品》将其诗列入下品，评云："令晖歌诗，往往崭绝清巧。拟古尤胜，唯百愿淫矣。照尝答孝武云：'臣妹才自亚于左芬，臣才不及太冲尔。'"盖以左思兄妹自比。今存诗六首。

拟青青河畔草

【题解】

本篇拟古诗"青青河畔草"（见卷一枚乘《杂诗九首》），但拟古而不泥古，在情感表现、意境构造、遣词造句等方面均有自己的特色。若将结尾"鸣弦"二句与古诗结尾"荡子行不归，空床难独守"二句相比，一婉蓄一直露，其差异便能一眼看出来。古诗更侧重于对女子外在美的刻绘，而本篇更侧重于对女子内在美及内在心理的揭示，显示出倡家女和淑女身份的不同。陆机也有《拟青青河畔草》，其辞云："靡靡江蓠草，熠燿生河侧。皎皎彼姝女，阿那当轩织。粲粲妖容姿，灼灼美颜色。良人游不归，偏栖独只翼。空房来悲风，中夜起叹息。"（见卷三）相较而言，本诗在表现的灵动、意境的深邃乃至内容的深度等方面，显得更胜一筹。

袅袅临窗竹[①]，蔼蔼垂门桐[②]。灼灼青轩女[③]，泠泠高台中[4]。明志逸秋霜[5],玉颜艳春红[6]。人生谁不别,恨君早从戎[7]。鸣弦惭夜月[8],绀黛羞春风[9]。

【注释】

①袅袅:摇曳貌。屈原《九歌·湘夫人》:“袅袅兮秋风,洞庭波兮木叶下。”

②蔼蔼:《文选》束皙《补亡诗》其五:“瞻彼崇丘,其林蔼蔼。”李善注:“蔼蔼,茂盛貌。”

③灼灼:光彩照人貌。《诗经·周南·桃夭》:“桃之夭夭,灼灼其华。”青轩:指豪华的居室。何尚之《华林清暑殿赋》:“网户翠钱,青轩丹墀。”

④泠泠(líng):《楚辞》东方朔《七谏·初放》:“上葳蕤而防露兮,下泠泠而来风。”王逸注:“泠泠,清凉貌。”又《七谏·怨世》:“清泠泠而歼灭兮,溷湛湛而日多。”王逸注:“清泠泠,以喻洁白。”台:傅刚《校笺》:“五云溪馆本、徐本、郑本作‘堂’。”

⑤明志:高洁的志向。逸:超过。秋霜:秋霜冷峻不苟且,故以为比。傅玄《有女篇·艳歌行》:“容华既以艳,志节拟秋霜。”颜延之《秋胡行》:“峻节贯秋霜,明艳侔朝日。”

⑥玉颜:《文选》宋玉《神女赋》:“貌丰盈以庄姝兮,苞温润之玉颜。”吕向注:“颜色温润如玉。”艳:傅刚《校笺》:“五云溪馆本、徐本、郑本作‘掩’。”

⑦从戎:从军。曹植《杂诗》:“类此游客子,捐躯远从戎。”

⑧鸣弦:拨动琴弦,即弹琴。曹丕《燕歌行》其一:“援琴鸣弦发清商,短歌微吟不能长。”

⑨绀(gàn):《释名·释采帛》:“绀,含也,青而含赤色也。”黛:青黑色。皆为女子画眉的颜料。这里是说用绀黛画眉。

【译文】

窗前的绿竹在风中摇曳,门前的梧桐一派葱茏。青轩中的美女光彩照人,冷清清地站在高台之中。高洁的志向超过严峻的秋霜,如玉的容颜比红花还要美艳。人的一生谁能没有别离,只恨夫君从军太早。弹琴面对夜里的圆月感到愧赧,画眉面对得意的春风觉得羞惭。

拟客从远方来

【题解】

本篇抒写了思妇在收到远在他乡的丈夫托人捎来的“漆鸣琴”后的细微而独特的感受,表达了思妇坚守爱情的意志及夫妻感情如宫商和鸣、永远不变的美好愿望。诗篇托物寄意,人与物、物与情关合严密,表现深刻,意象婉蓄,耐人寻味。

客从远方来,赠我漆鸣琴①。木有相思文②,弦有别离音。终身执此调,岁寒不改心③。愿作《阳春曲》④,宫商长相寻⑤。

【注释】

①“客从”二句:古诗“客从远方来”:“客从远方来,遗我一端绮。”

②相思文:指有相向缠绕的木纹。参见卷三谢惠连《代古》注。

③岁寒:《论语·子罕》:“子曰:‘岁寒,然后知松柏之后凋也。’”

④《阳春曲》:宋玉《对楚王问》:“客有歌于郢中者,其始曰《下里》《巴人》,国中属而和者数千人;……其为《阳春》《白雪》,国中属而和者,不过数十人。”指高雅的乐曲。

⑤宫、商:为古代五音(宫、商、角、徵、羽)中的两种。寻:相继。

【译文】

有一个客人从远方来到家里，捎来夫君所赠的一把漆饰的琴。琴板上满布着相思的花纹，琴弦上弹出的是别离的声音。我将终身弹奏这一曲调，即使到了严冬也不变心。但愿作一支高雅的《阳春曲》，宫音商音交替和鸣永远不停。

题书后寄行人

【题解】

本篇载《文苑英华》卷二百二，收入《乐府诗集》卷六十九《杂曲歌辞》，皆题作《自君之出矣》；《艺文类聚》卷三十一节引，题作《题书寄行人》；又吴兆宜注："一作'寄行人'。"徐干《室思》："自君之出矣，明镜暗不治。思君如流水，何有穷已时。"诗意本此。抒写对久出不归的夫君的思念及寂寞悲愁之情，回旋反复，如泣如诉。"物枯"二句从汉乐府《饮马长城窟行》"枯桑知天风，海水知天寒"二句化出，曲写心理，宛抒远情，青出于蓝而胜于蓝，可称佳妙。

自君之出矣，临轩不解颜①。砧杵夜不发②，高门昼常关③。帐中流熠耀④，庭前华紫兰⑤。物枯识节异⑥，鸿来知客寒⑦。游用暮冬尽⑧，除春待君还⑨。

【注释】

①轩：窗。解颜：开颜，欢笑。

②砧（zhēn）：捣衣石。杵：捣衣用的短木棒。夜不发：谓无心劳作。发，响起。谢惠连《捣衣》："檐高砧响发，楹长杵声哀。"

③"高门"句：曹植《美女篇》："青楼临大路，高门结重关。"陶渊明《归去来兮辞》："园日涉以成趣，门虽设而常关。"昼常，《文苑英

华》作"恒昼"。常,《艺文类聚》《乐府诗集》作"恒"。

④帐:《文苑英华》作"帏",《乐府诗集》作"帷"。流:《文苑英华》作"浮"。熠(yì)耀:《诗经·豳风·东山》:"町畽鹿场,熠耀宵行。"毛传:"熠耀,燐也。燐,萤火也。"

⑤华:同"花",开花。紫兰:屈原《九歌·少司命》:"秋兰兮青青,绿叶兮紫茎。"

⑥物:傅刚《校笺》:"徐校:'五云溪馆本作"杨"。'按,徐本、郑本作'杨'。"识:赵氏覆宋本作"谢"。

⑦来:《文苑英华》《乐府诗集》作"归"。

⑧"游用"句:《文苑英华》作"近取暮秋尽",《乐府诗集》作"游取暮春尽"。傅刚《校笺》:"徐本、郑本作'游暮冬尽月',五云溪馆本作'游月暮冬尽。'"用,以,因为。

⑨除春:《文苑英华》《乐府诗集》作"余思"。除,《鲍参军集》黄节补注:"除,易也,犹'除夕'之'除',谓冬春之交也。"君:《文苑英华》作"春"。

【译文】

自从您离家外出之后,站在窗前我不再有笑颜。夜里再也听不到捣衣的声响,白天也常把高高的大门紧关。帷帐中摇曳着微弱的萤火,庭前紫茎的兰草开着小花。草枯叶落知道节候已经改变,鸿雁飞来知道您客居他乡又要受寒。漫游不归的日子理应暮冬时就结束,现在我只能到冬到春之交时再把您等待。

古意赠今人

【题解】

本篇《艺文类聚》卷四十二节引,题作《秋风曲》,作者作"吴迈远";《乐府诗集》卷六十《琴曲歌辞》节引,题作《秋风》,作者亦作"吴迈远”。诗篇抒写思妇相思的痛苦和对丈夫不惦念自己的抱怨，同时表现了思妇对爱情忠贞不渝的情愫。钟嵘《诗品》下：“令晖歌诗，往往崭绝清巧，拟古尤甚。”陈延杰《诗品注》：“令晖诗：‘谁为道辛苦，寄情双飞燕。’‘容华一朝改，唯余心不变。’是其清绝者。”诗思既奇特不凡，造语亦清新工巧，故陈延杰引以为“清绝”之例。又沈德潜评云：“‘北寒’‘南心’，巧于著词。”（《古诗源》卷十一）但有的语句似嫌雕琢太过。傅刚《校笺》引《考异》：“‘杼煎丝’‘风催电’，俱不甚可解。然古语今不甚详，未敢必断其误，当阙所疑。”虽并非全不可解，但确是奇绝有余而平易不足。

寒乡无异服，衣毡代文练①。月月望君归，年年不解綖②。荆扬春早和③，幽冀犹霜霰④。北寒妾已知⑤，南心君不见。谁为道辛苦，寄情双飞燕。形迫杼煎丝⑥，颜落风催电。容华一朝尽⑦，惟余心不变。

【注释】

①衣毡：傅刚《校笺》：“五云溪馆本、徐本、郑本作‘毡褐’。”毡，用兽毛压成的像厚呢子似的织品。文练：有花纹的丝织品。

②綖（yán）：《吕氏春秋·勿躬》：“百官慎职，而莫敢愉綖。”高诱注：“愉，解；綖，缓。”《鲍参军集》钱仲联注：“此句谓望夫之心无解缓之期。”《艺文类聚》《乐府诗集》作“线”。

③荆、扬：二州名。荆在今湖北、湖南一带，扬在今江苏、安徽一带。《诗经·鲁颂·泮水》：“元龟象齿，大赂南金。”毛传：“南谓荆扬也。”春早：《艺文类聚》《乐府诗集》作“早春”。

④幽、冀：二州名。幽在今河北北部和辽宁南部一带，冀在今河北中南部一带。曹丕《饮马长城窟行》：“长戟十万队，幽冀百石弩。”霰（xiàn）：小雪珠。

⑤北:《艺文类聚》《乐府诗集》作“地”。

⑥“形迫”句:杼,织布用的梭子。煎,《说文》:“熬也。”用梭子织布,要将一根根纬线与经线压紧,使经纬紧密相连以成为布,此动作连续不断,故以“煎”形容之。丝,谐“思念”的“思”。又,《鲍参军集》黄节补注:“《方言》:‘煎,尽也。’《汉书·赵充国传》注:‘师古曰:“煎”读曰“翦”。’《春秋》成二年《左传》杜注:‘翦,尽也。’‘杼煎丝’‘煎’字,当读作‘翦’。”煎,傅刚《校笺》:“冯钞本作‘前’。”

⑦容华:容颜。曹植《美女篇》:“容华耀朝日,谁不希令颜?”尽:傅刚《校笺》:“五云溪馆本、徐本、郑本作‘改’。”

【译文】

在严寒的他乡没有别的衣服可穿,披上毡子将原来漂亮的绸衣替换。月复一月盼望着夫君归来,年复一年望夫之心没有松缓。荆州扬州早已是和暖的春天,幽州冀州却还是霜雪漫天。北方寒冷我是早已心中有数,南方的这颗痴心夫君却看不见。有谁能为我去倾诉心中的苦楚,将满腔的情怀托付比翼而飞的双燕。身心窘迫就像织布梭子煎迫着丝线,容颜衰老快得就像狂风催逼着闪电。容颜有朝一日会彻底地变老,只有我的一颗心永远不会改变。

代葛沙门妻郭小玉诗二首

【题解】

傅刚《校笺》:“程校:‘按,“诗”一本改“作”字。’按,徐本、郑本俱作‘作’。”《鲍参军集》黄节补注:“《瑞应经》:‘太子出北城门,天帝复化作沙门。太子曰:“何谓沙门?”对曰:“沙门之为道,舍妻子,捐弃爱欲也。”’僧肇《维摩经》注:‘沙门,秦言,义训勤行趋涅槃也。’葛沙门盖弃妻而为僧者。”诗当为鲍令晖代葛沙门妻寄感之作。诗思颇为婉曲,对内在心理的揭示与刻画颇细致，造语也颇工致。“若共”二句、“题用”二句等，设想奇妙，读来耐人寻味。钟惺、谭元春评第一首前四句云：“即‘共明月’意，化得妙。”又云：“‘一生泪’三字，写出千古薄命苦。”评第二首云：“此首酷似苏、李录别诸逸诗。”（《古诗归》卷十二）

一

明月何皎皎[①]，垂幌照罗茵[②]。若共相思夜，知同忧怨晨。芳华岂矜貌[③]，霜露不怜人。君非青云逝[④]，飘迹事咸秦[⑤]。妾持一生泪，经秋复度春。

【注释】

①皎皎：明貌。古诗“明月何皎皎”：“明月何皎皎，照我罗床帏。”

②幌（huǎng）：帷幔。茵：《后汉书》卷四十上《班彪传上》：“乘茵步辇，唯所息宴。”李贤注：“茵，褥也。”

③芳华：香花。矜：《广雅·释诂一》：“大也。”即自大之意。

④青云逝：谓去做高官。扬雄《解嘲》：“当途者升青云，失路者委沟渠。”

⑤咸秦：指秦都咸阳，在今陕西咸阳东北。当借指南朝宋都城建康（今江苏南京），为葛沙门出家之地。

【译文】

一轮明月多么皎洁明亮，照在轻薄的帷幔和褥子上。好像要与我共度这个因相思而不眠的夜晚，知道明天还会有一个一起忧怨的早晨。香花哪敢得意于自己的美貌，霜露它可不会把人爱怜。夫君您并不是要去青云直上，而是要赶去咸阳步入佛门。看来我得流一辈子的眼泪，经历寒秋又度过芳春。

二

君子将遥役①,遗我双题锦②。临当欲去时,复留相思枕③。题用常著心④,枕以忆同寝。行行日已远⑤,转觉心弥甚⑥。

【注释】

①遥役:曹植《情诗》:"眇眇客行士,遥役不得归。"遥,赵氏覆宋本作"徭"。

②遗(wèi):赠送。题锦:《文选》谢惠连《捣衣》:"微芳起两袖,轻汗染双题。"李善注:"题,额也。"《鲍参军集》黄节补注:"《续汉书·舆服志》:'古者有冠无帻,至秦乃加其武将首饰为绛袙,以表贵贱。其后稍稍作颜题。'王引之曰:'所以饰额者,亦谓之颜题。'"据此,"题锦"应是一种锦缎制作的可以覆额作为装饰的头巾。

③相思枕:绣有相关图案,能勾起人相思之情的枕头。《文选》曹植《洛神赋》李善注引《记》:"魏东阿王汉末求甄逸女,既不遂,太祖回与五官中郎将。植殊不平,昼思夜想,废寝与食。黄初中入朝,帝示植甄后玉镂金带枕,植见之,不觉泣。时已为郭后谗死,帝意亦寻悟,因令太子留宴饮,仍以枕赍植。"

④著(zhuó):附着,加之于上。

⑤"行行"句:古诗"行行重行行":"行行重行行,与君生别离。……相去日已远,衣带日已缓。"曹操《苦寒行》:"行行日已远,人马同时饥。"

⑥心:赵氏覆宋本作"思"。弥甚:潘岳《寡妇赋》:"庶浸远而哀降兮,情恻恻而弥甚。"

【译文】

夫君将要到远方去服役,他送给我两件锦缎制作的颜题。临到就要离去时,他又给我留下一个相思枕。颜题平常用来抚慰我的一颗心,相思枕用来回忆我们同寝时的情景。走啊走他离家一天比一天远,我反而觉得内心的思念比先前更甚。

丘巨源

丘巨源(？—约485),兰陵(今属山东)人。宋时举丹阳郡孝廉,曾助修国史,任南台御史、镇军参军。入齐,为尚书主客郎、余杭令。萧鸾为吴兴太守,丘巨源作《秋胡诗》(今佚),语含讥刺,被杀。《隋书》卷三十五《经籍志四》著录有集十卷,已佚。今存诗二首。其事见《南齐书》卷五十二、《南史》卷七十二。

咏七宝扇

【题解】

本篇载《初学记》卷二十五,题作《咏七宝画图扇》;《艺文类聚》卷六十九节引,题作《咏七宝团扇》。汉乐府有《怨歌行》(见卷一班婕妤《怨诗一首》),收入《乐府诗集》卷四十二《相和歌辞·楚调曲》,认为是汉成帝宠妃班婕妤在遭到赵飞燕姐妹谗毁失宠后所作。本篇拟之,而有两点不同:一是《怨歌行》重点在写弃妇,始用终弃的团扇不过用以为比而已;而本篇却重在咏团扇,用扇人不过是一个陪衬。二是《怨歌行》的主旨在控诉、谴责始用终弃的行为,对被"弃捐"的女子寄予了同情;而本篇却认为始用终弃乃属正常,被"弃捐"者应认同命运。两诗立意高下,不言自明。不过对团扇的描写,极力铺陈,有生动之处。

妙缟贵东夏①,巧媛出吴阊②。裁状白玉璧③,缝似明月轮。表里镂七宝，中衔骇鸡珍[④]。画作景山树[⑤]，图为河洛神[⑥]。来延挥握玩[⑦]，入与镮钏亲[⑧]。生风长袖际，晞华红粉津[⑨]。拂眄迎娇意[⑩]，隐映含歌人。时移务忘故[⑪]，节改竞存新[⑫]。卷情随象簟[⑬]，舒心谢锦茵[⑭]。厌歇何足道[⑮]，敬哉先后晨[⑯]。

【注释】

①缟（gǎo）：白绢。东夏：《尚书・微子之命》："庸建尔于上公，尹兹东夏。"孔安国传："东方华夏之国。"指中原地区。

②嫒：美女。《初学记》作"技"。吴：周代诸侯国名。在今江浙一带。闉（yīn）：《诗经・郑风・出其东门》："出其闉阇，有女如荼。"毛传："曲城也。"即城门外所筑的半环形的墙，又称瓮城。代指城。傅刚《校笺》："陈本作'阑'。"

③状：傅刚《校笺》："徐本、郑本作'如'。"

④骇鸡：《后汉书》卷八十八《西域传》："（大秦国土）多金银奇宝，有夜光璧、明月珠、骇鸡犀。"李贤注引《抱朴子》："通天犀角有一白理如綖者，以盛米，置群鸡中，鸡欲往啄米，至辄惊却，故南人名为'骇鸡'。"

⑤景山：《诗经・鄘风・定之方中》："望楚与堂，景山与京。"毛传："景山，大山也。"

⑥河洛神：即黄河之神和洛水之神。屈原《九歌・河伯》王逸题解："《山海经》曰：'中极之渊，深三百仞，唯冰夷都焉。冰夷，人面而乘龙。'《穆天子传》云：'天子西征，至于阳纡之山，河伯、无夷之所都居。冰夷、无夷，即冯夷也。《淮南》又作"冯迟"。'《抱朴子・释鬼篇》曰：'冯夷以八月上庚日渡河溺死，天帝署为河伯。'《清泠传》曰：'冯夷，华阴潼乡隄首人也。服八石，得水仙，是为

河伯。'《博物志》云:'昔夏禹观河,见长人鱼身出曰:"吾河精。"岂河伯也?冯夷得道成仙,化为河伯,道岂同哉?'"《文选》曹植《洛神赋》李善题注:"如淳曰:'宓妃,宓羲氏之女,溺死洛水,为神。'"

⑦延:《尔雅·释诂》:"进也。"

⑧镮(huán):圆形首饰中有孔可贯穿者。钏(chuàn):腕环,即镯子。

⑨晞(xī):干。指扇风使干。华:同"花"。双关指美女。红粉津:指美女沐浴的水池。吴兆宜注引周达观《成斋杂记》:"吴故宫有香水溪,乃西施浴处,人呼为脂粉塘。"粉,《艺文类聚》作"柳"。

⑩拂眄(miǎn):《初学记》作"倩盼"。眄,斜着眼看。《艺文类聚》作"盼"。娇:《初学记》作"骄"。

⑪务:必。

⑫新:《初学记》作"心"。

⑬卷情:犹卷怀。《论语·卫灵公》:"邦有道,则仕;邦无道,则可卷而怀之。"这里是将感情收敛起来的意思。卷,《初学记》作"眷"。象簟(diàn):用象牙装饰的席子。《太平御览》卷七百八引王隐《晋书》:"车永为广州刺史,永子溢,使工作象牙细簟。"

⑭谢:辞别,离开。茵:褥子。《文选》潘岳《寡妇赋》:"易锦茵以苫席兮,代罗帱以素帷。"李善注引桓谭《新论》:"吾谓杨子曰:'君数见乘舆锦绣茵席。'"

⑮厌:《左传·文公二年》:"书曰'及晋处父盟',以厌之也。"杨伯峻注:"'厌'当如《论语·宪问》'夫子时然后言,人不厌其言'之'厌',憎恶、厌弃之意。"歇:止歇。谓被弃置不用。谢灵运《酬从弟惠连》:"悟对无厌歇,聚散成分离。"

⑯敬哉:《尚书·康诰》:"恫瘝乃身,敬哉!"敬,谨慎。先后:《诗经·大雅·緜》:"予曰有疏附,予曰有先后。"晨:通"辰",时刻,时运。

【译文】

用的是来自东夏的最精美的白绢,有一双手巧的美女来自吴地的小城。裁剪好的绢就像是洁白的玉璧,缝制好之后又像是天上的一轮明月。扇面里外刻镂有七种珍宝,中间还嵌有骇鸡犀这种奇珍。扇面上画有大山上的树木,还画有黄河和洛水的水神。团扇靠近身边可挥动把玩,还可与环佩手镯近距离亲密。摇动团扇长袖边上习习生风,在红粉津把花上的水珠扇干扇尽。摇动时美人斜睨迎来娇媚的情意,被遮掩映衬的是曼声歌吟的美人。时节推移人们肯定会把旧物遗忘,节候改变人们都会竞相弃旧存新。收敛心思同放在一边的象簟一起,放开情怀高兴地与精美的褥子别离。被厌弃被弃置这样的事不值得提起,谨慎点儿吧不管拥有的时辰是先还是后。

听邻妓

【题解】

《南史》卷七十二《丘巨源传》:"桂阳事起,使于中书省撰符檄,事平,除奉朝请。巨源望有封赏,既而不获,乃与尚书令袁粲书自陈,竟不被申。沈攸之事,高帝又使为尚书符荆州,以此又望赏异,自此意常不满。"本篇即是诗人平生"意常不满"的产物。写蛰居乡里时偶闻邻院伎乐声而生发的感慨,对当道者的沉迷声色做了讽刺、抨击和警示。《南史》本传:"明帝为吴兴,巨源作《秋胡诗》,有讥刺语,以事见杀。"本篇中的"讥刺"之意,可以说也十分明显。诗用对比写法,且对比强烈。末以反问作结,意在言外,耐人寻味。

披衽乏游术①,凭轼寡文才②。蓬门长自寂③,虚席视生埃④。贵里临倡馆⑤,东邻鼓吹台⑥。云间娇响彻⑦,风末艳声来。飞华瑶翠幄⑧,扬芬金碧杯⑨。久绝中州美⑩,从念尸乡灰⑪。遗情悲近世⑫,中山安在哉⑬!

【注释】

①披衽(rèn):表示情性散漫,不拘礼仪。披,敞露。衽,衣襟。游术:游说以获取官位之术。

②凭轼(shì):犹言伏轼,谓乘车。轼,车厢前用作扶手的横木。《史记》卷九十二《淮阴侯列传》:"且郦生一士,伏轼掉三寸之舌,下齐七十余城。"

③蓬门:犹言柴门,谓贫寒之家。长自寂:左思《咏史》其四:"寂寂扬子宅,门无卿相舆。"

④虚:空。潘岳《悼亡诗》其二:"床空委清尘,室虚来悲风。"

⑤贵里:富贵人家所居处。里,乡里。临:面对,靠近。倡:歌舞艺人。原作"妆",傅刚《校笺》:"五云溪馆本、徐本、郑本作'倡'。"据改。

⑥鼓吹:指用鼓、钲、箫、笳等乐器击打、吹奏。《乐府诗集》有《鼓吹曲辞》。

⑦彻:贯通。

⑧华:同"花"。瑶(yáo)翠幄(wò):用美玉装饰的帐篷。汤惠休《怨诗行》:"悲风荡帷帐,瑶翠坐自伤。"

⑨芬:香。

⑩中州:犹言中原,借指京都。

⑪尸乡:地名。《水经注·榖水》:"班固曰:尸乡,故殷汤所都者也,故亦曰汤亭。"又《汳水》:"阚骃曰:汤都也。亳本帝喾之墟,在《禹贡》豫州河洛之间,今河南偃师城西二十里尸乡亭是也。"借指京都。傅刚《校笺》:"陈本作'今户'。"

⑫遗情:留情。曹植《洛神赋》:"遗情想象,顾望怀愁。"陆机《赠潘尼》:"遗情市朝,永志丘园。"

⑬中山:周代国名,又为汉郡名。地在今河北唐县、定州一带。《史记》卷一百二十九《货殖列传》:"中山地薄人众,犹有沙丘纣淫地

余民。……女子则鼓鸣瑟，跕屣，游媚富贵，入后宫，遍诸侯。”又《汉书》卷五十三《景十三王传·中山靖王刘胜》：“胜为人乐酒好内，有子百二十余人。常与赵王彭祖相非曰：‘兄为王，专代吏治事。王者当日听音乐，御声色。’赵王亦曰：‘中山王但奢淫，不佐天子拊循百姓，何以称为藩臣！’”

【译文】

敞开衣襟我本缺乏游说取官之术，乘车游说我也没有出众的文才。柴门常常是静悄悄地无人造访，一眼望去坐席空空积满尘埃。豪贵之家正面对着歌楼伎馆，东边又紧邻着吹吹打打的舞台。娇婉的歌声腾空而起响彻云霄，娇声浪语被清风一阵阵吹来。飞花缀满美玉装饰的帷帐，金碧交辉的酒杯散发出馥郁的酒香。中州的佳美已经与我久久地绝缘，想到尸乡我总不免心灰意丧。近世的状况总是让人情怀感伤，中山王不知他现在还在何方！

王融

王融（467—493），字元长，琅邪临沂（今属山东）人。《南齐书》本传称其“少而神明警惠，博涉有文才”。齐武帝永明初，为竟陵王萧子良法曹行参军，迁太子舍人。与谢朓、范云、沈约、萧衍等出入竟陵王西邸，号“竟陵八友”。曾上书齐武帝求自试，迁秘书丞。寻迁丹阳丞、中书郎兼主客郎等。后萧子良举以为宁朔将军、军主。齐武帝病危，使萧子良甲仗入侍医药，王融戎服绛衫，欲拒郁林王而立萧子良，为郁林王嫉恨。郁林王继位，将其下狱赐死。王融文藻富丽，才思敏捷，为文援笔可待。精通音律，与沈约、谢朓等共创讲求音韵格律的新体诗，世称“永明体”。钟嵘《诗品》将其诗列入下品。《隋书》卷三十五《经籍志四》著录有集十卷，已散佚。明人辑有《王宁朔集》。其事见《南齐书》卷四十七、《南史》卷二十一。

古意二首

【题解】

本篇《古诗纪》及《古诗源》题作《和王友德元古意二首》。作品署名，赵氏覆宋本作“王元长”，傅刚《校笺》：“五云溪馆本作‘元长王氏’。”诗表现女子思念夫君的心情，描写细腻，格调清新，气韵流畅。两诗起、结俱佳。第一首以游禽知反起，而以秋雁双飞作结；第二首以景起，又以景结。起、结均含不尽之意于言外，耐人寻味。

一

游禽暮知反①,行人独不归②。坐销芳草气③,空度明月辉。嚬容入朝镜④,思泪点春衣。巫山彩云没⑤,淇上绿条稀⑥。待君竟不至,秋雁双双飞。

【注释】

①“游禽”句:《诗经·卫风·君子于役》:“鸡栖于埘,日之夕矣。羊牛下来。”反,同“返”。

②行人:远行之人。《管子·轻重己》:“十日之内室无处女,路无行人。”

③坐:《文选》陆机《长歌行》:“容华夙夜零,体泽坐自捐。”李善注:“无故自捐曰坐也。”犹言“无缘无故”“空自”。

④嚬(pín)容:即愁容。嚬,同“颦”,皱眉。

⑤“巫山”句:宋玉《高唐赋序》:“昔者先王尝游高唐,怠而昼寝,梦见一妇人,曰:‘妾巫山之女也,为高唐之客,闻君游高唐,愿荐枕席。’王因幸之。去而辞曰:‘妾在巫山之阳,高丘之阻,旦为朝云,暮为行雨,朝朝暮暮,阳台之下。’”此用其事,暗指男女欢合之事。彩,傅刚《校笺》:“徐本、郑本作‘绣’。”

⑥淇:水名。在今河南境内。春秋时为卫国地域,每逢春季,常为男女期会之所。《诗经·鄘风·桑中》:“期我乎桑中,要我乎上宫,送我乎淇之上矣。”条:树枝。傅刚《校笺》:“五云溪馆本、徐本、郑本作‘杨’。”

【译文】

飞鸟到了傍晚尚且知道返回,远行在外的夫君却独独没有回来。芳草的馨香白白地消散了,明月也在虚耗它迷人的光辉。早晨在明镜中看见的是一脸愁容,相思的眼泪一点点地滴上春衣。巫山的彩云已经隐没不见,淇水边碧绿的树枝已经越来越稀。等着您回来却始终不见您回来,只见秋雁双双在空际比翼齐飞。

二

霜气下孟津[①]，秋风度函谷[②]。念君凄已寒，当轩卷罗縠[③]。纤手废裁缝[④]，曲鬓罢膏沐[⑤]。千里不相闻，寸心郁氛氲[⑥]。况复飞萤夜，木叶乱纷纷。

【注释】

①孟津：津名。在今河南孟州南。相传周武王伐纣时与八百诸侯在此会盟。曹操《蒿里行》："初期会盟津（即孟津），乃心在咸阳。"

②函谷：关名。在今河南灵宝西南，古时为关东与关中的分界。

③轩：窗。縠（hú）：有皱纹的纱。夏侯湛《禊赋》："服焕罗縠，翠翳连盖。"

④废裁缝：谓无心劳作。

⑤罢膏沐：谓无心梳洗打扮。膏，润发的油。沐，洗头。《诗经·卫风·伯兮》："自伯之东，首如飞蓬。岂无膏沐，谁适为容？"

⑥氛氲（yūn）：盛貌。傅刚《校笺》引孟本校："一作'纷蕴'。"

【译文】

秋霜的寒气降临到了孟津，凛冽的秋风已经吹过了函谷。想着夫君在外面遭受凄凉寒冷，赶忙在窗前将罗縠卷起。纤纤玉手却没有去裁剪缝纫，卷曲的鬓发也不再去抹油洗沐。远隔千里竟听不到您一点儿消息，浓重的忧愁在方寸之心郁积。何况又碰上这个萤虫乱飞的夜晚，树叶飘落也是那样扰扰纷纷。

咏琵琶

【题解】

本篇载《艺文类聚》卷四十四、《初学记》卷十六。吴兆宜注："亦见《谢朓集》。"诗咏琵琶，紧扣其特点着笔，"词美英净"（钟嵘《诗品下》），意致清婉。“抱月如可明”，想象新奇而大胆。既写了琵琶，也写了琵琶弹奏者的情态和情感。

抱月如可明[1]，怀风殊复清[2]。丝中传意绪，花里寄春情。掩抑有奇态[3]，凄怆多好声[4]。芳袖幸时拂[5]，龙门空自生[6]。

【注释】

①抱月：即怀抱琵琶。因琵琶形似圆月，故以为喻。

②怀风：《文选》左思《魏都赋》：“篁篠怀风，蒲桃结阴。”刘良注：“言丛竹怀风清肃之气。”殊：特别，不同。

③掩抑：指弹奏的手法或技法。蔡邕《琴赋》：“左手抑扬，右手徘徊。指掌反复，抑案藏摧。于是繁弦既抑，雅韵复扬。”奇态：谓手法或技法富于变化。

④怆：《艺文类聚》《初学记》作“锵”。谢朓《七夕赋》：“回龙驾之容裔，乱凤管之凄锵。”

⑤幸：希望。时：《初学记》作“持”。拂：指弹奏。

⑥龙门：山名。在今陕西韩城和山西河津之间。产桐树，其材宜制琴瑟。枚乘《七发》：“龙门之桐，高百尺而无枝。中郁结之轮菌，根扶疏以分离。上有千仞之峰，下临百丈之溪。……于是背秋涉冬，使琴挚斫斩以为琴。”这里诗人认为龙门之桐也是制作琵琶的上好材料。

【译文】

抱着如月般的琵琶而且还可发出光明，轻风入怀非常特别而且清新。丝弦传送出的是无穷的意绪，花中寄寓着的是怀春的深情。或掩或抑变化着奇妙的姿态，凄凉悲伤全都是悦耳的声音。芳香的长袖盼能常将丝弦拂拭，不然龙门的桐树岂不白白长成。

咏幔

【题解】

本篇载《艺文类聚》卷六十九、《初学记》卷二十五、《太平御览》卷六百九十九。吴兆宜注:"《古文苑》作谢朓诗。"幔,帐幕。《释名·释床帐》:"幔,漫也,漫漫相连缀之言也。"诗咏帐幔,主要从展示帐幔的形态和功能落笔,描写生动,场面温馨。陈祚明评云:"后六句清隽可爱。"首二句被其改为"低垂共珠缀,羃房傍君楹",云"起云'幸得与珠缀,羃房君之楹',不成语,特为改之"(《采菽堂古诗选》卷二十)。

幸得与珠缀①,羃房君之楹②。月映不辞卷③,风来辄自轻。每聚金炉气④,时驻玉琴声⑤。俱愿致尊酒⑥,兰釭当夜明⑦。

【注释】

①珠缀:连缀珠子。王嘉《拾遗记》:"贯细珠为帘幌,朝下以蔽景,夕卷以待月。"萧纲《东飞伯劳歌》:"网户珠缀曲琼钩,芳茵翠被香气流。"

②羃房(mì lì):《文选》左思《吴都赋》:"夤缘山岳之岊,羃历(房)江海之流。"刘渊林注:"羃历(房),分布覆被貌。"楹:《说文》:"柱也。"

③月:《太平御览》作"日"。

④金炉:用以焚香的炉子。《文选》江淹《别赋》:"同琼佩之晨照,共金炉之夕香。"李善注引司马相如《美人赋》:"金炉香薰,黼帐周垂。"

⑤玉琴:有玉饰的琴。嵇康《琴赋》:"弦以园客之丝,徽以钟山之玉。"江淹《扇上彩画赋》:"玉琴兮珠徽,素女兮锦衣。"

⑥俱:《太平御览》作“但”。致:《太平御览》作“置”。尊:同“樽”,酒杯。

⑦兰釭(gāng):燃兰膏的灯盏。《说文》段玉裁注:“俗谓膏灯为釭。”《楚辞》宋玉《招魂》:“兰膏明烛,华容备些。”王逸注:“兰膏,以兰香炼膏也。”

【译文】

有幸得与明珠连缀在一起,将您家的屋柱覆盖遮掩。月光照映时不会拒绝将我卷起,有风吹拂时我会变得十分轻盈。常将金炉散发的香气凝聚在一起,时时留驻玉琴发出的美妙的音声。都希望能在这儿摆上一杯美酒,燃兰膏的灯当夜就会照得通明。

巫山高

【题解】

本篇收入《乐府诗集》卷十七《鼓吹曲辞》,《艺文类聚》卷四十二节引。系与沈约、范云、谢朓、刘绘同时所赋,因此逯钦立《先秦汉魏晋南北朝诗》将本篇与诗人的另一篇作品《芳树》合为一组,题作《同沈右率诸公赋鼓吹曲二首》。为“汉铙歌”十八曲之一,列第七曲。《乐府诗集》卷十六《巫山高》郭茂倩题解引《乐府解题》:“古辞言,江淮水深,无梁可度,临水远望,思归而已。若齐王融‘想像巫山高’,梁范云‘巫山高不极’,杂以阳台神女之事,无复远望思归之意也。”诗写对巫山神女的向往及向往而不可得的怅惘失落,情思飘忽,境界迷离,有一种朦胧之美。“烟霞”二句,色彩绚丽,上继《楚辞》,而与质朴的汉乐府不同。

想像巫山高①,薄暮阳台曲②。烟霞乍舒卷③,蘅芳时断续④。彼美如可期⑤,寤言纷在属⑥。怃然坐相思⑦,秋风下庭绿⑧。

【注释】

①想:《艺文类聚》作"髣"。巫山:在今重庆巫山县长江边,山势高峻,山下江流湍急,为著名的巫峡。巫山十二峰,其中神女峰最奇峭。相传赤帝女瑶姬卒后葬于巫山之阳,成为神女。

②阳台:见前王融《古意二首》"游禽暮知反"诗注引宋玉《高唐赋序》。曲:弯曲处。

③霞:《艺文类聚》作"华",《乐府诗集》作"云"。乍:忽然。舒卷:《艺文类聚》作"卷舒"。《淮南子·原道训》:"与刚柔卷舒兮,与阴阳俯仰兮。"

④蘅芳:蘅,即杜蘅,芳,即白芷,皆香草名。屈原《离骚》:"畦留夷与揭车兮,杂杜蘅与芳芷。"《乐府诗集》作"猿鸟"。蘅,《艺文类聚》作"行"。时:傅刚《校笺》:"徐本、郑本作'自'。"

⑤美:指巫山神女。《诗经·陈风·东门之池》:"彼美淑姬,可与晤言。"可期:可与之相约。

⑥寤(wù):醒来。言:语助词。《诗经·卫风·考槃》:"独寐寤言,永矢弗谖。"纷:缤纷。属(zhǔ):看。《乐府诗集》作"瞩"。按二字通。

⑦怃(wǔ)然:怅然。《艺文类聚》作"无忘"。思:《艺文类聚》《乐府诗集》作"望"。

⑧下:吹落。庭绿:庭树的绿叶。屈原《九歌·湘夫人》:"袅袅兮秋风,洞庭波兮木叶下。"沈约《八咏·岁暮愍衰草》:"霜夺茎上紫,风销叶中绿。"

【译文】

想象中巫山是那样高峻,傍晚时分那转弯处就是阳台。烟霭云霞忽然间展开又聚拢,杜蘅白芷的芳香时断时续地飘来。那个女神好像可以和她相约,睁开双眼色彩缤纷就在眼前。怅然自失独坐把她思念,秋风将庭树的绿叶吹落片片。

谢朓

谢朓(464—499),字玄晖,陈郡阳夏(今河南太康)人。与谢灵运同族,创作颇受谢灵运影响,人称“小谢”。又与谢灵运并称为“二谢”。少好学,有美名,文章清丽。始任齐豫章王萧嶷太尉行参军,后在随王萧子隆、竟陵王萧子良幕下任功曹、文学等职。与王融、沈约、萧衍、范云、任昉等出入竟陵王西邸,号“竟陵八友”。又曾任中书郎,出为宣城太守,故世称“谢宣城”。官至尚书吏部郎。齐东昏侯永元元年(499),不肯依附谋篡帝位的萧遥光而下狱致死。长于五言,风格清新秀美,又讲求声律,为“永明体”的中坚和创作成就最高的诗人。钟嵘《诗品》将其诗列入中品,实有贬抑之嫌。《隋书》卷三十五《经籍志四》著录有集十二卷,逸集一卷,已散佚。明人辑有《谢宣城集》。其事见《南齐书》卷四十七。

赠王主簿二首

王主簿,即谢朓岳父王敬则之子王季哲。内容则似与王主簿无关涉,唯“一遇”二句似有所寄托。

一

【题解】

本篇写相思。陈祚明评云:“六朝秀致。押‘食’字韵,有姿。”(《采菽堂古诗选》卷二十一)

日落窗中坐，红妆好颜色[1]。舞衣襞未缝[2]，流黄覆不织[3]。蜻蛉草际飞[4]，游蜂花上食。一遇长相思，愿寄连翩翼[5]。

【注释】

①红妆：指女子的盛装，因以红色为基调，故称。颜色：容貌。古诗“上山采蘼芜”：“颜色类相似，手爪不相如。”

②襞（bì）：衣裙上的褶皱。《文选》司马相如《子虚赋》：“襞积褰绉，纡徐委曲。”吕向注：“襞积褰绉，缝缀貌。”

③流黄：褐黄色的绢。汉乐府《相逢行》：“大妇织罗绮，中妇织流黄。”

④蜻蛉（jīng líng）：即蜻蜓。

⑤连翩：鸟连续飞行貌。曹植《吁嗟篇》：“飘飖周八泽，连翩历五山。”

【译文】

日落时分独自坐在窗前，浓妆艳抹容貌何其俏丽。舞衣上的褶皱没有去缝缀，流黄覆盖在那儿没有去编织。蜻蜓在草边飞来飞去，蜜蜂飞舞忙着在花上觅食。见过一面后便长相思念，愿托连翩飞翔的鸟儿把相思传递。

二

【题解】

本篇写春日宴饮之乐。其中“清歌”二句，涉于轻艳，已为宫体开出先路。

清吹要碧玉[1]，调弦命绿珠[2]。轻歌急绮带[3]，含笑解罗襦[4]。余曲讵几许[5]？高驾且踌躇[6]。徘徊韶景暮[7]，惟有洛城隅[8]。

【注释】

①清吹:清美的吹奏。指用笙、箫之类的管乐吹奏。谢朓《送远曲》:"一为清吹激,潺湲伤别巾。"要:邀请。碧玉:《乐府诗集》卷四十五《清商曲辞》收有《碧玉歌》三首,郭茂倩题解引《乐苑》云:"《碧玉歌》者,宋汝南王所作也。碧玉,汝南王妾名。"

②调弦:指弹奏琴、瑟等弦乐器。绿珠:《晋书》卷三十三《石崇传》:"崇有妓曰绿珠,美而艳,善吹笛。"

③轻歌:轻快的歌声。急绮带:谓将丝带束紧。《南齐书》卷四十一《张融传》:"王敬则见融革带垂宽,殆将至骼(按一作"髀"),谓之曰:'革带太急。'融曰:'既非步吏,急带何为?'"

④襦(rú):短衣。《史记》卷一百二十六《滑稽列传》:"日暮酒阑,合尊促坐,……罗襦襟解,微闻芗泽。"

⑤讵(jù):岂,难道。几许:多少。

⑥峙蹰(chí chú):徘徊不前貌。汉乐府《陌上桑》:"使君从南来,五马立峙蹰。"

⑦韶景暮:傅刚《校笺》:"五云溪馆本、徐本、郑本作'怜暮景'。"韶景,美景。指春景。《太平御览》卷十九引梁元帝《纂要》:"春……景曰媚景、和景、韶景。"

⑧洛城:洛阳。借指建康。隅:角落。指城上的角楼。曹植《赠丁廙》:"吾与二三子,曲宴此城隅。"

【译文】

清美的吹奏应把碧玉找来,弹奏琴瑟则绿珠最为适宜。轻快地歌唱且将丝带束紧,脸含微笑解开了丝绸短衣。余下的乐曲难道还有不少?驾起了大车却又踌躇不前。徘徊之时美景已罩上暮霭,只有我们还待在洛城一隅。

同王主簿怨情

【题解】

本篇载《文选》卷三十，题作《和王主簿怨情》。诗篇展示女子的不幸遭际，抒写她的怨旷之情，对其不幸遭遇寄予了深切同情。谢朓一生仕途偃蹇，忧患意识极为浓厚，本篇实既伤人，也有自伤之意。吴兆宜注："比茂先《情诗》，态更妍，语更丽，但渐趋纤巧，古意稍渝矣。"陈祚明评云："'花丛'二句秀。结句轻倩，六朝佳致。"（《采菽堂古诗选》卷二十一）

掖庭聘绝国①，长门失欢讌②。相逢咏《蘼芜》③，辞宠悲《团扇》④。花丛乱数蝶，风帘入双燕⑤。徒使春带赊⑥，坐惜红颜变⑦。平生一顾重⑧，夙昔千金贱⑨。故人心尚永⑩，故心人不见⑪。

【注释】

①掖庭：《后汉书》卷四十上《班彪传》附《班固传》："后宫则有掖庭、椒房，后妃之室。"李贤注引《汉官仪》："婕妤以下皆居掖庭。"这里指王昭君。王昭君为汉元帝宫人，竟宁元年（前33），匈奴呼韩邪单于入朝，求美人为阏氏（匈奴王妻妾的称号），元帝遣昭君，以结和亲。其事详见卷二石崇《王昭君辞一首》。聘：旧时定亲、迎娶皆称聘。绝国：《文选》江淹《别赋》："至如一赴绝国，讵相见期。"李善注："《琴道》曰：'雍门周以琴见孟尝君，孟尝君曰："先生鼓琴，亦能令悲乎周？"对曰："臣之所能人悲者，无故生离，远赴绝国，无相见期。臣为一挥琴而太息，未有不凄怆而流涕者。"'绝国，绝远之国。"此指匈奴。

②长门：汉宫名。据《汉书》卷九十七上《外戚传上》，武帝陈皇后

擅宠骄贵十余年，后失宠，别居长门宫。失欢讌（yàn）：谓失宠。张衡《南都赋》：“接欢宴于日夜，终恺乐之令仪。”讌，同“宴”。

③《蘼（mí）芜》：古诗有“上山采蘼芜”，写弃妇在上山采蘼芜时遇前夫事，见卷一《古诗八首》。蘼芜，香草名。其叶风干后可做香料。

④辞宠：失宠。《团扇》：即传为汉成帝班婕妤失宠后所作的《怨歌行》（一题作《怨诗》），见卷一。《文选》李善本作“班扇”，五臣本作“团扇”。

⑤“花丛”二句：《文选》张铣注：“蝶、燕皆比小人在位也。妇人之意则数蝶、双燕皆有耦，而我独失俦匹，喻小人尚且在位，而我独见弃置也。”双，《文选》李善本作“双”，五臣本作“飞”。

⑥“徒使”句：《文选》吕延济注：“徒怀忧愤，使衣带已缓。”春带，即衣带，春天所结，故云。赊（shē），长。指松缓。衣带松缓，谓人消瘦。

⑦坐：空自。红颜变：谓容颜日渐衰老。颜，《文选》作“妆”。

⑧平生：《论语·宪问》：“久要不忘平生之言，亦可以为成人矣。”孔安国注：“平生，犹少时。”《文选》李善本作“生平”，五臣本作“平生”。顾：回头看。《文选》李善注引曹植诗：“一顾千金重，何必珠玉贱。”（全诗今佚）

⑨“夙昔”句：《文选》李周翰注：“宿昔，衰老时也。少年日顾颜色以相重，衰老恩移，则千金之躯忽见捐弃，亦犹时君不顾旧臣，有功不录也。”夙昔，往日。夙，《文选》作“宿”。千金贱，刘向《列女传》：“郑瞀者，郑女之嬴媵，楚成王之夫人也。初成王登台，临后宫，宫人皆倾观，子瞀直行不顾，徐步不变。王曰：‘行者顾。’子瞀不顾。王曰：‘顾，吾以女为夫人。’子瞀复不顾。王曰：‘顾，吾又与女千金，而封若父兄子。’子瞀遂不顾。”

⑩“故人”句：谓故人的心永远不变。《文选》吕向注：“故人心尚尔，谓君心不回也。”古诗“客从远方来”：“相去万余里，故人心尚

尔。”永,长。《文选》作“尔”。

⑪“故心”句:《文选》吕向注:“故心人不见,谓妇人之心恋于夫也,忠臣之志恳于君也。”故心人,《文选》李善本作“故人心”,五臣本作“故心人”。

【译文】

掖庭的王昭君远嫁到了异国,长门宫的陈皇后不能再陪侍欢宴。偶然相遇不禁吟咏起《蘼芜》,失去恩宠的班姬因悲痛而作《团扇》。花丛中有几只乱飞的蝴蝶,帘子被风吹动飞进一双春燕。衣带徒然地一天天松缓,空自怜惜容颜一天天改变。年轻时回头看一眼就被看重,老了即使价值千金也被轻贱。我这故人的心还是这样忠贞不渝永远不会改变,但我这永远不改的初心又有谁能够看见。

夜听妓二首

【题解】

《夜听妓二首》写夜里观看歌舞艺人的表演,既写了“歌”与“舞”,也写了“情”与“意”。“迟”“缓”二字,新颖别致。所用对偶句,工整而又不失流畅自然,能体现“永明体”的特色。沈德潜以“灵心秀口”(《古诗源》卷十二)赞谢朓,其言不虚。

一

琼闺钏响闻①,瑶席芳尘满②。要取洛阳人③,共命江南管④。情多舞态迟,意倾歌弄缓⑤。知君密见亲⑥,寸心传玉腕。

【注释】

①琼闺:对闺房的美称,谓以美玉为饰。钏(chuàn):腕环,即镯子。

②瑶（yáo）席：华美的坐席。屈原《九歌·东皇太一》："瑶席兮玉瑱，盍将把兮琼芳。"芳尘：香尘。谢灵运《石门新营所住四面高山回溪石濑茂林修竹》："芳尘凝瑶席，清醑满金樽。"

③要：邀请。洛阳人：指洛阳美女。陆机《拟东城一何高》："京洛多妖丽，玉颜侔琼蕤。"鲍照《学古》："会得两少妾，同是洛阳人。"

④江南管：指箫、笛之类的管乐器。《文选》王褒《洞箫赋》："原夫箫干之所生兮，于江南之丘墟。"李善注引《江图》："慈母山，此山竹作箫笛，有妙声。"

⑤弄：《文选》王褒《洞箫赋》："时奏狡弄，则彷徨翱翔。"张铣注："弄，曲也。"指演奏。

⑥见亲：被亲近。

【译文】

华丽的闺房内不时听到玉镯的脆响，精美的坐席满是香尘弥漫。邀约来自洛阳的美人，一起来吹奏横笛箫管。情多意浓舞姿变得迂徐，情意相倾歌声乐声节奏放缓。知道您内心已经把我相爱，我也通过舞动的双腕把情意相传。

二

上客光四座①，佳丽直千金②。挂钗报缨绝③，堕珥答琴心④。蛾眉已共笑⑤，清香复入衿⑥。欢乐夜方静，翠帐垂沉沉⑦。

【注释】

①上客：尊贵的客人。《史记》卷七十八《春申君列传》："春申君客三千余人，其上客皆蹑珠履以见赵使。"

②佳丽：美人。直：同"值"。

③"挂钗"句：宋玉《讽赋》："以其翡翠之钗，挂臣冠缨。"司马相

如《美人赋》:"臣之东邻,有一女子。……玉钗挂臣冠,罗袖拂臣衣。"刘向《说苑·复恩》:"楚庄王赐群臣酒,日暮酒酣,灯烛灭,乃有人引美人之衣者。美人援绝其冠缨,告王曰:'今者烛灭,有引妾衣者,妾援得其冠缨持之。趣火来上,视绝缨者。'……(王)乃命左右曰:'今日与寡人饮,不绝冠缨者不欢。'群臣百有余人皆绝去其冠缨而上火,卒尽欢而罢。"缨,系冠的带子。绝,断。

④堕珥(ěr):《史记》卷一百二十六《滑稽列传》:"若乃州闾之会,男女杂坐,行酒稽留,六博投壶,相引为曹,握手无罚,目眙不禁,前有堕珥,后有遗簪,髡窃乐此,饮可八斗而醉二参。"珥,耳饰。琴心:寄心意于琴音。《史记》卷一百十七《司马相如列传》:"会梁孝王卒,相如归,而家贫,无以自业。素与临邛令王吉相善。……相如往。""是时卓王孙有女文君新寡,好音,故相如缪与令相重,而以琴心挑之。""文君夜亡奔相如。"

⑤蛾眉:形如蚕蛾触须的眉毛。屈原《离骚》:"众女嫉余之蛾眉兮,谣诼谓余以善淫。"王逸注:"蛾眉,好貌。"

⑥衿(jīn):同"衿",古代衣服的交领。

⑦翠帐:以翡翠羽毛装饰的帷帐。亦或指帷帐颜色如翠鸟羽毛般有红有绿。宋玉《招魂》:"翡帷翠帐,饰高堂些。"

【译文】

尊贵的客人使四座生光,美女佳丽更是价值千金。挂钗是为了回报断缨的人,堕珥是为了报答琴中之心。与美女一起笑逐颜开,阵阵清香飘进衣服的交领。欢乐之夜刚刚沉静下来,翠帐低垂夜色浓郁深沉。

咏邯郸故才人嫁为厮养卒妇

【题解】

本篇收入《乐府诗集》卷七十三《杂曲歌辞》,题中无"咏""故"二字。邯郸,战国赵都,故址在今河北邯郸。才人,宫中女官名,多为妃嫔的称号。《宋书》卷四十一《后妃传》:“晋武帝采汉、魏之制,……有美人、才人、中才人,爵视千石以下。”厮养卒,做杂役的士兵。《史记》卷八十八《张耳陈余列传》:“有厮养卒谢其舍中。”裴骃《集解》引如淳曰:“厮,贱者也。”又引韦昭曰:“析薪为厮,炊烹为养。”诗以故才人的口吻,抒写其遭际和哀怨,口吻毕肖,入木三分。陈祚明评云:“清怨细诉,如哀弦低语,六朝有此一种。”(《采菽堂古诗选》卷二十)

生平宫阁里①,出入侍丹墀②。开笥方罗縠③,窥镜比蛾眉④。初别意未解,去久日生悲。憔悴不自识,娇羞余故姿。梦中忽仿佛,犹言承讌私⑤。

【注释】

①生平:《论语·宪问》:“久要不忘平生之言,亦可以为成人矣。”孔安国注:“平生,犹少时。”

②丹墀(chí):《文选》张衡《西京赋》:“青琐丹墀。”李善注引《汉官典职》:“丹漆地,故称丹墀。”

③笥(sì):盛衣物的竹箱。方:比。罗縠(hú):罗为质地稀疏的丝织品,縠为有绉的纱。《文选》宋玉《神女赋》:“动雾縠以徐步兮,拂墀声之珊珊。”李善注:“縠,今之轻纱,薄如雾也。”

④蛾眉:借指美女。

⑤讌(yàn)私:同“宴私”,私底下的宴饮。《诗经·小雅·楚茨》:“诸父兄弟,备言燕私。”句谓在私下宴会时受到宠幸。

【译文】

年轻时生活在皇宫里面,出出进进在丹墀把皇帝侍奉。打开竹箱可与罗縠的光泽相媲美,照照镜子可与任何一个美女来比拟。初别皇宫时情意尚未消解,离别久了却越来越感到悲凄。面容憔悴竟然认识不了自己,只有娇羞时还有一些原来的妍姿。在梦中忽然间仿佛回到了当初,还是在私下宴会时得到了皇帝的宠幸。

秋夜

【题解】

本篇写秋夜怀人情景,情景凄清,境界空灵,语淡情浓,词近意远。张玉谷评云:"此诗亦可作思家解,然作拟闺怨解为妥。前四点清秋夜,就秋声引入怀人伫立。中四,写伫立所见夜景。'何知'十字,赋物最工。后二,醒出不堪久别之情,为题中'秋'字透后作收。"(《古诗赏析》卷十八)陈祚明评云:"一气宕逸。'西户月光入',质语不文,'入'字生动。'何知白露下',写露亦拙,然得神。四句写景,特为结二语,故有情。"(《采菽堂古诗选》卷二十一)

秋夜促织鸣①,南邻捣衣急②。思君隔九重③,夜夜空伫立④。北窗轻幔垂⑤,西户月光入⑥。何知白露下⑦,坐视前阶湿。谁能长分居,秋尽冬复及?

【注释】

①促织:即蟋蟀。

②捣衣:古人制作冬衣前,要先将衣料放到砧上用杵捣平。

③九重:谓重重阻隔。宋玉《九辩》:"岂不郁陶而思君兮,君之门以九重。"

④伫立:久立,瞻望。《诗经·邶风·燕燕》:"瞻望弗及,伫立以泣。"

⑤幔:帐幕。《墨子·非攻下》:"幔幕帷盖,三军之用。"

⑥户:《一切经音义》卷十四引《字书》:"一扇曰户,两扇曰门。"《诗经·小雅·斯干》:"筑室百堵,西南其户。"

⑦白露:《礼记·月令》:"孟秋之月……凉风至,白露降。"

【译文】

秋天的夜晚蟋蟀不停地鸣叫,南面邻家捣衣的声音一声比一声急促。思念夫君我们之间却有着重重阻隔,我眺望夫君夜夜空自久久地站立。北窗轻柔的帐幔低低地垂下,西边的门户有明亮的月光照进。哪知道白露已经悄悄地降临,坐在屋里看见前面的台阶已被浸湿。谁能像这样长时间地分居,秋天过去了冬天又紧跟着来临?

杂咏五首

据傅刚《校笺》,五云溪馆本、徐本、郑本无"杂咏五首"四字。

灯

【题解】

本篇载《艺文类聚》卷八十、《初学记》卷二十五,均题作《咏灯诗》。前四句从银河起笔,引神话传说入诗,境界雄奇,引人入胜。五、六句写飞蛾与灯花,细腻温馨,与前形成对照。末二句,笔锋一转,写灯下思妇的孤单和寂寞,由物及人,意味深长。

发翠斜汉里①,蓄宝宕山峰②。抽茎类仙掌③,衔光似烛龙④。飞蛾再三绕⑤,轻花四五重。孤对相思夕,空照舞衣缝⑥。

【注释】

①汉:银河。《艺文类聚》《初学记》作"溪"。

②"蓄宝"句:《列仙传》卷下:"主柱者,不知何所人也。与道士共上宕山,言此有丹砂,可得数万斤。宕山长吏知而上山封之,砂流

出，飞如火。乃听柱取。为邑令章君明饵砂，三年得神砂飞雪，服之，五年能飞行，遂与柱俱去云。”宝，《艺文类聚》作“实”。

③茎：指灯柱。《文选》班固《西都赋》：“抗仙掌以承露，擢双立之金茎。”李善注：“金茎，铜柱也。”类：傅刚《校笺》：“徐本、郑本作‘数’。”仙掌：仙人掌。《汉书》卷二十五上《郊祀志上》：“（武帝）其后又作柏梁、铜柱、承露仙人掌之属矣。”苏林注：“仙人以手掌擎盘承甘露。”颜师古注：“《三辅故事》云建章宫承露盘高二十丈，大七围，以铜为之，上有仙人掌承露，和玉削饮之。”

④烛龙：《山海经·大荒北经》：“西北海之外，赤水之北，有章尾山。有神，人面蛇身而赤，直目正乘，其瞑乃晦，其视乃明。不食不寝不息，风雨是谒。是烛九阴，是谓烛龙。”《楚辞》屈原《天问》：“日安不到，烛龙何照？”王逸注：“言天之西北，有幽冥无日之国，有龙衔烛而照之也。”谢惠连《雪赋》：“烂兮若烛龙，衔耀照昆山。”

⑤飞蛾：崔豹《古今注》卷中：“飞蛾，善拂灯，一名火花，一名慕光。”

⑥舞：《初学记》作“无”。

【译文】

是斜掩银河里那发出来的青色的光芒，是蓄积在宕山山峰上的宝石丹砂。灯柱挺拔好似仙人掌，口衔明光好似烛龙。飞蛾围着它一圈圈地盘绕，轻盈的灯花结了有四五重。孤独地面对着这个相思的夜晚，灯光徒然地照着把舞衣连缝。

烛

【题解】

本篇载《艺文类聚》卷八十，题作《咏烛诗》。诗表面上是咏烛，实际上是写人，是写幽居深宫的女子的孤独、寂寞和幽怨。诗虽写了华美的宫殿和珠光宝气的环境，但其基本的色调却是“暧色”，正是内心没有光明和快乐的女子内在心理的写照。

杏梁宾未散[①],桂宫明欲沉[②]。暧色轻帷里[③],低光照宝琴[④]。徘徊云髻影[⑤],灼烁绮疏金[⑥]。恨君秋月夜[⑦],遗我洞房阴[⑧]。

【注释】

①杏梁:以杏木为屋梁。司马相如《长门赋》:"刻木兰以为榱兮,饰文杏以为梁。"借指华美的宫室。

②桂宫:汉宫名。班固《西都赋》:"自未央而连桂宫,北弥明光而亘长乐。"明欲沉:《三辅黄图·汉宫》引《三秦记》:"未央宫渐台西有桂宫,中有明光殿,皆金玉珠玑为帘箔,处处明月珠,金陛玉阶,昼夜光明。"

③暧(ài):《文选》谢庄《宋孝武宣贵妃诔》:"庭树惊兮中帷响,金釭暧兮玉座寒。"李善注:"暧,不明也。"

④宝琴:有玉饰的琴。

⑤云髻:谓头发浓密如云。曹植《洛神赋》:"云髻峨峨,修眉联娟。"

⑥灼烁:《文选》左思《蜀都赋》:"符采彪炳,晖丽灼烁。"刘良注:"灼烁,光彩貌。"绮疏:《后汉书》卷三十四《梁冀传》:"窗牖皆有绮疏青琐,图以云气仙灵。"李贤注:"绮疏谓镂为绮文。"即窗上透刻如细绫花纹一样的格子。古诗"西北有高楼":"交疏结绮窗,阿阁三重阶。"疏,透刻。金:谓烛光映照如金色。

⑦月夜:原作"夜月",《艺文类聚》作"月夜",据改。

⑧洞房:幽深的内室。宋玉《招魂》:"姱容修态,絙洞房些。"

【译文】

华美的宫室内宾客还没有散尽,桂宫中的光明却即将消隐。轻柔的帷帐中一片昏暗之色,烛光低照着用珠宝装饰的琴。如云的发髻的暗影在室中徘徊,烛光在雕花的窗户上闪烁出金色。只恨夫君在这个有月光的秋夜,把我留在深屋中独对幽暗阴沉。

席

【题解】

本篇载《艺文类聚》卷六十九、《初学记》卷二十五。《谢宣城集》有诗题作《同咏坐上所见一物》,同咏者有王融、虞炎、柳恽及谢朓。王融咏幔,虞炎咏帘,柳恽与谢朓同咏席。谢朓的这首诗,前四句写蒲等在水边生长的情景,画面生动而有趣,将席这种寻常之物写得来历不凡;而末二句则有寄托,有余韵。构思立意、遣词造句均明显地接受了《楚辞》的影响。

本生朝夕池①,落景照参差②。汀洲蔽杜若③,幽渚夺江蓠④。遇君时采撷⑤,玉座奉金卮⑥。但愿罗衣拂⑦,无使素尘弥⑧。

【注释】

①朝夕:《汉书》卷五十一《枚乘传》:"游曲台,临上路,不如朝夕之池。"苏林注:"吴以海水朝夕为池也。"朝夕,即潮汐。做席的原料如蒲等皆生水边,故云。朝,《初学记》作"潮"。

②落景:落日。参差(cēn cī):长短不齐貌。指蒲等。《诗经·周南·关雎》:"参差荇菜,左右流之。"

③汀(tīng)洲:水中平地。汀,《艺文类聚》作"河"。杜若:香草名。屈原《九歌·湘夫人》:"搴汀洲兮杜若,将以遗兮远者。"

④幽渚(zhǔ):僻静的水边或水中小洲。夺:挤占。江蓠(lí):香草名。又称蘼芜。屈原《离骚》:"扈江离(蓠)与辟芷兮,纫秋兰以为佩。"

⑤采撷(xié):采摘。沈约《咏杜若》:"不顾逢采撷,本欲芳幽人。"

⑥"玉座"句:谢朓《同谢谘议咏铜雀台》:"玉座犹寂寞,况乃妾身

轻。”金卮（zhī），金杯。

⑦罗衣拂：司马相如《美人赋》：“玉钗挂臣冠，罗袖拂臣衣。”

⑧素尘：灰尘。弥：满。

【译文】

本来生长在潮汐池边，落日照耀着这一片参差不齐。在汀州把杜若遮蔽，在幽渚把江蓠排挤。正好碰上您前来采摘，得以铺上玉座奉上金杯。但愿罗衣能经常加以拂拭，不要让坐席上积满灰尘。

镜台

【题解】

本篇载《初学记》卷二十五、《太平御览》卷七百十七，《初学记》题作《咏镜台诗》。前四句咏物，后四句写人，而末以女子担忧被弃作结，既顺理成章，又出人意表。古人云：“士为知己者死，女为悦己者容。”（见《战国策·赵策一》）但“女为悦己者容”，却不一定能换来人之“悦己”，这是古代女子的宿命和悲哀。末二句写女子的自哀自怜、自怨自艾，与前面的一路刻绘和铺陈，形成了反差和对比。

玲珑类丹槛①，苕亭似玄阙②。对凤悬清冰，垂龙挂明月③。照粉拂红妆④，插花理云发⑤。玉颜徒自见⑥，常畏君情歇⑦。

【注释】

①玲珑：《文选》扬雄《甘泉赋》：“前殿崔巍兮，和氏玲珑。”晋灼注：“玲珑，明见貌也。”此指镜台因镂空而光明。丹槛（jiàn）：赤色栏杆。槛，《初学记》作“楹”。

②苕（tiáo）亭：高耸貌。《太平御览》作“孤高”。苕，《初学记》作“迢”。玄阙：《淮南子·道应训》：“卢敖游乎北海，经乎太阴，入

乎玄阙。”高诱注:“玄阙,北方之山也。”

③“对凤”二句:对凤、垂龙皆为镜台之饰。吴兆宜注引龙辅《女红余志》:“淑文所宝,有对凤垂龙玉镜台。”悬清冰,《初学记》《太平御览》作“临清水”。清冰、明月皆形容镜面。

④红妆:盛妆。因化妆以敷红为主,故称。

⑤理:原作“埋”,《初学记》《太平御览》作“理”,据改。云发:浓密如云的头发。《诗经·鄘风·君子偕老》:“鬒发如云,不屑髢也。”

⑥玉颜:宋玉《神女赋》:“貌丰盈以庄姝兮,苞温润之玉颜。”

⑦常畏:《太平御览》作“畏见”。歇:尽。

【译文】

镂空透明类似涂饰了红色的栏杆,高高地耸立好像北方的玄阙山。双凤对立中间悬挂着清澄的冰,悬垂的龙旁边是一轮明月。照着镜子施红抹粉化出盛妆,插花戴钗梳理浓密如云的鬓发。如玉的容颜只有自己徒然地欣赏,常害怕夫君的感情哪天突然消逝。

落梅

【题解】

本篇咏“落梅”,此“落梅”并非季节变换后从树上自然凋落之梅,而是正在盛开时被人采摘、脱离本枝,先得采摘人的宠爱,继而不可避免地凋残而被人冷落抛弃的梅。以物喻人之意至为明显,如陈祚明所评:“咏物有物外之旨。”(《采菽堂古诗选》卷二十一)而所喻之人,很可能是那些得宠复失宠、下场悲凄的妃嫔宫女。

新叶初冉冉[①],初蕊新霏霏[②]。逢君后园讌[③],相随巧笑归。亲劳君玉指[④],摘以赠南威[⑤]。用持插云髻,翡翠比光辉[⑥]。日暮长零落,君恩不可追。

【注释】

①初：傅刚《校笺》："徐本、郑本作'何'。"冉冉：柔弱下垂貌。曹植《美女篇》："长条纷冉冉，落叶何翩翩。"

②霏霏：盛貌：《诗经·小雅·采薇》："今我来思，雨雪霏霏。"傅刚《校笺》引孟本校："一作'菲菲'。"

③后园：曹丕《与吴质书》："同乘并载，以游后园。"讌（yàn）：同"宴"。宴，即游宴，游乐宴饮。

④玉指：对手指的美称。玉，傅刚《校笺》："五云溪馆本、徐本、郑本作'王'。"

⑤南威：春秋时美女。《文选》曹植《七启》："南威为之解颜，西施为之巧笑。"李善注引《战国策》："晋文公得南威，三日不听朝，遂推而远之。"借指得宠的美女。

⑥翡翠：美玉。班固《西都赋》："翡翠火齐，流耀含英。"

【译文】

柔嫩的新叶冉冉下垂，初开的新花浓密娇美。正好碰上君王在后园饮宴，妩媚地笑着相随君王而归。烦劳君王亲自劳动手指，把我摘下送给南威。把我插上浓密如云的发髻，可与翡翠竞比光辉。可到了傍晚就开始永久凋落，君王的恩宠再也不可能追寻。

陆厥

陆厥（472—499），字韩卿，吴郡吴（今江苏苏州）人。少有风概，好属文。南齐永明九年（491）举秀才，任少府主簿，迁后军参军。永元初，始安王萧遥光反，其父株连被杀，厥亦被下狱，不久遇赦。因父未及大赦被杀，感痛而卒，年仅二十八岁。曾在永明体兴起时与沈约书，讨论宫商声律问题。《南齐书》本传称其“五言诗体甚新奇”，但钟嵘《诗品》仅将其诗列入下品。《隋书》卷三十五《经籍志四》著录有集八卷（注云“梁十卷”），已散佚。今存诗十首。其事见《南齐书》卷五十二《文学传》。

中山王孺子妾歌

【题解】

本篇载《文选》卷二十八；收入《乐府诗集》卷八十四《杂歌谣辞》，共二首，此为第二首。中山王，指西汉中山靖王刘胜。《汉书》卷三十《艺文志十》：“诏赐中山靖王子哙及孺子妾冰未央材人歌诗四篇。”颜师古注：“孺子，王妾之有品号者也。妾，王之众妾也。冰，其名。材人，天子内官。”《乐府诗集》郭茂倩题解：“此谓以歌诗赐中山王及孺子妾、未央才人等尔，累言之，故云及也。而陆厥作歌，乃谓之中山孺子妾，失之远矣。”诗写女子由得宠而失宠的遭遇。吴淇则认为这是一篇写男宠由得宠而失宠的诗，云：“‘孺子妾’者，以孺子为妾，犹小说所载临川王之男王后，当盛宠之时，入与同寝，出与同车，如魏主之与如姬，汉成之与班婕，若忘孺子之为男子也者。”(《六朝选诗定论》卷十六)诗篇罗列典故，失之累赘晦涩。陈祚明有“结句凄惋”(《采菽堂古诗选》卷二十一)之评。

如姬寝卧内①，班妾坐同车②。洪波陪饮帐③，林光宴秦余④。岁暮寒飙及⑤，秋水落芙蕖⑥。子瑕矫后驾⑦，安陵泣前鱼⑧。贱妾终已矣⑨，君子定焉如⑩？

【注释】

①如姬：战国时魏安釐王的宠妃。寝卧内：指魏王卧室之内。《史记》卷七十七《魏公子列传》载，安釐王二十年（前257），秦兵围赵邯郸，信陵君欲救赵，魏王畏秦，不许。隐士侯嬴向信陵君献计说：“嬴闻晋鄙之兵符常在王卧内，而如姬最幸，出入王卧内，力能窃之。”信陵君果请如姬窃得兵符，夺晋鄙军，破秦救赵。寝卧，傅刚《校笺》：“徐本、郑本作‘卧寝’。”

②班妾：即班婕妤，汉成帝宠妃。《汉书》卷九十七下《外戚传下》：“成帝游于后庭，尝欲与倢伃同辇载。”妾，《文选》《乐府诗集》作“婕”。以上二句《文选》吕延济注：“如姬常出入魏王卧内，汉成帝欲与班婕妤同辇，此皆谓宠盛之时。”

③洪波：台名。春秋末赵简子信用直言之臣周舍，“简子居则与之居，出则与之出。居无几何，而周舍死，简子如丧子”。后与诸大夫饮于洪波之台，酒酣，简子因思念周舍而哭泣。事见《韩诗外传》卷七。

④林光：秦离宫（长居的正式宫殿之外别筑的宫室）名。胡亥时所建，纵横各五里，汉又于其旁建甘泉宫。秦余：谓秦遗留下来的建筑。张衡《西京赋》：“顾往昔之遗馆，获林光于秦余。”按如以“洪波”句照应“如姬”句，以“林光”句照应“班妾”句，则未尽妥帖，故《文选》李善注云：“秦余汉帝所幸，洪波非魏王

所游，疑陆误也。”

⑤寒飙（biāo）：寒风。《文选》吕向注：“岁暮飙及，喻年岁催其老也。”

⑥“秋水”句：《文选》吕向注：“喻人之美色秋衰而落。”芙蕖，荷花的别名。

⑦“子瑕”句：《韩非子·说难》载，春秋时卫国法律规定，凡私自用国君车驾者要处以刖刑（一种断足的酷刑）。一天晚上，弥子瑕得知母亲生病，于是假托君命私自乘车前去看望。卫灵公知道后，不仅没有责怪，相反赞扬说：“孝哉！为母之故，忘其犯刖罪。”但后来弥子瑕失宠，卫灵公又以此加罪。子瑕，弥子瑕，春秋时卫灵公的宠臣。矫，假托，诈称。后驾，国君的车驾。

⑧“安陵”句：安陵，安陵君，战国时楚恭王宠臣，因封于安陵，故称。阮籍《咏怀》其十二：“昔日繁华子，安陵与龙阳。”但安陵君并无“泣前鱼”之事，这里是将“龙阳”误成了“安陵”。龙阳，战国时魏王的宠臣，因封于龙阳，称龙阳君。其“泣前鱼”之事，参见卷二阮籍《咏怀诗二首》“昔日繁华子”注。

⑨终：《文选》李善本作“终”，五臣本作“恩”。已矣：完了。《楚辞》屈原《离骚》：“已矣哉！国无人莫我知兮。”王逸注：“已矣，绝望之辞。”矣，《文选》李善本作“矣”，五臣本作“毕”。

⑩君子：指君王。定：确定，打算。焉如：何如，怎么样。指对“贱妾”打算怎么样。

【译文】

如姬常眠宿在魏王的卧室内，班姬曾被要求与成帝乘同一辆车。洪波台上陪侍赵简子饮宴，在秦朝遗馆林光殿中摆下宴席。一年将尽寒冷的狂风飕飕地袭来，秋水中飘落下片片芙蕖。弥子瑕假托君命私驾国君的车子，安陵为先钓上来的鱼悲伤哭泣。我最终失去了君王的恩爱，君王您打算将我怎么处置？

施荣泰

施荣泰，生平不详。逯钦立辑校《先秦汉魏晋南北朝诗》共收其诗二首，列入梁诗。

杂诗

【题解】

本篇写女子妆容之美艳、裙袖之轻盈、嬉戏之快乐及对爱情之追求，一个既美艳娇媚又天真无邪的少女形象跃然于纸。“罗裙”四句，写出形象，也写出个性和风趣。这一时期以女性为表现对象的诗，多表现她们的孤独、苦闷、悲愁、哀怨和愤懑，本篇难得地以女子的青春活力、天真无邪与欢乐追求为表现重点，可谓别具一格。

赵女修丽姿，燕姬正容饰①。妆成桃毁红②，黛起草惭色③。罗裙数十重，犹轻一蝉翼。不言縠袖轻④，专叹风多力。锵佩玉池边⑤，弄笑银台侧⑥。折柳贻目成⑦，采蒲赠心识⑧。来时娇未尽⑨，还去媚何极。

【注释】

①“赵女”二句：古诗“东城高且长”：“燕赵多佳人，美者颜如玉。”杨恽《报孙会宗书》：“妇，赵女也，雅善琴瑟。”鲍照《舞鹤赋》：

"燕姬色沮,巴童心耻。"

②桃毁红:谓与女子的红妆相比,桃花的红色便黯然失色,不复存在。

③黛:青黑色颜料,女子用以画眉。

④縠(hú):《文选》宋玉《神女赋》:"动雾縠以徐步兮,拂墀声之珊珊。"李善注:"縠,今之轻纱,薄如雾也。"

⑤锵(qiāng):佩饰发出的声响。玉池:形容水池的清澈。傅玄《秋兰篇》:"秋兰荫玉池,池水清且芳。"

⑥银台:《文选》张衡《思玄赋》:"聘王母于银台兮,羞玉芝以疗饥。"李善注:"银台,王母所居。"泛指美丽的台榭。

⑦折柳:《诗经·齐风·东方未明》:"折柳樊圃,狂夫瞿瞿。"贻(yí):赠送。目成:谓男女相爱,彼此以目传递情意。此即指所心仪者。屈原《九歌·少司命》:"满堂兮美人,忽独与余兮目成。"

⑧采:原作"插",吴兆宜注:"当作'拔'。""古辞《拔蒲曲》:'与君同拔蒲,竟日不盈把。'"傅刚《校笺》引徐校:"五云溪馆本作'采'。"今据五云溪馆本改。

⑨未:傅刚《校笺》引程校:"一作'不'。"

【译文】

赵女在装扮着美艳的姿容,燕姬也正在把容颜修饰。化妆完毕桃花的红竟黯然失色,黛眉画好青草竟因之感到羞惭。身上的罗裙足足穿有数十层,但比一只蝉的羽翼还要轻。不说自己的縠袖是如此轻盈,却一味感叹何以有如此大的风力。环佩在玉池边锵锵地鸣响,她们在银台边得意地戏嬉。折下柳枝送给自己看上的人,采摘香蒲送给心中的知己。来的时候有无尽的娇媚,回去的时候娇媚还是无尽。

鲍照

见本卷《玩月城西门》作者简介。

朗月行

【题解】

本篇收入《乐府诗集》卷六十五《杂曲歌辞》。《鲍参军集》题作《代朗月行》。写美人得到了宠幸,但诗人认为最重要的东西还是情义,没有情义,千金也不值得看重。既是对美人的祝福,也是对美人和在座的听歌者的告诫,而更重要的,是含蓄地表达了对于美人命运的担忧。画面鲜妍,而意在言外,值得玩味。

朗月出东山,照我绮窗前①。窗中多佳人,被服妖且妍②。靓妆坐帷里③,当户弄清弦④。鬓夺卫女迅⑤,体绝飞燕先⑥。为君歌一曲⑦,当作《朗月篇》⑧。酒至颜自解⑨,声和心亦宣⑩。千金何足重,所存意气间⑪。

【注释】

①绮窗:《文选》左思《蜀都赋》:"开高轩以临山,列绮窗而瞰江。"吕向注:"绮窗,雕画若绮也。"即将窗格子雕镂得就像细绫花纹一样

华美。

②被：穿。古诗“东城高且长”：“被服罗裳衣，当户理清曲。”妖：《文选》曹植《美女篇》：“美女妖且闲，采桑岐路间。”吕向注：“妖，美。”妍（yán）：美。《关尹子·三极》：“日无不照，有妍有丑，而日无厚薄。”

③靓（jìng）妆：《文选》司马相如《上林赋》：“靓妆刻饰，便嬛绰约。”李善注：“郭璞曰：‘靓妆，粉白黛黑也。’”帷：吴兆宜注：“一作‘袖’。”

④当户：对着门。《广韵》卷三：“半门为户。”弄清弦：指弹奏琴、瑟等弦乐器。

⑤夺：谓夺目。原作“奋”，《乐府诗集》作“夺”，据改。卫女：指汉武帝后卫子夫。《太平御览》卷三百七十三引《史记》：“卫皇后字子夫，与武帝侍衣得幸。头解，上见其发鬓，悦之，因立为后。”（按今本《史记》不见载。）又《文选》张衡《西京赋》：“卫后兴于鬒发，飞燕宠于体轻。”李善注引《汉武故事》：“子夫得幸，头解，上见其美发，悦之。”迅：《文选》张衡《西京赋》：“纷纵体而迅赴，若惊鹤之群罴。”薛综注：“纵体，舞容也。迅疾赴节相越也。”又曹植《洛神赋》：“体迅飞凫，飘忽若神。”

⑥飞燕：《汉书》卷九十七下《外戚传下·孝成赵皇后》：“孝成赵皇后，本长安宫人。……及壮，属阳阿主家，学歌舞，号曰飞燕。”颜师古注：“以其体轻故也。”《太平御览》卷五百七十四引《汉书》：“赵飞燕体轻，能掌上舞。”

⑦君：指在座的听歌者。

⑧当作：吴兆宜注：“一作‘堂上’。”

⑨颜自解：谓开颜欢笑。曹植《七启》：“南威为之解颜，西施为之巧笑。”

⑩宣：《文选》王瓒《杂诗》：“师涓久不奏，谁能宣我心。”吕向注：

“以喻不见所思之人，谁复能宣通我心志也。”即宣泄、表现之意。

⑪意气：指情义。汉乐府《白头吟》：“男儿重意气，何用钱刀为！”

【译文】

明朗的月亮出现在东山，照耀在我绮窗的前面。窗户里面有许多美人，穿的衣服既妖冶又美艳。打扮得漂漂亮亮坐在帷帐里面，对着门户弹奏起清美的琴弦。鬓发夺目像卫子夫那样迅速得到宠爱，体态绝美像赵飞燕那样能够占先。我要为您唱上一曲，应当作一曲《朗月篇》。酒喝到口自会笑逐颜开，声相应和心意也就得到了表现。千两黄金哪里值得看重，值得永存的东西在情义之间。

东门行

【题解】

本篇载《文选》卷二十八；《艺文类聚》卷四十一节引，题作《驱马上东门行》；收入《乐府诗集》卷三十七《相和歌辞·瑟调曲》。《鲍参军集》题作《代东门行》。《乐府诗集》古辞《东门行》郭茂倩题解引《乐府题解》：“古辞云：‘出东门，不顾归。入门怅欲悲。’言士有贫不安其居者，拔剑将去，妻子牵衣留之，愿共餔糜，不求富贵，且曰‘今时清，不可为非’也。若宋鲍照‘伤禽恶弦惊’，但伤离别而已。”诗篇前半写离别情景，后半写别后愁思，情辞慷慨，一气倾注，将“行子”之苦写得既足且透。毛先舒评云：“鲍照《代东门行》，精刻惊挺，真堪动魄。”（《诗辩坻》卷二）陈祚明评云：“其源出于古乐府，而忼壮之音，兼孟德雄风。结句不振。”（《采菽堂古诗选》卷十八）

伤禽恶弦惊①，倦客恶离声②。离声断客情③，宾御皆涕零④。涕零心断绝⑤，将去复还诀⑥。一息不相知⑦，何况异乡别。遥遥征驾远⑧，杳杳白日晚⑨。居人掩闺卧⑩，行子夜中饭[11]。野风吹草木[12],行子心肠断[13]。食梅常苦酸,衣葛常苦寒[14]。丝竹徒满坐[15],忧人不解颜[16]。长歌欲自慰[17],弥起长恨端[18]。

【注释】

①伤禽:为箭所伤的飞禽。恶:害怕。《艺文类聚》作“见”。弦惊:放开弓弦时所发出的足可使人受到惊吓的声响。这里用更嬴发虚弓而得鸟的典故。《战国策·楚策四》:“更嬴与魏王处京台之下,仰见飞鸟。更嬴谓魏王曰:‘臣为王引弓虚发而下鸟。’魏王曰:‘然则射可至此乎?’更嬴曰:‘可。’有间,雁从东方来,更嬴以虚发而下之。魏王曰:‘然则射可至此乎?’更嬴曰:‘此孽也。’王曰:‘先生何以知之?’对曰:‘其飞徐而鸣悲。飞徐者,故疮痛也;鸣悲者,久失群也。故疮未息,而惊心未去也。闻弦音而高飞,故疮裂而陨也。”

②倦客:倦游之人。离声:指离别时亲友所奏的音乐。

③断客情:即伤客心。客,指“倦客”。

④宾:送别的宾客。御:御者,驾车的人。陆云《答兄平原诗》:“宾御四门,旁穆紫庭。”涕零:落泪。《诗经·小雅·小明》:“念彼共人,涕零如雨。”

⑤心断绝:犹言心碎。

⑥诀:告别。

⑦一息:指片刻。息,呼吸。王褒《圣主得贤臣颂》:“追奔电,逐遗风,周流八极,万里一息。”不相知:谓不能再相互关心。

⑧遥遥:《文选》李周翰注:“行貌。”《左传·昭公二十五年》:“鹳鸲之巢,远哉遥遥。”征驾:远行的车子。

⑨杳杳(yǎo):《文选》李周翰注:“暮也。”屈原《九章·怀沙》:“眴兮杳杳,孔静幽默。”王逸注:“杳杳,深冥貌也。”白:《文选》《艺

文类聚》作“落”。

⑩居人:与“行子”相对,指留在家中的人。闺:《尔雅·释宫》:“宫中之门谓之闱,其小者谓之闺。”泛指门。

⑪夜中:半夜。吴兆宜注:“一作‘中夜’。”

⑫草:《文选》作“秋”。

⑬心肠断:曹丕《燕歌行》:“群燕辞归雁南翔,念君客游思断肠。”

⑭“食梅”二句:《文选》刘良注:“梅不可疗饥,葛非寒服,言羁客衣食不得其所。”葛,葛布衣服。用葛的纤维织成,布纹稀疏,宜做夏服。

⑮丝竹:弦乐器和管乐器。泛指音乐。旧题苏武诗:“丝竹厉清声,慷慨有余哀。”

⑯解颜:开颜,欢笑。

⑰长歌:汉乐府有《长歌行》《短歌行》,《长歌行》其声慷慨激烈。旧题苏武诗:“长歌正激烈,中心怆以摧。”

⑱弥:益,更加。端:绪,心绪。

【译文】

受伤的飞禽怕听见弓弦令人心惊的声响,倦游的客人怕听见离别的乐声。离别的乐声让倦游的客人悲痛,在场的宾客和车夫无不掉泪伤心。泪流不断心肝为之断绝,就要走了又转过身来告别。片刻的分离尚且不能再互相关心,何况别后要远赴异地他乡。车马上路后离家越来越远,白日西沉到了昏暗的傍晚。在家的人早已关门睡觉,远行的人半夜还在吃饭。野外的风吹乱了山间草木,游子伤悲只觉得肝肠寸断。吃梅子时常嫌它味道太酸,穿葛衣时常嫌它不能御寒。演奏丝竹时徒有满座的听众,游子内心烦忧总也不能开颜。高歌一曲本想要自我宽慰一下,反更激起内心绵长的愁恨万端。

王融

见本卷《古意二首》作者简介。

芳树

【题解】

本篇收入《乐府诗集》卷十七《鼓吹曲辞》,为“汉铙歌”十八曲之一,列第十一曲。《初学记》卷三引梁元帝《纂要》:“(春天)木曰华木、华树、芳林、芳树。”诗写芳树,也写美人,美人与芳树相映成趣。而对美人和芳树又都未做太具体的描写,尤其是“佳人不可遇”,使画面具有了一种飘逸感和朦胧感,给读者留下了驰骋想象的空间。

相思早春日①,烟华杂如雾②。复此佳丽人,含情结芳树③。绮罗已自怜④,萱风多有趣⑤。去来徘徊者,佳人不可遇。

【注释】

①思:《乐府诗集》作“望”。

②烟华:即烟花。形容春天绚烂迷茫的景物。鲍照《舞鹤赋》:“精含丹而星耀,顶凝紫而烟华。”

③结芳树:与芳树结交。花树芳香,故结之以为同道。实际是紧挨

着站在芳树旁边。

④怜：爱。

⑤“萱风”句：句谓萱草本忘忧之草，因春游快乐，故觉得被春风吹拂的萱草也充满了意趣。萱风，吹过萱草的春风。萱，《说文》：“令人忘忧之草也。”

【译文】

互相思念在这早春的日子，花木绚烂弥漫犹如烟雾。还来了一位美丽的姑娘，含情脉脉地要结交芳树。身穿绮罗的美人已自十分可爱，春风掠过的萱草也有许多意趣。人们去去来来徘徊流连，但无法同这位美人相遇。

回文诗

【题解】

本篇载《艺文类聚》卷五十六。回文诗是一种颠倒循环皆成诗作的诗体。《晋书》卷九十六《列女传》：“窦滔妻苏氏，始平人也，名蕙，字若兰。善属文。滔，苻坚时为秦州刺史，被徙流沙，苏氏思之，织锦为回文旋图诗以赠滔。宛转循环以读之，词甚凄惋，凡八百四十字。”本篇写春夏之交的边关景色，兼抒离别之情，颇具边塞诗气息；而字句整对，色泽浓艳，音韵流转，雄浑之气少，绮靡之情多，仍为典型的齐梁诗体格。回诵与顺读内容大体相同，读来也大体能顺畅上口。

枝大柳塞北①，叶暗榆关东②。垂条逐絮转③，落蕊散花丛。池莲照晓月，幔锦披朝风④。低吹杂纶羽⑤，薄粉艳妆红。离情隔远道，叹结深闺中。

【注释】

①柳塞：边塞名。在今山西北部。《艺文类聚》卷四十一引梁戴暠

《从军诗》:“剑悬三尺鞘,铠累七重犀。侵星出柳塞,际晚入榆溪。”

②榆关:即山海关,在今河北秦皇岛,为长城东边起点。

③条:柳枝。

④锦:有杂色花纹的厚重的丝织品。披:分开。《艺文类聚》作“拂”。

⑤“低吹”句:谓在场听乐者,有头戴纶巾、手持羽扇之士。此句《艺文类聚》作“晓吹纶杂羽”。吹,指笙、箫等管乐器。纶(guān),纶巾,一种用青丝带编的头巾,相传为诸葛亮所创制。羽,羽扇,用鸟羽所制之扇。诸葛亮曾手持羽扇以指挥众军。

【译文】

柳塞北面的柳枝长得已很粗大,榆关东边的柳叶已是绿深色暗。柳枝下垂与柳絮一起随风飘转,柳花飘落四散在簇簇花丛之中。清晨月光辉映着池中的青莲,锦制的帷幔被一阵晨风吹开。羽扇纶巾中响着低沉的箫笛,薄薄的脂粉透出艳妆的轻红。离别深情被遥远的道路阻隔,沉重的叹息凝聚在深闺之中。

萧谘议西上夜集

【题解】

本篇载《艺文类聚》卷二十九、《初学记》卷十八,皆题作《萧谘议西上夜集》。集,原作“禁”,据《艺文类聚》《初学记》改。萧谘议,即梁武帝萧衍。初仕齐,曾为镇西将军、荆州刺史随王萧子隆的谘议参军。《梁书》卷一《武帝纪上》:“竟陵王子良开西邸,招文学,高祖与沈约、谢朓、王融、萧琛、范云、任昉、陆倕等并游焉,号曰八友。融俊爽,识鉴过人,尤敬异高祖。每谓所亲曰:‘宰制天下,必在此人。’累迁随王镇西谘议参军。”

诗当作于为萧衍西上饯行之时。诗篇颇受古诗和《楚辞》的影响,以浅近明快的语言,表达了惜别之情、慰勉之意及朋友走后自己的寂

寞自守之情。陈祚明评云:"'寸心'二句有关合。通首亮,结饶古意。"(《采菽堂古诗选》卷二十)

徘徊将所爱①,惜别在河梁②。衿袖三春隔③,江山千里长。寸心无远近,边地有风霜。勉哉勤岁暮④,敬矣慎容光⑤。山中殊未怿⑥,杜若空自芳⑦。

【注释】

①爱:《艺文类聚》作"忧"。

②梁:桥。旧题李陵诗:"携手上河梁,游子暮何之?徘徊蹊路侧,悢悢不得辞。"

③衿(jīn)袖:衿即衣襟,衣襟与衣袖相连,关系密切,以比诗人与萧谘议。三春:春季的三个月。即指春天。

④勉哉:《史记》卷四《周本纪》:"勉哉夫子!尔所不勉,其于尔身有戮。"

⑤敬矣慎:即敬慎,恭敬谨慎。《诗经·大雅·抑》:"敬慎威仪,维民之则。"容光:犹"威仪",指仪容风采。徐幹《室思》:"端坐而无为,仿佛君容光。"

⑥殊:非常。怿(yì):喜悦。

⑦杜若:香草名。诗人自比。屈原《九歌·山鬼》:"山中人兮芳杜若,饮石泉兮荫松柏。君思我兮然疑作。"

【译文】

怀着深深的情谊来回徘徊,就要在这河边的桥头惜别。衣襟与衣袖在这春天被隔绝开来,中间的大江高山足有一千里长。心心相印倒不在乎分隔的远近,只是担心边境地区有很多风霜。努力吧即使到岁末也要勤勉,恭敬啊始终要有谨慎的模样。地处山中我内心实在很不高兴,就像杜若空自在那里发出幽香。

谢朓

见本卷《赠王主簿二首》作者简介。

铜雀台妓

【题解】

本篇载《文选》卷二十三，题作《同谢谘议铜雀台诗》；又载《艺文类聚》卷三十四；收入《乐府诗集》卷三十一《相和歌辞·平调曲》，题作《铜雀妓》。同，依别人诗题和作。谢谘议，即谢璟，时任谘议大夫。其诗今已不存。铜雀台，曹操建安十五年（210）冬筑于邺城（今河北临漳西南）。台高十丈，有屋一百二十间。铸大铜雀于楼颠，舒翼奋尾，势若飞动，因名为铜雀台。曹操临死前，在其《遗令》中说："吾婢妾与伎人皆勤苦，使著铜雀台，善待之。于台堂上安六尺床，施繐帐，朝晡上脯糒之属，月旦十五日，自朝至午，辄向帐中作伎乐。汝等时时登铜雀台，望吾西陵墓田。"殷殷嘱托，不肯忘怀，"后人悲其意而为之咏"（《乐府诗集》郭茂倩题解引《乐府解题》），因而出现了一系列以"铜雀台""铜雀妓"为题的作品。本篇有婉讽，也有哀悯，一波三折，一唱三叹。陈祚明评云："悠扬有情，微开唐响。"（《采菽堂古诗选》卷二十）沈德潜则评云："笑魏武也。而托之于树，何等含蕴。可悟立言之妙。"（《古诗源》卷十二）

繐帏飘井干①，樽酒若平生②。郁郁西陵树③，讵闻鼓吹声[4]。芳襟染泪迹，婵娟空复情[5]。玉座犹寂寞，况乃妾身轻[6]。

【注释】

①繐帏（suì wéi）：即繐帐，使用质地稀疏的麻布制成的灵幔。井干：《史记》卷十二《孝武本纪》："乃立神明台、井干楼，度五十余丈，辇道相属焉。"司马贞《索隐》："《关中记》'宫北有井干台，高五十丈，积木为楼'。言筑累万木，转相交架，如井干。司马彪注《庄子》云'井干，井阑也。'又崔譔云'井以四边为干，犹筑墙之有桢干'。"借指铜雀台。又《文选》李周翰注："铜雀台一名井干楼。"

②樽酒：谓设酒于祭坛上。樽，酒杯。平生：《文选》李周翰注："言致樽酒于帷帐前，若平生存时也。"

③郁郁：繁盛貌。古诗"青青河畔草"："青青河畔草，郁郁园中柳。"西陵：曹操陵墓所在地。曹操《遗令》："敛以时服，葬于邺之西冈上，与西门豹祠相近。"树：仲长统《昌言》："古之葬者，松柏、梧桐，以识其坟也。"古诗"驱车上东门"："白杨何萧萧，松柏夹广路。下有陈死人，杳杳即长暮。"《文选》李善注："不敢指斥，故以树言之也。"

④讵（jù）：岂。鼓：《文选》《艺文类聚》《乐府诗集》皆作"歌"。

⑤"芳襟"二句：《文选》张铣注："妓人悲泣，泪湿香襟而多痕；牵引衣襟，空有哀情，终不见君王也。"婵娟，美好貌。指伎人即歌舞艺人。娟，《文选》《艺文类聚》作"媛"。婵媛，牵持不舍貌。

⑥"玉座"二句：《文选》刘良注："玉座，玉床也。寂寞，虚无也。言君王玉座尚自虚无若此，况群妾身至轻微，何以为久长也。"寞，《文选》作"漠"。

【译文】

繐帐在铜雀台上轻轻地飘拂，斟上一杯酒仿佛还是生前的情景。长得郁郁葱葱的西陵松柏，哪里能听得见台上的鼓乐之声。芳香的衣襟上浸染了点点泪迹，美丽的伎妾们空自有一腔哀情。君王的宝座尚且这般的寂寞，何况这班伎妾人微身轻。

赠故人

【题解】

本篇载《艺文类聚》卷二十一，题作《赠友人诗》；又载卷二十九，题作《怀故人诗》。写离别相思，风调颇飘逸。首二句化用《楚辞》中语，而自见佳胜。有《古诗十九首》风致，唯涵蕴不及古诗深厚。王夫之评云："宣城有空浅一格诗，此类是也。"(《古诗评选》卷五）方东树评云："一往清绮。然伤平，无奇处。"(《昭昧詹言》卷七）

芳洲有杜若①，可以慰佳期②。望望忽超远③，何由见所思？我行未千里，山川已间之④。离居方岁月⑤，佳人不在兹⑥。清风动帘夜，孤月照窗时。安得同携手⑦，酌酒赋新诗⑧。

【注释】

①芳洲：生长着芳草的水中陆地。《楚辞·九歌·湘君》："采芳洲兮杜若，将以遗兮下女。"杜若：香草名。

②慰：《艺文类聚》作"赠"。佳期：指与故人相约会面的日期。屈原《九歌·湘夫人》："登白薠兮骋望，与佳期兮夕张。"

③望望：《礼记·问丧》："其往送也，望望然，汲汲然。"郑玄注："望望，瞻望之貌也。"超远：遥远。屈原《九歌·国殇》："出不入兮往不反，平原忽兮路超远。"

④间：阻隔。

⑤离居：古诗"涉江采芙蓉"："同心而离居，忧伤以终老。"岁月：偏

用“月”字，指时间还不算长。古诗“行行重行行”：“思君令人老，岁月忽已晚。”

⑥佳人：《艺文类聚》卷二十一作“故人”。不在兹：陶渊明《饮酒》其十六：“孟公不在兹，终已翳吾情。”

⑦携手：《诗经·邶风·北风》：“惠而好我，携手同行。”

⑧赋新诗：陶渊明《移居》其二：“春秋多佳日，登高赋新诗。”

【译文】

芳香的小洲上长有许多杜若，可以用来慰藉我们相约会面的日子。望啊望啊倏忽间我已离你非常遥远，有什么办法能见到我的所思？我往前走了还不到一千里路，山川已经在中间将我们隔离。我们才分离不算太长的时间，故人就已经不在我这里。在清风吹动帘幌的夜晚，在孤月照上窗户的时候。我们怎样才能手拉着手，喝着美酒一起来作新诗。

别江水曹

【题解】

本篇载《艺文类聚》卷二十九，题作《与江水曹》。《谢宣城集》题作《与江水曹至滨干戏》。江水曹，即江祏。《南齐书》卷四十二《江祏传》：“江祏字弘业，济阳考城人也。……竟陵王征北参军，尚书水部郎。”诗写月夜江边饯别情景，刻绘如画，风华映人。江南美景，历历如在目前。末二句为宽解之词，在送别诗中能别具一格。方东树评云：“‘别后’二句收，用意用笔，深曲有味。又紧承上四句景及山月清尊言之，思此景此情也。”（《昭昧詹言》卷七）

山中上芳月①，故人清樽赏②。远山翠百重③，回流映千丈④。花枝聚如雪，垂藤散似网⑤。别后能相思，何嗟异风壤⑥。

【注释】

①芳：美好。沈约《反舌赋》："对芳辰于此月，属今余之遒暮。"

②清樽：清酒。樽，酒杯。

③百：吴兆宜注："一作'不'。"

④回流：回折弯曲的河流。

⑤藤：一种蔓生植物。原作"籐"，《艺文类聚》作"藤"，据改。似：《艺文类聚》作"犹"。

⑥异风壤：犹言他乡。风壤，犹言风土，指风俗习惯和地理环境。

【译文】

山中升起一轮美妙的圆月，饯别故人举杯把风月欣赏。远山满眼青翠重重叠叠，江流回折水中倒影千丈。花枝簇拥如同一堆堆白雪，垂藤四散好似一面面大网。分别后我们能够彼此思念，又何必感叹不在一个地方。

离夜诗

【题解】

本篇载《艺文类聚》卷二十九。齐武帝永明九年（491），随王萧子隆出任镇西将军、荆州刺史，作为随王幕僚的谢朓也随赴荆州（在今湖北江陵）。西邸文士沈约、萧衍、虞炎、范云等设夜宴为之送行，并作诗赠别，谢朓作了两首诗答谢，其一为《和别沈右率诸君》，另一首即本篇。起二句凌空着笔，极有气势，钟嵘说谢朓"善自发诗端"（《诗品》中），此即为一例。通篇境界空阔旷放，而描写曲折尽情。方东树评云："起写离夜之景，由远及近，三四兼叙，共为一段。五六入别情，却以'翻潮'句横空逆折一笔，文势文情，俱曲宕奇警。'山川'二句，又另换笔意作结。此诗通身为行者自述之辞，短篇极则。"（《昭昧詹言》卷七）

玉绳隐高树[①]，斜汉映层台[②]。离堂华烛尽[③]，别幌清琴哀。翻潮尚知限[④]，客思眇难裁[⑤]。山川不可尽[⑥]，况乃故人杯。

【注释】

①玉绳：《文选》张衡《西京赋》："上飞闼而仰眺，正睹瑶光与玉绳。"李善注引《春秋元命苞》："玉衡，北斗七星之第五星。北两星为玉绳。"代指北斗星。

②汉：银河。

③离堂：离别处的殿堂。韦诞《景福殿赋》："若乃离殿别馆，粲如列星。"华烛：班固《西都赋》："精曜华烛，俯仰如神。"谢朓《离夜》："离堂华烛尽，别幌清琴哀。"

④"翻潮"句：《文选》郭璞《江赋》："鼓洪涛于赤岸，沦余波乎柴桑。"李善注："《广雅》曰：'沦，没也。'余波，涛之余波也。言涛之余波，至柴桑而尽也。"古有长江波涛翻涌至柴桑（古县名，治所在今江西九江西南）而尽的传说。限，原作"恨"，《艺文类聚》作"限"，据改。

⑤眇（miǎo）：远。裁：度：《淮南子·主术训》："及至乱主。取民则不裁其力，求于下则不量其积。"高诱注："裁，度也。"即度量之意。

⑥尽：《艺文类聚》作"梦"。

【译文】

北斗星已在高树的后面隐去，斜挂的银河辉映着层层楼台。离别的殿堂中华美的烛炬已经燃尽，离别的帷幌内清越的琴声透出悲哀。翻滚的波涛尚且知道所达有个极限，远行人的情思邈远迷茫却难以估量。别后因山川悠远没有个尽头而发愁，何况还要怀想与故人举杯共饮的情景。

咏竹火笼

【题解】

本篇《艺文类聚》卷七十、《太平御览》卷七百十一节引。竹火笼，即用以薰衣、取暖的竹笼，竹笼为罩，罩内有火炉。诗以竹火笼比拟宫中女子，君王需要时便得到宠幸，一旦时移势变，被弃也就在顷刻之间。比拟熨帖，寓意深刻。陈祚明评云："宣城工于咏物，姿态疏秀。造情不远，而寄意可风。"（《采菽堂古诗选》卷二十一）

庭雪乱如花，井冰粲成玉①。因炎入貂袖，怀温奉芳褥。体密用宜通，文斜性非曲。暂承君王旨，请谢阳春旭②。

【注释】

①粲（càn）：鲜明貌。《诗经·唐风·葛生》："角枕粲兮，锦衾烂兮。"

②谢：《说文》："辞去也。"阳春：春天。《初学记》卷三引梁元帝《纂要》："春亦曰发生、芳春、青春、阳春、三春。"旭：《集韵》："日始出也。"

【译文】

庭院中白雪飞舞就像是纷乱的花，井边的冰明亮耀眼就像是晶莹的玉。因有热气得以被放进貂衣的袖子内，因怀抱温暖得以在芳香的被褥中奉侍。笼体编织细密但用时自有缝隙与外相通，笼竹的纹路横斜但品性并没有什么不正。但它只是暂时在这儿承奉君王的旨意，春天旭日东升时就会被弃置。

陆厥

见本卷《中山王孺子妾歌》作者简介。

邯郸行

【题解】

本篇收入《乐府诗集》卷七十六《杂曲歌辞》。郭茂倩题解引《通典》:"邯郸,战国时赵国所都,自敬侯始都之。有丛台、洪波台在焉。"又引《乐府广题》:"《邯郸》,舞曲也。"诗的前四句,总写赵地美女的风采;后四句,写对"有美一人"的爱慕,但想要追之又遥不可及。可能有所寄托,借此表达心愿和理想不能实现的怅惘与苦闷。

赵女擫鸣琴①,邯郸纷蹁步②。长袖曳三街③,兼金轻一顾④。有美独临风⑤,佳人在遐路⑥。相思欲褰衽⑦,丛台日已暮⑧。

【注释】

①赵女:张衡《南都赋》:"齐僮唱兮列赵女,坐南歌兮起郑儛。"古诗"东城高且长":"燕赵多佳人,美者颜如玉。"擫(yè):《文选》张衡《南都赋》:"张琴擫籥,流风徘徊。"李善注引《说文》:"擫,一指按也。"

②蹝（xǐ）步：轻快的步伐。左思《魏都赋》："邯郸蹝步，赵之鸣瑟。"以上二句：张铣注："邯郸，赵地，亦多美女，善行步，皆妙鼓瑟。"

③街：《文选》张衡《西京赋》："方轨十二，街衢相经。"薛综注："街，大道也。"

④兼金：价值倍于寻常的精金。一顾：《汉书》卷九十七上《外戚传上·孝武李夫人》载李延年歌："北方有佳人，绝世而独立。一顾倾人城，再顾倾人国。"

⑤有美：《诗经·郑风·野有蔓草》："有美一人，清扬婉兮。邂逅相遇，适我愿兮。"又："有美一人，婉如清扬。邂逅相遇，与子偕臧。"临风：迎风。屈原《九歌·少司命》："望美人兮未来，临风怳兮浩歌。"

⑥佳人：指"有美一人"。遐（xiá）：远。

⑦褰衽（qiān rèn）：提起衣裳。褰，提起。《诗经·郑风·褰裳》："子惠思我，褰裳涉溱。"衽，下裳。

⑧丛台：《汉书》卷三《高后纪》："（元年）夏五月丙申，赵王宫丛台灾。"颜师古注："连聚非一，故名丛台。盖本六国时赵王故台也，在邯郸城中。"相传为赵武灵王时所建。

【译文】

赵国美女挥动着手指在弹奏鸣琴，邯郸的美女迈着轻快的脚步纷纷起舞。长长的衣袖拖曳了三条大街，对不同寻常的兼金也不肯轻易一顾。有一个美人独自迎风站立，佳人她走在遥远的路途。想念佳人准备提起衣裙去追寻，但丛台四周暮色已经降临。

虞羲

虞羲（生卒年不详），字士光，一说字子阳，会稽余姚（今属浙江）人。齐武帝永明初为太学生，寻为始安王侍郎，转建安征虏府主簿功曹，兼记室参军事。入梁，为晋安王侍郎。梁天监中卒。钟嵘《诗品》将其诗列入下品，评云："子阳诗奇句清拔，谢朓常嗟颂之。"《隋书》卷三十五《经籍志四》著录有集九卷（注云"梁十一卷"），已散佚。今存诗十三首。其事见《南史》卷五十九《虞羲传》、卷二十一《王融传》及《文选》卷二十一虞羲《咏霍将军北伐》李善题注引《虞羲集序》。

自君之出矣

【题解】

本篇收入《乐府诗集》卷六十九《杂曲歌辞》。同卷宋孝武帝《自君之出矣》郭茂倩题解云："汉徐幹有《室思》诗五章，其第三章曰：'自君之出矣，明镜暗不治。思君如流水，无有穷已时。'《自君之出矣》，盖起于此。齐虞羲亦谓之《思君去时行》。"诗写对于征战在外的夫君的思念，情感真挚绵长，而语言质朴，犹有汉音。虞羲有《咏霍将军北伐》诗，胡应麟赞其"大有建安风骨"（《诗薮》外编卷二），这种风格，从本篇似也可略窥端倪。

自君之出矣，杨柳正依依[①]。君出无消息[②]，惟见黄鹤飞。关山多险阻[3]，士马少光辉[4]。流年无止极[5]，君去何时归？

【注释】

①依依：柳条迎风飘拂貌。《诗经·小雅·采薇》："昔我往矣，杨柳依依。"

②出：《乐府诗集》作"去"。消息：《文选》枚乘《七发》："从容猗靡，消息阳阴。"李善注："消，灭也；息，生也。"

③关山：关隘山岭。《木兰诗》："万里赴戎机，关山度若飞。"

④"士马"句：曹操《苦寒行》："行行日已远，人马同时饥。"

⑤流年：如水流逝的光阴、年华。鲍照《登云阳九里埭》："宿心不复归，流年抱衰疾。"

【译文】

夫君离家远行的时候，柔弱的杨柳枝正随风飘拂。离家后就再也没有您的消息，只看见黄鹤在长空中飞翔。关隘山川有许多艰难险阻，人和马都没有了多少神采。光阴一天天流逝没有个尽头，外出的夫君您何时才能归来？

卷五

江淹

江淹（444—505），字文通，济阳考城（今河南民权境内）人。少孤贫好学。初为南徐州从事、奉朝请。宋前废帝继位，转建平王刘景素幕下，举南徐州秀才，转巴陵王国左常侍。后为右军建平王主簿，随镇荆州。及镇京口，为镇军参军，领南东海郡丞。因触怒刘景素，被黜为建安吴兴令。顺帝升明初，萧道成辅政，召为尚书驾部郎、骠骑参军事、掌记室。入齐不久，迁中书侍郎。永明中，兼尚书左丞，领国子博士，后又兼御史中丞。累迁秘书监、侍中、卫尉卿。入梁，官至金紫光禄大夫，封醴陵伯。为宋末至梁时期的著名文学家，在“元嘉体”向“永明体”的转变过程中发挥了承前启后的作用。钟嵘《诗品》将其诗列入中品。《隋书》卷三十五《经籍志四》著录有《江淹集》九卷（注云“梁二十卷”）、《江淹后集》十卷，已散佚。明人辑有《江文通集》。其事见《梁书》卷十四、《南史》卷五十九。

古体四首

江淹作有《杂体三十首》，本卷所收《古离别》《班婕妤咏扇》《张司空离情》《休上人怨别》《潘黄门述哀》皆为其中作品。《杂体三十首》大约作于齐建元末年至永明初间。诗人分拟汉魏以来三十家有代表性的古诗，表明这些优秀作品虽在辞藻和声律等方面具有各不相同的特色，但都达到了“动魄”“悦魂”的艺术境界，符合“美”而且“善”的要求。

意在通过拟作，委婉表达自己“通方广恕，好远兼爱”的文艺思想，而对当时“各滞所迷，莫不论甘而忌辛，好丹而非素”的“诸贤”（以上所引俱见《杂体三十首序》）的偏颇表示非议和不满。拟作内容与被拟者颇吻合，风格、情调、韵致也能大体仿佛，故钟嵘说江淹“善于摹拟”（《诗品》中），有人甚至赞其能“曲尽心手之妙”（陈绎曾《诗谱》）。

古离别

【题解】

《古离别》载《文选》卷三十一，李善本题作《古离别》，五臣本题作《古别离》；又载《艺文类聚》卷二十九，题作《拟古杂体诗》；收入《乐府诗集》卷七十一《杂曲歌辞》，题作《古别离》。郭茂倩题解云：“《楚辞》曰：‘悲莫悲兮生别离。’古诗曰：‘行行重行行，与君生别离。相去万余里，各在天一涯。’后苏武使匈奴，李陵与之诗曰：‘良时不可再，离别在须臾。’故后人拟之为《古别离》。”诗写思妇怀征夫，情调凄切，风格古朴，含蕴深厚，耐人寻味。孙月峰评云：“调最古，语最淡，而色最浓，味最厚，讽诵数十过，乃更觉意趣长。”（于光华《重订文选集评》引）

远与君别者，乃至雁门关①。黄云蔽千里②，游子何时还？送君如昨日，檐前露已团③。不惜蕙草晚④，所悲道里寒⑤。君子在天涯⑥，妾身长别离⑦。愿一见颜色，不异琼树枝⑧。兔丝及水萍⑨，所寄终不移。

【注释】

①雁门关：《文选》吕延济注：“雁门，山名，其上置关。”其地在今山西古交西北。

②黄云：浮云与飘浮天空的黄沙相连而成黄色，故云。

③团：凝结，凝聚。《诗经·郑风·野有蔓草》："野有蔓草，零露漙兮。"

④蕙草：香草名。思妇有以此自比之意。古诗"四坐且莫喧"："香风难久居，空令蕙草残。"晚：意谓凋残。喻青春消逝。

⑤悲：傅刚《校笺》引孟本校："一作'愁'。"道里：指路途。里，傅刚《校笺》："徐本、郑本作'路'。"

⑥"君子"句：《文选》李善本及《乐府诗集》作"君在天一涯"，《文选》五臣本及《艺文类聚》作"君行在天涯"。古诗"行行重行行"："相去万余里，各在天一涯。"天涯，天边。

⑦身长：原作"心久"，《文选》《艺文类聚》《乐府诗集》皆作"身长"，据改。

⑧"愿一"二句：《文选》李周翰注："天涯，言远也。琼树，玉树也，在昆仑山，故难见。言君行之远，思见之难，不异琼树枝也。"见颜色，谓见面。琼树，《文选》李善注引李陵《赠苏武诗》："思得琼树枝，以解长饥渴。"

⑨兔丝：一名女萝，一种柔弱的蔓生植物，依附乔木生长。古诗"冉冉孤生竹"："与君为新婚，菟丝附女萝。"水萍：浮萍，依附于水。曹植《杂诗》其七："寄松为女萝，依水如浮萍。"

【译文】

我与夫君远远地别离，夫君竟然到了遥远的雁门关。黄云将方圆千里的天空遮蔽，游子不知到什么时候才能回还？送您走时的情景历历在目如同昨日，但屋檐前的露珠已是颗颗滚圆。并不可惜蕙草正一天天走向凋残，所悲的是您在路途中要顶风冒寒。夫君您就是在天的一边，我就这样与您长久地别离。多么希望能够见上您一面，这无异于看见昆仑山上的玉树枝。我就像那菟丝和水萍，有所寄托永远都不会挪移。

班婕妤咏扇

【题解】

本篇载《文选》卷三十一，题下有“咏扇”二字；《艺文类聚》卷四十一节引，题作《拟班婕妤咏扇》；收入《乐府诗集》卷四十二《相和歌辞·楚调曲》，题作《怨歌行》。傅刚《校笺》：“五云溪馆本、徐本、郑本作‘班婕妤扇’。”题中原无“咏扇”二字，兹据《文选》补。所拟《怨歌行》（见卷一，题作班婕妤《怨诗一首》），《文选》《玉台新咏》及《乐府诗集》等均谓汉成帝班婕妤所作，而《文选》李善注引《歌录》则云为“古辞”，今人多信从其说。诗承袭《怨歌行》诗旨，表现上也大体相似，不过仍有自己的特色。孙月峰评云：“比班稍著色相，然衬贴得好，亦不失古意。调和而语净，正是合作。”（于光华《重订文选集评》引）陈祚明评云：“殊得自然之致。”（《采菽堂古诗选》卷二十四）

绫扇如团月①，出自机中素②。画作秦王女，乘鸾向烟雾③。彩色世所重，虽新不代故④。窃悲凉风至⑤，吹我玉阶树⑥。君子恩未毕⑦，零落在中路⑧。

【注释】

①绫：一种很薄而有彩纹的织物。《文选》《艺文类聚》《乐府诗集》皆作“纨”。如团月：《怨歌行》有“新裂齐纨素，鲜洁如霜雪。裁为合欢扇，团团似明月”之句。团，《文选》作“圆”。

②机：织机。素：白绢。

③“画作”二句：用秦穆公时萧史、弄玉故事。参见卷四王素《学阮步兵体》注。《文选》刘良注：“言画此于扇上以慕之。鸾，亦凤也。”

④“虽新”句：古诗“上山采蘼芜”：“将缣来比素，新人不如故。”

⑤悲:《文选》《艺文类聚》作“愁”。凉风:《怨歌行》:“常恐秋节至,凉风夺炎热。”《艺文类聚》作“秋凉”。

⑥玉阶:《汉书》卷九十七下《外戚传下·孝成班倢伃》:“华殿尘兮玉阶苔,中庭萋兮绿草生。”

⑦毕:终止。

⑧零落:草衰曰零,木叶坠曰落。即衰败之意。在:《艺文类聚》《乐府诗集》作“委”。中路:半路。《怨歌行》:“弃捐箧笥中,恩情中道绝。”以上二句,《文选》张铣注:“言君子所爱未毕,而时已凉。”

【译文】

绫做的团扇犹如一轮圆月,这绫来自织机织出的白绢。在扇面上画上秦王的女儿,乘鸾飞向烟雾缭绕的九天。世上的人都特别看重色彩,虽新但也不能把旧的取代。私下常为凉风就要吹来悲伤,凉风将会劲吹我台阶上的树木。君子的恩爱本还没有到头,草枯叶落就将衰败在中途。

张司空离情

【题解】

本篇载《文选》卷三十一。拟张华《情诗》,在词语上也有化用张华《杂诗》者。诗篇始以景起,终以情结,中间以景语过渡衔接,而所写景几全为室外之景,以此反衬室内的空寂,表现思妇寂寞凄婉的思远之情。语言于平易中透出绚烂,虽总体如陈祚明所云“故是晋调”(《采菽堂古诗选》卷二十四),但已显示出当时诗风逐渐由古朴趋向华美的转捩之迹。

秋月映帘栊[①],悬光入丹墀[②]。佳人抚鸣琴[③],清夜守空帷[④]。兰径少行迹[⑤],玉台生网丝[⑥]。庭树发红彩[⑦],闺草含碧滋[⑧]。罗绮为君整[⑨],万里赠所思[⑩]。愿垂湛露惠[⑪],信我皎日期[⑫]。

【注释】

①映:《文选》李善本作“照”,五臣本作“映”。帘栊(lóng):挂帘子的窗户。

②悬光:往下照的月光。丹墀(chí):红色的台阶。《汉书》卷九十七下《外戚传下·孝成班倢伃》:“俯视兮丹墀,思君兮履綦。”

③抚:弹奏。陆机《拟西北有高楼》:“佳人抚琴瑟,纤手清且闲。”又《拟东城一何高》:“闲夜抚鸣琴,惠音清且悲。”

④空帷:空房。意同曹植《杂诗·西北有织妇》“妾身守空闺,良人行从军”中的“空闺”。

⑤“兰径”句:宋玉《招魂》:“皋兰被径兮,斯路渐。”

⑥玉台:张衡《西京赋》:“西有玉台,联以昆德。”泛指台。何焯《义门读书记》卷四十七:“玉台似指镜台。”网丝:蜘蛛网。张协《杂诗》其一:“青苔依空墙,蜘蛛网四屋。”

⑦庭:原作“夜”,《文选》作“庭”,据改。发红彩:开红花。

⑧闺草:门前绿草。闺,《尔雅·释宫》:“宫中之门谓之闱,其小者谓之闺。”碧滋:《文选》张铣注:“谓草色翠而滋繁。”张协《杂诗》其三:“寒花发黄彩,秋草含绿滋。”

⑨“罗绮”句:此句《文选》作“延伫整绫绮”。

⑩万里:古诗“客从远方来”:“客从远方来,遗我一端绮。相去万余里,故人心尚尔。”赠所思:古诗“庭中有奇树”:“攀条折其荣,将以遗所思。”

⑪湛露:浓重的露。《文选》吕延济注:“湛露能润泽于物,喻夫之恩惠。”《诗经·小雅·湛露》:“湛湛露斯,匪阳不晞。”

⑫“信我”句:《文选》吕延济注:“言誓也。愿垂恩惠,信我此心。”《诗经·王风·大车》:“榖则异室,死则同穴。谓予不信,有如皦日。”皦日,白日。期,约会,约誓。

【译文】

深秋的月亮映照着窗户，倾泻的月光照到红色的台阶上。美人轻轻地拨弄着琴弦，在这清寂的月夜独守着空房。长满兰草的小路很少有人行走，高台上蒙上了细密的蜘蛛网。庭院中的树木开出了红花，门前的小草碧绿而且繁盛。为了夫君而把丝绸整理缝制，赠给万里之外我所思念的人。但愿夫君能给予我厚重的恩惠，请相信我指着太阳所发出的约誓。

休上人怨别

【题解】

本篇载《文选》卷三十一。诗拟汤惠休。“上人”，对僧人的敬称，汤惠休曾入沙门，故称。汤惠休善属文，词采绮艳，钟嵘《诗品》下对其诗有“淫靡，情过其才”之评。其《怨诗行》《江南思》《杨花曲》《白纻歌》等皆可视为“淫靡”之作，为本篇所拟。孙月峰评云：“上人存诗甚多，七言皆过于绮靡。惟《怨诗行》五言稍清俊有骨力，此与相似，然腴净过之。”（于光华《重订文选集评》引）通篇情景交融，情思飘逸，风格柔婉。“‘露彩’四句，景生情也。‘相思’四句，情生景也。”（吴淇《六朝选诗定论》卷十七）

西北秋风至[①]，楚客心悠哉[②]。日暮碧云合，佳人殊未来[③]。露彩方泛艳[④]，月华始徘徊[⑤]。宝书为君掩[⑥]，瑶琴讵能开[⑦]？相思巫山渚，怅望云阳台[⑧]。金炉绝沉燎[⑨]，绮席遍浮埃[⑩]。桂水日千里[⑪]，因之平生怀[⑫]。

【注释】

①西北秋风：肃杀的秋风。《文选》张铣注：“西北曰不周风。”《史

记》卷二十五《律书》:“不周风居西北,主杀生。”

②楚客:《文选》张铣注:“屈原也。”代指游子。悠哉:忧思长貌。又,《文选》张铣注:“失志貌。”《诗经·周南·关雎》:“悠哉悠哉,辗转反侧。”

③“佳人”句:曹丕《秋胡行》:“朝与佳人期,日夕殊不来。”佳人,指所思之人。殊,竟然。

④露彩:露珠的光彩。方:刚。泛艳:谓浮光闪烁。谢灵运《怨晓月赋》:“浮云褰兮收泛艳,明舒照兮殊皎洁。”

⑤月华:月光。

⑥“宝书”句:《文选》李周翰注:“宝书,真经也。为君掩,言朋友不至,无与披玩也。”

⑦瑶(yáo)琴:有玉饰的琴。琴,傅刚《校笺》:“徐本、郑本作‘瑟’。”讵能开:《文选》李周翰注:“言无人能开匣而弹。”讵,岂,哪能。

⑧“相思”二句:用巫山神女故事。参见卷四王融《古意二首》“游禽暮知反”注引宋玉《高唐赋序》。《文选》吕延济注:“巫山、阳台皆楚地名,以神女喻朋友也。相思、怅望,皆忧烦貌。”渚(zhǔ),水中小洲。云阳,《文选》作“阳云”。《文选》司马相如《子虚赋》:“(楚)王乃登云阳之台。”郭璞注:“孟康曰:‘云梦中高唐之台。宋玉所赋者,言其高出云之阳。’”按《文选》李善本作“楚王乃登云阳之台”,而五臣本则作“楚王乃登阳云之台”,李周翰注云:“阳云台则高台观,言高出云之阳,古以名焉。”

⑨金炉:即香炉,用作薰香的炉子。金,《文选》作“膏”。绝沉燎:谓香炉火已灭,不再薰燎。

⑩遍:《文选》作“生”。

⑪桂水:在今广西境内。日千里:谓其流湍急。

⑫因之:借此。平生:平素。

【译文】

西北方肃杀的秋风吹了过来，楚客的情思悠长而又悲哀。傍晚暗碧的云彩在天边聚合，竟然还看不见佳人前来。露珠才刚刚浮光闪烁，月光才开始游弋徘徊。宝书因您未来而懒得打开，匣中的瑶琴又哪有心思抚弹？我所相思的人在巫山江中的小洲，我惆怅地眺望那缥缈的云阳台。薰炉中火种灭绝再无香烟缭绕，精美的绮席上满布着浮土尘埃。桂水一天就能流一千里，我要托它捎去平素对您思念的情怀。

丘迟

丘迟(464—508),字希范,吴兴乌程(今浙江湖州)人。仕齐,初为本州从事,举秀才,授太学博士,累迁殿中郎。入梁,任中书侍郎、永嘉太守,又迁为中书郎、司徒从事中郎。卒于官。天监四年(505),随中军将军临川王萧宏北伐,写下脍炙人口的骈文《与陈伯之书》。钟嵘《诗品》将其诗列入中品,评云:"丘诗点缀映媚,似落花依草。"《隋书》卷三十五《经籍志四》著录有集十卷(注云"梁十一卷"),已散佚。明人辑有《丘中郎集》。其事见《梁书》卷四十九、《南史》卷七十二《文学传》。

敬酬柳仆射征怨

【题解】

柳仆射,未详何人。据《梁书》卷十二《柳惔传》,柳惔曾两度出任尚书右仆射之职,又曾"著《仁政传》及诸诗赋,粗有辞义",或即为柳惔(但柳惔并无诗作留传下来)。诗写思妇对其从军不归的夫君的凄怨之情,以"雀""鱼"反衬,将一个"怨"字表现到极致。陈祚明评云:"后六语只似一句,清俊可喜。卑以此,致亦以此。"(《采菽堂古诗选》卷二十四)

清歌自言妍①,雅舞空仙仙②。耳中解明月③,头上落金钿④。雀飞旦近远⑤,暮入绮窗前⑥。鱼戏虽南北⑦,终还荷叶边。惟见君行久,新年非故年⑧。

【注释】

①清歌：曹植《洛神赋》："冯夷鸣鼓，女娲清歌。"言：傅刚《校笺》："徐本、郑本、孟本作'信'。"妍（yán）：美好。

②雅舞：优雅的舞蹈。仙仙：同"跹跹"，舞步轻盈貌。《诗经·小雅·宾之初筵》："舍其坐迁，屡舞仙仙。"

③明月：宝珠名。《后汉书》卷八十八《西域传》："（大秦国土）多金银奇宝，有夜光璧、明月珠、骇鸡犀。"汉乐府《陌上桑》："头上倭堕髻，耳中明月珠。"

④金钿（diàn）：用金片做成的花朵形的装饰品。

⑤旦：原作"且"，傅刚《校笺》："《考异》作'旦远近'。"按所说是，据改。

⑥绮窗：窗格雕画有如细绫花纹的窗户。参见卷一枚乘《杂诗九首》"西北有高楼"注。

⑦"鱼戏"句：汉乐府《江南》："鱼戏莲叶东，鱼戏莲叶西，鱼戏莲叶南，鱼戏莲叶北。"

⑧"新年"句：谓又过了一年，人又衰老了一岁。

【译文】

清亮的歌声只是自己觉得美妙，优雅的舞蹈徒然那样婀娜轻盈。耳上戴的明月珠解了下来，头上插的金钿也掉了下来。鸟雀清早飞出去有的近有的远，但到傍晚总都会回到雕花窗前。游鱼嬉戏一会儿在南一会儿在北，但最终它们都还会回到荷叶旁边。只有夫君您离家已这么长时间，新的一年已不同于过去的一年。

答徐侍中为人赠妇

【题解】

徐侍中，未详何人。据《梁书》卷二十五《徐勉传》，徐勉曾任侍中有年，又"善属文，勤著述，虽当机务，下笔不休"，因此所说"徐侍中"或即徐勉,不过其现存诗并无以“为人赠妇”为题的作品。诗写思妇对夫君离家不归的猜疑乃至控诉,认为夫君表面说是“受命本遗家”,实际是在京城享受荣华富贵,把她抛弃了。这种情况,在封建社会肯定是客观存在的,而且绝非个别现象,因此本诗从一个重要方面反映了当时的社会现实,在思妇诗中可谓别具一格。诗歌采用铺陈手法描写夫君在京城的奢靡生活,而最后以一句“何言征戍苦”反诘,极有力度,极具讽刺意味,同时也深刻地表现了思妇内心的愤懑与凄苦。

丈夫吐然诺①,受命本遗家②。糟糠且弃置③,蓬首乱如麻④。侧闻洛阳客⑤,金盖翼高车⑥。谒帝时来下⑦,光景不可奢⑧。幽房一洞启⑨,二八尽芳华⑩。罗裾有长短⑪,翠鬓无低斜⑫。长眉横玉脸⑬,皓腕卷轻纱⑭。俱看依井蝶,共取落檐花。何言征戍苦?抱膝空咨嗟⑮。

【注释】

①然诺:许诺。《史记》卷八十九《张耳陈余列传》:“上贤贯高为人能立然诺。”

②“受命”句:《史记》卷六十四《司马穰苴列传》:“将受命之日则忘其家,临军约束则忘其亲。”遗,弃。

③糟糠:糟为酒滓,糠为谷皮,喻粗劣的食物。《后汉书》卷二十六《宋弘传》:“臣闻贫贱之知不可忘,糟糠之妻不下堂。”谓贫贱之时曾共食糟糠,后因以糟糠代指妻。

④蓬首:谓发乱犹如蓬草。《诗经·卫风·伯兮》:“自伯之东,首如飞蓬。岂无膏沐,谁适为容!”

⑤侧闻:从旁听说。司马迁《报任少卿书》:“仆虽罢驽,亦尝侧闻长者之遗风矣。”

⑥盖：车盖。桓谭《新论·离事篇》："居殿中，数见舆辇、玉瑵、华芝及凤凰、三盖之属，皆玄黄五色，饰以金玉翠羽珠络锦绣茵席者也。"翼高车：《汉书》卷七十一《于定国传》："少高大闾门，令容驷马高盖车。"翼，遮蔽。

⑦谒（yè）：朝见。曹植《赠白马王彪》："谒帝承明庐，逝将归旧疆。"

⑧不可：不能说不。

⑨幽：深邃。启：开。

⑩二八：谓八人为一列，共两列。宋玉《招魂》："二八齐容，起郑舞些。"芳华：香花。谓姿容美好。芳，吴兆宜注："一作'芬'。"

⑪裾（jū）：衣服的前襟。傅刚《校笺》："徐本、郑本作'裙'。"

⑫翠鬟：指黑而光润的鬟发。

⑬长眉：崔豹《古今注》卷下："魏宫人好画长眉。"

⑭皓腕：曹植《美女篇》："攘袖见素手，皓腕约金环。"何逊《七召》："折纤腰以微步，呈皓腕于轻纱。"皓，洁白。

⑮"抱膝"句：刘琨《扶风歌》："慷慨穷林中，抱膝独摧藏。"

【译文】

大丈夫做出许诺，接受君命后本来就应当舍弃家园。糟糠之妻被抛弃在家里，蓬松的头发就像是一团乱麻。但从旁听说有一个住在洛阳的客人，乘坐着金饰车盖遮蔽着的高车大马。朝见皇帝不时在皇宫来去上下，这景象不能不说是十分奢华。深邃的居室一把门打开，排成两列的美女个个艳若香花。轻软的丝绸衣襟有长有短，黑而光润的鬟发没有谁低垂下斜。长长的黛眉横卧在如玉的脸上，洁白的手腕上卷起了轻纱。都靠在井栏边观赏纷飞的蝴蝶，一起去拾取落下屋檐的鲜花。谁说大丈夫到边境去征戍艰苦？我只能抱膝着双空自叹息说不出话。

沈约

沈约（441—513），字休文，吴兴武康（今浙江湖州南）人。少时流寓孤贫，笃志好学，昼夜不倦，遂博通群籍，善属文。宋时初为奉朝请，累迁尚书度支郎。入齐，历官征虏记室、太子家令兼著作郎、中书郎、御史中丞、东阳太守、司徒左长史等职。与萧衍、谢朓等同游于竟陵王萧子良门下，为“竟陵八友”之一。助萧衍成帝业，入梁后封建昌县侯，历任尚书左仆射、丹阳尹、侍中、尚书令兼太子少傅等职，后加特进。卒，谥“隐”，世称“沈隐侯”。为齐梁文坛领袖，与谢朓等创“永明体”，提出“四声”“八病”之说，对律诗的形成和发展有重要影响。钟嵘《诗品》将其诗列入中品。著有《晋书》一百一十卷、《宋书》一百卷、《齐记》二十卷、《高祖纪》十四卷、《宋文章志》三十卷等，今仅存《宋书》。《隋书》卷三十五《经籍志四》又著录有集一百一卷，已散佚。明人辑有《沈隐侯集》。其事见《梁书》卷十三、《南史》卷五十七及《宋书》卷一百《自序》。

登高望春

【题解】

本篇《艺文类聚》卷二十八节引，“日出”“风过”二句被置于“置酒”句之后。诗写美女登高游春，恣意游乐，但想到不能与心爱的人在一起，就“解眉还复敛”，并不十分开心。诗篇一路铺陈，既写京城的繁盛，也写郊野春景的绚烂；既写作为游人的少男少女之美，也写想象中“嘉客”的风流倜傥之美。最后以“长叹”作结,前后形成强烈对比。陈祚明评云:“难合之悲,凄然远引。‘解眉’二句,妍。”(《采菽堂古诗选》卷二十三)。

登高眺京洛,街巷纷漠漠①。回首望长安②,城阙郁盘桓③。日出照钿黛④,风过动罗纨⑤。齐僮蹑朱履⑥,赵女扬翠翰⑦。春风摇杂树,葳蕤绿且丹⑧。宝瑟玫瑰柱⑨,金羁玳瑁鞍⑩。淹留宿下蔡⑪,置酒过上兰⑫。解眉还复敛⑬,方知巧笑难。佳期空靡靡⑭,含睇未成欢⑮。嘉客不可见⑯,因君寄长叹。

【注释】

①纷漠漠:《艺文类聚》作“何纷纷”。陆机《君子有所思行》:“廛里一何盛,街巷纷漠漠。”漠漠,密布貌。

②“回首”句:王粲《七哀诗》:“南登霸陵岸,回首望长安。”

③城阙:城楼。《诗经·郑风·子衿》:“挑兮达兮,在城阙兮。”阙,城门两边的高台。郁:盛貌。盘桓(huán):《文选》陆机《拟青青陵上柏》:“名都一何绮,城阙郁盘桓。”吕延济注:“盘桓,广大貌。”

④钿(diàn):用金片做成的花朵形的首饰。黛:青黑色颜料,古代女子用以画眉。此即指黛色的双眉。

⑤罗纨(wán):罗是轻软而稀疏的丝织品,纨是细绢。此指用罗纨做的衣服。

⑥齐僮:《文选》张衡《南都赋》:“齐僮唱兮列赵女,坐南歌兮起郑舞。”李善注:“齐、赵,二国名也。”僮,少年。《艺文类聚》作“童”。蹑:踩。朱:《艺文类聚》作“珠”。

⑦翠翰:翠羽,即翠鸟之羽,形容美人的眉毛。《文选》陆机《日出东南隅行》:“美目扬玉泽,蛾眉象翠翰。”李善注:“《登徒子好色赋》

曰:'眉如翠羽。'郑玄《尚书大传》注曰:'翰,毛也。'"

⑧葳蕤(wēi ruí):纷披貌。丹:红。曹植《七启》:"绿叶朱荣,熙天曜日。"

⑨玫瑰:美玉。柱:指瑟上支弦的木柱。

⑩金羁:金饰的马笼头。曹植《白马篇》:"白马饰金羁,连翩西北驰。"玳瑁(dài mào):一种似龟的爬行动物,甲壳光泽,可做装饰品。

⑪淹留:滞留,停留。下蔡:县名。故城在今安徽寿县北。宋玉《登徒子好色赋》:"嫣然一笑,惑阳城,迷下蔡。"

⑫过:拜访。《史记》卷七十七《魏公子列传》:"臣有客在市屠中,愿枉车骑过之。"上兰:汉宫观名。《汉书》卷八十七上《扬雄传上》:"望舒弥辔,翼乎徐至于上兰。"晋灼注:"上兰观在上林中。"上林,苑名。故址在今陕西西安西。

⑬解:开。敛:皱眉,愁眉不展。江淹《倡妇自悲赋》:"去柏梁以掩袂,出桂苑而敛眉。"

⑭靡靡(mǐ):《诗经·王风·黍离》:"行迈靡靡,中心摇摇。"毛传:"靡靡,犹迟迟也。"

⑮含睇(dì):含情微视。睇,微微斜视的样子。屈原《九歌·山鬼》:"既含睇兮又宜笑,子慕予兮善窈窕。"

⑯嘉客:贵客。《诗经·商颂·那》:"我有嘉客,亦不夷怿。"

【译文】

登上高处眺望京城洛阳,只见大街小巷一片密密麻麻。回过头去眺望京城长安,城楼高耸一座座向远方绵延。太阳出来把金钿黛眉照耀,春风吹过掀动轻软的罗纨。来自齐国的少年足登红鞋,来自赵国的美女把翠羽般的眉毛舒展。春风摇动满山的杂树,草木纷披碧绿中有红花灿烂。宝石镶嵌的琴瑟弦柱用玫瑰装饰,用金饰的马笼头和玳瑁装饰的马鞍。停留在下蔡并在这里住宿,拜访上兰并在这儿置酒饮宴。眉头舒展了又紧紧地皱起,这才知道美美地笑一笑有多难。相聚的佳期迟迟没有到来，含情微视最终未能成欢。贵客不知在哪里无法相见，只好托您捎去我深长的哀叹。

昭君辞

【题解】

本篇载《文苑英华》卷二百四，题作《昭君怨》；收入《乐府诗集》卷二十九《相和歌辞·吟叹曲》，题作《明君辞》；《艺文类聚》卷四十二节引。关于昭君本事，见卷二石崇《王昭君辞一首》。本篇咏王昭君，写其赴匈奴途中的种种凄苦之状，表现其思念故国的殷殷之情，令人有不忍卒读之感。仅从其途中情状着笔，不枝蔓旁涉，选材及表现角度较独特。末二句富于包孕，耐人寻味。

朝发披香殿①，夕济汾阴河②。于兹怀九逝③，自此敛双蛾④。沾妆疑湛露⑤，绕臆状流波⑥。日见奔沙起，稍觉转蓬多⑦。胡风犯肌骨，非直伤绮罗⑧。衔涕试南望⑨，关山郁嵯峨⑩。始作阳春曲⑪，终成苦寒歌⑫。惟有三五夜⑬，明月暂经过。

【注释】

①披香殿：在长安未央宫内。《历代宅京记》卷四："武帝时，后宫八区，有昭阳、飞翔、增成、合欢、兰林、披香、凤凰、鸳鸯等殿。"

②济：渡。汾阴：县名。属河东郡，即今山西万荣。

③九逝：谓一夜中灵魂返回长安多次。屈原《九章·抽思》："惟郢路之辽远兮，魂一夕而九逝。"

④敛：敛眉，皱眉。双蛾：双眉。美人眉毛弯曲细长犹如蚕蛾的触须，故云。

⑤沾：指泪水浸湿。妆：赵氏覆宋本作“庄”。疑：《文苑英华》作“如”。湛露：浓重的露。《诗经·小雅·湛露》：“湛湛露斯，匪阳不晞。”

⑥臆：《广雅·释亲》：“胸也。”《艺文类聚》《文苑英华》作“脸”。状：傅刚《校笺》引孟本校：“一作‘比’。”

⑦蓬：草名。秋天枯萎后常连根拔起，随风飘转。曹植《吁嗟篇》：“吁嗟此转蓬，居世何独然！”

⑧直：仅仅，只。伤绮罗：谓吹坏衣服。

⑨衔涕：江淹《别赋》：“造分手而衔涕，咸寂寞而伤神。”指含着眼泪。

⑩郁：多貌。嵯（cuó）峨：高峻貌。

⑪阳春曲：本古曲名。宋玉《对楚王问》：“客有歌于郢中者，其始曰《下里》《巴人》，国中属而和者数千人；……其为《阳春》《白雪》，国中属而和者不过数十人。”此指欢乐的乐曲。

⑫苦寒歌：曹操有《苦寒行》，其辞曰：“北上太行山，艰哉何巍巍。……延颈长叹息，远行多所怀。”《乐府诗集》卷三十二《相和歌辞·平调曲》又收有王粲《从军行》五首，郭茂倩题解引《乐府解题》：“《从军行》皆军旅苦辛之辞。”即表达军旅征戍之苦辛的乐歌。

⑬三五夜：指旧历十五日夜，其时月圆，可望月思乡。

【译文】

早晨从长安披香殿出发，傍晚渡过了河东汾阴河。从此梦中灵魂一夜要返回故国多次，从此双眉常常会紧锁。泪水浸湿盛妆还以为是因浓重的白露，悲情在心里萦绕好像是流动的水波。每天都看见奔涌的黄沙腾空而起，渐渐感觉飞转的蓬草越来越多。凛冽的北风冷彻肌骨，不仅仅是容易吹坏绮罗。含着热泪试着往南眺望，只见重重关山高峻巍峨。当初制作的是欢乐的曲子，最后却成了一支苦寒歌。只有等到十五日的夜晚，那时明月会短暂地从空中经过。

少年新婚为之咏

【题解】

本篇咏少年新婚,既咏少年,也咏新妇,有赞美,也有调侃。陈祚明评云:“转掉处不作津渡,划然径下,使人不测。”又云:“此咏少年新婚。‘我情已郁纡’,‘我’者,少年自我也。‘坐丧千金躯’,‘丧’,失也。‘盈尺’二句,聘礼已将。‘裾开’以下,居然牢卺矣。末谓少年言此堪作夫否?中间隽语,颇复摇曳。”(《采菽堂古诗选》卷二十三)有浓郁的民歌色彩,从南朝乐府及汉乐府中均汲取有营养。

山阴柳家女①,莫言出田墅②。丰容好姿颜③,便辟工言语④。腰肢既软弱⑤,衣服亦华楚③。红轮映早寒⑦,画扇迎初暑。锦履并花纹⑧,绣带同心苣⑨。罗襦金薄厕⑩,云鬟花钗举⑪。我情已郁纡⑫,何用表崎岖⑬?托意眉间黛,申心口上朱。莫争三春价⑭,坐丧千金躯⑮。盈尺青铜镜⑯,径寸合浦珠⑰。无因达往意,欲寄双飞凫⑱。裾开见玉趾⑲,衫薄映凝肤。羞言赵飞燕⑳,笑杀秦罗敷㉑。自顾虽悴薄㉒,冠盖曜城隅㉓。高门列驺驾㉔,广路从骊驹㉕。何惭鹿卢剑㉖?讵减府中趋㉗?还家问乡里㉘,讵堪持作夫㉙。

【注释】

①山阴:县名。在今浙江绍兴。柳家女:吴兆宜注:“施宿《会稽志》:‘柳姑庙,在山阴县西一十里,湖桑埭之东,前临镜湖,盖湖山胜绝处也。’”“又,明初李助教昱宗表《草阁集》有《题徐原父画梅歌》,中云:‘寻常更有梅花船,系在鉴湖柳姑之庙边。’当即此女也。”按“柳姑庙”多次在陆游诗中、甚至在其诗题中出现,

如《行过西山至柳姑庙晚归》《小雾乘竹舆至柳姑庙而归》等。“柳家女”与“柳姑”不一定就是同一人，或只是为了说明“柳家女”其来有自而已。

②莫：傅刚《校笺》：“五云溪馆本、徐本、郑本作‘薄’。”田墅：田家。墅，农村的简陋房子。

③丰容：《文选》谢灵运《于南山往北山经湖中瞻眺》：“解作竟何感，升长皆丰容。”李善注：“丰容，悦茂貌。”张铣注：“丰，草盛也。”此指青春的面貌、容颜。

④便（pián）辟：善于谄媚逢迎。《论语・季氏》：“友便辟，友善柔，友便佞，损矣。”这里是善解人意、善于言辞的意思。

⑤软弱：柔软。

⑥华楚：华美整洁。

⑦红轮：即红纶巾，妇女所戴的披巾。

⑧锦：有杂色花纹的厚重丝织品。并花纹：并列、对称的花纹。

⑨苣（jù）：同“炬”。此指火炬形的花纹。

⑩襦（rú）：短衣。金薄厕：旁边贴有金质的薄片。金薄，即金箔。

⑪云鬓：浓密如云的鬓发。花钗：一种首饰。南朝乐府《读曲歌》：“花钗芙蓉髻，双鬓如浮云。”

⑫郁纡：情思萦绕。曹植《赠白马王彪》：“郁纡将何念？亲爱在离居。”

⑬崎岖：形容内心感情的委婉曲折。南朝乐府《西乌夜飞》：“感郎崎岖情，不复自顾虑。臂绳双入结，遂成同心去。”

⑭三春价：因正处青春年华而自抬身价，不肯轻易婚配他人。三春，春季的三个月。喻少女的芳华。

⑮坐丧：傅刚《校笺》引《考异》：“‘坐丧’二字未详，疑或有误。”

⑯盈尺：满一尺。青铜镜：用青铜打磨而成，背面有精美的纹饰，一般直径数寸。商周时已开始使用。

⑰径寸：一寸。合浦：在今广西境内，以产珠闻名。

⑱双飞凫(fú):《后汉书》卷八十二上《方术传上·王乔》:"王乔者,河东人也。显宗世,为叶令。乔有神术,每月朔望,常自县诣台朝。帝怪其来数,而不见车骑,密令太史伺望之。言其临至,辄有双凫从东南飞来。"凫,野鸭。

⑲裾(jū):衣襟。此指衣服的下摆。趾:脚趾。

⑳赵飞燕:据《汉书》卷九十七下《外戚传下·孝成赵皇后》,赵飞燕为西汉时成帝宫人,许后废,立为后,专宠十余年。初学歌舞,因体态轻盈,号曰飞燕。

㉑秦罗敷:美女名。汉乐府《陌上桑》(一作《日出东南隅行》):"秦氏有好女,自名为罗敷。"

㉒悴薄:衰弱微薄。谦称自己地位不高,家境贫寒。

㉓冠盖:为官吏的服饰和车乘。班固《西都赋》:"冠盖如云,七相五公。"冠,礼帽。盖,车盖。隅:角落。《诗经·邶风·静女》:"静女其姝,俟我于城隅。"

㉔驺(zōu)驾:犹车驾。驺,主驾车马的小吏。

㉕骊(lí)驹:深黑色的小马。汉乐府《陌上桑》:"东方千余骑,夫婿居上头。何以识夫婿?白马从骊驹。"

㉖鹿卢:谓剑首用玉制成辘轳形。汉乐府《陌上桑》:"腰间鹿卢剑,可直千万余。"

㉗讵(jù):岂。府中趋:在府中迈着官步行走。《陌上桑》:"盈盈公府步,冉冉府中趋。"

㉘乡里:吴兆宜注:"姚宽《西溪丛语》:乡里,谓妻也。《南史·张彪传》呼妻为乡里,云:'我不忍令乡里落他处。'今会稽人言家里。'"傅刚《校笺》引《考异》:"姚宽《西溪丛语》谓:'六朝呼妻为乡里。'引《南史·张彪传》为证。然此诗通首皆拟夫对妇之词,不应末二句忽脱语脉,又令其夫问妇,盖乡里指所出之田墅,言我富贵如斯,可称佳婿,尔试还问乡中之人,谁堪以我为夫乎?

言外有非尔与我不堪配偶，乃相矜相调之词，可不必别生歧解也。但旧说相沿已久，未敢轻改古书，姑附识于此。”

㉙讵（jù）堪：傅刚《校笺》引《考异》：“‘讵堪’二字相承作‘讵不堪’解，此正如中郎‘枯桑知天风，海水知天寒’句，李周翰注，训‘知’为‘岂知’耳，究为牵强。疑‘讵’字本是‘谁’字，以形近而讹。”持：傅刚《校笺》：“徐本、郑本作‘特’。”

【译文】

就像是山阴柳家的女儿，不要说她是出身在山野农家。青春焕发有着娇美的容颜，既善解人意又很会说话。不仅腰肢纤细柔软，衣服也穿得华美整洁。红色纶巾在早春的轻寒中掩映，彩画团扇迎来了初夏的炎热。锦鞋上绣着成双的花纹，绣带上的图案是同心火炬。丝绸短衣侧面贴有薄薄的金片，如云的鬓发上花钗俏丽挺拔。我内心对你早已情思萦绕，用什么来表达这婉曲的深情？托眉间的黛色替我传达心意，用口上的朱红展示我的内心。不要因青春似三春美景而讨价还价，不要使千金之躯慢慢地不再迷人。我有一尺大小的青铜古镜，我有直径一寸的合浦明珠。没有机会把情意传达给你，想要托付比翼蓝天的飞凫。衣摆掀开露出了如玉的脚趾，薄薄的衣衫映衬着凝脂般的肌肤。在你面前不好意思提起赵飞燕，也要笑杀长得很美的秦罗敷。虽然觉得自己有些地位不高，但服饰车乘在城角耀人眼目。高门前排列着骆人所驾的车马，深黑色的马驹在大路上跟随。与佩带鹿卢剑的人相比哪会感到羞惭？与在府中迈方步的人相比哪会感到逊色？回到家中问问我新婚的妻子，我这情况哪里配做你的夫君。

杂曲三首

携手曲

【题解】

本篇收入《乐府诗集》卷七十六《杂曲歌辞》。郭茂倩题解引《乐府解题》："《携手曲》，言携手行乐，恐芳时不留，君恩将歇也。"诗前半主要写美人对"红颜"的自我欣赏和爱怜，然后以"所畏"二字急转，写对"红颜促"的忧伤，对女子的内在心理及其必然命运有深刻揭示。

舍辔下雕辂[1]，更衣奉玉床[2]。斜簪映秋水，开镜比春妆[3]。所畏红颜促[4]，君恩不可长。鵕冠且容裔[5]，岂吝桂枝亡[6]。

【注释】

①舍辔（pèi）：放下马缰绳。指停车。雕辂（lù）：雕刻有图案花纹的车子。

②"更衣"句：《汉书》卷九十七上《外戚传上》："孝武卫皇后字子夫，生微也。……子夫为平阳主讴者。武帝即位，数年无子。平阳主求良家女十余人，饰置家。帝祓霸上，还过平阳主。主见所偫美人，帝不说。既饮，讴者进，帝独说子夫。帝起更衣，子夫侍尚衣轩中，得幸。还坐欢甚，赐平阳主金千斤。主因奏子夫送入宫。……元朔元年生男据，遂立为皇后。……后色衰，后有尹倢伃、钩弋夫人更幸。卫后立三十八年，遭巫蛊事起，江充为奸，太子惧不能自明，遂与皇后共诛充，发兵，兵败，太子亡走。诏遣宗正刘长乐、执金吾刘敢奉策收皇后玺绶，自杀。……卫氏悉灭。"此用其事。更衣，换衣。

③比：相近，亲近。《汉书》卷七十七《孙宝传》："后署宝主簿，宝徙入舍，祭灶请比邻。"

④红颜：犹朱颜，青春美丽的容貌。促：短。

⑤鵕（jùn）冠：用鵕鸡羽毛装饰的冠。鵕即鵕鸡。《汉书》卷五十七上《司马相如传》："掩翡翠，射鵕鸡。"颜师古注："鵕鸡，鷩鸟也，似山鸡而小冠，背毛黄，腹下赤，项绿色，其尾毛红赤，光采鲜明，今俗呼为山鸡，其实非也。"《史记》卷一百二十五《佞幸列传》："故孝惠时郎侍中皆冠鵕鸡，贝带，傅脂粉。"此喻仍然得势者。赵氏覆

宋本作“鸡冠”。鵕,傅刚《校笺》:“徐本、郑本作‘鵔’。”容裔:《文选》江淹《杂体三十首·谢光禄郊游》:“行光自容裔,无使弱思侵。”张铣注:“容裔,自在貌。”

⑥桂枝:喻美人。《汉书》卷九十七上《外戚传上》载,孝武李夫人卒,武帝思之不已,“又自为作赋,以伤悼夫人”,中有“秋气憯以凄泪兮,桂枝落而销亡”之句。

【译文】

停车从华美的车上下来,在帝王换衣时得到宠幸上了玉床。斜插的簪子倒映在秋水之中,打开镜匣把这春天的妆饰欣赏。所畏惧的是拥有美貌的日子过于短促,君王的恩宠也就不可能久长。戴着用鵕鸡羽毛装饰的帽子逍遥自在,他们哪里会吝惜桂枝的衰败消亡。

有所思

【题解】

本篇收入《乐府诗集》卷十七《鼓吹曲辞》,为“汉铙歌”十八曲之一。《乐府诗集》卷十六《有所思》郭茂倩题解引《乐府解题》:“古辞言‘有所思,乃在大海南。何用问遗君?双珠玳瑁簪。闻君有他心,烧之当风扬其灰。从今已往,勿复相思而与君绝’也。”本篇但写离思,与古辞既有联系也有区别。写一个出征边塞的战士思念家乡、感物伤怀的情与景,而景是春景,情为别情,景与情形成了强烈的反差,是一篇“以乐景写哀”而“一倍增其哀乐”(王夫之《姜斋诗话》卷一)的作品。

西征登陇首,东望不见家①。关树抽紫叶,塞草发青芽②。昆明当欲满③,葡萄应作花④。流泪对汉使⑤,因书寄狭斜⑥。

【注释】

①“西征”二句:《太平御览》卷五十六引《三秦记》:“关中人上陇者,

还望故乡，悲思而歌，则有绝死者。”陇首，陇山之巅。陇山绵亘于今陕西的陇县、宝鸡和甘肃的镇原、清水、秦安等县，在古代以迂回险阻著称。

②芽：《乐府诗集》作“牙”。

③昆明：长安池名。《汉书》卷六《武帝纪》“（元狩三年秋）发谪吏穿昆明池。”颜师古注引臣瓒曰：“《西南夷传》有越巂、昆明国，有滇池，方三百里。汉使求身毒国，而为昆明所闭。今欲伐之，故作昆明池象之，以习水战。在长安西南，周回四十里。《食货志》又曰时越欲与汉用船战，遂乃大修昆明池也。”当：傅刚《校笺》：“五云溪馆本、徐本、郑本作‘池’。”

④葡萄：陈元龙《格致镜原》卷七十六引《六帖》：“李广利为贰师将军，破大宛，得葡萄种归汉。”

⑤流：《乐府诗集》作“垂”。

⑥因：《吕氏春秋·尽数》：“因长而养之，因智而明之。”高诱注：“因，依也。”狭斜：小街曲巷，小胡同。为征夫老家所在。汉乐府《长安有狭邪行》：“长安有狭斜，狭邪不容车。”斜，《乐府诗集》作“邪”。

【译文】

西征登上了陇山山头，向东眺望却望不到家。边关的树已经抽出了紫叶，边塞的草已经发出了青芽。昆明池水应当到了快满的时候，葡萄这时候也应当开出了花。流着眼泪面对汉朝来的使臣，请他带封信给长安小胡同中的家。

夜夜曲

【题解】

本篇载《艺文类聚》卷四十二；收入《乐府诗集》卷七十六《杂曲歌辞》，同题作共二首，此为其中的第二首。郭茂倩题解引《乐府解题》：“《夜夜曲》，伤独处也。”又张玉谷云：“此闺怨诗，亦皆从夜景生情。前四星汉写夜景也,却即慨其不知心忆,就景即情,用笔灵活。后四实赋空房不寐,莫诉自伤之事,语亦简赅。”(《古诗赏析》卷十九)前四写夜空之景,后四写空房之景,皆能由景及情,将思妇彻夜不眠、盼望夫归而夫竟不归的凄切怨艾的心绪和感情作了真切细腻的表现。

河汉纵且横,北斗横复直①。星汉空如此②,宁知心有忆③。孤灯暧不明④,寒机晓犹织⑤。零泪向谁道⑥?鸡鸣徒叹息⑦。

【注释】

①“河汉”二句:谓斗转星移,时间在不断流逝。河汉,银河。且,将。《艺文类聚》《乐府诗集》作“复”。复,又要。

②空:徒然。

③宁知:岂知。有:《艺文类聚》作“所”。

④暧(ài):不明貌。谢惠连《秋怀》:“寒商动清闺,孤灯暧幽幔。”

⑤机:织布机。晓犹:《艺文类聚》作“犹更”。

⑥零:落。

⑦徒:《艺文类聚》作“长”。

【译文】

竖着的银河将要变横,横着的北斗七星又要变直。北斗银河只知道如此变换方位,哪知道我的内心正在思念亲人。屋内孤灯一盏灯光昏暗不明,寒冷的夜晚织机还一直织到天明。眼泪流淌内心痛苦能向谁去诉说?鸡已叫天将明徒然发出长长的叹息。

杂咏五首

标题《杂咏五首》为编者所加。傅刚《校笺》:“五云溪馆本无‘杂咏五首’四字。”

春咏

【题解】

《春咏》载《艺文类聚》卷三、《文苑英华》卷一百五十七,《文苑英华》题作《咏春》。傅刚《校笺》:“徐本、郑本作‘春思’。五云溪馆本作‘咏春’。”诗写女子的春日相思之情,也是一篇以乐景写哀情之作。绝大部分篇幅都在描绘春日的美景,乐景写得颇为充分,最后急转,以“衿前”二句作结,前后形成强烈对比。画面明丽,风调清隽,颇受南朝乐府民歌影响。陈祚明有“何其轻盈”(《采菽堂古诗选》卷二十三)之评。

杨柳乱如丝①,绮罗不自持②。春草青复绿③,客心伤此时④。翠苔已结洧⑤,碧水复盈淇⑥。日华照赵瑟⑦,风色动燕姬⑧。衿前万行泪⑨,故是一相思。

【注释】

①“杨柳”句:枚乘《柳赋》:“吁嗟细柳,流乱轻丝。”

②不自持:谓经不起春风的吹拂。

③青复:《文苑英华》作“复黄”。

④伤:《文苑英华》作“悲”。

⑤翠:《艺文类聚》《文苑英华》作“青”。洧(wěi):春秋时郑国水名。在今河南境内。当时青年男女常来河畔游春欢会。《诗经·郑风·溱洧》:“溱与洧,方涣涣兮。士与女,方秉蕑兮。……洧之外,洵訏且乐。维士与女,伊其相谑,赠之以勺药。”

⑥淇:春秋时卫国水名。在今河南北部。也是当时青年男女常来欢会的场所。《诗经·鄘风·桑中》:“期我乎桑中,要我乎上宫,送我乎淇之上矣。”萧子显《代美女篇》:“佳人淇洧出,艳赵复倾燕。”

⑦日华:《文选》谢脁《直中书省》:“风动万年枝,日华承露掌。”刘良注:“华,谓日光照也。”赵瑟:赵国人善弹瑟,故称。《史记》卷八十一《廉颇蔺相如列传》:赵王与秦王会于渑池。“秦王饮酒酣,曰:‘寡人窃闻赵王好音,请奏瑟。’赵王鼓瑟”。杨恽《报孙会宗书》:“妇,赵女也,雅善鼓瑟。”

⑧风色:犹言风光。色,《艺文类聚》《文苑英华》作“心”。燕姬:《左传·昭公七年》:“燕人归燕姬。”杨伯峻注:“杜注:‘嫁女与齐侯。’北燕,姬姓国。”泛指燕地(古燕地在今河北北部一带)的歌姬舞女。《文选》鲍照《舞鹤赋》:“燕姬色沮,巴童心耻。”刘良注:“巴童、燕姬,并善歌舞者。”

⑨前:原作“中”,傅刚《校笺》:“五云溪馆本、徐本、郑本作‘前’。”据改。

【译文】

杨柳枝随风飘舞乱如丝线,丝绸衣随风飘卷不能自我把持。春草从青翠变成碧绿,游子就是这个时候最为伤心。洧水边已经铺上青翠的苔藓,淇水中的碧水又再度充盈。太阳的辉光照耀着赵瑟,美丽的风光感动着燕姬。衣襟前留下了一万行眼泪,都是因为一件事这就是相思。

咏桃

【题解】

本篇前四句咏桃,后四句写人。前四句写白日光景,后四句写夜里情景。桃花盛开,春景很美,歌童、舞女都在忙着准备欢度这美好的春日,“思人”触景生情,其痛苦反而比平常更为强烈。乐景哀情,交相映衬,对比鲜明。

风来吹叶动,风去畏花伤。红英已照灼[①],况复含日光。歌童暗理曲[②],游女夜缝裳[③]。讵减当春泪[④],能断思人肠。

【注释】

①红英：红花。英，傅刚《校笺》："五云溪馆本、徐本、郑本作'映'。"灼：鲜明。《诗经·周南·桃夭》："桃之夭夭，灼灼其华。"

②理：演习。沈约《秋夜》："巴童暗理瑟，汉女夜缝裙。"

③游女：指汉江神女。参见卷二阮籍《咏怀诗二首》"二妃游江滨"注。此指舞女。

④讵（jù）：岂，哪里。

【译文】

风来桃叶被吹得纷纷摇动，风去害怕桃花会受到损伤。红色的桃花已经鲜艳耀眼，何况其中还有闪烁的日光。歌童在夜暗中演习乐曲，舞女在夜里缝制衣裳。岂能减少面对春天而涌出的眼泪，春天能让思念的人痛断肝肠。

咏月

【题解】

本篇载《文选》卷三十，题作《应王中丞思远咏月》；又载《艺文类聚》卷一、《初学记》卷一、《太平御览》卷四、《文苑英华》卷一百五十一。《南齐书》卷四十三《王思远传》："高宗辅政，不之任，仍迁御史中丞。……建武中，迁吏部郎。"高宗（齐明帝萧鸾）辅政在永明十一年（493），诗当作于此后的两三年间，是对王思远《咏月》（其诗已佚）的和作。诗紧扣"月华"二字展开铺写，情景如画，清丽流转，对仗颇工，用词也很精美。何焯评云："小庾（按指庾信）以降，必无此力量。一诗中户、隙、楼、园、轩、门、房七事可抵小赋。三、四一大一小，五、六一忧一乐，七、八一高一下。'高楼'一联，自小庾至玉溪（按指李商隐）皆奉为使事之法。"（《义门读书记》卷四十七）陈祚明评云："'方晖'二句故作拙，然自极写。末四句更使人悠然。诗固能感人若是。"（《采菽堂古诗选》卷二十三）

月华临静夜[①],夜静灭氛埃[②]。方晖竟户入[③],圆影隙中来[④]。高楼切思妇[⑤],西园游上才[⑥]。网轩映朱缀[⑦],应门照绿苔[⑧]。洞房殊未晓[⑨],清光信悠哉[⑩]。

【注释】

①月华:月光。静夜:魏明帝《长歌行》:“静夜不能寐,耳听众禽鸣。”静,《初学记》作“净”。

②静:《初学记》作“净”。氛埃:指飘浮的尘埃。屈原《远游》:“风伯为余先驱兮,氛埃辟而清凉。”

③方晖(huī):月光从门户照入,成方形,故称。竟:《文选》李周翰注:“尽也。”户入:《文苑英华》作“入户”。

④圆影:此亦指月光。《文选》曹植《赠徐幹》:“圆景光未满,众星粲以繁。”李善注:“圆景,月也。”“景”“影”字同。又,《文选》李周翰注:“穴圆故影亦圆也。”

⑤切思妇:《文选》吕向注:“高楼思妇,见月而思切也。”曹植《七哀诗》(本书《杂诗五首》其一):“明月照高楼,流光正徘徊。上有愁思妇,悲叹有余哀。”

⑥西园:即铜雀园,东汉末曹操建于邺城(今河北临漳西南),曹丕、曹植常于月夜与“建安七子”等到此游乐赋诗。曹丕《芙蓉池作》:“乘辇夜行游,逍遥步西园。……丹霞夹明月,华星出云间。”这里泛指园林。上才:才能卓越的人。

⑦“网轩”句:谓在窗上刻上许多像网眼一样的方格,又在窗上的棂,即方格与方格交错连属的地方涂上红色。宋玉《招魂》:“网户朱缀,刻方连些。”蒋骥《山带阁注》:“网户,刻户为方目相连,如罗网之状,所谓隔亮也。朱缀,以丹涂其交缀之处也。”朱,原作“珠”,《文选》李善注:“下云‘绿苔’,此当为‘朱缀’,今并为‘珠’,疑传写之误。”据改。

⑧应门：《汉书》卷九十七下《外戚传下》班婕妤《自伤赋》："潜玄宫兮幽以清，应门闭兮禁闼扃。华殿尘兮玉阶落，中庭萋兮绿草生。"颜师古注："正门谓之应门。"又，《文选》张铣注："应门，门名。幽闲之所，故多绿苔。"

⑨洞房：幽深的卧房。殊：很，久。宋玉《招魂》："姱容修态，絙洞房些。"

⑩信：确实。悠：远貌。

【译文】

月光在这静静的夜晚降临，静夜散尽了弥漫的尘埃。从门窗涌进方形的月光，月光又从壁缝中挤了进来。高楼上有思念心切的少妇，西园中有踏月游览的人才。辉映着窗户上一个个网眼般红色的方格，照耀着应门外一片片绿色的苔藓。洞房幽深离天明还有很长一段时间，清光满天纵目远望实在是非常悠远。

咏柳

【题解】

本篇载《艺文类聚》卷八十九，题作《玩庭柳》。傅刚《校笺》："五云溪馆本无此首。"诗咏宫中之柳，重点写柳丝的飘拂、轻柔和细长。而"柳"谐"留"音，"丝"谐"思"音，极易勾起人们的惜别、相思之情，宫中楚妃、班姬一类人物，因此大为悲恸，盖其被禁锢宫中，无一日不思念家乡和亲人也。诗咏柳而独咏宫中之柳，由宫中之柳而及宫中之人，具有取材独特、构思新巧、表现含蓄、富有含蕴的特点。

轻阴拂建章①，夹道连未央②。因风结复解，沾露柔且长。楚妃思欲绝③，班女泪成行④。游人未应去⑤，为此归故乡⑥。

【注释】

①阴:指柳荫。建章:汉宫名。汉武帝时建,在长安未央宫西。

②夹道:两边有墙或房屋的道路。未央:汉宫名。西汉初由萧何主持营造。

③楚妃:《文选》陆机《吴趋行》:"楚妃且勿叹,齐娥且莫讴。"李善注:"楚妃,樊姬。"《乐府诗集》卷二十九石崇《楚妃叹》郭茂倩题解引刘向《列女传》:"樊姬,楚庄王夫人也。庄王好狩猎毕弋,樊姬谏不止,乃不食禽兽之肉。王尝与虞丘子语,以为贤。樊姬笑之。王曰:'何笑也?'对曰:'虞丘子贤矣,未忠也。妾充后宫十一年,而所进者九人,贤于妾者二人,与妾同列者七人。虞丘子相楚十年,而所荐者非其子孙,则族昆弟,未闻进贤退不肖也。妾之笑不亦宜乎?'王于是以孙叔敖为令尹,治楚三年而庄王以霸。"

④班女:即班婕妤。其事见本书卷一班婕妤《怨诗一首》。《汉书》卷九十七下《外戚传下》班婕妤《自伤赋》:"仰视兮云屋,双涕兮横流。"

⑤游:《艺文类聚》作"留",赵氏覆宋本作"流"。

⑥归:《艺文类聚》作"还"。

【译文】

淡淡的柳荫来回轻拂着建章宫,又通过夹道与未央宫相连。柳枝凭借风力缠结后又散开,沾上露珠后既轻柔又细长。看到此景楚妃差不多不想再活,班女伤心得眼泪流成了行。观赏的游人想来还没有离开,观赏完毕都会因此而回归故乡。

咏箎

【题解】

箎(chí)是一种似笛的竹管乐器。《尔雅·释乐》:"大箎谓之沂。"郭璞注:"箎以竹为之,长尺四寸,围三寸。一孔,上出一寸三分,名翘,横吹之。小者尺二寸。《广雅》云八孔。”本篇既咏篪，也咏人，既表现、赞美了吹篪者吹奏技艺的高超，也表现了吹篪者寄托在乐音中的深情。吹篪者未着一字，然其形象却呼之欲出。

江南箫管地[①]，妙响发孙枝[②]。殷勤寄玉指[③]，含情举复垂。雕梁再三绕[④]，轻尘四五移[⑤]。曲中有深意，丹诚君讵知[⑥]？

【注释】

①江南：《文选》王褒《洞箫赋》：“原夫箫干之所生兮，于江南之丘墟。”李善注：“《江图》曰：‘慈母山，此山竹作箫笛，有妙声。’《丹阳记》曰：‘江宁县慈母山，临江，生箫管竹。’王褒赋云：‘于江南之丘墟’，即此处也。其竹圆，异众处，自伶伦采竹嶰谷后，见此奇，故历代常给乐府。”

②“妙响”句：谓篪用孙枝做成。孙枝，《周礼·春官·大司乐》：“孙竹之管。”郑玄注：“孙竹，竹枝根之末生者。”树木自本干生出者为子干，自子干生出者为孙枝。

③殷勤：恳切的情意。玉指：美言人之手指。谢脁《落梅》：“亲劳君玉指，摘以赠南威。”

④“雕梁”句：《列子·汤问篇》：“昔韩娥东之齐，匮粮，过雍门，鬻歌假食。既去而余音绕梁欐，三日不绝，左右以其人弗去。”雕梁，有雕刻彩饰的屋梁。

⑤“轻尘”句：《艺文类聚》卷四十三引刘向《别录》：“汉兴以来，善雅歌者，鲁人虞公，发声清哀，盖动梁尘。”形容歌声高妙动人。

⑥丹诚：赤心，赤诚。讵（jù）：岂。《三国志》卷十九《魏书·陈思王植传》：“承答圣问，拾遗左右，乃臣丹诚之至愿，不离于梦想者也。”

【译文】

在江南出产箫管的地方，用孙枝制成的篪发出美妙的音响。在洁白的手指上寄托着恳切的情意，含情脉脉将手指举起又放下。音声在画栋雕梁上不住地环绕，梁上的轻尘为之发生了四五次挪移。在这乐曲中包含着深深的情意，一片赤诚之心您哪里能够揣知？

六忆诗四首

【题解】

“六忆”，实为四忆。诗从来、坐、食、眠四个生活场景，从一个新婚不久的多情的男性青年眼中，将其多情而又娇羞的爱妻的一颦一笑、一举一动、心理情态生动真切地刻绘了出来。陈祚明评云：“极俚率，长庆不远矣。然形容曲尽，且各有致。”（《采菽堂古诗选》卷二十三）诗篇深受南朝乐府民歌的影响，确实写得“极俚率”；不仅“俚率”，有的地方甚至堕入俗艳，甚至因此招来讥评，如刘克庄《后村诗话》即云：“沈休文《六忆》之类，其亵慢有甚于《香奁》《花间》者。”南朝乐府《子夜四时歌·秋歌》其四云：“开窗秋月光，灭烛解罗裳。含笑帷幌里，举体兰蕙香。”客观地说，与这样的作品相比，本篇似乎并不更为俗艳。但也不可否认的是，本篇更多地继承了南朝乐府民歌中俗艳的一面，其取舍之间，不难看出诗人的审美情趣。

一

忆来时，的的上阶墀[①]。勤勤叙离别[②]，慊慊道相思[③]。相看常不足，相见乃忘饥。

【注释】

①的的：《淮南子·说林训》：“的的者获，提提者射。”高诱注：“的的，明也。”傅刚《校笺》：“五云溪馆本、徐本、郑本作‘灼灼’。”阶墀（chí）：台阶。

②勤勤：恳切。司马迁《报任少卿书》："曩者辱赐书，教以慎于接物，推贤进士为务，意气勤勤恳恳。"叙：原作"聚"，赵氏覆宋本作"叙"。与下句"道"相对而言，应以作"叙"为是，据改。

③慊慊（qiǎn）：内心不满足貌。曹丕《燕歌行》："慊慊思归恋故乡，君何淹留寄他方？"

【译文】

回想你刚来我家的时候，拾阶而上是那样光彩照人。恳切地诉说着离别后的情景，意有不足地倾吐着相思之情。彼此凝望着对方常觉看不够，见面后总会把饥饿忘在脑后。

二

忆坐时，点点罗帐前[①]。或歌四五曲，或弄两三弦[②]。笑时应无比，嗔时更可怜[③]。

【注释】

①点点：娇小貌。明崇祯阮元声刻《刘沈合集》（按"刘"为刘孝标）作"盈盈"。

②弄：弹奏。

③嗔（chēn）：生气。可怜：可爱。

【译文】

回想你坐下的时候，只见娇小的身姿坐在丝帐前。有时唱上四五支曲子，有时弹奏两三下琴弦。笑的时候其妩媚无人可比，生气时的模样更让人爱怜。

三

忆食时，临盘动容色[①]。欲坐复羞坐，欲食复羞食。含哺如不饥[②]，擎瓯似无力[③]。

【注释】

①容色：神色，表情。《论语·乡党》："享礼，有容色。"

②哺（bǔ）：口中所含的食物。《庄子·马蹄》："含哺而熙，鼓腹而游，民能以此矣。"如不饥：谓吃得很慢。

③擎：举。瓯（ōu）：盆盂类的瓦器。这里指碗。

【译文】

回想你吃饭的时候，面对着盘碗表情有了改变。想要坐下又害羞不肯坐下，想要开吃又害羞不肯开吃。嘴里含着食物好像是不饿，手端着饭碗好像是无力。

四

忆眠时，人眠强未眠①。解罗不待劝，就枕更须牵②。复恐傍人见，娇羞在烛前。

【注释】

①强（jiàng）：固执。

②更：却。

【译文】

回想你就寝的时候，别人都睡了你却不肯上床。脱下绸衣不需别人劝说，可是就枕却需别人去牵。临要就枕又怕别人看见，满面娇羞低头站在烛前。

十咏二首

领边绣

【题解】

吴兆宜注："领边绣，即方领绣也。《汉书》：'广川王去姬，为去刺方领绣。’晋灼曰:‘今之妇人直领也,绣为方领,上刺作黼黻文。’”诗吟咏了领边绣的“新奇”、精美和“可怜”,已见出刺绣者用心的精巧和技艺的高超。末二句由“绣”及人,为刺绣的美女画了一个辛勤劳作的剪影。

纤手制新奇①,刺作可怜仪②。萦丝飞凤子③,结缕坐花儿④。不声如动吹,无风自移枝⑤。丽色倘未歇⑥,聊承云鬟垂⑦。

【注释】

①新奇:刘孝仪《谢晋安王赐银装丝带启》:“雕镂新奇,织制精絜。”

②仪:容止,姿态。

③萦:绕。凤子:大蝴蝶。崔豹《古今注》卷中:“蛱蝶……其大如蝙蝠者,或黑色,或青斑,名为凤子,一名凤车。”又,有仙人名凤子。《说郛·致虚杂俎》:“有仙人凤子者,欲有所度,隐于农夫之中。一日大雨,有邻人来借草履。凤子曰:‘他人草履则可借,吾之草履乃不借者也。’其人怒詈之,凤子即以草履掷与,化为鹤,飞去。”鲍照《药奁铭》:“毛姬饵叶,凤子藏花。”

④缕:丝线。吴兆宜注:“一作‘伴’。”傅刚《校笺》:“陈本作‘侣’。”坐:《文选》张华《杂诗》:“朱火青无光,兰膏坐自凝。”李善注:“无故自凝曰坐。”这里是自然而然的意思。花儿:吴兆宜注:“宋梅尧臣《领边绣诗》云:‘愿作花工儿,长年承素颈。’则花儿是领上所绣歌童也。观下‘不声’句可见。”按应指一般的花儿。

⑤移枝:赵氏覆宋本作“袅移”。傅刚《校笺》:“徐本、郑本作‘袅枝’。”

⑥丽色:指刺绣的美女。江淹有《丽色赋》。歇:尽,结束。

⑦云鬟垂:为低头刺绣的样子。云鬟,浓密如云的鬟发。

【译文】

纤细的双手制作出新奇的领边绣，一刺绣的时候姿态特别可爱。丝线缠来绕去绣出了翩飞的凤子，丝线缠绕打结自然成了美丽的花儿。没有声音却仿佛有风吹动，没有风吹花枝却自会摇摆挪移。美丽的姑娘倘若不停下来休息，就姑且请她接着刺绣把云鬓低垂。

脚下履

【题解】

本篇所吟咏的脚下履，是一个歌舞艺人的脚下履。歌舞艺人出入殿堂舞席，舞姿优美，风光无限，其脚下履自也功不可没。但脚下履还是不免叹息，因为它总是被歌舞艺人忘记而被委弃于一边。不言而喻，其间包含着某种寓意：歌舞艺人自己某天是否也会被人弃之如敝屣？言外之意，发人深省。

丹墀上飒沓①，玉殿下趋锵②。逆转珠佩响③，先表绣袿香④。裾开临舞席⑤，袖拂绕歌堂⑥。所叹忘怀妾⑦，见委入罗床⑧。

【注释】

①丹墀（chí）：古代宫殿前涂成红色的台阶。飒（sà）沓：《文选》刘孝标《广绝交论》："鱼贯凫跃，飒沓鳞萃。"李周翰注："飒沓、鳞萃，言多也。"

②趋锵（qiāng）：同"趋跄"。《诗经·齐风·猗嗟》："巧趋跄兮，射则臧兮。"毛传："跄，巧趋貌。"朱熹《集传》："跄，趋翼如也。"即步履优美地快走。锵，傅刚《校笺》："《考异》作'蹡'。"

③逆转：转身。

④表：外，露出。袿（guī）：妇女的上衣或袖子。

⑤裾（jū）：衣服的前襟或后襟。

⑥袖拂：赵氏覆宋本作“拂袖”。

⑦妾：指舞者。傅刚《校笺》：“沈本、陈本作‘切’。”

⑧见：被。委：弃。

【译文】

一双双脚下履踏上红色的台阶，又轻捷优美地走入华美的殿堂。转过来是一片珠佩的鸣响，露出时先飘过来一阵绣衣上的清香。衣襟荡开在筵席前翩跹起舞，长袖轻拂在歌堂的四周环绕。可叹的是跳舞的人总是将我忘怀，将我无情地弃置然后躺上罗床。

拟青青河边草

【题解】

本篇载《文苑英华》卷二百八；收入《乐府诗集》卷三十八《相和歌辞·瑟调曲》，系拟汉乐府《饮马长城窟行》（旧题蔡邕作，见卷一），其首句为“青青河畔草”。全诗以“床”起，以“床”结，是思妇夜眠空床、触景伤怀之作。床上弥漫着灰尘，说明思妇虽夜夜眠宿于此，但却百无聊赖，无心收拾。诗篇幅不长，但却曲折层进，将思妇婉转缠绵的情思表现了出来。“接字法”的运用，使诗篇语语相承，浑然一体。

漠漠床上尘①，中心忆故人②。故人不可忆③，中夜长叹息④。叹息想容仪⑤，不欲长别离⑥。别离稍已久⑦，空床寄杯酒⑧。

【注释】

①漠漠：密布貌。枚乘《柳赋》：“阶草漠漠，白日迟迟。”

②中心：心中。《文苑英华》《乐府诗集》作“心中”。

③不可忆：正话反说，是一句气话。可，傅刚《校笺》："五云溪馆本作'肯'。"

④中夜：半夜。夜，傅刚《校笺》："《考异》作'心'。"

⑤容仪：容颜。左芬《感离诗》："仿佛想容仪，欷歔不自持。"

⑥欲：《文苑英华》《乐府诗集》作"言"。长别离：吴迈远《长别离》："生离不可闻，况复长相思。如何与君别，当我盛年时。"

⑦稍：渐渐。

⑧空床：古诗"青青河畔草"："荡子行不归，空床难独守。"杯酒：司马迁《报任少卿书》："趣舍异路，未尝衔杯酒接殷勤之欢。"

【译文】

床上满布着一层灰尘，心中想念着故人。故人不值得我想念，半夜里发出长长的叹息。一边叹息一边想象着故人的模样，不想这样与故人长久地别离。别离的日子慢慢地越来越久，在这空床上放上一杯酒寄托情意。

拟三妇

【题解】

本篇收入《乐府诗集》卷三十五《相和歌辞·清调曲》，题作《三妇艳诗》。汉乐府《相逢狭路间》（一作《相逢行》，见本书卷一）有句云："大妇织罗绮，中妇织流黄。小妇无所作，挟瑟上高堂。"是描写有钱人家儿媳妇的生活情状的。后乐府遂有《三妇艳诗》，宋刘铄、齐王融、梁昭明太子等皆有作品，但内容大抵与《相逢行》相同。本篇亦如是，唯末句有所变化，与他诗不同。

大妇扫玉墀①，中妇结罗帷②。小妇独无事，对镜画蛾眉③。良人且安卧④，夜长方自私⑤。

【注释】

①扫玉墀(chí):《乐府诗集》作“拂玉匣”。玉墀,美言台阶。或即汉白玉砌成的台阶。

②结:系,张挂。罗:《乐府诗集》作“珠”。

③画:《乐府诗集》作“理”。

④良人:女子称其夫。

⑤夜长:指夜深。

【译文】

大儿媳妇在打扫白玉台阶,二儿媳妇在张挂丝绸帷帐。只有小儿媳妇没有事做,对着镜子在画弯弯的双眉。夫君您且好好地躺在那儿,等夜深了才能做私密之事。

古意

【题解】

古意,犹言拟古、效古,即仿效古意古事以抒发诗人自己内心的情感。所拟一般为汉魏古诗。诗写女子对所爱不至的凄怨之情,语言清浅而含蕴深厚。陈祚明评云:“‘明月虽外照,宁知心内伤’,以质见古,虽浅实深。”(《采菽堂古诗选》卷二十三)王夫之对“明月”二句尤为推崇,云:“首尾纯净。‘明月虽外照,宁知心内伤’,休文得年七十三,吟成数万言,唯此十字为有生人之气。其他如败鼓声,如落叶色,庸陋酸滞,遂为千古恶诗宗祖。”(《古诗评选》卷五)“露葵”四句对仗颇工,且流利自然,是诗人“五色相宣,八音协畅”(《宋书》卷六十七《谢灵运传》)的诗歌创作主张的具体体现。

挟瑟丛台下①,徙倚爱容光②。伫立日已暮③,戚戚苦人肠④。露葵已堪摘⑤,淇水未沾裳⑥。锦衾无独暖⑦,罗衣空自香。明月虽外照，宁知心内伤[8]？

【注释】

①挟：刘向《九叹·愍命》："破伯牙之号钟兮，挟人筝而弹纬。"王逸注："挟，持也。"丛台：台名。在今河北邯郸，为战国时赵武灵王所建。因由许多亭台建筑连接而成，故名。

②徙倚：流连徘徊。屈原《远游》："步徙倚而遥思兮，怊惝怳而乖怀。"容光：仪容风采。徐幹《室思》："端坐而无为，仿佛君容光。"

③伫立：久久地站立。《诗经·邶风·燕燕》："瞻望弗及，伫立以泣。"

④戚戚：《论语·述而》："君子坦荡荡，小人长戚戚。"郑玄注："戚戚，多忧惧。"

⑤露葵：葵的一种，即冬葵。古人采葵，必待露解，故称。于八九月间种植，可食。宋玉《讽赋》："为臣炊雕胡之饭，烹露葵之羹。"已堪摘：谓自己已到婚嫁年龄。

⑥淇水：水名。在今河南境内。裳：下衣。《诗经·卫风·氓》："淇水汤汤，渐车帷裳。"郑玄笺认为，此表明男子"已专心于女"，故不嫌女贫，"犹冒此难而往"。这里是说所爱之人还没有渡过淇水来到面前。淇，赵氏覆宋本作"湛"。

⑦锦：有杂色花纹的厚重丝织物。衾（qīn）：被子。

⑧宁：岂。内伤：屈原《九章·悲回风》："悲回风之摇蕙兮，心冤结而内伤。"

【译文】

拿着瑟来到丛台下面，流连徘徊因我爱您的仪容风采。久久地站立不知不觉到了傍晚，忧伤悲戚足可伤肝断肠。露葵已到了可以采摘的时候，淇水却还没有沾湿您的衣裳。锦被一个人睡在里面哪会暖和，绸衣空自散发出馥郁的芳香。明月虽然将周围照得透亮，但它哪里知道我内心的悲伤？

梦见美人

【题解】

傅刚《校笺》引《考异》:“起二句似是和人之作,疑题有脱。然诸本并同,无从校补。”诗写一个男子的相思之情,从梦前写到梦中,又从梦中写到梦醒,有迷离惝恍之致。陈祚明评云:“纯用白描,真态悱恻。”(《采菽堂古诗选》卷二十三)

夜闻长叹息,知君心有忆。果自阊阖开①,魂交睹容色②。既荐巫山枕③,又奉齐眉食④。立望复横陈⑤,忽觉非在侧⑥。那知神伤者,潺湲泪沾臆⑦。

【注释】

①阊阖(chāng hé):屈原《离骚》:“吾令帝阍开关兮,倚阊阖而望予。”王逸注:“阊阖,天门也。”

②容色:容貌神色。郭璞《游仙诗》其三:“翡翠戏兰苕,容色更相鲜。”容,傅刚《校笺》:“徐本、郑本作‘颜’。”

③荐:献。巫山枕:宋玉《高唐赋序》:“昔者先王尝游高唐,怠而昼寝,梦见一妇人,曰:‘妾巫山之女也,为高唐之客,闻君游高唐,愿荐枕席。’王因幸之。”后遂以“巫山梦”“巫山枕”称男女合欢之事。

④齐眉食:《后汉书》卷八十三《逸民传》载,梁鸿与孟光为夫妻,“至吴,依大家皋伯通,居庑下,为人赁舂。每归,妻为具食,不敢于鸿前仰视,举案齐眉”。

⑤立望:《汉书》卷九十七上《外戚传上·孝武李夫人》:“上思念李夫人不已,方士齐人少翁言能致其神。乃夜张灯烛,设帷帐,陈酒肉,而令上居他帐,遥望见好女如李夫人之貌,还幄坐而步。又不得就视,上愈益相思悲感,为作诗曰:‘是邪?非邪?立而望之,偏

何姗姗其来迟！’”横陈：横卧。宋玉《讽赋》：“内怵惕兮徂玉床，横自陈兮君之旁。”司马相如《美人赋》：“花容自献，玉体横陈。”

⑥觉：醒来。

⑦潺湲（chán yuán）：泪流不断貌。屈原《九歌·湘君》：“横流涕兮潺湲，隐思君兮陫侧。”臆：胸。

【译文】

夜里听到一声声长长的叹息，知道您正在想念心上的人。在思念中天门果然打开了，精魂交会看到了心上人的模样。她既将巫山枕进献给了您，又举案齐眉给您送上了美食。站着望见她也看见她横卧在床，忽然间醒来她并不在您身旁。有谁知道您正在黯然神伤，泪流不止沾湿了胸前的衣裳。

效古

【题解】

效古，犹拟古。诗写一个男子对他所爱女子的思念，与大量以思妇为表现对象的诗作不同，通篇以色调高雅、气味芬芳的桂树枝比兴，营造出含蓄蕴藉的色彩。“岁暮异栖宿”尚且难以忍受，何况“春至犹别离”，将别离之苦写到极致。最后表忠贞不渝之志，可感可叹，可钦可敬。感情深挚，风格质朴，确有汉魏遗韵。陈祚明以两字评本诗：“古情。”（《采菽堂古诗选》卷二十三）

可怜桂树枝①，单雄忆故雌②。岁暮异栖宿，春至犹别离。山河隔长路，路远绝容仪③。岂云无我匹，寸心终不移④。

【注释】

①桂树枝：《楚辞》淮南小山《招隐士》：“攀援桂枝兮聊淹留。”王逸

注："引持美木，喻美行也。"吴均《伤友诗》："可怜桂树枝，怀芳君不知。"

②桂树枝：《楚辞》淮南小山《招隐士》："攀援桂枝兮聊淹留。"王逸注："引持美木，喻美行也。"吴均《伤友诗》："可怜桂树枝，怀芳君不知。""单雄"句：刘向《列女传·贞顺传·鲁寡陶婴》："其歌曰：'黄鹄之早寡兮，七年不双。宛颈独宿兮，不与众同。夜半悲鸣兮，想其故雄。'"

③绝容仪：谓彼此被山高水长所隔不得见面。容仪，容貌仪表。《汉书》卷十《成帝纪》："成帝善修容仪，升车正立，不内顾，不疾言。"

④终不移：江淹《杂体三十首·古离别》："兔丝及水萍，所寄终不移。"

【译文】

桂树枝实在是值得怜悯，孤单的雄枝在思念着雌枝。都到年终了雄雌还不能在一起栖宿，到了春天还是这样彼此分离。道路漫长中间还有山河阻隔，遥远的路途使我们都看不到对方的样子。难道说这里就没有能与我匹配的人，但我终究不会将我这忠贞的方寸之心转移。

初春

【题解】

本篇载《艺文类聚》卷三，题作《咏春初诗》；又载《初学记》卷三、《文苑英华》卷一百五十七。从末句看，"佳人"应指正在热恋中的少男少女。他们到郊野去"觅阳春"，谁知这时候还是初春，他们心目中的"阳春"还没有到来，于是只得回来，"含情寄杯酒"。写出了初春景物的寂寥，也写出了其时其地少男少女独特的感受和心情。

扶道觅阳春①，佳人共携手②。草色犹自非③，林中都未有。无事逐梅花，空教信杨柳[4]。且复归去来[5]，含情寄杯酒。

【注释】

①扶：沿着。傅刚《校笺》："徐校：'扶，五云溪馆本作"挟"。'按，徐本、郑本作'夹'。"阳春：阳光明媚的春天。

②佳人：《艺文类聚》《初学记》《文苑英华》作"相将"。

③犹：赵氏覆宋本作"独"。非：谓初春的草还没有长出碧绿的颜色。原作"菲"，《艺文类聚》作"腓"，《初学记》作"非"，当以作"非"为是，据《初学记》改。

④"空教"句：谓杨柳预报了春的信息，于是佳人到郊野来"觅阳春"，谁知竟未觅到，故云。教，原作"中"，《初学记》作"教"，据改。

⑤归去来：即归去。"来"为语助词。陶渊明《归去来兮辞》："归去来兮，田园将芜胡不归！"归去，傅刚《校笺》："五云溪馆本、郑本作'共归'。"

【译文】

沿着小道去寻觅美妙的春天，少男少女彼此手拉着手。草色还没有想象中那么碧绿，树林中则什么都没有。没事就去追逐飘落的梅花，白白地让我们轻信了杨柳。还是回到家中来，端起这杯寄托了深情的酒。

悼往

【题解】

本篇载《文苑英华》卷三百二。赵氏覆宋本题作"悼亡"。前四句，以人道与天道对比，认为天道可以周而复始，而人一死就不能再复活，抒发了内心的伤感。末二句，则又表示"万事无不尽"，人死乃必然，"存者"纵然悲伤，也只是徒然而已。在悲伤之余，展示了诗人对生命和生死的思考。陈祚明评云："起四句稍以沓拖成弱。休文所患惟是弱耳。后段警切，结意更能曲至，切切古音。"（《采菽堂古诗选》卷二十三）

去秋三五月①，今秋还照房②。今春兰蕙草③，来春复吐芳④。悲哉人道异⑤，一谢永销亡⑥。屏筵空有设⑦，帷席更施张⑧。游尘掩虚座⑨，孤帐覆空床。万事无不尽，徒令存者伤。

【注释】

①三五月：农历十五日晚的月亮，其时月亮又圆又亮。

②房：《文苑英华》作"梁"。

③兰、蕙：皆香草名。屈原《离骚》："余既滋兰之九畹兮，又树蕙之百亩。"

④来春：《文苑英华》作"春来"。

⑤人道：指人有生有死的规律。《周易·系辞下》："有天道焉，有人道焉，有地道焉。"

⑥谢：凋谢。指死亡。

⑦"屏筵"句：屏，屏风。筵，古人席地而坐，铺在底下的竹席叫筵。此指灵堂上的摆设。此句《文苑英华》作"帘屏既毁撤"。

⑧施张：张设，陈设。

⑨游尘：张衡《思玄赋》："游尘外而瞥天兮，据冥翳而哀鸣。"

【译文】

去年秋天十五夜的月亮，今年秋天还明晃晃地照进深房。今年春天的兰草蕙草，明年春天还会吐出幽香。可悲啊只有人世的情况不同，一旦凋谢就永远地消逝灭亡。灵堂上空有屏风筵席等摆设，帷帐坐席则摆成了新的模样。飘浮的尘土落满了空空的座椅，孤独的帐幔覆盖着空空的大床。人间万事没有一件不会完结，只会让活着的人徒然悲伤。

柳恽

柳恽（465—577），字文畅，河东解县（今山西临猗）人。仕齐，曾为竟陵王萧子良法曹参军，迁太子洗马。入梁，初为长史兼侍中，后历任吴兴太守、广州刺史、秘书监等职。又出任吴兴太守，卒于官。工诗，始为诗曰："亭皋木叶下，陇首秋云飞。"得到王融激赏。又擅琴、棋等才艺，萧衍曾赞云："分其才艺，足了十人。"（《南史》本传）《隋书》卷三十五《经籍志四》著录有集十二卷，已佚。其事见《梁书》卷二十一、《南史》卷三十八。

捣衣诗一首

【题解】

本篇《艺文类聚》卷六十七节引。共五章，可各自成篇，又相互紧密联系。抒写离愁闺怨，诗风高爽清朗。"深庭"二句，"秋风"二句，可引作本篇诗品。各章均有佳句，以"亭皋"二句最为出色。前句化用司马相如《上林赋》"亭皋千里"及屈原《九歌·湘夫人》"洞庭波兮木叶下"的意境，描绘的是思妇眼中的实境；后句化用汉武帝《秋风辞》"秋风起兮白云飞"的意境，描绘的是思妇想象中的边塞情景。一实一虚，相映成趣，相得益彰。化用前人语句而不露痕迹，可见诗人深厚的古诗修养。两句诗王融"见而嗟赏，因书斋壁。至是预曲宴，必被诏赋诗"（《梁书》本传）。诗有古诗遗韵，亦可从中略窥盛唐新风。陈祚明评第一章云：

“居然是以唐响，希古调，故甚类太白。”评第二章云：“‘亭皋’二句，果是佳句，盛唐之杰构也。”评第三章云：“‘秋风’二句，岂不与太白类？”（《采菽堂古诗选》卷二十五）

孤衾引思绪①，独枕怆忧端②。深庭秋草绿，高门白露寒。思君起清夜③，促柱奏《幽兰》④。不怨飞蓬苦⑤，徒伤蕙草残⑥。其一。

【注释】

①衾（qīn）：被子。

②怆：《艺文类聚》作“怅”。端：指思绪、心绪。

③清夜：曹植《公宴诗》：“清夜游西园，飞盖相追随。”

④促柱：古诗“东城高且长”：“音响一何悲，弦急知柱促。”参见卷一枚乘《杂诗九首》“东城高且长”注。《幽兰》：古琴曲名。宋玉《讽赋》：“臣援而鼓之，为《幽兰》《白雪》之曲。”

⑤飞蓬：蓬为草名。秋天枯萎后遇风即连根拔起，四处飘转，故称。比喻流宕在外的丈夫。曹植《吁嗟篇》：“吁嗟此转蓬，居世何独然！长去本根逝，夙夜无休闲。”

⑥徒：吴兆宜注：“一作‘持’。”傅刚《校笺》：“徐本、郑本作‘待’，茅本、沈本、陈本作‘特’。”蕙草：香草名。比喻思妇。古诗“四坐且莫喧”：“香风难久居，空令蕙草残。”

【译文】

孤身一人躺在被中勾起思念的愁绪，孤枕独眠愁绪让人凄怆痛苦。幽深的庭院中秋草还是一片绿色，但高门之内已可看见寒凉的白露。思念夫君在清凉的夜晚从床上起来，将琴柱移近弹奏起了古曲《幽兰》。我不怨恨飞蓬四处飘转实在辛苦，只是空自悲伤蕙草一天天枯萎凋残。其一。

行役滞风波[①],游人淹不归[②]。亭皋木叶下[③],陇首秋云飞[④]。寒园夕鸟集[⑤],思囿草虫悲[⑥]。嗟兮当春服,安见御冬衣[⑦]。其二。

【注释】

①行役:因服役而跋涉在外。

②淹:停留。

③亭皋:水边平地。司马相如《上林赋》:"亭皋千里,靡不被筑。"木叶下:屈原《九歌·湘夫人》:"袅袅兮秋风,洞庭波兮木叶下。"

④陇首:陇山山巅。参见前沈约《有所思》注。云:《艺文类聚》作"蓬"。

⑤集:谓群鸟停在树上。

⑥囿(yòu):有围墙的园地。赵氏覆宋本作"牖"。草虫:指蝈蝈。《诗经·召南·草虫》:"喓喓草虫,趯趯阜螽。未见君子,忧心忡忡。"

⑦"嗟兮"二句:宋玉《九辩》:"无衣裘以御冬兮,恐溘死不得见乎阳春。"春服,《论语·先进》:"莫春者,春服既成。"

【译文】

服役在外会被风雨水波所阻,游人因而会久久地淹留不归。水边平地树叶纷纷飘落,陇山山巅秋云阵阵乱飞。傍晚鸟儿停息在寒冷的园林内,园内愁思弥漫草虫何等的伤悲。慨叹你在外面还穿着春天的衣服,到哪儿去寻找御寒过冬的棉衣。其二。

鹤鸣劳永叹[①],采绿伤时暮[②]。念君方远徭[③],望妾理纨素[④]。秋风吹绿潭[⑤],明月悬高树。佳人饰净容[⑥],招携从所务[⑦]。其三。

【注释】

①鹤：吴兆宜注："疑作'鹳'。"疑是。鹳（guàn），水鸟名。形似鹭，亦似鹤。《诗经·豳风·东山》："我徂东山，慆慆不归。我来自东，零雨其濛。鹳鸣于垤，妇叹于室。"劳：忧愁。永叹：长叹。

②绿：草名。可以染黄。《诗经·小雅》有《采绿》篇，写女子思念外出的丈夫。其首二句云："终朝采绿，不盈一匊。"时暮：指到了岁末。

③徭：《艺文类聚》作"游"。

④望：《艺文类聚》作"贱"。纨（wán）：细绢。素：白色生绢。

⑤绿：《艺文类聚》作"渌"。

⑥净：傅刚《校笺》引《考异》："'净'疑作'靓'。"

⑦招携：召唤偕同。谢惠连《捣衣》："美人戒裳服，端饰相招携。"从所务：指捣衣。古人在缝制衣物前要先将衣料放到砧上用杵捣平。

【译文】

鹳的鸣声是因忧愁而发出的长叹，采摘绿草感伤时节又到了年底。想到夫君正在远方服役，希望我在家整理纨素。秋风吹皱碧绿的水潭，明月悬挂在高高的树巅。美人将白净的面容修饰一番，互相召唤着去把捣衣的活儿干。其三。

步櫩杳不极[1]，离堂肃已扃[2]。轩高夕杵散[3]，气爽夜砧鸣[4]。瑶华随步响[5]，幽兰逐袂生[6]。峙屦理金翠[7]，容与纳宵清[8]。其四。

【注释】

①步櫩（yán）：司马相如《上林赋》："步櫩周流，长途中宿。"李善注："步櫩，步廊也。"即长廊。櫩，傅刚《校笺》："五云溪馆本、徐本、郑本作'栏'。"杳（yǎo）：幽暗。不极：没有尽头。

②堂：原作“家”，傅刚《校笺》：“徐校：‘五云溪馆本及《艺文类聚》均作“堂”。’按，徐本、张本作‘堂’。”据改。肃：静。扃（jiōng）：上闩，关门。《汉书》卷九十七下《外戚传下》班婕妤《自伤赋》：“潜玄宫兮幽以清，应门闭兮禁闼扃。”

③轩：长廊。杵：捣衣用的短木棒。

④砧（zhēn）：捣衣石。

⑤瑶（yáo）华：佩玉。

⑥袂（mèi）：袖子。

⑦峙躅（chí chú）：来回走动。金翠：金钿、翡翠。均为首饰。曹植《洛神赋》：“戴金翠之首饰，缀明珠以耀躯。”

⑧容与：安逸自得貌。屈原《九歌·湘夫人》：“时不可兮骤得，聊逍遥兮容与。”纳：《文选》嵇康《琴赋》：“夕纳景于虞渊兮，旦晞干于九阳。”李善注：“纳，藏也。”宵：夜晚。

【译文】

幽暗的走廊长得没有尽头，空寂无人的厅堂关上门后一片肃静。长廊高高傍晚的杵声传向四方，天清气爽夜里击打捣衣石的声音特别响亮。佩玉随着前行的步履叮当作响，清幽的兰香随着袖子的摆动飘荡。来回徘徊整理头上的金钿翡翠，安逸自得将这夜晚的清凉收藏。其四。

泛艳回烟彩，渊旋龟鹤文[①]。凄凄合欢袖[②]，冉冉兰麝芬[③]。不怨杼轴苦[④]，所悲千里分。垂泣送行李[⑤]，倾首迟归云[⑥]。其五。

【注释】

①“泛艳”二句：谓在衣服上所绣的花纹图案。泛艳，谓浮光闪烁。渊旋，深渊之水回旋往复。

②凄凄：凄凉貌。合欢袖：绣有合欢图案的袖子。合欢，植物名。叶似槐叶，至晚则合。

③冉冉：《广雅·释训》："行也。"此为兰麝的芳香缓缓四散貌。赵氏覆宋本作"苒苒"。兰麝（shè）：兰与麝香，皆香料。芬：香。

④杼（zhù）轴苦：指织布之苦。杼轴为织布机上的两个部件。杼，俗称梭子，来回投掷以牵引、编织纬线；轴，俗称滚筒，为卷织物之轴。

⑤行李：指做成的寒衣。

⑥倾首：低头。《汉书》卷八十四《翟义传》："天下倾首服从，莫能亢扞国难。"迟（zhì）：等待。《荀子·修身》："故学曰：'迟彼止而待我，我行而就之。'"杨倞注："迟，待也。"归云：喻丈夫回归。

【译文】

衣服上绣着的缭绕回荡的烟云闪烁着光彩，还有回旋的深渊之水和龟鹤的图纹。有合欢图案的袖子让人看了心伤，有兰麝的芳香缓缓地飘荡。我不埋怨纺织时有多辛苦，所悲痛的是我们彼此天各一方。流着眼泪把这寒衣送给夫君，低下头来等待夫君回到家乡。其五

鼓吹曲二首

《鼓吹曲》是汉代在中原音乐基础上，融和北方民族音乐发展起来的一种乐曲，所用乐器主要有鼓、钲、箫、笳等。崔豹《古今注》卷中："汉乐有黄门鼓吹，天子所以宴乐群臣。短箫铙歌，鼓吹之一章耳，亦以赐有功诸侯。"原无"二首"二字，赵氏覆宋本有此二字，据补。

独不见

【题解】

《独不见》载《文苑英华》卷二百十一，《艺文类聚》卷四十二节引；收入《乐府诗集》卷七十五《杂曲歌辞》。郭茂倩题解引《乐府解题》：

“《独不见》,伤思而不得见也。”通过对特定的帝都景物的描写及相关典故的运用,抒写宫女因遭谗被弃、虽与君王近在咫尺而不得与之相见的凄怨之情,笔力雄厚,有汉乐府遗风。陈祚明评云:“末句押题名,并自然浏亮。”(《采菽堂古诗选》卷二十五)

别岛望风台①,天渊临水殿②。芳草生未积,春花落如霰③。出从张公子④,还过赵飞燕⑤。奉帚长信宫⑥,谁知独不见。

【注释】

①别岛:汉武帝在京都长安筑有太液池,池中有别岛。张衡《西京赋》:“顾临太液,沧池漭沆。……长风激于别隯(按同“岛”),起洪涛而扬波。”风台:敞露透风的台榭。指皇宫中的台榭,与下句“水殿”皆借指皇帝所居之处。沈约《郊居赋》:“风台累翼,月榭重栭。”风,《乐府诗集》作“云”。

②天渊:上林苑中池名。《初学记》卷七:“汉上林有池十五所,……天泉池,上有连楼阁道,中有紫宫。”按“天泉”本当作“天渊”,唐避唐高祖李渊讳,改“渊”为“泉”。水殿:吴兆宜注引《述异记》:“汉武帝立豫樟宫于昆明池中,作豫樟水殿。”

③霰(xiàn):小雪珠。

④张公子:《汉书》卷九十七下《外戚传下·孝成赵皇后》:“(赵皇后)凡立十六年而诛。先是有童谣曰:‘燕燕,尾涎涎,张公子,时相见。木门仓琅根,燕飞来,啄皇孙。皇孙死,燕啄矢。’成帝每微行出,常与张放俱,而称富平侯家,故曰张公子。”

⑤过:访,探望。赵飞燕:《汉书》卷九十七下《外戚传下·孝成赵皇后》:“孝成赵皇后,本长安宫人。……及壮,属阳阿主家,学歌舞,号曰飞燕。”颜师古注:“以其体轻故也。”

⑥奉(pěng)帚:拿着扫帚打扫。奉,通“捧”。长信宫:汉宫名。《汉书》卷九十七下《外戚传下·孝成班倢伃》载,汉成帝班婕妤遭赵飞燕谗毁,恐日久见危,自请退居长信宫侍奉太后。

【译文】

在别岛上怅望风台,在天渊边面临水殿。香草长得还不算多,春花却已如雪珠般凋落。出行有张公子随从,回来便去探访赵飞燕。我在长信宫拿着扫帚打扫,谁知独有我不能与君王相见。

度关山

【题解】

本篇收入《乐府诗集》卷二十七《相和歌辞·相和曲》。郭茂倩题解引《乐府解题》:“魏乐奏武帝辞,言人君当自勤苦,省方黜陟,省刑薄赋也。若梁戴暠云‘昔听陇头吟,平居已流涕’,但叙征人行役之思焉。”古诗“青青河畔草”云:“昔为倡家女,今为荡子妇。”本篇生发其意,融入边塞诗元素,从而成为一篇有特色的“叙征人行役之思”的作品。

少长倡家女[①],出入燕南陲[②]。惟持德自美[③],本以容见知。旧闻关山远[④],何事总金羁[⑤]?妾心日已乱,秋风鸣细枝。

【注释】

①少长:《乐府诗集》作“长安”。傅刚《校笺》:“《考异》作‘长安’,校说:‘宋刻作“少长”,语不可解,今从《乐府诗集》。’按,徐本、郑本作‘长信’。”倡家女:以歌舞为业的艺人。

②出入:傅刚《校笺》引《考异》:“‘出入’二字未详,疑为‘出自’之讹。”燕:指燕国,周代诸侯国名。在今河北北部、辽宁南部一带。南陲:南边。《后汉书》卷七十三《公孙瓒传》:“前此有童谣曰:

‘燕南垂，赵北际，中央不合大如砺，唯有此中可避世。’”陲，《乐府诗集》作“垂”。

③惟：《乐府诗集》作“与”。

④远：《乐府诗集》作“道”。

⑤总：系结。金羁：金饰的马笼头。借指骏马。曹植《白马篇》：“白马饰金羁，连翩西北驰。借问谁家子，幽并游侠儿。”

【译文】

小时候我生长在一个歌舞艺人之家，在燕地的南部一带来来往往。只想坚守自己美好的品德，原本是因容貌出众而被见赏。早就听说重重关山非常遥远，为什么还要骑上骏马在那儿奔忙？我的心一天比一天纷乱，秋风已吹得树木的细枝呜呜作响。

杂诗

【题解】

本篇写思妇在面对春天美景时所产生的复杂情感。“春心”二句为承上启下的关键，前半写景，后半抒情。受徐幹《室思》诗的影响，更得南朝乐府民歌的沾溉，语言质朴中透出流丽，既委曲有致又形象鲜明地表现了思妇其时“感动”“情悲”的内心世界。

云轻色转暖[①]，草绿晨芳归。山墟罢寒晦[②]，园泽润朝晖。春心多感动[③]，睹物情复悲。自君之出矣，兰堂罢鸣机[④]。徒知游宦是[⑤]，不念别离非。

【注释】

①色转暖：谓逐渐变红。傅刚《校笺》：“五云溪馆本、徐本、郑本作‘暮色转’。”

②墟：乡村市集。罢：傅刚《校笺》："沈本、陈本作'薄'。"

③春心：春景所引发的意兴或情怀。宋玉《招魂》："目极千里兮伤春心。"南朝乐府民歌《子夜四时歌·春歌》："春风动春心，流目瞩山林。"

④兰堂：《文选》张衡《南都赋》："揖让而升，宴于兰堂。"吕延济注："为揖让之礼而升堂。兰者，取其芬芳也。"罢鸣机：谓因思念而无心织布。机，指织布机。

⑤游宦：在异乡为官，迁转不定。是：不错。谓男子认为不错。

【译文】

淡淡的云彩逐渐染上暖意融融的红色，早晨踩着碧草带着沁人心脾的芳香回归。山间市集慢慢地消退了微寒与晦暗，园林在初阳照耀下显得光润。这颗怀春的心禁不住非常的感动，看着美妙的春景又涌起悲哀的情思。自从夫君离家外出之后，芳香的厅堂中就再也听不见织机的鸣响。你只知道在外面做官非常逍遥自在，却不想想长久地别离实在是不好。

长门怨

【题解】

本篇收入《乐府诗集》卷四十二《相和歌辞·楚调曲》。郭茂倩题解引《乐府解题》："《长门怨》者，为陈皇后作也。后退居长门宫，愁闷悲思，闻司马相如工文章，奉黄金百斤，令为解愁之辞。相如为作《长门赋》，帝见而伤之，复得亲幸。后人因其赋而为《长门怨》也。"据《汉书》卷九十七上《外戚传上》，陈皇后为长公主嫖女。"初，武帝得立为太子，长主有力，取主女为妃。及帝即位，立为皇后，擅宠骄贵，十余年而无子。闻卫子夫得幸，几死者数焉。上愈怒。"后废居长门宫。诗以主要篇幅，渲染寂寞凄清的环境气氛，末以"无复"二句收煞点题，既抒写了陈皇后的凄怨，也流露了对陈皇后的同情。陈祚明有“意浅，音节不滞”（《采菽堂古诗选》卷二十五）之评。

玉户夜愔愔[1]，应门重且深[2]。秋风动桂树，流月摇轻阴[3]。绮檐清露滴[4]，网户思虫吟[5]。叹息下兰阁[6]，含愁奏雅琴[7]。何由鸣晓佩，复得抱宵衾[8]。无复金屋念[9]，岂照长门心。

【注释】

①户：原作“壶”，傅刚《校笺》：“五云溪馆本、徐本、郑本作‘户’。”据改。《广韵》卷三：“半门为户。”司马相如《长门赋》：“挤玉户以撼金铺兮，声噌吰而似钟音。”愔愔（yīn）：《文选》嵇康《琴赋》：“愔愔琴德，不可测兮。”李周翰注：“愔愔，深静也。”

②应门：参见前沈约《咏月》注。

③轻阴：淡淡的云彩。

④绮檐：华美的屋檐。滴：《乐府诗集》作“溽”。

⑤网户：指带有镂空花格的门，其空格犹如网眼。宋玉（一说屈原）《招魂》：“网户朱缀，刻方连些。”思虫：蟋蟀之类。萧纲《玄圃纳凉诗》：“萤翻竞晚热，虫思引秋凉。”思，《文选》张华《励志诗》：“吉士思秋，寔感物化。”李善注：“思，悲也。”

⑥兰阁：即楼阁。兰，取其芳香。

⑦雅琴：《文选》司马相如《长门赋》：“援雅琴以变调兮，奏愁思之不可长。”李善注：“《七略》曰：‘雅琴，琴之言禁也，雅之言正也，君子守正以自禁也。’”

⑧衾（qīn）：被子。

⑨金屋：据《乐府诗集》卷四十二《长门怨》郭茂倩题解引《汉武帝故事》，汉武帝数岁时为胶东王，长公主还宫，将他抱置膝上，

问曰:“儿欲得妇否?”指左右长御百余人,皆云“不用”。指其女问曰:“阿娇好否?”笑对曰:“好,若得阿娇作妇,当作金屋贮之。”“长主乃苦要帝,遂成婚焉”。阿娇,即后来的陈皇后。

【译文】

玉户在夜里是如此深邃寂静,长门宫的正门一道道特别幽深。桂树枝在秋风中轻轻地摇动,月光流移摇曳着淡淡的云影。清莹的露珠从雕绘的屋檐滴落,悲哀的秋虫在有花格的门边低吟。叹息声从飘溢着兰香的楼阁传来,满含愁怨弹奏起了雅琴。怎样才能让玉佩又在清晨鸣响,又得同君王一起拥被而寝。君王不再有当初让住进金屋的念头,哪里还会有心思顾念到这长门。

江南曲

【题解】

本篇载《文苑英华》卷二百一,《艺文类聚》卷四十二节引;收入《乐府诗集》卷二十六《相和歌辞·相和曲》。以短短的八句四十字,叙述了一个耐人寻味的小故事,抒写了思妇对她的明明是眷恋于新欢却推说是因路途遥远而不归的夫君的怅怨之情,取材新颖,构思精巧,用笔简洁,音节雅亮,且带有一定的民歌情味。王夫之评云:“含吐曲直,流连辉映,足为千古风流之祖。”(《古诗评选》卷一)“故人”一联,与谢朓《王孙游》末二句“无论君不归,君归芳不歇”有机杼同一、异曲同工之妙。

汀洲采白蘋①,日落江南春②。洞庭有归客,潇湘逢故人③。故人何不返④?春华复应晚⑤。不道新知乐⑥,且言行路远⑦。

【注释】

①汀(tīng)洲:水中小洲。屈原《九歌·湘夫人》:"搴汀洲兮杜若,将以遗兮远者。"白蘋(pín):一种水中浮草。

②落:傅刚《校笺》:"五云溪馆本、徐本、郑本作'暖'。"

③潇湘:即湘江,水名。在今湖南境内,流入洞庭湖。谢朓《新亭渚别范零陵云》:"洞庭张乐地,潇湘帝子游。"

④故人:指思妇的丈夫。何:《艺文类聚》《文苑英华》作"久"。

⑤春华:双关正处于青春的思妇。华,同"花"。应:傅刚《校笺》:"五云溪馆本、徐本、郑本作'将'。"晚:指凋残。双关青春消逝。

⑥新知:新欢。屈原《九歌·少司命》:"悲莫悲兮生别离,乐莫乐兮新相知。"

⑦且:《艺文类聚》作"空",《乐府诗集》作"只"。

【译文】

我在水中的小洲采集白蘋,正是江南春天的日落时分。碰上一个从洞庭归来的客人,说在潇湘一带碰到过我的夫君。夫君为什么这么长时间了还不回来?再不回来这春花就会逐渐走向凋残。他不说与新欢在一起有多快乐,只说不回来是因为路途太遥远。

起夜来

【题解】

本篇收入《乐府诗集》卷七十五《杂曲歌辞》。郭茂倩题解引《乐府解题》:"《起夜来》,其辞意犹念畴昔思君之来也。"诗旨与表现手法与《长门怨》略同,但从"洞房"二句看,女子对重新获宠似还抱着一线希望;不过从末二句看,这种希望又是十分渺茫、似有实无的。平添曲折,深层次地揭示了女子内心的纠结、矛盾和痛苦。

城南断车骑[1]，阁道覆清埃[2]。露华光翠网[3]，月影入兰台[4]。洞房且暮掩[5]，应门或复开[6]。飒飒秋桂响[7]，非君起夜来[8]。

【注释】

①断：隔绝。车：《乐府诗集》作“兵”。

②阁道：楼阁之间以木架空的通道。清埃：即尘土。《汉书》卷五十七下《司马相如传》：“卒然遇逸材之兽，骇不存之地，犯属车之清尘。”颜师古注：“尘谓行而起尘也。言清者，尊贵之意也。”清，《乐府诗集》作“青”。

③翠网：翠色的窗户，因带有犹如网眼的镂空窗格，故名。

④兰台：台名。《文选》张衡《西京赋》：“外有兰台金马，递宿迭居。”薛综注：“兰台，台名。”

⑤洞房：幽深的居室。暮：《乐府诗集》作“莫”。从下句看，或以作“莫”为是。

⑥应门：参见前沈约《咏月》注。

⑦飒飒（sà）：风吹树叶声。傅刚《校笺》：“陈本作‘飒入’。”

⑧非：原作“悲”，《乐府诗集》作“非”，据改。

【译文】

城南再也没有车骑来往，阁道蒙上了一层尘埃。露珠在翠色的窗户上闪烁，月亮的光影照进了兰台。晚上且不要把卧房门关上，王宫的正门或许还会打开。秋桂在风中飒飒作响，并不是君王在夜间动身前来。

七夕穿针

【题解】

本篇载《文苑英华》卷一百五十八、《艺文类聚》卷四、《初学记》卷四节引。宗懔《荆楚岁时记》:“七月七日为牵牛、织女聚会之夜。是夕人家妇女结彩缕,穿七孔针,或以金银鍮石为针,陈几筵酒脯瓜果于庭中以乞巧。”诗写“七夕穿针”为征夫缝制寒衣之事,抒思妇思念远人的悲愁之情,场景凄清,情调凄切,与一般说来气氛轻松且带有娱乐色彩的乞巧情景不同。

代马秋不归①,缁纨无复绪②。迎寒理夜缝③,映月抽纤缕④。的皪愁睇光⑤,连娟思眉聚⑥。清露下罗衣,秋风吹玉柱⑦。流阴稍已多⑧,余光欲难取⑨。

【注释】

①代:郡名。辖境相当于今河北怀安、蔚县以西,今山西阳高、浑源以东等地区,古代为边境地区。《后汉书》卷四十七《班超传》:“狐死首丘,代马依风。”赵氏覆宋本作“黛”。

②缁纨(zī wán):黑色细绢。刘铄《拟行行复行行》:“卧看明灯晦,坐见轻纨缁。”绪:丝头。

③夜:《文苑英华》作“衣”。

④缕:丝线。

⑤的皪(lì):《文选》司马相如《上林赋》:“皓齿粲烂,宜笑的皪。”李周翰注:“的皪,鲜白貌。”睇(dì):斜视。

⑥连娟:司马相如《上林赋》:“长眉连娟,微睇绵藐。”郭璞注:“连娟,言曲细也。”

⑦玉柱:弦乐器上用以支弦的小木柱,以玉为之。江淹《别赋》:“掩金觞而谁御,横玉柱而沾轼。”此即指筝、瑟之类。

⑧“流阴”句:谢庄《怀园引》:“流阴逝景不可追,临堂危坐怅欲悲。”此句《艺文类聚》《初学记》《文苑英华》并作“流景对秋夕”。

⑨欲难取:《艺文类聚》作“欲难驻”,《初学记》作“欻难取”,《文苑英华》作“亦难取”,又注云:“难取,一作‘谁与’。”取,有将余光留下之意。

【译文】

秋天到了夫君还没有骑着代马回来,黑细绢做的衣服大概已没了丝絮。顶着秋寒连夜把寒衣缝制,趁着月色抽出纤细的丝缕。闪亮的斜视的目光带着愁怨,曲细的双眉因忧思而紧皱在一起。清莹的露珠滴落在绸衣之上,一阵阵秋风将筝瑟吹拂。渐渐地光阴流逝得越来越多,余下的月光也很难加以揽取。

咏席

【题解】

本篇载《艺文类聚》卷六十九、《初学记》卷二十五,又见《谢宣城集》卷五,中有《同咏坐上所见一物》组诗,本篇为其中的一首。所咏之席,系用蒲草编织而成,而蒲草生长在水边,故诗先从水边蒲草写起,再转到对蒲席的赞美。首二句风光旖旎,令人神往。

照日汀洲际①,摇风绿潭侧②。虽无独茧轻③,幸有青袍色④。罗袖少轻尘,象床多丽饰⑤。愿君兰夜饮⑥,佳人时宴息⑦。

【注释】

①际:边。

②绿:《艺文类聚》《初学记》作“渌”。

③独茧:司马相如《上林赋》:“曳独茧之褕绁,眇阎易以恤削。”郭璞注:“独茧,一茧之丝也。”此指用一茧之丝做成的衣物等用品。

轻:《初学记》作“丝”。

④青袍:形容蒲草。谓蒲草虽不能像茧那样抽出丝来,并用丝制成青袍,但也能制成席,同样对人有用。古诗“穆穆清风至”:“青袍似春草,长条随风舒。”何逊《与苏九德别》:“春草似青袍,秋月如团扇。”

⑤象床:用象牙装饰的床。

⑥兰夜:飘着兰香的夜晚。《艺文类聚》作“夜阑”。傅刚《校笺》:“《考异》作‘阑夜’。”

⑦宴息:安息,休息。《周易·随》:“君子以向晦入宴息。”

【译文】

在水中的小洲上沐浴和煦的阳光,在绿水清潭边随着清风摇曳。虽然没有用一茧之丝做成的衣物那么轻,所幸有与青袍一样的颜色。放在室内罗袖上很难再落上尘土,象牙床上又多了一件美丽的装饰。但愿您在飘着兰香的夜晚宴饮,但愿美人时时在这上面舒适地休息。

江洪

江洪（生卒年不详），济阳（今河南兰考一带）人。南齐时曾与王僧儒、虞羲、丘国宾、萧文琰等以文学游于竟陵王萧子良门下。梁初曾为建阳令，因事被杀。工属文，钟嵘《诗品》将其诗列入下品。《隋书》卷三十五《经籍志四》著录有集二卷，已散佚。其事见《梁书》卷四十九、《南史》卷七十二《吴均传》。

咏歌姬

【题解】

本篇从妆饰、歌声、表情等方面描写歌姬，刻绘颇细致。“浮声”以下四句，写歌声与表情富于变化，能让人感受到歌者的魅力和歌声的感染力。末二句，写歌者“犹抱琵琶半遮面”，颇传神，能给人以画龙点睛之感。

宝镊间珠花[①]，分明靓妆点[②]。薄鬓约微黄[③]，轻红澹铅脸[④]。发言芳已驰，复加兰蕙染[⑤]。浮声易伤叹[⑥]，沉唱安而险[⑦]。孤转忽徘徊[⑧]，双蛾乍舒敛[⑨]。不持全示人，半用轻纱掩。

【注释】

①镊：缀附于簪、钗的首饰。

②分明：清楚。萧衍《游仙诗》："委曲凤台日，分明柏寝事。"靓（jìng）妆：《文选》司马相如《上林赋》："靓妆刻饰，便嬛绰约。"李善注："郭璞曰：'靓妆，粉白黛黑也。'"

③薄鬓：薄如蝉翼的鬓发。约微黄：在鬓角涂饰微黄，是当时妇女一种时髦的妆饰。萧纲《美女篇》："约黄能效月，裁金巧作星。"

④轻红：淡红。澹（dàn）：淡薄，不浓厚。铅：铅粉，呈青白色，为化妆用品。

⑤兰、蕙：皆香草名。屈原《离骚》："余既滋兰之九畹兮，又树蕙之百亩。"

⑥浮声：当指轻柔、清扬的歌声。《宋书》卷六十七《谢灵运传》："欲使宫羽相变，低昂互节，若前有浮声，则后须切响。"

⑦安而险：平稳与险急。嵇康《琴赋》："或乘险投会，邀隙趋危。"刘向《杖铭》："历危乘险，匪杖不行。"

⑧孤：谓无和声。

⑨双蛾：双眉。谓眉弯而细长，犹如蚕蛾的触须。乍：突然。

【译文】

宝镊与珠花相间璀璨夺目，粉白黛黑妆点得分外鲜明。薄薄的鬓发边涂饰着微黄，脸上是淡淡的胭脂和铅粉。刚一张口便吐出清香之气，还要加上周身兰蕙的芬芳。歌声清扬容易让人感伤喟叹，歌声低沉使人感到平稳急促。歌声急转之后忽然往复回旋，双眉舒展与收敛在瞬间变换。不肯把脸都露出来让人观赏，用轻纱把一半脸轻轻地遮掩。

咏舞女

【题解】

赵氏覆宋本题中无“咏”字。诗从身段、妆饰、舞姿、情态等方面写舞女，写法与《咏歌姬》略同。写舞姿具有动感，能抓住其瞬间的动态和变化予以表现。首末以夸张手法写舞女身段和舞姿的轻盈优美，富有情趣。

腰纤蔑楚媛①，体轻非赵姬②。映襟阗宝粟③，绿肘挂珠丝④。发袖已成态⑤，动足复含姿。斜精若不眄⑥，当转复迟疑⑦。何惭云鹤起，讵减凤惊时⑧？

【注释】

①楚媛：楚国的美女。楚国美女以腰肢纤细著名。《韩非子·二柄》：“楚灵王好细腰，而国中多饿人。”

②赵姬：即汉成帝宠妃赵飞燕。其体态轻盈，能作掌上舞。

③阗（tián）：充满。宝粟：如粟状的小粒宝石。吴兆宜注引龙辅《女红余志》：“李听姬紫云，有金虫宝粟之钿，其制盖自六朝始也。”

④“绿肘”句：吴兆宜注引《列女传》：“珠崖令卒官，妻息送丧还。汉法：内珠入关者死，妻弃其系臂珠。”所说即系臂之珠。绿，指绿色的袖子。

⑤发：展开。

⑥精：目光。傅刚《校笺》：“徐校：‘五云溪馆本、孟本作“睛”。’刚按……徐本、郑本作‘睛’。”眄（miǎn）：斜视。

⑦当：傅刚《校笺》：“徐本、郑本作‘娇’。”

⑧讵（jù）：岂。惊：原作“鸾”，傅刚《校笺》：“《考异》作‘惊’，校说：‘宋刻作“鸾”，误。’……徐校：‘五云溪馆本、孟本均作“惊”。’

按，徐本、郑本作‘惊’。”据改。

【译文】

腰肢纤细看不上楚国的美女，体态轻盈要把赵飞燕挑剔。衣襟上缀满光彩闪烁的粟状宝石，绿色的袖子上悬垂着臂珠的彩丝。彩袖刚一飞舞就展示出迷人的姿态，双足刚一挪移就已隐含婀娜的身姿。目光倾斜但又像并没有斜视，将要旋转但又有些迟迟疑疑。与白鹤的展翅高飞相比哪会感到羞惭，又哪会比凤凰惊飞的时候逊色？

咏红笺

【题解】

本篇《初学记》卷二十一节引，题作《为傅建康咏红笺诗》。笺，小幅而华贵的纸张，用作书信或题咏。吴兆宜注："晋桓玄作桃花笺，有缥绿青赤等色，嗣后有浮碧、殷红、鵶青、鹄白异名。"前部刻绘红笺，极言其华贵精美；后部抒情，表达了用红笺传情达意以找到情投意合伴侣的心愿。

杂彩何足奇①，惟红偏作可。灼烁类蕖开②，轻明似霞破③。镂质卷芳脂④，裁花承百和⑤。且传别离心，复是相思裹。不值情幸人⑥，岂识风流座⑦？

【注释】

①杂彩：指各种彩笺。

②灼烁：光艳貌。蔡邕《弹棋赋》："荣华灼烁，萼不韡韡。"蕖（qú）：芙蕖，即荷花。

③轻明：轻薄明丽。

④镂质：在笺上刻镂图案。质，本体。芳脂：香脂。形容纸质芳香光滑。

⑤裁花：指在笺上印制有花的图案。承：接续。百和：香名。《太平御览》卷八百十六引《汉武内传》："帝以七月七日扫除宫掖之内，设大床于殿上，以紫罗荐地，燔百和香，燃九微灯，以待西王母。"这里用以形容纸质芳香。

⑥不值：《初学记》作"不遇"。情幸人：指情投意合的人。情幸，《初学记》作"精华"。幸，傅刚《校笺》："徐校：'五云溪馆本、孟本均作"牵"。'按，徐本、郑本作'牵'。"

⑦风流座：犹言风月场。指谈情说爱的场所。此指通过红笺传情达意。

【译文】

各种颜色的彩笺何足为奇，只有红笺偏偏能让人认可。色彩光艳就像是荷花盛开，轻薄明丽就像是红霞散布。刻镂图案将香脂卷起，裁制鲜花以接续百和。且用红笺将别离的心绪传递，又把相思的情愫紧紧地包裹。如果没有遇上情投意合的人，哪能懂得这红笺所传达的情意？

咏蔷薇

【题解】

傅刚《校笺》："五云溪馆本、冯校本、孟本同赵氏覆宋本、校本、徐本作'柳恽诗'。"蔷薇，一种落叶灌木，枝上有刺，开白色花或淡红色花，有芳香。诗篇刻绘春景如画，不特咏蔷薇而已。通过景物的描写，表现了"春闺"人闲畅自适的情怀。而从末二句看，"春闺"人似又受着某种"是非"的纷扰，欲强自排解。所谓"春闺不能静"，值得品味。

当户种蔷薇，枝叶太葳蕤①。不摇香已乱，无风花自飞。春闺不能静，开匣理《明妃》②。曲池浮采采③，斜岸列依依④。或闻好音度⑤，时见衔泥归⑥。且对清觞湛⑦，其余任是非。

【注释】

①葳蕤（wēi ruí）：东方朔《七谏·初放》："便娟之修竹兮，寄生乎江潭。上葳蕤而防露兮，下泠泠而来风。"王逸注："葳蕤，盛貌。"

②匣：指琴匣。理：弹奏。原作"对"，傅刚《校笺》："五云溪馆本、徐本、郑本作'理'。"据改。《明妃》：指《明妃曲》，琴曲名。西晋石崇作，吟咏王昭君远嫁匈奴之事。

③采采：众多貌。指水草。《诗经·秦风·蒹葭》："蒹葭采采，白露未已。"

④依依：柳条随风飘拂貌。即指柳树。《诗经·小雅·采薇》："昔我往矣，杨柳依依。"

⑤好音：美妙好听的声音。指鸟鸣声。《诗经·鲁颂·泮水》："食我桑黮，怀我好音。"度：掠过。

⑥衔泥：古诗"东城高且长"："思为双飞燕，衔泥巢君屋。"

⑦清觞（shāng）：美酒。《太平御览》卷二百二十九引扬雄《太官令箴》："群物百品，八珍清觞。以御宾客，以膳于王。"湛：清澄。

【译文】

大门对面种有蔷薇，枝叶长得非常茂盛。没有摇动香已四处飘散，没有风吹花也自己翩飞。时值春天在闺房中静不下来，打开琴匣弹奏起了《明妃曲》。曲池中漂浮着密密的水草，斜岸边排列着依依杨柳。有时会听到好听的鸟叫声掠过，有时会看见燕子衔着泥土飞回。且对着清澄的美酒开怀痛饮，其余的哪管它是对还是不对。

高爽

高爽（生卒年不详），广陵（今江苏扬州）人。齐武帝永明中举孝廉，官国子博士。梁初为中军临川王参军，出为晋陵令。因事下狱，作《镬鱼赋》以自况，其文甚工。后遇赦获免。博学多才，善作讽刺诗。其事见《南史》卷七十二。

咏镜

【题解】

本篇载《艺文类聚》卷七十。名为咏镜，实则咏人。镜“虚心”“贞明”，无奈“会不采”，只能“空自欺”。面对渺茫而漫长的未来，流露出怅惘无依的情怀，令人油然而生同情之感。陈祚明有“直致，翻有古意”（《采菽堂古诗选》卷二十八）之评。

初上凤皇墀①，此镜照蛾眉②。言照常相守③，不照常相思。虚心会不采④，贞明空自欺⑤。无言故此物⑥，更复对新期⑦。

【注释】

①凤皇墀（chí）：指宫中。墀，宫殿前的台阶。《宋书》卷八十《始平孝敬王子鸾传》：“思玉步于凤墀，想金声于鸾阙。”

②蛾眉：指美女细长而弯的眉毛。借指美女。

③常：《艺文类聚》、赵氏覆宋本作“长”。下句“常”同。

④虚心：语含双关。字面上是说镜子虚心（看去镜内空无一物），实际是说女子虚心（忠于君王而没有二心）。会：适逢。采：《诗经·周南·芣苢》：“采采芣苢，薄言采之。”毛传：“采，取也。”

⑤贞明：语含双关。字面上是说镜子质地坚固透明。《初学记》卷十六引郭子横《洞冥记》：“汉武帝悬浮金轻玉之磬。浮金者，自浮于水上；轻玉者，其质贞明而轻也。”实际是说女子节操坚贞洁白。《吴越春秋》卷三《王僚使公子光传》：“女子叹曰：‘嗟乎！妾独与母居三十年，自守贞明，不愿从适。’”欺：傅刚《校笺》引《考异》：“‘欺’字未详，疑为‘持’字之讹。”

⑥故此：《艺文类聚》作“此故”。

⑦对：傅刚《校笺》：“五云溪馆本、徐本、郑本作‘照’。”

【译文】

此镜刚来到凤凰墀的时候，曾照过长着蛾眉的美女。本来以为照镜时可以长相厮守，不照镜时可以常相思念。谁知虚心却遭遇被弃的命运，坚贞纯洁却是徒然自欺欺人。这面镜子本来就不会开口说话，却还须面对一个个新的日子。

鲍子卿

鲍子卿，南朝梁人。生平不详。今存诗二首。

咏画扇

【题解】

本篇载《艺文类聚》卷六十九，作者作“高爽”。诗以画扇比女子，画扇本来自轻微不起眼的细丝，画上美女后受到重视，但也不过是一个陪侍的角色。末二句表达的既是一种希望，更是一种忧惧。

细丝本自轻①，弱彩何足眄②。直为发红颜③，谬成握中扇④。乍奉长门泣⑤，时承柏梁宴⑥。思妆开已掩⑦，歌容隐而见。但画双黄鹤⑧，莫作孤飞燕。

【注释】

①细：傅刚《校笺》：“五云溪馆本、徐本、郑本作‘新’。”

②眄（miǎn）：斜着眼看。

③直：只。发：《荀子·礼论》：“故说豫娩泽，忧戚萃恶，是吉凶忧愉之情发于颜色者也。”杨倞注：“发，见也。”即显现，画出。红颜：指女子美丽的容颜。傅毅《舞赋》：“貌嫽妙以妖蛊兮，红颜晔其扬华。”借指美女。

④握:《艺文类聚》作“幄”。

⑤乍:忽然。长门:汉宫名。汉武帝陈皇后失宠,别居长门宫。

⑥柏梁宴:《三辅黄图》卷五:“柏梁台,武帝元鼎二年春起此台,在长安城中北阙内。《三辅旧事》云:‘以香柏为梁也。帝尝置酒其上,诏群臣和诗,能七言诗者乃得上。’”

⑦妆:妆饰,妆容。

⑧鹤:《艺文类聚》作“鹄”。旧题苏武诗:“愿为双黄鹄,送子俱远飞。”

【译文】

细丝本来就十分轻微,淡淡的色彩哪值得斜着眼看。只因在上面画了个美女,便荒谬地成了人们手中的一把扇。一会儿侍奉长门宫中哭泣的人,有时又陪侍在柏梁台上举行的盛宴。满含相思的妆容刚刚显露就用扇遮掩,正歌唱的俏脸用扇掩没然后又显现。扇上只能画上一对比翼双飞的黄鹤,可不能就画一只孤孤单单的飞燕。

咏玉阶

【题解】

傅刚《校笺》:“徐本、郑本作‘何子朗诗’。”《文选》班固《西都赋》:“玄墀钔砌,玉阶彤庭。”李善注引《汉书》:“昭阳舍中庭彤朱,而殿上髹漆,砌皆铜沓,黄金涂,白玉阶。”诗咏玉阶,极言其外表之浮华,位置之尊显。末二句更以传说中的昆山仙境反衬,表达了对于玉阶的赞美之意、喜爱之情。

玉阶已夸丽①,复得临紫微②。北户接翠幄③,南路抵金扉④。重叠通日影,参差藏月辉⑤。轻苔染朱履⑥,微淀拂罗衣⑦。独笑昆山曲⑧,空见青凫飞⑨。

【注释】

①夸丽：美丽。《文选》傅毅《舞赋》："埒材角妙，夸容乃理。"李善注："夸，犹美也。"

②紫微：帝王宫殿名。陶宗仪《说郛》卷六十一上引辛氏《三秦记》："未央一名紫微宫。"

③户：《广韵》卷三："半门为户。"左思《吴都赋》："开北户以向日，齐南冥于幽都。"翠幄：以翠羽为饰的帷帐。也可能指帷帐颜色有红有绿，似翡翠鸟的羽毛。

④南路：潘岳《河阳县作》："引领望京室，南路在伐柯。"抵：原作"低"，傅刚《校笺》："五云溪馆本、徐本、郑本、孟本作'抵'。"据改。扉（fēi）：门。沈约《拟风赋》："若夫摇玉树，响金扉。"

⑤参差（cēn cī）：不齐貌。谢朓《晚登三山还望京邑》："白日丽飞甍，参差皆可见。"

⑥朱：傅刚《校笺》："陈本作'珠'。"

⑦淀（diàn）：《尔雅·释器》："淀谓之垽。"刑昺疏："淀，滓泥也。"此指尘土。傅刚《校笺》："徐本、郑本作'澂'。"

⑧昆山：昆仑山，神话传说中西王母所居之处。曲：深隐处。

⑨青凫（fú）：即青鸟，传说中的神鸟，为西王母所使。《汉武故事》："王母遣使谓帝曰：'七月七日我当暂来。'七月七日，日正中，忽见有青鸟从西方来集殿前。有顷，王母至。"

【译文】

白玉台阶本就已十分美丽，加之又能面对帝王的宫殿紫微。北门与翠羽装饰的帷幄相接，南面的路直抵辉煌的黄金门。台阶重叠都与斑驳的日影彼此相连，参差错落里面藏有月亮的光辉。薄薄的青苔将红色的绣鞋浸染，绸衣拂拭沾上了一点点灰尘。独自嘲笑在那昆仑山的深处，徒见青凫在那里不住地翩飞。

何子朗

何子朗（生卒年不详），字世明，东海郯（今山东郯城）人。早有才思，人称“人中爽爽何子朗”。与族人何逊、何思澄俱擅文名，时人谓“东海三何，子朗最多”。梁时曾官员外散骑侍郎，出为国山令。卒，年仅二十四岁。原有集，已佚。今仅存诗三首。其事见《梁书》卷五十《文学传下》、《南史》卷七十二《文学传》。

学谢体

【题解】

谢朓体，即永明体。南齐永明年间，沈约、谢朓、王融、周颙等人倡导声律，在创作上讲求声韵谐和，对仗精整，一时蔚然成风。谢朓是在实践声律主张方面取得成就最高、影响也最大的诗人，故“永明体”也称之为“谢朓体”。诗写女子的寂寞相思之情，笔墨简净清丽。末二句写她的担忧和期望，将诗意更翻进一层。

桂台清露拂①，铜陛落花沾②。美人红妆罢③，攀钩卷细帘④。思君击促柱⑤，玉指何纤纤⑥。未应为此别，无故坐相嫌⑦。

【注释】

①桂台：汉代长安未央宫中台名。《三辅黄图》卷五："望鹄台、眺蟾台、桂台、商台、避风台。"拂：谓铺上了一层。

②陛（bì）：台阶。

③红妆：盛妆。因妆饰以红色为主，故称。

④卷细帘：吴兆宜注引《拾遗记》："越有美女夷光以贡于吴，吴处以椒华之房，贯细珠为帘幌，朝下以蔽景，夕卷以待月。"萧纲《苦热行》："细帘时半卷，轻幌乍横张。"

⑤击：傅刚《校笺》："徐本、郑本作'暂'。"促柱：谓将支弦的小木柱移近，使弹出的音高而急。赵氏覆宋本作"促织"。

⑥玉指：言美人之手指。

⑦坐：遂，就。嫌：猜忌。

【译文】

桂台上铺上了一层清露，铜阶上沾上了落花点点。美人精心打扮完之后，拿着帘钩卷起了细密的珠帘。思念夫君弹奏出高而急的乐调，白皙的手指是多么纤柔。我们不应当因为这一离别，彼此就无缘无故地产生嫌隙。

和虞记室骞古意

【题解】

虞骞，会稽（今浙江绍兴）人。曾任记室。官至王国侍郎。工五言诗，与何逊齐名。今仅存诗五首，与何子朗相和之作不见。本篇写春日相思之情，颇受古诗影响，而清新流丽胜过古诗，仍是六朝风致。陈祚明评云："'燕下'二句轻倩。对此景，真思酌春酒也。"（《采菽堂古诗选》卷二十八）

美人弄白日[1]，灼灼当春牖[2]。清镜对蛾眉[3]，新花映玉手[4]。燕下拾池泥，风来吹细柳。君子何时归？与我酌尊酒[5]。

【注释】

①弄：戏耍，嬉戏。

②灼灼：明艳貌。《诗经·周南·桃夭》："桃之夭夭，灼灼其华。"当：对着。牖（yǒu）：窗。古诗"青青河畔草"："盈盈楼上女，皎皎当窗牖。"

③蛾眉：指女子细而弯的眉毛。

④映：傅刚《校笺》："徐本、郑本作'弄'。"玉手：曹植《妾薄命》："携玉手，喜同车。"

⑤尊：同"樽"，酒杯。

【译文】

美人在明丽的日光下嬉戏，光彩照人正对着春意盎然的窗口。对着明镜的是一弯娇媚的蛾眉，鲜花辉映着的是一双温润的玉手。燕子飞下来衔起水池中的软泥，春风赶来吹拂摇曳纤细的柳。夫君您什么时候才能回来？快回来与我一起品尝这杯清醇的酒。

和缪郎视月

【题解】

本篇载《艺文类聚》卷一、《文苑英华》卷一百五十二，作者均作"虞骞"，题均作《视月》。逯钦立辑校《先秦汉魏晋南北朝诗》与《艺文类聚》《文苑英华》相同。缪郎，其人不详。诗篇所描绘的月下景色，清朗澄澈，历历如在目前。多用叠字，平添形象和音韵之美。末以怀人作结，留下余韵。

清夜未云疲[①],细帘聊可发[②]。泠泠玉潭水[③],映见蛾眉月[④]。靡靡露方垂[⑤],辉辉光稍没[⑥]。佳人复千里[⑦],余影徒挥忽[⑧]。

【注释】

①"清夜"句:曹植《公宴》:"公子敬爱客,终宴不知疲。清夜游西园,飞盖相追随。"

②细帘:用细珠贯串而成的帘子。细,《艺文类聚》作"珠"。发:掀起。

③泠泠(líng):《楚辞》东方朔《七谏·初放》:"上葳蕤而防露兮,下泠泠而来风。"王逸注:"泠泠,清凉貌。"《文苑英华》作"冷冷",赵氏覆宋本作"玲玲"。玉潭水:《文苑英华》作"玉殿外"。

④蛾眉月:鲍照《玩月城西门》:"末映东北墀,娟娟似蛾眉。"

⑤靡靡(mǐ):露多貌。曹植《节游赋》:"观靡靡而无终,何眇眇而难殊。"

⑥辉辉:光耀貌。庾信《灯赋》:"辉辉朱烬,焰焰红荣。"稍:渐渐。

⑦"佳人"句:谢庄《月赋》:"美人迈兮音尘阙,隔千里兮共明月。"

⑧余影:指月亮的余光。挥忽:倏忽。谓瞬息即逝。《南齐书》卷四十三《何昌寓传》:"百年之寿,同于朝露,挥忽去留,宁足道哉!"

【译文】

清朗的夜晚没有感觉到疲劳,姑且将细珠穿成的帘子掀起。明澈如玉的水潭透出清凉,倒映出一轮蛾眉似的弯月。一颗颗晶莹的白露下垂欲滴,月亮的光辉渐渐地就要隐没。所想念的佳人还在千里之外,余光白白地就要在瞬间消失。

范靖妇

范靖妇，即范靖之妻沈满愿，吴兴武康（今浙江德清）人。沈约孙女。其生卒年及生平皆不详，但其诗被列于江洪、何逊间，其生活年代当在武帝天监年间。其夫范靖，据《隋书》卷三十五《经籍志四》，曾官征西记室。靖，吴兆宜注："一作'静'。"《隋书》卷三十五《经籍志四》著录有集三卷，已佚。今存诗十二首。

咏步摇花

【题解】

本篇《艺文类聚》卷七十、《太平御览》卷七百十五节引。《释名·释首饰》："步摇，上有垂珠，步则摇动也。"诗从质地构成、精美制作、婉妙动态等方面吟咏步摇花，将步摇花写得活灵活现、生辉有神。陈祚明对三、四句尤为欣赏，云："三、四生致隽绝。"（《采菽堂古诗选》卷二十八）末从步摇写到美人，说明饰品对于女性的重要，实为女性作者的切身感受。

珠华萦翡翠①，宝叶间金琼②。剪荷不似制，为花如自生③。低枝拂绣领④，微步动瑶瑛⑤。但令云髻插，蛾眉本易成⑥。

【注释】

①萦：缠绕。翡翠：绿色玉。

②琼：美玉。

③为：傅刚《校笺》引孟本校："一作'拈'。"

④低枝：孔稚珪《北山移文》："或飞柯以折轮，乍低枝而扫迹。"绣：《太平御览》作"衣"。

⑤微步：曹植《洛神赋》："凌波微步，罗袜生尘。"瑶（yáo）：美玉。瑛：似玉的美石。

⑥"但令"二句：吴兆宜注："一本作'谅非桃李节，弥令蜂蝶惊'。"云髻，浓密如云的发髻。蛾眉，借指美女。

【译文】

步摇花上珠花缠绕着翡翠，珠宝叶片间有黄金和美玉点缀。剪出的荷花不像是人工制成，做成的花就像是天生。低垂的花枝拂拭着绣花衣领，轻轻移动脚步就摇动了瑶瑛。只要在如云的发髻上插上步摇，就会很容易成为一个美人。

戏萧娘

【题解】

本篇载《艺文类聚》卷十八。萧娘，对女子的称谓。萧，傅刚《校笺》："五云溪馆本、徐本、郑本作'绣'。"《南史》卷五十一《临川靖惠王（萧）宏传》："武帝诏宏都督诸军侵魏。……宏闻魏援近，畏懦不敢近。……魏人知其不武，遗以巾帼。北军歌曰：'不畏萧娘与吕姥，但畏合肥有韦武。'"本篇一个"戏"字写得很足，而又有分寸感。"因风"二句富于包孕，确能启人"想像"。

明珠翠羽帐[①]，金薄绿绡帷[②]。因风时暂举[③]，想像见芳姿。清晨插步摇，向晚解罗衣[④]。托意风流子[⑤]，佳情讵肯私[⑥]。

【注释】

①翠羽帐:用翠鸟的羽毛做装饰的帷帐。

②金薄:即金箔,金之薄片,用以饰物,俗称贴金。绡:生丝织成的薄纱。

③因:凭借。

④向:《艺文类聚》作"薄"。

⑤托意:阮瑀《为魏武与刘备书》:"披怀解带,投分托意。"风流子:指情人或丈夫。风流,英俊。《世说新语·赏誉》:"范豫章谓王荆州:'卿风流隽望,真后来之秀。'"

⑥佳情:美好的感情。指眷恋情人或丈夫的深情。讵(jù)肯私:《艺文类聚》作"肯自私"。讵,岂。肯,傅刚《校笺》:"五云溪馆本、徐本、郑本作'可'。"私,谓有所保留。

【译文】

有明珠和翠色鸟羽装饰的床帐,有贴着金箔的绿绡做成的帷幕。因风吹拂帷帐被暂时掀起,令人想见帷帐中美妙的丰姿。清晨在发髻上插上步摇,到傍晚脱掉身上的绸衣。把心意传达给那位风流之人,奉献美好的情意我岂肯有所保留。

咏五彩竹火笼

【题解】

本篇载《艺文类聚》卷七十、《太平御览》卷七百十一。竹本有"润霜"之质,但被"纤剖""毫分"编织成火笼后,只能燃香薰被、"曜彩""接裙",徒具"丽饰",而忘了"昔凌云"的气概与志节。诗人对此咏叹,颇能小中见大。陈祚明《采菽堂古诗选》卷二十八引杨用修语认为"此诗言外之意,以讽士之富贵而改节者",这诚然有很大的可能;但不排除还有另外的一种可能:其时妇女地位低下,只能被别人视作玩物随意摆布,诗人对此心有不满,于是以竹笼喻之,抒发了内心的不平与感慨。

可怜润霜质[①]，纤剖复毫分[②]。织作回风苣[③]，制为萦绮文[④]。含芳出珠被[⑤]，曜彩接缃裙[⑥]。徒嗟今丽饰，岂念昔凌云[⑦]。

【注释】

①可怜：可惜。润霜质：经霜浸润磨砺后的质地。谢灵运《登永嘉绿嶂山》："澹潋结寒姿，团栾润霜质。"

②"纤剖"句：鲍照《芜城赋》："出入三代，五百余载，竟瓜剖而豆分。"

③回风苣（jù）：旋风形的火炬图案。傅刚《校笺》引孟本校："一作'迎风缕'。"苣，同"炬"。

④萦：缠绕。绮文：美丽的花纹。

⑤含芳：曹丕《善哉行》其二："哀弦微妙，清气含芳。"珠被：缀有细珠的被子。宋玉《招魂》："翡翠珠被，烂齐光些。"

⑥缃（xiāng）：浅黄色。

⑦凌云：直上云霄。常用以比喻志节的高迈或意气的昂扬。何晏《景福殿赋》："建凌云之层盘，浚虞渊之灵沼。"

【译文】

可惜经霜沾润磨砺过的美质，被细细地一丝一毫地剖分。编织成旋风形的火炬图案，编织成相互缠绕的美丽花纹。含着芳香从有珠饰的锦被中拿出，闪耀着光彩又靠近浅黄色的香裙。徒然为今天这美丽的装饰嗟叹，哪里还顾念当初曾经气概凌云。

咏灯

【题解】

本篇载《艺文类聚》卷八十、《初学记》卷二十五。王夫之评云："就题平叙，自有意致。"（《古诗评选》卷六）首二句写"日已暮"而"月未归”，正是该点灯的时候。中四句即描摹灯点亮后的种种形态，写得惟妙惟肖、风采高华。末二句流露留恋良辰美景之意，写的是灯的心态、情感，而实为人的心态、情感。

绮筵日已暮[1]，罗帏月未归[2]。开花散鹤彩[3]，含光出九微[4]。风轩动丹焰[5]，冰宇澹清晖[6]。不吝轻蛾绕[7]，惟恐晓蝇飞。

【注释】

①绮筵：华美的坐席。

②帏：《艺文类聚》作“帐”。月未归：谓尚无月照。

③鹤：原作“鹄”，《艺文类聚》《初学记》作“鹤”；又傅刚《校笺》引《考异》：“刘子骏《灯赋》曰：‘惟兹苍鹤，修丽以奇。身体剡削，头颈委蛇。负斯明烛，躬含冰池。’庾子山《七夕赋》曰：‘鹤焰初上，羊灯未安。’则作‘鹤’为是。”据改。

④九微：灯名。《太平御览》卷三十一引《汉武内传》：“七月七日，乃扫除宫掖之内，张云锦之帷，燃九微之灯。”

⑤轩：窗户。

⑥冰宇：傅刚《校笺》引孟本校：“一作‘水槛’。”宇，屋檐。澹（dàn）：淡薄。清：傅刚《校笺》：“《考异》作‘青’。”

⑦吝：顾惜。傅刚《校笺》：“五云溪馆本、徐本、郑本作‘畏’。”

【译文】

坐在华美的筵席上到了傍晚，罗帐上还没有月光照进。灯花点燃散发出鹤羽般洁白的光彩，所蕴含的光辉均来自这盏九微灯。风吹进窗户摇动红色的光焰，淡淡的清辉让屋檐像铺上了一层冰。不担心小飞蛾在灯旁绕来绕去，就害怕明天清早苍蝇四处乱飞。

何逊

何逊（约472—519？），字仲言，东海郯（今山东郯城）人。约二十岁时举秀才。梁武帝天监初入仕为奉朝请，后任安成王参军事，兼尚书水部郎，世称“何水部”。后又为庐陵王记室，随任至江州，不久病卒。据《梁书》本传，何逊八岁即能赋诗，得到范云、沈约等人嗟赏，沈约曾云：“吾每读卿诗，一日三复，犹不能已。”萧绎也曾评论说：“诗多而能者沈约，少而能者谢朓、何逊。”与刘孝绰并称“何刘”，又与阴铿并称“阴何”。《隋书》卷三十五《经籍志四》著录有集七卷，已散佚。明人辑有《何记室集》，又有《何水部集》。其事见《梁书》卷四十九《文学传》、《南史》卷三十三。

日夕望江赠鱼司马

【题解】

本篇载《艺文类聚》卷三十一、《文苑英华》卷二百四十七。诗作于江州。鱼司马，即鱼弘，襄阳（今属湖北）人。身长八尺，白皙美姿容，曾为南谯、盱眙、竟陵太守，平西湘东王司马。《梁书》卷二十八有传。诗篇抒写了诗人的离愁别绪和思归故乡的心情，表达了对宦游生活的厌倦，其地虽多宴赏繁会，徒增其悲而已。对哀景的描绘寥廓而清新，颇受《西洲曲》等南朝乐府民歌的影响。陈祚明评云：“其声调则《西洲》之遗。超忽无之，而言情亦切。”（《采菽堂古诗选》卷二十六）

湓城带湓水[①]，湓水萦如带[②]。日夕望高城[③]，耿耿青云外[④]。城中多宴赏[⑤]，丝竹常繁会[⑥]。管声已流悦，弦声复凄切。歌黛惨如愁[⑦]，舞腰疑欲绝。仲秋黄叶下[⑧]，长风正骚屑[⑨]。早雁出云归，故燕辞檐别。昼悲在异县[⑩]，夜梦还洛汭[⑪]。洛汭何悠悠[⑫]，起望登西楼[⑬]。的的帆向浦[⑭]，团团日隐州[⑮]。谁能一羽化[⑯]，轻举逐飞浮[⑰]。

【注释】

①湓（pén）城：即湓口城。故址在今江西九江南，地当湓水入长江之处。后改名浔阳。带：环绕。湓水：源出江西瑞昌西清湓山，东流经九江城下，北流入长江。

②萦：缠绕。

③城：城墙。《艺文类聚》《文苑英华》作“楼”。

④耿耿：明晰貌。谢朓《暂使下都夜发新林至京邑赠西府同僚》：“秋河曙耿耿，寒渚夜苍苍。”傅刚《校笺》：“五云溪馆本、徐本、郑本作‘眇眇’。”

⑤宴赏：宴饮、观赏（指观赏歌舞之类）。

⑥丝竹：指琴瑟等弦乐器和箫笛等管乐器。繁会：错杂，交响。屈原《九歌·东皇太一》：“五音纷兮繁会，君欣欣兮乐康。”

⑦歌黛：指歌女。黛，古代女子用以画眉的青黑色颜料，代指美眉、美女。

⑧仲秋：农历八月。黄叶下：屈原《九歌·湘夫人》：“袅袅兮秋风，洞庭波兮木叶下。”

⑨长风：宋玉《高唐赋》：“长风至而波起兮，若丽山之孤亩。”骚屑：风声。刘向《九叹·思古》：“风骚屑以摇木兮，云吸吸以湫戾。”

⑩异县:汉乐府《饮马长城窟行》(一作蔡邕诗):"他乡各异县,展转不相见。"

⑪洛汭(ruì):洛水流入黄河处,在今河南巩义。指洛阳一带。这里借指京师建康一带。汭,河流汇合处。

⑫悠悠:远貌。南朝乐府《西洲曲》:"海水梦悠悠,君愁我亦愁。"

⑬登西:傅刚《校笺》:"陈本作'西南'。"《西洲曲》:"鸿飞满西洲,望郎上青楼。"

⑭的的:明晰貌。刘向《新序·杂事第二》:"昭王用乐毅以胜,惠王逐之而败。此的的然若白黑。"浦:水滨。

⑮团团:圆貌。日:《文苑英华》作"月"。傅刚《校笺》:"徐校:'孟本作"月"。'……刚按,沈本、陈本作'月'。"隐:傅刚《校笺》:"陈本作'映'。"州:同"洲",水中的小块陆地。《艺文类聚》《文苑英华》作"洲"。

⑯羽化:指飞升成仙。

⑰轻举:轻身飞升。《楚辞》屈原《远游》:"悲时俗之迫厄兮,愿轻举而远游。"王逸注:"高翔避世,求道真也。"曹植《仙人篇》:"万里不足步,轻举陵太虚。"飞浮:飞鸟与浮云。

【译文】

湓城环绕着湓水,湓水缠绕犹如一根衣带。日落时分仰望高高的城墙,城墙轮廓分明高耸青云之外。城中宴会和歌舞繁多,弦乐管乐常常错杂。箫笛之声已流露出欢乐喜悦,琴瑟之声则又流露出凄凉哀伤。歌女双眉紧锁似有满腹忧愁,舞女的细腰怀疑就要折断。仲秋八月黄色的树叶开始飘落,长风吹来发出阵阵骚屑之声。早雁穿过云层往南方回归,燕子告别主人离开了屋檐。白天为游宦在异县而感到悲伤,夜里在梦中回到了洛汭故乡。洛汭看去是何等的悠远,起身遥望登上了西楼。能清晰地看见帆樯正驶向水滨,圆圆的月亮隐没在沙洲之后。有谁能够羽化飞升,轻身跃起去追逐飞鸟浮云。

轻薄篇

【题解】

本篇载《文苑英华》卷一百九十四,《艺文类聚》卷三十三、四十二节引,卷三十三题作《拟轻薄篇》;收入《乐府诗集》卷六十七《杂曲歌辞》。郭茂倩题解引《乐府解题》:"《轻薄篇》,言乘肥马,衣轻裘,驰逐经过为乐,与《少年行》同意。何逊云'城东美少年',张正见云'洛阳美少年'是也。"诗篇描绘和揭露了都市贵游子弟骄逸放荡的生活,与曹植《名都篇》、张华《轻薄篇》等作可后先辉映。在铺陈挥洒的笔墨中,也不无非议讽刺之意。陈祚明评云:"'淹丽'之章。'相看'二句殊肖。"(《采菽堂古诗选》卷二十六)

城东美少年①,重身轻万亿②。柘弹随珠丸③,白马黄金勒④。长安九逵上⑤,青槐荫道植⑥。毂击晨已喧⑦,肩排暗不息⑧。走狗通西望⑨,牵牛亘南直⑩。相期百戏傍⑪,去来三市侧⑫。象床沓绣被⑬,玉盘传绮食⑭。娼女掩扇歌⑮,小妇开帘织⑯。相看独隐笑,见人还敛色⑰。黄鹤悲故群⑱,山枝咏初识⑲。乌飞过客尽⑳,雀聚行龙匿㉑。酌羽方厌厌㉒,此时欢未极㉓。

【注释】

①城东:吴兆宜注:"一作'长安'。"

②重(zhòng)身:谓看重个体生命眼前的享乐。

③柘(zhè)弹:用柘树枝做的弹弓。《周礼·冬官·考工记》:"弓人为弓,取六材必以其时。……凡取干之道七,柘为上,檍次之……"《太平御览》卷九百五十八引《风俗通》:"柘材为弓,弹而放快。"

柘,《艺文类聚》《太平御览》作“拓”。随珠:传说中的宝珠。参见卷一《古乐府诗六首》“日出东南隅行”注。《淮南子·览冥训》:“譬如隋侯之珠,和氏之璧,得之者富,失之者贫。”《吕氏春秋·贵生》:“以随侯之珠弹千仞之雀,世必笑之,是何也?所用重,所要轻也。”

④勒:带嚼子的马笼头。《艺文类聚》卷三十三、四十二及《文苑英华》《乐府诗集》皆作“饰”。曹植《白马篇》:“白马饰金羁,连翩西北驰。”

⑤九逵:《尔雅·释宫》:“九达谓之逵。”郭璞注:“四道交出,复有旁道。”因以“九逵”称四通八达的大路。《三辅黄图》卷一引《三辅决录》:“长安城面三门,四面十二门,皆通达九逵,以相经纬。”

⑥青槐:左思《魏都赋》:“疏通沟以滨路,罗青槐以荫途。”《晋书》卷一百十三《苻坚载记上》载长安百姓歌:“长安大街,夹树杨槐。下走朱轮,上有鸾栖。”荫:遮蔽。《文苑英华》作“阴”。

⑦毂(gǔ):车轮中间的圆木。代指车。《史记》卷六十九《苏秦列传》:“临淄之途,车毂击,人肩摩,连衽成帷,举袂成幕,挥汗成雨。”

⑧排:谓肩挨着肩。《艺文类聚》卷三十三作“摩”。暗:《文苑英华》《乐府诗集》作“暝”。傅刚《校笺》:“徐校:‘五云溪馆本作“暝”。’徐本、郑本作‘暝’。”

⑨走狗:台名。《三辅黄图》卷五:“长乐宫……有著室台、斗鸡台、走狗台。”通西:吴兆宜注:“一作‘东西’。”西,《文苑英华》作“四”。

⑩牵牛:此为桥名。《三辅黄图》卷一《咸阳故城》:“引渭水贯都以象天汉,横桥南渡以法牵牛。”亘:横贯。《乐府诗集》作“向”。

⑪期:邀约。百戏:各种杂耍、杂戏,如扛鼎、吞刀、爬杆、履火、耍龙灯之类。《初学记》卷十五引梁元帝《纂要》:“百戏起于秦汉。”

⑫三市:《周礼·地官·司市》:“大市日昃而市,百族为主;朝市朝时而市,商贾为主;夕市日夕而市,贩夫贩妇为主。”

⑬象床:有象牙装饰的床。沓:重叠。

⑭玉盘:古诗“橘柚垂华实”:“委身玉盘中,历年冀见食。”绮食:美食。

⑮娼女:从事歌舞的艺人。《乐府诗集》作“大姊”。傅刚《校笺》:“五云溪馆本、郑本、陈本作‘大妇’。又,陈本‘扇歌’作‘歌扇’。”

⑯妇:《乐府诗集》作“妹”。

⑰敛色:收敛笑容,恢复严肃的表情。

⑱故群:从前在一起的伴侣。吴兆宜注引《列女传》:“鲁陶婴,陶明之女。少寡,养姑,纺绩为产。鲁人欲求之,女乃歌曰:‘黄鹄早寡,七年不双。宛颈独宿,不与众同。夜半悲鸣,想其故雄。飞鸟尚然,况于贞良。’鲁人闻之,遂不复求。”群,《古苑英华》作“乡”。

⑲山枝:刘向《说苑·善说》载《越人歌》:“山有木兮木有枝,心说(悦)君兮知不知。”枝,《文苑英华》作“川”。初:《乐府诗集》作“新”。

⑳鸟:《乐府诗集》作“乌”。

㉑行龙匿:行天之龙已经藏匿,谓天将晚。《艺文类聚》卷九十三引《东观汉记》:“马援于交阯铸铜马,奏曰:‘臣闻行天者莫如龙,行地者莫如马。’”

㉒酌羽:饮酒。羽,羽觞,一种作鸟雀状、左右形如两翼的酒杯。《文苑英华》作“酒”。方:方才,正在。原作“前”,《文苑英华》《乐府诗集》作“方”,据改。厌厌:安闲、和悦、满足貌。《诗经·小雅·湛露》:“厌厌夜饮,不醉无归。”

㉓未:《文苑英华》作“无”。

【译文】

城东有一群俊美的少年,看重生命的享乐而轻视亿万钱财。用柘木弹弓弹射用隋珠做的弹丸，坐骑白马的笼头用黄金装饰。奔驰在长安四通八达的大道上，大道两旁种植着遮荫的青槐。大街上车碰轮击一大早就喧闹不已，人潮肩膀挨着肩膀天黑了还不停息。走狗台直通西边可以望得很远，牵牛桥笔直地贯通到渭水的南岸。互相邀约来到百戏场，去去来来总在热闹的三市旁边。象牙床上重叠着绣花被子，玉盘不停地传送着美食。歌女用扇子遮掩着脸庞歌唱，小妇掀开帘子正在忙着纺织。四目相视不禁独自偷偷笑笑，见到他人又赶紧恢复了庄重的神色。黄鹤为离开了昔日的伴侣感到悲伤，山上的树枝感叹自己有了新的相识。乌飞走了过路的客人也已散尽，鸟雀聚到窝里行天之龙已经藏匿。少年饮酒正饮得快活，此时的欢乐还远远没到结束的时候。

咏照镜

【题解】

本篇载《艺文类聚》卷七十。诗写思妇清早起来后对镜梳妆打扮的情景，次第写来，不疾不徐，气氛宁静，形态生动。末二句一转，写思妇内心的忧伤和痛苦，与前形成对比。陈祚明评云："'对影'二句，'宝（羽）钗'二句，并活。笑乃自喜，与啼故不相妨。"（《采菽堂古诗选》卷二十六）

珠帘旦初卷①，绮罗朝未织②。玉匣开鉴形③，宝台临净饰④。对影独含笑，看花空转侧⑤。聊为出茧眉⑥，试染夭桃色⑦。羽钗如可间⑧，金钿长相逼⑨。荡子行未归⑩，啼妆坐沾臆⑪。

【注释】

①珠帘：用珍珠串连而成的帘子。

②绮罗朝：《艺文类聚》作"停机晨"。绮罗，有花纹的华美的丝织

品。罗，赵氏覆宋本作“机”。

③玉匣：有玉饰的梳妆匣。庾信《镜》：“玉匣聊开镜，轻灰暂拭尘。”鉴：照镜。《艺文类聚》作“览”。

④宝台：珠宝镶嵌的镜台。净饰：素净的妆饰。犹言淡妆。

⑤花空：《艺文类聚》作“光时”。花，指镜中照着的头上的簪花。转侧：谓转头侧身变换着角度端详。

⑥为：谓化妆成。出茧眉：即蛾眉。

⑦夭桃色：如桃花般粉红艳丽的颜色。《诗经·周南·桃夭》：“桃之夭夭，灼灼其华。”

⑧羽钗：一端作鸟羽状的金钗。曹植《美女篇》：“头上金爵（雀）钗，腰佩翠琅玕。”“金爵钗”，即羽钗。江淹《丽色赋》：“翠蕤羽钗，绿秀金枝。”间（jiàn）：间隔，分开。《释名·释首饰》：“钗，叉也，象叉之形因名之也。”由于钗由两股簪子合成，形似叉，中空分，故云“如可间”。

⑨金钿（diàn）：用金翠珠宝等镶嵌的花形首饰。相逼：谓紧贴着发鬓。

⑩荡子：长期在外游荡不归的男子。古诗“青青河畔草”：“荡子行不归，空床难独守。”

⑪啼妆：《后汉书》卷三十四《梁冀传》：“（冀妻孙寿）色美而善为妖态，作愁眉、啼妆、堕马髻、折腰步、龋齿笑，以为媚惑。”李贤注引《风俗通》：“啼妆者，薄拭目下若啼处。”坐：因为。汉乐府《陌上桑》：“来归相怨怒，但坐观罗敷。”沾臆：《艺文类聚》作“相忆”。臆，胸。

【译文】

早晨起来刚把珠帘卷起，绮罗也还没有开始编织。打开玉匣拿出镜子照照，妆饰素净坐在梳妆台边。对着镜中的自己独自含笑，转头侧身看着簪花空自端详。姑且画出两道细弯的蛾眉，试着把两颊涂成桃花的颜色。羽钗插在头上似可分开，金钿长久地把发鬓紧贴。荡子还游荡在外没有回来，涂上啼妆只因泪水已把胸襟沾湿。

闺怨

【题解】

本篇载《艺文类聚》卷三十二。诗写闺怨，时间选定在拂晓时分，与一般选在傍晚或深夜不同。描写先景后情，先外后内，颇有次第。语言讲求对偶，但并不过分雕琢，尚有汉魏古诗余韵，故王夫之有“艳诗不失风骨”（《古诗评选》卷五）之评。

晓河没高栋①，斜月半空庭。窗中度落叶②，帘外隔飞萤。含情下翠帐③，掩涕闭金屏④。昔期今未返，春草寒复青。思君无转易，何异北辰星⑤。

【注释】

①河：银河。栋：屋之正中。借指房屋。

②度：飞过。

③翠帐：有翠羽装饰的床帐。亦或指床帐颜色有红有绿，似翡翠鸟的羽毛。谢朓《拟风赋奉司徒教作》：“开翠帐之影蔼，响行佩之轻鸣。”

④金屏：有金饰的屏风。

⑤北辰星：即北极星。在天空北部，从地球上看，其位置几乎不变。南朝乐府《子夜歌》：“侬作北辰星，千年无转移。”

【译文】

拂晓时分银河从高楼后隐没，月亮西斜还照着半个空寂的庭院。窗中不时有树叶无声地飘进，帘外有一闪一闪的流萤。满含怨情将翠羽般的帷帐放下，掩面垂泪将有金饰的屏风收起。从前约定了日期但至今也没有回来，春草经冬枯萎后现在又开始返青。思念夫君感情绝不会有改变，与天上的北辰星相比没什么不同。

咏七夕

【题解】

本篇载《文苑英华》卷一百五十八，题作《七夕》；《艺文类聚》卷四、《初学记》卷四节引，题作《七夕诗》。诗吟咏民间传说中七月七日夜牛郎、织女相会的故事，意境离奇、阔大、优美，有浓郁的神话色彩和浪漫气息。"来欢"二句，与其说是写团聚之乐，不如说是写团聚之苦。末以景作结，留下无尽的怅惘和遗恨，意在言外。

仙车驻七襄①，凤驾出天潢②。月映九微火③，风吹百和香④。来欢暂巧笑⑤，还泪已啼妆⑥。依稀犹洛汭⑦，倏忽似高唐⑧。别离不得语⑨，河汉渐汤汤⑩。

【注释】

①仙车：与下句"凤驾"皆指织女之车。七襄：指织女星更动七次位置。按昼夜共十二个时辰，从早到晚占七个时辰，即从卯时到酉时。每个时辰织女星都要更动一次位置，因而称为七襄。这里借指织女所在之处。《诗经·小雅·大东》："跂彼织女，终日七襄。"襄，更动。《艺文类聚》作"骧"。

②天潢（huáng）：星名。《史记》卷二十七《天官书》："旁有八星，绝汉，曰天潢。"司马贞《索隐》："宋均曰：'天潢，天津也。'"《晋书》卷十一《天文志上》："天津九星，横河中，一曰天汉，一曰天江，主四渎津梁，所以度神通四方也。"指银河边织女出发处。

③映：傅刚《校笺》："五云溪馆本、徐本、郑本作'照'。"九微：灯名。《太平御览》卷三十一引《汉武内传》："七月七日，乃扫除宫掖之内，张云锦之帷，燃九微之灯，夜二更后，西王母驾九色之斑龙上

殿。”

④百和香：香名。用多种香料配制而成。《太平御览》卷八百十六引《汉武内传》：“燔百和香，燃九微灯，以待西王母。”吴均《行路难》其五：“博山炉中百和香，郁金苏合及都梁。”

⑤来：《初学记》作“逢”。巧笑：美好迷人的笑容。《诗经·卫风·硕人》：“巧笑倩兮，美目盼兮。”

⑥还（xuán）：很快。啼妆：参见前《咏照镜》注。这里是说有了啼痕。啼，《文苑英华》作“沾”。

⑦犹：一作“如”。洛汭（ruì）：洛水流入黄河处。见前《日夕望江赠鱼司马》注。

⑧倏（shū）忽：疾速。屈原《九歌·少司命》：“荷衣兮蕙带，倏而来兮忽而逝。”高唐：楚台观名。宋玉《高唐赋序》：“昔者楚襄王与宋玉游于云梦之台，望高唐之观，其上独有云气。……玉曰：‘昔者先王尝游高唐，怠而昼寝，梦见一妇人曰：“妾，巫山之女也。为高唐之客，闻君游高唐，愿荐枕席。”王因幸之。’”

⑨不：《文苑英华》作“未”。语：赵氏覆宋本作“见”。

⑩河汉：银河。汤汤：水势浩大貌。《诗经·卫风·氓》：“淇水汤汤，渐车帷裳。”

【译文】

织女所乘坐的仙车已停在其所在之处，紧接着其车驾就开始从天潢出发。月光与九微的灯光相互辉映，清风吹来百和的芳香。欢乐来到短暂地浮现出美好的笑容，很快又泪流满面像化了啼妆。依稀觉得是在洛水转弯处，倏忽间又好像是在高唐。别离后又将不能在一起倾诉衷肠，银河水渐渐地又变得浩浩荡荡。

咏舞妓

【题解】

本篇载《艺文类聚》卷四十二，题作《咏妓诗》；《初学记》卷十五节引，题作《咏舞诗》。傅刚《校笺》："徐本、郑本无'舞'字。"诗篇吟咏舞姿优美、且复多情的舞妓，将对舞蹈、音乐、歌唱、神情及内在情感的表现交织一起，笔法腾挪，绘声绘色。运用了一连串动词，使诗篇充满了动感。

管清罗荐合①，弦惊雪袖迟②。逐唱回纤手，听曲动蛾眉③。凝情眄堕珥④，微睇托含辞⑤。日暮留嘉客⑥，相看爱此时⑦。

【注释】

①管：指箫、笛等管乐器。清：《艺文类聚》作"随"。罗荐：绫罗做的垫席、褥子。《汉武故事》："帝斋于寻真台，设紫罗荐。"

②雪：傅刚《校笺》引程校："一作'云'。"张衡《舞赋》："裾似飞燕，袖如回雪。"迟：舒缓。

③动：傅刚《校笺》："徐本、郑本作'转'。"

④情：傅刚《校笺》："沈本、陈本'情'作'睛'。"眄（miǎn）：斜视。赵氏覆宋本作"盼"。堕：下垂。珥（ěr）：耳环。

⑤睇（dì）：斜视，流盼。宋玉《神女赋》："目略微眄，精彩相授。"含辞：曹植《洛神赋》："含辞未吐，气若幽兰。"

⑥留嘉客：留嘉，《初学记》作"能留"。嘉客，贵客。《诗经·小雅·白驹》："所谓伊人，于焉嘉客。"嘉，《艺文类聚》作"佳"。

⑦爱：《初学记》作"讵"。

【译文】

吹响清越的管乐并将绫罗的垫席合拢，弦乐声突然奏响雪白的舞袖缓缓地飘起。紧随歌唱的节奏纤纤玉手不停地回旋，听着伴奏的乐曲不时掀动细长的双眉。定睛斜视头歪向一旁耳环似要坠落，微微地斜视情有所托但含辞未吐。天色向晚且把贵客留住，此时含情凝视彼此更加爱慕。

看新妇

【题解】

本篇载《艺文类聚》卷四十、《初学记》卷十四，均题作《看新婚诗》。《何逊集》及逯钦立辑校《先秦汉魏晋南北朝诗》题作《看伏郎新婚诗》。诗先以洛神宓妃衬托，写新娘的艳美；再通过"花烛""红妆""灼灼""生光"等词语的运用，笔酣墨饱地刻绘和渲染了灯烛辉煌、喜气洋洋的气氛。末以"所悲"二字急转，写新娘临离娘家时的悲伤和不舍，前后形成鲜明的对比。

雾夕莲出水，霞朝日照梁①。何如花烛夜②，轻扇掩红妆③。良人复灼灼④，席上自生光。所悲高驾动⑤，掩袖出长廊⑥。

【注释】

①"雾夕"二句：曹植《洛神赋》："远而望之，皎若太阳升朝霞；迫而察之，灼若芙蕖出渌波。"

②花烛：彩饰的蜡烛。旧时举办婚礼时多用，故常用作婚礼的代称。庾信《和咏舞诗》："洞房花烛明，燕余双舞轻。"

③红妆：盛妆，以色尚红，故称。此代指新妇。

④良人：妻子称呼丈夫。复：《艺文类聚》作"已"，《初学记》作"以"。灼灼：鲜明貌。形容容光焕发。《诗经·周南·桃夭》："桃之夭夭，灼灼其华。"

⑤驾：加车于马。即指车。

⑥掩袖：《艺文类聚》《初学记》作“环佩”。

【译文】

洛神就像夕雾中出水的莲花，又像早晨映照着屋梁的朝霞。但哪里比得上花烛夜的新娘，正用轻扇遮掩着盛妆的脸庞。新郎又是那样容光焕发，在筵席上自是满面红光。可悲的是车驾就要开动，以袖掩面哭泣着走出了长廊。

咏倡家

【题解】

本篇载《艺文类聚》卷三十二，题作《咏倡妇》。倡，以歌舞娱人为业者。诗写倡女的寂寞思远之情。“夜花”一联，洵为秀句。“谁念”一联，直接契入倡女内心，正当盛年而孤独无偶的感喟，孤芳自赏的情态，不可遏止的怅惘与忧伤，一一跃然于纸，于全篇有画龙点睛之妙。在立意、造境、写法上颇受古诗“青青河畔草”的影响。

皎皎高楼暮[①]，华烛帐前明。罗帷雀钗影[②]，宝瑟《凤雏》声[③]。夜花枝上发，新月雾中生。谁念当窗牖[④]，相望独盈盈[⑤]。

【注释】

①皎皎：古诗“青青河畔草”：“盈盈楼上女，皎皎当窗牖。”《艺文类聚》作“暧暧”。

②雀钗：一种一端作雀形的金钗。

③宝瑟：嵌有金玉珠宝的瑟。《凤雏》：即《凤将雏》，古曲名。

④当：对着。牖（yǒu）：窗。

⑤盈盈：风姿美好貌。

【译文】

笼罩在暮色中的高楼已是明明亮亮，华美的烛光在帷帐前一派通明。罗帷上掩映出插着雀钗的俏影，宝瑟弹奏出《凤将雏》乐曲的音声。夜花在枝上静静地开放，新月在朦胧的雾气中冉冉上升。有谁能顾念我正寂寞地站在窗前，一个怅望远方的风姿美好的孤独身影。

咏白鸥嘲别者

【题解】

本篇载《艺文类聚》卷九十二、《文苑英华》卷三百二十九，均题作《咏白鸥诗》。《何逊集》及逯钦立辑校《先秦汉魏晋南北朝诗》题作《咏白鸥兼嘲别者》。生活中可能确有恩爱夫妻不知何故突然分手之事，诗人于是有感而作了此诗。确有嘲讽之意，但也不无惋惜与同情。通篇以白鸥为比，形象真切，意在言外。

可怜双白鸥①，朝夕水上游②。何言异栖息③，雌往雄不留。孤飞出屿浦④，独宿下沧洲⑤。东西从此去，影响绝无由⑥。

【注释】

①可怜：可爱。鸥：生活在湖海边或岛上的一种水鸟。

②夕：《文苑英华》作“共”。游：傅刚《校笺》：“五云溪馆本、徐本、郑本作‘浮’。”

③栖息：此指栖止之处。曹丕《莺赋》：“托幽笼以栖息，厉清风而哀鸣。”息，《艺文类聚》作“鸟”。

④浦：水边。《艺文类聚》作“浦溆”，《文苑英华》作“溆浦”。

⑤沧洲：滨水之地。谢朓《之宣城郡出新林浦向板桥》：“既欢怀禄情，复协沧洲趣。”

⑥影响:《尚书·大禹谟》:"惠迪吉,从逆凶,惟影响。"孔安国传:"吉凶之报,若影之随形,响之应声,言不虚。"

【译文】

有两只可爱的白鸥,从早到晚都一起在水中嬉游。不知为什么说从此将不在一起栖息,雌鸥要飞走雄鸥也不在此停留。一只孤独地从岛屿的水滨飞走,独自在另一个滨水的地方歇宿。两只白鸥一东一西从此别离,想要如影随形如响应声已绝无可能。

学青青河边草

【题解】

本篇载《文苑英华》卷二百八,收入《乐府诗集》卷三十八《相和歌辞·瑟调曲》,均题作《青青河畔草》。逯钦立辑校《先秦汉魏晋南北朝诗》题作《拟青青河边草转韵体为人作其人识节工歌诗》。诗写女子对身在远方的丈夫的思念。她思之颇切,却又勉力自我克制和宽解,所谓"不言于此别","方我未成离",表现出极为复杂、微妙的心态,由此也能看出她对丈夫的一往情深。诗韵两句一转,但读来仍极顺畅。王夫之评云:"转韵如不转,此如调瑟理笙,妙在唇指,不在谱也。如珠含光不用灯烛,静者之姝乃可云姝。"(《古诗评选》卷五)

春园日应好[①],折花望远道[②]。秋夜苦复长,抱枕向空床[③]。吹楼下促节[④],不言于此别。歌筵掩团扇[⑤],何时一相见。弦绝犹依轸[⑥],叶落裁下枝[⑦]。即此虽云别,方我未成离。

【注释】

①园日:《文苑英华》《乐府诗集》作"兰巳"。

②"折花"句:古诗"涉江采芙蓉":"涉江采芙蓉,兰泽多芳草。采

之欲遗谁？所思在远道。”又“庭中有奇树”：“庭中有奇树，绿叶发华滋。攀条折其荣，将以遗所思。”其诗意同。

③“抱枕”句：傅刚《校笺》：“《考异》作‘抱衾面空床’。”古诗“青青河畔草”：“荡子行不归，空床难独守。”

④吹楼：有歌吹之楼。楼，《文苑英华》《乐府诗集》作“台”。促节：乐调高而急促。陆机《拟东城一何高》：“长歌赴促节，哀响逐高徽。”

⑤歌筵：有歌女歌唱的筵席。团扇：汉乐府《怨歌行》：“裁为合欢扇，团团似明月。”

⑥弦绝：弦断。《吕氏春秋·本味》：“伯牙鼓琴，钟子期听之。方鼓琴而志在太山，钟子期曰：‘善哉乎鼓琴，巍巍乎若太山。’少选之间，而志在流水，钟子期又曰：‘善哉乎鼓琴，汤汤乎若流水。’钟子期死，伯牙破琴绝弦，终身不复鼓琴，以为世无足复为鼓琴者。”轸（zhěn）：琴瑟等弦乐器腹下转动弦的木柱。

⑦裁：通“才”。

【译文】

春天花园应该已变得一天比一天美好，折一枝花眺望着通向远方的大道。只恨秋天的夜晚又变得越来越漫长，抱着枕头面对着一张空荡荡的大床。歌吹楼上传来高而急促的乐曲，不想提起我们已经从此分别。在筵席上歌唱用团扇遮住粉脸，不知要到何时我们才能见上一面。丝弦断绝手还依然握着琴轸，黄叶才开始一片片落下树枝。眼下虽说我们确实已经分别，但在我心里我们却还没有别离。

嘲刘谘议孝绰

【题解】

本篇赵氏覆宋本题作《嘲刘孝绰》，《何逊集》题作《嘲刘谘议》，逯钦立辑校《先秦汉魏晋南北朝诗》题作《嘲刘郎诗》。刘孝绰曾任镇南安成王谘议，还曾任安西骠骑谘议参军及安西湘东王谘议参军。诗嘲刘孝绰狎妓晚起，竟至影响到上朝，应是刘孝绰放荡不检生活的真实反映。《梁书》卷三十三《刘孝绰传》："及孝绰为廷尉卿，携妾入官府，其母犹停私宅。（到）洽寻为御史中丞，遣令史案其事，遂劾奏之，云：'携少妹于华省，弃老母于下宅。'高祖为隐其恶，改'妹'为'姝'。"其行若此，狎妓晚起当为不疑之事，反映了当时士人生活的一个侧面。

房栊灭夜火，窗户映朝光①。妖女搴帷出②，蹀躞初下床③。雀钗横晓鬓，蛾眉艳宿妆④。稍闻玉钏远⑤，犹怜翠被香⑥。宁知早朝客，差池已雁行⑦。

【注释】

①"房栊（lóng）"二句：鲍照《中心歌》其三："碧楼含夜月，紫殿争朝光。"房栊，犹言房舍。

②妖女：美女。《艺文类聚》卷十八引张衡《定情赋》："夫何妖女之淑丽，光华艳而秀容。"搴（qiān）：撩起。应玚《公宴诗》："促坐褰重帷，传满腾羽觞。"

③蹀躞（dié xiè）：小步行走貌。汉乐府《白头吟》："躞蹀御沟上，沟水东西流。"初：刚。

④宿妆：隔夜的妆饰。

⑤稍：渐。玉钏（chuàn）：玉镯。

⑥翠被：《左传·昭公十二年》："雨雪，王皮冠，秦复陶，翠被，豹舄，执鞭以出。"杜预注："翠被，以翠羽饰被。"杨伯峻注："被，当读为'帔'，《释名·释衣服》云：'帔，披也，披之肩背，不及下也。'盖以翠毛为之，所以御雨雪，若今之斗篷或清时妇女所著之披风。"按翠被当指色彩红红绿绿、似翡翠鸟羽的被子。

⑦差（cī）池：不齐貌。《诗经·邶风·燕燕》："燕燕于飞，差池其羽。"

【译文】

房中熄灭了夜间的灯火，早晨的阳光照映到了窗户上。美女撩起帷帐走了出来，迈着小步刚刚下床。雀形金钗横卧在清早的鬓发上，美艳的蛾眉还是昨夜化的妆。玉钏的脆响已渐渐远去，你却还在怜惜翠被的芳香。哪里知道上早朝的人们，已三三两两如大雁般排列成行。

王枢

王枢，南朝梁人。生平无可考。今存诗三首。

古意应萧信武教

【题解】

古意，见前沈约《古意》题解。萧信武，即萧昌，字子建，梁武帝萧衍从父弟。天监九年(510)，分湘州置衡州，以萧昌为持节、督广州之绥建、湘州之始安诸军事、信武将军、衡州刺史，诗或即作于其时。教，令。诗虽为应命之作，却既无谀颂之迹，也无匆促草率之嫌。写思妇独自操劳勤苦，思与夫君共度岁月而不得的情愫，颇为真切感人。

朝取饥蚕食，夜缝千里衣①。复闻南陌上②，日暮采莲归。青苔覆寒井，红药间青薇③。人生乐自极④，良时徒见违⑤。何由及新燕，双双还共飞？

【注释】

①“夜缝”句：谢惠连《捣衣》诗：“裁用笥中刀，缝为万里衣。”

②陌：田间小路。

③红药：即芍药。薇：菜名。即巢菜，又名野豌豆。赵氏覆宋本作“微”。

④“人生”句：杨恽《报孙会宗书》：“人生行乐耳，须富贵何时？”

⑤良时：旧题李陵诗：“良时不再至，离别在须臾。”违：背弃。陶渊明《归去来兮辞》：“世与我而相违，复驾言兮焉求。”

【译文】

早晨要为饿了的蚕准备食物，夜里要为千里之外的游子缝衣。又听说在南边的小路上，快天黑了采莲的人就要回归。青苔已将寒冽的水井覆盖，芍药之间还长着青薇。人生的快乐总会有一个终极，但美好的时光却总是白白地与我相违。怎么才能像新春的燕子那样，飞来飞去都能够成双成对？

至乌林村见采桑者聊以赠之

【题解】

聊以赠之，傅刚《校笺》：“五云溪馆本、徐本、郑本作‘因有赠’。”聊以，吴兆宜注：“一作‘因以’。”又：“一无‘之’字。”诗写男士偶遇采桑女并心生爱意而遭婉拒的故事。采桑女为一美丽少妇，虽颦笑含情，却也能端庄自持，不为桑下苟且之事。末二句谓无法回报爱意，实表达了拒绝之意，而出之婉蓄，耐人寻味。

遥见提筐下，翩妍实端妙[①]。将去复回身，欲语先为笑。闺中初别离，不许觅新知[②]。空结茱萸带[③]，敢报木兰枝[④]。

【注释】

①翩妍（piān yán）：轻盈美丽。吴均《行路难》其三：“今日翩妍少年子，不知华盛落前去。”端妙：端庄美妙。

②新知：屈原《九歌·少司命》：“悲莫悲兮生别离，乐莫乐兮新相知。”

③茱萸（zhū yú）带：锦带。茱萸为锦缎之名。陆翙《邺中记》：“织

锦署在中尚方。锦有大登高、小登高、大明光、小明光、大博山、小博山、大茱萸、小茱萸。”

④木兰:香树,或称黄心树、紫玉兰。据说这种树去了皮也不死。屈原《离骚》:“朝搴阰之木兰兮,夕揽洲之宿莽。”

【译文】

遥见挂在树上的提筐之下,一个少妇轻盈美丽端庄美妙。将要离去又转过身来,还没开口先粲然一笑。在闺中刚与我的夫君别离,不许我在外面寻觅新的知己。徒然结了一条茱萸锦带,岂敢贸然回报木兰香枝。

徐尚书座赋得可怜

【题解】

徐尚书,未详何人。赋得,以某事物为题所作诗,或摘取前人成句为诗题,在题中多用“赋得”二字。唐以后,“赋得”成为科举试士诗的一种,即考官以古人诗句或某事物为题,使作五言排律诗六韵或八韵,称为试贴,题目用“赋得”。可,傅刚《校笺》:“五云溪馆本、徐本、郑本作‘阿’。”可怜,可爱之意。首二句以比拟、映衬的手法写美女之“可怜”,接下描绘美女妆饰的过程及其盛妆之美,进一步展示美女的“可怜”。笔墨铺陈,词采华艳,与前二首的清俊流动不同。

红莲披早露,玉貌映朝霞①。飞燕啼妆罢②,顾插步摇花③。溘匝金钿满④,参差绣领斜⑤。暮还垂瑶帐⑥,香灯照九华⑦。

【注释】

①玉貌:宋玉《笛赋》:“摛朱唇,曜皓齿。頳颜臻,玉貌起。”鲍照

《芜城赋》："蕙心纨质，玉貌绛唇。"朝霞：曹植《洛神赋》："远而望之，皎若太阳升朝霞。"

②飞燕：即赵飞燕，西汉成帝宫人，后立为后。啼妆：参见本卷何逊《咏照镜》注。

③步摇花：《释名·释首饰》："步摇，上有垂珠，步则摇动也。"赵氏覆宋本作"插余花"。

④溘（kè）：忽然，突然。匝：环绕一周叫一匝。金钿（diàn）：金花。

⑤参差（cēn cī）：不齐貌。

⑥瑶（yáo）帐：有玉饰的帷帐。

⑦九华：九枝花烛。极言其绚丽多彩。沈约《伤美人赋》："拂螭云之高帐，陈九枝之华烛。"

【译文】

红色的莲花披着晶莹的早露，美玉般的容貌辉映着绚烂的朝霞。刚把赵飞燕式的啼妆化好，又端详着在头上插上步摇花。转眼间金花将发髻的四周插满，绣花衣领从高到低有些倾斜。晚上回来垂下玉饰的帷帐，香灯的九枝花烛放出耀眼的光华。

庾丹

庾丹，南朝梁人。生卒年、籍贯不详。少有俊才，与伏挺、何子朗俱为周舍所亲。萧朗任桂州刺史，庾丹为记室。萧朗“性倨而虐，群下患之”，庾丹直谏，遇害。今存诗二首。其事略见《南史》卷五十一《萧朗传》。

秋闺有望

【题解】

本篇写闺怨，采用先景后情的写法，有缠绵悱恻之致。“月斜”一联，清空疏朗，能凸显秋景特色。“罗襦”四句写百无聊赖、懒心无肠，既写出了思妇的日常生活情状，也写出了思妇内心的委曲和凄怨。全诗对偶整齐，音韵谐协，已可见五言排律雏形。

耿耿横天汉①，飘飘出岫云②。月斜树倒影，风至水回文。已泣机中妇③，复悲堂上君④。罗襦晓长襞⑤，翠被夜徒薰⑥。空汲银床井⑦，谁缝金缕裙⑧。所思竟不至，空持清夜分⑨。

【注释】

①耿耿：明貌。傅刚《校笺》：“徐本、郑本作‘眇眇’。”谢朓《暂使下都夜发新林至京邑赠西府同僚》：“秋河曙耿耿，寒渚夜苍苍。”

天汉：银河。

②"飘飘"句：陶渊明《归去来兮辞》："舟遥遥以轻飏，风飘飘而吹衣。"岫（xiù），峰峦。又："云无心以出岫，鸟倦飞而知还。"

③机：织布机。《山堂肆考》卷一百五十三引《韩诗外传》："子产卒，郑人耕者辍耒耜，妇人捐佩玦。一说，国人哭于巷，妇人哭于机。"

④堂上君：指夫之父母。堂上，尊长所居的正房。

⑤襦（rú）：短袄。襞（bì）：折叠衣服。

⑥翠被：参见前何逊《嘲刘谘议孝绰》注。薰：薰香。

⑦汲：取水。银床：银饰的井栏。也称辘轳架。《晋书》卷二十三《乐志下》载《淮南王篇》："后园凿井银作床，金瓶素绠汲寒浆。"

⑧金缕裙：裙之饰以金丝者。

⑨空持：傅刚《校笺》："五云溪馆本、郑本作'持酒'。"夜分：夜半。

【译文】

明亮的银河横卧在天际，山那边飘过来朵朵白云。月亮西斜能看到树的倒影，风吹过来水面荡起圈圈波纹。织机上的思妇已在那儿哭泣，堂上的老人也为之悲伤不已。清早丝绸短袄总是折叠在那里，夜里翠被白白地把香薰了又薰。徒然跑到银饰的井栏边打水，谁还有心思来缝制金缕裙。所思念的人竟然没有回来，空自等到这清凉的夜半时分。

夜梦还家

【题解】

本篇描绘游子梦回家中、与妻子一起在井边打水的情景。其情景何其温馨，何其谐美，然终不过是南柯一梦而已。以一起打水这一常见的生活情景来表现夫妻温情，而在呈现这一生活情景时只浓墨重彩地描绘景与物，妻子形象竟不着一字，夫妻间也竟无一句言语，可见取材之妙，构思之巧。

归飞梦所忆，共子汲寒浆[①]。铜瓶素丝绠[②]，绮井白银床[③]。雀出丰茸树[④]，虫飞玳瑁梁[⑤]。离人不相见，难忍对春光[⑥]。

【注释】

①汲：取水。寒浆：清冷的水。

②铜瓶：取水器。绠（gěng）：取水器上的绳子。

③绮井：装饰华美的井。白银床：参见前《秋闺有望》注。

④丰茸：茂密，繁多。司马相如《长门赋》："罗丰茸之游树兮，离楼梧而相撑。"

⑤玳瑁（dài mào）梁：画有玳瑁斑纹的屋梁。沈约《八咏·登台望秋月》："九华玳瑁梁，华榱与璧珰。"玳瑁，一种产于热带及亚热带海中的龟状爬行动物，甲壳黄褐色，光润，可做装饰品。

⑥难：傅刚《校笺》："五云溪馆本、徐本、郑本作'争'。"

【译文】

在梦中我飞回了日思夜想的故乡，同你一起来到井边打水。铜瓶上拴着白色的丝绳，华美的井边有银饰的井栏。雀儿从茂密的树林中飞出，虫儿绕着画有玳瑁斑驳的屋梁爬行。离别的人彼此不能相见，实在难以忍心面对这迷人的春光。

范云

范云(451—503),字彦龙,南乡舞阴(今河南泌阳)人。范缜堂弟。《梁书》本传称其“少机警,有识具,善属文,便尺牍,下笔辄成,未尝定稿,时人每疑其宿构”。初仕宋,为郢州西曹书佐,转法曹行参军。入齐,入竟陵王萧子良幕中。时萧子良广集文士,与沈约、萧衍、谢朓、王融等皆为座上宾,时号“竟陵八友”。出为零陵内史、广州刺史等职。入梁,历任散骑常侍、吏部尚书等职,封霄城县侯。官至尚书右仆射。与沈约同为齐、梁间文坛领袖。钟嵘《诗品》将其诗列入中品。《隋书》卷三十五《经籍志四》著录有集十一卷,已散佚。其事见《梁书》卷十三、《南史》卷五十七。

巫山高

【题解】

本篇载《艺文类聚》卷四十二、《文苑英华》卷二百一,又见《谢宣城集》卷二;收入《乐府诗集》卷十七《鼓吹曲辞》。参见卷四王融《巫山高》题解。诗咏巫山神女事(参见卷四王融《古意二首》“游禽暮知反”注引宋玉《高唐赋序》),而实写人间夫妻的离别相思之情。对巫山高峻幽深情景的描绘,颇为生动传神。

巫山高不极①,白日隐光辉。霭霭朝云去②,冥冥暮雨归③。岩悬兽无迹,林暗鸟疑飞。枕席竟谁荐④?相望徒依依⑤。

【注释】

①巫山:在今重庆巫山境内,长江边上。不极:谓没有尽头。

②"霭霭"句:《谢宣城集》作"遥遥朝云出"。霭霭,浓密貌。陶渊明《停云》:"霭霭停云,濛濛时雨。"

③冥冥:晦暗貌。《诗经·小雅·无将大车》:"无将大车,维尘冥冥。"郑玄笺:"冥冥者,蔽人目明,令无所见也。"《乐府诗集》作"溟溟"。

④荐:献。

⑤徒:《文苑英华》作"日",《乐府诗集》作"空"。依依:依恋貌。王逸《九思·悼乱》:"顾章华兮太息,志恋恋兮依依。"

【译文】

高高的巫山高得没有尽头,山峰遮蔽了太阳的光辉。浓密的朝云已经散去,晦暗的暮雨已经回归。山岩孤悬看不到野兽的足迹,树林幽暗鸟儿飞得迟迟疑疑。我这枕席究竟能够进献给谁?彼此深情眺望徒然依依不舍。

望织女

【题解】

本篇载《艺文类聚》卷四;又载《文苑英华》卷一百五十八,作者作"梁武帝"。诗咏织女思念牵牛的痛苦,其情颇显强烈沉痛,远甚于古诗《迢迢牵牛星》。紧扣神话境界展开叙写,提到精卫,提到青鸟,切合织女这一特定人物的身份。不似一般咏织女的诗作那样拘泥于一个"织"字,在立意造境方面有创新开拓。

盈盈一水边[①],夜夜空自怜。不辞精卫苦,河流未可填[②]。寸情百重结[③],一心万处悬[④]。愿作双青鸟[⑤],共舒明镜前[⑥]。

【注释】

①盈盈:水清浅貌。水:指银河。古诗"迢迢牵牛星":"盈盈一水间,脉脉不得语。"

②"不辞"二句:《山海经·北山经》:"(精卫)是炎帝之少女,名曰女娃。女娃游于东海,溺而不返,故为精卫。常衔西山之木石,以堙于东海。"

③寸情:方寸之情。心处于胸中方寸之地,故称。

④"一心"句:《战国策·楚策一》:"楚王曰:'寡人卧不安席,食不甘味,心摇摇然如悬旌,而无所终薄。'"

⑤青鸟:传说中神鸟名,即青鸾。《艺文类聚》卷九十引《决录注》:"辛缮,字公文,治《春秋谶纬》。隐居华阴,光武征不至。有大鸟高五尺,鸡头燕颔,蛇颈鱼尾,五色备举而多青,栖缮槐树,旬时不去。弘农太守以闻,诏问百僚,咸以为凤。太史令蔡衡对曰:'凡象凤者有五:多赤色者凤,多青色者鸾,多黄色者鹓鸰,多紫色者鹫鹭,多白色者鹄。今此鸟多青,乃鸾,非凤也。'"

⑥"共舒"句:谓一起赴死。《艺文类聚》卷九十引范泰《鸾鸟诗序》:"昔罽宾王结罝峻卯之山,获一鸾鸟,王甚爱之,欲其鸣而不致也。乃饰以金樊,飨以珍羞,对之愈戚,三年不鸣。其夫人曰:'尝闻物见其类而后鸣,何不悬镜以映之?'王从其意。鸾睹形悲鸣,哀响中霄,奋而绝。"舒,舒展。《韩非子·十过》:"延颈而鸣,舒翼而舞。"

【译文】

居住在清浅的银河水边,天天夜里徒然地自我哀怜。并不拒绝精卫衔木填海的辛苦,但这条河流实在是无法充填。方寸之情却打上了一百重死结,一颗心却要在一万处孤悬。但愿我们能化作一对青鸾,一起舒展羽翼在明镜之前。

思归

【题解】

本篇逯钦立辑校《先秦汉魏晋南北朝诗》题作《闺思》。诗写思妇的相思之情,能别出心裁,独具只眼。“相思心欲然”为神到之语,出人意表,然而却真切地写出了思妇内心相思之情的炽热,既合情又合理。“几回”一联,能见巧思。

春草醉春烟,春闺人独眠。积恨颜将老,相思心欲然[①]。几回明月夜,飞梦到郎边。

【注释】

①然:同“燃”。

【译文】

春草在春天朦胧弥漫的烟雾中陶醉,春天在闺房中却只有思妇独眠。愁怨郁积容颜眼看就要衰老,相思之情在内心煎熬好像就要燃烧。有好多次在明月高悬的夜里,我在梦中飞到了你的身边。

送别

【题解】

本篇写春日送别的哀伤,正如江淹《别赋》所云:“春草碧色,春水渌波。送君南浦,伤如之何!”笔姿清隽飘逸,颇能体现诗人“清便宛转,如流风回雪”(钟嵘《诗品》中)的创作特色。表现上深受乐府民歌的影响。

东风柳线长[①],送郎上河梁[②]。未尽樽前酒[③],妾泪已千行。不愁书难寄，但恐鬓将霜。空怀白首约，江上早归航。

【注释】

①东风：春风。

②河梁：河上的桥。旧题李陵诗："携手上河梁，游子暮何之？"

③樽：酒器。旧题李陵诗：："行人怀往路，何以慰我愁？独有盈觞酒，与子结绸缪。"

【译文】

东风吹来柳丝长长，送郎上了河上的桥梁。还没有喝完眼前的这杯酒，我的眼泪已经流了一千行。不愁以后书信不好寄送，只害怕鬓发将要变成一片白霜。徒然相约我们要一起白头到老，但愿这江上的船能够早日归航。

江淹

见本卷《古体四首》作者简介。

征怨

【题解】

本篇写征怨，情辞颇凄婉。“独枕”二句，写出思念之苦，思妇“为伊消得人憔悴”的形象仿佛可以目睹。末二句为期盼之辞，说明思妇内心的希望之火尚未熄灭，而也许正是这一点儿希望之火，在支撑着思妇的生命之火。李白《子夜吴歌·秋歌》：“何日平胡虏，良人罢远征？”似与此二句有渊源关系。

荡子从征久①，凤楼箫管闲②。独枕凋云鬓③，孤灯损玉颜。何日边尘静④，庭前征马还？

【注释】

①荡子：在外长期浪荡不归的男子。这里指从征者。

②凤楼：指女子所居之楼。闲：静，止。谓不再吹奏。

③云鬓：指女子鬓发浓密如云。

④边尘：边地的尘土。代指发生在边境的战争。

【译文】

荡子从军征战离家已经很久,凤楼上再也听不到箫管的吹奏。孤枕独眠使浓密如云的鬓发凋落,孤灯暗淡损伤了原本美丽的容颜。什么时候边境上的风尘平静下来,荡子能骑着征马回到庭院前面?

咏美人春游

【题解】

本篇咏美人春游,在写法上受到了曹植《美女篇》的影响,但未作铺陈,笔墨简净,自见特色。“白雪”二句,清丽脱俗,“点绛唇”三字自出机杼,平中见奇,尤为出色。杨慎云:“点绛唇,后人以为曲名,以此知是诗脍炙人口久矣。”(《升庵诗话》卷四)

江南二月春,东风转绿蘋①。不知谁家子,看花桃李津②。白雪凝琼貌③,明珠点绛唇④。行人咸息驾⑤,争拟洛川神⑥。

【注释】

①蘋(pín):亦名“田字草”,一种生于浅水中的植物。

②津:渡口。

③琼貌:玉貌。

④“明珠”句:吴兆宜注引《采兰余志》:“黄帝炼成金丹,炼余之药,汞红于赤霞,铅白于素雪。宫人以汞点唇则唇朱,以铅傅面则面白。”明,原作“问”,《江文通集》作“明”,据改。珠,通“朱”,红色。指丹朱等涂抹口唇的化妆品。绛(jiàng),赤色。王褒《洞箫赋》:“锼镂离洒,绛唇错杂。”

⑤息驾:停车。谓停下车来观赏美人。曹植《美女篇》:“行徒用息

驾,休者以忘餐。”

⑥拟:比。洛川神:即洛神。传为伏羲氏之女宓妃,溺死于洛水,遂成为洛水之神。曹植《洛神赋》对洛神的美貌作了绘声绘色的描写。

【译文】

江南二月正是美丽的春天,春风漂转着水上绿色的浮萍。不知是谁家的姑娘,在长满桃花李花的渡口赏花看景。白雪凝成美玉般的容貌,明艳的丹朱涂抹出绛色的双唇。过路的人全都把车停下,争着说这姑娘实在像是洛水女神。

西洲曲

【题解】

本篇收入《乐府诗集》卷七十二《杂曲歌辞》,题作古辞。本书则将其作者题作“江淹”,但宋本不载。明、清人的古诗选本或作晋辞,或作“梁武帝”。从其格调和语言看,当是经过文人加工修润过的南朝民歌,产生年代可能与梁武帝萧衍及江淹相近。西洲未详何处,唐代温庭筠《西洲曲》有“西洲风色好,遥见武昌楼”之句,据此推测西洲可能在今湖北武昌附近。诗写一个女子对所欢的思与忆,但由于有的诗句不很连贯,意思不够醒豁,历来对其内容的解释多有分歧。揣摩全诗大意及其内在的逻辑,大致可以这样认为:西洲是女子的住处,这里曾是她在落梅时节同情人甜蜜约会的地方。新春乍到,梅花又开,她想起了曾经的约会,于是折梅寄给现在江北的情郎,希望能够再次相聚。但情郎并未前来,于是勾起了她从春到秋、从早到晚的无尽思念。最后,她希望南风吹一个梦到西洲来,让她在梦中同情郎相会。诗篇刻画出一个天真而又热烈地追求自由爱情的少女形象。诗以五言四句一解的章法为基础,运用谐音双关及民歌惯用的“接字法”,紧扣节候和客观景物的变化来刻画人物，抒写情感，色泽浓艳，形象鲜明，声情摇曳，婉约曲致，达到了很高的艺术境界，代表着南朝民歌艺术发展的最高成就，可与北朝乐府民歌中的《木兰诗》合为双璧。陈祚明评云："《西洲曲》摇曳轻扬，六朝乐府之最艳者。初唐刘希夷、张若虚七言古诗，皆从此出，言情之绝唱也。夫艳非词华之谓，声情宛转，语语动人，若赵女目挑心招，定非珠珰翠翘使人动心引魄也。……语语相承，段段相绾，应心而出，触绪而歌，并极缠绵，俱成哀怨。此与《离骚》《天问》同旨，岂不悲哉！"（《采菽堂古诗选》卷十五）沈德潜评云："续续相生，连跗接萼，摇曳无穷，情味愈出。"又："似绝句数首，攒簇而成。乐府中又生一体。"（《古诗源》卷十二）

忆梅下西洲①，折梅寄江北②。单衫杏子红③，双鬓鸦雏色④。西洲在何处？两桨桥头渡⑤。日暮伯劳飞⑥，风吹乌桕树⑦。树下即门前，门中露翠钿⑧。开门郎不至，出门采红莲⑨。采莲南塘秋，莲花过人头。低头弄莲子，莲子青如水⑩。置莲怀袖中，莲心彻底红。忆郎郎不至，仰首望飞鸿⑪。鸿飞满西洲，望郎上青楼⑫。楼高望不见，尽日栏杆头。栏杆十二曲，垂手明如玉。卷帘天自高，海水摇空绿⑬。海水梦悠悠，君愁我亦愁。南风知我意，吹梦到西洲。

【注释】

①下：飘落。

②"折梅"句：是因"忆"而产生出来的行动，又有相约再见之意。陆凯《赠范晔诗》："折花逢驿使，寄与陇头人。江南无所有，聊赠一枝春。"江北，男子所居之地。

③杏子红：杏红色。

④"双鬓"句：是说头发像小乌鸦羽毛那样乌黑发亮。雏，刚孵出不

久的小鸟。

⑤“西洲”二句：南朝乐府《莫愁乐》其一：“莫愁在何处？莫愁石城西。艇子打两桨，催送莫愁来。”句式与此同。

⑥伯劳：鸟名。亦名博劳，又名䴗。《礼记·月令》：“仲夏䴗始鸣。”《乐府诗集》卷六十八《杂曲歌辞·东飞伯劳歌》：“东飞伯劳西飞燕，黄姑织女时相见。”

⑦乌桕树：一种高大的落叶乔木，夏天开小红花，秋天叶子变红。

⑧翠钿（diàn）：翡翠制作或镶嵌的形如花朵的首饰。这里代指女子。

⑨莲：谐“怜”。以下几句的“莲”字同此。南朝乐府《子夜歌》其十一：“高山种芙蓉，复经黄檗坞。果得一莲时，流离婴辛苦。”《子夜四时歌·夏歌》其八：“乘月采芙蓉，夜夜得莲子。”

⑩青：原作“清”，《乐府诗集》作“青”，据改。

⑪望飞鸿：即盼望书信。古人有鸿雁传书的说法。

⑫青楼：涂饰成青色的楼房。唐以前为淑女美人所居，与后来以青楼代指妓院不同。曹植《美女篇》：“青楼临大路，高门结重关。”

⑬海水：这里指江水。江水浩莽，给人以如海的感觉。

【译文】

回忆梅花飘落西洲的日子，又折下一枝梅花寄往江北。我身上穿着杏红色的单衫，双鬓是小乌鸦羽毛那样的颜色。如问西洲是在什么地方？划动双桨即可到达桥头的渡口。傍晚时分只见伯劳在飞，晚风在把乌桕树吹拂。乌桕树下就是我家门前，门中露出了头上的翠钿。打开大门并没有看见情郎到来，我走出大门去采摘红莲。来到秋天的南塘边采摘红莲，莲花已经高过了人头。低下头来把弄一颗颗莲子，莲子青青就像是碧绿的水。把莲子放到衣袖之中，莲心从里到外都是火红。思念情郎情郎却没有前来，抬起头来仰望天上的飞鸿。飞鸿遍布西洲的上空，为了望郎又登上了青楼。青楼虽高却什么也没望见，我从早到晚都伫立在栏杆头。栏杆弯曲一共有十二个拐角，下垂的双手就像玉一般白皙。

卷起珠帘天空兀自显得很高，海水徒然地摇荡着一片深绿。思念的梦就如海水悠悠不断，情郎您在忧愁我也在忧愁。南风知道我怀念情郎的深情，但愿能吹一个团聚的梦到西洲。

潘黄门岳述哀

【题解】

本篇载《文选》卷三十一，为江淹《杂体三十首》中的第十一首。潘黄门，即西晋诗人潘岳，潘岳在晋惠帝时曾任给事黄门侍郎。述哀，即悼亡（本书卷二载有潘岳《悼亡诗》二首）。诗以哀悼心态发展的轨迹、情感流动的波澜及与此相联系的行为动作的先后为序，逐层演进，环环相扣，将内心的悲痛之情表现得颇曲折深沉、酣畅淋漓，能得潘诗神髓。吴淇评云："潘之诗文生于情。此诗拟潘，情生于文，因写情处不及原诗。然而风调风格居然黄门矣。钟氏谓'文通善于拟摹'，良然。"（《六朝选诗定论》卷十七）陈祚明则认为，"安仁更饶秀致，此未符会"（《采菽堂古诗选》卷二十四）。

青春速天机①，素秋驰白日②。美人归重泉③，凄怆无终毕④。殡宫已肃清⑤，松柏转萧瑟⑥。俯仰未能弭⑦，寻念非但一⑧。拊衿悼寂寞⑨，恍然若有失⑩。明月入绮窗，仿佛想蕙质⑪。销忧非萱草⑫，永怀寄梦寐⑬。梦寐复冥冥⑭，何由觌尔形⑮。我惭北海术⑯，尔无帝女灵⑰。驾言出远山⑱，徘徊泣松铭⑲。雨绝无还云⑳，花落岂留英㉑。日月方代序㉒，寝兴何时平㉓！

【注释】

①青春：春天。《楚辞》屈原（一说景差）《大招》："青春受谢，白日昭

只。”王逸注：“青，东方春位，其色青也。”天机：《文选》潘岳《悼亡诗》其三：“曜灵运天机，四节代迁逝。”张铣注：“天机者，言天运动有机关也。”

②素秋：秋季。古代五行以金配秋，其色白，故称。刘祯《鲁都赋》：“及其素秋二七，天汉指隅。”

③美人：潘岳自称其妻。重泉：犹九泉。潘岳《悼亡诗》其一：“之子归穷泉，重壤永幽隔。”

④凄怆：《文选》张铣注：“悲伤也。”终毕：终止，尽头。

⑤殡宫：停柩之所。指墓穴。肃清：《文选》李周翰注：“犹寂寞也。”潘岳《寡妇赋》：“奉虚座兮肃清，愬空宇兮旷朗。”

⑥松柏：古人墓地多种松柏。萧瑟：风吹松柏声。宋玉《九辩》：“悲哉秋之为气也！萧瑟兮草木摇落而变衰。”

⑦俯仰：指片刻的时间。弭（mǐ）：停止。指停止思念或悲伤。

⑧非但一：非只一端。曹丕《善哉行》其一：“君子多苦心，所愁不但一。”

⑨拊衿（jīn）：潘岳《悼亡诗》其二：“抚衿长叹息，不觉涕沾胸。”拊，抚。衿，衣襟。悼：伤。

⑩怳然：失意貌。

⑪蕙质：《文选》吕向注：“言体质芬芳如兰蕙也。”

⑫“销忧”句：《文选》张铣注：“言岳之此忧非萱草所能消。”萱草，俗名忘忧草，古人以为此草可令人忘忧。

⑬寄梦寐（mèi）：谓在梦中相见。潘岳《寡妇赋》：“愿假寐以通灵兮，目炯炯而不寝。”寄，《文选》李善本作“宁”，五臣本作“寄”。

⑭冥冥：昏暗不明。潘岳《寡妇赋》：“虽冥冥而罔觌兮，犹依依以凭附。”

⑮觌（dí）：见。

⑯北海术：谓与死者相见之术。《法苑珠林》卷一百十六：“汉北海营陵有道人，能令人与已死人相见。同郡人妇死已数年，闻而往见

之，曰：'愿令我一见亡妇，死不恨矣。'……乃语其相见之术，于是与妇言语、悲喜、恩情如生。"

⑰帝女灵：谓托梦之灵。帝女，指传说中的赤帝女姚姬。相传姚姬未嫁而卒，葬于巫山之阳。楚怀王游于高唐，昼寝，梦见一妇人，自称巫山之女，愿荐枕席，王因幸之。见王融《古意二首》"游禽暮知反"注引《文选》宋玉《高唐赋序》。

⑱驾言：驾车。《诗经·邶风·泉水》："驾言出游，以写我忧。"驾，吴兆宜注："一作'愿'。"言，语助词。山：《文选》刘良注："坟也。"

⑲铭：墓碑。

⑳"雨绝"句：谓死者不能复生。《文选》吕延济注："雨绝，谓雨下于地，无还云之期也。"

㉑花：《文选》作"华"。英：花。

㉒方：正。代序：谓四季交替。潘岳《寡妇赋》："四节流兮忽代序，岁云暮兮日西颓。"

㉓寝兴：睡觉与起床。潘岳《悼亡诗》其一："晨溜承檐滴，寝息何时忘。"

【译文】

春日消逝如有机关在飞速运转，秋天只见白日在疾速地奔驰。美人回归到了九泉之下，内心的悲伤没有停息之时。墓穴早已是一派寂寞冷清，松树柏树发出阵阵萧瑟之声。无论俯身仰头都无法停止思念，涌起的思绪不只是一端。手抚衣襟悲伤这无边的寂寞，恍然间好像失掉了灵魂。明亮的月光照进雕花的窗户，仿佛看见了你美妙的身影。忘忧草无法让我忘掉忧愁，绵长的思念寄托给了梦境。梦中的情景却是那样昏暗不清，没有办法真切地看到你的身形。很惭愧我没有与你相见的北海之术，你也没有帝女姚姬那样的托梦之灵。驾上车就要离开你墓地所在的远山，不禁又一次在松林墓碑间徘徊哭泣。雨已落地那片乌云再也不可能飘回，残花落尽花枝上哪还会有花的踪影。一年四季总在不停地顺次更替，起床卧床时的心情不知什么时候才能平静！

沈约

见本卷《登高望春》作者简介。

塘上行

【题解】

本篇收入《乐府诗集》卷三十五《相和歌辞·清调曲》，题作《江蓠生幽渚》；《艺文类聚》卷四十一节引。《文选》卷二十八陆机《乐府十七首·塘上行》李善注引《歌录》云：“《塘上行》，古辞，或云甄皇后造，或云魏文帝，或云武帝。”所说“古辞”亦载本书卷二，作者作“甄皇后”，所咏为甄后遭谗见弃的故事。陆机等人的拟作，大抵“言妇人衰老失宠，行于塘上而为此歌，与古辞同意”（《乐府诗集》郭茂倩题解引《乐府解题》）。本篇亦与古辞“同意”，并受陆机拟作影响，甚至可认为在很大程度上就是拟陆之作。

泽兰被荒径[①]，孤芳岂自通[②]。幸逢瑶池旷[③]，得与金芝丛[④]。朝承紫台露[⑤]，夕润渌池风[⑥]。既美修嫮女[⑦]，复悦繁华童[⑧]。夙昔玉霜满[⑨]，旦暮翠条空。叶飘储胥右[⑩]，芳歇露寒东[⑪]。纪化尚盈昃[⑫]，俗志信颓隆[⑬]。财殚交易绝[⑭]，华落爱难终[⑮]。所惜改欢眄[⑯]，岂恨逐征蓬[⑰]。愿回朝阳景[⑱]，持照长门宫[19]。

【注释】

①泽兰:香草名。为多年生草本植物,多生于山坡草地。女子用以自比。被:覆盖。荒径:陶渊明《归去来兮辞》:“三径就荒,松菊犹存。”

②孤芳:沈约《谢齐竟陵王教撰〈高士传〉启》:“贞操与日月俱悬,孤芳随山壑共远。”

③瑶(yáo)池:神话传说中的仙池。《穆天子传》卷三:“乙丑,天子觞西王母于瑶池之上。”喻指帝王所居之地。旷:广大,空阔。

④金芝:传说中仙草名。《艺文类聚》卷九十八引《抱朴子》:“金芝生于金石之中,青盖茎,味甘辛,以秋取,阴干治食,令人身有光,寿万岁。”又《汉书》卷八《宣帝纪》:“神爵元年……金芝九茎产于函德殿铜池中。”颜师古注:“服虔曰:‘金芝,色像金也。’”谢朓《杜若赋奉隋王教于坐献》:“嗟中岩之纤草,厕金芝于芳丛。”

⑤紫台:《文选》江淹《恨赋》:“紫台稍远,关山无极。”李善注:“紫台,犹紫宫也。”

⑥渌(lù):清澈。

⑦修嫮(hù):身材高挑而美貌。《楚辞》屈原(一说景差)《大招》:“朱唇皓齿,嫮以姱只。”王逸注:“嫮、姱,好貌也。”《汉书》卷九十七上《外戚传上·孝武李夫人》:“美连娟以修嫮兮,命樔绝而不长。”

⑧繁华童:指美少年。阮籍《咏怀》其十二:“昔日繁华子,安陵与龙阳。”繁华,花盛开。

⑨夙昔:早晚。玉霜:白霜。

⑩储胥:与下句“露寒”皆为汉宫名。《三辅黄图》卷二:“武帝作迎风馆于甘泉山,后加露寒、储胥二馆,皆在云阳。”右:西面。

⑪歇:散尽。

⑫纪化：谓日月的运行、变化。《尚书·洪范》："五纪：一曰岁，二曰月，三曰日，四曰星辰，五曰历数。"盈昃（zè）：盈亏，圆缺。

⑬俗志：谓世俗的观念。颓隆：犹言盛衰。

⑭殚（dān）：尽。

⑮华：同"花"。爱：《艺文类聚》作"色"。

⑯眄（miǎn）：斜着眼看。这里是看顾的意思。

⑰征蓬：蓬草经秋枯萎，遇风即连根拔起，四处飘转，故曰征蓬。

⑱愿回：《艺文类聚》作"所愿"。朝阳景：喻皇帝的恩爱。朝，《艺文类聚》《乐府诗集》作"昭"。景，日光。

⑲持：《艺文类聚》《乐府诗集》作"时"。长门宫：汉宫名。汉武帝时，陈皇后失宠，别居长门宫。

【译文】

泽兰在山坡覆盖着荒僻的小路，香味虽独特但哪会与宫苑相通。幸好遇上瑶池十分宽阔，得有机会与金芝一起生长。早晨得以承接紫台的清露，晚上得以沐浴渌池的清风。既能得到修长美丽的女子的赞美，又能得到潇洒俊美的少年的喜欢。不料早晚之间白霜已经铺天盖地，早晚之间翠绿的枝条就已经凋零。兰叶飘落在储胥宫的西边，芳香在露寒宫的东边散尽。日月的运行尚有盈亏圆缺，世俗也相信有衰败与兴隆。财物一旦用尽交易就会终止，鲜花虽坠落情爱却难以终结。可惜君王已经不再欢爱垂顾，哪敢怨恨去追逐飘转的飞蓬。但愿朝阳的光辉能够回照一下，用这光辉照一照寂寞的长门宫。

秋夜

【题解】

本篇载《艺文类聚》卷三、《初学记》卷三、《文苑英华》卷一百五十八。写在一个秋夜与"新知"游乐的情景。所写夜景，以"暗"为基调，与月朗气清的秋夜不同。“曀曀”二句,一近一远,一入一出,相映成趣。末以反问作结,有意趣。

月落宵向分[1],紫烟郁氛氲[2]。曀曀萤入雾[3],离离雁出云[4]。巴童暗理瑟[5],汉女夜缝裙[6]。新知乐如是[7],久要讵相闻[8]?

【注释】

①宵:夜晚。向分:快到夜半。

②紫烟:指雾气。氛氲(yūn):浓盛貌。

③曀曀(yì):晦暗貌。《诗经·邶风·终风》:“曀曀其阴,虺虺其雷。”

④离离:排列有序貌。《艺文类聚》卷六十四引《尚书大传》:“《书》之论事,昭昭若日月之明,离离若参辰之错行。”出:原作“度”,《艺文类聚》《初学记》《文苑英华》皆作“出”,据改。

⑤巴童:《文选》鲍照《舞鹤赋》:“燕姬色沮,巴童心耻。”李善注:“巴童,巴渝之童也。”刘良注:“巴童、燕姬,并善歌舞者。”巴,古国名。在今重庆东部。理:弹奏。

⑥汉女:汉水女神。《诗经·周南·汉广》:“汉有游女,不可求思。”这里指汉水流域的美女。

⑦新知:屈原《九歌·少司命》:“悲莫悲兮生别离,乐莫乐兮新相知。”吴迈远《飞来双白鹄》:“乐哉新相知,悲来生别离。”

⑧久要(yāo):指一直以来有约会的老相识。要,邀约。讵(jù):岂。

【译文】

月亮西沉已快到夜半时分,紫色的雾气是那样厚重浓郁。飞萤消失在晦暗的雾霭中,大雁排成行飞出了云层。巴童在暗夜中弹奏瑟,汉女在暗夜里缝制衣裙。新结交的知己是如此的快乐,难道就不想再把老相识的情况打听?

咏鹤

【题解】

本篇载《艺文类聚》卷九十,作者作“江洪”,题作《和新浦侯咏鹤》。诗咏孤鹤失偶的痛苦,以首二句总写,然后层层铺写,从多角度展示孤鹤的痛苦,将其痛苦写到极致。末写希冀,调复昂扬,富于变化。是当时某些失偶者悲惨境遇的真实写照。

闲园有孤鹤①,摧藏信可怜②。宁望春皋下③,刷羽玩花钿④。何时秋海上,照影弄长川?晓鸣动遥怨,夕唳感孀眠⑤。哀咽芳林右⑥,悯默华池边⑦。犹冀凌霄志⑧,万里共翩翩⑨。

【注释】

①闲:意指空寂。孤鹤:失偶的鹤。

②摧藏:即凄怆,形容极度悲哀。《古诗为焦仲卿妻作》:“未至二三里,摧藏马悲哀。”

③宁(nìng):岂。皋:水边地。

④刷羽:沈约《咏湖中雁》:“刷羽同摇漾,一举还故乡。”花钿(diàn):一种花形首饰。

⑤唳(lì):鹤鸣。谢朓《游敬亭山》:“独鹤方朝唳,饥鼯此夜啼。”

⑥芳林:即树林。芳,美言之。曹植《蝉赋》:“在盛阳之仲夏兮,始游豫乎芳林。”右:西边。

⑦悯默:因忧伤而沉默不语。江淹《哀千里赋》:“既而悄怆成忧,悯默自怜。”华池:本为传说中昆仑山上的仙池,此指华美的池苑。

⑧凌霄志:高耸入云的志向。指高远的志向。霄,《艺文类聚》作

“云”。

⑨翩翩：鸟飞轻捷貌。《诗经·小雅·四牡》：“翩翩者雏，载飞载止。”

【译文】

空寂的园林中有一只失偶的鹤，内心凄怆实在是可怜。岂敢企望来到春日的水边，洗刷羽毛把美丽的花钿赏玩。何时才能再到秋天的海上，把映在长流水中的身影嬉戏观赏？清早鸣叫引发深长的愁怨，傍晚哀鸣使寡妇感伤不能安眠。在树林的西边悲痛地呜咽，在华美的水池边忧悒不言。尚望能鼓起高耸入云的志向，一起轻捷地翱翔在万里蓝天。

吴均

吴均（469—520），字叔庠，吴兴故鄣（今浙江安吉）人。家世寒微，好学有俊才，沈约曾见其文，大加称赏。天监二年（503），柳恽为吴兴太守，召为主簿，赋诗酬唱。后官至奉朝请，因私撰《齐春秋》而被免职。晚年又奉诏撰通史，起自三皇，迄于齐代，草成本纪、世家，唯列传未就，卒。《梁书》本传谓其“文体清拔有古气，好事者或学之，谓为‘吴均体’”。《隋书》卷三十五《经籍志四》著录有集二十卷，已散佚。明人辑有《吴朝请集》。其事见《梁书》卷四十九、《南史》卷七十二。

和萧洗马子显古意六首

这组闺怨诗，因模拟古乐府而作，故题作《古意》。萧洗马即萧子显，齐高帝孙，梁时曾历任太子中舍人、国子祭酒、侍中、吏部侍郎等职。据《梁书》《南史》的《萧子显传》，萧子显终其生未担任过太子洗马职，或因史籍阙载，或此为“太子中舍人”之误。萧子显今存诗十余首，不乏闺怨之作，但所和原诗已不详。

六首诗内容不相连续。组诗从不同角度表现了不同身份、不同遭际女子的闺怨之情，注重刻绘，是组诗，也是组画。题作“古意”，在一定程度上继承了汉魏古诗的古朴，但更多地接受了南朝乐府民歌的影响。陈祚明评云：“并是率然而成，稍取清丽。”（《采菽堂古诗选》卷二十六）

一

【题解】

本篇载《艺文类聚》卷三十二、八十八，卷八十八题作《采桑诗》；又载《文苑英华》卷二百四十；收入《乐府诗集》卷二十八《相和歌辞·相和曲》，题作《采桑》。诗主要表现女子为爱而“思不堪”的情怀。

贱妾思不堪，采桑渭城南①。带减连枝绣②，发乱凤凰簪③。花舞依长薄④，蛾飞爱绿潭⑤。无由报君此⑥，流涕向春蚕。其一。

【注释】

①渭城：即秦时咸阳城，汉时改称渭城，在今陕西咸阳东北。

②带减：谓因消瘦束腰的衣带不用那么长了。连枝绣：绣有连枝图案的衣带。连枝，即连理枝，两棵树不同根而枝连在一起，比喻相爱的夫妻。

③凤凰簪：一端作凤凰形的簪子。簪，原作“篸”，《艺文类聚》卷三十二及《文苑英华》《乐府诗集》皆作“簪”，据改。

④依长：原作“衣裳”，《艺文类聚》卷三十二、八十八及《文苑英华》《乐府诗集》皆作“依长”，据改。薄：草木丛生之地。

⑤蛾：《艺文类聚》卷三十二作“鹅”。绿：《艺文类聚》卷三十二作“渌”。

⑥此：指此时的情况。《艺文类聚》卷八十八、《乐府诗集》作“信”，《文苑英华》作“德”。

【译文】

我难以承受痛苦的思念，采摘桑叶来到渭城南边。绣有连理枝的衣带因消瘦而缩减，蓬乱的发髻上依然插着凤凰簪。落花飞舞依偎着宽阔的草地，飞蛾翩飞爱恋着碧绿的水潭。没有办法与夫君通报一下音讯，禁不住对着春蚕热泪涟涟。其一。

二

【题解】

本篇写倡家女被选入皇宫，虽得爱幸，既富且贵，但仍然怀念着远方的恋人。

妾本倡家女①，出入魏王宫②。既得承雕辇③，亦在更衣中④。莲花衔青雀⑤，宝粟钿金虫⑥。犹言不得意，流涕忆辽东⑦。其二。

【注释】

①倡家女：歌舞艺人。

②魏王宫：或指战国魏王宫，或指三国曹魏王宫，宫中皆多歌舞艺人。这里泛指王宫。

③雕辇：刻镂有文采的车子，为帝王所乘。

④更衣：换衣。据《汉书》卷九十七上《外戚传上》，卫子夫原为平阳公主歌女，武帝至平阳公主家，“既饮，讴者进，帝独说（悦）子夫。帝起更衣，子夫侍尚衣轩中，得幸”。

⑤莲花：指莲花形的簪子。《古绝句四首》其二：“何用通音信，莲花玳瑁簪。”衔：谓中间镶嵌有。青雀：鸟名。即桑扈。《诗经·小雅·桑扈》：“交交桑扈，有莺其羽。”此指簪上青雀形的饰品。

⑥宝粟：首饰名。先以金粟细粒串连出花的形状，再在花瓣或花心之内镶嵌宝石。钿（diàn）：用金银珠宝等镶嵌器物。此指将金虫镶嵌在宝粟之上。金虫：金虫形的首饰。吴兆宜注引《益部方物略记》：“金虫，出利州山中，蜂体，绿色，光若金，里人取以佐妇钗钏之饰。”又《山堂肆考》卷二百二十五《背负金点》：“金虫似蜣

螂而小，甲下有翅，能飞，背负金点，其色灿然。”

⑦“流涕”句：此句暗示女子的心上人在辽东服役。辽东，秦置郡名。辖今辽宁东南部辽河以东地区。

【译文】

我本来是一个歌舞艺人，在这魏王宫里出出进进。既能乘上华美的车辇陪侍君王，又能在君王更衣时得到恩宠。莲花形的簪子上连缀着青雀形的首饰，宝粟的花心内镶嵌着光闪闪的金虫。但还说自己生活得并不如意，流着眼泪思念心上人所在的辽东。其二。

三

【题解】

本篇载《艺文类聚》卷三十二，写女子因怀疑夫君不忠而形衰色减，悲痛欲绝。“非独”二句写其内心的痛苦，颇凄惨。

春草拢可结①，妾心正断绝。绿鬓愁中改②，红颜啼里灭③。非独泪成珠④，亦见珠成血⑤。愿为飞鹊镜⑥，翩翩照离别⑦。其三。

【注释】

①“春草”句：《晋书》卷二十八《五行志中》：“安帝隆安中，百姓忽作《懊憹》之歌，其曲曰：‘草生可揽结，女儿可揽撷。’”拢可，《艺文类聚》作“可揽”。

②绿鬓：乌亮的头发。借指青春美丽的容颜。南朝乐府《子夜四时歌·冬歌》：“感时为欢叹，白发绿鬓生。”

③红颜：指女子美艳的容貌。

④成珠：傅刚《校笺》：“徐本、郑本作‘如丝’。”成，《艺文类聚》作

“如”。《古诗为焦仲卿妻作》:“却与小姑别,泪落连珠子。”

⑤珠成血:王嘉《拾遗记》卷七:“(魏)文帝所爱美人,姓薛名灵芸,常山人也。……黄初元年,谷习出守常山郡,闻亭长有美女而家甚贫。时文帝选良家子女,以入六宫。习以千金宝赂聘之,既得,乃以献文帝。灵芸闻别父母,歔欷累日,泪下沾衣。至升车就路之时,以玉唾壶承泪,壶则红色。既发常山,及至京师,壶中泪凝如血。”

⑥飞鹊镜:古铜镜背面铸有鹊形者。《太平御览》卷七百十引《神异经》:“昔有夫妻将别,破镜人执半以为信。其妻与人通,其镜化鹊飞至夫前,其夫乃知之。后人因铸镜为鹊安背上,自此始也。”思妇愿化为飞鹊镜以照离别,盖亦疑其丈夫另有新欢,欲将她抛弃。飞鹊,傅刚《校笺》:“徐本、郑本作‘双鹊’。”

⑦翩翩:轻捷地飞翔的样子。

【译文】

春草拢在一起已经可以打结,我的心肝正一寸寸地断绝。乌亮的鬓发正在悲愁中改变着颜色,美艳的容貌正在哭泣中一点点地磨灭。不单是眼泪变成了一粒粒珠子,还看见泪珠一颗颗都变成了鲜血。我愿化作一面飞鹊镜,翩翩地飞到夫君前以照见离别。其三。

四

【题解】

本篇写思妇为夫君作书时内心不平静的情景。

何处报君书?陇右五岐路[①]。泪研兔枝墨[②],笔染鹅毛素[③]。碧浮孟渚水[④],香下洞庭路。应归遂不归,芳草空掷度[⑤]。其四。

【注释】

①陇右：指陇山以西至黄河以东地区。五岐（qí）：有五条岔道。岐，同“歧”。

②研：磨。兔枝墨：枝，吴兆宜注：“疑作‘皮’。”又引晁氏《墨经》：“凡事治墨以水，以兔皮，以滑石。”傅刚《校笺》引《考异》：“‘兔枝’二字未详。吴氏注谓当作‘兔皮’，所引晁氏《墨经》，支离不切，当阙所疑。”

③鹅毛素：谓洁白如鹅毛的绢帛。《梁书》卷五十四《诸夷传》：“林邑国者，本汉日南郡象林县。……出玳瑁、贝齿、吉贝、沉木香。吉贝者，树名也。其华成时如鹅毳，抽其绪纺之以作布，洁白与纻布不殊，亦染成五色，织为斑布也。”

④孟：傅刚《校笺》引《考异》：“疑作‘梦’。”渚（zhǔ）：吴兆宜注：“一作‘诸’。”近是。孟诸，古泽名。故地在今河南商丘东北，在此与下句“洞庭”对举。

⑤芳草：喻青春年华。

【译文】

该往何处给夫君寄一封家书？夫君在遥远的陇右还有五条岔路。用滴落的泪水将兔枝墨磨好，提起笔来将想说的话写在鹅毛素上。孟诸的水面漂浮着碧绿的波纹，花香弥漫在洞庭湖边的道路。这个季节应当归来而没有归来，芳香的绿草就这样白白地抛掷虚度。其四。

五

【题解】

本篇载《艺文类聚》卷十八，写一个美艳的女子担心最终被男子抛弃的心理。

妾家横塘北①，发艳小长干②。花钗玉腕转③，珠绳金络丸④。羃房悬青凤⑤，逶迤摇白团⑥。谁堪久见此⑦，含恨不相看⑧。其五。

【注释】

①“妾家”句：横塘，与下文“长干”，皆在今江苏南京西南。《文选》左思《吴都赋》：“横塘查下，邑屋隆夸。长干延属，飞甍舛互。”李善注：“横塘在淮水南，近家渚缘江筑长堤，谓之横塘。……建业南五里，有山冈，其间平地，吏民杂居，东长干中有大长干、小长干，皆相连。”

②发艳：焕发光彩。

③玉腕转：疑为镯子一类的饰物。南朝乐府民歌《双行缠》：“朱丝系腕绳，真如白雪凝。”腕，《艺文类聚》作“宛”。

④“珠绳”句：所写饰品为璎珞，用珠玉串连而成，成环状，戴在脖子上。络，缠绕。南朝乐府民歌《杨叛儿》：“七宝珠络鼓，教郎拍复拍。”丸，《艺文类聚》作“纨”。

⑤羃房（mì lì）：覆盖分布貌。青凤：即青凤钗，钗头作青凤形。青凤，鸾凤一类的鸟。《太平御览》卷九百十六引王嘉《拾遗记》：“周昭王时，涂修国献青凤、丹鹤各一雄一雌。”青，傅刚《校笺》：“徐本、郑本作‘丹’。”

⑥逶迤（wēi yí）：婉转貌。屈原《离骚》：“驾八龙之婉婉兮，载云旗之委蛇。”白团：扇之一种。《乐府诗集》卷四十五《清商曲辞》有《团扇郎》六首。据郭茂倩题解引《古今乐录》，晋中书令王珉与嫂婢通，珉好持白团扇，婢乃制《团扇郎歌》六首以赠珉。其二云：“青青林中竹，可作白团扇。动摇郎玉手，因风托方便。”

⑦堪久：《艺文类聚》作“能分”。

⑧相看：傅刚《校笺》：“徐本、郑本作‘能言’。”

【译文】

我家住在横塘的北面，在小长干焕发出美艳的光彩。头上戴着花钗玉腕上镯子摇转,脖子上的璎珞有珠绳和金络丸。发髻上插满了青凤花钗,婉转自如地摇着白团扇。谁能有耐心长久地看见我这样子,也许有一天会满含怨恨不再相看。其五。

六

【题解】

本篇载《艺文类聚》卷五十九、《文苑英华》卷二百五。诗以一个男子的口吻来表现思妇的情感,颇有边塞诗风采。

匈奴数欲尽①,仆在玉门关②。莲花穿剑锷③,秋月掩刀环。春机鸣窈窕④,夏鸟思绵蛮⑤。中人坐相望⑥,狂夫终未还⑦。其六。

【注释】

①数:命运,气数。

②玉门关:在今甘肃敦煌西北,古代为通西域的要道。

③莲花:指月光在剑刃上闪烁,其形如莲花。据《太平御览》卷三百四十三引《吴越春秋》,春秋时,越王允常聘欧冶子铸造了五把宝剑,其中一把名纯钩。秦客薛烛善相剑,越王以纯钩示之,薛烛赞叹说:"光乎如屈阳之华,沉沉如芙蓉始生于湘池。观其文,如列星之芒;观其光,如水之溢塘;观其色,涣如冰将释,见日之光。"后"纯钩"也被称为芙蓉剑。锷(è):刀剑之刃。

④机:织布机。鸣:《艺文类聚》作"思"。窈窕(yǎo tiǎo):美好貌。代指织布的妻子。

⑤鸟:《文苑英华》作"木"。思:《艺文类聚》作"啼"。绵蛮:鸟叫声。《诗经·小雅·绵蛮》:"绵蛮黄鸟,止于丘阿。"

⑥中人:指思妇。

⑦狂夫：男子自称。狂，傅刚《校笺》引《考异》：“‘狂’字，诸本并同。然临边讨敌，而自称狂夫，于义无取。疑是‘征’字，以形似而讹耳。”未：《艺文类聚》《文苑英华》作“不”。

【译文】

匈奴的气数就要尽了，但我还戍守在玉门关。莲花形的寒光穿过剑刃，秋月掩映在刀环上。春天织机鸣响佳人总在忙碌，夏天因思念鸟儿发出绵蛮的叫声。佳人坐在家中不住地眺望远方，但征夫终究未能把家回还。其六。

与柳恽相赠答六首

【题解】

柳恽，见卷五《捣衣诗》作者简介。柳恽任吴兴太守时，吴均为其主簿，二人常赋诗酬唱，诗当作于其时。诗以思妇、征夫的语气，从不同角度、通过不同场景抒发了因不同原因造成的离别相思之情。其中第二首是以一个男子的口吻写的，他虽被“燕姬及赵女”所环绕，但却不因“新知”而忘“故人”，语意庄重，颇显特别。受汉魏古诗影响，表达较为直率，语言较为质朴，其中第一首较具声色，但也较清淡，与当时随处可见的满眼香词腻语的绮靡之作截然不同。也有一些求新求巧的语句，如“离析隔东西，执手异凉燠”，“岁去甚流烟，年来如转轴”等，但仍不失平实，与过分雕琢、过求巧思之作不同。史称吴均“清拔有古气”，信然。

一

黄鹂飞上苑①，绿芷出汀洲②。日映昆明水③，春生鸩鹊楼④。飘飏白花舞，澜漫紫萍流⑤。书织回文锦⑥，无因寄陇头⑦。思君甚琼树⑧，不见方离忧⑨。其一。

【注释】

①黄鹂:鸟名。即黄莺。身体为黄色,叫声很好听。上苑:供帝王游玩、打猎的园林。

②芷:香草名。吴兆宜注:“一作‘蕊’。”汀(tīng)洲:水中小洲。屈原《九歌·湘夫人》:“搴汀洲兮杜若,将以遗兮远者。”汀,傅刚《校笺》:“五云溪馆本、徐本、郑本作‘河’。”

③昆明:池名。《汉书》卷六《武帝纪》“(元狩三年秋)发谪吏穿昆明池。”颜师古注引臣瓒曰:“《西南夷传》有越嶲、昆明国,有滇池,方三百里。汉使求身毒国,而为昆明所闭。今欲伐之,故作昆明池象之,以习水战。在长安西南,周回四十里。《食货志》又曰时越欲与汉用船战,遂乃大修昆明池也。”

④鳷(zhī)鹊:宫观名。汉武帝时建,在长安甘泉宫外。谢朓《暂使下都夜发新林至京邑赠西府同僚》:“金波丽鳷鹊,玉绳低建章。”鳷,傅刚《校笺》:“五云溪馆本、徐本、郑本作‘乾’。”

⑤澜漫:分散杂乱貌。张协《七命》:“澜漫狼藉,倾榛倒壑。”

⑥回文锦:参见卷四王融《回文诗》题解。

⑦陇头:即陇山,绵亘于今陕西的陇县、宝鸡和甘肃的镇原、清水、秦安等县,在古代以迂回险阻著称。

⑧琼树:玉树,喻所思之人。参见卷五江淹《古离别》“愿一见颜色,不异琼树枝”注。

⑨离:通“罹”,遭受。屈原《九歌·山鬼》:“风飒飒兮木萧萧,思公子兮徒离忧。”

【译文】

黄鹂在上苑轻快地飞翔,绿色的香芷生长在汀洲上。明艳的阳光映照着昆明池水,春天的气息正从鳷鹊楼滋长。飘扬的白花在欢快地跳舞,紫色的浮萍在澜漫地漂流。书信是在锦上织出的一篇回文,却没有办法把它寄往陇头。思念身姿胜过玉树的夫君,没看见我正遭逢离别的忧愁。其一。

二

鸣鞭适大阿[①]，联翩渡漳河[②]。燕姬及赵女[③]，挟瑟夜经过[④]。纤腰曳广袖，半额画长蛾[⑤]。客本倦游者，箕帚在江沱[⑥]。故人不可弃，新知空复何[⑦]？其二。

【注释】

①适：到……去。大阿（ē）：大山。

②联翩：连续不断貌。曹植《白马篇》："白马饰金羁，连翩西北驰。"漳河：源出山西，东南流至今河南、河北两省边境，今已湮灭。

③"燕姬"句：《文选》鲍照《舞鹤赋》："燕姬色沮，巴童心耻。"刘良注："巴童、燕姬，并善歌舞者。"古诗"东城高且长"："燕赵多佳人，美者颜如玉。"

④挟：《楚辞》刘向《九叹·愍命》："破伯牙之号钟兮，挟人筝而弹纬。"王逸注："挟，持也。"宋子侯《董娇娆》："归来酌美酒，挟瑟上高堂。"经过：曹植《远游篇》："大鱼若曲陵，乘浪相经过。"

⑤半额：《后汉书》卷二十四《马廖传》："城中好广眉，四方且半额。"

⑥箕帚：指家中洒扫之事。箕，畚箕，用竹篾编成的三面有边沿、一面敞口的器具，用来盛垃圾。代指妻子。沱：小水入于大水叫沱。《诗经·召南·江有汜》："江有沱，之子归，不我过。"

⑦新知：指燕姬、赵女。屈原《九歌·少司命》："悲莫悲兮生别离，乐莫乐兮新相知。"古诗"上山采蘼芜"："将缣来比素，新人不如故。"

【译文】

响着马鞭驾车向大山驰去，马儿不断地奔驰渡过了漳河。燕地的艳姬和赵地的美女，夜里手拿着瑟从身旁经过。在纤细的腰肢旁拖着宽大的衣袖，在半个额头上画着长长的蛾眉。我本是一个已经厌倦了漫游的客人，还有妻子在江边小河流入处的家里。糟糠之妻不可轻易把她抛弃，不过徒然结识新知而已还能怎样呢？其二。

三

离君苦无乐①，向暮心凄凄②。要途访赵使③，闻君仕执珪④。杜蘅色已发⑤，菖蒲叶未齐⑥。羃房蚕饵茧⑦，差池燕吐泥⑧。愿逐春风去⑨，飘荡至辽西⑩。其三。

【注释】

①君：傅刚《校笺》："徐本、郑本、孟本作'居'。"

②向暮：傅刚《校笺》："五云溪馆本作'回暮'，徐本、郑本作'回慕'。"

③要（yāo）途：在途中拦住。要，拦阻。赵：战国时国名。其地在今河北中南部一带。

④执珪（guī）：春秋时诸侯国爵位名。珪，同"圭"，是一种长形的玉器，以之赐功臣，使持圭朝见，因称执圭。这里指做官。《吕氏春秋·知分》："赴江刺蛟，杀之而复上船，舟中之人皆得活。荆王闻之，仕之执珪。"

⑤杜蘅：香草名。屈原《离骚》："畦留夷与揭车兮，杂杜蘅与芳芷。"

⑥菖（chāng）蒲：草名。生水边，有香气，根可入药。

⑦羃房（mì lì）：分布覆盖貌。饵茧：谓吐丝成茧。

⑧差（cī）池：燕翅不齐貌。《诗经·邶风·燕燕》："燕燕于飞，差池其羽。"

⑨春：傅刚《校笺》："五云溪馆本、徐本、郑本作'东'。"

⑩辽西：辽河以西地区，在今辽宁省西部。为当时的戍边之地。

【译文】

离开了夫君只有痛苦而没有快乐，快到傍晚时内心更加悲凄。途中拦住赵地的使者打听，得知夫君已在外执圭出仕。杜蘅已经泛出一片绿色，菖蒲的叶子还没有长齐。成片的蚕正在吐丝成茧，翅膀参差的春燕正筑巢吐泥。我愿追随春风远远地飘去，飘飘荡荡直到夫君所在的辽西。其三。

四

白日隐城楼，劲风扫寒木。离析隔东西①，执手异凉燠②。相思咽不言，洞房清且肃③。岁去甚流烟，年来如转轴④。别鹤千里飞⑤，孤雌夜未宿。其四。

【注释】

①离析：离分。析，分。东西：赵氏覆宋本作“西东”。

②燠（yù）：热，暖。

③洞房：深邃的居室。肃：静。嵇康《琴赋》：“冬夜肃清，朗月垂光。”

④年：傅刚《校笺》：“五云溪馆本、徐本、郑本作‘时’。”

⑤“别鹤”句：嵇康《琴赋》：“王昭楚妃，千里别鹤。”

【译文】

白日消逝在城楼的后面，强劲的秋风扫过寒日的枯木。彼此隔离一个在东一个在西，握起手来也是一个冰凉一个暖和。想起你来独自呜咽说不出话，深邃的居室内凄清而且静寂。岁月流逝比飘浮的轻烟还要疾速，如转轴一般新的一年又到眼前。雄鹤别离一飞就飞到了千里之外，孤单的雌鹤一夜一夜不能入眠。其四。

五

闺房宿已静①，落月有余辉②。寒虫隐壁思③，秋蛾绕烛飞。绝云断更合④，离禽去复归⑤。佳人今何在⑥？迢递江之沂⑦。一为《别鹤弄》⑧，千里泪沾衣。其五。

【注释】

①闺:《艺文类聚》卷三十一作“闲”。宿:《汉书》卷六十四上《徐乐传》:“帷幄之私俳优朱儒之笑不乏于前,而天下无宿忧。”颜师古注:“宿,久也。”此为夜深之意。

②月:原作“泪”,《艺文类聚》卷三十一作“月”,据改。余辉:陆机《拟明月何皎皎》:“照之有余辉,揽之不盈手。”

③思:《文选》张华《励志诗》:“吉士思秋,寔感物化。”李善注:“思,悲也。”

④绝云:江淹《潘黄门述哀》:“雨绝无还云,花落岂留英。”

⑤离禽:傅刚《校笺》:“五云溪馆本、徐本、郑本作‘鸿’。”

⑥佳人:指所思之夫君。

⑦迢(tiáo)递:远貌。沂:水名。在今山东境内。

⑧《别鹤弄》:即《别鹤操》。崔豹《古今注》卷中:“《别鹤操》,高陵牧子所作也。娶妻五年而无子,父兄将为之改娶。妻闻之,中夜起,倚户而悲啸。牧子闻之,怆然而悲,乃歌曰:‘将乖比翼隔天端,山川悠远路漫漫,揽衾不寝食忘餐!’后人因为乐章焉。”

【译文】

夜深了闺房中已是一片寂静,月亮西沉但还散发出光辉。寒冷中小虫蛰伏在墙壁上悲伤,秋天的小蛾绕着烛台纷飞。乌云离散后还会重新聚合起来,飞禽离开远飞后还会再飞回。心中的佳人不知现在在哪里?他应该在那遥远的沂水之滨。只要弹奏起《别鹤弄》这支乐曲,想到千里远隔就禁不住泪湿衣襟。其五。

六

秋云静晚天,寒夜方绵绵。闻君吹急管①,相思杂《采莲》②。别离未几日,高月三成弦③。蹀叠黄河浪④,嘶喝陇头蝉⑤。寄君蘼芜叶⑥,插著丛台边⑦。其六。

【注释】

①急管:节奏疾速的乐曲。

②《采莲》:乐曲名。收入《乐府诗集》卷五十《清商曲辞》。

③弦:即月半圆。月半圆时,状如弓弦,故称。阴历初七、初八月亮缺上半,叫上弦;二十二、二十三月亮缺下半,叫下弦。

④蹀(dié)叠:波浪翻卷貌。

⑤嘶喝:形容蝉凄楚哽咽地鸣叫。傅刚《校笺》:"《考异》:'六朝诗多用"蝉喝"字,陈张正见有《秋蝉喝柳》诗,然终疑为"唱"字之讹。好奇者曲为之说耳。'刚按,徐本、郑本、孟本作'唱'。"蝉:傅刚《校笺》:"徐本、郑本作'弦'。"

⑥君:吴兆宜注:"一作'书'。"蘼(mí)芜:香草名。古诗"上山采蘼芜":"上山采蘼芜,下山逢故夫。"

⑦丛台:台名。在今河北邯郸,相传为战国赵武灵王时所筑,因连聚非一,故名丛台。这里代指女子丈夫所在的北方边远之地。

【译文】

夜空静静地飘浮着一片秋云,此时正是寒冷而漫长的夜晚。听见夫君吹奏节奏疾速的乐曲,《采莲曲》中蕴含着一缕缕相思。与夫君别离觉得还没有几天,高空的月亮已三次成为弓弦。黄河的波涛在不住地翻卷,陇头的寒蝉在不停地鸣咽嘶鸣。把一片蘼芜的叶子寄给夫君,夫君你可把它插在丛台旁边。其六。

拟古四首

陌上桑

【题解】

本篇载《文苑英华》卷二百八,《艺文类聚》卷八十八节引;收入《乐府诗集》卷二十八《相和歌辞·相和曲》。诗拟汉乐府《陌上桑》(见卷一《古乐府诗六首》,题作《日出东南隅行》),但除了也写到采桑外,诗旨、风致已与古辞大不相同。前四句写景,所描绘的春日风光甚为明丽;后四句写人,所表现的思妇的离愁至为强烈。乐景与哀情形成了非常鲜明的对比。

袅袅陌上桑①,荫陌复垂塘。长条映白日②,细叶隐鹂黄③。蚕饥妾复思④,拭泪且提筐。故人宁知此⑤,离恨煎人肠。

【注释】

①袅袅:形容细长柔软的桑枝随风飘荡的样子。陌上:道边。陌,田间小路。

②条:枝条。

③隐:《文苑英华》作"影"。鹂黄:即黄鹂,鸟名。

④思:悲伤。

⑤宁(nìng)知:《文苑英华》作"去如"。宁,岂。知,《乐府诗集》作"如"。

【译文】

路旁细长柔软的桑枝在随风飘荡,荫蔽了小路又下垂进池塘。白日辉映着长长的枝条,有黄鹂在细密的桑叶中隐藏。蚕饿了我的内心也很悲伤,擦掉眼泪我拿起竹筐去采桑。昔日的情郎哪知道我现在的情况,离愁别恨正煎熬着我的肝肠。

秦王卷衣

【题解】

本篇载《文苑英华》卷二百十一,《艺文类聚》卷四十二节引;收入《乐府诗集》卷七十三《杂曲歌辞》。郭茂倩题解引《乐府解题》:"《秦王卷衣》，言咸阳春景及宫阙之美。秦王卷衣，以赠所欢也。”杨慎对开头二句颇欣赏，认为此二句与柳恽《江南曲》的首二句“汀洲采白蘋，日落江南春”等“虽律也，而含古意，皆起句之妙，可以为法”（《升庵诗话》卷二）。

咸阳春草芳①，秦帝卷衣裳②。玉检茱萸匣③，金泥苏合香④。初芳薰复帐⑤，余辉曜玉床⑥。当须晏朝罢⑦，持此赠华阳⑧。

【注释】

①咸阳：秦都城。在今陕西咸阳东北。

②帝：吴兆宜注：“一作‘女’。”

③玉检：玉制的书函套。《汉书》卷六《武帝纪》：“（元封元年）夏四月癸卯，上还，登封泰山。”颜师古注：“孟康曰：‘刻石纪号，有金策石函金泥玉检之封焉。’”茱萸（zhū yú）匣：盛茱萸的匣子。茱萸，植物名。其味香洌，古人认为可以之避邪。

④金泥：以水银和金粉为泥，用以封印玉检。苏合香：香料名。《梁书》卷五十四《诸夷传·海南诸国·中天竺国》：“其西与大秦、安息交市海中，多大秦珍物，珊瑚、琥珀、金碧珠玑、琅玕、郁金、苏合。苏合是合诸香汁煎之，非自然一物也。又云大秦人采苏合，先笮其汁以为香膏，乃卖其滓与诸国贾人，是以展转来达中国，不大香也。”吴均《行路难》其五：“博山炉中百和香，郁金苏合及都梁。”

⑤复帐：双重的帷帐。《古诗为焦仲卿妻作》：“红罗复斗帐，四角垂香囊。”

⑥玉：《文苑英华》作“宝”。床：傅刚《校笺》：“五云溪馆本、徐本、郑本作‘堂’。”

⑦当须:《艺文类聚》作“须臾”。须,等待。晏朝:晚朝。《艺文类聚》作“朝宴”。

⑧华阳:《史记》卷八十五《吕不韦列传》:“秦昭王四十年,太子死。其四十二年,以其次子安国君为太子。……安国君有所甚爱姬,立以为正夫人,号曰华阳夫人。”代指宫中宠姬。华,《乐府诗集》作“龙”。

【译文】

咸阳的春草散发着芬芳,秦国的君王卷起了衣裳。玉制的函套和盛有茱萸的匣子,还有封印玉检的金泥和苏合香。芳香一开始就用来薰双重的帷帐,落日的余晖正照耀着玉饰的绣床。只需等到君王下了晚朝,就将这些东西赠给华阳。

采莲

【题解】

本篇载《艺文类聚》卷八十二,题作《采莲诗》;收入《乐府诗集》卷五十《清商曲辞》。诗虽题作“采莲”,实际是写相思。“愿君早旋返,及此荷花鲜”,是说自己就像鲜艳的荷花一样,正值美好的青春年华,希望夫君赶紧回来团聚,否则,“过时而不采,将随秋草萎”(古诗“冉冉孤生竹”)。语含双关,用意委婉,耐人寻味。

锦带杂花钿①,罗衣垂绿川。问子今何去?出采江南莲②。辽西三千里③,欲寄无因缘④。愿君早旋返,及此荷花鲜⑤。

【注释】

①花钿(diàn):一种花形首饰,即花钗。沈约《丽人赋》:“陆离羽佩,杂错花钿。”

②“出采”句:《西洲曲》:“开门郎不至,出门采红莲。”汉乐府《江

南》:“江南可采莲,莲叶何田田!”莲,谐“怜”。

③辽西:辽河以西,在今辽宁省西部。

④因缘:机会。

⑤花:傅刚《校笺》:“五云溪馆本、徐本、郑本作‘叶’。”

【译文】

腰间系着锦带头上戴着错杂的花钿,轻软的罗衣悬垂在碧绿的水面。请问姑娘你现在要到哪里去?要乘船出村去采摘江南的红莲。辽西离这里足有三千里远,想要寄一枝荷花去却没有机缘。希望夫君能早点儿转身回家,趁着这荷花水灵灵地正新鲜。

携手

【题解】

本篇载《艺文类聚》卷十八,题作《拟古诗》;又载卷四十二,题作《携手曲》;收入《乐府诗集》卷七十六《杂曲歌辞》,亦题作《携手曲》。郭茂倩题解:“《携手曲》,梁沈约所制也。《乐府解题》曰:‘《携手曲》,言携手行乐,恐芳时不留,君恩将歇也。’”前六句一路铺陈,写伴随君王尽兴游乐,末二句突作反诘,道出心中隐忧,有千钧之力。

艳裔阳之春[①],携手清洛滨[②]。鸡鸣上林苑[③],薄暮小平津[④]。长裾藻白日[⑤],广袖带芳尘[⑥]。故交一如此[⑦],新知讵忆人[⑧]?

【注释】

①艳裔:艳美,艳丽。阳之春:即阳春,指温暖的春天。

②洛:洛水。源出陕西洛南,东南流入河南,经洛阳,至巩义入黄河。

③上林苑:秦苑名。后汉武帝加以扩建,周围三百里,中养禽兽,供皇帝打猎。故址在今陕西西安西。

④薄暮：傍晚。小平津：古渡口名。在今河南孟津东北黄河岸边，离洛阳不远。

⑤裾（jū）：衣服的前襟。邹阳《酒赋》："曳长裾，飞广袖。"藻：辉映。《艺文类聚》卷四十二作"扫"。

⑥芳尘：即尘土。芳，美言之。

⑦一如此：一向如此。

⑧讵（jù）：岂。屈原《九歌·少司命》："悲莫悲兮生别离，乐莫乐兮新相知。"

【译文】

阳春三月景色是那样美艳，与君王手拉着手游乐在洛水之滨。刚鸡叫就一起来到上林苑，傍晚时分又一起来到小平津。绚烂的阳光照映着长长的衣襟，宽宽的衣袖带起地上的灰尘。对我这个旧交一向都是如此，但有了新知己后难道还会想起旧人？

赠杜容成一首

【题解】

本篇《艺文类聚》卷九十二、《文苑英华》卷三百二十九节引，皆题作《咏燕》。吴兆宜注："一作'咏双燕'。"双燕本为旧相识，一朝重逢，彼此欣喜，相互问讯，本为人间常见情景，乃以燕写人，双燕或即作者与杜容成。节奏明快，风格清新。陈祚明有"轻婉入情"（《采菽堂古诗选》卷二十六）之评。

一燕海上来，一燕高堂息[①]。一朝相逢遇[②]，依然旧相识[③]。问我来何迟[④]？关山几迂直[⑤]？答言海路长，风多飞无力[⑥]。昔别缝罗衣，春风初入帷。今来夏欲晚，桑蛾薄树飞[⑦]。

【注释】

①堂：赵氏覆宋本作“台”。

②相：原作“所”，《艺文类聚》《文苑英华》皆作“相”，据改。

③相：原作“所”，《艺文类聚》《文苑英华》皆作“相”，据改。

④我：指刚从海上飞来的燕子。《艺文类聚》作“余”，《文苑英华》作“尔”。

⑤关山：《艺文类聚》《文苑英华》作“山川”。

⑥多：《艺文类聚》作“驶”。

⑦桑：吴兆宜注：“一作‘柔’。”蛾：傅刚《校笺》引孟本校：“一作‘扈’。”薄：迫近。

【译文】

一只燕子从海上飞来，一只燕子在高堂上休息。一天两只燕子突然相遇，原来彼此是老相识。你问我为什么回来得这么晚？途中所经过的关山有多少曲直？回答说海路太长，海风很多飞起来感到无力。以前我们分别时人们正在缝罗衣，春风刚刚吹进轻软的罗帷。今天重逢夏天已快要结束，桑蛾正绕着绿树飞来飞去。

春咏

【题解】

本篇载《艺文类聚》卷三，题作《春诗》；又载《文苑英华》卷一百五十七，题作《春日》。咏，吴兆宜注：“一作‘怨’。”诗写春天来临而不得与心上人同坐共语、一通款曲的惆怅之情。起句飘逸，结有余韵，将良辰美景与绵邈情思作了完美呈现。陈祚明评云：“一起飘荡，通首有古调。”（《采菽堂古诗选》卷二十六）

春从何处来？拂水复惊梅①。云障青琐闼②，风吹承露台③。美人隔千里④，罗帏闭不开。无由得共语⑤，空对相思杯。

【注释】

①水：原作“衣”，《艺文类聚》《文苑英华》皆作“水”，据改。

②青琐闼（tà）：即青琐门。本汉宫门名，因宫门上刻有连环图纹并以青色涂之，故称。范云《古意赠王中书诗》：“摄官青琐闼，遥望凤皇池。”

③承露台：据《三辅黄图》卷三，汉武帝于长安建章宫神明台上作承露盘，立铜仙人“舒掌捧铜盘玉杯以承云表之露，以露和玉屑服之以求仙道”。

④“美人”句：谢庄《月赋》：“美人迈兮音尘阔，隔千里兮共明月。”

⑤得共：《文苑英华》作“共得”。

【译文】

春风你从哪里吹来？轻拂着水面又惊开了寒梅。白云飘来将青琐门遮蔽，和风轻轻地吹过承露台。美人就像远隔在千里之外，丝绸帷帐紧紧地闭合不肯拉开。找不到机会与你同坐共语，徒然面对着眼前寄托着相思之情的酒杯。

去妾赠前夫

【题解】

这是一首代言诗。通过头饰不整、身体消瘦等一系列细节描写，表现了女子因被弃而遭受到的巨大伤害和痛苦，寄寓了对于弃妇的同情。末二句写弃妇的一点儿虽然微薄、但也未必能够实现的希冀，进一步展示了她的无奈和不幸。

弃妾在河桥，相思复相辽[①]。凤凰簪落鬓[②]，莲华带缓腰[③]。肠从别处断，貌在泪中销。愿君忆畴昔[④]，片言时见饶[⑤]。

【注释】

①辽：远。

②凤凰簪：一端作凤凰形的簪子。鬓：傅刚《校笺》："徐本、郑本、张本作'发'。"

③莲华带：绣有莲花图案的衣带。缓腰：谓人消瘦，人消瘦则衣带松缓。南朝乐府《读曲歌》其二十一："逋发不可料，憔悴为谁睹？欲知相忆时，但看裙带缓几许。"

④畴（chóu）昔：往日。

⑤饶：宽容，宽恕。

【译文】

被抛弃的我站在河桥之上，想念前夫却又与他相距遥远。凤凰簪在发髻上斜插着就像要掉落，莲花带围在腰上是那样松缓。肝肠从分别之时就开始寸断，容颜在泪流中逐渐消损。希望夫君记起往日的情分，能说上一两句宽容的话让我心宽。

咏少年

【题解】

本篇载《艺文类聚》卷三十三；又载《文苑英华》卷一百九十四，题作《少年行》；收入《乐府诗集》卷六十六《杂曲歌辞》，题作《少年子》。诗以一个女子的口吻，对男子、特别是君王喜欢男宠的行径表达不满。"百万"二句，写君王为讨得男宠的喜欢而肆意挥霍，揭露了统治者的奢靡和腐朽。末二句是反语正说，语含讥刺。

董生能巧笑[①]，子都信美目[②]。百万市一言[③]，千金买相逐[④]。不道参差菜[⑤]，谁论窈窕淑[⑥]？愿君奉绣被[⑦]，来就越人宿[⑧]。

【注释】

①董生：即董贤。《艺文类聚》卷三十三引《汉书》："董贤为郎，传漏正殿下。贤为人美丽，哀帝望见，悦其仪貌，识而问之曰：'是舍人董贤耶？'因引上与语，拜为黄门郎，由是始幸。贤宠日甚，为驸马都尉、侍中，出则参乘，入御左右，旬月间，赏赐累巨万。常与上卧起。昼寝，偏藉上衣袖，上欲起，贤未觉，不欲动贤，乃断袖而起。其爱恩至此。"能：原作"惟"，《文苑英华》《乐府诗集》皆作"能"，据改。巧笑：笑得很美的样子。《诗经·卫风·硕人》："巧笑倩兮，美目盼兮。"

②子都：春秋时郑国的美男子。《诗经·郑风·山有扶苏》："不见子都，乃见狂且。"《孟子·告子上》："至于子都，天下莫不知其姣也。不知子都之姣者，无目者也。"

③"百万"句：《艺文类聚》卷五十七引崔骃《七依》："美人进以承宴，调欢欣以解容，回顾百万，一笑千金。"万，《文苑英华》作"事"。市，买。

④"千金"句：《史记》卷六十五《孙子吴起列传》："孙子谓田忌曰：'君弟重射，臣能令君胜。'田忌信然之，与王及诸公子逐射千金。"

⑤道：《文苑英华》作"看"。参差（cēn cī）菜：指荇菜，是一种水草，可食。《诗经·周南·关雎》："参差荇菜，左右流之。窈窕淑女，寤寐求之。"参差，长短不齐貌。

⑥论：《文苑英华》作"能"。窈窕（yǎo tiǎo）：容貌美好貌。淑：品德善良。

⑦君:《文苑英华》《乐府诗集》作“言”。

⑧越人:刘向《说苑·善说》载,楚王母弟鄂君子晳泛舟于河,一个越族船工向他示爱,乃拥楫而歌(见卷九《越人歌一首》)。于是鄂君子晳“乃修袂行而拥之,举绣被而覆之”。不少人认为这写的是一个同性恋的故事。

【译文】

董生能够笑得很美,子都确实有一双漂亮的眼睛。花上百万才能买他开口说一句话,花上千金才能买到机会在一起驰逐。不说什么参差不齐的荇菜,谁来谈论身姿窈窕品德贤淑?但愿您能抱一床绣花被子,前来与越人双栖共宿。

王僧儒

王僧孺（464—522），字僧孺，东海郯（今山东郯城）人。六岁能属文，既长好学。仕齐，起家王国左常侍、太学博士，后官治书侍御史、钱唐令等。曾以文学游于竟陵王萧子良门下，与任昉等友善。入梁，历官南海太守、中书郎领著作、尚书左丞、御史中丞等。《梁书》本传称其“好坟籍，聚书至万余卷，率多异本”，与沈约、任昉为梁代三大藏书家。《隋书》卷三十五《经籍志四》著录有集三十卷，已佚。明人辑有《王左丞集》。其事见《梁书》卷三十三、《南史》卷五十九。

春怨

【题解】

本篇《诗纪》作者作“吴均”。诗篇极力铺写，回环曲折，如泣如诉，将思妇的孤独凄怨淋漓尽致地表现了出来，读来颇凄婉动人。“独与”二句、“象床”二句等，能翻新出巧，耐人寻味。诗风纤巧，但不过分刻镂，较平易自然。陈祚明评云：“极写久别之情，淋漓曲尽。”（《采菽堂古诗选》卷二十六）

四时如湍水①，飞奔竞回复②。夜鸟响嚶嚶③，朝光照煜煜④。厌见花成子，多看笋为竹⑤。万里断音书，十载异栖宿。积愁落芳鬓⑥，长啼坏美目。君去在榆关⑦，妾留住函谷⑧。

帷对昔邪房⑨,如见蜘蛛屋⑩。独与响相酬⑪,还将影自逐。象床易毡簟⑫,罗衣变单复。几过度风霜⑬,犹能保茕独⑭。

【注释】

①湍:疾速的流水。

②飞奔:傅刚《校笺》:"五云溪馆本、徐本、郑本作'奔飞'。"回复:犹回旋。

③嘤嘤:鸟鸣声。

④光:傅刚《校笺》:"五云溪馆本、徐本、郑本、孟本作'花'。"煜煜(yù):光明貌。

⑤为:傅刚《校笺》:"五云溪馆本、徐本、郑本作'成'。"

⑥愁:傅刚《校笺》:"徐本、郑本作'怨'。"

⑦去:傅刚《校笺》:"五云溪馆本、徐本、郑本作'住'。"榆关:即山海关。在今河北秦皇岛,为长城的起点。

⑧函谷:关名。在今河南灵宝南。

⑨昔邪:即乌韭,一种生长在屋瓦上的苔类植物。

⑩见:傅刚《校笺》:"徐本、郑本作'愧'。"

⑪与:傅刚《校笺》:"五云溪馆本、徐本、郑本作'唤'。"酬:酬对,应答。指发出的声音产生回响。

⑫象床:以象牙装饰的床。易:变。傅刚《校笺》:"徐本、郑本作'异'。"簟(diàn):竹席。毡、簟,一为冬天所用,一为夏天所用。

⑬过度:傅刚《校笺》:"五云溪馆本、徐本、郑本作'度过'。"

⑭茕(qióng)独:孤独。

【译文】

春夏秋冬四季就如湍急的流水,在飞奔的途中不住地打旋翻覆。夜间有鸟儿嘤嘤地鸣叫,早晨阳光照射下来明艳夺目。不愿看见花谢后结出了籽,多次看见青笋长成了绿竹。相隔万里断绝了书信往来,有十年了两人不在一起住宿。愁怨堆积使漂亮的鬓发根根凋落，长时间的哭泣损坏了美丽的双目。夫君离家驻扎在榆关，我则一直留在了函谷。帷帐对着长满乌韭的屋瓦，就如见到布满蛛网的房屋。独与自个儿发出的声响应答，还与自个儿的身影互相追逐。象牙床上换上了毡子又换上了竹席，身上的绸衣换了单层又换成了夹层。风霜经历了一次又一次，我还是保持着一个人独居的孤独。

月夜咏陈南康新有所纳

【题解】

本篇《艺文类聚》卷十八节引，题作《陈南康新纳诗》。陈南康，未详何人。“新有所纳”，从“新”字看，所纳者当为妾。陈祚明评云：“结句佳。摆脱妒意，此意更使人妒也。通首押韵佳倩。”（《采菽堂古诗选》卷二十五）其实，末句的表白并不能给人以大度之感，更与女子的境界与品行无关，只让人觉得她实在是无奈、可怜复可叹。将佳人与明月对照着写，又用极度的夸饰来表现其身价之高，在构思上不无新巧处。

二八人如花①，三五月如镜②。开帘一种色，当户两相映③。重价出秦韩④，高名入燕郑⑤。十城屡请易，千金几争聘。君意自能专，妾心本无竞⑥。

【注释】

①二八：十六岁。人如花：宋玉《神女赋》：“须臾之间，美貌横生。晔兮如华（花），温乎如莹。”

②三五：农历十五日。

③当户：对着门。《艺文类聚》作“还将”。户，《广韵》卷三：“半门为户。”

④“重价”句：吴兆宜注引龙辅《女红余志》：“秦、韩出异姝，娇妍委靡，销魂夺目。邻国觏之千金，不许。”又《战国策·韩策三》：“秦，大国也。韩，小国也。韩甚疏秦。然而见亲秦，计之，非金无以也，故卖美人。美人之贾贵，诸侯不能买，故秦买之三千金。韩因以其金事秦，秦反得其金与韩之美人。”

⑤燕郑：古诗“东城高且长”：“燕赵多佳人，美者颜如玉。”《战国策·楚策三》：“张子曰：‘彼郑、周之女，粉白黛（按一作“墨”）黑，立于衢间，非知而见之者，以为神。’”

⑥无竞：无争。指不与其他女人争宠。《诗经·大雅·抑》：“无竞维人，四方其训之。”

【译文】

年方十六岁长得就像一枝花，十五夜的月亮就像是一面明镜。打开帘子人和月都是一样明丽，坐在门前人与月正好两相辉映。秦国韩国都曾开出很重的价码，在燕国郑国都有很高的声名。一再请求用十座城池来交换，多次拿着千金来争聘。夫君的情意自然能够始终如一，我自己本来也没有争宠之心。

见贵者初迎盛姬聊为之咏

【题解】

本篇为游戏文字。盛姬，姓盛的美姬。无论题材还是体格，都已与稍后的宫体诗十分接近。结句戛然而止，有余韵。陈祚明评云：“缘竟如此住，故有致。翻说至题前一层。”（《采菽堂古诗选》卷二十五）

久想专房丽①，未见倾城者②。千金访繁华③，一朝遇容冶④。家本蓟门外⑤，来戏丛台下⑥。长卿幸未匹，文君复新寡⑦。

【注释】

①专房：犹言专宠。萧纲《筝赋》："纳千金之重聘，擅专房之宴私。"

②倾城者：绝世的美人。参见卷一李延年《歌诗一首》。

③繁华：盛开的花。喻美姬。

④容冶：妖冶，美艳。宋玉《登徒子好色赋》："此郊之姝，华色含光，体美容冶。"

⑤蓟（jì）门：在今北京市德胜门外。蓟为战国燕都。古诗"东城高且长"有"燕赵多佳人，美者颜如玉"之句。

⑥丛台：台名。因其连聚非一，故名。相传始建于战国赵武灵王时，为赵王检阅军队与观赏歌舞之地，在今河北邯郸。

⑦"长卿"二句：长卿，即司马相如，司马相如字长卿，西汉辞赋家。《史记》卷一百十七《司马相如列传》载，临邛富人卓王孙有女卓文君，好音，新寡在家。相如饮于卓氏，以琴心挑之，卓文君乃夜奔相如。

【译文】

早就想娶一个专房的丽人，但一直未遇上绝色的美女。花了千金去将如花似玉者访求，终于有一天遇上了艳丽的她。美人的家本在蓟门之外，现在嬉戏在丛台之下。幸好司马长卿还没有配偶，卓文君又刚刚新寡。

与司马治书同闻邻妇夜织

【题解】

本篇虽题作"闻邻妇夜织"，却通篇皆从邻妇的眼中、耳中、心中和感觉中落笔，写她所看到的凄凉的环境，所听到的虫鸟凄凉的鸣叫之声，写她的触景伤情。"犹恐"二句，写出思妇对丈夫的一片深情，其勉力劳作、负重前行的身影跃然于纸。

洞房风已激①，长廊月复清。蔼蔼夜庭广②，飘飘晓帐轻。杂闻百虫思③，偏伤一鸟声④。鸟声长不息，妾心复何极？犹恐君无衣，夜夜当窗织。

【注释】

①洞房：深邃的居室。激：猛烈。

②蔼蔼：暗淡貌。

③思：悲，哀愁。

④鸟：原作“息”，傅刚《校笺》：“徐本、郑本作‘鸟’。”从下句看，当以作“鸟”为是，据改。一鸟，指孤鸟。

【译文】

深邃的居室中已有猛烈的凉风吹进，长廊上还有一片清凉的月光。暗淡的夜色笼罩着宽阔的庭院，帷帐在晓风的吹拂下轻轻地飘荡。百虫嘈杂的悲鸣声灌进耳鼓，偏偏为孤鸟的鸣叫声感到悲伤。孤鸟的鸣叫声久久地不肯停息，我的心又到什么时候才能安宁？还担心天冷了夫君在外没有寒衣，天天夜里都坐在窗前织个不停。

夜愁

【题解】

本篇载《艺文类聚》卷三十五，题作《夜愁示诸宾诗》。抒写愁情，极尽夸张形容。末二句出人意表，将凌乱纷扰的心境表现得既形象又深刻。陈祚明评云：“‘积’字深曲，对‘泻’字更趣。后四句从此一字演出。‘尽复益’佳，写愁令无穷。‘看朱成碧’，从何处想得？大奇。”（《采菽堂古诗选》卷二十五）

檐露滴为珠，池冰合成璧①。万行朝泪泻，千里夜愁积②。

孤帐闭不开，寒膏尽复益[3]。谁知心眼乱，看朱忽成碧[4]。

【注释】

①池冰：《艺文类聚》作"水"。成：《艺文类聚》作"如"。

②积：原作"极"，《艺文类聚》作"积"，据改。

③膏：点灯用的油脂。益：增添。

④"看朱"句：嵇康《郭遐叔赠五首》其一："心之忧矣，视丹如绿。"梁武帝萧衍《捣衣诗》："沉思惨行镳，结梦在空床。既寤丹绿谬，始知纨素伤。"

【译文】

屋檐上滴下的露珠变成了珍珠，池面上冰层合在一起成了白璧。早晨万行眼泪如潮水般倾泻，夜里弥漫千里的忧愁一重重堆积。孤独的帷帐紧紧地闭合没有掀开，寒凉的灯油燃尽后又不断增添。谁知心烦意乱竟然看花了眼，忽然把大红的光焰看成了翠绿的颜色。

春闺有怨

【题解】

傅刚《校笺》："徐本、郑本无'有'字。"春天是一个美好的季节，但又是一个更容易激起人们的相思之情、离别之愁的季节，"春至更攒眉"句中的"更"字，准确地表现了这一点。由于内心悲痛，所以"蛱蝶粉""蜘蛛丝"都成了可以让人悲伤、哭泣的景物。王国维云："有我之境，以我观物，故物皆著我之色彩。"（《人间词话》卷上），说的正是这种情况。

愁来不理鬓，春至更攒眉[1]。悲看蛱蝶粉[2]，泣望蜘蛛丝。月映寒蛩褥[3]，风吹翡翠帷[4]。飞鳞难托意[5]，驶翼不衔辞。

【注释】

①攒（cuán）眉：蹙眉，皱眉。

②蛱（jiá）蝶：蝴蝶。

③寒蛩（qióng）褥：织有寒冬时节蟋蟀图案的褥子。吴兆宜注引龙辅《女红余志》："翔风因季伦见弃，听寒蛩心悲，因织寒蛩之褥以献之。"蛩，蟋蟀。

④翡翠帷：以翡翠鸟羽为饰的帷帐。翡翠，《楚辞》宋玉《招魂》："翡翠珠被，烂齐光些。"洪兴祖补注："翡，赤羽雀。翠，青羽雀。《异物志》云：翠鸟形如燕，赤而雄曰翡，青而雌曰翠。翡大于群，其羽可以饰帏帐。"也有可能指帷帐的色彩红红绿绿，如翡翠鸟的羽毛。萧纲《筝赋》："度玲珑之曲阁，出翡翠之香帷。"

⑤飞鳞：《文选》曹植《七启》："寒芳苓之巢龟，脍西海之飞鳞。"李善注："西海飞鳞，即文鳐也。《山海经》曰：'泰器之山，濩水出焉，是多鳐鱼，常行西海，而游于东海，夜飞而行。'"《山海经·西山经》："文鳐鱼状如鲤鱼，鱼身而鸟翼，苍文而白首，赤喙，常行西海，游于东海，以夜飞。"

【译文】

忧愁袭来没有心思梳理鬓发，春天来到更是皱紧了双眉。看到蝴蝶身上的腻粉让人感到悲伤，看见蜘蛛织出的细丝不免就要哭泣。清冷的月光映照在寒蛩褥上，春风料峭吹动轻软的翡翠帷。难以托付飞鳞捎去我浓密的情意，它只知鼓动翅膀却不能把话语捎带。

捣衣

【题解】

本篇《艺文类聚》卷六十七节引，题作《咏捣衣诗》。赵氏覆宋本无"露团"二句。《文选》谢惠连《捣衣》诗刘良注："妇人捣帛裁衣，将以寄远也。”诗篇对捣衣的过程略而不写，而运用比拟、排比手法，尽力铺写、刻画捣衣之声，以捣衣声的悲伤与凄凉表现思妇内心的悲伤与凄凉。语言不无雕琢，但能时见新巧。庾信《夜听捣衣》：“声烦《广陵散》，杵急《渔阳掺》。”似从本诗“散度”二句化出。

足伤金管遽①，多怆缇光促②。露团池上紫，风飘庭里绿。下机骛西眺③，鸣砧遽东旭④。芳汗似兰汤⑤，雕金辟龙烛⑥。散度《广陵》音⑦，掺写《渔阳》曲⑧。《别鹤》悲不已⑨，《离鸾》断更续⑩。尺素在鱼肠⑪，寸心凭雁足⑫。

【注释】

①金管：有金饰的箫笛之类的管乐器。遽（jù）：急促。原作“处”，《艺文类聚》作“遽”，据改。

②怆：悲伤。缇（tí）光：指落日的余光。缇，橘红色。刘祯《赠五官中郎将诗》其四：“明月照缇幕，华灯散炎辉。”

③机：织布机。骛（wù）：疾，快。西眺：谓眺望落日，时天尚未黑。

④砧（zhēn）：捣衣石。旭：日出光明貌。

⑤兰汤：加上兰草烧的热水，有香气。《初学记》卷十三引刘义庆《幽明录》：“庙方四丈不墉，壁道广四尺，夹树兰香。斋者煮以沐浴，然后亲祭，所谓‘浴兰汤’。”

⑥雕金：刻镂的金饰。此指刻镂有金饰的烛台。辟：通“譬”，如。龙烛：神话中烛龙所衔之烛。《楚辞》屈原《天问》：“日安不到，烛龙何照？”王逸注：“言天之西北，有幽冥无日之国，有龙衔烛而照之也。”洪兴祖补注：“《山海经》云：‘钟山之神，名曰烛阴，视为昼，瞑为夜，吹为冬，呼为夏，不饮不食，不喘不息，身长千里，人面蛇身，赤色。’注曰：‘即烛龙也。’”曹植《芙蓉赋》：“焜焜韡韡，

烂若龙烛。”

⑦散:《梦溪笔谈》卷五引《卢氏杂记》:“散自是曲名,如操、弄、掺、淡、序、引之类。”《广陵》:琴曲名。即《广陵散》。《文选》嵇康《琴赋》:“若次其曲引所宜,则《广陵》《止息》,《东武》《太山》。”李善注:“《广陵》等曲,今并犹存,未详所起。应璩《与刘孔才书》曰:‘听《广陵》之清散。’”

⑧掺(shān):鼓曲。《艺文类聚》作“参”。《渔阳》曲:即《渔阳掺》,鼓曲名。《世说新语·言语》:“祢衡被魏武谪为鼓吏。正月半,试鼓。衡扬枹为《渔阳》掺挝,渊渊有金石声,四座为之改容。”

⑨《别鹤》:即《别鹤操》,琴曲名。崔豹《古今注》卷中:“《别鹤操》,高陵牧子所作也。娶妻五年而无子,父兄将为之改娶。妻闻之,中夜起,倚户而悲啸。牧子闻之,怆然而悲,乃歌曰:‘将乖比翼隔天端,山川悠远路漫漫,揽衾不寝食忘餐!’后人因为乐章焉。”鹤,《艺文类聚》作“鹄”。

⑩《离鸾》:琴曲名。《西京杂记》卷二:“庆安世年十五为成帝侍郎,善鼓琴,能为《双凤离鸾》之曲,赵后悦之。”离鸾,即孤鸾。更:《艺文类聚》作“还”。

⑪尺素:指书信。古人写信用一尺左右的绢帛书写,故称。鱼肠:指书函之中。古人夹藏信曾用鱼形木匣,一底一盖,分开来就像两条鱼。汉乐府《饮马长城窟行》:“客从远方来,遗我双鲤鱼。呼儿烹鲤鱼,中有尺素书。”

⑫凭雁足:谓将书信拴在雁足上,托大雁将书信带给丈夫。古代有鸿雁传书的传说。

【译文】

听到急促的金管声涌起几多伤感,看到橘红的日光流逝感到十分悲伤。水池边上的团团白露仍闪烁着紫色,秋风飘过庭院中还能看到翠绿。走下织机赶紧往日落的西边眺望,捣衣石响了一夜直到东方升起朝阳。香汗就像飘着香气的热水在周身流淌，刻镂有金饰的烛台就像是龙烛放出光芒。捣衣声如同《广陵散》四处飘散，又像是《渔阳掺》尽情倾泻。如同弹奏《别鹤操》令人悲伤不已，又如《离鸾曲》听起来断断续续。把一封信放进鱼形的木匣之中，这充满思念的寸心全都托付给了雁足。

为人述梦

【题解】

本篇写梦中与妻子相会，将迷离惝恍的梦境描绘得摇曳多姿，真切如见。陈祚明评云："写虚幻能尽情若此。中间如'以'字、'方'字、'极'字、'恣'字，俱是梦境，故有趣。然太尖太近，直接晚唐。"（《采菽堂古诗选》卷二十五）

工知想成梦①，未信梦如此。皎皎无片非②，的的一皆是。以亲芙蓉褥③，方开合欢被④。雅步极嫣妍⑤，含辞恣委靡⑥。如言非倏忽⑦，不意成俄尔⑧。及寤尽空无⑨，方知悉虚诡⑩。

【注释】

①工知：犹言深知。工，精善。

②皎皎：与下句"的的"皆为明晰貌。

③以：通"已"。芙蓉褥：绣有芙蓉图案的褥子。

④合欢被：绣有合欢图案的被子。合欢，植物名。叶似槐叶，至晚则合。一说，合欢被是裁成两面然后合在一起的被子。古诗"客从远方来"："文彩双鸳鸯，裁为合欢被。"

⑤嫣妍（yán）：美好。

⑥恣：极意。委靡（mǐ）：柔顺。委，吴兆宜注："一作'柔'。"

⑦倏（shū）忽：疾速貌。

⑧俄尔：同"俄而"，顷刻，一会儿。

⑨寤（wù）：醒来。

⑩虚诡：虚幻离奇。东方朔《十洲记序》："抑绝俗之道，摈虚诡之迹。"

【译文】

深知心有所想才会做梦，但没想到梦会做成这样。是那样的清晰没有一点儿虚假，是那样的真切都跟真的一样。已在芙蓉褥上亲热，又打开了合欢被子。她步履优雅姿态非常的美好，含辞未吐性情非常的柔顺。好像在说见面不可能是瞬间的事，但没想到就只欢聚了一小会儿。等到醒来眼前什么也没有，才知全是怪诞虚无的一幕。

为人伤近而不见

【题解】

本篇载《艺文类聚》卷三十二。诗写同县同乡的两个"同心人"虽近而不得相见的愁怨之情，取材颇特别。后半颇受汉乐府民歌及古诗的影响，并运用了民歌常见的"接字法"，读来回环流美。但"讵胜"句费解，有生造之嫌。陈祚明评云："后六句能状难状之情，安得有此慧心，体味深闺中朝夕况味？怨妇更此境者，闻之涕出无从矣。'讵胜仙将死'句拙甚，然固生。"（《采菽堂古诗选》卷二十五）陈祚明认为诗吟咏的是一位女性，但吟咏的是一位男性的可能性更大。

嬴女凤凰楼[①]，汉姬柏梁殿[②]。讵胜仙将死[③]，音容犹可见。我有一心人[④]，同乡不异县[⑤]。异县不成隔，同乡更脉脉[⑥]。脉脉如牛女[⑦]，无妨年一语[⑧]。

【注释】

①嬴（yíng）女：指秦穆公女弄玉。秦，嬴姓。参见卷四王素《学阮步兵体》注。

②柏梁殿：即柏梁台。《汉书》卷六《武帝纪》："（元鼎二年）春，起柏梁台。"颜师古注："《三辅旧事》云以香柏为之。"

③"讵（jù）胜"句：傅刚《校笺》："五云溪馆本作'讵将胜仙死'。"讵，岂。

④我有：《艺文类聚》作"独我"。一心：谓心心相印。汉乐府《白头吟》："愿得一心人，白头不相离。"

⑤"同乡"句：汉乐府《饮马长城窟行》（一作蔡邕诗）："他乡各异县，展转不相见。"

⑥脉脉：含情相视貌。

⑦牛女：牛郎、织女。古诗"迢迢牵牛星"："迢迢牵牛星，皎皎河汉女。……盈盈一水间，脉脉不得语。"

⑧无妨年：《艺文类聚》作"幽幽寄"。傅刚《校笺》："五云溪馆本、徐本、郑本作'何由得'。"

【译文】

就像秦穆公的女儿住在凤凰楼，就像汉代的美姬住在柏梁殿。但即使是将死的仙人也不能与之相比，仙人即使死去他们的音容也还可以看见。我有一个心心相印的恋人，我们是同乡而且是在一个县。即使不同县也不会相互隔绝，两人同乡更应当含情脉脉。含情脉脉就像是天上的牛郎织女，不妨一年说上两句见上一面。

为何库部旧姬拟蘼芜之句

【题解】

本篇载《艺文类聚》卷三十二，题作《为何逊旧姬拟上山采蘼芜诗》。何库部,即何炯,庐江人。《梁书》本传:“年十九,解褐扬州主簿。举秀才,累迁王府行参军,尚书兵、库部二曹郎。”“蘼芜之句”,指古诗“上山采蘼芜”,这是一首写弃妇的诗(见本书卷一《古诗八首》)。本篇承其余绪,代“旧姬”抒写被弃的哀怨,对何库部喜新厌旧的行为有所批判。末二句在表白自己坚贞之志的同时,对夫君的反复无常表示了不屑,尤具锋芒与骨力。陈祚明评云:“写怨至此,使何可堪!”(《采菽堂古诗选》卷二十五)

出户望兰薰①,褰帘正逢君②。敛容才一访③,新知讵可闻④?新人含笑近,故人含泪隐。妾意在寒松⑤,君心逐朝槿⑥。

【注释】

①兰、薰:皆香草名。颜延之《祭屈原文》:“兰薰而摧,玉缜则折。”

②褰(qiān):揭起,掀起。

③敛容:收敛表情使其庄重。宋玉《神女赋》:“整衣服,敛容颜。”访:询问。

④知:《艺文类聚》作“人”。讵(jù):岂,哪。

⑤寒松:《论语·子罕》:“子曰:‘岁寒,然后知松柏之后凋也。’”刘祯《赠从弟》其二:“风声一何盛,松枝一何劲。冰霜正惨凄,终岁常端正。”

⑥朝槿(jǐn):即木槿,其花朝开暮落。

【译文】

出门去看兰草薰草,掀开门帘正好碰见了您。收敛了表情才问了您一句,新人的情况能不能说给我听听?新人含着微笑走到您身旁,故人含着眼泪不见了身影。我情意坚定就像那经冬不凋的松柏,您的心却是追随那朝开暮落的木槿。

在王晋安酒席数韵

【题解】

本篇载《艺文类聚》卷三十二，题作《咏姬人诗》。据吴兆宜题注，王晋安即王份，字季文，琅邪（今属山东）人。曾任晋安内史之职。诗人于席间见一才貌出众的歌者，自觉歌者对他眉目传情，他也对歌者心向往之，希望能有机会对歌者传情达意。表现的其实是一个士大夫逢场作戏的轻佻，并非真挚感情的流露。但描写不无生动之处，尤以"转眄"二句为最。

窈窕宋容华①，《但歌》有清曲②。转眄非无以③，斜扇还相瞩④。讵减许飞琼⑤，多胜刘碧玉⑥。何因送款款⑦？半饮杯中醁⑧。

【注释】

①窈窕（yǎo tiǎo）：美好貌。《诗经·周南·关雎》："窈窕淑女，君子好逑。"宋容华：东汉末年曹魏时期著名的歌者。《晋书》卷二十三《乐志下》："但歌，四曲，出自汉世。无弦节，作伎最先唱，一人唱，三人和。魏武帝尤好之。时有宋容华者，清彻好声，善唱此曲，当时之特妙。"

②清曲：清美的歌曲。清，《艺文类聚》作"情"。

③转眄（miǎn）：转动目光。无以：无因。

④扇还相瞩：《艺文类聚》作"眉幸相瞩"。还，傅刚《校笺》："五云溪馆本作'远'。"瞩，注视。

⑤讵（jù）：岂。《艺文类聚》作"不"。许飞琼：传说中仙女名。《汉武帝内传》："（西王母）又命侍女董双成吹云和之笙，石公子击昆庭之金，许飞琼鼓震灵之簧。"

⑥多：傅刚《校笺》："五云溪馆本、徐本、郑本作'绝'。"刘碧玉：南朝宋汝南王宠妾。《乐府诗集》卷四十五《清商曲辞》有《碧玉歌》，郭茂倩题解引《乐苑》云："《碧玉歌》者，宋汝南王所作也。碧玉，汝南王妾名。以宠爱之甚，所以歌之。"碧，《艺文类聚》作"璧"。

⑦款款：犹款曲，诚挚之情。繁钦《定情诗》："中情既款款，然后克密期。"

⑧半：原作"伴"，《艺文类聚》作"半"。傅刚《校笺》引《考异》："宋刻作'伴'。按，诗在酒席已伴饮矣，不得更曰'何'。因《艺文类聚》作'半饮'，是杯酒而留半与之，相怜相调，情思并见，较'伴'字为有致，今从之。"据改。醁（lù）：醁醽，美酒名。

【译文】

就像美丽窈窕的宋容华，她唱着《但歌》这首清美的歌曲。目光流转不是没有所见，还倾斜团扇回过头来相望。与许飞琼相比哪会有什么差别，更远远地胜过刘碧玉。哪有机会送去我的一片衷情？请她来喝下这半杯美酒醁醽。

为人有赠

【题解】

本篇为代人所作的赠诗，所赠对象为一位容貌美丽、能歌善舞的歌女。前六句写歌女的容貌之美、歌舞之能，全以比拟、夸饰手法出之，给读者留下了驰骋想象的余地。末二句以"幸有"二字承启，点明对歌女的倾慕之情，前后浑成，构思精谨。

碧玉与绿珠①，张卢复双女②。曼声古难匹③，长袂世无侣④。似出凤凰楼⑤，言发潇湘渚⑥。幸有褰裳便⑦，含情寄一语⑧。

【注释】

①碧玉:参见前《在王晋安酒席数韵》注。绿珠:《晋书》卷三十三《石崇传》:“崇有妓曰绿珠,美而艳,善吹笛。”

②张:《文选》潘岳《笙赋》:“辍《张女》之哀弹,流《广陵》之名散。”张铣注:“《张女弹》,曲名也。其声哀。”张女或本指张姓的女子,《乐府诗集》卷七十七《杂曲歌辞》有《杂曲三首》,其二云:“曲中唯闻《张女》曲,定有同姓可怜人。”已提出了这一看法。卢:卢女。崔豹《古今注》卷中:“《雉朝飞》者,牧犊子所作也。……魏武帝宫人有卢女者,故冠军将军阴叔之妹。年七岁,入汉宫,学鼓琴,琴特鸣,异于诸妓。善为新声,能传此曲。卢女至明帝崩后放出,嫁为尹更生之妻。”

③曼声:舒缓的长声。《列子·汤问篇》:“(韩娥)过逆旅,逆旅人辱之。韩娥因曼声哀哭,一里老幼悲愁,垂涕相对,三日不食。遽而追之。娥还,复为曼声长歌。”

④长袂(mèi):长袖。《韩非子·五蠹》:“鄙谚曰:‘长袖善舞,多钱善贾。’此言多资之易为工也。”

⑤凤凰楼:萧史与秦穆公女弄玉所居之楼。参见卷四王素《学阮步兵体》注。

⑥潇湘:即湘水,在今湖南境内。在《楚辞》中为湘君、湘夫人等神灵出没之地。渚(zhǔ):水边或水中小洲。屈原《九歌·湘夫人》:“帝子降兮北渚,目眇眇兮愁予。”

⑦褰(qiān)裳:提起衣裳。谓提起衣裳涉水相会。《诗经·郑风·褰裳》:“子惠思我,褰裳涉溱。”

⑧含情:王粲《公宴诗》:“今日不极欢,含情欲待谁?”

【译文】

就像碧玉和绿珠那样的出色,又像是张女和卢女这两位美女。柔曼的歌声古人难以相比,长袖善舞也无人可并驾齐驱。就像是从凤凰楼飞出的弄玉，又像是来自湘水边的湘夫人。幸有提起衣裳涉水相会的机会，满怀深情送上我的一句话语。

何生姬人有怨

【题解】

傅刚《校笺》："五云溪馆本、徐本、郑本无'人'。"何生，未详何人，从"逐臣"二字看，或为从京师被外放者。诗代姬人抒写被弃的哀怨，颇凄恻动人。陈祚明评云："起二句景中有情，不言下二句，而此意可见。'宝琴'四句，并有态。结句言情更深，同衾乖心，怨甚仳别。"（《采菽堂古诗选》卷二十五）

寒树栖羁雌①，月映风复吹。逐臣与弃妾②，零落心可知③。宝琴徒七弦④，兰灯空百枝⑤。颦容不足效⑥，啼妆拭复垂⑦。同衾成楚越⑧，异国非仳离⑨。

【注释】

①栖羁雌：羁留在外而独居无伴的雌鸟。比喻姬人。枚乘《七发》："朝则鹂黄鳱鴠鸣焉，暮则羁雌迷鸟宿焉。"雌，傅刚《校笺》："五云溪馆本、徐本、郑本无'此'。"

②逐臣：被朝廷贬谪放逐的臣子。祢衡《鹦鹉赋》："放臣为之屡叹，弃妻为之歔欷。"

③零落：屈原《离骚》："惟草木之零落兮，恐美人之迟暮。"王逸注："零、落，皆堕也。草曰零，木曰落。"

④宝琴：有珠宝为饰的琴。七弦：《艺文类聚》卷四十四引《广雅》："神农氏琴长三尺六寸六分，上有五弦，曰宫商角徵羽。文王增二

弦，曰少宫少商。”

⑤兰灯：精美的灯。《南齐书》卷三十六《刘祥传》：“堂宇留光，兰灯有时不照。”百枝：灯柱有百根分枝。

⑥“颦（pín）容”句：《庄子·天运》：“故西施病心而矉其里，其里之丑人见之而美之，归亦捧心而矉其里。其里之富人见之，坚闭门而不出，贫人见之，挈妻子而去走。彼知矉美而不知矉之所以美。”成玄英疏：“西施，越之美女也，貌极妍丽，既病心痛，颦眉苦之。而端正之人，体多宜便，因其颦蹙，更益其美，是以闾里见之，弥加爱重。邻里丑人，见而学之，不病强颦，倍增其陋，故富者恶之而不出，贫人弃之而远走。”颦、矉同义，皱眉的意思。

⑦啼妆：参见卷五何逊《咏照镜》注。此实指泪痕。

⑧衾（qīn）：被子。楚越：谓相距遥远。《庄子·德充符》：“仲尼曰：‘自其异者视之，肝胆楚越也；自其同者视之，万物皆一也。’”成玄英疏：“楚越迢递，相去数千，而于一体之中，起数千之远，异见之徒，例皆如是也。”

⑨仳（pǐ）离：《诗经·王风·中谷有蓷》：“有女仳离，嘅其叹矣。”毛传：“仳，别也。”郑玄笺：“有女遇凶年而见弃，与其君子别离，慨然而叹，伤己见弃，其恩薄。”原作“此”，傅刚《校笺》：“《考异》作‘仳’。”又引徐校：“孟本作‘仳’。”据改。

【译文】

寒凉的树枝上栖宿着一只羁留无伴的雌鸟，清冷的月光照映着还有北风呼呼地吹。被贬谪的臣子与被抛弃的妇人，其衰败零落内心完全可以感知。宝琴无心弹奏空自有七根丝弦，精美的灯没有点亮徒然有百根分枝。发愁皱眉的模样不值得别人仿效，泪痕刚刚擦拭又有眼泪垂落。同盖一床被子却像楚越那样相距遥远，就是身处异国也不会像这样夫妻别离。

鼓瑟曲 有所思

【题解】

本篇载《艺文类聚》卷四十一，题作《有所思行》；又载《文苑英华》卷二百二；收入《乐府诗集》卷十七《鼓吹曲辞》。诗写女子的相思之情，孤单、寂寞、烦躁、愁怨，一一跃然于纸。“光阴”二句，写思妇的内在心理感受，既真切又深刻。末二句，化用古诗“青青河畔草”，而婉蓄得妙。陈祚明评云：“‘奈妾亦倡家’，语妙。可知难以幽闲贞静自持。”（《采菽堂古诗选》卷二十五）

夜风吹熠耀①，朝光照昔邪②。几销蘼芜叶③，空落蒲萄花④。不堪长织素⑤，谁能独浣纱⑥。光阴复何极，望促反成赊⑦。知君自荡子⑧，奈妾亦倡家⑨。

【注释】

①熠（yì）耀：《诗经·豳风·东山》：“仓庚于飞，熠耀其羽。”郑玄笺：“熠耀其羽，羽鲜明也。”此指灯火。

②昔邪：即乌韭，为生长在屋瓦上的苔类。

③蘼（mí）芜：香草名。又名江蓠，叶子风干后可做香料。古诗“上山采蘼芜”：“上山采蘼芜，下山逢故夫。”

④蒲萄：即葡萄。萄，《艺文类聚》《乐府诗集》作“桃”。

⑤素：白色细绢。古诗“上山采蘼芜”：“新人工织缣，故人工织素。”

⑥能：《艺文类聚》作“嗟”。浣（huàn）纱：指洗涤衣服。相传西施曾在若耶溪浣纱。

⑦促：短。赊（shē）：长，久。

⑧荡子：在外漫游不归家者。相当于“游子”。

⑨倡家：以歌舞为业者。古诗“青青河畔草”：“昔为倡家女，今为荡

子妇。荡子行不归，空床难独守。”

【译文】

夜风吹来明亮的灯火不住地摇曳，清早的阳光照着屋瓦上的昔邪。时光流逝蘼芜叶已经几度枯萎，还一次次空自凋落了葡萄花。没完没了地织绢实在难以忍受，谁能独自在水边默默地将衣服清洗。光阴一天天流逝何时才有个尽头，希望它能短些它却反而更加漫长。知道您本来就是一个爱漫游的荡子，无奈我也出身于歌舞艺人之家。

为人宠妾有怨

【题解】

宠妾已失宠，故发为此怨。前四句以独立无依、根基不深、备受侵凌之树自比，颇显新颖。“是妾”二句，尤能从故典翻出新意，虽不免纤巧。陈祚明评云：“每能翻新出奇，此结与‘看朱成碧’句固应千秋不磨，然去诗余远近。”（《采菽堂古诗选》卷二十五）

可怜独立树，枝轻根易摇①。已为露所浥②，复为风所飘。锦衾襞不卧③，端坐夜及朝。是妾愁成瘦，非君重细腰④。

【注释】

①易：傅刚《校笺》：“五云溪馆本、徐本、郑本作‘亦’。”

②浥（yì）：湿润。《诗经·召南·行露》：“厌浥行露，岂不夙夜，谓行多露。”

③锦衾（qīn）：锦被。襞（bì）：折叠。卧：傅刚《校笺》：“五云溪馆本、徐本、郑本作‘开’。”

④细腰：纤细的腰身。谓身段苗条。《韩非子·二柄》：“楚灵王好细腰，而国中多饿人。”

【译文】

可怜一棵独立无依的小树，枝轻根也容易动摇。已被露水弄得周身潮湿，又被风吹得东摇西晃。锦被折叠得好好的没有睡觉，端坐整夜一直到清早。是我发愁瘦成了这个样子，并不是夫君您特别看重细腰。

为姬人自伤

【题解】

本篇载《艺文类聚》卷三十二，题作《为姬人怨诗》。赵氏覆宋本无“姬”字。诗既写出了姬人的悲伤，也写出了姬人的决绝。“弦断”二句，写出了姬人对自身命运的清醒认识。陈祚明评云：“极真极悲矣！‘心去’句近。后人云‘心去意难留’，则不成语。此‘最’字犹能，稍异填词。”（《采菽堂古诗选》卷二十五）

自知心里恨，还向影中羞。回持昔慊慊[①]，变作今悠悠[②]。还君与妾珥[③]，归妾奉君裘[④]。弦断犹可续，心去最难留。

【注释】

①慊慊（qiǎn）：《文选》曹丕《燕歌行》：“慊慊思归恋故乡，何为淹留寄他方？”李善注：“郑玄《礼记注》曰：‘慊，恨不满之貌也。’”谓回顾以前热恋时尚觉不满足。

②悠悠：忧思长貌。

③珥（ěr）：耳环。《艺文类聚》作“扇”。傅刚《校笺》引孟校：“一作‘钗’。”

④奉：《艺文类聚》作“与”。裘（qiú）：皮衣。

【译文】

自知心里满怀着怨恨，却还对着暗影感到羞惭。回想以前热恋时的情景还觉得有所不足,而今却变成了愁思悠长。把您以前送给我的耳环还您,您也把我以前送给您的皮衣还我。琴弦断了还可以接上,心失去了却最难挽留。

秋闺怨

【题解】

本篇抒写思妇的愁怨。前四句写萧索悲凉之景,为“深心”二句作了很好的铺垫。“起百际”与“非一垂”,对偶精整,但微露雕琢之痕。陈祚明评云:“抉思必入微。前四句景中荒荒,使人欲悬梁饮药矣。此郊、岛所尽心焉者,然不能逮。”(《采菽堂古诗选》卷二十五)

斜光隐西壁,暮雀上南枝。风来秋扇屏①,月出夜灯吹。深心起百际②,遥泪非一垂。徒劳妾辛苦,终言君不知。

【注释】

①屏(bǐng):舍弃。

②百际:犹言百端。南朝乐府《懊侬歌》其五:“内心百际起,外形空殷勤。”

【译文】

西斜的日光在西墙后面消隐,暮色中的鸟雀飞上朝南的树枝。秋风吹来团扇舍弃不用,月亮升起把照明的灯吹灭。内心深处的情思从一百处冒出,思念远方的泪水不止滴落一行。我徒然在这里如此千辛万苦,到头来夫君他还是什么也不知道。

张率

张率（475—527），字士简，吴郡吴（今江苏苏州）人。齐时历任著作佐郎、尚书殿中郎、太子洗马等职。入梁，历任秘书丞、中书侍郎、太子家令、黄门侍郎等职，官终新安太守。有文才，齐时与陆倕同访沈约，适值任昉在座，沈约乃谓昉曰："此二子后进才秀，皆南金也，卿可与定交。"从此与任昉友善。入梁，屡侍宴赋诗，梁武帝称其为"东南才子"。《隋书》卷三十五《经籍志四》著录有集三十八卷，已散佚。其事见《梁书》卷三十三、《南史》卷三十一。

相逢行

【题解】

本篇《艺文类聚》卷四十一节引；收入《乐府诗集》卷三十四《相和歌辞·清调曲》。诗拟汉乐府《相逢狭路间》（见本书卷一《古乐府诗六首》），诗旨与结构布局皆与原诗相似，细部描写有所不同，文字也较工丽，读来能给人以新鲜感。陈祚明评云："梁人仿《相逢行》者甚多，皆直袭无趣，但改一二字，便拙。……惟此篇差有作意。加'凭轼日欲昏'句，相逢时有一景，便异。'橘柚'二句，写成隐隐阗阗，华缛景象，景象中有情事。……此可得拟古乐府法。常谓拟古乐府须胜于古乃佳。古何可胜？惟有别出机杼，使读者耳目一新，即胜之也。此纵不能胜，亦不致饮下流之余，为古所缚。"（《采菽堂古诗选》卷二十五）

相逢夕阴街[1],独趋尚冠里[2]。高门既如一[3],甲第复相似[4]。凭轼日欲昏[5],何处访公子?公子之所在,所在良易知。青楼出上路[6],渐台临曲池[7]。堂上抚流徽[8],雷樽朝夕施[9]。橘柚芬华实[10],朱火燎金枝[11]。兄弟两三人,裾佩纷陆离[12]。朝从禁中出[13],车骑并驱驰。金鞍玛瑙勒[14],聚观路傍儿。入门一顾望,凫鹄有雄雌[15]。雄雌各数千,相鸣戏羽仪[16]。并在东西立,群次何离离[17]。大妇刺方领[18],中妇抱婴儿。小妇尚娇稚,端坐吹参差[19]。丈人无遽起[20],神凤且来仪[21]。

【注释】

①夕阴街:《三辅黄图》卷二《长安八街九陌》:"有香室街、夕阴街、尚冠前街。"

②尚冠里:《汉书》卷八《宣帝纪》:"时会朝请,舍长安尚冠里。"颜师古注:"尚冠者,长安中里名。"里,古代一种居民组织。先秦时以二十五家为里。

③高门:左思《咏史》其五:"峨峨高门内,蔼蔼皆王侯。"

④甲第:豪门贵族的宅第。

⑤凭:扶着。轼(shì):车厢前用作扶手的横木。

⑥青楼:涂饰青漆的楼,为贵者所居。上路:大路。

⑦渐台:台名。在长安,汉武帝时建。《三辅黄图》卷五:"渐台在未央宫太液池中,高十丈。渐,浸也,言为池水所渐。又一说,渐台,星名,法星以为台名。"又《汉书》卷二十五下《郊祀志下》:"渐台高二十余丈,名曰泰液。"

⑧抚:弹。流徽:《山堂肆考》卷二百三十四:"即琴也。"

⑨雷樽:酒器。雷,傅刚《校笺》:"五云溪馆本、徐本、郑本作'罍'。"按"雷""罍"字通。施:陈设。

⑩柚(yòu):柚子,果名。芬华实:傅刚《校笺》:"五云溪馆本、徐

本、郑本作‘分宝叶’。”芬,芳香。华实,花和果实。《列子·汤问篇》:“珠玕之树皆丛生,华实皆有滋味,食之皆不老不死。”实,原作“食”,《乐府诗集》作“实”,据改。

⑪朱火:红色的火焰。燎:大烛。《诗经·小雅·庭燎》:“夜未央,庭燎之光。”毛传:“庭燎,大烛。”金枝:金饰的灯柱。

⑫裾(jū):衣服的前襟。《艺文类聚》《乐府诗集》作“冠”。陆离:斑斓绚丽貌。屈原《九歌·大司命》:“灵衣兮被被,玉佩兮陆离。”

⑬禁中:宫禁之中,为帝王所居处。蔡邕《独断》卷上:“禁中者,门户有禁,非侍御者不得入,故曰禁中。”中,傅刚《校笺》:“五云溪馆本、徐本、郑本作‘门’。”

⑭玛瑙勒:以玛瑙为饰的马笼头。玛瑙,一种矿物,颜色光美,可做装饰品。

⑮凫(fú):野鸭。鹄(hú):天鹅。

⑯羽仪:用鸟羽做的仪饰。《周易·渐》:“鸿渐于阿,其羽可用为仪。”此即指羽翼、翅膀。

⑰次:按顺序排列。离离:井然有序貌。《尚书大传》卷七:“《书》之论事也,昭昭若日月之明,离离若参辰之错行。”

⑱方领:直衣领。为儒生的装束。

⑲参差(cēn cī):《楚辞》屈原《九歌·湘君》:“望夫君兮未来,吹参差兮谁思。”王逸注:“参差,洞箫也。”洪兴祖补注引《风俗通》:“舜作箫,其形参差,象凤翼。参差,不齐之貌。”

⑳丈人:子媳对公婆的尊称。无遽(jù)起:《艺文类聚》作“幸无遽”。遽,疾速。

㉑来仪:凤凰成双成对地出来跳舞。是一种祥瑞之征。《尚书·益稷》:“箫韶九成,凤凰来仪。”

【译文】

彼此在夕阴街上相逢,又独自奔向尚冠里。都是一样的高门大户,豪华的宅第也十分相似。扶着车轼眼看就要黄昏,不知到何处去拜访公子?公子他所居住的地方,其所居其实很容易访知。漆成青色的高楼耸立在大路旁,渐台正好面对着曲折的水池。堂上可以弹奏琴弦,桌上早晚都摆放着酒杯。橘子柚子的花果散发着芳香,大烛在金枝上发出红色的焰光。家中兄弟一共有三人,衣襟上的佩饰斑斓绚丽。早晨从宫禁中出来回家,车马并排在大街上奔驰。金饰的马鞍玛瑙饰的马笼头,路旁观看的人群聚了一堆堆。走进家门放眼观望,野鸭天鹅有雄也有雌。雄的雌的各有数千只,你鸣我叫都在戏弄着羽翼。一起站立在东西两边,依次排列得井然有序。大媳妇正在直衣领上刺绣,二媳妇正抱着婴儿。小媳妇还娇嫩幼稚,端正地坐着在吹参差。公婆你们不要忙着起身,神异的凤凰就要来到展现舞姿。

对酒

【题解】

本篇载《文苑英华》卷一百九十五;《艺文类聚》卷四十二节引,题作《当对酒》;收入《乐府诗集》卷二十七《相和歌辞·相和曲》。同卷曹操《对酒》郭茂倩题解引《乐府解题》:“魏乐奏武帝所赋《对酒歌》,太平其旨,言王者德泽广被,政理人和,万物咸遂。若梁范云‘对酒心自足’,则言但当为乐,勿徇名自欺也。”本篇所咏,实亦“但当为乐”之意,与曹操《对酒》诗异趣,而与曹操《短歌行》中“对酒当歌,人生几何。……何以解忧?惟有杜康”这几句诗同旨。不过“解忧”的意味并不浓厚,“为乐”的成分更多,末二句读来更觉新警有趣。陈祚明评云:“结句使事新警,得此法,一事百使,愈佳。”(《采菽堂古诗选》卷二十五)

对酒诚可乐,此酒复能醇[1]。如华良可贵[2],似乳更甘珍[3]。何以留上客[4]？为寄掌中人[5]。金尊清复满[6]，玉碗亟来亲[7]。谁能共迟暮[8]？对酒及芳辰[9]。君歌尚未罢[10]，却坐避梁尘[11]。

【注释】

①能：《文苑英华》《乐府诗集》作“芳”。

②华：同“花”。《北堂书钞》卷一百四十八：“甘如乳，清如花。”陈禹谟补注：“《乐府歌》曰：‘春酒甘如乳，秋醴清如华。’”贵：《文苑英华》作“赏”。

③似：原作“如”，《艺文类聚》《文苑英华》《乐府诗集》作“似”，据改。又，吴兆宜注：“一作‘非’。”甘：原作“非”，《文苑英华》作“堪”，《乐府诗集》作“甘”，兹据《乐府诗集》改。

④以：《文苑英华》《乐府诗集》作“当”。上客：贵客。

⑤掌中人：《太平御览》卷五百七十四引《汉书》：“赵飞燕体轻，能掌上舞。”代指窈窕善舞的佳人。

⑥金尊：江淹《望荆山》：“玉柱空掩露，金樽坐含霜。”尊、樽同。

⑦碗：《文苑英华》作“盘”。江淹《学梁王兔园赋》：“碧玉作椀（碗）银为盘，一刻一镂化双鸾。”亟（qì）：屡次。

⑧迟暮：暮年，晚年。屈原《离骚》：“惟草木之零落兮，恐美人之迟暮。”

⑨及：《艺文类聚》《乐府诗集》作“惜”。芳辰：《初学记》卷三引梁元帝《纂要》：“辰曰良辰、嘉辰、芳辰。”

⑩尚未：原作“当来”，《艺文类聚》《文苑英华》《乐府诗集》皆作“尚未”，据改。

⑪却：退。梁尘：谓歌声高亢，振动屋梁上的尘土。《艺文类聚》卷四十三引刘向《别录》：“汉兴以来，善雅歌者，鲁人虞公，发声清哀，盖动梁尘。”

【译文】

面对着美酒确实让人快乐，加上这酒味道芳香醇厚。就如鲜花确实值得我们重视，好似乳汁让人更觉甘美珍贵。用什么来款留尊贵的客人？为了赠予窈窕善舞的佳人。金杯中的酒色既清洌倒得又满，玉碗一次又一次来亲近双唇。谁能同我一起去面对衰老？对着美酒吧趁着这美好的时辰。您美妙的歌还没有唱完，我就得离座躲避屋梁上的灰尘。

远期

【题解】

本篇《艺文类聚》卷四十二节引；收入《乐府诗集》卷十八《鼓吹曲辞》，为“汉铙歌”十八曲之一。远期，一作“远如期”。诗写女子在节候变化之时对久出不归的丈夫的思念，情辞颇凄婉。化用了古乐府及古诗而能臻于浑融，不露痕迹。“息团扇”“浮云蔽重山”云云，有遭遗弃及对丈夫在外另觅新欢的疑虑，然表现颇微婉。

远期终不归①，节物坐将变②。白露湿单衣③，秋风息团扇④。谁能久离别⑤？他乡且异县⑥。浮云蔽重山⑦，相望何时见⑧？寄言远行者⑨，空闺泪如霰⑩。

【注释】

①远期：谓长久地抱着归家的期望。鲍照《送从弟道秀别》：“游子苦行役，冀会非远期。”

②节物：节候景物。坐将变：谓快到秋天。坐，无故，自然地。将，吴兆宜注：“一作‘迁’。”

③湿单衣：原作“怆单栖”，傅刚《校笺》：“徐本、郑本作‘湿单衣’。”据改。衣，《乐府诗集》作“衫”。

④“秋风”句:汉乐府《怨歌行》(一作班婕妤《怨诗》):“裁为合欢扇,团团似明月。出入君怀袖,动摇微风发。常恐秋节至,凉风夺炎热。弃捐箧笥中,恩情中道绝。”

⑤离别:傅刚《校笺》:“徐本、郑本作‘别离’。”

⑥“他乡”句:汉乐府《饮马长城窟行》(一作蔡邕诗):“梦见在我旁,忽觉在他乡。他乡各异县,展转不相见。”

⑦浮云:或以比想象中的丈夫的新欢。古诗“行行重行行”:“浮云蔽白日,游子不顾返。”

⑧何时:《艺文类聚》作“不可”。

⑨“寄言”句:沈约《游沈道士馆》:“寄言赏心客,岁暮尔来同。”行,《乐府诗集》作“期”。

⑩霰(xiàn):小雪珠。谢朓《晚登三山还望京邑》:“佳期怅何许,泪下如流霰。”江淹《杂体三十首·李都尉从军》:“日暮浮云滋,握手泪如霰。”

【译文】

长久地抱着归家的期望中始终未见他回来,节候景物自然地就要发生变换。白露浸湿了我单薄的衣衫,秋风吹来团扇被扔在一边。有谁能长久地忍受别离?你远在他乡与我还不一个县。浮云将一重重的山峦遮掩,彼此遥相眺望何时才能见面?捎句话给远行在外的人,我独处空闺眼泪就像小雪珠流个不断。

徐悱

徐悱（约494—524），字敬业，东海郯（今山东郯城）人。幼聪敏，能属文。天监中，起家著作佐郎，转太子舍人，掌书记。累迁洗马、中舍人，仍掌书记。以足疾出为湘东王萧绎友。官终晋安王萧纲内史。其事见《梁书》卷二十五、《南史》卷六十《徐勉传》。

赠内

【题解】

徐悱与其妻刘令娴感情深笃，游宦在外，常赠诗寄意，本篇为其中的一首。对此诗的理解涉及一个空间位置的问题。细揣诗意，"蹑履"以下五句为对其妻情状的想象，采用的是从对面写来的手法；不然，徐悱作为一个游宦在外的男性，自称其所居为"椒房"是不好理解的。诗篇笔墨挪移，风华摇曳，很有艺术魅力。

日暮想清扬①，蹑履出椒房②。网虫生锦荐③，游尘掩玉床。不见可怜影，空余黼帐香④。彼美情多乐，挟瑟坐高堂⑤。岂忘离忧者？向隅心独伤⑥。聊因一书札⑦，以代九回肠⑧。

【注释】

①清扬:《诗经·郑风·野有蔓草》:“有美一人,清扬婉兮。”毛传:“清扬,眉目之间,婉然美也。”此指妻子。原作“青阳”,傅刚《校笺》:“程校:‘一作“清扬”。’《考异》作‘清扬’。”据改。

②蹑:踩。椒房:《汉书》卷六十六《车千秋传》:“江充先治甘泉宫人,转至未央椒房。”颜师古注:“椒房,殿名,皇后所居也。以椒和泥涂壁,取其温而芳也。”班固《西都赋》:“后宫则有掖庭椒房,后妃之室。”借指妻子的居室。

③网虫:蜘蛛。《文选》沈约《学省愁卧》:“网虫垂户织,夕鸟傍檐飞。”李善注:“张景阳《杂诗》曰:‘蜘蛛网户屋。’魏文帝诗曰:‘蜘蛛绕户牖。’”锦:有杂色花纹的厚重丝织品。荐:垫子。

④余:傅刚《校笺》:“五云溪馆本、徐本、郑本作‘闻’。”黼(fǔ)帐:有花纹的帷帐。司马相如《美人赋》:“芳香芬烈,黼帐高张。”

⑤挟:《楚辞》刘向《九叹·愍命》:“破伯牙之号钟兮,挟人筝而弹纬。”王逸注:“挟,持也。”

⑥向隅:谓面对墙角哭泣。《说苑·贵德》:“今有满堂饮酒者,有一人独索然向隅而泣,则一堂之人皆不乐矣。”

⑦因:凭借。书札:古诗“客从远方来”:“客从远方来,遗我一书札。上言长相思,下言久离别。”

⑧九回肠:肠屡次回转,形容忧思之甚。司马迁《报任少卿书》:“是以肠一日而九回,居则忽忽若有所亡,出则不知所如往。”

【译文】

傍晚想起了我眉清目秀的妻子,你此刻想来也踏着鞋走出了椒房。锦垫上长出了结网的蜘蛛,飘浮的灰尘遮蔽了有玉饰的床。不见了夫君可爱的身影,徒然留有绣花帷帐上的清香。那些美女既多情又快乐,她们手提着瑟坐在高堂之上。难道忘了我这个因别离而忧愁的人?独自面对墙角我感到非常悲伤。姑且把这封信寄回家去,替我倾诉一下这不断翻转的愁肠。

对房前桃树咏佳期赠内

【题解】

本篇即景抒怀，写对妻子的思念，当作于诗人任晋安内史时（晋安郡治所在今福建福州）。佳期，指期盼中的夫妻团聚之期。前面写桃花之美艳，而暗寓着对美艳的妻子的思念。后面写相思及想见面而不可得的哀愁，最后以折寄桃花作结，回应开头，关合严密。通篇以花为比，以花寄情，表意婉转，情调凄怨，足可与东汉秦嘉的《赠妇诗》媲美。

相思上北阁，徙倚望东家①。忽有当轩树②，兼含映日花。方鲜类红粉③，比素若铅华④。更使增心意⑤，弥令想狭邪⑥。无如一路阻⑦，脉脉似云霞⑧。严城不可越⑨，言折代疏麻⑩。

【注释】

①徙倚：流连徘徊。屈原《远游》："步徙倚而遥思兮，怊惝怳而乖怀。"东家：东邻，桃树长在东邻。又，宋玉《登徒子好色赋》："天下之佳人，莫若楚国；楚国之丽者，莫若臣里；臣里之美者，莫若臣东家之子。东家之子，增之一分则太长，减之一分则太短；著粉则太白，施朱则太赤；眉如翠羽，肌如白雪；腰如束素，齿如含贝；嫣然一笑，惑阳城，迷下蔡。""东家"或指东家之子，借指妻子。

②轩：窗。傅刚《校笺》："五云溪馆本、徐本、郑本作'窗'。"

③方：比。红粉：女子化妆用的胭脂和白粉。

④铅华：搽脸用的粉。曹植《洛神赋》："芳泽无加，铅华弗御。"

⑤使:傅刚《校笺》引程校:“一作‘始’。”增心意:傅刚《校笺》:“《笺注》作‘增心意’,程校:‘一作“心意增”。’刚按,五云溪馆本、徐本、郑本、张本作‘心增意’。”

⑥弥:更。狭邪:小街曲巷。指妻子所居之处。

⑦无如:无奈。《礼记·哀公问》:“公曰:‘寡人既闻此言也,无如后罪何!’”

⑧脉脉:连绵不断貌。

⑨严城:戒备森严的城池。葛洪《抱朴子外篇·诘鲍》:“恐奸衅之不虞,故严城深池以备之。”

⑩言:语助词,无义。疏麻:《楚辞》屈原《九歌·大司命》:“折疏麻兮瑶华,将以遗兮离居。”王逸注:“疏麻,神麻也。”

【译文】

因想念妻子登上了北面的楼阁,流连徘徊眺望着东面的人家。忽然看见有一棵桃树正对着窗户,在阳光映照下还盛开着鲜花。要比鲜艳桃花与红粉类似,要比嫩白桃花就像是铅华。更使我增添了内心的情意,更让我想念在小街曲巷的家。无奈一路上都有山川阻隔,山川连绵不断就像天上的云霞。戒备森严的城池不可以逾越,只好折枝桃花寄给你以代替疏麻。

费昶

费昶(生卒年不详),江夏(今湖北武汉)人。曾官至新田令。善为乐府,作鼓吹曲,得到梁武帝赞赏,称其"才意新拔,有足嘉异"。《隋书》卷三十五《经籍志四》著录有集三卷,已佚。其事略见《南史》卷七十二。

华观省中夜闻城外捣衣

【题解】

本篇《艺文类聚》卷六十七节引,题中"华观"作"华光"。傅刚《校笺》:"《考异》作'光'。校说:'华光,宋刻作"华观",诸本并同,惟《艺文类聚》作"华光"。按,谢朓有《为皇太子侍华光殿曲水宴诗》,刘孝绰亦有《华光殿曲水宴诗》,则"华光"本齐旧殿,梁人因之,故改从《艺文类聚》。'……刚按,《类要》卷十三'华光省中'条注:'《玉台(新)咏》费昶有《华光省中夜听城外捣衣声》。'是《玉台新咏》原应作'光'。"《太平御览》卷一百七十五引《舆地志》:"丹阳郡建康县台成华光殿,梁武帝大通中毁,施与草堂寺。"诗中原"独夜空愁伫"句后有"其一"二字,末句后有"其二"二字。傅刚《校笺》引《考异》:"文义相属,不得断为二章。"据删"其一""其二"四字。中夜,半夜。在南朝吟咏捣衣的诗中,本篇算得是体制大而精者。诗篇境界开阔,风格绮丽,场景不断变换,情景有机交融,而这一切皆在闻者想象中展开和表现。还可注意的是,捣衣者并非一般寒素人家,而是世家大族中的贵妇人。让贵妇人去捣衣虽不免显得虚假，然“五日无粮食”“今君复弦直”云云，却似寄寓了诗人在政治上的某种感慨和追求，或并非无病呻吟，是本诗的特别之处。

阊阖下重关①，丹墀吐明月②。秋气城中冷③，秋砧城外发④。浮声绕雀台⑤，飘响度龙阙⑥。婉转何藏摧⑦，当从上路来⑧。藏摧意未已⑨，定自乘轩里⑩。乘轩尽世家⑪，佳丽似朝霞⑫。圆珰耳上照⑬，方绣领间斜。衣薰百和屑⑭，鬓摇九枝花⑮。昨暮庭槐落，今朝罗绮薄。拂席卷鸳鸯⑯，开缦舒龟鹤⑰。金波正容与⑱，玉步依砧杵⑲。红袖往还萦⑳，素腕参差举㉑。徒闻不得见，独夜空愁伫㉒。独夜何穷极，怀之在心恻㉓。阶垂玉衡露㉔，庭舞相风翼㉕。沥滴流星辉㉖，灿烂长河色㉗。三冬诚足用㉘，五日无粮食㉙。杨云已寂寥㉚，今君复弦直㉛。

【注释】

①阊阖（chāng hé）：《楚辞》屈原《离骚》：“吾令帝阍开关兮，倚阊阖而望予。”王逸注：“阊阖，天门也。”借指宫门。关：门闩。

②丹墀（chí）：宫殿前涂成红色的台阶。

③气：傅刚《校笺》：“沈本、陈本作‘夜’。”

④砧（zhēn）：捣衣时垫在下面的石头。发：响起（指捣衣声）。

⑤雀台：即铜雀台，在邺城（在今河北临漳西南），东汉末年曹操所建。

⑥龙阙：《艺文类聚》卷六十二引《三辅旧事》：“未央宫东有苍龙阙。”阙，宫门两边的望楼。

⑦“婉转”句：形容捣衣声。藏摧，凄怆，悲哀。蔡邕《琴赋》：“指掌反覆，抑案藏摧。”

⑧上路：大路。《汉书》卷五十一《枚乘传》：“游曲台，临上路，不如

朝夕之池。”

⑨意:《艺文类聚》作“方”。

⑩乘轩里:指官宦人家所居之处。轩,《左传·闵公二年》:“卫懿公好鹤,鹤有乘轩者。”杨伯峻注:“轩,曲辀(音侜,辕也)而有藩蔽之车,大夫以上乘之。”

⑪世家:世代显贵的家族。

⑫似朝霞:曹植《洛神赋》:“远而望之,皎若太阳升朝霞。”

⑬珰(dāng):耳珠,为妇女戴在耳上的饰物。

⑭百和屑:即百和香,用多种香料配制而成的香粉。《太平御览》卷八百十六引《汉武帝内传》:“燔百和香,燃九微灯,以待西王母。”吴均《行路难》其五:“博山炉中百和香,郁金苏合及都梁。”

⑮摇:《艺文类聚》作“插”。九枝花:指妇女钗上的花形饰物,或为一干九枝。缪袭《神芝赞序》:“别为三干,分为九枝。”

⑯鸳鸯:指绣有鸳鸯图案的凉席。古诗“客从远方来”:“文彩双鸳鸯,裁为合欢被。”

⑰缦:《艺文类聚》作“缊”。舒:展开。龟鹤:指绣有龟鹤图案的帐幔。龟、鹤传说皆为长寿的动物。鹤,《艺文类聚》作“鹄”。

⑱金波:指月光。容与:荡漾貌。屈原《九歌·湘夫人》:“时不可兮骤得,聊逍遥兮容与。”

⑲杵:捣衣的小木棒。

⑳往还萦:写捣衣时手的动作,谓随着手臂的一屈一伸,袖子也随之一伸一缩。

㉑素:白皙。参差(cēn cī):不齐貌。形容每次挥杵捣衣时高低错落的动作。

㉒伫:久立。

㉓恻:忧伤,悲痛。原作“侧”,傅刚《校笺》:“徐本、郑本作‘恻’。”据改。

㉔玉衡：北斗七星中的斗柄三星（第五星至第七星）。从斗柄所指的方位可以判定一天中某一时间的早晚，玉衡露，表明时间已到半夜以后。古诗“明月皎夜光”：“玉衡指孟冬，众星何历历。”

㉕相风翼：随风振动的翅膀。《太平御览》卷九引《述征记》：“长安宫南灵台上有相风铜鸟，或云此鸟遇千里风乃动。”相，傅刚《校笺》：“五云溪馆本、徐本、郑本作‘松’。”

㉖沥滴：下滴。

㉗长河：指银河。

㉘三冬：冬季的三个月。

㉙“五日”句：谓五天才吃一顿饭。《北堂书钞》卷七十五：“五日一炊。”陈禹谟补注引谢承《汉书》：“沈景为河间太守，拜为二千石。妻子不历官舍，五日一炊。”

㉚杨云：即扬雄，字子云，西汉辞赋家、哲学家。沉沦下僚，自甘淡泊，门少宾客。左思《咏史》其四：“寂寂扬子宅，门无卿相舆。寥寥空宇中，所讲在玄虚。”

㉛弦直：如弓弦般正直。《后汉书·五行志一》：“顺帝之末，京都童谣曰：‘直如弦，死道边。曲如钩，反封侯。’”

【译文】

宫门已经插上一道道门闩，红色的殿阶上喷吐出一轮明月。秋天凉气袭来城中越来越冷，秋来城外捣衣石又开始捶响。飘浮的响声绕过了铜雀台，接着又从龙阙旁边飘过。婉转的音声听着何其凄怆，应当是沿着大路一路传来。凄怆的意绪一直没有停息，肯定是来自乘轩里的官宦人家。这些人家都是世代显贵，美人就像是初升的朝霞。圆珰在耳垂上光彩闪耀，有刺绣的方领向下倾斜。薰衣用的是百和香粉，鬟发上摇动着九枝花。昨天傍晚庭院中的槐树开始落叶，今天早晨绸衣就显得有些单薄。将鸳鸯图案的凉席擦拭后卷起，再舒展开龟鹤图案的帐幔。金色的月波正徘徊荡漾，脚步随着捣衣角度的变换挪移。红色的衣袖荡过去又旋过来，白皙的手腕一上一下起起落落。只听见声响却不能亲眼看见，独自在这暗夜中空自忧愁久立。这孤独的暗夜哪有一个边际，怀念夫君内心无比悲凉凄恻。已是半夜台阶上悬垂着晶莹的秋露，庭院中鸟儿在寒风中挥动翅膀。夜空倾泻着流星的光辉，银河是一片灿烂的颜色。缝制的衣服已足够三冬穿用，但在五天内您却没有足够的粮食。从前的扬子云已经遭遇过寂寥，现在您又像弓弦一样的端直。

和萧记室春旦有所思

【题解】

据《梁书》卷三十五《萧子恪传》，萧子恪的六弟萧子范曾任后军记室参军；萧子恪六弟萧子云的第二子萧特曾任中军记室；萧子云之弟萧子晖曾任南中郎记室。萧特诗今无存，萧子范、萧子晖今存诗中无以"春旦有所思"为题的诗，故三人谁是题中所说的"记室"，不详。诗借助杨柳意象，将对远人的思念之情抒写得颇委曲缠绵。"水逐"二句，刻绘春景如画，且对偶精整，音韵谐协，耐人寻味。

芳树发春晖①，蔡子望青衣②。水逐桃花去，春随杨柳归。杨柳何时归？袅袅复依依③。已映章台陌④，复扫长门扉⑤。独知离心者，坐惜春光违⑥。洛阳远如日⑦，何由见宓妃⑧？

【注释】

①芳树：指春天的树。《初学记》卷三引梁元帝《纂要》："春曰青阳……木曰华木、华树、芳林、芳树。"阮籍《咏怀》其七："芳树垂绿叶，清云自逶迤。"

②蔡子：指蔡邕，东汉著名文学家。著有《青衣赋》，中有句云："停停沟侧，嗷嗷青衣，我思远逝，尔思来追。"借指所思念的少女。

③袅袅、依依：皆为柳枝轻柔飘拂之状。鲍照《在江陵叹年伤老》："翾翾燕弄风，袅袅柳垂道。"《诗经·小雅·采薇》："昔我往矣，杨柳依依。"

④章台：台名。战国时建，在今陕西长安故城西南隅。《汉书》卷七十六《张敞传》载，张敞任京兆尹时，"无威仪，时罢朝会，过走马章台街"。"又为妇画眉"，夫妻感情甚笃。陌：东西向的路。

⑤长门：汉宫名。汉武帝陈皇后失宠，曾别居于此。扉（fēi）：门扇。即指门。

⑥坐：徒然。违：离去。

⑦"洛阳"句：《世说新语·夙惠》："晋明帝数岁，坐元帝膝上。有人从长安来，元帝问洛下消息，潸然流涕。明帝问何以致泣，具以东渡意告之。因问明帝：'汝意谓长安何如日远？'答曰：'日远。不闻人从日边来，居然可知。'"

⑧宓（fú）妃：相传为伏羲氏女，因溺死洛水而成为洛水之神。此借指所思之人。

【译文】

芬芳的绿树在春天散发出光彩，像蔡子所描写的那位心中思慕的少女。水波追逐着桃花远远地逝去，春光伴随杨柳悄悄地回归。杨柳什么时候才能回归？柳枝不住地飘拂摇曳之时。已把章台前的小路照映，又轻拂着长门宫的门扉。只有我知道因离别而伤心的人，徒然叹息春光就这样离去。洛阳就像太阳那样非常遥远，怎样才能见到心中的宓妃？

春郊望美人

【题解】

本篇《艺文类聚》卷十八节引。望，傅刚《校笺》："五云溪馆本、徐本、郑本作'见'。"首二句总写，以春之美映衬人之美。"金辉"以下四句,通过侧面的描写和烘托,展示了美女的光彩照人和优美飘逸。末二句以美人自述作结,展示了美人性格中活泼俏皮的一面。

芳郊拾翠人①,回袖掩芳春②。金辉起步摇③,红彩发吹纶④。阳阳盖顶日⑤,飘飘马足尘。薄暮高楼下⑥,当知妾姓秦⑦。

【注释】

①拾翠:曹植《洛神赋》:"或采明珠,或拾翠羽。"指拾取翠鸟羽毛以为首饰。此指美女春日在郊野嬉游。

②掩:《艺文类聚》作"探"。傅刚《校笺》:"徐本、郑本作'卷'。"芳春:即春天。《初学记》卷三引梁元帝《纂要》:"春曰青阳,亦曰发生、芳春、青春、阳春。"

③步摇:《释名·释首饰》:"步摇,上有垂珠,步则摇动也。"

④吹纶(lún):吹纶絮,一种极薄的丝织品。《后汉书》卷三《肃宗孝章帝纪》:"癸巳,诏齐相省冰纨、方空縠、吹纶絮。"李贤注:"纶,似絮而细。吹者,言吹嘘可成,亦纱也。"此指美女穿着轻薄的衣衫。纶,吴兆宜注:"一作'椀'。"傅刚《校笺》:"徐本、郑本作'轮'。"

⑤阳阳:色彩鲜明貌。《诗经·周颂·载见》:"龙旂阳阳,和铃央央。"毛传:"龙旂阳阳,言有文章也。"朱熹《集传》:"阳,明也。"又和暖貌。《楚辞》王褒《九怀·尊嘉》:"季春兮阳阳,列草兮成行。"王逸注:"三月温和,气清明也。"原作"汤汤",《艺文类聚》作"阳阳"。傅刚《校笺》:"徐本、郑本作'扬扬'。"兹据《艺文类聚》改。盖:车盖。顶:《艺文类聚》作"倾"。傅刚《校笺》:"徐本、郑本作'项'。"

⑥薄暮:傍晚。

⑦妾姓秦:汉乐府《陌上桑》:"日出东南隅,照我秦氏楼。秦氏有好

女，自名为罗敷。”

【译文】

芬芳的郊野有一个拾取翠羽的美人，长袖在芬芳的阳春飘卷掩映。步摇摇动闪烁出金色的光辉，衣衫轻柔闪耀着红艳的光彩。车盖顶上的红日明明亮亮，马蹄扬起的灰尘飘飘扬扬。傍晚时分来到高楼下面，就会知道美女我是姓秦。

咏照镜

【题解】

本篇写女子清早起床后对镜梳妆打扮的情景。“留心”“轻手”写其认真细致，“方嫌”“乍道”写其精益求精，末二句写其新潮时髦。既写出了女子爱美、追美的情态，也写出了女子爱美、追美的心态。

晨晖照杏梁①，飞燕起朝妆②。留心散广黛③，轻手约花黄④。正钗时念影⑤，拂絮且怜香⑥。方嫌翠色故⑦，乍道玉无光⑧。城中皆半额⑨，非妾画眉长。

【注释】

①杏梁：以文杏木所制的屋梁。司马相如《长门赋》：“刻木兰以为榱兮，饰文杏以为梁。”李善注：“文杏亦木名。”

②飞燕：汉成帝宫人赵飞燕，体轻善歌舞，号曰飞燕。后立为后。借指美人。朝妆：庾信《七夕赋》：“嫌朝妆之半故，怜晚饰之全新。”

③黛：青黑色颜料，古代女子用以画眉。

④约：涂抹或粘贴。花黄：古代妇女的面饰。或在额上涂饰微黄，或以金黄色的纸剪成星月花鸟等形贴在额上。

⑤钗：插在发髻上的首饰。

⑥絮：指粉扑一类敷粉用具，用绵做成。庾信《镜赋》："悬媚子于搔头，拭钗梁于粉絮。"

⑦翠色：不详。或指青翠色的衣裳，或即指画眉的黛色。故：旧，暗淡。

⑧乍：忽然。

⑨"城中"句：谓城内女子画眉都画得很宽，占了半个额头。《后汉书》卷二十四《马援传》："长安语曰：'城中好高髻，四方高一尺；城中好广眉，四方且半额。'"

【译文】

清早的阳光照亮了杏梁，飞燕起来开始化妆。在眉上小心地敷布宽宽的黛色，在额上轻轻地涂抹花黄。扶正金钗不时端详俏丽的身影，拂拭粉扑还要怜惜馥郁的芳香。正嫌青翠的颜色已显暗淡，忽又说玉饰也显得无光。城里的姑娘画眉都画半个额头，不是我非要把双眉画得这么长。

和萧洗马画屏风二首

萧洗马，吴兆宜注："即萧子显也。"据《梁书》《南史》本传，萧子显终其生未担任过太子洗马一职；但吴均有诗名《和萧洗马子显古意诗六首》，则萧子显似确曾担任过洗马一职。又逯钦立辑校《先秦汉魏晋南北朝诗》本篇题下引《诗纪》云："萧子范为太子洗马。"查《梁书》本传，萧子范在齐永明间和梁天监初均曾任太子洗马一职。但无论萧子显还是萧子范，其今存诗作中均已无《画屏风诗》。

阳春发和气

【题解】

《阳春发和气》是《画屏风》的和诗，也是一首题画诗，所题画即屏风上所画的画。写宫里宫外的阳春景色，颇有生机与活力。末二句似写少年男女之间的爱情，或即指“蚕女”“游童”，二人相逢，自有欢乐，然也不免斗些闲气，故有“相逢莫相难”的规劝机趣之辞。

日静班姬门[1]，风轻董贤馆[2]。卷耳缘阶出[3]，反舌登墙唤[4]。蚕女桂枝钩[5]，游童苏合弹[6]。拂袖当留客[7]，相逢莫相难[8]。

【注释】

①静：原作“净”，傅刚《校笺》：“徐本、郑本作‘静’。”据改。班姬：即班婕妤。据《汉书》卷九十七下《外戚传下》，班姬在汉成帝时被选入宫，初为少使，不久立为婕妤。后遭赵飞燕谗毁，失宠，遂自请退居长信宫侍奉太后。

②董贤：西汉时人。据《汉书》卷九十三《佞幸传》，董贤因貌美便嬖，得哀帝宠幸，拜为黄门郎、驸马都尉侍中，迁为光禄大夫。“出则参乘，入御左右”，贵震朝廷。

③卷耳：植物名。嫩苗可食，也可作药用。《诗经·周南·卷耳》：“采采卷耳，不盈顷筐。嗟我怀人，寘彼周行。”阶：傅刚《校笺》：“五云溪馆本、徐本、郑本作‘家’。”

④反舌：鸟名。即百舌鸟。《礼记·月令》：“（仲夏之月）反舌无声。”孔颖达《正义》：“反舌鸟，春始鸣，至五月稍止，其声数转，故名反舌。”

⑤钩：竹篮上的提柄。汉乐府《陌上桑》：“青丝为笼系，桂枝为笼钩。”

⑥苏合弹：用苏合香和泥制作的弹丸。《梁书》卷五十四《诸夷传·海南诸国·中天竺国》：“苏合是合诸香汁煎之，非自然一物也。”汉乐府《乌生》：“我秦氏家有游遨荡子，工用睢阳彊，苏合弹。”

⑦拂袖：拍拍衣袖，以掸去衣袖上的尘土。

⑧难：傅刚《校笺》："陈本作'迟'。"

【译文】

阳光下班姬门前安宁静谧，董贤馆前春风和煦轻盈。卷耳沿着台阶一片片长出，反舌鸟登上墙头一声声叫唤。养蚕姑娘提着桂枝提柄的竹篮，游荡少年弹鸟用的是苏合丸。掸掸袖子应当把客人留下，相逢之时千万不要互相责难。

秋夜凉风起

【题解】

这也是一首题画诗，然写佳人与征夫的相思之情，却意切情真，情景历历。"两垂泣"，与一般只写思妇之作不同，更能给人以凄恻之感。末二句精警有新意。陈祚明云："结是名语。"（《采菽堂古诗选》卷二十八）

佳人在河内[①]，征夫镇马邑[②]。零露一朝团[③]，中夜两垂泣[④]。气爽床帐冷，天寒针缕涩[⑤]。红颜本暂时[⑥]，君还讵相及[⑦]！

【注释】

①河内：郡名。汉时郡治在怀县（今河南武陟西南），晋时徙治野王（今河南沁阳）。

②马邑：县名。汉属雁门郡，晋永嘉末属代郡，当时为北部边塞。故地在今山西朔州境内。

③零露：即露。《诗经·郑风·野有蔓草》："野有蔓草，零露漙兮。"一说"零"为降落之意。

④中夜：半夜。

⑤缕：丝线。

⑥红颜：指青春年华。沈约《君子有所思行》："共矜红颜日，俱忘白

发年。”

⑦还：吴兆宜注：“一作‘随’。”讵(jù)：岂。

【译文】

年轻貌美的妻子住在河内，远征的丈夫却镇守在马邑。露珠一朝变得又团又圆，半夜里佳人和征夫无不哭泣。天清气爽床帐变得越来越冷，天寒地冻针线也变得有些滞涩。青春的年华本来只是暂时拥有，夫君等您回来哪还能赶得及！

采菱

【题解】

本篇载《文苑英华》卷二百八，题作《采菱女》；《艺文类聚》卷八十二节引，题作《采菱诗》；收入《乐府诗集》卷五十一《清商曲辞·江南弄》。诗篇紧扣江南水乡特点，写采菱姑娘天然的美丽和对所思的恋慕，格调清新，意境空灵，有浓郁的南朝民歌特色。“宛在水中央”出自《诗经》，引用得妙，“空作”句与之搭配，天衣无缝，成为名句，后来韦庄的“空相忆，无计得传消息”（《谒金门·空相忆》），辛弃疾的“庭院静，空相忆”（《满江红·暮春》），均出此。陈祚明评云：“宛宛有情，当以曼声咏之。”（《采菽堂古诗选》卷二十八）

妾家五湖口①，采菱五湖侧。玉面不关妆，双眉本翠色②。日斜天欲暮，风生浪未息。宛在水中央③，空作两相忆。

【注释】

①五湖：一说以太湖为五湖，一说以太湖及其附近的四湖为五湖。泛指江南的湖泊。南朝乐府《拔蒲》：“与君同舟去，拔蒲五湖中。”

②翠：《文苑英华》作“青”。

③宛：仿佛，好像。《诗经·秦风·蒹葭》："所谓伊人，在水一方。溯游从之，宛在水中央。"

【译文】

我家居住在五湖湖口，采菱来到这五湖湖边。容颜如玉与化妆没有关系，双眉本来就是青翠的颜色。太阳西斜快到傍晚时分，风吹过来波浪翻腾不息。恋人好像就在水的中央，彼此只能徒然地把对方思念。

长门后怨

【题解】

本篇《艺文类聚》卷三十二节引，收入《乐府诗集》卷四十二《相和歌辞·楚调曲》，皆题作《长门怨》，"后"字当误衍。本诗作意，参见本书卷五柳恽《长门怨》题解。诗代陈皇后抒发愁怨之情，所抒感情强烈而凄婉。首二句即如异军突起，将强烈的愁怨悔恨交织的感情推向高潮。"绛树"一联，由情及景，景中含情，又以"软""急"二字相互映衬，耐人寻味。

向夕千愁起①，自悔何嗟及②。愁思且归床，罗襦方掩泣③。绛树摇风软④，黄鸟弄声急⑤。金屋贮娇时⑥，不言君不入。

【注释】

①愁：《艺文类聚》作"悲"。

②自悔：据《汉书》卷九十七上《外戚传上》，阿娇被立为皇后之后，"擅宠骄贵"，闻卫子夫得幸后，又"几死者数焉"，"上愈怒"，终被废。"自悔"或指此。《艺文类聚》作"百恨"。

③襦（rú）：短衣，短袄。

④绛（jiàng）树：传说中的仙树。《淮南子·坠形训》：“（昆仑山）上有木禾，其修五寻。珠树、玉树、璇树、不死树在其西，沙棠、琅玕在其东，绛树在其南，碧树、瑶树在其北。”借指宫内之树。绛，深红色。软：轻缓。

⑤黄鸟：黄雀。《诗经·秦风·黄鸟》：“交交黄鸟，止于棘。谁从穆公？子车奄息。”曹植《三良诗》：“黄鸟为悲鸣，哀哉伤肺肝。”弄：戏耍，炫耀。

⑥“金屋”句：参见卷五柳恽《长门怨》注。

【译文】

快到傍晚千般愁怨一齐涌出，自生悔恨叹息连声但哪还来得及。带着愁思姑且回到床上，这才用短衣袖子掩面哭泣。绛树在轻缓的风中不住摇曳，黄鸟有些炫耀的叫声又快又急。当初许诺要为阿娇建造金屋之时，并没有说君王不进这黄金之屋。

鼓吹曲二首

巫山高

【题解】

本篇收入《乐府诗集》卷十七《鼓吹曲辞》。关于曲名，参见本书卷四王融《巫山高》。宋玉《高唐赋序》：“昔者先王尝游高唐，怠而昼寝，梦见一妇人，曰：‘妾巫山之女也，为高唐之客，闻君游高唐，愿荐枕席。’王因幸之。去而辞曰：‘妾在巫山之阳，高丘之阻，旦为朝云，暮为行雨，朝朝暮暮，阳台之下。’”本篇由此生发，发挥想象，描绘神女形象，展示其恋慕男子的心理。前六句从男子角度写，末二句从女子角度写。对巫山景象及神女形象的描写，既迷离，又真切。“朝云”二句，摹写细微，“触”字尤为新警生动。

巫山光欲晚[1]，阳台色依依[2]。彼美岩之曲[3]，宁知心是非。朝云触石起，暮雨润罗衣。愿解千金佩[4]，请逐大王归。

【注释】

①晚：吴兆宜注："一作'晓'。"

②依依：隐约貌。陶渊明《归园田居》其一："暧暧远人村，依依墟里烟。"

③彼美：指神女。曲：转弯处，旁边。

④"愿解"句：《列仙传》卷上载，郑交甫在江汉之湄遇江妃二女，不知其为神人，与之言曰："愿请子之佩。"二女遂手解佩与交甫。又，曹植《洛神赋》："愿诚素之先达兮，解玉佩以要之。"

【译文】

巫山上的阳光渐渐地趋于暗淡，阳台在暮霭中时隐时现。那个美人站在山崖的弯曲处，哪知道她心里是情愿还是不情愿。清早白云触碰着石头升腾而起，傍晚的雨浸湿了她的绸衣。我愿解下价值千金的玉佩，请让我跟随大王一起返回。

有所思

【题解】

本篇载《文苑英华》卷二百二；收入《乐府诗集》卷十七《鼓吹曲辞》，为"汉铙歌"十八曲之一。写女子对夫君的思念，最后怀疑夫君另有所爱，感情表现、心理揭示颇细致。末二句有揶揄，有嘲讽，有幽默，别开生面，别具格调。陈祚明有"轻而能雅"（《采菽堂古诗选》卷二十八）之评。

上林乌欲栖[1]，长安日行暮[2]。所思郁不见[3]，空想丹墀步[4]。帘动意君来[5]，雷声似车度[6]。北方佳丽子[7]，窈窕能回顾[8]。夫君自迷惑，非为妾妒媚[9]。

【注释】

①上林:汉苑囿名。故址在今陕西西安西。《三辅黄图》卷四:“上林苑方三百里,苑中养百兽,天子秋冬射猎取之。”乌:《乐府诗集》作“鸟”。栖:《文苑英华》作“飞”。

②安:《文苑英华》《乐府诗集》作“门”。行:将要。

③郁:忧愁,愁闷。见:《文苑英华》作“已”。

④丹墀(chí):宫殿前的台阶,因涂成红色,故称。

⑤意:以为。原作“忆”,《文苑英华》《乐府诗集》作“意”,据改。

⑥“雷声”句:司马相如《长门赋》:“雷殷殷而响起兮,声象君之车音。”

⑦“北方”句:《汉书》卷九十七上《外戚传上·孝武李夫人》载李延年歌:“北方有佳人,绝世而独立。一顾倾人城,再顾倾人国。”佳丽子,美人。

⑧窈窕(yǎo tiǎo):美好貌。

⑨妒媢(mào):《史记》卷五十九《五宗世家》:“宪王病甚,诸幸姬常侍病,故王后亦以妒媢不常侍病。”司马贞《索隐》:“郭璞注《三苍》云:‘媢,丈夫妒也。’又云妒女为媢。”《文苑英华》《乐府诗集》作“心妒”。

【译文】

上林苑中的乌鹊就要归巢栖息,太阳西沉长安城的傍晚就要到来。看不到所思恋的人心中异常愁闷,徒然想象您在丹墀踱步的身影。门帘晃动以为是您走了进来,雷声隆隆以为是您的车开了过来。北方有一位绝妙的佳人,身姿窈窕又善于妩媚地回顾。夫君是您自己被佳人迷住,不是我心眼小爱嫉妒。

姚翻

姚翻，南朝梁人。生平不详。

同郭侍郎采桑一首

【题解】

本篇收入《乐府诗集》卷二十八《相和歌辞·相和曲》，题作《采桑》。同，和。郭侍郎，未详。诗写女子采桑饲蚕，希望夫君回来帮帮忙，而更重要的，是她忍受不了对夫君日复一日的期盼。“日照”二句生动，女子之绰约风姿仿佛可睹。“相思君助取”句以“思”谐“丝”，表达希望夫君回来帮着养蚕收丝之意，委婉含蓄，可看出南朝乐府民歌的影响。

雁还高柳北①，春归洛水南②。日照茱萸领③，风摇翡翠簪④。桑间视欲暮，闺里遽饥蚕⑤。相思君助取⑥，相望妾那堪⑦。

【注释】

①高柳：地名。汉时属代郡，故城在今山西阳高。

②洛水：水名。源出陕西洛南，东南流入河南省境，经洛阳，至巩义入黄河。

③茱萸（zhū yú）领：用茱萸锦裁制的衣领。《邺中记》：“锦有……大

茱萸、小茱萸、大交龙、小交龙、蒲桃文锦、斑文锦。”茱萸，本植物名，生于川谷，其味香洌，古人常于农历九月九日重阳节佩带之，以为可以祛邪避灾。

④翡翠：一种碧绿而透明的硬玉。

⑤闺：吴兆宜注“一作‘盆’。”遽（jù）饥：吴兆宜注：“一作‘浴新’。”

⑥思：谐“丝”。助取：吴兆宜注：“一作‘耿耿’。”

⑦那堪：哪能承受得了。

【译文】

大雁已经飞回高柳以北，春天又回到了洛水以南。阳光照耀着身上的茱萸领，春风摇动着头上的翡翠簪。站在桑林里眼看就要天黑，家里是很快就要饥饿的蚕。想念夫君希望您能回来帮帮忙，天天盼望着您真让我有些不堪。

孔翁归

孔翁归（生卒年不详），会稽（今浙江绍兴）人。曾为南平王大司马府记室。《金楼子·杂记》有孔翁归"解玄言，能属文，好饮酒，气韵标达"的记载。《梁书》本传谓其"工为诗"，"有文集"，今仅存诗一首，文集已佚。其生平略见《梁书》卷四十九《何逊传》。

奉和湘东王教班婕妤一首

【题解】

本篇载《艺文类聚》卷三十、《文苑英华》卷二百四，皆题作《班婕妤怨诗》；收入《乐府诗集》卷四十三《相和歌辞·楚调曲》，题作《班婕妤》。湘东王即萧绎，为梁武帝第七子，天监十三年（514）封湘东王。教，应诸王之命而作诗曰"应教"。吴兆宜注："一本无'教'字。"班婕妤，西汉成帝宠妃班婕妤，据传因失宠而作《怨诗》（又题作《怨歌行》，见本书卷一）。本篇诗旨与之相同，抒写失宠宫人的寂寞、苦闷与幽怨，颇为哀切动人。末为自我宽解之辞，而更见其幽怨之深。中二联对仗工稳，与古诗不同。

长门与长信①，日暮九重空②。雷声听隐隐③，车响绝珑珑④。恩光随妙舞，团扇逐秋风⑤。铅华谁不慕⑥？人意自难终⑦。

【注释】

①长门:汉宫名。汉武帝陈皇后失宠后曾别居于此。长信:亦汉宫名。汉成帝时,班婕妤被赵飞燕姐妹谗毁,乃自请供奉太后于长信宫。

②九重:指一道道宫门。宋玉《九辩》:“岂不郁陶而思君兮?君之门以九重。”

③隐隐:隐约的雷声。

④珑珑:犹“隆隆”,车行声。《艺文类聚》《文苑英华》作“笼笼”。

⑤“恩光”二句:谓君王恩宠的光辉现在正随着曼妙的舞姿流连,而自己却似团扇随着秋风的到来被弃置一旁。意谓君王已有了新欢,自己不会再被眷顾了。

⑥铅华:搽脸用的粉。借指美丽的容颜。慕:《艺文类聚》《文苑英华》作“见”。

⑦难:傅刚《校笺》:“五云溪馆本、徐本、郑本作‘艰’。”终:《艺文类聚》《文苑英华》作“同”。

【译文】

长门宫和长信宫,到傍晚时九重宫殿都是一派虚空。能听见天际传来的雷声隐隐,却再也听不到君王前来时的车声隆隆。恩宠的光辉随着曼妙的舞姿游移,团扇被抛弃一旁只因刮起了秋风。打扮得漂漂亮亮的脸蛋谁不喜欢?人的情意自然难得有始有终。

徐悱妻刘令娴

刘令娴（生卒年不详），彭城（今江苏徐州）人。刘孝绰三妹，世称刘三娘。有才学，文章清拔不俗。其夫徐悱，为仆射徐勉之子，病卒于晋安郡，丧还京师，刘令娴为祭文，辞甚凄怆。徐勉本欲自作祭文，既见此文，遂搁笔。《隋书》卷三十五《经籍志四》著录有集三卷，已佚。事见《梁书》卷三十三、《南史》卷三十九《刘孝绰传》。

答外诗二首

《答外诗二首》，《艺文类聚》卷十八节引，题作《徐悱妻刘氏诗》。吴兆宜注："第一首一作《春闺怨》，第二首一作《咏佳人》。"刘令娴与徐悱感情甚笃，徐悱仕宦在外，常有赠内之诗，今存者即有《赠内》和《对房前桃树咏佳期赠内》二首，已见前。《答外诗二首》即为刘令娴的应答之作。

一

【题解】

本篇写对夫君的思念与幽怨，语言清丽流畅，感情真挚动人。前六句写乐景，后六句抒哀情，亦有次第。

花庭丽景斜[①]，兰牖轻风度[②]。落日更新妆，开帘对春树。鸣鹂叶中响[③]，戏蝶花间骛[④]。调瑟本要欢[⑤]，心愁不成趣。良会诚非远,佳期今不遇。欲知幽怨多,春闺深且暮。

【注释】

①景:日光。

②兰牖(yǒu):指精美的窗户。

③鹂:黄鹂,黄莺。响:傅刚《校笺》:“五云溪馆本、徐本、郑本作‘舞’。”

④蝶花间:赵氏覆宋本作“蝶枝边”。傅刚《校笺》:“五云溪馆本作‘蝶花间’,徐本、郑本作‘蝶花开’。”骛(wù):《淮南子·主术训》:“猿得木而捷,鱼得水而骛。”高诱注:“骛,疾也。”

⑤瑟:傅刚《校笺》:“徐本、郑本作‘琴’。”要:求。

【译文】

明丽的阳光在开满鲜花的庭院里渐渐西斜,微风轻轻地掠过精美的窗户。落日时分又重新梳妆打扮一番,掀开窗帘面对春天葱茏的绿树。从茂密的树叶中传来黄莺动听的鸣叫,花丛间有斑斓的蝴蝶在嬉戏追逐。调瑟奏曲本来是想寻求到一些欢乐,内心忧愁却并没有感到有什么乐趣。美好的聚会想来确已为期不远,但好日子今天却没能相遇。想要知道我内心的幽怨到底有多少,看看我独处在幽深的春闺而且临近日暮。

二

【题解】

本篇是对徐悱《对房前桃树咏佳期赠内》的直接回应。前四句连用典故以赞美女子的美丽,然后笔锋一转,说自己不能与那些绝世的美女相比,有调侃其夫之意,可从中体味出夫妻间相处的乐趣和彼此的相爱之情。

东家挺奇丽①,南国擅容辉②。夜月方神女③,朝霞喻洛妃④。还看镜中色,比艳自知非⑤。摛辞徒妙好⑥,连类顿乖违⑦。智夫虽已丽⑧,倾城未敢希⑨。

【注释】

①东家:指美人。参见前徐悱《对房前桃树咏佳期赠内》注。又,汉乐府《古诗为焦仲卿妻作》:"东家有贤女,窈窕艳城郭。"挺:特出,突出。

②"南国"句:曹植《杂诗》其四:"南国有佳人,容华若桃李。"擅,专。

③"夜月"句:宋玉《神女赋》:"其少进也,皎若明月舒其光。"方,比。神女,指巫山神女。

④洛妃:即洛神。传为伏羲氏之女宓妃,溺死于洛水而成为洛水之神。

⑤自:傅刚《校笺》:"五云溪馆本、徐本、郑本作'似'。"

⑥摛(chī)辞:遣词作文。指徐悱的赠诗。

⑦连类:徐悱《对房前桃树咏佳期赠内》有"方鲜类红粉,比素若铅华"之句,形容其妻之美。乖违:谬误。

⑧夫:吴兆宜注:"疑作'琼'。"干宝《搜神记》卷一:"魏济北郡从事掾弦超,字义起。以嘉平中夜独宿,梦有神女来从之。自称天上玉女,东郡人,姓成公,字知琼。早失父母,天帝哀其孤苦,遣令下嫁从夫。"后果与弦超结为夫妇。此处刘令娴用以自比。又,傅刚《校笺》引《考异》:"吴氏注本疑'智夫'当作'智琼',按,令娴此篇乃答其夫徐悱《对房前桃树咏佳期赠内》之作,因赠诗有'方鲜''比素'二句,以己为丽,故以'智夫虽已丽'答之,'智夫'盖以称悱。考《礼记·郊特牲》曰:'妇人从人者也,夫也者,以知帅人者也。'注训知为才智,则智夫之名,本于经义,吴氏牵引智琼,殊乖诗意。"可参考。

⑨倾城:指绝世的美女。参见本书卷一李延年《歌诗一首》。希:希

冀，比拟。

【译文】

东家女儿有着特殊的奇异美丽，南国美女有着独具的容采光辉。神女的明丽可用夜月来比拟，洛妃的美艳要用绚丽的朝霞来比喻。回头再看看明镜中自己的容颜，与那些艳丽的美女相比自知不如。你的诗徒然把我描绘得美妙姣好，连类而比实在有些荒诞不经。智琼虽然已经十分美丽，但还是不敢与倾国倾城的美女比拟。

何思澄

何思澄（约479—约533），字元静，东海郯（今山东郯城）人。少勤学，工文辞，与族人何逊、何子朗俱擅文名，世称“东海三何”。曾作《游庐山诗》，沈约见后，大相称赞，自以为不及，命工书人题此诗于斋壁。起家为南康王侍郎，累迁安成王左常侍兼太学博士、治书侍御史、秣陵令等职。官终武陵王中录事参军，时年五十四。《梁书》本传载有文集十五卷，早佚。其事见《梁书》卷五十、《南史》卷七十二。

奉和湘东王教班婕妤

【题解】

本篇载《艺文类聚》卷三十，题作《班婕妤诗》；又载《文苑英华》卷二百四，题作《班婕妤怨》；收入《乐府诗集》卷四十三《相和歌辞·楚调曲》，题作《班婕妤》。关于诗题，可参见本卷孔翁归的同题之作题解。诗篇用了“寂寂”“虚”“静”“闲”等词竭力描绘和渲染傍晚时分长信宫的寂寞，再以“蜘蛛”二句描绘和渲染长信宫人迹罕至的荒凉，从而有力地表现了失宠宫人的孤寂和凄凉，可谓“不着一字，尽得风流”（司空图《诗品·含蓄》）。

寂寂长信晚①，雀声哦洞房②。蜘蛛网高阁③，驳藓被长廊[4]。虚殿帘帷静[5],闲阶花蕊香[6]。悠悠视日暮[7],还复拂空床[8]。

【注释】

①寂寂:寂静无声貌。曹植《释愁文》:"寂寂长夜,或群或党,去来无方,乱我精爽。"长信:参见前孔翁归《奉和湘东王教班婕妤一首》注。

②哦:《说文》:"吟也。"《艺文类聚》《文苑英华》作"愁",《乐府诗集》作"喧"。洞房:深邃的居室。

③"蜘蛛"句:张协《杂诗》其一:"青苔依空墙,蜘蛛网四屋。"蜘蛛,《乐府诗集》作"踟蹰"。

④驳藓:颜色斑驳的苔藓。被:覆盖。

⑤虚:空。静:《文苑英华》作"寂"。

⑥闲:静。

⑦悠悠:忧思长貌。《诗经·邶风·终风》:"莫往莫来,悠悠我思。"《艺文类聚》作"愁愁"。

⑧拂:《艺文类聚》《文苑英华》作"守"。吴兆宜注:"一作'蔽'。"

【译文】

傍晚时分的长信宫寂静无声,只听见鸟雀的叫声传进深房。高高的楼阁布满了蜘蛛网,斑斑驳驳的苔藓覆盖长廊。殿堂空空窗帘帷帐无声地悬垂,静静的台阶上有花蕊的幽香。忧思悠长眼看又到傍晚,回到房中再次拂拭空床。

拟古

【题解】

本篇载《艺文类聚》卷三十二,题作《古意》;又载《文苑英华》卷二百五。拟古,即拟汉魏古诗。写被弃女子的幽怨,以议论口吻出之,有理趣。以“兰桂香”“茱萸香”等以为比,委婉、优雅、有余韵。陈祚明评云:“流丽之调,结语凄然。”(《采菽堂古诗选》卷二十八)。

故交不可忘,犹如兰桂芳。新知虽可悦,不异茱萸香①。妾有《凤雏曲》②,非为《陌上桑》③。荐君君不御④,抱瑟自悲凉⑤。

【注释】

①茱萸(zhū yú):植物名。生于川谷,有浓烈的香味。此认为茱萸之香不及兰桂之香。

②《凤雏曲》:古曲名。即《凤将雏》。《宋书》卷十九《乐志一》:“《凤将雏哥》者,旧曲也。应璩《百一诗》云:‘为作《陌上桑》,反言《凤将雏》。’然则《凤将雏》其来久矣。”《艺文类聚》作“《凤皇曲》”。

③非为:《艺文类聚》《文苑英华》作“非无”。《陌上桑》:汉乐府《相和歌辞·相和曲》,一作《艳歌罗敷行》,又作《日出东南隅行》。其辞见本书卷一《古乐府诗六首》。

④荐:进献。表面是说进献曲子,实际是说进献自身。御:用。

⑤瑟:《文苑英华》作“琴”。悲:傅刚《校笺》:“冯校本作‘凄’。”

【译文】

故交千万不可将她忘记,她就像是兰花桂花那样的馨香。新交虽然也会让你感到喜悦,但她和茱萸的香气没什么两样。我想为您弹奏一曲《凤雏曲》,不是要弹奏一曲《陌上桑》。进献给您您却不肯享用,抱着瑟我只感到一阵阵悲凉。

南苑逢美人

【题解】

本篇载《艺文类聚》卷十八。南苑，宫苑名。在建康（今江苏南京）城内。《南史》卷三《宋明帝纪》："尝以南苑借张永，云'且给三百年，期尽更请。'"吴兆宜注："据此，则自宋以后，遂为都人游集之所也。"诗写在南苑遇美人，迭用典故及华词丽藻对美人之美极尽刻画与渲染。末二句有情致，平添喜剧色彩。陈祚明评云："分、合二句，趣。"（《采菽堂古诗选》卷二十八）。

洛浦疑回雪①，巫山似旦云②。倾城今始见，倾国昔曾闻。媚眼随娇合③，丹唇逐笑分。风卷葡萄带④，日照石榴裙⑤。自有狂夫在⑥，空持劳使君⑦。

【注释】

①洛浦：洛水边。洛水，源出陕西洛南，流经河南洛阳。疑回雪：相传伏羲氏之女宓妃溺死于洛水后成为洛水之神。曹植《洛神赋》："仿佛兮若轻云之蔽月，飘飖兮若流风之回雪。"

②"巫山"句：《文选》宋玉《高唐赋序》："昔者先王尝游高唐，怠而昼寝，梦见一妇人，曰：'妾巫山之女也，为高唐之客，闻君游高唐，愿荐枕席。'王因幸之。去而辞曰：'妾在巫山之阳，高丘之阻，旦为朝云，暮为行雨。'"李善注："朝云、行雨，神女之美也。"

③媚眼：傅刚《校笺》："徐本、郑本作'娟眼'。"娇：《艺文类聚》作"羞"。

④葡萄带：一种锦制衣带。《邺中记》："锦有……浦桃文锦、斑文锦、凤凰朱雀锦。"浦桃，即葡萄。

⑤石榴裙：大红裙。萧绎《乌栖曲》其三："交龙成锦斗凤纹，芙蓉为

带石榴裙。”

⑥狂夫：放荡不羁的人。女子称自己的丈夫。

⑦空持：谓徒有爱慕之心。使君：汉时称刺史为使君。汉乐府《陌上桑》：“使君从南来，五马立峙蹰。”此隐以《陌上桑》中的“使君”喻“逢美人”者。《陌上桑》中的“使君”欲占有罗敷而反遭奚落，竹篮打水一场空，这位“逢美人”而表示爱慕的“使君”亦然。

【译文】

怀疑是在洛水边遇上了如回雪般皎洁的洛神，好似在巫山遇上了如朝云般飘逸的神女。其美可以倾城的美女今天算是看到了，其美可以倾国的美女过去只是耳闻。娇媚的双眼随着娇美的神情闭上，红艳的双唇随着银铃般的笑声开启。清风吹来卷起漂亮的葡萄锦带，红日艳丽照耀着大红的石榴裙。我家中自有一个狂夫等在那里，使君这般爱慕实在是徒劳无益。

徐悱妻刘氏

徐悱妻刘氏，即刘令娴，见本卷《答外诗二首》作者简介。

答唐娘七夕所穿针

【题解】

七夕，即农历七月初七夜。宗懔《荆楚岁时记》："七月七日为牵牛、织女聚会之夜。是夕，人家妇女结彩缕，穿七孔针，或以金银鍮石为针，陈几筵酒脯瓜果于庭中以乞巧。"娘，对年长的已婚妇女的称谓。从"孀闺"句看，诗作于诗人之夫徐悱病逝之后。唐娘参加七夕的穿针乞巧活动，之后将自己的绣品赠给了诗人，诗人此时寡居在家，收到绣着"并蒂""开花"图案的绣品，不禁"揽赠自伤嗟"。但唐娘赠送绣品自是出于好意，诗人感念其情，故在答诗中对唐娘也颇多称赏之语。诗篇总体情调爽朗，末以红日、朝霞的美景作结，尤能见出诗人的达观性情。

倡人助汉女①，靓妆临月华②。连针学并蒂③，萦缕作开花④。孀闺绝绮罗⑤，揽赠自伤嗟。虽言未相识，闻道出良家⑥。曾停霍君骑⑦，经过柳惠车⑧。无由一共语，暂看日升霞。

【注释】

①倡人：以歌舞为业的人。指唐娘。汉女：指织女。汉，银河。

②靓（jìng）妆：美丽的妆饰。月华：月光。江淹《杂体三十首·王徵君养疾》："清阴往来远，月华散前墀。"

③并蒂：两朵花并排地长在同一根茎上。比喻夫妻恩爱。

④萦：旋回缠绕。缕：丝线。

⑤孀闺：寡妇的住处。

⑥良家：清白人家。

⑦霍君：指汉将军霍光。《汉书》卷六十八《霍光传》："光为人沉静详审。长财七尺三寸，白皙，疏眉目，美须髯。每出入下殿门，止进有常处，郎仆射窃识视之，不失尺寸，其资性端正如此。"借指谦谦君子。骑（jì）：车骑。

⑧柳惠：即柳下惠，以正直著称。《淮南子·说林训》："柳下惠见饴，曰：'可以养老。'"高诱注："柳下惠，鲁大夫展无骇之子，名获，字禽，家有大柳树，惠德，因号柳下惠。"《论语·微子》："柳下惠为士师，三黜。人曰：'子未可以去乎？'曰：'直道而事人，焉往而不三黜？枉道而事人，何必去父母之邦？'"

【译文】

曾经的歌女参加乞巧为织女助兴，一身美丽的妆饰来到月光底下。针针相连学习刺绣并蒂莲，丝线缠绕编成盛开的花。寡居在家已不再穿绸着缎，拿着你赠的刺绣独自伤叹。虽说我们此前还不相识，但也听说你来自清白人家。门前曾停过像霍光一样的人的车骑，还曾驶过像柳下惠这样的人的车马。我们还没机会在一起倾心交谈，且先看红日东升天边一片朝霞。

吴均

见本卷《和萧洗马子显古意六首》作者简介。

梅花落

【题解】

本篇载《文苑英华》卷二百八，收入《乐府诗集》卷二十四《横吹曲辞》，为“汉横吹曲”十八曲之一。诗写梅花的四处飘荡，实以飘荡之梅花写飘荡之女子，对女子的不幸命运寄寓了深切的同情。末以想望之词作结，表现出女子对爱情的忠贞，也为作品添出一抹亮色。

隆冬十二月①，寒风西北吹。独有梅花落，飘荡不依枝。流连逐霜彩②，散漫下冰凘③。何当与春日④，共映芙蓉池。

【注释】

①隆冬：左思《蜀都赋》：“迎隆冬而不凋，常晔晔以猗猗。”隆，《文苑英华》作“终”。

②流连：流离，离散。《汉书》卷八十六《师丹传》：“山崩地震，河决泉涌，流杀人民，百姓流连，无所归心。”逐霜彩：吴均《周承未还重赠》：“蓬姿浮霜采，甘泉无竹花。”

③散漫：王僧孺《侍宴诗》：“散漫轻烟转，霏微商云散。”凘（sī）：解

冻时流动的冰。

④何当：何时能够。春：原作“君”，《文苑英华》《乐府诗集》作“春”，据改。

【译文】

正是隆冬十二月的严寒季节，寒风从西北方呼呼地吹来。独有梅花从树上纷纷飘落，飘飘荡荡不能依傍树枝。飘转流离追逐寒霜的光彩，弥漫四散落向下流的冰块。何时能在明媚的春日，一起观赏芙蓉池中倒映出来的倩影。

闺怨

【题解】

本篇载《艺文类聚》卷三十二。诗写闺怨，风格质朴而情调凄苦。“凄断”二字，可作一篇诗眼。末二句，即“自伯之东，首如飞蓬。岂无膏沐，谁适为容”（《诗经·卫风·伯兮》）之意。

胡笳屡凄断[①]，征蓬未肯还[②]。妾坐江之介[③]，君戍小长安[④]。相去三千里，参商书信难[⑤]。四时无人见，谁复重罗纨[⑥]？

【注释】

①胡笳：一种北方民族的乐器，形似笛子。凄断：凄切欲绝。

②征蓬：蓬草在秋季干枯后，遇风常连根拔起，四处飘荡，故称征蓬。此以喻征夫。

③江之介：江边。屈原《九章·哀郢》：“哀州土之平乐兮，悲江介之遗风。”

④小长安：地名。又名小长安聚，在河南南阳西。

⑤参、商:二星名。分处东西方,出没互不相见。《艺文类聚》作“参差”。

⑥罗:轻软而稀疏的丝织品。纨(wán):白色细绢。

【译文】

凄切欲绝的胡笳声不断响起,飘荡的蓬草不肯回转。我坐在这遥远的江边,夫君却戍守在小长安。彼此相距有三千里远,像参星商星那样通书信很难。一年四季都不能见到你,谁还看重那些丝绸衣衫?

妾所安居

【题解】

本篇载《文苑英华》卷二百七,收入《乐府诗集》卷七十四《杂曲歌辞》。既抒写了失宠宫女的哀怨,也表现了失宠宫女对君王强烈的依附心理,其命运既可怜,又可悲。“西北”“城南”“青楼”俱出自汉魏古诗,自为作品平添了“古气”(《梁书》本传称吴均诗“清拔有古气”);而“艳逸”“妍姿”及“横自私”,自又为作品抹上了一层绮艳的色彩。

贱妾先有宠[1],蛾眉进不迟[2]。一从西北丽[3],无复城南期[4]。何因暂艳逸[5]?岂为乏妍姿[6]?徒有黄昏望[7],宁遇青楼时[8]。惟惜应门掩[9],方余永巷悲[10]。匡床终不共[11],何由横自私[12]?

【注释】

①有:《文苑英华》作“无”。

②蛾眉:形容美女细长而弯的眉毛。即指美女。迟:晚。陆机《燕歌行》:“非君之念思为谁,别日何早会何迟。”

③从:《文苑英华》作“非”。西北丽:住在西北高楼中的美人。古

诗“西北有高楼”：“西北有高楼，上与浮云齐。交疏结绮窗，阿阁三重阶。上有弦歌声，音响一何悲。”

④城南：住在城南的美人。曹植《美女篇》：“借问女安居？乃在城南端。”又汉乐府《陌上桑》（一作《日出东南隅行》）：“罗敷喜采桑，采桑城南隅。”期：约会。

⑤因：吴兆宜注：“一作‘用’。”艳逸：艳丽飘逸。王粲《闲邪赋》：“夫何英媛之丽女，貌洵美而艳逸。”

⑥妍（yán）姿：美好的姿容。

⑦黄昏望：屈原《九章·抽思》：“昔君与我诚言兮，曰黄昏以为期。”

⑧青楼：涂成青色的楼，为富贵人家的闺阁。曹植《美女篇》：“青楼临大路，高门结重关。”

⑨应门：《汉书》卷九十七下《外戚传下·孝成班倢伃》：“潜玄宫兮幽以清，应门闭兮禁闼扃。”颜师古注：“正门谓之应门。”

⑩余：《文苑英华》作“除”。永巷：汉宫中的长巷，是幽禁妃嫔、宫女的地方。

⑪匡床：方正而安适的床。《商君书·画策》：“是以人主处匡床之上，听丝竹之声，而天下治。”

⑫横：横陈，横卧。司马相如《美人赋》：“花容自献，玉体横陈。”私：自我爱怜。《乐府诗集》作“思”。

【译文】

我早先曾受到君王的宠爱，容颜美丽进见君王总不会晚。自从君王喜欢上了来自西北的美人，与我这个来自城南的女子就不再见面。不知何故我的艳丽飘逸竟会这么短暂？难道是因为我缺少美好的姿颜？徒然抱着黄昏时与君王见面的期望，宁愿再遇上当初在青楼的欢快之时。只可惜正门对我总是紧紧地关闭，余下的只有我在永巷无尽的悲伤。终不能与君王一起躺在方正安适的大床上，哪还有理由对自己横卧的芳姿自爱自怜？

三妇艳

【题解】

本篇收入《乐府诗集》卷三十五《相和歌辞·清调曲》。汉乐府有《相逢狭路间》(一作《相逢行》,见本书卷一)一诗,后人多有拟作,有的只拟该诗的后半部分,如沈约《拟三妇》云:"大妇扫玉墀,中妇结罗帷。小妇独无事,对镜画蛾眉。良人且安卧,夜长方自私。"本篇亦如之,唯结尾有变化,然亦不乏情趣,能见小妇性情。

大妇弦初切①,中妇管方吹②。少妇多姿态③,含笑逼清卮④。"佳人勿余及,殷勤妾自知⑤。"

【注释】

①切:《黄帝内经·素问》卷八《离合真邪论》:"切而散之,推而按之。"王冰注:"切,谓指按也。"此为弹奏之意。

②管:指笙、箫等管乐器。

③少:《乐府诗集》作"小"。

④逼清卮(zhī):谓劝酒。卮,酒器。

⑤"佳人"二句:此二句较费解。揣摩诗意,"佳人"或为少妇称其夫。曹植《种葛篇》:"行年将晚暮,佳人怀异心。恩纪旷不接,我情遂抑沉。"王融《和南海王殿下咏秋胡妻诗》:"佳人忽千里,幽闺积思生。"都是女子以"佳人"称其夫之例。殷勤,情意深厚。妾,劝酒的小妇自称。两句大意是:小妇劝其夫喝酒,劝他不要把酒剩下,她对他怀着特别亲切的情意。

【译文】

大媳妇刚刚把琴弦拨弄,二媳妇也才把笙管吹响。小媳妇更是姿态妖娆,含笑端着酒杯拼命劝酒。"夫君您不能把剩酒给我,我对您情意深厚我自己最清楚。"

王僧儒

见本卷《春怨》作者简介。

咏歌姬

【题解】

本篇载《艺文类聚》卷三十二，题作《作宠姬诗》，从诗意看，以作“宠姬”为是。写宠姬对主人的曲意逢迎及恃宠而骄，风格艳丽，已与稍后的宫体诗无二致。

及君高堂还①，值妾妍妆罢②。曲房褰锦帐③，回廊步珠屣④。玉钗时可挂，罗襦讵难解⑤？再顾倾城易⑥，一笑千金买⑦。

【注释】

①高堂：《楚辞》宋玉《招魂》：“高堂邃宇，槛层轩些。”王逸注：“言所造之室，其堂高显。”指家中正房。

②妍（yán）：美。

③曲房：幽深的内室。褰（qiān）：撩起。

④回廊：纡回弯曲的走廊。珠屣（xǐ）：有珠饰的鞋。

⑤襦（rú）：短袄。讵（jù）：岂。

⑥“再顾”句：参见卷一李延年《歌诗一首》。倾，《艺文类聚》作“连”。

⑦“一笑”句：吴兆宜注引贾氏《说林》：“武帝与丽娟看花，而蔷薇始开，态若含笑。帝曰：‘此花绝胜佳人笑也。’丽娟戏曰：‘笑可买乎？’帝曰：‘可。’丽娟遂命侍者取黄金百斤，作买笑钱，奉帝为一日之欢。”笑，《艺文类聚》作“眄”。

【译文】

等到您从高堂返回，正碰上我把美丽的晚妆化好。在幽深的内室把锦帐掀起，穿着珠鞋走过纡回弯曲的长廊。玉钗可以取下挂上您的冠缨，解开丝绸短袄难道还会有困难？看上两眼使城墙倾覆也很容易，嫣然一笑要花上千金才能购买。

徐悱妻刘氏

徐悱妻刘氏，即刘令娴，见本卷《答外诗二首》作者简介。

听百舌

【题解】

本篇载《艺文类聚》卷九十二、《文苑英华》卷三百二十九。百舌，鸟名。又称反舌鸟，因其极善鸣啭，如百鸟之音而得名。诗写清早听到百舌鸟叫声时的情景、感受和联想，既写出了百舌鸟鸣声的迷人，也写出了诗人屏气凝神的聆听之态，更写出了诗人怡情自然的闺房之趣。

庭树旦新晴，临镜出雕楹①。风吹桃李气，过传春鸟声②。静写山阳笛③，全作洛滨笙④。注意欢留听⑤，误令妆不成。

【注释】

①雕楹：雕花的柱子。

②过传：《全梁诗》卷十三：“一作‘传过’。”

③静：《艺文类聚》《文苑英华》作“净”。写：抒发。山阳笛：山阳，即今河南修武，嵇康旧居所在。嵇康被司马昭杀害后，其友人向秀经其旧居，闻邻人吹笛而作《思旧赋》。其序云：“余逝将西迈，经其旧庐。于时日薄虞渊，寒冰凄然。邻人有吹笛者，发声寥亮。

追思曩昔游宴之好,感音而叹。"

④洛滨笙:洛,指洛水,源出陕西洛南,东南流经河南洛阳。《列仙传》卷上:"王子乔者,周灵王太子晋也。好吹笙,作凤凰鸣。游伊洛之间,道士浮邱公接以上嵩高山三十余年。"

⑤注意:留意。欢留:《文苑英华》作"留观"。

【译文】

雨后新晴早晨庭树一派葱绿,对着明镜化妆镜中映出雕花的柱子。清风吹来桃李缕缕馨香的气息,传过来春鸟阵阵清脆流转的叫声。好像是山阳笛在静静地倾泻内心的情意,又好像都是洛水边仙人吹笙的声音。既高兴又认真地听着鸟的鸣声,以致耽误了化妆总不能把妆化成。

费昶

见本卷《华观省中夜闻城外捣衣》作者简介。

芳树

【题解】

本篇载《文苑英华》卷二百八，收入《乐府诗集》卷十七《鼓吹曲辞》，为“汉鼓吹铙歌”十八曲之一。《乐府诗集》卷十六古辞《芳树》郭茂倩题解引《乐府解题》：“古辞中有云：‘妒人之子愁杀人，君有他心，乐不可禁。’若齐王融‘相思早春日’，谢朓‘早玩华池阴’，但言时暮、众芳歇绝而已。”本篇女子以芳树自喻，希望远行在外的夫君趁自己还青春年少早点回来团聚，担心美人迟暮，与王融、谢朓的拟作仍有关联。“幸被”二句，是对昔日夫妻恩爱的回味。“枝低”二句，形态情致，可堪咀味。

幸被夕风吹，屡得朝光照。枝低疑欲舞①，花开似含笑。长夜路悠悠②，所思不可召。行人早旋返③，贱妾犹年少④。

【注释】

①低：《乐府诗集》作“偃”。

②路：原作“踏”，《文苑英华》《乐府诗集》作“路”，据改。

③行人：出门远游或出征之人。旋返：归来。

④犹年少：吴兆宜注："一作'年犹少'。"

【译文】

幸被傍晚的风轻轻地吹拂，又一次次得到清早阳光的照耀。树枝低抑以为是要翩翩起舞，鲜花绽放好像是面含微笑。黑夜漫长通向远方的路也漫长，没有办法将所思念的人召唤。远行他乡的人你早些回来吧，趁着我现在还青春年少。

徐勉

徐勉（466—535），字修仁，东海郯（今山东郯城）人。幼孤贫，好学。齐时为太学博士、尚书殿中郎。入梁，深得萧衍器重，历任中书侍郎、尚书左丞、尚书吏部郎、侍中、吏部尚书、尚书仆射、中书令等要职。虽居显位，不营产业，家无蓄积。善属文，勤著述，“虽当机务，下笔不休”（《梁书》本传）。《隋书》卷三十五《经籍志四》著录《徐勉前集》三十五卷、《徐勉后集》十六卷，已散佚。其事见《梁书》卷二十五、《南史》卷六十。

采菱曲

【题解】

本篇收入《乐府诗集》卷五十一《清商曲辞》。写青年男女的爱情生活，有浓郁的南朝乐府民歌特色，而风调更旖旎，意境更优美，情趣更盎然。“采采不能归”非为别的原因，而是因为有所期待，刻画心理，细致入微，而情景如画。

相携及嘉月[①]，采菱渡北渚[②]。微风吹棹歌[③]，日暮相容与[④]。采采不能归[⑤]，望望方延伫[⑥]。倘逢遗佩人[⑦]，预以心相许。

【注释】

①嘉月:美好的月份。王褒《九怀·危俊》:"陶嘉月兮总驾,搴玉英兮自修。"

②渚(zhǔ):水中小洲或水边。

③棹(zhào)歌:划船时唱的歌。汉武帝《秋风辞》:"箫鼓鸣兮发棹歌,欢乐极兮哀情多。"棹,划船拨水的器具,状如桨。

④容与:《文选》屈原《九章·涉江》:"船容与而不进兮,淹回水而凝滞。"张铣注:"容与,徐动貌。"

⑤采采:采了又采。《诗经·周南·芣苢》:"采采芣苢,薄言采之。"

⑥延伫:久立等待。

⑦遗佩人:指所爱的人。遗,留下。佩,佩玉。屈原《九歌·湘君》:"捐余玦兮江中,遗余佩兮澧浦。"又,《列仙传》卷上载,"江妃二女者,不知何所人也。出游于江汉之湄,逢郑交甫。见而悦之,不知其神人也"。交甫下请其佩,"遂手解佩与交甫。交甫悦,受而怀之"。

【译文】

在这美好的日子里与伙伴相牵着手,渡过北面的小洲去采菱。微风将嘹亮的船歌吹向四方,傍晚时分还驾着船缓缓前行。采啊采不能马上就回去,望啊望彼此都在期盼等待。假如能碰上解佩相赠的美人,我会先在心里默默地答应。

杨皦

杨皦(生卒年不详),仕梁为散骑常侍。今存诗一首。其事略见《南史》卷六十四《张彪传》。

咏舞

【题解】

本篇载《艺文类聚》卷四十三、《初学记》卷十五、《文苑英华》卷二百十三。诗从美艳的容颜、婀娜的舞姿、高超的舞技、妩媚的神态等不同角度写舞蹈艺人,笔墨腾挪,溢彩流光。末以赵飞燕为比,别开新境,更上层楼。

红颜自燕赵①,妙伎迈阳阿②。就行齐逐唱,赴节暗相和③。折腰送余曲④,敛袖待新歌⑤。颦容生翠羽⑥,曼睇出横波⑦。虽称赵飞燕,比此讵成多⑧?

【注释】

①红颜:艳丽的容貌。古诗"东城高且长":"燕赵多佳人,美者颜如玉。"

②妙伎:指精妙的舞技。曹丕《答繁钦书》:"奇才妙伎,何其善也。"伎,技艺。迈:超过。阳阿:《淮南子·俶真训》:"足蹀阳阿之舞,

而手会绿水之趋。”高诱注：“阳阿，古名倡也。”

③暗：《初学记》作“闻”。

④折腰：弯腰。《西京杂记》卷一：“高帝戚夫人善为翘袖折腰之舞，歌《出塞》《入塞》《望归》之曲。”

⑤敛袖：收起袖子。

⑥颦（pín）：皱眉。翠羽：翠鸟的羽毛。形容双眉。

⑦曼睇（dì）：妩媚地斜视、顾盼。横波：傅毅《舞赋》：“眉连娟以增绕兮，目流睇而横波。”李善注：“横波，言目邪视，如水之横流也。”

⑧讵（jù）：岂。多：《礼记·檀弓上》：“曾子闻之，曰：‘多矣乎，予出祖者。’”孔颖达《正义》：“多，犹胜也。”即胜过、超过。

【译文】

美艳的舞女来自燕赵，精妙的舞技超过阳阿。走进队列紧随着节奏齐声歌唱，紧跟着节拍舞步与歌声暗相应和。弯腰送走乐曲的袅袅余音，收起袖子等待下一支新歌。眉头一皱耸起两弯妩媚的翠羽，双目斜视犹如两泓横流的水波。大家虽然都称美善舞的赵飞燕，但比起这支舞来岂能说她就已胜出很多？

中华经典名著

全本全注全译丛书

张亚新◎译注

玉台新咏 下

中華書局

目录

下册

卷七

卷八

卷十

卷七

梁武帝

梁武帝（464—549），即萧衍。字叔达，小字练儿，南兰陵（今江苏常州）人。齐末任雍州刺史，镇守襄阳。乘齐内乱，率雍州兵东下攻入建康，封梁王，旋以“禅让”形式代齐，建立梁朝。在位四十八年，后在侯景乱中被拘禁饿死。博学多通，洞达儒玄，雅好辞赋，工于书法。齐时曾以文学游于竟陵王萧子良门下，与沈约、谢朓、王融、萧琛、范云、任昉、陆倕并称“竟陵八友”。即位后仍爱好文学，大力倡导，学术诗文遂极一时之盛，《南史》本传云“自江左以来，年逾二百，文物之盛，独美于兹”。本人也勤于著述，《梁书》本传谓其“下笔成章，千赋百诗，直疏便就，皆文质彬彬，超迈今古”。《梁书》本传云“凡诸文集，又百二十卷”，然《隋书》卷三十五《经籍志四》著录各集仅七十余卷，皆佚。明人辑有《梁武帝集》。其事见《梁书》卷一、卷二、卷三及《南史》卷六、卷七。

擣衣

【题解】

古人于缝制冬衣前，常将绢帛放到砧上擣平，而擣衣常会引起思妇的思远之情，因此在六朝便常成为诗人们吟咏的题材。本篇在这类诗中篇幅较长。诗从送别写起，将相思、秋凉的到来、擣砧、裁裳、薰香、寄衣种种情事次第写来，最后再以抒写相思的痛苦作结，既不疾不徐，又环环相扣，委曲缠绵，确有特色。陈祚明评云：“宛宛苦思，得性情之正。‘沉思’四语，捣衣以前之心。‘中州’六句，捣衣以前之境。从容入题，情绪曲至。”但也认为“‘兴’字不稳，且此时入‘朱颜’语无谓，‘一匪石’字无理”（《采菽堂古诗选》卷二十二）。

驾言易水北[①]，送别河之阳[②]。沉思惨行镳[③]，结梦在空床。既寤丹绿谬[④]，始知纨素伤[⑤]。中州木叶下[⑥]，边城应早霜。阴虫日惨烈[⑦]，庭草复云黄[⑧]。金风徂清夜[⑨]，明月悬洞房[⑩]。袅袅同宫女[⑪]，助我理衣裳。参差夕杵引[⑫]，哀怨秋砧扬[⑬]。轻罗飞玉腕，弱翠低红妆[⑭]。朱颜色已兴[⑮]，眄睇目增光[⑯]。捣以一匪石[⑰]，文成双鸳鸯[⑱]。制握断金刀[⑲]，薰用如兰芳。佳期久不归，持此寄寒乡。妾身谁为容[⑳]？思君苦人肠[㉑]。

【注释】

①易水：水名。在今河北境内。

②河之阳：黄河的北面。

③沉思：深沉的感念。行镳（biāo）：指坐骑。镳，马口中所衔铁具露出在外的两头部分，俗称马嚼子。

④丹绿：张衡《西京赋》有“文以朱绿”“饰以碧丹”之句。又沈约《赛蒋山庙文》：“鸟革玄素之容，草移丹绿之状。”丹，红色。

⑤纨（wán）：白色细绢。素：白色生绢。

⑥“中州”句：屈原《九歌·湘夫人》：“袅袅兮秋风，洞庭波兮木叶下。”中州，指中原地区。

⑦阴虫：指蟋蟀。颜延年《夏夜呈从兄散骑车长沙诗》：“夜蝉当夏急，阴虫先秋闻。”烈：傅刚《校笺》引《考异》：“疑作‘凝’。”

⑧云黄：逯钦立辑校《先秦汉魏晋南北朝诗》作“芸黄”，近是。芸，

黄色深浓貌。《诗经·小雅·苕之华》:“苕之华,芸其黄矣。”

⑨金风:秋风。金为五行之一,于位为西,于时为秋,故云。金,赵氏覆宋本作“冷”。徂(cú):往,到。原作“但”,傅刚《校笺》:“《考异》作‘徂’,校说:‘宋刻作“但”,误。’……‘但’,孟本作‘徂’。刚按,徐本、郑本作‘徂’。”据改。

⑩洞房:深邃的房屋。

⑪袅袅:微风吹拂貌。

⑫参差(cēn cī):形容杵一上一下的样子。杵:用以捣衣的小木棒。引:伸,举。

⑬砧(zhēn):捣衣时垫在下面的石块。

⑭弱:轻。翠:青绿色玉。低红妆:谓垂在胸前。红妆,指女子的盛妆。

⑮朱颜:红颜。色:傅刚《校笺》:“《考异》:‘此句未详。’刚按,五云溪馆本、徐本、郑本作‘日’。”

⑯眄睇(miǎn dì):斜视。眄,傅刚《校笺》:“冯钞本作‘緜’。五云溪馆本、徐本、郑本作‘盼’。”目:傅刚《校笺》:“《考异》:‘疑作“自”。’刚按,五云溪馆本、徐本、郑本作‘色’。”

⑰匪石:《诗经·邶风·柏舟》:“我心匪石,不可转也。”孔颖达《正义》:“言我心非如石然。石虽坚尚可转,我心坚不可转也。”喻意志坚定。

⑱“文成”句:古诗“客从远方来”:“文彩双鸳鸯,裁为合欢被。”成,傅刚《校笺》:“冯钞本作‘武’。”

⑲制:裁剪,缝制。

⑳谁为容:为谁打扮。《诗经·卫风·伯兮》:“岂无膏沐,谁适为容?”为,傅刚《校笺》:“五云溪馆本、徐本、郑本作‘与’。”

㉑人:傅刚《校笺》:“徐本、郑本作‘入’。”

【译文】

驾车一直到了易水的北面,送别一直到了黄河的北边。深沉的感念连坐骑也为之悲伤，郁结成梦独自躺在空空的床上。梦中醒来辨别红绿都出现差错，才知道纨素也在那里黯然神伤。中原地区树叶已在纷纷飘落，边境地区应当早就下了寒霜。蟋蟀叫得一声比一声惨烈，庭院中的草再度变得枯黄。清凉的夜晚阵阵秋风吹来，明月高悬照进深邃的幽房。秋风袅袅如同袅娜的宫女，帮着我整理冬天穿的衣裳。傍晚木杵一起一落挥了起来，捣衣砧上哀怨之情传向四方。轻薄的丝绸在玉腕上飘转，轻巧的翡翠低垂在胸前。红润的脸庞上泛起了红光，双目斜视增添了动人的光芒。捣衣用的是一颗坚不可转的心，做成的图案是一对恩爱的鸳鸯。用来裁剪的是一把能断金的刀，用来熏染的是如兰一样的芳香。盼着佳期团聚却久久不见回归，只好将这寒衣寄往寒冷的异乡。我在家能为谁去梳妆打扮？思念夫君痛苦进入了肝肠。

拟长安有狭邪十韵

【题解】

本篇收入《乐府诗集》卷三十五《相和歌辞·清调曲》。傅刚《校笺》："《考异》：'此诗实十一韵，宋刻盖误脱"一"字。'刚按，徐本、郑本无'十韵'二字。"内容格调及谋篇布局皆与古辞《长安有狭斜行》及《相逢狭路间》（一作《相逢行》，见本书卷一《古乐府诗六首》）类似，乃一脉相承的产物，唯"俱入门""俱升堂""俱入户"能见次第，在写法上有些变化。萧涤非认为《相逢狭路间》"意存讥诮，'黄金'以下，一路写去，似句句恭维，实句句奚落"（《汉魏六朝乐府文学史》），还有人认为该诗反映了作者对富家生活的艳羡心理，而本篇作者地位尊崇，这些在本篇中不可能存在，应纯为一篇拟古的游戏文字。

洛阳有曲陌①，陌曲不通驿②。忽逢二少童③，扶辔问君宅④。君宅邯郸右⑤，易忆复可知。大息组细缊⑥，中息佩陆离[7]。小息尚青绮，总辔游南皮[8]。三息俱入门，家臣拜门垂[9]。三息俱升堂，旨酒盈千卮[10]。三息俱入户[11]，户内有光仪[12]。大妇理金翠，中妇事么觿[13]。小妇独闲暇[14]，调笙游曲池。丈人少徘徊[15]，凤吹方参差[16]。

【注释】

①陌：田间小路，南北为仟，东西为陌。泛指小路。

②陌：《乐府诗集》作"曲"。驿：传递官府文书的马车。

③逢：《乐府诗集》作"遇"。

④扶辔（pèi）：拉着缰绳。

⑤君：《乐府诗集》作"我"。右：西边。

⑥息：儿子。组：丝带。《史记》卷八《高祖本纪》："秦王子婴素车白马，系颈以组。"细缊（yīn yùn）：分布貌。

⑦佩：指佩戴的饰物。陆离：光彩绚丽貌。

⑧总辔（pèi）：结缰绳。屈原《离骚》："饮余马于咸池兮，总余辔乎扶桑。"辔，原作"丱"。丱，儿童束发成两角的样子。《乐府诗集》作"角"。傅刚《校笺》："五云溪馆本、徐本、郑本作'辔'。"从"小息"已有"小妇"的情形看，以作"辔"为是，据改。南皮：县名。今属河北。曹丕《与吴质书》："每念昔日南皮之游，诚不可忘。"

⑨家臣：春秋时列国卿大夫的臣属。此指管家之类。

⑩旨酒：美酒。卮（zhī）：酒器。

⑪户：一扇为户，两扇为门。前面已说"三息俱入门"，"门"当指家中大门，此"户"则指内室之门。

⑫光仪：光彩和仪表。

⑬么：小。傅刚《校笺》："五云溪馆本、徐本、郑本作'玉'。"觿（xī）：古代用以解绳结的角锥。《礼记·内则》："左佩纷帨、刀砺、小觿、金燧。"郑玄注："小觿，解小结也。觿貌如锥，以象骨

为之。”

⑭小:傅刚《校笺》:“五云溪馆本、徐本、郑本作‘少’。”

⑮丈人:子媳对公婆的尊称。人,傅刚《校笺》:“五云溪馆本、徐本、郑本作‘夫’。”少:稍微。徘徊:这里是在旁边走一走、等一等的意思。

⑯凤吹:谓吹奏的声音似凤鸣。参见卷四王素《学阮步兵体》注引《列仙传》卷上。参差(cēn cī):古乐器名。由长短不齐的竹管编成,类似于笙或排箫。这里即指笙。

【译文】

洛阳城中有一条弯曲的小路,小路弯弯曲曲不通驿车。忽然在路上碰到两位少年,拉着缰绳问您家在哪儿。您家坐落在邯郸西面,容易记住也容易打探。大儿子身上飘拂着丝带,二儿子佩戴的饰物绚丽斑斓。小儿子喜欢青色的绸缎,拴上马缰到南皮游玩。三个儿子一起走进家门,家臣拜见在门边垂手侍立。三个儿子一起登上厅堂,醇香的美酒装满了千杯。三个儿子一起走进门内,仪容在室内闪耀着光彩。大媳妇正在整理金银翡翠,二媳妇正在用小觿解绳结。只有小媳妇闲着没事,一边调笙一边游逛在曲池边。公公婆婆请你们稍微等一等,我这就把参差吹响就像凤鸣。

拟明月照高楼

【题解】

本篇收入《乐府诗集》卷四十二《相和歌辞·楚调曲》。拟曹植的《七哀诗》(《乐府诗集》题作《怨诗行》),抒写思妇对于夫君的思念及哀怨之情。文辞颇雕琢,与曹植《七哀》的清新自然相去甚远,仅将“愿为”二句与曹植“愿为西南风,长逝入君怀”二句相比,便可一目了然。但“君如”二句颇有新意,意境亦美,能见巧思与创新。

圆魄当虚闼①，清光流思筵②。筵思照孤影③，凄怨还自怜。台镜早生尘，匣琴又无弦。悲慕屡伤节④，离忧亟华年⑤。君如东榑景，妾似西柳烟⑥。相去既路迥⑦，明晦亦殊悬。愿为铜铁辔⑧，以感长乐前⑨。

【注释】

①圆魄：即圆月。当：正照着。闼（tà）：《诗经·齐风·东方之日》："东方之月兮。彼姝者子，在我闼兮。"毛传："闼，门内也。"

②思筵：傅刚《校笺》引《考异》："'思筵''筵思'四字，诸本并同，然不甚可解。""徐校：'两"筵"字，孟本均作"延"。'"筵，席子。

③照：傅刚《校笺》："五云溪馆本、徐本、郑本'照'作'对'。"

④伤节：哀叹节令、时序的变化。

⑤亟（jí）华年：谓催人速老。亟，疾速。华年，美好的年华。

⑥"君如"二句：王充《论衡·说日篇》："儒者论日旦出扶桑，暮入细柳。扶桑，东方地；细柳，西方野也。桑、柳，天地之际，日月常所出入之处。"《山堂肆考》卷一百三十七："六朝诗'君如东扶景，妾似西柳烟'，此喻夫妇离别，一在东，一在西，相隔之远也。一说：东扶景，日初出也，喻人之芳年；西柳烟，暮景也，喻人之年老。"榑（fú），榑桑，也作"扶桑"，传说中长在日出处的神树。《乐府诗集》作"扶"。景，日光。

⑦迥（jiǒng）：远。

⑧铜铁辔（pèi）：形容其牢固。辔，马缰绳。

⑨长乐：吴兆宜注："《陈留风俗传》：陵树乡，故平陆县也，北有大泽，名曰长乐厩。"又，汉代长安有长乐宫。此指夫君所在之地。

【译文】

圆圆的月亮正照在虚空的门内，清朗的月光在弥漫着思念的席子上流淌。映照着躺在席子上的孤单身影，她满腹凄凉哀怨还不住自悲自怜。梳妆台和铜镜上早就蒙上了灰尘，匣中的琴也没有了琴弦。一再为节序的更替而恋慕悲伤，离别的忧愁疾速地消磨着青春年华。您如东边扶桑树上的绚烂日光，我却似西边柳树上的一抹轻烟。彼此相隔路途已经十分遥远，一明一暗悬殊得也十分显然。我愿骑着一匹用铜铁做成马缰的马，为感动您而飞奔到长乐前面。

拟青青河边草

【题解】

本篇收入《乐府诗集》卷三十八《相和歌辞·瑟调曲》，题作《青青河畔草》。诗拟汉乐府《饮马长城窟行》（一作蔡邕诗，见本书卷一。首二句为“青青河畔草，绵绵思远道”）。傅刚《校笺》引《考异》：“此拟至‘谁肯相为言’句而止，似非完篇，然别无可考，姑以宋刻为据。”与《饮马长城窟行》诗相比，虽同样抒写了女子因夫君久出不归而日夜怀念的孤凄之情，但女子似已成为弃妇；从“当途”二句看，此弃妇还很有可能是一位失宠的宫女、后妃之类。还保留着乐府诗朴素清纯的本色，前半还使用了在民歌中常见的顶真接字手法。“月以”二句，以“云”“霜”喻正得宠信的“当途”者，表现含蓄，耐人悬想。

幕幕绣户丝①，悠悠怀昔期②。昔期久不归，乡国旷音徽③。音徽空结迟④，半寝觉如至⑤。既寤了无形⑥，与君隔平生⑦。月以云掩光，叶以霜催老⑧。当途竞自容⑨，莫肯为妾道⑩。

【注释】

①幕幕：意同“密密”，覆盖周密貌。绣户：雕绘华美的门户。指思

妇所居之处。丝：丝做的门帘。谐“相思”的“思”。

②悠悠：深长貌。昔期：当初约定的相聚的日子。

③乡国：指家乡。旷：指历时久远，阔别。音徽：系琴弦之绳曰“徽”。引申指音声、音容。陆机《拟行行重行行》：“音徽日夜离，绵邈若飞沉。”徽，《乐府诗集》作“辉”。下句“徽”同。

④迟：长久。

⑤半寝：指半睡半醒的状态。

⑥寤（wù）：醒来。了：完全。

⑦平生：此生。平，傅刚《校笺》：“五云溪馆本、徐本、郑本作‘死’。”

⑧以：原作“似”，傅刚《校笺》：“徐本、郑本作‘以’。”应以作“以”为是，据改。催：原作“摧”，傅刚《校笺》：“《考异》：‘“摧”，疑作“催”。’按，五云溪馆本、徐本、郑本作‘催’。”如作“摧”，则不仅仅是变老的问题，以作“催”为是，据改。

⑨当途：喻正得宠信者。容：用作动词，谓修饰、打扮。

⑩为：傅刚《校笺》：“五云溪馆本、徐本、郑本作‘与’。”

【译文】

华美的门帘上满是密密的细丝，总想着很久以前我们相约见面的日期。以前约定了日期却久久不见您回归，您的音容笑貌家乡已经久违。音容笑貌空自在脑海中长久地凝聚，半睡半醒中觉得您好像来到了家里。醒来后却一点儿也没有看到您的身影，我与您就要这样隔绝一生。月亮因为云彩而被掩没了光辉，树叶因为秋霜逼迫而变得枯萎。正得宠信者只顾争相打扮自己，没有谁肯出面为我说一声好。

代苏属国妇

【题解】

代，拟。汉武帝时，苏武奉命出使匈奴，因故被匈奴扣留，备受折磨，历尽艰辛，始终忠于汉室，不肯投降匈奴。最后回到汉朝，被拜为典属国。“武留匈奴凡十九岁，始以强壮出，及还，须发尽白”（《汉书》卷五十四《苏武传》）诗以苏武之妻的口吻，表达了对身陷匈奴的苏武的思念与哀怨，同时对苏武坚贞不屈的民族气节也有所表现与赞美。可从《汉书》卷五十四《苏武传》找到某些依据、因由，但诗人也大胆地进行了虚构想象。诗篇取材独特，能见新意与巧思。

良人与我期①，不谓当过时②。秋风忽送节③，白露凝前基④。怆怆独凉枕⑤，搔搔孤月帷⑥。忽听西北雁⑦，似从寒海湄⑧。果衔万里书⑨，中有生离辞⑩。惟言长别矣，不复道相思。胡羊久剽夺⑪，汉节故支持⑫。帛上看未终⑬，脸下泪如丝。空怀之死誓⑭，远劳同穴诗⑮。

【注释】

①良人：女子对丈夫的称呼。与：傅刚《校笺》：“徐本、郑本作‘如’。”期：约定见面的日期。

②过时：古诗“冉冉孤生竹”：“过时而不采，将随秋草萎。”

③节：节序。指一年四季。

④基：地基，墙基。

⑤怆怆：悲伤貌。

⑥搔搔：动荡不安貌。傅刚《校笺》：“徐本、郑本作‘慅慅’。”

⑦忽：原作“或”，傅刚《校笺》：“《考异》作‘忽’，校说：‘宋刻作“或”，误。冯氏校本注：“一作忽。”今从之。’刚按，徐本、郑本作‘忽’。”据改。

⑧寒：吴兆宜注：“一作‘北’。又作‘东’。”傅刚《校笺》：“徐本、郑本作‘东’。”海湄：海边。

⑨万里书:《汉书》卷五十四《苏武传》载:"数年,匈奴与汉和亲。汉求武等,匈奴诡言武死。后汉使复至匈奴,常惠请其守者与俱,得夜见汉使,具自陈道。教使者谓单于,言天子射上林中,得雁,足有系帛书,言武等在某泽中。"

⑩生离辞:《汉书》卷五十四《苏武传》载李陵谓苏武:"子卿(按李陵字少卿)妇年少,闻已更嫁矣。"

⑪"胡羊"句:《汉书》卷五十四《苏武传》载苏武在北海牧羊,"其冬,丁令盗武牛羊,武复穷厄"。瞟(piào)夺,抢夺。瞟,同"漂",疾。傅刚《校笺》:"五云溪馆本、徐本、郑本作'剽'。"

⑫"汉节"句:《汉书》卷五十四《苏武传》:"(武)杖汉节牧羊,卧起操持,节旄尽落。"节,符节,使臣执以示信之物。故,通"固"。

⑬帛:古人写信用帛,其长不过尺,称尺素。

⑭之死誓:指至死不变心的誓言。《诗经·鄘风·柏舟》:"之死矢靡它。"

⑮同穴诗:指《诗经·王风·大车》。其诗云:"縠则异室,死则同穴。谓予不信,有如皦日。"

【译文】

夫君您与我约定了重聚的日期,我以为您不会耽误回家的日子。秋风忽地将暖和的季节送走,白露已经在房前凝结了一地。内心凄怆孤独地靠着冰凉的枕头,帷帐在孤月的映照下不安地动荡。忽然听见雁叫声从西北方向传来,它们好像来自寒冷的海边。大雁果然从万里之外带来一封信,信中写有活着分离的言辞。只说我们从此就要长久别离,不再说对我是如何地相思。在胡地放牧的羊早就被人抢夺,只有汉节还牢牢地握在手心。帛上的文字还没有看完,脸上的眼泪已流如断丝。徒然记着当初至死不渝的誓言,很久前古人白操心写下了"死则同穴"的诗。

古意二首

本篇为模拟古诗之作,故云"古意"。两诗构思精巧,笔致腾挪,意象生动,表现含蓄,给读者留下了无尽的驰骋想象的空间。

一

【题解】

第一首前四句比兴,云飞鸟虽被惊散,而终聚集寒枝,暗喻夫妻分离,不如飞鸟。下分从征夫和思妇两面落笔,从对答中表达夫妻思念的痛苦和坚贞不渝的爱情。

飞鸟起离离①,惊散忽差池②。嗷嘈绕树上③,翩翾集寒枝④。既悲征役久,偏伤陇上儿⑤。寄言闺中爱⑥,此心讵能知⑦?不见松上萝⑧,叶落根不移。

【注释】

①离离:排列貌。

②差(cī)池:不齐貌。《诗经·邶风·燕燕》:"燕燕于飞,差池其羽。"

③嗷嘈:喧叫声。

④翩翾(xuān):小飞貌。翾,傅刚《校笺》:"徐本、郑本、孟本作'翻'。"

⑤陇上儿:指远戍的夫君。陇上,指陇山,在今陕西的陇县、宝鸡和甘肃的镇原、清水、秦安等一带,在古代以迂回险阻著称。

⑥爱:傅刚《校笺》:"徐本、郑本作'妾'。"

⑦讵(jù):岂。

⑧上萝:吴兆宜注:"一作'萝上'。"萝,即女萝,为地衣类植物,须缠绕它物生长。此以喻思妇。

【译文】

飞鸟排成一排飞了起来，忽被惊散拉开了距离。喧叫着绕着大树飞来飞去，最后在寒冷的树枝上聚集。既哀伤夫君远征的时间太久，陇上的夫君内心也充满伤悲。写封信给闺中的所爱，我这心思你岂能知晓？夫君你没看见松树上的女萝，叶子落了根却始终不会转移。

二

【题解】

第二首以“双蛱蝶”喻夫妻，虽围绕着忘忧草不停地飞舞，企求过无忧快乐的日子，但终究还是不能摆脱“双复只”的结局，其内心的悲凉自可想知。

当春有一草，绿花复垂枝①。云是忘忧物，生在北堂陲②。飞飞双蛱蝶③，低低两差池。差池低复起，此芳性不移。飞蝶双复只，此心人莫知。

【注释】

①垂：原作“重”，《校笺》：“五云溪馆本、徐本、郑本作‘垂’。”据改。

②“云是”二句：《诗经·卫风·伯兮》：“焉得谖草，言树之背。”毛传：“背，北堂也。”谖草，即萱草。忘忧物，指萱草。古人以为此草可令人忘忧，故又名忘忧草。嵇康《养生论》：“合欢蠲忿，萱草忘忧，愚智所共知也。”陲，边。

③蛱（jiá）蝶：蝴蝶。

【译文】

正当春天看见有一株草，开着绿花且低垂着花枝。听说此物可以令人忘忧，它就生长在北堂的边上。有一对蝴蝶在那里飞来飞去，飞得低低的排列也不整齐。飞得不整齐却又从低处飞起,这花儿的芳香本性不会转移。飞蝶从一双又变成了一只,我的内心没有人能够揣知。

芳树

【题解】

本篇收入《乐府诗集》卷十七《鼓吹曲辞》。写初春时节花开叶长、日渐繁盛的情景,洋溢着郁勃的春的气息。末二句一转,谓思妇看到繁盛的春花却高兴不起来,而高兴不起来的原因不言自明。应是一首以乐景写哀情的作品,但在表现上颇为含蓄。

绿树始摇芳①,芳生非一叶。一叶度春风②,芳芳自相接③。色杂乱参差④,众花纷重叠。重叠不可思,思此谁能惬⑤?

【注释】

①芳:芳香之物。指花。

②度:经历。

③芳芳:傅刚《校笺》:"五云溪馆本、徐本、郑本、孟本作'芳华'。"

④色杂:傅刚《校笺》:"五云溪馆本、徐本、郑本作'杂色'。"参差(cēn cī):不齐貌。

⑤惬(qiè):快心,满意。

【译文】

绿树开始摇曳芳香的花朵,花开时已长出不只一片树叶。一片树叶经过春风吹拂,鲜花就一朵朵地次第开放。斑斓的颜色显得纷乱参差,众多的花纷繁重叠。纷繁重叠实在不能多想,在这里多想内心有谁能够快意?

临高台

【题解】

本篇载《文苑英华》卷二百十，收入《乐府诗集》卷十八《鼓吹曲辞》，并作"梁简文帝"即萧纲诗。开头极写高台之高，然后写从高台上远眺所看到的混濛景象，开阔而逼真，给人以亲临台上之感。末二句一转，将诗定格为爱情诗：原来诗中的主人公站在高台上纵目远眺，是为了眺望他在远方的情人。透过寥廓混濛的景物，他仿佛看到远方的情人也正站在玉阶上思念着他。歌咏了如高台一样崇高而美好的爱情。在混濛的景物中，实蕴含了绵邈的深情。如陈祚明所评："全在写望远，景中绵绵高遐，则相思之情自出。"(《采菽堂古诗选》卷二十二)

高台半行云，望望高不极①。草树无参差，山河同一色。仿佛洛阳道，路远难别识②。玉阶故情人③，情来共相忆④。

【注释】

①高不：《文苑英华》作"不可"。

②路：《文苑英华》《乐府诗集》作"道"。别：《文苑英华》作"可"。

③情人：《文苑英华》作"人情"。

④共：《文苑英华》作"苦"。

【译文】

高台有一半耸入飘荡的云层，望啊望高得望不到顶。草和树看不出有高低不齐的差别，山河望去是一样的颜色。就像是通向洛阳的道路，路太远了很难加以辨别。白玉台阶上站着从前的情人，旧情萌动都在把对方相思。

有所思

【题解】

本篇收入《乐府诗集》卷十七《鼓吹曲辞》,是一首别开生面的思妇诗。思妇分明在依恋、回味、珍惜着“衣上芳犹在,握里书未灭”,分明在“梦为同心结”,但她却不说生离之苦,也不想把自己的思念之情暴露出来,是一位隐忍、达观,内心较为强大、性格较为坚韧的女性。构思、立意不落窠臼,在离别诗的一片哀音愁响之中,奏出了较为轻快别致的一曲。

谁言生离久?适忆与君别①。衣上芳犹在,握里书未灭②。腰中双绮带③,梦为同心结④。常恐所思露,瑶华未忍折⑤。

【注释】

①忆:原作“意”,傅刚《校笺》引《考异》:“诸本并同。以文意推之,当作‘忆’。‘适忆与君别’,即文通《古离别》‘送君如昨日’意。”其说有理,据改。

②书未灭:古诗“孟冬寒气至”:“置书怀袖中,三岁字不灭。”

③中:傅刚《校笺》:“五云溪馆本、徐本、郑本作‘间’。”

④同心结:用锦带制成的菱形连环回文结,有表示恩爱同心之意。

⑤瑶华:传说中的仙花。屈原《九歌·大司命》:“折疏麻兮瑶华,将以遗兮离居。”此用其意。

【译文】

谁说我们生离的时间已有很久?刚才我就正在回忆与您的分别。衣服上芳香的气味还没有消退,手中的书信字迹也还没有磨灭。腰间的两条丝绸衣带,在睡梦中打出了一个同心结。常担心我内心的思念被曝光,所以瑶华我没有忍心去攀折。

紫兰始萌

【题解】

本篇吟咏紫兰始萌，描情拟态，展示品格、精神与自信，颇有动人之处。艳羡与赞美之情，流溢于字里行间。能从中读出诗人在某些方面的理想、愿望与追求。

种兰玉台下①，气暖兰始萌②。芬芳与时发，婉转迎节生。独使金翠娇③，偏动红绮情④。二游何足怀⑤，一顾非倾城⑥。羞将苓芝侣⑦，岂畏鶗鴂鸣⑧。

【注释】

①玉台：《文选》陆机《塘上行》："发藻玉台下，垂影沧浪泉。"刘良注："玉台，以玉饰台。"

②暖：傅刚《校笺》："陈本作'暖'。"

③金翠：指头上戴着金翠首饰的美人。翠，翡翠，一种绿色玉。曹植《洛神赋》："戴金翠之首饰，缀明珠以耀躯。"

④红绮：指穿着红色绸衣的美女。绮，有细密花纹的绫。吴兆宜注："陶潜《饮酒诗》：'且当从黄绮。'疑'红'作'黄'。"

⑤二游：指游于江汉之滨的江妃二女。《列仙传》卷上载，郑交甫游于江汉之滨，逢江妃二女，不知其为神人，心生爱慕而求其环佩。阮籍《咏怀》其二："二妃游江滨，逍遥顺风翔。"怀：原作"坏"，傅刚《校笺》："五云溪馆本作'环'，孟本作'怀'。"当以作"怀"为近是，据改。

⑥倾城：指绝代美女。《汉书》卷九十七上《外戚传上·孝武李夫人》载李延年歌："北方有佳人，绝世而独立。一顾倾人城，再顾倾人国。宁不知倾城复倾国，佳人难再得！"

⑦苓(líng)、芝:皆草名。芝草古人以为瑞草。

⑧鶗鴂(tí jué):鸟名。即子规,又名杜鹃,鸣于春末夏初,正是落花时节。屈原《离骚》:“恐鶗鴂之先鸣兮,使夫百草为之不芳。”

【译文】

把兰花种在玉石般的台阶下面,天气变暖后兰花开始萌发。芬芳的香气伴随着相应的时令出现,身姿婉转迎着和暖的季节滋生。独使戴着金翠首饰的丽人娇媚,偏让穿着红绸衣服的美女动情。游于江滨的二女哪里值得怀念,一顾迷人的也并非倾城。羞将苓草芝草当作伴侣,哪会担心鶗鴂早早地啼鸣。

织妇

【题解】

本篇写织妇思念夫君的感情,既深沉婉转,又出奇创新。夫君远隔万里,织妇连盼归都不敢奢望,只要夫君还惦念着自己就于愿已足,实更深层次地表现了思妇的无奈、思念和痛苦。陈祚明评云:“饶古意。结语得性情之正。久别不归,必以见忘为怨。诗人忠厚之旨,每谓未忘。今又翻新,立意更佳。盖相思不已者,以君或未忘也。今妾已绝念矣,君纵未忘,不敢萌乍归之想矣。言长毕者,正不能已之甚也。”(《采菽堂古诗选》卷二十二)

送别出南轩①,离思沉幽室②。调梭辍寒夜③,鸣机罢秋日。良人在万里④,谁与共成匹⑤?愿得一回光,照此忧与疾⑥。君情倘未忘,妾心长自毕⑦。

【注释】

①轩:房室。

②幽室：幽暗或没有光亮的屋子。

③调梭：投梭。梭，织机上来回投掷以牵引纬线的器具。辍：停止。

④良人：思妇对丈夫的称谓。

⑤匹：双关语。既指布匹之“匹”，也指匹配之“匹”。

⑥疾：痛苦。

⑦毕：终结。谓不再痛苦忧伤。

【译文】

自从走出南屋送别了夫君，离别的愁思就沉积在幽房。来来往往的梭子在寒夜停了下来，响个不停的织机在秋日没有了声响。夫君远在万里之外，有谁能与我一起织成布匹？希望夫君的辉光能够回转，照照这里的痛苦与忧伤。倘若您还没有忘记对我的深情，我就再也不会这样痛苦忧伤。

七夕

【题解】

本篇载《艺文类聚》卷四、《文苑英华》卷一百五十八。吟咏农历七月七日夜牛郎、织女相会，能别出新意。别离苦，思念苦，而相聚时快乐，这是七夕诗通常表现的主题；而本诗却说“妙会非绮节，佳期乃凉年”，盖相聚是新的离别的开始，相聚时内心未必就只有快乐，故诗人这么说可以说是洞幽入微，十分深刻。对环境气氛的渲染十分出色，悲慨凄凉扑面而来，颇具艺术感染力。

白露月下圆①，秋风枝上鲜②。瑶台生碧雾③，琼幕含紫烟④。妙会非绮节⑤，佳期乃凉年⑥。玉壶承夜急⑦，兰膏依晓煎⑧。昔时悲难越⑨，今伤何易旋⑩。怨咽双念断⑪，凄悼两情悬⑫。

【注释】

①圆:傅刚《校笺》:"五云溪馆本、徐本、郑本作'团'。"

②风:《文苑英华》作"气"。

③瑶台:玉台。生:《艺文类聚》《文苑英华》作"含"。

④琼幕:有玉饰的帐幕。琼,《艺文类聚》《文苑英华》作"罗"。含:《艺文类聚》《文苑英华》作"生"。

⑤妙:吴兆宜注:"一作'奇'。"绮节:犹言佳节。绮,有细密花纹的丝织品。吴兆宜注:"一作'妙'。"

⑥凉年:正是秋凉的时候。凉,原作"良",《艺文类聚》《文苑英华》作"凉",傅刚《校笺》引《考异》又作"会",联系上句,以作"凉"为近是,据改。

⑦玉壶:古代计时器。又名铜漏、漏壶。参见卷四鲍照《玩月城西门》注。承:《文苑英华》作"并"。

⑧兰膏:点灯的油。《文选》宋玉《招魂》:"兰膏明烛,华灯错些。"李周翰注:"言以兰渍膏,取其香也。"

⑨时悲:《艺文类聚》《文苑英华》作"悲汉"。

⑩何:《艺文类聚》《文苑英华》作"河"。

⑪念:《文苑英华》作"目"。

⑫悼:悲伤。《诗经·卫风·氓》:"静言思之,躬自悼矣。"原作"草",《艺文类聚》作"悼",《文苑英华》作"切",吴兆宜注:"一作'叨'。"兹据《艺文类聚》改。

【译文】

月光下白露变得又大又圆,树枝上秋风乍到令人感到新鲜。玉台上涌出一团团碧雾,玉饰的帐幕含着缕缕紫烟。美好的聚会并不就是美好的节日,所谓佳期乃是凉气逼人的一天。玉壶接续着寒夜走得又快又急,兰膏接近拂晓时更是加倍熬煎。以前悲伤天河实在是难以逾越,今天却悲伤怎么这么容易回返。凄怨悲咽双双斩断情思互相道别,凄凉悲伤两人又要开始没日没夜地想念。

戏作

【题解】

本篇确为游戏之作，但写得饶有情趣，大体上也不俗气。诗人满怀热情地赞赏了身边的歌姬舞女，赞赏了她们的美丽及其歌声的美妙、舞姿的翩跹。但并不从正面作详细的刻画和描写，而是以宓妃、游女、西施等神女、仙女、美女比拟衬托，给读者留下了无限审美想象的空间。传说、典故能随手拈来，比拟、夸饰运用得也十分娴熟。

宓妃生洛浦①，游女出汉阳②。妖闲逾下蔡③，神妙绝高唐④。绵驹且变俗⑤，王豹复移乡⑥。况兹集灵异⑦，岂得无方将⑧。长袂必留客⑨，清哇咸绕梁⑩。燕赵羞容止⑪，西妲惭芬芳⑫。徒闻珠可弄⑬，定自乏明珰⑭。

【注释】

①宓（fú）妃：相传为伏羲氏之女，后溺死于洛水而成为洛水之神。洛浦：洛水边。洛水源出陕西洛南，东南流入河南，经洛阳，至巩义入黄河。

②“游女”句：《诗经·周南·汉广》：“汉有游女，不可求思。”又《列仙传》卷上载，江妃二女游于江汉之滨，逢郑交甫。郑交甫不知其为仙女，见而悦之，请其佩，遂解佩与之。郑交甫受佩，去数十步，视怀中，无佩，二女亦忽然不见。汉阳，汉水之北。

③妖闲：美艳而又文静。下蔡：地名。故城在今安徽寿县北。此指能迷住下蔡贵公子的美女。《文选》宋玉《登徒子好色赋》：“眉如

翠羽,肌如白雪,腰如束素,齿如含贝。嫣然一笑,惑阳城,迷下蔡。”吕延济注:“阳城、下蔡,楚之二郡名,盖贵人所居,中多美人。”

④高唐:楚台观名。故址在今重庆巫山长江边。此指巫山神女。宋玉《高唐赋序》:“昔者先王尝游高唐,怠而昼寝,梦见一妇人,曰:‘妾巫山之女也,为高唐之客,闻君游高唐,愿荐枕席。’王因幸之。”

⑤绵驹:春秋时齐人,善歌。《孟子·告子下》:“绵驹处于高唐,而齐右善歌。”

⑥王豹:春秋时卫人(一说齐人),善歌。《孟子·告子下》:“昔者王豹处于淇,而河西善讴。”

⑦灵异:神灵。指宓妃等神女。

⑧方将:正要。谓将要演出歌舞。《诗经·邶风·简兮》:“简兮简兮,方将万舞。”

⑨“长袂(mèi)”句:《楚辞》屈原(一说景差)《大招》:“长袂拂面,善留客只。”王逸注:“袂,袖也。”“言美女工舞,揄其长袖,周旋曲折,拂拭人面,芬香流衍,众客喜乐,留不能去也。”

⑩清哇(wā):清美的歌声。哇,靡曼的乐声。绕梁:《列子·汤问篇》:“昔韩娥东之齐,匮粮,过雍门,鬻歌假食。既去而余音绕梁欐,三日不绝,左右以其人弗去。”

⑪燕赵:古诗“东城高且长”:“燕赵多佳人,美者颜如玉。”容止:形貌举动。

⑫西:西施,春秋时越国美人。妲(dá):妲己,殷纣王宠妃。傅刚《校笺》:“徐本、郑本作‘施’。”

⑬珠:原作“殊”,吴兆宜注:“当作‘珠’。”按吴说是,据改。比喻一般的美女。《文选》张衡《南都赋》:“耕父扬光于清泠之渊,游女弄珠于汉皋之曲。”李善注:“《韩诗外传》曰:‘郑交甫将南适楚,

遵彼汉皋台下，乃遇二女，佩两珠，大如荆鸡之卵。'"

⑭明珰（dāng）：明月珠做的耳饰。《后汉书》卷八十八《西域传》："（大秦国土）多金银奇宝，有夜光璧、明月珠、骇鸡犀。"按大秦国即古罗马帝国。《古诗为焦仲卿妻作》："腰若流纨素，耳著明月珰。"

【译文】

就像是宓妃出现在洛水边上，就像是游女出现在汉水北岸。美艳文静胜过迷住下蔡贵胄的美女，神异曼妙绝非高唐神女所能比拟。绵驹的歌声能让风俗改变，王豹的歌声也能使乡人移情。何况这里聚集了众多的神灵，岂能没有歌舞就要开场。长袖挥舞一定能够把客人留住，清美的歌声都久久地环绕屋梁。燕赵的美人为自己的容貌举止羞愧，西施、妲己惭愧自己还不够芬芳。徒然听说明珠可以把弄赏玩，肯定是身边缺少出色的明月珰。

皇太子

皇太子（503—551），即梁简文帝萧纲，字世缵，梁武帝萧衍第三子。天监五年（506）封晋安王，历任荆州、江州、南徐州、雍州、扬州等州刺史。中大通三年（531），昭明太子萧统病卒，萧纲继立为皇太子，在东宫前后十九年。太清三年（549）即帝位，两年后为侯景所杀。好学能文，自称“七岁有诗癖，长而不倦”。主张“立身之道，与文章异。立身先须谨重，文章且须放荡”（《诫当阳公大心书》）。继立为太子前后，与徐摛、庾肩吾等人写作了大量的宫体诗，逐渐发展成为声势浩大的宫体诗派，使宫体风靡朝野。《隋书》卷三十五《经籍志四》著录有集八十五卷，已散佚。明人辑有《梁简文帝集》。其事见《梁书》卷四、《南史》卷八。

圣制乐府三首

艳歌篇十八韵

【题解】

本篇收入《乐府诗集》卷三十九《相和歌辞·瑟调曲》，题作《艳歌行》。吴兆宜注引《诗纪》：“一作《艳歌行·有女篇》。”全诗可分为三个部分：第一部分写独守凤楼的倡女，她因思念远人，百无聊赖，故“张琴”则“未调轸”，“歌吹”则“不全终”。第二部分写倡女想象中的夫君，他在秦国做官，出入王宫，志得意满，所乘所用，皆极尽豪华，可谓光彩照人，前程无量。第三部分又回写倡女，通过环境的刻画和气氛的渲染，抒写她的悲凉之情和对夫君无穷尽的期盼。极力铺陈刻画，在一个大背景上展示出一个思妇形象，颇饶笔力。篇幅较长，此前少见，显示出新时代诗歌的新特点。自也不无过分刻镂之处，用辞极力追求华美，显示出宫廷诗歌的特色。

凌晨光景丽，倡女凤楼中①。前瞻削成小②，傍望卷旌空③。分妆间浅靥④，绕脸傅斜红⑤。张琴未调轸⑥，歌吹不全终⑦。自知心所爱，出入仕秦宫。谁言连尹屈⑧？更是莫敖通⑨。轻轺缀皂盖⑩，飞辔轹云骢⑪。金鞍随系尾，衔璅映缠鬃⑫。戈镂荆山玉⑬，剑饰丹阳铜⑭。左把苏合弹⑮，傍持大屈弓⑯。控弦因鹊血⑰，挽强用牛螉⑱。弋猎多登陇⑲，酣歌每入丰⑳。晖晖隐落日㉑，冉冉还房栊㉒。灯生阳燧火㉓，尘散鲤鱼风㉔。流苏时下帐㉕，象簟复韬筒㉖。雾暗窗前柳，寒疏井上桐。女萝托松际㉗，甘瓜蔓井东㉘。拳拳恃君宠㉙，岁暮望无穷。

【注释】

①倡女：以歌舞为业的艺人。凤楼：指女子住处。江淹《征怨》："荡子从征久，凤楼箫管闲。"

②削成：曹植《洛神赋》："肩若削成，腰如约素。"

③"傍（páng）望"句：句谓从旁边看，女子身姿飘逸，就像旌旗在半空飘卷。傍，旁边。

④间浅靥（yè）：谓在脸颊上涂出两个浅浅的酒窝。高承《事物纪原·妆靥》："近世妇人妆喜作粉靥，如月形，如钱样，又或以朱若燕脂点者，唐人亦尚之。"间，傅刚《校笺》："徐本、郑本作'开'。"

⑤傅:敷。斜红:一种妆饰。吴兆宜注引张泌《妆楼记》:“斜红绕脸,盖古妆也。”

⑥张:设。琴:傅刚《校笺》:“五云溪馆本、徐本、郑本作‘瑟’。”轸(zhěn):琴瑟等乐器腹下转动弦以调声的木柱。

⑦歌:《乐府诗集》作“饮”。

⑧连尹:楚官名。《左传·襄公十五年》:“屈荡为连尹。”孔颖达《正义》:“服虔云:连尹,射官,言射相连属也。”

⑨莫敖:楚官名。位次于令尹。《左传·襄公十五年》:“楚公子午为令尹,……屈到为莫敖。”

⑩轺(yáo):一马驾的轻便车。皂盖:车上的黑色篷盖。《后汉书·舆服志上》:“中二千石、二千石皆皂盖,朱两轓。”

⑪飞辔(pèi):谓飞快地驾车。辔,马缰绳。轹(lì):车轮碾过。这里是超过的意思。云骢(cōng):指骏马。骢,毛青白相杂的马。

⑫璅(suǒ):通“锁”,锁链。指马勒(马嚼子)。鬃(zōng):马鬃。

⑬戈:一种兵器。荆山玉:《韩非子·和氏》载“楚人和氏得玉璞楚山中”,后楚文王“使玉人理其璞而得宝焉,遂命曰‘和氏之璧’”。楚山即荆山,故名荆山玉。

⑭丹阳铜:《汉书》卷二十四下《食货志下》:“金有三等,黄金为上,白金为中,赤金为下。”颜师古注:“孟康曰:‘赤金,丹阳铜也。’”《神异经·西荒经》:“西方日宫之外有山焉,……有丹阳铜,似金,可锻以作错涂之器。”

⑮苏合弹:是用苏合香和泥做成的弹丸。苏合,西域香名。用多种香料合成。

⑯傍:指右手。大屈:《左传·昭公七年》:“楚子享公于新台,使长鬣者相,好以大屈。”杜预注:“大屈,弓名。”

⑰控弦:开弓。曹植《白马篇》:“控弦破左的,右发摧月支。”鹊血:良弓名。吴兆宜注:“宋梅尧臣《送王巡检之定海诗》:‘休调鹊血

弓。'似鹊血弓名也。今无考。"

⑱挽:拉。强:硬弓。傅刚《校笺》:"徐本、郑本作'缰'。"牛螉(wēng):一种飞箭。吴兆宜注引皇甫松《大隐赋》:"书抽虎仆,射用牛螉。"

⑲弋:以绳系箭而射。陇:地名。在今甘肃东南一带。

⑳酣歌:尽情地高歌。丰:地名。在今陕西户县西。周文王灭崇,自岐迁都于此。《诗经·大雅·文王有声》:"既伐于崇,作邑于丰。"又,汉高祖七年(前200),刘邦为缓解其父的思乡之情,乃依其故乡丰邑街里房舍格局建新丰,其地在今陕西临潼东。

㉑晖晖(huī):微明貌。形容落日余晖。

㉒冉冉:渐进貌。房栊(lóng):犹言房舍。栊,原作"陇",《乐府诗集》作"栊",据改。

㉓阳燧:古代以日光取火的凹面铜镜。王充《论衡·说日篇》:"验日阳燧,火从天来。"

㉔鲤鱼风:吴兆宜注引《提要录》:"鲤鱼风,九月风也。"

㉕流苏:以五彩羽毛或丝线制成的穗子,用作垂饰。

㉖象簟(diàn):以象牙所制之席。《西京杂记》卷一:"赵飞燕女弟居昭阳殿,……玉几、玉床、白象牙簟。"韬(tāo)筒:谓卷起来放在筒中收藏。韬,藏。

㉗女萝:蔓生植物,须依附他物生长。

㉘甘瓜:甜瓜。

㉙拳拳:恳挚貌。恃:原作"特",《乐府诗集》作"恃",据改。宠:吴兆宜注:"一作'爱'。"

【译文】

凌晨的风光景物是那样明丽,倡女正独自伫立在凤楼之中。从前看身姿娇小仿佛刻削而成,从旁望仿佛是旌旗飘卷半空。脸颊上浅浅的粉靥将妆容分隔,环绕着粉脸涂抹着斜红。琴放好了却没有心思调轸,歌唱吹奏全都有始而无终。她知道自己心中所爱恋的人，在秦国做官在王宫进进出出。谁说做连尹这样的官就很委屈？做莫敖这样的官更是亨通。轻车上面支着黑色的篷盖，飞快地驾车赶超骏马疾驰如风。金鞍伴随着系马尾的带子，马络头映衬着盘绕的马鬃。戈上镂刻着荆山产的玉，剑上装饰着丹阳出的铜。左手拿着苏合弹丸，右手握着一把大屈强弓。拉开的强弓名叫鹊血，强弓射出的箭名叫牛蟠。射鸟猎兽经常登上陇上，尽兴高歌时常来到新丰。落日的余晖隐没在山后，慢慢地踱回到房舍之中。用阳燧取火把灯点亮，尘土散落吹来了九月的风。流苏不时从锦帐垂落，象牙席被收藏进竹筒。雾气缭绕窗前柳树一片昏暗，寒气袭来井边桐叶逐渐稀疏。女萝在松树上攀附缭绕，甜瓜的藤蔓延伸到井东。丹心恳切诚挚全依仗夫君的宠爱，到了岁末仍在无穷尽的盼望之中。

蜀国弦歌篇十韵

【题解】

本篇载《文苑英华》卷二百一，收入《乐府诗集》卷三十《相和歌辞·四弦曲》，皆题作《蜀国弦》。描写蜀地山川形势、人文风物，境界颇开阔，气象颇缤纷，辞藻颇丰美。展示地理环境，熔铸历史传说，显示了作者丰厚的知识储存，而终不脱脂粉气，末二句尤卒章显志。浑厚与绮丽交相辉映，足可自成一格。

铜梁指斜谷①，剑道望中区②。通星上分野③，作固为下都④。雅歌因良守⑤，妙舞自巴渝⑥。阳城嬉乐所⑦，剑骑郁相趋⑧。五妇行难至⑨，百两好游娱⑩。牲祈望帝祀⑪，酒酹蜀侯诛⑫。江妃纳重聘⑬，卓女受《将雏》⑭。停弦时系爪⑮，息吹更治朱⑯。春衫湔锦浪⑰，回扇避阳乌⑱。闻君握节反⑲，贱妾下城隅⑳。

【注释】

①铜梁：山名。在今重庆合川南，绵亘二十余里。山顶有石梁横亘，色如铜，故名。左思《蜀都赋》："外负铜梁于宕渠。"斜谷：山谷名。陕西终南山有褒、斜二谷口，北口曰斜，南口曰褒，同为一谷，总长四百七十里，山势险峻，是古代陕、蜀之间的通道。斜谷，傅刚《校笺》："五云溪馆本、徐本、郑本作'望绝国'。"

②剑道：在今四川剑阁东北大剑山与小剑山之间。古代有一条栈道（相传为诸葛亮所修），也为川陕间的主要通道。《华阳国志》卷二："有剑阁道三十里至险。"望：《文苑英华》作"临"。中区：犹言中国。指黄河流域一带，当时以为居天下之中。

③分野：古天文学说，把十二星辰的位置跟地上州郡的位置相对应，称分野。《汉书》卷二十八下《地理志下》："秦地，于天官东井、舆鬼之分野也。……南有巴、蜀、广汉、犍为、武都，……又西南有牂柯、越嶲、益州。"

④固：险固。张载《剑阁铭》："惟蜀之门，作固作镇，是曰剑阁。壁立千仞，穷地之险。"下都：地上的都邑。"固为下"三字《文苑英华》作"国下为"。

⑤"雅歌"句：《后汉书》卷二十《祭遵传》："遵为将军，取士皆用儒术，对酒设乐，必雅歌投壶。"李贤注："雅歌，谓歌《雅诗》也。"此指高雅的歌。因，《文苑英华》作"固"。

⑥巴渝：巴，古国名。在今重庆东部一带。渝，重庆的别称。相传汉高祖初为汉王，得巴渝人，并矫捷善斗，与之定三秦，灭楚。而其俗尚武，高祖乐其猛锐，观其舞后，使乐人习之，名巴渝舞。

⑦阳城：《文选》左思《蜀都赋》："结阳城之延阁，飞观榭乎云中。"刘渊林注："阳城，蜀门名也。"吕向注："阳城，阁名。"所：《文苑英华》《乐府诗集》作"盛"。

⑧郁：盛貌。趋：追随。

⑨“五妇”句：吴兆宜注引《蜀王本纪》：“秦王献美女与蜀王，蜀王遣五丁迎女。见一大蛇入山穴中，五丁并引蛇，山崩，五女皆上山化为石。今梓童有五妇山。”

⑩百两：《诗经·召南·鹊巢》：“之子于归，百两御之。”朱熹《集传》：“两，一车也。一车两轮，故谓之两。”左思《蜀都赋》：“出则连骑，归以百两。”

⑪望帝：相传战国时蜀王杜宇称帝，号望帝。为蜀除水患有功。不久禅位退隐，而其时杜鹃啼鸣，蜀人因思念杜宇，故觉此鸟鸣声悲切。事见《华阳国志》卷三。

⑫“酒酹（lèi）”句：吴兆宜注引《华阳国志》：“秦灭开明氏，封子恽为蜀侯。孝文王听恽后母谮，赐剑自裁。后闻恽枉，使使葬之。丧车至城北门，忽陷入地中。蜀人因名北门曰咸阳门。为蜀侯恽立祠，其神有灵，能兴云致雨，水旱祷之。”酹，把酒洒在地上表示祭奠。《文苑英华》作“醉”。诛，傅刚《校笺》：“徐校：‘五云溪馆本、孟本均作“姝”。’刚按，徐本、郑本作‘姝’。按，据《华阳国志》，当作‘诛’。”

⑬“江妃”句：《列仙传》卷上：“江妃二女者，不知何所人也。出游于江汉之湄，逢郑交甫。见而悦之，不知其神人也。谓其仆曰：‘我欲下请其佩。’。”左思《蜀都赋》：“聘江斐，与神游。”

⑭卓女：指卓王孙之女卓文君。卓文君为汉临邛人。司马相如饮于卓氏，以琴心挑之，卓文君乃夜奔相如。事见《史记》卷一百十七《司马相如列传》。受：傅刚《校笺》：“徐校：‘五云溪馆本、徐本、郑本作‘爱’。”《将雏》：《宋书》卷十九《乐志一》：“《凤将雏哥》者，旧曲也。应璩《百一诗》云：‘为作《陌上桑》，反言《凤将雏》。然则《凤将雏》其来久矣。’”此指“司马相如饮于卓氏，以琴心挑之”的乐曲。本书卷九载有司马相如《琴歌》二首，据其序，即当时司马相如“以琴心挑之”的乐曲，其首二句云：“凤兮凤

兮归故乡，遨游四海求其凰。”

⑮系爪：用角质爪套在指端以弹琴。系，《文苑英华》作“击”。

⑯息吹：谓停止吹奏。吹，《文苑英华》作“路”。更治朱：谓再补妆涂抹口红。更治，《文苑英华》《乐府诗集》作“治唇”。又，傅刚《校笺》：“徐本、郑本作‘理唇’。”“按，‘理’，当是唐人避高宗讳。”

⑰春：《乐府诗集》作“脱”。湔（jiān）：洗涤。锦：江名。又名濯锦，为岷江流经成都的一段。吴兆宜注引《成都记》：“濯锦江，丞相张仪所作，笮桥东下枕水，此水濯锦则鲜明，文有虹桥。”

⑱阳乌：本为神话中日中的大鸟，代指日。

⑲握：傅刚《校笺》：“五云溪馆本、徐本、郑本作‘旌’。”节：符节，使臣执之以示信。反：《文苑英华》《乐府诗集》作“返”。

⑳城隅：指城上的角楼。

【译文】

铜梁山指向北边的斜谷，剑阁的栈道遥望着中原。与天上星辰相通对应形成分野，造作险固成为地上的都邑。高唱雅歌只因有良将守卫，美妙的舞蹈来自巴渝。阳城是一个嬉乐的所在，腰配宝剑的骑兵众相追随。路途艰难五女没能抵达，百辆车来正好游乐欢娱。用三牲祭祀拜求望帝，洒酒祭奠被诛的蜀侯。江妃接受了厚重的聘礼，卓女接受了《凤将雏》乐曲。不时停止弹奏将角爪套上手指，不时停止吹奏再涂抹一点儿口红。脱下春衫放到濯锦江中洗涤，转过团扇将刺眼的太阳遮蔽。听说夫君已经手持符节回来，我赶紧从角楼起身下城相迎。

妾薄命篇十韵

【题解】

本篇载《文苑英华》卷二百七；收入《乐府诗集》卷六十二《杂曲歌辞》，题作《妾薄命》；《艺文类聚》卷四十一节引，题作《妾薄命行》。《乐府诗集》郭茂倩题解引《乐府解题》云：“梁简文帝云：‘名都多丽质。’伤良人不返，王嫱远聘，卢姬嫁迟也。”几乎句句用典，而能意义妥帖，音韵谐协。不过连篇累牍地用典多少影响了感情的表达，给人以刻意“作”诗的感觉。

名都多丽质①，本自恃容姿。荡子行未至②，秋胡无定期③。玉貌歇红脸④，长颦串翠眉⑤。奁镜迷朝色⑥，缝针脆故丝⑦。本异摇舟咎⑧，何关窃席疑⑨。生离谁拊背⑩，溘死讵成迟⑪。王嫱貌本绝⑫，踉跄入毡帷⑬。卢姬嫁日晚⑭，非复好年时⑮。传山犹可遂⑯，乌白望难期⑰。妾心徒自苦，傍人会见嗤。

【注释】

①“名都”句：曹植《名都篇》：“名都多妖女，京洛出少年。”丽，《艺文类聚》《文苑英华》作“雅”。

②荡子：长期浪迹四方不归家者。古诗“青青河畔草”：“荡子行不归，空床难独守。”未：《艺文类聚》《文苑英华》作“不”。

③秋胡：参见卷二傅玄《和班氏诗一首》。借指在外游宦者。

④歇：消歇，消逝。脸：吴兆宜注引《韵会》：“脸，颊也。”《艺文类聚》《文苑英华》作“缕”。

⑤颦（pín）：皱眉。串：《文苑英华》作“惯”。

⑥朝色：喻新欢。

⑦缝针：《文苑英华》作“针缝”。故丝：喻故人。

⑧摇舟咎：《左传·僖公三年》：“齐侯与蔡姬乘舟于囿，荡公，公惧，变色，禁之，不可。公怒，归之，未之绝也。蔡人嫁之。”咎，罪过，过失。

⑨窃席疑：吴兆宜注引《古文周书》：“周穆王姜后昼寝而孕，越姬

嫛，窃而育之。毙以玄鸟二七，涂以彘血，置诸姜后，遽以告王。王恐，发书而占，王与令君册而藏之于椟。居二月，越姬死。七日而复言其情曰：'先君怒宁甚，曰尔蛮隶也，胡窃君之子，不归母氏？将置而大戮及王子于治。'"席，褥子。

⑩拊：抚。《汉书》卷九十七上《外戚传上·孝武卫皇后》：孝武卫皇后字子夫。"子夫为平阳主讴者。……帝起更衣，子夫侍尚衣轩中，得幸。……主因奏子夫送入宫。子夫上车，主拊其背曰：'行矣！强饭勉之。即贵，愿无相忘！'"

⑪溘（kè）：忽然。屈原《离骚》："宁溘死以流亡兮，余不忍为此态也。"成：《文苑英华》《乐府诗集》作"来"。

⑫王嫱（qiáng）：即汉成帝宫人王昭君。竟宁元年（前33），匈奴呼韩邪单于入朝求美人为阏氏，王昭君因不得宠幸，自请出塞。王，《艺文类聚》作"毛"。

⑬踉跄：走路急遽不稳貌。傅刚《校笺》："陈本作'跄踉'。"毡帷：毡帐，用毡做的帐篷，为匈奴人所居。

⑭"卢姬"句：卢姬，即卢女。《乐府诗集》卷三十八《杂曲歌辞·卢女曲》郭茂倩题解引《乐府解题》："卢女者，魏武帝时宫人也，故将军阴升之姊。七岁入汉宫，善鼓琴。至明帝崩后，出嫁为尹更生妻。梁简文帝《妾薄命》曰：'卢姬嫁日晚，非复少年时。'盖伤其嫁迟也。"

⑮好年：《文苑英华》作"妙年"，《艺文类聚》《乐府诗集》作"少年"。

⑯"传山"句：《列子·汤问篇》："太形、王屋二山，方七百里，高万仞。本在冀州之南，河阳之北。北山愚公者，年且九十，面山而居。惩山北之塞，出入之迂也，……遂率子孙荷担者三夫，叩石垦壤，箕畚运于渤海之尾。"传山，搬山。传，《文苑英华》《乐府诗集》作"转"。遂，做成。原作"逐"，《乐府诗集》作"遂"，据改。

⑰“乌白”句：张华《博物志》卷八：“燕太子丹质于秦，秦王遇之无礼，不得意，思欲归，请于秦王，王不听，谬言曰：‘令乌白头，马生角，乃可。’丹仰而叹，乌即白头；俯而嗟，马生角。秦王不得已而遣之。”乌白，乌鸦的头变白。期，傅刚《校笺》：“五云溪馆本、徐本、郑本作‘追’。”

【译文】

著名的都会有许多丰姿丽质的美女，本都自恃有着出众的容姿。荡子远行在外没有回来，秋胡回家也没有个准确的日期。玉貌的红润逐渐从脸颊上消褪，久久地皱眉串起了两道翠眉。匣中明镜被青春的容色迷恋，旧丝穿过缝衣针却容易脆断。本没有齐姬荡舟那样的过失，与越姬窃子的疑案又有何关联。生生地离别有谁能给抚背，忽然死去哪还算得上迟缓。王嫱的美貌本来天下无双，却踉踉跄跄地走进了毡帐。卢姬嫁人的时间已经很晚，不再是她年轻貌美之时。把山搬走的事尚且可以做成，乌头变白的事却实在难以预期。我的心空自悲伤痛苦，别人看见了却还会嗤笑不已。

代乐府三首

新成安乐宫

【题解】

《新成安乐宫》载《艺文类聚》卷六十二、《文苑英华》卷一百九十二，收入《乐府诗集》卷三十八《相和歌辞·瑟调曲》。成，《文苑英华》《乐府诗集》皆作“城”。《乐府诗集》郭茂倩题解引《古今乐录》：“王僧虔《技录》有《新城安乐宫行》，今不歌。”又引《乐府解题》：“《新城安乐宫行》，备言雕饰刻斫之美也。”不过，本篇仅六句，虽也刻绘了安乐宫之美，但并未“备言”，文字也谈不上“雕饰刻斫”，是颇流畅圆润、清新秀美的。“备言雕饰刻斫”或另有所指，但今天已见不到梁以前的同题之作。

遥看云雾中①，刻桷映丹红②。珠帘通晓日③，金华拂夜风。欲知声管处④，来过安乐宫⑤。

【注释】

①中：《文苑英华》作“里”。

②刻桷（jué）：有雕饰的方形椽子（铺在屋顶承瓦的木条）。傅刚《校笺》：“五云溪馆本、徐本、郑本作‘耿耿’。”桷，《艺文类聚》作“角”。红：《艺文类聚》《文苑英华》作“虹”。

③晓：《乐府诗集》作“晚”。

④声管：歌吹。泛指歌唱弦管之声。声，《艺文类聚》作“弦”，《文苑英华》《乐府诗集》作“歌”。

⑤过：访。

【译文】

远看在云遮雾绕之中，雕饰的椽子映出一片丹红。珠帘迎来绚烂的朝日，金花轻拂夜晚的凉风。欲知歌吹弦管之声来自何处，就来这里访览安乐宫。

双桐生空井

【题解】

本篇收入《乐府诗集》卷三十一《相和歌辞·平调曲》。系从乐府旧题《猛虎行》衍变而来，魏明帝《猛虎行》“双桐生空井，枝叶自相加”与此直接关联。诗以近于白描的手法，描绘了一幅颇为精致、耐人寻味的春景图。其间以“新”与“旧”、“晚”与“栖”、“朝”与“曙”对举，不显堆垛，反有情致，是尤耐人寻味者。

季月双桐井①,新枝杂旧株②。晚叶藏栖凤③,朝花拂曙乌④。还看西子照⑤,银床牵辘轳⑥。

【注释】

①季月:农历三、六、九、十二月,为春夏秋冬四季的末月,称季月。此指春季三月。双:《乐府诗集》作"对"。魏明帝《猛虎行》:"双桐生空井,枝叶自相加。"

②株:也指树枝。

③栖凤:《诗经·大雅·卷阿》:"凤皇鸣矣,于彼高冈。梧桐生矣,于彼朝阳。"郑玄笺:"凤皇之性,非梧桐不栖,非竹实不食。"

④乌:传说太阳中有三足乌。《文选》左思《蜀都赋》:"羲和假道于峻岐,阳乌回翼乎高标。"李善注:"《春秋元命包》曰:'阳成于三,故日中有三足乌,乌者,阳精。'"

⑤西子:春秋时越国美女西施的别称。借指美女。西,《乐府诗集》作"雉"。

⑥银床:银饰的井栏。牵:《乐府诗集》作"系"。辘轳:利用轮轴原理制成的一种起重装置,用以汲水。

【译文】

阳春三月看这井边的两棵梧桐,新枝与旧枝彼此交错。夜晚树叶中藏着栖宿的凤凰,早晨的花把透过晨曦的三足乌轻拂。回头只见西子正对着井水鉴照,银饰的井栏上架着汲水的辘轳。

楚妃叹

【题解】

本篇载《艺文类聚》卷四十二,题作《悲楚妃叹》;收入《乐府诗集》卷二十九《相和歌辞·吟叹曲》。另有《楚妃吟》《楚妃曲》《楚妃怨》等名目,皆从陆机《吴趋行》"楚妃且勿叹"衍出。据刘向《列女传》载,楚妃为楚庄王夫人，对楚庄王“好狩猎毕弋”等行为多有劝谏，有贤名。诗写秋夜女子独守空闺的寂寞凄怨，刻画颇细腻。前四句写景，而景中有情；后四句写情，而情中有景。

闺闲漏永永①，漏长宵寂寂②。草萤飞夜户③，丝虫绕秋壁④。薄笑未为欣，微叹还成戚。金簪鬓下垂，玉箸衣前滴⑤。

【注释】

①“闺闲”句：傅刚《校笺》：“五云溪馆本作‘幽闺情脉脉’。徐本、郑本作‘闺幽情脉脉’。”闲，静。漏，铜漏，古代计时器。参见卷四鲍照《玩月城西门》注。永永，漫长貌。

②宵：夜。寂寂：寂静貌。

③草萤：萤火虫。《礼记·月令》：“腐草为萤。”

④丝虫：指蜘蛛。壁：《乐府诗集》作“屋”。

⑤玉箸（zhù）：玉制的筷子。喻眼泪。吴兆宜注：“《白帖》：王昭君之泪如玉箸。又甄后面白，泪双垂如玉箸。”

【译文】

深闺闲静铜漏显示的时间实在漫长，时间漫长夜晚特别凄清静寂。萤火虫在漆黑的门边飞来飞去，秋夜蜘蛛在墙壁上慢慢绕行。浅浅的一笑算不上是欢欣，微微地一叹倒能生出若干悲戚。金簪从鬓边下垂，眼泪在衣前滴落。

和湘东王横吹曲三首

《和湘东王横吹曲三首》，均收入《乐府诗集》的《横吹曲辞》。湘东王，即萧绎，萧纲之弟。天监十三年（514）封湘东王，后即位为梁元帝。崔豹《古今注》卷三：“横吹，胡乐也。张博望入西域，传其法于西京，唯得《摩诃》《兜勒》二曲。李延年因胡曲,更进新声二十八解。"《乐府诗集》卷二十一《汉横吹曲》郭茂倩题解引《乐府解题》:"汉横吹曲,二十八解,李延年造。魏晋已来,唯传十曲。……后又有《关山月》《洛阳道》《长安道》《梅花落》《紫骝马》《骢马》《雨雪》《刘生》八曲,合十八曲。"

洛阳道

【题解】

《洛阳道》载《艺文类聚》卷四十二、《文苑英华》卷一百九十二、《乐府诗集》卷二十三。诗写春天洛阳郊外景象,风情旖旎,文辞艳丽,情调欢快,致陈祚明有"华气照灼"(《采菽堂古诗选》卷二十二)之评。《晋书》卷五十五《潘岳传》:"岳美姿仪。……少时常挟弹出洛阳道,妇人遇之者,皆连手萦绕,投之以果,遂满车而归。"此隐用其故事,以"游童"为潘岳,"蚕妾"为妇人,颇有含蕴和意趣。萧绎《洛阳道》今存一首,其辞云:"洛阳开大道,城北达城西。青槐随幔拂,绿柳逐风低。玉珂鸣战马,金爪斗场鸡。桑萎日行暮,多逢秦氏妻。"但不知萧纲所和是否即这一首。

洛阳佳丽所,大道满春光。游童初挟弹①,蚕妾始提筐。金鞍照龙马②,罗袂拂春桑③。玉车争晚入④,潘果溢高箱。

【注释】

①初:《艺文类聚》《乐府诗集》作"时"。挟:《楚辞》刘向《九叹·愍命》:"破伯牙之号钟兮,挟人筝而弹纬。"王逸注:"挟,持也。"弹:弹弓。

②龙马:《周礼·夏官·庾人》:"马八尺以上为龙。"

③袂(mèi):衣袖。《艺文类聚》《文苑英华》作"袖"。

④玉:《艺文类聚》作"王"。晚:《艺文类聚》《乐府诗集》作"晓"。

【译文】

洛阳是一个美丽的地方，大道上洒满了春光。游玩的儿童才把弹弓拿在手上，养蚕的女子刚刚提起了竹筐。金饰的马鞍映照着龙马，丝绸衣袖轻拂着春桑。玉饰的大车傍晚时分争相驶入城内，潘郎得到的水果溢出了高高的车厢。

折杨柳

【题解】

本篇载《艺文类聚》卷八十九、《文苑英华》卷二百八、《乐府诗集》卷二十二。《乐府诗集》郭茂倩题解引《唐书・乐志》："梁乐府有胡吹歌云：'上马不捉鞭，反拗杨柳枝。下马吹横笛，愁杀行客儿。'此歌辞元出北国，即鼓角横吹曲《折杨柳枝》是也。"又引《晋书》卷二十八《五行志中》："晋太康末，京洛为折杨柳之歌，其曲始有兵革苦辛之辞。"古有折柳赠别之俗，盖"柳"谐"留"也。萧绎《折杨柳》今亦仅存一首，其辞云："巫山巫峡长，垂柳复垂杨。同心且同折，故人怀故乡。山似莲花艳，流如明月光。寒夜猿声彻，游子泪沾裳。"不能肯定萧纲所和即这一首。和作雕绘较细致。中二联对仗工稳，观察细微，"叶密"二句尤为出色。陈祚明评云："'风轻花落迟'，不独写风花，而春和景媚可见。"（《采菽堂古诗选》卷二十二）沈德潜也评云："'风轻花落迟'五字隽绝。"（《古诗源》卷十二）

杨柳乱成丝①，攀折上春时②。叶密鸟飞碍，风轻花落迟。城高短箫发，林空画角悲③。曲中无别意④，并为久相思⑤。

【注释】

①成：《文苑英华》作"如"。

②上春：农历正月。

③画角：古乐器名。形如竹筒，本细末大，外加彩绘。后渐用作横吹，发音哀厉高亢。

④无别：《文苑英华》作“别无”。

⑤并为久：《艺文类聚》《乐府诗集》作“并是为”，《文苑英华》作“并为一”。

【译文】

杨柳枝乱成了一团细丝，攀折柳枝正月正当其时。柳叶浓密鸟飞受到阻碍，风儿轻轻花也落得缓慢。高高的城楼上有短箫吹响，树林空旷画角发出悲声。乐曲声中没有表现别的意思，所表现的都是久别的相思。

紫骝马

【题解】

本篇载《艺文类聚》卷九十三、《文苑英华》卷二百九、《乐府诗集》卷二十四。《乐府诗集》郭茂倩题解引《古今乐录》：“《紫骝马》古辞云：‘十五从军征，八十始得归。道逢乡里人，家中有阿谁？’又梁曲曰：‘独柯不成树，独树不成林。念郎锦裲裆，恒长不忘心。’盖从军久戍，怀归而作也。”诗旨本此。既描绘了女子眼中夫君归来时的形象与情景，也表达了女子对夫君的挚爱与希冀。萧绎《紫骝马》也存留一首，诗云：“长安美少年，金络饰连钱。宛转青丝鞚，照曜珊瑚鞭。依槐复依柳，蹀躞复随前。方逐幽并去，西北共连翩。”（《艺文类聚》卷九十三）《乐府诗集》所收仅前四句。

贱妾朝下机，正值良人归①。青丝悬玉镫②，朱汗染香衣③。骤急珍珂响④，蹄多尘乱飞⑤。雕胡幸可荐⑥，故心君莫违⑦。

【注释】

①值:《文苑英华》作“遇”。良人:妻子对丈夫的称谓。

②青丝:当为马镫上的装饰物。镫:原作“蹬”,《文苑英华》《乐府诗集》作“镫”,据改。

③朱汗:赤汗。《汉书》卷二十二《礼乐志二》载《天马歌》:“太一况,天马下,沾赤汗,沫流赭。”又《后汉书》卷四十二《东平宪王苍传》:“并遗宛马一匹,血从前髆上小孔中出。常闻武帝歌天马,沾赤汗,今亲见其然也。”

④珍珂(kē):《艺文类聚》《文苑英华》《乐府诗集》作“珂弥”。珂,螺蛤之类的物品,用作马笼头上的装饰。

⑤蹼(pǔ):马踏的印迹。《艺文类聚》作“跳”。

⑥雕胡:即菰米。菰俗称茭白,生于河、陂泽,其实如米,可以做饭。胡,《文苑英华》《乐府诗集》作“菰”。荐:献。

⑦故心:指往昔的爱心。心君:《文苑英华》作“人心”。

【译文】

早晨我从织机上下来,正好遇上夫君归来。青丝在玉饰的马镫边悬垂,红色的汗珠浸染了香衣。马行急骤珍珂频频作响,马蹄踏处尘埃阵阵乱飞。庆幸我还可为夫君献上雕胡,夫君莫要改变了当初的爱心。

雍州十曲抄三首

《雍州十曲抄三首》后原有“是襄州”三字,吴兆宜注:“此三字应是后人所笺。”其说是。收入《乐府诗集》卷四十八《清商曲辞·西曲歌》,题作《雍州曲三首》。郭茂倩题解引《通典》:“雍州,襄阳也。”南朝乐府“西曲歌”即产生于包括襄阳一带的江汉流域,本篇显然接受了“西曲歌”的影响,但更重藻饰,情调也更缠绵旖旎,显露出文人诗、宫体诗的本色。

南湖

【题解】

《南湖》一诗暗用《诗经》语意，以采荇、钓鱼隐示对异性的追求，表现婉蓄，耐人寻味。

南湖荇叶浮①，复有佳期游。银纶翡翠钩②，玉轴芙蓉舟③。荷香乱衣麝，桡声随急流④。

【注释】

①荇(xìng)：一种水生植物。形似莼菜，可食。《诗经·周南·关雎》："参差荇菜，左右流之。窈窕淑女，寤寐求之。"

②纶(lún)：钓丝。《诗经·小雅·采绿》："之子于钓，言纶之绳。"傅刚《校笺》："茅本、陈本作'编'。"

③轴：通"舳"，舟船。《方言》卷九："(舟)后曰舳。舳，制水也。"郭璞注："今江东呼舵为舳。"轴，傅刚《校笺》："五云溪馆本、徐本、郑本作'管'。"芙蓉舟：绘有荷花图案的小舟。

④桡(ráo)：船桨。傅刚《校笺》："徐本、郑本作'棹'。"随：《乐府诗集》作"送"。

【译文】

南湖上荇叶在水面漂浮，又恰逢好日子故来这里畅游。银色的钓丝翡翠般的鱼钩，玉饰的舟船绘有芙蓉的小舟。荷香将衣上的麝香味搅乱，摇桨声伴随着湍急的水流。

北渚

【题解】

渚，水边或水中小洲。屈原《九歌·湘夫人》："帝子降兮北渚，目眇眇兮愁予。”诗题盖本此。写荡舟出游情景,刻绘如画,风调清新。

岸阴垂柳叶,平江含粉堞①。好值城旁人②,多逢荡舟妾。绿水溅长袖,浮苔染轻楫③。

【注释】

①粉:白色。堞(dié):城墙上呈凹凸形的小墙,又称女墙。傅刚《校笺》:“五云溪馆本、徐本、郑本作‘蝶’。”

②值:遇上。

③楫:船桨。

【译文】

岸边柳叶低垂留下一片绿荫,平缓的江面倒映着白色的女墙。正好与城边的人们一一相遇,还碰上好多摇着船的姑娘。碧波的水花溅上长长的衣袖,漂浮的青苔染绿轻巧的船桨。

大堤

【题解】

南朝乐府《襄阳乐》:“朝发襄阳城,暮至大堤宿。大堤诸女儿,花艳惊郎目。”诗言行旅至宜城,为“妖姬”(实即“大堤女儿”)所迷,流连于此,虽仍恋慕“出妻”,但且“贳酒逐神仙”,先逍遥一番再说。风调诙谐,别有情致。

宜城断中道①,行旅亟流连②。出妻工织素③,妖姬惯数钱④。炊雕留上客⑤,贳酒逐神仙⑥。

【注释】

①宜城:县名。在今湖北省。《湖广通志》卷十《山川志·襄阳

府·宜城县》:“金沙泉,县东二里。其水造酒甘美,世谓宜城春,又名竹叶春。”断中道:谓处在旅途的中间。

②亟(qì):屡次。《乐府诗集》作“极”。流:《乐府诗集》作“留”。

③出妻:被休弃的妻子。但疑此处的“出妻”即指家中的妻子,因行旅外出,妻子被抛置家中,今又在此迷恋“妖姬”,故云。素:白绢。古诗“上山采蘼芜”:“新人工织缣,故人工织素。织缣日一匹,织素五丈余。将缣来比素,新人不如故。”

④妖姬:妖冶美艳的女子。汉桓帝时童谣:“至河间,姹女能数钱。”

⑤雕:雕胡,即菰米。为茭白之实,似米,可以做饭。上客:贵客。

⑥贳(shì):赊欠。

【译文】

宜城在半道将旅途阻断,行旅之人多在此停下流连。被休弃的妻子善织白绢,妖冶的美女擅长数钱。做好雕胡饭款留贵客,且赊酒酣饮追逐神仙。

同庾肩吾四咏二首

傅刚《校笺》:“徐本、郑本作‘昭明太子诗’,无‘同庾肩吾四咏二首’大题。”同,和也。庾肩吾,字子慎,南阳新野(今属河南)人。萧纲为晋安王时,为常侍。萧纲为皇太子,兼东宫通事舍人,迁太子中庶子。萧纲继位后,任度支尚书。侯景乱中被俘,后逃奔江陵,被萧绎任为江州刺史,不久病卒。为宫体诗创始人之一。

莲舟买荷度

【题解】

本篇写采莲途中的情景和感受,别有情致,清新可人。“披衣”二句,写出了诗人极为细腻的感受,耐人咀味。

采莲前岸隈[①]，舟子屡徘徊[②]。披衣可识风，风疏香不来[③]。欲知船度处[④]，当看荷叶开。

【注释】

①隈（wēi）：弯曲处。

②舟子：船夫。

③“披衣”二句：傅刚《校笺》：“五云溪馆本、徐本、郑本此二句作‘披衣可识风，疏荷香不来’。”披，敞开。

④船：傅刚《校笺》：“五云溪馆本、徐本、郑本作‘当’。”

【译文】

采莲来到前岸弯曲处，船夫一再徘徊流连。敞开衣裳可感知来风，清风稀少香飘不过来。想要知道船从哪里驶过，应当看看哪里荷叶分开。

照流看落钗

【题解】

本篇载《艺文类聚》卷十八，题作《咏照流看落钗》，作者作“梁昭明太子”即萧统。诗先写“流摇妆影坏，钗落鬓华空”的情景，接着楔进一层，抒写女子不知“佳期在何许”的悲伤之情。取景独特，表现婉蓄。

相随照绿水[①]，意欲重凉风[②]。流摇妆影坏，钗落鬓华空。佳期在何许[③]？徒伤心不同。

【注释】

①绿：《艺文类聚》作“渌”。

②欲：《艺文类聚》作“是”。

③佳期：应指与夫君的团聚之期。何许：何时。

【译文】

相随着姊妹们映照绿水，心中特想吹来一阵凉风。流水摇晃妆影被搅得纷乱，金钗坠落鬓花不见了影踪。佳期何时才能到来？空自伤悲他的心已经与我不同。

和湘东王三韵二首

湘东王，即萧绎，见后《登颜园故阁》作者简介。

春宵

【题解】

本篇载《艺文类聚》卷三十二。为春宵怀人之作。"花树含春丛""风声随篠韵"等句，写出春宵景色的美好；而"无信往云中"，则写出了思妇的无奈与悲哀。为以乐景写哀情之作。

花树含春丛，罗帷夜长空①。风声随篠韵②，月色与池同。彩笺徒自襞③，无信往云中④。

【注释】

①帷：《艺文类聚》作"帐"。

②篠（xiǎo）：小竹。

③彩笺：彩色信纸。吴兆宜注："《桓玄伪事》：'玄诏令平准作桃花笺，有缥绿青赤等色。'考《南史·陈后主纪》：'令八妇人襞彩笺，制五言诗。'大抵六朝皆用此笺也。"襞（bì）：折叠。

④信：使者。云中：郡名。在今内蒙古自治区境内。泛指边地。

【译文】

花树环绕着丛生的春草，罗帐内却夜夜都是那样虚空。风声伴随着细竹的声韵，月色与澄澈的池水相同。自己徒然将彩色的信笺折叠，因为并没有信使前往云中。

冬晓

【题解】

本篇载《艺文类聚》卷三十二，写一个思妇清早起床后的寂寞情景、哀怨心情。“含怨下前床”，“怨”为一篇之骨。三、四句绮艳，正足反衬环境之清冷、思妇之孤寂。

冬朝日照梁①，含怨下前床②。帐褰竹叶带③，镜转菱花光④。会是无人见⑤，何用早红妆⑥。

【注释】

①日照梁：宋玉《神女赋》：“其始来也，耀乎若白日初出照屋梁。”

②床：坐卧之具。此指供人睡卧的床。

③帐：《艺文类聚》作“帷”。褰（qiān）：撩起。竹叶带：似竹叶或织有竹叶图案的锦带。吴兆宜注引龙辅《女红余志》：“桓豁女，字女幼，制绿锦衣带作竹叶样，远视之无二，故无瑕诗云：‘带叶新裁竹，簪花巧制兰。’”

④菱花：古铜镜中，六角形的或镜的背面刻有菱花形的，称菱花镜。

⑤会：应当。

⑥红妆：盛装。女子盛装以红为主色，故称。

【译文】

冬天的早晨阳光已照到屋梁，满含着哀怨起身下床。帷帐用似竹叶的锦带撩起，菱花镜转动起来闪着亮光。这个时候应当无人看见，何必早早地就化上盛妆。

戏作谢惠连体十三韵

【题解】

谢惠连，见卷三谢惠连《七月七日夜咏牛女》作者简介。陈祚明评云："未见惠连有此体，其诗应不传。要是《西洲曲》之余音，以萦绾见致。"又云："'红花''飘飏'，语生动。'香烟'二句'出'字、'斜'字活。'丝条'二句，写日影笼葱，大佳。"（《采菽堂古诗选》卷二十二）诗从一个独处闺房的女子的视角，写春日景物时光的变化及其寂寞愁苦的心境，而自始至终没有对女子作正面的描写。由于语意接续，时时换韵，读来有声情摇曳之妙。

杂蕊映南庭①，庭中光影媚②。可怜枝上花，早得春风意。春风复有情，拂幔且开楹③。开楹开碧烟④，拂幔拂垂莲⑤。偏使红花散，飘飏落眼前。眼亦多无况⑥，参差郁可望⑦。珠绳翡翠帷⑧，绮幕芙蓉帐⑨。香烟出窗里⑩，落日斜阶上⑪。日影去迟迟⑫，节华咸在兹⑬。桃花红若点⑭，柳叶乱如丝。丝条转暮光，影落暮阴长⑮。春燕双双舞，春心处处场⑯。酒满心聊足，萱枝愁不忘⑰。

【注释】

①蕊：指花。

②影：吴兆宜注："一作'景'。"

③"春风"二句：南朝乐府《子夜四时歌·春歌》："春风复多情，吹我罗裳开。"楹，厅堂的前柱。这里代指厅堂。

④开楹：傅刚《校笺》："五云溪馆本、徐本、郑本作'盈盈'。"碧烟：指阳春时节烟雾迷蒙的景色。

⑤拂幔拂：下“拂”字，傅刚《校笺》：“徐本、郑本作‘复’。”

⑥亦：傅刚《校笺》：“徐本、郑本作‘前’。”近是。况：比拟，形容。

⑦郁：盛貌。可：傅刚《校笺》：“五云溪馆本、徐本、郑本、孟本作‘相’。”

⑧翡翠帷：以翡翠鸟羽为饰的帷帐。翡翠，《楚辞》宋玉《招魂》：“翡翠珠被，烂齐光些。”王逸注：“雄曰翡，雌曰翠。……言床上之被，则饰以翡翠羽及珠玑，刻画众华。”洪兴祖补注：“翡，赤羽雀。翠，青羽雀。《异物志》云：翠鸟形如燕，赤而雄曰翡，青而雌曰翠。翡大于群，其羽可以饰帷帐。颜师古曰：鸟各别异，非雌雄异名也。”

⑨芙蓉帐：绣有荷花图案的帷帐。一说，是用芙蓉花染缯所做的帷帐。

⑩香烟：指薰香的烟雾。

⑪日：傅刚《校笺》：“五云溪馆本、徐本、郑本作‘月’。”

⑫日：傅刚《校笺》：“徐本、郑本作‘月’。”

⑬节华：春天的风物光华，春景。

⑭花：傅刚《校笺》：“五云溪馆本、徐本、郑本作‘枝’。”

⑮阴：傅刚《校笺》：“五云溪馆本、徐本、郑本作‘光’。”

⑯场：傅刚《校笺》引《考异》：“‘场’字未详，冯氏校本作‘扬’，亦为未惬。以文义推之，当作‘伤’。”“徐校：‘五云溪馆本、孟本均作“扬”。’刚按，冯钞本作‘场’，徐本、郑本作‘扬’。又《四库》本《玉台新咏》作‘伤’，当是纪昀以己意改动。”按“扬”字勉强可通，“伤”字最为妥帖。

⑰萱：草名。古人认为萱草可使人忘忧，故又名忘忧草。

【译文】

南面的庭院杂花辉映，庭中的光影无比妩媚。真可爱啊那枝上的花朵，早早地感受到了春风的情意。春风是那样地有情有意，吹拂帐幔还吹开了厅堂。吹开了厅堂还吹散了青碧的烟霭，拂过了帐幔还拂过了那垂莲。偏要让红花四散，飘飘扬扬地落到眼前。眼前的红花多得难以形容,参差繁茂相互眺望观赏。珠绳连缀着以翡翠羽为饰的帷帐,绮丽的帐幕环绕着精美的芙蓉帐。薰香的轻烟从窗口飘出,落日的余晖斜照在台阶上。日影离去是那样的迟缓,春日的光华都在此驻留。桃花嫣红就像是画家点染,柳叶纷乱就像是细丝一般。傍晚的日光在丝条上流转,地上柳枝的暗影伸得很长。春燕成双成对地翩跹起舞,春心涌动却处处让人感伤。把酒斟满内心姑且得到满足,萱草忘忧忧愁却不能够淡忘。

倡妇怨情十二韵

【题解】

本篇一作《倡楼怨节》。倡妇,歌舞艺人。全诗围绕着一个“怨”字展开铺写,将倡妇对远在他乡、久久不归的荡子的思念作了曲折细致的表现。一面说“妖丽特非常”,一面又说“耻学”“羞为”;一面说“散诞披红帔”,一面又说“生情新约黄”;一面说“留致解心伤”,一面又说“含涕坐度日”,从不同角度对倡妇内在心理与情感作了揭示与描绘。通篇音韵谐协,可看出永明新体诗的影响和痕迹。

绮窗临画阁①,飞阁绕长廊②。风散同心草,月送可怜光。仿佛帘中出,妖丽特非常③。耻学秦罗髻④,羞为楼上妆⑤。散诞披红帔⑥,生情新约黄⑦。斜灯入锦帐,微烟出玉床⑧。六安双玳瑁⑨,八幅两鸳鸯⑩。犹是别时许⑪,留致解心伤⑫。含涕坐度日⑬,俄顷变炎凉⑭。玉关驱夜雪⑮,金气落严霜⑯。飞狐驿使断⑰,交河川路长⑱。荡子无消息⑲,朱唇徒自香⑳。

【注释】

①绮窗:雕画犹如细绫花纹的窗户。画阁:雕画华美的楼阁。

②飞阁：凌空耸立、其势如飞的高阁。

③妖丽：妖冶美丽。

④秦罗髻：古代妇女的一种发髻，即倭堕髻，其髻偏在一边，呈欲堕之状。又名堕马髻。汉乐府《陌上桑》："秦氏有好女，自名秦罗敷。……头上倭堕髻，耳中明月珠。"

⑤"羞为"句：古诗"青青河上草"："盈盈楼上女，皎皎当窗牖。娥娥红粉妆，纤纤出素手。"出此。

⑥散诞：逍遥自在，随意。帔（pèi）：披肩。

⑦约黄：在额角涂饰微黄，为当时妇女的一种妆饰。

⑧微烟：指薰香所散发的轻烟。床：傅刚《校笺》："五云溪馆本、徐本、张本作'房'。"

⑨六安：吴兆宜注："言六面皆安也。"指长方体枕头的六面。双玳瑁（dài mào）：谓在枕头的六面都安上成双的玳瑁。玳瑁为产于热带和亚热带海中的一种形似龟的爬行动物，甲壳黄褐色，有黑斑和光泽，可做装饰品。

⑩八幅：指用八幅布做成的床帐。

⑪许：如此，这样。

⑫致：傅刚《校笺》："五云溪馆本、徐本、郑本作'值'。"

⑬涕：傅刚《校笺》："五云溪馆本、徐本、郑本作'情'。"

⑭变炎凉：指寒暑更替，由夏入冬。

⑮玉关：玉门关，在今甘肃敦煌西北，古代为通西域的要道。

⑯金气：秋天的寒凉之气。金，五行之一，于位为西，于时为秋。

⑰飞狐：古塞名。在代郡（今山西北部）西南。驿使：驿站传递文书的人。

⑱交河：《汉书》卷九十六下《西域传下》："车师前国，王治交河城。河水分流绕城下，故号交河。去长安八千一百五十里。"在今新疆维吾尔自治区境内。

⑲荡子：长期在外漫游不归者。

⑳香：傅刚《校笺》："五云溪馆本、徐本、郑本作'伤'。"

【译文】

华美的窗户对着雕画的楼阁，凌空耸立的高阁环绕着长廊。秋风将同心草吹散，秋月送来可爱的白光。仿佛是从帘中走出，倡妇真是妖冶非常。耻学秦罗敷梳理过的倭堕髻，羞做楼上女曾化过的红粉妆。随意地将红色的披肩披上，一转念又在额角抹上微黄。灯光闪烁斜斜地照进锦帐，薰香的轻烟一缕缕飘出玉床。枕头的六面都饰有成双的玳瑁，八幅布的床帐上绣有一对鸳鸯。大体上还是我们分别时的样子，保留原样是为了缓解内心的忧伤。双眼含泪枯坐着打发日子，转瞬间夏热就变成了冬凉。玉门关的夜雪下得越来越猛，在深秋凉气中落下寒冷的白霜。飞狐塞已见不到驿使的身影，通向交河的水路是那样漫长。游子在外竟没有一点儿关于他的消息，红艳的双唇空自散发着幽香。

和徐录事见内人作卧具

【题解】

徐录事，即徐摛。《梁书》卷三十《徐摛传》："徐摛字士秀，东海郯人也。……（晋安王）移镇京口，复随府转为安北中录事参军，带郯令。"本篇题材琐屑，但女子"衣裁合欢"，"文作鸳鸯"，"缝用双针"，在一定程度上表现了女子的爱情婚姻理想。末由夫妻恩爱突转写女子害怕被抛弃、长别离的心理，不仅平生曲致，也更深刻地揭示了女子的内心，不无意义。陈祚明评云："起处写'见'字有生态。中段开宕处极畅，结能作致。"（《采菽堂古诗选》卷二十二）

密房寒日晚①，落照度窗边。红帘遥不隔，轻帷半卷悬。方知纤手制，讵减缝裳妍②。龙刀横膝上③，画尺堕衣前[④]。熨斗金涂色[⑤]，簪管白牙缠[⑥]。衣裁合欢褶[⑦]，文作鸳鸯连[⑧]。缝用双针缕[⑨]，絮是八蚕绵[⑩]。香和丽丘蜜[⑪]，麝吐中台烟[⑫]。已入琉璃帐[⑬]，兼杂太华毡[⑭]。具共雕炉暖[⑮]，非同团扇捐[⑯]。更恐从军别，空床徒自怜[⑰]。

【注释】

①密房：隐秘的房间。指卧室。

②讵（jù）：岂。妍（yán）：美好。《诗经·魏风·葛屦》："掺掺女手，可以缝裳。"

③龙刀：指雕有龙饰的剪刀。吴兆宜注引《东宫旧事》："太子纳妃，有龙头金镂交刀四。"

④画尺：裁衣用的尺子。

⑤熨斗：用来熨衣服以使平整的器具。《东宫旧事》记皇太子纳妃有金涂熨斗三枚。

⑥簪：吴兆宜注："当作'箴'。"疑是。箴，同"针"。管：装针的管状器物。白牙：指象牙。

⑦合欢：植物名。叶似槐叶，到夜间成对结合，常用以象征男女欢聚或结合。古诗"客从远方来"："文彩双鸳鸯，裁为合欢被。"褶（zhě）：衣裙上的折叠处。

⑧文：花纹，图案。

⑨缝：傅刚《校笺》："五云溪馆本、徐本、郑本作'针'。"针：傅刚《校笺》："五云溪馆本、徐本、郑本作'缝'。"缕：线。

⑩是：傅刚《校笺》："徐本、郑本作'用'。"八蚕绵：一种丝绵。《文选》左思《吴都赋》："乡贡八蚕之绵。"李善注引刘欣期《交州记》："一岁八蚕茧，出日南也。"

⑪丽丘蜜：一种蜂蜜。吴兆宜注引龙辅《女红余志》："丽丘出嘉蜂，

酿蜜如雪，和诸香为丸，薰香数年不散。”

⑫麝（shè）：麝香，一种名贵香料。中台：山名。周嘉胄《香乘》卷三：“麝生中台山谷及益州、雍州山中，春分取香，生者益良。”

⑬琉璃帐：一种用琉璃等珠宝做成的帐子。《汉武故事》：“上以琉璃、珠玉、夜光，杂错天下珠宝为甲帐，其次为乙帐；甲者居神，乙者自居。”

⑭太华毡：一种精美的毡子。吴兆宜注引龙辅《女红余志》：“汉光武后阴丽华，步处皆铺太华精细之毡，故足底纤滑，与手掌同。”《太平御览》卷七百八引《广志》：“女人披太华毡以为盛服。”

⑮具共：一起。傅刚《校笺》：“徐本、郑本作‘且向’。”

⑯捐：弃。汉乐府《怨歌行》：“弃捐箧笥中，恩情中道绝。”

⑰空床：古诗“青青河畔草”：“荡子行不归，空床难独守。”

【译文】

在卧室中只见寒日西斜已近傍晚，落日的残照静静地掠过窗边。红色窗帘远远地似没有阻隔，轻薄的帷帐一半卷起一半悬。才知道这都是纤柔的双手所制，哪里比缝制的衣裳差一点儿半点儿。龙刀横放在膝盖之上，画尺落在了衣服前面。熨斗涂上了黄金的颜色，针管用白色的象牙绕缠。衣服裁成合欢似的褶子，花纹绣成鸳鸯两两相连。缝用的是双线针，絮用的是八蚕绵。薰香中和有丽丘蜜，麝香吐的是中台烟。香气飘进了琉璃帐，同时熏染了太华毡。一起围坐雕炉有多暖和，不要像团扇被抛到一边。更怕夫君从军从此远别，独卧空床徒然自悲自怜。

戏赠丽人

【题解】

本篇载《艺文类聚》卷十八。首六句写丽人服饰之美，既写出了两位丽人之“异”，也写出了两位丽人之“同”。后八句通过生动的细节描写，展示了两位丽人的身份（她们当是某位年轻高官或青年贵族所宠爱的小妾或声乐伎人），略露民歌情调，平添清新气息。对丽人形象的刻画，富有层次和立体感，题虽曰“戏”，却不失为用力之作。

丽妲与妖嫱[①]，共拂可怜妆。同安鬟里拨[②]，异作额间黄[③]。罗裙宜细简[④]，画屧重高墙[⑤]。含羞未上砌[⑥]，微笑出长廊。取花争问色[⑦]，攀枝念蕊香。但歌聊一曲[⑧]，鸣弦未肯张[⑨]。自矜心所爱[⑩]，三十侍中郎[⑪]。

【注释】

①妲（dá）：妲己，商纣王宠妃。周武王灭商后，被杀。妲，《艺文类聚》作“旦”。又，傅刚《校笺》：“五云溪馆本、徐本、郑本作‘姬’。”妖：美艳。嫱（qiáng）：毛嫱，古代美女名。《庄子·齐物论》：“毛嫱、丽姬，人之所美也。”此以比丽人。

②鬟：女子的环形发髻。拨：女子用以理鬓的形似枣核的梳具。也称鬓枣。

③额间黄：即额黄，妇女涂在额上用做妆饰的微黄。

④裙：《艺文类聚》作“裾”。简：即“裥（jiǎn）”，衣服上打的褶子。

⑤画屧（xiè）：有画饰的鞋子。高墙：高鞋帮子。

⑥未：傅刚《校笺》：“五云溪馆本、徐本、郑本作‘来’。”砌：台阶。

⑦问色：原作“间镊”。傅刚《校笺》：“五云溪馆本、徐本、郑本作‘问色’。”据改。

⑧但歌：一种没有伴奏的徒歌。聊：姑且。

⑨肯：原作“息”，《艺文类聚》作“肯”，据改。张：设置，弹奏。

⑩矜：骄傲，自豪。

⑪侍中郎：皇帝的侍从官。侍中在汉代是在原官之上特加的荣衔。

汉乐府《陌上桑》:“三十侍中郎,四十专城居。”

【译文】

就像是美艳的妲己和毛嫱,都涂脂抹粉打扮成可爱的模样。环形的发髻上都插着鬓枣,所不同的是额间涂抹的微黄。丝织的裙子上有特别合适的细褶,彩画的鞋子是时下看重的高鞋帮。含着娇羞没有踏上台阶,却面露微笑走出了长廊。采摘鲜花争着询问花的颜色如何,攀着花枝顾念花朵的清香。姑且放开歌喉清唱一曲,不肯将伴奏的丝弦拨响。为自己心爱的人感到骄傲,他三十岁就做上了侍中郎。

秋闺夜思

【题解】

本篇载《艺文类聚》卷三十二,写女子独处的哀怨。以生动而细腻的笔触描绘了秋夜景物的凄凉,而凄凉之景无一处不关合着女子的凄凉之情。凌空落笔,善于发端,一结婉转,富有余韵。从“九重忽不见”句看,所写也有可能为宫怨,陈祚明更认为写的是“铜台之怨”,评云:“此应写铜台之怨,语颇凄切。结句思致飘忽。”(《采菽堂古诗选》卷二十二)

非关长信别①,讵是良人征②?九重忽不见③,万恨满心生。夕门掩鱼钥④,宵床悲画屏。回月临窗度⑤,吟虫绕砌鸣⑥。初霜陨细叶,秋风驱乱萤⑦。故妆犹累日⑧,新衣襞未成⑨。欲知妾不寐,城外捣衣声⑩。

【注释】

①长信:汉宫名。汉成帝时,班婕妤得宠,后成帝爱上赵飞燕,失宠,自请到长信宫奉侍太后,在长信宫孤独地度过了后半生。

②讵(jù):岂。良人:妻子对丈夫的称谓。

③九重：宫禁深远，故以称宫禁。宋玉《九辩》："岂不郁陶而思君兮，君之门以九重。"谓与君王相隔遥远。

④鱼钥：鱼形的门锁。吴兆宜注引《芝田录》："门钥必以鱼，取其不瞑目守夜之义。"

⑤回：运转。傅刚《校笺》："五云溪馆本、徐本、郑本作'迥'。"窗：《艺文类聚》作"阶"。

⑥砌：台阶。

⑦驱：《艺文类聚》作"吹"。

⑧累（lěi）日：连日，多日。

⑨襞（bì）：褶子。此谓给衣服缝制褶子。《艺文类聚》作"制"。

⑩捣衣：古人缝制冬衣前，须先将衣料放到石头（即砧）上捣平。衣，《艺文类聚》作"砧"。

【译文】

与班婕妤独居长信宫的情形无关，难道是因夫君从军远征？九重远隔忽然间再也无从相见，千愁万恨顿时充满了内心。傍晚关门挂上一把鱼形的门锁，晚上卧床独自悲伤地对着画屏。月光流转从窗边静静地滑过，昆虫环绕着台阶不停地低鸣。寒霜初下纤细的树叶纷纷陨落，秋风吹来驱赶得流萤乱乱纷纷。旧妆好多天了都还没有卸去，新衣的褶子直到现在还没有做成。想知道我为什么晚上不能入睡，听听城外那此起彼落的捣衣声。

和湘东王名士悦倾城

【题解】

本篇载《艺文类聚》卷十八，作者作"梁昭明太子"即萧统。所和湘东王（萧绎）诗，或已不存。"倾城"，见《汉书》卷九十七上《外戚传上·孝武李夫人》载李延年歌："北方有佳人，绝世而独立。一顾倾人城，再顾倾人国。宁不知倾城复倾国,佳人难再得。”诗以比拟夸张的手法,生动地描绘了美女的姿容之美、服饰之美,也表现了美女青春生活的寂寞及对爱情生活的向往。“井水”等句,形象明丽,刻绘如画。

美人称绝世①,丽色譬花丛②。虽居李城北③,住在宋家东④。教歌公主第⑤,学舞汉成宫⑥。多游淇水上⑦,好在凤楼中⑧。履高疑上砌⑨,裾开持畏风⑩。衫轻见跳脱⑪,珠概杂青虫⑫。垂丝绕帷幔,落日度房栊⑬。妆窗隔柳色,井水照桃红。非怜江浦佩⑭,羞使春闺空。

【注释】

①绝世:举世无双。李延年《歌诗一首》:“北方有佳人,绝世而独立。一顾倾人城,再顾倾人国。”

②譬:傅刚《校笺》:“《考异》作‘比’。”

③虽:《艺文类聚》作“经”。李城北:即李延年歌所说的“北方有佳人”,而此佳人即李延年之妹、后来得宠的汉武帝李夫人。

④住在:《艺文类聚》作“来往”。宋家东:宋玉《登徒子好色赋》:“天下之佳人,莫若楚国;楚国之丽者,莫若臣里;臣里之美者,莫若臣东家之子。”

⑤“教歌”句:《汉书》卷九十七上《外戚传上·孝武卫皇后》:“孝武卫皇后字子夫,生微也。……子夫为平阳主讴者。”

⑥“学舞”句:《汉书》卷九十七下《外戚传下·孝成赵皇后》:“孝成赵皇后,本长安宫人。……属阳阿主家,学歌舞,号曰飞燕。成帝尝微行出,过阳阿主,作乐。上见飞燕而说之,召入宫,大幸。”成,《艺文类聚》作“城”。

⑦淇水:春秋时卫国水名。在今河南境内,当时常为青年男女的优

游约会之地。《诗经·鄘风·桑中》:“期我乎桑中,要我乎上宫,送我乎淇之上矣。”上,《艺文类聚》作“曲”。

⑧凤楼:指女子所居雕绘精美的楼阁。

⑨砌:台阶。

⑩“裾(jū)开”句:吴兆宜注引《飞燕外传》:“帝于太液池,后歌舞《归风送远》之曲。令后所爱侍郎冯无方吹笙以倚后歌。中流歌酣,风大起,后顺风扬音,无方长啸细袅,与相属。后抚髀曰:‘顾我!顾我!’后扬袖曰:‘仙乎!仙乎!去故而就新,宁忘怀乎?’帝曰:‘无方为我持后。’无方舍吹持后裾,久之风霁。他日宫姝幸者,或襞裾为绉,号留仙裾。”裾,衣襟。持,拉住。《艺文类聚》作“特”。

⑪衫:古代指短袖的单衣。《艺文类聚》作“袖”。跳脱:手镯。

⑫概:未详。《礼记·月令》:“(仲春之月)日夜分,则同度量,钧衡石,角斗甬,正权概。”郑玄注:“概,平斗斛者。”即量米麦时用来刮平斗斛的器具。这里或是均匀地分布的意思。青虫:青虫簪,一种用青色玉制成的簪。《南史》卷七十八《海南诸国·婆利国》:“普通三年,其王频伽复遣使珠智献白鹦鹉、青虫、兜鍪、瑠璃器、古贝、螺杯、杂香药等数十种。”

⑬栊(lóng):窗户。

⑭江浦佩:《列仙传》卷上载,郑交甫出游江汉之湄,逢江妃二女,不知其神人也,请其解佩相赠,江妃遂解佩赠之。江浦,江边。傅刚《校笺》:“徐本、郑本作‘交甫’。”

【译文】

美人之美可谓举世无双,美丽的容貌好比锦簇的花丛。虽是居住在李城的北面,有时又住在宋家的东边。在公主的府邸学习唱歌,在汉成帝的宫中学习跳舞。常常来到淇水岸边,喜欢待在凤楼之中。鞋跟太高怀疑是登上了台阶,拉住敞开的衣襟是因为怕风。衣衫轻薄能看见腕上的跳脱，珍珠均匀地镶嵌在青虫簪间。下垂的丝线将帷幔缠绕，落日的余晖从窗外掠过。华美的窗户将柳色隔断，井水映照桃花姹紫嫣红。不是爱怜在江边相赠的环佩，而是羞使春闺总是寂寞虚空。

从顿暂还城

【题解】

本篇载《艺文类聚》卷六十三、《初学记》卷二十四。顿，城外临时驻所。《宋书》卷九十六《鲜卑吐谷浑》："于是拥马西行，日移一顿，顿八十里。"本篇虽有"舞观""歌台"等宫体诗中常见语句，但颇有边塞诗常有的雄浑气象和豪迈精神，在萧纲诗中实为难得。"持此横行去，谁念守空床"，一反他诗绮靡哀婉情调，有南北音合流之象。前四句描写初春景色，细腻真切，亦颇见特色。

汉渚水初绿①，江南草复黄②。日照蒲心暖③，风吹梅蕊香④。征舻舣汤堑⑤，归骑息金隍⑥。舞观衣常襞⑦，歌台弦未张⑧。持此横行去⑨，谁念守空床⑩？

【注释】

①渚（zhǔ）：水边。或水中的小洲。绿：《艺文类聚》作"渌"。江淹《别赋》："春草碧色，春水渌波。"

②黄：指嫩黄色。初春草先由深黄变为嫩黄，再变为浅绿、深绿。

③照：傅刚《校笺》："五云溪馆本、徐本、郑本作'暖'。"蒲：一种水草。亦名香蒲。其嫩茎可食，叶子狭长，可供编织。暖，傅刚《校笺》："五云溪馆本、徐本、郑本作'发'。"

④蕊：《艺文类聚》作"枝"。

⑤舻（lú）：船。舣（yǐ）：船靠岸。汤：与下句"金"指城池固若金汤。

堑（qiàn）：壕沟，护城河。

⑥隍：无水的护城壕。

⑦舞观（guàn）：跳舞的台榭。常：《艺文类聚》《初学记》作“恒”。襞（bì）：折叠衣服。

⑧张：陈设。指演奏。

⑨此：指“征舻”“归骑”。横行：纵横驰骋。谓所向无阻。《史记》卷一百《季布栾布列传》：“上将军樊哙曰：‘臣愿得十万众，横行匈奴中。’”

⑩“谁念”句：古诗“青青河畔草”：“荡子行不归，空床难独守。”

【译文】

汉江的水刚刚变得碧绿，江南的枯草又变成嫩黄。太阳照得蒲草心暖暖洋洋，清风吹来梅花的缕缕幽香。远征的船在护城河中停泊，归来的骑兵歇息在城壕旁。舞榭上舞衣常常折叠不用，歌台中的弦乐也没有奏响。要带着兵马到边塞去纵横驰骋，谁还能顾念媳妇在家独守空床？

咏人弃妾

【题解】

本篇载《艺文类聚》卷三十二。弃，傅刚《校笺》：“五云溪馆本、徐本、郑本作‘去’。”诗对被弃女子表现出了深切的同情，与一般游戏轻佻之作不同。“非关丑易妍”，谓女子被弃并非因为容颜衰老，而是由于别的什么原因，切入角度颇显独特，也为读者留下了想象的空间。末二句用典，以含蓄的比拟手法，揭示了被弃女子必然会出现的悲剧结局。

昔时娇玉步，含羞花烛边[①]。岂言心爱断，衔啼私自怜。常见欢成怨[②]，非关丑易妍[③]。独鹄罢中路[④]，孤鸾死镜前[5]。

【注释】

①花烛:有彩饰的蜡烛。

②常见:《艺文类聚》作"但觉"。

③妍(yán):美丽。

④鹄(hú):天鹅。罢:停止。汉乐府《艳歌何尝行》:"飞来双白鹄,乃从西北来。十十将五五,罗列行不齐。忽然卒疲病,不能飞相随。"

⑤"孤鸾"句:刘敬叔《异苑》卷三载,罽宾国王买得一只鸾鸟,"欲其鸣,不可致。饰金繁,飨珍羞,对之愈戚,三年不鸣。夫人曰:'尝闻鸾见类则鸣,何不悬镜照之?'王从其言。鸾睹影悲鸣冲霄,一奋而绝"。又:"山鸡爱其毛羽,映水则舞。魏武时,南方献之。帝欲其鸣舞而无由。公子苍舒令置大镜其前,鸡鉴形而舞,不知止,遂乏死。"又《白孔六帖》卷九十四:"孤鸾见镜,睹其形谓为雌,必悲鸣而舞。"此合用其意,而改孤鸾为雌,谓其"见镜",所睹其形而谓为雄,悲鸣而舞,以致乏死。

【译文】

以前千娇百媚轻迈玉步,满含娇羞坐在花烛旁边。哪想到爱心会突然断绝,眼含热泪暗中自悲自怜。常看到欢爱变成了仇怨,与丑代替了美并不相关。独鹄失去伴侣半途停止了飞翔,孤鸾镜前起舞竟致最后死在镜前。

执笔戏书

【题解】

本篇描绘了一个极其华丽、热烈、欢快的歌舞场景。此类场景,作者常常经历，十分熟悉，所以虽为“执笔戏书”，可能并未仔细构思及琢磨，但写来却气韵流转，显得得心应手，毫不费力。末二句，以“夜夜”“时时”推而广之，能让人想见当时京都建康夜夜笙歌的夜生活情景。

舞女及燕姬[①]，倡楼复荡妇[②]。参差大戾发[③]，摇曳《小垂手》[④]。《钓竿》蜀国弹[⑤]，新城《折杨柳》[⑥]。玉案西王桃[⑦]，蠡杯石榴酒[⑧]。甲乙罗帐异，辛壬房户晖[⑨]。夜夜有明月，时时怜更衣[⑩]。

【注释】

①燕姬：参见卷五沈约《杂咏五首·春咏》注。

②倡楼：歌舞艺人所居之地。荡妇：即倡妇，歌舞艺人。与后代所指作风放荡者不同。

③戾：通“捩(lì)”，拨动琵琶弦的用具。

④《小垂手》：舞乐名。收入《乐府诗集》的《杂曲歌辞》。郭茂倩题解引《乐府解题》：“《大垂手》《小垂手》，皆言舞而垂其手也。”

⑤《钓竿》：乐曲名。收入《乐府诗集》的《鼓吹曲辞》。郭茂倩题解引崔豹《古今注》：“《钓竿》者，伯常子避仇河滨为渔者，其妻思之而作也。每至河侧辄歌之。后司马相如作《钓竿诗》，遂传为乐曲。”蜀国弹：即指司马相如所作《钓竿诗》，司马相如为蜀郡成都人。

⑥新城：《水经注·渭水》：“太史公曰：长安，故咸阳也。汉高帝更名新城，武帝元鼎三年，别为渭城，在长安西北渭水之阳，王莽之京城也。”《折杨柳》：乐曲名。收入《乐府诗集》的《横吹曲辞》。郭茂倩题解引《唐书·乐志》：“梁乐府有胡吹歌云：‘上马不捉鞭，反拗杨柳枝。下马吹横笛，愁杀行客儿。’此歌辞元出北国，即鼓角横吹曲《折杨柳枝》是也。”又引《宋书》卷三十一《五行志二》曰：

"晋太康末,京洛为折杨柳之歌,其曲有兵革苦辛之辞。"又,《三辅黄图》卷六:"霸桥在长安东,跨水作桥,汉人送客至此桥,折柳赠别。"

⑦玉案:玉制的放食器的小几。西王桃:西王母,神话中女神。《汉武故事》:"王母遣使谓帝曰:'七月七日,我当暂来。'王母至,因出桃七枚,母自啖二枚,与帝五枚。"

⑧蠡(lí)杯:用匏瓜制成的酒器。石榴酒:传说中的一种酒。《南史》卷七十八《海南诸国·扶南国》:"其南界三千余里有顿逊国,在海崎上,地方千里。……珍物宝货无不有,又有酒树似安石榴,采其花汁停瓮中,数日成酒。"

⑨"甲乙"二句:甲乙,与下"辛壬"均为天干名,用在此处以表示次序,谓陈设房屋整齐有序。《汉武故事》:"上以琉璃、珠玉、夜光,杂错天下珠宝为甲帐,其次为乙帐;甲以居神,乙以自居。"《文选》何晏《景福殿赋》:"辛壬癸甲为之名秩。"李善注:"辛壬癸甲,十干之名,今取以题坊署,以别先后也。"

⑩怜:喜欢。更衣:换衣。此用卫子夫更衣获宠事。《汉书》卷九十七上《外戚传上·孝武卫皇后》:"孝武卫皇后字子夫,生微也。……子夫为平阳主讴者。武帝即位,数年无子。平阳主求良家女十余人,饰置家。帝祓霸上,还过平阳主。……既饮,讴者进,帝独说子夫。帝起更衣,子夫侍尚衣轩中,得幸。"

【译文】

舞女及来自燕地的歌姬,还有歌舞艺人都在倡楼之中。参差腾挪大捩把琴弦拨动,声情摇曳跳起了《小垂手》。《钓竿》弹奏的是蜀国的曲调,还有新城的《折杨柳》。华美的玉案上摆放着西王母的仙桃,蠡杯中盛满了红艳的石榴酒。轻柔的甲帐乙帐各不相同,辛房壬户都闪着明亮的光辉。夜夜都有明朗的月光,总在期盼着换衣得幸的时候。

艳歌曲

【题解】

本篇载《艺文类聚》卷四十二，收入《乐府诗集》卷三十九《相和歌辞·瑟调曲》，皆题作《艳歌行》。诗以细腻、生动的笔触，刻绘了贵妇人的居处环境和生活情景。“斜窗”二句，能状难写之景如在目前。陈祚明评云：“流艳是其恒态。‘细隙引尘光’句佳。”（《采菽堂古诗选》卷二十二）

云楣桂成户，飞栋杏为梁①。斜窗通蕊气②，细隙引尘光③。裁衣魏后尺④，汲水淮南床⑤。青骊暮当返⑥，预使罗裾香⑦。

【注释】

①“云楣”二句：《仪礼·乡射礼》：“序则物当栋，堂则物当楣。”郑玄注：“是制五架之屋也，正中曰栋，次曰楣。”楣即房屋的横梁，又称二梁。云、飞，皆形容其高。户，门。

②蕊气：即花香。蕊，《艺文类聚》作“药”。

③尘光：指照进室内的阳光。因常见有尘埃在其中飞舞，故名。

④魏后尺：泛指三国魏后宫中所用的尺子。帝王的妻子称后。曹操在汉献帝都许后有《上杂物疏》，中云：“中宫用物，杂画象列尺一枚，贵人公主有象牙尺三十枚，宫人有象牙尺百五十枚，骨尺五十枚。”即指象牙尺之类。

⑤淮南床：淮南，指汉高祖之子淮南厉王刘长的长子，汉文帝十六年（前164）袭封为淮南王。床，井上围栏。《乐府诗集》卷五十四有《淮南王篇》，其辞云：“淮南王，自言尊，百尺高楼与天连。后园凿井银作床，金瓶素绠汲寒浆。”

⑥青骊（lí）：黑色马。

⑦裾(jū):衣服的前襟或衣袖。代指衣服。《艺文类聚》作"魂",《乐府诗集》作"裙"。

【译文】

高耸的横梁桂木做的门,如飞的房栋杏木做的梁。斜窗流通着花的香气,细缝将舞着尘埃的阳光吸引。裁剪衣料用的是魏王后用过的尺子,打水的地方是淮南王用银做的井栏。他应在傍晚骑着黑马返回,我预先把丝绸衣服薰香。

怨诗

【题解】

本篇收入《乐府诗集》卷四十一《相和歌辞·楚调曲》。诗写尚未被逐出家门的"故爱"之怨,取材颇显独特。揣摩诗意,"新人及故爱"虽尚同处一室,但"故爱"显然已备受冷落,处境及心情都颇凄凉,更怀着对未来生活的极大恐惧。熔铸《怨歌行》《上山采蘼芜》《白头吟》诗意而能自出机杼,不落窠臼。王夫之评云:"简文诗非艳不作,顾有艳字而无艳情。此作亭亭自立,可以艳矣。"(《古诗评选》卷五)本篇表达了对"故爱"的同情,文字也较朴素,可当得"无艳情"之评。

秋风与白团①,本自不相安。新人及故爱②,意气岂能宽③?黄金肘后铃,白玉案前盘④。谁堪空对此,还成无岁寒⑤?

【注释】

①白团:指团扇。汉乐府《怨歌行》:"新裂齐纨素,鲜洁如霜雪。裁为合欢扇,团团似明月。"(见卷一班婕妤《怨诗》)

②"新人"句:古诗"上山采蘼芜":"上山采蘼芜,下山逢故夫。长跪问故夫:'新人复何如?''新人虽言好,未若故人姝。'"

③意气：指情义。汉乐府《白头吟》："闻君有两意，故来相决绝。……男儿重义气，何用钱刀为！"宽：宽容。

④"白玉"句：古诗"橘柚垂华实"："橘柚垂华实，乃在深山侧。闻君好我甘，窃独自雕饰。委身玉盘中，历年冀见食。"案，放食器的小几。

⑤岁寒：潘岳《悼亡诗》其二："岂曰无重纩，谁与同岁寒。"

【译文】

秋风与白色的团扇，本来就不能够彼此相安。新人及原来所爱的人，情义哪里能相互宽容？肘后系着的黄金铃，案前摆着的白玉盘。对此谁能忍受空自一个人面对，还会有哪年的秋天不凄寒？

拟沈隐侯夜夜曲

【题解】

沈隐侯，即沈约，所作《夜夜曲》，见本书卷五。本篇及沈约所作俱被收入《乐府诗集》卷七十六《杂曲歌辞》，题作《夜夜曲》。郭茂倩题解引《乐府解题》云："《夜夜曲》，伤独处也。"铺写彻夜不眠情景，清寂而凄凉。末二句点题，盖因愁多不能眠也。古诗："愁多知夜长。"张华《情诗》："居欢惜夜促，在戚怨宵长。"此承袭其意，而换一角度说，便觉新颖，且有余味。

蔼蔼夜中霜①，何关向晓光②。枕啼常带粉，身眠不著床。兰膏尽更益③，薰炉灭复香。但问愁多少，便知夜短长。

【注释】

①蔼蔼：暗淡貌。司马相如《长门赋》："望中庭之蔼蔼兮，若季秋之降霜。"《乐府诗集》作"霭霭"。

②何：傅刚《校笺》："五云溪馆本、徐本、郑本作'河'。"关：傅刚

《校笺》:“五云溪馆本、徐本、郑本作‘开’。”

③兰膏:用泽兰炼成的油脂,可点灯。《文选》宋玉《招魂》:“兰膏明烛,华灯错些。”李周翰注:“言以兰渍膏,取其香也。”尽:傅刚《校笺》:“五云溪馆本、徐本、郑本作‘断’。”

【译文】

夜里的白霜暗淡不明,哪像拂晓时分的晨光。伏枕悲啼枕上常沾上脂粉,身子困倦了却又不愿上床。兰膏用尽了往灯里再增添,薰炉中火灭了再往里添香。要问我的忧愁是多还是少,就知道这夜晚是短还是长。

七夕

【题解】

本篇吟咏农历七月七日夜牛郎、织女在天河相会的传说,着眼于牛郎、织女赴会途中情景的描写,不涉及聚会的欢乐及离别的忧愁,取材有其独特之处。通篇想象奇特,境界阔大,又融进有关斗牛剑气及客星犯牵牛宿的传说,更平添奇幻色彩。末二句回归平实,温馨感人。

秋期此时浃①,长夜徙河灵②。紫烟凌凤羽③,奔光随玉軿④。洛阳疑剑气⑤,成都怪客星⑥。天梭织来久⑦,方逢今夜停。

【注释】

①浃(jiā):周匝,环绕一周。谓一年一度的七夕又到了。

②徙:傅刚《校笺》:“五云溪馆本、徐本、郑本作‘从’。”河灵:天河(银河)之神。此指牛郎、织女。

③凌:升。

④奔:傅刚《校笺》:“徐本、郑本作‘红’。”軿(píng):妇女所乘有帷

盖的车。此指织女所乘之车。

⑤“洛阳”句：《晋书》卷三十六《张华传》：“初，吴之未灭也，斗牛之间常有紫气，道术者皆以吴方强盛，未可图也，惟华以为不然。及吴平之后，紫气愈明。……华曰：‘是何祥也？’焕曰：‘宝剑之精，上彻于天耳。’……华大喜，即补焕为丰城令。焕到县，掘狱屋基，入地四丈余，得一石函，光气非常，中有双剑，并刻题，一曰龙泉，一曰太阿。其夕，斗牛间气不复见焉。”后有“剑气斗牛”等说。

⑥“成都”句：张华《博物志》卷十：“旧说云天河与海通。近世有人居海滨者，年年八月有浮槎去来，不失期。人有奇志，立飞阁于槎上，多赍粮，乘槎而去。……去十余日，奄至一处，有城郭状，屋舍甚严。遥望宫中多织妇，见一丈夫牵牛渚次饮之。……问此是何处，答曰：‘君还至蜀郡访严君平则知之。’竟不上岸，因还如期。后至蜀，问君平，曰：‘某年月日有客星犯牵牛宿。’计年月，正是此人到天河时也。”

⑦梭：织机上左右来回投掷以牵引纬线的工具，其形如枣核。

【译文】

一年过去此时又到了秋日相会之期，天河之神在长长的夜空开始迁移。凤凰展翅在紫色的云烟之上飞升，飞奔的光芒追随着华美的軿车。洛阳宝剑的光芒让人感到疑惑，成都的严君平惊怪侵犯牵牛的客星。成年累月不停地投掷天梭织布，只有碰上了今夜才会暂停。

同刘谘议咏春雪

【题解】

本篇载《艺文类聚》卷二，题作《咏雪诗》；又见《文苑英华》卷一百五十四。同，和也。刘谘议，即刘孝绰，曾任萧宏骠骑谘议参军。所作《校书秘书省对雪咏怀诗》，今存，本篇即为其和作。刘诗长二十二句，以铺陈见长，而本篇仅八句，以清新简洁见长。“思妇”二句比拟，力求新奇,但略显生硬。末二句有致。

晚霰飞银砾[1],浮云暗未开。入池消不积,因风堕复来[2]。思妇流黄素[3],温姬玉镜台[4]。看花言可插[5],定自非春梅。

【注释】

①霰(xiàn):小雪珠,多在下雪前降落。砾(lì):小石块,碎石。

②堕:《艺文类聚》作"随"。

③流黄:指褐黄色绢。素:指未经染色的绢。张载《拟四愁诗》:"佳人遗我筒中布,何以赠之流黄素。"

④"温姬"句:刘义庆《世说新语·假谲》:"温公丧妇。从姑刘氏家值乱离散,唯有一女,甚有姿慧。姑以属公觅婚,公密有自婚意,……因下玉镜台一枚。姑大喜,……玉镜台,是公为刘越石长史,北征刘聪所得。"温姬,指温峤之妇、其从姑之女。

⑤插:《艺文类聚》作"折"。

【译文】

夜晚小雪珠如银色的碎石飞落,浮云暗淡没有散开。落入水池随即消融不见堆积,随风飘堕一会儿又卷土重来。就像是思妇织出的流黄白绢,又像是温姬所拥有的玉镜台。看着雪花说可插入花瓶,这花一定不是早春的寒梅。

晚景出行

【题解】

本篇载《艺文类聚》卷十八。写傍晚出行所见情景,注重对于细微景物的描绘及对细微的内心感受的揭示。"飞凫"二句写音乐场景,当为出行者在看到和听到"飞凫""啼乌"所发出的美妙声响后所产生的联想。末二句，暗示出行者可能是一位歌舞艺人，“郁相望”的“车马”，前往的目的地正是她所在的歌楼舞馆。

细树含残影，春闺散晚香。轻花鬓边堕[1]，微汗粉中光。飞凫初罢曲[2]，啼乌忽度行[3]。羞令白日暮，车马郁相望[4]。

【注释】

①边：《艺文类聚》作“畔”。

②“飞凫（fú）”句：《乐府诗集》卷四十五《清商曲辞》载有《阿子歌三首》，其一云：“阿子复阿子，念汝好颜容。风流世希有，窈窕无人双。”其三云：“野田草欲尽，东流水又暴。念我双飞凫，饥渴常不饱。”句谓飞凫所发出的声响很动听，犹如《阿子歌》之类的乐曲（或令人想起了《阿子歌》之类的乐曲）。凫，野鸭。

③“啼乌”句：句谓乌鸦的鸣叫很动听，犹如《乌夜啼》之类的乐曲（或令人想起了《乌夜啼》之类的乐曲）。《乐府诗集》卷四十七《清商曲辞》载有《乌夜啼》。乌，《艺文类聚》作“鸟”。行，曲。

④马：傅刚《校笺》：“五云溪馆本、徐本、郑本作‘骑’。”郁：盛貌。

【译文】

小树还残留着淡淡的身影，春闺散发出傍晚的幽香。轻花仿佛要从鬓边坠落，微汗在脂粉中闪着光亮。飞凫之曲刚刚演奏完毕，啼乌之曲忽又开始奏响。感到娇羞不想让白日落山，车马已络绎不绝前后相望。

赋乐府得大垂手

【题解】

《赋乐府得大垂手》即《赋得乐府大垂手》。以某事物为题所作诗，题目即用“赋得”。收入《乐府诗集》卷七十六《杂曲歌辞》，题作《大垂手》,作者作“吴均”。郭茂倩题解引《乐府解题》:“《大垂手》《小垂手》,皆言舞而垂其手也。”诗写舞蹈的轻盈曼妙,恣意任情,颇生动。末二句用典,有谐趣。

垂手忽苕苕[①],飞燕掌中娇[②]。罗衣恣风引[③],轻带任情摇。讵似长沙地,促舞不回腰[④]。

【注释】

①苕苕(tiáo):高貌。谓双手高高地举起。《乐府诗集》作“迢迢”。

②飞燕:即汉成帝宠妃赵飞燕,相传其身轻似燕,能为掌上之舞。参见徐陵《序》、卷四鲍照《朗月行》等注。

③衣:《乐府诗集》作“衫”。引:飘荡。

④“讵(jù)似”二句:谓在狭小的空间内舞蹈,动作不得任情舒展。《汉书》卷五十三《景十三王传·长沙定王刘发》应劭注:“景帝后二年诸王来朝,有诏更前称寿歌舞。定王但张袖小举手,左右笑其拙。上怪问之,对曰:‘臣国小地狭,不足回旋。’帝乃以武陵、零陵、桂阳益焉。”此用其典。讵,岂。促,局促。

【译文】

双手下垂忽又高高地举起,像赵飞燕一样在掌中呈现百媚千娇。绸衣随风恣意飘荡,衣带轻盈任情飘摇。哪里像在长沙那个地方,只能局促地跳舞不能转动纤腰。

赋乐器名得箜篌

【题解】

本篇载《艺文类聚》卷四十四、《初学记》卷十六,皆题作《赋得箜篌诗》;又见《文苑英华》卷二百十二,题作《箜篌》。傅刚《校笺》:“五云溪馆本、徐本、郑本无‘器’。”箜篌(kōng hóu),一种似琵琶的弦乐器,有卧式、竖式两种。本篇名为写箜篌,实主要写了弹箜篌的人,写了她弹箜篌的姿态、神情,更写了她的心情。“欲知”二句,富有含蕴,给读者留下了驰骋想象的余地。

捩迟初挑吹[①],弄急时催舞[②]。钏响逐弦鸣[③],衫回半障柱[④]。欲知心不平,君看黛眉聚[⑤]。

【注释】

①捩(lì):拨动丝弦的用具。迟:缓慢。挑(tiǎo):拨动。吹:指吹奏管乐器。

②弄:指乐曲。

③钏(chuàn):用珠子或玉石等穿起来做成的镯子。

④衫:原作“私”,《艺文类聚》《初学记》《文苑英华》皆作“衫”,据改。柱:弦乐器上支弦的木柱,可以移动以调整音的高低。

⑤黛眉:即眉,因用黛(一种青黑色颜料)描画,故称。

【译文】

捩慢慢地拨动丝弦管乐开始吹奏,乐曲转向急骤时时将舞者催促。金钏随着弦鸣不住发出脆响,衣衫飘卷将一半的弦柱遮住。想要知道她内心是如何的不平,您只须看她的黛眉是怎样地紧皱。

咏舞

【题解】

本篇载《艺文类聚》卷四十三、《初学记》卷十五及《文苑英华》卷二百十三。诗咏舞蹈,首四句总写,以比拟手法对舞女舞姿的优美及舞技的高超作了赞美。接下四句,从“入行”“转面”“腕动”“袖随”几个角度具体描写不断变换的舞姿，令人有目不暇接之感。末二句突转，平生波澜，给读者留下想象的空间。陈祚明评云："'入行'二句生动，结句安雅。"（《采菽堂古诗选》卷二十二）

可怜初二八①，逐节似飞鸿②。悬胜河阳妓③，暗与淮南同④。入行看履进⑤，转面望鬟空⑥。腕动苕华玉⑦，袖随如意风⑧。上客何须起⑨，啼乌曲未终⑩。

【注释】

①初二八：《初学记》作"二八初"、《文苑英华》作"二八物"。初，刚。《艺文类聚》作"称"。二八，十六岁。

②节：节拍。

③悬：远。河阳：汉置县名。明以前历代沿置，在今河南孟州西。西晋时，石崇在河阳建豪华别墅，蓄伎享乐。其《思归引序》云："晚节更乐放逸，笃好林薮，遂肥遁于河阳别业。……家素习技，颇有秦、赵之声。"

④淮南：指淮南的舞者。《初学记》卷十五："以土地名之，有周舞、郑舞、赵舞、巴渝舞、淮南舞、燕余舞。"张衡《舞赋》："昔客有观舞于淮南者，美而赋之。"

⑤履：鞋。

⑥鬟：女子的环形发髻。

⑦苕（tiáo）华玉：美玉名。《艺文类聚》卷八十三引《纪年》："桀伐珉山，珉山庄王女于桀二女，曰琬曰琰。桀受二女，无子，其名于苕华之玉，苕是琬，华是琰也。"苕，植物名。又名凌霄，蔓生，开黄花。《文苑英华》作"昭"。华，花。《诗经·小雅·苕之华》："苕之华，芸其黄矣。"

⑧袖：《初学记》《文苑英华》作"衫"。如意：一种用骨、角、竹、木、

玉、石、铜、铁等材料制作的器物，柄端作手指形或心形，用以搔痒，可如人意，故名。六朝人常持手中，指划挥舞。庾信《对酒歌》："山简接罱倒，王戎如意舞。"此用以形容舞姿的自然飘逸。

⑨上客：贵客。

⑩啼乌：指乐府清商曲《乌夜啼》。曲未：《艺文类聚》作"未肯"。

【译文】

可爱的美人儿刚刚十六岁，随着节拍起舞好似翩飞的鸿雁。远远地胜过河阳的舞女，在暗中与淮南的舞妓相同。举步入列只看见前挪的舞鞋，转过脸去只看见美丽的发髻。手腕挥舞摇动苕华美玉，长袖飘飘伴随如意清风。尊贵的客人请不要忙着起身，《乌夜啼》还未演奏到曲终。

春闺情

【题解】

本篇所写的"春闺情"不是一般的所谓"春情"，即少女对爱情的渴慕，而是少女向往自然、热爱春天之情。通过几个细节，刻绘出一个天真烂漫、个性鲜明的少女形象。

杨柳叶纤纤，佳人懒织缣①。正衣还向镜，迎春试举帘②。摘梅多绕树，觅燕好窥檐。只言逐花草，计校应非嫌③。

【注释】

①缣（jiān）：双丝织成的略带黄色的细绢。

②举：傅刚《校笺》："五云溪馆本、徐本、郑本作'卷'。"

③计校：犹计较。嫌：嫌忌，猜忌。指有关男女关系的闲言闲语。

【译文】

正是杨柳长出纤柔细叶的时节，美人不情愿枯坐在织机前织缣。转过身来对着镜子理理衣服，为迎阳春美景试着卷起窗帘。为摘梅子在树下绕了好多圈，为觅春燕喜欢朝屋檐上窥探。只是为追逐春天的红花绿草，应当不会有人计较引起猜嫌。

咏晚闺

【题解】

本篇赵氏覆宋本题作《又三韵》。傅刚《校笺》："《考异》：'诗语似悼亡怀旧之词，疑简文作伤美人诗六韵之后，复作此诗，蒙前首而言之，故题曰《又三韵》。选诗时取后一首，而题则未改耳。吴氏注本误以又字蒙上《春闺》，又因诗有"暮夜"字，遂改曰《咏晚闺》，非也。'刚按，徐本、郑本作'咏晚闺'则明本改题在先，非出吴氏。"按萧纲现存诗有《伤美人诗》一首，看不出与本篇有特别的关联。本篇也看不出是"悼亡怀旧之词"。诗写女子天刚黑就放下珠帘点上灯烛缝制衣服，其身份应当是一位思妇。"花风"二句，朦胧而优美，观察细微，描绘细致，可谓能状难写之景如在目前。

珠帘向暮下①，妖姿不可追②。花风暗里觉，兰烛帐中飞③。何时玉窗里，夜夜更缝衣。

【注释】

①珠帘：用珠子串联而成的帘子。

②妖姿：艳丽妩媚的姿容。不可追：谓已无法看得很清楚。

③兰烛：用兰膏所制之烛。《文选》宋玉《招魂》："兰膏明烛，华灯错些。"李周翰注："言以兰渍膏，取其香也。"

【译文】

珠帘在傍晚时分放了下来，艳丽妩媚的姿容已不容易看清。黑暗中能感觉吹来了带着花香的风，帷帐中有兰烛的光焰在闪烁摇曳。不知从何时开始在华美的窗户里面，美人一夜一夜地忙着缝制新衣。

率尔成咏

【题解】

成，赵氏覆宋本作“为”。傅刚《校笺》：“《考异》：‘此因戏调姬人而作，故曰“为咏”。“为”字本读去声，冯氏校本误以“为”字为平声，遂从别本改“成”字，非也。’刚按，五云溪馆本、徐本、郑本作‘成’。”诗篇从多角度对美人的形象、神态、聪颖和心理进行描绘，笔法腾挪，读来令人有目不暇接之感。

借问仙将画[①]，讵有此佳人[②]？倾城且倾国[③]，如雨复如神[④]。汉后怜名燕[⑤]，周王重姓申[⑥]。挟瑟曾游赵[⑦]，吹箫屡入秦[⑧]。玉阶偏望树，长廊每逐春。约黄出意巧[⑨]，缠弦用法新[⑩]。迎风时引袖[⑪]，避日暂披巾。疏花映鬟插[⑫]，细佩绕衫身[⑬]。谁知日欲暮[⑭]，含羞不自陈[⑮]。

【注释】

①将：抑或。

②讵（jù）：岂。

③倾城、倾国：指有绝世之美。《诗经·大雅·瞻卬》有“哲夫成城，哲妇倾城”之句。又参见卷一李延年《歌诗一首》。

④“如雨”句：《文选》宋玉《高唐赋序》：“昔者先王尝游高唐，怠而昼寝，梦见一妇人，曰：‘妾巫山之女也，为高唐之客，闻君游高唐，愿荐枕席。’王因幸之。去而辞曰：‘妾在巫山之阳，高丘之阻，旦为朝云，暮为行雨。’”李善注：“朝云、行雨，神女之美也。”

⑤汉后：汉天子。名：傅刚《校笺》："五云溪馆本、徐本、郑本作'飞'。"《汉书》卷九十七下《外戚传下·孝成赵皇后》："孝成赵皇后，本长安宫人。……及壮，属阳阿主家，学歌舞，号曰飞燕。成帝尝微行出，过阳阿主，作乐。上见飞燕而说之，召入宫，大幸。"

⑥"周王"句：周厉王、周幽王皆娶申女为王后。周厉王所立申后为其第二任王后，为申伯之女，生子姬静，后即位为宣王。周幽王所立申后为其第一任王后，为申侯之女，生子宜臼，被立为太子。后幽王宠爱褒姒，申后及太子宜臼皆被废。

⑦挟：《楚辞》刘向《九叹·愍命》："破伯牙之号钟兮，挟人筝而弹纬。"王逸注："挟，持也。"赵：战国时赵都邯郸为歌舞盛行之地。

⑧"吹箫"句：《列仙传》卷上载，秦穆公时，有萧史者"善吹箫，能致孔雀、白鹤于庭"。穆公以女弄玉妻之。萧史"日教弄玉作凤鸣。居数年，吹似凤声，凤凰来止其屋"。

⑨约黄：在额角涂抹微黄，为古代妇女的一种妆饰。

⑩缠弦：庾信《梦入堂内》："小衫裁裹臂，缠弦掐抱腰。"倪璠注："缠弦、抱腰，如古鞶带之饰矣。"即束衣的大带。

⑪引：伸长。

⑫鬟：女子的环形发髻。傅刚《校笺》："五云溪馆本、徐本、郑本作'髻'。"

⑬身：傅刚《校笺》："茅本、陈本作'伸'。"

⑭暮：傅刚《校笺》："五云溪馆本、徐本、郑本作'薄'。"

⑮陈：横陈，躺卧。司马相如《美人赋》："花容自献，玉体横陈。"

【译文】

请问这是仙人还是绘画，天下难道有这样的美人？其美色可以倾城还可以倾国，既如巫山行雨又如巫山女神。就像是汉天子喜欢的赵飞燕，就像周王看重的申姓王后。曾带着瑟游历过赵国，曾吹着箫多次去秦国。站在玉阶上歪头凝望绿树，常在长廊上把艳阳春追逐。在额角上涂黄出意新巧，在束衣时缠弦用法新颖。迎风站立常常把长袖伸展，为躲避烈日暂时披上纱巾。稀疏的花朵插在头上与发髻辉映，小巧的玉佩缀在衣衫上环绕周身。谁知不一会儿天就将晚，满含娇羞不肯上床就寝。

美人晨妆

【题解】

本篇载《艺文类聚》卷十八，作者作“昭明太子”即萧统。诗既描绘了美人的晨妆情景，也表现了美人娇羞可人的情态。“随”字、“逐”字，生动形象。末二句，给读者留下想象余地。

北窗向朝镜①，锦帐复斜萦②。娇羞不肯出，犹言妆未成。散黛随眉广③，燕脂逐脸生④。试将持出众，定得可怜名。

【注释】

①向朝：《艺文类聚》作“朝向”。

②锦：一种有杂色花纹的厚重丝织品。萦：缠绕。

③黛：用来画眉的一种青黑色颜料。

④燕脂：即胭脂，一种用来涂饰脸颊或嘴唇的红色颜料。

【译文】

早晨起来就坐在北窗的明镜前面，锦帐还被斜斜地缠绕着悬挂在那里。满含娇羞不肯走出闺门，许久了还说是妆未化成。青黛散开随着双眉越来越宽，胭脂顺着脸颊不断往前浸润。如果此时让你站在众人面前，一定会得到一个“可爱”的声名。

赋得当垆

【题解】

本篇收入《乐府诗集》卷六十三《杂曲歌辞》,题作《当垆曲》。“赋得”,见前《赋乐府得大垂手》诗题解。垆,酒店里安放酒瓮的土台子。当垆,谓坐在垆边卖酒。《汉书》卷五十七上《司马相如传》载,司马相如游临邛,以琴挑当地富人卓王孙之女卓文君,卓文君私奔司马相如,归成都,家贫,又同反临邛,卓文君当垆卖酒,相如穿犊鼻裈,涤器于市中。又辛延年《羽林郎》:“胡姬年十五,春日独当垆。”写了一个胡姬拒绝金吾子调戏的故事。本诗的写作或受《羽林郎》影响,诗中的女子为胡姬式的人物,而“解金鞍”的“宿客”为金吾子式的人物。诗表现了女子“请客容易送客难”的尴尬,表现了女子的无奈和内心所受的煎熬。

十五正团团①,流光满上兰②。当垆设夜酒,宿客解金鞍③。迎来挟瑟易④,送别但歌难⑤。讵知心恨急⑥,翻令衣带宽⑦。

【注释】

①团团:傅刚《校笺》:“徐校:‘五云溪馆本作“团圆”’。刚按,徐本、郑本作‘圆’。”

②上兰:汉宫观名。在上林苑中,为帝王打猎处。故址在今陕西西安西。

③宿客:常来的客人。

④挟:持。

⑤但:《乐府诗集》作“唱”。

⑥讵(jù):岂。《乐府诗集》作“欲”。

⑦翻:反而。衣带宽:谓身体消瘦。

【译文】

十五的月亮正团团圆圆，流动的月光洒满上兰。坐在垆边摆好夜酒，常来的客人解下了金鞍。拿着瑟弹琴迎来客人容易，唱着歌儿送别客人却很困难。哪知道我心里恨得咬牙切齿，反而让自己衣带变得宽缓。

林下妓

【题解】

本篇载《初学记》卷十五，题作《梁昭明太子林下作妓诗》；又载《文苑英华》卷二百十三，题作《和林下咏妓应令》，作者也作“梁昭明太子”。诗写宴饮之乐。虽题作“林下妓”，而对妓人却着墨不多，与他篇常连篇累牍地工绘细描不同。“花与面”一句，从水中倒影落笔，让眼前美人与美景构成一幅相映生辉的画面，可谓别出心裁。末引曹植《公宴诗》成句，显出本诗与建安游宴诗之间有一脉相承的关联。

炎光向夕敛①，促宴临前池②。泉深影相得③，花与面相宜④。篪声如鸟哢⑤，舞袂写风枝⑥。欢乐不知醉，千秋长若斯⑦。

【注释】

①炎光：炎热的阳光。敛：收敛。指阳光不再那么炎热。

②促：迫，临近。《初学记》《文苑英华》作“徙”。

③深影：傅刚《校笺》：“徐本、郑本作‘同声’，五云溪馆本‘深’作‘声’。”深，《初学记》《文苑英华》作“将”。

④“花与面”句：吴兆宜注引刘琨诗：“花将面自许，人共影相怜。”

⑤篪（chí）：古管乐器名。傅刚《校笺》：“五云溪馆本、徐本、郑本作‘管’。”如：傅刚《校笺》：“徐本、郑本作‘引’。又，五云溪馆本

作‘长’。”哢(lòng):鸟鸣声。

⑥袂(mèi):衣袖。《初学记》《文苑英华》作“袖”,傅刚《校笺》:“徐本、郑本作‘状’。”写:描绘出。

⑦斯:此。曹植《公宴诗》:“飘飖放志意,千秋长若斯。”

【译文】

炎热的阳光到了傍晚渐渐收敛,将晚宴安排在前面的水池旁边。泉水深深水中的倒影彼此相得,美艳的花与俊美的脸正好相称。篪声就像是一声声哢哢的鸟叫,长袖挥舞绘成风中摇曳的树枝。尽情地欢乐不知道酒醉,但愿千秋万代长久如此。

拟落日窗中坐

【题解】

傅刚《校笺》引《考异》:“谢朓《赠王主簿》诗第一首作‘日落窗中坐’,此似倒书。”诗写夕阳西下时分坐于窗前的美人,通过对其动作和环境的描写,表现了她的寂寞、她对于青春虚掷的哀叹和对于幸福的爱情生活的向往。“阳春”一语双关,双关温馨而和谐的爱情生活。“游鱼”一联,写得颇精致,对仗也颇工整,也许受到“鱼戏新荷动,鸟散余花落”(谢朓《游东田》)两句诗的影响。

杏梁斜日照①,余晖映美人。开函脱宝钏②,向镜理纨巾③。游鱼动池叶,舞鹤散阶尘。空嗟千岁久④,愿得及阳春。

【注释】

①杏梁:文杏木所做的屋梁。司马相如《长门赋》:“刻木兰以为榱兮,饰文杏以为梁。”代指华丽的屋宇。

②函:匣子。钏(chuàn):用珠玉串起来做成的手镯。

③纨（wán）：细绢。

④嗟：傅刚《校笺》："陈本作'叹'。"

【译文】

落日斜斜地照在杏梁上，余晖映照着闺中的美人。打开匣子摘下宝钏，面对明镜整理丝巾。鱼儿漫游摇动了清池中的荷叶，白鹤轻舞挥散了台阶上的浮尘。空自嗟叹一千年实在太长，但愿能及时享受这艳阳春。

咏美人观画

【题解】

本篇载《艺文类聚》卷十八，"观"作"看"。咏美人观画，其意在说明美人其美如画。为了说明美人其美如画，作者将美人与画作了对比，极力说明二者几无区别，画即美人，美人即画也。末二句揭示出二者的区别，意在说明美人更胜于画。题材颇显特别，描写也生动有趣。

殿上图神女，宫里出佳人。可怜俱是画，谁能辨伪真[1]？分明净眉眼[2]，一种细腰身。所可持为异[3]，长有好精神。

【注释】

①辨伪：《艺文类聚》作"辩写"。

②净：完全。眉：吴兆宜注："一作'眼'。"眼：傅刚《校笺》："五云溪馆本、徐本、郑本作'目'。"

③可持：傅刚《校笺》："五云溪馆本、徐本、郑本作'有特'，孟本作'可特'。"

【译文】

大殿墙壁上画有一幅神女画，宫里走出来一位观画的美人。都成了一幅十分可爱的画，谁能辨认出哪是假哪是真？分明都长着一样的眉毛和眼睛，都是一种纤细的腰身。只有一点可以拿来区别她们的不同，观画的美人总有很好的风采和精神。

娈童

【题解】

《诗经·齐风·甫田》："婉兮娈兮，总角丱兮。"孔颖达《正义》："娈，好貌。"娈（luán）童，旧指被侮辱、被玩弄的美男。《北齐书》卷五《废帝纪》："（许）散愁自少以来，不登娈童之床，不入季女之室，服膺简策，不知老之将至。"以"不登娈童之床""不入季女之室"自我标榜，可反证当时达官贵人"登"者"入"者不在少数，可见一时风气。本篇从娈童的美貌、所居环境、衣着、姿态和所受宠爱等方面对娈童进行毫无顾忌的赞美，不仅反映出作者个人的审美趣味，实亦是一时审美风气和社会风气的反映。

娈童娇丽质①，践董复超瑕②。羽帐晨香满③，珠帘夕漏赊④。翠被含鸳色⑤，雕床镂象牙。妙年同小史⑥，姝貌比朝霞⑦。袖裁连璧锦⑧，笺织细橦花⑨。揽裤轻红出⑩，回头双鬓斜。懒眼时含笑⑪，玉手乍攀花⑫。怀猜非后钓⑬，密爱似前车⑭。足使燕姬妒⑮，弥令郑女嗟⑯。

【注释】

①质：《左传·僖公二十三年》："策名委质，贰乃辟也。"孔颖达《正义》："质，形体也。"此指姿容。

②践：踩，踏。此即超过之意。董：董贤，西汉人。因貌美并善逢迎得到汉哀帝宠幸，迁为光禄大夫。出则与帝同车，入则与帝同

寝，旬月间获赏赐巨万，贵震朝廷。事见《汉书》卷九十三《佞幸传》。瑕：弥子瑕，春秋时卫灵公的宠臣。《韩非子·说难》、刘向《新序·杂事一》等对其事有记载。

③羽帐：以翠鸟羽毛装饰的帷帐。也可能指帷帐的颜色红红绿绿，如翡翠鸟的羽毛。

④珠帘：用珠子串联而成的帘子。漏：铜漏，古代计时器。借指时间。赊（shē）：长久。

⑤翠被：红红绿绿似翠鸟羽毛的被子。又，《楚辞》宋玉《招魂》："翡翠珠被，烂齐光些。"王逸注："言床上之被，则饰以翡翠羽及珠玑，刻画众华。"含：吴兆宜注："一作'合'。"

⑥小史：周小史，西晋时娈童名。张翰《周小史诗》："翩翩周生，婉娈幼童。年十有五，如日在东。香肤柔泽，素质参红。"

⑦姝（shū）：美貌。比：傅刚《校笺》："徐本、郑本作'似'。"曹植《洛神赋》："远而望之，皎若太阳升朝霞。"

⑧连璧锦：一种精美的锦缎。曹丕《与群臣论蜀锦书》中有"自吾所织如意虎头连璧锦"之句。

⑨笺：笺布，一种质地细密的棉布，当时为罕见的贵重衣料。《世说新语·雅量》："王戎为侍中，南郡太守刘肇遗筒中笺布五端。"橦（tóng）：木名。其花可以织布。《文选》左思《蜀都赋》："布有橦华，面有桄榔。"刘渊林注："橦华者，树名橦，其花柔，毳可绩为布也。出永昌。"

⑩轻红：淡红。为内衣裤的颜色。

⑪懒：吴兆宜注："一作'媚'。"

⑫乍：忽然。

⑬"怀猜"句：用战国时魏国宠臣龙阳君泣前鱼故事。参见卷二阮籍《咏怀诗二首》"昔日繁华子"注。

⑭"密爱"句：《韩非子·说难》载，春秋时卫国法律规定，凡私自用

国君车驾者要处以刖刑(一种断足的酷刑)。一天晚上,卫灵公宠臣弥子瑕得知母亲生病而假托君命私驾君车回家看望,卫君知道后不但没有责怪,反予赞扬。参见卷四陆厥《中山王孺子妾歌》注。

⑮足:傅刚《校笺》:"徐本、郑本作'定'。"燕姬:燕地(古燕地在今河北北部一带)的美女。《文选》鲍照《舞鹤赋》:"燕姬色沮,巴童心耻。"刘良注:"巴童、燕姬,并善歌舞者。"

⑯郑女:传说郑国出美女。《战国策·楚策三》:"张子曰:'彼郑、周之女,粉白黛黑,立于衢间,非知而见之者,以为神。'"又《文选》傅毅《舞赋》:"于是郑女出进,二八徐侍。"李善注引《淮南子》高诱注:"郑褎(袖)也。楚王之幸姬,善舞,名曰郑舞。"嗟:叹息。

【译文】

娈童有着娇美的姿容,超过了董贤和弥子瑕。清晨羽帐中弥漫着芳香,夜晚珠帘内时间很漫长。翠被隐含着鸳鸯的色调,大床雕镂有温润的象牙。美妙的年龄如同周小史,美艳的容貌可媲美朝霞。衣袖是用连璧锦裁制,笺布是用细橦花织成。提起套裤露出浅红的内衣,回过头来双鬓微微地倾斜。慵懒的双眼不时含着微笑,白皙的双手忽又攀折鲜花。内怀猜疑不是因为后面又钓起了大鱼,浓密的宠爱好似此前私用君车的弥子瑕。足可使燕地的美女心生嫉妒,更是让郑地的美女发出叹息。

邵陵王纶

邵陵王萧纶（？—551），字世调，梁武帝萧衍第六子。少聪颖，博学善属文，尤工尺牍。天监十三年（514）封邵陵郡王。历任会稽太守、江州刺史、侍中、丹阳尹、南徐州刺史等。骄纵暴虐，肆行非法，多次被免官削爵。侯景乱起，奉命率兵御敌，大破之，复败，逃回京口。大宝元年（550），台城沦陷，逃至郢州，南平王萧恪奉为都督中外诸军事。为萧绎所逼，逃至武昌、汝南，被迫外附北齐。不久，西魏攻陷汝南，被杀。《隋书》卷三十五《经籍志四》著录有集六卷，已佚。其事见《梁书》卷二十九、《南史》卷五十三。

代秋胡妇闺怨

【题解】

本篇载《艺文类聚》卷三十二，题作《闺怨诗》，作者作“梁元帝”即萧绎。代，拟。秋胡妇，即鲁人秋胡之妻。其事详见卷二傅玄《和班氏诗一首》题解。本篇承袭其意，写闺怨，将一个“怨”字写到极致。思妇所以怨者，不仅在于荡子久久不归，而在于荡子久久不归的原因，“若非新有悦”，写出了思妇心中深层次的忧虑和绝望。末句语新意新，力透纸背，有强烈的打动人心的力量。

荡子从游宦[①]，思妾守房栊[②]。尘镜朝朝掩，寒床夜夜空[3]。若非新有悦[4]，何事久西东。知人相忆否[5]？泪尽梦啼中。

【注释】

①荡子：长期在外流荡不归者。游宦：在异乡做官，迁转不定。

②房栊（lóng）：犹言房舍。

③床：傅刚《校笺》："五云溪馆本、徐本、郑本作'衾'。"

④新有：《艺文类聚》作"有欢"。

⑤忆：《艺文类聚》作"望"。

【译文】

荡子在外做官迁转不定，思妇独自枯守在房舍之中。落满了灰尘的镜子天天遮掩，床榻没有哪一夜不清冷虚空。如果不是因为在外面有了新欢，怎么可能长期在外面跑西跑东。知不知道我是怎么想念你的？我总在梦中啼哭眼泪已经流空。

车中见美人

【题解】

本篇从眉眼、腰肢、语笑、行步等几个方面写美人的美艳动人，抒写自己对美人的倾慕之情。但仅限于对美人外在美的描写，没有对美人内在心理、感情的揭示。末更流露出占有美人的欲望，表现虽够直率，但也不免卑琐。

关情出眉眼[1]，软媚著腰肢[2]。语笑能娇媄[3]，行步绝逶迤[4]。空中自迷惑[5]，渠傍会不知[6]。悬念犹如此，得时应若为[7]。

【注释】

①关情：牵动感情，让人动心。

②著（zhuó）：依附，表现。

③媄（měi）：《说文》："色好也。"

④逶迤（wēi yí）：婀娜多姿貌。

⑤空中：谓凭空想象。与下句"渠傍"相对而言。

⑥渠：她。会：能。

⑦若为：如何，怎样。

【译文】

最让人动情的地方出自眉眼，轻软娇媚则表现在腰肢。说话微笑都能显示出娇美，走起路来婀娜多姿无人能比。凭空想象自己都会受到迷惑，站在她的旁边哪会有所不知。单是悬想就能让人迷成这样，要是得到了她不知会是如何。

代旧姬有怨

【题解】

本篇载《艺文类聚》卷三十二，作者作"梁元帝"即萧绎。抒写被弃姬人的哀怨，能如见其人，如闻其声。"宁为"句，反衬有力。"未展"二句，写青春年华即遭遗弃摧残，而以比喻出之，颇形象生动。末二句用典，表达对挽回爱情的期盼，用心良苦，倍觉可怜。

宁为万里别[①]，乍此死生离[②]。那堪眼前见，故爱逐新移。未展春花落[③]，遽被秋风吹[④]。怨黛舒还敛[⑤]，啼妆拭更垂[⑥]。谁能巧为赋[⑦]？黄金妾自赀[⑧]。

【注释】

①别:《艺文类聚》作“隔”。

②乍:忽然。此:《艺文类聚》作“作”。

③花:原作“光”,《艺文类聚》作“花”,据改。

④秋:《艺文类聚》作“凉”。

⑤黛:画眉用的青黑色颜料。代指眉。还:再,复。

⑥啼妆:《后汉书》卷三十四《梁冀传》:“(冀妻孙寿)色美而善为妖态,作愁眉、啼妆、堕马髻、折腰步、龋齿笑,以为媚惑。”李贤注引《风俗通》:“啼妆者,薄拭目下若啼处。”这里实指啼痕,因似啼妆,故称。妆,《艺文类聚》作“红”。更:《艺文类聚》作“复”。

⑦“谁能”句:司马相如《长门赋序》:“孝武皇帝陈皇后,时得幸,颇妒,别在长门宫,愁闷悲思。闻蜀郡成都司马相如天下工为文,奉黄金百斤,为相如、文君取酒,因于解悲愁之辞。而相如为文以悟主上,陈皇后复得亲幸。”此用其典。

⑧自:《艺文类聚》作“不”。赀(zī):通“资”,钱财。这里是提供钱财的意思。

【译文】

宁可我们分别哪怕远隔万里,不料现在生离忽就成了死别。哪忍心看到眼前的这番情景,此前的恩爱因你追逐新欢而发生转移。春花未来得及充分展示就开始凋落,突然间就被一阵秋风猛烈地吹走。幽怨的双眉刚刚舒展旋又紧皱,泪痕刚刚擦干就又下垂。有谁能巧妙地为我做一篇赋?黄金我自会为他做好准备。

湘东王绎

湘东王绎，即梁元帝萧绎（508—554），字世诚，小字七符，自号金楼子。梁武帝第七子。天监十三年（514）封湘东王。历任会稽太守、江州刺史、荆州刺史等职。侯景乱中，受密诏为大都督中外诸军事，以讨侯景，但他拥兵观望，图坐收渔利。萧纲受侯景挟持即位为帝，萧绎不予承认，并剪除邵陵王萧纶，又与武陵王萧纪互相攻杀。承圣元年（552），侯景之乱平，即帝位于江陵。西魏攻破江陵，被杀。博览群书，下笔成章，不好声色。《隋书》卷三十五《经籍志四》著录有集五十二卷，又有《梁元帝小集》十卷，已散佚。明人辑有《梁元帝集》。其事见《梁书》卷五、《南史》卷八。

登颜园故阁

【题解】

颜园，可能为颜协故园。据《梁书》卷五十《颜协传》，其父“见远，博学有志行。初，齐和帝之镇荆州也，以见远为录事参军，及即位于江陵，以为治书侍御史，俄兼中丞”。颜协本人“少以器局见称。博涉群书，工于草隶。释褐湘东王国常侍，又兼府记室。世祖出镇荆州，转正记室”。诗首尾写登颜园故阁时所见情景，中间追忆当初颜园的繁盛，繁华与萧索，两相比衬，流露凭吊感慨之情。“衣香”二句，从听觉落笔，有新意。“如何”二句，系由谢朓“舞馆识余基，歌梁想遗转”（《和伏武昌登孙权故城》)二句变化而来,不着痕迹,亦有新意。

高楼三五夜[①],流影入丹墀[②]。先时留上客[③],夫婿美容姿[④]。妆成理蝉鬓[⑤],笑罢敛蛾眉[⑥]。衣香知步近,钏动觉行迟[⑦]。如何舞馆乐,翻见歌梁悲[⑧]。犹悬北窗幌[⑨],未卷南轩帷[⑩]。寂寂空郊暮,非复少年时。

【注释】

①三五:十五日。五,傅刚《校笺》:"陈本作'月'。"

②丹墀(chí):宫殿前涂成红色的台阶。此为对颜园台阶的美称。

③上客:贵客。

④美容:傅刚《校笺》:"五云溪馆本、徐本、郑本作'芙蓉'。"

⑤蝉鬓:古代妇女的一种发式。崔豹《古今注》卷下:"魏文帝宫人绝所爱者,有莫琼树、薛夜来、田尚衣、段巧笑四人,日夕在侧。琼树乃制蝉鬓,缥眇如蝉,故曰蝉鬓。"

⑥蛾:赵氏覆宋本作"娥"。

⑦钏(chuàn):用珠玉串连而成的镯子。

⑧翻:反。歌梁:《列子·汤问篇》:"昔韩娥东之齐,匮粮,过雍门,鬻歌假食。既去而余音绕梁欐,三日不绝。"

⑨幌(huǎng):帷幔之类。

⑩轩:窗。

【译文】

十五晚上的月光照耀着高楼,月影照上台阶不住游弋徘徊。先前为了要挽留尊贵的客人,夫婿将姿容打扮得何等俊美。梳妆完毕将薄薄的蝉鬓整理,一笑之后皱紧了细长的蛾眉。闻到衣香知道已来到近处,手镯摇动感觉放慢了步履。为什么曾经充满了欢乐的舞馆,歌声绕梁之地转眼回荡着悲凄。北窗的帘子还在那里高悬，南窗的帷幔也还没有收卷。傍晚空无人迹的郊野多么静寂，不再像少年时候那样热闹非凡。

戏作艳诗

【题解】

本篇虽曰“戏”，曰“艳”，但还是具有一定的现实性，并对弃妇表达了一定的同情。女子被“故夫”抛弃了，嫁了新夫，但新夫又娶了“小妇”，对她的情感至少已不专一了。这天她同时遇上了“小妇”和“故夫”，内心自然会是五味杂陈。“含辞”二句，心理揭示深刻，情态描写生动。末二句，写出了思妇的重情与善良。接受了“上山采蘼芜”等古诗的影响，但能推陈出新，塑造了一个既无辜又善良的弃妇形象。

入堂值小妇①，出门逢故夫。含辞未及吐，绞袖且踌躇②。摇兹扇似月，掩此泪如珠。今怀固无已，故情今有余。

【注释】

①值：遇上。古诗“上山采蘼芜”：“上山采蘼芜，下山逢故夫。”

②踌躇（chí chú）：心中犹疑、要走不走的样子。

【译文】

走进厅堂遇上了新来的小妇，走出家门遇上了从前的丈夫。心中有话还没来得及开口，绞缠衣袖步履变得犹疑徘徊。摇着的这把扇子就像圆圆的月亮，掩面而泣流出的眼泪就像圆圆的露珠。今天心中的凄楚固然是无穷无尽，但今天内心也还有不少旧情存留。

夜游柏斋

【题解】

吴兆宜注:"游,一作'宿'。"《南齐书》卷三十八《萧颖胄传》:"建武中,荆州大风雨,龙入柏斋中,柱壁上有爪足处,刺史萧遥欣恐畏,不敢居之。至是以为嘉祐殿。"本篇前四句写寂寞凄清之景,后四句抒寂寞凄清之情,情以景生,景为情设。"烛暗""云影"等语,紧扣"夜"字展开,观察与表现均堪称细致,耐人寻味。陈祚明评云:"元帝诗翻以此等直致者为佳。"(《采菽堂古诗选》卷二十二)

烛暗行人静,帘开云影入。风细雨声迟①,夜短更筹急②。能下班姬泪③,复使倡楼泣④。况此客游人,中宵空伫立⑤。

【注释】

①迟:缓。

②更(gēng)筹:古代夜间计时报更的竹签。《陈书》卷三《世祖纪》:"每鸡人伺漏,传更签于殿中,乃敕送者必投签于阶石之上,令铿然有声,云'吾虽眠,亦令惊觉也'。"

③班姬:即班婕妤。汉成帝即位之初被选入宫,初得宠幸,后遭赵飞燕姐妹排挤,失宠。

④倡楼:歌舞艺人所居之处。萧绎《荡妇秋思赋》:"况乃倡楼荡妇,对此伤情。"

⑤中宵:半夜。伫立:久久地站立。

【译文】

烛光幽暗已静得见不到一个行人,掀开窗帘扑面而来的是一片云影。清风细弱入耳的雨声已趋缓慢,夜晚短暂更筹之声更显得急促。能让班姬流下心酸的眼泪,还能让倡楼中的人低头哭泣。何况这是位客游他乡的人，半夜时分空自久久地站立。

和刘上黄

【题解】

本篇载《初学记》卷三、《文苑英华》卷一百五十七，并题作《春日诗》。傅刚《校笺》引《考异》："《初学记》作《元帝春日诗》，疑本作《和刘上黄春日》，宋刻误脱两字耳。"刘上黄，未详其人。前六句描写明媚春色，格调轻盈而欢快。末二句将"独望行人归"的思妇推出，其孤独与幽怨与明媚春色形成强烈的反差和对比。"无令"句语含双关，双关无令美人迟暮之意。

新莺隐叶啭[1]，新燕向窗飞。柳絮时依酒，梅花乍入衣[2]。玉珂逐风度[3]，金鞍映日晖。无令春色晚，独望行人归。

【注释】

①新莺：谓在春日刚出现的莺。下句"新燕"同。啭（zhuàn）：鸟婉转地鸣叫。

②梅花：傅刚《校笺》引《考异》："柳絮时不应有梅花，'梅'字疑误。"乍：忽然。《文苑英华》作"任"。

③玉珂（kē）：马络头，以贝饰之，色白似玉，振动时发出声响。逐：傅刚《校笺》："五云溪馆本、徐本、郑本作'轻'。"

【译文】

新莺隐藏在树叶中婉转地鸣叫，新燕朝着窗户轻捷地翩飞。柳絮不时飘进杯中与酒依偎，梅花忽然间飘进了罗衣。玉珂清脆的鸣响随风飘荡，金饰的马鞍与白日交相辉映。不要让春色走到尽头，独自眺望盼远行人早日回归。

咏晚栖乌

【题解】

本篇载《艺文类聚》卷九十二、《文苑英华》卷二百六，皆题作《晚栖乌》。诗或以乌鹊比游子，游子为谋求政治上的出路，故视帝都为归宿，纷纷离开故乡奔赴上林，而且还不止一次这样做；"前乌驶""后群迷""声难彻""行未齐"，还写出了奔骛途中的不易。但他们在感情上也因此变得不专一，途中"几过入兰闺"，而让自己的妻子"倡楼妾"在家孤独守望。"倡楼妾"与"荡子妇"在古诗中为一人，而在本篇中则应为两人，诗以"倡楼妾"与"荡子妻"作比较，谓"倡楼妾"的命运也许还不如"荡子妻"，流露出对"倡楼妾"的同情。

日暮连翩翼①，俱向上林栖②。风多前鸟驶③，云暗后群迷。路远声难彻④，飞斜行未齐。应从故乡返，几过入兰闺⑤。借问倡楼妾⑥，何如荡子妻⑦？

【注释】

①连翩：连续飞翔貌。谢朓《赠王主簿》其一："一遇长相思，愿寄连翩翼。"

②上林：汉宫苑名。故址在今陕西西安西。又《宋书》卷六《孝武帝纪》："（大明三年九月）壬辰，于玄武湖北立上林苑。"泛指帝王宫苑。

③鸟：《文苑英华》作"乌"。驶：迅疾。

④彻：通。

⑤兰闺：对女子居室的美称。

⑥倡楼妾：过去为歌舞伎而今为人妻者。倡，歌舞伎。

⑦荡子：在外浪荡不归的男子。古诗"青青河畔草"："昔为倡家女，

今为荡子妇。荡子行不归，空床难独守。”妻：《艺文类聚》《文苑英华》作“啼”。

【译文】

傍晚时分乌鹊不停地振翅翩飞，一起飞向上林苑林中栖宿。风大前边的鸟儿加快了速度，云暗后面的鸟群感到了迷离。路途遥远鸣叫声难以前后通达，飞得不直行列没有排列整齐。应该是从故乡飞返到了这里，途中还多次进入美人的香闺。请问楼中歌舞伎出身的思妇，你能否跟荡子妻的命运相比？

寒宵三韵

【题解】

本篇载《艺文类聚》卷三十二，题作《寒闺诗》。傅刚《校笺》：“五云溪馆本、徐本、郑本作‘寒宵’，无‘三韵’二字。”诗篇紧扣“寒宵”二字落笔，描绘出一幅意境空灵的寒夜思妇图。“明月”“寒风”等意象，含蕴隽永。语言简净、清新、自然，有汉乐府风韵。

乌鹊夜南飞①，良人行未归②。池水浮明月，寒风送捣衣③。愿织回文锦④，因君寄武威⑤。

【注释】

①乌鹊：乌鸦。曹操《短歌行》：“月明星稀，乌鹊南飞。绕树三匝，何枝可依？”

②良人：女子对丈夫的称谓。

③捣衣：此指捣衣的声音。古人在缝制寒衣前，须先将衣料放在石头上捣平。

④回文锦:参见卷四王融《回文诗》题解。

⑤因:凭借,依靠。君:指风。武威:郡名。在今甘肃境内,为良人所在之地。

【译文】

乌鹊夜里朝着南方飞去,夫君离家远行至今未归。池水中浮动着一轮明月,寒风送来一阵阵捣衣声。我愿意编织一段回文锦,托寒风把它带到武威郡。

咏秋夜

【题解】

傅刚《校笺》:"五云溪馆本、徐本、郑本无'咏'字。"诗篇抒写秋夜游子的愁怨,情调颇凄婉。曹丕《杂诗》:"漫漫秋夜长,烈烈北风凉。辗转不能寐,披衣起彷徨。……郁郁多悲思,绵绵思故乡。"此类诗篇,前人多有,主题习见,然本篇短而有味,自见特色。"灯光"二句,写出了环境的静谧,也写出了游子内心的寂寞与幽怨,从而直接将末二句逼出。

秋夜九重空①,荡子怨房栊②。灯光入绮帷,帘影进屏风③。金徽调玉轸④,兹夜抚《离鸿》⑤。

【注释】

①九重:指天空。传说天有九重。

②荡子:傅刚《校笺》引《考异》:"'荡子'二字未详,疑为'荡妇'之误。"从所描写的环境看,存在为"荡妇"之误的可能性,但古诗表现游子思乡之愁的也不少见。房栊(lóng):犹言房舍。

③进:傅刚《校笺》:"徐本、郑本作'穿'。"

④金徽：有金饰的琴徽。徽，琴徽，系弦的绳。代指琴。玉轸（zhěn）：有玉饰的轸。轸，弦乐器上转动弦线的轴。

⑤抚：弹奏。《离鸿》：古乐曲名。

【译文】

秋天的夜空辽阔无垠，游子在房中愁怨滋生。灯光透进华美的帷帐，屏风映上淡淡的帘影。把系有金徽的玉轸调整，今夜要弹奏一曲《离鸿》。

武陵王纪

武陵王萧纪（508—553），字世询，别字大智。梁武帝萧衍第八子，最受宠爱。天监十三年（514）封武陵郡王。历任彭城太守、丹阳尹、会稽太守、扬州刺史、侍中、江州刺史、益州刺史等。侯景之乱，台城陷，萧纪按兵不动，以待时机。萧绎称帝于江陵，萧纪亦称帝于蜀，改元天正，率军东下。萧绎勾结西魏攻蜀，萧纪大败，被杀。《梁书》称其“少勤学，有文才，属辞不好轻华，甚有骨气”。《隋书》卷三十五《经籍志四》著录有集八卷，已佚。其事见《梁书》卷五十五、《南史》卷五十三。

同萧长史看妓

【题解】

本篇载《初学记》卷十五，题作《梁刘孝绰同武陵王看妓》；又载《文苑英华》卷二百十三，题作《武陵殿下看妓》，作者作“刘孝绰”。同，和诗。萧长史，即萧介。《梁书》卷四十一《萧介传》：“萧介字茂镜，兰陵人也。……少颖悟，有器识，博涉经史，兼善属文。……大同二年，武陵王为扬州刺史，以介为府长史，在职清白，为朝廷所称。”诗写伎人舞姿的美妙，歌声的动听，容颜的美丽，最后揭示其因思念夫君而害怕夜晚来临的心理。“回羞”二句，表现女子瞬间情态变化，细致入微。后四句连用三典，随手拈来，妥帖自然。

燕姬奏妙舞①，郑女发清歌②。回羞出慢脸③，送态入颦蛾④。宁殊值行雨⑤，讵减见凌波⑥？想君愁日暮⑦，应羡鲁阳戈⑧。

【注释】

①燕姬：燕地（古燕地在今河北北部一带）的歌姬舞女。《文选》鲍照《舞鹤赋》："燕姬色沮，巴童心耻。"刘良注："巴童、燕姬，并善歌舞者。"奏：进，献。

②郑女：传说郑国出美女。《战国策·楚策三》："张子曰：'彼郑、周之女，粉白黛黑，立于衢间，非知而见之者，以为神。'"

③慢：用同"曼"，美、妩媚的意思。

④入：《初学记》《文苑英华》作"表"。颦（pín）蛾：即皱眉头。《庄子·天运》载，美女西施因心病而皱眉，结果这样子使她变得更美。蛾，蚕蛾。因其触须弯曲细长，常用以形容女子的美眉。

⑤宁（nìng）：岂。殊：不同。值：面对，遇上。《初学记》作"遏"，《文苑英华》作"遇"。行雨：指巫山神女。参见卷六何思澄《南苑逢美人》注。

⑥讵（jù）：岂。凌波：指洛水之神宓妃，谓其体态轻盈，能行走于水波之上。曹植《洛神赋》："体迅飞凫，飘忽若神。陵波微步，罗袜生尘。"

⑦暮：《初学记》《文苑英华》作"落"。

⑧鲁阳戈：《淮南子·览冥训》："鲁阳公与韩搆难，战酣日暮，援戈而㧑之，日为之反三舍。"戈，古代的一种兵器。

【译文】

燕国的美姬献上美妙的舞蹈，郑国的美女唱出清亮的歌声。隐去娇羞呈露出曼妙的俏脸，妙态消逝旋变作微蹙的双眉。遇上巫山神女难道会有所不同，见到凌波仙子岂又会差她半分？想念夫君为傍晚将要来临犯愁，羡慕鲁阳公能挥戈将太阳赶回。

和湘东王夜梦应令

【题解】

本篇载《艺文类聚》卷三十二，题作《夜梦诗》。湘东王，即梁元帝萧绎。诗通过梦境写思远幽怨之情，有其特别之处。“故言”二句应为梦醒后所言，谓回忆当初在一起时说过的话就如同在梦中一样，幸好还可通过鸿雁传书，聊解相思之情，但实为思妇的自我宽解之辞。则“如梦里”之“梦”，非“昨夜梦”之“梦”。梦梦相追，自有曲折。

昨夜梦君归，贱妾下鸣机。悬知君意薄[1]，不著去时衣。故言如梦里，赖得雁书飞。

【注释】

①“悬知”句：《艺文类聚》作“极知意气薄”。悬知，料知。

【译文】

昨夜梦见夫君回来了，我从一直响着的织机上下来。料知夫君对我情意淡薄，没有穿离家时穿的衣服。以前说过的话就如在梦中一样，幸好有鸿雁飞来飞去传递音书。

晓思

【题解】

本篇载《艺文类聚》卷三十二，作者作“梁简文帝”即萧纲。思，傅刚《校笺》：“五云溪馆本、徐本、郑本作‘色’。”诗写思妇对外出漫游不归的夫君的思念。首二句写室外春天清晨的景色，明媚动人，生机蓬勃，正是撩人思绪的季节。中二句写室内的静谧孤寂冷清之景，恰与室外春景的明媚热闹形成鲜明对照。后二句推出思妇，直抒其情，水到渠成。

晨禽争学啭[①]，朝花乱欲开。炉烟入斗帐[②]，屏风隐镜台。红妆随泪尽[③]，荡子何时回？

【注释】

①啭（zhuàn）：婉转地鸣叫。吴兆宜注引《正字通》："啭，音转，鸟声转也。黄莺声三十二转，百舌声十二转。"

②炉烟：指薰香的轻烟。斗帐：一种小帐，其形如覆盖着的斗。

③红妆：女子的盛妆，其色尚红，故称。随泪尽：《艺文类聚》作"几尽泪"。

【译文】

清晨小鸟儿争相婉转地鸣叫，朝花纷乱都抢着想尽情地绽放。炉中薰香的轻烟飘进了斗帐，屏风将梳妆的镜台静静地遮挡。脸上的红妆随着眼泪消融殆尽，外出的游子你几时才能归来？

闺妾寄征人

【题解】

本篇写思妇的悲愁与思念。思妇的丈夫戍守的地方或在海边，她希望夫君留心一下海气，万一有海市蜃楼出现时，他就可以想象一下，他的妻子为思念他而登上了高楼。将海市蜃楼与思妇所登高楼联系在一起，想象不可谓不奇特。而思妇希望夫君也想想她，实深一层地揭示了思妇自悲自悯、亟盼关顾的心理。

敛色金星聚[①]，萦悲玉箸流[②]。愿君看海气[③]，忆妾上高楼。

【注释】

①色：指脸上的表情。金星：一种用金黄色纸裁成星、月等形状贴于额上的妆饰。萧纲《美女篇》："约黄能效月，裁金巧作星。"聚：犹敛，收起，消逝。

②玉箸（zhù）：玉制的筷子，以喻眼泪。刘孝威《独不见》："谁怜双玉箸，流面复流襟。"

③海气：《史记》卷二十七《天官书》："海旁蜃气象楼台。"海上大气由于光线的折射，可以在空中或地面看到远处景物的影像。这种现象多于夏天出现在沿海一带或沙漠地区。古人误以为系蜃（大蛤蜊）吐气而成，故名之曰海市蜃楼。

【译文】

收敛了欢快的表情金星也消逝了光采，心中悲愁萦绕眼泪一直流淌。但愿夫君看看海上云气中的楼台，想想我登上了高楼在向远方眺望。

昭明太子

昭明太子萧统（501—531），字德施，小字维摩。梁武帝长子。天监元年（502）立为皇太子，未及嗣位而卒，谥曰昭明。崇信佛教，性情宽和，喜好山水，不乐女色。尤好文学，招聚才学之士，当时的著名文士刘孝绰、王筠、陆倕、殷芸、到洽、刘勰等皆集于东宫。《梁书》称其“恒自讨论篇籍，或与学士商榷古今；间则继以文章著述，率以为常。于时东宫有书几三万卷，名才并集，文学之盛，晋宋以来未之有也”。曾主持编定《文选》六十卷，收录秦以前至梁代的作家130人，作品514篇。成书后在历代颇受重视，形成专门研究《文选》的“选学”。此外，尚编有《文章英华》等。《隋书》卷三十五《经籍志四》著录有集二十卷，已散佚。明人辑有《昭明太子集》。其事见《梁书》卷八、《南史》卷五十三。

长相思

【题解】

本篇载《文苑英华》卷二百二，收入《乐府诗集》卷六十九《杂曲歌辞》。南朝宋吴迈远始以“长相思”为题（见本书卷四），以铺叙见长，继之者即萧统，而所写仅六句，颇精练，而情意恳切深长。末以想象作结，与曹植“愿为西南风，长逝入君怀”（《杂诗五首》其一）有异曲同工之妙。

相思无终极①,长夜起叹息②。徒见貌婵娟③,宁知心有忆④。寸心无以因⑤,愿附归飞翼。

【注释】

①无终极:《文苑英华》作“终无极”。

②起:吴兆宜注:“一作‘岂’。”

③婵娟:美好。婵,吴兆宜注:“一作‘嬋’。”

④宁(nìng):岂。

⑤以:《文苑英华》作“所”。因:依凭,依靠。

【译文】

相思之情没有个结束的时候,长夜不眠起身发出声声叹息。人们徒然见我容貌姣好,哪里知道我心里有所相思。方寸之心空空落落无所依傍,愿附在归鸟双翼上飞去寻找夫君。

简文帝

梁简文帝萧纲,见本卷《圣制乐府三首》作者简介。

美女篇

【题解】

本篇载《文苑英华》卷一百九十三,收入《乐府诗集》卷六十三《杂曲歌辞》。属于所谓“清辞巧制”(《隋书》卷三十五《经籍志四》)、“轻浮绮靡”(杜确《岑嘉州集序》)之作。曹植首作《美女篇》,虽也尽力描写了美女之美,但有寄托,有内涵,以本篇与之相比,其差别可一目了然。诗从妆饰、衣着、姿态、神情等多个角度刻绘、歌咏歌妓的妖娆之美,笔势腾挪,富于变化,在表现上不无特色。

佳丽尽关情①,风流最有名②。约黄能效月③,裁金巧作星④。粉光胜玉靓⑤,衫薄拟蝉轻。密态随羞脸⑥,娇歌逐软声⑦。朱颜半已醉,微笑隐香屏。

【注释】

①佳丽:美丽的女子。关情:能触动、牵动情感。

②风流:风韵,风情。

③约黄:古代妇女涂黄于额,是当时的一种时髦的妆饰。

④裁金：将金黄色的纸裁成星、月、花、鸟的形状贴于额上，也是当时的一种时髦的妆饰。

⑤靓（jìng）：美丽。

⑥密态：甜美亲密的神态。羞：《文苑英华》《乐府诗集》作“流”。

⑦“娇歌”句：此句《文苑英华》作“余娇逐语声”。

【译文】

没有哪一位美人不让人动情，而你的风韵最为有名。涂在额上的微黄能模仿天上的圆月，贴在额上的金纸巧妙地裁成天上的星星。脂粉的光彩比美玉还要美艳，轻薄的衣衫可以与蝉翼比拟。甜美的神态伴随着娇羞的粉脸，娇美的歌喉追逐着柔婉的乐声。红润的容颜已经显得半醉，微笑着转过香屏不见了身影。

怨歌行

【题解】

本篇载《文苑英华》卷二百十一，收入《乐府诗集》卷四十二《相和歌辞·楚调曲》。西汉成帝时有班婕妤，被选入宫后初为少使，不久得幸，立为婕妤。后宠衰，遭赵飞燕谗毁，恐日久见危，遂自请供养太后于长信宫。及成帝卒，充奉园陵，卒葬园中。传其失宠期间曾作《怨歌行》（今一般归入汉乐府古辞），即卷一《怨诗一首》。本诗承袭其意，紧紧围绕诗题中的“怨”字展开，细致深婉地表现了班婕妤的哀怨之情，读来颇凄恻动人。能因情设景，情景相生，层层推进，跌宕有致。最后四句更翻进一层，将班婕妤的痛切悔恨之情表现到极致。古代吟咏班婕妤的诗作较多，本篇不失为其中的出色之作。

十五颇有余①，日照杏梁初②。蛾眉本多嫉③，掩鼻特成虚[4]。持此倾城貌[5]，翻为不肖躯[6]。秋风吹海水[7]，寒霜依玉除[8]。月光临户驶[9]，荷花依浪舒[10]。望檐悲双翼[11]，窥沼泣王余[12]。苔生履处没，草合行人疏[13]。裂纨伤不尽[14]，归骨恨难祛[15]。早知长信别，不避后园舆[16]。

【注释】

①“十五”句：汉乐府《陌上桑》：“二十尚不足，十五颇有余。”颇，稍，略微。

②“日照”句：喻初得君王恩宠时。班婕妤《自悼赋》：“蒙圣皇之渥惠兮，当日月之盛明。”杏梁，文杏木所制的屋梁。喻闺房。司马相如《长门赋》：“刻木兰以为榱兮，饰文杏以为梁。”

③蛾眉：借指美貌。屈原《离骚》：“众女嫉余之蛾眉兮，谣诼谓余以善淫。”

④掩鼻：遮掩鼻子。《韩非子·内储说下》载，楚王新得美人，甚悦之。“夫人郑袖知王悦爱之也，亦悦爱之甚于王。衣服玩好，择其所欲为之”，楚王对此大为赞赏。“夫人知王之不以己为妒也，因为新人曰：‘王甚悦爱子，然恶子之鼻。子见王，常掩鼻，则王长幸子矣。’”新人信以为真，于是“每见王常掩鼻”。楚王对此不解，问郑袖，郑袖先推说不知道，“王强问之，对曰：‘顷尝言恶闻王臭。’”楚王大怒，立即下令割下了新人鼻子。特：只。虚：空说。犹言不足为据。

⑤倾城：谓绝世的美貌。参见卷一李延年《歌诗一首》。

⑥翻为：反为，反倒成为。不肖：不善。

⑦海水：指池水或江水。或指秋夜的天空，一片蓝天像大海一样。南朝乐府《西洲曲》：“卷帘天自高，海水摇空绿。”

⑧除：殿阶。

⑨驶:急速地移开。喻君王的恩宠不再降临。班婕妤《自悼赋》:“白日忽已移光兮,遂晻莫而昧幽。”《文苑英华》作“映”。

⑩舒:舒展。此为分开之意。

⑪双翼:指双燕。双,《文苑英华》作“只”。陆机《拟古》有“良人游不归,偏栖独只翼”之句。

⑫沼:水池。王余:鱼名。《文选》左思《吴都赋》:“双则比目,片则王余。”刘渊林注:“比目鱼,东海所出;王余鱼,其身半也。俗云:越王鲙鱼未尽,因以其半弃之为鱼,遂无其一面,故曰王余也。”

⑬“苔生”二句:班婕妤《自悼赋》:“华殿尘兮玉阶落,中庭萋兮绿草生。”履处,脚踩之处。

⑭裂纨(wán):《怨歌行》有“新裂齐纨素”之句。纨,白色细绢,班婕妤用以自比。

⑮归骨:谓归乡埋葬尸骨。班婕妤《自悼赋》:“愿归骨于山足兮,依松柏之余休。”祛(qū):通“祛”,除去。

⑯后园舆:据《汉书》卷九十七下《外戚传下·孝成班倢伃》,汉成帝一次游于后庭,尝欲与班婕妤同乘一车,婕妤辞曰:“观古图画,贤圣之君皆有名臣在侧,三代末主乃有嬖女。今欲同辇,得无近似之乎?”成帝善其言而止。

【译文】

十五岁的妙龄刚刚超过一点儿,正是阳光刚照到杏梁上的时候。美貌本来就容易招人嫉恨,美人掩鼻被杀却只被认为是空说无凭。拥有这倾城倾国的绝世美貌,却反而成了一个不善之人。秋风吹来掀动了碧蓝的海水,寒霜在玉阶上铺上了厚厚的一层。月光刚照到门口又匆匆离去,荷花随着波浪四散离分。望着屋檐上成双的鸟儿悲从中来,瞥见水池中被弃的鱼儿为之哭泣。苔藓丛生门前的道路已被掩没,青草合拢路上已很难看到行人。纨素撕裂哀伤总是难以穷尽,归骨山下难以消除心中怨恨。早知要住进长信宫彼此别离，当初在后园就不该拒绝把车同乘。

独处怨

【题解】

本篇收入《乐府诗集》卷七十六《杂曲歌辞》，题作《独处愁》。郭茂倩题解："司马相如《美人赋》曰：'芳香郁烈，黼帐高张。有女独处，婉然在床。乃歌曰："独处室兮廓无依，思佳人兮情伤悲。"'《独处愁》盖取诸此。"诗篇首句总写点题，接着以"临风""弹棋""傅粉"等动作写思妇的百无聊赖，最后以明年也没有团聚的希望作结，将思妇的哀怨与无望推到极致。诗风较为朴素，具有民歌风调。

独处恒多怨，开幕试临风。弹棋镜奁上[①]，傅粉高楼中[②]。自君征马去[③]，音信不曾通。只恐金屏掩，明年已复空。

【注释】

①弹棋：《后汉书》卷三十四《梁冀传》："性嗜酒，能挽满、弹棋、格五、六博、蹴鞠、意钱之戏。"李贤注引《艺经》："弹棋，两人对局，白、黑棋各六枚，先列棋相当，更先弹也。其局以石为之。"

②傅：涂抹。

③君：吴兆宜注："一作'从'。"

【译文】

一个人独处常有许多哀怨，拉开帘幕试着让清风吹拂。在镜奁上摆开棋局弹棋，在高楼中对着镜匣涂粉。自从夫君骑着战马到远方征战，彼此间就不曾有音讯相通。只怕金饰的屏风把阳光牢牢地遮掩，明年这楼中还是一片寂寞虚空。

伤美人

【题解】

本篇载《艺文类聚》卷三十四。诗曲折细致地抒写了美人的相思之情。在表现上颇受《古诗十九首》等汉魏古诗的影响,又多用隐喻、双关手法,有委婉含蓄的意象及意境之美。“梦见”句写出了思妇恍惚疑惑的心境,刻画入木三分。末句说青春消逝后就不可再来,夫妻好合团聚正当其时而又不可得,深刻地表现了思妇内心的渴望与失望,平添伤感与凄凉。

昔闻倡女别,荡子无归期①。今似陈王叹②,流风难重思③。翠带留余结④,苔阶没故基。图形更非是,梦见反成疑。薰炉含好气,庭树吐华滋⑤。香烧日有歇,花落无还时。

【注释】

①“昔闻”二句:古诗“青青河畔草”:“昔为倡家女,今为荡子妇。荡子行不归,空床难独守。”倡女,歌舞伎。

②陈王叹:陈王,指陈思王曹植。其《美女篇》中有“盛年处房室,中夜起长叹”之句。

③流风:流风余韵。指丈夫的风采、神韵。

④翠带:谓衣带的颜色有红有绿,似翠鸟的羽毛。留余结:打结后还留下一截,说明人瘦了。古诗“行行重行行”:“相去日已远,衣带日已缓。”

⑤华滋:花开得很繁盛。古诗“庭中有奇树”:“庭中有奇树,绿叶发华滋。”

【译文】

以前听说歌舞伎与她的夫君分别后,她那在外漫游的夫君竟没有一个归家的日期。我今天又像陈王那样发出了长长的叹息，已经很难重新想起夫君当初的风采神韵。翠带打结后还留下长长的一截，台阶上青苔铺满掩没了原有的台基。把他的相貌画出来却不是他原来的模样，在梦中恍恍惚惚地相见却反增添了疑惑。炉中的薰香含有好闻的香气，庭院中树上的花开得正繁盛。薰炉中烧的香总有个烧尽的时候，鲜花凋落了就再没有返回之时。

鸡鸣高树颠

【题解】

本篇载《文苑英华》卷二百六，收入《乐府诗集》卷二十八《相和歌辞·相和曲》。相和曲古辞有《鸡鸣》，开头两句即云："鸡鸣高树颠，狗吠深宫中。"中有句云："黄金为君门，璧玉为轩阑。""舍后有方池，池中双鸳鸯。""兄弟四五人，皆为侍中郎。五日一时来，观者满路旁。""桃生露井上，李树生桃旁。"两相比较，不难看出本篇从中所受影响。但词语已属化用，更重要的是诗旨已大不相同，系赞美一对小夫妻的恩爱幸福生活，在众多抒写思妇哀怨的作品中显得别具一格。

碧玉好名倡①，夫婿侍中郎②。桃花全覆井，金门半隐堂。时欣一来下③，复比双鸳鸯。鸡鸣天尚早④，东乌定未光⑤。

【注释】

①碧玉：《乐府诗集》卷四十五《清商曲辞》收有《碧玉歌》三首，郭茂倩题解引《乐苑》："《碧玉歌》者，宋汝南王所作也。碧玉，汝南王妾名。"后二首开头一句均为"碧玉小家女"，后因称贫家女之姣好者为小家碧玉。倡：歌舞伎人。

②侍中郎：汉乐府《陌上桑》："三十侍中郎，四十专城居。"

③时欣：高兴之时。

④“鸡鸣”句：《艺文类聚》卷九十一引《玄中记》：“东南有桃都山，上有大树，名曰桃都，枝相去三千里，上有天鸡。日初出，照此木，天鸡即鸣，天下鸡皆随之。”尚，吴兆宜注：“一作‘上’。”

⑤东乌：指太阳。神话传说太阳中有三足乌。《诗经·郑风·女曰鸡鸣》：“女曰鸡鸣，士曰昧旦。”

【译文】

碧玉是一个又美丽又有名的歌舞艺人，她的夫婿在朝中做侍中郎。盛开的桃花将水井完全覆盖，金饰的门内是半隐的厅堂。侍中郎高兴时就回家来住住，夫妇俩又好比是一对恩爱鸳鸯。天鸡刚刚啼鸣天色还早，太阳肯定还没升起发出光芒。

春日

【题解】

本篇载《艺文类聚》卷三。诗描绘春日美景，刻绘如画，令人神往。中间四句，特别是“桃含”二句，将春日具有特征性的景物之美表现到极致，也融情入景，将诗人对这些景物无以复加的钟爱之情表现到极致。王国维云：“有我之境，以我观物，故物皆著我之色彩。”（《人间词话》卷上）即此之谓。末二句，推而广之，谓喜爱春日者，非我一人也，非此一地也。诗篇对偶精整，音律谐协。王夫之评云：“起落皆顺。”又评“落花”一句云：“得之空灵，出之自然。”（《古诗评选》卷六）

年还乐应满，春归思复生。桃含可怜紫，柳发断肠青[①]。落花随燕入，游丝带蝶惊[②]。邯郸歌管地[③]，见许欲留情[④]。

【注释】

①“柳发”句:古代有折柳赠别的习俗(因“柳”谐“留”音),而别离时总是伤感甚至是痛苦的。这里并没有写别离,但看到柳枝可能产生了一种与别离相关的条件反射式的反应,故有了断肠之说。

②游丝:春天常有昆虫吐出的细丝飘浮空中,即指此。带:缠绕。

③邯郸:战国时赵都,即今河北邯郸。古代多美艳的歌女舞女。管:指笙箫之类的管乐器。

④许:此。指春日。欲留情:谓会在春日纵情欢乐。

【译文】

一年重又开始应该是满心欢乐,春天回来了思念之情重又滋生。桃花蕴含着让人疼爱的紫色,柳叶发出让人看了断肠的青翠。落花随着春燕飞入家中,游丝缠绕蝴蝶惊扰纷纭。邯郸是个歌管齐鸣的繁华之地,见到这番美景当会纵情欢乐。

秋夜

【题解】

本篇载《艺文类聚》卷三、《初学记》卷三及《文苑英华》卷一百五十八。诗写秋色的静谧、空灵及秋夜思念远人的情怀。“青山”句,“衔”字妙。“花心”二句,观察细致,描写生动。末二句,“外游”者肯定是思妇之夫,而“夕叹”者既可是思妇,也可是思妇之夫,如为思妇之夫,则为思妇的悬想,即其夫也有思归之叹也,更有曲致,也更耐人寻味。

高秋度幽谷①,坠露下芳枝。绿潭倒云气②,青山衔月眉③。花心风上转,叶影树中移④。外游独千里,夕叹谁共知⑤?

【注释】

①高秋:秋高气爽之时。秋天天空澄澈,显得很高,故称。《初学记》《文苑英华》作"盲风"。幽:《艺文类聚》《初学记》《文苑英华》作"函"。

②潭:《文苑英华》作"山"。

③山:《文苑英华》作"潭"。眉:《艺文类聚》《初学记》《文苑英华》作"规"。

④中:《文苑英华》作"间"。移:《艺文类聚》作"危"。

⑤叹:吴兆宜注:"一作'欢'。"谁共:《初学记》《文苑英华》作"共谁"。

【译文】

高爽的秋气飘过幽深的山谷,晶莹的露珠落下芳香的花枝。碧绿的深潭倒映着云气,青翠的山峦衔着好似蛾眉的弯月。花心在风中不停地翻转,叶影在树间悄悄地挪移。独自一人漫游千里之外,夜晚哀叹有谁能够闻知?

和湘东王阳云台檐柳

【题解】

本篇载《艺文类聚》卷八十九,题作《和湘东王阳云楼檐柳诗》。宋玉《高唐赋序》:"昔者先王尝游高唐,怠而昼寝,梦见一妇人,曰:'妾巫山之女也,为高唐之客,闻君游高唐,愿荐枕席。'王因幸之。去而辞曰:'妾在巫山之阳,高丘之阻,旦为朝云,暮为行雨,朝朝暮暮,阳台之下。'""阳云"之名,当本于此。萧绎之作今存,其诗云:"杨柳非花树,依楼自觉春。枝边通粉色,叶里映红巾。带日交帘影,因吹扫席尘。拂檐应有意,偏宜桃李人。"对此诗前人颇多赞美之辞,如沈德潜云:"咏杨柳者,唐人佳句甚多,然不如梁元二语,有天然之致。"(《古诗源》卷十二)

张玉谷也评云："此咏楼边柳，能与楼中人映合，是谓切题。前二点题，风神独绝。中四，柳与楼中人夹写，而宾主仍清。后二推进一层，以有意宜人作结，用'桃李'字，掩映生姿。"(《古诗赏析》卷十九）和诗与萧绎诗一一呼应，又自有其出色处。"柳枝"二句，写出了柳树的婀娜多姿及其与"随意"的春风之间的关系，仿佛可见其舒卷自如、随风低昂之态。末二句既照应了萧绎诗的尾联，又将司马相如《长门赋》翻出新意，预示"佳人"将得其"所望"，从而构造出一个和谐完美的结局。也可堪"风神独绝""掩映生姿"之评。

暧暧阳云台[①]，春柳发新梅。柳枝无极软，春风随意来。潭沲青帷闭[②]，玲珑朱扇开[③]。佳人有所望，车声非是雷[④]。

【注释】

①暧暧（ài）：昏暗迷蒙貌。

②潭沲（duò）：《文选》郭璞《江赋》："随风猗萎，与波潭沲。"张铣注："皆言草也。……潭沲，逐波动貌。"此为摇曳飘荡之貌。

③玲珑：精巧貌。扇：门。

④"车声"句：司马相如《长门赋》："雷殷殷而响起兮，声象君之车音。"

【译文】

在昏暗迷蒙的阳云台边，春柳发出新枝新梅独自开放。柳枝柔软得不能再柔软，春风随意地吹了过来。摇曳的青帷轻轻地闭合，精巧的红门慢慢地打开。美人的心中有所期盼，车声传来了并不是雷鸣。

听夜妓

【题解】

本篇载《艺文类聚》卷四十二。写夜晚欣赏歌舞伎表演的情景，既写了“听”,也写了“看”即观赏。以“合欢蠲忿”“萱草忘忧”与优美的舞姿相比,说它们比不上歌舞给人带来的愉悦,联想颇奇特。“流风拂舞腰”,“拂”字妙,将舞姿的轻柔曼妙表现得细腻真切、活灵活现。“随”字、“逐”字,写出了歌姬舞女的倾情投入、音乐与舞蹈的共振交融及歌舞场景的欢快热烈。

合欢蠲忿叶①,萱草忘忧条②。何如明月夜,流风拂舞腰。朱唇随吹动③,玉钏逐弦摇④。留宾惜残弄⑤,负态动余娇⑥。

【注释】

①合欢:一种落叶乔木,羽状复叶,小叶对生,白天张开,夜间合拢,故也叫合昏,俗称夜合花、马缨花。古代常以合欢赠人,认为可以消怨合好。蠲(juān):消除。

②萱草:一种多年生草本植物,叶长条,古人认为可以忘忧,故又名忘忧草。条:指叶片。嵇康《养生论》:“合欢蠲忿,萱草忘忧。”

③吹:吹奏之声。动:《艺文类聚》作“尽”。

④玉钏(chuàn):玉镯子。

⑤残弄:指快演奏完毕的小曲。

⑥负:依恃,凭恃。余娇:指余下的优美的演出。

【译文】

合欢有可以消除怨愤的叶子,萱草有可以令人忘忧的叶片。哪比得上在月光皎洁的夜晚,流荡的风轻拂着舞动的纤腰。朱唇随着吹奏的乐音翕动,玉镯追着弦乐的节奏动摇。为留下宾客仍认真演奏余下的曲子,凭恃美丽的姿容舞姬继续展示娇娆。

咏内人昼眠

【题解】

本篇载《艺文类聚》卷十八。《礼记·檀弓下》:"内人皆行哭失声。"郑玄注:"内人,妻妾。"此诗历来被视作宫体诗中之最"艳"者,以"轻薄"视之者有之,以"色情""肉欲"视之者亦有之。诗篇其实是描写一个青年女性的睡态美,她的丈夫站在一旁,欣赏她的睡态和美貌,有感而作了此诗。对女性睡眠时体态、情景的描写十分细腻,特别是"'梦笑'四句,纤曲尽态"(陈祚明《采菽堂古诗选》卷二十二),尤为突出。可以说其特点在此,而其缺憾也在此。过于迫近、直接、具体地描写,缺少含蓄和寄托,缺少高雅的精神和品格追求,很容易激起读者道德上的反感,暴露了诗人精神境界和审美情趣的局限性,在宫体诗人中这很具有代表性。不过,以"色情""肉欲"视之,似也有判罚过当之嫌。

北窗聊就枕①,南檐日未斜。攀钩落绮障②,插捩举琵琶③。梦笑开娇靥④,眠鬟压落花⑤。簟文生玉腕⑥,香汗浸红纱。夫婿恒相伴,莫误是倡家。

【注释】

①聊:姑且。

②绮:有花纹或图案的丝织品。障:帷帐,用以遮挡外人视线。

③捩(lì):演奏琵琶时所用的拨子。举:谓挂上。

④靥(yè):面颊上的酒窝。

⑤鬟:女子的环形发髻。

⑥簟(diàn):竹席。

【译文】

在北窗下姑且靠在绣枕上躺下,南檐外太阳还没有倾斜。拿开挂钩将精美的丝帐放下，插好拨子将琵琶悬挂。梦中微笑绽开一个娇美的酒窝，眠中发髻压住散落的鬓花。白皙的手腕印上竹席的纹理，带着脂粉香的微汗浸红了轻纱。夫妻二人常常相伴在一起，别误以为这里是歌姬舞妓之家。

咏中妇织流黄

【题解】

本篇载《艺文类聚》卷六十五，收入《乐府诗集》卷三十五《相和歌辞·清调曲》，诗题无“咏”字。中妇，出自乐府古辞《相逢行》（一作《相逢狭路间》）：“大妇织罗绮，中妇织流黄。”（见本书卷一《古乐府诗六首》）诗写深秋时节，思妇走上织机开始织绢，而织绢的目的，显然是准备为远在他乡的夫君缝制冬衣。“浮云”二句，用前人成句表达夫君在外之意，颇含蓄。后四句以工笔细绘思妇织绢情景，颇富动感和美感。

翻花满阶砌①，愁人独上机。浮云西北起②，孔雀东南飞③。调丝时绕腕，易镊乍牵衣④。鸣梭逐动钏⑤，红妆映落晖⑥。

【注释】

①翻花：飞花。阶砌：台阶。

②“浮云”句：曹丕《杂诗》其二：“西北有浮云，亭亭如车盖。惜哉时不遇，适与飘风会。吹我东南行，行行至吴会。”

③“孔雀”句：汉乐府《古诗为焦仲卿妻作》：“孔雀东南飞，五里一徘徊。”

④镊：治丝的器具。《西京杂记》卷一：“霍光妻遗淳于衍……散花绫二十五匹。绫出钜鹿陈宝光家，宝光妻传其法。霍显召入其第，使

作之。机用一百二十镊，六十日成一匹，匹值万钱。”乍：忽然。

⑤梭：梭子，织机上形如枣核的牵引纬线的器具。钏（chuàn）：用珠玉串联而成的手镯。

⑥红妆：女子的盛妆，因以红为主色，故称。

【译文】

飘落的鲜花一层层地铺满台阶，愁肠满腹的思妇独自上了织机。飘浮的白云从西北方向涌起，只只孔雀朝着东南方向翩飞。调理丝线手腕不时被丝缠绕，移动镊子镊子忽地牵住罗衣。梭子的响声追逐着摇动的手镯，红艳的盛妆与落日的余晖照映。

棹歌行

【题解】

本篇载《艺文类聚》卷四十二、《文苑英华》卷二百三，收入《乐府诗集》卷四十《相和歌辞·瑟调曲》。《乐府诗集》郭茂倩题解引《乐府解题》：“晋乐，奏魏明帝辞云‘王者布大化’，备言平吴之勋。若晋陆机‘迟迟春欲暮’，梁简文帝‘妾住在湘川’，但言乘舟鼓棹而已。”棹，船桨。棹歌，即船歌。诗篇赞美采菱女子划船技术的高超、敢于迎风击浪的精神和对棹歌美好动听的高度自信，成功地塑造了一个能干、活泼，热爱采菱生活，还有几分调皮的采菱少女的形象。在写作上深受《长干曲》《采莲童曲》等南朝乐府民歌的影响。

妾家住湘川①，菱歌本自便②。风生解刺浪③，水深能捉船④。叶乱由牵荇⑤，丝飘为折莲⑥。溅妆疑薄汗，沾衣似故湔⑦。浣纱流暂浊⑧，汰锦色还鲜⑨。参同赵飞燕⑩，借问李延年⑪。从来入弦管，谁在棹歌前⑫？

【注释】

①家住:《文苑英华》作"住在"。湘川:即湘水,在今湖南境内。

②菱歌:采菱时唱的歌。便(pián):熟习。

③解:明白,懂得。刺浪:即在大浪中撑船。刺,撑。《庄子·渔父》:"客曰:'吾去子矣!吾去子矣!'乃刺船而去。"

④捉船:划船。

⑤荇(xìng):荇菜,一种生于水中的植物,可食。《诗经·周南·关雎》:"参差荇菜,左右采之。"

⑥丝:莲的地下茎为藕,藕肥大有节,折断后有丝。谢朓《在郡卧病呈沈尚书》:"夏李沉朱实,秋藕折轻丝。"

⑦湔(jiān):洗涤。

⑧浣(huàn):洗涤。

⑨汰:冲洗。

⑩参同:谓参看,看。同,《文苑英华》作"伺"。赵飞燕:汉成帝宠妃,后立为后。其人体轻似燕,善舞。

⑪李延年:汉武帝时人。精通音乐,擅长歌舞。因其妹得武帝宠幸,李延年也因之得宠,官至协律都尉。

⑫谁:《文苑英华》作"讵"。

【译文】

我家就住在湘水旁边,唱菱歌本是我最熟习的事情。起风时知道如何在风浪中撑船,水深的地方也能很好地掌控船只。荇叶纷乱是由于船的牵拉,轻丝飘荡是因折断了莲藕。水珠溅上粉妆怀疑是出了层薄汗,衣衫被沾湿好似有意洗了一遍。浣洗轻纱水流暂时变得混浊,锦缎冲洗后颜色还是那样鲜艳。请看一看体轻似燕的赵飞燕,请问一问擅长歌唱的李延年。从来那些用琴弦箫管演奏的乐曲,有哪一首能排在棹歌的前面?

和人以妾换马

【题解】

本篇载《艺文类聚》卷九十三，题作《和人爱妾换马》；收入《乐府诗集》卷七十三《杂曲歌辞》，题作《爱妾换马》。郭茂倩题解引《乐府解题》："'《爱妾换马》，旧说淮南王所作，疑淮南王即刘安也。'古辞今不传。"吴兆宜注引李亢《独异志》："魏曹璋性倜傥，偶逢骏马，爱之，其主所惜也。璋曰：'予有美妾可换，惟君所选。'马主因指一妓，璋遂换之。马号曰白鹘，后因猎献于文帝。"以爱妾换马，典型地反映了当时女子屈辱下贱的地位。而本篇代女子立言，表达了女子内心的哀怨、痛苦和愤激，可看出诗人内心有同情女性、理解女性的一面。"必取"二句，写出不堪。末二句，展示女子的爱情理想，与《皑如山上雪》（一作《白头吟》）所说"愿得一心人，白头不相离"声气相通。

功名幸多种，何事苦生离？谁言似白玉，定是愧青骊①？必取匣中钏②，回作饰金羁③。真成恨不已，愿得路旁儿④。

【注释】

①青骊（lí）：青黑色马。宋玉《招魂》："青骊结驷兮齐千乘，悬火延起兮玄颜烝。"

②钏（chuàn）：用珠玉串联而成的手镯。

③金羁：有金饰的马笼头。曹植《白马篇》："白马饰金羁，连翩西北驰。"

④路旁儿：指普通人。

【译文】

很庆幸博取功名的途径有多种，我们何苦生生地别离？谁说像我这样白玉般的女人，一定比不上一匹青黑色的马驹？肯定会取出我匣中的手镯，回头去给马儿做笼头上的金饰。这真成了我心中无穷的怨恨，但愿能嫁一个路边的男儿。

咏舞

【题解】

本篇载《艺文类聚》卷四十三、《文苑英华》卷二百十三，《初学记》卷十五节引。诗写舞女容貌的俏丽、舞姿的优美。前四句以大笔勾勒，中四句以工笔细绘，末二句以神女比舞女，说舞女可羡而不可及，露出调侃与幽默，为诗篇涂上了一抹喜剧色彩。

戚里多妖丽①，重聘蔑燕余②。逐节工新舞③，娇态似凌虚④。纳花承褶概⑤，垂翠逐珰舒⑥。扇开衫影乱，巾度履行疏。徒劳交甫忆⑦，自有专城居⑧。

【注释】

①戚里：《史记》卷一百三《万石张叔列传》："于是高祖召其姊为美人，以奋为中涓，受书谒，徙其家长安中戚里。"司马贞《索引》："小颜云：'于上有姻戚者皆居之，故名其里为戚里。'《长安记》戚里在城内。"

②燕余：燕地的美女。泛指美女。张衡《七辩》："淮南清歌，燕余材舞。"萧纲《筝赋》："乃有燕余丽妾，方桃譬李。"燕，吴兆宜注："一作'秦'。"

③逐节：合着节拍。

④凌虚：谓凌空直上。曹植《七启》："华阁缘云，飞陛凌虚。"

⑤纳：藏进。褶（zhě）：衣裙上的褶子。概：古代量米粟时刮平斗斛的器具。这里是平整的意思。

⑥翠：翡翠。珰（dāng）：耳环一类饰品。

⑦交甫：指郑交甫。《列仙传》卷上载，江妃二女出游于江汉之滨，郑交甫见而悦之，不知其神人也。请女之佩，女遂解佩相赠，但不久女与佩皆消逝不见。

⑧专城居：为一城之主。指太守、刺史一类地方长官。汉乐府《陌上桑》："三十侍中郎，四十专城居。"

【译文】

戚里有很多妖艳美丽的女子，重金所聘不把别的美女放在眼里。合着节拍擅长跳新潮的舞蹈，舞姿娇美好似就要凌空而起。纳入衣褶中的绣花看上去很平整，下垂的翡翠随着耳珰的摇动舒展。绸扇展开衣衫的暗影变得凌乱，纱巾飞舞舞步挪移的节奏放缓。郑交甫惦记美人实在是徒劳无益，美人已经有了专城而居的夫君。

采莲

【题解】

本篇载《艺文类聚》卷八十二，从开头至"菱角"句题作《采莲诗》，置于诗选部分；其余则置于赋选部分，为萧纲《采莲赋》中的"歌曰"部分。收入《乐府诗集》卷五十《清商曲辞》，题作《采莲曲二首》，从开头至"菱角"句为第一首，其余为第二首。吴兆宜注："考'常闻'以下六句，简文帝《采莲赋》也，不知何故入此。"按萧纲《采莲赋》中有"荷稠刺密，亟牵衣而绾裳"等语，与诗中所写情景相同，因此诗与赋应大体作于同一时期。诗写傍晚时分入湖采莲情景，写了莲花之稠密，莲子之丰饶，小船在莲丛中的穿行之状，以及采莲少女的乐趣与爱情。水乡特色鲜明，民歌风味浓郁。王夫之评云："'船移白鹭飞'，间中佳句，高秀不穷。"（《古诗评选》卷六）陈祚明评云："语都有致。'落'字未工，拟改曰'棹动将花靡，船移警鹭飞。'"（《采菽堂古诗选》卷二十二）

晚日照空矶[①],采莲承晚晖[②]。风起湖难渡,莲多摘未稀。棹动芙蓉落[③],船移白鹭飞。荷丝傍绕腕,菱角远牵衣[④]。常闻蕖可爱[⑤],采撷欲为裙[⑥]。叶滑不留綖[⑦],心忙无假薰[⑧]。千春谁与乐?惟有妾随君。

【注释】

①矶(jī):水边石滩或突出的大石。

②晖(huī):阳光。

③棹(zhào):船桨。芙蓉:即荷花。

④菱角:菱为一年生草本植物,生池沼中,其果实名菱角。

⑤蕖(qú):芙蕖,荷花的别称。

⑥"采撷(xié)"句:屈原《离骚》:"制芰荷以为衣兮,集芙蓉以为裳。"采撷,摘取。

⑦"叶滑"句:谓荷叶戴在头上也很好,不需要再用綖做装饰。綖(yán),覆在冠冕上的一种装饰。

⑧"心忙"句:谓内心很充实,很甜蜜,一方面有采莲之乐,一方面有陪伴夫君之乐,因此不用再像薰草那样"以香自烧"。假,借。薰,香草名。常用来薰香。《汉书》卷七十二《龚胜传》:"薰以香自烧,膏以明自销。"

【译文】

夕阳映照着空旷的石滩,采莲的人们沐浴着夕阳的光辉。湖面起风有些难以摆渡,莲子很多采摘后不见稀少。划动船桨荷花不时掉落,小船前移白鹭阵阵惊飞。身旁的荷丝绕住了手腕,远处的菱角拉住了绸衣。常常听说芙蕖十分可爱,把它采来想要做条裙子。荷叶滑溜不用留綖来做装饰,心中事多不用再把薰香凭恃。有谁能与夫君一起快乐千年?只有我能自始至终伴随夫君。

采桑

【题解】

本篇载《文苑英华》卷二百八,《艺文类聚》卷八十八,《乐府诗集》卷二十八《相和歌辞·相和曲》节引。《诗经·鄘风》有《桑中》,汉乐府有《陌上桑》,本篇的写作颇受其影响。诗写春日里女子的采桑情景和爱情生活,有一定的故事情节,但人物形象不够鲜明。后半表现爱情的部分,由于用典较多,诗旨较隐晦,与民歌明快清新的风格不同。末二句表露出要挺直腰"为人"、不要"畏夫婿"的意思,声音虽极柔弱,但仍不失为一个亮点。

春色映空来,先发院边梅[①]。细萍重叠长,新花历乱开[②]。连珂往淇上[③],接幰至丛台[④]。丛台可怜妾,当窗望飞蝶。忌跌行衫领[⑤],熨斗成褫褶[⑥]。下床著珠佩,捉镜安花镊[⑦]。薄晚畏蚕饥[⑧],竞采春桑叶。寄语采桑伴,讶今春日短。枝高攀不及[⑨],叶细笼难满[⑩]。年年将使君[⑪],历乱遣相闻[⑫]。欲知琴里意[⑬],还赠锦中文[⑭]。何当照梁日[⑮],还作入山云[⑯]。重门皆已闭[⑰],方知客留袂[⑱]。可怜黄金络[⑲],复以青丝系[⑳]。必也为人时,谁令畏夫婿?

【注释】

①院:《文苑英华》作"水"。

②历乱:烂漫。

③"连珂(kē)"句:《文苑英华》作"连理傍淇水"。珂,马龙头的装饰物,代指驾车的马。淇上,淇水边。淇水在今河南境内。"淇上""桑中"在古代曾是青年男女幽会的地方。《诗经·鄘风·桑

中》:“期我乎桑中,要我乎上宫,送我乎淇之上矣。”

④幰(xiǎn):车的帷幔,代指车。丛台:台名。《汉书》卷三《高后纪》:“(元年春正月)夏五月丙申,赵王宫丛台灾。”颜师古注:“连聚非一,故名丛台。盖本六国时赵王故台也,在邯郸城中。”

⑤“忌跌”句:未详。行,或同“絎”,缝缀。行衫领,谓将衣领中的丝絮缝缀固定,以防滑脱移动。跌,《乐府诗集》作“趺”。

⑥褫(chǐ)褶:《文苑英华》作“裙摄”。褫,解除,除去。褶,衣裙上的褶子。

⑦镊:悬缀于簪端的垂饰。

⑧薄晚:傍晚。

⑨攀:《文苑英华》作“手”。

⑩笼:篮子。

⑪将:《汉书》卷二十二《礼乐志二》:“招摇灵旗,九夷宾将。”颜师古注:“将犹从也。”使君:采桑女称自己的丈夫。在汉乐府《陌上桑》中,采桑女罗敷盛夸自己的“夫婿”,说他“四十专城居”,所谓“专城居”,指太守、刺史之类的官。东汉时对太守、刺史称使君。这里将采桑女当成了罗敷的化身。

⑫历乱:凌乱,杂乱。

⑬琴里意:《史记》卷一百十七《司马相如列传》载,司马相如过临邛,临邛富人卓王孙宴请相如,司马相如以琴心挑卓王孙女卓文君,卓文君理解了琴中之意,乃夜奔相如。

⑭锦中文:参见卷四王融《回文诗》题解。此指采桑女写给使君的信。

⑮何当:何时能够。照梁日:宋玉《神女赋》:“其始来也,耀乎若白日初出照屋梁。”萧纲《冬晓》:“冬朝日照梁,含怨下前床。”这里隐指其夫君。

⑯入山云:隐喻夫君回到家中。

⑰重门:宋玉《九辩》:“岂不郁陶而思君兮,君之门以九重。”萧纲

《秋闺夜思》:“九重忽不见,万恨满心生。”此指使君所居之地。“重门皆已闭”,包含着对夫君抛弃自己的担心。

⑱“方知”句:写想象中重门内的情景。客留袂(mèi),《楚辞》屈原(一说景差)《大招》:“长袂拂面,善留客只。”王逸注:“言美女工舞,揄其长袖,周旋屈折,拂拭人面,芬香流衍,众客喜乐,留不能去也。”袂,衣袖。

⑲络:络头,即马笼头。汉乐府《陌上桑》:“青丝系马尾,黄金络马头。”

⑳系(jì):绾结。

【译文】

春色照映着碧空回到了大地,院子边的腊梅首先绽开了新芽。细细的浮萍重重叠叠地生长,耀眼的新花烂漫地开放。马儿一匹连着一匹奔往淇水岸边,大车一辆接着一辆驶到了丛台。丛台上有一位可爱的姑娘,站在窗前望着翩飞的蝴蝶。因害怕跌倒将衣领中的丝絮缝缀,又用熨斗除去了衣衫上的褶皱。下得床来戴上珍珠玉佩,拿起明镜在簪端安上花镊。傍晚时分担心春蚕饥饿,争着去采摘初春的桑叶。给采桑的伙伴捎一句话,很奇怪如今的春日竟这么短暂。桑枝高扬怎么够也够不着,桑叶细小很难将竹篮装满。年复一年我都跟随着使君,相互间纷繁地遣人传递音讯。使君想让我理解他琴中的深意,我回赠他嵌有文字的织锦。何时能够等来照梁的日光,回来化作山中盘绕的白云。一重重的大门都已关闭,才知道用善舞的长袖留住了客人。使君用黄金做的马笼头有多可爱,还有青丝去加以绾结。一定要注意啊做人的时候,谁让你这么害怕你的夫婿?

半路溪

【题解】

本篇收入《乐府诗集》卷七十四《杂曲歌辞》,作者作“梁元帝”即萧绎。郭茂倩《半渡溪》题解引《乐府解题》曰:"'《半渡溪》,言战而半涉溪水见迫,所言皆岭南地里,与《武溪深》相类。'梁元帝又有《半路溪》,则言相逢隔溪,已识行步,辞旨与此全殊。"诗意与古诗"上山采蘼芜"相仿,写被弃女子与故夫在溪边相遇,她远远地认出了故夫,欲采泽兰相赠,以表心中仍然相爱之意,但故夫显已再婚,她怕故夫怀疑她有嫉妒之心,不免又犹疑起来。诗人撷取了一个典型的生活场景,表现了女子的善良重情及其内在的心理和矛盾,对其遭际寄寓了同情。

相逢半路溪,隔溪犹不渡。望望判知是,翩翩识行步①。摘赠兰泽芳②,欲表同心句。先持动旧情③,恐君疑妾妒。

【注释】

①翩翩:脚步轻快的样子。

②兰泽:生于泽畔的兰草。古诗"涉江采芙蓉":"涉江采芙蓉,兰泽多芳草。采之欲遗谁,所思在远道。"

③持:《乐府诗集》作"将"。

【译文】

在半路上的溪水边相逢,隔着溪水还没有涉渡。望来望去估计就是他,还看得出他轻快的脚步。采摘一束芳香的泽兰赠给他,想要说一句还与他同心的话。想先用泽兰去打动他的旧情,又怕他怀疑这是由于我的嫉妒。

小垂手

【题解】

本篇收入《乐府诗集》卷七十六《杂曲歌辞》,作者作"吴均"。《小垂手》,舞名。郭茂倩《大垂手》题解引《乐府解题》:"《大垂手》《小垂手》，皆言舞而垂其手也。”诗以极简练的笔墨，表现了《小垂手》动作的特点，勾绘了舞女舞姿的优美，渲染了舞场热烈欢快的气氛。末二句写舞女不仅舞跳得好，容貌也妩媚动人，不由得使观者心生艳羡而不可得的愁绪，读来给人以诙谐幽默之感。

舞女出西秦，蹑影舞阳春[①]。且复《小垂手》，广袖拂红尘。折腰应两笛[②]，顿足转双巾。蛾眉与慢脸[③]，见此空愁人。

【注释】

①蹑：踩，踏。阳春：指温暖的春天。

②两笛：指古笛和羌笛。《文选》马融《长笛赋》：“近世双笛从羌起，羌人伐竹未及已。”李善注：“《风俗通》曰笛元羌出，又有羌笛。然羌笛与笛二器不同，长于古笛，有三孔，大小异，故谓之双笛。”

③慢：当作“曼”。曼，美，妩媚。

【译文】

舞女来自西边的秦地，在这和煦的春天踏着光影舞姿轻盈。只见她又跳起了《小垂手》，宽大的衣袖拂起阵阵红尘。应和着两笛的吹奏把纤腰弯曲，双足踢踏同时转动着两条纱巾。弯细的双眉配上妩媚的俏脸，看着这真要白白地把人愁煞。

伤别离

【题解】

本篇载《艺文类聚》卷四十二、《文苑英华》卷一百九十八，收入《乐府诗集》卷二十三《横吹曲辞》，皆题作《关山月》，作者作“梁元帝”即萧绎。郭茂倩题解：“《乐府解题》曰：‘《关山月》，伤离别也。古《木兰诗》曰：“万里赴戎机，关山度若飞。朔气传金柝，寒光照铁衣。”’按相和曲有《度关山》,亦类此也。"诗从边塞情景落笔,主人公既可理解为征人,也可理解为征人妻子。如理解为征人妻子,则边塞情景为思妇想象,是一种从对面写来的手法,为诗篇平添曲折,同时在更深层次表现了思妇内心的情感和她对征人的思念。对边塞寂寞荒寒景象的描写简洁而形象。

朝望青波道①,夜上白登台②。月中含桂树③,流影自徘徊④。寒沙逐风起,春花犯雪开⑤。夜长无与悟⑥,衣单谁为裁⑦?

【注释】

①青波:秦时县名。一作"青陂"。故治在今河南新蔡西南。《史记》卷四十八《陈涉世家》:"鄱盗当阳君黥布之兵相收,复击秦左右校,破之青波。"青,《艺文类聚》作"清"。

②白登:山名。在今山西大同东,山上有白登台。汉初刘邦曾在此被匈奴冒顿围困七日。

③含桂树:《太平御览》卷九百五十七引《淮南子》:"月中有桂树。"含,《文苑英华》作"有"。

④"流影"句:曹植《七哀》:"明月照高楼,流光正徘徊。"影,《文苑英华》作"景"。

⑤犯:冒着。《文苑英华》作"向"。

⑥悟:通"晤",晤谈,相对谈话。

⑦谁为:原作"为谁",《艺文类聚》《文苑英华》《乐府诗集》皆作"谁为",据改。

【译文】

早晨眺望通向青波的道路,夜晚戍守登上了白登台。月亮中长有一棵桂树,流动的月光独自徘徊。寒沙随着北风扬起,春花顶着霜雪绽开。长夜漫漫无人与你相对晤谈,衣服单薄有谁能够为你剪裁?

春夜看妓

【题解】

本篇载《艺文类聚》卷四十二、《初学记》卷十五、《文苑英华》卷二百十三，作者皆作“梁元帝”即萧绎；《初学记》《文苑英华》题作《夕出通波阁下观妓》。诗写春夜在池边小阁内观看歌舞的情景。“树交”“荷生”“竹密”“花疏”写出了环境的宁静优美，“起龙”“却凤”展示了演奏者的高超技艺和音乐的艺术魅力，最后以观赏者的极度欢愉作结。虽题作“看妓”，但没有在歌姬舞妓的美貌及服饰等方面花费笔墨，与它诗相比，自见特色。

蛾眉渐成光①，燕姬戏小堂②。朝舞开春阁③，铃盘出步廊④。起龙调节奏⑤，却凤点笙簧⑥。树交临舞席，荷生夹妓航⑦。竹密无分影，花疏有异香⑧。举杯聊转笑⑨，欢兹乐未央⑩。

【注释】

①蛾眉：指形似蛾眉的弯月。眉，《文苑英华》作“月”。渐成光：指月亮慢慢升起来。

②燕姬：燕地（古燕地在今河北北部一带）的歌姬舞女。《文选》鲍照《舞鹤赋》：“燕姬色沮，巴童心耻。”刘良注：“巴童、燕姬，并善歌舞者。”戏：指唱歌跳舞。

③朝：《艺文类聚》《初学记》《文苑英华》作“胡”。开：《文苑英华》作“间”。春：《初学记》《文苑英华》作“齐”。

④铃盘：乐器名。在一个圆盘的四周挂满小铃铛，舞动或拍击时作响。步廊：走廊。

⑤起龙：与下句“却凤”双关舞者的舞姿。调节奏：谓调整节奏使笛

声似龙吟。奏,《初学记》《文苑英华》作“鼓”。

⑥却:退。点:按,演奏。笙:管乐器名。应劭《风俗通义·声音》:“笙,长四寸,十二簧,像凤之身,正月之音也,物生故谓之笙。”簧:管乐器中有弹性的薄片,用以振动发声。

⑦航:行。

⑧有:《初学记》作“生”。

⑨“举杯”句:《初学记》作“捉杯时笑语”,《文苑英华》作“提杯时笑语”。

⑩欢:《艺文类聚》作“叹”。央:尽。

【译文】

形似蛾眉的弯月渐渐发出辉光,来自燕地的美姬歌舞在小堂。在春光荡漾的阁楼跳起舞蹈,伴着铃盘的脆响转出了走廊。调整好节奏使笛声似龙吟,让风退后一些吹奏起了笙簧。树枝交错紧邻舞厅内的筵席,绿荷丛生夹侍在舞妓的两旁。青竹茂密没有分散的竹影,花儿疏朗散发出阵阵异香。举起酒杯姑且大声欢笑,今晚欢乐无尽还会很长。

咏风

【题解】

本篇载《艺文类聚》卷一、《初学记》卷一,作者作“梁元帝”即萧绎。又载《文苑英华》卷一百五十六,作者作“沈约”。写风吹来后的种种场景,颇生动有趣。既是吟咏风,也是吟咏“朝妆”的歌姬舞女。末二句说风既可用它去吹少女,又可用它去吹大王,风对大家一视同仁,言外之意,并无宋玉所谓的大王独自享用的“大王之风”,可咀味。

楼上起朝妆①,风花下砌傍②。入镜先飘粉③,翻衫好染香。度舞飞长袖④,传歌共绕梁⑤。欲因吹少女⑥,还将拂大王⑦。

【注释】

①起:《文苑英华》作“试”。

②风花:风吹落的花。砌:台阶。

③先:《文苑英华》作“光”。

④度:《文苑英华》作“逐”。

⑤绕梁:《列子·汤问篇》:“昔韩娥东之齐,匮粮,过雍门,鬻歌假食。既去而余音绕梁欐,三日不绝,左右以其人弗去。”

⑥因:凭借。少女:《三国志》卷二十九《魏书·管辂传》裴松之注引《辂别传》:“树上已有少女微风,树间又有阴鸟和鸣。”

⑦将:持,用。拂大王:宋玉《风赋》:“楚襄王游于兰台之宫,宋玉、景差侍。有风飒然而至,王乃披襟而当之,曰:‘快哉此风!寡人所与庶人共者耶?’宋玉对曰:‘此独大王之风耳,庶人安得而共之!’”

【译文】

早晨起来在楼上梳妆,风吹落花掉到台阶旁。吹入镜台先吹飘脂粉,掀开衣衫好熏染芳香。吹过舞者飞起长袖,传送歌声共绕屋梁。想要靠它去吹拂少女,还要用它去吹拂大王。

看摘蔷薇

【题解】

本篇载《艺文类聚》卷八十一,作者作“梁元帝”即萧绎。蔷薇,花木名。花白色或淡红色,有芳香。诗写一位女子在初春时节在室外采摘蔷薇的种种情态,颇生动传神,从中能看出女子的纯真个性和愉悦心情。

倡女倦春闺[1]，迎风戏玉除[2]。近丛看影密，隔树望钗疏[3]。横枝斜绾袖[4]，嫩叶下牵裾[5]。墙高举不及[6]，花新摘未舒[7]。莫疑插鬓少，分人犹有余。

【注释】

①倡女：歌舞艺人。倦春闺：《艺文类聚》作“卷春裾”。

②玉除：对台阶的美称。

③钗：一种插在头上的首饰。

④绾（wǎn）：盘绕，系。

⑤裾（jū）：衣服的前襟。

⑥举：《艺文类聚》作“攀”。

⑦未舒：谓花还没有完全绽开。

【译文】

春日女伎在闺房中觉得倦怠，迎着春风跑到台阶上嬉戏。走近花丛能看到花影的繁密，隔树能看到金钗只因枝叶稀疏。花枝横斜将衣袖盘绕，嫩叶伸下将衣服前襟牵绊。围墙太高怎么伸手也够不到，花儿刚开摘下觉得尚未开足。不要疑惑插在双鬓上的花少，分一些给人还是大大地有余。

洛阳道

【题解】

本篇载《艺文类聚》卷四十二，收入《乐府诗集》卷二十三《横吹曲辞》，作者皆作“梁元帝”即萧绎。诗写行走于洛阳道上所看到的景象，系悬测之辞，但描写生动如画。中二联对偶颇精整。

洛阳开大道，城北达城西。青槐随幰拂，绿柳逐风低。

玉珂鸣战马[①]，金爪斗场鸡。桑萎日行暮[②]，多逢秦氏妻[③]。

【注释】

①珂（kē）：似玉的美石，多用做马笼头上的装饰品。

②行：将要。

③秦氏妻：汉乐府《陌上桑》："秦氏有好女，自名为罗敷。罗敷喜蚕桑，采桑城南隅。"此指采桑回家的美妇人。

【译文】

洛阳修筑有一条宽阔的大道，从城的北面一直通到城的西边。青槐在驶过的车幔上轻轻地飘拂，碧绿的柳枝随着风势低低地下垂。战马笼头上的玉珂发出清脆的鸣响，有着金爪的雄鸡正搏击在斗鸡场上。桑叶蔫了太阳也即将落山，碰到好多姓秦的妻子在回家的路上。

折杨柳

【题解】

本篇载《艺文类聚》卷八十九、《文苑英华》卷二百八，收入《乐府诗集》卷二十二《横吹曲辞》，作者皆作"梁元帝"即萧绎。《折杨柳》，参见前萧纲《和湘东王横吹曲三首·折杨柳》题解。古有折柳赠别之俗，盖"柳"谐"留"也。本篇承袭其意，而将游子所在之地拟为巫山巫峡，于是又将郦道元《水经注·江水》中的有关描写融入，于是便有了浓郁的凄凉情调，遂与"晋太康末，京洛为折杨柳之歌，其曲有兵革苦辛之辞"（《乐府诗集》郭茂倩题解引《宋书·五行志》）一脉相承。"山似"二句，刻绘如画，凄美动人。

山高巫峡长[①]，垂柳复垂杨[②]。同心且同折[③]，故人怀故乡。山似莲花艳，流如明月光。寒夜猿声彻[④]，游子泪沾裳[⑤]。

【注释】

①山高:《艺文类聚》《文苑英华》作“巫山”。巫峡:在今重庆巫山东,为长江三峡之一。

②杨:树名。与柳同科异属,但在古诗文中常“杨”“柳”连用。

③且:《艺文类聚》作“宜”。

④声:《艺文类聚》作“鸣”。彻:通达。

⑤泪沾裳:郦道元《水经注·江水》:“每至晴初霜旦,林寒涧肃,常有高猿长啸,属引凄异,空谷传响,哀转久绝。故渔者歌曰:‘巴东三峡巫峡长,猿鸣三声泪沾裳。’”

【译文】

巫山高峻山下的巫峡曲折漫长,岸边也有垂柳也有垂杨。彼此同心当年分别时也折柳相赠,故乡人特别怀念自己的故乡。眼前的高山就像莲花般美艳,眼前的流水就像明月般光亮。寒夜里猿的叫声响彻夜空,游子泪如泉涌沾湿了衣裳。

金乐歌

【题解】

本篇载《艺文类聚》卷五十六、《文苑英华》卷一百九十三,收入《乐府诗集》卷七十四《杂曲歌辞》,作者皆作“梁元帝”即萧绎;《艺文类聚》题作《歌曲名诗》。金乐,金石(钟磬之类的打击乐器)之乐。诗写一位舞女的离愁别绪,用了拟人写法,同时学习南朝乐府民歌,用了谐音双关语,表达颇显婉蓄。末二句说希望骑上青骢马以护送乘黄牛车的舞女回家团圆,表达了对舞女的关爱和同情。

啼乌怨别偶[①],曙鸟忆离家[②]。石阙题书字[③],金灯飘落花[④]。东方晓星没[⑤],西山晚日斜[⑥]。縠衫回广袖[⑦],团扇掩轻纱。暂借青骢马⑧,来送黄牛车⑨。

【注释】

①啼乌:《文苑英华》作“鸣乌”。

②离:《乐府诗集》作“谁”。

③“石阙”句:谓“啼乌”“曙鸟”因悲伤而啼哭。石阙,古人墓道两旁所立的石头标志,上面刻着死者的姓名和所任官职等信息。这里用作“碑”的同义词,而“碑”又谐“悲”。阙,《文苑英华》作“门”。题,书写(指往石阙上书写)。谐“啼”。南朝乐府《华山畿》:“将懊恼,石阙昼夜题,碑泪常不燥。”又《读曲歌》:“三更书石阙,忆子夜啼碑。”

④“金灯”句:此句所说即“昼夜题”“三更书石阙”之意。金灯,有金饰的灯。落花,古代油灯用灯芯草,燃烧过程中有灯花出现,不时有灯花坠落。

⑤“东方”句:谢朓《京路夜发》:“晓星正寥落,晨光复泱漭。”方,《文苑英华》作“风”。没,《艺文类聚》作“度”。

⑥晚:吴兆宜注:“一作‘落’。”

⑦縠(hú)衫:用绉纱一类的丝织品做成的衣衫。回:旋转。

⑧青骢(cōng)马:毛青白相杂的马。汉乐府《古诗为焦仲卿妻作》:“踯躅青骢马,流苏金镂鞍。”

⑨黄牛车:为诗中女子所乘之车。南朝乐府《懊侬歌》:“黄牛细犊车,游戏出孟津。”

【译文】

悲啼的乌鹊埋怨离它而去的匹偶,破晓时的鸟儿怀念它已远离的窝巢。在石阙上不停地题写文字,有金饰的灯飘落朵朵灯花。凌晨星星在东方渐渐隐没,傍晚太阳向西山慢慢倾斜。身着縠衫旋转宽阔的衣袖,团扇挥舞挡住薄薄的轻纱。且暂借一匹青骢马儿骑上,去送乘黄牛车的美人回家。

古意

【题解】

本篇载《艺文类聚》卷十八,作者作“梁元帝”即萧绎。古意,犹言拟古、效古,乃借咏古人古事以抒发诗人自己内心的情感。本诗拟宋玉《高唐赋》及汉乐府《陌上桑》等,诗意较隐晦。细味之,“使君”或为织妇的丈夫,丈夫在外做官,对织妇不管不顾,而织妇却有做“愿荐枕席”的“高唐云”的欲望,故对“使君”的做法不满,产生了“何时劝使君”的想法。“停梭还敛色”,对其表情的凝重、心情的沉重作了形象刻画。

妾在成都县,愿作高唐云①。樽中石榴酒②,机上葡萄裙③。停梭还敛色④,何时劝使君⑤?

【注释】

①高唐云:高台,楚台观名。《文选》宋玉《高唐赋序》:“昔者先王尝游高唐,怠而昼寝,梦见一妇人,曰:‘妾巫山之女也,为高唐之客,闻君游高唐,愿荐枕席。’王因幸之。去而辞曰:‘妾在巫山之阳,高丘之阻,旦为朝云,暮为行雨,朝朝暮暮,阳台之下。’”李善注:“朝云、行雨,神女之美也。”

②樽:酒杯。石榴酒:一种用石榴酿造的酒。萧纲《执笔戏书》:“玉案西王桃,蠡杯石榴酒。”

③葡萄裙:用葡萄锦(织有葡萄图案的锦)缝制的裙子。旧题崔鸿撰《十六国春秋》卷十五:“锦有……葡萄文锦、班文锦、凤凰文锦、朱雀锦。”裙,《艺文类聚》作“纹”。

④梭:织机上形如枣核的牵引纬线的器具。敛色:谓严肃其容。即

表情严肃。

⑤使君：汉时对太守、刺史的称呼。

【译文】

我家住在成都县，愿做高唐观上的朝云。酒杯中盛着石榴酒，在织机上穿着葡萄裙。停下梭子并收起了笑容，何时才能去劝一劝使君？

春日

【题解】

本篇载《艺文类聚》卷三、《文苑英华》卷三百三十一，作者皆作“梁元帝”即萧绎。诗写春日之景，而更重要的是写了春日怀春之人。少女春日怀春，随着春日景象的一天天变化，怀春之情也一天比一天浓郁，但却不见其人，诗人对此感到非常惋惜。怀春之人深藏不露，使诗篇具有了一种朦胧之美。诗题作“春日”，于是“春”字句句可见，甚至一句两见，虽不免有文字游戏之嫌，但“春”字的循环往复，确实把春意渲染得十分浓郁，从中也能见出诗人对春天的喜悦、热爱之情。

春还春节美①，春日春风过。春心日日异②，春情处处多。处处春芳动，日日春禽变。春意春已繁，春人春不见。不见怀春人，徒望春光新。春愁春自结，春结谁能申③。欲道春园趣，复忆春时人。春人竟何在④？空爽上春期⑤。独念春花落，还似昔春时⑥。

【注释】

①春节：指春季。

②春心：春景所引发的意兴或情怀。宋玉《招魂》：“目极千里兮伤

春心。”往往双关爱情意识的觉醒和萌动。心,《文苑英华》作“正”。

③谁:《艺文类聚》作“讵”。

④竟:《文苑英华》作“意”。

⑤爽:违背,失去。上春:初春。

⑥昔春时:指往年的伤春之时。

【译文】

春天回来了春天是这样美丽,在春天的日子总有春风吹过。怀春之心一天与一天不同,怀春的感情到处都有很多。到处都涌动着春花的芳香,春天的鸟儿也一天一个样。怀春的情意在春日已很浓郁,怀春的人在这春日却看不见。看不见怀春的人儿,徒然望着春光一天比一天新。春愁在春天自会更加郁结,春愁郁结有谁能帮助排解。想要说说春天花园中的乐趣,就又想起了在春天怀春的人。怀春的人究竟身在何处?她白白地错失了初春这大好的日子。独自感伤春花开始凋落,就好像以前的伤春之时。

邵陵王

见本卷《代秋胡妇闺怨》作者简介。

见姬人

【题解】

本篇载《艺文类聚》卷十八。姬人，指妾。末二句表明，这位姬人生活在一个比较宽松的环境中，这是她的幸运。钟惺评云：“‘狂夫不妒妾’，淫矣。”对诗意可能作了许多生发联想。而谭元春则评云：“夫言不妒，妙。”（《古诗归》卷十三）体会到了这句诗特有的妙处。全诗描写可称工致，陆时雍对此有“形情意态，宛然在目，是谓描神手”之评，更赞其有“泼天风韵”（《古诗镜》卷十九）。

春来不复赊①，入苑驻行车②。比来妆点异③，今世拨鬟斜④。却扇承枝影⑤，舒衫受落花。狂夫不妒妾，随意晚还家。

【注释】

①赊（shē）：长久。

②苑：帝王游乐打猎的场所。

③比来：近来。

④拨：也称鬟枣，妇女用作理鬟的形如枣核的梳具。鬟：女子的环形

发髻。

⑤却扇：放下扇子。却，退。

【译文】

春天来了春光不可能长久，来到苑囿中把车驾停留。近来的妆饰有点儿特别，现在都喜欢把鬓枣斜斜地插上发髻。放下纨扇承接花枝的俏影，展开衣衫接受飘落的鲜花。狂放的夫君对我不会小心眼，我可以随我的意晚一些回家。

萧子显

萧子显（487—535），字景阳，南兰陵（今江苏常州）人。齐高帝萧道成孙。在齐封宁都县侯，入梁，降爵为子。历任太子中舍人、建康令、侍中、吏部尚书、吴兴太守等职。好学，工属文。曾撰《齐书》六十卷，今称《南齐书》。另著有《后汉书》一百卷、文集二十卷等，皆已散佚。其事见《梁书》卷三十五、《南史》卷四十二。

乐府二首

日出东南隅行

【题解】

本篇载《文苑英华》卷一百九十三，作者作"萧子荣"；《艺文类聚》卷四十一节引；收入《乐府诗集》卷二十八《相和歌辞·相和曲》。诗开始写少妇之美，接着写少妇拾茧采桑，遇上车马客，车马客对之表示仰慕，少妇以盛夸其夫的方式加以拒绝，其布局立意，均与汉乐府《日出东南隅行》（又作《陌上桑》）相类。而遣词造句雕琢堆砌，与汉乐府的自然生动不同；"窗中妇"与汉乐府中个性鲜明、光彩照人的罗敷相比，自也有别。这种差异，大体上是汉代质朴诗风与齐梁绮丽诗风差异的一个缩影，也是民间乐府诗与文人拟作乐府之间差异的一个缩影。

大明上苕苕[1]，阳城射凌霄[2]。光照窗中妇，绝世同阿娇[3]。明镜盘龙刻，簪羽凤凰雕[4]。逶迤梁家髻[5]，冉弱楚宫腰[6]。轻纨杂重锦[7]，薄縠间飞绡[8]。三六前年暮[9]，四五今年朝[10]。蚕园拾芳茧[11]，桑陌采柔条[12]。出入东城里[13]，上下洛西桥[14]。忽逢车马客[15]，飞盖动襜轺[16]。单衣鼠毛织[17]，宝剑羊头销[18]。丈夫疲应对[19]，御者辍衔镳[20]。柱间徒脉脉[21]，垣上几翘翘[22]。女本西家宿[23]，君自上宫要[24]。汉马三万匹[25]，夫婿仕嫖姚[26]。鞶囊虎头绶[27]，左珥凫卢貂[28]。横吹龙钟管[29]，奏鼓象牙箫[30]。十五张内侍[31]，十八贾登朝[32]。皆笑颜郎老[33]，尽讶董公超[34]。

【注释】

①大明：指太阳。苕苕（tiáo）：《文选》张衡《西京赋》："干云雾而上达，状亭亭以苕苕。"薛综注："亭亭、苕苕，高貌也。"《艺文类聚》《文苑英华》《乐府诗集》皆作"迢迢"。

②阳城：《文选》宋玉《登徒子好色赋》："天下之佳人，莫若楚国。……嫣然一笑，惑阳城，迷下蔡。"吕延济注："阳城、下蔡，楚之二郡名，盖贵人所居，中多美人，故以为喻。"凌霄：天空。

③绝世：冠绝当代，举世无双。参见卷一李延年《歌诗一首》。阿娇：汉武帝刘彻的姑母长公主的女儿，姓陈。参见卷五柳恽《长门怨》题解。

④簪羽：簪是插定发髻的长针，一头尖细，一头常有鸟形装饰。

⑤逶迤（wēi yí）：弯曲连续貌。傅刚《校笺》引《考异》："'逶迤'，疑作'倭堕'。"梁家髻：即堕马髻，是一种偏垂一侧、欲堕不堕似堕非堕的发髻。《后汉书》卷三十四《梁冀传》："诏遂封冀妻孙寿为襄城君。……寿色美而善为妖态，作愁眉、啼妆、堕马髻。"李贤

注："堕马髻者，侧在一边。……始自冀家所为，京师翕然皆放效之。"

⑥冉弱：纤细柔软。成公绥《啸赋》："或冉弱而柔挠，或澎濞而奔壮。"楚宫腰：指楚宫女的细腰。《韩非子·二柄》："楚灵王好细腰，而国中多饿人。"

⑦纨（wán）：白色细绢。杂：吴兆宜注："一作'拂'。"锦：一种有杂色花纹的厚重丝织物。

⑧縠（hú）：有绉的纱。飞绡（xiāo）：有花纹的薄丝绸。

⑨三六：指十八岁。暮：指年底。

⑩四五：指二十岁。朝：指年初。谢灵运《怨晓月赋》："昨三五兮既满，今二八兮将缺。"

⑪"蚕园"句：此句《艺文类聚》《乐府诗集》作"蚕笼拾芳翠"。

⑫陌：田间小路。柔：《文苑英华》作"桑"。条：树枝。

⑬里：《诗经·郑风·将仲子》："将仲子兮，无逾我里。"毛传："里，居也。二十五家为里。"

⑭洛西桥：《初学记》卷七："洛阳魏晋以前，跨洛有浮桥；洛北富平津，跨河有浮桥，即杜预所建。又有车马桥。"

⑮忽：《艺文类聚》作"路"。

⑯襜（chān）：车帷。轺（yáo）：一种轻巧快捷的马车。

⑰鼠毛：布名。

⑱羊头销：谓用生铁制作的坚硬锋利的三棱形箭镞。羊头，《方言》卷九："凡箭镞……三镰者谓之羊头。"销，生铁。《淮南子·修务训》："苗山之铤，羊头之销，虽水断龙舟，陆钊兕甲，莫之服带。"吴兆宜注："一作'鞘'。"

⑲丈夫：对成年男子的通称。此指"车马客"。丈，《艺文类聚》《文苑英华》作"大"。

⑳御：《乐府诗集》作"从"。辍衔镳（biāo）：谓停车。辍，停止。衔、

镳,均为马嚼子。衔,《文苑英华》作“连”。镳,马嚼子两端露出嘴外的部分。

㉑柱:《艺文类聚》作“住”。脉脉:含情凝望貌。古诗“迢迢牵牛星”:“盈盈一水间,脉脉不得语。”

㉒垣(yuán):矮墙。翘翘:翘首望貌。

㉓西家宿:谓自己已经嫁人。《艺文类聚》卷四十引《风俗通》:“两袒:俗说齐人有女,二人求之,东家子丑而富,西家子好而贫。父母疑不能决,问其女,定所欲适,难指斥言者,偏袒令我知之。女便两袒,怪问其故,云:‘欲东家食,西家宿。’此为两袒者也。”

㉔上宫:地名,或楼名。要:邀请。《诗经·鄘风·桑中》:“期我乎桑中,要我乎上宫,送我乎淇之上矣。”

㉕“汉马”句:《汉书》卷二十八上《地理志上》:太原郡,“有家马官”。臣瓒注:“汉有家马厩,一厩万匹,时以边表有事,故分来在此。”万,《文苑英华》作“千”。汉乐府《陌上桑》:“东方千余骑,夫婿居上头。”

㉖仕:《乐府诗集》作“任”。嫖(piào)姚:劲疾貌。汉大将霍去病曾为嫖姚校尉。

㉗鞶(pán)囊:盛官印的革囊,佩于腰带。班固《与窦宪笺》:“固于张掖县,受赐所服物虎头绣鞶囊一双。”虎头:指官印,其顶部雕刻着虎头。绶(shòu):系印的丝带。

㉘珥(ěr):插。凫(fú)卢貂:貂饰名。汉代侍中、中常侍的帽子上皆插貂尾以为饰。一说,是以野鸭头上的锦毛所做的冠饰。

㉙横吹:曲名。为军中乐。《乐府诗集》卷二十一《横吹曲辞》郭茂倩题解:“李延年因胡曲更造新声二十八解,乘舆以为武乐,后汉以给边将,和帝时万人将军得用之。”龙钟:竹名。适宜做笛。管:乐器名。

㉚奏:演奏。象牙箫:以象牙为饰的箫。《文选》王褒《洞箫赋》:“带

以象牙，提其会合。”李善注：“带，犹饰也。……言以象牙饰其会合之际，言巧密也。”

㉛“十五”句：《史记》卷九《吕太后本纪》：“留侯子张辟疆为侍中，年十五。”应劭注：“入侍天子，故曰侍中。”汉乐府《陌上桑》：“十五府小史，二十朝大夫。”

㉜“十八”句：《汉书》卷四十八《贾谊传》：“贾谊，洛阳人也，年十八，以能诵诗书属文称于郡中。……文帝召以为博士。是时，谊年二十余，最为少，每诏令议下，诸老先生未能言，谊尽为之对。……文帝说之，超迁，岁中至太中大夫。”《汉书》卷一百下《叙传》：“贾生矫矫，弱冠登朝。”

㉝颜郎老：《西汉年纪》卷十一：“上尝辇至郎署，一老郎鬓眉皓白，衣服不整。上问曰：‘公何时为郎？何其老也。’对曰：‘臣姓颜名驷，江都人也，以文帝时为郎。’上曰：‘何其不遇也？’驷曰：‘文帝好文，而臣好武；景帝好老，而臣尚少；陛下好少，而臣已老。是以三世不遇也。’上感其言，将擢用之。”此以颜郎比马上客。

㉞董公：指西汉名臣董仲舒。《汉书》卷五十六《董仲舒传》：“董仲舒，广川人也。少治《春秋》，孝景时为博士。……进退容止，非礼不行，学士皆师尊之。……刘向称‘董仲舒有王佐之材，虽伊、吕亡以加’。”此以董仲舒比自己的夫婿。公，傅刚《校笺》：“五云溪馆本、徐本、郑本作‘生’。”超：卓异。

【译文】

太阳已升上高高的天穹，照耀阳城光芒直上九霄。阳光映照着窗中的少妇，举世无双美貌如同阿娇。明镜边刻着盘旋的飞龙，簪子上雕着飞翔的凤凰。盘着婉曲的梁家发髻，扭着纤柔的楚宫细腰。轻柔的纨间杂有精美的重锦，薄薄的縠间飞动着轻软的绡。前年底刚满十八岁，今年初正好二十岁。在蚕园中收拾芳香的蚕茧，在小路边采摘柔嫩的桑叶。在东城里出出进进，在洛西桥上上下下。忽然碰到一位乘马车的客人，车盖翩飞车帷也在风中飘摇。穿着鼠毛布裁制的单衣，佩着宝剑箭镞是羊头销。男子忙着应答人们的问候，车夫拉紧马嚼子把车停下。在房柱间徒然含情脉脉地凝视，几次在矮墙上伸长了脖子张望。我本已结婚在西家住宿，您自有上宫来把您邀请。率领的汉马有三万匹，我的夫婿已官至嫖姚。革囊中的虎头官印系着丝带，帽子的左边插着凫卢貂。龙钟管吹奏着横吹曲，敲起鼓又吹响象牙箫。十五岁就像张辟疆那样做了内侍，十八岁就像贾谊那样登上了朝堂。有谁不讥笑颜郎实在老迈，有谁不惊讶董公实在高超。

代美女篇

【题解】

本篇载《艺文类聚》卷十八、《文苑英华》卷一百九十三，诗题皆无“代”字；收入《乐府诗集》卷六十三《杂曲歌辞》，诗题也无“代”字。代，拟，所拟为曹植《美女篇》。诗采用映衬、对比等手法，多角度地表现、赞美了美女之美。“朝沽”二句在一定程度上展示了美女的不羁性情，末二句暗示美女尚无所爱，正空耗着自己的青春岁月，立意不无翻新出奇处。但“余光”句诗意并不显豁，傅刚《校笺》引《考异》有“此句未详”之说。

邯郸暂辍舞①，巴姬请罢弦②。佳人淇洧出③，艳赵复倾燕④。繁秾既为李⑤，照水亦成莲。朝沽成都酒⑥，暝数河间钱⑦。余光幸未借⑧，兰膏空自煎⑨。

【注释】

①邯郸：地名。战国时赵都，即今河北邯郸。古代多美艳的歌女舞女。《艺文类聚》《文苑英华》《乐府诗集》皆作“章丹”。《太平御览》卷五百六十八引《夏仲御别传》：“仲御从父家女巫章丹、陈殊

二人，妍姿冶媚，清歌妙舞，状若飞仙。”辍：停止。

②“巴姬”句：《文选》左思《蜀都赋》：“巴姬弹弦，汉女击节。”李周翰注：“巴姬、汉女，蜀之美女也。”巴，地名。在今重庆一带。

③淇、洧（wěi）：皆水名。在今河南境内。《诗经·鄘风·桑中》：“期我乎桑中，要我乎上宫，送我乎淇之上矣。”又《诗经·郑风·褰裳》：“子惠思我，褰裳涉洧。”淇，傅刚《校笺》：“五云溪馆本、徐本、郑本作‘溱’。”洧，《文苑英华》作“浦”。出：原作“上”，《艺文类聚》《文苑英华》《乐府诗集》皆作“出”，据改。

④“艳赵”句：古诗“东城高且长”：“燕赵多佳人，美者颜如玉。”

⑤繁秾（nóng）：花木繁盛貌。秾，《诗经·召南·何彼秾矣》：“何彼秾矣，华如桃李。”

⑥“朝沽”句：《史记》卷一百十七《司马相如列传》载，临邛富人卓王孙有女卓文君，寡居在家。成都司马相如饮于卓氏，以琴心挑之，卓文君乃夜奔相如。同归成都，家徒四壁立，复还临邛，与司马相如一起卖酒，卓文君当垆。沽，卖。

⑦“暝数”句：《后汉书·五行志一》：“桓帝之初，京都童谣曰：‘……河间姹女工数钱，以钱为室金为堂。’”河间，地名。今属河北，因地处黄河与永定河之间得名。

⑧“余光”句：此句意谓美女还没有所爱的人。《战国策·秦策二》：“甘茂亡秦，且之齐，出关遇苏子，曰：‘君闻夫江上之处女乎？’苏子曰：‘不闻。’曰：‘夫江上之处女，有家贫而无烛者，处女相与语，欲去之。家贫无烛者将去矣，谓处女曰：“妾以无烛，故常先至，扫室布席，何爱余明之照四壁者？幸以赐妾，何妨于处女？妾自以有益于处女，何为去我？”处女相与语以为然而留之。今臣不肖，弃逐于秦而出关，愿为足下扫室布席，幸无我逐也。’苏子曰：‘善。请重公于齐。’”未，傅刚《校笺》引孟本校：“一作‘许’。”借，《艺文类聚》作“惜”；又，傅刚《校笺》：“陈本作

‘照’。”

⑨兰膏：用泽兰炼成的油，可点灯。

【译文】

邯郸的美女一时间停下了舞步，巴地的美姬请求不再弹奏琴弦。美人出现在淇水洧水岸边，赵燕的美女都比不上她美艳。秾艳无比已成为一枝李花，映照绿水又成了一株睡莲。早晨像卓文君那样在成都卖酒，晚上像河间女那样在家里数钱。余光幸好还没有人能借用，兰膏空自在灯中苦苦熬煎。

王筠

王筠（481—549），字元礼，一字德柔，琅邪临沂（今属山东）人。七岁能属文。年十六，为《芍药赋》，其辞甚美。颇得沈约称赏，曾荐于梁武帝云："晚来名家，唯见王筠独步。"又为昭明太子萧统器重。梁武帝时，历任太子舍人、尚书殿中郎、太子洗马、中书郎、尚书吏部郎、太子中庶子、司徒左长史、临海太守、秘书监、度支尚书等职。简文帝即位，任太子詹事。著作颇多，据《梁书》本传，王筠自编其文，以一官为一集，计有《洗马集》《中书集》《中庶子集》《吏部集》《左佐集》《临海集》《太府集》各十卷，《尚书集》三十卷，共一百卷行于世（《隋书》卷三十五《经籍志四》所录仅《王筠集》《中书集》《临海集》《左佐集》各十一卷，《尚书集》九卷，共五十三卷），已散佚。明人辑有《王詹事集》。其事见《梁书》卷三十三、《南史》卷二十二。

和吴主簿六首

春月二首

【题解】

吴主簿，即吴均，见卷六吴均《和萧洗马子显古意六首》作者简介。月，傅刚《校笺》："徐本、郑本作'日'。"诗写春日思妇的思夫之情，情调颇凄婉。对春天景物的描写颇为着力，"游尘"二句、"春蚕"二句等，观察细致，描写细腻，展示出诗人很强的发现美、表现美的能力。而所描写的春景越美，则所抒发的离情越悲，美景与悲情形成了强烈的反差，美景对悲情起了很好的反衬作用。两诗的结尾一震撼人心，一耐人寻味，均很有特点。

一

日照鸳鸯殿①，萍生雁鹜池②。游尘随影入，弱柳带风垂。青骹逐黄口③，独鹤惨羁雌④。同衾远游说⑤，结爱久生离⑥。于今方溘死⑦，宁须萱草枝⑧？

【注释】

①鸳鸯殿：西汉时宫殿名。在长安未央宫内。《历代宅京记》卷四："武帝时，后宫八区，有昭阳、飞翔、增成、合欢、兰林、披香、凤凰、鸳鸯等殿。"

②雁鹜（wù）池：《西京杂记》卷二："梁孝王好营宫室苑囿之乐，作曜华之宫，筑兔园。园中……又有雁池，池间有鹤洲凫渚。"

③青骹（qiāo）：小腿青色的鹰。傅刚《校笺》："五云溪馆本、徐本、郑本作'鹘'。"黄口：指雏鸟。汉乐府《东门行》："上用仓浪天故，下当用此黄口儿。"

④独：傅刚《校笺》："五云溪馆本、徐本、郑本作'别'。"惨：悲痛。羁雌：思妇自指。

⑤同衾（qīn）：指丈夫。衾，被子。游说（shuì）：战国时策士周游各国，向国君推行自己的见解或主张，称游说。这里指在外谋求仕进的机会。

⑥结爱：指结为夫妻。生离：屈原《九歌·少司命》："悲莫悲兮生别离，乐莫乐兮新相知。"宋玉《九辩》："重无怨而生离兮，中结轸而增伤。"生，傅刚《校笺》："徐本、郑本作'相'。"

⑦溘(kè):忽然。屈原《离骚》:"宁溘死以流亡兮,余不忍为此态也。"

⑧宁(nìng):岂。萱草:俗称忘忧草,传说可使人忘忧。

【译文】

和煦的阳光照在鸳鸯殿上,初生的浮萍漂荡在雁鹜池。浮游的尘埃随着光影飘进,柔弱的柳枝伴着微风低垂。青骹追逐着幼小的飞鸟,孤独的白鹤为羁留的雌鹤伤悲。同床共被的夫君到远方游说去了,虽结下欢爱却长久地生生地别离。而今我恐怕会突然地死去,哪里还用得着能让人忘忧的萱草枝?

二

卷葹心未发[①],蘼芜叶欲齐[②]。春蚕方曳绪[③],新燕正衔泥。野雉呼雌雊[④],庭禽挟子栖[⑤]。从君客梁后[⑥],方昼掩春闺。山川隔道里,芳草徒萋萋[⑦]。

【注释】

①卷葹(juǎn shī):草名。相传此草拔心不死。

②蘼(mí)芜:香草名。其叶风干后可做香料。

③绪:丝头。

④雉(zhì):鸟名。其雄者羽毛美丽,尾长,可做装饰品。雊(gòu):雉鸣叫。《诗经·小雅·小弁》:"雉之朝雊,尚求其雌。"

⑤"庭禽"句:曹丕《短歌行》:"翩翩飞鸟,挟子巢栖。"

⑥梁:战国时魏国迁都大梁(今河南开封)后,别称为梁。西汉时,文士枚乘、邹阳、庄忌、司马相如等曾客游于梁。

⑦"芳草"句:《楚辞》淮南小山《招隐士》:"王孙游兮不归,春草生兮萋萋。"王逸注:"垂条吐叶,纷华荣也。"萋萋,茂盛貌。

【译文】

菤葹草的草心还没有萌发，蘼芜的叶子快要长齐。春蚕正拖曳着纤细的丝头，新燕正忙着筑窝衔泥。野外的雄雉雊雊地呼唤着雌雉，庭院中的鸡鸭带着孩子栖宿。自从夫君客游到梁后，即使在白天春闺也紧掩着房门。山川悠远隔着千里万里，芳草空自长得茂盛迷人。

秋夜二首

【题解】

《秋夜二首》写秋夜思妇思夫之情。所写秋夜景色，第一首当为初秋时节景色，第二首当为深秋时节景色，所写均能抓住特定时节和景物的特点，描绘细致生动，营造了浓厚的悲凉气氛，情景相生，凄切感人。第二首"别宠"二句，既可以理解为是写思妇，也可以理解为是写夫君，是思妇想象中的夫君在外孤独生活的情景。这样写，不仅能为诗篇平添曲折，也更深刻地表现了思妇自己的孤独，抒写了思妇对夫君的思念和哀愁之情。

一

九重依夜馆①，四壁惨无晖②。招摇顾西落③，乌鹊向东飞。流萤渐收火，络纬欲催机④。尔时思锦字⑤，持制行人衣。所望丹心达，嘉客倘能归⑥。

【注释】

①九重：九层。宋玉《九辩》："岂不郁陶而思君兮，君之门以九重。"九重馆，犹言深宅大院。

②惨：暗淡。

③招摇：《礼记·曲礼上》："招摇在上，急缮其怒。"孔颖达《正义》："招摇，北斗七星也。"指北斗的第七星，又称摇光。

④络纬：昆虫名。即莎鸡，俗称纺织娘。崔豹《古今注》卷中："莎鸡，一名络纬，一名蟋蟀，谓其鸣声如纺绩也。"《诗经·豳风·七月》："六月莎鸡振羽。七月在野，八月在宇，九月在户，十月蟋蟀入我床下。"催机：谓赶紧织布缝制冬衣。

⑤锦字：指写给丈夫的表达相思之情的文字。《晋书》卷九十六《列女传》："窦滔妻苏氏，始平人也，名蕙，字若兰。善属文。滔，苻坚时为秦州刺史，被徙流沙，苏氏思之，织锦为回文旋图诗以赠滔。宛转循环以读之，词甚凄惋，凡八百四十字。"

⑥嘉客：指丈夫。

【译文】

夜晚依偎在九层馆舍之中，四壁暗淡没有光辉。遥看夜空招摇星已经西沉，一群群乌鹊正向东飞去。流萤逐渐收敛了它的光亮，纺织娘声声鸣叫仿佛在催上织机。此时特别想织出一段锦字，用这段锦为远行在外的人缝制冬衣。但愿能将这一片丹心送达，美好的远行客或许就能够回归。

二

露华初泥泥[①]，桂枝行棟棟[②]。杀气下重轩[③]，轻阴满四屋[④]。别宠增修夜[⑤]，远征悲独宿。愁萦翠羽眉[⑥]，泪满横波目[⑦]。长门绝往来[⑧]，含情空杼轴[⑨]。

【注释】

①露华：露花。泥泥：濡湿貌。《诗经·小雅·蓼萧》："蓼彼萧斯，零露泥泥。"

②行：将要。傅刚《校笺》："五云溪馆本、徐本、郑本作'方'。"棟棟（sù）：落叶声。

③杀气：指深秋的肃杀之气，寒气。重轩：指楼房。轩，《楚辞》宋玉

《招魂》:"高堂邃宇,槛层轩些。"王逸注:"轩,楼版也。"

④轻阴:此指屋内淡淡的寒气。柳恽《长门怨》:"秋风动桂树,流月摇轻阴。"满:傅刚《校笺》:"徐本、郑本作'拂'。"四屋:四墙之内。

⑤修夜:长夜。

⑥萦:傅刚《校笺》:"五云溪馆本、徐本、郑本作'牵'。"翠羽:翠鸟的羽毛。《汉书》卷五十七上《司马相如传》:"掩翡翠,射鵔鸃。"颜师古注:"鸟赤羽者曰翡,青羽者曰翠。"

⑦横波:《文选》傅毅《舞赋》:"眉连娟以增绕兮,目流睇而横波。"李善注:"横波,言目邪视,如水之横流也。"

⑧长门:汉宫名。汉武帝时,陈皇后失宠,别居长门宫。此借指女子住处。傅刚《校笺》引《考异》:"'长门'字疑误。"

⑨空杼(zhù)轴:谓无心劳作,杼轴被空置一旁。杼轴,织机上的两个部件。杼,俗称梭子,是牵引纬线的器具;轴,卷织物的滚筒。

【译文】

叶上的露花刚刚变得濡湿圆润,桂枝就开始栜栜地落叶。肃杀的寒气从高高的楼房飘下,淡淡的寒气顿时填满了小屋。离别心爱的人长夜变得更长,远征在外为独自歇宿伤悲。愁怨萦绕着翠羽般的双眉,泪水装满了横波般的双眼。就像被打进长门宫断绝了往来,满含愁情杼轴都被空置。

游望二首

【题解】

《游望》二首也写思妇的思夫之情,而其情感内涵与前四首所表现的大有不同。第一首所写的思妇,与夫君的感情本来不错,但由于众人搬弄是非,两人分开了,不知何年何月才能又走到一起。第二首所写的思妇,其与夫君的分离,乃由于丈夫热衷仕途,只顾忙着向皇帝献媚讨好和享受奢靡的生活,而把独处闺房的妻子忘记了。因此所抒思妇之情,既有哀怨，又有无奈。表现上委婉与直截兼而有之，而仍以委婉为其基调，属所谓“怨而不怒”的作品。

一

落日照红妆①，挟瑟当窗牖②。宁复歌《蘼芜》③，唯闻叹《杨柳》④。结好在同心⑤，离别由众口。徒设露葵羹⑥，谁酌兰英酒⑦？会日杳无期⑧，蕣华安得久⑨？

【注释】

①红妆：女子的盛妆，因以红色为主色调，故云。这里借指美女。

②挟：持。当：面对。牖（yǒu）：窗户。

③《蘼（mí）芜》：蘼芜，香草名。古诗有“上山采蘼芜，下山逢故夫”之句，写弃妇的遭遇（详见卷一《古诗八首》）。此诗通篇以问答成章，是乐府诗常见的形式，也可能曾入乐演唱。

④《杨柳》：即《折杨柳》，乐府横吹曲名。《乐府诗集》所辑有二十余首，大都为伤别之辞，尤多思妇怀念征人之作。

⑤结好：谓结为夫妻。

⑥露葵：即冬葵。《本草纲目》卷十六：“古人采葵必待露解，故曰露葵。今人呼为滑菜，言其性也。古者葵为五菜之主。”宋玉《讽赋》：“炊雕胡之饭，烹露葵之羹。”

⑦兰英酒：用兰花泡的酒。枚乘《七发》：“兰英之酒，酌以涤口。”

⑧“会日”句：古诗“行行重行行”：“道路阻且长，会面安可知？”蔡琰《悲愤诗》：“天属缀人心，念别无会期。”杳，远得没有尽头的样子。

⑨“蕣（shùn）华”句：郭璞《游仙诗》：“蕣荣不终朝，蜉蝣岂见夕。”此以蕣华比喻短暂的青春年华。蕣，灌木名。即木槿。夏秋开花，朝开而夕萎。华，同“花”。

【译文】

西沉的太阳照着红艳的盛妆,拿起瑟面对着窗户坐了下来。难道还要再唱一遍《蘼芜》,只听见在轻轻地吟叹《折杨柳》。本来我们心心相印结成了百年之好,彼此分别由于挑拨离间的众人之口。徒然准备了美味可口的露葵羹,有谁来品尝这兰英浸泡的美酒?会面的日子简直是遥遥无期,这木槿花哪能开放得那么长久?

二

相思不安席,聊至狭邪东[①]。愁眉仿戚里[②],高髻学城中[③]。双楣偏照日[④],独蕊好萦风。自陈心所想[⑤],献赋甘泉宫[⑥]。传闻方鼎食[⑦],讵忆春闺中[⑧]?

【注释】

①聊:姑且。狭邪:小街曲巷。汉乐府《相逢行》:"长安有狭斜,道隘不容车。"

②戚里:参见卷七简文帝《咏舞》注。

③"高髻"句:《后汉书》卷二十四《马廖传》引长安语:"城中好高髻,四方高一尺。"

④楣:门框上的横木。原作"眉",吴兆宜注:"当作'楣'。"按吴说是,据改。又傅刚《校笺》引《考异》:"窃疑当作'扉'。古诗:'涕下沾双扉。'"

⑤陈:傅刚《校笺》:"五云溪馆本、徐本、郑本作'知'。"想:傅刚《校笺》:"五云溪馆本、徐本、郑本作'爱'。"

⑥献赋:《西京杂记》卷三:"相如将献赋,未知所为。梦一黄衣翁谓之曰:'可为《大人赋》。'遂作《大人赋》,言神仙之事以献之,赐锦四匹。"甘泉宫:汉宫名。故址在今陕西淳化西北甘泉山。扬雄作有《甘泉赋》。

⑦鼎食：列鼎而食。古代富贵人家往往列鼎而食。

⑧讵（jù）：岂，难道。

【译文】

想念夫君在席上怎么也坐不安稳，姑且漫步来到小巷东边。愁眉紧锁模仿戚里人的样子，又学城里人挽起了高高的发髻。阳光斜斜地照在两块门楣上，一枝花正好将风招来萦绕盘桓。想把心中所想自己陈说一番，夫君却在甘泉宫里把赋呈献。听说正在列鼎而食享用美味佳肴，哪还会把独处春闺中的我来思念？

刘孝绰

刘孝绰（481—539），本名冉，字孝绰，小字阿士，彭城（今江苏徐州）人。七岁能属文，时号神童。其舅父王融深赏之，常说："天下文章，若无我当归阿士。"其前辈文人沈约、任昉、范云对他也十分推重。始为著作佐郎，历任太子舍人、太子洗马、秘书丞、太府卿、太子仆、黄门侍郎、尚书吏部郎、秘书监等职。在任东宫属官期间，与王筠最得萧统赏爱。当时文士并集东宫，都想为萧统编录文集，萧统独使刘孝绰为之编集作序。其文为后进所宗，每作一篇即被讽诵传写。其兄弟子侄能文者七十余人，史称"近古未之有也"。《梁书》本传称其有"文集数十万言，行于世"。《隋书》卷三十五《经籍志四》著录有集十四卷，已散佚。明人辑有《刘秘书集》。事见《梁书》卷三十三、《南史》卷三十九。

遥见邻舟主人投一物，众姬争之，有客请余为咏

【题解】

本篇载《艺文类聚》卷十八，题作《见邻舟人投一物众姬争之诗》。众姬乘船出游，大约手中都拿着兰草把玩，而主人以一美珥投之，引得众姬争抢，诗人于是应同舟某一客人之请作了此诗。"新缣"以下四句，具体描写众姬争抢情景，颇生动，也令人想起了众姬平常争风吃醋、得宠失宠的情景和命运，不免令人欷歔。所描写的春天景色极具美感，又善用比拟。"竞娇桃李颜"一句妙，后李白反其意而用之，写出了名句"松柏

本孤直，难为桃李颜”（《古风》其十二）。

河流既浼浼①，河鸟复关关②。落花浮浦出③，飞雉度洲还④。此日倡家女⑤，竞娇桃李颜。良人惜美珥⑥，欲以代芳菅⑦。新缣疑故素⑧，盛赵蔑衰班⑨。曳绡争掩縠⑩，摇佩夺鸣环⑪。客心空振荡，高枝不可攀⑫。

【注释】

①浼浼（měi）：水满而平的样子。《诗经·邶风·新台》：“新台有洒，河水浼浼。”

②关关：鸟和鸣声。《诗经·周南·关雎》：“关关雎鸠，在河之洲。”

③浦：水边。

④雉（zhì）：鸟名。俗称野鸡。度洲：赵氏覆宋本作“度州”。傅刚《校笺》：“五云溪馆本此句作‘飞雉复流还。’”

⑤此：《艺文类聚》作“是”。倡家女：以歌舞为业的艺人。

⑥良人：妻子对丈夫的称谓。即题中的“主人”。珥（ěr）：珠玉之类的耳饰。

⑦菅（jiān）：兰草。《汉书》卷二十八下《地理志下》引《郑诗》：“溱与洧方灌灌兮，士与女方秉菅兮。”又：“恂盱且乐，惟士与女，伊其相谑。”

⑧新缣（jiān）：喻新欢。缣，微带黄色的细绢。故素：喻弃妇。素，白色生绢。古诗“上山采蘼芜”：“上山采蘼芜，下山逢故夫。……新人工织缣，故人工织素。织缣日一匹，织素五丈余。将缣来比素，新人不如故。”

⑨赵：指赵飞燕。初为汉成帝宫人，因体轻善舞，得宠，被立为后。班：指班婕妤。汉成帝时宫人，赵飞燕姐妹得宠后，被诬失宠。

⑩绡：生丝织成的薄纱或薄绢。争：原作“事”，《艺文类聚》作“争”，据改。縠（hú）：绉纱，轻薄如雾。

⑪夺：《艺文类聚》作“奋”。

⑫高：《艺文类聚》作“乔”。攀：傅刚《校笺》：“五云溪馆本、徐本、郑本作‘板’。”

【译文】

已有满河的水在平缓地流淌，又有河边的鸟儿在关关地鸣唱。落花从水边漂浮而出，野雉掠过沙洲飞回岸旁。这天来了许多歌姬舞女，竞相展示如桃花李花般娇媚的容颜。丈夫喜欢精美的耳饰，想用它取代芳香的兰草。新织的缣将原有的素猜疑，得势的赵飞燕蔑视失宠的班婕妤。拖曳的绡争着将縠遮掩，摇晃的佩与鸣响的环较量。看客的心空自振颤摇荡，高高的花枝不可妄动攀折的奢望。

淇上戏荡子妇示行事一首

【题解】

本篇载《艺文类聚》卷十八，题作《淇上戏荡子妇》。傅刚《校笺》引《考异》：“此题诸本不同，或作《淇上戏荡子妇》，或作《淇上戏荡子妇示行事》，惟宋刻作《淇上人戏荡子妇示行事》。按，孝绰终始南朝，无缘游淇上，疑代拟淇上人之词，而‘示行事’三字中有讹脱，后人求其说而不得，遂删此三字，辗转传写，又并‘人’字脱去之，遂似孝绰自述桑中之遇耳。今仍从宋刻，以存其旧。”其说可参考。淇，水名。在今河南北部。《诗经·鄘风·桑中》：“期我乎桑中，要我乎上宫，送我乎淇之上矣。”“桑中”“淇上”后成为男女幽会之地的别名。本篇即写男女幽会之事。诗中的“美人”为荡子之妻，荡子远游不归，她不仅对“春夜守空床”心有不甘，甚至还发出了“如何嫁荡子”的感叹。因此，诗人对荡子妇的不守妇道，是给予了一定的理解和同情的。

桑中始奕奕[1]，淇上未汤汤[2]。美人要杂佩[3]，上客诱明珰[4]。日暗人声静，微步出兰房[5]。露葵不待劝[6]，鸣琴无暇张[7]。翠钗挂已落，罗衣拂更香。如何嫁荡子，春夜守空床？不见青丝骑[8]，徒劳红粉妆。

【注释】

①奕奕（yì）：盛貌。

②汤汤（shāng）：水盛大貌。《诗经・卫风・氓》："淇水汤汤，渐车帷裳。"

③要：约定。杂佩：用珠玉等物连缀成的佩饰。《诗经・郑风・女曰鸡鸣》："知子之来之，杂佩以赠之。"

④上客：贵客。诱：傅刚《校笺》："五云溪馆本、徐本、郑本作'绣'。"明珰（dāng）：用珠玉制作的耳饰。曹植《洛神赋》："无微情以效爱兮，献江南之明珰。"

⑤微步：《文选》曹植《洛神赋》："陵波微步，罗袜生尘。"吕向注："微步，轻步也。"出：《艺文类聚》作"上"。兰房：芳香的居室。

⑥露葵：即冬葵，又称滑菜。参见本卷王筠《游望二首》注。

⑦张：陈设。

⑧不：《艺文类聚》作"未"。青丝骑：指年轻的骑马人。指远出不归的游子。青丝，黑发。

【译文】

桑林开始变成绿油油的一片，淇水还没有那么弥漫浩荡。美人赠给他杂佩以相邀约，贵客引诱她拿出了明珰。日光暗淡四周没有了人声，美人轻轻地走出了芳香的闺房。露葵来不及劝客人食用，鸣琴也没有时间将它奏响。挂在头上的翠钗已经掉落，丝绸衣衫抖一抖更加馨香。不知为何要嫁一个远游不归的荡子，害得我在这春夜要独守空床？不见年轻人骑马回到家中，白费力气用红粉画出艳妆。

赋得照棋烛刻五分成

【题解】

本篇载《初学记》卷二十五，题作《赋照棋烛诗》。“赋得”，以某事物为题所作诗，题目即用“赋得”。原作“赋咏得”，傅刚《校笺》：“五云溪馆本、徐本、郑本无‘咏’字。”据删“咏”字。《南史》卷五十九《虞羲传》：“竟陵王子良尝夜集学士，刻烛为诗，四韵者则刻一寸，以此为率。”五分，即半寸。诗写点烛弈棋，但既不写弈棋情景，也不吟咏华烛，而写举烛的佳人，可见诗人情趣。“‘侧光’二句，隽。”（陈祚明《采菽堂古诗选》卷二十七）“不辞”二句，触及心理，细腻生动。

南皮弦吹罢①，终弈且留宾。日下房栊暗②，华烛命佳人。侧光全照局③，回花半隐身④。不辞纤手倦⑤，羞令夜向晨。

【注释】

①南皮：县名。今属河北。汉末建安时期，以曹丕、曹植为首的建安七子曾游于此。曹丕《与吴质书》：“每念昔日南皮之游，诚不可忘。既妙思六经，逍遥百氏，弹琴闲设，终以六博，高谈娱心，哀筝顺耳。”弦：指弦乐。吹：指管乐。傅刚《校笺》：“徐本、郑本作‘初’。”

②房栊（lóng）：犹言房舍。暗：傅刚《校笺》：“五云溪馆本、徐本、郑本作‘闭’。”

③局：棋盘。傅刚《校笺》：“五云溪馆本、徐本、郑本作‘扃’。又‘全’作‘金’。”

④花：以喻佳人。

⑤不：《初学记》作“莫”。倦：原作“卷”，《初学记》作“倦”，据改。

【译文】

南皮弹弦吹管之声停了下来，且把客人留下把这盘棋下完。太阳落山房舍变得暗淡，让美人把华美的蜡烛点燃。侧过身去烛光全都照到棋盘上，再一回身半个身子隐入了黑暗。不怕纤美的双手举着蜡烛疲倦，却害着羞不想让黑夜向清晨流转。

夜听妓赋得乌夜啼

【题解】

本篇载《艺文类聚》卷四十二，题作《赋得乌夜啼》；又载《文苑英华》卷二百六，题作《乌夜啼》；收入《乐府诗集》卷四十七《清商曲辞》，亦题作《乌夜啼》。《乌夜啼》古辞郭茂倩题解引《唐书·乐志》："《乌夜啼》者，宋临川王义庆所作也。元嘉十七年，徙彭城王义康于豫章。义庆时为江州，至镇，相见而哭。文帝闻而怪之，征还，庆大惧，伎妾夜闻乌夜啼声，扣斋阁云：'明日应有赦。'其年更为南兖州刺史，因此作歌。故其和云：'夜夜望郎来，笼窗窗不开。'今所传歌辞，似非义庆本旨。"诗写演奏《乌夜啼》时的情景。"东西相背飞"，乃思妇（即演奏者"倡人"）所感受到的音乐形象，触景生情，感同身受，于是不禁悲从中来；"若逢"二句，更将此景此情推进一层。将"倡人"与思妇、演奏者与受感动者融为一体，取材与表现有其独特之处。

《鹍弦》且辍弄①，《鹤操》暂停徽②。别有《啼乌》曲，东西相背飞③。倡人怨独守④，荡子游未归⑤。若逢《生离》唱⑥，长夜泣罗衣⑦。

【注释】

①《鹍（kūn）弦》：琴曲名。弦，傅刚《校笺》："徐本、郑本作'鸡'。"

辍:停止。弄:《文选》王褒《洞箫赋》:“时奏狡弄,则彷徨翱翔。”李善注:“弄,小曲也。”这里是奏曲的意思。

②《鹤操》:曲名。即《别鹤操》,收入《乐府诗集》卷五十八《琴曲歌辞》。郭茂倩题解引崔豹《古今注》:“《别鹤操》,商陵牧子所作也。娶妻五年而无子,父兄将为之改娶。妻闻之,中夜起,倚户而悲啸。牧子闻之,怆然而悲,乃援琴而歌。后人因为乐章焉。”又引《琴谱》:“琴曲有四大曲,《别鹤操》其一也。”徽:《汉书》卷八十七下《扬雄传》:“今夫弦者,高张急徽。”颜师古注:“徽,琴徽也,所以表发抚抑之处。”《淮南子·主术训》:“邹忌一徽,而威王终夕悲,感于忧。”《艺文类聚》《文苑英华》作“挥”。

③相背:《艺文类聚》《文苑英华》作“各自”。

④倡人:歌舞伎人。此即指演奏《乌夜啼》等曲者。

⑤游:《艺文类聚》作“犹”,《文苑英华》作“殊”。

⑥若逢:《艺文类聚》《文苑英华》《乐府诗集》作“忽闻”。傅刚《校笺》引《考异》:“《艺文类聚》作‘忽闻’,似不及‘若逢’二字之惬适,今仍从宋刻。”《生离》:乐曲名。《乐府诗集》卷七十二《杂曲歌辞》收有梁简文帝《生别离》,其辞云:“离别四弦声,相思双笛引。一去十三年,复无好音信。”唱:原作“曲”,《艺文类聚》作“唱”;傅刚《校笺》:“《考异》作‘唱’,校说:‘宋刻作“曲”,与第三句复,今从《艺文类聚》。’”据改。

⑦长:《艺文类聚》《文苑英华》作“中”。泣罗衣:曹植《洛神赋》:“抗罗袂以掩涕兮,泪流襟之浪浪。”

【译文】

《鹍弦》且不要再弹拨,《别鹤操》也请暂停演奏。另有一支《啼乌》乐曲,两只乌一东一西相背而飞。歌舞伎怨恨在家独守,浪荡子漫游在外至今未归。如果碰上有人歌唱《生离》,更会通宵哭泣泪湿罗衣。

赋得遗所思

【题解】

屈原《九歌·山鬼》："被石兰兮带杜衡，折芳馨兮遗所思。"古诗："庭中有奇树，绿叶发华滋。攀条折其荣，将以遗所思。馨香盈怀袖，路远莫致之。此物何足贵，但感别经时。"本篇因用了"遗所思"这一成句，故题作"赋得"。不仅如此，诗意也从古诗中多有撷取，读后能给人以深情绵邈、委婉别致的感受。陈祚明评云："'交枝'句，饶生致。"（《采菽堂古诗选》卷二十七）

遗簪雕玳瑁①，赠绮织鸳鸯②。未若华滋树③，交枝荡子房。别前秋已落，别后春更芳。所思不可寄，惟怜盈袖香。

【注释】

①遗（wèi）：赠送。玳瑁（dài mào）：一种爬行动物，形似龟，甲壳黄褐色，有黑斑，光润，可做装饰品。

②绮：有花纹的丝织品。

③未：傅刚《校笺》："五云溪馆本、徐本、郑本作'木'。"华滋树：花繁叶茂的树。滋，繁盛。

【译文】

赠给你的簪子雕饰有光润的玳瑁，赠给你的绸缎织有恩爱的鸳鸯。但不如那棵花繁叶茂的奇树，在远游荡子的房前枝叶相交。分别前是秋天繁花已经凋落，分别后春天来临繁花更加芬芳。没法将这繁花寄给我所思念的人，只是万般爱惜这充满两袖的馨香。

刘遵

刘遵(488—535),字孝陵,彭城(今江苏徐州)人。少时即工属文。初为著作郎,累迁晋安王宣惠、云麾二府记室。及萧纲为皇太子,为太子中庶子。大同元年(535)卒官,萧纲深表悼惜,在与刘孝仪书中,盛称其"文史该富""辞章博赡"。今存诗九首。其事见《梁书》卷四十一、《南史》卷三十九。

繁华应令

【题解】

本篇载《艺文类聚》卷三十三,题作《繁华诗》。吴兆宜注:"凡应皇帝曰应诏,皇太子曰应令,诸王公曰应教。"可知本篇为应萧纲之命所作。繁华,《文选》阮籍《咏怀诗》其四:"昔日繁华子,安陵与龙阳。"李善注引《说苑》:"安陵君缠得宠于楚恭王。江乙谓缠曰:'吾闻以财事人者,财尽则交绝;以色事人者,华落则爱衰。'"吕延济注:"繁华喻人美盛如春华之繁。"此喻得宠的娈童。按萧纲有《娈童》诗(见本书卷七),本篇多有呼应之处,当为同时所作。诗前半对娈童的外貌举止作细致描绘,不无艳羡情绪;后半写娈童自知终有被弃之时,笔端略露同情。玩弄男宠与娈童是剥削阶级最为丑恶的行径之一,以此入诗,虽谈不上是对这一现象的揭露和批判,但对我们直观地了解和认识这一现象或不无作用。

可怜周小童[①]，微笑摘兰丛。鲜肤胜粉白[②]，㥫脸若桃红[③]。挟弹雕陵下[④]，垂钓莲叶东[⑤]。腕动飘香麝，衣轻任好风。幸承拂枕选[⑥]，得奉画堂中。金屏障翠被[⑦]，蓝帊覆薰笼[⑧]。本知伤轻薄[⑨]，含辞羞自通。剪袖恩虽重[⑩]，残桃爱未终[⑪]。蛾眉讵须嫉[⑫]，新妆递入宫[⑬]。

【注释】

①周小童：即周小史，西晋时娈童。张翰《周小史诗》："翩翩周生，婉娈幼童。年十有五，如日在东。香肤柔泽，素质参红。"此借指得宠之娈童。

②胜：傅刚《校笺》："五云溪馆本、徐本、郑本作'如'。"

③㥫脸：细腻柔美的脸。㥫，用同"曼"。

④挟：持，执。雕陵：《庄子·山木》："庄周游于雕陵之樊，睹一异鹊自南方来者，翼广七尺，目大运寸，感周之颡而集于栗林。庄周……执弹而留之。"成玄英疏："雕陵，栗林也。"

⑤钓：《艺文类聚》作"钩"。莲叶东：汉乐府《江南》："鱼戏莲叶间，鱼戏莲叶东，鱼戏莲叶西，鱼戏莲叶南，鱼戏莲叶北。"

⑥拂枕：傅刚《校笺》："五云溪馆本、徐本、郑本作'枕席'。"

⑦翠被：傅刚《校笺》："五云溪馆本作'翠翡'，徐本、郑本作'翡翠'。"

⑧帊（pà）：巾帕。

⑨知：原作"欲"，《艺文类聚》作"知"，据改。

⑩"剪袖"句：《汉书》卷九十三《董贤传》：董贤"为人美丽自喜，哀帝望见，说其仪貌，……常与上卧起。尝昼寝，偏藉上袖，上欲起，贤未觉，不欲动贤，乃断袖而起。其恩爱至此。"

⑪"残桃"句：《韩非子·说难》："昔者弥子瑕有宠于卫君。……与

君游于果园，食桃而甘，不尽，以其半啖君。君曰：'爱我哉！忘其口味，以啖寡人。'及弥子色衰爱弛，得罪于君，君曰：'是固尝矫驾吾车，又尝啖我以余桃。'"

⑫蛾眉：借指美人。此指娈童。讵（jù）：岂。须：《艺文类聚》作"谁"。

⑬新妆：指新的美人。递：依次更迭。《艺文类聚》作"近"，傅刚《校笺》："五云溪馆本、徐本、郑本作'迎'。"

【译文】

让人爱怜的周小童，脸含微笑采摘在兰花丛中。鲜嫩的肌肤比白粉还要白，柔美的粉脸像桃花一样红。手持弹弓在雕陵之下游曳，举着钓竿垂钓在莲叶之东。手腕一动飘来一股麝香味，衣衫轻软任凭好风吹拂掀动。承蒙垂顾有幸被选去拂枕侍寝，还有机会在华美的堂屋中侍奉。镶金的屏风将翠被遮挡，蓝色手巾覆盖着薰香的竹笼。本来也知道这样做实在有伤于轻薄，但话在肚中不好意思开口明说。把袖子剪掉恩情虽然厚重，计较残桃恩爱却有始无终。美人哪还用得着别人嫉妒，新来的美姬已经排着队进宫。

从顿还城应令

【题解】

傅刚《校笺》："徐本、郑本作'还顿'，又五云溪馆本、徐本、郑本无'从'字。"顿，参见卷七皇太子《从顿暂还城》题解。萧纲作有《从顿暂还城》诗，本篇既为应令之作，当与其作于同时。又萧纲诗有"汉渚水初绿，江南草复黄"之句，说明其时为初春时节。萧纲诗在一定程度上具有雄浑气象，表现了豪迈精神，本篇则不同，重点描写了归途中经过汉水流域一带时所见的清美景色，抒写了自己轻松欢快的心情。

汉水深难渡①，深潭见底清。锦笮系凫舸②，珠竿悬翠旍③。鸣笳《芳树》曲④，流唱《采莲》声⑤。神游不停驾，日暮反连营⑥。宁顾空房里⑦，阶上绿苔生⑧。

【注释】

①汉水：源出陕西，向东南流，在今湖北汉阳汇入长江。

②笮（zuó）：引舟的竹索。凫（fú）舸：凫形的大船。凫，野鸭。

③旍（jīng）：同“旌”，旌旗。

④鸣笳：笳是古代的一种管乐器，汉时流行于西域一带。曹丕《与吴质书》：“从者鸣笳以启路。”《芳树》：《乐府诗集·鼓吹曲辞》有《芳树》曲。

⑤《采莲》：《乐府诗集·清商曲辞》有《采莲曲》。

⑥反：同“返”。连营：相互连接的营寨。

⑦空房：指独守空房的妻子。

⑧上：傅刚《校笺》：“徐本、郑本作‘下’。”

【译文】

汉水水深难以横渡，深潭清澈可以见底。华美的竹索牵引着凫形的大船，精美的旗杆挂着饰有翠羽的旌旗。鸣笳吹奏着《芳树》曲，水流欢唱着《采莲》歌。一路神游不停车驾，傍晚时分返回连营。哪还顾得上妻子独守的空房，台阶上已有绿苔滋生。

王训

王训(510—535),字怀范,小字文殊,琅邪临沂(今属山东)人。年十六,梁武帝召见于文德殿,应对爽彻,得赞赏。初补国子生,授秘书郎,迁萧统太子舍人、秘书丞,转宣城王文学。官至侍中。卒,年仅二十六岁。工诗善文,《梁书》本传称其"文章之美,为后进领袖"。其事见《梁书》卷二十一、《南史》卷二十二。

奉和率尔有咏

【题解】

有咏,傅刚《校笺》引《考异》:"据简文诗题,当作'为咏'。"萧纲有《率尔成(一作"为")咏》诗(见本书卷七),本篇多有与之呼应处,当为其时的"奉和"之作。诗篇歌咏美人,写了她的美貌、妆容及聪颖活泼的个性。"君恩"二句,展示了美人的爱情理想,同时也可看出她内心的忐忑及对不确定的未来的担忧。

殿内多仙女,从来难比方。别有当窗艳,复是可怜妆。学舞胜飞燕①,染粉薄南阳②。散黄分黛色③,薰衣杂枣香④。简钗新辗翠⑤,试履逆填墙⑥。一朝恃容色,非复守空房。君恩若可恃,愿作双鸳鸯。

【注释】

①胜:傅刚《校笺》:"沈本作'腰'。"飞燕:即赵飞燕。汉成帝宫人。因体轻善舞,号为飞燕。后被立为后。

②薄:鄙薄,轻视。南阳:地名。今属河南。古代以产铅粉著名。江淹《扇上彩画赋》:"粉则南阳铅泽,墨则上党松心。"

③散黄:涂抹额黄。六朝时妇女于额上以黄色涂饰,称额黄。黛:青黑色颜料,古代女子用以画眉。

④枣:枣膏,一种香膏。

⑤简:选择,分别。钗:一种首饰。辗(niǎn):《文选》张衡《西京赋》:"当足见辗。"薛综注:"足所蹈为辗。"此为碾压、超越之意。

⑥逆:迎。填墙:有涂饰的墙。给器物加色叫填。逆填,傅刚《校笺》:"徐本、郑本作'送垣'。又,五云溪馆本作'逆垣'。"

【译文】

殿内有许多飘逸美貌的仙女,从来都很难用什么去打比方。有一位窗前的仙女尤为美艳,还有一身让人喜欢的盛妆。学舞舞姿要比赵飞燕优美,抹上脂粉让人看不上南阳的铅粉。涂上额黄将黛色的蛾眉分在两旁,衣服薰香后杂有枣膏的芳香。新选的金钗把翡翠碾压,试穿新鞋迎面走向彩墙。哪一天凭借美色被人看上,就不用再寂寞地独守空房。夫君的恩宠如果可以依恃,愿与他做一对恩爱的鸳鸯。

庾肩吾

庾肩吾(487—551),字子慎,南阳新野(今属河南)人。庾信之父。八岁能赋诗。初为晋安王萧纲常侍,随镇雍州时,与刘孝威、徐摛、鲍至等十人抄撰群书,号为"高斋学士"。萧纲入主东宫后,兼东宫通事舍人,累迁太子率更令、中庶子。萧纲继位后,任度支尚书。侯景乱中被俘,后逃奔江陵,被萧绎任为江州刺史,封武康县侯,不久病卒。工诗,与徐摛齐名,为宫体诗创始人之一。在当时,为最讲究声律和炼字琢句者,对律诗的形成有贡献。《隋书》卷三十五《经籍志四》著录有集十卷,已散佚。明人辑有《庾度支集》。事见《梁书》卷四十九、《南史》卷五十。

咏得有所思

【题解】

本篇载《艺文类聚》卷四十一,题作《赋得有所思行》;又载《文苑英华》卷二百二,题作《有所思》;收入《乐府诗集》卷十七《鼓吹曲辞》,也题作《有所思》。《乐府诗集》卷十六《有所思》郭茂倩题解引《乐府解题》:"古辞言'有所思,乃在大海南。何用问遗君?双珠玳瑁簪。闻君有他心,烧之当风扬其灰。从今已往,勿复相思而与君绝'也。"本篇则是一篇构思精巧、情致委婉的思妇怀人之作,因"有所思"为前人已用过的成句,故在题前加"赋得"二字。"春物"句语含双关,表面是说春物芳菲而无人欣赏,实际是说自己正值青春年华却无人相伴,一个"坐"字,写出无奈与失望。“拂匣”二句情景如见，“‘开箱见别衣’句，佳”（陈祚明《采菽堂古诗选》卷二十五），“不及”二句嗔怨得妙，与首句“竟”字首尾相应。

佳期竟不归[1]，春物坐芳菲[2]。拂匣看离扇，开箱见别衣。井桐生未合[3]，宫槐卷复稀[4]。不及衔泥燕，从来相逐飞。

【注释】

①竟：《文苑英华》作“杳”。

②物：《乐府诗集》作“日”。坐：徒然。芳菲：指花草的芳香。

③桐：《乐府诗集》作“梧”。

④宫槐：即守宫槐，槐树的一种。《尔雅·释木》：“守宫槐，叶昼聂宵炕。”邢昺疏：“聂，合也。炕，张也。言其叶昼合夜开者。”

【译文】

在这个美好的季节竟然没有回来，春天的花草空自散发出浓郁的芳香。拂拭镜匣看到离别时所用的纨扇，打开衣箱看到分别时所穿的衣裳。井边梧桐的叶子长出后还未交合，守宫槐的叶子卷合后又显得稀疏。比不上眼前正衔泥筑屋的春燕，从来都是雌雄相伴追逐着翩飞。

咏美人自看画应令

【题解】

本篇载《艺文类聚》卷十八，题作《咏美人看画》。自，吴兆宜注：“一作‘日’。”傅刚《校笺》引《考异》：“‘美人’下宋刻误衍一‘自’字。”又：“徐本、郑本无‘应令’。”萧纲有《咏美人观画》诗（见本书卷七），本篇当为奉和其诗之作。将美人与画中美人一一对比，竟是美人如画，画如美人，让人真假莫辨，饶有意趣。既是赞美人，也是赞美画。陈祚明评

云:“通体隽,结意尖。”(《采菽堂古诗选》卷二十五)

欲知画能巧,唤取真来映[①]。并出似分身[②],相看如照镜[③]。安钗等疏密,著领俱周正[④]。不解平城围[⑤],谁与丹青竞[⑥]?

【注释】

①映:映衬,比较。

②并:傅刚《校笺》:“陈本作‘花’。”

③照:傅刚《校笺》:“五云溪馆本、徐本、郑本作‘对’。”

④著(zhuó):加于其上。此为“缝制”之意。

⑤平城围:汉高祖七年(前200),刘邦出击韩王信至平城,被匈奴包围。《艺文类聚》卷七十四引《汉书》:“上至平城,为匈奴所围,七日乏食。陈平使画工图美女,间遣人遗阏氏,云:‘汉有美女,资质若是,将欲献单于。’阏氏以为然,从容言于单于,乃始得出。”此用其典。平城,汉县名。属雁门郡,在今山西大同东。

⑥丹青:红色和青色两种颜料,绘画所用。借指画像。

【译文】

想要知道画像画得如何巧妙,可以叫一个真人来同它比照。同时出现就像是同一个人分身,互相看着就像是面对着镜中人。插在头上的金钗疏密完全相同,缝制的领子都一样的周正。不知道当年在平城被包围时,是谁与画中的美人争奇斗美?

赋得横吹曲长安道

【题解】

本篇《艺文类聚》卷四十二节选,题作《长安路》;又载《文苑英华》卷一百九十二,题作《长安道》;收入《乐府诗集》卷二十三《横吹曲辞》,

也题作《长安道》。萧纲作有《长安道》,写长安一带物产的丰饶及京都豪门贵戚的奢华。本篇题材与其相同,通过一系列地名的组合,展示了帝都气象的恢弘及贵族生活的奢华。笔墨豪健,气概苍茫,与它作之绮靡婉约不同。陈祚明有“颇能嘹亮”(《采菽堂古诗选》卷二十五)之评。

桂宫连复道①,黄山开广路②。远听平陵钟③,遥识新丰树④。合殿生光彩⑤,离宫起烟雾⑥。日落歌吹还⑦,尘飞车马度。

【注释】

①桂宫:汉宫名。汉武帝时建,在长安未央宫西面。连:《艺文类聚》《文苑英华》《乐府诗集》皆作“延”。傅刚《校笺》:“五云溪馆本、徐本、郑本作‘横’。”班固《西都赋》:“自未央而连桂宫,北弥明光而亘长乐。”复道:楼阁间有上下两重通道,架空者称复道。

②黄山:《文选》张衡《西京赋》:“绕黄山而款牛首。”李善注引《汉书》:“扶风槐里县有黄山宫。”在今陕西兴平西南。

③平陵:汉昭帝死后葬平陵,因置平陵县。故地在今陕西咸阳东北。

④新丰:本秦地骊邑。汉高祖七年(前200),因太上皇思乡,于是按其老家丰县街里格局改筑骊邑,并迁来丰民,称新丰。古城在今陕西西安临潼区东北。

⑤合殿:即合欢殿,在未央宫中。光彩:傅刚《校笺》:“徐本、郑本作‘末光’。”

⑥离宫:帝王在都城之外为方便游处而另筑的宫室。

⑦歌吹:唱歌和吹奏。《艺文类聚》作“唱歌”。还:《乐府诗集》作“回”。

【译文】

桂宫连接着高高的复道,黄山宫前开有一条宽阔的大路。远听能听到平陵的钟声,遥望能辨认出新丰的树木。合欢殿闪耀夺目的光彩,离宫涌起一团团烟雾。太阳落山唱着吹着返城,尘土飞扬车马疾驰而过。

南苑还看人

【题解】

本篇载《艺文类聚》卷十八,题作《南苑看人还》。应以作“看人还”为是。《宋书》卷八《明帝纪》:“以南苑借张永,云‘且给三百年,期讫更启’。”吴兆宜注:“按此,则自宋以后,(南苑)遂为都人游集之所矣。”诗前四句写宫女们的美丽,写她们在南苑中争相折花攀枝的欢快情景。天晚了,宫女们才依依不舍地离去,但她们还“应有望”,言外之意,是希望回宫后能得到君王的恩宠。末句所说“上客”应指与诗人同游的伴侣,“莫前还”为调侃之言,为诗篇平添了些许谐趣。

春花竞玉颜,俱折复俱攀。细腰宜窄衣,长钗巧挟鬟①。洛桥初度烛②,青门欲上关③。中人应有望④,上客莫前还⑤。

【注释】

①钗:首饰名。由两股簪组成。挟:《艺文类聚》作“扶”。鬟:环形的发髻。

②洛:水名。源出陕西洛南,东南流经河南洛阳。

③青门:《三辅黄图》卷一:“长安城东出南头第一门曰霸城门。民见门色青,名曰青城门。或曰青门。”关:门闩。

④中人:指宫女。《史记》卷一百九《李将军列传》:“(李)敢有女为太子中人,爱幸。”

⑤上客:贵客。

【译文】

美丽的春花与如玉的容颜争奇斗艳,美女们都在忙着把鲜花攀折。

细细的腰肢正适合穿紧身的衣衫，长长的金钗巧妙地别住环形的发鬟。点燃蜡烛的船刚从洛桥下驶过，青门也很快就要插上门闩。宫女们应当都还抱着某种期望，尊贵的客人不要在她们前面往回赶。

送别于建兴苑相逢

【题解】

《梁书》卷二《武帝纪中》："（天监四年二月）立建兴苑于秣陵建兴里。"诗写在建兴苑送别情景，笔触细腻，风调清俊，情韵悠长。所描绘的苑中初春景致，明丽而动人。"梅新"句，造语新颖。"去影"二句，写被送者身姿，绰约飘逸。末以景结情，留下怅惘与余味。

相逢小苑北，停车问苑中①。梅新杂柳故，粉白映轮红②。去影背斜日，香衣临上风③。云流阶渐黑④，冰开池半通。去马船难驻⑤，啼乌曲未终⑥。眷然从此别⑦，车西马复东。

【注释】

①问：寻访、观赏之意。杜甫《严中丞枉驾见过》有"问柳寻花到野亭"之句。

②轮红：指日光。轮，原作"纶"，傅刚《校笺》："徐本、郑本作'轮'。"据改。

③上风：风向的上方。

④云流：赵氏覆宋本作"雪流"。又傅刚《校笺》："徐校：'五云溪馆本作"雪消"。'"

⑤马：吴兆宜注："一作'鸟'。"驻：傅刚《校笺》："五云溪馆本、徐本、郑本作'归'。"

⑥啼乌曲：即《乌夜啼》曲。参见前刘孝绰《夜听妓赋得乌夜啼》

题解。

⑦眷然:依依不舍貌。

【译文】

我们约好在小苑的北边相逢,停下车来将苑中的景致探寻。新开的梅花与残败的柳枝相杂,梅花的粉白映衬着日光的嫣红。离去的身影背对着斜照的日光,薰香的衣裳面对着迎面吹来的风。云团流动台阶渐渐暗淡下来,坚冰融化水池已有一半开通。马走了船也难再在原地驻留,而《乌夜啼》尚未演奏到曲终。依依不舍地从此分别,车向西行马又掉头向东。

和湘东王二首

应令春宵

【题解】

本篇载《艺文类聚》卷三十二,题作《春宵》。傅刚《校笺》:"郑本、张本、茅本均题作'春宵应令'。五云溪馆本题作'湘东王春宵应令',置于《送别于建兴苑相逢》之前。"湘东王,即萧绎,见卷七《登颜园故阁》作者简介。诗写春夜思妇对远征在外的夫君的思念,思致缠绵,余韵悠长。"年芳"句有古诗"青青河畔草"意境,而"愿及"二句则与"愿为西南风,长逝入君怀"(曹植《杂诗五首》其一)二句有关联。后来唐人"雁尽书难寄,愁多梦不成。愿随孤月影,流照伏波营"(沈如筠《闺怨》)、"我寄愁心与明月,随风(一作"君")直到夜郎西"(李白《闻王昌龄左迁龙标遥有此寄》)等诗句,构思立意,似又与此同出一辙。

征人别未久①,年芳复临牖②。烛下夜缝衣,春寒偏著手③。愿及归飞雁④,因书寄高柳⑤。

【注释】

①未:《艺文类聚》作“来”。

②年芳:指长满花草的春天。牖(yǒu):窗。古诗“青青河畔草”:“青青河畔草,郁郁园中柳。盈盈楼上女,皎皎当窗牖。”

③著(zhuó):附着,加于其上。

④及:赶上。

⑤因:凭借。寄:《艺文类聚》作“向”。高柳:县名。故治在今山西阳高西北,当时为边地。此指征人所在之地。

【译文】

远征的人离别得还不算太久,在这花香草绿的季节我又站在了窗口。在摇曳的烛光下连夜缝制衣衫,料峭的春寒偏要来冻手。希望能追上那北归的飞雁,请它帮忙捎一封信到高柳。

应令冬晓

【题解】

本篇载《艺文类聚》卷三十二,题作《冬晓》。诗抒写思妇情怀,角度、意境与前首不同,而凄婉情致则大体相似。“月光”二句写景,笔墨腾挪,耐人寻味。末二句说不忍心往头上插花钿,意即不忍心把美好的花钿糟踏了,言外之意,是说自己因日日思念夫君,今又一夜无眠,形貌实在是太憔悴,精神实在是太萎靡了。妙在并不说破,给读者留下了想象的空间。

邻鸡声已传,愁人竟不眠。月光侵曙后,霜明落晓前。萦鬟起照镜,谁忍插花钿①?

【注释】

①插:《艺文类聚》作“桀”。傅刚《校笺》引《考异》:“《艺文类聚》

作‘棻’,不可解,然庾肩吾《长安有狭邪行》亦曰:‘小妇多妖艳,当钿棻石榴。’或六朝有此方言,附存俟考。刚按,徐本、郑本作‘整’。”钿(diàn):金花,一种首饰。

【译文】

邻家公鸡的报晓声已经传了过来,愁思满怀的人竟然还没有安眠。破晓后地上还铺着一层惨淡的月光,明晃晃的白霜降落在破晓之前。起床后挽起环形的发髻去把镜照,谁还忍心在那发髻上插上花钿?

刘孝威

刘孝威（496—549），彭城（今江苏徐州）人。刘孝绰六弟。初为晋安王萧纲法曹，转主簿。萧纲立为太子，任太子洗马，累迁中舍人、庶子、率更令。官至太子中庶子，兼通事舍人。工诗，刘孝绰常称“三笔六诗”，“六”即刘孝威。《隋书》卷三十五《经籍志四》著录有集十卷，已佚。明人辑有《刘孝仪刘孝威集》。其事见《梁书》卷四十一。

侍宴赋得龙沙宵月明

【题解】

龙沙，《后汉书》卷四十七《班超传赞》：“坦步葱、雪，咫尺龙沙。”李贤注：“葱领、雪山，白龙堆沙漠也。”古时指我国西部、西北部的边远山地和沙漠地区，这里泛指边境地区。月明，傅刚《校笺》：“徐本、郑本作‘明月’。”诗写征夫怀念妻子，角度颇显独特。善于通过对边塞荒凉凄寒景物的描写，表现内心的孤寂悲凄之情，故陈祚明有“情境凄切”（《采菽堂古诗选》卷二十七）之评。想像妻子在家为自己担忧愁苦，曲折委婉。末二句虽属“强为欢”的壮语，但还是在一定程度上展示了征夫的英雄襟怀和报国豪情。

鹊飞空绕树，月轮殊未圆①。嫦娥望不出，桂枝犹隐残②。落照移楼影，浮光动堑澜③。枥马悲羌吹④，城乌啼塞寒。传闻机杼妾[5]，愁余衣服单。当秋丝已脆[6]，衔啼织复难[7]。敛眉虽不乐，舞剑强为欢。请谢函关吏[8]，行当泥一丸[9]。

【注释】

①月：傅刚《校笺》："徐本、郑本作'丹'。"殊：很，非常。圆：傅刚《校笺》："冯钞本作'团'。"

②桂枝：《太平御览》卷九百五十七引《淮南子》："月中有桂树。"段成式《酉阳杂俎·天咫》："月桂高五百丈，下有一人常斫之。"传说伐桂的人名叫吴刚。

③堑（qiàn）：护城河。

④枥（lì）：马槽。羌：指羌笛声。傅刚《校笺》："五云溪馆本、徐本、郑本作'笳'。"

⑤机杼（zhù）妾：指家中的妻子。杼，织机上来回传送纬线的器具，俗称梭子。

⑥秋：傅刚《校笺》："徐本、郑本作'愁'。"丝：原作"终"，吴兆宜注："'终'作'丝'，是。皇太子《妾薄命篇》：'缝针脆故丝。'可证。"据改。傅刚《校笺》："徐校：孟本作'络'。"

⑦衔啼：啼哭而不出声。

⑧谢：告诉。函关：即函谷关，在今河南灵宝东北，因深险如函，故名。

⑨行：将要。泥一丸：《东观汉记》卷二十三《隗嚣载记》："嚣将王元说嚣曰：'……元请以一丸泥为大王东封函谷关，此万世一时也。'"比喻地势险要，用一丸泥堵塞，即可阻挡敌人。

【译文】

乌鹊徒然地绕着大树飞来飞去，天上的月亮离变圆还差得很远。月中的嫦娥望了又望总不见出现，月中的桂枝还隐隐约约看不周全。洒落的月光让楼影逐渐挪移，浮动的月光泛起护城河中的波澜。马槽中的马听到羌笛声而感到悲凉,城墙上的乌鹊因边塞的寒冷而叫个没完。听说家中总是在织机上忙碌的妻子,为我在外衣衫单薄而愁眉苦脸。秋天来临丝线变得干脆易断,强忍着啼哭要织出布也很困难。紧皱眉头内心虽然很不快乐,打起精神挥舞宝剑强为欢颜。请告诉戍守函谷关的官吏,我将封塞函谷只用一个小小的泥丸。

奉和湘东王应令冬晓

【题解】

本篇载《艺文类聚》卷三十二,题作《冬晓诗》。湘东王,即萧绎。萧绎今存诗不见有题作“冬晓”者。萧纲有《冬晓》诗,见卷七。据前刘遵《繁华应令》吴兆宜注,“凡应皇太子曰应令”,而萧绎并未做过皇太子,则本篇极可能为“奉和”萧纲《冬晓》之作。和,傅刚《校笺》:“徐本、郑本无‘和’。”诗写汉使就要出行,思妇想托他带封信给远在边塞的夫君,却因“砚水冻”而未能写成。从一个独特的情景和角度表现了思妇对于夫君的思念和悲痛的心情。

妾家边洛城,惯识晓钟声。钟声犹未尽①,汉使报应行。天寒砚水冻②,心悲书不成。

【注释】

①“钟声”句:《文选》鲍照《放歌行》:“日中安能止,钟鸣犹未归。”李善注引崔寔《政论》:“永宁诏曰:‘钟鸣漏尽,洛阳城中不得有行者。’”尽,傅刚《校笺》:“徐本、郑本作‘绝’。”

②砚:石制的磨墨用具。水:傅刚《校笺》:“五云溪馆本、徐本、郑本作‘冰’。”

【译文】

我家就住在洛阳城边，惯于识别拂晓时响起的钟声。悠扬的钟声还没有散尽，就听说汉朝的使者即将启程。天气严寒砚中的水冻结了，心中悲痛这封信竟未写成。

鄀县遇见人织率尔寄妇

【题解】

本篇载《艺文类聚》卷六十五，题作《在郄县遇见人织寄妇诗》。鄀（ruò），春秋时楚邑，故址在今湖北宜城。傅刚《校笺》："徐本、郑本作'郄'。"寄妇，傅刚《校笺》："徐本、郑本作'成咏'。"诗可分为两个部分：从开头至"五马"句为第一部分，写"遇见人织"，描写了织妇的美丽、哀怨和她对爱情的渴望，以及她成为众多人们追求对象的情景。"直为"二句，承上启下。其余的文字为第二部分，写想象中爱妻因思念自己而哭泣痛苦的情景，以及自己对爱妻的思念，并表示自己就要回家与爱妻团聚。第一部分对织妇的描写，用铺陈写法，明显地有虚构、夸饰的成分，可能是在跟爱妻开玩笑，看看妻子是否会因此而嫉妒、担心，若如此，则诗篇应带着些许狡黠色彩的幽默感。从末句看，男主人公性情通脱，他这么做是完全可能的。当然，如此描写，男主人公也可能是为了以此反衬自己的"守故不要新"，即表现自己对爱情的忠诚。总之，立意、构思不无特色。第一部分的写作，明显地受到汉乐府《陌上桑》（一作《日出东南隅行》，见卷一）的影响。

妖姬含怨情①，织素起秋声②。度梭环玉动③，踏蹑佩珠鸣④。经稀疑杼涩⑤，纬断恨丝轻⑥。蒲萄始欲罢⑦，鸳鸯犹未成。云栋共徘徊⑧，纱窗相向开。窗疏眉语度⑨，纱轻眼笑来。昽昽隔浅纱⑩，的的见妆华⑪。镂玉同心藕⑫，列宝连枝花[13]。红衫向后结[14]，金簪临鬓斜。机顶挂流苏[15]，机旁垂结珠。青丝引伏兔[16]，黄金绕鹿卢[17]。艳彩裾边出[18]，芳脂口上渝[19]。百城交问遗[20]，五马共踌躇[21]。直为闺中人[22]，守故不要新。梦啼渍花枕，觉泪湿罗巾。独眠真自难，重衾犹觉寒[23]。愈忆凝脂暖[24]，弥想横陈欢[25]。行驱金络骑[26]，归就城南端[27]。城南稍有期[28]，想子亦劳思[29]。罗襦久应罢[30]，花钗堪更治。新妆莫点黛[31]，余还自画眉[32]。

【注释】

①妖：美艳。

②素：白色生绢。秋声：秋天寒风劲吹，草木零落，多肃杀之声，称秋声。

③度梭：穿梭。梭，梭子，为织机上牵引纬线的器具。

④蹑：织机上提综（丝缕经线与纬线交织曰综）的踏板。鸣：《艺文类聚》作"明"。

⑤经：织布所用的纵线。稀：傅刚《校笺》："五云溪馆本、徐本、郑本作'移'。"杼（zhù）：即梭子。

⑥纬：织布所用的横线。

⑦蒲萄：即葡萄。与下"鸳鸯"皆为要编织的图案。

⑧云栋：云彩与屋梁。郭璞《游仙诗》："云生梁栋间，风出窗户里。"徘徊：因云彩的流动，而使屋梁与云彩一起产生动感。

⑨眉语：以眉示意或传情。吴兆宜注引龙辅《女红余志》："'宠姐每娇眼一转，宪则知其意，宫中谓之眼语。又能作眉言。'宪，宁王也。盖本此。眉语，眼笑意。"

⑩昽昽（lóng）：微明貌。傅刚《校笺》："沈本、陈本作'笼笼'。"

⑪的的（dí）：明显貌。妆：傅刚《校笺》："冯钞本作'庄'。"

⑫同心藕：南朝乐府《读曲歌》："不爱独枝莲，只惜同心藕。"

⑬列:《艺文类聚》作“杂”。

⑭衫:《艺文类聚》作“巾”。

⑮流苏:以五彩羽毛或丝线制成的穗子,用作装饰。

⑯引:牵,拉。伏兔:古代车子上钩连底板与车轴的部件,因形如兔状,故称。此为织机上的一个部件。王逸《机妇赋》:“兔耳跧伏,若安若危。”

⑰鹿卢:又作“辘轳”,一种利用轮轴原理制成的起重装置,常安在井上汲水。此为织机上的一个部件。王逸《机赋》:“鹿卢并起,纤缴俱垂。”

⑱裾(jū):衣服的前襟。《艺文类聚》作“裙”。

⑲渝:盈溢,突出。

⑳百城:曹植《赠王粲》:“壮哉帝王居,佳丽殊百城。”问遗(wèi):问、遗二字同义,作“赠予”解。汉乐府《有所思》:“何用问遗君?双珠玳瑁簪,用玉绍缭之。”这里是下聘礼的意思。遗,原作“道”,《艺文类聚》作“遗”,据改。

㉑五马:汉乐府《陌上桑》:“使君从南来,五马立峙蹰。”闻人倓《古诗笺》:“(汉制)太守驷马而已,其有加秩中二千石,乃右骖,故以‘五马’为太守美称。”

㉒直:只。闺中人:指家中妻子。

㉓衾(qīn):被子。张华《杂诗》:“重衾无暖气,挟纩如怀冰。”

㉔愈:《艺文类聚》作“逾”。暖:《艺文类聚》作“缓”。

㉕横陈:横卧。宋玉《讽赋》:“内怵惕兮徂玉床,横自陈兮君之旁。”

㉖行:将要。金络:黄金做的马笼头。汉乐府《陌上桑》:“何用识夫婿?白马从骊驹。青丝系马尾,黄金络马头。”

㉗城南端:指妻子所居之地。曹植《美女篇》:“借问女安居?乃在城南端。”

㉘城南:《艺文类聚》作“南端”。

㉙劳：愁苦。《诗经·邶风·燕燕》："瞻望弗及，实劳我心。"曹植《与杨德祖书》："数日不见，思子为劳。"

㉚襦（rú）：短袄。傅刚《校笺》："五云溪馆本、徐本、郑本作'衣'。"罢：谓不再穿了。

㉛莫：《艺文类聚》作"不"。黛：用以画眉的青黑色颜料。

㉜自画眉：《汉书》卷七十六《张敞传》："敞为京兆。……为妇画眉，长安中传张京兆眉怃。有司以奏敞。上问之，对曰：'臣闻闺房之内，夫妇之私，有过于画眉者。'"

【译文】

艳丽的美姬饱含着哀怨之情，忙着织绢响起阵阵凄凉秋声。梭子投掷腕上的玉环随之摇动，脚踩踏板身上的佩珠跟着响鸣。纵线稀疏怀疑梭子不够光滑，纬线折断埋怨丝线太过细轻。葡萄图案刚开始编织就想停下，鸳鸯图案也还没有织成。云彩与屋梁一起徘徊，扇扇纱窗相对着朝外敞开。窗纱疏朗妩媚的眉语向外传递，窗纱轻盈含笑的眼波频频送来。朦朦胧胧隔着一层薄薄的轻纱，明明白白看得见妆饰的光华。宝玉雕镂成同心藕的模样，珠宝排列成了一株连枝花。红艳的衣衫在身后打结，金簪在鬓边微微地倾斜。织机的顶上悬挂着流苏，织机的旁边悬垂着串珠。青丝牵引着织机上的伏兔，黄金一圈圈缠绕着鹿卢。艳丽的色彩从衣襟边显露，芳香的膏脂在唇上溢出。百城的人们争相前来赠送礼物，五马太守一起到门前来徘徊逗留。只是因我还是个闺中之人，所以守着故人不肯接纳新人。梦中啼哭眼泪浸湿了花枕，醒来后眼泪又浸湿了丝巾。独自眠宿自己知道真的很难，盖上几床被子还是觉得寒冷。更要想起白皙柔滑肌肤的温暖，更要想起横卧在一起时的欢欣。将要驰驱我这套着黄金笼头的坐骑，回到你所居住的城南端。慢慢地总会有个在城南会面的日子，但现在天天想你总是让人满怀忧思。丝绸短袄穿久了应当脱下来，花钗暗淡了更是需重新打理。新化妆时不要忙着点抹黛色，我回家后自会帮着描画双眉。

徐君蒨

徐君蒨（生卒年不详），字怀简，东海郯（今山东郯城）人。蒨，原作“倩”，《南史》、赵氏覆宋本等作“蒨”，据改。聪明好学，对集部书尤熟，问无不对。曾任湘东王萧绎镇西谘议参军。善弦歌，好声色，捷于辞令，诗文为王府之冠，特有轻艳之才，新声巧变，人多讽习。今存诗四首。其事见《南史》卷十五《徐羡之传》。

共内人夜坐守岁

【题解】

吴兆宜注：“一作‘刘孝威’。”内人，室内之人，指妻子。诗写除夕夜与妻子一起守岁的情景，字里行间洋溢着欢欣和温馨。从中还能见出一时风俗。末二句，写出对晓光的期待，也写出了对新的欢乐的憧憬。

欢多情未极，赏至莫停杯。酒中挑喜子①，粽里觅杨梅②。帘开风入帐，烛尽炭成灰。勿疑鬓钗重，为待晓光来③。

【注释】

①挑喜：傅刚《校笺》：“徐本、郑本作‘喜桃’。”喜子，一种体细长、长脚、暗褐色的蜘蛛，古人以此虫出现为喜事的征兆，故名。也写作“蟢子”。曹植《贪恶鸟论》：“得蟢者莫不训（按当作“驯”）而

放之，为利人也。”喜子及下句的“杨梅”即次句所说的“赏”。

②杨梅：常绿灌木或乔木，其果实表面有粒状突起，大如弹丸，味酸甜，可食。

③来：傅刚《校笺》：“五云溪馆本、徐本、郑本作‘催’。”

【译文】

欢乐很多欢情无限，奖赏来到莫停酒杯。在酒浆中挑喜子，在粽子里觅杨梅。窗帘掀开轻风吹进帷帐，蜡烛燃尽火炭化作细灰。不要怀疑鬓边的金钗沉重，戴着是为了等着曙光到来。

初春携内人行戏

【题解】

本篇载《艺文类聚》卷十八。写初春时节携妻到郊外游乐的情景。首二句，写妻子头饰新潮，衣着入时，不写景，先写人；次二句，写初春之景，感受敏锐，描写细致，耐人寻味，可推为名句。五、六句，既写景，也写人，人与自然和谐统一，颇饶情趣。末二句以“满酌酒”“得娱神”为全诗作结。是一幅充满旖旎风情的才子佳人游春图。

梳饰多今世[①]，衣著一时新。草短犹通屧[②]，梅香渐著人[③]。树斜牵锦帔[④]，风横入红纶[⑤]。满酌兰英酒[⑥]，对此得娱神。

【注释】

①今世：谓新潮、时髦。下句“一时”义同。

②通屧（xiè）：谓还能在上面行走。屧，鞋子。

③香：《艺文类聚》作“花”。著（zhuó）人：犹袭人。著，附着到某物上。

④锦：有杂色花纹的厚重丝织物。帔（pèi）：披肩。

⑤纶（guān）：头巾。傅刚《校笺》："徐本、郑本作'轮'。"

⑥兰英酒：如兰花一般香美的酒。枚乘《七发》："兰英之酒，酌以涤口。"

【译文】

梳妆打扮多为当今最新的样式，衣着也是时下的新潮。碧草尚短还能在上面行走，梅花的馨香渐渐地沾附人身。树枝斜出牵扯锦制的披肩，风儿横吹钻进红艳的头巾。满斟一杯如兰花般馨香的美酒，面对美酒能够很好地娱悦精神。

鲍泉

鲍泉（？—551），字润岳，东海郯（今山东郯城）人。博涉史传，兼有文笔。初为湘东王萧绎常侍，萧绎对他很欣赏，曾对他说："我文之外无出卿者。"累迁至信州刺史。侯景乱时，萧绎与萧誉自相攻杀，命鲍泉攻长沙，久不克，被撤职。后又起为郢州长史。侯景攻破郢州，被俘，旋被杀。《隋书》卷三十五《经籍志四》著录有《鲍泉集》一卷，已佚。事见《梁书》卷三十、《南史》卷六十二。

南苑看游者

【题解】

南苑，见本卷庾肩吾《南苑还看人》题解。诗写到南苑游览时所看到的情景。车水马龙，美女如云，珂鸣佩响，可以想见一时之盛。"履高"大约为当时时髦，"履高"则人更显得高挑和精神，佩饰也更易被振响，平添出许多风流。末二句，暗用巫山神女之典，含蓄蕴藉，语含谐谑，颇耐咀味。

洛阳小苑地①，车马盛经过。缘沟驻行幰②，傍柳转鸣珂③。履高含响佩④，袜轻半隐罗。浮云无处所⑤，何用转横波⑥。

【注释】

①洛阳:借指建康。

②幰(xiǎn):车前的帷幔。代指车。

③珂(kē):似玉的美石,为马笼头上的装饰品。

④含:傅刚《校笺》:"徐本、郑本作'全'。"

⑤"浮云"句:《文选》宋玉《高唐赋序》:"昔者先王尝游高唐,怠而昼寝,梦见一妇人,曰:'妾巫山之女也,为高唐之客,闻君游高唐,愿荐枕席。'王因幸之。去而辞曰:'妾在巫山之阳,高丘之阻,旦为朝云,暮为行雨。'……风止雨霁,云无处所。"李善注:"朝云、行雨,神女之美也。"此暗用其典,谓游人中有如神女般的美女,但她们飘忽不定,所以不用老转着眼珠子去看她们。

⑥横波:《文选》傅毅《舞赋》:"眉连娟以增绕兮,目流睇而横波。"李善注:"横波,言目邪视,如水之横流也。"

【译文】

在洛阳小苑这个地方,有许多车马从这里经过。沿着沟边停着一辆辆挂着帷幔的车子,挨着柳树马头转动振响玉珂。鞋底高高脚步声中夹着佩饰的脆响,丝袜轻柔一半被罗裙所隐没。浮云飘荡没有一个固定的所在,用不着去转动如水横流的眼波。

落日看还

【题解】

本篇载《艺文类聚》卷十八。诗紧扣诗题,写日落时分在上林苑看游人归家情景,既写了美景,也写了美人。首二句以"竞""逐"二字写出人们竞相出游盛况,余下文字则从望中落笔,写"看还"情景,以舒朗、静谧为主色调。"衣香"二句妙,"新"字尤妙,令人想见红色衣衫在落日映照下的鲜艳夺目。末二句,以探询口气出之,给人留下想象回味的空间。

妖姬竞早春，上苑逐名辰[①]。苔轻变水色，霞浓掩日轮。雕甍斜落影[②]，画扇拂游尘。衣香遥已度，衫红远更新。谁家荡舟妾？何处织缣人[③]？

【注释】

①上苑：即上林苑，汉苑名。故址在今陕西西安西。又，南朝梁有上林苑，筑于南朝宋大明三年（459）。初名西苑，梁改为上林。故地在今江苏江宁鸡笼山东。辰：傅刚《校笺》："沈本、陈本作'晨'。"

②甍（méng）：屋脊。

③缣（jiān）：双丝织的细绢，略带黄色。古诗"上山采蘼芜"："新人工织缣，故人工织素。织缣日一匹，织素五丈余。将缣来比素，新人不如故。"

【译文】

妖艳的美姬竞相在这早春出游，都来到上林苑争着享受这美好的时光。绿苔轻柔将水的颜色改变，晚霞浓艳将一轮红日遮掩。雕画的屋脊斜斜地投下阴影，画扇轻摇拂去飘荡的红尘。罗衣的薰香远远地飘了过来，衣衫的红艳越远越显得耀眼。那摇船的不知是谁家的美妾？那织缣的也不知是何处的美人？

刘缓

刘缓（生卒年不详），字含度，平原高唐（今属山东）人。少知名。曾任湘东王萧绎记室，时西府盛集文士，刘缓居诸文士之首。累迁通直郎、中录事。随府江州，卒。《隋书》卷三十五《经籍志四》著录有集四卷，已佚。其事见《梁书》卷四十九《文学传》、《南史》卷七十二。

敬酬刘长史咏名士悦倾城

【题解】

本篇《艺文类聚》卷十八节引，题作《咏倾城人诗》。本书卷七有萧纲《和湘东王名士悦倾城》诗。刘长史，可能指刘之遴，也可能指刘之遴之弟刘之亨。据《梁书》卷四十《刘之遴传》，刘之遴和刘之亨均曾做过湘东王长史。诗围绕一个“悦”字展开，因此对美人之美的描绘就不免失之夸饰，而且仅将美人作为一个欣赏对象来写，美人就不免成了一个没有内涵、没有灵魂的人物。几乎一路用典，顺手拈来，毫不费力，是其特色。

不信巫山女①，不信洛川神②。何关别有物，还是倾城人③。经共陈王戏④，曾与宋家邻⑤。未嫁先名玉⑥，来时本姓秦⑦。粉光犹似面⑧，朱色不胜唇⑨。遥见疑花发⑩，闻香知异春。钗长逐鬟髲⑪，袜小称腰身⑫。夜夜言娇尽，日日态还新[13]。已倾荀奉倩[14]，能迷石季伦[15]。上客徒留目[16]，不见正横陈[17]。

【注释】

①巫山女：即巫山神女。参见前鲍泉《南苑看游者》注引《文选》宋玉《高唐赋序》。

②洛川神：《史记》卷一百十七《司马相如列传》："若夫青琴、宓妃之徒，绝殊离俗。"司马贞《索隐》："如淳曰：'宓妃，伏羲女，溺死洛水，遂为洛水之神。'"

③倾城人：指绝色的美女。参见卷一李延年《歌诗一首》。

④陈王：即曹植。曹植在《洛神赋》中写了一个与洛神相恋的故事，中有洛神"命俦啸侣，或戏清流，或翔神渚，或采明珠，或拾翠羽"等描写。又曹植《远游篇》："远游临四海，俯仰观洪波。……仙人翔其隅，玉女戏其阿。"

⑤宋家邻：宋玉《登徒子好色赋》："天下之佳人，莫若楚国；楚国之丽者，莫若臣里；臣里之美者，莫若臣东家之子。东家之子，增之一分则太长，减之一分则太短；著粉则太白，施朱则太赤。眉如翠羽，肌如白雪，腰如束素，齿如含贝。嫣然一笑，惑阳城，迷下蔡。"

⑥"未嫁"句：《搜神记》卷十六："吴王夫差女，小名曰紫玉，年十八，才貌俱美。童子韩重，年十九，有道术。女悦之，私交信问，许为之妻。重学于齐鲁之间，临去，属其父母，使求婚。王怒，不与女。玉结气死，葬阊门之外。三年重归，……往吊于墓前。"

⑦本姓秦：汉乐府《陌上桑》："日出东南隅，照我秦氏楼。秦氏有好女，自言名罗敷。"《古诗为焦仲卿妻作》："东家有贤女，自名秦罗敷。"

⑧似：《艺文类聚》作"假"。傅刚《校笺》："徐本、郑本作'自'。"

⑨"朱色"句：左思《娇女诗》："黛眉类扫迹，浓朱衍丹唇。"

⑩见：《艺文类聚》作"望"。

⑪髲(bì):取她人之发编为己发,即假发。《三国志》卷五十三《吴书·薛综传》:"珠厓之废,起于长吏睹其好发,髡取为髲。"傅刚《校笺》:"徐本、郑本作'鬓'。又,五云溪馆本'鬟髲'作'鬓发'。"

⑫袜(mò):吴兆宜注引《升庵诗话》:"袜,女人胁衣也。"俗称抹胸、兜肚。称:适合。

⑬日日:傅刚《校笺》:"五云溪馆本、徐本、郑本作'朝朝'。"

⑭已:原作"工",《艺文类聚》作"已",据改。荀奉倩:荀粲字奉倩,三国魏人。《三国志》卷十《魏书·荀彧传》裴松之注引《晋阳秋》:"粲常以妇人者,才智不足论,自宜以色为主。骠骑将军曹洪女有美色,粲于是娉焉,容服帷帐甚丽,专房欢宴。"倩,《艺文类聚》作"蒨"。

⑮石季伦:西晋石崇字季伦,其人性豪奢,爱美色,身边多有美妾。

⑯上客:贵客。留目:注目。

⑰横陈:横卧。宋玉《讽赋》:"内怵惕兮徂玉床,横自陈兮君之旁。"

【译文】

不信巫山神女那么美丽,不信洛水女神那么迷人。与别的人物有何关系,还是眼前的美女能倾倒全城。曾经同陈思王一起嬉戏,曾经与宋玉家相伴为邻。未出嫁前名字叫玉,来这里时本来姓秦。脂粉的光润与面容相似,朱红的颜色比不过双唇。远远望去怀疑是鲜花开放,闻到花香知道是奇异的早春。钗子很长紧贴着假发编成的环形发髻,兜肚细小正适合纤美的腰身。每天夜晚已经把娇媚的话语说尽,每到白天姿态还是那样新鲜动人。已让荀奉倩倾倒,还能迷住石季伦。贵客空自在那儿注目细看,没看见美人正躺在床上休息。

杂咏和湘东王三首

湘东王,即萧绎,见卷七《登颜园故阁》作者简介。

寒闺

【题解】

《寒闺》载《艺文类聚》卷三十二，题作《闺怨诗》。傅刚《校笺》："五云溪馆本、徐本、郑本作'冬宵'。"萧绎今存诗尚有《寒闺诗》（卷七作《寒宵三韵》），本篇所和当为此诗。"春池"是一个富有内涵和象征性的意象。春天的水池，春水荡漾，春花烂漫，这是夫君在时的情景。而如今的水池，荷叶凋残，池水结冰，一派萧条肃杀；屋中也是一派凄冷：这是夫君不在时的情景。通过对凄寒情景的生动描绘，刻画了思妇的悲凄形象，抒写了思妇的悲凄心情。

别后春池异，荷尽欲生冰。箱中剪刀冷，台上面脂凝。纤腰转无力，寒衣恐不胜①。

【注释】

①恐：《艺文类聚》作"怨"。胜：禁得起，承受得起。

【译文】

别后一池春水发生了变化，水面荷叶残败就要结冰。箱中剪刀是那样冰冷，梳妆台上敷面的香脂已经凝结。纤细的腰肢转动起来虚弱无力，寒衣穿在身上恐怕都会觉得太沉。

秋夜

【题解】

本篇载《艺文类聚》卷三十二，题作《秋闺诗》。秋天来到，秋风萧瑟，思妇顿时感到空前的孤寂和凄凉，"绝望"二字于是喷薄而出。接着通过生动的细节描写，具体展示了闺中的凄凉情景，表现了思妇的凄凉之情。

楼上起秋风，绝望秋闺中。烛溜花行满[1]，香燃奁欲空[2]。徒交两行泪[3]，俱浮妆上红。

【注释】

①烛溜：指蜡烛燃烧时流下的油脂。花：烛花。行：将要。

②燃：傅刚《校笺》："陈本作'灯'。"奁（lián）：妇女梳妆用的镜匣，或亦用来盛放香料。

③交：让。傅刚《校笺》："五云溪馆本、徐本、郑本作'教'。"

【译文】

楼上吹来一阵又一阵的秋风，已经绝望的她独居在这秋天的闺房中。烛泪流淌灯花就要结满，香快燃尽镜匣眼看就要变空。徒然地让两行热泪在脸上流淌，化妆的胭脂全都浮起只见一片嫣红。

冬宵

【题解】

傅刚《校笺》："五云溪馆本、徐本、郑本作'寒闺'。"首二句写不堪孤寂，中二句即具体描写孤寂之状，末二句发抒怨愤：锦被自宜以奇香薰之，而丈夫既不珍惜锦被，我又何必为了祛除异味而去薰香？其赌气、怨愤之态，似可目睹。中二句新巧，陈祚明评云："中二句有作意。钗影以近灯而长，语更佳。"（《采菽堂古诗选》卷二十七）

不堪寒夜久，夜夜守空床。衣裾逐坐褶[1]，钗影近灯长。无怜四幅锦[2]，何须辟恶香[3]？

【注释】

①裾（jū）：衣服的前、后襟。褶（zhě）：褶子。

②幅：量词。《汉书》卷二十四下《食货志下》："布帛广二尺二寸为幅，长四丈为匹。"锦：有杂色花纹的厚重丝织品。

③辟（bì）恶：避除邪恶。指祛除、驱散难闻的气味。《太平御览》卷九百八十一引秦嘉与妇书："今奉麝香一斤，可以辟恶。"萧纲《筝赋》："影入著衣镜，裙含辟恶香。"

【译文】

不能忍受这么漫长的寒夜，一个人夜夜这么独守空床。衣襟被坐席挤压起了褶皱，离灯很近钗影变得又细又长。夫君既然不顾惜这四幅锦做的被子，我又哪用得着祛除异味的薰香？

邓铿

邓铿（生卒年不详），南郡当阳（今属湖北）人。其父邓元起，梁天监初任益州刺史，封当阳县侯。后更封松滋县侯，卒后其子铿嗣。其事略见《梁书》卷十《邓元起传》。

和阴梁州杂怨

【题解】

本篇载《艺文类聚》卷三十二，题作《闺怨诗》。阴梁州，即阴子春，武威姑臧（今甘肃武威）人。梁普通年间累迁至梁、秦二州刺史。《梁书》卷四十六有传。诗写女子在丈夫离家后的担忧，然后以“终须”二字一转，说还是得见上一面才行，见面团聚后，所有的牵挂、猜疑就都冰释了。虽是习见题材，但处理得不无新意。文辞朴质清新，有古诗余韵。陈祚明有“楚楚情真”（《采菽堂古诗选》卷二十八）之评。

别离虽未久，遂如长别离①。丛桂频销叶②，庭树几攀枝。君言妾貌改，妾畏君心移。终须一相见，并得两相知③。

【注释】

①“别离”二句：《艺文类聚》作“暂别犹添恨，何忍别经时”。

②丛桂：淮南小山《招隐士》：“桂树丛生兮山之幽，偃蹇连蜷兮枝相

缭。”销:减损,凋落。

③相:《艺文类聚》作“心”。

【译文】

别离的时间虽还不久,但却像是长久的别离。丛生的桂树叶子多次凋落,庭院中的树我已几次去攀折花枝。您说我的容颜改变了,我担心您的心会发生转移。最终还是得见上一面,我俩才会彼此相知。

奉和夜听妓声

【题解】

傅刚《校笺》引《考异》:“诗语似观妓之作,疑题有误。”听妓声,指听艺人的歌吹弹唱之声。“鬟影”句,比喻新奇。“众中”二句,写出了女艺人的矜持与自尊。

烛华似明月[①],鬟影胜飞桥[②]。妓儿齐郑舞[③],争妍学楚腰[④]。新歌自作曲,旧瑟不须调。众中俱不笑,座上莫相撩[⑤]。

【注释】

①烛华:烛花。萧绎《对烛赋》:“烛烬落,烛花明。”

②鬟:环形的发髻。

③妓儿:年少的歌舞艺人。齐郑舞:《楚辞》宋玉《招魂》:“二八齐容,起郑舞些。”王逸注:“齐,同。郑舞,郑国之舞也。”张衡《南都赋》:“坐南歌兮起郑舞,白鹤飞兮茧曳绪。”

④妍(yán):美好。楚腰:《后汉书》卷二十四《马廖传》:“传曰:‘楚王好细腰,宫中多饿死。’”李贤注:“《墨子》曰‘楚灵王好细腰,而国多饿人’也。”

⑤撩:撩拨,挑逗。

【译文】

烛花好似明朗的月光，环形发髻的影子胜过飞架的小桥。年少的艺人跳起了郑地的舞蹈，为了比美争相仿效楚国的细腰。所唱的新歌是自己谱的曲子，弹奏旧瑟丝弦不用再调。当着众人都不肯开口一笑，座中的客人不要挑逗骚扰。

甄固

甄固,南朝梁时人。生平不详。今存诗一首。

奉和世子春情一首

【题解】

世子,即太子萧纲。吴兆宜按:"简文有《春情曲》一首。"逯钦立辑校《先秦汉魏晋南北朝诗》收有萧纲七言《杂句春情诗》,另有五言《春闺情诗》。本篇写女子刚看到双燕飞回、桃李花翩飞,就开始担心春天即将过去,是一种爱春、惜春的心情。末二句缱绻情深,耐人寻味。陈祚明评云:"自然情深。"(《采菽堂古诗选》卷二十八)

昨晚褰帘望①,初逢双燕归。今朝见桃李,不啻数花飞②。已愁春欲度,无复寄芳菲③。

【注释】

①褰(qiān):掀开,撩起。

②啻(chì):仅,只。

③寄芳菲:指折花寄远以表达情意。古诗"涉江采芙蓉":"涉江采芙蓉,兰泽多芳草。采之欲遗谁?所思在远道。"又:"庭中有奇树,绿叶发华滋。攀条折其荣,将以遗所思。"芳菲,花草。

【译文】

昨晚掀开帘子朝外张望，第一次看见有一对燕子展翅飞回。今早又看见桃树李树，不只是几朵花在空中翩飞。已为春天就要过去感到担忧，到时恐再无花草可寄以表达衷情。

庾信

庾信(513—581),字子山,南阳新野(今属河南)人。庾肩吾之子。幼聪敏,博览群书。初仕梁,为昭明太子萧统东宫侍读。萧统卒,萧纲为太子,与徐陵俱为东宫抄撰学士。累迁尚书度支郎中、通直正员郎。出为郢州别驾,兼通直散骑常侍。曾出使东魏,归朝后,为东宫学士,领建康令。侯景乱时,逃奔江陵。梁元帝即位,任右卫将军,袭父爵为武康县侯。四十二岁时出使西魏,值西魏灭梁,遂滞留于长安,再也没有南归。仕西魏,累迁车骑大将军、仪同三司。北周代魏后,累迁骠骑大将军、开府仪同三司,进爵义城县侯。世称其为"庾开府"。早年在梁与徐陵齐名,二人所撰绮艳诗文传诵一时,世称"徐庾体"。后期由于生活环境发生变化,诗风为之一变。杜甫云:"庾信文章老更成,凌云健笔意纵横。"(《戏为六绝句》其一)又云:"庾信平生最萧瑟,暮年诗赋动江关。"(《咏怀古迹》其一)为北朝时期创作成就最高的作家,其作品兼该南北之长的风格、气韵,为唐诗开出了先河,故杨慎云:"庾信之诗,为梁之冠绝,启唐之先鞭。"(《升庵诗话》卷三)《隋书》卷三十五《经籍志四》著录有集二十一卷,已散佚。后人辑有《庾子山集》(或名《庾开府集》)。事见《周书》卷四十一、《北史》卷八十三。

奉和咏舞

【题解】

本篇载《艺文类聚》卷四十三、《初学记》卷十五,均题作《咏舞诗》;

又载《文苑英华》卷二百十三，题作《舞应令》。傅刚《校笺》："五云溪馆本、徐本、郑本无'奉'。"萧纲有《咏舞》二首，本篇为其和作。着力刻画舞姿的优美及其变化，令人有美不胜收、目不暇接之感。"'顿履'二句，如有节奏"（陈祚明《采菽堂古诗选》卷三十三）。末二句画龙点睛，极尽赞美，大约为杜甫诗"此曲只应天上有，人间能得几时闻"（《赠花卿》）所本。

洞房花烛明①，燕余双舞轻②。顿履随疏节③，低鬟逐《上声》④。半转行初进⑤，衫飘曲未成⑥。鸾回镜欲满⑦，鹤顾市应倾⑧。已曾天上学，讵似世中生⑨？

【注释】

①洞房：深邃的内室。花烛：饰有花纹的蜡烛。

②燕余：燕国的美女。此指舞女。张衡《七辩》："淮南清歌，燕余材舞。列乎前堂，递奏代叙。"萧纲《筝赋》："乃有燕余丽妾，方桃譬李。本住南城，经移北里。"又为舞名。《初学记》卷十五："历代舞名……以土地名之，有周舞、郑舞、赵舞、巴渝舞、淮南舞、燕余舞。"萧纲《咏舞》有"戚里多妖丽，重聘蔑燕余"之句。

③顿履：顿足，踏足。杨恽《报孙会宗书》："拂衣而喜，奋袖低昂，顿足起舞。"疏节：疏缓的节拍。

④低鬟：犹言低头。鬟，环形的发髻。《上声》：乐曲名。收入《乐府诗集》卷四十五《清商曲辞·吴声歌曲》。郭茂倩题解引《古今乐录》："《上声歌》者，此因上声促柱得名。"

⑤半：《艺文类聚》《初学记》作"步"，《文苑英华》作"伴"。行：行列。

⑥成：指曲终。

⑦"鸾回"句：谓像鸾鸟那样回旋飞翔，镜中差不多全是鸾鸟翩跹的身影。参见卷七萧纲《咏人弃妾》注。鸾回，赵氏覆宋本作"回鸾"。

⑧“鹤顾”句：谓像仙鹤那样顾盼而舞，全城的人都会为之倾倒。《吴越春秋》卷二载，吴王阖闾之女滕余自杀后，“阖闾痛之甚，葬于国西阊门外。乃舞白鹤于吴市中，令万民随而观之”。鹤，原作“鹄”，《艺文类聚》《初学记》《文苑英华》均作“鹤”，据改。

⑨讵（jù）：岂。似：《艺文类聚》《初学记》作“是”，《文苑英华》作“见”。世中：世间，人间。

【译文】

深邃的内室中花烛一派通明，两位舞女翩翩起舞舞姿轻盈。随着舒缓的节拍踏着舞步，发髻低垂紧随着乐曲《上声》。腰身半转行列才刚要往前，衣衫飘曳乐曲还未终结。像鸾鸟那样回旋镜中几乎全是翩跹身影，似白鹤那样顾盼将会倾倒全城。这舞蹈曾经是到天上学来，哪里是人间所能产生？

七夕

【题解】

民间传说，牛郎、织女于每年农历七月七日夜在天河相会，本篇即咏此事。诗于神话传说中，又融入“星桥通汉使”的传说，平添惝恍迷离。后四句为诗旨所在，不在写相聚之乐，而在写离别之苦。末二句设想奇特，意蕴悠长，堪称神来之笔。

牵牛遥映水，织女正登车。星桥通汉使[①]，机石逐仙槎[②]。隔河相望近，经秋离别赊[③]。愁将今夕恨，复著明年花[④]。

【注释】

①星桥：繁星搭成的桥。汉使：指张骞。徐文靖《管城硕记》卷二十五引《荆楚岁时记》：“汉武帝令张骞使大夏寻河源。乘槎经月，

而至一处,见城郭如州府,室内有一女织。又见一丈夫牵牛饮河。织女取搘机石与骞而还。”

②机石:即搘机石,垫在织布机下面的石头。槎(chá):用竹、木编成的筏。

③赊(shē):远,长久。

④著(zhuó):附着。

【译文】

那边牵牛远远地倒映在水中,这边织女正登车准备出发。星桥上曾走过汉朝的使节,怀抱搘机石坐上了仙人的木筏。隔着银河相望其实很近,秋天离别后时间将长得可怕。忧愁的是会将今晚留下的憾恨,又附着上明年盛开的鲜花。

仰和何仆射还宅怀故

【题解】

本篇代何仆射抒写对故去妻子的怀念感伤之情。仰和,犹敬和。何仆射(yè),疑指何敬容,何敬容在梁武帝中大通年间曾任尚书右仆射、左仆射等职。此前又曾任太子舍人、太子洗马、太子中庶子等职,而庾信也曾任昭明太子东宫侍读,期间,二人可能熟识。何敬容今仅存《咏舞诗》一首,其辞云:“因风且一顾,扬袂隐双蛾。曲终情未已,含睇目增波。”与庾信同一路数,两人彼此唱和,有其基础。又何敬容家“世奉佛法”,何敬容甚至曾“舍宅东为伽蓝”(均见《梁书》本传),此也与本诗“愿凭”云云之意相合。诗中对何仆射妻子故去后家中寂寞凄寒情景的描绘,虽属悬测之辞,但却颇为真切,读之有历历在目之感。对何仆射的怜悯关切之情,也流溢于字里行间,为有真情实感之作。

紫阁旦朝罢①,中台文奏稀②。无复千金笑③,徒劳五日归[4]。步檐朝未扫[5]，兰房昼掩扉[6]。苔生理曲处[7]，网积回文机[8]。故瑟余弦断，歌梁秋燕飞[9]。朝云虽可望，夜帐定难依。愿凭甘露入[10]，方假慧灯辉[11]。宁知洛城晚[12]，还泪独沾衣。

【注释】

①紫阁：指帝王宫殿。崔琦《七蠲》："紫阁青台，绮错相连。"紫，傅刚《校笺》："徐本、郑本作'内'。"旦：傅刚《校笺》："徐本、郑本作'早'。"

②中台：即尚书，东汉时曾称中台。群臣章奏，都要经过尚书。文：傅刚《校笺》："徐本、郑本作'夕'。"

③千金笑：指美人的笑。崔駰《夏屋籧篨》："回顾百万，一笑千金。"王筠《春游诗》："欲以千金笑，回君流水车。"

④五日归：《初学记》卷二十："休假亦曰休沐。汉律：吏五日得一下沐，言休息以洗沐也。"

⑤步檐：走廊。

⑥兰房：芳香的房舍。扉（fēi）：门。

⑦理曲处：弹奏乐曲的地方。指窗下。古诗"东城高且长"："被服罗裳衣，当户理清曲。"理，弹奏。

⑧网：指蜘蛛网。回文：参见卷四王融《回文诗》题解。此指编织了回文的锦缎。机：指织机。张协《杂诗一首》："青苔依空墙，蜘蛛网四屋。感物多所怀，沉忧结心曲。"

⑨歌梁：《列子·汤问篇》："昔韩娥东之齐，匮粮，过雍门，鬻歌假食。既去而余音绕梁欐，三日不绝，左右以其人弗去。"

⑩甘露：佛教语。喻佛法、涅槃等。有甘露王、甘露饭、甘露厨、甘露门等语。这里指甘露门。《智度论》："一切众生，甘露门开，如何不出。"

⑪方：将。假：借。慧灯：佛教语。谓智慧如灯无幽不照。《华严经》："为燃智慧灯，善目于此深观察。"又："放光明，名慧灯。"

⑫洛城：借指建康。谢朓《赠王主簿》其二："徘徊韶景暮，惟有洛城隅。"

【译文】

皇宫中早朝已经结束，中台的文书章奏已经减少。再也见不到你价值千金的笑容，忙了五天徒然地回到这个家。早晨起来走廊没有人打扫，芳香的房舍白天也紧闭着门。窗下长出了青苔，编织回文锦的织机上积满了蛛网。旧瑟上余下的丝弦已经折断，曾歌声萦绕的屋梁上有秋燕飞翔。早晨的云彩虽然还可以眺望，但夜晚的帷帐将肯定难以依傍。希望能够凭借甘露门进入福境，将要借用智慧灯发出的光芒。哪知道洛城有这么凄清的夜晚，回家后只有眼泪浸湿了衣裳。

刘邈

刘邈（生卒年不详），彭城（今江苏徐州）人。侯景作乱，久攻台城不克，刘邈曾劝说侯景“未若乞和，全师而返”，侯景曾一度采纳他的建议。今存诗四首。其事略见《梁书》卷五十六《侯景传》。

万山见采桑人

【题解】

本篇载《艺文类聚》卷八十八；又载《文苑英华》卷二百八，题作《采桑》；收入《乐府诗集》卷二十八《相和歌辞·相和曲》，也题作《采桑》。颇受汉乐府《陌上桑》影响，而语调轻快，又具南朝乐府民歌风貌（《乐府诗集》卷四十八《清商曲辞》收有南朝乐府《采桑度》七首）。“叶尽”四句描写采桑时的情景，具体而生动。末二句，用《陌上桑》罗敷拒绝使君故事，而以调侃语气出之，横生意趣。

倡妾不胜愁①，结束下青楼②。逐伴西蚕路③，相携东陌头④。叶尽时移树，枝高乍易钩⑤。丝绳挂且脱⑥，金笼写复收⑦。蚕饥日已暮⑧，讵为使君留⑨？

【注释】

①倡妾：以歌舞为业者。《艺文类聚》作“倡女”。古诗“青青河畔草”：“昔为倡家女，今为荡子妇。”

②结束：古诗“东城高且长”：“荡涤放情志，何为自结束。”这里是装束、打扮的意思。青楼：涂饰成青色的楼。曹植《美女篇》：“美女妖且闲，采桑岐路间。……青楼临大路，高门结重关。”

③蚕：《文苑英华》《乐府诗集》作“城”。傅刚《校笺》引孟本校：“一作‘郊’。”

④东：《艺文类聚》《文苑英华》《乐府诗集》作“南”。陌头：路边。陌，东西向的田间小道。

⑤乍：忽然。傅刚《校笺》：“沈本、陈本作‘下’。”易：改变。指换一个位置。钩：竹篮上的提柄。汉乐府《陌上桑》：“青丝为笼系，桂枝为笼钩。”

⑥丝绳：指篮上的络绳。挂：《乐府诗集》作“提”。

⑦金笼：有金饰的竹篮。写（xiè）：通“卸”，放下。复：《文苑英华》《乐府诗集》作“仍”。

⑧已：《文苑英华》《乐府诗集》作“欲”。暮：《艺文类聚》作“暝”。

⑨讵（jù）：岂。《文苑英华》《乐府诗集》作“谁”。使君：东汉人对太守、刺史的称呼。汉乐府《陌上桑》：“使君谢罗敷，‘宁可共载不？’罗敷前置辞：‘使君一何愚！使君自有妇，罗敷自有夫！’”

【译文】

倡家的女子忍受不了忧愁，装束打扮一番后走下了青楼。追随女伴走上了西边采桑养蚕的路，相互携手又来到城东田间的小路。这棵树的桑叶采完不时地换一棵树，桑枝太高忽地移动一下提柄。丝绳一会儿挂上一会儿拿开，金饰的竹篮一会儿放下一会儿又提在手。家中的蚕饿了天色也已昏暗，哪会为了使君而在这里停留？

见人织聊为之咏

【题解】

本篇载《艺文类聚》卷六十五,作者作"徐陵",题作《织妇诗》。描写思妇夜织情景,笔墨细腻,形象真切,对思妇心理尤有婉转曲折的揭示。"脉脉正蛾眉",是因对夫君满怀深情;"弄机行掩泪",是因为想到了与夫君的别离。中又楔进"檐花"一联,对环境进行描写,以美景衬忧人。虽题作"聊为之咏",实不失为精心结撰之作。

纤纤运玉指①,脉脉正蛾眉②。振蹑开交缕③,停梭续断丝。檐花照初月④,洞户未垂帷⑤。弄机行掩泪⑥,翻令织素迟⑦。

【注释】

①纤纤:古诗"迢迢牵牛星":"迢迢牵牛星,皎皎河汉女。纤纤擢素手,札札弄机杼。"玉指:美言人之手指。谢朓《咏落梅》:"亲劳君玉指,摘以赠南威。"

②脉脉:含情相视貌。蛾眉:形容美女细而弯的眉毛。古诗"迢迢牵牛星":"盈盈一水间,脉脉不得语。"

③振蹑:踩踏。指踩踏织机下面的踏板。交缕:纵横相交的丝线。

④花:《艺文类聚》作"前"。照初月:《艺文类聚》作"初月照"。

⑤洞户:门户。未垂:傅刚《校笺》:"徐本、郑本作'垂朱'。"

⑥行:将。

⑦翻:反而。《艺文类聚》作"弥"。素:白色生绢。迟:缓慢。

【译文】

不停地转动着纤细白皙的手指,眉宇之间是那样含情脉脉。踩动踏板使纵线与纬线相交,停下梭子把折断的丝线接续。初升的月亮照着屋檐上的花朵，敞开的门没有垂下门帘。操作织机总忍不住要掩面垂泪，反使织绢的速度变得缓慢。

秋闺

【题解】

本篇载《艺文类聚》卷三十二。写思妇在秋夜为远戍在外的夫君准备冬衣的情景，事事用心，字字关情，场景温馨，有一种强烈的感动人心的力量。“坠露”二句，一以耳闻，一以目睹，写静谧之景如画。陈祚明评云：“五、六二句，景中固有百种愁，故不明言。但衣不暇薰，心思无绪可见。”(《采菽堂古诗选》卷二十七)

萤飞绮窗外①，妾思霍将军②。灯前量兽锦③，檐下织花纹。坠露如轻雨，长河似薄云④。秋还百种事，衣成未暇薰⑤。

【注释】

①绮窗：精美的窗户。绮，有花纹的丝织品。古诗“西北有高楼”：“交疏结绮窗，阿阁三重阶。”

②霍将军：汉代霍去病曾六次出击匈奴，最远到达狼居胥山，封冠军侯，为骠骑将军。又据《乐府诗集》卷六十《琴歌》郭茂倩题解，琴曲有《霍将军渡河操》，为霍去病所作。这里借指在外戍边的丈夫。

③兽锦：织有兽形花纹的锦缎。吴兆宜注：“唐避讳，改‘虎’作‘兽’。”汉代确有虎锦。《御定分类字锦》卷十九引《汉官仪》：“虎贲中郎将衣纱縠单衣虎锦袴。”

④长河：银河。

⑤未：《艺文类聚》作“不”。

【译文】

萤火虫在精美的窗外飞来飞去，我心中在思念着在外戍边的霍将军。在灯前细细地量兽锦的长短，在屋檐下认真地编织锦上的花纹。露珠坠落像是落下一阵小雨，长长的银河看去像一片薄云。秋天来到有一百件事等着做，衣服做成了还没有时间用香薰。

鼓吹曲　折杨柳

【题解】

本篇载《艺文类聚》卷八十九，收入《乐府诗集》卷二十二《横吹曲辞》。鼓吹，乐名。主要乐器有鼓钲箫笳，出自北方民族，本为军中之乐。《乐府诗集》卷二十二梁元帝《折杨柳》郭茂倩题解："《唐书·乐志》曰：'梁乐府有胡吹歌云："上马不捉鞭，反拗杨柳枝。下马吹横笛，愁杀行客儿。"'此歌辞元出北国，即鼓角横吹曲《折杨柳枝》是也。"诗紧扣"杨柳"二字，写思妇久别的哀怨。一"惊"一"恨"，写出感情与神态；"年年""月月"，写出煎熬与艰辛。十载离别，杳无音信，而犹说"相思君自知"，是善良还是愚懦？是信任还是责备？是自嘲还是自宽？给读者留下了想象的空间。

高楼十载别，杨柳擢丝枝①。摘叶惊开驶②，攀条恨久离③。年年阻音信④，月月减容仪⑤。春来谁不望⑥，相思君自知⑦。

【注释】

①擢（zhuó）：抽，拔。《艺文类聚》《乐府诗集》作"濯"。

②开驶：疾速地离去。驶，《乐府诗集》作"駃"。

③条：柳枝。《艺文类聚》作"枝"。久：傅刚《校笺》："五云溪馆本、

徐本、郑本作‘别’。”

④信:《艺文类聚》《乐府诗集》作“息”。

⑤减容仪:谓变得消瘦、憔悴。容仪,容貌仪表。

⑥望:《艺文类聚》作“思”。

⑦君:傅刚《校笺》引《考异》:“‘君’字于义难通,疑为‘各’字之误。”

【译文】

独处高楼与你已经分别十年,杨柳今年又拔出了细细的新枝。采摘柳叶突想起当初你疾速离开的一幕,攀援柳枝怨恨这么长久地别离。年复一年音讯都受到阻隔,月复一月容颜变得憔悴不已。春天来了谁不思念自己的亲人,我的相思之情夫君你应自知。

纪少瑜

纪少瑜（生卒年不详），字幼场，丹阳秣陵（今江苏南京）人。本姓吴，早孤，养于纪氏，因改姓。初为晋安国中尉，大同七年（541）擢为东宫学士，复为武陵王记室参军，卒于官。十三岁即能文章，又工草书，善玄谈。今存诗五首。其事见《南史》卷七十二。

建兴苑

【题解】

本篇载《初学记》卷二十四，题作《游建兴苑诗》；收入《乐府诗集》卷七十五《杂曲歌辞》。据《梁书》卷二《武帝纪中》，建兴苑于天监四年（505）建于秣陵（今江苏南京）建兴里。诗以长安比建康，以上林苑比建兴苑，以铺陈手法描绘了建兴苑的壮丽，表现了游客的奢华。末二句语含讥刺，能见作者态度。

丹陵抱天邑①，紫渊更上林②。银台悬百仞③，玉树起千寻④。水流冠盖影⑤，风扬歌吹音⑥。峙崛怜拾翠⑦，顾步惜遗簪⑧。日落庭花转⑨，方幰屡移阴⑩。终言乐未极⑪，不道爱黄金⑫。

【注释】

①丹陵:传说中的地名。《初学记》卷九引《帝王世纪》:"尧,伊祁姓也,母曰庆都,孕十四月而生尧于丹陵,名曰放勋。"抱:环绕。天邑:京都。指长安。借指建康。

②紫渊:水名。在长安北。《史记》卷一百十七《司马相如列传》:"左苍梧,右西极,丹水更其南,紫渊径其北。"张守节《正义》:"《山海经》云:'紫渊水出根耆之山,西流注河。'文颖云:'西河谷罗县有紫泽,在县北,于长安为北。'"渊,傅刚《校笺》:"五云溪馆本、徐本、郑本作'苑'。"更(gēng):经过。上林:苑名。故址在今陕西西安西。本秦旧苑,汉武帝时扩建,周围至三百里。

③银台:《文选》张衡《思玄赋》:"聘王母于银台兮,羞玉芝以疗饥。"李善注:"王母,西王母也。银台,王母所居。"仞:古代以七尺或八尺为一仞。此句《初学记》作"玉台极百尺"。

④玉树:用珍宝制作的树。《汉武故事》:"上于是于宫外起神明殿九间,……前庭植玉树。种玉树之法,葺珊瑚为枝,以碧玉为叶,花子或青或赤,悉以珠玉为之,子皆空其中。"庾信《谢滕王集序启》:"若夫甘泉宫里,玉树一丛,玄武阙前,明珠六寸。"玉,《初学记》作"银"。寻:八尺为一寻。

⑤冠盖:指官吏的服饰和车乘。冠,礼帽。盖,车盖。

⑥歌吹:歌唱和吹奏。

⑦峙嵎(chí chú):徘徊不前貌。翠:指翠鸟的羽毛,可做装饰。曹植《洛神赋》:"或采明珠,或拾翠羽。"

⑧顾步:一面走一面回头看。遗簪:遗失簪子。《史记》卷一百二十六《滑稽列传》:"前有堕珥,后有遗簪。"

⑨花:《初学记》《乐府诗集》作"光"。

⑩幰(xiǎn):车前的帐幔。傅刚《校笺》:"五云溪馆本、徐本、郑本作'幔'。"

⑪终:《初学记》《乐府诗集》作“愿”。

⑫爱:吝惜。《燕丹子》卷下:“后日,(太子)与(荆)轲之东宫,临池而观。轲拾瓦投蛙。太子令人奉盘金,轲用抵,抵尽复进。轲曰:‘非为太子爱金也,但臂痛耳。’”

【译文】

丹陵环绕天邑,紫渊经过上林。银台高悬高达百仞,玉树高耸高达千寻。水流荡漾着冠服和车乘的倒影,清风飘扬着歌唱和吹奏的声音。流连徘徊爱怜地将翠羽捡拾,边走边回顾不慎遗失的簪子。太阳落山移动着庭院中的花影,方形的车幔其阴影一再地挪移。最后说欢乐还没有达到极致,却不说心里吝惜宝贵的黄金。

拟吴均体应教

【题解】

吴均,见卷六《和萧洗马子显古意六首》作者简介。《梁书》卷四十九《吴均传》:“天监初,柳恽为吴兴,召补主簿,日引与赋诗。均文体清拔有古气,好事者或敩之,谓为‘吴均体’。”应教,应诸王公之命作诗曰应教。诗写织妇们在美妙的春光中不再安心织布而到郊外游乐,颇受汉乐府《陌上桑》和南朝乐府《子夜四时歌·春歌》的影响。末二句调侃,活泼有趣。

庭树发春晖,游人竞下机①。却匣擎歌扇②,开箱择舞衣。桑萎不复惜,看光遽将夕③。自有专城居④,空持迷上客⑤。

【注释】

①游人:指织妇。

②却匣:放下镜匣。擎:举起。歌扇:歌舞时所用的扇子。

③光：傅刚《校笺》："五云溪馆本、徐本、郑本作'花'。"遽（jù）：很快。

④专城居：为一城之主，如太守、刺史之类。汉乐府《陌上桑》："三十侍中郎，四十专城居。"

⑤上客：尊贵的客人。

【译文】

庭院中的绿树生发出明媚的春光，游人们争先恐后地走下了织布机。放下化妆用的镜匣举起了歌扇，打开衣箱仔细地挑选舞衣。桑叶萎黄心里不再可惜，看看日光很快就要天黑。自有一个专城而居的夫君，拥有的美丽空自把贵客迷惑。

春日

【题解】

吴兆宜注："（作者）一作'闻人倩'。"这是一首劝愁人出游的诗，说外面的春日无限美好，可以驱除忧愁。中四句，从"日""风""花""鸟"四个方面将骀荡春光描绘得活灵活现，历历如画，是能"状难写之景如在目前"（欧阳修《六一诗话》）的成功例子。首以"愁人"开篇，末以消愁作结，首尾紧扣。"徒令"二句，透出幽默，值得玩味。

愁人试出牖[①]，春色定无穷。参差依网日[②]，澹荡入帘风[③]。落花还绕树[④]，轻飞去隐空。徒令玉箸迹，双垂明镜中[⑤]。

【注释】

①牖（yǒu）：窗户。

②参差（cēn cī）：不齐貌。网：指网户，即雕刻有网状花纹的门窗。又，陈祚明认为"网应是罘罳"（见《采菽堂古诗选》卷二十八），罘罳是古代一种设在门外的屏风。

③澹（dàn）荡：和畅貌。鲍照《代白纻曲》其二："春风澹荡侠思多，天色净绿气研和。"

④还（xuán）：旋转。

⑤"徒令"二句：谓出游让人高兴，出游之前流的眼泪，算是白流了。玉箸（zhù），玉制的筷子。此处比喻眼泪。

【译文】

忧愁的人你试着把头伸出窗外去看看，所看到的一定会是春色无穷。照在网状花纹门窗上的阳光参差不齐，和煦舒畅的是吹进帘中的春风。飘落的春花绕着绿树旋转，鸟儿轻轻飞去隐没在晴空。你会徒然让脸上的两道泪痕，双双悬垂在明镜之中。

闻人倩

闻人倩，生平不详。今存吴均《酬闻人侍郎别诗三首》，可知应为梁人，做过侍郎。今存诗一首。

春日

【题解】

本篇载《艺文类聚》卷三、《初学记》卷三、《文苑英华》卷一百五十七，皆缺末二句。诗以“高台动春色”发端，然后以“清池”以下五句写春色，旖旎春色扑面而来，令人有目不暇接之感。然后以“相与”一句煞住，再陡地一转，抒写离别的哀伤，为以乐景衬哀情之例。王夫之云：“以乐景写哀，以哀景写乐，一倍增其哀乐。”（《姜斋诗话》卷上）即此之谓。

高台动春色，清池照日华①。绿葵向光转，翠柳逐风斜。林有惊心鸟②，园多夺目花。相与咸知节③，叹子独离家④。行人今不返⑤，何劳空折麻⑥？

【注释】

①照：《艺文类聚》《初学记》《文苑英华》作“映”。

②惊：《艺文类聚》《初学记》《文苑英华》作“鸣”。

③节：节候，节令。

④子：你。《文苑英华》作“予”。

⑤行人：傅刚《校笺》：“五云溪馆本、徐本、郑本作‘人行’。”

⑥麻：指疏麻。《楚辞》屈原《九歌·大司命》：“折疏麻兮瑶华，将以遗兮离居。”王逸注：“疏麻，神麻也。”

【译文】

高台上涌动着迷人的春色，清澈的池面映照着日月的光华。绿色的向日葵朝向日光转动，青翠的柳树随着轻风倾斜。树林中有叫起来让人惊心的春鸟，花园中有很多鲜艳夺目的春花。它们全都知道这正是春天的节候，叹息只有你独自离开了这个家。远行的人现在不可能回来，我何必白辛苦在这儿采摘疏麻？

徐孝穆

徐孝穆，即徐陵。见本书前言作者介绍。

走笔戏书应令

【题解】

本篇为应皇太子萧纲之命而作，写一个失宠歌舞艺人的自诉。“曾经”二句，写出无奈与心酸。末二句耐人寻味。在已经“瘦尽”的情况下还“偏自著腰身”，是一种习惯性的动作，还是不服输，要执拗地展示自己的纤腰之美？总之，其人可悲，其情可悯。虽是“走笔戏书”，但却真实地反映了当时歌舞艺人普遍存在的悲剧命运。

此日乍殷勤①，相嫌不如春。今宵花烛泪，非是夜迎人。舞席秋来卷，歌筵无数尘。曾经新代故②，那恶故迎新③？片月窥花簟④，轻寒入帔巾⑤。秋来应瘦尽，偏自著腰身⑥。

【注释】

①乍：《广雅·释言》：“暂也。”殷勤：情意亲切。

②新代故：古诗“上山采蘼芜”：“将缣来比素，新人不如故。”

③那（nuò）：如何。恶（wù）：讨厌。

④片月：半圆的月。花簟（diàn）：有花纹的竹席。

⑤帔（pèi）巾：披肩。

⑥著（zhù）：显露出。

【译文】

今天只是短暂地对我表现出亲切的情意，他嫌弃我对我的情意已经比不上和煦的阳春。今晚的花烛也在流着眼泪，因为我不是他今夜要迎接的佳人。我跳舞时用的席子入秋后已经卷起，我唱歌时的筵席已积上厚厚的灰尘。我曾经作为新人把旧人取代，如何会讨厌旧人再去把新人欢迎？半圆的月亮偷偷地窥探有花纹的竹席，微微的寒意透进了我的披肩。秋来我肯定已经瘦得不能再瘦，偏偏我还要特别显露出纤细的腰身。

奉和咏舞

【题解】

本篇载《艺文类聚》卷四十三、《初学记》卷十五，均题作《咏舞诗》；又载《文苑英华》卷二百十三，题作《舞应令》。萧纲有《咏舞诗》二首，庾信有《奉和咏舞》，本篇当为同时所作。相较于萧纲所作，本篇对舞女舞姿、舞技的描写较简略，而对其来历的不凡则较多着墨，风格的轻艳则与之如出一辙。“烛送”句，新巧。

十五属平阳①，因来入建章②。主家能教舞③，城中巧旦妆④。低鬟向绮席⑤，举袖拂花黄⑥。烛送窗边影⑦，衫传箧里香⑧。当关好留客⑨，故作舞衣长。

【注释】

①平阳：指汉武帝的姐姐平阳公主。据《汉书》卷九十七上《外戚

传上·孝武卫皇后》,卫子夫为平阳主歌女。武帝到平阳主处,“既饮,讴者进,帝独说子夫。帝起更衣,子夫侍尚衣轩中,得幸。还坐欢甚,赐平阳主金千斤。主因奏子夫送入宫。”“卫子夫元朔元年生男据,遂立为皇后。”

②建章:汉宫名。故址在今陕西西安西北。《史记》卷十二《孝武本纪》:“于是作建章宫,度为千门万户。”

③主:指公主。《初学记》《文苑英华》作“王”。能教舞:《汉书》卷九十七下《外戚传下·孝成赵皇后》载:孝成赵皇后“及壮,属阳阿主家,学歌舞,号曰飞燕。成帝尝微行出,过阳阿主,作乐。上见飞燕而说之,召入宫,大幸”。

④“城中”句:傅刚《校笺》:“五云溪馆本、徐本、郑本此句作‘城中且巧妆’。”旦,《初学记》《文苑英华》作“画”。

⑤低鬟:犹言低头。鬟,女子的环形发髻。绮席:华丽的席具。

⑥花黄:女子的面饰。用金黄色纸剪成星月花鸟等形贴于额上,或在额上涂点黄色。

⑦窗边:《艺文类聚》作“空回”,《初学记》《文苑英华》作“空边”。

⑧箧(qiè):箱子。原作“铪”,《艺文类聚》作“箧”,《初学记》作“合”,兹据《艺文类聚》改。

⑨关:《汉书》卷五十六《董仲舒传》:“太学者,贤士之所关也。”颜师古注:“关,由也。”《艺文类聚》《初学记》作“由”,《文苑英华》作“筵”。

【译文】

十五岁时在平阳公主家,因受到宠爱进入建章宫。公主家能够教习歌舞,在城里能化出巧妙的晨妆。低下头来面向华美的席具,举起袖子拂拭额上的花黄。烛光将窗边的倩影传送,衣衫染上衣箱里所薰的异香。应当是因为她喜欢挽留客人,所以故意把舞衣做得好长。

和王舍人送客未还闺中有望

【题解】

王舍人，即王褒，北周诗人。早年在梁，曾任太子舍人。诗写歌舞艺人表演结束之后回家盼夫归来而不得的情景。“绮灯”二句，描写灯将灭而尚未灭、门将掩而尚未掩的瞬间动态，仿佛可见灭灯掩门人其时的犹疑之状。末句以景结情，将怅惘、失望之情表现得有余不尽。

倡人歌吹罢①，对镜览红颜②。拭粉留花称③，除钗作小鬟④。绮灯停不灭⑤，高飞掩未关⑥。良人在何处⑦？惟见月光还⑧。

【注释】

①倡人：歌舞艺人。歌吹：唱歌吹奏。

②红颜：女子艳丽的容貌。

③花称（chèn）：即花胜，一种剪彩而成的花形首饰。

④鬟：环形发髻。

⑤绮灯：华美的灯。

⑥飞：疑当作“扉（fēi）”，即门扇。

⑦良人：女子称丈夫。

⑧惟见月光：傅刚《校笺》：“五云溪馆本、徐本、郑本作‘光惟见月’。”

【译文】

艺人唱歌吹奏已经结束，对着明镜观看自己艳丽的容颜。擦去脂粉只留下花胜，除去金钗挽出一个环形发髻。华美的灯不再使用而尚未熄灭，高高的门扇掩上了而尚未关严。不知夫君他现在什么地方？只见明亮的月光回到了身边。

为羊兖州家人答饷镜

【题解】

羊兖州，即羊侃，梁中大通四年（532）被任为兖州刺史，屡迁侍中、都官尚书。侯景乱起，率众顽强抵御，后病卒。“性豪侈，善音律，自造《采莲》《棹歌》两曲，甚有新致。姬妾侍列，穷极奢靡”（《梁书》本传）。饷，馈赠。本篇代羊侃之妻答饷镜，有调侃之意，然亦未必就不是内心真实的担忧。末二句用典，更写出了羊侃之妻内心的惶惧之感。

信来赠宝镜①，亭亭似圆月②。镜久自逾明，人久情逾歇③。取镜挂空台，于今莫复开。不见孤鸾鸟④，亡魂何处来⑤？

【注释】

①信：送信的人，使者。

②亭亭：明亮美好貌。沈约《丽人赋》：“亭亭似月，嬿婉如春。”圆：傅刚《校笺》：“五云溪馆本、徐本、郑本作‘团’。”

③歇：尽。

④孤鸾鸟：参见卷七萧纲《咏人弃妾》注。

⑤亡：傅刚《校笺》：“五云溪馆本、徐本、郑本作‘香’。”

【译文】

送信人来家送给我一面宝镜，明亮美好就像是圆圆的月亮。明镜使用得越久自会越来越明亮，人分离得越久感情就会越来越淡薄。取出明镜挂在空空的妆台上，从今以后不要再将它打开。不见那只孤零零的鸾鸟，照镜而死后亡魂能从何处回来？

吴孜

吴孜（生卒年不详），南朝梁时人。梁武帝太清二年（548）曾任学士。今存诗一首。

春闺怨

【题解】

本篇写春闺思妇之怨。思妇“久与光音绝”，一个“久”字，其中已包含了多少枯寂，多少凄怨！是“无意”的“春光”提醒了她，使她“忽”地感受到了春光的到来及存在，而美丽的春光却并没有给她带来欢乐，反使她受到了强烈的刺激，使她想到了自己的不幸，“自不堪”三字，里面又包含了多少痛苦！通过“太”“久”“忽”“皆”“复”“顿”等词语的使用，深刻地反映了思妇内在的心理变化和情感体验，抒写了思妇内心的凄怨。

玉关信使断①，借问不相谙②。春光太无意，窥窗来见参③。久与光音绝④，忽值日东南⑤。柳枝皆嬲燕⑥，桑叶复催蚕。物色顿如此⑦，孀居自不堪⑧。

【注释】

①玉关：玉门关，在今甘肃敦煌西北，古代为通西域的要道。这里泛

指边关。

②谙（ān）：熟悉。

③参：拜访，问候。

④久：傅刚《校笺》："五云溪馆本、徐本、郑本作'分'。"光音：春光与音讯。这里偏指春光。傅刚《校笺》："《考异》：'"音"字未详，疑当作"景"。'刚按，沈本、陈本作'阴'。"

⑤值：遇上。日东南：汉乐府《陌上桑》："日出东南隅，照我秦氏楼。"

⑥嬲（niǎo）：戏弄，纠缠。

⑦物色：风物，景色。顿：立刻。

⑧孀居：寡居。自：傅刚《校笺》："徐本、郑本作'似'。"不堪：不能忍受。

【译文】

玉门关已没有信使往来，问一问别的人与夫君都不熟悉。春光实在是出于无意，在窗口窥探要来与我相见。早已与春光断绝了往来，忽然间看见东南方升起了红日。柳枝都在那儿戏耍春燕，桑叶长出也在催促快养春蚕。风物景色一下都变成了这样，一个人寡居自然会不堪忍受。

汤僧济

汤僧济，生平不详。据《太平御览》，当为南朝梁时人。今存诗一首。

咏渫井得金钗

【题解】

本篇载《艺文类聚》卷七十，又载《初学记》卷七，题同作《深井得金钗》；又载《太平御览》卷七百十八，作者作“梁汤济”，题作《泄井得金钗》。渫（xiè）井，清除井底的淤泥，即淘井。有人在淘井时拾得一支金钗，诗人于是展开想象，认为一定是当初有一位爱美的姑娘在就着井水映照和自我欣赏（如北朝乐府《捉搦歌》所云：“可怜女子能照影，不见其余见斜领。”）时掉的，于是作了此诗。对于想象中的情景的描绘，颇为生动、优美、有趣，那位既爱美又天真的少女的形象跃然于纸。末二句，写出遗憾和怅惘。

昔日倡家女①，摘花露井边②。摘花还自插③，照井还自怜④。窥窥终不罢⑤，笑笑自成妍⑥。宝钗于此落，从来不忆年⑦。翠羽成泥去⑧，金色尚如先⑨。此人今不在⑩，此物今空传。

【注释】

①倡家:歌舞艺人。古诗“青青河畔草”:“昔为倡家女,今为荡子妇。”

②露井:没有加盖的井。

③插:《艺文类聚》作“比”。

④照井:《艺文类聚》作“插映”。

⑤罢:《太平御览》作“已”。

⑥妍(yán):美丽。

⑦不忆:《艺文类聚》《初学记》《太平御览》作“非一”。

⑧翠羽:宝钗一端翠鸟形的装饰。

⑨色:傅刚《校笺》:“五云溪馆本作‘钗’。”先:《艺文类聚》《初学记》作“鲜”。

⑩不:《艺文类聚》作“何”。

【译文】

以前是一位歌舞艺人,摘花来到了露井旁边。摘花后还把花插到自己头上,还探头照着井水顾影自怜。照来照去总是不肯离去,笑了又笑自是十分美丽。宝钗就在这时落到井中,从那时到现在已记不清过去了多少年。宝钗一端翠鸟形的装饰已化作泥土消失,宝钗上金黄的颜色却还像从前。这个掉了宝钗的人现在已经不在,只有这件宝物空自传到了今天。

徐悱妻刘氏

徐悱妻刘令娴，见卷六《答外诗二首》作者简介。

和婕妤怨

【题解】

本篇载《艺文类聚》卷三十，题作《班婕妤怨诗》；又载《文苑英华》卷二百四，题作《班婕妤怨》；收入《乐府诗集》卷四十三《相和歌辞・楚调曲》，作者作“王叔英妻沈氏”，题作《班婕妤》。班婕妤，名不详，为班固祖姑，汉成帝时被选入宫，立为婕妤。后赵飞燕姐妹得宠，被谗毁，失宠，传失宠后作有《怨诗一首》（见本书卷一）。本篇为《怨诗》和作，也写宫怨，但《怨诗》怨君王，本篇则怨赵飞燕姐妹；而怨赵飞燕姐妹，是怨她们谗毁别人，而不是因赵飞燕体轻善舞而心生嫉妒。据《汉书》卷九十七下《外戚传下・孝成班倢伃》，班婕妤“每进见上疏，依则古礼”，并曾得到太后“古有樊姬，今有班倢伃”的赞美，因此说班婕妤只想同赵飞燕姐妹在“谗枉”一事上争个明白，与其心性追求、品德修养颇为切合。

日落应门闭①，愁思百端生。况复昭阳近②，风传歌吹声。宠移终不恨③，谗枉太无情。只言争分理④，非妒舞腰轻⑤。

【注释】

①落:《艺文类聚》《文苑英华》作“没”。应门:《汉书》卷九十七下《外戚传下·孝成班倢伃》:“倢伃退处东宫,作赋以伤悼,其辞曰:‘……潜玄宫兮幽以清,应门闭兮禁闼扃。’”颜师古注:“正门谓之应门。”

②昭阳:汉宫殿名。据《汉书》卷九十七下《外戚传下·孝成赵皇后》,赵飞燕得宠后,其妹赵合德也被召入宫,“俱为婕好,贵倾后宫”。后赵飞燕被立为后,其妹为昭仪,居昭阳殿。

③终:《艺文类聚》《文苑英华》作“真”。

④分理:分辨事理。《淮南子·说山训》:“圣人之同死生,通于分理。”

⑤舞腰轻:指赵飞燕。因其体轻善舞,故号曰飞燕。

【译文】

太阳落山应门关闭,千忧百愁于是滋生。何况又是这样靠近昭阳殿,轻风能传过来唱歌吹奏的声音。宠爱转移我始终不会怨恨,但说坏话冤枉别人实在是无情。我只想同她把是非曲直争辩清楚,不是嫉妒她善舞蹈腰细体轻。

王叔英妻刘氏

王叔英妻刘氏，彭城（今江苏徐州）人。刘绘女，刘孝绰大妹，刘令娴大姐。有才学，工诗。今存诗三首。其事略见《梁书》卷三十三《刘孝绰传》。

和昭君怨

【题解】

本篇载《艺文类聚》卷三十，题作《王昭君怨》；又载《文苑英华》卷二百四，题作《昭君怨》；收入《乐府诗集》卷五十九《琴曲歌辞》。郭茂倩《昭君怨》题解引《乐府解题》："王嫱，字昭君。《琴操》载：昭君，齐国王襄女。端正闲丽，未尝窥门户。襄以其有异于人，求之者皆不与。年十七，献之元帝。元帝以地远不之幸，以备后宫。积五六年，帝每游后宫，常怨不出。后单于遣使朝贡，帝宴之，尽召后宫。昭君盛饰而至，帝问欲以一女赐单于，能者往。昭君乃越席请行。时单于使在旁，惊恨不及。昭君至匈奴，单于大悦，以为汉与我厚，纵酒作乐。遣使报汉，白璧一只，騾马十匹，胡地珍宝之物。昭君恨帝始不见遇，乃作怨思之歌。"本篇为其和作。虽为女性诗人的作品，但笔力囊括，风格质朴，颇饶古气，与其时习见的绮靡柔媚之作不同。

一生竟何定，万事良难保①。丹青失旧图②，匣玉成秋草[③]。相接辞关泪[④]，至今犹未燥[⑤]。汉使汝南还[⑥]，殷勤为人道[⑦]。

【注释】

①良：确实。《乐府诗集》作“最”。

②丹青：丹砂和青雘，为可制绘画用颜色的矿石，代指绘画。《西京杂记》卷二：“元帝后宫既多，不得常见，乃使画工图形，按图召幸之。诸宫人皆赂画工，多者十万，少者亦不减五万；独王嫱不肯，遂不得见。”详见卷二石崇《王昭君辞一首》。失旧图：谓当年为昭君画的图已失传。失，傅刚《校笺》：“五云溪馆本作‘笑’。”旧，《艺文类聚》作“应”。图，《文苑英华》《乐府诗集》作“仪”。

③匣玉：原作“玉匣”，《艺文类聚》作“匣玉”。傅刚《校笺》引《考异》：“宋刻作‘玉匣’。按，石崇《王明君辞》：‘昔为匣中玉，今为粪土英。朝华不足欢，甘与秋草并。’则‘玉匣’为误。”据改。此以之比昭君。

④相接：《文苑英华》《乐府诗集》作“想妾”。关：指汉朝的边关。

⑤燥：干。

⑥汝南：郡名。属豫州，在今河南境内。昭君故里，古代说法不一。《舆地广记》卷二十八：“（归州秭归县）有昭君村，汉宫女王嫱此乡人也。”蔡邕《琴操》卷下《怨旷思惟歌》：“王昭君者，齐国王襄女也。”这里或认为汝南为昭君故里。又纪容舒认为“汝南”当为“漠南”之误。傅刚《校笺》引《考异》：“诸本并作‘汝南’，于义无取。按，《汉书》称幕南无王庭，而注谓‘幕’即‘漠’字，此‘漠南’之讹也。”从句意看，纪容舒之说颇有道理。还：傅刚《校笺》：“五云溪馆本、徐本、郑本作‘来’。”

⑦殷勤：频繁，反复。《后汉书》卷六十六《陈蕃传》：“天之于汉，悢悢无已，故殷勤示变，以悟陛下。”

【译文】

人一生的命运不知怎样确定，世间万事确实是难以逆料。当年图绘的肖像已经失传，曾经的匣中玉已变成秋草。辞别汉关时连续不断的眼泪，直到现在也还没有干。汉代的使臣从漠南归来，不断地把昭君的事向人们述说。

萧子云

萧子云(487—549),字景乔,南兰陵(今江苏常州)人。齐高帝萧道成孙,南齐豫章文献王萧嶷第九子。在齐封新浦县侯,入梁降爵为子。年二十,始撰《晋书》,至二十六岁时撰成,共一百一十卷。天监十五年(516)为秘书郎,迁昭明太子萧统舍人,撰《东宫新记》二十卷。出为丹阳尹丞。累官至侍中、国子祭酒、领南徐州大中正。侯景乱起,东奔晋陵,饿死于僧房。《隋书》卷三十五《经籍志四》著录有集十九卷,已佚。其事见《梁书》卷三十五、《南史》卷四十二。

春思

【题解】

本篇载《艺文类聚》卷三十二。《文选》张华《励志诗》:"吉士思秋,寔感物化。"李善注:"思,悲也。"诗写春日弃妇的哀怨,以"余花"等暮春时节景物相映衬,以"竹柏君自改"比喻、谴责丈夫的喜新厌旧,融入传为班婕妤所作的《怨歌行》(见卷一,题作《怨诗》)及古诗《上山采蘼芜》诗意,语言清浅而富有含蕴,怨情强烈而并不直露。末二句,以"谁能"二字写出企盼,旋又以"终为"写出深深的失望和痛苦,值得体味。

春风荡罗帐,余花落镜奁[①]。池荷正卷叶,庭柳复垂檐。竹柏君自改[②],团扇妾方嫌[③]。谁能怜故素[④],终为泣新缣[5]。

【注释】

①镜奁(lián):妇女梳妆用的镜匣。

②竹柏:竹柏经冬不凋,以喻不变的志节和坚贞不渝的爱情。孙绰《司空庾冰碑》:"夫良玉以经焚不渝,故其贞可贵;竹柏以蒙霜保荣,故见殊列树。"

③"团扇"句:传班婕妤失宠后作有《怨歌行》(又作《怨诗》,见卷一),诗以团扇自比,夏天受到宠爱,一到秋天就"弃捐箧笥中,恩情中道绝"。

④谁:《艺文类聚》作"讵"。故素:女子用以自比。素,白色生绢。

⑤新缣(jiān):比喻丈夫的新欢。古诗"上山采蘼芜":"新人工织缣,故人工织素。织缣日一匹,织素五丈余。将缣来比素,新人不如故。"缣,双丝织的微带黄色的细绢。

【译文】

春风荡起轻柔的罗帐,残花飘舞落上了镜奁。水池中的荷叶正在卷起,庭院中的柳枝又垂下屋檐。夫君您改变了如竹柏般的节操,我就像秋天的团扇正遭到憎厌。有谁能把故人织出的白绢爱怜,我最终还是会因新人织出的缣而泪流不断。

萧子晖

萧子晖（生卒年不详），字景光，南兰陵（今江苏常州）人。齐高帝孙。少涉文史，有文才。曾任员外散骑侍郎、临安令、骠骑长史等职。《隋书》卷三十五《经籍志四》著录有集九卷，已佚。今存诗四首。其事见《梁书》卷三十五、《南史》卷四十二。

春宵

【题解】

本篇载《艺文类聚》卷三十二，写一个在春闺夜夜“偏栖”的女子对丈夫的思念。“百花”三句写春夜景物，宁静而优美，成为女子思情的有力反衬。末二句有唐风。江总《闺怨篇》：“辽西水冻春应少，蓟北鸿来路几千。”金昌绪《春怨》：“打起黄莺儿，莫教枝上啼。啼时惊妾梦，不得到辽西。”与此似有某些关联。

夜夜妾偏栖①，百花含露低。虫声绕春岸，月色思空闺。传语长安驿②，辛苦寄辽西③。

【注释】

①偏栖：犹独眠。

②传：《艺文类聚》作“倩”。长安驿：设在长安的驿站。驿站为专供

来往信使和行人住宿的地方。

③辽西：辽河以西，今辽宁西部。此指女子丈夫服役之地。

【译文】

天天夜晚都是我一个人独眠，百花含露都把头垂得很低。虫声嘈杂把春天的河岸环绕，月色清朗在空空的闺房中相思。替我给长安驿站传一句话，辛苦他们把我的家书寄到辽西。

萧子范

萧子范(486—549),字景则,南兰陵(今江苏常州)人。齐高帝萧道成孙,南齐豫章文献王萧嶷第六子。在齐封祁阳县侯,官太子洗马,入梁降爵为子。天监六年(507),复为太子洗马,历官司徒主簿、廷尉卿、秘书监等,官终金紫光禄大夫。据《梁书》本传,著有前后文集三十卷,已佚。其事见《梁书》卷三十五、《南史》卷四十二。

春望古意

【题解】

本篇载《艺文类聚》卷三。古意,犹言拟古、效古。前六句紧扣诗题,写望中所见旖旎春色,而“春情寄柳色”一句,透出春光中满含着春情,所谓景中含情、借景抒情,即此之谓。末二句突转,写出美景中的不幸,而又以略带诙谐的口吻出之,留下余韵。

光景斜汉宫①,横桥照彩虹②。春情寄柳色,鸟语出梅中。氛氲闺里思③,逶迤水上风④。落花徒入户,何解妾床空⑤?

【注释】

①光景:指日光。汉宫:泛指宫殿。

②“横桥”句:张衡《西京赋》:“亘雄虹之长梁。”桥,《艺文类聚》作

"梁"。

③氛氲（yūn）：浓郁貌。

④逶迤（wēi yí）：回旋绵延貌。

⑤解：懂得，知道。

【译文】

日光斜斜地照着汉家宫殿，横卧的桥梁上映照着彩虹。柳枝的翠色寄托着春天的情怀，呢喃的鸟语来自梅花丛中。在深闺之中怀着浓浓的情思，水上吹着回旋绵延的风。落花徒然飘进我的门户，你哪里懂得我这里夜夜床空？

萧悫

萧悫（què），字仁祖，南兰陵（今江苏常州）人。生卒年不详。梁上黄侯萧晔之子。北齐文宣帝天保中入北齐，后主武平中为太子洗马、齐州录事参军，待诏文林馆。后入隋，为记室参军。《隋书》卷三十五《经籍志四》著录有集九卷，已佚。今存诗十七首。其事见《北齐书》卷四十五《文苑传》。

秋思

【题解】

本篇抒写秋夜相思之情，相思者既可以是女子，也可以是女子的丈夫，若理解为女子的丈夫，则更有曲致。《北齐书》卷四十五《古道子传》："萧悫工于诗咏。悫曾秋夜赋诗，其两句云'芙蓉露下落，杨柳月中疏'，为知音所赏。"颜之推也说："（萧悫）工于篇什。尝有《秋诗》云：'芙蓉露下落，杨柳月中疏。'时人未之赏也。吾爱其萧散，宛然在目。"（《颜氏家训·文章》）这两句诗不事雕琢，散淡自然，点染之间，秋意毕现，确实当得"萧散"及"宛然在目"之评。全诗以景语起，以情语结，次第转换，浑然天成，将题中的"秋"与"思"都作了完美表现，绝无有句无篇之弊。以此观之，说萧悫"工于篇什"，信然。

清波收潦日①，华林鸣籁初②。芙蓉露下落③，杨柳月中疏。燕帏缃绮被，赵带流黄裾④。相思阻音信，结梦感离居。

【注释】

①清波：指秋水。潦（lǎo）：雨后地面积水。宋玉《九辩》："泬寥兮天高而气清，宋漻兮收潦而水清。"

②籁（lài）：自然界发出的各种声音。此指树林中的声响。

③芙蓉：指木芙蓉，为落叶灌木或小乔木，秋天开花，花白色、粉红色或红色。

④流黄：一种黄绢。裾（jū）：前襟或衣袖。沈约《八咏·会圃临春风》："开燕裾，吹赵带。赵带飞参差，燕裾合且离。"

【译文】

正是夏雨减少而秋水涌动清波的日子，美丽的树林开始发出萧瑟的秋声。芙蓉花带着晶莹的露珠纷纷凋落，杨柳枝叶在月光映照下越来越稀疏。床上是燕地的帷帐和湘地的绸被，身上是赵地的衣带黄绢做的衣襟。日夜相思而音信被山川无情地阻隔，积想成梦感伤我们如此长久地离居。

王筠

见本卷《和吴主簿六首》作者简介。

闺情二首

《闺情二首》载《艺文类聚》卷三十二,题作《向晓闺情》。

一

【题解】

本篇前四句写天破晓时景色,后四句抒思妇怨愤悲愁之情。新的一天刚开始的时候,一般人总会有一个好心情,而思妇却是新的受煎熬一天的开始,而这又皆因夫君背约所致,所以怨愤之情便难以按捺。诗篇直抒其情,毫不掩饰,能见思妇刚烈性情。思妇诗多从薄暮夜阑落笔,而本篇却从清晨入手,角度、构思颇显新颖。

北斗行欲没①,东方稍已晞②。晨鸡初振羽③,晓露方沾衣④。锦衾徒有设⑤,兰约果相违⑥。谁忍开朝镜⑦,羞恨掩空扉⑧。

【注释】

①行欲:将要。吴兆宜注:"一作'欲行'。"

②稍：渐渐。晞（xī）：天明。

③振羽：鼓动翅膀。《诗经·豳风·七月》："五月斯螽动股，六月莎鸡振羽。"《艺文类聚》作"下栖"。

④"晓露"句：陶渊明《归园田居》其三："道狭草木长，夕露沾我衣。"方，正。《艺文类聚》作"上"。

⑤锦衾（qīn）：锦被。《艺文类聚》作"衾裯"。

⑥兰约：美好的誓约。指当初的约誓。《周易·系辞上》："二人同心，其利断金；同心之言，其臭如兰。"《艺文类聚》作"信誓"。

⑦谁：《艺文类聚》作"讵"。

⑧扉（fēi）：门扇。

【译文】

北斗星眼看就要隐没，东方已渐渐天明。早晨鸡刚刚振动毛羽，清早的露珠正把衣衫沾湿。锦被徒然地摆放在床上，当初美好的誓约果然已被违背。谁能忍心一早去把明镜打开梳妆，屋里空空又羞又恨地把门关上。

二

【题解】

本篇写思妇冥想成梦，梦觉而羞，能曲写其心理。前四句写景，澄澈静谧，描绘出一幅月夜清睡图。"空闺"二句，与"蝉噪林逾静，鸟鸣山更幽"（王籍《入若耶溪》）有异曲同工之妙。

月出宵将半①，星流晓未央②。空闺易成响，虚室自生光③。娇羞悦人梦，犹言君在旁④。

【注释】

①宵：夜。

②晓：光亮。指星光。未央：指星星尚未隐去。央，尽。

③“虚室”句：《庄子·人间世》：“瞻彼阕者，虚室生白，吉祥止止。”

④“娇羞”二句：意同司马相如《长门赋》：“忽寝寐而梦想兮，魄若君之在旁。”

【译文】

月亮出来就要到半夜时分，星星移动天亮了还未隐没。闺房空寂容易听到这样那样的声响，室内空空自会生出白白的亮光。欢愉的梦境让人娇羞不已，还以为夫君就躺在我的身旁。

有所思

【题解】

本篇载《文苑英华》卷二百二，收入《乐府诗集》卷十七《鼓吹曲辞》，为“汉铙歌”十八曲之一。诗抒写女子想见恋人而不可得的痛苦。从“丹墀”二句及“鹿卢剑”三字看，女子的恋人或在朝为官，二人相距未必就很遥远，但或为宫禁所隔，或因男子变心，女子感到男子所在就如巫山之远、湘水之深一般。前四句写景，隐约朦胧；后四句抒情，直截明白，前后形成鲜明的对比。

丹墀生细草①，紫殿纳轻阴②。暧暧巫山远③，悠悠湘水深④。徒歌鹿卢剑⑤，空贻玳瑁簪⑥。望君终不见，屑泪且长吟⑦。

【注释】

①丹墀（chí）：宫殿前涂成红色的台阶。

②紫殿：《文选》谢朓《直中书省》：“紫殿肃阴阴，彤庭赫弘敞。”吕向注：“紫殿，天子居也。阴，阴沉貌。”纳：《文苑英华》作“网”。

③暧暧(ài):隐约貌。巫山:在今重庆巫山县长江岸边。宋玉《高唐赋序》云楚王曾在这里梦中与巫山神女幽会。

④悠悠:远貌。湘水:在今湖南境内。传说尧之二女娥皇、女英为舜妃,舜到南方巡游,死于苍梧,二妃往寻,溺于湘江,遂成为湘水之神。又,屈原《九歌》有《湘君》《湘夫人》,湘君、湘夫人为湘水的配偶神。

⑤鹿卢剑:古剑名。剑首用玉制作成辘轳形的剑。汉乐府《陌上桑》:"腰中鹿卢剑,可值千万余。"

⑥贻(yí):赠送。玳瑁(dài mào)簪:用玳瑁制作的簪。玳瑁是一种龟类动物,其甲壳光滑而有文采。

⑦屑泪:形容眼泪如屑末不断流下。刘向《九叹·远逝》:"肠纷纭以缭转兮,涕渐渐其若屑。"长:《文苑英华》作"微"。

【译文】

红色的台阶上长出了小草,紫色的宫殿里汇聚着微微的阴冷。迷蒙隐约巫山是那样遥远,山川悠远湘水是那样幽深。您腰佩鹿卢剑徒然地歌唱,我空自赠给您一支玳瑁簪。盼着看到您却始终未能看见,我不住地流着泪长长地悲吟。

三妇艳

【题解】

本篇收入《乐府诗集》卷三十五《相和歌辞·清调曲》。汉乐府《相逢狭路间》(一作《相逢行》,见卷一)有句云:"大妇织罗绮,中妇织流黄。小妇无所作,挟瑟上高堂。"是描写有钱人家儿媳妇的生活情状的。后遂出现不少以《三妇艳》为题的拟作,仅《乐府诗集》所收即有二十一首,本篇为其中的一首。

大妇留芳褥，中妇对华烛。小妇独无事，当轩理清曲[①]。丈人且安卧[②]，《艳歌》方断续[③]。

【注释】

①当轩：对着窗户。理：练习。《文选·古诗十九首》“东城高且长”：“被服罗裳衣，当户理清曲。”李善注：“如淳《汉书》注曰：‘今乐家五日一习乐，为理乐也。’”清曲：即清商曲，乐府曲调名。

②丈人：指公婆。

③艳歌：《艳歌行》乐曲，收入《乐府诗集》的《相和歌辞·相和曲》。

【译文】

大媳妇还待在芳香的床褥上，二媳妇面对着华美的灯烛。只有小媳妇没事做，在窗前练习着清商曲。公公婆婆您且安静地躺着，《艳歌行》正时断时续地弹着。

咏灯檠

【题解】

本篇载《艺文类聚》卷八十。灯檠（qíng），即灯架。诗既描写了灯檠的形状及灯光的灿烂，也赞美了灯烛甘于“自销”的牺牲精神，其双关、隐喻之义值得关注和回味。李商隐《无题》诗云：“春蚕到死丝方尽，蜡炬成灰泪始干。”与本篇在构思上有某些关联。

百华耀九枝[①]，鸣鹤映冰池[②]。末光本内照[③]，丹花复外垂。流辉悦嘉客[④]，翻影泣生离[⑤]。自销良不悔[⑥]，明白愿君知[⑦]。

【注释】

①华:同“花”。形容灯光。九枝:指灯擎上的分枝。泛指一干多枝的灯。

②鸣鹤:《艺文类聚》卷八十引《东宫旧事》:“宫有铜鸭头灯二,铜侍灯三。”据此,“鸣鹤”应与“铜鸭头”类似,指灯擎上形似鸣鹤的造型。冰池:《艺文类聚》引刘子骏《灯赋》:“惟兹苍鹤,修丽以奇。……负斯明烛,躬含冰池。”从“躬含冰池”句看,“冰池”应指灯擎上承接烛油的容器。

③末光:微光,余光。谓烛将燃尽时。《史记》卷五十三《萧相国世家》:“及汉兴,依日月之末光。”

④嘉客:贵客。《诗经·小雅·白驹》:“所谓伊人,于焉嘉客。”

⑤翻影:《文选》木华《海赋》:“翻动成雷,扰翰为林。”李善注:“翻,动貌。”指闪动的光影。

⑥自销:指蜡烛一点点地燃尽。双关自己身体日渐消瘦,容颜日渐衰减。

⑦明白:把周围照得明明亮亮。双关自己心地坦诚,一片真心。

【译文】

上百朵花在九枝灯架上照耀,鸣叫的白鹤辉映着明亮的冰池。微光本来只能朝内照照自己,而红色的灯花又向下悬垂。流动的光辉可使贵客喜笑颜开,光影闪烁又像在为生离哭泣。自己一点点地消亡确实不会后悔,但把周围照得明明亮亮希望您能心知。

刘孝绰

见本卷《遥见邻舟主人投一物,众姬争之,有客请余为咏》作者简介。

赠美人

【题解】

本篇载《艺文类聚》卷十八,题作《为人赠美人》。写男女一见钟情而欢会,及分别之后的长相思念。题作《赠美人》,可知诗是从男子角度落笔,与这类诗往往从女子角度落笔的情形不同。一路用典,能转接自然,浑融无迹。末二句较新巧有味。

巫山荐枕日①,洛浦献珠时②。一遇便如此,宁关先有期③。幸非使君问,莫作秦罗辞④。夜长眠复坐,谁知暗敛眉⑤?欲寄同花烛⑥,为照遥相思。

【注释】

①"巫山"句:宋玉《高唐赋序》:"昔者先王尝游高唐,怠而昼寝,梦见一妇人,曰:'妾巫山之女也,为高唐之客,闻君游高唐,愿荐枕席。'王因幸之。"荐枕,谓愿与同床共枕。

②洛浦:洛水边。洛水源出陕西洛南,流经河南洛阳。曹植《洛神赋》载,曹植离开洛阳,"言归东藩",途经洛水,遇洛神,"悦其淑

美”，洛神也表示：“无微情以效爱兮，献江南之明珰。虽潜处于太阴，长寄心于君王。”

③宁（nìng）：岂。期：约定。

④“幸非”二句：汉乐府《陌上桑》载，秦罗敷在郊外采桑，恰逢使君路过，使君“问是谁家姝”，又问“宁可共载不？”罗敷用言辞加以拒绝。详见卷一《古乐府诗六首·日出东南隅行》。使君，汉时对太守或刺史的称呼。秦罗，《艺文类聚》作“罗敷”。

⑤敛眉：皱眉。谓心中忧愁。

⑥同花烛：指成对的蜡烛，上面的彩绘相同。何逊《看伏郎新婚诗》：“何如花烛夜，轻扇掩红妆。”

【译文】

是巫山神女向楚王进献枕席的日子，还是洛神在洛水边向曹植进献明珠之时。我们一相遇便像他们那样亲密，哪里跟事先有没有约定有关系。幸好我没有像使君那样对你发问，你也不要像秦罗敷那样对我慷慨陈词。夜晚漫长我睡下了又坐起来，谁知我在暗中紧皱着双眉？想要给你寄去一对同花烛，让它照亮我们遥远的相思。

古意

【题解】

本篇载《文苑英华》卷二百五，《艺文类聚》卷三十二节引。诗写闺怨，颇为婉转曲致、凄恻感人。多化用古诗语句及意境，故题作“古意”。风致情调仍是六朝体格，但比起一般六朝诗特别是宫体诗来，又显得较古朴淳厚，形成了一种比较秀雅而不浓艳的独特风貌。陈祚明评云：“用意远，符古人。‘故居’二句可讽。”（《采菽堂古诗选》卷二十七）

燕赵多佳丽①，白日照红妆②。荡子十年别③，罗衣双带长[4]。春楼怨难守[5],玉阶空自伤[6]。对此归飞燕[7],衔泥绕曲房[8]。差池入绮幕[9],上下傍雕梁。故居犹可念[10],故人安可忘[11]?相思昏望绝[12],宿昔梦容光[13]。魂交忽在御[14],转侧定他乡[15]。徒然居枕席[16],谁与同衣裳[17]?空使兰膏夜[18],炯炯对繁霜[19]。

【注释】

①燕赵:战国时二国名。古诗"东城高且长":"燕赵多佳人,美者颜如玉。"曹植《赠丁仪王粲》:"壮哉帝王居,佳丽殊百城。"

②红妆:盛装,因以红色为主调,故称。

③荡子:长期浪游四方而不归家者。

④双带长:谓身体越来越消瘦。双,吴兆宜注:"一作'舞'。"带,束腰的衣带。

⑤"春楼"句:古诗"青青河畔草":"盈盈楼上女,皎皎当窗牖。"又:"荡子行不归,空床难独守。"

⑥空:《艺文类聚》《文苑英华》作"悲"。

⑦对:《文苑英华》作"复"。

⑧"衔泥"句:古诗"东城高且长":"思为双飞燕,衔泥巢君屋。"曲房,深邃的居室。

⑨差(cī)池:不齐貌。指燕子。《诗经·邶风·燕燕》:"燕燕于飞,差池其羽。"绮幕:华美的帷帐。

⑩可念:《艺文类聚》《文苑英华》作"尚尔"。

⑪安:《文苑英华》作"何"。

⑫昏望绝:司马相如《长门赋》:"日黄昏而望绝兮,怅独托于空堂。"

⑬宿昔:犹"夙昔",早晚。汉乐府《饮马长城窟行》:"远道不可思,宿昔梦见之。"容光:仪容风采。徐幹《室思》:"端坐而无为,仿佛

君容光。”

⑭魂交:梦中交合。御:侍奉,陪侍。

⑮转侧:辗转反侧,翻来覆去。指在床上不能安眠。《诗经·周南·关雎》:“悠哉悠哉,辗转反侧。”汉乐府《饮马长城窟行》:“梦见在我旁,忽觉在他乡。”

⑯居:《艺文类聚》作“顾”,《文苑英华》作“顾”。

⑰同衣裳:同穿衣裳。以喻恩爱。《诗经·秦风·无衣》:“岂曰无衣?与子同裳。”

⑱兰膏:《楚辞》宋玉《招魂》:“兰膏明烛,华容备些。”王逸注:“兰膏,以兰香炼膏也。”即在制烛的油脂中加入了香料。

⑲炯炯(jiǒng):明貌。繁霜:比喻白色惨淡的烛光。《诗经·小雅·正月》:“正月繁霜,我心忧伤。”繁,多。

【译文】

燕赵之地有很多美貌的女子,明亮的阳光映照着她们艳丽的红妆。与游荡在外的丈夫已经分别了十年,思妇绸衣外面的两条衣带越来越长。春天在楼中慨叹难以独守空房,站在白玉般的台阶上空自悲伤。对着这些又飞回家来的燕子,看见它们正衔泥在深邃的居室筑巢。展开参差不齐的翅膀飞进华美的帐幕,或上或下依傍着雕绘精美的屋梁。它们对故居竟是如此的顾念,您怎么可以轻易把故人相忘?黄昏时苦苦地相思希望已经断绝,早晚做梦都能在梦中见到您的容貌风采。梦中交合我好像正在把您侍奉,醒来辗转反侧才确定您还是在他乡。独自一人徒然留在这枕席之上,有谁能够同我在一起同穿一件衣裳?徒然使一个个点燃兰膏的夜晚,面对着明晃晃的犹如繁霜似的烛光。

春宵

【题解】

本篇载《艺文类聚》卷三十二。诗先以“春心”句写思妇的伤春之痛，旋以“月带”二句写春夜景物的静谧之美，形成强烈的反差，从而自然地逼出末二句，把思妇春宵孤独难眠的悲伤表现了出来。

春宵犹自长[1]，春心非一伤[2]。月带园楼影，风飘花树香。谁能对双燕，瞑瞑守空床[3]？

【注释】

①宵：夜晚。

②春心：春天面对春景而产生的伤感之情。宋玉《招魂》：“湛湛江水兮上有枫，目极千里兮伤春心。”

③瞑瞑（míng）：昏暗貌。古诗“青青河畔草”：“荡子行不归，空床难独守。”

【译文】

这春天的夜晚还很漫长，面对春景内心不只一次感到悲伤。月亮移动着花园中楼房的暗影，清风飘来树上鲜花的芳香。有谁能面对成双成对翩飞的春燕，在这夜晚的昏暗中独自枯守空床？

冬晓

【题解】

本篇载《艺文类聚》卷三十二。“长夜缝罗衣，思君此何极！”（谢朓《玉阶怨》）古诗写思妇为远在他乡的丈夫缝制寒衣，时间一般都安排在“长夜”“寒夜”，而本诗安排在拂晓时分，自有不同。“临妆”句，写出了心情的急切。

冬晓风正寒，偏念客衣单[1]。临妆罢铅黛[2]，含泪剪绫纨[3]。寄语龙城下[4]，讵知书信难[5]？

【注释】

①客：指在他乡戍边的丈夫。

②铅黛：妇女化妆时用作涂面的铅粉和画眉用的黛墨。

③绫：有花纹的丝织品。纨（wán）：白色细绢。

④龙城：汉时匈奴地名。匈奴每年五月在此大会各部酋长并祭祖宗、天地。借指边塞。

⑤讵（jù）：岂。

【译文】

冬天拂晓时分北风吹得正冷，偏在这时想起丈夫衣服单薄。就要化妆时把铅粉黛墨放下，眼含着热泪把绫纨裁剪。带句话给在龙城戍守的丈夫，你哪知道给你带封信有多困难？

三妇艳

【题解】

本篇收入《乐府诗集》卷三十五《相和歌辞·清调曲》。参见前王筠《三妇艳》。在《三妇艳》中，小儿媳妇总被描绘成一个“独无事”（王融《三妇艳》）、弹琴奏曲、能讨丈夫或公婆喜欢、性格天真活泼的形象。本诗小儿媳妇自称其歌声能“驻浮云”，自我夸饰，口无遮拦，把这一点表现得尤为突出。

大妇缝罗裙，中妇料绣文①。惟余最小妇，窈窕舞《昭君》②。丈人慎勿去③，听我驻浮云④。

【注释】

①料：料理，安排。绣文：刺绣花纹、图案。《史记》卷一百二十九《货殖列传》：“夫用贫求富农不如工，工不如商，刺绣文不如倚市

门。”

②窈窕（yǎo tiǎo）：姿容美好貌。《诗经·周南·关雎》：“窈窕淑女，君子好逑。”舞《昭君》：与《王昭君》曲相配合的舞蹈。《乐府诗集》卷二十九《相和歌辞》收有《王明君》《王昭君》等乐曲。《王明君》郭茂倩题解引《唐书·乐志》：“《明君》，汉曲也。元帝时，匈奴单于入朝，诏以王嫱配之，即昭君也。及将去，入辞，光彩射人，悚动左右，天子悔焉。汉人怜其远嫁，为作此歌。晋石崇妓绿珠善舞，以此曲教之，而自制新歌。”又引《古今乐录》：“晋、宋以来，《明君》止以弦隶少许为上舞而已。”

③丈人：子媳对公婆的尊称。

④驻浮云：谓演唱技艺高妙，可使浮云驻足聆听。《列子·汤问篇》：“薛谭学讴于秦青，未穷青之技，自谓尽之，遂辞归。秦青弗止，饯于郊衢，抚节悲歌，声振林木，响遏行云。”萧纲《答新渝侯和诗书》：“故知吹箫入秦，方识来凤之巧。鸣瑟向赵，始睹驻云之曲。”

【译文】

大媳妇在缝制轻软的丝裙，二媳妇在安排刺绣花纹。只剩下最小的媳妇，身姿美好在跳着舞蹈《昭君》。公公婆婆您注意不要离开，听我高唱一支天上云彩也会停下来倾听的歌曲。

刘孝仪

刘孝仪（486—550），名潜，字孝仪，彭城（今江苏徐州）人。刘孝绰三弟。初为始兴王法曹行参军，累迁尚书左丞兼御史中丞、豫章内史等职。诸兄弟皆工文辞，而孝仪以文见长，六弟孝威以诗擅名，故刘孝绰常称“三笔六诗”。《隋书》卷三十五《经籍志四》著录有集二十卷，已散佚。明人辑其兄弟遗文为《刘孝仪刘孝威集》一卷。其事见《梁书》卷四十一、《南史》卷三十九。

闺怨

【题解】

本篇载《艺文类聚》卷三十二。诗写闺怨，但从“金屋”“玉阶”“永巷”“应门”等词语看，所写实为宫怨。模拟吴均的《妾所安居》（见卷六），“一乖”二句、“永巷”二句、“匡床”二句均出自吴均诗，“匡床”二句甚至完全与之相同。但能通过典故及古语的运用，将女子的凄怨之情曲曲传出，仍不无特色。

本无金屋宠①，长作玉阶悲②。一乖西北丽③，宁复城南期④。永巷愁无尽⑤，应门闭有时⑥。空劳织素巧⑦，徒为团扇辞⑧。匡床终不共⑨，何由横自私⑩。

【注释】

①金屋宠：参见卷五柳恽《长门怨》注。

②玉阶悲：指宫怨。《乐府诗集》卷四十三《相和歌辞·楚调曲》收有谢朓、虞炎《玉阶怨》各一首。此外，《相和歌辞·楚调曲》所收《长门怨》《班婕妤》等也都属于宫怨诗范畴。玉阶，用白玉砌成或做装饰的台阶。

③乖：背离。西北丽：指住在西北高楼中的美人。古诗“西北有高楼”：“西北有高楼，上与浮云齐。交疏结绮窗，阿阁三重阶。上有弦歌声，音响一何悲。”

④宁（nìng）：岂。城南：指住在城南的美人。曹植《美女篇》：“美女妖且闲，采桑岐路间。……借问女安居？乃在城南端。”又汉乐府《陌上桑》：“罗敷喜采桑，采桑城南隅。”期：约会。

⑤永巷：汉宫中的长巷，是幽禁妃嫔、宫女的地方。尽：《艺文类聚》作“歇”。

⑥应门：王宫的正门。《汉书》卷九十七下《外戚传下·孝成班倢伃》载班婕妤《自伤赋》：“潜玄宫兮幽以清，应门闭兮禁闼扃。”

⑦织素巧：古诗“上山采蘼芜”：“新人工织缣，故人工织素。织缣日一匹，织素五丈余。将缣来比素，新人不如故。”素，白绢，比缣贵。

⑧团扇辞：指传为汉成帝班婕妤所作《怨诗》（又题作《怨歌行》，见卷一）。该诗以团扇比女子，以秋至天凉团扇就被“弃捐箧笥中”，隐喻男子一旦变心，女子就将被无情地抛弃。

⑨匡床：方正而安适的床。《商君书·画策》：“是以人主处匡床之上，听丝竹之声，而天下治。”

⑩横：横陈，横卧。司马相如《美人赋》：“花容自献，玉体横陈。”私：自我爱怜。

【译文】

本来就没有得到过金屋藏娇的恩宠，只能在有白玉台阶的宫中长久地悲哀。一旦与来自西北高楼中的美人背离，哪还会像城南美女那样有被约会的机缘。被幽禁在永巷中的愁怨真是无穷无尽，应门被彻底关闭也只在早晚之间。徒然有一双能把白绢织得那么多的巧手，徒然写了那么一篇哀叹团扇被弃的文辞。终不能与君王一起躺在方正安适的床上，哪还有理由对自己横卧的芳姿自爱自怜。

刘孝威

见本卷《侍宴赋得龙沙宵月明》作者简介。

奉和逐凉诗

【题解】

本篇载《艺文类聚》卷五。写在黎明前的夜色中到屋外躲避暑热、寻求清凉，不仅情景历历如绘，而且写出了内心惬意的感受。“长河”二句，可推为名句，其中“曳”字、“散”字尤佳，因一字之用而境界全出。

钟鸣夜未央①，避暑起徬徨。长河似曳素②，明星若散珰③。倚岩欣石冷，临池爱水凉。月纤张敞画④，荷妖韩寿香⑤。对此游清夜，何劳娱洞房⑥。

【注释】

①钟鸣：指清晨报时的钟声。央：尽。《诗经·小雅·庭燎》：“夜如何其？夜未央。”

②长河：银河。曳：拖，拉。素：白绢。

③珰（dāng）：古代妇女的耳饰。《古诗为焦仲卿妻作》：“腰若流纨素，耳著明月珰。”

④张敞画：《汉书》卷七十六《张敞传》载，张敞做京兆尹时，常“为

妇画眉,长安中传张京兆眉怃”。鲍照《玩月城西楼廨中》:“始见西南楼,纤纤如玉钩。末映东北墀,娟娟似蛾眉。”

⑤妖:娇艳妩媚。韩寿香:《世说新语·惑溺》载,西晋韩寿美姿容,贾充辟以为掾。贾充之女爱上了韩寿,两人常偷偷约会。一次贾充“会诸吏,闻寿有奇香之气,是外国所贡,一著人则历月不歇”。而此香晋武帝只赐给了贾充和陈骞,贾充就怀疑韩寿与自己女儿私通。后贾充查明了真相,不愿张扬此事,于是“以女妻寿”。

⑥洞房:深邃的闺房。

【译文】

晨钟响过但夜色还未消尽,为避暑热起床后徘徊彷徨。长长的银河像拖着的一条白绢,满天的星星像散开的耳珰。靠着岩石喜欢岩石的清冷,靠近水池喜爱水池的清凉。新月纤细就像张敞所画的美眉,荷花妩媚散发出如韩寿那样的异香。面对此景在这清朗的夜中漫游,哪还用得着费心在闺房中寻求欢愉。

塘上行 苦辛篇

【题解】

本篇载《艺文类聚》卷四十一,收入《乐府诗集》卷三十五《相和歌辞·清调曲》。传魏文帝甄皇后曾作《塘上行》(见卷二),慨叹遭谗见弃的命运,本篇诗旨与之一脉相承,而重点放在遭谗见弃给弃妇带来的痛苦上,“多苦辛”为一篇之眼。“黄金”二句总结历史教训,“裂衣”二句列举历史教训,都足可震撼人心、发人深省。

蒲生伊何陈[①],曲中多苦辛。黄金坐销铄[②],白玉遂淄磷[③]。裂衣工毁嫡[④],掩袖切谗新[⑤]。嫌成迹易已[⑥],爱去理难申。秦云犹变色[⑦],鲁日尚回轮[⑧]。妾歌已肠断[⑨],君心终未亲。

【注释】

①蒲生:即“蒲生我池中”,为传为甄皇后所作《塘上行》的首句,这里即代指《塘上行》。伊:语助词,无义。吴兆宜注:“一作‘阿’。”何陈:陈说什么。

②坐:遂,于是。销铄:消熔,熔化。甄皇后《塘上行》:“众口铄黄金,使君生别离。”

③淄(zī):通“缁”,黑色。这里用作动词,谓因染而变成黑色。磷(lìn):薄,损伤。这里也用作动词,谓因磨而致薄损。《论语·阳货》:“不曰坚乎?磨而不磷。不曰白乎?涅而不缁。”

④裂衣:撕裂衣服。工毁:巧于诋毁。嫡:嫡子,旧指正妻所生的儿子。《韩非子·奸劫弑臣》载,楚庄王之弟春申君有爱妾名余,春申君正妻之子名甲。“余欲君之弃其妻也,因自伤其身以视君而泣”,诬陷正妻,“君因信妾余之诈,为弃正妻”。“余又欲杀甲而以其子为后,因自裂其亲身衣之里,以示君而泣,曰:‘余之得幸君之日久矣,甲非弗知也,今乃欲强戏余。余与争之,至裂余之衣,而此子之不孝,莫大于此矣。’君怒,而杀甲也”。

⑤掩袖:谓以袖掩鼻。切谗新:《广雅·释诂三》:“切,近也。”切谗新,谓先接近新人,给人以与新人亲密的假象,然后再谗毁之。参见卷七简文帝《怨歌行》注。

⑥嫌:嫌隙,仇怨。迹易已:谓不再来往了。迹,足迹。易,改变。

⑦秦云:秦地的云彩。《北堂书钞》卷一百五十:“秦云如行人,齐云如绛衣。”刘璠《隐居通义》卷九:“汉月通江白,秦云入塞黄。”

⑧鲁:指鲁阳公。《淮南子·览冥训》:“鲁阳公与韩构难,战酣,日暮,援戈而㧑(按同“挥”)之,日为之反三舍。”以上二句是希望变心者能回心转意,认为这并不是办不到的事。

⑨肠:《乐府诗集》作“唱”。

【译文】

“蒲生我池中”这还能陈说什么，这曲子中包含了太多的痛苦和酸辛。众口诋毁黄金都可以被熔化，白玉被染被磨也会变黑变薄。自己撕裂内衣巧妙地把嫡长子诋毁，以袖掩鼻用亲近的办法把新人谗害。嫌隙生成再也看不到君王的足迹，宠爱没有了即使有理也难以申辩。然而秦地的云都还可以改变颜色，鲁阳挥戈也还可以回转太阳的车轮。我歌唱这支曲子已经肝肠寸断，然而君王的心始终未能再与我亲近。

怨

【题解】

本篇收入《乐府诗集》卷四十一《相和歌辞·楚调曲》，题作《怨诗》。古辞《怨诗行》郭茂倩题解引班婕妤《怨诗行》序：“汉成帝班婕妤失宠，求供养太后于长信宫，乃作怨诗以自伤。”本篇诗旨与之相同，但“王嫱向绝漠”并非完全由于“失宠”，因为她还没有“得宠”过；而“宗女入祁连”则更与“失宠”无涉。不妨认为诗以写宫怨为主，同时也写了女子孤身一人远离家乡、远离故国之怨。诗反复铺陈，多用典故，将一个“怨”字表现得淋漓尽致。

退宠辞金屋①，见谴斥甘泉②。枕席秋风起，房栊明月悬③。烛避窗中影，香回炉上烟。丹庭斜草径④，素壁点苔钱⑤。歌起蒲生曲⑥，乐奏下山弦⑦。新声昔广宴⑧，余杯今自传⑨。王嫱向绝漠⑩，宗女入祁连⑪。雁书犹未返⑫，角马无归年⑬。昭台省媵御⑭，曾坂无弃捐⑮。后薪随复积⑯，前鱼谁复怜⑰？

【注释】

①退宠：失宠。辞金屋：《汉武故事》载，汉武帝幼时，表示喜欢姑母

长公主的女儿阿娇，说："若得阿娇作妇，当作金屋贮之也。"后果娶阿娇，并立为皇后，即陈皇后。后陈皇后失宠，被废处长门宫。

②见谴：被谴责。斥：被驱遣、废弃。甘泉：汉宫名。故址在今陕西淳化西北甘泉山。据《汉书》卷九十七上《外戚传上·孝武钩弋赵倢伃》，赵倢伃曾"大有宠"，后"从幸甘泉，有过见谴，以忧死"。

③房栊（lóng）：窗户。

④丹庭：红色的庭院。庭院中的回廊等建筑多红色。

⑤苔钱：即苔藓，因其形圆似钱，故称。

⑥蒲生曲：指传为甄皇后所作《塘上行》，其首句为"蒲生我池中"。谢灵运《伤己赋》："歌《白华》而绝曲，奏《蒲生》之促调。"

⑦下山弦：古诗"上山采蘼芜"是一首抒写弃妇哀怨的诗。该诗《太平御览》五百二十一引题作《古乐府诗》，大约原来也是可以付诸管弦演唱的。

⑧新声：时新的乐曲。古诗"今日良宴会"："今日良宴会，欢乐难具陈。弹筝奋逸响，新声妙入神。"昔：吴兆宜注："一作'惜'。"广宴：盛大的宴会。

⑨余杯：尚有余酒的酒杯。传：指传递酒杯劝酒。吴兆宜注引《神仙传》："葛玄为客设酒，无人传之，杯自至前，如或不尽，杯不去也。"谢灵运《拟魏太子邺中集诗八首·刘祯》："终岁非一日，传卮弄清声。"

⑩王嫱（qiáng）：即王昭君。为汉元帝宫人，后远嫁匈奴呼韩邪单于以结和亲。参见卷二石崇《王昭君辞一首》题解。绝漠：极远的沙漠。

⑪宗女：同宗的女儿，指汉江都王刘建之女刘细君。《汉书》卷九十六下《西域传下》载，元封中，武帝为联合乌孙抗击匈奴，封细君为公主，嫁给乌孙昆莫，被立为右夫人。乌孙在今新疆温宿以北、伊宁以南一带，与汉相距遥远。祁连：山名。古代祁连山有南北之分，南祁连在今新疆南部，北祁连即今新疆天山。

⑫雁书：古代有以帛系雁足以传书的说法。
⑬角马：马生角。指不可能发生的事情。张华《博物志·史补》："燕太子丹质于秦，秦王遇之无礼，不得意，思欲归。请于秦王，王不听，谬言曰：'令乌头白，马生角，乃可。'"
⑭昭台：汉宫名。《汉书》卷九十七下《外戚传下·孝成许皇后》："许后坐废处昭台宫。"颜师古注："在上林苑中。"省：减少。媵（yìng）御：指姬妾。《汉书》卷十二《平帝纪》："其出媵妾，皆归家得嫁，如孝文时故事。"颜师古注："媵妾，谓从皇后俱来者。"
⑮曾（céng）坂：高坡。曾，通"层"。捐：弃。《战国策·楚策四》载，骐骥拉着盐车上太行山，全身大汗淋漓，拼尽全力也上不去。伯乐遇之，"下车攀而哭之，解纻衣以羃之。骥于是俯而喷，仰而鸣，声达于天，若出金石声者，何也？彼见伯乐之知己也"。言外之意，妻子即使已经年老体衰，丈夫也不应当将她抛弃。
⑯"后薪"句：谓前面的柴烧完了，后面的柴又添了上去。喻新欢代替了旧爱。《史记》卷一百二十《汲郑列传》："（汲黯）见上，前言曰：'陛下用群臣如积薪耳，后来者居上。'"薪，柴。
⑰前鱼：喻旧爱。参见卷二阮籍《咏怀诗二首》"昔日繁华子"注。

【译文】

陈皇后失宠之后离开了金屋，赵婕妤遭谴之后被从甘泉宫驱离。枕席之上刮起了凄凉的秋风，窗户之外高悬着一轮冷清的明月。避开蜡烛不想在窗户上映上身影，挪开薰香不想让它在炉子上冒烟。红色庭院中斜斜的小径长满荒草，白色墙壁上一点点青苔像是铜钱。歌声响起唱的是"蒲生我池中"的曲子，乐器奏响弹的是"下山逢故夫"的丝弦。以前在盛大的宴会上唱过时新的曲子，如今只传给自己有些剩酒的酒杯。王昭君走向极远的沙漠，同宗的女儿走进了祁连。传递书信的大雁至今也没有返回，要等马上长角归来不知要等到何年。听说昭台宫正在把姬妾减少，高坡上疲惫的千里马也不再被抛弃。但后面的柴禾总是会随时往前面的柴禾上添加，最先钓上的小鱼被之后的大鱼取代谁还会可怜？

刘遵

见本卷《繁华应令》作者简介。

应令咏舞

【题解】

本篇载《艺文类聚》卷四十三、《初学记》卷十五，又载《文苑英华》卷二百十三，题作《舞应令》。诗为应皇太子萧纲之命所作，萧纲诗今尚存《咏舞诗二首》，其中的一首见本书卷七。首二句写舞女年少而美貌；中六句从不同角度写舞女的舞姿，其中“举腕”句见其娇软无力，“情绕”句见其表情的千变万化；末二句揭示舞女心曲，留下驰骋想象的余地。

倡女多艳色①，入选尽华年②。举腕嫌衫重，回腰觉态妍③。情绕《阳春》吹④，影逐相思弦⑤。履度开裙褶⑥，鬟转匝花钿⑦。所愁余曲罢，为欲在君前⑧。

【注释】

①艳：《文苑英华》作“娇”。

②华年：妙龄。

③妍（yán）：美好。

④《阳春》：《乐府诗集·清商曲辞》有《阳春曲》。吹：指以箫、笙等

管乐演奏的乐曲。这里与下句“弦”互文见义，泛指管弦所演奏的乐曲。

⑤相思弦：抒写相思之情的乐曲。

⑥履度：舞步移动。裙：原作“裾”，《艺文类聚》《初学记》《文苑英华》皆作“裙”，据改。褶（zhě）：衣裙上的褶皱。

⑦鬟：环形发髻。《艺文类聚》作“鬓”。匝：环绕。花钿（diàn）：一种用金片做的花形首饰。

⑧为欲：谓如何去争取满足自己的欲望。

【译文】

歌舞艺人很多都长得非常美貌，入选的人都正当青春妙龄。抬起手腕时嫌衣衫太重，旋转腰肢时姿态迷人。情感围绕着所吹奏的《阳春曲》舒展，身影追逐着抒发相思之情的琴弦翩跹。舞步移动绽开了裙上的皱褶，转动环髻只见上面环绕着花钿。所发愁的是余下的曲子演奏完毕之后，在您面前用什么办法把自己的欲望实现。

王训

见本卷《奉和率尔有咏》作者简介。

应令咏舞

【题解】

本篇载《艺文类聚》卷四十三、《初学记》卷十五、《文苑英华》卷二百十三。王训曾任萧纲太子中庶子，诗当也为应萧纲之命所作。不仅写舞女舞姿的美妙，还写舞女的“新妆”“笑态”“衣香”，角度腾挪多变，笔触细腻温婉。末以舞女与赵飞燕相比，谓舞女不一定就比赵飞燕差，是赞美之辞，也是诙谐之笔。

新妆本绝世①，妙舞亦如仙。倾腰逐韵管，敛衽听张弦②。袖轻风易入，钗重步难前。笑态千金重③，衣香十里传。时持比飞燕④，定当谁可怜⑤。

【注释】

①绝世：举世无双。参见卷一李延年《歌诗一首》。

②敛衽（rèn）：提起衣襟。潘岳《秋兴赋》：“且敛衽以归来兮，忽投绂以高厉。”衽，《艺文类聚》《初学记》《文苑英华》皆作“色”。

张弦：弹奏弦乐器。

③“笑态”句：崔骃《夏屋籧篨》：“回顾百万，一笑千金。”王筠《春游诗》：“欲以千金笑，回君流水车。”重，《艺文类聚》《初学记》《文苑英华》皆作“动”。

④时：《诗经·大雅·生民》：“厥初生民，时维姜嫄。”郑玄笺：“时，是也。”即“此”之义。时持比，《初学记》作“特比双”，《文苑英华》作“持此双”；时，《艺文类聚》作“将”。飞燕：指赵飞燕。本汉成帝宫人，后被立为后。因体轻善舞，号曰飞燕。

⑤可怜：可爱。

【译文】

时新的妆饰在这世上无人可比，美妙的舞姿也像是天上的神仙。追随着管弦的韵律弯腰起舞，提起衣襟认真聆听弹奏琴弦。衣袖轻盈清风容易侵入，金钗沉重很难迈步向前。笑的样子比千金还要贵重，衣上的异香飘出有十里远。如果拿她来与赵飞燕相比，还不知谁更招人爱怜。

庾肩吾

见本卷《咏得有所思》作者简介。

有所思行

【题解】

本篇载《文苑英华》卷二百二，收入《乐府诗集》卷十七《鼓吹曲辞》，作者皆作“昭明太子”，即萧统，诗也见于《昭明太子集》。写一个男子对远方美人的思念。前四句极写相距之远，后四句极写相思之苦，中间以“别前”二句承上启下，结构可称严整。“望望”“悠悠”“雷叹”“雨泪”，皆袭用或化用前人语句；“别前”二句，在写法、意境等方面，也与“昔我往矣，杨柳依依。今我来思，雨雪霏霏”（《诗经·小雅·采薇》）有着某种关联。

佳人远于隔①，乃在天一方②。望望江山阻③，悠悠道路长④。别前秋叶落，别后春花芳。雷叹一声响⑤，雨泪忽成行⑥。怅望情无极，倾心还自伤⑦。

【注释】

①佳人：《文苑英华》《乐府诗集》作“公子”。远于：《文苑英华》作“路远”。

②“乃在”句:古诗“行行重行行”:“相去万余里,各在天一涯。”江淹《杂体诗三十首·古离别》:“君在天一涯,妾身长别离。”

③望望:《礼记·问丧》:“其往送也,望望然,汲汲然,如有追而弗及也。”郑玄注:“望望,瞻顾之貌也。”谢朓《赠故人》:“望望忽超远,何由见所思?”

④悠悠:邈远貌。徐幹《室思》:“峨峨高山首,悠悠万里道。”

⑤雷叹:王逸《九思·疾世》:“忧不暇兮寝食,吒增叹兮如雷。”南朝乐府《七日夜女歌》其六:“玄云不应雷,是侬啼叹歌。”声:《文苑英华》作“流”。

⑥雨泪:《诗经·小雅·小明》:“念彼共人,涕零如雨。”古诗“迢迢牵牛星”:“终日不成章,泣涕零如雨。”

⑦倾心还:《文苑英华》作“引领心”。

【译文】

美人远隔千里万里,她住在天的另一方。深情凝望有无数江山阻隔,悠远迷茫道路是何等漫长。离别前正是秋叶凋落的时候,离别后如今春花正烂漫芬芳。一声长叹如同一声雷响,泪落就像下雨瞬间成行。怀着无限的情意惆怅地眺望,自己倾心相爱内心依然悲伤。

陇西行

【题解】

本篇载《文苑英华》卷一百九十八,收入《乐府诗集》卷三十七《相和歌辞·瑟调曲》。参见卷一“古乐府六首”其三《陇西行》。诗篇抒发慨然出征陇西的豪迈气概,颇有盛唐边塞诗气息。“草合”二句,渲染行军途中的紧张气氛,不仅刻绘如画,而且对偶精整。在六朝写思妇的诗中为别开生面之作。

借问陇西行，何当驱马征[①]？草合前迷路[②]，云浓后暗城。寄语幽闺妾，罗袖勿空萦[③]。

【注释】

①何当：何时能够。

②前迷路：曹操《苦寒行》："迷惑失故路，薄暮无宿栖。"

③"罗袖"句：罗袖萦绕，应为举手拭泪的动作所致。"勿空萦"，应为劝勉其妻不必徒然思念之辞。萦，缠绕。

【译文】

请问一下陇西之行，何时才能驱马出征？野草茂密迷失了前面的道路，浓云密布遮蔽了后面的孤城。捎句话给身居深闺的妻子，丝绸衣袖不要徒然地萦绕。

和徐主簿望月

【题解】

本篇载《艺文类聚》卷一、《初学记》卷一、《文苑英华》卷一百五十二。徐主簿，其人未详。诗写望中所见月夜景色，文辞娟秀，画面妍丽。"照雪"二句，感知敏锐，表现细腻，尤其是"光偏冷""色转春"可称是神来之笔。"光"与"色"本来只能是靠视觉感知的，这里却说它"偏冷""转春"，显然是将视觉与触觉打通了，而"春"字更是一个包含了大千世界、可以启迪人们无穷想象的意象。现代心理学有所谓"通感"一说，即认为人的视觉、听觉、触觉间有时可以互相打通，这里将颜色写出了温度，可以说是对"通感"之说的成功运用。

楼上徘徊月，窗中愁思人。照雪光偏冷，临花色转春。星流时入晕[①]，桂长欲侵轮[②]。愿以重光曲[③]，承君歌扇尘[④]。

【注释】

①星流:星移。晕:月亮周围的光圈。

②桂:《太平御览》卷九百五十七引《淮南子》:“月中有桂树。”段成式《酉阳杂俎·天咫》:“月桂高五百丈,下有一人常斫之。”轮:月亮。

③重光曲:崔豹《古今注》卷中:“《日重光》《月重轮》,群臣为汉明帝所作也。明帝为太子,乐人作歌诗四章,以赞太子之德。其一曰日重光,其二曰月重轮,其三曰星重辉,其四曰海重润。’”

④“承君”句:谓以重光曲作为伴奏歌舞的乐曲。歌扇,歌舞时所用的扇子。

【译文】

楼上有一轮顾望徘徊的圆月,窗中有一位忧愁思远的佳人。映照着白雪的月光偏向清冷,照上鲜花的月色转向暖春。星星流转不时进入月晕,桂树长高似要侵犯月轮。我愿以一支重光乐曲,承接您挥舞歌扇时扬起的清尘。

爱妾换马

【题解】

本篇载《艺文类聚》卷九十三,题作《以妾换马诗》;收入《乐府诗集》卷七十三《杂曲歌辞》。参见卷七简文帝《和人以妾换马》。诗在一定程度上写出了“爱妾”的哀怨,但对以“爱妾换马”的行径没有表现出明显的激愤与谴责,与简文帝《和人以妾换马》相比,差异是明显的。

渥水出腾驹①,湘川实应图②。来从西北道③,去逐东南隅④。琴声悲玉匣⑤,山路泣蘼芜⑥。似鹿将含笑⑦,千金会不俱⑧。

【注释】

①渥水：渥洼水，在今甘肃安西，传说为产神马之处。《汉书》卷六《武帝纪》："（元鼎四年）秋，马生渥洼水中。作《宝鼎》《天马之歌》。"腾驹：公马。《文选》张协《七命》："气盛怒发，星飞电骇。"李善注引李尤《七叹》："神奔电驱，星流矢惊，则莫若益野腾驹也。"

②湘川：湘水，在今湖南境内。传说舜妃娥皇、女英得知舜南巡死于九嶷后，自投湘水而死，遂成为湘水之神。借指用来换马的爱妾。应图：和图上神女的影像符合。曹植《洛神赋》："奇服旷世，骨像应图。"

③"来从"句：谓马是从西北来的好马。《史记》卷一百二十三《大宛列传》："初，天子发书《易》，云'神马当从西北来'。得乌孙马好，名曰'天马'。"

④东南隅：指住在东南方向的美妾。汉乐府《陌上桑》："日出东南隅，照我秦氏楼。秦氏有好女，自名为罗敷。"

⑤悲玉匣：简文帝《和人以妾换马》诗有"必取匣中钏，回作饰金羁"之句。玉匣，爱妾的心爱之物。

⑥蘼（mí）芜：参见卷一古诗"上山采蘼芜"注。

⑦似鹿：指好马。据相马之术，似鹿之马为好马。《韩非子·外储说右上》："（卫嗣）公曰：'夫马似鹿者而题之千金，然而有百金之马而无千金之鹿者，何也？马为人用，而鹿不为人用也。'"

⑧会：必定，一定。不俱：不一起。谓以爱妾换马，不用再花费千金买马。

【译文】

骏马是渥洼水一带出产的腾驹，爱妾则与图中的湘水女神相符。骏马从西北的大路奔来，去把住在东南隅的爱妾追逐。琴声因玉匣而充满悲伤，山路为蘼芜而不住哭泣。换得似鹿的骏马将会双眼含笑，这样肯定就不用再付出千金。

咏美人

【题解】

本篇载《艺文类聚》卷十八，诗前无题，只有“又诗曰”三字。此诗前面为庾肩吾《咏美人看画诗》（见本卷。逯钦立辑校《先秦汉魏晋南北朝诗》作《咏美人自看画应令》），依《艺文类聚》体例，本篇诗题当也为《咏美人看画诗》，逯钦立辑校《先秦汉魏晋南北朝诗》即作《咏美人看画诗》。但从诗意看，诗并非咏“美人观画”，颇疑“咏美人观画”是因受另一诗的影响而产生的讹误。此外，“曲中”四句突兀而起，内容与前不相接续，且较难理解，颇疑中间有脱佚。

绛树及西施①，俱是好容仪②。非关能结束③，本自细腰肢。镜前难并照，相将映绿池④。看妆畏水动，敛袖避风吹。转手齐裾乱⑤，横簪历鬓垂⑥。曲中人未取⑦，谁堪白日移⑧？不分他相识⑨，惟听使君知⑩。

【注释】

①绛（jiàng）树：舞女名。曹植《答繁钦书》：“今之妙舞，莫巧于绛树，清歌莫善于宋腊。”西施：春秋时越国美女。

②容仪：容貌仪表。《汉书》卷十《成帝纪赞》：“成帝善修容仪。”

③结束：打扮。

④相将：相随，相伴。绿：《艺文类聚》作“渌”。

⑤裾（jū）：衣服的前襟。

⑥历：凌乱。鬓垂：鬓角。左思《白发赋》：“星星白发，生于鬓垂。”

⑦取：选取，选择。

⑧“谁堪”句：此句与上句句意比较隐晦。揣摩诗意，可能是说正在表演的时候美人尚未受到她并不喜欢的观者（也就是下句所说

的“他”）的骚扰甚至是非礼，但白日过后，到了晚上，这种事情就有可能发生，因此她不愿白日西沉、白日逝去。

⑨不分（fèn）：不服气，不情愿。

⑩君：指美人的心仪者、所爱者。

【译文】

舞女绛树及美女西施，都有很好的容貌仪表。不是因为她们精于打扮，她们本来就有袅娜的细腰。难以一起在镜前映照，相伴着来到绿池边往水里瞧。观赏妆饰担心水面摇动，拢起袖子躲避风吹。转手将被吹乱的衣襟齐整，金簪横插却弄乱了鬟角。曲子正在演奏没人将我选中，谁能忍受白日一点点地西移？我不情愿与他相识，我只情愿让您成为相知。

七夕

【题解】

本篇载《艺文类聚》卷四、《初学记》卷四、《文苑英华》卷一百五十八、《太平御览》卷三十一。首二句，实写人间纪念七夕情景。中四句，写天上织女前去与牛郎相聚、聚后怨恨相聚时间短促及孤独怅惘地面对“空机”的情景，是人们走出高楼、仰望星空时的想象之辞。末二句，表达了对织女与牛郎再次相聚的殷切期盼。全诗主要以织女为描写对象，字里行间蕴含着对其不幸命运的同情。

玉匣卷悬衣①，高楼开夜扉②。嫦娥随月落③，织女逐星移。离前忿促夜④，别后对空机。倩语雕陵鹊⑤，填河未可飞⑥。

【注释】

①悬衣：《世说新语·任诞》：“七月七日，北阮盛晒衣，皆纱罗锦绮。”刘孝标注引《竹林七贤论》：“旧俗：七月七日法当晒衣。”

②高楼:《初学记》《文苑英华》《太平御览》作“针缕”。扉(fēi):门扇。

③嫦娥:传说嫦娥为后羿之妻,后羿从西王母处得不死之药,嫦娥偷吃后飞升月宫。嫦,《艺文类聚》《初学记》《文苑英华》《太平御览》作“姮”。

④促:短。

⑤倩:请,恳求。《文苑英华》作“得”,《太平御览》作“寄”。雕陵鹊:《庄子·山木》:“庄周游于雕陵之樊,睹一异鹊自南方来者,翼广七尺,目大运寸,感周之颡而集于栗林。”成玄英疏:“雕陵,栗园名也。”应劭《风俗通义·佚文》引《岁华纪丽》卷三:“织女七夕当渡河,使鹊为桥。”传说中为牛郎、织女在银河上相会搭鹊桥的是喜鹊,这里想象搭鹊桥的是体型更为巨大的雕陵鹊。

⑥填河:即搭桥。

【译文】

将白天拿出来悬挂晾晒的衣服卷起来放进玉匣,入夜一座座高楼打开了大门。月中的嫦娥随着月亮渐渐下落,织女追着星星慢慢地挪移。织女与牛郎离别前怨恨夜晚太过短促,离别之后独自面对着空空的织机。请您捎一句话给雕陵鹊,它们要在银河上架桥还不能飞离。

庾成师

庾成师，南朝梁人。生平不详。

远期篇

【题解】

本篇载《艺文类聚》卷四十二，收入《乐府诗集》卷十八《鼓吹曲辞》，为“汉铙歌”十八曲之一。写思妇对远在他乡的夫君的思念，其哀怨忧愁的心情、孤独寂寞的处境历历如见，笔触可称细致。首二句，写法及意境构造接受了“昔我往矣，杨柳依依。今我来思，雨雪霏霏”（《诗经·小雅·采薇》）的影响。

忆别春花飞，已见秋叶稀。泪粉羞明镜，愁带减宽衣①。得书言未反②，梦见道应归。坐使红颜歇③，独掩青楼扉④。

【注释】

①“愁带”句：古诗“行行重行行”：“相去日已远，衣带日已缓。”

②反：同“返”。《艺文类聚》作“及”。

③坐：空，徒然。红颜：青春的容颜。歇：衰减。

④青楼：涂饰青漆的楼，为富贵人家的闺阁。扉（fēi）：门扇。曹植《美女篇》：“青楼临大路，高门结重关。”

【译文】

回想我们分别时正是春花飞舞的时候，现在已看见秋叶慢慢地变少。眼泪浸湿了脂粉不好意思再去照镜，内心忧愁身体消瘦衣带衣裳都变得宽缓。接到了您的信但信中并没有提到回家的事，但在梦中您却说应当会回归。徒然使青春的容颜慢慢地衰减，只能独自去关上了青楼的大门。

鲍泉

见本卷《南苑看游者》作者简介。

和湘东王春日

【题解】

本篇载《艺文类聚》卷三、《初学记》卷三、《文苑英华》卷三百三十一,《文苑英华》题作《奉和湘东王春日篇》。为湘东王萧绎《春日》诗的和诗。《春日》诗今存,其诗咏春而句句有"春"字,如首四句云:"春还春节美,春日春风过。春心日日异,春情处处多。"本篇则句句有"新"字。全诗以"新景"二句总上启下,前面写春日的"新景",给人以强烈的万象更新、春光扑面之感;后面则转而写采桑女春日独处、思念"新知"的"新愁"与幽怨。诗以"新"字应和《春日》诗的"春"字,自是恰切不过;不仅如此,还在一定程度上反映了当时诗坛追新求变的风气。《隋书》卷七十六《文学传序》云:"梁自大同以后,雅道沦缺,渐乖典则,争驰新巧。"本诗似也可视为时人"争驰新巧"的一例。

新燕始新归①,新蝶复新飞。新花满新树,新月丽新晖②。新光新气早③,新望新盈抱④。新水新绿浮,新禽新音好⑤。新景自新还,新叶复新攀⑥。新枝虽可结⑦,新愁谁解颜⑧?

新思独氛氲[9]，新知不可闻[10]。新扇如新月[11]，新盖学新云[12]。新落连珠泪，新点石榴裙[13]。

【注释】

①燕：《初学记》作“莺”。

②新月：农历月初的月亮，其状如钩。丽：明丽。这里用作动词。

③光：指日光。气：气候，气象。

④望：《释名·释天》：“月满之名也。月大十六日，小十五日，日在东，月在西，遥相望也。”

⑤音：《艺文类聚》《初学记》作“听”。

⑥叶：指桑叶。攀：攀枝以摘叶。

⑦结：挽结。《晋书》卷二十八《五行志中》：“安帝隆安中，百姓忽作《懊侬》之歌，其曲曰：‘草生可揽结，女儿可揽撷。’”

⑧解颜：开颜欢笑。

⑨独：犹言偏。氛氲（yūn）：盛貌。

⑩新知：屈原《九歌·少司命》：“悲莫悲兮生别离，乐莫乐兮新相知。”

⑪“新扇”句：汉乐府《怨歌行》：“裁为合欢扇，团团似明月。”

⑫盖：车盖。班固《西都赋》：“冠盖如云，七相五公。”

⑬点：滴落。石榴裙：红裙。

【译文】

新燕开始重新归来，新蝶又重新飞舞起来。新花开满了新长大的树，新月发出新的明丽的光辉。新的阳光早早地带来新的气象，新的圆月重新把怀抱充满。新的池水浮出新的碧绿，新生的鸟儿叫出好听的新音。新的景色自然地重新回到人间，新长出的桑叶又可重新去攀摘。新长出的枝条虽然可以挽结，新愁在心谁还能够笑逐颜开？新的思念偏偏这么浓厚，新交的知己却不可能得知。新做的纨扇就像初升的新月，新出现的冠盖就像新浮出的云彩。新涌出的眼泪连珠似地滚落，新的眼泪都滴落到了石榴裙上。

咏蔷薇

【题解】

本篇载《艺文类聚》卷八十一。蔷薇，落叶灌木，茎细长，小叶倒卵形或长圆形，开白色或淡红色花，有芳香。诗咏蔷薇，描绘细致而生动，“片舒”二句尤为出色，写出了蔷薇在特定时刻或阶段的形态。文字虽不免纤巧，但不事雕琢，清新自然，不无特色。

经植宜春馆[①]，靃靡上兰宫[②]。片舒犹带紫[③]，半卷未全红[④]。叶疏难蔽日，花密易伤风[⑤]。佳丽新妆罢，含笑折芳丛。

【注释】

①经植：经营，种植。宜春馆：汉代长安有宜春宫。《三辅黄图》卷三：“宜春宫，本秦之离宫，在长安城东南。杜县东，近下杜。”

②靃靡（suǐ mí）：随风披散貌。《楚辞·招隐士》：“青莎杂树兮，薠草靃靡。”上兰宫：汉代长安有上兰观。《后汉书》卷四十上《班彪传》注引《三辅黄图》：“上林苑有上兰观。”

③片：叶片。舒：展开。

④半卷：指花。

⑤伤：妨碍，阻挡。

【译文】

蔷薇种植在宜春馆，随风披散在上兰宫。叶片展开还带着紫色，花儿半卷还没有全红。叶子稀疏难以遮蔽日光，花儿茂密容易阻挡住风。

美人刚刚化妆完毕,含笑折花走进了花丛。

寒闺诗

【题解】

本篇载《艺文类聚》卷三十二。写思妇对远人的思念,颇能自出机杼,尤以末二句为最。先退一步说“从来腰自小”,再进一步说“衣带就中宽”,思妇消瘦的程度便可想而知。“风急”二句,从早晨写到傍晚,早晨心情烦躁,傍晚心情暗淡,以景传情,别开生面。

行人消息断①,空闺静复寒②。风急朝机燥③,镜暗晚妆难。从来腰自小,衣带就中宽④。

【注释】

①行人:远行或出征在外的人。指思妇的丈夫。

②复寒:吴兆宜注:“一作‘雕栏’。”

③风急:吴兆宜注:“一作‘杼冽’。”机:织机。

④就中:指束腰时。中,指腰。吴兆宜注:“一作‘近犹’。”

【译文】

远行在外的人断绝了消息,空空的闺房既静寂又寒冷。风吹得急早晨织机显得干燥,镜面暗淡傍晚化妆有些困难。一直以来腰肢本来就很纤细,但近来束腰时衣带变得更加宽缓。

邓铿

见本卷《和阴梁州杂怨》作者简介。

闺中月夜

【题解】

本篇载《艺文类聚》卷三十二,题作《月夜闺中》。诗写出了闺中月光流移、寂静无声的情景,也写出了思妇孤寂难耐的心理和情感。“树阴”二句,情景如画,“上”字尤具动感。陈祚明评云:“三、四能写眼前之景,此所谓以直率得之,唐人反不逮也。”(《采菽堂古诗选》卷二十八)

闺中日已暮,楼上月初华①。树阴缘砌上②,窗影向床斜。开帷伤只凤③,吹灯惜落花④。谁能当此夕⑤,独处类倡家⑥。

【注释】

①华:光辉。

②砌:台阶。

③“开帷”句:此句《艺文类聚》作“开屏为密书”。伤,悲。只凤,无偶之凤。司马相如《琴歌》其一:“凤兮凤兮归故乡,遨游四海求其凰。”

④“吹灯”句:《艺文类聚》作“卷帐照垂花”。

⑤当:面对。

⑥倡家:歌舞艺人之家。古诗“青青河畔草”:“昔为倡家女,今为荡子妇。荡子行不归,空床难独守。”

【译文】

太阳落山闺房中已被暮色笼罩,楼上月亮刚吐出朗朗的光华。树荫沿着台阶一点点地向上移动,窗户的暗影向着床榻一点点地倾斜。掀开帷帐为单凤无偶而悲伤,把灯吹灭怜惜落下的灯花。有谁能够面对这样的夜晚,只身独处就像是那位歌舞艺人之家。

阴铿

阴铿（生卒年不详），字子坚，武威姑臧（今甘肃武威）人。幼聪慧，五岁能诵诗赋。及长，博涉史传，尤善五言诗，为当时所重。梁武帝时曾任湘东王萧绎法曹参军。陈文帝时，曾为始兴王陈伯茂府中录事参军。累迁晋陵太守、员外散骑常侍，卒。其诗风近似何逊，世并称“阴何”。其新体诗已近唐律，对唐人颇有影响，杜甫曾云：“颇学阴何苦用心。”（《解闷十二首》其七）又云：“李侯有佳句，往往似阴铿。”（《与李十二白同寻范十隐居》）《隋书》卷三十五《经籍志四》著录有集一卷，已散佚。其事见《陈书》卷三十四《文学传》、《南史》卷六十四。

侯司空宅咏妓

【题解】

本篇载《艺文类聚》卷四十二、《初学记》卷十五、《文苑英华》卷二百十三，《艺文类聚》题作《侯司空第山园咏妓诗》。侯司空，即侯安都，陈时曾历任南徐州刺史、司空等职。诗将人境与仙境、歌与舞、声与色有机地融为一体，画面妍丽，声调浏亮，极富美感。陈祚明评云：“五、六盛唐佳句，流丽自然。”（《采菽堂古诗选》卷二十九）

佳人遍绮席，妙曲动鹍弦①。楼似阳台上②，池如洛浦边③。莺啼歌扇后④，花落舞衫前。翠柳将斜日⑤，偏照晚妆鲜[6]。

【注释】

①鹍(kūn)弦:用鹍鸡筋做的琵琶弦。鹍鸡,鸟名。似鹤,黄白色。

②阳台:指男女欢会之所。参见卷四王融《古意二首》“游禽暮知反”注引宋玉《高唐赋序》。

③洛浦:洛水边。洛水源出陕西,东南流经河南洛阳。相传伏羲氏之女宓妃溺死于洛水后,成为洛水之神。曹植《洛神赋》写自洛阳东归途经洛水时,曾遇洛神并与之相恋。浦,《艺文类聚》作“水”。

④歌扇:歌舞时所用的扇子。

⑤将:随,携带。

⑥偏:《艺文类聚》作“俱”。照:《初学记》《文苑英华》作“是”。

【译文】

在华美的筵席上到处都是美人,美妙的乐曲振动着鹍弦。在这楼中就像是在阳台之上,在这池旁就像是在洛水旁边。莺在歌扇的后面鸣啭,花坠落在舞衫的前面。翠柳携带着西斜的落日,偏把晚妆照得如此光鲜。

侍宴赋得竹

【题解】

本篇载《艺文类聚》卷八十九、《初学记》卷二十八、《文苑英华》卷三百二十五,《艺文类聚》题作《赋得夹池竹诗》,《文苑英华》题作《侍宴赋得夹池竹诗》。赋得,以某事物为题所作诗,题目即用“赋得”。紧扣诗题,将竹之颜色、性状、品质、用途一一道来,风调高雅,风情摇曳。“惊”字妙,写出了翠竹不为风雪严寒所动的品格和情态。

夹池一丛竹，青翠不惊寒①。叶酝宜城酒②，皮裁薛县冠③。湘川染别泪④，衡岭拂仙坛⑤。欲见葳蕤色⑥，当来兔苑看⑦。

【注释】

①青：《艺文类聚》作"垂"。

②酝：酿酒。宜城酒：一种名酒。古代襄州宜城（今属湖北）所产美酒。《湖广通志》卷十《襄阳府·宜城县》："金沙泉，县东二里，其水造酒甘美，世谓宜城春，又名竹叶春。"

③裁：《艺文类聚》作"治"。薛县冠：《汉书》卷一上《高帝纪上》："高祖为亭长，乃以竹皮为冠，令求盗之薛治，时时冠之，及贵常冠，所谓'刘氏冠'也。"应劭注："以竹始生皮作冠，今鹊尾冠是也。……薛，鲁国县也，有作冠师，故往治之。"韦昭注："竹皮，竹筠也。今南夷取竹幼时续以为帐。"颜师古注："竹皮，笋皮，谓笋上所解之箨耳，非竹筠也。今人亦往往为笋皮巾，古之遗制也。韦说失之。"按"竹始生皮"即"笋皮"，以应劭及颜师古所说为是。

④湘川：即湘水，在今湖南境内。染别泪：张华《博物志·史补》："尧之二女，舜之二妃，曰湘夫人。舜崩，二妃啼，以涕挥竹，尽斑。"

⑤衡岭：指衡山，在今湖南境内，为五岳之一的南岳。拂仙坛：《艺文类聚》卷八十九引《湘中记》："邵陵高平县有文竹山，上有石床，四面绿竹扶疏，常随风委拂此床。"

⑥葳蕤（wēi ruí）色：《艺文类聚》作"凌冬质"。葳蕤，枝叶繁茂貌。王逸《七谏·初放》："上葳蕤而防露兮，下泠泠而来风。"

⑦来兔苑：《艺文类聚》作"为雪中"。兔苑，一名梁园，为汉梁孝王刘武所建，在今河南开封东南。内多竹，枚乘《梁王菟园赋》有"修竹檀栾夹池水"之句。

【译文】

池的两边有一片竹林，颜色青翠不被寒冷所惊动。竹叶可以酿成宜城酒，竹皮可以裁制成薛县冠。在湘川曾染上帝妃痛别的眼泪，在衡山上随风拂拭着仙坛。你如果想看到它枝繁叶茂的景色，应当到兔苑来看一看。

和樊晋侯伤妾

【题解】

本篇载《艺文类聚》卷三十四、《文苑英华》卷三百二，《文苑英华》题作《和悼亡》。樊晋侯，其人未详。伤妾，悲伤故去的妾。诗通过今昔死生的猝然变化及物是人非凄凉情景的描写，抒写了对于逝者的哀伤之情。虽是和作，却也能感同身受，委曲情至。陈祚明有“荒凉悲切”（《采菽堂古诗选》卷二十九）之评。

画梁朝日尽，芳树落花辞①。忽以千金笑②，长作九原悲③。镜前尘素粉④，机上网红丝⑤。户余双燕入⑥，床有一空帷。名香不可得⑦，何见返魂时⑧？

【注释】

①落：《文苑英华》作“晚”。

②千金笑：指美人妩媚的笑容。崔骃《夏屋籧篨》：“回顾百万，一笑千金。”庾信《仰和何仆射还宅怀故》：“无复千金笑，徒劳五日归。”

③九原：山名。在今山西新绛北。《礼记·檀弓下》：“得歌于斯，哭于斯，聚国族于斯，是全要领以从先大夫于九京也。”郑玄注：“晋卿大夫之墓地在九原，‘京’盖字之误，当为‘原’。”后世因称墓

地为九原。《艺文类聚》《文苑英华》作“泉”。

④素：白色。《艺文类聚》《文苑英华》作“剧”。粉：指化妆用的铅粉。

⑤机：织机。红：《艺文类聚》《文苑英华》作“多”。

⑥燕入：《艺文类聚》《文苑英华》作“入燕”。

⑦名香：指传说中的返生香。吴兆宜注引《述异记》：“聚窟洲有返魂树，伐其根心，于玉釜中煮，取汁，又熬之，令可丸，名曰惊精香，或名震灵丸，或名返生香，或名却死香。死尸在地，闻气即活。”

⑧何：《文苑英华》作“讵”。

【译文】

早晨的阳光已从雕画精美的屋梁消失，树上芳香的花朵已落下化为泥土。忽然间以价值千金的妩媚笑容，永远地化作身葬九原的伤悲。铜镜前白色的铅粉上已满布灰尘，织机上还有网一般红色的细丝。大门只剩下一对燕子进进出出，床上还有一张空空的帷帐。名贵的返生香不可能得到，哪还能见到她魂魄返回之时？

南征闺怨

【题解】

本篇载《艺文类聚》卷三十二，写思妇对远在南方的丈夫的思念。“逢人”句，写担心丈夫在外遇上动不动就爱上男人的女人，由对丈夫的担心转而成为对女子的憎恨，曲写心理，入木三分。末二句化用曹操父子诗意，表达自己对丈夫的一往深情，设想奇妙，余意无穷。

湘水旧言深①，征客理难寻②。独愁无处道，长悲不自禁③。逢人憎解佩④，幽居懒听音⑤。惟当有夜鹊⑥，南飞似妾心⑦。

【注释】

①湘水：即湘江，在今湖南境内。张衡《四愁诗》："我所思兮在桂林，欲往从之湘水深。"

②征客：指思妇的丈夫。难：吴兆宜注："一作'南'。"

③悲：《艺文类聚》作"宵"。

④解佩：解下佩玉。《列仙传》卷上："江妃二女者，不知何所人也。出游于江汉之湄，逢郑交甫。见而悦之，不知其神人也，谓其仆曰：'我欲下请其佩。'……遂手解佩与交甫。"此指遇到轻易解佩相赠的美女。

⑤幽居：《艺文类聚》作"从来"。音：音乐。

⑥夜鹊：曹操《短歌行》："月明星稀，乌鹊南飞。"

⑦"南飞"句：曹植《杂诗五首》其一："愿为西南风，长逝入君怀。"

【译文】

以前有人说湘江的水很深，远征的客人按理说很难将他找寻。独自忧愁没有地方诉说，深长的悲痛总是不能自禁。碰到人就激起我对解佩赠给男人的女人的憎恨，幽居在家却懒得去听好听的乐音。只喜欢有乌鹊夜飞的夜晚，它们往南飞去好像要替我捎去我的心。

班婕妤怨

【题解】

本篇载《艺文类聚》卷三十、《文苑英华》卷二百四，收入《乐府诗集》卷四十三《相和歌辞·楚调曲》，题作《班婕妤》。班婕妤，详见卷一班婕妤《怨诗》。全诗围绕题中的一个"怨"字展开，其中"谁谓"二句、"可惜"二句将怨情表现得尤为强烈。文字琢炼而不失自然，时有新巧之笔，陈祚明对"花月分窗进"句即有"新妍"（《采菽堂古诗选》卷二十九）之评。

柏梁新宠盛[①],长信昔恩倾[②]。谁谓诗书巧[③]?翻为歌扇轻[④]。花月分窗进,苔草共阶生。妾泪衫前满[⑤],单眠梦里惊。可惜逢秋扇[⑥],何用合欢名[⑦]?

【注释】

①柏梁:《汉书》卷六《武帝纪》:"(元鼎二年)春,起柏梁台。"颜师古注:"《三辅旧事》云以香柏为之。"新宠:指赵飞燕姐妹。盛:谓正得势。

②长信:汉宫名。曾为太后所居。班婕妤遭赵飞燕谗毁失宠后,自请退居长信宫侍奉太后。

③诗书:《汉书》卷九十七下《外戚传下·孝成班倢伃》:"成帝游于后庭,尝欲与倢伃同辇载,倢伃辞曰:'观古图画,贤圣之君皆有名臣在侧,三代末主乃有嬖女,今欲同辇,得无近似之乎?'上善其言而止。太后闻之,喜曰:'古有樊姬,今有班倢伃。'倢伃诵《诗》及《窈窕》《德象》《女师》之篇。每进见上疏,依则古礼。"谓诗书,《文苑英华》作"为诸人"。谓,《乐府诗集》作"为"。

④翻:反而。歌扇:歌舞时所用的扇子。扇,《艺文类聚》《文苑英华》《乐府诗集》作"舞"。赵飞燕初学歌舞,因体轻似燕而号曰飞燕。

⑤妾:《艺文类聚》作"忆",《文苑英华》作"睫"。

⑥秋扇:班婕妤《怨诗》:"裁为合欢扇,团团似明月。……常恐秋节至,凉风夺炎热。弃捐箧笥中,恩情中道绝。"

⑦合欢:合欢扇是一种团扇,上有对称图案花纹,象征男女欢合。

【译文】

柏梁台上新近得宠的人风头正盛,长信宫中的人却没有了昔日的恩幸。谁说懂诗书依古礼能够讨巧?反而被手中拿着歌扇的人看轻。花香与月色分别从窗户涌进,苔藓与青草一起在台阶上滋生。衣衫前面落满了我的眼泪,独自睡眠常常从梦中惊醒。可惜碰上了秋凉时节被抛弃的扇子,不知为何要用合欢这个好听的名字?

朱超道

朱超道（生卒年不详），或作“朱超”“朱越”，疑为一人。南朝梁人。曾为中书舍人。《隋书》卷三十五《经籍志四》著录有集一卷，已佚。今存诗十七首。

赋得荡子行未归

【题解】

本篇载《艺文类聚》卷三十二，作者作“朱越”。荡子，犹游子，指游于四方而不归家者。诗写思妇盼望在外游荡的丈夫归家的心情，表现颇为婉曲。“息意”“不思”，思妇的自我压抑，更见其“意”其“思”之强烈。“无奈”二字，旋将不能不“思”之意点醒。“捉梳”二句，写思妇的百无聊赖、懒心无肠，意与“自伯之东，首如飞蓬。岂无膏沐，谁适为容”（《诗经·卫风·伯兮》）相同。末以企盼之辞作结。短章之中，迭起波澜，将思妇忧愁、无奈、失望和希望相互交织的复杂的内心世界作了完美的揭示。

坐楼愁回望[①]，息意不思春[②]。无奈园中柳，寒时已报人[③]。捉梳羞理鬓，挑朱懒向唇[④]。何当上路晚[⑤]，风吹还骑尘[⑥]。

【注释】

①回：《艺文类聚》作“出”。

②春：有双重含义。一指自然界的春天，一指思妇思夫的春意、春心。

③“寒时”句：谓还在春寒料峭时，柳树就已将“春”的讯息传递给了思妇。

④朱：口红。

⑤何当：何时能。上路：大路。《汉书》卷五十一《枚乘传》：“游曲台，临上路，不如朝夕之池。”

⑥还骑：归来的车马。

【译文】

坐在楼上忧愁地回头怅望，打消念头不要去想与春有关的事情。无奈花园中的那些柳树，还在天冷时已给人报告了春的讯息。拿起木梳却羞于梳理鬓发，挑了口红却懒得涂向双唇。不知何时才能在一个傍晚的大路上，看到风吹来回家的车马所扬起的灰尘。

裴子野

裴子野(469—530),字几原,河东闻喜(今属山西)人。少好学,善属文,《梁书》本传称其“为文典而速,不尚丽靡之词,其制作多法古,与今文体异”。始仕齐,为武陵王国左常侍、右军江夏王参军。入梁,历任廷尉正、诸暨令、著作郎、中书侍郎等职,官至鸿胪卿,领步兵校尉。清廉自守,终身饭麦食蔬,妻子常苦饥寒。著有《雕虫论》等。今存诗三首。其事见《梁书》卷三十、《南史》卷三十三。

咏雪

【题解】

本篇载《艺文类聚》卷二、《初学记》卷二、《文苑英华》卷一百五十四。诗篇不仅将飘舞的雪花描绘得颇形象生动,而且颇具内涵。第二句所说的“龙沙”,当为“离居者”的所居之地,他当是一位征戍的士兵,是一位思妇的丈夫。末二句与前照应,写出寄赠之意。“折以代瑶华”,使雪花变成了有情的珍贵之物,写出了寄赠者的深情厚意,使诗意得到了拓展和升华。

飘飖千里雪①,倏忽度龙沙②。从云合且散,因风卷复斜③。拂草如连蝶,落树似飞花。若赠离居者,折以代瑶华④。

【注释】

①飘飖（yáo）：飘荡貌。曹植《洛神赋》："仿佛兮若轻云之蔽月，飘飖兮若流风之回雪。"《文苑英华》作"飘飘"。

②龙沙：指塞外沙漠地区。鲍照《学刘公幹体》其三："胡风吹朔雪，千里渡龙山。"

③因：凭借，顺着。

④瑶华：传说中的仙花。《楚辞》屈原《九歌·大司命》："折疏麻兮瑶华，将以遗兮离居。"王逸注："疏麻，神麻也。瑶华，玉华也。"洪兴祖《补注》："说者云：瑶华，麻花也。其色白，故比于瑶。此花香，服食可致长寿，故以为美，将以赠远。"

【译文】

大雪在千里之内飘飘荡荡地落下，倏忽之间就已飘过了龙沙。随着乌云一会儿合拢一会儿散开，顺着风势一会儿卷起一会儿倾斜。拂过草地就像连翩飞舞的蝴蝶，落到树上就像飞飞扬扬的白花。如果想要对离家在外的人有所馈赠，可把它折来寄赠以代替珍贵的瑶华。

房篆

房篆，南朝梁人。生平不详。

金石乐

【题解】

本篇载《文苑英华》卷一百九十三，收入《乐府诗集》卷七十四《杂曲歌辞》，皆题作《金乐歌》。金石乐，指用钟磬之类的打击乐器演奏的音乐。诗描写春天美景，表现青春少女的喜悦心情。颇受南朝乐府民歌意象、意境及风调的影响，但又能不着痕迹，自出机杼。“春风散轻蝶”句妙，“散”字尤为点睛之笔。

前溪流碧水①，后渚映清天②。登台临宝镜，开窗对绮钱③。玉颜光粉色④，罗袖拂金钿⑤。春风散轻蝶，明月映新莲。摘花竞时侣⑥，催指及芳年⑦。

【注释】

①前溪：《乐府诗集》卷四十五《清商曲辞》载有《前溪歌》七首，其一曰：“忧思出门倚，逢郎前溪度。莫作流水心，引新都舍故。”碧：《文苑英华》作“璧”。

②渚（zhǔ）：水边。南朝乐府《子夜歌》其十二：“朝思出前门，暮思

还后渚。”

③绮钱:用作窗户装饰的钱形图案。南朝乐府《子夜歌》其四十二:“朝日照绮钱,光风动纨素。”

④光粉色:《文苑英华》作“耀光彩”。

⑤金钿(diàn):用金片做成、形状如花的首饰。

⑥竞时侣:谓与其时在一起的伙伴争先恐后。

⑦催指:谓赶快动手指采摘花朵。芳年:即盛年,指美好的青春年华。

【译文】

前面的小溪流淌着碧水,后面的水面映照着晴朗的天。登上高台走近珠宝镶嵌的明镜,打开窗户面对精美的钱形图案。美丽的容颜闪耀着脂粉的光彩,轻软的罗袖轻拂着头上的金钿。春风吹散轻快飞舞的彩蝶,明月映照刚刚长出的红莲。与在一起的伙伴争先恐后地采摘花朵,赶快动手吧趁我们都还处在青春妙年。

陆罩

陆罩(478—?),字洞元,吴郡吴(今江苏苏州)人。少好学,善属文。初为晋安王萧纲记室参军,萧纲为太子,迁太子中庶子,掌管记,礼遇甚厚。曾参与抄撰《法宝联璧》,并为萧纲编定文集。以母老求去。母终,复出,官终光禄卿。今存诗四首。其事见《南史》卷四十八。

闺怨

【题解】

本篇载《艺文类聚》卷三十二。诗写女子被弃的哀怨,用了"怜""恨""惜""怨""思""悲"等词,可谓哀怨满纸,如泣如诉。"徒知""空使",写出无奈。"独向蘼芜悲",这里"蘼芜"既是触发悲情之物,也是可以权且对之倾吐悲情之物。百般无奈,由此可见一斑。

自怜断带日①,偏恨分钗时。留步惜余影,含意结离眉②。徒知今异昔,空使怨成思③。欲以别离意,独向蘼芜悲④。

【注释】

①断带:与下句"分钗"均指夫妻离异。袁宏《后汉纪》卷二十三《灵帝纪上》:"夏侯氏父母曰:'妇人见去,当分钗断带。'"

②离:《艺文类聚》作"愁"。

③思:《文选》张华《励志诗》:“吉士思秋,寔感物化。”李善注:“思,悲也。”

④蘼(mí)芜悲:指被弃的悲哀。蘼芜,香草名。古诗“上山采蘼芜”为弃妇之辞,详见卷一《古诗八首》其一。

【译文】

独自哀怜那衣带断裂的日子,尤其怨恨那金钗拆分的时候。步子停留怜惜我留下的身影,饱含情意离去时紧锁着双眉。徒然知道今天已不同于往昔,空自让这怨恨化成了悲愁。想要以这痛伤别离的情意,独自向着蘼芜尽情地伤悲。

庾信

见本卷《奉和咏舞》作者简介。

昭君辞

【题解】

本篇载《文苑英华》卷二百四，题作《昭君怨》；收入《乐府诗集》卷二十九《相和歌辞·吟叹曲》，题作《王昭君》。关于王昭君，参见卷二石崇《王昭君辞一首》题解。诗写昭君辞别故里时的不舍及之后的悲伤。七、八两句，以“绿衫”与“马汗”、“红袖”与“秋霜”组合，成为一幅俏丽与凄凉相伴的图画。末二句，希望昭君能改弦更张，从悲痛中挣脱出来，表达了对于昭君的同情和期盼。

拭泪辞戚里①，回顾望昭阳②。镜失菱花影③，钗除却月梁④。围腰无一尺⑤，垂泪有千行。绿衫承马汗⑥，红袖拂秋霜。别曲真多恨，哀弦须更张⑦。

【注释】

①泪：《文苑英华》《乐府诗集》作“啼”。戚里：《史记》卷一百三《万石张叔列传》：“于是高祖召其姊为美人，以奋为中涓，受书谒，徙其家长安中戚里。”司马贞《索隐》：“小颜云：‘于上有姻戚者皆

居之,故名其里为戚里。'《长安记》戚里在城内。"代指长安。

②昭阳:汉宫殿名。《三辅决录》卷二:"未央宫有增成、昭阳殿。"

③"镜失"句:谓无心再照镜子。菱花,即菱花镜。古代铜镜中,六角形的或镜背刻有菱花的称菱花镜。

④"钗除"句:钗由两股合成,"钗除却月梁",意谓失去了其中的一股。却月,钗名。呈半月形。《御定佩文韵府》卷九之一引《拾遗记》:"燕昭王赐旋娟以金梁却月之钗。"月,原作"日",《文苑英华》《乐府诗集》作"月",据改。

⑤围腰:即腰围。无一尺:指身体消瘦。古诗"行行重行行":"相去日已远,衣带日已缓。"

⑥绿衫:《文苑英华》《乐府诗集》作"衫身"。

⑦更张:更换。《汉书》卷五十六《董仲舒传》:"窃譬之琴瑟不调,甚者必解而更张之,乃可鼓也。为政而不行,甚者必变而更化之,乃可理也。"

【译文】

抹着眼泪辞别了戚里,回过头去把昭阳殿怅望。菱花镜中不再有倩丽的身影,金梁却月之钗没有了金梁。腰围缩减长不满一尺,落下的泪倒有一千行。绿色衣衫承接的是塞马的汗水,红色衣袖拂拭的是秋天的繁霜。表现离别之情的曲子真是多恨,应换下哀伤的琴弦把新的安上。

明君辞

【题解】

本篇载《文苑英华》卷二百四,题作《昭君怨》;收入《乐府诗集》卷二十九《相和歌辞·吟叹曲》。吴兆宜注:"集作《昭君辞应诏》。"萧纲今尚存《明君辞》一首,本篇当与其作于同时,为应萧纲之命所作。明君,即昭君,晋人因避晋文帝司马昭讳而改。与前诗相比,本诗主要吟咏昭君远嫁匈奴途中所遭遇的艰苦及其悲伤的心情。陈祚明评云:“写得荒寒,固非咏古。”(《采菽堂古诗选》卷三十三)“汉月”一作“夜月”,应以“汉月”为是,因汉朝在南,正与前句“胡”相对;如此,则表现了昭君对于故土的强烈思念。末二句,富有包孕,耐人寻味。

敛眉光禄塞①,遥望夫人城②。片片红颜落③,双双泪眼生。冰河牵马渡,雪路把鞍行④。胡风入骨冷⑤,汉月照心明⑥。方调琴上曲⑦,变入胡笳声⑧。

【注释】

①敛眉:皱眉。光禄塞:汉时防御匈奴的城塞。《汉书》卷九十四下《匈奴传下》:“单于就邸,留月余,遣归国。单于自请愿留居光禄塞下,有急保汉受降城。”颜师古注:“徐自为所筑者也。”徐自为曾担任光禄勋职,所筑城故名光禄塞,其地在今内蒙古自治区包头北固阳县、乌拉特中旗及乌拉特后旗境内。

②夫人城:《汉书》卷九十四上《匈奴传上》:“汉军乘胜追北,至范夫人城。”应劭注:“本汉将筑此城。将亡,其妻率余众完保之,因以为名也。”其地在今内蒙古自治区南部。

③红颜:指脂粉。《文苑英华》作“妆”。落:谓被泪水冲掉。

④把:《文苑英华》《乐府诗集》作“抱”。

⑤胡风:北地的风。胡,《文苑英华》作“朔”。

⑥汉:《文苑英华》《乐府诗集》作“夜”。

⑦琴:吴兆宜注:“《集》作‘马’。”

⑧入:《文苑英华》作“作”。胡笳:《文选》虞羲《咏霍将军北伐》:“胡笳关下思,羌笛陇头鸣。”吕延济注:“笳,箫也,起于胡。”

【译文】

紧皱双眉走进光禄塞,远远地眺望夫人城。片片红色的脂粉从脸上掉落，双眼中涌出泪水盈盈。牵着马渡过冰封的河流，在白雪覆盖的路上抱着马鞍前行。北方的寒风冷得刺骨，汉朝的月亮把心照得通明。正在调弦演奏的琴上曲，忽然演变掺入了胡笳的悲声。

结客少年场行

【题解】

本篇载《文苑英华》卷一百九十五，收入《乐府诗集》卷六十六《杂曲歌辞》。鲍照《结客少年场行》郭茂倩题解："曹植《结客篇》曰：'结客少年场，报怨洛北邙。'《乐府解题》曰：'《结客少年场行》，言轻生重义，慷慨以立功名也。'《广题》曰：'汉长安少年杀吏，受财报仇，相与探丸为弹，探得赤丸斫武吏，探得黑丸杀文吏。尹赏为长安令，尽捕之。长安中为之歌曰："何处求子死，桓东少年场。生时谅不谨，枯骨复何葬。"按结客少年场，言少年时结任侠之客，为游乐之场，终而无成，故作此曲也。'"本篇写结客少年场，不是写少年场中豪侠的少年，而是写喜欢少年场中豪侠少年的少女，并写出了这些少女的豪气，角度颇显特别。风格刚健中有柔婉，质朴中有绮丽，两者被完美地融合在了一起。

结客少年场①，春风满路香②。歌撩李都尉③，果掷潘河阳④。折花遥劝酒⑤，就水更移床⑥。今年喜夫婿，新拜羽林郎⑦。定知刘碧玉，偷嫁汝南王⑧。

【注释】

①结客：结交宾客。

②满路：《文苑英华》作"路满"。香：指少女们衣服上的薰香。

③"歌撩"句：谓自己的歌唱得比李都尉好。李都尉，指李延年，汉武帝时官至协律都尉。精通音乐，擅长歌舞，每为新声变曲，闻者

莫不感动。

④“果掷”句：潘河阳，指潘岳，西晋诗人，曾任河阳令。《晋书》卷五十五《潘岳传》：“岳美姿仪，辞藻绝丽，尤善为哀诔之文。少时常挟弹出洛阳道，妇人遇之者，皆连手萦绕，投之以果，遂满车而归。”此以潘河阳比心仪的少年。

⑤折：《文苑英华》作“隔”。

⑥床：古代的一种坐具。

⑦羽林郎：皇家禁卫军羽林军的高级军官。

⑧“定知”二句：《乐府诗集》卷四十五有《碧玉歌三首》，郭茂倩题解引《乐苑》：“《碧玉歌》者，宋汝南王所作也。碧玉，汝南王妾名。以宠爱之甚，所以歌之。”

【译文】

在少年集聚游乐的场所结交宾客，春风吹来满路都洋溢着异香。歌声高妙可以撩拨李都尉，果子一只只掷向潘河阳。折支鲜花远远地劝酒，为靠近水池更移近坐床。特高兴今年我的夫婿，刚刚被任命为羽林郎。大家肯定就会知道刘碧玉，她为什么要偷偷地嫁给汝南王。

对酒

【题解】

本篇载《文苑英华》卷一百九十五，作者作“范荣”，题作《对酒歌》；收入《乐府诗集》卷二十七《相和歌辞·相和曲》。诗旨与张率《对酒》（见卷六）相同，也写“但当为乐，勿徇名自欺也”（《乐府诗集》曹操《对酒》郭茂倩题解引《乐府解题》）。是对古诗“生年不满百，常怀千岁忧。昼短苦夜长，何不秉烛游”这一古老主题的再现，但大笔挥洒，意气纵横，驱遣典故，缤纷络绎，风格与古诗的清新自然迥然不同。

春水望桃花，春洲藉芳杜[①]。琴从绿珠借[②]，酒就文君取[③]。牵马向渭桥[④]，日落山头晡[⑤]。山简接䍦倒[⑥]，王戎如意舞[⑦]。筝鸣金谷园[⑧]，笛韵平阳坞[⑨]。人生一百年，欢笑惟三五[⑩]。何处觅钱刀[⑪]？求为洛阳贾[⑫]。

【注释】

①洲：水中陆地。藉：《文选》孙绰《天台山赋》："藉萋萋之纤草，荫落落之长松。"李善注："以草荐地而坐曰藉。"杜：杜若，香草名。屈原《九歌·湘君》："采芳洲兮杜若，将以遗兮下女。"

②从：《文苑英华》作"随"。绿珠：《晋书》卷三十三《石崇传》："崇有妓曰绿珠，美而艳，善吹笛。"

③文君：即卓文君。《文选》司马相如《长门赋序》："闻蜀郡成都司马相如，天下工为文，奉黄金百斤，为相如、文君取酒。"李善注引《汉书》："卓氏女文君，既奔相如，相如与俱之临邛卖酒舍，文君当垆，相如身自涤器于市。"

④马：《文苑英华》作"牛"。渭桥：《史记》卷十《孝文本纪》："昌至渭桥，丞相以下皆迎。"裴骃《集解》："苏林曰：'在长安北三里。'"司马贞《索隐》："《三辅故事》：'咸阳宫在渭北，兴乐宫在渭南，秦昭王通两宫之间，作渭桥，长三百八十步。'"

⑤落：《文苑英华》《乐府诗集》作"曝"。晡（bū）：《文选》宋玉《神女赋》："晡夕之后，精神怳忽。"李善注："晡，日昳时也。"即太阳下山之时，约下午三点至五点之间。《乐府诗集》作"脯"。

⑥山简：西晋时人，其父山涛为"竹林七贤"之一。性温雅，有父风，历官太子舍人、侍中、吏部尚书、雍州刺史等。接䍦（lí）：也作"接篱"，一种帽子。《晋书》卷四十三《山简传》："永嘉三年，出为征南将军、都督荆湘交广四州诸军事、假节、镇襄阳。于时四方寇

乱，天下分崩，王威不振，朝野危惧。简优游卒岁，唯酒是耽。诸习氏，荆土豪族，有佳园池，简每出嬉游，多之池上，置酒辄醉，名之曰高阳池。时有童儿歌曰：'山公出何许，往至高阳池。日夕倒载归，茗艼无所知。时时能骑马，倒著白接篱。举鞭向葛疆："何如并州儿？"'疆家在并州，简爱将也。"篱，《文苑英华》作"离"。

⑦王戎：魏末西晋人。魏末曾参与竹林之游，入晋，历任散骑常侍、荆州刺史、光禄勋、吏部尚书等职，封安丰县侯。如意舞：悠然自得地跳舞。《世说新语·任诞》："王长史、谢仁祖同为王公掾。长史云：'谢掾能作异舞。'谢便起舞，神意甚暇。王公熟视，谓客曰：'使人思安丰。'"刘孝标注"使人思安丰"句："戎性通任，尚类之。"即王戎性情通脱随性，谢尚跳舞时悠然自得的神态和表现很像他。这里想象王戎也能像谢尚那样悠然自得地舞蹈。参见卷七皇太子《咏舞》注。

⑧筝：《释名·释乐器》："筝，施弦高急，筝筝然也。"金谷园：西晋时石崇在金谷涧中所筑的园馆，在今河南洛阳西北，石崇常与友人在此宴乐。

⑨平阳坞（wù）：地名。汉属右扶风郡，在今陕西凤翔一带。坞，里。马融《长笛赋序》："融既博览典雅，精核数术，又性好音，能鼓琴吹笛。而为督邮，无留事，独卧郿平阳坞中。有洛客舍逆旅，吹笛，为《气出》《精列》《相和》。融去京师逾年，暂闻，甚悲而乐之。"

⑩"人生"二句：《庄子·盗跖》："人上寿百岁，中寿八十，下寿六十，除病瘦死丧忧患，其中开口而笑者，一月之中不过四五日而已矣。"三五，三五天（指一月之中）。

⑪钱刀：古代一种刀形的钱币。《史记》卷三十《平准书》："虞夏之币，金为三品，或黄，或白，或赤；或钱，或布，或刀，或龟贝。"裴骃《集解》："如淳曰：'名钱为刀者，以其利于民也。'"泛指金钱。

⑫洛阳贾（gǔ）：《史记》卷一百二十九《货殖列传》："洛阳东贾齐、

鲁,南贾梁、楚。”《史记》卷三十《平准书》:“(桑)弘羊,洛阳贾人子,以心计,年十三侍中。”贾,坐商。泛指商人。

【译文】

眺望春水边灿烂的桃花,坐在春天沙洲铺满芳香的杜若的地上。琴从绿珠那儿借来,酒到文君那儿去取。牵着马向渭桥走去,一直到太阳从山头落下的时刻。像山简那样倒戴着接篱帽,像王戎那样悠然地跳舞。筝在金谷园筝筝地鸣响,笛在平阳坞韵律悠扬。人的一生就算有一百年长,欢笑的日子一月中也不过三五天。上哪儿去寻觅钱刀去?要努力争取成为一个洛阳的富商。

看妓

【题解】

本篇载《艺文类聚》卷四十二;又载《文苑英华》卷二百十三,题作《和赵王看妓》。赵王,指宇文招,北周文帝宇文泰之子、明帝宇文毓之弟,于武帝建德三年(574)进爵为王。诗分别从歌舞、演奏、妆饰等方面写歌舞艺人,以简净的笔墨,生动地写出了艺人的舞姿之飘逸、演奏之高妙和容貌之光艳。末二句用“曲有误,周郎顾”之典,雅致有味,可称婉妙。

绿珠歌扇薄①,飞燕舞衫长②。琴曲随流水③,箫声逐凤凰④。膺风蝉鬓乱⑤,映日凤钗光⑥。悬知曲不误,无事顾周郎⑦。

【注释】

①绿珠:见前首注。歌扇:歌舞时所用的扇子。

②飞燕:即赵飞燕,汉成帝宠妃,后被立为后。因体轻善舞,故号飞燕。

③随流水：谓以流水为描摹、表现的对象。《列子·汤问篇》："伯牙善鼓琴，钟子期善听。伯牙鼓琴，志在高山，钟子期曰：'善哉！峨峨兮若泰山。'志在流水，钟子期曰：'善哉！洋洋兮若江河。'"

④逐凤凰：谓模仿凤凰鸣叫的声音。《列仙传》卷上载，萧史善吹箫，秦穆公以女弄玉妻之，为作凤台以居。萧史"日教弄玉作凤鸣"，"一旦，皆随凤凰飞去"。

⑤膺（yīng）风：当风。蝉鬓：崔豹《古今注》卷下："魏文帝宫人绝所爱者，有莫琼树、薛夜来、田尚衣、段巧笑四人，日夕在侧。琼树乃制蝉鬓，缥缈如蝉，故曰蝉鬓。"

⑥凤钗：一种钗头作凤形的金钗。以上二句，《艺文类聚》《文苑英华》作"细缕缠钟格，圆花钉鼓床"。

⑦"悬知"二句：用"曲有误，周郎顾"典。《三国志》卷五十四《吴书·周瑜传》："瑜时年二十四，吴中皆呼为周郎。"又："瑜少精意于音乐，虽三爵之后，其有阙误，瑜必知之，知之必顾，故时人谣曰：'曲有误，周郎顾。'"悬知，料想。无事，不用，不需。顾，《文苑英华》作"畏"。

【译文】

歌扇像绿珠的歌扇那样薄，舞衫像赵飞燕的舞衫那样长。弹奏的琴曲描摹浩莽的流水，吹奏的箫声就像鸣叫的凤凰。清风扑面蝉鬓变得有点凌乱，阳光映照头上凤钗闪出光芒。可以预料曲子的演奏不会出错，不需要有错就回头一看的周郎在场。

春日题屏风

【题解】

本篇载《艺文类聚》卷六十九，题作《咏屏风诗》；《初学记》卷三节引，题作《咏春诗》。吴兆宜注："《集》作《咏画屏风诗二十五首》，此其第四首也。”屏风上的画表现的是景美人欢的阳春景色，诗即抓住这一特点，辅以想象，加以描绘，既再现了画面的美感，又平添出许多情趣。钟惺评云：“字字作真说，却字字是画。”（《古诗归》）前四句颇有风韵，一个“春”字包孕无限。后四句接写饮酒，而翻出宋玉赋语，以神女赞画中人，亦颇新奇。诗画相配，相得益彰，诚所谓“诗中有画，画中有诗”。

昨夜鸟声春，惊鸣动四邻①。今朝花树下②，定有咏花人③。流星浮酒泛④，粟瑱逐杯唇⑤。何劳一片雨，唤作阳台神⑥。

【注释】

①鸣：《艺文类聚》作“啼”。

②花：《艺文类聚》《初学记》作“梅”。

③咏：《初学记》作“折”。

④流星：喻酒面泛起的泡沫。《文选》张协《七命》：“浮蚁星沸，飞华萍接。”张铣注：“酒上有浮者如蚁。星沸，言多乱也。”

⑤粟瑱（tiàn）：瑱是用来塞耳的玉，颗粒状，细小如粟（谷子，去皮后称小米），故称。用以形容酒上如蚁的漂浮物。瑱，《艺文类聚》作“钿”。逐：《艺文类聚》作“绕”。

⑥阳台神：指传说中的巫山神女。参见卷四王融《古意二首》“游禽暮知反”注引宋玉《高唐赋序》。

【译文】

昨夜的鸟叫声宣告了春的来临，一阵阵鸣叫惊动了四邻。在今天早晨的花树下，一定会有许多吟咏春花的人。酒上有一点点流星似的泡沫浮泛，粟瑱似的泡沫涌向杯边和嘴唇。何必烦劳天上下来一片雨，才把她叫作阳台女神。

卷九

歌辞二首

一

【题解】

本篇载《艺文类聚》卷四十三，题作《古东飞伯劳歌》；收入《乐府诗集》卷六十八《杂曲歌辞》，题作《东飞伯劳歌》，为古辞；《文苑英华》卷二百六题作《东飞百劳歌》，作者作“梁武帝”。诗写女儿容貌出众，光彩照人，但却独处无偶，叹息她还不如牵牛、织女能“时相见”，担心她年华消逝后不再有人爱怜。音韵谐婉，语言俏丽，风情骀荡，可谓拟古而不泥古。陆时雍评云：“亦古亦新，亦华亦素，此最艳词也。所难能者，在风格浑成，意象独出。”(《诗镜总论》)。王夫之对本篇尤为推崇，云：“与《河中之水歌》足为双绝。自汉以下，乐府皆填古曲，自我作古者，惟此萧家老二公二歌而已。托体虽艳，其风神音旨，英英遥遥，固已笼罩百代。后来拟此者车载斗量，何能分渠少许？生翼自飞，纸鸢何学焉？”(《古诗评选》卷一)

东飞伯劳西飞燕①，黄姑织女时相见②。谁家女儿对门居③，开华发色照里间④。南窗北牖挂明光⑤，罗帏绮帐脂粉香。女儿年岁十五六⑥，窈窕无双颜如玉⑦。三春已暮花从风⑧，空留可怜与谁同⑨。

【注释】

①伯劳:鸟名。亦名博劳,又名䴗。

②黄姑、织女:皆星名。黄姑即河鼓,又名牵牛,在银河南,与在银河北的织女星两两相对。

③女儿:《文苑英华》作"儿女"。

④华:同"花"。《乐府诗集》作"颜",《艺文类聚》作"花"。色:《文苑英华》《乐府诗集》作"艳"。里、闾:皆为古代的居民组织单位。犹言"乡里"。

⑤牖(yǒu):窗。挂明:《乐府诗集》作"桂月"。明光:形容女子容光焕发,光彩照人。

⑥岁:《艺文类聚》《乐府诗集》作"几"。《文苑英华》作"纪"。

⑦窈窕(yǎo tiǎo):美好貌。《古诗为焦仲卿妻作》:"云'有第三郎,窈窕世无双'。"颜如玉:古诗"东城高且长":"燕赵多佳人,美者颜如玉。"

⑧三春:春季的三个月。从:《艺文类聚》作"随"。

⑨与谁:《乐府诗集》《文苑英华》作"谁与"。同:谓结为同心之好。

【译文】

东飞的伯劳西飞的春燕,黄姑与织女不时可以相见。不知是谁家的女儿住在对门,美丽的容颜像鲜花般映照乡里。南窗北窗都悬着明月的辉光,丝绸帷帐散发出脂粉的芳香。女儿大概十五六岁年纪,容颜如玉娴静美好举世无双。春天过去花儿随风飘落,徒然留下可爱不知能与谁两心相向。

二

【题解】

本篇载《艺文类聚》卷四十三,题作《古河中之水歌》;收入《乐府诗集》卷八十五《杂歌谣辞》,作者作“梁武帝”;《文选》陆机《君子有所思行》李善注引“卢家兰为室”一句,《初学记》卷二十五引“珊瑚挂镜烂生光”一句,又都题作“古诗”。逯钦立辑校《先秦汉魏晋南北朝诗》、余冠英《汉魏六朝诗选》依《乐府诗集》,将其归入梁武帝名下,而余冠英又作说明云:“这诗是否萧衍所作不能确知,但从诗的风格考察,列于齐、梁作品中是合宜的。”诗歌咏一位名叫莫愁的女子,也具有“亦古亦新,亦华亦素”的特点,如陈祚明所评:“风华流丽,调甚高古,竟似汉魏人词。特结句稍近,方便归帝。”(《采菽堂古诗选》卷二十二)余冠英认为此诗属齐、梁作品,这看法是不错的,而以梁代作品的可能性为最大,因七古到了梁代才得到了较大发展,这类作品的产生,可看作其时七古创作趋于繁荣的一个标志。

河中之水向东流,洛阳女儿名莫愁。莫愁十三能织绮①,十四采桑南陌头②。十五嫁为卢家妇③,十六生儿字阿侯④。卢家兰室桂为梁⑤,中有郁金苏合香⑥。头上金钗十二行,足下丝履五文章⑦。珊瑚挂镜烂生光⑧,平头奴子提履箱⑨。人生富贵何所望,恨不嫁与东家王⑩。

【注释】

①绮:有花纹的丝织品。

②南陌头:南边的路口。陌,田间小路。

③家:《乐府诗集》作“郎”。

④“十六”句:吴兆宜注引龙辅《女红余志》:“语曰:‘欲知菡萏色,但请看芙蓉。欲知莫愁美,但看阿侯容。’阿侯,莫愁子也。”字,吴兆宜注:“一作‘似’。”

⑤兰室:芳香高雅的居室。

⑥郁金:郁金香,香草名。《陈氏香谱》卷一引《魏略》:“(郁金香)生大秦国,二三月花,如红蓝;四五月采之,甚香。十二叶,为百草之英。”又《梁书》卷五十四《海南诸国·中天竺国》:“郁金独出罽宾国,华色正黄而细,与芙蓉华里被莲者相似。”一说为树名。苏合:香料名。参见卷六吴均《拟古四首·秦王卷衣》注。

⑦五:通“午”,谓一纵一横。文章:错杂的色彩或花纹。

⑧烂生光:《乐府诗集》:“一作‘生辉光’。”烂,灿烂,有光芒。

⑨平头奴子:戴着平头巾的仆人。提:《乐府诗集》作“擎”。

⑩“恨不”句:句谓莫愁已富贵矣,然心中仍有期盼,只恨不能嫁给东家王昌为妻。恨,遗憾。嫁与,《乐府诗集》作“早嫁”。东家王,或认为指王昌。吴兆宜注引《襄阳耆旧传》:“王昌,字公伯,为东平相,散骑常侍。早卒。妇任城王曹子文女。”

【译文】

黄河的水向东流,洛阳有女叫莫愁。莫愁十三岁时能够织绮,十四岁时能到南城外的路边采桑。十五岁时嫁到卢家做媳妇,十六岁时生个儿子表字叫阿侯。卢家芳香的房舍用桂木做梁,屋中放有郁金香和苏合香。头上插着的金钗有十二行,脚下穿着花纹错杂五彩斑斓的丝鞋。挂着珊瑚装饰的铜镜灿烂有光,戴着平头巾的仆人提着鞋箱。人生如此富贵还能有什么奢望,只遗憾不能嫁给东家王。

越人歌一首 并序

【题解】

本篇载刘向《说苑·善说》,《艺文类聚》卷七十一、《太平御览》卷五百七十二及七百七十一节引,收入《乐府诗集》卷八十三《杂歌谣辞》。越是先秦时期南方的一个庞大的民族,居住在今江浙闽粤及江汉一带,称百越或百粤。诗写一个越族船工表达对楚国贵族子修的爱慕,而子修也给予了呼应及回报,不少人认为写的是一个同性恋的故事。朱熹《楚辞集注》云:"(《越人歌》)其义鄙亵不足言,特以其自越而楚,不学而得其余韵,且于周太师六诗之所谓兴者,亦有契焉。知声诗之体,古今共贯,胡、越一家,有非人之所能为者,是以不得以其远且贱而遗之也。"一方面认为此诗"鄙亵""贱",一方面又对这种来自民间,"胡、越一家"的"声诗之体"给予了肯定,对其起兴手法尤为推崇,在注《九歌·湘夫人》"沅有芷兮澧有兰,思公子兮未敢言"二句时,更说:"其起兴之例,正犹《越人之歌》,所谓'山有木兮木有枝,心悦君兮君不知'。"这在实际上是把此诗看成了楚辞的先声。此诗句式参差错落,富于变化,而由于"兮"字的使用,读来声情摇曳,意韵悠长,确乎具有典型的楚声特点,对楚辞的形成和发展自有其推动作用。一个普通的船工,竟能出口成章,既反映出越族当时在音乐及文学方面已达到相当高的水平,也说明楚辞的产生有其深厚的土壤,其能成为继《诗经》之后的又一座艺术高峰,诚非偶然。

楚鄂君子修者[①]，乘青翰之舟[②]，张翠羽之盖[③]。榜枻越人悦之[④]，棹楫而越歌[⑤]，以感鄂君，欢然举绣被而覆之。其辞曰：

【注释】

①子修：刘向《说苑·善说》作“子皙”。

②青翰之舟：涂成青色的刻有鸟饰的船。

③翠羽之盖：用翠鸟羽毛装饰的篷盖。

④榜、枻（yì）：皆为船桨。此代指划船的人。

⑤棹（zhào）、楫：皆为船桨。这里指划船。

【译文】

楚国的鄂君子修，在江上乘着涂成青色的刻有鸟饰的船，船上撑着用翠鸟羽毛装饰的篷盖。划船的越人看到他很高兴，一边划船一边唱起了越地的歌，来感动鄂君，鄂君高兴地举起绣花被子将越人盖在了里面。越人所唱的歌辞是这样的：

今夕何夕兮[①]，搴舟中流[②]。今日何日兮[③]，得与王子同舟！蒙羞被好兮[④]，不訾诟耻[⑤]。心几顽而不绝兮[⑥]，得知王子[⑦]。山有木兮木有枝[⑧]，心悦君兮君不知[⑨]！

【注释】

①今夕何夕：两“夕”字，傅刚《校笺》：“五云溪馆本、徐本、郑本并作‘日’。”

②搴（qiān）：楚方言。这里是划船的意思。舟中流：《乐府诗集》作“洲中流”，《说苑·善说》作“中洲流”。中流，河中间。

③今日何日：两“日”字，傅刚《校笺》：“五云溪馆本、徐本、郑本作‘夕’。”

④被：蒙受，接受。傅刚《校笺》：“此诗吴兆宜注本与赵氏覆宋本

不同，于‘与王子同舟’下多‘蒙羞被好兮，不訾诟耻。心几烦而不绝兮，得知王子’四句，盖吴氏初据明本而后未及删削故也。”

⑤“不訾（zǐ）”句：谓这样做不怕人非议，不以为耻辱。訾，非议。诟耻，耻辱。

⑥顽：愚妄的意思。吴兆宜注：“一作‘烦’。”绝：断。

⑦得知：《说苑·善说》作“知得”。得，傅刚《校笺》：“五云溪馆本、赵氏覆宋本、孟本均无。”

⑧枝：谐“知”。

⑨君不知：《乐府诗集》作“知不知”。

【译文】

今晚是一个怎样的夜晚啊，我划船在河的中间。今天是怎样的一天啊，我能有机会和王子同在一条船上！蒙受羞愧接受了您的爱啊，这样做我不怕被人非议也不认为是耻辱。内心差不多被愚妄蒙蔽但却不能断绝啊，能有这个机会成为王子的知己。山上有树木啊树木上有枝条，我心里喜欢您啊您却不知道！

司马相如

司马相如（？—前118），字长卿，蜀郡成都（今属四川）人。少时好读书，学击剑，其亲名之曰犬子。既学，慕蔺相如之为人，更名相如。汉景帝时为武骑常侍。会梁孝王来朝，随从者邹阳、枚乘、严忌等皆善辞赋，悦之，因病免，客游梁。作《子虚赋》。梁孝王卒，归蜀。武帝即位，好其辞赋，召见之，作《子虚上林赋》，即今所传《子虚赋》与《上林赋》，任为郎。数岁，拜中郎将，使蜀，有功。转迁孝文园令。为人口吃而善著书，有消渴病，常称病闲居。《隋书》卷三十五《经籍志四》著录有集一卷，已散佚。明人辑有《司马文园集》。其事见《史记》卷一百十七、《汉书》卷五十七。

琴歌二首 并序

《琴歌二首》，收入《乐府诗集》卷六十《琴曲歌辞》，《艺文类聚》卷四十三、《史记》卷一百十七《司马相如列传》司马贞《索隐》引张揖语等节引，第一首又载《太平御览》卷五百七十三。据《史记》司马相如本传，司马相如自梁归蜀，家贫无以自业，遂至临邛（今四川邛崃）其好友临邛令王吉处做客。当地富人卓王孙宴请司马相如，席间王吉请司马相如奏琴。“是时卓王孙有女文君新寡，好音，故相如缪与令相重，而以琴心挑之。相如之临邛，从车骑，雍容闲雅甚都；及饮卓氏，弄琴，文君窃从户窥之，心悦而好之，恐不得当也。既罢，相如乃使人重赐文君侍者通殷勤。文君夜亡奔相如，相如乃与驰归成都”。据说本篇就是司马相如奏琴时所歌之曲，但很可能是好事者的假托之作。诗中司马相如以凤自喻，而以凰比卓文君。全诗感情强烈，表意大胆，几到无所顾忌的地步；然而因通体以“凤求凰”比兴，为大胆的思想披上了一件绚烂的外衣，增添了一层婉蓄的色彩。用七言骚体，读来跌宕多姿，使热烈奔放、缠绵深挚的感情得到了很好的表现。相如琴挑文君、文君私奔相如的故事后来成为文学史上的一桩佳话，而“凤求凰”也成为了男女追求自由爱情的代名词，成为了文学作品中一个常用的词语和典故。

司马相如游临邛[1]，富人卓王孙有女文君新寡，窃于壁间窥之。相如鼓琴[2]，歌以挑之，曰：

【注释】

①司马：吴兆宜注：“一无‘司马’。”

②鼓：弹奏。

【译文】

司马相如到临邛游玩，富人卓王孙有一个女儿名叫文君，丈夫刚刚死去，寡居在家，偷偷地从墙壁的缝隙间看他。司马相如一面弹琴，一面唱歌来挑逗她，歌辞是：

一

【题解】

本篇说自己“遨游四海求其凰”而不可得，今天得遇淑女，抒写了“室迩人遐”不得一见的忧伤，表达了对卓文君的无限倾慕和与之结成伉俪的强烈愿望。

凤兮凤兮归故乡[1]，遨游四海求其凰[2]。时未通遇无所将[③],何悟今夕升斯堂[④]。有艳淑女在此方[⑤],室迩人遐独我伤[⑥]。何缘交颈为鸳鸯[⑦]?

【注释】

①凤:《尔雅·释鸟》:“鶠,凤,其雌凰。”郭璞注:“瑞应鸟也。鸡头,蛇颈,燕颔,龟背,鱼尾,五彩色,高六尺许。”《说文》:“神鸟也。天老曰:‘凤之像也,麟前,鹿后,蛇颈,鱼尾,龙文,龟背,燕颔,鸡喙,五色备举,出于东方君子之国,翱翔四海之外,过昆仑,饮砥柱,濯羽弱水,暮宿风穴,见则天下大安宁。’”

②求其:《太平御览》作“索我”。

③通遇:《太平御览》《乐府诗集》作“遇兮”。将:带领,得到。

④何悟:哪想到。今夕:傅刚《校笺》:“五云溪馆本、徐本、郑本作‘今夕兮’。”斯:此。

⑤有艳淑女:《史记》卷一百十七《司马相如列传》司马贞《索隐》引张揖语作“有一艳女”。“淑女”二字后,傅刚《校笺》:“徐本、郑本有‘兮’。”此方:《艺文类聚》《太平御览》作“此房”,《乐府诗集》作“闺房”,《史记》卷一百十七《司马相如列传》司马贞《索隐》引张揖语作“此堂”。

⑥迩(ěr):近。遐(xiá):远。独我伤:伤,原作“肠”,傅刚《校笺》:“‘肠’,吴校:‘一作“伤”。’徐校:‘“独我肠”,五云溪馆本、孟本均作“独我伤”,《乐府诗集》作“毒我肠”。’刚按,徐本、郑本作‘伤’。”《史记》卷一百十七《司马相如列传》司马贞《索隐》引张揖语、《太平御览》亦作“毒我肠”。兹据五云溪馆本、孟本、徐本、郑本改。

⑦何缘交颈:《史记》卷一百十七《司马相如列传》司马贞《索隐》引张揖语作“何由交接”。交颈,颈与颈靠在一起摩擦。是一种亲昵的表示。曹植《种葛篇》:“下有交颈兽,仰见双栖禽。”《艺

文类聚》作“交接”。此句后,《乐府诗集》上有“胡颉颃兮共翱翔”一句。傅刚《校笺》:“《考异》:‘《乐府诗集》此句下有“胡颉颃兮共翱翔”一句,于文为复。宋刻无之,《太平御览》亦无之。’刚按,五云溪馆本、徐本、郑本有此句,唯五云溪馆本作‘颉颉颃颃兮共翱翔’。”

【译文】

凤啊凤啊回到了故乡,它遨游四海求他的凰。时机未到还没有所得,哪想到今天晚上能走上这座厅堂。有一个美艳善良的女子在这里,闺房离我很近人却离我很远使我独自感到悲伤。有什么机会能让我们两颈相依成为一对鸳鸯?

二

【题解】

本篇上承第一首,呼唤卓文君趁夜私奔,前来幽会,两人远走高飞,表达了对于卓文君更为大胆、热烈的追求。

皇兮皇兮从我栖①,得托字尾永为妃②。交情通体心和谐③,中夜相从知者谁④?双兴俱起翻高飞⑤,无感我心使予悲⑥。

【注释】

①皇兮皇兮:《艺文类聚》《乐府诗集》及《史记》卷一百十七《司马相如列传》司马贞《索隐》引张揖语作“凤兮凤兮”。皇,同“凰”。我:《史记》卷一百十七《司马相如列传》司马贞《索隐》引张揖语作“皇”。

②字尾:鸟兽雌雄交配。字,《乐府诗集》作“孳”,《史记》卷一百十七《司马相如列传》司马贞《索隐》引张揖语作“子”。妃:配偶。

③通体:谓身体交合。体,傅刚《校笺》:"五云溪馆本、徐本、郑本作'意'。"心:《史记》卷一百十七《司马相如列传》司马贞《索隐》引张揖语作"必"。

④中夜:半夜。知者:《史记》卷一百十七《司马相如列传》司马贞《索隐》引张揖语作"别有"。

⑤兴:起。《乐府诗集》作"翼"。

⑥感(hàn):通"憾",遗憾。心:《乐府诗集》作"思"。

【译文】

凰啊凰啊请跟我一起栖息,能在一起交合永远成为配偶。情感相通身体交合内心和谐,半夜前来相从有谁能够知晓?我们一起飞起来飞向高空,不要让我内心留下遗憾感到悲伤。

乌孙公主

乌孙公主(生卒年不详),即刘细君,沛(今江苏沛县)人。西汉江都王刘建之女。元封中,武帝为联合乌孙抗击匈奴,封细君为公主,嫁给乌孙昆莫,被立为右夫人。复嫁其孙岑陬,生一女。后卒于乌孙。其事略见《汉书》卷九十六下《西域传下》。

歌诗一首 并序

【题解】

本篇载《汉书》卷九十六下《西域传下》、《艺文类聚》卷四十三、《太平御览》卷五百七十,《汉书》《艺文类聚》无序;收入《乐府诗集》卷八十四《杂歌谣辞》,题作《乌孙公主歌》,亦无序。傅刚《校笺》:"歌诗,徐本、郑本作'悲歌'。"乌孙在今新疆温宿以北、伊宁以南一带,与汉相距遥远,所居所食均与中原迥异,所以前四句从此落笔,平平展叙中已透出悲凉之意。末二句抒情,表达了"还故乡"的强烈愿望。武帝遣细君远嫁乌孙,实欲以此约结乌孙,共击匈奴。让一个弱女子承担如此沉重的使命,不免令人心生悲悯。细君接受命运的挑战,为国家利益作出了巨大牺牲,实不失为一个伟大的女性。诗篇声口宛然,音韵悠长,将细君的一腔哀怨之情充分地表现了出来。

汉武元封中①,以江都王女细君为公主,嫁与乌孙昆弥②。至

国,而自治室宫③,岁时一再会,言语不通,公主悲愁,自作歌曰:

【注释】

①汉武:傅刚《校笺》:"('武'后)徐本、郑本有'帝'字。"元封:汉武帝年号(前110—前105)。

②昆弥:《汉书》卷九十六下《西域传下》:"昆莫,王号也,名猎骄靡。后书'昆弥'云。"颜师古注:"昆莫本是王号,而其人名猎骄靡,故书云昆弥。昆取昆莫,弥取骄靡。弥、靡音有轻重耳,盖本一也。后遂以昆弥为其王号也。"

③室宫:吴兆宜注:"一无'室'字。"傅刚《校笺》:"徐本、郑本作'宫室'。"

【译文】

汉武帝元封年间,以江都王女细君为公主,嫁给乌孙王昆弥。到了乌孙国,细君自己修建了宫室,一年中在一定时间与昆弥见一两次面,彼此言语不通,公主悲愁,自己作了一首歌,歌词是:

吾家之嫁我兮天一方①,远托异国兮乌孙王②。穹庐为室兮毡为墙③,肉为食兮酪为浆④。常思汉土兮心内伤⑤,愿为黄鹄兮还故乡⑥。

【注释】

①之:《汉书》《艺文类聚》《太平御览》《乐府诗集》无"之"字。

②异:《太平御览》作"绝"。兮:《艺文类聚》无"兮"字。

③穹(qióng)庐:蒙古包之类。穹庐圆顶,以青毡通围四周,如墙。毡:吴兆宜注:"一作'旃'。"

④肉:《汉书》《太平御览》《乐府诗集》"肉"前有"以"字。食:《汉书》颜师古注:"食谓饭。"兮:傅刚《校笺》:"五云溪馆本、徐本、

郑本无‘兮’。”酪:用马、牛、羊的乳汁所制的饮料。

⑤常思汉土:《汉书》《乐府诗集》作“居常土思”,《艺文类聚》作“居常思土”,《太平御览》作“居常悲思”。

⑥黄鹄(hú):天鹅。《商君书·画策》:“黄鹄之飞,一举千里。”“黄鹄”前原有“飞”字,《汉书》《艺文类聚》《太平御览》《乐府诗集》皆无“飞”字,据删。还:《汉书》《太平御览》《乐府诗集》作“归”。傅刚《校笺》:“吴兆宜初本此句作‘愿为黄鹄归故乡’。”古诗“步出城东门”:“愿为双黄鹄,高飞还故乡。”

【译文】

我家嫁我啊把我嫁到了天的一方,把我远托给了异国的乌孙王。把穹庐当成宫室啊把毡当成墙,把肉当饭吃啊把牛羊奶当水浆。常常思念故土啊内心忧伤,愿变成一只黄鹄飞回故乡。

汉成帝时童谣歌二首 并序

【题解】

《汉成帝时童谣歌二首》原载《汉书》卷二十七中《五行志中》，第一首作“成帝时童谣”，第二首作“成帝时歌谣”，“桂树”句前尚有“邪径败良田，谗口乱善人”二句。收入《乐府诗集》卷八十八《杂歌谣辞》，第一首题作《汉成帝时燕燕童谣》，第二首题作《汉成帝时歌谣》，“桂树”句前也有“邪径”二句。第一首又见《汉书》卷九十七下《外戚传下·孝成赵皇后》。傅刚《校笺》：“五云溪馆本、徐本、郑本无‘歌’。”《汉书》卷二十七中《五行志中》：“成帝时童谣曰……其后帝为微行出游，常与富平侯张放俱称富平侯家人，过阳阿主作乐，见舞者赵飞燕而幸之，故曰‘燕燕尾涎涎’，美好貌也。张公子谓富平侯也。‘木门仓琅根’，谓宫门铜锾，言将尊贵也。后遂立为皇后。弟昭仪贼害后宫皇子，卒皆伏辜，所谓‘燕飞来，啄皇孙。皇孙死，燕啄矢’者也。”又：“桂，赤色，汉家象。华不实，无继嗣也。王莽自谓黄，象黄爵（雀）巢其颠也。”歌谣对统治者生活的荒淫、宫闱内斗的残酷进行了无情的揭露和批判。由于汉成帝与张放“微行出游”时“俱称富平侯家人”，因此歌谣对“张公子”的批判，实亦是对汉成帝的批判。《汉书》卷十《成帝纪赞》云成帝“湛于酒色，赵氏乱内，外家擅朝，言之可为於邑”，此歌谣实可作一注脚。通篇运用了暗喻手法，表现婉蓄，形象生动，语调幽默，嘲讽辛辣，揭露深刻，有很强的表现力。

汉成帝赵皇后名飞燕，宠幸冠于后宫①，常从帝出入②。时富平侯张放亦称佞幸③，为期门之游④，故歌云“张公子，时相见”也⑤。飞燕骄妒⑥，成帝无子，故云“啄王孙”，华而不实⑦。王莽自云代汉者德土⑧，色尚黄，故云“黄雀”。飞燕竟以废死，故“为人所怜”者也⑨。

【注释】

①幸：吴兆宜注：“一无‘幸’。”于：吴兆宜注：“一无‘于’。”

②入：傅刚《校笺》：“徐本、郑本作‘游’。”

③张放：《汉书》卷九十三《佞幸传》：“汉兴，佞幸宠臣……孝成时士人则张放、淳于长。”又卷九十三《淳于长传》：“始长以外亲亲近，其爱幸不及富平侯张放。放常与上卧起，俱为微行出入。”佞（nìng）幸：以谄媚而得帝王宠幸。

④期门之游：指隐避身份，穿上便装出游，即所谓“微行”。

⑤云：吴兆宜注：“一作‘曰’。”

⑥骄：原作“娇”，《汉书》卷九十七下《外戚传下·孝成班倢伃》：“赵氏姐弟骄妒。”又傅刚《校笺》：“《考异》作‘骄’，校说：‘宋刻误作“娇”。’”据改。

⑦华而不实：开花而没有结出果实。指未生子。

⑧王莽：汉元帝皇后侄，后篡汉，建立新朝，公元8—23年在位。代汉者德土：按当时五德即五行（水火金木土）相生的说法，汉为火德，火德之后为土德（因土黄，又称黄德），故云。者德土，赵氏覆宋本作“者德”。傅刚《校笺》：“五云溪馆本、徐本、郑本作‘德者’。”

⑨者：傅刚《校笺》：“五云溪馆本、徐本、郑本无‘者’。”

【译文】

汉成帝赵皇后名叫飞燕，她所得到的宠幸在后宫无人能比，经常跟着皇帝在皇宫出出进进。当时富平侯张放也被大家看作是一个以谄媚而得到帝王宠幸的人，常与皇帝约定在殿门会合后穿着便装一起出游，所以歌中说“张公子，时相见”。赵飞燕既骄横又喜欢嫉妒别人，致使汉成帝无子，所以说“啄王孙”，只开花而不结果。王莽自称能取代汉朝是因为有土德，土德崇尚黄色，所以说“黄雀”。赵飞燕后来竟因被废而死去，所以就成了“为人所怜”的人。

一

燕燕尾涎涎[①]。张公子，时相见。木门仓琅根[②]，燕飞来，啄皇孙[③]。皇孙死，燕啄矢[④]。

【注释】

①燕燕：喻赵飞燕。沈德潜《古诗源》卷四：“首二‘燕’字，一字一句。”涎涎（xián）：《汉书》云：“美好貌也。”又颜师古注：“光泽貌也。”原作“殿殿”，《汉书》《乐府诗集》俱作“涎涎”，据改。傅刚《校笺》引《考异》：“宋刻作‘殿殿’，盖以音近而误。”

②木门仓琅根：《汉书》卷二十七中《五行志中》：“谓宫门铜锾。”颜师古注：“门之铺首及铜锾也。铜色青，故曰仓琅。铺首衔环，故谓之根。”门上有青色铜环，一般为富贵人家，故《汉书》卷二十七中《五行志中》云：“言将尊贵也。”

③啄皇孙：赵飞燕得宠后，其妹赵合德也被召入宫中，得宠，从此“姊弟颛宠十余年，卒皆无子”（《汉书》卷九十七下《外戚传下·孝成赵皇后》，下同）。绥和二年（前7年），身体一向强壮的汉成帝在起床时猝死，众人归罪于赵合德，皇太后诏令大司马王莽等调查此事，赵合德自杀。汉成帝死后，汉哀帝即位。汉哀帝本汉成帝侄子，得赵飞燕姐妹之力，被立为太子，即位后即尊赵飞燕为皇太后。数月后，司隶解光上疏，云许美人及故中宫史曹宫“皆御幸孝成皇帝，产子，子隐不见”，而实皆被赵合德谋害，“赵昭仪倾乱圣朝，亲灭继嗣，家属当伏天诛”。但由于汉哀帝继

位乃得赵飞燕之力，此事未予追究。“啄皇孙”，即指汉成帝子被害一事。“皇孙”，系就汉成帝之母（皇太后）而言。啄，傅刚《校笺》：“徐本、郑本作‘琢’。”

④皇孙死，燕啄矢：指皇孙死后赵飞燕终于自杀身死一事。汉哀帝死后，原与哀帝不睦的王氏外戚集团得势，“王莽白太后诏有司曰‘前皇太后与昭仪俱侍帷幄，姊弟专宠锢寝，执贼乱之谋，残灭继嗣以危宗庙，悖天犯祖，无为天下母之义’”，将赵飞燕从皇太后贬为孝成皇后，徙居北宫。月余，赵飞燕又被贬为庶人，诏守汉成帝陵园，遂于当日自杀。矢，即“屎”。《史记》卷八十一《廉颇蔺相如列传》：“廉将军虽老，尚善饭，然与臣坐，顷之三遗矢矣。”司马贞《索隐》：“谓数起便也。矢，一作‘屎’。”原无此二句，《汉书》《乐府诗集》皆有，据补。

【译文】

燕子，燕子，尾巴有多美好光鲜。张公子，能时时与皇帝相见。木门上有衔环的铺首青色的铜锾，燕子飞进来，啄死了皇孙。皇孙被啄死，燕子去啄屎。

二

桂树华不实，黄雀巢其颠①。昔为人所羡②，今为人所怜。

【注释】

①雀：《汉书》卷二十七中《五行志中》作“爵”。

②昔：《汉书》卷二十七中《五行志中》及《乐府诗集》作“故”。羡：傅刚《校笺》：“徐本、郑本作‘爱’。”

【译文】

桂树开花却不结果，黄雀筑巢在其树巅。从前被人们称美，今天被人们可怜。

汉桓帝时童谣歌二首

《汉桓帝时童谣歌二首》原载《后汉书·五行志一》，收入《乐府诗集》卷八十八《杂歌谣辞》，第一首题作《后汉桓帝初小麦童谣》，第二首题作《后汉桓帝初城上乌童谣》。第一首《太平御览》卷八百三十八节引，第二首又见《后汉书》卷八《孝灵帝纪》李贤注引《续汉志》，《艺文类聚》卷四十三、《初学记》卷三十节引。

一

【题解】

《后汉书·五行志一》："桓帝之初，天下童谣曰……按元嘉中凉州诸羌一时俱反，南入蜀、汉，东抄三辅，延及并、冀，大为民害。命将出众，每战常负，中国益发甲卒，麦多委弃，但有妇女获刈之也。'吏买马，君具车'者，言调发重及有秩者也。'请为诸君鼓咙胡'者，不敢公言，私咽语。"歌谣反映了当时前方形势的严峻、后方百姓的劳苦和他们敢怒而不敢言的情状，与"感于哀乐，缘事而发"的汉乐府民歌在精神上保持着高度一致，而语言的通俗浅显，句式的参差活泼，则又充分体现了童谣的特点。

小麦青青大麦枯①，谁当获者妇与姑②，丈夫何在西击胡③。吏买马④，君具车⑤。请为诸君鼓咙胡⑥。

【注释】

①小：原作“大”,《后汉书·五行志一》作“小”,据改。大：原作“小”,《后汉书·五行志一》作“大”,据改。

②当：承担。获：收割。妇与姑：儿媳妇与婆婆。

③胡：古代对西北及北方少数民族的称呼。这里指凉州诸羌。

④吏：指下级官吏。

⑤君：指地位较高的官员,即《后汉书·五行志一》所说的“有秩者”。

⑥鼓咙胡：咙胡,即喉咙。“胡”是“喉”的同音假借字。鼓咙胡,是指扼住咽喉部,不要把话讲出来,以免招祸。即敢怒而不敢言。咙,傅刚《校笺》:“徐本、郑本作‘陇’,又,五云溪馆本作‘龙’。”

【译文】

小麦还是青青的但大麦已经枯黄,谁应当下地去收获呢只有儿媳和婆婆,那丈夫在哪儿呢他正在西边攻打羌胡。下级官吏负责买马,上级官员要准备车。请让我为你们扼住喉咙啊不要乱讲话。

二

【题解】

《后汉书·五行志一》:“桓帝之初,京都童谣曰……按此皆谓为政贪也。‘城上乌,尾毕逋’者,处高利独食,不与下共,谓人主多聚敛也。‘公为吏,子为徒’者,言蛮夷将畔逆,父既为军吏,其子又为卒徒往击之也。‘一徒死,百乘车’者,言前一人往讨胡既死矣,后又遣百乘车往。‘车班班,入河间’者,言上将崩,乘舆班班入河间迎灵帝也。‘河间姹女工数钱,以钱为室金为堂’者,灵帝既立,其母永乐太后好聚金以为堂也。‘石上慊慊舂黄粱’者,言永乐虽积金钱,慊慊常苦不足,使人舂黄粱而食之也。‘梁下有悬鼓,我欲击之丞卿怒’者,言永乐主教灵帝,使卖官受钱,所禄非其人,天下忠笃之士怨望,欲击悬鼓以求见,丞卿主鼓者,亦复谄顺,怒而止我也。”歌谣的主旨在刺“政贪”,而通过刺“政贪”,反映了当时政局的动荡和民众的不满与无望。至河间迎立新帝虽然声势很大,而“姹女工数钱”,即使是闹出了不小动静,终究是一代还不如一代,这也许就是“城上乌,尾毕逋”所象征、蕴含的意义,首尾照应,耐人寻味。

城上乌,尾毕逋①。公为吏,儿为徒②。一徒死③,百乘车④。车班班⑤,至河间⑥。至河间,姹女能数钱⑦。以钱为室金为堂⑧。石上慊慊舂黄粱⑨。梁下有悬鼓⑩,我欲击之丞相怒⑪。

【注释】

①毕逋(bū):鸟尾摆动貌。《初学记》此句下尚有“一年生九雏”一句。

②儿:《后汉书·五行志一》《后汉书·孝灵帝纪》《乐府诗集》皆作“子”。

③一徒:余冠英《乐府诗选》认为“一徒”指桓帝时的外戚、权臣梁冀。梁冀死后,许多人乘机成为新贵。而《后汉书·五行志一》李贤注引刘昭语则认为:“此言一徒,似斥桓帝,帝贵任群阉,参委机政,左右前后莫非刑人,有同囚徒之长,故言寄一徒也。且又弟则废黜,身无嗣,魁然单独,非一而何?”从下句看,刘昭之说有一定道理。

④百乘(shèng):百辆车。

⑤班班:车行声。《艺文类聚》作“斑斓”。

⑥至:《后汉书·五行志一》《后汉书·孝灵帝纪》《乐府诗集》皆作“入”。河间:在今河北河间西南。

⑦姹(chà)女:美女。此指灵帝母董太后。数:计算。“至河间,姹女能数钱”,《后汉书·五行志一》《后汉书·孝灵帝纪》《乐府诗

集》皆作“河间姹女工数钱”。

⑧“以钱”句:《后汉书》卷十下《孝仁董皇后传》:“孝仁董皇后讳某,河间人。生灵帝。……及窦太后崩,始与朝政,使帝卖官求货,自纳金钱,盈满堂室。”原无“以”字,《后汉书·五行志一》《后汉书·孝灵帝纪》《乐府诗集》皆有“以”字,据补。

⑨“石上”句:原作“户上舂朊粱”,《后汉书·五行志一》《后汉书·孝灵帝纪》《乐府诗集》皆作“石上慊慊舂黄粱”,据改。慊慊(qiǎn),不满足貌。舂(chōng),将黄粱放到石臼中捣去皮壳。黄粱,粟的一种,味香美。

⑩“梁下”句:原作“朊粱之下有悬鼓”,《后汉书·五行志一》《后汉书·孝灵帝纪》《乐府诗集》皆作“梁下有悬鼓”,据改。

⑪相:《后汉书·五行志一》《后汉书·孝灵帝纪》《乐府诗集》皆作“卿”。

【译文】

城墙上的乌鹊,尾巴毕逋地摆动。父亲做军吏,儿子做徒卒。一个徒卒战死,又派去百辆战车。车辆班班地前行,一行人来到了河间。来到了河间,美女能把钱计算。用钱聚为房室,用金聚为厅堂。内心还不满足,还在石臼中舂黄粱。屋梁下悬着一面鼓,我想要击鼓上告却惹得丞相大怒。

张衡

见卷一《同声歌》作者简介。

四愁诗四首 并序

【题解】

《四愁诗四首》载《文选》卷二十九、《艺文类聚》卷三十五,《艺文类聚》所载无序,各章开头无“一思曰”“二思曰”“三思曰”“四思曰”三字,后三章缺末二句。吴兆宜注:“序文原本不载,今采《文选》补入。”傅刚《校笺》引纪容舒《考异》:“按《文苑》载此四诗,前有平子自叙,所谓依屈原以美人为君子,以珍宝为仁义,以水深雪雾为小人,思以道术相报,贻于时君,而惧谗邪不得以通者,正作者之本意。孝穆独删去之,盖此集所录,皆裙裾脂粉之词,可备艳体之用,其非艳体而见收者,亦必篇中字句有涉闺帏。……此四诗之见录,亦以‘美人赠报’等语,若存其本序,则与艳体为不伦,故删去以就此书之例,非遗漏也。吴氏本从《文选》补入,殊非孝穆之本旨。”所说有理。不过,据王观国《学林》考辨,此序乃后人伪托,并非张衡所作,徐陵删去此序,不知是否也持有此种看法。但序中所说张衡“思以道术相报,贻于时君,而惧谗邪不得以通者”,确应为本篇主旨。换言之,本篇抒写了诗人对自己的政治理想和人生追求得不到实现的苦闷,及其在“天下渐弊”之际的伤时忧世之情。当然,也可将本篇视为一般的怀人之作,抒写了诗人欲追随四方所慕之人并报答其赐予而不得的忧愁，但不免失之肤浅。在艺术上深受屈原《离骚》的影响，另“宋玉《招魂》有四方上下之文，张平子用其意，作《四愁诗》以寄其思”（吴淇《六朝选诗定论》卷九评张载《拟四愁诗》语），并继承了《诗经》民歌重章叠句、反复咏唱的手法，读来缠绵悱恻，凄切感人。本篇被王世贞誉为“千古绝唱”（《艺苑卮言》卷三），对后来《七哀》《行路难》等抒情之作及七言诗的形成和发展均产生了一定影响。

张衡不乐久处机密①，阳嘉中②，出为河间相③。时国王骄奢④，不遵法度，又多豪右并兼之家⑤。衡下车⑥，治威严⑦，能内察属县，奸猾行巧劫⑧，皆密知名，下吏收捕，尽服擒。诸豪侠游客⑨，悉惶惧逃出境。郡中大治，争讼息，狱无系囚。时天下渐弊，郁郁不得志，为《四愁诗》。屈原以美人为君子，以珍宝为仁义，以水深雪氛为小人⑩。思以道术相报⑪，贻于时君⑫，而惧谗邪不得以通。其辞曰：

【注释】

①机密：《文选》李周翰注：“时为太史令，主天文玄象，故称机密。”

②阳嘉：汉顺帝年号（132—135）。据《后汉书》本传，张衡出为河间相在顺帝永和（136—141）初，此云“阳嘉中”，误。

③河间：王国名。治乐成县，故城在今河北献县东南。汉沿袭秦朝实行郡县制，但又以部分郡县分封王侯，时人称为郡国。被封的王侯只能享受封区内的赋税，没有行政权力，行政权力掌握在国相手里。国相由中央政府直接委派，相当于郡太守。

④国王：指河间王。

⑤豪右：豪强大族。并兼：指富者吞并贫者的土地、财产。

⑥下车：《文选》吕向注：“谓始至之时。”

⑦威严：严厉。

⑧巧劫：以狡诈手段掠夺别人财物者。

⑨豪侠：强横任侠的人。游客：游手好闲、不遵纪守法的人。

⑩"屈原"三句：王逸《离骚序》："《离骚》之文，依《诗》取兴，引类譬喻，故善鸟香草，以配忠贞；恶禽臭物，以比谗佞；灵修美人，以媲于君；宓妃佚女，以譬贤臣；虬龙鸾凤，以托君子；飘风云霓，以为小人。"氛，《文选》吕延济注："气也。"

⑪道术：道德学术。

⑫贻（yí）：赠送。这里是奉献的意思。

【译文】

张衡不愿长期从事机密工作，阳嘉年间，离京到河间做了国相。当时河间国王骄横奢侈，不遵守法规制度，还有很多吞并贫者土地财产的豪强大族。张衡到任后，采取了严厉的治理措施，充分调查了解了下属各县的情况，奸诈狡猾、巧取豪夺的人，都被暗中掌握了姓名，然后派出吏人予以逮捕，这些人全都低头服罪，束手就擒。其余强横任侠、四处游荡为非作歹的人，一个个都害了怕，纷纷逃出了河间国。国中治安大为好转，争端诉讼消失，狱中没有了在押的囚犯。其时国家已渐趋衰败，张衡郁郁不得志，于是写了《四愁诗》。仿照屈原以美人比君子，以珍宝比仁义，以水深雪雾比小人的手法。打算以道德学术报效君王，奉献君王，但担心喜欢进谗的邪恶小人从中作梗，不能上达此意。其辞云：

一

一思曰[1]：我所思兮在太山[2]，欲往从之梁甫艰[3]，侧身东望涕沾翰[4]。美人赠我金错刀[5]，何以报之英琼瑶[6]。路远莫致倚逍遥[7]，何为怀忧心烦劳[8]？

【注释】

①一思曰:《文选》李周翰注:"题首为'愁',而此为'思'者,愁出于思故也。"傅刚《校笺》:"吴兆宜初注本录此诗无'一思曰''二思曰''三思曰''四思曰',于每章末校语称'六臣有"一思曰"'等句。"

②所思:所思者即下文的"美人"。

③梁甫:泰山下小山名。《文选》李善注:"太山以喻时君,梁父以喻小人也。"刘良注:"太山,东岳也。君有德则封此山,愿辅佐君主致于有德,而为小人谗邪之所阻难也。"甫,《文选》作"父"。

④涕:眼泪。翰:《文选》吕延济注:"衣襟也。言如鸟之有羽翰。"

⑤金错刀:一说指刀环或刀把用黄金镀过的刀,一说指王莽铸的一种刀币。作为馈赠的珍贵礼品,以前说为胜。错,镀金。

⑥英:通"瑛",美玉的光泽。琼、瑶:都是美玉。

⑦倚:通"猗",叹词,犹今口语"呀""啊"。下同。逍遥:彷徨、徘徊,谓心不安。

⑧忧:《艺文类聚》作"愁"。烦劳:烦恼。劳,忧。

【译文】

一思云:我所思慕的人啊在泰山,想去追随她梁甫太艰险,转身往东望泪湿了衣衫。美人赠给我镀金的佩刀,用什么回报呢用美玉琼瑶。路途遥远没法送到啊好彷徨,为何这样愁肠满腹心烦恼?

二

二思曰:我所思兮在桂林①,欲往从之湘水深②,侧身南望涕沾襟。美人赠我琴琅玕③,何以报之双玉盘④。路远莫致倚惆怅⑤,何为怀忧心烦怏⑥?

【注释】

①桂林:秦郡名。在今广西境内。汉改置为郁林郡。

②湘水:水名。源出零陵郡南部的阳朔山(在今广西桂林东)。东北流贯今湖南东部。《文选》李善注:"湘水出零陵,舜死苍梧,葬九疑,故思明君。"

③琴琅玕(gān):《文选》刘良注:"琴,雅器也,以美玉饰之。琅玕,美玉也。"琴,《文选》五臣本作"琴",李善本作"金",《艺文类聚》作"翠"。

④双玉盘:《文选》刘良注:"玉盘,美器,可以致食。言双者,美其偶也。"

⑤惆怅:因失望而感懊恼。

⑥怏:不高兴,不满意。《文选》作"伤"。傅刚《校笺》:"吴兆宜初注本作'心烦伤',校说:'一作"怏"。'"

【译文】

二思云:我所思慕的人啊在桂林,想去追随她湘水又太深,转身往南望泪湿了衣襟。美人赠给我美玉装饰的雅琴,用什么回报呢用一对玉盘。路途遥远没法送到啊好惆怅,为何这样愁肠满腹心忧烦?

三

三思曰:我所思兮在汉阳①,欲往从之陇阪长②,侧身西望涕沾裳。美人赠我貂襜褕③,何以报之明月珠④。路远莫致倚踌躇⑤,何为怀忧心烦纡⑥?

【注释】

①汉阳:郡名。本西汉天水郡,东汉明帝时改为汉阳郡,郡治在今甘肃甘谷东。《文选》吕延济注:"汉阳,岐西也,谓西伯行化之所,故思之。"

②陇阪:即陇坻,今陕西、甘肃两省间的陇山。古代以迂回险阻著

名。阪，山坡。

③貂襜褕（chān yú）：直襟的貂皮袍子。

④明月珠：宝珠名。参见卷一《古乐府诗六首·日出东南隅行》注。

⑤峙㟢：心中犹疑，要走不走的样子。

⑥纡：指心情烦乱不舒畅。

【译文】

三思云：我所思慕的人啊在汉阳，想去追随她陇阪太漫长，转身往西望泪湿了衣裳。美人赠给我貂皮做的直襟袍子，用什么回报呢用明月珠。路途遥远没法送到啊好踟蹰，为何这样愁肠满腹心不舒？

四

四思曰：我所思兮在雁门①，欲往从之雪纷纷，侧身北望涕沾巾。美人赠我锦绣段②，何以报之青玉案③。路远莫致倚增叹④，何为怀忧心烦惋⑤？

【注释】

①雁门：郡名。东汉治在今山西朔州东南。《文选》李周翰注："雁门，郡名。在北，帝颛顼之位也。"

②锦绣段：犹言成匹的锦绣。段，一说同"缎"。

③青玉案：青玉所制的短脚盘子。《文选》刘良注："美器，可以致食。"案，即托盘。

④增叹：谓一再叹息。

⑤惋：《文选》张铣注："怨也。"

【译文】

四思云：我所思慕的人啊在雁门，想前去追随她大雪正纷纷，转身往北望泪湿了衣巾。美人赠给我成匹的锦缎，用什么回报呢用青玉托盘。路途遥远没法送到啊一再叹息，为何这样愁肠满腹心烦怨？

秦嘉

见卷一《赠妇诗三首》作者简介。

赠妇诗一首

【题解】

本篇前八句写秋日从傍晚到夜间的凄寒之景，中四句写室内独居的寂寥之景，一路铺陈，逼出最后四句，思念之情，至真至切，感人肺腑。陈祚明评云："前段景中寓情，殊饶隽致。叔夜四言，乃类于是。"又云："'飞雪覆庭'，景活。"（《采菽堂古诗选》卷四）所见极是。嵇康四言，尤其是《兄秀才公穆入军赠诗十九首》中的一些作品与本诗声气相通，指出"叔夜四言，乃类于是"，尤有见地。

暧暧白日①，引曜西倾②。啾啾鸡雀③，群飞赴楹④。皎皎明月⑤，煌煌列星⑥。严霜凄怆⑦，飞雪覆庭。寂寂独居⑧，寥寥空室⑨。飘飘帷帐，荧荧华烛⑩。尔不是居⑪，帷帐焉施⑫？尔不是照，华烛何为？

【注释】

①暧暧（ài）：昏暗不明貌。

②引：牵拉。曜（yào）：日光。

③啾啾（jiū）：雀鸣声。鸡雀：傅刚《校笺》引《考异》："雀可云赴楹，鸡不可云赴楹，'鸡'字疑误。然潘岳《寡妇赋》曰：'雀群飞而赴楹兮，鸡登栖而敛翼。'李善注引此诗，亦作'鸡雀'。"

④楹：堂前直柱。

⑤皎皎：明亮貌。

⑥"煌煌"句：《诗经·陈风·东门之杨》："昏以为期，明星煌煌。"朱熹《集传》："煌煌，大明貌。"

⑦凄怆：严寒貌。

⑧寂寂：寂寞貌。

⑨寥寥：空寂貌。室：傅刚《校笺》引《考异》："'室'字与'烛'字不谐，疑当作'屋'。"

⑩荧荧：形容烛光微弱。

⑪尔不是居：即尔不居是，你不居住在这里。《诗经·小雅·我行其野》："尔不我畜，复我邦家。"

⑫焉：傅刚《校笺》："五云溪馆本、徐本、郑本作'何'。"施：设，摆放。

【译文】

虽是白昼却昏暗不明，太阳好像被拉着向西下沉。啾啾地鸣叫着的鸡群和鸟雀，成群结队地朝着楹柱间飞行。天空升起了皎洁的明月，繁星闪烁一起大放光明。满地的严霜透出寒意，漫天的飞雪覆盖院庭。寂寞孤单地独居在家，满屋都是空寂与清冷。清风吹来帷帐飘扬，花烛点上屋内微明。你没有住在这个家里，哪用得着把帷帐张设？你不在家也不用照明，干嘛还要把花烛点上？

魏文帝

见卷二《于清河见挽船士新婚与妻别一首》作者简介。

乐府燕歌行二首

【题解】

《燕歌行二首》最早载于《宋书》卷二十一《乐志三》，收入《乐府诗集》卷三十二《相和歌辞·平调曲》。第一首又见《文选》卷二十七，《艺文类聚》卷四十二、《初学记》卷三节引。《文选》李善题注："七言。《歌录》曰：'燕，地名。犹楚宛之类。'此不言古辞，起自此也。"吴兆宜按："七言古，前罕有，自此始畅，比《四愁》风度更长。然每句押韵，却是柏梁体，而格调仍是乐府，与唐人歌行固自不同。此魏文兴到之笔也。"《乐府诗集》郭茂倩题解引《乐府解题》："晋乐奏魏文帝'秋风''别日'二曲，言时序迁换，行役不归，妇人怨旷无所诉也。"又引《广题》："燕，地名也。言良人从役于燕，而为此曲。"诗写女子在秋凉时节对远在他乡的丈夫的思念，情调凄切，笔调缠绵，语言清丽，音韵和谐，形象鲜明，是颇能体现曹丕"婉娈细秀"（钟惺《古诗归》卷七）诗歌风格的作品。前人对此诗评价颇高，如王夫之即云："倾情，倾度，倾色，倾声，古今无两。"（《古诗评选》卷一）。如吴兆宜按语所云，更可注意的是此诗在诗体发展史上的地位。秦汉时期，尚无完整的七言诗。东汉张衡的《四愁诗》虽通篇七言，但句中尚有"兮"字，还不脱楚辞窠臼。本篇已是完整的七言诗，其开启之功历来为人所推崇，如何焯即将其誉为“七言之祖”（《义门读书记》卷四十七）。只是句句用韵，虽能收掩抑徘徊、声情摇曳之功效，但到底还是显得比较拘泥，显露出早期七言诗的痕迹。

一

秋风萧瑟天气凉[①]，草木摇落露为霜[②]。群燕辞归雁南翔[③]，念君客游多思肠[④]。慊慊思归恋故乡[⑤]，君何淹留寄他方[⑥]？贱妾茕茕守空房[⑦]，忧来思君不可忘[⑧]，不觉泪下沾衣裳。援琴鸣弦发清商[⑨]，短歌微吟不能长[⑩]。明月皎皎照我床[⑪]，星汉西流夜未央[⑫]。牵牛织女遥相望[⑬]，尔独何辜限河梁[⑭]。

【注释】

①萧瑟：宋玉《九辩》：“悲哉秋之为气也，萧瑟兮草木摇落而变衰。”王逸注：“阴冷促急，风疾暴也。”

②摇：《初学记》作“零”。《诗经·秦风·蒹葭》：“蒹葭苍苍，白露为霜。”

③“群燕”句：《礼记·月令》：“（仲秋之月）盲风至，鸿雁来，玄鸟归。”雁，《宋书》作“鹄”。

④客：《艺文类聚》作“远”。多思：《文选》五臣本同此，李善本作“思断”。

⑤慊慊（qiǎn）：怨恨不满貌。

⑥君何：原作“君为”，《宋书》《乐府诗集》作“君何”，据改。《文选》《艺文类聚》作“何为”。淹留：久留。

⑦茕茕（qióng）：孤独貌。

⑧可：《宋书》《文选》《艺文类聚》《乐府诗集》皆作“敢”。

⑨援：取。琴：《乐府诗集》作“瑟”。清商：乐调名。以凄清哀婉为其特色。又《文选》吕向注：“清商，秋声。”

⑩微吟：低吟。不能长：吴淇《六朝选诗定论》卷五：“歌‘不能长’

者，为琴所限也。古人多以歌配弦，不似今人专鼓不歌，所谓'声依永'也。……琴弦仅七……（清商）其节极短促，其音极纤微，长讴曼咏不能逐焉，故云。"谓不可弹唱平和迂徐的歌曲。

⑪皎皎：明貌。

⑫星汉：天河。未央：未尽。

⑬"牵牛"句：李善注引曹植《九咏注》："牵牛为夫，织女为妇。织女、牵牛之星，各处一旁，七月七日得一会同矣。"

⑭辜：罪。原作"幸"，《宋书》《文选》《乐府诗集》皆作"辜"，据改。河：指银河。梁：桥。此以被银河所隔的织女牵牛自比。

【译文】

秋风萧瑟中天气已经转凉，草木摇落白露变成了白霜。群燕辞别归去大雁也朝南飞翔，挂念夫君客游他乡常常想断肝肠。想来您也怨别思归怀恋故乡，但为何还要久留不归寄身他乡？我一个人孤独地守着空空的闺房，忧愁袭来思念夫君不能淡忘，不知不觉泪珠滚落沾湿了衣裳。取过琴来拨动琴弦弹起清商之曲，音节短促低声吟唱不能舒缓徜徉。月光皎洁照到我的床上，银河西移天还没有放亮。牵牛织女隔着银河远远地眺望，你们有何罪过要独被河桥阻隔在两旁。

二

别日何易会日难，山川悠远路漫漫。郁陶思君未敢言①，寄声浮云往不还②。涕零雨面毁容颜③，谁能怀忧独不叹？展诗清歌聊自宽④，乐往哀来摧肺肝⑤。耿耿伏枕不能眠⑥，披衣出户步东西⑦。仰看星月观云间⑧，飞鸧晨鸣声可怜⑨，留连顾怀不能存⑩。

【注释】

①郁陶：《尚书·五子之歌》："郁陶乎予心，颜厚有忸怩。"孔安国

传："郁陶，言哀思也。"未敢：不能，无法。

②声：音讯，讯息。《宋书》《乐府诗集》作"书"。

③涕零：流泪。零，落。雨面：谓泪流满面。容：《宋书》《乐府诗集》作"形"。

④诗：即指本诗。清歌：不用乐器伴奏的歌唱。聊：姑且。

⑤乐往哀来：张衡《思玄赋》："惟盘逸之无斁兮，惧乐往而哀来。"摧：折。肺：《宋书》《乐府诗集》作"心"。

⑥耿耿：内心烦躁不安貌。

⑦西：傅刚《校笺》："茅本、陈本作'偏'。"按，《宋书》《乐府诗集》"耿耿伏枕不能眠，披衣出户步东西"二句在"展诗清歌聊自宽，乐往哀来摧肺肝"二句之前；而在"展诗"二句之后，则是"悲风清厉秋气寒，罗帷徐动经秦轩。仰戴星月观云间"三句。

⑧看：吴兆宜注："一作'西'。"《宋书》《乐府诗集》作"戴"。傅刚《校笺》引《考异》："入乐之辞，率皆增损，本不足以为据。然此句'看'与'观'复，殊乖句格，疑'戴'字乃其本文，而'看'字为传写讹舛也。"

⑨"飞鸧（cāng）"句：《宋书》此句作"飞鸟晨鸣，声气可怜"。鸧，余冠英《乐府诗选》："鸟名，似雁，大如鹤，青苍或灰色。"《乐府诗集》作"鸟"。

⑩顾怀：思念。不能存：谓不能再想下去了。存，思念。能，《宋书》《乐府诗集》作"自"。

【译文】

离别何其容易而会面何其艰难，山川悠远长路漫漫看不到终点。思念夫君内心哀痛难以言表，拜托浮云传递音讯它却一去不还。泪流不止满脸泪珠毁坏了容颜，有谁能够心怀烦忧而独不哀叹？展开诗篇清歌一曲姑且宽慰一下自己，但欢乐远去悲哀袭来足可摧折肺肝。内心烦躁伏在枕上不能安眠，披衣出门忽东忽西来回徘徊。仰起头来看看星月看看云间，飞鸧清早啼鸣声音实在可怜，不能再把他没完没了地流连顾念。

曹植

见卷二《杂诗五首》作者简介。

乐府妾薄命行一首

【题解】

本篇收入《乐府诗集》卷六十二《杂曲歌辞》,共二首,这是其中的第二首。《艺文类聚》卷四十一节引,而将《乐府诗集》所载二首合为一首。《乐府诗集》郭茂倩题解引《乐府解题》:"《妾薄命》,盖恨燕私之欢不久。"又赵幼文《曹植集校注》:"此篇描写太和五年入朝,所见权贵纵情歌舞,征逐声色的荒淫腐烂生活面貌。"俱可资参考。是诗史上较早出现的篇幅较长的六言之作,极力铺陈,笔力纵横,既流丽多姿,也不乏古朴之气。陈祚明评云:"此亦《燕歌行》之流,促节相同,而此更以繁声见异。敷扬琐屑,流态生姿。与儿女子昵昵私语,情不可已。"又云:"六言易得矫劲,难为曼声,此体于曼声之中,又有促节。太柔则不古,太刚则不秀。侔色端声,极难合度。独此辞风情流丽,百咏不厌。'朱颜'句,'腕弱'句,有生致。'中有'数句,古雅。"(《采菽堂古诗选》卷六)

日月既逝西藏①,更会兰室洞房②。花灯先置舒光③,皎若日出扶桑④,促樽合坐行觞⑤。主人起舞娑盘⑥,能者穴触别端⑦。腾觚飞爵阑干⑧,同量等色齐颜⑨。任意交属所欢⑩,

朱颜发外形兰[11]。袖随《礼容》极情[12]，妙舞仙仙体轻[13]。裳解履遗绝缨[14]，俯仰笑喧无呈[15]。览持佳人玉颜[16]，齐接金爵翠盘[17]。手形罗袖良难[18]，腕弱不胜珠环[19]，坐者叹息舒颜[20]。御巾裛粉君傍[21]，中有霍纳都梁[22]，鸡舌五味杂香[23]。进者何人齐姜[24]，恩重爱深难忘。召延亲好宴私[25]，但歌杯来何迟。客赋既醉言归[26]，主人称露未晞[27]。

【注释】

①日月既逝：原作“日月既是”，《乐府诗集》作“日月既逝”，据改。《艺文类聚》作“日既逝矣”。日月，偏指日。

②更会：谓白天已经聚会，到夜晚再次聚会。兰室：芳香的居室。洞房：幽静深邃的屋子。

③“花灯”句：傅刚《校笺》：“徐本、郑本作‘花烛步幛辉煌’。”花灯，谓灯台雕绘精美。先置，原作“步障”，《艺文类聚》作“先置”，步障为道路两旁用作遮隔的帐幕，“兰室洞房”中不应有步障，故据《艺文类聚》改。舒光，放出光芒。

④皎：明亮。扶桑：神话中木名。参见卷三陆机《艳歌行》注。

⑤促樽：靠近酒杯，拿起酒杯。促，《广雅·释诂三》：“近也。”樽，《艺文类聚》作“酒”。合坐：满座。行觞（shāng）：行酒，依次敬酒。觞，酒杯。

⑥娑（suō）盘：形容回旋轻盈的舞姿。即“婆娑”，“婆”与“盘”是一音之转。

⑦能者：指能舞的客人。穴触别端：傅刚《校笺》引《考异》：“此句未详。”曹道衡《乐府诗选》：“指舞态。古人跳舞时，侧身则相碰触，正身时则分正。因此‘穴触’指侧身，‘别端’指正面对人。”穴，原作“冗”，《乐府诗集》作“穴”，据改。

⑧觚(gū):一种口部与底部呈喇叭状的酒杯。爵:一种三足的酒器。阑干:纵横交错的样子。

⑨“同量”句:谓酒的量相同,酒的颜色和喝酒人的脸色一样。

⑩交属(zhǔ):交接。所欢:指所喜欢的女子。

⑪形兰:女子的体态美如兰花。

⑫《礼容》:汉代乐曲名。《汉书》卷二十二《礼乐志二》:“高祖六年又作《昭容乐》《礼容乐》。”此泛指乐曲。极情:尽情。

⑬妙:《艺文类聚》作“屡”。仙仙:谓舞姿飘飘欲仙。

⑭裳解、履遗:《史记》卷一百二十六《滑稽列传》:“日暮酒阑,合尊促坐,男女同席,履舄交错,杯盘狼藉,堂上烛灭,主人留髡而送客,罗襦襟解,微闻芗泽。”裳解,《艺文类聚》作“解裳”。绝缨:《韩诗外传》卷七载,楚庄王与群臣宴饮,殿上烛灭,有侍臣乘机戏弄侍妾,侍妾将其冠缨(即帽带)摘断以告庄王,庄王未予追究。本此。此句写宴席上人们狂欢失态。

⑮无呈:即没有法度、规矩。呈,通“程”。《文选》左思《魏都赋》:“晷漏肃唱,明宵有程。”李善注:“‘程’,犹限也。‘程’与‘呈’通。”

⑯览:通“揽”,持。

⑰接:《艺文类聚》《乐府诗集》作“举”。翠盘:赵幼文《曹植集校注》:“‘翠槃(盘)’疑即张衡《四愁诗》之青玉案。”盘,《艺文类聚》作“槃”。

⑱“手形”句:曹道衡《乐府诗选》:“形容女子体弱,舞后疲劳,手从袖中伸出都有些困难。”

⑲环:傅刚《校笺》:“陈本作‘鬟’。”

⑳舒颜:开颜。

㉑御:进用。裛(yì):香气袭人。

㉒霍纳:香名。即兜纳香,出大秦(即古罗马帝国)。都梁:香名。

出交、广（今两广一带）。一说即兰花。

㉓鸡舌：香名。出昆仑及交、广以南。五味：即五香，香名。

㉔齐姜：春秋时齐国国君为姜姓，齐姜指齐国宗室的女儿。代指贵族妇女。

㉕延：引进，请来。宴私：即“燕私”。有二义：一指古代祭祀之后的亲属宴饮。《诗经·小雅·楚茨》：“诸父兄弟，备言燕私。”一指在寝室安息。从“亲好”一语看，当为第一义。

㉖醉言归：醉而归。言，犹“焉”。《诗经·鲁颂·有駜》：“鼓咽咽，醉言归。”张衡《南都赋》：“客赋醉言归，主称露未晞。”

㉗“主人”句：见前句注引张衡《南都赋》。露未晞（xī），是说太阳还没出来，是留客的话。晞，干。《诗经·秦风·蒹葭》：“蒹葭萋萋，白露未晞。”

【译文】

太阳已经消逝躲藏在西方，晚上再度聚会来到芳香深邃的闺房。预先放好的精美灯台放射出光芒，明明亮亮就像从扶桑升起的太阳，大家坐在一起拿起酒杯依次把酒敬上。主人首先起舞舞姿回旋轻盈，能舞者一会儿侧身相碰一会儿正面相对。酒杯腾飞纵横交错劝酒忙个不停，酒量相同喝酒后脸色都一样红润。任意与所喜欢的美女交头接耳，酒后美女的容颜都如兰花一样。长袖随着《礼容》尽情地挥舞，体态轻盈舞姿美妙与神仙相仿。下裳解开鞋子掉落帽带断绝，嬉笑喧闹前俯后仰没有个样。拉着身边颜貌如玉的舞女，一起接过金杯玉盘中的酒浆。手从袖中伸出确实都有些困难，玉腕柔弱好像承受不起珠饰玉环，在座的人不禁发出叹息绽开笑颜。来到身旁拿出丝巾袭来浓郁的衣香，中有出自大秦的霍纳和交广的都梁，还有鸡舌香和五味杂香。进献这些异香的人是谁呢是齐姜，她恩重爱深实在是难以相忘。请来亲人好友参加这个私人的宴会，只须把“杯来何迟”这句话歌唱。客人赋诗“已醉”说想要回去，主人称“露未晞”说还没有天亮。

傅玄

见卷二《乐府诗七首》作者简介。

拟北乐府三首

历九秋篇　董逃行

【题解】

“拟北乐府”,即拟汉乐府。本篇收入《乐府诗集》卷三十四《相和歌辞·平调曲》,《艺文类聚》卷四十二节引。吴兆宜注:“一作汉古辞。一本以前十首作简文帝诗,后二首仍作傅诗,徐刻本同。”傅刚《校笺》:“五云溪馆本、徐本、张本此题下仅有后二章,前十章别置于‘皇太子’名下。五云溪馆本题作《杂诗十首》,徐本、张本作《历九秋篇十首》。”《乐府诗集》郭茂倩题解引崔豹《古今注》认为《董逃歌》古辞乃“后汉游童所作”,“董”指董卓,“董卓作乱,卒以逃亡。后人习之为歌章,乐府奏之以为儆戒焉”。《后汉书·五行志》引《风俗通》还谈到董卓曾禁绝此歌。黄节《汉魏乐府风笺》卷三引吴旦生说,又以为“乐府原题谓《董逃行》,作于汉武之时。盖武帝有求仙之兴,董逃者,古仙人也”。但本篇《董逃行》不过袭用旧题而已,内容乃抒写女子担心年老色衰而被丈夫遗弃的心情,与董卓事及求仙事皆无关系。陈祚明评云:“中颇有名语,一往雄奇,但累句亦不少。休奕乐府,通患此病。佳处不忍割,瑕瑜无妨并存。”所举“名语”及“雄奇”之句如下：“‘杯若’句奇，‘交觞’句健。”（第二章）“起二句强，末二句是名言。”（第九章）“‘谁能’句奇健。”（第十章）“‘影欲’句奇。”（第十一章）又评第五、第六二章：“此二章语矫健。”（《采菽堂古诗选》卷九）所说皆不为无见。

历九秋兮三春[①]，遗贵客兮远宾[②]。顾多君心所亲[③]，乃命妙妓才人[④]，炳若日月星辰[⑤]。其一。

【注释】

①九秋：指秋季的九十天。三春：指春季的三个月。皆借指时间漫长。

②遗贵：傅刚《校笺》：“五云溪馆本作‘分遣’。”又引《考异》校说：“宋刻‘遗’字上误衍‘分’字，今从《乐府诗集》删，然‘遗’字亦不可解，疑为‘邀’字之讹。”又曹道衡《乐府诗选》：“‘遗’一音‘随’，作‘谦以下人’解，似与文义较近。”按《考异》“疑为‘邀’字之讹”之说可从。

③顾：回首，回视。泛指看。

④妙妓：技艺精妙的歌妓。才人：多才多艺的伎人。

⑤“炳若”句：谓“妙妓才人”容貌艳丽，光彩照人。炳，明亮。

【译文】

经历了九秋啊又经历了三春，邀请了尊贵的客人啊及远方的嘉宾。一看大都是夫君心中所亲近的人，于是召来技艺精妙多才多艺的艺人，她们个个容貌艳丽如日月星辰般光彩照人。其一。

序金罍兮玉觞[①]，宾主递起雁行[②]。杯若飞电绝光[③]，交觞接卮结裳[④]，慷慨欢笑万方。其二。

【注释】

①序：谓排列有序。罍（léi）：酒壶。觞（shāng）：酒杯。班固《东都赋》："列金罍，班玉觞。"

②"宾主"句：谓宾主很有秩序地依次起身敬酒。

③"杯若"句：谓所敬的酒都被很快喝光，酒壶和酒杯被飞快地传来传去。绝光，一闪而逝的光。

④交觞（shāng）、接卮（zhī）：谓觥筹交错。卮，酒杯。结裳：傅刚《校笺》："'结裳'二字未详。"或指因饮酒的人靠得太近，衣裳缠结在一起。

【译文】

有序地排列金制的酒壶啊玉制的酒杯，宾主依次起身敬酒犹如大雁成行。酒杯飞快地传递就像一闪而逝的光，酒杯与酒杯交接衣裳缠结着衣裳，情辞慷慨纵情欢笑仪态万方。其二。

奏新诗兮夫君①，烂然虎变龙文②。浑如天地未分③，齐讴楚舞纷纷④，歌声上激青云⑤。其三。

【注释】

①奏：进献。

②"烂然"句：谓新诗文采绚烂。

③"浑如"句：形容声音错杂，场面混沌。

④齐讴：齐地的歌曲。

⑤激：荡。

【译文】

客人向夫君进献新作的诗歌，新诗文采绚烂犹如虎之斑斓龙之彩文。声音错杂场面混沌犹如天地未分，齐地的歌曲楚地的舞蹈纷纷登场，歌声高亢直冲云天激荡青云。其三。

穷八音兮异伦[1]，奇声靡靡每新[2]。微笑素齿丹唇[3]，逸响飞薄梁尘[4]，精爽眇眇入神[5]。其四。

【注释】

①穷：极。谓尽情演奏。八音：中国古代乐器，有金、石、丝、竹、匏、土、革、木八类。异伦：不同凡响。伦，类。

②靡靡（mǐ）：柔美动听貌。

③笑：《乐府诗集》作“披”。

④逸响：飘逸奔放的乐声。飞：傅刚《校笺》：“五云溪馆本、徐本、郑本作‘飘’。”薄梁尘：谓屋梁上的尘土也为之振动。形容乐声高妙动人。薄，迫近。

⑤精爽：谓乐声精妙明快。眇眇（miǎo）：精微貌。

【译文】

八音尽情演奏啊真是不同凡响，新奇的乐声总是那么柔美动听。微笑时露出洁白的牙齿红艳的双唇，飘逸奔放的乐声振动了屋梁上的清尘，听起来是那样精妙明快精微入神。其四。

坐咸醉兮沾欢[1]，引樽促席临轩[2]。进爵献寿翻翻[3]，千秋要君一言[4]，愿爱不移若山。其五。

【注释】

①咸：都，全。沾欢：带着欢喜。

②引樽：拿着酒杯。促席：把坐席移近。轩：窗。

③进爵：敬酒。献寿：祝寿。翻翻：义同“翩翩”，飘动、往来貌。傅刚《校笺》：“《考异》作‘翩翻’。”

④“千秋”句：谓要求您永远记住一句话。千秋，千年。要，约。

【译文】

满座的人都已醉啊并都满怀欢喜，拿着酒杯把坐席移近来到窗前。敬酒祝寿大家来来往往穿梭不停，我千秋万年就要求您记住一句话，但愿爱情就像高山一样坚定不变。其五。

君恩爱兮不竭，譬若朝日夕月①。此景万里不绝②，长保初醮结发③，何忧坐生胡越④。其六。

【注释】

①朝日夕月：《汉书》卷六《武帝纪》：“天子亲郊见，朝日夕月。”

②景：指日月的光辉。

③“长保”句：谓长保新婚时的感情。初醮（jiào）、结发，皆指新婚时。醮是在举办婚礼时的一种仪式，由双方父亲各自给新郎和新娘斟酒。结发是成婚之夕，男左女右共髻束发。曹植《种葛篇》：“与君初婚时，结发恩意深。”

④坐：《左传·桓公十二年》：“楚人坐其北门，而覆诸山下。”杨伯峻注：“坐即坐立之坐，意谓待。”胡越：胡，汉代对西北及北方少数民族的称谓；越，指南方的越族，居住在今福建、两广一带。胡越相距遥远。傅玄《朝时篇·怨歌行》：“同心忽异离，旷如胡与越。”

【译文】

夫君的恩爱啊永远不要衰竭，就像早晨的太阳傍晚的月亮。日月的光辉照耀万里永不灭绝，如能长保初醮结发时的美好感情，哪还会担忧我们是待在胡还是在越。其六。

携弱手兮金环，上游飞阁云间。穆若鸳凤双鸾①，还幸兰房自安②，娱心极乐难原③。其七。

【注释】

①穆:和好。鸾:吴兆宜注:"一作'燕'。"

②兰房:芳香的居室。为女子住处。自安:《左传·文公十一年》:"郰大子朱儒自安于夫钟。"杜预注:"安,处也。"即安居之意。

③极乐:《乐府诗集》作"乐意"。难原:难以推求、测度。

【译文】

拉着我柔弱的手腕啊给我套上金环,上去游览高耸如飞的楼阁好像到了云间。夫妻和穆就像鸳鸯凤凰双鸾,然后回到家中安处于芳香的居室,心情的愉悦无尽的快乐难以尽言。其七。

乐既极兮多怀,盛时忽逝若颓①。寒暑革御景回②,春荣随风飘摧③,感物动心增哀。其八。

【注释】

①盛时:壮盛之年。颓:崩坏。

②革御:改变。景:日光。借指太阳。回:转向。

③春荣:春花。

【译文】

快乐既已达到顶点啊内心又多感怀,壮盛之年会忽然逝去就像高楼突然崩塌。无论寒暑都会改变太阳也会回转,美丽的春花会随风飘荡被无情摧残,有感于万物的变迁不免心起波澜陡增悲伤。其八。

妾受命兮孤虚①,男儿堕地称姝②。女弱难存若无③,骨肉至亲更疏④,奉事他人托躯。其九。

【注释】

①受命:接受天命。孤虚:古时占卜推算时日,天干为日,地支为辰,

日辰不全为孤虚。命属孤虚，就命运不好。《史记》卷一百二十八《龟策列传》："日辰不全，故有孤虚。"裴骃《集解》："甲乙谓之日，子丑谓之辰。《六甲孤虚法》：'甲子旬中无戌亥，戌亥即为孤，辰巳即为虚。甲戌旬中无申酉，申酉为孤，寅卯即为虚。甲申旬中无午未，午未为孤，子丑即为虚。甲午旬中无辰巳，辰巳为孤，戌亥即为虚。甲辰旬中无寅卯，寅卯为孤，申酉即为虚。甲寅旬中无子丑，子丑为孤，午未即为虚。'"

②堕：傅刚《校笺》："五云溪馆本作'随'。"姝（shū）：美好。

③女弱：班昭《女诫》："卑弱第一：古者生女三日。……卧之床下，明其卑弱，主下人也。"

④骨肉至亲：《吕氏春秋·精通》："生则相欢，死则相哀，此之谓骨肉之亲。"

【译文】

我自接受天命那一天啊就命属孤虚，哪像男儿一生下来就被看作宝贝。女子卑弱生存艰难就像没有这个人，在骨肉至亲面前尤其容易被疏离，只能恭谨地侍候别人以托付身躯。其九。

君如影兮随形，贱妾如水浮萍。明月不能常盈①，谁能无根保荣，良时冉冉代征②。其十。

【注释】

①盈：月满为盈。

②冉冉：《文选》屈原《离骚》："老冉冉其将至兮，恐修名之不立。"吕向注："冉冉，渐渐也。"代征：谓岁月、季节依次更替流逝。代，更替。征，行。

【译文】

夫君与我就像影子啊紧随着形体，而我呢就像水上漂转不定的浮萍。明月不可能常常那样圆满，谁能让没有根的草木保持繁盛，美好的岁月总会渐渐地更替流逝。其十。

顾绣领兮含辉[①]，皎日回光侧微[②]。朱华忽尔渐衰[③]，影欲舍形高飞[④]，谁言往恩可追[⑤]。其十一。

【注释】

①顾：傅刚《校笺》："五云溪馆本作'缘'，徐本、郑本作'绿'。"

②侧：《乐府诗集》作"则"。微：谓绣衣领子在太阳下山后光彩就减弱。形容容颜随着时光流逝而衰减。

③朱华：红花。喻青春年华。

④影：指夫君。形：女子自谓。承前"君如影兮随形"一句来。

⑤恩：吴兆宜注："一作'思'。"

【译文】

回头看看绣领上啊还含有光辉，但在太阳西行的回光中光彩已经减弱。红花忽然间渐渐地衰败，影子想要舍弃形体独自高飞，谁说往日的恩爱可以追寻。其十一。

荠与麦兮夏零[①]，兰桂践霜逾馨。禄命悬天难明[②]，委心结意丹青[③]，何忧君心中倾[④]。其十二。

【注释】

①荠（jì）：草本植物名。其嫩叶可食。零：凋落。

②禄命：古指命运好坏的定数。悬：傅刚《校笺》："五云溪馆本、徐本、郑本作'缘'。"

③委心：倾心。委，《乐府诗集》作"妾"。结意：犹言结情。结，心系。丹青：古代绘画中常用的两种颜料，不易褪色，用以比喻始终

不渝。《文选》阮籍《咏怀》:“丹青著明誓,永世不相忘。”李善注:“丹青不渝,故以方誓。”

④中倾:中途变化。不担忧夫君中途变心,为女子的强自慰解之辞。

【译文】

荠菜与小麦啊在夏天就会凋零,兰花与桂花经霜后会更加芳馨。命运好坏的定数由老天决定难以分明,但我对始终不渝的丹青倾心钟情,哪里会担忧夫君中途变心。其十二。

车遥遥篇

【题解】

本篇收入《乐府诗集》卷六十九《杂曲歌辞》,作者作“梁车敫”;《艺文类聚》卷四十二节引,题作《车遥篇》。诗写女子对丈夫的思念,平淡而有思致。后三句写女子的奇思妙想,足见其情之痴。沈德潜评云:“乐府中极聪明语,开张、王一派。然出张、王手,语极恬熟。”(《古诗源》卷七)

车遥遥兮马洋洋①,追思君兮不可忘。君安游兮西入秦,愿为影兮随君身②。君在阴兮影不见③,君依光兮妾所愿④。

【注释】

①遥遥:摇摆貌。屈原《九章·悲回风》:“漂翻翻其上下兮,翼遥遥其左右。”洋洋:本为水大貌,这里是漂泊无所依的样子。屈原《九章·哀郢》:“顺风波以从流兮,焉洋洋而为客。”皆为思妇想象中夫君在外客游的情状。

②为影兮:《乐府诗集》作“将微影”。

③阴:暗处。

④依光兮:《乐府诗集》作“仰日月”。余冠英《汉魏六朝诗选》:“末

二句不一定只是痴情话，也可能有所喻，似乎说：你如果走正大光明的路，是我所希望的；你如果不义，我也就绝情，不再‘愿为影兮随君身’了。”光，指明处。

【译文】

车摇摇晃晃啊马儿也不知该何往，追念夫君啊不可能把您相忘。您游到哪儿啊原来是朝西进入秦国，我愿做一个影子啊紧随着您的身形。您站在暗处啊影子看不见，您站到阳光下来啊这是我的愿望。

燕人美篇

【题解】

本篇载《艺文类聚》卷四十三，题作《燕人美兮歌》；收入《乐府诗集》卷八十三《杂歌谣辞》，题作《吴楚歌》；《太平御览》卷八节引，题作《傅玄歌》。诗写佳人虽近在咫尺却横遭阻隔，欲追求之而不可得的怅惘与苦闷，可能寄寓了诗人怀才不遇、无以慰解的情怀。采用楚辞体，又多比兴之句，将诗人的思慕之情表现得既摇曳多姿，又婉蓄有致。

燕人美兮赵女佳①，其室则迩兮限层崖②。云为车兮风为马③，玉在山兮兰在野④。云无期兮风有止，思心多端兮谁能理⑤？

【注释】

①“燕人”句：古诗“东城高且长”：“燕赵多佳人，美者颜如玉。”

②迩：近。傅刚《校笺》：“五云溪馆本作‘远’。”限：隔着。

③“云为”句：谓幻想驱风驾云去见佳人。

④玉、兰：用以比喻佳人。山：《艺文类聚》作“泥”。

⑤心：《艺文类聚》无此字。兮：《乐府诗集》无此字。理：清理，整

理。谓将繁乱的思绪理清。

【译文】

就像燕国美女那么美啊又像赵国美女那么佳胜，她的居室很近啊但却被层层山崖所隔离。我想以云为车啊以风为马，但她却像美玉在深山啊像兰草在原野。云来无期啊风有停下来的时候，我愁思万端啊有谁能帮我清理？

拟四愁诗四首 并序

【题解】

《拟四愁诗四首》其一、其三为《太平御览》卷四百七十八节引。诗拟张衡《四愁诗》，也以回环往复的手法，抒写思念远在瀛洲、珠厓、昆山、朔方的佳人，路途遥远而艰险，无缘相见、求之不得的忧伤和苦闷，实从一个侧面反映了诗人对于人生理想的不懈追求及不能达到目的的失望与痛苦的心情。从内容到形式，可以说都追步张衡，但张衡诗每首仅七句，本篇每首扩展到十二句，内容相应地也有了拓展，层次也更显丰富；感情的凝重与强烈，语言的古朴与浑厚，特别是在字里行间回旋着的一股雄健、超迈之气，更非张衡《四愁诗》所能比拟。《晋书》本传称傅玄"性刚劲亮直""天性峻急"，这种个性禀赋，或许也在本篇中有所体现。而傅玄从儒家正统立场出发，认为张衡《四愁诗》"体小而俗"，因此，本篇与张衡《四愁诗》所表现出来的不同，或许也是傅玄有意识地作出的改变。

昔张平子作《四愁诗》①，体小而俗②，七言类也。聊拟而作之，名曰《拟四愁诗》。其辞曰③：

【注释】

①昔：傅刚《校笺》："五云溪馆本、徐本、郑本无'昔'。"张平子：即张衡。

②体小而俗：体，指体制、体裁。按挚虞《文章流别论》云："然则雅音之韵，四言为正；其余虽备曲折之体，而非音之正也。"刘勰《文心雕龙·明诗》也有"四言正体""五言流调"之说。由于"诗三百"主要是四言诗，而"诗三百"在汉初又被尊为"诗经"，成为政治历史和伦理道德的教科书，因此在汉魏六朝时期，四言也就被尊崇为一种雅正的诗体，而后起的五言、七言则被视作"小而俗"之体。

③其辞曰：吴兆宜注："一无'其辞曰'。"傅刚《校笺》："徐本、郑本无。"

【译文】

从前张平子作《四愁诗》，体制小而文字浅俗，属于七言类诗。我姑且模拟它而作了这首诗，名叫《拟四愁诗》。其辞为：

一

我所思兮在瀛洲①，愿为双鹄戏中流②。牵牛织女期在秋③，山高水深路无由，愍余不遘婴殷忧④。佳人贻我明月珠⑤，何以要之比目鱼⑥。海广无舟怅劳劬⑦，寄言飞龙天马驹⑧。风起云披飞龙逝⑨，惊波滔天马不俪⑩，何为多念心忧世？

【注释】

①瀛洲：传说中的海中仙山名。《汉书》卷二十五上《郊祀志上》："自威、宣、燕昭使人入海求蓬莱、方丈、瀛洲。此三神山者，其传

在渤海中，去人不远。盖尝有至者，诸仙人及不死之药皆在焉。其物禽兽尽白，而黄金银为宫阙。未至，望之如云；及到，三神山反居水下，水临之，患且至，则风辄引船而去，终莫能至云。”

②鹄（hú）：天鹅。中流：河中间。

③期：约定。

④愍（mǐn）：哀怜。遘（gòu）：遇。婴：缠绕，遭受。殷忧：深忧。

⑤佳：《太平御览》作“美”。贻（yí）：赠送。《太平御览》作“赠”。明月珠：宝珠名。汉乐府《陌上桑》：“头上倭堕髻，耳中明月珠。”

⑥要（yāo）：邀约。《太平御览》作“报”。比目鱼：一种只生有一目、须两鱼相并始能游行的鱼。《尔雅・释鱼》：“东方有比目鱼焉，不比不行，其名谓之鲽。”古人常用以比恩爱夫妻。

⑦劳劬（qú）：劳累辛苦。

⑧飞龙：《周易・乾》：“九五：飞龙在天，利见大人。”天马：《山海经・北山经》：“又东北二百里，曰马成之山。……有兽焉，其状如白犬而黑头，见人则飞，其名曰天马。”又《史记》卷一百二十三《大宛列传》：“得乌孙马好，名曰‘天马’。及得大宛汗血马，益壮，更名乌孙马曰‘西极’，名大宛马曰‘天马’云。”

⑨披：散开。

⑩惊：傅刚《校笺》：“五云溪馆本、徐本、郑本无‘惊’字，作‘波滔天兮’。”俪：即成对、并行之意。赵氏覆宋本作“厉”。

【译文】

我所思念的人啊在瀛洲，但愿我俩能成为一对天鹅嬉戏在河的中流。牵牛织女约定在秋天相聚，但我却山高水深无路可走，可怜我不遇于时萦绕着深深的烦忧。美人赠给我一颗明月珠，用什么来邀约她呢就用比目鱼。但海面宽阔无船可渡为劳苦而惆怅，只得捎句话给飞龙和天马驹。但大风刮起白云散开飞龙消逝，惊波滔天也不能与天马结伴而行，我为何思念不已要把世事担忧？

二

我所思兮在珠厓①，愿为比翼浮清池②。刚柔合德配二仪③，形影一绝长别离，愍余不遘情如携④。佳人贻我兰蕙草⑤，何以要之同心鸟⑥。火热水深忧盈抱⑦，申以琬琰夜光宝⑧。卞和既没玉不察⑨，存若流光忽电灭，何为多念独蕴结⑩？

【注释】

①珠厓：《汉书》卷六十四下《贾捐之传》："初，武帝征南越，元封元年立儋耳、珠厓郡，皆在南方海中洲居，广袤可千里。"在今海南岛。

②比翼：犹比肩。即翅膀挨着翅膀。《尔雅·释地》："南方有比翼鸟焉，不比不飞，其名谓之鹣鹣。"浮：傅刚《校笺》："陈本作'游'。"

③刚柔合德：《周易·系辞下》："子曰：'乾坤，其《易》之门邪？乾，阳物也。坤，阴物也。阴阳合德，而刚柔有体。以体天地之撰，以通神明之德。'"孔颖达《正义》："'阴阳合德，而刚柔有体'者，若阴阳不合，则刚柔之体无从而生。以阴阳相合乃生万物，或刚或柔，各有其体，阳多为刚，阴多为柔也。"二仪：《春秋穀梁传序》："该二仪之化育，赞人道之幽变。"杨士勋疏："二仪，谓天地。"

④如携：如提在手里。谓不踏实。

⑤兰、蕙：皆香草名。

⑥同心鸟：《宋书》卷二十九《符瑞下》："同心鸟，王者德及遐方，四夷合同则至。"这里用作爱情的象征。

⑦盈抱：犹言满怀。

⑧申：用上。琬琰：《文选》司马相如《上林赋》："朝采琬琰，和氏出焉。"吕延济注："朝、采、琬、琰，皆玉名。"夜光宝：夜明珠之类。

⑨卞和：又作"和氏"。《韩非子·和氏》："楚人和氏得玉璞楚山中，奉而献之厉王。厉王使玉人相之，玉人曰：'石也。'王以为和诳，而刖其左足。及厉王薨，武王即位，和又奉其璞而献之武王。武

王使玉人相之,又曰:‘石也。’王又以和为诳,而刖其右足。武王薨,文王即位。和乃抱其璞而哭于楚山之下,三日三夜,泣尽而继之以血。王闻之,使人问其故,曰:‘天下之刖者多矣,子奚哭之悲也?’和曰:‘吾非悲刖也,悲乎宝玉而题之以石,贞士而名之以诳,此吾所以悲也。’王乃使玉人理其璞而得宝焉。遂命曰‘和氏之璧’。”

⑩蕴:傅刚《校笺》:“五云溪馆本、徐本、郑本作‘郁’。”

【译文】

我所思念的人啊在珠厓,但愿我俩能成为比翼鸟浮游在清池。刚柔相合以通神明之德可与天地相配,形与影一旦断绝就得长久地别离,可怜我不遇于时感情就像被提在手里。美人赠给我兰草和蕙草,用什么来邀约她呢就用同心鸟。但火热水深满腹都是忧愁,为表达心意再用上琬琰和夜光宝。卞和已死美玉没有人能够鉴别,美玉就像流星的闪光又像闪电瞬间灭绝,我为何思念不已要独自情思郁结?

三

我所思兮在昆山[①],愿为鹿蛩窥虞渊[②]。日月回曜照景天[③],参辰旷隔会无缘[④],愍余不遘罹百艰[⑤]。佳人贻我苏合香[⑥],何以要之翠鸳鸯[⑦]。县度弱水川无梁[⑧],申以锦衣文绣裳。三光骋迈景不留[⑨],鲜矣民生忽如浮[⑩],何为多念只自愁?

【注释】

①昆山:即昆仑山。《山海经·海内西经》:“海内昆仑之虚,在西北,帝之下都。昆仑之虚,方八百里,高万仞。”所谓“帝”,指黄帝。

②蛩(qióng):一种善奔走的动物。也作“蛩蛩”“邛邛”。《文选》

司马相如《子虚赋》:“蹴蛩蛩,辚距虚。”张揖注:“蛩蛩,青兽,状如马。距虚,似蠃而小。”刘向《说苑·复恩》:“孔子曰:北方有兽,其名曰蟨,前足鼠,后足兔。是兽也甚矣。其爱蛩蛩、巨虚也,食得甘草,必啮以遗蛩蛩、巨虚;蛩蛩、巨虚见人将来,必负蟨以走。蟨非性之爱蛩蛩、巨虚也,为其假足之故也。二兽者亦非性之爱蟨也,为其得甘草而遗之故也。”傅刚《校笺》:“冯校:‘“䗃”字查字书俱不载,今本作“蛩”。’刚案,五云溪馆本、徐本、郑本作‘蛩’。”据改。虞渊:传说中的日落之处。《淮南子·天文训》:“(日)至于虞渊,是谓黄昏。”

③照景:傅刚《校笺》引《考异》:“疑当作‘景照’。”景,大。

④参(shēn)、辰:皆星宿名。辰宿在东,参宿在西,在天空此出彼没,彼出此没,永不相见。常用以比喻亲友隔绝,两不相见。辰星,也作商星。旷隔:远隔。

⑤罹(lí):遭遇。

⑥佳:《太平御览》作“美”。贻(yí):《太平御览》作“赠”。苏合香:一种香。也可入药。参见卷六吴均《拟古四首·秦王卷衣》注。

⑦要:《太平御览》作“报”。翠:指翠鸟。《汉书》卷五十七上《司马相如传》:“掩翡翠,射鵕鸃。”颜师古注:“鸟赤羽者曰翡,青羽者曰翠。”

⑧县(xuán)度:《汉书》卷九十六上《西域传上》:“其西则有县度,去阳关五千八百八十八里县度者,去都护治所五千二十里。县度者,石山也,溪谷不通,以绳索相引而度云。”颜师古注:“县绳而度也。”弱水:《山海经·大荒西经》:“西海之南,流沙之滨,赤水之后,黑水之前,有大山,名曰昆仑之丘。其下有弱水之渊环之。”郭璞注:“其水不胜鸿毛。”梁:桥。

⑨三光:《淮南子·原道训》:“横四维而含阴阳,纮宇宙而章三光。”高诱注:“三光,日、月、星。”迈:行。景:光。

⑩鲜(xiǎn):少。指人生很短。矣:傅刚《校笺》:“徐本、郑本作‘似’。又,五云溪馆本作‘以’。”民生:人生。忽:迅疾貌。如:傅刚《校笺》:“五云溪馆本、徐本、郑本作‘若’。”《庄子·刻意》:“其生若浮,其死若休。”

【译文】

我所思念的人啊在昆仑山,但愿我俩能成为鹿和蛩去窥探虞渊。日月的回光还照耀着广袤的蓝天,就像参辰远隔想要会面没有机缘,可怜我不遇于时遭遇了许多的艰难。美人赠给我一盒苏合香,用什么来邀约她呢就用翠鸟和鸳鸯。但要去县度弱水河上没有桥梁,为表达心意再加上锦绣衣裳。日月星辰飞驰而去光影绝不停留,太短了人的一生就像草芥在水面漂浮,我为何思念不已只能独自忧愁?

四

我所思兮在朔方[①],愿为飞雁俱南翔[②]。焕乎人道著三光[③],胡越殊心生异乡[④],愍余不遘罹百殃[⑤]。佳人贻我羽葆缨[⑥],何以要之影与形[⑦]。增冰忧结繁华零[⑧],申以日月指明星[⑨]。星辰有翳日月移[⑩],驽马哀鸣惭不驰[⑪],何为多念徒自亏[⑫]?

【注释】

①朔方:汉置郡名。其地在今内蒙古自治区境内。

②雁:吴兆宜注:“一作‘燕’。”

③焕:明貌。人道:指人与人之间必须遵守的原则及伦理道德规范。《周易·系辞下》:“有天道焉,有人道焉,有地道焉。”著:明。

④殊:不同。曹植《求通亲亲表》:“隔阂之异,殊于胡越。”

⑤百殃:各种灾祸。《尚书·伊训》:“作善,降之百祥;作不善,降之

百殃。"

⑥羽葆（bǎo）：以鸟羽为饰的仪仗。缨：用丝、线做成的穗状装饰物。

⑦影与形：即如影随形。

⑧增冰：层冰。傅刚《校笺》："徐本、郑本作'永增'。孟本'增'作'层'。"繁华：繁花。零：凋落。

⑨"申以"句：谓指日月星辰为誓。《后汉书》卷五十六《张纲传》："纲约之以天地，誓之以日月。"

⑩翳（yì）：障蔽，遮挡。

⑪驽马：劣马。

⑫徒：傅刚《校笺》："五云溪馆本、徐本、郑本作'心'。"

【译文】

我所思念的人啊在朔方，但愿我俩能成为飞雁一起飞向南方。人道灿烂就像日月星那样明亮，但胡越相隔身在异乡心思就会不一样，可怜我不遇于时遭遇了许多祸殃。美人赠给我羽葆上的珠缨，用什么来邀约她呢就用影紧随着形。但忧思郁结层层寒冰繁花凋零，再加上指着日月星辰发誓以表衷心。星辰有时会被遮蔽日月也会挪移，驽马哀鸣惭愧不能向前飞驰，我为何思念不已徒然亏损自己的身心？

苏伯玉妻

苏伯玉妻,姓名、籍贯、生平皆不详。冯惟讷《古诗纪》、沈德潜《古诗源》等作“汉人”,但由于《玉台新咏》对梁以前的诗人均按时代先后排列,而本篇排在傅玄之后、张载之前,因此可以推断其为晋人。

盘中诗一首

【题解】

吴兆宜注:“原注失其姓氏,伯玉被使在蜀,久而不归,其妻居长安,思念之,因作此诗。”严羽《沧浪诗话·诗体》:“论杂体,则有……盘中。”注:“《玉台集》有此诗,苏伯玉妻作,写之盘中,屈曲成文也。”诗思颇曲折,其中有思念,有挚爱,有期盼,有担忧,有抱怨,有痛苦,展示了女主人公极为复杂的内心世界。沈德潜评云:“使伯玉感悔,全在柔婉,不在怨怒,此深于情。”又云:“似歌谣,似乐府,杂乱成文,而用意深厚,千秋绝调。”(《古诗源》卷三)将诗写于盘中,“屈曲成文”,用“当从中央周四角”的方法阅读,也可谓别出心裁,堪称奇绝。

山树高,鸟鸣悲[①]。泉水深,鲤鱼肥。空仓雀,常苦饥。吏人妇,会夫稀。出门望,见白衣[②]。谓当是,而更非。还入门,中心悲[③]。北上堂,西入阶。急机绞[④],杼声催[⑤]。长叹息,当语谁[6]？君有行[7]，妾念之。出有日，还无期。结中带[8]，长相思。君忘妾，天知之[9]。妾忘君，罪当治。妾有行，宜知之。黄者金[10]，白者玉。高者山，下者谷。姓为苏[11]，字伯玉。作人才多智谋足[12]，家居长安身在蜀，何惜马蹄归不数[13]。羊肉千斤酒百斛[14]，令君马肥麦与粟。今时人，智不足[15]。与其书，不能读。当从中央周四角[16]。

【注释】

①鸣悲：吴兆宜注："一作'悲鸣'。"

②白衣：吴兆宜注："《魏书·恩幸传》：'赵修给事东宫，为白衣左右，茹皓充高祖白衣左右。'《南史·恩幸传》：'宋孝武选白衣左右百八十人。'《梁·宗室传》：'在都朝谒，白服随例。帝曰："白衣者为谁?"对曰："前衡山侯恭。"'考此诗，则自晋至六朝有秩者，服制皆不废白。"据此，吴兆宜认为此"白衣"为官员所服，代指官员。

③中心：内心。

④急机绞：谓赶紧织布。绞，将经线与纬线编织在一起。

⑤杼（zhù）：织布机上牵引纬线的工具，俗称梭子。

⑥当语谁：当向谁倾诉。

⑦有行：谓品行好，不会喜新厌旧。从后文看，这里说的是其夫以前的情形。

⑧中带：内衣的带子。傅刚《校笺》："《考异》作'巾带'，校说：'疑当作"中带"。'"

⑨天：傅刚《校笺》："《考异》：'冯氏《诗纪》作"未"，似于义为长。'徐校：'五云溪馆本作"未"。'刚按，徐本、郑本作'未'。"

⑩黄者金：从此句至"下者谷"句，是说品行谁高谁低是很清楚的。

⑪为：傅刚《校笺》："五云溪馆本、徐本、郑本作'者'。"

⑫"作人"句：此句是说其夫，略带讽刺意味。作，吴兆宜注："一无'作'字。"

⑬马蹄：指马。数：《尔雅·释诂》："数，疾也。"即疾速。

⑭斛（hú）：古代量器。十斗为一斛。

⑮不：吴兆宜注："一作'四'。"

⑯"当从"句：谓此诗当从盘子中央的"山"字读起，然后朝着盘子边沿一圈一圈地绕着读。

【译文】

山上的树很高，树上鸟儿的鸣叫声很悲哀。山上的泉水很深，水中的鲤鱼很肥。空仓里面的鸟雀，常被肚中饥饿所苦。一个吏人的媳妇，同丈夫会面的日子很稀少。出门往远处眺望，看见一个人穿着白衣。以为这人可能是自己的丈夫，但仔细一看又不是。回身走进家门，心中感到一阵阵悲痛。往北走上厅堂，往西走上台阶。还是赶紧织布吧，梭子的声响声声把人催。不禁发出长长的叹息，内心的哀愁不知应当向谁去倾诉？知道夫君品行好，我内心常为此而感念。但您出门的时候有日子，回家却是遥遥无期。结上内衣的衣带，不禁陷入长长的思念。夫君您把我忘记，只有老天才会知道。如果我把夫君忘记了，就应当治我的罪。我的品行没有问题，这您应当知道。黄颜色的是金子，白颜色的是美玉。高高耸立的是山，在高山下面的是深谷。夫君您的姓是苏，您的表字是伯玉。您为人才多智谋多，家居长安身在蜀，为何可惜马力不赶紧把家归。我会准备羊肉千斤酒百斛，还有让您的马肥起来的麦与粟。如今的人们，智商都有不足。给他写封信吧，他没有办法阅读。当从盘子中央的"山"字起一圈圈地绕着读。

张载

张载（生卒年不详），字孟阳，安平（今属河北）人。性闲雅，博学工诗文，与弟协、亢齐名，世称“三张”。太康初赴蜀省亲，途经剑阁，作《剑阁铭》，益州刺史张敏上表称荐，晋武帝遣使刻石于剑阁山，从此知名。历任佐著作郎、太子中舍人、弘农太守等职，官至中书侍郎，领著作。后因世乱，托病告归，卒于家。钟嵘《诗品》将其诗列入下品。《隋书》卷三十五《经籍志四》著录有集七卷，已散佚。明人辑有《张梦阳集》。其事见《晋书》卷五十五。

拟四愁诗四首

【题解】

《拟四愁诗四首》，《文选》卷三十选载了其中的第四首，《艺文类聚》卷三十五节引每首的第一、二句和第五、六句，《太平御览》卷八百二十节引第一首，卷四百七十八节引第四首。诗拟张衡《四愁诗》，内容形式、情韵辞藻，大体皆追步原诗，颇得神似。然也有自出机杼之处，如吴淇所云：“孟阳《拟四愁诗》，虽字栉句比，规摹原诗，然而意思迥别。试先取见于《选》者一首与原诗较论。原诗止七句，拟诗八句。然‘我之怀矣心伤忧’句非添出，乃移原诗末句‘何为使我心烦劳’句于此，而将原诗第六句‘路远莫致倚逍遥’句，衍作‘愿因流波’二句耳。”又认为两诗皆有所喻，而所喻各有不同：“原诗以泰山喻人君，以泰山旁之小山梁甫喻小人，以其至近而易蔽也。此诗乃以太山喻小人，而以所望之陇原喻人君。泰山去陇原，不啻万里，且更高于陇原，应为当时朝廷所为屏翰，四方之臣，皆作威作福，俨然天子自为者，致天下英贤壅不上闻也。”（《六朝选诗定论》卷九）所说可资参考。

一

我所思兮在南巢[1]，欲往从之巫山高[2]。登崖远望涕泗交[3]，我之怀矣心伤劳[4]。佳人遗我筒中布[5]，何以赠之流黄素[6]。愿因飘风超远路[7]，终然莫致增想慕[8]。

【注释】

①南巢：《楚辞》屈原《远游》：“顺凯风以从游兮，至南巢而壹息。”洪兴祖《补注》：“《山海经》：丹穴之山有鸟焉，五彩而文，曰凤鸟。南巢，岂南方凤鸟之所巢乎？”

②巫山：山名。在今重庆巫山县长江边上，其下为长江三峡之一的巫峡。汉乐府《巫山高》：“巫山高，高以大。”

③涕：眼泪。泗：鼻涕。交：交下，一起流下。《诗经·陈风·泽陂》：“寤寐无为，涕泗滂沱。”屈原《九辩》：“霜露惨凄而交下兮，心尚幸其弗济。”汉乐府《巫山高》：“临水远望，泣下沾衣。”

④劳：愁苦。《诗经·邶风·燕燕》：“瞻望弗及，实劳我心。”

⑤遗（wèi）：赠送。筒中布：一种质地细密的布，是贵重的衣料。《文选》左思《蜀都赋》：“黄润比筒，籯金所过。”刘渊林注：“黄润，谓筒中细布也。司马相如《凡将篇》曰：‘黄润纤美，宜制裈。’扬雄《蜀都赋》曰：‘筒中黄润，一端数金。’”筒，傅刚《校笺》：“陈本作‘筩’。”

⑥赠：《艺文类聚》《太平御览》作“报”。流黄：褐黄色的绢。素：白色生绢。

⑦因：凭借，依靠。飘风：《诗经·小雅·何人斯》："彼何人斯，其为飘风。"毛传："飘风，暴起之风。"又《诗经·大雅·卷阿》："有卷者阿，飘风自南。"毛传："飘风，回风也。"即旋风。超：超越。

⑧想：傅刚《校笺》："五云溪馆本、徐本、郑本作'永'。"

【译文】

我所思念的人啊在南方的南巢，想要去追随她巫山又太高。登上高崖远望涕泪一起流下，我怀念她内心伤痛又愁苦。美人赠给我筒中布，用什么来回赠她呢就用流黄素。想要依靠旋风飞越遥远的路，但最终还是未能送达更增多了怀想和思慕。

二

我所思兮在朔湄①，欲往从之白雪霏②。登崖远望涕泗颓③，我之怀矣心伤悲。佳人遗我云中翮④，何以赠之连城璧⑤。愿因归鸿超遐隔⑥，终然莫致增永积⑦。

【注释】

①朔：《诗经·小雅·出车》："天子命我，城彼朔方。"毛传："朔方，北方也。"湄：水边。《诗经·秦风·蒹葭》："所谓伊人，在水之湄。"

②雪：傅刚《校笺》："五云溪馆本、徐本作'云'。"霏：雪盛貌。《诗经·小雅·采薇》："今我来思，雨雪霏霏。"

③远望：原作"永眺"，傅刚《校笺》："五云溪馆本、徐本、郑本作'远望'。"按其余三首此处皆作"远望"，此处不得独作"永眺"，故据改。颓：落。傅刚《校笺》："五云溪馆本、徐本、郑本作'垂'。"

④云中翮（hé）：指云中鸿鹄、白鹤之类。翮，羽茎。屈原《九歌·云中君》："灵皇皇兮既降，猋远举兮云中。"《韩诗外传》卷六："夫

鸿鹄一举千里,所恃者六翮耳。”

⑤连城璧:《史记》卷八十一《廉颇廉相如列传》:“赵惠文王时,得楚和氏璧。秦昭王闻之,使人遗赵王书,愿以十五城请易璧。”

⑥超:原作“起”,傅刚《校笺》:“《考异》作‘超’,校说:‘宋刻作“起”,误。’徐校:‘五云溪馆本、孟本均作“超”。’刚按,徐本、郑本作‘超’。”据改。遐(xiá)隔:远隔。隔,傅刚《校笺》:“徐本、郑本作‘翮’。”

⑦永积:是说忧愁因此会长久地郁积。积,《庄子·天道》:“天道运而无所积,故万物成。”成玄英疏:“积,滞也,蓄也。言天道运转,覆育苍生,照之以日月,润之以雨露,鼓动陶铸,曾无滞积,是以四序回转,万物生成也。”

【译文】

我所思念的人啊在北方的水边,想要去追随她只见白雪纷飞。登上高崖远望涕泪一起坠落,我怀念她内心感到无比的伤悲。美人赠给我云中的羽翮,用什么来回赠她呢就用价值连城的玉璧。想要依靠回归的鸿雁跨过遥远的阻隔,但最终还是未能送达更增多了心头长久的郁积。

三

我所思兮在陇原①,欲往从之隔太山②。登崖远望涕泗连③,我之怀矣心伤烦。佳人遗我双角端④,何以赠之雕玉环。愿因行云超重峦⑤,终然莫致增永叹⑥。

【注释】

①陇原:指今甘肃一带。因境内有陇山,故名。

②太山:《艺文类聚》作“秦山”。傅刚《校笺》:“《考异》作‘秦山’,校说:‘宋刻作“泰山”。按陇原在西,泰山不能相隔。《艺文类聚》作“秦山”,今从之。’刚按,五云溪馆本、徐本、郑本作‘太

山’。”

③连：吴兆宜注：“一作‘涟’。”傅刚《校笺》：“陈本作‘流’。”

④角端：弓名。《后汉书》卷九十《鲜卑传》：“禽兽异于中国者，野马、原羊、角端牛，以角为弓，俗谓之角端弓者。”

⑤峦：《尔雅·释山》：“峦，山随。”郭璞注：“谓山形长狭者，荆州谓之峦。”

⑥永叹：长叹。

【译文】

我所思念的人啊在西方的陇原，想要去追随她中间隔着太山。登上高崖远望涕泪涟涟，我怀念她内心感到悲伤躁烦。美人赠给我两把角端弓，用什么来回赠她呢就用有雕绘的玉环。想要依靠飘荡的白云跨过重重的山峦，但最终还是未能送达更增多了长长的悲叹。

四

我所思兮在营州[①]，欲往从之路阻修[②]。登崖远望涕泗流，我之怀矣心伤忧。佳人遗我绿绮琴[③]，何以赠之双南金[④]。愿因流波超重深[⑤]，终然莫致增永吟。

【注释】

①营州：古十二州之一。辖地相当于今河北、辽宁等地。

②阻修：险阻而又漫长。

③佳：《太平御览》作“美”。绿绮：古琴名。傅玄《琴赋序》：“齐桓公有鸣琴曰号钟，楚庄有鸣琴曰绕梁，中世司马相如有琴曰绿绮，蔡邕有琴曰焦尾，皆名器也。”这里泛指上好的琴。

④南金：南方出产的黄金。《诗经·鲁颂·泮水》：“元龟象齿，大赂南金。”

⑤重深：曹植《离思赋》：“水重深而鱼悦，林修茂而鸟喜。”

【译文】

我所思念的人啊在东方的营州,想要去追随她道路险阻又漫长。登上高崖远望涕泪流淌,我怀念她内心感到忧愁悲伤。美人赠给我一把绿绮古琴,用什么来回赠她呢就用一双南金。想要依靠流动的水波越过重重深渊,但最终还是未能送达更增多了长长的吟叹。

晋惠帝时童谣歌一首

【题解】

本篇收入《乐府诗集》卷八十八《杂歌谣辞》。郭茂倩题解引《晋书》:"惠帝时洛阳童谣。明年而胡贼石勒、刘羽反。"刘羽,《古谣谚》卷八作"刘曜"。晋怀帝时,羯族石勒与匈奴刘渊、刘曜(刘渊侄子)乘司马氏诸王之间内战日趋激烈之际,在邺城等地起兵反晋。后西晋灭亡,刘渊建立了汉国,石勒建立了后赵。歌谣作者在刘渊等人反叛前看到了这一形势,故作了此谣对时风进行讽刺。杜牧《泊秦淮》:"商女不知亡国恨,隔江犹唱《后庭花》。"此谣与之实有异曲同工之妙。表面上讽刺的是只知打扮得千娇百媚的邺中女子,实际上是讽刺只知醉生梦死的上层人物。

邺中女子莫千妖①,前至三月抱胡腰②。

【注释】

①邺:邺城,时为北方重镇,故址在今河北临漳西南。千妖:谓打扮得千娇百媚。

②前至:往前到。抱胡腰:谓投怀送抱,投靠新主子。胡,当时中原人对北方和西北方少数民族的称谓。

【译文】

邺城中的女子不要打扮得那么百媚千娇,往前到明年三月你们就会去抱胡人的腰。

陆机

见卷三《拟西北有高楼》作者简介。

乐府燕歌行一首

【题解】

本篇收入《乐府诗集》卷三十二《相和歌辞·平调曲》,《艺文类聚》卷四十二节引。诗拟曹丕《燕歌行》,写思妇因时迁景换而被触发出来的对远游未归的夫君的思念之情,景真情切,笔触摇曳,风调凄艳。陈祚明有“平畅,其音差亮”(《采菽堂古诗选》卷十)之评。

四时代序逝不追①,寒风习习落叶飞②。蟋蟀在堂露盈阶③,念君远游常苦悲④。君何缅然久不归⑤?贱妾悠悠心无违⑥。白日既没明灯辉,寒禽赴林匹鸟栖⑦。双鸠关关宿河湄⑧,忧来感物涕不晞⑨。非君之念思为谁?别日何早会何迟⑩!

【注释】

①代序:时序更替。代,更替。序,指四季的次序。屈原《离骚》:“日月忽其不淹兮,春与秋其代序。”逝:吴兆宜注:“一作‘远’。”

②寒：傅刚《校笺》："徐本、郑本作'秋'，五云溪馆本作'春'。"习习：风声。

③蟋蟀在堂：谓随着天气转冷，蟋蟀钻到屋内过冬。《诗经·豳风·七月》："七月在野，八月在宇，九月在户，十月蟋蟀入我床下。"阶：《乐府诗集》作"墀"。

④远：吴兆宜注："一作'客'。"常苦：《艺文类聚》作"苦恒"。《乐府诗集》作"恒苦"。

⑤缅然：遥远貌。《国语·楚语上》："彼惧而奔郑，缅然引领南望。"韦昭注："缅，犹邈也。"

⑥悠悠：思无尽貌。无违：谓对丈夫忠贞不二。

⑦寒：《乐府诗集》作"夜"。匹鸟：成对的鸟。鸟，吴兆宜注："一作'乌'。"

⑧鸠：《乐府诗集》作"鸣"。关关：鸟鸣声。河湄：河边。《诗经·周南·关雎》："关关雎鸠，在河之洲。"

⑨涕：《乐府诗集》作"泪"。晞（xī）：干。

⑩别日：吴兆宜注："一作'日别'。"曹丕《燕歌行》其二："别日何易会日难，山川悠远路漫漫。"

【译文】

四季依次更替时光飞逝不可追寻，寒风习习只见漫天落叶纷飞。蟋蟀已在厅堂台阶上满是白露，挂念夫君远游在外内心常觉苦悲。夫君您为什么要遥遥无期久久不归？我情思悠长忠贞之心不会违背。太阳落下西山明灯放出光辉，寒冷中鸟儿飞回树林栖宿成双成对。一对雎鸠关关地叫着歇宿在河边，忧愁袭来有感于物眼泪流个不停。如果不是思念夫君我还会去思念谁？为何别离得那么早却迟迟不能再相会！

鲍照

见卷四《玩月城西门》作者简介。

代淮南王二首

《代淮南王二首》收入《乐府诗集》卷五十五《舞曲歌辞》，题作《淮南王二首》；《艺文类聚》卷四十二节引。淮南王刘安，汉高帝刘邦之孙，汉武帝刘彻叔父。始封阜阳侯，后袭父封为淮南王。《汉书》卷四十四本传云："淮南王安为人好书，鼓琴，不喜弋猎狗马驰骋，亦欲以行阴德拊循百姓，流名誉。招致宾客方术之士数千人，作为《内书》二十一篇，《外书》甚众，又有《中篇》八卷，言神仙黄白之术，亦二十余万言。"《乐府诗集》卷五十四有《淮南王篇》，郭茂倩题解引崔豹《古今注》云："《淮南王》，淮南小山之所作也。淮南王服食求仙，遍礼方士，遂与八公相携俱去，莫知所往。小山之徒，思恋不已，乃作《淮南王曲》焉。"此即为本篇所拟。

一

【题解】

本篇写淮南王服食求仙之事，一路铺陈，而末以"断君肠"急转，讽刺其服食求仙绝不可能成功。

淮南王，好长生[①]，服食炼气读仙经[②]。琉璃药碗牙作盘[③]，金鼎玉匕合神丹[④]。合神丹，戏紫房[⑤]，紫房采女弄明珰[⑥]，鸾歌凤舞断君肠[⑦]。

【注释】

①好长生：班固《汉武帝故事》："淮南王安好神仙，招方术之士，能为云雨。百姓传云：淮南王得天子，寿无极。帝心恶之。"

②服食：指服食所谓的长生不老之药。古诗"驱车上东门"："服食求神仙，多为药所误。"食，《艺文类聚》作"药"。炼气：即服气，导引神气。《文选》嵇康《养生论》："又呼吸吐纳，服食养身，使形神相亲，表里俱济也。"吕延济注："呼吸吐纳，谓服气也。"《庄子·刻意》："吹呴呼吸，吐故纳新，熊经鸟申，为寿而已矣；此道引之士，养形之人，彭祖寿考者之所好也。"成玄英疏："吹冷呼而吐故，呴暖吸而纳新，如熊攀树而自经，类鸟飞空而伸脚。斯皆导引神气，以养形魂，延年之道，驻形之术。故彭祖八百岁，白石三千年，寿考之人，即此之类。"《太平御览》卷六百七十九引《天戒经》："幼平秦时人，久隐增城，得道者也。幼平授俊服九精练气辅星存心之术。"王充《论衡·道虚篇》："道家或以服食药物，轻身益气，延年度世。"仙经：《汉书》卷三十《艺文志十》有《宓戏杂子道》等"神仙十家，二百五卷"。江淹《报袁叔明书》："朝餐松屑，夜诵仙经。"

③琉璃：也作"璧流离"。《汉书》卷九十六上《西域传上》："(罽宾国)出封牛、水牛、象、大狗、沐猴、孔爵、珠玑、珊瑚、虎魄、璧流离。"颜师古注："《魏略》云大秦国出赤、白、黑、黄、青、绿、缥、绀、红、紫十种流离。"药碗：傅刚《校笺》："五云溪馆本、徐本、郑本'药碗'作'作枕'。"《艺文类聚》卷七十三引秦嘉妻《与嘉书》：

"分奉金银椀(碗)一枚,可以盛书水;琉璃椀(碗)一枚,可以服药酒。"牙作盘:《太平御览》卷七百五十八引《古乐府》:"琉璃琥珀象牙盘。"

④金鼎:《艺文类聚》卷七十三:"《说文》曰:'鼎,三足两耳,和五味之彝器也。昔禹贡九牧之金,铸鼎荆山之下,以入山林川泽,螭魅魍魉莫能逢之。'又曰:'大上下小。'"《文选》江淹《别赋》:"守丹灶而不顾,炼金鼎而方坚。"李善注:"炼金鼎,炼金为丹之鼎也。"匕:古代取食的器具。相当于现在的汤匙。神丹:葛洪《抱朴子内篇·金丹》:"九丹者,长生之要,非凡人所当见闻也。……第二之丹名曰'神丹',亦曰'神符'。服之百日,仙也。"又:"按《黄帝九鼎神丹经》曰:黄帝服之,遂以升仙。又云:虽呼吸道引,及服草木之药,可得延年,不免于死也;服神丹令人寿无穷已,与天地相毕,乘云驾龙,上下太清。"

⑤戏:《乐府诗集》作"赐"。紫房:指道家的炼丹房。《古乐苑》卷五十一引《清虚真人歌》:"凝神泥丸内,紫房何蔚炳。"

⑥采女:传说中彭祖的弟子。《神仙传》卷一:"又有采女者,亦少得道。知养形之方,年二百七十岁,视之年如十五六。王奉事之,于掖庭为立华屋紫阁,饰以金玉。乃令采女乘轻軿而往,问道于彭祖。采女再拜,请问延年益寿之法。"明珰(dāng):明月珠做的耳饰。曹植《洛神赋》:"无微情以效爱兮,献江南之明珰。"

⑦鸾歌凤舞:《山海经·大荒南经》:"爰有歌舞之鸟,鸾鸟自歌,凤鸟自舞。"

【译文】

淮南王,好求长生,服食丹药养身炼气养神诵读仙经。用琉璃做药碗象牙做药盘,在金鼎之中用玉匕合成神丹。用金鼎合成神丹,在紫房中嬉戏,紫房中采女玩弄着明月珰,鸾歌凤舞但只能让君王痛断肝肠。

二

【题解】

本篇以淮南王后宫女子口吻，抒写对淮南王痴迷服食求仙的不满。陈祚明评云："声情并古，流宕徘徊，三复不厌。"（《采菽堂古诗选》卷十八）沈德潜评云："'怨''恨''爱'并在一句中，是乐府句法。下'筑城'句，是乐府神理。"（《古诗源》卷十一）

朱城九门门九开①，愿逐明月入君怀②。入君怀，结君佩③，怨君恨君恃君爱。筑城思坚剑思利，同盛同衰莫相弃。

【注释】

①城：吴兆宜注："一作'门'。"九门：《乐府诗集》作"九重"。开：《乐府诗集》作"闺"。

②入君怀：曹植《七哀诗》（即卷二《杂诗五首》其一）："愿为西南风，长逝入君怀。"

③结君佩：《礼记·玉藻》："君在不佩玉，左结佩，右设佩。居则设佩，朝则结佩。"江淹《灯赋》："屈原才华，宋玉英人，恨不得与之同时，结佩共绅。"

【译文】

红色城墙有九道门九道门都已打开，愿随着明月投入君王的怀抱。投入君王的怀抱，系上君王的玉佩，怨君恨君但又依仗君王的宠爱。夯筑城墙希望它坚固宝剑希望它锋利，希望与君王同盛同衰不要相弃。

代白纻歌辞二首

【题解】

《代白纻歌辞二首》载《艺文类聚》卷四十三，题作《白纻辞歌》；收入《乐府诗集》卷五十五《舞曲歌辞》，题作《白纻歌》，共六首，此为其中的第五、六首。白纻（zhù）是一种用苎麻织成的洁白的夏布，白纻舞是盛行于晋、南朝时期的一种舞蹈，舞时以白纻做舞巾。《宋书》卷十九《乐志一》："又有《白纻舞》，按舞辞有巾袍之言；纻本吴地所出，宜是吴舞也。"《乐府诗集》郭茂倩题解引《乐府解题》："古辞盛称舞者之美，宜及芳时为乐。"第一首写深秋时节的观舞之乐，第二首写骀荡春时的听乐之乐，与"宜及芳时为乐"都不无关联。第一首以哀景衬乐情，第二首以乐景衬乐情，而对景的描写皆清俊有致，点染有情。陈祚明以"轻亮流逸"（《采菽堂古诗选》卷十八）四字评第一首，而这四字实为两诗共有的特色。

一

朱唇动①，素袖举②，洛阳少童邯郸女③。古称《绿水》今《白纻》④，催弦急管为君舞⑤。穷秋九月荷叶黄⑥，北风驱雁天雨霜⑦，夜长酒多乐未央⑧。

【注释】

①朱唇：《文选》傅毅《舞赋》："动朱唇，纡清扬。"李善注："动朱唇，将歌也。"

②袖：原作"腕"，《艺文类聚》作"袖"；傅刚《校笺》引《考异》："宋刻作'素腕'，《艺文类聚》作'素袖'。按晋《白纻舞辞》：'质如轻云色如银，爱之遗谁赠佳人。制以为袍余作巾，袍以光躯巾拂尘。丽服在御会佳宾。'则'素袖'实切'白纻'，宋刻盖不知古不忌白，而误改《乐府诗集》，亦与《艺文类聚》同，今从之。"据改。

③"洛阳"句：《文选》袁淑《效曹子建乐府白马篇》："荆魏多壮士，宛洛富少年。"李善注引王逸《荔枝赋》："宛洛少年，邯郸游士。"《文选》左思《魏都赋》："邯郸躧步，赵之鸣瑟。"张铣注："邯郸，赵地，亦多美女，善行步，皆妙鼓瑟。"少童，傅刚《校笺》："五云溪馆本、徐本、郑本作'年'。"

④《绿水》:《文选》嵇康《琴赋》:“初涉《渌水》,中奏《清徵》。”吕向注:“《绿水》《清徵》,曲名。”又,《淮南子·俶真训》:“足蹀阳阿之舞,而手会《绿水》之趋。”高诱注:“《绿水》,舞曲也。一曰:《绿水》,古诗也。”《艺文类聚》《乐府诗集》作《渌水》。

⑤催弦急管:谓各种乐器同时演奏,节奏急促,场面热闹。弦,指琴瑟等弦乐器。管,指箫笛等管乐器。

⑥穷秋:深秋。

⑦雨:下。

⑧央:《楚辞》屈原《离骚》:“及年岁之未晏兮,时亦犹其未央。”王逸注:“央,尽也。”

【译文】

开启朱红的嘴唇,举起白色的衣袖,都是洛阳的少年邯郸的美女。古时称道《绿水》而今时兴《白纻》,在热闹急促的弦管声中为君起舞。深秋九月荷叶已经枯黄,北风驱赶着大雁天上下起了白霜,夜还长酒还多玩得快乐正在兴头上。

二

春风澹荡使思多①,天色净绿气妍和②。桃含红萼兰紫芽③,朝日灼烁发园花④。卷幌结帏罗玉筵⑤,齐讴秦吹卢女弦⑥,千金顾笑买芳年⑦。

【注释】

①澹(dàn)荡:犹“骀荡”,和畅貌。形容春天的景物。《文选》谢朓《直中书省》:“朋情以郁陶,春物方骀荡。”刘良注:“骀荡,春光色也。”使:《乐府诗集》作“侠”。

②绿:《艺文类聚》作“渌”。妍(yán)和:风景美好,天气和暖。

③桃含:《艺文类聚》作“含桃”。红萼:谢灵运《酬从弟惠连》:“山

桃发红萼，野蕨渐紫苞。”萼，环列在花外面的一轮叶状薄片。兰紫芽：屈原《九歌·少司命》：“秋兰兮青青，绿叶兮紫茎。”兰，吴兆宜注：“一作‘莲’。”

④灼烁：《文选》左思《蜀都赋》：“符采彪炳，晖丽灼烁。”刘渊林注：“灼烁，艳色也。”刘良注：“光彩貌。”花：傅刚《校笺》：“五云溪馆本、徐本、郑本作‘葩’。”

⑤扩（huǎng）：帷幔、屏风之类的东西。《乐府诗集》《艺文类聚》作“幌”。结：犹卷。帏：《乐府诗集》《艺文类聚》作“帷”。罗：排列。

⑥齐讴：指齐地的歌唱。《乐府诗集》卷六十四《杂曲歌辞》陆机《齐讴行》郭茂倩题解：“《汉书》曰：‘汉王至南郑，诸将及士卒皆歌讴思东归。’颜师古曰：‘讴，齐歌也。谓齐声而歌。或曰齐地之歌。’《礼乐志》曰：‘齐古讴员六人。’”陆机《吴趋行》：“楚妃且勿叹，齐娥且莫讴。”秦吹：《列仙传》卷上载，秦穆公时有萧史者善吹箫，“穆公有女，字弄玉，好之，公遂以女妻焉。日教弄玉作凤鸣。居数年，吹似凤声”。数年后，“皆随凤凰飞去”。卢女弦：《乐府诗集》卷七十三《杂曲歌辞》崔颢《卢女曲》郭茂倩题解：“卢女者，魏武帝时宫人也，故将军阴升之姊。七岁入汉宫，善鼓琴。至明帝崩后，出嫁为尹更生妻。梁简文帝《妾薄命》曰：‘卢姬嫁日晚，非复少年时。’盖伤其嫁迟也。”

⑦千金顾笑：《诗经·邶风·终风》：“顾我则笑，谑浪笑敖。”崔骃《夏屋籧篨》：“回顾百万，一笑千金。”顾，傅刚《校笺》：“《考异》作‘一’。校说：‘《艺文类聚》《乐府诗集》并作“顾”，误。’”芳年：美好的年华，青春年华。刘铄《拟行行重行行》：“芳年有华月，佳人无还期。”

【译文】

春风舒缓和畅使思绪变得纷繁，天色碧绿纯净天气也和暖美好。桃树冒出了红萼兰草长出了紫芽，绚烂的朝日催开了园中的花。卷起帷幔排列好精美的筵席，响起齐地的讴歌秦地的吹奏卢女的琴弦，手捧千金一看就笑把这青春的年华购买。

行路难四首

《行路难四首》收入《乐府诗集》卷七十《杂曲歌辞》。郭茂倩题解引《乐府解题》："《行路难》，备言世路艰难及离别悲伤之意，多以君不见为首。"所作共十八首（一说十九首），不作于一时一地，包含多方面的内容，而其主旨在表达对种种不合理的社会现实，特别是对封建门阀统治的愤慨不平。采用五言、七言杂用的形式，奠定了七言的新局面，对唐代七言歌行的繁荣有很大影响。诗风慷慨悲凉、淋漓豪迈，能体现鲍照"险俗"（钟嵘《诗品》中）、"高鸿决汉，孤鹘破霜"（郑厚《艺圃折中》）的创作特色。

一

【题解】

"中庭五株桃"原列第八首，写思妇独居的愁思。前半确有"妖冶"之象，而这适足成为后半惨凄之象的有力反衬和对比。诗思流贯，如行云流水；由外及内，由景及人，亦有次第。张玉谷评云："前四直赋春时桃开桃谢，为下引端，然中有两层比意。先众著花，比起和谐称意；从风飘落，比起离别惆怅也。后八点清思妇见桃生感，实叙别久独居之悲，不恒称意，徙倚中宵，与比意一呼一应。"（《古诗赏析》卷十七）

中庭五株桃，一株先作花①。阳春妖冶二三月②，从风簸荡落西家③。西家思妇见之惋④，零泪沾衣抚心叹⑤。初送我君出户时⑥，何言淹留节回换⑦。床席生尘明镜垢，纤腰瘦削发蓬乱。人生不得恒称意⑧，惆怅徙倚至夜半⑨。

【注释】

①作:开。

②阳春:《初学记》卷一引梁元帝《纂要》:“春曰青阳,亦曰发生、芳春、青春、阳春。”妖冶:艳丽。指桃花。《乐府诗集》作“沃若”。

③落西家:《鲍参军集》黄节补注:“《礼·月令》:‘孟春之月,东风解冻。’风自东,故花落西家。”

④之:《乐府诗集》作“悲”。惋:怨恨,叹息。

⑤零:落。

⑥送我:《乐府诗集》作“我送”。

⑦言:傅刚《校笺》:“徐本、郑本作‘意’。又,五云溪馆本作‘时’。”淹留:久留。屈原《离骚》:“时缤纷其变易兮,又何可以淹留。”回换:转换。

⑧恒:常。

⑨徙倚:徘徊。

【译文】

庭院当中有五株桃树,其中一株先开了花。阳春二三月桃花正艳丽的时候,随风颠簸飘荡落到了西家。西家思妇见到花不禁悲从中来,泪流不止沾湿衣衫抚住胸口发出哀叹。当初送我夫君出门的时候,何曾说过要在外久留到季节转换。床席上满是尘土明镜上也有了污垢,细腰更加瘦削头发像蓬草一样散乱。人生常常不能称心如意,惆怅徘徊一直到夜半。

二

【题解】

“剉蘖染黄丝”原列第九首,写一个被弃女子的不幸遭遇和痛苦心情。张玉谷评云:“前二言苦思心乱也。突用比出,笔势耸然。中六追昔感今,言情宛至。后二用意从‘洛阳’章‘对此长叹’(按第二首“洛阳名工铸为金博山”末二句为“如今君心一朝异，对此长叹终百年”）翻进一层，更觉凄绝。”（《古诗赏析》卷十七）末二句从汉乐府《有所思》“闻君有他心，拉杂摧烧之。摧烧之，当风扬其灰”来，而彼态度激烈决绝，而此则更多隐忍“凄绝”，各有不同。沈德潜评云：“悲凉跌宕，曼声促节，体自明远独创。”（《古诗源》卷十一）

剉蘗染黄丝①，黄丝历乱不可治②。昔我与君始相值③，尔时自谓可君意④。结带与我言⑤：死生好恶不相置⑥。今日见我颜色衰，意中错漠与先异⑦。还君玉钗玳瑁簪⑧，不忍见之益悲思⑨。

【注释】

①剉（cuò）：切削。蘗（bò）：即黄檗。一种落叶乔木，其茎可做黄色染料。

②黄丝历乱：谓思绪纷乱。丝，谐“思念”的“思”。历乱，纷乱，凌乱。治：整理。吴兆宜注：“一作‘持’。”

③昔我：《乐府诗集》作“我昔”。相值：相遇。

④尔时：那时。可：称。

⑤结带：联结两人衣带，表示彼此相爱不分离。

⑥不相置：不相弃。以上二句，吴兆宜注：“一作‘结带与君同死生，好恶不拟相弃置。’”

⑦错漠：冷漠。沈满愿《晨风行》：“风弥叶落永离索，神往形返情错漠。”《乐府诗集》作“索寞”。

⑧玉：《乐府诗集》作“金”。玳瑁（dài mào）簪：用玳瑁制作的簪。玳瑁，形似龟的爬行动物，甲壳黄褐色，光润。

⑨之：傅刚《校笺》：“五云溪馆本、徐本、郑本作‘此’。”益：增。悲：《乐府诗集》作“愁”。

【译文】

切削黄檗用它来染黄丝,黄丝纷乱没有办法整理。以前我与您刚相遇的时候,那时自己觉得还称您的意。衣带联结时您曾对我说:不管死生好恶都不会把我抛弃。现在见我容颜渐渐地变老,您情意冷漠不能与先前相比。把您送我的玉钗和玳瑁簪还给您,不忍心看到它们增添我的悲思。

三

【题解】

“奉君金卮之美酒”原列第一首,言时光易逝,人生易老,但徒悲无益,姑且“听我抵节《行路吟》”,实为组诗十八首的序曲。前面铺陈精美之物,而末二句展现苍凉之景,对比鲜明,给人视觉心理以强烈冲击。诗旨与“不如饮美酒,被服纨与素。”(古诗“驱车上东门”)略同,而“奉君”以精美之物,豪放之情溢于言表;又歌《行路难》,有郁滯不平之气回荡,其内涵与气格已自不同。

奉君金卮之美酒①,玳瑁玉匣之雕琴,七彩芙蓉之羽帐②,九华葡萄之锦衾③。红颜零落岁将暮④,寒花宛转时欲沉⑤。愿君裁悲且灭思⑥,听我抵节《行路吟》⑦。不见柏梁铜雀上⑧,宁闻古时清吹音⑨?

【注释】

①卮(zhī):酒杯。吴兆宜注:“一作‘匜’。”美酒:原作“酒碗”,《乐府诗集》作“美酒”,傅刚《校笺》:“五云溪馆本、徐本、郑本作‘旨酒’。”又:“《考异》作‘美酒’。校说:‘宋刻作“碗酒”。按,既曰“金卮”,不应复用“碗”字,今从《乐府诗集》。’”按《考异》所说

是，兹据《乐府诗集》改。

②羽帐：以翡翠鸟羽毛为饰的帷帐。或指帷帐颜色红红绿绿，似翡翠鸟羽。

③华：同“花”。指有花的图案。葡萄之锦：织有葡萄图案的锦。旧题崔鸿撰《十六国春秋》卷十五：“锦有……葡萄文锦、班文锦、凤凰文锦、朱雀锦。”衾（qīn）：被子。

④红颜：青春的容颜。零：落。

⑤花：《乐府诗集》作“光”。宛转：《庄子·天下》：“椎拍輐断，与物宛转。”成玄英疏：“宛转，变化也。”

⑥灭：《乐府诗集》作“减”。

⑦抵节：犹击节。节，乐器名。即拊鼓，歌唱时以手击之以为节拍。《行路吟》：即歌《行路难》曲。

⑧柏梁：《汉书》卷六《武帝纪》：“（元鼎二年）春，起柏梁台。”颜师古注：“《三辅旧事》云以香柏为之。”铜雀：台名。曹操建安十五年（210）建于邺城（今河北临漳西南），于台上置伎乐。《邺中记》：“铜爵（雀）台因城为基，址高一十丈，有屋一百二十间，周围弥复其上。”

⑨宁（nìng）：岂。吹：指管乐。泛指音乐。

【译文】

为君奉上装满美酒的金杯，还有从用玳瑁美玉装饰的琴匣中取出的雕绘精美的琴，还有绣有七彩芙蓉并以翡翠鸟羽为饰的帷帐，还有织有九朵鲜花和葡萄图案的锦被。青春的容颜日益衰败一年又将终了，寒冷中的花不断变化白日又将西沉。愿君能消解悲伤以及忧思，听我打着节拍歌唱《行路吟》。君没看见柏梁台和铜雀台上，哪还能听见古时清越动人的笙箫之声？

四

【题解】

“璇闺玉墀上椒阁”原列第三首。余冠英《汉魏六朝诗选》:“诗中所咏的女子似是小家碧玉,嫁在富贵人家,但不忘旧日的爱人。‘云间’‘野中’和‘别鹤’‘双凫’的比较,就是今和昔的比较。古诗《西北有高楼》所写楼上弦歌的女子,有人猜测就是梁冀西第中的婢妾,这诗椒阁上的金兰,大约也是同样遭遇的人。《宋书》说南郡王义宣后房千余,和汉时梁冀正不相上下。当时被豪贵之家当宠鸟养着的女子正不知有多少。这诗如非别有寄托,很可能就是为这类的女子诉苦。”所说可资参考。诗篇极写女子居处、服饰与景物之美,以反衬女子内心的哀愁。篇末双凫、别鹤之比,亦颇生动、形象。

璇闺玉墀上椒阁①,文窗绣户垂绮幕②。中有一人字金兰③,被服纤罗蕴芳藿④。春燕差池风散梅⑤,开帷对影弄禽爵⑥。含歌揽泪不能言⑦,人生几时得为乐。宁作野中之双凫⑧,不愿云间之别鹤⑨。

【注释】

①璇(xuán)闺:用玉石砌成的闺门。璇,一种似玉的美石。玉墀(chí):用玉石砌成的台阶。椒阁:阁内以花椒和泥涂壁,以取其芳香和温暖。

②文窗:雕刻有花纹的窗户。绮幕:精美的帷幕。绮,傅刚《校笺》:“五云溪馆本、徐本、郑本及毛晋校宋本均作‘罗’。”

③金兰:取《周易·系辞上》“二人同心,其利断金;同心之言,其臭如兰”之意。

④被、服:皆“穿”的意思。纤罗:精细华美的丝绸衣服。古诗“东城高且长”:“被服罗裳衣,当户理清曲。”蕴:傅刚《校笺》:“徐本、

郑本作‘采’。”藿：香草名。即藿香。

⑤差（cī）池：羽毛参差不齐貌。《诗经·邶风·燕燕》：“燕燕于飞，差池其羽。”郑玄笺：“差池其羽，谓张舒其尾翼，兴戴妫将归，顾视其衣服。”傅刚《校笺》：“陈本作‘参差’。”散：吹落。《诗经·召南·摽有梅》：“摽有梅，其实七兮。”毛传：“摽，落也；盛极则堕落者，梅也。”此隐用其意，以启下“人生几时”之叹。

⑥影：本作“景”，日光。弄：把玩。禽爵：鸟形酒器。傅刚《校笺》引《考异》校说：“禽爵未详。《乐府诗集》注：‘一作春爵’，亦不可解。疑作‘金爵’，谓钗也。曹子建《美女篇》：‘头上金爵钗。’”又：“徐本、郑本、孟本及毛晋校宋本作‘春爵’。”

⑦含歌：谓内心忧伤，歌声含而不发。歌，吴兆宜注：“一作‘泪’。”揽：《楚辞》屈原《九章·思美人》：“思美人兮，擥涕而伫眙。”蒋骥注：“擥，收也。”擥，同“揽”。泪：《乐府诗集》作“涕”。不能言：《乐府诗集》作“恒抱愁”。

⑧之双：原作“双飞”，《乐府诗集》作“之双”，据改。凫（fú）：野鸭。

⑨之别鹤：原作“别翅鹤”，《乐府诗集》作“之别鹤”，傅刚《校笺》：“《考异》作‘之别’，校说：‘宋刻作“宁作野中双飞凫，不愿云间别翅鹤”，不及此二句之矫健。且“别翅鹤”三字尤凑泊，今从《乐府诗集》。’”按《考异》所说是，据改。别鹤，失偶之鹤。古代以鹤为高贵之鸟，凫则低贱得多，因此两句实际是说：与其富贵而离居，不如贫贱而得团圆。

【译文】

穿过玉制的门经玉砌台阶走上花椒涂壁的香阁，雕饰华美的窗户前悬挂着精美的帐帷。香闺中有一个女子名字叫金兰，穿着散发出藿香的精细华美的绸衣。春燕展开参差不齐的尾翼春风吹落了梅子，掀开帷幕对着日光把玩着鸟形的酒杯。强忍着歌喉和眼泪说不出话来，人生不知要到几时才能得到快乐。宁愿做郊野池塘中成双成对的野鸭，也不愿做在彩云间飞翔的形单影只的白鹤。

释宝月

释宝月（生卒年不详），南朝齐诗僧，与齐武帝萧赜同时。能诗，善解音律。钟嵘《诗品》将其诗列入下品。今存诗五首。事略见《诗品》卷下、《南齐书》卷十一《乐志三》及《乐府诗集》卷四十八齐武帝《估客乐》郭茂倩题解引《古今乐录》。

行路难一首

【题解】

本篇载《文苑英华》卷二百，收入《乐府诗集》卷七十《杂曲歌辞》。钟嵘《诗品》以为此诗乃东阳柴廓作，“宝月尝憩其家，会廓亡，因窃而有之。廓子赍手本出都，欲讼此事，乃厚赂止之”。但本书及《文苑英华》《乐府诗集》皆题“释宝月”作，所说极有可能“为佳话之例”（陈延杰《诗品注》）。诗写思妇思念游子，而游子也思念思妇，伉俪情深，与众多单从思妇角度落笔的诗作不同。陈祚明评云：“拙于初唐，而已开清隽之风。”（《采菽堂古诗选》卷二十一）

君不见孤雁关外发①，酸嘶度扬越②。空城客子心肠断③，幽闺思妇气欲绝。凝霜夜下拂罗衣，浮云中断开明月。夜夜遥遥徒相思④，年年望望情不歇⑤。寄我匣中青铜镜⑥，倩人为君除白发⑦。行路难，行路难。夜闻南城汉使度⑧，使我流泪忆长安。

【注释】

①“君不”句：曹丕《杂诗》其一：“草虫鸣何悲，孤雁独南翔。”又曹丕《燕歌行》：“群燕辞归雁南翔，念君客游思断肠。”

②酸嘶：因劳累而鸣声嘶哑。王筠《哀策文》：“躞蹀足以酸嘶，挽凄锵而流泫。”扬越：古代部落名。居住在长江中下游、岭南等南方广大地区。《史记》卷一百十三《南越列传》：“秦时已并天下，略定杨（扬）越，置桂林、南海、象郡，以谪徙民。”

③心肠断：鲍照《代东门行》：“野风吹秋木，行子心肠断。”

④遥遥：距离远貌。《左传・昭公二十五年》：“鹳鸽之巢，远哉遥遥。”

⑤望望：《礼记・问丧》：“其往送也，望望然，汲汲然，如有追而弗及也。”郑玄注：“望望，瞻顾之貌也。”歇：尽。

⑥寄：《文苑英华》作“取”。

⑦倩（qiàn）：请。傅刚《校笺》：“冯钞本作‘情’。”

⑧南：《文苑英华》作“西”。度：经过。

【译文】

您难道没有看见孤雁已从关外出发，嘶哑地鸣叫着飞向南方的扬越。客居在空寂的城中夫君心肠寸断，深闺之中思妇气息微弱就要断绝。夜里落下的寒霜将绸衣沾湿，浮云散开看到了一轮明月。夜夜遥望着远方徒然地相思，年年眺望这思念之情总是流淌不尽。您寄给我一面装在匣中的青铜镜，为了您我请人帮我除去了头上的白发。这条人生之路走起来实在是难啊，走起来实在是难。夜里听说有汉使从南城经过，使我潸然落泪回忆起了长安。

陆厥

见卷四《中山王孺子妾歌》作者简介。

李夫人及贵人歌一首

【题解】

本篇载《艺文类聚》卷四十三，收入《乐府诗集》卷八十四《杂歌谣辞》。夫人、贵人，皆汉时皇帝妃嫔的封号。《汉书》卷九十七上《外戚传上》："汉兴，因秦之称号，帝母称皇太后，祖母称太皇太后，适称皇后，妾皆称夫人。"《后汉书》卷十上《皇后纪上》："及光武中兴，斫雕为朴，六宫称号，唯皇后、贵人。"据《汉书》卷九十七上《外戚传上·孝武李夫人》，汉武帝李夫人"妙丽善舞"，甚得宠爱。后李夫人病卒，"上思念李夫人不已，方士齐人少翁言能致其神。乃夜张灯烛，设帷帐，陈酒肉，而令上居他帐，遥望见好女如李夫人之貌，还幄坐而步。又不得就视，上愈益相思悲感，为作诗曰：'是邪？非邪？立而望之，偏何姗姗其来迟！'令乐府诸音家弦歌之"，此即所谓《李夫人歌》。本篇从《李夫人歌》演化而来，所写为失宠妃嫔的寂寞与哀伤，情调颇凄婉。

属车桂席尘①，豹尾香烟灭②。彤殿向蘼芜③，青蒲复萎绝④。坐萎绝⑤，对蘼芜。临丹阶⑥，泣椒涂⑦。寡鹤羁雌飞且止⑧，雕梁翠壁网蜘蛛。洞房明月夜，对此泪如珠。

【注释】

①属（zhǔ）车：皇帝出行时的侍从车。属，《艺文类聚》作“别”。桂席：坐垫。桂，美言之。原作“挂”，《艺文类聚》《乐府诗集》作“桂”，据改。

②豹尾：即豹尾车，皇帝出行时最后一辆属车，上悬豹尾。《汉书》卷八十七上《扬雄传》：“是时赵昭仪方大幸，每上甘泉，常法从，在属车间豹尾中。”服虔注：“大驾属车八十一乘，作三行，尚书御史乘之。最后一乘县豹尾，豹尾以前皆为省中。”

③彤殿：即宫殿，其楹柱多用朱红涂饰，故称。蘼（mí）芜：香草名。

④蒲：即香蒲，一种香草。萎绝：《楚辞》屈原《离骚》：“虽萎绝其亦何伤兮？哀众芳之芜秽。”王逸注：“萎，病也。绝，落也。”洪兴祖补注：“萎，草木枯死也。”萎，赵氏覆宋本作“委”。

⑤坐：空。萎：赵氏覆宋本作“委”。

⑥丹：《艺文类聚》作“玉”。

⑦椒涂：两旁种有花椒的路。花椒有浓郁的香味，故种于路旁。涂，同“途”。曹植《洛神赋》：“践椒涂之郁烈，步衡薄而流芳。”

⑧羁雌：《文选》谢灵运《晚出西射堂》：“羁雌恋旧侣，迷鸟怀故林。”刘良注：“羁雌，无耦也。”止：原作“上”，《艺文类聚》《乐府诗集》作“止”，据改。

【译文】

侍从车的坐垫上已满是尘土，豹尾车上的香烟已无影无踪。红色的宫殿面对着蘼芜，还有已经枯死的青色的香蒲。空自面对着已经枯死的香蒲，面对着让人看了伤心的蘼芜。来到这红色的台阶之上，在充满香气的椒途痛哭。孤单的白鹤失偶的雌鸟飞而又止，雕绘的屋梁青翠的四壁上蛛网满布。在幽深的房屋中正碰上有明月的夜晚，面对此景忍不住眼泪滚落就如串串珍珠。

沈约

见卷五《登高望春》作者简介。

八咏二首

《八咏》共八首，此选二首；其余六首见后，题作《古诗题六首》。陈庆元《沈约事迹诗文系年》："万历《金华府志》卷三十：'《八咏》诗，旧南齐隆昌元年太守沈约所作，留题于玄畅楼壁间，时号绝唱。'玄畅楼宋至道间改名八咏楼。"（见《沈约集校笺》）八首诗的诗题连起来，是一首五言八句诗，即：登台望秋月，会圃临春风。岁暮愍衰草，霜来悲落桐。夕行闻夜鹤，晨征听晓鸿。解佩去朝市，披褐守山东。可见八首诗在写作前是有一个完整的构思的。八首诗皆为长篇巨制，杂用三、四、五、六、七言及骚体，句式错综，不时换韵，恣意铺排，读来回环曲折、奔放流宕。《艺文类聚》所节引的七首均将其归入"赋"类而未将其归入"诗"类。

登台望秋月

【题解】

《登台望秋月》载《文苑英华》卷一百五十一，题作《咏月篇》；《艺文类聚》卷一节引，题作《望秋月》。傅刚《校笺》："《类要》卷十'照曜三爵台，徘徊九华殿'条：'沈约《东阳郡楼八咏望秋月》云。'是见沈约《八咏》乃其出守东阳于郡楼作，其原题应有'东阳郡楼'四字。"诗写月光照临的种种情景，周详灵动，淋漓尽致。特别善于使用动词，通过一系列动词的使用，将月光照临时的情景和变化描绘得出神入化、引人入胜。陈祚明评云："铺张明月之华腴，结怨山城之寂寞。通篇不出此旨，特于结语言怀。又置此身于寡鹄别鹤之班，同悲共感，使情弥深。"（《采菽堂古诗选》卷二十三）

望秋月，秋月光如练[①]。照耀三爵台[②]，徘徊九华殿[③]。九华玳瑁梁[④]，华榱与璧珰[⑤]。以兹雕丽色，持照明月光[⑥]。凝华入黼帐[⑦]，清辉悬洞房[⑧]。先过飞燕户[⑨]，却照班姬床[⑩]。桂宫袅袅落桂枝[⑪]，露寒凄凄凝白露[⑫]。上林晚叶飒飒鸣[⑬]，雁门早鸿离离度[⑭]。湛秀质兮似规[⑮]，委清光兮如素[⑯]。照愁轩之蓬影[⑰]，映金阶之轻步[⑱]。居人临此笑以歌，别客对之伤且慕[⑲]。经衰圃，映寒丛。凝清夜，带秋风。随庭雪以偕素[⑳]，与池荷而共红。临玉墀之皎皎[㉑]，含霜霭之濛濛[㉒]。辗天衢而徒步[㉓]，轹长汉而飞空[㉔]。隐岩崖而半出[㉕]，隔帷幌而才通[㉖]。散朱庭之奕奕[㉗]，入青琐而玲珑[㉘]。闲阶悲寡鹄[㉙]，沙洲怨别鸿。文姬泣胡殿[㉚]，明君思汉宫[㉛]。余亦何为者，淹留此山东[㉜]。

【注释】

①光：《艺文类聚》作"明"。练：洁白的绢帛。谢朓《晚登三山还望京邑》："余霞散成绮，澄江静如练。"

②三爵台：传说中的仙台。《法苑珠林》卷六十九："自谓神仙者，可上三爵台。"

③九华殿：汉长安宫殿名。陶宗仪《说郛》卷六十六下："汉掖庭有月影台、云光殿、九华殿、鸣鸾殿。"

④玳瑁（dài mào）梁：画有玳瑁斑纹的屋梁。

⑤榱（cuī）：屋顶架在檩上承屋瓦的木条，俗称椽子。璧珰（dāng）：《史记》卷一百十七《司马相如列传》："华榱璧珰，辇道缅属。"司马贞《索隐》："韦昭曰：'裁玉为璧，以当榱头。'司马彪曰：'以璧为瓦当。'"即以璧玉装饰的瓦当（屋脊筒瓦的前端，也叫瓦头，呈圆形或半圆形）。璧，原作"壁"，《艺文类聚》《文苑英华》作"璧"，据改。

⑥持：傅刚《校笺》："五云溪馆本、徐本、郑本作'特'。"

⑦黼（fǔ）帐：绣有黑白相间的斧形花纹的帷帐。

⑧洞房：幽深的内室。

⑨飞燕：即赵飞燕。为汉成帝宠妃，体轻善舞，后立为后。

⑩却：回。照：《艺文类聚》《文苑英华》作"映"。班姬：即班婕妤，汉成帝妃。后被赵飞燕谗毁，失宠，自请退居长信宫侍奉太后。

⑪桂宫：汉宫名。《三辅黄图》卷二："桂宫，汉武帝造，周回十里。《汉书》曰：桂宫有紫房复道通未央宫。"袅袅：摇曳貌。

⑫露寒：汉宫馆名。《三辅黄图》卷二："武帝作迎风馆于甘泉山，后加露寒、储胥二馆，皆在云阳。"

⑬上林：汉宫苑名。故址在今陕西西安西。《太平御览》卷一百九十六引《汉旧仪》："上林苑中广长三百里，中养百兽，天子遇秋冬猎射苑中。其中离宫七十所。"晚：《文苑英华》作"晓"。飒飒（sà）：风吹树叶声。

⑭雁门：关名。在今山西古交西北。又秦置郡名，在今山西北部。《山海经·海内西经》："雁门山，雁出其间。在高柳北。"离离：排列貌。《尚书大传》卷三："《书》之论事也，昭昭若日月之明，离离若参辰之错行。"

⑮湛：清澈。似规：指圆月。规，圆规。

⑯委：散发。素：白色生绢。

⑰轩：窗。影：《艺文类聚》《文苑英华》作“发”。

⑱映：《艺文类聚》作“影”。金阶：南朝乐府《七日夜女歌》其七：“振玉下金阶，拭眼瞩星兰。”轻：傅刚《校笺》：“五云溪馆本、徐本、郑本作‘微’。”

⑲且慕：《艺文类聚》《文苑英华》作“旦暮”。

⑳偕：傅刚《校笺》：“五云溪馆本、徐本、郑本作‘比’。”

㉑临：《艺文类聚》作“照”。墀（chí）：台阶。皎皎：明貌。

㉒霜：傅刚《校笺》：“五云溪馆本、徐本、郑本作‘雪’。”霭：云气。

㉓辚（lìn）：碾过，开过。天衢：天路。衢，四通八达的大道。王逸《九思·遭厄》：“蹑天衢兮长驱，踵九阳兮戏荡。”徒步：傅刚《校笺》：“五云溪馆本作‘徒走’。”

㉔轹（lì）：碾过，开过。长汉：指银河。

㉕而：《文苑英华》作“之”。出：《艺文类聚》作“隔”，傅刚《校笺》：“五云溪馆本、徐本、郑本作‘至’。”

㉖隔：《艺文类聚》作“出”。幌（huǎng）：吴兆宜注：“一作‘广’。”

㉗朱庭：犹言彤庭。指皇宫。奕奕（yì）：光明貌。

㉘青琐：《汉书》卷九十八《元后传》：“曲阳侯根骄奢僭上，赤墀青琐。”孟康注：“以青画户边镂中，天子制也。”颜师古注：“孟说是。青琐者，刻为连环文，而青涂之也。”玲珑：《文选》扬雄《甘泉赋》：“前殿崔巍兮，和氏玲珑。”李善注引晋灼曰：“玲珑，明见貌也。”刘良注：“玲珑，光明貌。”

㉙闲：《文苑英华》作“寒”。鹄（hú）：天鹅。

㉚文姬：即蔡文姬，汉代著名学者蔡邕之女。博学多才，精通音律。汉末大乱，为胡兵所掳，身陷南匈奴十二年，生二子。后被曹操赎回。原作“昭姬”，昭，吴兆宜注：“《类苑》作‘文’。”傅刚《校笺》：“《考异》作‘文姬’，校说：‘宋刻作“昭姬”，其误显然。今从《古诗类苑》。’”据改。

㉛明君：即王昭君。汉元帝宫人，后嫁与匈奴呼韩邪单于以结和亲。晋人为避司马昭讳，改“昭”为“明”。参见卷二石崇《王昭君辞一首》题解。

㉜山东：战国秦汉时称崤山或华山以东之地为山东。此指东阳。

【译文】

登上高台仰望一轮秋月，秋月的光辉就像匹匹白练。月光照耀在三爵台上，又来到九华殿上徘徊。九华殿有玳瑁斑纹装饰的屋梁，华美的椽子上有璧玉装饰的瓦当。它们用这雕饰华丽的颜色，来照映明朗的月亮的辉光。月光凝聚进入有斧形花纹黑白相间的帷帐，月光清朗高悬在深邃的闺房。月光先掠过赵飞燕的窗户，回头又照上班婕妤的绣床。摇摇荡荡飘落到桂宫的桂枝上，又在露寒宫凝成了白露的凄凉。夜晚上林苑中的树叶飒飒地鸣响，雁门关上排列整齐的鸿雁开始飞翔。月亮澄澈清秀啊圆得就像圆规，洒下清朗的光辉啊就像白绢一样。照着窗前悲愁之人蓬乱的身影，映照着金饰台阶上轻移的脚步。居留在家的人对着月光又笑又唱，离家在外的人对着月光既思慕又悲伤。月光经过已经衰败的园圃，月光映照着寒凉的树丛。月光在清朗的夜晚凝聚，月光带来了一阵阵秋风。月光伴随庭院中的白雪与白绢媲美，月光相伴池中的荷花与之一样嫣红。照临白玉般的台阶白得耀眼，蕴含霜露和云气变得迷迷濛濛。徒步走过天上四通八达的大路，越过长长的银河飞向广袤的夜空。隐藏在山崖后面只把脸露出半张，被帷幌隔着要稍等会儿才能通透。散入红色的庭院带来一片光明，进入有青色连环花纹的门窗明亮灵动。寡居的天鹅在闲静的台阶上悲从中来，沙洲上满怀哀怨的是离开了伴侣的孤鸿。蔡文姬在南匈奴人的殿堂中哭泣，王昭君在此时更加思念遥远的汉宫。而我却不知道自己是为了什么，竟然要久久地滞留在这山东。

会圃临春风

【题解】

本篇载《文苑英华》卷一百五十六，题作《咏风》；《艺文类聚》卷一节引，题作《八咏》。赵氏覆宋本无“会圃”二字。诗写初春时节春风吹来的种种情景，想象丰富，描绘生动。既写室外之景，也写室内之景，对室外、室内之景的描绘交错进行，春风、春景、春情融为一炉，既写出了春风的多姿，春景的妩媚，也写出了思妇的孤独与哀怨。陈祚明评云：“写风备极飘萧。‘氛氲’四句，乐府高倡。”（《采菽堂古诗选》卷二十三）

临春风，春风起春树。游丝暧如网[①]，落花雰似雾[②]。先泛天渊池[③]，还过细柳枝[④]。蝶逢飞摇飏[⑤]，燕值羽差池[⑥]。扬桂旆[⑦]，动芝盖[⑧]。开燕裾[⑨]，吹赵带[⑩]。赵带飞参差[⑪]，燕裾合且离[⑫]。回簪复转黛[⑬]，顾步惜容仪[⑭]。容仪已照灼[⑮]，春风复回薄[⑯]。氛氲桃李花[⑰]，青树含素萼[⑱]。既为风所开，复为风所落。摇绿带[⑲]，抗紫茎[⑳]。舞春雪，杂流莺。曲房开兮金铺响[㉑]，金铺响兮妾思惊[㉒]。梧桐未阴[㉓]，淇川如碧[㉔]。迎行雨于高唐[㉕]，送归鸿于碣石[㉖]。经洞房[㉗]，响纨素[㉘]。感幽闺，思帏帟[㉙]。想芳园兮可以游[㉚]，念兰翘兮渐堪摘[㉛]。拂明镜之冬尘，解罗衣之秋襞[㉜]。既铿锵以动佩，又氤氲而流麝[㉝]。始摇荡以入闺，终徘徊而缘隙。鸣珠帘于绣户[㉞]，散芳尘于绮席[㉟]。是时怅思妇[㊱]，安能久行役？佳人不在兹[㊲]，春风为谁惜[㊳]？

【注释】

①游丝：春天常有昆虫吐出的细丝飘游空中。暧（ài）：朦胧，障蔽。

网:《文苑英华》作“烟”。

②雰(fēn):雾气。《文苑英华》作“纷”。

③天渊池:《三国志》卷二《文帝纪》:“(黄初五年)是岁穿天渊池。”池在魏都洛阳,为帝王游乐之所。泛指水池。渊,《艺文类聚》作“津”。

④细柳枝:初生的嫩柳条。

⑤蝶:《文苑英华》作“叶”。飏(yáng):飞扬。《艺文类聚》《文苑英华》作“漾”。

⑥值:遇上。差(cī)池:不齐貌。《诗经·邶风·燕燕》:“燕燕于飞,差池其羽。”《艺文类聚》作“参差”。

⑦扬桂旆(pèi):《楚辞》屈原《九歌·山鬼》:“乘赤豹兮从文狸,辛夷车兮结桂旗。”王逸注:“结桂与辛夷以为车旗,言其香洁也。”洪兴祖补注:“结桂枝以为旌旗也。”旆,旗帜。

⑧芝盖:《文选》张衡《西京赋》:“骊驾四鹿,芝盖九葩。”薛综注:“以芝为盖,盖有九葩之采也。”吕延济注:“芝盖,以芝英为盖。”盖,指车盖或伞盖。芝形如盖,故名。

⑨燕:指燕国的美女。也或指赵飞燕,为汉成帝官人,体轻善舞,得宠,后被立为后。裾(jū):衣服的前襟或后襟。《文苑英华》作“裙”。

⑩赵:指赵国的美女。又吴兆宜注:“‘赵’字恐‘娟’字之误,与上昭姬、明君同,后人所妄改也。《拾遗录》:汉武帝所幸官人名曰丽娟,身轻弱,常以衣带系娟闭于重幕中,恐随风起。”

⑪参差(cēn cī):不齐貌。

⑫裾(jū):《文苑英华》作“裙”。且:《艺文类聚》作“复”。

⑬回簪:犹言回头。簪,《文苑英华》作“看”。转黛:谓目光流转。黛,一种用于画眉的青黑色颜料。这里代指双眼。

⑭顾步:行步自顾,徘徊自顾。《西京杂记》卷四引路乔如《鹤赋》:

"宛修颈而顾步,啄池碛而相欢。"容仪:容貌仪表。《汉书》卷十《成帝纪赞》:"成帝善修容仪,升车正立,不内顾,不疾言。"

⑮照灼:光彩照人。葛洪《抱朴子内篇·微旨》:"虽日月丽天之照灼,嵩、岱干云之峻峭,犹不能察焉。"

⑯薄:迫近。

⑰氛氲(yūn):花盛貌。

⑱青:吴兆宜注:"一作'枕'。"柎(fū):花萼。《艺文类聚》《文苑英华》作"跗",傅刚《校笺》:"徐本、郑本作'枝'。五云溪馆本作'祚'。"

⑲带:指树枝。《艺文类聚》《文苑英华》作"蒂"。

⑳抗:举。《艺文类聚》作"扤",赵氏覆宋本作"杭",傅刚《校笺》:"五云溪馆本、徐本、郑本作'枕'。"又:"《考异》作'枕'。校说:'"枕"字不可解,冯氏《诗纪》作"杭",亦不可解。按左思《吴都赋》曰:"扤白蒂,衔朱蕤。"许慎《说文》曰:"扤,动也。"李善《文选注》亦训"扤"为"摇",疑为"扤"字之误。'"紫茎:屈原《九歌·少司命》:"秋兰兮青青,绿叶兮紫茎。"

㉑曲房:深隐的内室。枚乘《七发》:"往来游醼,纵恣于曲房隐间之中。"金铺:门上用以衔环的兽形铜质环扣。

㉒妾思惊:《文苑英华》作"思凤鸣"。

㉓桐:《文苑英华》作"台"。

㉔淇川:即淇水,在今河南北部,流入黄河。川,《文苑英华》作"水"。如:傅刚《校笺》:"徐本、郑本作'始'。"

㉕"迎行雨"句:高唐,楚台观名。在云梦泽中。宋玉《高唐赋序》:"昔者楚襄王与宋玉游于云梦之台,望高唐之观,其上独有云气。王问玉曰:'此何气也?'玉对曰:'所谓朝云者也。'王曰:'何谓朝云?'玉曰:'昔者先王尝游高唐,怠而昼寝,梦见一妇人,曰:"妾巫山之女也,为高唐之客,闻君游高唐,愿荐枕席。"王因幸之。

去而辞曰:"妾在巫山之阳,高丘之阻,旦为朝云,暮为行雨。"'"

㉖碣石:山名。在今河北昌黎北十五里。

㉗洞房:深邃的闺房。

㉘纨(wán):白色细绢。素:白色生绢。

㉙帏帟(yì):帐幕。帏,《文苑英华》作"帷"。帟,傅刚《校笺》:"徐本、郑本作'峦'。"

㉚芳:《文苑英华》作"西"。兮:《文苑英华》无此字。

㉛翘:往上翘起。谓已长高。兮:《文苑英华》无此字。渐:《文苑英华》作"已"。

㉜解:解除,散开。襞(bì):衣服上的皱褶。

㉝氤氲(yīn yūn):香气浓郁貌。氤,《艺文类聚》《文苑英华》作"氛"。流:散发。麝(shè):麝香。《艺文类聚》《文苑英华》作"射"。

㉞鸣:《艺文类聚》作"明"。

㉟芳尘:即尘土。芳,对美女闺房中尘土的美称。

㊱妇:《文苑英华》作"归"。

㊲佳人:指丈夫。张华《情诗》其五:"佳人不在兹,取此欲谁与?"

㊳为:傅刚《校笺》:"五云溪馆本、徐本、郑本作'与'。"

【译文】

迎面吹来一阵阵春风,春风从春天的树那儿生起。游丝朦胧犹如张起了一张网,落花缤纷好似弥漫了一层雾。春风先从天渊池的水面掠过,回头又掠过细嫩的柳枝。蝴蝶遇上后摇摇晃晃地飞舞,燕子遇上后羽毛参差不齐。将桂枝编结的旌旗扬起,将如芝一般的车盖摇曳。掀开了燕国美女的衣襟,吹动了赵国美女的衣带。赵国美女的衣带参差飞舞,燕国美女的衣襟合拢又分离。美女回过头来转动着妩媚的目光,徘徊自顾怜惜着自己的容貌仪表。容貌仪表已是那样光彩照人,春风又飞了回来与美女亲近。桃花李花开得分外的繁盛,青色的花萼中还有素白的花萼。春花既为春风而绽放，春花又被春风所吹落。春风摇动着绿色的树枝，又把紫色的花茎高高举起。挥舞着春天不多的残雪，中间还有莺婉转的啼鸣。深曲的房门打开了啊门环响起，门环响起啊我是如此的心惊。梧桐的树叶还没有形成树荫，淇水已经澄澈得如同碧玉。从高唐迎来傍晚的行雨，从碣石送走回南方的归鸿。春风吹过深邃的闺房，洁白的纨素发出了脆响。美女在幽深的闺房中感伤，独自在这帷帐之内冥思苦想。想这芬芳的园中啊正是可以畅游的时候，念这兰草已长高啊渐渐地已可采摘。拂去明镜上冬天积下的尘土，解除罗衣上去秋以来就有的皱褶。身上的玉佩既已铿锵地鸣响，还飘来了浓郁的麝香的气味。春风开始摇摇荡荡地吹进闺房，最后徘徊游荡沿着缝隙飘逝。振响了挂在精美的门户上的珠帘，将芳香的尘土散播在精美的坐席。这时闺中的思妇惆怅不已，夫君您怎能长久地在远方服役？我心中最美的人不在身边，这旖旎的春风我能为谁去怜惜？

春日白纻曲一首

【题解】

本篇载《艺文类聚》卷四十三，题作《春白纻歌》；收入《乐府诗集》卷五十六《舞曲歌辞》，题作《春白纻》。白纻，参见前鲍照《代白纻歌辞二首》。《乐府诗集》所收沈约《四时白纻歌》共五首，分别题作《春白纻》《夏白纻》《秋白纻》《冬白纻》《夜白纻》。郭茂倩题解引《古今乐录》："沈约云：'《白纻》五章，敕臣约造。武帝造后两句。'"可见诗乃沈约奉诏而作，后二句的作者为梁武帝萧衍。《乐府诗集》所收每首皆为八句，这里所选的《春白纻》《秋白纻》均只四句，可知除略去了梁武帝所作的后二句外，沈约所作也被略去二句。《春白纻》所选为原诗的一二句和五六句，写春日的美景及比翼齐飞的爱情理想。被略去的三四句为："如娇如怨状不同，含笑流眄满堂中。"后二句为："佩服瑶草驻容色，舜日尧年欢无极。"

兰叶参差桃半红,飞芳舞縠戏春风①。翡翠群飞飞不息②,愿在云间长比翼③。

【注释】

①縠(hú):《文选》宋玉《神女赋》:"动雾縠以徐步兮,拂墀声之珊珊。"李善注:"縠,今之轻纱,薄如雾也。"

②翡翠:鸟名。《楚辞》宋玉《招魂》:"翡翠珠被,烂齐光兮。"洪兴祖补注引《异物志》:"翠鸟形如燕,赤而雄曰翡,青而雌曰翠。"

③比翼:《尔雅·释地》:"南方有比翼鸟焉,不比不飞,其名谓之鹣鹣。"郭璞注:"似凫,青赤色,一目一翼,相得乃飞。"

【译文】

兰叶已长得长长短短的桃花有一半已嫣红,花飞起来縠舞起来都在欢快地戏耍着春风。翡翠鸟成群结队地飞啊飞总不停息,愿永远在云间不停地比翼齐飞。

秋日白纻曲一首

【题解】

本篇载《艺文类聚》卷四十三,题作《秋白纻歌》;收入《乐府诗集》卷五十六《舞曲歌辞》,题作《秋白纻》。诗写青年男女秋日的欢会与爱情。与前首不同的是,这里所选的四句,乃《乐府诗集》所收八句的前四句。被略去的五六句与前首五六句同,后二句与前首后二句同。

白露欲凝草已黄①,金瑺玉柱响洞房②。双心一影俱回翔③,吐情寄君君莫忘。

【注释】

①凝：指凝结成霜。古人认为霜为露凝结而成。《诗经·秦风·蒹葭》："蒹葭苍苍，白露为霜。"已：傅刚《校笺》："五云溪馆本、徐本、郑本作'色'。"

②金、玉：形容珍贵、精美。琯（guǎn）：金属所制管乐器。代指管乐器。柱：用作支弦的小柱。代指弦乐器。

③影：《乐府诗集》作"意"。

【译文】

白露就要凝结成霜秋草已经枯黄，箫管琴瑟一齐在幽深的房间内奏响。两颗心一个影一起在彩云间翱翔，我向您吐露真情您可千万不要淡忘。

吴均

见卷六《和萧洗马子显古意》作者简介。

行路难二首

《行路难二首》载《文苑英华》卷二百，收入《乐府诗集》卷七十《杂曲歌辞》；第二首又载《艺文类聚》卷三十。《乐府诗集》鲍照《行路难十八首》郭茂倩题解引《乐府解题》："《行路难》，备言世路艰难及离别悲伤之意，多以君不见为首。"两诗皆对比鲜明，寓意深刻，且都在篇末点明主旨，卒章显志，画龙点睛。无论形式还是内容都与鲍照《行路难十八首》相似，显然与之系一脉相承。

一

【题解】

本篇先对富贵豪华进行渲染，最后突转，说富贵无常，盛衰不定，得意与失意往往在须臾之间发生转换，很难逆料并预作安排，由此见出世路及人生之艰难。

君不见上林苑中客①，冰罗雾縠象牙席②。尽是得意忘言者③，探肠见胆无所惜④。白酒甜盐甘如乳⑤，绿觞皎镜华如碧⑥。少年持名不肯尝，安知白驹应过隙⑦。博山炉中百和香[8]，郁金苏合及都梁[9]。逶迤好气佳容貌[10]，经过青琐历紫房[11]。已入中山阴后帐[12]，复上皇帝班姬床[13]。班姬失宠颜不开，奉帚供养长信台。日暮耿耿不能寐[14]，秋风切切四面来[15]。玉阶行路生细草，金炉香炭变成灰。得意失意须臾顷，非君方寸逆所裁[16]。

【注释】

①上林苑：汉代皇家园林名。故址在今陕西西安西。周围三百里，有离宫七十所。

②冰罗雾縠（hú）：形容罗縠如冰雪般洁白，如云雾般轻柔。縠，绉纱一类丝织品。象牙席：用象牙制作的坐席。《西京杂记》卷五："武帝以象牙为簟，赐李夫人。"

③得意忘言：本指已经领会了意旨，便不再需要用言词来表达。这里是用以形容得意忘形之人。《庄子·外物》："荃者所以在鱼，得鱼而忘荃；蹄者所以在兔，得兔而忘蹄；言者所以在意，得意而忘言。"成玄英疏："意，妙理也。夫得鱼兔本因筌蹄，而筌蹄实异鱼兔，亦犹玄理假于言说，言说实非玄理。鱼兔得而筌蹄忘，玄理明而名言绝。"

④探肠见胆：犹言掏肝沥肺。谓发自肺腑，坦诚相待。

⑤甜盐：傅刚《校笺》引《考异》："'甜盐'字、'持名'字，诸本并同，皆不可解。以上下文义推之，疑'甜盐'当作'甜醶'，'持名'当作'持杯'。""疑'甜盐'当作'甜醶'"，所疑颇有理。醶，味浓的酒。

⑥觞（shāng）：酒杯。碧：青绿色玉。

⑦白驹应过隙：《庄子·知北游》："人生天地之间，若白驹之过隙，忽然而已。"成玄英疏："白驹，骏马也，亦言日也。隙，孔也。夫人处世，俄顷之间，其为迫促，如驰骏驹之过孔隙，欻忽而已，何曾足云哉！"《史记》卷五十五《留侯世家》："会高帝崩，吕后德留侯，

乃强食之，曰：‘人生一世间，如白驹过隙，何至自苦如此乎！’留侯不得已，强听而食。”应，《文苑英华》作“如”。

⑧博山炉：香炉名。因炉盖造型似传说中海中三座仙山之一的博山而得名。《西京杂记》卷一：“（长安巧工）作九层博山香炉，镂为奇禽怪兽，穷诸灵异，皆自然运动。”百和香：用多种香料配制而成的香。《太平御览》卷八百十六引《汉武帝内传》：“燔百和香，燃九微灯，以待西王母。”

⑨郁金、苏合、都梁：皆香名。郁金：参见前《歌辞二首》“河中之水向东流”注。苏合：参见卷六吴均《拟古四首·秦王卷衣》注。都梁，陶宗仪《说郛》卷八十引《广志》：“都梁香出交广，形如藿香。”

⑩逶迤（wēi yí）：体态优美貌。

⑪青琐：指镂刻着青色连环形花纹的宫门。紫房：帝王所居之处。

⑫中山阴后：中山王王后。《战国策·中山策》载，阴姬与江姬争为后，后司马熹用计助阴姬公（阴姬之父），使阴姬得立为后。司马熹在赵王面前夸阴姬容貌出众：“不知者，特以为神，力言不能及也。”中山，治今河北定州。阴，《文苑英华》《乐府诗集》作“冯”。傅刚《校笺》引《考异》：“《汉书·外戚传》虽载冯昭仪为中山太后，然中山阴后，《战国策》亦有明文。既义可并存，即不必轻改旧本。”

⑬皇帝：傅刚《校笺》引《考异》：“梁代诗人不应泛称汉成为皇帝，疑为汉帝之讹。”

⑭耿耿：《楚辞》屈原《远游》：“夜耿耿而不寐兮，魂茕茕而至曙。”王逸注：“耿耿，犹儆儆，不寐貌也。”《诗经·邶风·柏舟》：“耿耿不寐，如有隐忧。”

⑮切切：萧瑟凄凉貌。谢朓《宣城郡内登望》：“切切阴风暮，桑柘起寒烟。”

⑯方寸：指心。逆：逆料，预料。裁：定夺，安排。

【译文】

您难道没有看见上林苑中的女子，穿的是洁白轻柔的绸缎坐卧的是象牙席。都是一些得意忘形已不知该说什么的人，对君王掏肝沥肺坦诚相待无所顾惜。所享用的白酒甜醪就像乳汁般甘甜，绿色的酒杯明亮的铜镜光华如同碧玉。有一位少女自恃高名不肯参与品尝，她哪知道人的一生就如白驹之过隙。博山炉中燃着的是百和薰香，还有名贵的郁金苏合和都梁。她体态优美气质优雅容貌姣好，走过镂着青色花纹的宫门来到紫房。已经进入了中山阴后的帷帐，又上了汉成帝班婕妤的床。班婕妤失去恩宠后愁眉不展，只能拿着扫帚供养太后在长信台。天黑之后翻来覆去不能入睡，凄凉的秋风飕飕地从四面八方吹来。白玉台阶人行道上都长出了小草，金饰香炉中烧过的香炭都已变成了灰。得意失意在须臾顷刻之间便会转换，不是您的方寸之心所能逆料裁定。

二

【题解】

本篇则通过对梧桐树与桂树不同命运的展示，反映人们命运的不同，抒发了诗人的感慨和愤懑。

洞庭水上一株桐，经霜触浪困严风①。昔时榴心耀白日②，今旦卧死黄沙中。洛阳名工见咨嗟③，一剪一刻作琵琶。白璧规心学明月④，珊瑚映面作风花⑤。帝王见赏不见忘，提携把握登建章⑥。掩抑摧藏《张女弹》⑦，殷勤促柱《楚明光》⑧。年年月月对君王⑨，遥遥夜夜宿未央⑩。未央彩女弃鸣篪⑪，争见拂拭生光仪⑫。茱萸锦衣玉作匣⑬，安念昔日枯树枝。不学衡山南岭桂，至今千年犹未知⑭。

【注释】

①“经霜”句：枚乘《七发》：“龙门之桐，高百尺而无枝。……其根半死半生，冬则烈风漂霰飞雪之所激也，夏则雷霆霹雳之所感也。”

②搊(chōu)心：指桐树开花。搊，《艺文类聚》《乐府诗集》《文苑英华》作“抽”。

③洛阳名工：鲍照《拟行路难》其二：“洛阳名工铸为金博山，千斫复万镂，上刻秦女携手仙。”咨嗟：感叹。

④“白璧”句：谓琵琶上嵌有圆如明月的白色璧玉。规，圆规。

⑤“珊瑚”句：谓琵琶上还以珊瑚为饰，其红色映人面，好似风中花朵。

⑥建章：汉宫名。参见卷八徐陵《奉和咏舞》注。

⑦掩抑：低沉。摧藏：极度悲哀。《古诗为焦仲卿妻作》：“未至二三里，摧藏马悲哀。”《张女弹》：即《张女引》，古曲名。《文选》潘岳《笙赋》：“辍张女之哀弹，流广陵之名散。”李善注：“张女群弹，然盖古曲，未详所起。”张铣注：“张女弹，曲名也。其声哀。”

⑧殷勤：频繁地。《后汉书》卷六十六《陈蕃传》：“天之于汉，悢悢无已，故殷勤示变，以悟陛下。”促柱：将琵琶上支弦的小木柱移近，使弹出的声音高而急，以表达激动的感情。南朝乐府《上声歌》：“郎作《上声曲》，柱促使弦哀。”《楚明光》：古琴曲名。据蔡邕《琴操》卷下，楚明光本为楚国大夫，遭谗，楚王怒之，“明光乃作歌曰《楚明光》”以自明。

⑨王：原作“子”，《文苑英华》《乐府诗集》作“王”，据改。

⑩未央：汉宫名。在长安。西汉初由萧何主持营造。

⑪未央彩女：《文苑英华》作“彩女宫娥”。彩女，宫女。弃：赵氏覆宋本作“弄”。鸣：傅刚《校笺》：“五云溪馆本作‘明’。”篪(chí)：古代一种竹制管乐器。

⑫见：《乐府诗集》作“先”。光仪：光彩仪容。祢衡《鹦鹉赋》：“背

蛮夷之下国，侍君子之光仪。”

⑬茱萸（zhū yú）：锦缎名。《邺中记》：“锦有大博山、小博山、大茱萸、小茱萸。”匣：傅刚《校笺》：“冯钞本作‘匝’。”

⑭年：《艺文类聚》《文苑英华》《乐府诗集》作“载”。

【译文】

洞庭湖水上长有一棵梧桐树，经历了霜冻浪打还受困于凌厉的寒风。以前它开着花在白日下闪耀，今天它却死去横卧在黄沙中。洛阳有名的工匠见了感叹不已，于是又剪又刻将它制成了琵琶。琵琶上嵌有圆如明月的白色璧玉，琵琶上的珊瑚映上人面好似风中花朵。琵琶得到了帝王的赏识而且没有被忘记，把它拿在手中来到了建章宫里。声音低沉弹起了极度悲哀的《张女弹》，又频繁移近弦柱急促地弹奏起了《楚明光》。从此琵琶年年月月地面对君王，一个又一个长夜都待在未央。未央宫的宫女们都把鸣箎抛弃，争着来看琵琶把它擦拭得熠熠生光。套上用茱萸锦制作的外套后放进玉匣，哪还会想起它以前不过是一段枯树枝。不要像衡山南岭的桂树那样，至今已有千年还不被人们所知。

张率

见卷六《相逢行》作者简介。

拟乐府长相思二首

【题解】

《拟乐府长相思二首》载《艺文类聚》卷四十二(第二首系节引)、《文苑英华》卷二百二,收入《乐府诗集》卷六十九《杂曲歌辞》,皆题作《长相思》。关于《长相思》,参见卷四吴迈远《长相思》题解。诗写思妇对远人的思念,风姿秀美,诗思悠远。“如雨绝”“若天垂”,比喻既奇妙,又真切,深刻地表达了思妇的内心感受。

一

长相思,久离别。美人之远如雨绝①。独延伫②,心中结。望云去去远③,望鸟飞飞灭④。空望终若斯⑤,珠泪不能雪⑥。

【注释】

①雨绝:谓雨绝云。雨离开了云,就再也不可能返回。傅玄《苦相篇》:“垂泪适他乡,忽如雨绝云。”

②延伫:长久站立。

③去去远:《文苑英华》作“云远散”,《乐府诗集》作“云去远”。

④飞飞:《文苑英华》《乐府诗集》作"鸟飞"。

⑤空:《文苑英华》作"远"。斯:此,这样。

⑥雪:清除,擦拭。

【译文】

深长地相思,长久地离别。心中的美人去到远方就如雨与云断绝。独自久久地站立等待,心中有无限的忧愁郁结。望着白云飘去飘啊飘啊越来越远,望着鸟儿飞走飞啊飞啊直到全无踪迹。空自怅望望来望去总是这个样子,泪珠滚落不止无法将它擦拭干净。

二

长相思,久别离。所思何在若天垂①,郁陶相望不得知②。玉阶月夕映罗帷,罗帷风夜吹③。长思不能寝④,坐望天河移⑤。

【注释】

①若:《艺文类聚》作"苦"。垂:通"陲",天际,天边。

②郁陶(yáo):忧思郁积貌。曹丕《燕歌行》其二:"郁陶思君未敢言,寄声浮云往不还。"

③罗帷:《艺文类聚》《文苑英华》无此二字。

④寝:傅刚《校笺》:"五云溪馆本、徐本、郑本作'寐'。"

⑤坐:空,徒然。天河:银河。

【译文】

深长地相思,长久地别离。所思念的人在哪儿呢他就像是在天边,忧思郁积深情相望却得不到他一点儿消息。夜里月光映照着洁白的台阶轻柔的帷帐,轻柔的帷帐被夜风轻轻地吹拂。深长地思念总是不能安寝,徒然望着天上的银河在慢慢地挪移。

白纻歌辞二首

【题解】

《白纻歌辞二首》收入《乐府诗集》卷五十五《舞曲歌辞》,原共九首,这里所收的为其中的第一、二首。第一首又见《文苑英华》卷一百九十三。关于"白纻歌",参见前鲍照《代白纻歌辞二首》。诗写歌舞的美妙感人,用七言五句的形式,节奏明快,结有余韵。陈祚明评云:"《白纻》诸篇,音节遒劲,质中见老。"又评第一首云:"'俱动'句似鲍,其源出魏文。"(《采菽堂古诗选》卷二十五)

一

歌儿流唱声欲清①,舞女趁节体自轻②,歌舞并妙会人情③。依弦度曲婉盈盈④,扬蛾为态谁目成⑤。

【注释】

①歌儿:歌童。流唱:传唱。

②趁节:按乐曲的节拍。

③会人情:能引起观众的共鸣。

④依:《文苑英华》作"调"。度曲:按曲谱歌唱。盈盈:体态美好貌。

⑤扬蛾:即扬眉。蛾,《文苑英华》作"眉"。目成:谓以眉目传情。屈原《九歌·少司命》:"满堂兮美人,忽独与余兮目成。"

【译文】

歌童传唱歌声是那样清朗,舞女按着节拍起舞体态是那样轻盈,歌声舞态都能巧妙地扣合人情。依着琴弦按谱歌唱体态是那样美好,扬眉作态不知在与谁眉目传情。

二

妙声屡唱轻体飞，流津染面散芳菲[1]，俱动齐息不相违[2]。令彼嘉客憺忘归[3]，时久玩夜明星稀。

【注释】

①流津：流汗。芳菲：本指花草的芳香，这里泛指芳香。

②俱动齐息：指舞者动作整齐。息，指呼吸。

③憺（dàn）：安乐。屈原《九歌·山鬼》："留灵修兮憺忘归，岁既晏兮孰华予。"《乐府诗集》作"澹"。

【译文】

美妙的歌声一再地唱体轻的舞者总在翩飞，汗流满面芳香四散沁人心脾，一齐起舞一齐呼吸绝不会不整齐。那些嘉宾一个个都高兴得忘记了把家回，在夜里玩了很久很久直到月坠星稀。

费昶

见卷六《华观省中夜闻城外捣衣》作者简介。

行路难二首

《行路难二首》载《文苑英华》卷二百,收入《乐府诗集》卷七十《杂曲歌辞》。第一首又见《艺文类聚》卷三十,作者作“吴均”。“行路难”,参见前吴均《行路难二首》题解。两诗内容似前后关联。

一

【题解】

本篇写出生贫贱的桃根得以“一朝奉至尊”,因而不免自鸣得意,发出了“薄命为女何必粗”的感叹。

君不见,长安客舍门,倡家少女名桃根①。贫穷夜纺无灯烛②,何言一朝奉至尊③。至尊离宫百余处④,千门万户不知曙。唯闻哑哑城上乌,玉栏金井牵辘轳⑤。丹梁翠柱飞流苏⑥,香薪桂火炊雕胡⑦。当年翻覆无常定,薄命为女何必粗⑧。

【注释】

①倡家:歌舞艺人之家。少:《文苑英华》作“小”。

②"贫穷"句:《战国策·秦策二》:"甘茂亡秦,且之齐,出关遇苏子,曰:'君闻夫江上之处女乎?'苏子曰:'不闻。'曰:'夫江上之处女,有家贫而无烛者。'"

③何言:这里是"哪里想到"的意思。至尊:指皇帝。

④离宫:帝王在正宫之外为便于随时出游而另筑的宫室。

⑤辘轳:一种利用轮轴原理制成的井上汲水的工具。

⑥翠柱:谓柱子颜色如翠鸟羽毛般有红有绿,斑斓夺目。流苏:用五彩羽毛或丝线做成的穗子,装在车马、楼台等处作为装饰。流,原作"屠",《艺文类聚》《文苑英华》作"流",据改。

⑦雕胡:水中菰草的果实,即菰米,古人认为是珍贵的食品。胡,《艺文类聚》作"苽"。

⑧何必:《艺文类聚》作"必已",《文苑英华》作"心已"。傅刚《校笺》引《考异》:"《文苑英华》作'心已',又注:'一作"必已"。'并误。'粗'者,轻贱之意,粗婢、粗官,唐人尚有此语。'何必粗'者,言虽薄命为女,亦何必定轻贱也。"又,粗,丑陋之意。应璩《百一诗》:"少壮面目泽,长大色丑粗。"

【译文】

您难道没有看见,长安客舍的大门内,有一位出身歌舞艺人之家的少女名叫桃根。家中贫穷晚上纺织时都没有灯烛,哪里想到有一天能被选去侍奉至尊。至尊居住的离宫有一百多处,千门万户住在里面都看不到天明。只听见城墙上有乌鹊哑哑地叫,只看见玉栏金井打水时转动着的辘轳。红色的屋梁如翠羽般斑斓的屋柱上飘动着流苏,用芳香的柴禾和桂木烧着火煮着雕胡。当年的命运反反复复没有一定,薄命为女但其实未必就一定轻贱不如人。

二

【题解】

本篇通过对宫女从得宠到失宠如过山车似的人生命运的展示,抒写了宫女内心的愤懑与不平,表现了“行路难”的主题。

君不见,人生百年如流电[①],心中坎壈君不见[②]。我昔初入椒房时[③],讵减班姬与飞燕[④]。朝逾金梯上凤楼[⑤],暮下琼钩息鸾殿[⑥]。柏台昼夜香[⑦],锦帐自飘飏[⑧]。笙歌膝上吹[⑨],琵琶《陌上桑》[⑩]。过蒙恩所赐[⑪],余光曲沾被[⑫]。既逢阴后不自专[⑬],复值程姬有所避[⑭]。黄河千年始一清[⑮],微躯再逢永无议[⑯]。蛾眉偃月徒自妍[⑰],傅粉施朱欲谁为[⑱]。不如天渊水中鸟[⑲],双去双归长比翅。

【注释】

①“人生”句:《艺文类聚》卷六引李康《游山序》:“盖人生天地之间也,若流电之过户牖,轻尘之栖弱草。”

②坎壈(lǎn):困顿,不得志。

③椒房:《汉书》卷六十六《车千秋传》:“江充先治甘泉宫人,转至未央椒房。”颜师古注:“椒房,殿名。皇后所居也。以椒和泥涂壁,取其温而芳也。”也泛指后妃居住的宫室。

④讵(jù):岂。班姬:即班婕妤,汉成帝宫人。飞燕:即赵飞燕,汉成帝宠妃,后被立为后。

⑤逾:《文苑英华》作“踏”。金梯:郭璞《游仙诗》:“翘手攀金梯,飞步登玉阙。”凤楼:宫内楼阁。参见卷四鲍照《代京洛篇》。

⑥琼钩:玉制帐钩。鸾殿:宫殿名。《西京杂记》卷一:“汉掖庭,有月影台、云光殿、九华殿、鸣鸾殿。”

⑦柏台:《汉书》卷六《武帝纪》:“(元鼎二年)春,起柏梁台。”颜师古注:“《三辅旧事》云以香柏为之。”

⑧飘飏(yáng):傅刚《校笺》:“五云溪馆本、徐本、郑本作‘飞扬’。”

⑨膝上吹:《文苑英华》作“枣下曲”。

⑩《陌上桑》:收入《乐府诗集》卷二十八《相和歌辞·相和曲》。一作《艳歌罗敷行》。

⑪过蒙:李密《陈情表》:“过蒙拔擢,宠命优渥。”蒙,《文苑英华》作“叨”。

⑫余光:谓帝王的恩宠。陆机《乐府诗》其十七:“愿君广末光,照妾薄暮年。”被:蒙受。

⑬阴后:指汉光武帝后阴丽华,《后汉书》卷十上《皇后纪上》说她“雅性宽仁”,曾固辞皇后之位。

⑭值:傅刚《校笺》:“徐本、郑本作‘遇’。”程姬:汉景帝姬妾。《汉书》卷五十三《景十三王传·长沙定王刘发》:“长沙定王发,母唐姬,故程姬侍者。景帝召程姬,程姬有所避,不愿进,而饰侍者唐儿使夜进。上醉,不知,以为程姬而幸之,遂有身。”颜师古注“不愿进”:“谓月事。”程,傅刚《校笺》:“五云溪馆本、徐本、郑本作‘班’。”

⑮“黄河”句:王嘉《拾遗记》卷一:“又有丹丘,千年一烧,黄河千年一清,至圣之君,以为大瑞。”

⑯再逢:谓再度得到恩宠。永无议:谓再也没有了被考虑的机会。议,《文苑英华》作“义”。傅刚《校笺》引《考异》:“‘议’字未详,《文苑英华》作‘义’,亦未详。”

⑰偃月:指额骨如半月之形。相法认为乃极贵之相。《战国策·中山策》:“(中山阴姬)其容貌颜色,固已过绝人矣。若乃其眉目准頞权衡,犀角偃月,彼乃帝王之后,非诸侯之姬也。”鲍彪注:“偃月,额骨。”《后汉书》卷十下《皇后纪下》:“相工茅通见后,惊,再拜贺曰:‘此所谓日角偃月,相之极贵,臣所未尝见也。’”妍(yán):美。

⑱傅粉施朱:宋玉《登徒子好色赋》:“东家之子,增之一分则太长,

减之一分则太短。著粉则太白,施朱则太赤。”

⑲鸟:《文苑英华》作“凫”。

【译文】

您难道没有看见,人生百年就像瞬间消逝的闪电,心中的失意您是没有看见。我从前刚刚进入椒房的时候,得到的恩宠哪里比不上班婕妤和赵飞燕。早晨攀着金梯登上凤楼,傍晚落下玉钩宿在鸾殿。柏梁台白天夜晚都在飘香,锦制帷帐在风中自在地飘扬。把笙放在膝上一面吹奏一面欢歌,琵琶弹奏的乐曲是《陌上桑》。过分地蒙受皇恩所赐予的一切,太阳的余光曲折地得到沾溉蒙受。既已遇上不肯自专的阴后,又遇上程姬有所回避。黄河一千年才有一次水清,卑贱的身躯再没有了得到恩宠的机会。细长的美眉半月形的额骨徒然自美,还想为谁去涂脂抹粉。还不如天池水中的鸟儿,一起飞去一起飞回永远在天上比翼双飞。

皇太子

皇太子，即梁简文帝萧纲。见卷七《圣制乐府三首》作者简介。原书“皇太子”后有“圣制”二字，为统一体例，特予删除。

乌栖曲四首

【题解】

《乌栖曲四首》载《艺文类聚》卷四十二，收入《乐府诗集》卷四十八《清商曲辞·西曲歌》。后三首又见《文苑英华》卷二百六。《乌栖曲》现存歌辞以萧纲所作为最早。诗写男女相恋之情，情思婉转，表现细腻，有浓郁的南朝民歌色彩。胡应麟颇为推崇，评云：“简文《乌栖曲》四首，奇丽精工，齐、梁短古，当为绝唱。如‘郎今欲渡畏风波’，太白《横江词》全出此；‘可怜今夜宿娼（倡）家’，子安《临高台》全用此。至‘北斗横天月将落’‘朱唇玉面灯前出’，语特高妙，非当时纤词比。余人竞拟皆不逮，惟江总‘桃花春水木兰桡’一首，差可继之。”（《诗薮》内编卷六）

一

芙蓉作船丝作笮①，北斗横天月将落②。采桑渡头碍黄河③，郎今欲渡畏风波。

【注释】

①芙蓉：即荷花。笮（zuó）：船上的缰绳。汉乐府《上陵》：“桂树为

君船，青丝为君笮，木兰为君棹，黄金错其间。”

②“北斗”句：谓将天明。

③采桑：即采桑津，在黄河边。桑，原作“莲”，傅刚《校笺》引《考异》：“《水经》曰：‘河水过曲县西南为采桑津。’《春秋·僖公八年》晋里克败狄于采桑是也。梁简文帝《乌栖曲》曰：‘采桑渡头碍黄河，郎今欲渡畏风波。’”据改。碍：阻隔。傅刚《校笺》：“徐本、郑本作‘拟’。”

【译文】

用芙蓉做船用青丝做缰绳，天上北斗横斜月亮将要西落。采桑渡头有黄河在前面阻隔，情郎今天想要渡河又害怕起风波。

二

浮云似帐月成钩[①]，那能夜夜南陌头[②]。宜城酝酒今行熟[③]，停鞍系马暂栖宿[④]。

【注释】

①成：《乐府诗集》作“如”。

②能：傅刚《校笺》：“茅本、陈本作‘得’。”陌：田间小路。头：《艺文类聚》作“游”。

③宜城：县名。今属湖北。古代以产美酒闻名。曹植《酒赋》：“宜城醪醴，苍梧缥清。或秋藏冬发，或春酝夏成。”酝：酿酒。《艺文类聚》《乐府诗集》作“投”，赵氏覆宋本作“醖”。酒：《乐府诗集》作“泊”。行：将要。《文苑英华》作“夜”。

④停鞍系马：《文苑英华》作“莫惜停鞍”。

【译文】

浮云好似帷帐月亮成了一只弯钩，哪能夜夜守候在这南边的路口。宜城酿的美酒今晚就要成熟，停鞍系马暂时在此寄宿停留。

三

青牛丹轂七香车[1]，可怜今夜宿倡家。倡家高树乌欲栖，罗帏翠帐向君低[2]。

【注释】

①青牛：黑牛。轂（gǔ）：车轮中间车轴贯入处的圆木。七香车：用多种香料涂饰或用多种香木制作的车。泛指华美的车。曹操《与太尉杨彪书》："今赠足下画轮四望通幰七香车一乘，青牸牛二头。"

②帏：《文苑英华》《乐府诗集》作"帷"。翠帐：有翠鸟羽毛装饰的帷帐。帐，《文苑英华》《乐府诗集》作"被"。向：《乐府诗集》作"任"。

【译文】

黑牛拉着车轂涂饰成红色的七香车，可爱的人儿今夜住在歌舞艺人之家。艺人家的高树上有乌鹊想要栖宿，为了郎君把华美的帷帐低低地放下。

四

织成屏风银屈膝[1]，朱唇玉面灯前出。相看气息望君怜，谁能含羞不自前[2]。

【注释】

①织成：古代一种名贵的丝织物，以彩丝或金缕织出图案。银：《文苑英华》《乐府诗集》作"金"。屈膝：连接屏风诸扇的搭扣。

②自：《文苑英华》作"向"。

【译文】

织成做的屏风白银做的屈膝，红色的双唇如玉的面庞在灯前出现。

彼此相看气息相闻盼得到郎君爱怜，有谁能不含着娇羞自己走到跟前。

杂句从军行一首

【题解】

本篇载《艺文类聚》卷四十一（缺“逦迤”二句）、《文苑英华》卷一百九十九，收入《乐府诗集》卷三十二《相和歌辞·平调曲》。《艺文类聚》《文苑英华》《乐府诗集》皆题作《从军行》，所收皆二首，此为其中的第二首。《乐府诗集》王粲《从军行》郭茂倩题解引《乐府解题》：“《从军行》皆军旅苦辛之辞。”而本篇表现的却是汉军慷慨赴敌、一扫群顽的英雄气概，是一首激昂豪迈的高歌，与诗人所写作的大量绮艳之作迥异其面。诗人曾多次出为使持节、都督边境各州诸军事，普通六年（525）为雍州刺史时，还曾“遣长史柳津破魏南乡郡，司马董当门破魏晋城。庚戌，又破马圈、雕阳二城”（《梁书》卷三《武帝纪下》），有一些军事斗争的体验。不仅如此，还曾涌动过守边杀敌的豪情，其《答张缵谢示集书》云：“伊昔三边，久留四战；胡雾连天，征旗拂日；时闻坞笛，遥听塞笳；或乡思凄然，或雄心愤薄。”本篇当即其“雄心愤薄”的产物。结尾数句，又为诗篇增添了几分柔媚的色彩，别具一格。

云中亭障羽檄惊[①]，甘泉烽火通夜明[②]。贰师将军新筑营[③]，嫖姚校尉初出征[④]。复有山西将[⑤]，绝世爱雄名[⑥]。三门应遁甲[⑦]，五垒学神兵[⑧]。白云随阵色[⑨]，苍山答鼓声。逦迤观鹅翼[⑩]，参差睹雁行[⑪]。先平小月阵[⑫]，却灭大宛城[⑬]。善马还长乐[⑭]，黄金付水衡[⑮]。小妇赵人能鼓瑟[⑯]，侍婢初笄解郑声[⑰]。庭前桃花飞已合[⑱]，必应红妆起见迎[⑲]。

【注释】

①云中：郡名。在今山西西北部及与之毗连的内蒙古自治区一带。亭障：古代边塞用于御敌的堡垒。代指边塞。障，《文苑英华》作“嶂”。羽檄（xí）：军事文书，插上羽毛以表示紧急。

②甘泉：山名。在今陕西淳化西北，秦、汉时在此建有甘泉宫，汉文帝时，匈奴骑兵曾到达此地。烽火：用以报警的烟火。通夜：《文苑英华》作“夜深”。

③贰师将军：指汉武帝时的将军李广利，曾出征西域大宛国贰师城，斩其王首，获名马。

④嫖（piào）姚：勇健轻捷貌。汉名将霍去病早年曾为嫖姚校尉，后以战功升为骠骑将军。

⑤山西将：指汉将赵充国，为陇西上邽（今甘肃天水）人。古人以崤山（在今河南洛宁北）以西为山西。《汉书》卷六十九《赵充国传赞》：“秦汉已来，山东出相，山西出将。”

⑥绝世：并世无双。爱：原作“受”，《艺文类聚》《乐府诗集》作“爱”，据改。

⑦三门：古代战阵名。《后汉书》卷八十下《高彪传》：“天有太一，五将三门。”李贤注：“《太一式》：‘凡举事皆欲发三门。顺五将。’发三门者，开门、休门、生门。”此三门在占验家所列的八门中为吉门。遁甲：古代方士术数之一，为趋吉避凶之术。《后汉书》卷八十二上《方术传》：“其流又有风角、遁甲、七政……之术。”李贤注：“遁甲，推六甲之阴而隐遁也，今书《七志》有《遁甲经》。”

⑧五垒：指战争中的工事部署。

⑨阵：《艺文类聚》作“旆”，吴兆宜注：“一作‘施’。”

⑩逦迤（lǐ yǐ）：曲折绵延貌。《文苑英华》《乐府诗集》作“迤逦”；逦，傅刚《校笺》：“五云溪馆本、徐本、郑本作‘逶’。”按《文苑英华》将“迤逦”二句置于“侍婢”一句之后。鹅翼：战阵名。《左

传·昭公二十一年》:"丙戌,与华氏战于赭丘。郑翩愿为鹳,其御愿为鹅。"杜预注:"鹳、鹅皆陈名。"杨伯峻注:"宋陆佃《埤雅·释鸟》云:'鹅自然有行列,故《聘礼》曰:"出如舒雁。"(雁即鹅)'古者兵有鹳、鹅之陈也。"按"陈"同"阵"。

⑪雁行:《文选》鲍照《出自蓟北门行》:"雁行缘石径,鱼贯度飞梁。"吕向注:"雁行、鱼贯,皆阵势也。"

⑫小月:即小月氏,汉代西域国名。《史记》卷一百十一《卫将军骠骑列传》:"骠骑将军逾居延,遂过小月氏,攻祁连山。"司马贞《索隐》引《西域传》:"大月氏本居敦煌、祁连间,余众保南山,遂号小月氏。"小,吴兆宜注:"一作'少'。"傅刚《校笺》:"陈本'平小'作'年少'。"阵:《文苑英华》作"障"。

⑬却:回头。大宛:古代西域国名。《汉书》卷九十六上《西域传上》:"大宛国,王治贵山城,去长安万二千五百五十里。宛别邑七十余城,多善马。马汗血,言其先天马子也。"

⑭长乐:汉宫名。在长安(今陕西西安)。乐,《艺文类聚》作"道"。

⑮水衡:指水衡都尉,汉官名。掌上林苑,兼管皇室财物、铸钱等事务。

⑯鼓:弹奏。

⑰初笄(jī):指刚成年。笄是盘发用的簪子,古代女子成年后要将头发盘起来,用簪子加以固定。解:懂得。郑声:春秋战国时期的民间音乐,多为情歌。

⑱桃花:《艺文类聚》作"柳色",《文苑英华》作"柳花"。已:《艺文类聚》《文苑英华》作"欲"。

⑲红妆:女子的盛妆,因以红色为主调,故称。代指妻子。起见:《艺文类聚》《乐府诗集》作"来起"。

【译文】

从云中郡边塞传来的紧急文书令人吃惊,甘泉山上的烽火整夜通明。贰师将军在前线新筑了营寨，嫖姚校尉刚刚也奉命出征。还有从山西走出来的将军，举世没有谁比他更爱惜英雄的名声。所部署的三门都符合遁甲之法，所构筑的五垒军阵都仿效神奇的用兵。白云随着军阵的变化改变颜色，苍莽的大山回响着激越的鼓声。一眼望去曲折绵延就像天鹅的羽翼，再看参差排列又像是大雁飞行。首先扫平了小月氏的战阵，回头又灭掉敌军占领了大宛城。缴获汗血马后回到长乐宫，把缴获的黄金交付给了水衡都尉。小妾是赵人擅长弹奏瑟，侍婢刚成年懂得柔媚的郑声。庭前的桃花飞起来后又重新聚合，妻子肯定会身着盛妆出门相迎。

和萧侍中子显春别四首

【题解】

《和萧侍中子显春别四首》载《艺文类聚》卷三十二，第一、三、四首题作《春别诗》，第二首作江总《闺怨诗》。萧侍中子显，即萧子显，见卷八萧子显《乐府二首·日出东南隅行》作者简介。其《春别四首》见后。诗写闺怨，诗思婉曲，造语新警。“无情无意犹如此，有心有恨徒别离”，“故人虽故昔经新，新人虽新复应故”，皆富有含蕴，耐人咀味。

一

别观葡萄带实垂①，江南豆蔻生连枝②。无情无意犹如此，有心有恨徒别离③。

【注释】

①别观（guàn）：指离宫别馆（正宫之外供帝王出游时居住的宫室）。

②豆蔻（kòu）：多年生常绿草本植物，产岭南。高丈许，外形像芭蕉，花淡黄色，秋季结实，果实扁球形，种子像石榴子，有香味，可入药。连枝：即连理枝，两棵树不同根而枝干连在一起。

③别离：傅刚《校笺》："五云溪馆本、徐本、郑本作'自知'。"

【译文】

别馆旁边的葡萄带着果实下垂，江南的豆蔻长出了连理枝。葡萄豆蔻无情无意还能如此，两人有心有恨却徒然地分离两地。

二

蜘蛛作丝满帐中，芳草结叶当行路。红脸脉脉一生啼[①]，黄鸟飞飞有时度。故人虽故昔经新，新人虽新复应故。

【注释】

①脉脉：含情不语貌。

【译文】

蜘蛛吐丝帷帐中结满了蛛网，芳草绿叶繁茂挡住行人的道路。红颜脉脉含情一生都在啼哭，黄鸟飞啊飞啊有时会从面前飞过。旧人虽旧但以前也曾经做过新人，新人虽新但以后也会变成旧人。

三

可怜淮水去来潮，春堤杨柳覆河桥。泪迹未燥讵终朝[①]，行闻玉佩已相要[②]。

【注释】

①迹：傅刚《校笺》："徐本、郑本作'痕'。"讵（jù）：岂。

②行：且，将要。要（yāo）：邀，约。

【译文】

可怜淮水如潮的水波去去来来，春天河堤上的杨柳盖住了河上的桥。泪痕未干难道一哭就哭一上午，却听见玉佩响起新人已经把他相邀。

四

桃红李白若朝妆，羞持憔悴比新芳[①]。不惜暂往君前死[②]，愁无西国更生香[③]。

【注释】

①芳：花。指桃花李花。原作“杨”，《艺文类聚》作“芳”，据改。

②往：原作“住”，傅刚《校笺》：“徐本、郑本作‘往’。”据改。

③更生香：闻之可使人死而复生的香。古代西域各国产异香，如苏合、郁金等，但没有更生香。

【译文】

桃花红李花白好像早晨的艳妆，不愿去与新花相比用这副憔悴的模样。不惜暂时前往您的面前一死，只是发愁没有来自西国的更生香。

杂句春情一首

【题解】

本篇写春日的美景及情思。“诚知”句、“五马”句，暗写男欢女爱之事，而表现颇隐约。全诗八句，前六句为七言，后二句为五言，颇显特别，为七律成长过程中的产物。陈祚明评云：“此本近温、李。‘两童’二句却开初唐，以其雅也。”（《采菽堂古诗选》卷二十二）

蝶黄花紫燕相追，杨低柳合路尘飞。已见垂钩挂绿树[①]，诚知淇水沾罗衣[②]。两童夹车问不已，五马城南犹未归[③]。莺啼春欲驶，无为空掩扉[④]。

【注释】

①垂钩：指下垂的柳丝。一说，指弯月。

②淇水:水名。在今河南省北部。春秋时常为青年男女的幽会之地。《诗经·鄘风·桑中》:“期我乎桑中,要我乎上宫,送我乎淇之上矣。”

③五马:指太守。汉乐府《陌上桑》:“罗敷善蚕桑,采桑城南隅。……使君从南来,五马立峙蹰。”(见卷一《古乐府诗六首》)

④无为:无所事事,百无聊赖。扉(fēi):门。

【译文】

黄色的蝴蝶紫色的鲜花还有春燕在互相追逐,杨树低垂柳枝密合大路上尘土纷飞。已能看见柳丝如钩悬挂在碧绿的柳树上,诚然知道淇水也已沾湿了绸衣。两个儿童在车的两旁问个不停,五马太守他在城南还没有回归。黄莺啼鸣春光就要很快逝去,百无聊赖徒然地把房门关闭。

拟古一首

【题解】

本篇作者一作“萧统”。俞绍初《昭明太子集校注》将其列入“附编”,并云:“当以《玉台》为正。”诗写女子的思远之情。首二句,通过几个典型的细节,写出了女子的相思之愁。末二句,更通过对“不忍语”“独吞声”悲凄情状的描写,表现了女子难以忍受的相思之苦。

窥红对镜敛双眉,含愁拭泪坐相思①。念人一去许多时,眼语笑靥迎来情②,心怀心想甚分明。忆人不忍语,衔恨独吞声③。

【注释】

①坐:因。

②眼语:谓以眼神表达情意。靥(yè):脸颊上的酒窝。迎:吴兆宜

注："一作'近'。"

③衔恨：傅刚《校笺》："陈本作'含情'，徐本、郑本作'含恨'。"

【译文】

面对铜镜凝视着红妆紧皱着双眉，饱含忧愁擦着眼泪只因又把他思念。想着这个人一走就走了这么长时间，浮现出眼中含情带着笑靥迎他归来的情景，心中怀念凝想这情景是如此的分明。回想起他来不忍心再说什么，饱含怨恨独自在这里哽咽吞声。

倡楼怨节一首

【题解】

本篇载《艺文类聚》卷三十二。倡楼，歌舞艺人所居之楼。诗写一个艺人因时节变化而被触发的情思。末二句，实际是说青春易逝、应在春天这美好的季节里去大胆地追求爱情。南朝乐府《子夜四时歌·春歌》云："春风动春心，流目瞩山林。山林多奇采，阳鸟吐清音。"又云："梅花落已尽，柳花随风散。叹我当春年，无人相要唤。"本篇所表现的诗思，与之一脉相通。

朝日斜来照户，春鸟争飞出林。片光片影皆丽①，一声一啭煎心②。上林纷纷花落③，淇水漠漠苔浮④。年驰节流易尽⑤，何为忍忆含羞⑥。

【注释】

①皆：傅刚《校笺》："陈本作'景'。"

②啭（zhuàn）：鸟婉转地叫。

③上林：即上林苑，汉宫苑名。故址在今陕西西安西。

④漠漠：弥漫貌。

⑤节流:孔融《与曹公论盛孝章书》:“岁月不居,时节如流。”易尽:石崇《思归叹》:“时光逝兮年易尽,感彼岁暮兮怅自愍。”

⑥忆:《艺文类聚》作“意”。

【译文】

早晨的阳光斜斜地照进家门,春天的鸟儿争相飞出了树林。每一片光每一片影看去都很美丽,一声叫一声鸣都煎熬着我的心。上林苑中的花已纷纷凋落,淇水漫漫苔藓在水边漂浮。时光飞快地流逝一年很容易过去,为什么要害羞把对他的思念隐忍在心里。

湘东王

见卷七《登颜园故阁》作者简介。

春别应令四首

【题解】

《春别应令四首》载《艺文类聚》卷三十二，题作《别诗》。本卷有萧子显《春别四首》，又有萧纲《和萧侍中子显春别四首》，可见萧子显先作此题，萧纲和之，萧绎又应萧纲之命作本篇，因萧纲时为皇太子，故题曰“应令”。三人所作题材、体制相同，风格也颇近似。诗紧扣“春别”落笔，情致哀婉，意境优美。陈祚明评第三首云：“语甚健，然并不知‘隔千里兮共明月’。”评第四首云：“此情诚哀。”（《采菽堂古诗选》卷二十二）

一

昆明夜月光如练①，上林朝花色如霰②。花朝月夜动春心③，谁忍相思不相见④。

【注释】

①昆明：池名。在长安近郊，汉武帝为训练水军仿效昆明滇池开凿。练：白绢。

②上林：上林苑，汉宫苑名。故址在今陕西西安西。霰（xiàn）：小雪珠。

③春心：指对男子的思慕之情。

④不相：《艺文类聚》作“今不”。

【译文】

昆明池夜里的月光就像白绢一样，上林苑早晨的花色就如雪珠一般。早晨的鲜花夜里的月光触动了春心，有谁能忍住相思之情不与情郎相见。

二

试看机上交龙锦①，还瞻庭里合欢枝②。映日通风影朱幔③，飘花拂叶度金池④。不闻离人当重合，惟悲合罢会成离。

【注释】

①交龙锦：锦名。《邺中记》：“织锦署在中尚方。锦有……大茱萸、小茱萸、大交龙、小交龙。”

②合欢：落叶乔木名。叶似槐叶，羽状复叶，对生，至晚则合。

③朱幔：红色帷幕。朱，《艺文类聚》作“珠”。

④拂：傅刚《校笺》：“徐本、郑本作‘摇’。五云溪馆本此句作‘飘风摇华度金池’。”

【译文】

试看织布机上的交龙锦，回头再看庭院里的合欢枝。映照日光沐浴清风倩影在红色的帐幕上摇曳，飘扬的花飘拂的叶飘过华美的水池。没听说人分离后还可以重新团聚，只是悲伤团聚之后还会重新分离。

三

门前杨柳乱如丝，直置佳人不自持①。适言新作裂纨诗②，谁悟今成织素辞③。

【注释】

①直置：径直。不自持：谓不能控制自己的感情或欲望。

②适：刚才。裂纨（wán）诗：指发泄对变心男子怨恨的诗。汉乐府有《怨歌行》（又传为班婕妤所作，题作《怨诗》，见卷一），写的是女子担心被抛弃的心理，首二句为“新裂齐纨素，鲜洁如霜雪”。裂，截断。指布匹成匹时从织机上扯下来。纨，白色细绢。

③织素辞：弃妇之辞。古诗“上山采蘼芜”有“新人工织缣，故人工织素”之句。素，白绢。

【译文】

门前的杨柳枝乱得就像丝线一样，惹得美人情感萌动不能控制自己。刚才说准备新作一首担心被弃的裂纨诗，谁知现在写成的是一首已是弃妇的织素辞。

四

日暮徙倚渭桥西①，正见凉月与云齐②。若使月光无近远，应照离人今夜啼。

【注释】

①徙倚：流连徘徊貌。渭：水名。流经长安。汉时，渭桥常为长安人的送别之地。

②凉：《艺文类聚》作“流”。古诗“西北有高楼”：“西北有高楼，上与浮云齐。”

【译文】

日暮时分在渭桥西流连徘徊，正好望见清凉的月亮与云齐平。假如让月光普照不分近和远，那它应照见离别的人今夜在悲啼。

萧子显

见卷八《乐府二首》作者简介。

春别四首

【题解】

《春别四首》除第三首外，均载《艺文类聚》卷三十二。诗紧扣“春别”二字，以简练而优美的笔触，在描绘迷人春色的同时，表现春心萌动的少女相思情切却难与意中人相见的哀怨之情。情调风致，颇受南朝乐府民歌影响。诗成后，萧纲、萧绎均有应和之作（已见前）。

一

翻莺度燕双比翼①，杨柳千条共一色。但看陌上携手归②，谁能对此空相忆③。

【注释】

①比翼：即翅膀挨着翅膀飞行。

②陌上：田间小路。

③相：原作“中”，傅刚《校笺》：“徐本、郑本作‘相’。”据改。

【译文】

翩飞的黄莺飞过的春燕都是双双比翼齐飞，杨柳枝千条万条都是一个颜色。只见小路上男男女女手拉着手回来,面对此情此景有谁能只是空自相忆。

二

幽宫积草自芳菲[①],黄鸟芳树情相依。争风竞日常闻响,重花叠叶不通飞。当知此时动妾思,惭使罗袂拂君衣[②]。

【注释】

①芳菲:指花草的芳香。

②惭:羞涩。袂(mèi):衣袖。

【译文】

深宫中繁茂的花草独自散发出芳香,黄鸟与芳树两情相悦紧紧地相依。争着迎风竞相映日常能听到各种声响,重重叠叠的花与叶鸟儿不能通畅地翩飞。您应当知道这个时候触动了我的相思之情,实在难为情我想用袖子拂一下您的绸衣。

三

江东大道日华春,垂杨挂柳扫轻尘。淇水昨送泪沾巾,红妆宿昔已应新[①]。

【注释】

①宿昔:犹"旦夕",早晚,表示时间短暂。

【译文】

江东大道上春天的太阳闪耀着光华,低垂的杨枝高悬的柳条轻扫着地上的浮尘。昨日在淇水边送别时眼泪沾湿了衣巾,红艳的盛妆早晚间想必已经更新。

四

衔悲揽涕别心知[①]，桃花李色任风吹[②]。本知人心不似树，何意人别似花离。

【注释】

①揽：《楚辞》屈原《九章·思美人》："思美人兮，揽涕而伫眙。"山带阁注："揽，犹收也。"

②色：指花。傅刚《校笺》："五云溪馆本、徐本、郑本作'花'。"

【译文】

含着悲痛收住眼泪离别的心情你应深知，桃花李花只能任由风吹。本来知道人心不像树那样，哪想到人的别离就像花离开了树枝。

乐府乌栖曲应令二首

【题解】

《乐府乌栖曲应令二首》载《文苑英华》卷二百六，第二首又载《艺文类聚》卷四十二；收入《乐府诗集》卷四十八《清商曲辞·西曲歌》，作者作"梁元帝"。傅刚《校笺》："冯钞本、五云溪馆本作'栖乌曲'。"萧纲作有《乌栖曲四首》，此二首当为应萧纲之令所作。诗写女子对男子的深情与纯情，笔墨精简而能传神。

一

握中酒杯玛瑙钟[①]，裾边杂佩琥珀龙[②]。欲持寄君心不惜[③]，共指三星今何夕[④]。

【注释】

①握：《文苑英华》《乐府诗集》作"幄"。酒杯：《文苑英华》《乐府

诗集》作“清酒”。玛瑙：一种矿物，有各种颜色，坚硬，可做装饰品。钟：酒器。

②裾（jū）：衣服的前襟。《乐府诗集》作“裙”。杂佩：所佩带的珠玉等饰物。琥珀龙：用琥珀制作的龙形饰物。琥珀，古代松柏树脂的化石。有淡黄色、褐色、红褐色等色。傅刚《校笺》：“五云溪馆本、徐本、郑本作‘红’。”

③君：《文苑英华》作“心”。

④三星：指参宿三星。《诗经·唐风·绸缪》：“绸缪束薪，三星在天。今夕何夕？见此良人。”

【译文】

手中端着的是玛瑙制作的酒杯，前襟边上的杂佩是琥珀制作的龙。想要以此寄赠夫君心里不觉得可惜，想要与夫君一起指着三星想想今天是什么日子。

二

浓黛轻红点花色①，还欲令人不相识。金壶夜水谁能多②，莫持赊用比悬河③。

【注释】

①浓黛轻红：原作“泪黛红轻”，《艺文类聚》《文苑英华》《乐府诗集》皆作“浓黛轻红”，据改。黛，青黑色颜料，古代妇女用作画眉。

②金壶：即铜漏，为古代计时器。参见卷四鲍照《玩月城西门》注。水：《艺文类聚》《文苑英华》作“永”。谁：《乐府诗集》作“讵”。多：《艺文类聚》作“过”。

③持：《文苑英华》作“恃”。赊（shē）：通“奢”，奢侈。《艺文类聚》《文苑英华》《乐府诗集》作“奢”。比：《文苑英华》作“此”。悬河：瀑布。《世说新语·赏誉》：“王太尉云：‘郭子玄语议如悬河写

水，注而不竭。'"

【译文】

浓描黛眉抹上淡红点上花样的颜色，还想让人看见之后不能相互认识。夜里铜漏中的水有谁能让它增多，不要拿夜里的时间随便挥霍把它当作流不尽的悬河。

燕歌行

【题解】

本篇载《文苑英华》卷一百九十六，收入《乐府诗集》卷三十二《相和歌辞·平调曲》。《燕歌行》以曹丕所作的两首为最早，《乐府诗集》郭茂倩题解引《乐府解题》曰："晋乐奏魏文帝'秋风''别日'二曲，言时序迁换，行役不归，妇人怨旷无所诉也。"又引《广题》："燕，地名也。言良人从役于燕，而为此曲。"本篇诗旨，与此一脉相承，而与曹丕的《燕歌行》相比，更明显地涉及到征戍之事，这对后来萧绎、王褒、庾信，乃至唐代高适等人的同题之作有直接影响。全诗大体可分为两个部分：第一部分从开头至"浮云"句，写女子与征人在春天的别离；其余为第二部分，写女子对征人的怀念，而中间层层转折，韵随句转，比起曹丕《燕歌行》的内容较为单一且一韵到底的情形来，也有了很大不同。

风光迟舞出青蘋[1]，兰苕翠鸟鸣发春[2]。洛阳梨花落如雪[3]，河边细草细如茵[4]。桐生井底叶交枝[5]，今看无端双燕离。五重飞楼入河汉[6]，九华阁道暗清池[7]。遥看白马津上吏[8]，传道黄龙征戍儿[9]。明月金光徒照妾[10]，浮云玉叶君不知[11]。思君昔去柳依依[12]，至今八月避暑归。明珠蚕茧勉登机[13]，郁金香蒳持香衣[14]。洛阳城头鸡欲曙，丞相府中乌未飞[15]。夜梦征人缝狐貉[16],私怜织妇裁锦绯[17]。吴刀郑绵络[18],寒闺夜被薄[19]。芳年海上水中凫[20],日暮寒夜空城雀[21]。

【注释】

①风光:同“光风”。《楚辞》宋玉《招魂》:“光风转蕙,泛崇兰些。”王逸注:“光风,谓雨已日出而风,草木有光也。”谢朓《和徐都曹出新亭渚》:“日华川上动,风光草际浮。”迟:缓慢。《诗经·邶风·谷风》:“行道迟迟,中心有违。”舞:《文苑英华》作“暮”。蘋(pín):多年生草本植物名,生浅水中。宋玉《风赋》:“夫风生于地,起于青蘋之末。”

②兰苕(tiáo):兰草的茎。苕,原作“条”,傅刚《校笺》:“五云溪馆本、徐本、郑本作‘苕’。”据改。翠鸟:即翡翠鸟。《楚辞》宋玉《招魂》:“翡翠珠被,烂齐光些。”洪兴祖补注引《异物志》:“翠鸟形如燕,赤而雄曰翡,青而雌曰翠。”郭璞《游仙诗》:“翡翠戏兰苕,容色更相鲜。”鸣发春:《文苑英华》作“发春鸣”。发春,谓春气发动。

③落:《文苑英华》作“白”。

④细草:傅刚《校笺》:“徐本、郑本作‘细柳’。”细如:《文苑英华》作“青如”。细,傅刚《校笺》:“茅本、陈本作‘组’。”茵:褥子。

⑤“桐生”句:魏明帝曹叡《猛虎行》“双桐生空井,枝叶自相加。……上有双栖鸟,交颈鸣相和。”枝,吴兆宜注:“一作‘加’。”

⑥重:傅刚《校笺》:“陈本作‘车’。”飞楼:高楼。因其势如飞,故云。河汉:银河。河,傅刚《校笺》:“五云溪馆本、徐本、郑本作‘云’。”

⑦九华:言其华美。三国魏时有九华台,后赵时有九华宫等。阁道:即复道,为楼阁之间木制的架空的通道。

⑧白马津:渡口名。在今河南滑县东北、黄河故道南岸。

⑨黄龙:古城名。故地在今辽宁朝阳一带。此泛指要塞。

⑩金光:指明亮的日光。鲍照《登大雷岸与妹书》:"从岭而上,气尽金光,半山以下,纯为黛色。"光,吴兆宜注:"一作'波'。"

⑪玉叶:指美丽的云彩。萧纲《咏云》:"玉叶散秋影,金风飘紫烟。"

⑫依依:柳枝随风飘拂貌。《诗经·小雅·采薇》:"昔我往矣,杨柳依依。"

⑬明珠:谓蚕茧似明珠。勉登:《文苑英华》作"登勉"。机:织机。

⑭"郁金"句:句谓织锦缝衣后,再用郁金香花来薰衣,以使其芳香。王筠《行路难》有句云:"情人逐情虽可恨,复畏边远乏衣裳。已缫一茧催衣缕,复捣百和裛衣香。"香,《文苑英华》作"春"。蒍(huā),同"花"。持,原作"特",傅刚《校笺》:"五云溪馆本、徐本、郑本作'持'。"据改。

⑮"丞相"句:《汉书》卷八十三《朱博传》载,朱博为京兆尹时,"其府中列柏树,常有野乌数千栖宿其上,晨去暮来,号曰朝夕乌。"后为大司农、丞相。乌,《文苑英华》作"鸟"。

⑯缝狐貉:指用狐狸猫和貉的皮毛缝制衣服。

⑰锦绯(fēi):绯色(即粉红色)锦缎。

⑱吴刀:吴地所产的刀,在古代很有名。郑绵络:一种产于郑地的织物。

⑲被:傅刚《校笺》:"五云溪馆本、徐本、郑本作'披'。"

⑳"芳年"句:句谓正值青春芳年却不幸遇上了战乱的时代。芳年,指青春年华。凫(fú),野鸭。《晋书》卷三十六《张华传》:"惠帝中,人有得鸟毛长三丈,以示华。华见,惨然曰:'此谓海凫毛也,出则天下乱矣!'"

㉑空城雀:《乐府诗集》卷六十八《杂曲歌辞》收有鲍照《空城雀》诗,其辞云:"高飞畏鸱鸢,下飞畏网罗。辛伤伊何言,怵迫良已多。"

【译文】

起于青蘋之末的风让草叶闪光曼舞,兰茎上翠鸟鸣啭萌动春天的气息。洛阳城落下的梨花就像片片白雪，河边细嫩的绿草就像轻柔的褥子。长在井底的梧桐枝叶已经彼此相交，现在却看到枝上的双燕无缘无故地分离。其势如飞的五层楼阁高高地耸入银河，高高的九华阁道遮盖着清清的水池。远远地眺望白马渡口上的官吏，传说征戍的人都在边塞黄龙。明亮的圆月金色的阳光徒然地把我映照，如玉叶般美丽的云彩可惜夫君并不知晓。想起当初夫君离去时正当柳枝飘拂，到现在已是八月按说应当回来避暑。看到明珠般的蚕茧我勉力登上织机，又用郁金香的花香来熏染衣裳。洛阳城头雄鸡高唱眼看就要天明，丞相府中的乌鹊还在那儿没有飞走。夜里梦到了征人赶紧把狐貉皮衣缝制，暗自可怜我这织妇忙着把绯红的锦缎裁剪。用的是吴地产的剪刀郑地产的绵络，寒冷的闺房夜里被子是这样的单薄。正值青春年华却遇见海凫在海上水中出现，自己像是太阳落山后寒夜里空城中的鸟雀。

王筠

见卷八《和吴主簿六首》作者简介。

行路难一首

【题解】

本篇载《文苑英华》卷二百，收入《乐府诗集》卷七十《杂曲歌辞》。诗写闺怨，单就裁衣寄远说，选材颇显特别。描写细腻曲折，深刻地揭示了思妇心理，同时展现了思妇宽厚、善良、贤惠、聪慧的品质。钟惺评“情人”二句云：“二语写出贤明妇人疑妒入微。”评“已缫”四句云：“此四语及下一段妙在缱绻寄远，中藏恨意。”评“裲裆”二句云：“细甚，如《礼经》中制度典故，语入情艳，诗甚风致。”评“襻带”二句云：“二语手口间有极苦极细心肠。”评“本照”二句云：“七字亦慧极。”评“愿君”二句云：“戒敕得妙。”又总评云：“从忧苦中酿出一段精细，从深密中发出一片风趣，其巧妙微透处，鲍参军不暇，然亦不必，若吴均则真不能矣。此三人《行路难》之大致也。”谭元春评“胸前”二句则云：“细字、密理、巧心、厚道，女人性情，女人口齿，又琐屑又聪明。”总评则云：“悲甚，怨甚，笔下全是血，纸上全是魂，当与千古有情人相关。”（俱见《古诗归》卷十四）陈祚明则对“裲裆”四句情有独钟，认为四句“细述裁缝规法，颇饶古致，不忍舍之”（《采菽堂古诗选》卷二十七）。以上评析，颇多深有会心、具体而微之处。

千门皆闭夜何央[1]，百忧俱集断人肠。探揣箱中取刀尺[2]，拂拭机上断流黄[3]。情人逐情虽可恨[4]，复畏边远乏衣裳[5]。已缫一茧催衣缕[6]，复捣百和裛衣香[7]。犹忆去时腰大小，不知今日身短长。裲裆双心共一抹[8]，衵复两边作八襊[9]。襻带虽安不忍缝[10]，开孔裁穿犹未达。胸前却月两相连[11]，本照君心不照天。愿君分明得此意，勿复流荡不如先。含悲含怨判不死[12]，封情忍思待明年。

【注释】

①央：尽。

②揣：吴兆宜注："一作'取'。"

③流黄：褐黄色绢。泛指绢。

④逐情：谓放纵情感，移情别恋。情，傅刚《校笺》："徐本、郑本作'恨'。又，五云溪馆本此句作'情人逐情可恨伤'。"

⑤"复畏"句：傅刚《校笺》："五云溪馆本此句作'畏边路远乏衣裳'。"畏，吴兆宜注："一作'恨'。"边，《文苑英华》作"道"。

⑥缫（sāo）：把蚕茧浸在热水里，抽出蚕丝。催：原作"摧"，《乐府诗集》作"催"，据改。缕：丝线。此句《文苑英华》作"已绳一茧催衣缕"。

⑦百和：香名。用多种香料配制而成。裛（yì）：用香薰衣。《乐府诗集》作"薰"。

⑧裲裆（liǎng dāng）：形似坎肩、背心的衣服。两幅布，前幅当胸，后幅当背，都贴在"心"的位置，分开来看，即"双心"。抹：抹胸，俗称肚兜，古称衵服（一作"衵复"），也就是裲裆。《文苑英华》《乐府诗集》作"袜"。

⑨衵（rì）复：吴兆宜注引《尔雅》："裲裆谓之衵复。"又引杨慎《韵

藻》:“袒腹,即今之裹肚。”袒,《文苑英华》作“帕”,吴兆宜注:“一作‘袹’。”襊(cuō):衣服上的褶皱。《文苑英华》《乐府诗集》作“撮”。

⑩襻(pàn)带:系衣裙的带子。缝:《文苑英华》作“系”。

⑪却月:半月形。

⑫判:分离。

【译文】

家家都关闭了大门长夜不知何时到头,百般忧愁齐集心头真让人愁断肝肠。伸手到箱中取出剪刀和尺子,拂拭织机从上面剪下一段流黄。情郎不专放纵感情虽然可恨,但还是怕他在远方缺衣少裳。已从茧中抽出蚕丝赶忙缝衣,又用多种原料捣成百和把衣薰香。还记得您走时腰围的大小,但不知道现在身材的短长。裲裆双心合在一起成为抹胸,还在袒复两边缝上八条褶皱。衣带虽已做好却不忍心缝上,开孔裁剪穿针还没最后完工。先在胸前绣上两个相连的半月形月亮,本意是要用来照您的心而不是照天。希望夫君明明白白地了解这个意思,不要再在外面游荡不像早先的表现。如此分离含悲含怨但我还不想去死,且深藏愁情忍住相思再耐心等待明年。

刘孝绰

见卷八《遥见邻舟主人投一物，众姬争之，有客请余为咏》作者简介。

元广州景仲座见故姬一首

【题解】

傅刚《校笺》："徐本、郑本作'代人咏见故姬'。"又引《考异》："此诗语意不似孝绰自作，疑孝绰于元景仲座见故姬而王筠嘲之，宋刻因题上有孝绰姓名，时代先后又适与王筠相接，遂误以为孝绰作，而目录别出一条耳。"据《梁书》卷三十九《元法僧传》，元景仲为元法僧次子，拜侍中、右卫将军，大通三年（529）出为持节、都督广越等十三州诸军事、宣惠将军、平越中郎将、广州刺史。诗写"故姬"与"故夫"在元景仲处偶然相遇情景，劝"故姬"与"故夫"再度修好，实为调侃文字。

留故夫，不峙嵎。别待春山上，相看采蘼芜①。

【注释】

①看：吴兆宜注："一作'咏'。"采蘼芜：古诗有"上山采蘼芜"，写弃妇"上山采蘼芜，下山逢故夫"时的情景。蘼芜，一种香草。叶子风干后可以做香料。

【译文】

要把前夫留住，不要迟迟疑疑的老是来回走。不要哪年春天再在一座山上，两人你看着我我看着你一起采蘼芜。

刘孝威

见卷八《侍宴赋得龙沙宵月明》作者简介。

拟古应教一首

【题解】

本篇载《文苑英华》卷二百三,作者作“梁简文帝”,题作《绍古歌》;卷二百五又有“拟古”一题,作者作“刘孝威”,未出正文,有题下注云:“此诗已见二百三卷。”收入《乐府诗集》卷六十八《杂曲歌辞》,题作《东飞伯劳歌》。应教,即应诸王公之命作诗。萧纲作有《东飞伯劳歌》二首(见后),本篇与其第二首“西飞迷雀冬羁雉”几乎句句相扣,很有可能为应萧纲之命所作,写作时间则应在萧纲为晋安王时。诗以铺陈烘托之法写少女之美,笔端饱含赞美怜惜之情。

双栖翡翠两鸳鸯①,巫云洛月乍相望②。谁家妖冶折花枝③,蛾眉曼睇使情移④。青铺绿琐琉璃扉⑤,琼筵玉笥金缕衣⑥。美人年几可十余⑦,含羞转笑敛风裾⑧。珠丸出弹不可追⑨,空留可怜持与谁⑩?

【注释】

①翡翠:鸟名。羽有蓝、赤等色。《楚辞》宋玉《招魂》:“翡翠珠被,

烂齐光些。”洪兴祖补注引《异物志》:“翠鸟形如燕,赤而雄曰翡,青而雌曰翠。”

②巫云:巫山之云。《文选》宋玉《高唐赋序》:“妾在巫山之阳,高丘之阻,旦为朝云,暮为行雨。”李善注:“朝云、行雨,神女之美也。”洛月:洛水之月。暗指曹植在《洛神赋》中所描写的洛神。洛,原作“落”,《文苑英华》《乐府诗集》作“洛”,据改。乍:忽然。

③妖冶:美艳。

④“蛾眉”句:《文苑英华》《乐府诗集》此句作“衫长钏动任风吹”。曼睇(màn dì),妩媚地斜视、顾盼。

⑤青铺:青铜铸成的门上用以衔环的兽形底座。青,《文苑英华》《乐府诗集》作“金”。绿琐:门上镂刻或绘画的绿色的连琐图案。绿,《文苑英华》《乐府诗集》作“玉”。琉璃:一种天然的宝石,有各种颜色。《汉书》卷九十六上《西域传上》载,罽宾国出璧流离。颜师古注:“《魏略》云大秦国出赤、白、黑、黄、青、绿、缥、绀、红、紫十种流离。”扉(fēi):门扇。

⑥“琼筵”句:《文苑英华》《乐府诗集》此句作“花钿宝镜织成衣”。琼筵,华美的坐席。笥(sì),竹箱。金缕衣,用金丝编织成的衣服。

⑦年几:年纪。几,通“纪”。可:大约。

⑧转:《文苑英华》《乐府诗集》作“骋”。裾(jū):衣服的前襟。

⑨珠丸:比美女。出弹:比喻嫁出。

⑩可怜:可爱。

【译文】

双双栖宿的翡翠鸟两两相随的鸳鸯,巫山之云洛水之月忽地彼此相望。是谁家美艳的女儿在攀折花枝,细弯的双眉妩媚的顾盼使人心情摇荡。她住在青铺绿琐琉璃制成的大门内,华美的坐席玉饰的竹箱还有金缕衣。美人的年纪大概有十多岁,含着娇羞转身一笑收拢被风吹开的衣襟。珍珠制作的弹丸弹出去后就不可追回,但空留着可爱的美丽又准备给谁?

徐君蒨

见卷八《共内人夜坐守岁》作者简介。

别义阳郡二首

【题解】

三国魏文帝时置义阳郡，治今湖北枣阳，后时置时废。东晋末所置义阳郡，郡治故城在今河南信阳。南朝梁所置义阳郡，郡治故城在今四川巴中西北。《南史》卷十五《徐君蒨传》说诗人在任湘东王镇西谘议参军时“荆楚山川，靡不毕践”，诗或为其游历期间所作。第一首写景，第二首写人，皆历历如绘，清隽可人。首句为三言，其余五句皆为整齐的五言，体式较特别。

一

翔凤楼①，遥望与云浮②。歌声临树出，舞影入江流。叶落看村近，天高应向秋。

【注释】

①翔凤楼：楼名。歌舞艺人在楼中表演，“翔凤”有双关义。

②与云浮：古诗“西北有高楼”：“西北有高楼，上与浮云齐。……上有弦歌声，音响一何悲！”

【译文】

翔凤楼，远远望去它像与云一起在天空飘浮。歌声从大树的边上传出，舞姿的倒影进入江中的水流。树叶凋落后看到村庄离得很近，天看上去很高应当是快要入秋。

二

饰面亭①，妆成更点星②。颊上红疑浅，眉心黛不青③。故留残粉絮④，挂看箔帘钉⑤。

【注释】

①饰面亭：亭名。或因女子在亭中化妆，故名之。

②点星：在额上贴上或涂上星状的饰物。萧纲《美女篇》："约黄能效月，裁金巧作星。"

③黛：用以画眉的青黑色颜料。

④粉絮：以锦制作的粉扑。庾信《镜赋》："悬媚子于搔头，拭钗梁于粉絮。"

⑤看：傅刚《校笺》："《考异》作'著'，校说：'宋刻作"看"，误。'"箔(bó)帘：帘子。《三辅黄图》卷二："《三秦记》：未央宫渐台西有桂宫，中有明光殿，皆金玉珠玑为帘箔。"

【译文】

饰面亭，女子在那里修饰面容，结束后还在额上点上星星。脸颊上红色的脂粉怀疑浅了一点儿，眉心上涂的黛色觉得不够青。故意留下一个用过的粉扑，把它挂上了悬帘子的铁钉。

王叔英妇

王叔英妇，即王叔英妻刘氏，见卷八《杂诗一首》作者简介。

赠答一首

【题解】

吴兆宜注："一作'赠夫'。"诗写由春景触发的对于丈夫的思念之情，表现婉蓄，语短情长。

妆铅点黛拂轻红①，鸣环动佩出房栊②。看梅复看柳，泪满春衫中。

【注释】

①铅：铅粉，古代女子用以搽脸。黛：青黑色颜料，用以画眉。红：指红色的脂粉。

②房栊（lóng）：指房屋。

【译文】

搽上铅粉画好黛眉抹上浅红，环响佩动从房中走出。看过了梅又去看柳，泪水流满春衫之中。

沈约

见卷五《登高望春》作者简介。

古诗题六首

沈约作有《八咏》组诗，共八首，《古诗题六首》为其中的六首，另二首为《登台望秋月》《会圃临春风》，已见前。参见前《登台望秋月》题解。

岁暮愍衰草

【题解】

本篇《艺文类聚》卷八十一节引，题作《愍衰草赋》。诗通过一个思妇的双眼，写出秋冬季节衰草的种种情状，衰飒悲凉之气流溢于字里行间，从而表现了思妇惦念远人的悲凄之情。诗作于诗人由吏部郎出守东阳（在今江苏盱眙）之时，由于这次出守并非出于情愿，因此诗实通过对衰草情状的描写，表现了自己的萧索颓丧之情。如同陈祚明所云，诗实“景中有情，思归之怀，不言已喻”（《采菽堂古诗选》卷二十三），末二句实通过思妇之口，说出了诗人自己的心声。诗篇赋比兴手法交替使用，句式长短错综，不仅将衰草的情状淋漓尽致地作了表现，也跌宕起伏地写出了诗人复杂的感受和心情。

愍衰草[①]，衰草无容色[②]。憔悴荒径中，寒荄不可识[③]。昔时兮春日，昔日兮春风。含华兮佩实[④]，垂绿兮散红。氛氲鳷鹊右[⑤]，照耀望仙东[⑥]。送归顾暮泣淇水[⑦]，嘉客淹留怀上宫[⑧]。岩陬兮海岸[⑨]，冰多兮霰积[⑩]。烂漫兮岩根[⑪]，樷幽兮石隙[⑫]。布绵密于寒皋[⑬]，吐纤疏于危石[⑭]。既惆怅于君子[⑮]，倍伤心于行役[⑯]。露高枝于初旦[⑰]，霜红天于始夕[⑱]。凋芳卉之九衢[⑲]，霣灵茅之三脊[⑳]。风急崤道难[㉑]，秋至客衣单。既伤檐下菊，复悲池上兰。飘落逐风尽[㉒]，方知岁早寒。流萤暗明烛，雁声断才续。萎绝长信宫[㉓]，芜秽丹墀曲[㉔]。霜夺茎上紫，风销叶中绿。山变兮青薇[㉕]，水折兮平芛[㉖]。秋鸿兮疏引[㉗]，寒鸟兮聚飞[㉘]。径荒寒草合，桐长旧岩围[㉙]。夜渐䕷芜没[㉚]，霜露日沾衣。愿逐晨征鸟，薄暮共西归[㉛]。

【注释】

①愍（mǐn）：怜悯，忧伤。

②容色：容貌神色。郭璞《游仙诗》其三："翡翠戏兰苕，容色更相鲜。"。

③荄（gāi）：草根。傅刚《校笺》："五云溪馆本、徐本、郑本作'萎'。"

④华：同"花"。

⑤氛氲（yūn）：盛貌。鳷（zhī）鹊：汉宫观名。在长安（今陕西西安）。右：西边。

⑥望仙：汉宫殿名。在华阴（今属陕西）。

⑦送归：宋玉《九辩》："憭栗兮若在远行，登山临水兮送将归。"暮：傅刚《校笺》："徐本、郑本作'慕'。"淇水：水名。在今河南北部，《诗经》中的男女幽会之地。《诗经·鄘风·桑中》："期我乎桑中，

要我乎上宫，送我乎淇之上矣。”

⑧嘉客：贵客。淹留：滞留。上宫：春秋时卫国小地名。一说为楼名。

⑨岩陬（zōu）：山崖的角落。

⑩霰（xiàn）积：傅刚《校笺》：“五云溪馆本、徐本、郑本作‘雾散’。”霰，小雪珠。

⑪烂漫：分布。岩根：原作“客根”，傅刚《校笺》：“徐本、郑本作‘岩根’。”据改。

⑫欑（cuán）：聚积，丛积。傅刚《校笺》：“五云溪馆本、徐本、郑本作‘攒’。”石：原作“寓”，傅刚《校笺》：“五云溪馆本、徐本、郑本作‘石’。”据改。

⑬皋：水边高地。

⑭危：高峻。

⑮君子：指女子的丈夫。

⑯行役：因服役或公务而跋涉在外。

⑰初旦：刚天明。

⑱红：傅刚《校笺》：“徐本、郑本作‘江’。”

⑲九衢：四通八达的道路称衢。这里形容枝叶纵横交错。

⑳賨（yǔn）：坠落。傅刚《校笺》：“五云溪馆本、徐本、郑本作‘宝’。”灵茅：茅草名。三脊：一根茅草有三条脊骨（草茎）。《管子·封禅》：“江淮之间，一茅之脊，所以为藉也。”

㉑崤（xiáo）：山名。在今河南洛宁西北，山路险绝。道：傅刚《校笺》：“五云溪馆本、徐本、郑本作‘路’。”

㉒尽：傅刚《校笺》：“五云溪馆本、徐本、郑本作‘转’。”

㉓长信宫：汉代宫殿名。汉成帝班婕妤失宠后，自请退居长信宫侍奉太后。

㉔芜秽（huì）：荒芜，长满乱草。屈原《离骚》：“虽萎绝其亦何伤兮，哀众芳之芜秽。”丹墀（chí）：宫殿前涂成红色的台阶。曲：拐弯处。

㉕变：傅刚《校笺》："《考异》作'峦'。校说：'宋刻作"变"，误。'"薇：菜名。蔓生，茎叶似小豆，又名野豌豆。傅刚《校笺》："徐本、郑本此句作'山峦兮木围'。"

㉖"水折"句：傅刚《校笺》："徐本、郑本此句作'青薇兮黄苇'。"

㉗秋鸿兮：傅刚《校笺》："徐本、郑本作'秋雁嘹'。"引：离开，飞走。

㉘"寒鸟"句：傅刚《校笺》："五云溪馆本、徐本、郑本此句作'寒鸟聚兮轻飞'。"

㉙"桐长"句：此句《艺文类聚》作"草长荒径微"。

㉚夜渐蘼（mí）：《艺文类聚》作"园庭渐"。蘼芜，香草名。

㉛薄暮：傍晚。

【译文】

衰败的野草令人怜悯，衰败的野草没有像样的颜色。形色憔悴分布在荒凉的小路之上，寒风中干枯的草根已无从识别。想起以前啊在春天的日子，想起在春天的日子啊沐浴着春风。或怀抱鲜花啊或缀满果实，或悬垂绿叶啊或散布花红。或繁茂地生长在鳷鹊宫西边，或在望仙宫的东面闪耀光彩。送别时看到暮色在淇水边哭泣，贵客滞留在上宫把心上人怀念。或寄身山崖的角落啊在海岸边，四周坚冰覆盖啊雪珠堆积。或四处分布啊在岩石的下面，在幽暗处丛积啊在石头的缝隙。在寒冷的水边高地密密麻麻地分布，在高峻的石头上冒出纤细稀疏的枝叶。我已为夫君不在身边感到惆怅，更为夫君在外面服役感到加倍忧伤。在刚天明的时候展露高高的枝叶，傍晚沐浴在霜天晚霞的嫣红之中。花卉纵横交错的枝叶慢慢地凋残，茅草的三条脊骨渐渐地坠落。风急崤山的道路更显艰难，秋天来到客居的夫君衣衫单薄。已为屋檐下的残菊感到忧伤，又为水池上干枯的兰草感到悲切。飘摇坠落随风远去消失得无影无踪，这才知道早已进入寒冷的季节。流萤飞舞使蜡烛的光亮暗淡，远处大雁的叫声时断时续。在长信宫内默默地枯萎死去，在红色台阶的角落渐渐荒芜。严霜夺走了茎上的紫色，寒风销毁了叶片的绿色。山上蜕变了啊青色的薇菜，水边折断了啊齐齐的芦苇。秋天的鸿雁啊疏朗地离去，寒冬的鸟儿啊聚在一起翩飞。小径荒芜寒草密合将路覆盖，梧桐生长将原来的山岩包围。夜渐深沉将蘼芜隐没，霜露日重沾湿了衣裳。愿意追随早晨远飞的鸟儿，同它一起在傍晚时分西归。

霜来悲落桐

【题解】

本篇《艺文类聚》卷八十八节引，题作《悲落桐》。诗以梧桐比女子，而梧桐实为诗人自己的写照。梧桐原本生长在龙门山，大约是在隐喻自己的家世。诗人为吴兴武康（今浙江德清）人，吴兴沈氏为江东大姓之一，诗人的祖上世代仕宦，但地位并不尊显，其曾祖沈穆夫、其父沈璞还因故被杀，其父被杀时诗人年方十三岁，曾逃窜他乡，遇赦获免，因此诗中说梧桐虽生长在龙门山，但处境却极险峻。从梧桐分出的新枝，则以喻诗人自己，借咏新枝展示了自己并不顺畅的处境，抒写了自己复杂的心情和感受，其中有对蒙受皇恩的感愧，有自谦，也有自许乃至自诩。"若逢阳春至"云云，表达了时来运转时一展抱负的愿望。曲折回环，颇能尽意。陈祚明评云："此篇属比独切，抑扬回合，更饶古情。"（《采菽堂古诗选》卷二十三）

悲落桐，落桐早霜露[1]。燕至叶未抽，鸿来枝已素[2]。本出龙门山[3]，长枝仰刺天。上峰百丈绝，下趾万寻悬[4]。幽根已盘结[5]，孤枝复危绝[6]。初不照光景[7]，终年负霜雪。自顾无羽仪[8]，不愿生曲池[9]。芬芳本自乏，华实无可施[10]。匠者特留眄[11]，王孙少见之[12]。分取生孤枿[13]，徙置北堂陲[14]。宿茎抽晚干，新叶生故枝。故枝虽辽远，新叶颇离离[15]。春风一朝至，荣户坐如斯[16]。自惟良菲薄[17]，君恩徒照灼[18]。顾已非嘉树[19]，空用凭阿阁[20]。愿作清庙琴[21]，为舞双玄鹤[22]。薜荔可为裳[23]，文杏堪作梁[24]。勿言草木贱，徒照君末光[25]。末光不徒照，为君含嗷咷[26]。阳柯《绿水》弦[27]，阴枝《苦寒》调[28]。厚德非可任[29]，敢不虚其心[30]。若逢阳春至[31]，吐绿照清浔[32]。

【注释】

①落：《艺文类聚》"落"前有"悲"字。

②鸿来：《礼记·月令》："（仲秋之月）鸿雁来，玄鸟归。"枝：傅刚《校笺》："五云溪馆本作'波'。又，冯钞本作'被'。"素：《文选》张协《七命》："木既繁而后绿，草未素而先凋。"吕向注："谓众木既繁而桐木犹未绿，秋草未衰而枝叶先凋。素谓衰也。"

③本：吴兆宜注："一作'末'。"龙门山：在今陕西韩城和山西河津之间，产桐，其桐宜制琴瑟。枚乘《七发》："龙门之桐，高百尺而无枝。……上有千仞之峰，下临百丈之溪。"

④趾：根部。寻：古代长度单位。八尺为一寻。

⑤已盘：《艺文类聚》作"未蟠"。

⑥枝：《艺文类聚》作"株"。危：高。

⑦光景：指日月之光。

⑧无羽仪：谓不足以做表率、楷模。《周易·渐》："鸿渐于陆，其羽可用为仪。"孔颖达《正义》："处高而能不以位自累，则其羽可用为物之仪表，可贵可法也。"

⑨曲池：曲折回环的水池。多在皇家或富贵人家的园林中。

⑩施：用。

⑪"匠者"句：《庄子·逍遥游》："惠子谓庄子曰：'吾有大树，人谓之樗。其大本拥肿而不中绳墨，其小枝卷曲而不中规矩，立之途，

匠者不顾。'" 匠者,傅刚《校笺》引孟本校:"一作'公子'。"特:傅刚《校笺》:"五云溪馆本、徐本、郑本作'时'。"盻(xì),怒目而视。赵氏覆宋本作"盻"。

⑫之:傅刚《校笺》:"陈本作'知'。"

⑬分取生孤:傅刚《校笺》:"徐本、郑本作'自分孤生'。"枿(niè):树木砍伐后又长出的枝条。

⑭陲:边上。

⑮离离:繁茂貌。《塘上行》:"蒲生我池中,其叶何离离。"

⑯荣:花。户:傅刚《校笺》:"徐本、郑本作'华',五云溪馆本作'启'。"坐:无故地,自然而然地。如斯:如此。

⑰自惟:自思。良:确实。菲薄:微薄,浅陋。

⑱照灼:谓关照、关怀。鲍照《行药至城东桥》:"尊贤永照灼,孤贱长隐沦。"

⑲嘉:美,善。屈原《九章·橘颂》:"后皇嘉树,橘徕服兮。"

⑳凭:依靠。阿阁:四面有檐的阁。古诗"西北有高楼":"交疏结绮窗,阿阁三重阶。"

㉑清庙:宗庙。清,谓其肃穆清静。

㉒"为舞"句:《尚书大传》卷三:"奏百人之乐,致玄鹤之舞。"舞双,傅刚《校笺》:"陈本作'君舞'。"

㉓薜(bì)荔:一种蔓生的常绿灌木。屈原《九歌·山鬼》:"若有人兮山之阿,被薜荔兮带女萝。"

㉔文杏:材质有文采的杏树。司马相如《长门赋》:"刻木兰以为榱兮,饰文杏以为梁。"

㉕末光:余光。指恩泽。陆机《塘上行》:"愿君广末光,照妾薄暮年。"

㉖噭咷(jiào tiào):《楚辞》王逸《九思·伤时》:"声噭咷兮清和,音晏衍兮要婬。"王逸注(洪兴祖补注:"逸不应自为注解,恐其子延

寿之徒为之尔。"）："嗷咷，清畅貌。"这里指弹奏出清美的乐曲。咷，原作"眺"，《艺文类聚》作"咷"，据改。

㉗阳柯（kē）：朝南的树枝。张协《七命》："剪蕤宾之阳柯，剖大吕之阴茎。"柯，傅刚《校笺》："五云溪馆本、徐本、郑本作'阿'。"《绿水》：《淮南子·俶真训》："足蹀阳阿之舞，而手会《绿水》之趋。"高诱注："《绿水》，舞曲也。一曰：《绿水》，古诗也。"也作《渌水》。嵇康《琴赋》："初涉《渌水》，中奏《清徵》。"

㉘阴枝：朝北的树枝。《苦寒》：乐府有《苦寒行》，收入《乐府诗集》的《相和歌辞·平调曲》。

㉙任：担当，承受。

㉚敢不：《艺文类聚》作"不敢"。

㉛阳春：《初学记》卷三引梁元帝《纂要》："春曰青阳，亦曰发生、芳春、青春、阳春、三春、九春。"

㉜浔（xún）：水边。

【译文】

为零落凋残的梧桐感到悲伤，零落凋残的梧桐早早地遇到了霜露。春燕飞来时叶子还未抽芽，鸿雁飞来时树枝已经衰颓。梧桐本来生长在龙门山上，长长的枝条仰头刺破青天。头上的奇峰是高达百丈的绝壁，树根下面悬着的是万寻深渊。深根在山上已是盘根错节，又有孤出的树枝高耸到极点。早先并没有得到日月的照耀，一年到头都被霜雪所覆盖。自己觉得不足以成为表率，不愿生长在曲池旁边。自己本来就缺乏诱人的芳香，花与果实都没有地方可派用场。匠人到了跟前会对它怒目而视，王孙很少有人会把它看在眼里。后来从树上分出一枝新长出的枝条，把它移植到了北堂的边上。这枝老的枝条后来又长成了树干，新的树叶从后出的树枝上长出。老的枝条离开老树路途虽然遥远，新长出的树叶却是十分繁茂。一旦有和煦的春风吹来，花儿就自然地开得如此妖娆。但想一想自己确实浅陋，君恩徒然像阳光一样把我照耀。回头看看自己既已不是嘉树，徒然用来支撑有檐的楼阁。希望能被制成在宗庙中所用的琴，为招来双玄鹤起舞而把乐曲弹奏。可用薜荔编织成美丽的衣裳，有文采的杏木可以用做屋梁。且不要说草木很微贱，徒然得到您余光的关照。您的余光并不是白白地关照，我内心在想着要为您弹奏出清美的乐章。朝南的树枝可安放弹奏《绿水》的琴弦，朝北的树枝可以弹奏《苦寒》曲调。深厚的恩德自己并非可以承受，岂敢不任劳任怨保持谦逊。如果能逢阳春来到，将会吐出新绿在清澈的水边映照。

夕行闻夜鹤

【题解】

本篇《艺文类聚》卷九十节引，题作《八咏闻夜鹤篇》。诗写夜鹤，特别是其中的“离鹤”在迁徙途中所遭遇的种种艰难，对其不幸遭际寄予了深切的同情。其时朝中萧鸾辅政，先后废杀郁林王萧昭业和海陵王萧昭文，政局不稳，险象环生，本诗对此或有所影射。诗末表示要“且养凌云翅”，“所望浮邱子，旦夕来见寻”，应是其时身在东阳的诗人心境的写照。《乐府诗集·相和歌辞·瑟调曲》有《艳歌何尝行》（又题作《双白鹄》，见本书卷一《古乐府诗六首》），写雌鹄在飞行途中忽然抱病，雄鹄既不能“衔汝去”，也不能“负汝去”，只好与之生生别离的故事，情调颇凄楚，本诗在写作上深受其影响。陈祚明评云：“凄凄恻恻，比体，能极警切。”（《采菽堂古诗选》卷二十三）

闻夜鹤，夜鹤叫南池。对此孤明月，临风振羽仪[①]。伊吾人之菲薄[②]，无赋命之天爵[③]。抱局促之长怀[④]，随春冬而哀乐。愍海上之惊凫[⑤]，伤云间之离鹤[⑥]。离鹤昔未离，近发天北垂[⑦]。忽值疾风起[⑧]，暂下昆明池[⑨]。复值冬冰合，水宿非所宜。欲留不可住[⑩]，欲去飞已疲。势逐疾风举，求温向衡楚[11]。复值南飞鸿,参差共成侣[12]。海上多云雾,苍茫失洲屿[13]。自此别故群,独向潇湘渚[14]。故群不离散,相依沧海畔[15]。夜止羽相切[16],昼飞影相乱。刷羽共浮沉,湛澹泛清浔[17]。既不得离别[18],安知慕侣心?九冬霜雪苦[19],六翮飞不任[20]。且养凌云翅[21],俯仰弄清音[22]。所望浮邱子[23],旦夕来见寻[24]。

【注释】

①羽仪:指漂亮的羽翼。参见前《霜来悲落桐》注。

②伊:句首语气词,无义。菲薄:微薄。

③赋命:秉受天命。天爵:自然的爵位。《孟子·告子上》:“有天爵者,有人爵者。仁义忠信,乐善不倦,此天爵也;公卿大夫,此人爵也。”

④局促:指处境窘迫。之:傅刚《校笺》:“徐本、郑本作‘而’。”长怀:《楚辞》刘向《九叹·远逝》:“情慨慨而长怀兮,信上皇而质正。”王逸注:“言己中情愤懑,慨然长叹。”

⑤愍(mǐn):怜悯。凫(fú):野鸭。

⑥离鹤:失偶之鹤。

⑦近:傅刚《校笺》:“陈本作‘迥’。”垂:通“陲”,边。

⑧值:遇上。

⑨昆明池:汉武帝为让士兵习水战,仿昆明滇池所建,在长安近郊。

⑩留:《艺文类聚》作“栖”。

⑪衡楚:指今湖南、湖北一带。湖南衡山有回雁峰,相传雁南飞至此而止,来年春暖后再由此动身北归。

⑫参差(cēn cī):不齐貌。指或上或下地飞翔。

⑬苍茫:辽阔无边际貌。失:谓看不清、看不到。傅刚《校笺》:“陈

本作‘先’。”

⑭潇湘：即湘水。渚（zhǔ）：水边，或水中的小块陆地。

⑮沧：《艺文类聚》作“江”。

⑯切：近，亲近。

⑰湛澹（dàn）：水波荡漾起伏貌。曹丕《清河作》：“方舟戏长水，湛澹自浮沉。”浔（xún）：水边。《艺文类聚》作“阴”。

⑱得：《艺文类聚》作“经”。

⑲九冬：冬季的九十天。霜雪苦：《艺文类聚》作“负霜雪”。

⑳六翮（hé）：指羽翼。翮是鸟羽中空而透明的茎。《韩诗外传》卷六：“夫鸿鹄一举千里，所恃者六翮尔。”不：《艺文类聚》作“所”。任：承受。

㉑凌云：直上云霄。

㉒弄清音：萧道成《群鹤咏》：“八风儛遥翮，九野弄清音。”

㉓浮邱子：即浮邱公，传说中仙人名。《列仙传》卷上：“王子乔者，周灵王太子晋也。好吹笙，作凤凰鸣。游伊洛之间，道士浮邱公接以上嵩高山三十余年。后求之于山上，见柏良曰：‘告我家，七月七日待我于缑氏山巅。’至时，果乘白鹤驻山头，望之不得到，举手谢时人，数日而去。”

㉔旦夕：早晚。谓时间短暂。

【译文】

在夜间听到鹤鸣，夜间鹤在南池啼鸣。鹤面对着这孤单的明月，迎风振动着美丽的双翼。我感叹自己出身微贱，没有秉受天命自然获得爵位的机会。因处境困窘而心怀长叹，随着春天冬天的转换而或哀或乐。我怜悯海上受惊的野鸭，悲伤云间失偶的孤鹤。失偶的孤鹤之前尚未离群，最近它们从天的北边出发。忽然间碰上疾风刮起，暂时飞下来落脚到昆明池。又碰上冬天水面坚冰覆盖，在水面上栖宿自然并不适宜。想要留下来但又不能栖止，想要飞去却又已精乏力疲。刚好刮起疾风于是顺势高飞，为求温暖飞向南方的衡山楚国。刚好又碰上南飞的鸿雁，或上或下它们就成了相依的伴侣。海上笼罩着太多的云雾，苍茫一片看不见沙洲岛屿。从此离开了原先的鹤群，独自飞向湘水中的沙洲。原来的鹤群并没有离散，相互依偎在沧海的岸边。晚上停下来羽翅挨着羽翅，白天飞翔时鹤影彼此相乱。在水中刷羽时一起或浮或沉，漂浮在清澈的水面随着水波起伏。它们既然没有经历过离别，哪里知道思慕爱侣的苦心？经历冬天的霜雪何其辛苦，想要高飞双翼已不能胜任。姑且养护这将直飞云天的双翅，或俯或仰赏玩清越的音声。所盼望的是仙人浮邱子，能很快到这里来将我找寻。

晨征听晓鸿

【题解】

本篇《艺文类聚》卷九十节引，题作《八咏听晓鸿篇》。晨征，早行。鸿，即大雁，为候鸟，秋冬时节从北方飞向南方，次年春天又从南方飞回北方。诗篇前半写鸿雁，写出了鸿雁在迁徙途中所遭遇的种种艰难；后半转而抒写自己客居思归的情怀及不得朝廷信用的幽怨，实有以鸿雁自比之意。陈祚明评云："翻于不写征鸿处，虚神动宕，慨然情深，于此可得言情咏物之法《三百篇》兴意也。"但也有质疑，云："'望山川悉无似，惟星河犹可识'，诗中赋中，皆无此语。所谓句或不琢，字或不谋，此类是也。"（《采菽堂古诗选》卷二十三）

听晓鸿，晓鸿度将旦①。跨弱水之微澜②，发成山之远岸③。怵春归之未几④，惊此岁之云半。出海涨之苍茫，入云途之杳漫⑤。无东西之可辨，孰遐迩之能算⑥。微昔见于洲渚⑦，赴秋期于江汉。集劲风于弱躯，负重雪于轻翰⑧。寒溪可以饮，荒皋可以窜⑨。溪水徒自清，微容岂足玩⑩。秋蓬飞兮未极[11],寒草萎兮无色[12]。楚山高兮杳难度[13],越水深兮不可测[14]。美明月之驰光[15],愿征禽之骋翼[16]。伊余马之屡怀[17],知吾行之未极[18]。夜绵绵而难晓,愁参差而盈臆[19]。望山川悉无似,惟星河犹可识。闻雁夜南飞[20],客泪夜沾衣。春鸿思暮反[21],客子方未归。岁去欢娱尽,年来容貌非。揽衽形虽是[22],抚臆事多违。青蒲虽长复易解[23],白云诚远讵难依[24]。

【注释】

①度:飞过。旦:天明。

②弱水:传说中的水名。在昆仑山下。《山海经·大荒西经》:"(昆仑之丘)其下有弱水之渊环之。"郭璞注:"其水不胜鸿毛。"

③成山:山名。在山东半岛荣成东北,其角伸入黄海,被认为是国土的最东端。《汉书》卷六《武帝纪》:"(太始三年)二月,幸琅邪,礼日成山。"

④怵(chù):恐惧。

⑤杳(yǎo)漫:幽暗深远。杳,傅刚《校笺》:"陈本作'渺'。"

⑥孰:谁。遐(xiá)迩:远近。

⑦微:无,没有。萧统《文选序》:"增冰为积水所成,积水曾微增冰之凛。"洲渚(zhǔ):水中的小块陆地。

⑧翰:鸟羽。

⑨皋:水边高地。

⑩容:傅刚《校笺》:"五云溪馆本、徐本、郑本作'形'。"玩:赏玩。

⑪蓬:多年生草本植物,秋天枯萎后,遇风即连根拔起,四处飘转。极:傅刚《校笺》:"徐本、郑本作'绝'。"

⑫寒:傅刚《校笺》:"徐本、郑本作'塞'。"萎:《艺文类聚》作"寒"。傅刚《校笺》:"五云溪馆本、徐本、郑本作'衰'。"无色:《艺文类

聚》作“无容色”。

⑬楚:《艺文类聚》作“吴”。杳(yǎo):《艺文类聚》作“高”。

⑭不可:《艺文类聚》作“深不”。

⑮美:《艺文类聚》作“羡”。驰光:形容月光照射的迅疾。曹植《杂诗》其三:“愿为南流景,驰光见我君。”

⑯愿:《艺文类聚》作“顾”。骋:《艺文类聚》作“驶”。

⑰余马:屈原《离骚》:“步余马于兰皋兮,驰椒丘且焉止息。”马,傅刚《校笺》:“冯钞本作‘鸟’。”怀:想。屈原《离骚》:“仆夫悲余马怀兮,蜷局顾而不行。”

⑱吾:傅刚《校笺》:“五云溪馆本、徐本、郑本作‘君’。”

⑲参差(cēn cī):杂乱貌。臆:胸。

⑳闻:《艺文类聚》作“孤”。

㉑思:《艺文类聚》作“旦”。

㉒揽衽(rèn):提起衣襟。

㉓“青蒲”句:隐喻自己虽对朝廷如蒲草般忠贞不渝,但仍被外放,不被信用。青蒲,即蒲草。一种水生植物,其性柔韧,常用以比喻坚贞的爱情。《古诗为焦仲卿妻作》:“君当作盘石,妾当作蒲苇,蒲苇纫如丝,盘石无转移。”解,分开,散开。

㉔“白云”句:谓自己还不如鸿雁,鸿雁尚可依恃白云,自在飞翔。讵(jù),岂。

【译文】

早晨听到鸿雁的叫声,鸿雁将在早晨从这里飞过。从弱水上微微泛起的波澜上跨越,从成山遥远的海岸出发。担心春归的时间已经没剩多少,惊慌这一年又过去了一半。出到海上正遇涨潮看去苍茫一片,进入云中云雾重重辽远迷漫。东西的方向完全无从分辨,是远是近没有谁能计算。没有以前曾经见过的洲渚,只能按照预定的计划在秋天到达江汉。强劲的寒风一齐吹向疲弱的身躯,厚重的积雪压在轻轻的羽毛之上。寒冷的溪水可饮以解渴，荒凉的水边高地可以栖身流窜。山溪中的水徒然那么清澈，倒映水中的卑微面容并不值得赏玩。秋蓬飞啊还没有飞到终点，寒草枯萎了啊没有了青翠的颜色。楚地的山高啊幽邈难以越过，越地的水深啊深得不可预测。赞叹明月能够飞驰清朗的光辉，愿像飞禽那样能够在天空驰骋双翼。我的马儿一再地在想，它知道我要走的路还没到终点。长夜漫漫很难熬到天明，纷乱的愁绪塞满了胸膛。一眼望去山川没有一个地方似曾相识，只有天上的星河还可以分辨。夜里听到大雁朝南飞去，客居在此夜里眼泪沾湿了衣裳。春天的鸿雁希望傍晚时就能返回，游子却还没有一点儿要回归的意思。一年过去欢娱也完全消逝，今年以来已变得面目全非。提起衣襟身形虽然还没变化，但抚胸一想很多事情都与心愿违背。柔韧的青蒲纤维虽长但也容易散开，白云诚然遥远但鸿雁哪会难以依恃。

解佩去朝市

【题解】

佩，是文官所佩的印绶等饰物，解佩谓辞官；去，离开；朝市，朝廷和市肆。齐武帝当政时，沈约仕途颇顺畅，曾历任太子家令、兼著作郎、司徒右长史、黄门侍郎、御史中丞等职。“充待诏于金马”以下十二句，写出了当年春风得意的盛况。但“天道有盈缺”，在“一朝卖玉琬”即齐武帝死后，沈约的命运转变，被新即位的郁林王萧昭业外放，心态发生变化，有了怨愤不满和归隐田园的想法，本诗对此作了反映。对内心感情的表现较为直接，与前几首多为托物自喻及借景抒情不同。陈祚明评云：“此休文在齐代之时，直述悱怨，顾无所嫌。”（《采菽堂古诗选》卷二十三）

去朝市，朝市深归暮。辞北缨而南徂①，浮东川而西顾。逢天地之降祥，值日月之重光②。伊当仁之菲薄③，非余情之信芳④。充待诏于金马⑤，奉高宴于柏梁⑥。观斗兽于虎圈[7],望窅窕于披香[8]。游西园兮登铜雀[9],举青琐兮眺重阳[10]。讲金华兮议宣室[11],昼武帷兮夕文昌[12]。佩甘泉兮履五柞[13],赞枍诣兮绂承光[14]。托后车兮侍华幄[15],游渤海兮泛清漳[16]。天道有盈缺[17],寒暑递炎凉[18]。一朝卖玉琬[19],眷眷惜余香[20]。曲池无复处[21],桂枝亦销亡[22]。清庙徒肃肃[23],西陵久茫茫[24]。薄暮余多幸[25],嘉运重来昌。忝稽郡之南尉[26],曲千里之光贵[27]。别北芒于浊河[28],恋横桥于清渭[29]。望前轩之早桐[30],对南阶之初卉[31]。非余情之屡伤[32],寄兹焉兮能慰[33]。眷昔日兮怀哉,日将暮兮归去来[34]。

【注释】

①辞缨:谓辞官。缨,系冠的带子。徂(cú):往。傅刚《校笺》:"陈本作'征'。"

②值:遇上。重光:指太阳重放光芒。比喻动乱后出现清明的局面。《尚书·顾命》:"昔君文王、武王宣重光。"

③当仁:面临仁德。《论语·卫灵公》:"子曰:'当仁,不让于师。'"菲薄:《楚辞》屈原《远游》:"质菲薄而无因兮,焉托乘而上浮。"王逸注:"质性鄙陋,无所因也。"

④信芳:真正芳洁。

⑤待诏:等待皇帝下诏任命。汉代征士,在未正式委以官职前,使待诏金马门。《汉书》卷五十八《公孙弘传》:"策奏,天子擢弘对为第一。召入见,容貌甚丽,拜为博士,待诏金马门。"如淳注:"武帝时,相马者东门京作铜马法献之,立马于鲁班门外,更名鲁班门为金马门。"

⑥奉高:傅刚《校笺》:"五云溪馆本、徐本、郑本作'眷齐'。"柏梁:《汉书》卷六《武帝纪》:"(元鼎二年)春,起柏梁台。"颜师古注:

“《三辅旧事》云以香柏为之。”

⑦虎圈（juàn）：关虎的笼子。此指观斗兽的地点。

⑧窅（yǎo）窕：同“窈窕”，文静美好貌。代指美女。披香：汉代宫殿名。在长安（今陕西西安）。《三辅黄图》卷三：“武帝时后宫八区，有昭阳、飞翔、增成、合欢、兰林、披香、凤凰、鸳鸯等殿。”

⑨西园：即铜雀园，在邺城（今河北临漳西南）。曹操建于建安十五年（210），园内有铜雀台。

⑩举：谓举目眺望。青琐：宫门上镂刻的青色连环图案。代指宫殿。重阳：指天。《楚辞》屈原《远游》：“集重阳入帝宫兮，造旬始而观清都。”洪兴祖补注：“积阳为天，天有九重，故曰重阳。”

⑪金华：《汉书》卷一百上《叙传上》：“大将军王凤荐伯宜劝学，召见宴昵殿，容貌甚丽，诵说有法，拜为中常侍。时上方乡学，郑宽中、张禹朝夕入说《尚书》《论语》于金华殿中，诏伯受焉。”颜师古注：“金华殿在未央宫。”宣室：《汉书》卷四十八《贾谊传》：“后岁余，文帝思谊，征之。至，入见，上方受釐，坐宣室。上因感鬼神事，而问鬼神之本。谊俱道所以然之故。”颜师古注：“宣室，未央前正室也。”

⑫武帷：置有兵器的帷帐，帝王所用。《汉书》卷五十《汲黯传》：“上尝坐武帐，黯前奏事。”文昌：《历代帝王宅京记》卷十三：“魏武封于邺，为北宫，宫有文昌殿。”

⑬甘泉：汉宫名。在今陕西淳化西北。履：傅刚《校笺》：“陈本作‘屣’。”五柞：《三辅黄图》卷三：“五柞宫，汉之离宫也，在扶风盩厔。宫中有五柞树，因以为名。”

⑭赞：《尚书·大禹谟》：“益赞于禹曰：‘惟德动天，无远弗届。’”孔安国传：“赞，佐也。”即辅佐。吴兆宜注：“一作‘替’。”傅刚《校笺》：“陈本作‘簪’。”枍（yì）诣：《文选》张衡《西京赋》：“枍诣承光，睽罛庨豁。”薛综注：“枍诣、承光，皆台名。”诣，吴兆宜注：“一

作‘楷’。”绂（fú）：系官印的丝带。借指做官。承：傅刚《校笺》：“徐本、郑本、陈本作‘冕’。”

⑮后车：侍从者所乘之车。华幄（wò）：华美的篷帐。指帐幕围成的临时宫殿。

⑯渤海：《史记》卷六《秦始皇本纪》载，秦王嬴政曾于公元前215年游渤海边上的碣石。清漳：水名。在今山西境内，为漳河上游。《山海经·北山经》：“又东北百二十里，曰少山，其上有金玉，其下有铜。清漳之水出焉，东流于浊漳之水。”

⑰天道：指自然（天）运动变化的法则、规律。盈缺：犹盈亏，指月亮的圆缺。《周易·谦》：“天道亏盈而益谦。”

⑱递：交替。

⑲卖玉琬：谓帝王死去。吴兆宜注引《汉武故事》：“郿县有一人于市货玉杯，吏疑其御物，欲捕之，因忽不见。县送其器，推问，乃茂陵中物也。霍光自呼吏问之，说市人形貌如先帝。”玉琬，指琬圭。《周礼·考工记·玉人》：“琬圭九寸而缫，以象德。”郑玄注：“琬犹圜也，王使之瑞节也。诸侯有德，王命赐之，使者执琬圭以致命焉。”琬，傅刚《校笺》：“五云溪馆本、徐本、郑本作‘椀’。”

⑳眷眷：眷念貌。傅刚《校笺》：“五云溪馆本、徐本、郑本作‘春暮’。”惜余香：曹操《遗令》：“余香可分与诸夫人，不命祭。”陆机《吊魏武帝文》：“惜内顾之缠绵，恨末命之微详。纡广念于履组，尘清虑于余香。”

㉑曲池：曲折回环的水池。

㉒“桂枝”句：《汉书》卷九十七上《外戚传上·孝武李夫人》：“上又自为作赋，以伤悼夫人，其辞曰：……秋气憯以凄泪兮，桂枝落而销亡。”颜师古注：“桂枝芳香，亦喻夫人也。”

㉓清庙：宗庙。清，谓其肃穆清静。肃肃：幽静貌。

㉔西陵：曹操临终前一年多，曾下《终令》，命为其营造墓地，“其规

西门豹祠西原上为寿陵"。临终前不久又有《遗令》,命在他死后"汝等时时登铜雀台,望吾西陵墓田"。其地在邺城西。

㉕薄暮:傍晚。谓将进入暮年。

㉖忝(tiǎn):愧赧。谓愧居高位。稽郡之南尉:《艺文类聚》卷六引司马彪《续汉书》:"任延拜会稽南部尉,时年十九。"借指东阳太守之职。

㉗曲:犹言"忝"。傅刚《校笺》:"五云溪馆本、徐本、郑本作'典'。"光贵:荣宠尊贵。

㉘别:傅刚《校笺》:"五云溪馆本、徐本、郑本作'形'。"北芒:山名,又城名。吴兆宜注引郭缘生《述征记》:"北芒城,北芒岭也,去洛阳大厦门不盈一里。"借指京城。芒,原作"荒",傅刚《校笺》:"陈本作'芒'。"据改。于:傅刚《校笺》:"五云溪馆本、徐本、郑本、孟本作'之'。"浊河:指黄河。

㉙横桥:古桥名。在汉代长安城北渭水上。清渭:即渭水。黄河支流,流经陕西省境。渭水有支流泾水,古有"泾浊渭清"之说。

㉚轩:有窗的长廊,也指窗。

㉛卉:草的总称。

㉜"非余"句:陆机《述思赋》:"嗟余情之屡伤,负大悲之无力。"

㉝兹:此。指"旱桐""初卉"。焉:傅刚《校笺》:"五云溪馆本、徐本、郑本无'焉'字。"兮:傅刚《校笺》:"陈本作'之'。"

㉞归去来:即归去,"来"是语助词。陶渊明辞官归隐,曾赋《归去来兮辞》。

【译文】

我要离开朝廷和市肆,朝廷和市肆越来越暮色深沉。抛弃在北方使用过的官缨到南方去,渡过东边的河流而向西回顾。回想从前遇上天地降临祥瑞,又遇上日月重新放出光芒。面临仁德时自己其实十分鄙陋,不是因为自己的情操真的美好芬芳。却得以充数待诏于金马门,又得以在柏梁台上陪侍盛大的宴会。能有资格在虎圈观看斗兽表演,还能在披香殿将娴静的美女欣赏。在西园游览啊又登上铜雀台,举目环顾宫殿啊又将九天眺望。在金华殿讲论啊在宣室中议论,白天在武帷中啊夜里在文昌。在甘泉宫佩带印绶啊在五柞宫中迈步,在枍诣台辅佐啊在承光台做官。坐在后车上跟随啊在华帐中随侍,在渤海边游览啊在清漳水上泛舟。但天道有时盈有时缺,寒暑炎凉总在不断地更替。一旦到了卖玉琬的时候,就会眷念往昔怜惜余下的薰香。再不能在曲折回环的水池边停留,芳香的桂树枝亦已销亡。宗庙徒然那么肃穆幽静,西陵越来越久远迷茫。快到老年了我还能非常幸运,好运再次降临仕途再次兴旺。很惭愧又做了会稽郡南部尉,很惭愧在千里之外享受到荣宠尊贵。在浑浊的黄河边告别了北芒,在横跨清渭的横桥上恋恋不舍。望着窗前长出新叶的梧桐,对着南阶刚萌芽的芳草。不是我内心喜欢一再地伤感,早桐初卉是我的寄托啊我能从中得到安慰。眷念从前的日子啊总是难以释怀,太阳就要落山了啊还是赶快归去。

披褐守山东

【题解】

本篇《艺文类聚》卷三十六节引,题作《八咏守山东》;又《文苑英华》卷一百六十节引,题作《守山东》。褐,粗毛或粗麻织的短衣,为贫苦人或隐士所穿。山东,战国、秦汉时期统称崤山或华山以东地区为山东。这里即指今浙江金华一带。诗写金华一带险峻的山川景物,气象颇为奇谲萧森,可与谢灵运写于永嘉(今浙江温州)一带的山水诗媲美。诗人沉浸其中,不免产生了归隐之思,而又感慨为官务所羁,不得脱身,不过也有一些改革政治、移风易俗的想法。前半写景,心无旁骛,而后半抒情言志,则展示了比较复杂的内心世界。陈祚明评云:"前段写景物,特为萧森。如此妙境,乃不足流连,而恨恨于暮年之此逢也。康乐山游,亦时逗此旨。故知富贵之于人,重矣哉!"(《采菽堂古诗选》卷二十三)

守山东，山东万岭郁青葱[1]。两溪共一写[2]，水洁望如空。岸侧青莎被[3]，岩间丹桂丛[4]。上瞻既隐轸[5]，下睇亦溟濛[6]。远林响咆兽，近树聒鸣虫[7]。路带若溪右[8]，涧吐金华东[9]。万仞倒危石[10]，百丈注悬丛[11]。掣曳泻流电[12]，奔飞似白虹[13]。洞井含清气[14]，漏穴吐飞风。玉窦膏滴沥[15]，石乳室空笼[16]。峭崿涂弥险[17]，崖岨步才通[18]。余舍平生之所爱[19]，欻暮年而逢此[20]。愿一去而不还[21]，恨邹衣之未褫[22]。揖林壑之清旷[23]，事氓俗之纷诡[24]。幸帝德之方升，值天网之未毁[25]。既除旧而布新，故化民而俗徙[26]。播赵俗以南徂[27]，扇齐风以东靡[28]。乳雉方可驯，流蝗庶能弭[29]。清心矫世浊[30]，俭政革民侈[31]。秩满抚白云[32]，淹留事芝髓[33]。

【注释】

①岭：傅刚《校笺》："五云溪馆本、徐本、郑本作'里'。"

②溪：《文苑英华》作"壑"。共一写（xiè）：即合在一起倾泻而下。

③青莎：即莎草，一种多年生草本植物。被：覆盖。

④丹桂：桂的一种，其花橘红色，有很浓的香味。《文选》左思《吴都赋》："洪桃屈盘，丹桂灌丛。"刘渊林注："桂生苍梧、交趾、合浦以南山中，所在丛聚，无他杂木也。"

⑤隐轸（zhěn）：同"殷轸"。《文选》扬雄《羽猎赋》："殷殷轸轸，被陵缘坂。"李善注："殷、轸，盛貌。"傅刚《校笺》："冯钞本、五云溪馆本、徐本、郑本作'隐隐'。"

⑥睇（dì）：斜视，流盼。溟濛：模糊不清貌。

⑦聒（guō）：喧扰，嘈杂。

⑧带：环绕。《艺文类聚》《文苑英华》作"出"。若溪：若耶溪，在浙江绍兴东南。右：西面。

⑨涧:傅刚《校笺》:“五云溪馆本、徐本、郑本作‘泉’。”金华:山名。在浙江金华北,道家传为赤松子得道处。

⑩仞:古代长度单位。以七尺或八尺为一仞。危:高。

⑪百丈:指瀑布。丛:众水会合之处。《艺文类聚》作“潨”,《文苑英华》作“淙”。

⑫掣曳:牵引。掣,傅刚《校笺》:“五云溪馆本、徐本、郑本作‘瀑’。”流:傅刚《校笺》:“五云溪馆本作‘疏’。”

⑬白虹:指日月周围的白色晕圈。

⑭洞井:傅刚《校笺》:“徐本、郑本作‘深洞’,五云溪馆本作‘洞升’。”

⑮玉窦:如玉石堆砌的洞穴。膏:指尚未凝固的石钟乳。《文苑英华》作“高”。滴沥:水下滴。

⑯乳室:《艺文类聚》作“室乳”。空笼:形容溶洞内中空而四周被钟乳石笼罩的样子。

⑰峭崿(è):陡峭的山崖。涂:同“途”,道路。

⑱岨(zǔ):同“阻”,险要。

⑲舍:《艺文类聚》《文苑英华》无此字,傅刚《校笺》:“冯钞本、五云溪馆本作‘拾’。”平生之所爱:指对仕途的热衷和官场生活。

⑳欻(xū):忽然。而:《文苑英华》作“之”。逢此:《艺文类聚》作“此逢”,傅刚《校笺》:“陈本作‘斯逢’,五云溪馆本、徐本、郑本作‘斯逢此’。”

㉑愿:《文苑英华》作“欲”。

㉒邹衣:指邹君所服长缨(帽带)。《韩非子·外储说左上》:“邹君好服长缨,左右皆服长缨,缨甚贵。邹君患之,问左右,左右曰:‘君好服,百姓亦多服,是以贵。’君因先自断其缨而出,国中皆不服长缨。”褫(chǐ):剥夺。

㉓揖:古代拱手礼。这里是赞赏的意思。傅刚《校笺》:“五云溪馆

本、徐本、郑本作‘挹’。”清旷：清幽空阔。谢灵运《田南树园激流植援》：“中园屏氛杂，清旷招远风。”

㉔事：从事，处理。氓俗：世俗。纷诡：纷乱诡诈。

㉕天网：天布罗网。指国家的法律制度。网，傅刚《校笺》：“徐本、郑本作‘纲’。”

㉖化民：教化民众。俗徙：即易俗，改变风俗。

㉗播：传扬。赵俗：战国时，赵国的北方与东方多与游牧民族为邻，赵武灵王为使赵国强大起来，遂改革士兵服装，实行“胡服骑射”，以移风易俗。徂（cú）：往。

㉘齐风：齐地的民俗和音乐。《左传·襄公二十九年》：“吴公子札来聘。请观于周乐。为之歌《齐》，曰：‘美哉，泱泱乎大风也哉！表东海者，其大公乎！国未可量也。’”靡（mǐ）：披靡，倒下。刘向《说苑·君道》：“洩冶曰：‘天上之化下犹风靡草。东风则草靡而西，西风则草靡而东。’”

㉙“乳雉（zhì）”二句：《后汉书》卷二十五《鲁恭传》载，鲁恭为中牟令，“专以德化为理，不任刑罚”。“建初七年，郡国螟伤稼，犬牙缘界，不入中牟。河南尹袁安闻之，疑其不实，使仁恕掾肥亲往廉之。恭随行阡陌，俱坐桑下，有雉过，止其旁。旁有童儿，亲曰：‘儿何不捕之？’儿言‘雉方将雏’。亲瞿然而起，与恭诀曰：‘所以来者，欲察君之政迹耳。今虫不犯境，此一异也；化及鸟兽，此二异也；竖子有仁心，此三异也。久留，徒扰贤者耳。’还府，具以状白安。”此二句用其事。乳雉，小野鸡。流蝗，飞蝗。庶，庶几，大概。弭（mǐ），止，消除。

㉚清、浊：指品德行为。屈原《渔父》：“举世皆浊我独清，众人皆醉我独醒。”

㉛革：傅刚《校笺》：“五云溪馆本、徐本、郑本作‘救’。”

㉜秩满：任期满。抚白云：谓归隐山林。抚，傅刚《校笺》：“五云溪

馆本、徐本、郑本作‘归’。”

㉝淹留:久留。事芝髓:谓服食求仙。事,从事。芝,灵芝之类。髓,类似凝脂的东西。这里指石髓。《晋书》卷四十九《嵇康传》:“又遇王烈,共入山,烈尝得石髓如饴,即自服半,余半与康,皆凝而为石。”傅刚《校笺》:“冯钞本、冯鳌本、五云溪馆本作‘体’。”

【译文】

我在山东居留,山东的千山万岭满目苍翠郁郁葱葱。两条溪流合在一起倾泻而下,溪水清清看去像是澄澈的天空。岸边都被青青的莎草覆盖,山岩间是一篷篷的丹桂丛。往上看植被已是那样繁茂,往下看也是一片迷迷蒙蒙。远处的树林中响着野兽的咆哮,近处的树林中则有嘈杂的虫鸣。若耶溪的西边有山路环绕,金华山的东面有山涧倾吐。万仞山崖上高峻的巨石倒挂,百丈悬瀑轰轰地注入深潭。牵曳倾泻就像流逝的闪电,狂奔飞驰像是天上的白虹。山洞内全都弥漫着清凉之气,有缝的洞穴吐出如飞的冷风。白玉般的洞穴内膏状钟乳不住下滴,四周都是钟乳石的溶洞像一座空笼。在陡峭的山崖上小路更加艰险,险阻的地方只能勉强移步通过。我舍弃了平生所喜爱的那些东西,转眼快到暮年才遇上这样的妙境。愿意这一去就不再返回,遗憾的是所结的长缨还没有剥离。我赞赏这山林沟谷间的清幽空阔,但还得处理世俗那些纷纭诡诈的事情。幸运的是皇帝的仁德正在上升,又遇上天网也还没有被毁弃。既然已经进行除旧布新的改革,一定就能教化民众移风易俗。把赵地的习俗往南方传扬,让齐地的风尚在东方风靡。这样做幼小的野鸡也可被驯化,肆虐的飞蝗大概也能将其消弭。清澈淳朴的心可以矫正世俗的污浊,政务的节俭可以革除民风的奢侈。任满之后归隐山林去抚弄白云,长留在山林间服食灵芝和石髓。

张衡

见卷一《同声歌一首》作者简介。

定情歌

【题解】

《艺文类聚》卷十八载有张衡《定情赋》,其辞云:“夫何妖女之淑丽,光华艳而秀容。断当时而呈美,冠朋匹而无双。叹曰……”本篇即为其中的“叹曰”部分。诗写女子因男子远行而使婚期落空的哀叹,读来声情摇曳,凄切感人。

大火流兮草虫鸣①,繁霜降兮草木零②。秋为期兮时已征③,思美人兮愁屏营④。

【注释】

①大火:星名。又称火,即心宿。流:向下行。每年夏历五月的黄昏,火星出现在正南方,位置最高,六月后就偏西向下行。《诗经·豳风·七月》:“七月流火,九月授衣。”草虫:即蝈蝈。《诗经·召南·草虫》:“喓喓草虫,趯趯阜螽。”曹丕《杂诗》其一:“草虫鸣何悲,孤雁独南翔。”

②繁霜:浓霜。《诗经·小雅·正月》:“正月繁霜,我心忧伤。”曹丕

《燕歌行》其一:“秋风萧瑟天气凉,草木摇落露为霜。”

③期:指婚期。《诗经·卫风·氓》:“将子无怒,秋以为期。”征:出行。

④美人:指征人。屏营:不安,彷徨。曹植《感婚赋》:“顾有怀兮妖娆,用搔首兮屏营。”

【译文】

大火星已下行啊草虫在悲鸣,浓霜已降临啊草木已凋零。曾把婚期定在秋天啊此时您却已远行,我把美人思念啊满腹忧愁彷徨不宁。

刘铄

见卷三《代行行重行行》作者简介。

白纻曲

【题解】

本篇载《艺文类聚》卷四十三，题作《白纻舞曲》；收入《乐府诗集》卷五十五《舞曲歌辞》。白纻曲，参见前鲍照《代白纻歌辞二首》。诗写舞者容貌的明艳，舞姿的曼妙。陈祚明评云："轻扬，神情动移。"（《采菽堂古诗选》卷十六）

仙仙徐动何盈盈①，玉腕俱凝若云行②。佳人举袖耀清蛾③，掺掺擢手映鲜罗④。状似明月泛云河⑤，体如轻风动流波。

【注释】

①仙仙：舞姿轻盈貌。同"跹跹"。《诗经·小雅·宾之初筵》："舍其坐迁，屡舞仙仙。"原作"迁迁"，《艺文类聚》《乐府诗集》作"仙仙"，据改。盈盈：轻盈美好貌。

②凝：谓肌肤若凝脂。

③清:《艺文类聚》《乐府诗集》作“青”。蛾:蛾眉。

④掺掺(shān):纤美貌。《诗经·魏风·葛屦》:“掺掺女手,可以缝裳。”擢(zhuó)手:举手。罗:轻软的丝织品。

⑤泛:浮。云河:银河。

【译文】

翩翩起舞徐挪舞步舞姿何其轻盈,如凝脂白玉般的手腕挥动起来似流动的白云。美人举起衣袖清美的蛾眉光彩闪耀,举起纤美的双手与鲜丽的罗衣交相辉映。就像是一轮明月在天上的银河飘浮,体态犹如轻风吹动水面的银波。

鲍照

见卷四《玩月城西门》作者简介。

北风行

【题解】

本篇收入《乐府诗集》卷六十五《杂曲歌辞》。郭茂倩题解:"《北风》,本卫诗也。《北风》诗曰:'北风其凉,雨雪其雱。'传云:'北风寒凉,病害万物,以喻君政暴虐,百亲不亲也。'若鲍照《北风凉》、李白《烛龙栖寒门》,皆伤北风雨雪,而行人不归,与卫诗异矣。"诗篇直抒胸臆,风格明快,句式长短相间,有浓郁的民歌特色。

北风凉,雨雪雱①,洛阳女儿多妍妆②。遥艳帷中自悲伤③,沉吟不语若为忘④。问君前行何当归⑤,苦使妾坐自伤悲⑥。虑年去⑦,虑颜衰,情易复,恨难追。

【注释】

①雨(yù)雪:下雪。雱(pāng):《诗经·邶风·北风》:"北风其凉,雨雪其雱。"毛传:"雱,盛貌。"

②洛阳:《乐府诗集》作"京洛"。妍(yán):美。《乐府诗集》作"严"。

③遥艳:《鲍参军集》黄节补注:“遥艳,美好也。”

④沉吟:《文选》曹操《短歌行》:“但为君故,沉吟至今。”刘良注:“沉吟,喻深思之意。”为:吴兆宜注:“一作‘有’。”

⑤前:《乐府诗集》作“何”。何当:何时能。古绝句:“何当大刀头,破镜飞上天。”

⑥坐:徒然,空自。

⑦去:《乐府诗集》作“至”。

【译文】

北风吹来十分寒冷,漫天飞雪纷纷扬扬,洛阳女儿大都化着美艳的盛妆。美艳的女子在帷帐中独自悲伤,沉吟不语好像已把世事遗忘。请问夫君您远行何时才能归来,苦苦地让我在家里空自悲伤。忧虑这一年又将过去,忧虑容颜一天天衰老,心中的感情容易恢复,心中的怨恨却难以平复。

汤惠休

汤惠休（生卒年不详），字茂远。原为僧人，宋孝武帝命他还俗，官至扬州从事史。诗风与鲍照近似，时人有“休鲍”之称。诗多情语，词采绮艳，风格清新，颇受民歌影响。钟嵘《诗品》将其诗列入下品。《隋书》卷三十五《经籍志四》著录有集四卷，已佚。今存诗十一首。其事略见《宋书》卷七十一《徐湛之传》。

楚明妃曲

【题解】

本篇收入《乐府诗集》卷五十八《琴曲歌辞》。楚明妃，即王昭君，晋时因避司马昭讳，改称明君，又称明妃；又因昭君为西汉南郡秭归（今属湖北）人，旧属楚地，故称楚明妃。其事参见卷二石崇《王昭君辞一首》题解。诗写一个居处豪华、美丽多情的女子，该女子实乃神仙中人，或者就是昭君的化身。词采浓艳，境界奇丽，在写作上明显地接受了《楚辞》的影响。

琼台彩楹①，桂寝雕甍②。金闺流耀，玉牖含英③。香芬幽蔼④，珠彩珍荣⑤。文罗秋翠⑥，纨绮春轻⑦。骖驾鸾鹤⑧，往来仙灵。含姿绵视⑨，微笑相迎。结兰枝⑩，送目成⑪，当年为君荣⑫。

【注释】

①琼台:玉饰的楼台。《太平御览》卷六百七十四引《七星移度经》:“帝君上登太极琼台。”楹:厅堂前面的柱子。

②桂寝:用桂木建造的寝官。《三辅黄图》卷二:“桂宫,汉武帝造,周回十里。”甍(méng):屋脊。

③牖(yǒu):窗户。英:光华,光彩。班固《西都赋》:“翡翠火齐,流耀含英;悬黎垂棘,夜光在焉。”

④蔼:通“霭”,云气。

⑤荣:草本植物的花。屈原《九章·橘颂》:“绿叶素荣,纷其可喜兮。”引申指光彩。

⑥文罗:有花纹的丝织品。

⑦纨(wán):细绢。绮:有文彩的丝织品。

⑧骖(cān)驾:指驾御、驾车。骖,三匹马所驾车。鸾鹤:鸾为传说中凤凰一类的神鸟,鸾与鹤传为神仙所乘。

⑨含姿:带着美好的姿态。绵视:含情脉脉地凝视。萧纲《舞赋》:“既相看而绵视,亦含姿而俱立。”

⑩结兰枝:谓结同心。《周易·系辞上》:“二人同心,其利断金。同心之言,其臭如兰。”

⑪目成:谓以目传情。屈原《九歌·少司命》:“满堂兮美人,忽独与余兮目成。”

⑫当年:正当年的时候。指青春年华。荣:开花,焕发光彩。

【译文】

玉饰的楼台彩色的立柱,桂木建造的寝宫有雕绘的屋脊。金色的闺房流荡着光彩,白玉的窗户含蕴着光辉。芬芳的馨香清幽的云气,到处闪耀着珍珠般的异彩。有文彩的绸衣秋天透出青翠,精美的纨绮春天格外轻盈。出行时驾着鸾鹤,往来的都是仙人神灵。带着美好的姿态含情脉脉地凝视,又带着微笑热情相迎。结兰枝彼此成为知心,又频频地以眉目传情，要在正当年的时候为您绽放青春。

白纻歌

【题解】

本篇收入《乐府诗集》卷五十五《舞曲歌辞》，同题之作共二首，此为其中的第二首。白纻，参见前鲍照《代白纻歌辞二首》。诗取材特别，主要写舞女对于爱情的大胆追求却又羞于表达的迟疑娇痴情态，刻绘细腻，情景生动。

少年窈窕舞君前①，容华艳艳将欲然②。为君娇凝复迁延③，流目送笑不敢言④。长袖拂面心自煎，愿君流光及盛年⑤。

【注释】

①窈窕（yǎo tiǎo）：容貌美好貌。《诗经·周南·关雎》："窈窕淑女，君子好逑。"

②容华：美丽的容貌。曹植《杂诗》之四："南国有佳人，容华若桃李。"艳艳：明艳貌。梁武帝萧衍《欢闻歌》："艳艳金楼女，心如玉池莲。"然：同"燃"，燃烧。

③迁延：徘徊不进。司马相如《美人赋》："有女独处，婉然在床。奇葩逸丽，淑质艳光。睹臣迁延，微笑而言。"

④流目：目光流转。南朝乐府《子夜四时歌·春歌》："春风动春心，流目瞩山林。"

⑤流光：犹言光顾、赏光。即给予关爱。

【译文】

容貌美好的少女在您的前面翩翩起舞，明媚艳丽就像即将燃烧的火焰。为您娇羞凝神复又徘徊不前,目光流转传送笑意却不敢言。长袖掩面而心中却受着煎熬,愿您赏光关爱趁正值青春妙年。

秋风歌

【题解】

本篇载《艺文类聚》卷三、《初学记》卷三,题作《歌诗》;又载《太平御览》卷二十五,题作《白纻舞歌诗》;又《初学记》卷三节引"房""伤"二韵,题作《白纻诗》;收入《乐府诗集》卷六十《琴曲歌辞》,题作《秋风》。诗写女子秋夜因思念远人而哀伤,声情摇曳,颇得曹丕《燕歌行》(其一)神韵。

秋风袅袅入曲房①,罗帐含月思心伤。蟋蟀夜鸣断人肠②,夜长思君心飞扬③。他人相思君相忘④,锦衾瑶席为谁芳⑤?

【注释】

①袅袅:秋风吹拂貌。屈原《九歌·湘夫人》:"袅袅兮秋风,洞庭波兮木叶下。"曲房:深隐的内室,为女子所居之处。

②"蟋蟀"句:《诗经·豳风·七月》:"七月在野,八月在宇,九月在户,十月蟋蟀入我床下。"曹丕《燕歌行》其一:"群燕辞归鹄南翔,念君客游思断肠。"

③夜长:《艺文类聚》《初学记》《太平御览》《乐府诗集》皆作"长夜"。

④他人:别人,实为女子自指。

⑤锦衾(qīn):锦被。锦,一种有杂色花纹的比较厚重的丝织品。为谁:《初学记》作"徒为"。

【译文】

秋风轻轻地吹进了深隐的内室，罗帐上月光照映我因思念而心伤。夜里蟋蟀鸣叫让人肝肠寸断，夜长思君心在往远方飞扬。别人如此相思您却把别人相忘，锦缎的被子玉饰的席子不知为谁芬芳？

歌思引

【题解】

本篇载《艺文类聚》卷三。吴兆宜题注："一作'秋思引'。"引，乐府诗体之一。《文选》马融《长笛赋》："故聆曲引者，观法于节奏。"李善注："引，亦曲也。蔡邕《琴操》曰：'《思归引》者，卫女之所作也；《琴引》者，秦时倡屠门高之所作也。'"诗仅四句，前二句写景，后二句抒情，于短章中写出无尽的缠绵，无尽的悲怨。

秋寒依依风过河①，白露萧萧洞庭波②。思君末光光已灭③，眇眇悲望如思何④！

【注释】

①依依：依稀可见貌。陶渊明《归园田居》其一："暧暧远人村，依依墟里烟。"

②白露：《礼记·月令》："（孟秋之月）凉风至，白露降。"《诗经·秦风·蒹葭》："蒹葭苍苍，白露为霜。所谓伊人，在水一方。"萧萧：风声。《史记》卷八十六《刺客列传》载荆轲歌："风萧萧兮易水寒，壮士一去兮不复还！"洞庭波：屈原《九歌·湘夫人》："袅袅兮秋风，洞庭波兮木叶下。"

③末光：日月之余晖。喻夫君微末的恩惠。陆机《塘上行》："愿君广末光，照妾薄暮年。"

④眇眇（miǎo）：《楚辞》屈原《九歌·湘夫人》："帝子降兮北渚，目眇眇兮愁予。"洪兴祖补注："眇眇，微貌。言神之降，望而不见，使我愁也。"一说是眯着眼远望的样子。

【译文】

天气变冷秋风依稀地吹过了河，白露降临萧萧秋风荡起洞庭水波。思念夫君盼您余光倾照谁知余光已灭，悲伤地眺望远方再怎么思念也无可奈何！

梁武帝

见卷七《捣衣》作者简介。

江南弄

【题解】

本篇载《文苑英华》卷二百一，题作《江南行》；收入《乐府诗集》卷五十《清商曲辞·江南弄》。弄，乐曲，曲调。《乐府诗集》郭茂倩题解引《古今乐录》："梁天监十一年冬，武帝改西曲，制《江南上云乐》十四曲，《江南曲》七曲：一曰《江南弄》，二曰《龙笛曲》，三曰《采莲曲》，四曰《凤笛曲》，五曰《采菱曲》，六曰《游女曲》，七曰《朝云曲》。"又据《古今乐录》，《江南弄》七曲皆有"和声"。第一曲写春景与春情。不难看出，此曲虽从南朝乐府民歌改创而来，而倾力刻绘，风格典雅，已具明显的文人诗色彩。南朝乐府民歌多为五言四句，而本篇前三句为整齐的七言，后四句为整齐的三言，前三句句句押韵，后四句隔句用韵，而且其余的六曲与此相同，竟与后来的依声填词相似，因此杨慎评云："此词绝妙。填词起于唐人，而六朝已滥觞矣"（《词品》卷一）

众花杂色满上林①，舒芳耀绿垂轻阴②，连手躞蹀舞春心③。舞春心，临岁腴④。中人望⑤，独踟蹰。

【注释】

①上林:汉宫苑名。故址在今陕西西安西。《太平御览》卷一百九十六引《汉旧仪》:"上林苑中广长三百里,中养百兽,天子遇秋冬猎射苑中。其中离宫七十所。"

②耀:《文苑英华》作"摇"。

③躞蹀(xiè dié):缓步貌。汉乐府《白头吟》:"躞蹀御沟上,沟水东西流。"此形容舞步。春心:由美好春色所触发的意兴或情怀。双关男女之间的相思爱慕之情。南朝乐府《子夜四时歌·春歌》:"春风动春心,流目瞩山林。"

④岁腴:一年中最美好的时候。犹言良辰美景。腴,肥美,美好。《文选》班固《答宾戏》:"委命供己,味道之腴。"李善注引项岱曰:"腴,道之美者也。"

⑤中人:宫女。人,《文苑英华》作"心"。

【译文】

五彩缤纷的百花遍布上林,鲜花绽放翠绿闪耀垂下淡淡的绿荫,手拉着手舒缓的舞步舞荡着春心。舞荡的春心,面对着良辰美景。宫人苦苦地眺望,独自在那儿徘徊踟蹰。

龙笛曲

【题解】

本篇收入《乐府诗集》卷五十《清商曲辞·江南弄》。郭茂倩题解:"马融《长笛赋》曰:'近世双笛从羌起,羌人伐竹未及已。龙鸣水中不见已,截竹吹之声相似。'然则《龙笛曲》盖因声如龙鸣而名曲。"诗写美人吹笛,以极精练的笔墨,表现了美人吹奏技艺的精妙、笛音的富于变化及其非凡的感染力。

美人绵眇在云堂[①]，雕金镂竹眠玉床[②]，婉爱寥亮绕红梁[③]。绕红梁，流月台[④]。驻狂风，郁徘徊[⑤]。

【注释】

①绵眇（miǎo）：同“绵邈”，悠远。云堂：华美的殿堂。

②眠玉床：谓安放在玉床上。玉床，玉制或玉饰的床。床，安放器物的架子，如笔床、笛床、琴床等。徐陵《玉台新咏序》：“翡翠笔床，无时离手。”

③婉爱：可爱。寥亮：嘹亮。绕红梁：《列子·汤问篇》：“昔韩娥东之齐，匮粮，过雍门，鬻歌假食。既去而余音绕梁欐，三日不绝，左右以其人弗去。”红梁，吴兆宜注：“一作‘虹梁’。”

④流月台：赏月的露天平台。《艺文类聚》卷七十八引梁元帝《南岳衡山九真馆碑》：“上月台而遗爱，登景云而忘老。”

⑤郁：沉郁低回。

【译文】

美人在悠远而华美的殿堂端坐，刻镂着金饰的竹笛安放在玉床之上，婉曲可爱清越嘹亮的笛音环绕着红色的屋梁。环绕着红色的屋梁，在月台之上流荡。让狂风驻足聆听，转向沉郁低回流连彷徨。

采菱曲

【题解】

本篇收入《乐府诗集》卷五十《清商曲辞·江南弄》。菱，一年生草本植物，生池沼中，叶子浮在水面，花白色，果实生在泥中，有硬壳和角，称菱角。诗写少女驾着小船到湖上采菱，一边摇着船桨，一边唱着《采菱曲》，一边思念着心上人。内容、风格与南朝乐府《采莲童曲》等颇相近。

江南稚女珠腕绳[①]，金翠摇首红颜兴[②]，桂棹容与歌《采菱》[③]。歌《采菱》，心未怡[④]。翳罗袖[⑤]，望所思。

【注释】

①稚女：少女。江淹《扇上彩画赋》："临淄之稚女，宋郑之妙工。"珠腕绳：南朝乐府《双行缠》："朱丝系腕绳，正如白雪凝。"珠，通"朱"。

②兴：起，焕发。

③桂棹（zhào）：屈原《九歌·湘君》："桂棹兮兰枻，斫冰兮积雪。"容与：从容不迫貌。屈原《九章·涉江》："船容与而不进兮，淹回水而凝滞。"《采菱》：即《采菱曲》。

④怡：愉悦。

⑤翳（yì）：遮蔽。

【译文】

江南少女手腕上系着红色的丝绳，头上摇着黄金翡翠的首饰脸上泛起了红润，摇着桂木做的船桨一边慢慢前行一边高歌《采菱》。高声唱着《采菱》，内心却并不高兴。用罗袖遮住刺眼的阳光，眺望自己所思念的人。

游女曲

【题解】

本篇收入《乐府诗集》卷五十《清商曲辞·江南弄》。游女，指神女。《诗经·周南·汉广》："汉有游女，不可求思。"诗写神女容貌的美艳及其嬉戏、歌舞的欢欣，色彩绚丽，格调明快。

氛氲兰麝体芳滑[1]，容色玉耀眉如月[2]，珠佩婐妮戏金阙[3]。戏金阙，游紫庭[4]。舞飞阁[5]，歌长生。

【注释】

①氛氲（yūn）：浓郁貌。兰麝（shè）：兰香和麝香。

②容色：容貌神色。郭璞《游仙诗》其三："翡翠戏兰苕，容色更相鲜。"

③婐妮（wǒ nuǒ）：细柔美好貌。金阙：天子所居的宫阙。又道家谓天上有黄金阙，为仙人或天帝所居。阙，皇宫大门前两边的楼观。

④紫庭：帝王所居的宫廷。也指神仙所居的宫阙。嵇康《重作四言诗七首》（一作《秋胡行》）其七："受道王母，遂升紫庭。"

⑤飞阁：高耸如飞的楼阁。

【译文】

散发出浓郁的兰香麝香体肤芳香润滑，容色如白玉般耀眼美眉犹如弯月，佩带着珠玉体态柔美嬉戏在宫阙。嬉戏在宫阙，畅游在涂饰成紫色的宫廷。在高耸如飞的楼阁起舞，高歌祈愿长生的歌曲。

朝云曲

【题解】

本篇收入《乐府诗集》卷五十《清商曲辞·江南弄》。郭茂倩题解："宋玉《高唐赋序》曰：'楚襄王与宋玉游云梦之台，望高唐之观，独有云气，变化无穷。王问玉曰："此何气也？"玉曰："所谓朝云也。"王曰："何谓朝云也？"玉曰："昔者先王尝游高唐，怠而昼寝，梦见一妇人，曰：'妾巫山之女也，为高唐之客，闻君游高唐，愿荐枕席。'王因幸之。去而辞曰：'妾在巫山之阳，高丘之阻，旦为朝云，暮为行雨，朝朝暮暮，阳台之下。'旦朝视之如言,故为立庙,号曰朝云。"' 郦道元《水经注》曰:'巫山者,帝女居焉。宋玉谓帝之季女名曰瑶姬,未行而亡,封于巫山之台。精魂为草,实谓灵芝,所谓巫山之女,高唐之姬也。'《朝云曲》盖取于此。"诗抒写对巫山神女可望而不可即的惆怅,境界变幻迷离,具有浪漫主义的奇情异彩。

张乐阳台歌《上谒》①,如寝如兴芳晻暧②,容光既艳复还没③。复还没,望不来。巫山高,心徘徊。

【注释】

①张乐:奏乐。《史记》卷一百十七《司马相如列传》:"置酒乎昊天之台,张乐乎轇輵之宇。"谢朓《新亭渚别范零陵云》:"洞庭张乐地,潇湘帝子游。"《上谒(yè)》:指乐府古辞《董逃行》,载《乐府诗集》卷三十四《相和歌辞·清调曲》,其首句为"吾欲上谒从高山"。《乐府诗集》郭茂倩题解引《乐府解题》:"古辞云'吾欲上谒从高山,山头危险大难。'言五岳之上,皆以黄金为宫阙,而多灵兽仙草,可以求长生不死之术,今天神拥护君上以寿考也。"谒,原作"歇",《乐府诗集》作"谒",据改。

②兴:起床。晻暧(yǎn ài):盛貌。一说,暗貌。

③容光:仪容风采。徐幹《室思》:"端坐而无为,仿佛君容光。"

【译文】

神女在阳台奏乐歌唱《上谒》,似在睡觉似已起来芳香浓郁,容颜风采美艳绝伦却又很快隐没不见。却又很快隐没不见,久久地盼望都不见回来。看着巫山高高地矗立,内心长久地犹疑徘徊。

白纻辞二首

【题解】

《白纻辞二首》载《文苑英华》卷一百九十三，收入《乐府诗集》卷五十五《舞曲歌辞》。白纻，参见前鲍照《代白纻歌辞二首》。诗写热闹的歌舞场景，对少年舞女的舞姿特别是其娇羞情态表现得颇细腻生动。诗为七言四句，体制有其特别之处，对七言绝句的发展当有推动作用。

一

朱丝玉柱罗象筵①，飞琯促节舞少年②。短歌流目未肯前③，含笑一转私自怜。

【注释】

①柱：琴瑟等乐器上用来支弦的小木柱，可移动以调整音的高低。罗：罗列，陈列。象筵：象牙制的席子。

②琯（guǎn）：玉管，古乐器名。用玉制成，六孔，似笛。促节：急促的节奏。少年：指少女。

③短歌：声调短促的歌。曹丕《燕歌行》其一："援琴鸣弦发清商，短歌微吟不能长。"流目：转动目光。

【译文】

红色的丝弦玉质的弦柱陈列在象牙制的席子上，管声飞扬伴随着急促的节奏少女翩翩起舞。唱着声调短促的歌流目顾盼不肯上前，面含微笑将身一转暗中把她爱怜。

二

纤腰袅袅不任衣①，娇态独立特为谁②。赴曲君前未忍归③,《上声》急调中心飞④。

【注释】

①袅袅:纤柔貌。任:承受。

②态:《乐府诗集》作“怨”。独:吴兆宜注:“一作‘特’。”特:吴兆宜注:“一作‘独’。”

③赴曲:应合曲调的节奏、旋律。

④上声:《乐府诗集》卷四十五《清商曲辞》有《上声歌》八首,郭茂倩题解引《古今乐录》云:“《上声歌》者,此因上声促柱得名。”则“上声”是一种高而急的曲调。中心:心中。

【译文】

腰肢纤细柔美好像不能承受舞衣,以娇羞的姿态独自站立不知是为了谁。应合着曲调的节奏来到您的面前不想回转,响起《上声歌》高而急的曲调不禁情荡心飞。

昭明太子

见卷七《长相思》作者简介。

江南曲

【题解】

本篇载《艺文类聚》卷四十二、《文苑英华》卷二百一，作者皆作“梁简文帝”，“枝中”句前尚有“阳春路，时使佳人度”二句；收入《乐府诗集》卷五十《清商曲辞·江南弄》，将本篇及《龙笛曲》《采莲曲》总题作《江南弄三首》。逯钦立辑校《先秦汉魏晋南北朝诗》将三首皆归入“梁简文帝萧纲”名下，注云：“《玉台》旧刻称简文为皇太子，后人遂谬以为昭明。”据《乐府诗集》，《江南弄三首》皆有“和声”。梁武帝有《江南弄》七曲，本卷选了其中的《江南弄》《龙笛曲》《采菱曲》三曲，此三首诗应为其和作，但文辞较自然清新，不似梁武帝所作绮艳雕琢。《江南曲》写春日的美好及欢欣。陈祚明评云：“春光骀荡，溢于笔端。”（《采菽堂古诗选》卷二十二）

枝中水上春并归，长杨扫地桃花飞①，清风吹人光照衣。光照衣，景将夕②。掷黄金③，留上客④。

【注释】

①扫:《文苑英华》作“拂”。

②景:阳光。

③掷:《文苑英华》“掷”前有“且”字。

④上客:贵客。

【译文】

树枝中水面上春光都已回归,长长的杨柳枝拂扫着大地桃花在纷飞,清风吹人阳光映照着罗衣。阳光映照着罗衣,太阳即将落下山去。不惜抛掷黄金,将贵客留在家里。

龙笛曲

【题解】

本篇歌咏美女之美,及美女与其在外游荡的夫君两人间的恩爱之情。首句有梁武帝“谁家女儿对门居”(《东飞伯劳歌》)一句的影子,而王维“洛阳女儿对门居,才可容颜十五余”(《洛阳女儿行》)则既与梁武帝的“谁家女儿对门居”“洛阳女儿名莫愁”(《河中之水歌》)等句有关联,也与本诗的首二句有关联。

金门玉堂临水居①,一嚬一笑千万余②,游子去还愿莫疏。愿莫疏,意何极。双鸳鸯,两相忆。

【注释】

①金门玉堂:汉乐府《相逢行》(一作《相逢狭路间》):“黄金为君门,白玉为君堂。”

②嚬(pín):同“颦”。皱眉。为发愁时的表情。《韩非子·内储说

上七术》:“吾闻明主之爱,一颦一笑,颦有为颦,而笑有为笑。”

【译文】

黄金为门白玉为堂临水而居,一颦一笑都价值千万余,远方的游子无论离去还是回归都不愿与她疏离。不愿与她疏离,情意无限哪有终极。就像一对鸳鸯,无时无刻不在两相思忆。

采莲曲

【题解】

本篇载《文苑英华》卷二百八,作者作“梁简文帝”,“桂楫”句前尚有“采莲归,绿水好沾衣”二句。描写青年男女采莲时的欢快情景,深得南朝乐府民歌神髓。“江花”句,以花比人,以人比花,交相辉映,别出心裁。后四句画面优美,耐人寻味。陈祚明有“后四语摇曳”(《采菽堂古诗选》卷二十二)之评。

桂楫兰桡浮碧水①,江花玉面两相似②,莲疏藕折香风起③。香风起,白日低。采莲曲,使君迷。

【注释】

①楫:《文苑英华》作“舟”。兰:木兰,香木名。桡(ráo):船桨。碧水:《文苑英华》作“江花”。

②玉面:美好的容貌。萧纲《乌栖曲》其四:“织成屏风金屈膝,朱唇玉面灯前出。”

③莲:指莲子。

【译文】

摇着桂木和木兰做的船桨漂浮在碧水之上,江上的鲜花和美丽的容貌两者是那么相像,莲子稀疏莲藕折断香风吹了起来。香风吹了起来,白日逐渐西沉。唱起欢快的《采莲曲》,采莲曲让您听得很着迷。

简文帝

见卷七《圣制乐府三首》作者简介。

东飞伯劳歌二首

【题解】

《东飞伯劳歌二首》载《文苑英华》卷二百三，题作《绍古歌》；收入《乐府诗集》卷六十八《杂曲歌辞》。伯劳，鸟名。亦名博劳，又名鵙。《礼记·月令》："仲夏鵙始鸣。"两诗皆写歌女的美丽可爱，皆为七言十句，各句的描写角度也大体相同，但读来并无雷同之感。与梁武帝的《东飞伯劳歌》一脉相承，而用词更为艳丽，更具宫体诗特色。陈祚明评第二首云："轻倩无似，独欲以生硬不熟傲唐人耳！然温飞卿去此远近。每谓梁、陈调本接晚唐，非子昂、太白一振颓流，无复有初盛体。于此益信。"(《采菽堂古诗选》卷二十二)

一

翻阶蛱蝶恋花情①，容华飞燕相逢迎②。谁家总角岐路阴③，裁红点翠愁人心④。天窗绮井暧徘徊⑤，珠帘玉匣明镜台⑥。可怜年几十三四⑦，工歌巧舞入人意。白日西倾杨柳垂⑧，含情弄态两相知⑨。

【注释】

①蛱（jiá）蝶：蝴蝶。

②容华：容貌艳丽。曹植《杂诗》其四："南国有佳人，容华若桃李。"飞燕：指赵飞燕，为汉成帝宠妃，后被立为后。因体轻似燕，善舞，故称。此借比下句"总角"的少女。相逢迎：《古诗为焦仲卿妻作》："新妇识马声，蹑履相逢迎。"

③总角：指少女。古代未成年的少女将头发聚拢，梳成两个发髻，如头顶两角，称总角。

④裁红点翠：指采摘花卉。

⑤天窗：屋顶为采光、通风而开设的窗户。绮井：即藻井，饰以彩纹图案的天花板，因多为方格形，似井口围栏，故称。暧（ài）：昏暗不明。《文苑英华》《乐府诗集》作"暖"。

⑥匣：《文苑英华》《乐府诗集》作"箧"。

⑦年几：年纪，岁数。几，通"纪"。刘孝威《拟古应教》："美人年几可十余，含羞转笑敛风裾。"

⑧倾：吴兆宜注："一作'落'。"

⑨弄态：谓搔首弄姿。

【译文】

在台阶上翻飞的蝴蝶有强烈的恋花之情，像赵飞燕那样美丽的少女与之相遇相迎。谁家的少女站在岔路的树荫之下，在那儿采摘花卉使人萌动悲愁的心情。在暗淡的有天窗绮井的房中来回徘徊，房中有珠帘玉匣和装有明镜的梳妆台。非常可爱正是十三四岁的年纪，能歌善舞能够让人称心满意。太阳落下西山杨柳枝低低地下垂，饱含情意搔首弄姿其中的奥秘我俩都心知。

二

西飞迷雀东羁雉①，倡楼秦女乍相值②。谁家妖丽邻中止[③]，轻妆薄粉光闾里[④]。网户珠缀曲琼钩[⑤]，芳茵翠被香气流[⑥]。少年年几方三六[⑦]，含娇聚态倾人目。余香落蕊坐相催[⑧]，可怜绝世谁为媒[⑨]。

【注释】

①雉（zhì）：野鸡。雄雉尾长，羽毛颜色美艳，可做装饰品。

②倡楼：歌舞艺人所居楼阁。秦女：指秦穆公女弄玉。《列仙传》卷上载，有萧史者善吹箫，能致孔雀、白鹤于庭。弄玉好之，“公遂以女妻焉”。萧史“日教弄玉作凤鸣。居数年，吹似凤声，凤凰来止其屋”，后“皆随凤凰飞去”。此以比倡楼歌女。乍：忽然。值：遇上。《乐府诗集》作“随”。

③妖丽：艳丽。邻中：邻里。

④闾里：乡里。古代以二十五家为里。梁武帝《东飞伯劳歌》：“谁家女儿对门居，开华发色照里闾。”

⑤网户：指带有镂空花格的门，其空格犹如网眼。曲琼：玉钩，挂衣物或床帐用。宋玉《招魂》：“网户朱缀，刻方连些。”又：“砥室翠翘，挂曲琼些。”

⑥茵：垫子，褥子。翠被：谓被子颜色有红有绿似翠鸟羽毛。翠鸟雄的叫翡，羽色红，雌的叫翠，羽色青绿。宋玉《招魂》：“翡翠珠被，烂齐光些。”

⑦少年：指少女。三六：十八岁。

⑧坐：徒然。

⑨绝世：举世无双。《汉书》卷九十七上《外戚传上·孝武李夫人》载李延年歌：“北方有佳人，绝世而独立。”谁为：《文苑英华》作“为谁”。

【译文】

西边是飞行迷路的鸟雀东边是羁留的野鸡，倡楼中的秦女忽然间与它们相遇。是谁家美艳的女子在邻家逗留,化着淡妆施着薄粉光耀乡里。有镂空花格的门缀着珍珠的帘子和弯曲的玉钩,芳香的褥子颜色如翠鸟羽毛的被子香气四溢。少女的年纪才刚刚十八岁,满含娇羞各种媚态吸引着人的双目。余香落花徒然地在那里相催逼,可爱的姑娘美貌举世无双有谁能为她做媒。

元帝

见卷七《登颜园故阁》作者简介。

燕歌行

【题解】

本篇载《艺文类聚》卷四十二、《文苑英华》卷一百九十六，收入《乐府诗集》卷三十二《相和歌辞·平调曲》。关于《燕歌行》，参见前萧子显《燕歌行》题解。诗相承曹丕《燕歌行》，仍表现“言时序迁换，行役不归，妇人怨旷无所诉”（《乐府诗集》郭茂倩题解引《乐府解题》）的主题。在表现上，曹丕《燕歌行》是句句用韵，而本篇为隔句用韵（除首六句外，其余大抵为四句一转），这与唐以后的七言古诗已颇为相同，可见此时七言古体发展得越来越成熟了。胡应麟评云：“简文《乌栖曲》，妙于用短；元帝《燕歌行》，巧于用长，并唐体之祖也。”（《诗薮》内编卷三）

燕赵佳人本自多①，辽东少妇学春歌②。黄龙戍北花如锦③，玄菟城前月似蛾④。如何此时别夫婿，金羁翠眊往交河⑤。还闻入汉去燕营⑥，怨妾心中百恨生⑦。漫漫悠悠天未晓⑧，遥遥夜夜听寒更⑨。自从异县同心别⑩，偏恨同时成异节。横波满脸万行啼⑪，翠眉渐敛千重结⑫。并海连天合不开，那堪春日上春台[13]。惟见远舟如落叶，复看遥舸似行杯[14]。沙汀野鹤啸羁雌[15]，妾心无趣坐伤离[16]。翻嗟汉使音尘断[17]，空伤贱妾燕南陲[18]。

【注释】

①燕赵：战国时的燕国和赵国，其地在今河北、山西一带。古诗"东城高且长"："燕赵多佳人，美者颜如玉。"

②辽东：指今辽宁辽河以东地区，旧属燕地。春歌：南朝乐府有《子夜四时歌·春歌》。

③黄龙戍：黄龙，边塞名。故地在今辽宁开原西北一带。萧子显《燕歌行》："遥看白马津上吏，传道黄龙征戍儿。"

④玄菟（tù）：古郡名。汉武帝时置。辖境相当于今辽宁东部、吉林南部及朝鲜咸镜道一带。泛指边塞要地。前：《文苑英华》作"中"。蛾：蛾眉。

⑤金羁：用黄金为饰的马络头。曹植《白马篇》："白马饰金羁，连翩西北驰。"毦（mào）：《后汉书》卷七十八《单超传》："金银罽毦，施于犬马。"李贤注："毦，以毛羽为饰。"交河：古地名。在今新疆维吾尔自治区吐鲁番西北。

⑥去：离开。

⑦心中：《文苑英华》《乐府诗集》作"愁心"。

⑧悠悠：远貌。傅玄《青青河边草》："青青河边草，悠悠万里道。"

⑨寒：《文苑英华》作"严"。更：指打更的声音。

⑩异县：汉乐府《饮马长城窟行》："他乡各异县，展转不相见。"同心：《文苑英华》作"心同"。

⑪横波：横流的水波。本形容眼神，此指眼泪。

⑫翠眉：古代女子用青黛画眉，故称。

⑬堪：《文苑英华》作"宜"。上春台：《老子》第二十章："众人熙熙，

如享太牢,如登春台。”

⑭舸(gě):大船。

⑮沙汀:小沙洲。野:《艺文类聚》《文苑英华》《乐府诗集》作“夜”。

⑯趣:《文苑英华》作“怨”。坐伤:《文苑英华》作“生别”。坐,因为。

⑰翻:反而。

⑱陲:边境。

【译文】

燕赵两地的美人本来就有很多,一位辽东的少妇正在学唱春歌。黄龙城的北边繁花犹如锦缎,玄菟城前的月亮好似一弯蛾眉。怎么会在这个美好的时刻与夫婿别离,夫婿骑着有金饰马络和翠鸟羽饰的骏马去了交河。还听说进入汉家地盘离开了燕地的军营,这让我心中涌出了百般怨恨。漫漫长夜无边无际总也不见天明,漫漫长夜夜夜听着悲凉的打更之声。自从同心的两人别离后各自身居异县,只恨虽是同时两地却是不同的季节。悲伤地啼哭一万行眼泪流了满脸,翠色的双眉逐渐紧皱像打了一千重结。愿能与海相并与天相连合在一起永不分开,哪能忍受在美好的春日里登上春台。只见远处的木船就像一片飘落的树叶,又看远处的大船像一只漂在水面的酒杯。小沙洲上野鹤为羁留在家的雌鹤而长啸,我内心因哀伤别离而觉得生活毫无乐趣。反而叹息没有了传递音讯的汉使的消息,让我在这燕国南部的边陲空自悲伤不已。

乌栖曲四首

【题解】

《乌栖曲四首》载《艺文类聚》卷四十二,收入《乐府诗集》卷四十八《清商曲辞·西曲歌》,所收共六首,此为其中的后四首,前二首本书作萧子显诗,已见前。诗写无忧无虑的青春少女的嬉游情景,场面颇欢快。“兰房椒阁夜方开,那知步步香风逐”,是典型的宫廷生活的反映。

陈祚明对第四首有“轻丽”(《采菽堂古诗选》二十二)之评,而“轻丽”实为四首诗共有的特色。

一

沙棠作船桂为楫①,夜渡江南采莲叶。复值西施新浣纱②,共泛江干瞻月华③。

【注释】

①沙棠:木名。《山海经·西山经》:“(昆仑之丘)有木焉,其状如棠,黄华赤实,其味如李而无核,名曰沙棠;可以御水,食之使人不溺。”郭璞注:“言体浮轻也;沙棠为木,不可得沉。”王嘉《拾遗记》卷六:“(汉成帝)常以三秋闲日,与飞燕戏于太液池,以沙棠木为舟,贵其不沉没也。”楫:船桨。

②值:遇上。西施:据《吴越春秋》等载,西施为春秋时越国美女,自幼随母浣纱江边。越王勾践将她献给吴王夫差,吴亡后与范蠡泛五湖而去,不知所终。浣(huàn):洗。

③泛:《乐府诗集》作“向”。江干(gān):江边。瞻:《乐府诗集》作“眺”。月华:月光,月色。

【译文】

沙棠做的船桂木做的桨,夜里渡河来到江南采摘莲叶。又遇上西施刚好来浣纱,于是一起泛游江边欣赏月色。

二

月华似碧星如佩①,流影灯明玉堂内②。邯郸九投朝始成③,金卮银椀共君倾④。

【注释】

①碧:碧玉。《艺文类聚》《乐府诗集》作“璧”。

②灯:《艺文类聚》《乐府诗集》作“澄”。

③邯郸:战国赵都,即今河北邯郸。古代以酿酒著称,其酒味醇厚。《庄子·胠箧》:“鲁酒薄而邯郸围,圣人生而大盗起。”陆德明《释文》:“许慎注《淮南》云:‘楚会诸侯,鲁赵俱献酒于楚王。鲁酒薄而赵酒厚。’”九投:也作“九酘”,即多次酿造的酒。投,《乐府诗集》作“枝”。

④卮(zhī):古代盛酒器。椀:同“碗”。倾:倒,干杯。

【译文】

月光好似碧玉星星犹如玉佩,玉饰的厅堂内光影流荡华灯通明。须多次酿造的邯郸酒早晨刚刚酿成,金杯银碗同您一起一干而尽。

三

交龙成锦斗凤纹①,芙蓉为带石榴裙②。日下城南两相忘③,月没参横掩罗帐④。

【注释】

①交龙成锦:《邺中记》:“织锦署在中尚方。锦有……大茱萸、小茱萸、大交龙、小交龙。”锦,厚重而有彩色花纹的丝织品。斗凤纹:王嘉《拾遗记》卷九:“(石虎)又为四时浴室,引凤文锦步帐萦蔽浴所。”

②芙蓉:荷花。屈原《离骚》:“制芰荷以为衣兮,集芙蓉以为裳。”石榴裙:大红的裙子。何思澄《南苑逢美人》:“风卷蒲萄带,日照石榴裙。”

③相忘:《庄子·大宗师》:“相濡以沫,不如相忘于江湖。”忘,《艺文类聚》《乐府诗集》作“望”。

④月没参横：谓天色将明。参，星名。为二十八宿之一。

【译文】

锦上是相交的两条龙和相对的凤凰彩纹，身上是芙蓉做的衣带和红色的石榴裙。太阳从城南落下彼此都把对方淡忘，明月沉没参星横斜这才放下罗帐。

四

七彩随珠九华玉[①]，蛱蝶为歌明星曲[②]。兰房椒阁夜方开[③]，那知步步香风逐。

【注释】

①随珠：即隋珠。《淮南子·览冥训》："譬如隋侯之珠，和氏之璧，得之者富，失之者贫。"高诱注："隋侯，汉东之国，姬姓诸侯也。隋侯见大蛇伤断，以药傅之。后蛇于江中衔大珠以报之，因曰隋侯之珠。"九华玉：绚烂多彩的宝玉。

②蛱（jiá）蝶：蝴蝶。

③兰房：犹言香闺。椒阁：以花椒和泥涂壁，以取其芳香的楼阁。

【译文】

身佩七彩的随珠和绚烂的宝玉，像蝴蝶一样翩翩起舞并歌唱明星曲。芬芳的闺房以椒涂壁的楼阁夜晚才打开，哪里知道步步都有香风在紧紧地追随。

别诗二首

【题解】

《别诗二首》载《艺文类聚》卷三十二。诗写女子对外出丈夫的思念和期盼，情感表现颇真切细腻。"莫复""漫道"，要男子不要为自己的寡情寻找借口，劝诫之意，嗔怪之情，跃然于纸。

一

别罢花枝不共攀，别后书信不相关[①]。欲觅行人寄消息[②]，衣带潮水暝应还[③]。

【注释】

①不相关：谓不再接到书信。

②行人：使者。

③暝：傍晚。

【译文】

分别之后不能再一起攀折花枝，别后书信也不再与我相关。想要找一位使者为我传递消息，他衣上带着潮水傍晚时应会回还。

二

三月桃花含面脂[①]，五月新油好煎泽[②]。莫复临时不寄人，漫道江中无估客[③]。

【注释】

①含：《艺文类聚》作“合”。脂：化妆用的胭脂。

②泽：化妆用的油膏。

③漫道：慢说，别说。估客：行商。《乐府诗集》卷四十八《清商曲辞·西曲歌》收有释宝月《估客乐》二首，其二云：“有信数寄书，无信心相忆。莫作瓶落井，一去无消息。”

【译文】

三月的桃花含有搽脸的胭脂，五月的新油正好用来熬煎油膏。不要到了时候又不给人传递消息，不要说什么江中没有估客行商。

沈约

见卷五《登高望春》作者简介。

赵瑟曲

【题解】

本篇载《文苑英华》卷三百三十五，收入《乐府诗集》卷五十《清商曲辞·江南弄》，为《江南弄四首》的第一首。赵瑟，即瑟，因瑟在战国时流行于赵国，故称。诗写演奏赵瑟时的情景，“玄鹤”句想象乐曲所产生的效果，“郁披香”“离复合”则写舞女及舞蹈队形的变化。陈祚明评云：“生意于遏云，而增曲致。”（《采菽堂古诗选》卷二十三）

邯郸奇弄出文梓①，萦弦急调切流徵②，玄鹤徘徊白云起③。白云起，郁披香④。离复合，曲未央⑤。

【注释】

①弄：《文选》王褒《洞箫赋》：“时奏狡弄，则彷徨翱翔。”李善注：“弄，小曲也。”嵇康《琴赋》：“改韵易调，奇弄乃发。”文梓：即梓木，适宜制作瑟。《诗经·鄘风·定之方中》：“树之榛栗，椅桐梓漆，爰伐琴瑟。”

②切：近。吴兆宜注：“一作‘急’。”徵（zhǐ）：古代五音（宫、商、角、

徵、羽)之一,其声抑扬婉转。宋玉《对楚王问》:"引商刻羽,杂以流徵。"

③玄:黑色。《文苑英华》作"灵"。崔豹《古今注》卷中:"鹤,千载则变苍,又千岁变为黑,所谓玄鹤是也。"《韩非子·十过》:"(晋平)公曰:'清徵可得而闻乎?'师旷曰:'不可。古之听清徵者,皆有德义之君也。今吾君德薄,不足以听。'平公曰:'寡人之所好者,音也,愿试听之。'师旷不得已,援琴而鼓。一奏之,有玄鹤二八,道南方来,集于郎门之垝。再奏之,而列。三奏之,延颈而鸣,舒翼而舞,音中宫商之声,声闻于天。"

④披:散开。《文苑英华》作"枝"。

⑤央:尽。

【译文】

邯郸奇妙的乐曲从梓木制成的赵瑟发出,萦绕的丝弦急促的音调与流动的徵音相近,玄鹤徘徊白云升起。白云升起,浓香四溢。分离之后又再聚合,一支曲子还没有演奏完毕。

秦筝曲

【题解】

本篇载《文苑英华》卷三百三十五,作者作"梁元帝",题作《赵瑟曲》;收入《乐府诗集》卷五十《清商曲辞·江南弄》,为《江南弄四首》的第二首。秦筝,应劭《风俗通义》卷六:"《礼·乐记》:'筝五弦,筑身也。'今并、凉二州筝形如瑟,不知谁所改作也。或曰秦蒙恬所造。"曹植《赠丁翼》:"秦筝发西气,齐瑟扬东讴。"诗写听弹奏秦筝的感受,赞美了秦筝"响遏行云"的艺术魅力。陈祚明评云:"又从遏云,别生一意。"(《采菽堂古诗选》卷二十三)

罗袖飘缅拂雕桐[①]，促柱高张散轻宫[②]，迎歌度舞遏归风[③]。遏归风，止流月。寿万春，欢无歇[④]。

【注释】

①飘缅（lí）：轻轻飘动。雕桐：即指秦筝。筝用桐木制成，且精心雕绘之，故称。

②促柱：将筝上支弦的木柱移近，柱促则弦短，发出的声音高而急。高张：谓将弦绷紧。《文选》颜延之《秋胡诗》："高张生绝弦，声急由调起。"李周翰注："高张必致绝弦，立节有以尽命；声急自于调起，词苦由乎恨深。"宫：古代五音（宫、商、角、徵、羽）之一。

③度舞：犹言起舞。度，通"渡"。遏：《文苑英华》作"过"。归风：回风。

④歇：止。

【译文】

罗袖轻飘拂拭着有雕绘的秦筝，移近筝柱将弦绷紧弹出轻轻的宫音，随着歌声跳起舞蹈将归风遏止。将归风遏止，让流动的月光停留。祝福长寿万春，欢乐永无止境。

阳春曲

【题解】

本篇载《艺文类聚》卷四十二，收入《乐府诗集》卷五十《清商曲辞·江南弄》，为《江南弄四首》的第三首。宋玉《对楚王问》："客有歌于郢中者，其始曰《下里》《巴人》，国中属而和者数千人；其为《阳阿》《薤露》，国中属而和者数百人；其为《阳春》《白雪》，国中属而和者不过数十人。"《阳春曲》，盖从此出。诗写思妇的痛苦，其负重隐忍之态令人同情。陈祚明评云："妙得不言之情。"（《采菽堂古诗选》卷二十三）

杨柳垂地燕差池[①]，缄情忍思落容仪[②]，弦伤曲怨心自知。心自知，人不见。动罗裙，拂珠殿。

【注释】

①垂：《艺文类聚》作“至”。差（cī）池：不齐貌。《诗经·邶风·燕燕》：“燕燕于飞，差池其羽。”

②缄（jiān）：封闭。落容仪：谓不再注意仪表，即“自君之出矣，明镜暗不治”（徐幹《室思》）之意。容仪，容貌仪表。《汉书》卷十《成帝纪赞》：“成帝善修容仪，升车正立，不内顾，不疾言。”

【译文】

杨柳垂地燕子展开了参差不齐的双翅，深藏情感强忍思念不再修饰容仪，琴弦悲伤曲调哀怨内心的痛苦只有自己深知。内心的痛苦只有自己深知，只因看不见所思念的人。舞动这轻软的罗裙，将这珠宝装饰的殿堂拂拭。

范靖妻沈氏

见卷五《咏步摇花》作者简介。

晨风行

【题解】

本篇收入《乐府诗集》卷六十八《杂曲歌辞》。晨风，或作“鷐风”，鸟名。即鹞鹰。《诗经·秦风》有《晨风》，其首章云：“鴥彼晨风，郁彼北林。未见君子，忧心钦钦。如何如何，忘我实多。”《晨风曲》或本此。诗开头写送别，之后写思念，笔触细腻，情景真切，情调哀伤，韵致婉转，特别是将别后的孤独落寞写得很透很足，如无亲身体验绝难写出。

理楫令舟人[①]，停舻息旅薄河津[②]。念君劬劳冒风尘[③]，临路挥袂泪沾巾[④]。飙流劲润逝若飞[⑤]，山高帆急绝音徽[⑥]。留子句句独言归，中心茕茕将依谁[⑦]。风弥叶落永离索[⑧]，神往形返情错漠[⑨]。循带易缓愁难却[⑩]，心之忧矣颇销铄[⑪]。

【注释】

①舟人：船夫，船工。

②舻（lú）：船头，一说为船尾。泛指船。薄：停泊，停靠。《文选》谢

灵运《富春渚》:“定山缅云雾,赤亭无淹薄。”李善注引《楚辞注》:“泊,止也。‘薄’与‘泊’同。”河津:黄河渡口。

③劬(qú)劳:劳苦,劳累。

④袂(mèi):衣袖。

⑤飙(biāo)流:急流。飙,迅疾。润:《乐府诗集》陈友琴校语:“疑是‘阔’字之误,即飙流劲阔。”按所疑极是。

⑥音徽:音信。《文选》陆机《拟庭中有奇树》:“欢友兰时往,迢迢匿音徽。”李周翰注:“音徽,言文章、书信。”

⑦中心:心中。茕茕(qióng):孤独貌。李密《陈情表》:“茕茕孑立,形影相吊。”

⑧弥:满,弥漫。离索:离群索居,独居。

⑨错漠:落寞,内心觉得寂寞、孤单。

⑩循带:围腰的衣带。缓:宽松。衣带宽松说明身体消瘦。古诗“行行重行行”:“相去日已远,衣带日已缓。”

⑪心之忧矣:《诗经·邶风·柏舟》:“心之忧矣,如匪浣衣。”颇:《乐府诗集》作“叵”。销铄:憔悴。

【译文】

整理好船桨之后吩咐船工,暂停前行将船停靠在渡口。想到夫君外出顶着风尘实在劳苦,临上路时挥动衣袖泪水湿透了巾帕。河面宽阔急流汹涌船飞一般地逝去,山高帆急从此我们就断绝了音讯。留给夫君的话句句只说早点儿回来,心中孤独我今后不知还能依靠谁。大风弥漫枯叶飘落长久地寂寞孤单,心神前往形骸返回神情是如此落寞。腰间的衣带容易宽缓忧愁却难消除,内心忧愁我竟变得如此憔悴。

张率

见卷六《相逢行》作者简介。

白纻歌辞三首

【题解】

《白纻歌辞三首》收入《乐府诗集》卷五十五《舞曲歌辞》，原共九首，这里选了其中的三首。第一、二首又载《文苑英华》卷一百九十三。白纻，参见前鲍照《代白纻歌辞二首》题解。三首诗的内容均不涉舞蹈，而以思妇为表现对象，各首的描写角度、重点、形象和意境又各不相同，读来都能给人以新鲜之感。陈祚明对第一首有“意象苍然”（《采菽堂古诗选》卷二十五）之评。

一

秋风萧条露垂叶①，空闺光尽坐愁妾②，独向长夜泪承睫③。山高水远路难涉④，望君光景何时接⑤。

【注释】

①萧条：犹言“萧瑟”。萧，《文苑英华》作“鸣”。

②坐：徒然。《文苑英华》作“生”。

③夜：吴兆宜注：“一作‘安’。”泪承睫：桓谭《新论》卷十六：“孟尝

君喟然太息，涕泪承睫而未下，雍门周引琴而鼓之，徐动宫徵，叩角羽，终而成曲。”

④远：《文苑英华》《乐府诗集》作“深”。

⑤光景何时接：谓何时才能见面。光景，日月的光辉。屈原《九章·悲回风》：“借光景以往来兮，施黄棘之枉策。”

【译文】

秋风萧瑟寒露悬垂在树叶上，我在幽暗空荡的闺房中空自发愁，独自面对长夜泪水在睫毛上打转。山高水远道路难以跋涉，盼望夫君日月的光辉不知何时才能相接。

二

日暮搴门望所思[①]，风吹庭树月入帷。凉阴既满草虫悲[②]，谁能离别长夜时。流叹不寝泪如丝[③]，与君之别终何如[④]。

【注释】

①搴（qiān）：拔取。指将门闩拔开。

②草虫：即蝈蝈。《诗经·召南·草虫》：“喓喓草虫，趯趯阜螽。未见君子，忧心忡忡。”曹丕《杂诗》其一：“草虫鸣何悲，孤雁独南翔。”

③寝：《文苑英华》作“寐”。

④如：《乐府诗集》作“知”。

【译文】

傍晚拔开门闩出门遥望所思念的人，秋风吹动庭院的树木月光照进帐帷。凉阴既已弥漫屋中再加上草虫悲鸣，谁能在这漫漫长夜与所爱的人分离。流泪叹息不能入睡泪水如丝不间断，与您别离不知最终结果会如何。

三

愁来夜迟犹叹息[1]，抚枕思君终反仄[2]。金翠钗镮稍不饰[3]，雾縠流黄不能织[4]。但坐空闺思何极，欲以短书寄飞翼[5]。

【注释】

①来：吴兆宜注："一作'多'。"夜迟：夜深。

②反仄：同"反侧"，谓辗转不眠。《诗经·周南·关雎》："悠哉悠哉，辗转反侧。"

③镮：环形的首饰，如手镯、指环之类。稍：渐渐。

④雾縠（hú）：形容罗縠如云雾般轻柔。縠，绉纱一类丝织品。流黄：褐黄色的绢。

⑤寄飞翼：谓托飞鸟送信。江淹《杂体三十首·李都尉从军》："袖中有短书，愿寄双飞燕。"

【译文】

忧愁袭来夜很深了还在不停地叹息，抚摸着枕头思念夫君始终在辗转反侧。黄金翠玉金钗玉环渐渐地不再妆饰，雾縠流黄也不再有心思去纺织。只是独坐空闺思念之情哪有个终极，想要写一封短信托付飞鸟给他捎去。

萧子显

见卷八《乐府二首》作者简介。

乌栖曲一首

【题解】

本篇载《艺文类聚》卷四十二，收入《乐府诗集》卷四十八《清商曲辞·西曲歌》。作者同题之作共三首，另二首已见前。诗前二句写景兼起兴，“犹有”句明丽如画；后二句写人，机巧有趣。

芳树归飞聚俦匹①，犹有残光半山日。莫惮褰裳不相求②，汉皋游女习风流③。

【注释】

①归飞：鸟名。郦道元《水经注·温水》：“时禽异羽，翔集间关，兼比翼鸟，不比不飞，鸟名归飞，鸣声自呼。”俦（chóu）匹：伴侣。

②惮（dàn）：害怕，恐惧。褰（qiān）裳：用手提起裙子。《诗经·郑风·褰裳》：“子惠思我，褰裳涉溱。子不我思，岂无他人。”

③汉皋游女：《文选》张衡《南都赋》：“耕父扬光于清泠之渊，游女弄珠于汉皋之曲。”李善注：“《韩诗外传》曰：‘郑交甫将南适楚，遵波汉皋台下，乃遇二女，佩两珠，大如荆鸡之卵。’”参见卷二阮籍

《咏怀诗二首》“二妃游江滨”。习:习惯。风流:风和流水。游女游荡在汉水边,风和流水是常见的。双关洒脱飘逸、无拘无束。

【译文】

归飞鸟成群结队在芳香的树上聚集,还有落日的残光把半座山照得通透。不要害怕提起了衣裳却并不前来相求,汉水岸边的游女早已习惯了洒脱风流。

庾信

见卷八《奉和咏舞》作者简介。

燕歌行

【题解】

本篇载《文苑英华》卷一百九十六,《艺文类聚》卷四十二节引;收入《乐府诗集》卷三十二《相和歌辞·平调曲》。《周书》卷四十一《王褒传》云:“褒曾作《燕歌行》,妙尽关塞寒苦之状,元帝及诸文士并和之,而竞为凄切之辞。”据此,本篇当也为和王褒之作。全诗可分为前后两个部分。前半“妙尽关塞寒苦之状”,情调慷慨悲凉,当融入了作者在侯景之乱中被困京城的生活体验;后半则写思妇的思念之苦与对夫君回家后美好生活的憧憬,词采秀美,故陈祚明有“巧琢隽句,生致嫣然”(《采菽堂古诗选》卷三十三)之评。总的来看,诗是苍莽凄怆与瑰丽新巧相结合的产物,是诗人由南入北诗风开始转变时期的产物。诗篇铺叙得法,开合有度,转接自然,笔墨摇曳,在七古发展史上具有重要地位,被刘熙载誉为“开唐初七古”(《艺概·诗概》)之作,历来颇得人们赞赏。王夫之评云:“子山自歌行好手,其情事亦与歌行相中,凌云之笔,惟此当之,非五言之谓也。杜以庾为师,却不得之于歌行,而仅得其五言,大是不知去取,《哀王孙》《哀江头》七歌诸篇何尝有此气韵?”又云:“‘春分燕来能几日,二月蚕眠不复(能)久’,自是千古风流语,元来又是叙事妙绝。”

(《古诗评选》卷一)

代北云气昼夜昏[1],千里飞蓬无复根[2]。寒雁嗈嗈渡辽水[3],桑叶纷纷落蓟门[4]。晋阳山头无箭竹[5],疏勒城中乏水源[6]。属国征戍久离居[7],阳关音信绝复疏[8]。愿得鲁连飞一箭[9],持寄思归燕将书。渡辽本自有将军[10],寒风萧萧生水纹[11]。妾惊甘泉足烽火[12],君讶渔阳少阵云[13]。自从将军出细柳[14],荡子空床难独守[15]。盘龙明镜饷秦嘉[16],辟恶生香寄韩寿[17]。春分燕来能几日,二月蚕眠不能久[18]。洛阳游丝百丈连[19],黄河春冰千片穿。桃花颜色好如马[20],榆荚新开巧似钱[21]。葡萄一杯千日醉[22],无事九转学神仙[23]。定取金丹作几服[24],能令华表得千年[25]。

【注释】

①代北:泛指汉、晋代郡(今山西北部、河北西北部及内蒙古自治区南部一带)。代,郡名。秦、西汉时治今河北蔚县,东汉徙治山西阳高。夜:《艺文类聚》《文苑英华》《乐府诗集》作"昏"。

②飞蓬:蓬,草名。秋天干枯后遇风即连根拔起,随风飘转,故称。《商君书·禁使》:"今夫飞蓬遇飘风而行千里,乘风之势也。"齐高帝《塞客吟》:"平原千里顾,但见转蓬飞。"

③嗈嗈(yōng):雁和鸣声。《诗经·邶风·匏有苦叶》:"雝雝鸣雁,旭日始旦。"《艺文类聚》作"一一",《乐府诗集》作"丁丁"。辽水:水名。在今辽宁境内。

④蓟(jì)门:蓟为战国时燕都,故地在今北京市西南。《乐府诗集》卷六十一鲍照《出自蓟北门行》郭茂倩题解引曹植《艳歌行》:"出自蓟北门,遥望胡地桑。枝枝自相值,叶叶自相当。"

⑤“晋阳”句:《战国策·赵策一》载,智伯将攻赵襄子,赵襄子拒守晋阳,发现府库物资充足,唯独没有箭,问张孟谈怎么办。张孟谈建议说,当年董安于治晋阳,宫室都以芦苇荆条筑墙,“其高至丈余,君发而用之”。于是“发而试之”,造出来的箭果然十分坚韧。晋阳,春秋时晋邑。故城在今山西太原。箭竹,一种质地坚韧的竹子,可造箭。

⑥“疏勒”句:《后汉书》卷十九《耿恭传》载,耿恭据疏勒与匈奴战,水源被匈奴截断,“恭于城中穿井十五丈不得水,吏士渴乏,笮马粪汁而饮之”。耿恭“乃整衣服向井再拜,为吏士祷。有顷,水泉奔出,众皆称万岁”。疏勒,古代西域国名。其地在今新疆喀什南。

⑦属国:汉代在境外有附属国,设典属国一职主管相关事务。据《汉书》卷七《昭帝纪》,苏武因“留单于庭十九岁乃还”,“久在外国,知边事”,曾被任命为典属国。

⑧阳关:古关名。汉代为通西域的关隘,在今甘肃敦煌西南。复:《艺文类聚》《文苑英华》《乐府诗集》作“能”。

⑨“愿得”句:鲁连,即鲁仲连,战国时齐人,重义轻财,善排难解纷。《史记》卷八十三《鲁仲连邹阳列传》载,燕将攻下聊城,固守之,“齐田单攻聊城,岁余,士卒多死而聊城不下。鲁连乃为书,约之矢以射城中,遗燕将”。燕将因被齐人使用反间之计,与燕已有嫌隙,欲归燕而不敢,“见鲁连书,泣三日,犹豫不能自决”,乃自杀。

⑩“渡辽”句:《汉书》卷七《昭帝纪》:“(元凤三年)冬,辽东乌桓反,以中郎将范明友为度辽将军,将北边七郡郡二千骑击之。”应劭注:“当度辽水往击之,故以度辽为官号。”

⑪萧萧:风声。《史记》卷八十六《刺客列传》载荆轲歌:“风萧萧兮易水寒,壮士一去兮不复还!”

⑫甘泉：秦汉时宫名。故址在今陕西淳化西北甘泉山。足：《艺文类聚》作“旦”。烽火：在高台上烧柴或狼粪以报警。据《汉书》卷九十四上《匈奴传》，汉文帝时，匈奴侵入内地，“烽火通于甘泉、长安”。

⑬渔阳：秦置郡名。属幽州，治所在今北京密云西南。少：《艺文类聚》作“多”。阵云：战地烟云。《史记》卷二十七《天官书》：“阵云如立垣。”

⑭“自从”句：《史记》卷五十七《绛侯周勃世家》载，汉文帝时，匈奴大举犯边，文帝以河内守周亚夫为将军。周亚夫“军细柳，以备胡”，军纪严明，深得文帝赞赏。细柳，地名。在今陕西咸阳西南。

⑮“荡子”句：古诗“青青河畔草”：“荡子行不归，空床难独守。”难独，《艺文类聚》作“定难”。

⑯“盘龙”句：秦嘉，生卒年不详，约生活在东汉顺帝、桓帝时。举郡上掾，又奉使入京，临行前赠给其妻徐淑一面铜镜并附一信，信中云：“顷得此镜，既明且好，形观文藻，为世所希，意甚爱之，故以相与也。”（见《北堂书钞》卷一百三十六）盘龙，指镜上所铸花纹。饷，赠送。

⑰“辟（bì）恶”句：《晋书》卷四十《贾充传》载，晋武帝时，有韩寿“美姿貌，善容止”，贾充小女贾午悦之，遂与私通，“厚相赠结”。“时西域有贡奇香，一著人则经月不歇，帝甚贵之，惟以赐充及大司马陈骞。其女密盗以遗寿”。辟，躲避。此指除去。

⑱蚕眠：蚕在生长过程中须蜕皮四次，蜕皮期间不食不动，称“蚕眠”。能：《文苑英华》作“复”。

⑲游丝：春天昆虫（蜘蛛等）所吐的丝，常在空中飘浮。

⑳好如：《艺文类聚》作“如好”。马：《尔雅·释畜》：“黄白杂毛，驱。”郭璞注：“今之桃华马。”

㉑“榆荚”句：《汉书》卷二十四下《食货志下》：“汉兴，以为秦钱重

难用,更令民铸荚钱。”如淳注:“如榆荚也。”榆荚,榆树的果实。因联缀成串,形似铜钱,故俗呼榆钱。巧似,《艺文类聚》作“似细”。

㉒葡萄:指葡萄酒。一杯千日醉:张华《博物志》卷五:“西域有蒲萄酒,积年不败,彼俗云:‘可十年饮之,醉弥月乃解。’”又卷十:“昔刘玄石于中山酒家酤酒,酒家与千日酒,忘言其节度。归至家当醉,而家人不知,以为死也,权葬之。酒家计千日满,乃忆玄石前来酤酒,醉向醒耳。往视之,云玄石亡来三年,已葬。于是开棺,醉始醒。俗云:‘玄石饮酒,一醉千日。’”

㉓九转:葛洪《抱朴子内篇·金丹》:“九转之丹,服之三日,得仙。”道家炼丹,先将丹砂烧成水银,再将水银炼成丹砂,称一转。认为炼的时间越长,转数越多,炼成的丹功效越大。

㉔金丹:即炼金石为仙丹。道家认为,黄金百年不变,丹砂百炼不消,所以服食用黄金、丹砂炼成的金丹就可不老不死。

㉕“能令”句:陶渊明《搜神后记》卷一:“丁令威,本辽东人,学道于灵虚山。后化鹤归辽,集城门华表柱。时有少年,举弓欲射之。鹤乃飞,徘徊空中而言曰:‘有鸟有鸟丁令威,去家千年今始归。城郭如故人民非,何不学仙冢磊磊。’遂高上冲天。”华表,古代立于宫殿、城垣或陵墓前做装饰用的石柱,柱身多雕绘有龙凤等图案。

【译文】

代郡北面的云气白天夜晚都昏昏沉沉,蓬草飘转千里不再有根。寒雁嗈嗈地叫着渡过辽水,桑叶纷纷扬扬飘落在蓟门。晋阳山头没有可用的箭竹,疏勒城中缺少可饮用的水源。到属国征战戍守长久地离别分居,阳关的音信不是断绝就是稀疏。但愿能有鲁仲连往城中射上一箭,给城中思归的燕将一封停战的书信。本自有将军承担渡过辽水的重任,寒风萧萧吹起了水面的波纹。甘泉山燃起熊熊的烽火让我吃惊，您却在惊讶渔阳缺少战地的烟云。自从将军走出了细柳营，荡子不回来这空床实在难以独守。铸有盘龙图案的明镜是秦嘉所赠，贾女将能祛恶的异香赠给了韩寿。春分时节燕子飞来停留不了几天，二月间蚕眠也不可能持续多久。洛阳的游丝相连起来长达百丈，春天黄河里的冰破裂成了千片。桃花盛开颜色美好就像桃花马，刚刚长出的榆荚巧妙得好似钱。喝一杯葡萄酒可以醉上千日，闲来无事可以炼九转金丹学神仙。一定要取得金丹分成几次服食，能化成仙鹤停在华表上享寿千年。

乌夜啼

【题解】

本篇载《艺文类聚》卷四十二、《文苑英华》卷二百六，收入《乐府诗集》卷四十七《清商曲辞·西曲歌》。《乌夜啼》，参见卷八刘孝绰《夜听妓赋得乌夜啼》题解。诗写闺怨，由《乌夜啼》的演奏而联想到乌鹊夜啼的故事，情调颇凄凉。在形式上，全诗八句，除“洛阳”句和“到头”句外，对仗较谨严，声韵颇和谐，显示出明显的律化倾向，故刘熙载有“《乌夜啼》开唐七律”（《艺概·诗概》）之评。其时五言律化的趋向已较明显，而七言律化的现象则尚属罕见，故本篇在这方面所显示的特点引人注目。

促柱繁弦非《子夜》①，歌声舞态异《前溪》②。御史府中何处宿③？洛阳城头那得栖④！弹琴蜀郡卓家女⑤，织锦秦川窦氏妻⑥。讵不自惊长泪落⑦，到头啼乌恒夜啼⑧。

【注释】

①促柱：将弦乐器上支弦的小木柱间的距离调短，柱促则弦紧，发出

的声音高而急。繁弦：众多的弦同时弹奏。《子夜》：曲名。收入《乐府诗集》卷四十四《清商曲辞·吴声歌曲》，共四十二首；另又有《子夜四时歌》七十五首。《子夜歌》是南朝乐府民歌中的代表作，多为情思婉转的恋歌，体制短小精致，语言清新自然，大量使用谐音双关语。

②《前溪》：曲名。前溪本为水名，在今浙江德清，东流入太湖。据《晋书》卷二十三《乐志下》，《前溪歌》曲调为东晋初年车骑将军沈充（《宋书·乐志》误作"沈玩"）所制，但实际上可能出自歌舞艺人之手。《乐府诗集》卷四十五《清商曲辞·吴声歌曲》共收七首，全为男女恋歌，形式多为五言四句。以上两句说所演奏的曲调既不是《子夜》，也不是《前溪》，暗示所演奏的是风格独具的《乌夜啼》。

③"御史"句：《汉书》卷八十三《朱博传》："是时御史府吏舍百余区井水皆竭；又其府中列柏树，常有野乌数千栖宿其上，晨去暮来，号曰朝夕乌。"

④"洛阳"句：《后汉书·五行志一》有题作《后汉桓帝初城上乌童谣》，开头云："城上乌，尾毕逋，公为吏，子为徒。"

⑤卓家女：指西汉蜀郡临邛（今四川邛崃）卓王孙之女卓文君。司马相如饮于卓氏，时卓文君新寡在家，司马相如以琴心挑之，卓文君乃夜奔相如。事见《史记》卷一百十七《司马相如列传》。又《西京杂记》卷三："司马相如将聘茂陵人女为妾，卓文君作《白头吟》以自绝，相如乃止。"

⑥"织锦"句：参见卷四王融《回文诗》题解。秦川，指今陕西、甘肃二省秦岭以北地区。《文苑英华》作"城头"。窦，《文苑英华》作"刘"。

⑦讵（jù）：岂。泪落：《文苑英华》作"渡洛"。

⑧头：原作"道"，《文苑英华》作"处"，《乐府诗集》作"头"，兹据

《乐府诗集》改。恒夜:《文苑英华》作“何处”。恒,常。

【译文】

移近琴柱响起众弦弹奏的乐曲并非《子夜》,歌唱的声音舞蹈的姿态也与《前溪》不同。这些乌鹊在御史府中何处栖宿?洛阳城头又哪有地方让它们栖止!弹琴的是蜀郡卓家的女儿,织锦的是秦川窦氏的妻子。听了乐曲自己岂不吃惊而长久地落泪,到头来也会像啼鸣的乌鹊那样常在夜间哭哭啼啼。

怨诗

【题解】

本篇收入《乐府诗集》卷四十二《相和歌辞·楚调曲》,题作《怨歌行》。梁朝灭亡,诗人被强留长安,虽获厚待,但仍怀着强烈的故国乡土之思,故借女子之口,抒写了自己内心的凄怨之情。陈祚明评云:“直道所感,悲怆情真。托辞夫妇,不得非之。”(《采菽堂古诗选》卷三十三)王夫之对一个“悲”字体会得似更深切,云:“‘汉月’句悲甚,尤不如‘不知何处天边’之惨也。泪尽血尽,唯有荒荒泯泯之魂,随晓风残月而已。六代文士有心有血者,惟子山而已。以入乐府,传之管弦,安得不留万年之恨!”(《古诗评选》卷一)

家住金陵县前①,嫁得长安少年②。回头望乡泪落,不知何处天边。胡尘几日应尽③?汉月何时更圆④?为君能歌此曲,不觉心随断弦。

【注释】

①金陵:即建康,今江苏南京,为三国吴、东晋、南朝宋齐梁陈共六朝都城。

②长安:北周都城,故城在今陕西西安。安,《乐府诗集》作“干”。

③胡尘:指古代北方民族骑兵犯境时所扬起的烟尘。

④何时更圆:其时梁朝已亡,“何时更圆”有何时能得复国之意。

【译文】

家住在金陵县衙的前面,远嫁给了长安的少年。回头遥望故乡不禁落泪,不知家乡在天边何处。北方战争的烟尘何时才能消尽?汉家的明月何时才能再圆?我为您演唱了这支曲子,不觉心碎得就像弦断了一般。

舞媚娘

【题解】

本篇收入《乐府诗集》卷七十三《杂曲歌辞》。诗写一个妩媚的舞女清晨在镜前精心地打扮自己,感叹时光易逝,须及时行乐。

朝来户前照镜,含笑盈盈自看①。眉心浓黛直点②,额角轻黄细安③。只疑落花谩去④,复道春风不还。少年惟有欢乐,饮酒那得留钱⑤。

【注释】

①盈盈:美好貌。古诗“青青河畔草”:“盈盈楼上女,皎皎当窗牖。”

②黛:用以画眉的青黑色颜料。

③轻黄:淡黄。黄,即约黄,即在额间涂黄,时称黄额妆。萧纲《美女篇》:“约黄能效月,裁金巧作星。”安:即涂上。

④谩:通“漫”,随便,无拘束。

⑤钱:《乐府诗集》作“残”。

【译文】

早晨起来走到窗前照镜子，含着妩媚的笑容看着镜中的自己。眉心用浓浓的青黛直接点抹，额角上仔细地涂上淡淡的黄色。只疑落花已无拘无束地散去，又说春风为何还不回还。年少之时唯有尽情地欢乐，畅饮美酒哪能吝啬只想着存钱。

徐陵

见本书前言作者介绍。

乌栖曲

【题解】

本篇收入《乐府诗集》卷四十八《清商曲辞·西曲歌》,共二首,此为其中的第二首。南朝乐府民歌《读曲歌》:"打杀长鸣鸡,弹去乌臼鸟。愿得连冥不复曙,一年都一晓。"写一个女子欢娱恨短的心理,设想离奇,出人意表,女子的天真与痴情跃然于纸。本篇应为模拟之作,亦能得其神髓。

绣帐罗帷隐灯烛,一夜千年犹不足①。惟憎无赖汝南鸡②,天河未落犹争啼③。

【注释】

①一夜千年:一夜胜似千年。

②无赖:无聊,喜欢多事而让人讨厌。汝南鸡:汝南(今属河南)所产鸡,善鸣。《乐府诗集》卷八十三《杂歌谣辞》有《鸡鸣歌》,其辞云:"东方欲明星烂烂,汝南晨鸡登坛唤。"

③天河:银河。

【译文】

绣帐罗帷将明亮的灯烛隐去，一夜胜似千年还嫌不能满足。就只恨那无聊透顶的汝南鸡，银河还没有西落就在那儿争相鸣啼。

杂曲

【题解】

本篇载《文苑英华》卷二百十一，收入《乐府诗集》卷七十七《杂曲歌辞》。《陈书》卷七《皇后传》："后主自居临春阁，张贵妃居结绮阁，龚、孔二贵嫔居望仙阁，并复道交相往来。又有王、李二美人，张、薛二淑媛，袁昭仪、何婕妤、江修容等七人，并有宠，递代以游其上。以宫人有文学者袁大舍等为女学士。后主每引宾客对贵妃等游宴，则使诸贵人及女学士与狎客共赋新诗，互相赠答，采其尤艳丽者以为曲词，被以新声，选宫女有容色者以千百数，令习而哥之，分部迭进，持以相乐。其曲有《玉树后庭花》《临春乐》等，大指所归，皆美张贵妃、孔贵嫔之容色也。"又云："张贵妃发长七尺，鬒黑如漆，其光可鉴。特聪惠，有神采，进止闲暇，容色端丽。每瞻视盼睐，光采溢目，照暎左右。常于阁上靓妆，临于轩槛，宫中遥望，飘若神仙。"诗即吟咏了张丽华的美艳及娇宠。陈祚明评云："结四语新艳。"（《采菽堂古诗选》卷二十九）

倾城得意已无俦①，洞房连阁未消愁②。宫中本造鸳鸯殿，为谁新起凤凰楼？绿黛红颜两相发③，千娇百念情无歇④。舞衫回袖向春风⑤，歌扇当窗似秋月⑥。碧玉宫妓自翩妍⑦，绛树新声自可怜⑧。张星旧在天河上⑨，从来张姓本连天。二八年时不忧度⑩，旁边得宠谁相妒⑪？立春历日自当新⑫，正月春幡底须故⑬。流苏锦帐挂香囊⑭，织成罗幌隐灯光[15]。只应私将琥珀枕[16]，暝暝来上珊瑚床[17]。

【注释】

①倾城：指有绝世之美。参见卷一李延年《歌诗一首》。俦（chóu）：匹。

②洞房：深邃的房屋。

③绿黛：用以画眉的青黑色颜料。指黛眉。

④念：《文苑英华》作"态"。歇：尽。

⑤向：《文苑英华》《乐府诗集》作"胜"。

⑥歌扇：歌舞时所使用的扇子。

⑦碧玉：《乐府诗集》卷四十五《清商曲辞·吴声歌曲》有《碧玉歌三首》，郭茂倩题解引《乐苑》："《碧玉歌》者，宋汝南王所作也。碧玉，汝南王妾名。"翩妍（yán）：轻盈美妙。

⑧绛（jiàng）树：三国时著名歌舞妓。曹丕《答繁钦书》："今之妙舞，莫巧于绛树，清歌莫善于宋腊。"自：《乐府诗集》作"最"。

⑨张星：即张宿，星名。二十八宿之一。借指张丽华。天河：银河。

⑩二八：十六岁。

⑪相：《乐府诗集》作"应"。

⑫"立春"句：《宋书》卷十五《礼志二》："太史每岁上其年历。先立春立夏大暑立秋立冬，常读五时令。皇帝所服，各随五时之色。帝升御座，尚书令以下就席位，尚书三公郎以令著录案上，奉以入，就席伏读讫，赐酒一卮。"

⑬春幡（fān）：春旗。旧俗于立春这天在树梢挂春幡，或剪彩做成小幡插于头顶，作为春天到来的象征，并以示迎春之意。《后汉书·礼仪志上》："立春之日，夜漏未尽五刻，京师百官皆衣青衣，郡国县道官下至斗食令史皆服青帻，立青幡，施土牛耕人于门外，以示兆民，至立夏。"底须：何须。

⑭流苏：用五彩羽毛或丝线做成的穗子，用做帷帐的垂饰。香囊：装

香料的小袋子。

⑮织成:一种名贵的丝织品。杨方《合欢诗》其二:“寝共织成被,絮用同功绵。”幌(huǎng):帷幔。《文苑英华》作“幔”。

⑯将:持。琥珀(hǔ pò)枕:以琥珀做装饰的枕头。张华《博物志》卷四引《神仙传》:“松柏脂入地千年化为茯苓,茯苓化为琥珀。”颜色黄褐或红褐。

⑰暝暝:黑暗貌。珊瑚床:以珊瑚做装饰的床。珊瑚由众多珊瑚虫分泌的石灰质骨骼聚集而成,多为红色。《史记》卷一百一十七《司马相如列传》:“玫瑰碧琳,珊瑚丛生。”张守节《正义》:“郭云:‘珊瑚生水底石边,大者树高三尺余,枝格交错,无有叶。’”

【译文】

有着得意的倾国倾城的美貌已是无人可比,住在成片的楼阁深邃的房屋中却未消除忧愁。宫中本来已经造好了鸳鸯殿,又为谁新起了凤凰楼?青黑的双眉红润的容颜交相辉映,千般娇媚百般思念情意无穷无尽。迎着春风舞动衣衫旋转衣袖,站在窗前歌扇好似朗朗秋月。碧玉等宫中舞妓自是轻盈美妙,绛树所唱的新歌自是可爱万分。就像张星原来就身处天河之上,自古以来张姓本来就与天相连。十六岁时并不担忧日子难过,旁边有谁能够得宠把她嫉妒?立春到了自当有新的气象,正月挂起的春幡何须如故。锦制帷帐垂着流苏挂着香囊,织成所制帷幔将灯光遮挡。这时只须自己拿着琥珀枕头,在黑暗中爬上君王的珊瑚床。

卷十

古绝句四首

绝句之名,始于刘宋。当时数人合作,每人作四句,连而成诗,为"连句";倘只成四句,而不再连,则为"断句"或"绝句"。至梁,乃通行绝句之名,至唐而成为一种诗体。

《古绝句四首》始载于《玉台新咏》。其中第一首又见《艺文类聚》卷五十六,题作《藁砧诗》;《初学记》卷一,题作《古诗》。为晋以前作品,因其形式同于绝句,故以古绝句名之。四首均为思妇之词。

一

【题解】

本篇全用隐语。吴兢《乐府古题要解》云:"'藁砧今何在',藁砧,铁也,问夫何在也。'山上复有山',重'山'为'出'字,言夫不在也。'何当大刀头',刀头有环,问夫何时当还也。'破镜飞上天',言月半当还也。"

藁砧今何在①?山上复有山。何当大刀头②?破镜飞上天③。

【注释】

①藁砧(gǎo zhēn):古代用以铡草的器具,同时也可用作刑具。

“藁”，稻草之类；“砧”，斫物时垫在物下的木头。古代罪人被斩时，以藁为席，伏在砧上，行刑者以斧（鈇）斫之。《名义考》：“古有罪者，席稾伏于椹上，以鈇斩之。言稾椹则兼云鈇矣。鈇与夫，同音。故隐语稾椹为夫也。稾，禾秆；椹，俗作‘砧’；鈇，斧也。”藁：同“稾”。

②何当：犹言何时。

③破镜：《太平御览》卷七百十七引《神异经》：“昔有夫妻将别，破镜人执半以为信。其妻与人通，其镜化鹊飞至夫前，其夫乃知之。后人因铸镜为鹊安背上，自此始也。”镜圆似月，破镜为二，则为半月。

【译文】

稾砧现在在何处？山上还有一座山。何时才能像大刀头？等到破镜飞上天。

二

【题解】

本篇首二句写景，后二句抒情。时值秋天的傍晚，思妇的盼归之情比平时更为强烈，而江水阻隔，四顾茫茫，无由得见，只好以所爱之物寄托深情。“江水清且深”，可为思妇深情之喻。

日暮秋云阴，江水清且深。何用通音信？莲花玳瑁簪[①]。

【注释】

①莲花：指玳瑁簪的一端雕琢成莲花形。玳瑁（dài mào）簪：用玳瑁制作的簪。玳瑁，产于热带和亚热带海中的形状似龟的爬行动

物，甲壳黄褐色，光润。

【译文】

傍晚时分秋云阴沉，江水清澈而且很深。用什么来同他通音信？给他送去两端雕饰成莲花形的玳瑁簪。

三

【题解】

本篇以比拟反衬手法，表达思妇对夫君的坚贞不渝之情，形象鲜明，语意精警，耐人咀味。张玉谷评云："两句比拟，一句折落，一句点题，意极醒豁，而仍未说尽，故佳。"（《古诗赏析》卷六）

菟丝从长风[①]，根茎无断绝。无情尚不离[②]，有情安可别[③]？

【注释】

①菟（tù）丝：一种柔韧的蔓生植物。

②无情：指菟丝。

③有情：指别者双方。

【译文】

菟丝跟着大风不停地飘舞，但它的根与茎并没有断绝。菟丝无情尚且不离不弃，有情之人岂可彼此分离？

四

【题解】

本篇以嘉树、善鸟构成极美好之意象，并以为比，表达了思妇美好的爱情理想。

南山一桂树，上有双鸳鸯。千年长交颈[1]，欢爱不相忘[2]。

【注释】

①交颈：颈与颈相互依摩，是一种亲昵的表示。比喻夫妻恩爱。曹丕《秋胡行》其二："双鱼比目，鸳鸯交颈。"

②爱：傅刚《校笺》："五云溪馆本、徐本作'庆'。"

【译文】

南山上有一棵桂树，树上栖息着一对鸳鸯。一千年来总是脖颈相依，欢喜恩爱彼此永不相忘。

贾充

贾充（217—282），字公闾，平阳襄陵（今山西临汾东南）人。在魏历任尚书郎、黄门侍郎、司马昭大将军司马等职，封临颍侯。深得司马氏宠信，朝廷机密，皆与筹之。司马炎代魏建晋，转车骑将军、散骑常侍、尚书仆射，更封鲁郡公。累迁尚书令、司空、录尚书事。《隋书》卷三十五《经籍志四》著录有集五卷，录一卷，已佚。其事见《晋书》卷四十。

与妻李夫人连句诗三首

【题解】

连，傅刚《校笺》："五云溪馆本、徐本作'联'。"诗三首，傅刚《校笺》："五云溪馆本、徐本无'诗三首'。""贾公""妇人"四字，乃后人所加。连句相传始于汉武帝的《柏梁诗》，由两人或多人共作，一人一句或两句，相连以成篇。据《晋书》卷四十《贾充传》，贾充初娶尚书仆射李丰女，李氏"淑美有才行"，生二女褒、裕，褒一名荃，裕一名濬。后来李丰被司马师所杀，李氏受牵连而遭流徙。吴兆宜注云："疑此诗即流徙时作。"陆侃如《中古文学系年》同意这一看法，将写作时间系于魏高贵乡公正元元年（254），贾充时年三十八岁。但《世说新语·贤媛》又有"贾充前妇是李丰女，丰被诛，离婚，徙边"的记载，与本篇贾充信誓旦旦的表态不吻合，也可能作于李氏被流徙前的某个时候。但无论作于何时，贾充后来都抛弃了李氏，而另娶了郭氏。晋武帝即位，李氏以大赦得还，特诏贾充可置左右夫人，贾充母亲亦命贾充迎回李氏，其时贾充与李氏的女儿荃已是齐王司马攸妃，也求贾充迎回其母，但因郭氏反对，皆不得行。贾充只为李氏在永年里修建了住所，但不相往来，荃、濬“每号泣请充，充竟不往”。贾充、李氏的婚姻终以悲剧收场。但诗本身尚清新可读，尤其是李氏应对得宜，确乎“有才”。陈祚明评云：“《世说》称李夫人有才气，以此诗观之，良然。首以大义制之，使不敢越。‘匪石’二语，不得不承于是。复故为疑词以挠之，末乃归于同好。三段是三意，殊有擒纵之方，非唯事理宜然，即作诗章法，转掉反正，究于此，亦可得修辞之妙。”（《采菽堂古诗选》卷十）

一

室中是阿谁①？叹息声正悲。（贾公）叹息亦何为？但恐大义亏②。（夫人）

【注释】

①“室中”句：汉乐府《东平刘生歌》：“东平刘生安东子，树木稀，屋里无人看阿谁？”

②大义：《仪礼·丧服》：“妇人有三从之义，无专用之道。故未嫁从父，既嫁从夫，夫死从子。故父者子之天，夫者妻之天也。”此指“执子之手，与子偕老”（《诗经·邶风·击鼓》）的夫妻恩义。

【译文】

室中的那个人是谁？叹息的声音很悲凉。（贾充）知道为什么要叹息吗？只怕夫妻大义有损伤。（夫人）

二

大义同胶漆①，匪石心不移②。（贾公）人谁不虑终？日月有合离。（夫人）

【注释】

①同胶漆：古诗“客从远方来”：“以胶投漆中，谁能别离此。”

②“匪石”句：《诗经·邶风·柏舟》：“我心匪石，不可转也。”匪，同“非”。

【译文】

夫妻之间的大义就如同胶漆，我的心不会像石头那样可以转动永远也不会转移。（贾充）人谁不会忧虑最终的结果？太阳月亮都有聚合有分离。（夫人）

三

我心子所达，子心我亦知①。（贾公）若能不食言，与君同所宜。（夫人）

【注释】

①亦：傅刚《校笺》：“五云溪馆本、徐本、郑本作‘所’。”

【译文】

我的心你是知晓的，你的心我亦完全知道。（贾充）如果你能说话算数，那我俩就一起去做该做的事。（夫人）

孙绰

孙绰（314—371），字兴公，太原中都（今山西平遥）人。初居会稽，游放山水十余年，始任著作佐郎，袭爵长乐侯。后历任征西参军、太学博士、永嘉太守、散骑常侍等职。官至廷尉卿，领著作。博学善属文，名冠江表。与许询并为玄言诗人代表。钟嵘《诗品》将其诗列入下品。亦能赋，以《天台山赋》为最有名。《隋书》卷三十五《经籍志四》著录有集十五卷（注云“梁二十五卷”），已散佚。明人辑有《孙廷尉集》。其事见《晋书》卷五十六。

情人碧玉歌二首

【题解】

《情人碧玉歌二首》收入《乐府诗集》卷四十五《清商曲辞·吴声歌曲》，题作《碧玉歌》，未署作者姓名，依例应为古辞，而郭茂倩题解引《乐苑》则云：“《碧玉歌》者，宋汝南王所作也。碧玉，汝南王妾名。以宠爱之甚，所以歌之。”第二首又见《艺文类聚》卷四十三，题作“孙绰《情人诗》”。傅刚《校笺》引孟本校：“一名《千金意》。”诗写女子在新婚受到宠爱时的情态和心理，其身份应为有钱人家的妻妾。“碧玉小家女”后演为“小家碧玉”一词，指小户人家美貌的少女。

一

碧玉小家女，不敢攀贵德。感郎千金意[1]，惭无倾城色[2]。

【注释】

①千金意：珍贵的情意。

②倾城色：绝世的美貌。参见卷一李延年《歌诗一首》。

【译文】

碧玉只是一个小户人家的闺女，不敢高攀尊贵而有德行的人。为情郎珍贵的情意所感动，但很惭愧自己并没有绝世的美色。

二

碧玉破瓜时[1]，相为情颠倒[2]。感郎不羞难[3]，回身就郎抱。

【注释】

①破瓜："瓜"字可剖分为两个"八"字，二八一十六，故古代常称女子十六岁为破瓜之年。

②相：傅刚《校笺》引《考异》："诸本多作'郎'，然义可两通，则不必执彼改此。"

③郎：傅刚《校笺》："五云溪馆本、徐本、郑本作'君'。"难：《乐府诗集》作"郎"，傅刚《校笺》："五云溪馆本、徐本、郑本作'赧'。"

【译文】

碧玉在十六岁的时候，与郎君陶醉在爱情中而神魂颠倒。为情郎的情意所感不再被羞涩所困，转过身来投入情郎的怀抱。

王献之

王献之(344—386),字子敬,琅邪临沂(今属山东)人。王羲之第七子。少有盛名,而高迈不羁。历任州主簿、长史、吴兴太守等职,官至中书令,世称王大令。工书法,善丹青。《隋书》卷三十五《经籍志四》著录有集十卷,已散佚。明人辑有《王大令集》。其事见《晋书》卷八十。

情人桃叶歌二首

【题解】

《情人桃叶歌二首》载《艺文类聚》卷四十三,第一首又见《南史》卷十《陈后主纪》及《隋书》卷二十二《五行志上》。收入《乐府诗集》卷四十五《清商曲辞·吴声歌曲》,未署作者姓名,依例应为古辞,而郭茂倩题解引《古今乐录》则云:“《桃叶歌》者,晋王子敬之所作也。桃叶,子敬妾名,缘于笃爱,所以歌之。”诗抒写对桃叶的情爱,有浓郁的南朝民歌风调。陈祚明评第一首云:“情在言外远近之间,故佳。”(《采菽堂古诗选》卷十五)据载当时民间曾盛传此诗,并被附会为南朝陈灭亡之谶。《南史》卷十《陈后主纪》:“先是江东谣多唱王献之《桃叶辞》,云……及晋王广军于六合镇,其山名桃叶,果乘陈船而度。”《隋书》卷二十二《五行志上》:“陈时,江南盛歌王献之《桃叶》之词曰……晋王伐陈之始,置营桃叶山下,及韩擒渡江,大将任蛮奴至新林以导北军之应。”

一

桃叶复桃叶,渡江不用楫[①]。但渡无所苦[②],我自迎接汝[③]。

【注释】

①楫(jí):船桨。

②苦:担心。

③迎接汝:《艺文类聚》作“楫迎汝”,《南史》作“接迎汝”,《乐府诗集》作“来迎接”。

【译文】

桃叶桃叶一声接着一声呼唤,你渡江过来可以不用楫。只管渡过来不要有什么担心,我自会前去把你迎接。

二

桃叶复桃叶,桃叶连桃根[①]。相怜两乐事,独使我殷勤[②]。

【注释】

①叶:《乐府诗集》作“树”。

②殷勤:亲切的情意。《艺文类聚》作“缠绵”。

【译文】

桃叶桃叶一声接着一声呼唤,桃叶紧紧地连接着桃根。相互爱怜对两人都是快乐的事情,而我独表现得更亲切更深情。

桃叶

桃叶，传为晋王献之妾，生平不详。

答王团扇歌三首

【题解】

《答王团扇歌三首》载《艺文类聚》卷四十三；第一首又见《初学记》卷二十五，题作《王献之桃叶团扇歌》；收入《乐府诗集》卷四十五《清商曲辞·吴声歌曲》，题作《团扇郎》，共六首，第一、二首为其中的两首。未署作者姓名，依例应为古辞，而郭茂倩题解引《古今乐录》则云："《团扇郎歌》者，晋中书令王珉，捉白团扇与嫂婢谢芳姿有爱，情好甚笃。嫂捶挞婢过苦，王东亭闻而止之。芳姿素善歌，嫂令歌一曲当赦之。应声歌曰：'白团扇，辛苦五流连。是郎眼所见。'珉闻，更问之：'汝歌何遗？'芳姿即改云：'白团扇，憔悴非昔容，羞与郎相见。'后人因而歌之。"第三首为《团扇郎》同题之作，未署作者姓名，依例亦应为古辞。诗通过吟咏团扇，抒写了对情郎的柔情蜜意，饶有情致。

一

七宝画团扇①，粲烂明月光。与郎却暄暑②，相忆莫相忘。

【注释】

①七宝:用多种宝物来装饰器物,泛称七宝,通常指金、银、琉璃、玛瑙、珊瑚、琥珀等。南朝乐府《青阳度》其二:"碧玉捣衣砧,七宝金莲杵。"团扇:汉乐府《怨歌行》(一说为班婕妤作):"新裂齐纨素,鲜洁如霜雪。裁为合欢扇,团团似明月。"

②却:去除。暄(xuān)暑:暑热。

【译文】

用七宝装饰有彩绘的团扇,像明月般发出灿烂的辉光。送给情郎去除夏天的暑热,相互思念不要忘记了对方。

二

青青林中竹,可作白团扇。动摇郎玉手①,因风托方便②。

【注释】

①"动摇"句:汉乐府《怨歌行》:"出入君怀袖,动摇微风发。"

②因:凭借。方便:谓方便去除暑热。

【译文】

竹林中青青的翠竹,可以用来制作洁白的团扇。在情郎白皙的手中摇来摇去,凭借风力给情郎送去得到凉爽的方便。

三

团扇复团扇①,持许自障面②。憔悴无复理③,羞与郎相见④。

【注释】

①复团扇:《艺文类聚》作"复向谁"。

②持许:傅刚《校笺》:"五云溪馆本、徐本、郑本作'许持'。"许,此。障:《乐府诗集》作"遮"。

③理：整理。指梳妆打扮。

④相见：傅刚《校笺》："沈本、陈本作'见面'。"

【译文】

团扇啊团扇，可以拿着你遮住自己的脸。面容憔悴没有心思去梳理，羞于与情郎相见。

谢灵运

谢灵运（385—433），陈郡阳夏（今河南太康）人。东晋著名将领谢玄之孙。袭封康乐公，世称“谢康乐”。小名客儿，故又称“谢客”。少好学，博览群书。诗文与颜延之齐名，并称“江左第一”，人称“颜谢”。又与颜延之、鲍照并称“元嘉三大家”。东晋末，历任大司马行参军、记室参军、中书侍郎、黄门侍郎等职。入宋，降爵为侯，任散骑常侍。少帝时出为永嘉太守，不久辞官，隐居会稽。文帝时为临川内史，因在郡游放，为有司所弹劾，徙广州，不久被杀。因政治上失意，便肆意游山玩水，创作了大量山水诗，成为山水诗派的始祖。钟嵘《诗品》将其诗列入上品。《隋书》卷三十五《经籍志四》著录有集二十卷，已散佚。明人辑有《谢康乐集》。其事见《宋书》卷六十七、《南史》卷十九。

东阳溪中赠答二首

【题解】

东阳溪，即今浙江金华城南的婺江，又名双溪。吴兆宜注：“《括苍志》：‘谢灵运入沐鹤乡，有二女浣纱，嘲以诗曰：“我是谢康乐，一箭射双鹤。试问浣纱娘，箭从何处落？”二女不顾。又嘲之曰：“浣纱谁氏女，香汗湿新雨。两人默无言，何事甘辛苦。”既而二女答曰：“我是溪中鲫，暂出溪头食。食罢又还潭，云踪何处觅。”忽不见。’按，此事颇与东阳赠答相类，而诗似不出灵运笔，恐属附会，聊载于此。”按《括苍志》所载应确属附会。两诗写青年男女乘船在江中偶遇而发生的故事，乃学习南朝乐府吴声歌曲的产物，用唱和体，第一首为男子所唱，第二首为女子所和，表达彼此的爱慕之情，清新自然，富有情趣，颇得民歌神韵，与谢灵运山水诗喜欢刻镂、"颇以繁芜为累"（钟嵘《诗品》上）的风格迥异。

一

可怜谁家妇？缘流洗素足[1]。明月在云间，迢迢不可得[2]。

【注释】

①缘流：女子坐在船上，双足放入河中，一路冲洗双足，故云。缘，傅刚《校笺》："五云溪馆本、徐本、郑本作'绿'。"洗：赵氏覆宋本作"洒"。

②迢迢（tiáo）：远貌。

【译文】

这是谁家的可爱的女子？顺着溪流在洗她雪白的双足。就像明月飘浮在云间，相距遥远对她是可望而不可得。

二

可怜谁家郎？缘流乘素舸[1]。但问情若为[2]，月就云中堕[3]。

【注释】

①素舸（gě）：未加雕饰的大船。

②若为：如何。

③就：从。

【译文】

这是谁家的可爱的儿郎？坐在一条顺流而下没有雕饰的大船上。只问你对我的感情到底如何，只要满意月亮就会从云间落到你身旁。

宋孝武帝

宋孝武帝(430—464),即刘骏,字休龙,小字道民,彭城(今江苏徐州)人。宋文帝第三子,宋明帝刘彧异母兄。初封武陵王,历任雍州刺史、徐州刺史、江州刺史等职。太子刘劭弑父自立,刘骏率军东下进讨,平劭后即帝位。爱好文学,能诗,钟嵘将其诗列入下品。《隋书》卷三十五《经籍志四》著录有集二十五卷(注云“梁三十一卷,录一卷”),已散佚。其事见《宋书》卷六、《南史》卷二。

丁督护歌二首

【题解】

《丁督护歌二首》收入《乐府诗集》卷四十五《清商曲辞·吴声歌曲》,第二首作者作“王金珠”。督护,武官名。起于西晋,南北朝时为方面镇将的部将。郭茂倩题解引《宋书·乐志》:“《督护歌》者,彭城内史徐逵之为鲁轨所杀,宋高祖使府内直督护丁旿收殓殡埋之。逵之妻,高祖长女也。呼旿至阁下,自问殓送之事。每问辄叹息曰‘丁督护’!其声哀切,后人因其声广其曲焉。”又引《唐书·乐志》:“《丁督护》,晋宋间曲也。”余冠英则认为:“这是女子送爱人随督护出征的诗,该是民间产品。《玉台新咏》以前一首为宋孝武帝作,口吻绝不像。”按余说有理。

一

督护上征去[①]，侬亦恶闻许[②]。愿作石尤风[③]，四面断行旅。

【注释】

①上征去：《乐府诗集》作“初征时”。上，傅刚《校笺》：“孟本作‘北’，校：‘一作“初”。’”

②侬：我。恶：原作“思”，《乐府诗集》作“恶”，据改。许：此。指随督护出征。

③石尤风：吴兆宜注引《江湖纪闻》：“石尤风者，传闻为石氏女嫁为尤郎妇，情好甚笃。为商远行，妻阻之，不从。尤出不归，妻忆之，病亡。临亡，长叹曰：‘吾恨不能阻其行，以至于此。今凡有商旅远行，吾当作大风，为天下妇人阻之。’自后商旅发船，值打头逆风，则曰石尤风也，遂止不行。妇人以夫姓为名，故曰石尤。”后因称逆风、顶头风为“石尤风”。

【译文】

督护他刚出征离去时，我也很不喜欢听到这个消息。我愿变成一股石尤风，从四面八方阻断商旅出行。

二

黄河流无极[①]，洛阳数千里。坎轲戎途间[②]，何由见欢子[③]。

【注释】

①无极：无穷尽。

②坎轲：同“坎坷”，道路不平貌。途：《乐府诗集》作“旅”。

③欢子：对情郎亲昵的称呼，犹言“亲爱的”。

【译文】

黄河流啊流没有个终点，往北远征洛阳离家有数千里。征途一路上坎坷不平,我怎能见到亲爱的你。

拟徐幹诗一首

【题解】

本篇载《艺文类聚》卷三十二,题作《拟室思》;收入《乐府诗集》卷六十九《杂曲歌辞》,题作《自君之出矣》。傅刚《校笺》:"徐本、郑本此诗署为'许瑶',又题作《拟自君之出矣》。五云溪馆本作者失名。"徐幹《室思》云:"自君之出矣,明镜暗不治。思君如流水,何有穷已时。"为本篇所拟。陈祚明评云:"以'回还'言思,殊肖。"(《采菽堂古诗选》卷十六)

自君之出矣,金翠暗无精①。思君如日月,回还昼夜生②。

【注释】

①金:傅刚《校笺》:"五云溪馆本、徐本、郑本作'珠'。"精:明亮。

②还:傅刚《校笺》:"五云溪馆本、徐本、郑本作'环'。"

【译文】

自从夫君走出了家门,黄金翡翠都变得暗淡无光。对夫君的思念就像是日月,回环往复昼夜于是产生。

许瑶

许瑶，一作“许瑶之”，高阳（今属河北）人。曾任建安郡丞。钟嵘《诗品》将其诗列入下品，称其为“齐朝请”，但本书将其列于宋孝武帝之后、鲍令晖之前，《宋书》卷九十一《孝义·郭原平传》又有宋元嘉间“高阳许瑶之居在永兴，罢建安郡丞还家”的记载，应为宋代诗人。今存诗二首。

咏楠榴枕

【题解】

楠，木名。生南方。高者可达十余丈，粗者可达数十围。气味芳香，质地坚密，是制作器物的好材料，尤以“楠榴”即生瘤的楠木为最。《文选》左思《吴都赋》：“楠榴之木，相思之树。”刘渊林注：“南榴，木之盘结者，其盘节文尤好，可以作器，建安所出最大长也。”诗抒写对楠榴枕的艳羡之情，托物寄意，构思新巧。钟嵘《诗品》说许瑶“长于短句咏物”，其言不虚。

端木生河侧，因病遂成妍①。朝将云髻别②，夜与娥眉连③。

【注释】

①病：指长了木瘤。妍（yán）：美好。

②云髻:《文选》曹植《洛神赋》:“云髻峨峨,修眉联娟。”吕延济注:“云髻,美发如云也。”

③娥眉:同“蛾眉”,形容女子如蚕蛾般弯而细长的美眉。连:傅刚《校笺》:“沈本作‘联’。”

【译文】

一棵端端正正的楠木生长在河边,因长了瘤子于是做成了美丽的枕头。早晨与如云的发髻告别,夜晚又与弯而细长的美眉相连。

闺妇答邻人

【题解】

本篇写思妇回答邻居的询问,介绍其夫外出的情况,造语精警,出人意表。不说丈夫在很远的地方,而说因为不通消息,根本不知道他离得是远是近;不说丈夫已经离家很长时间了,而说他到底是什么时间离家的都不记得了。从后二句倒推前二句,可知“胡与越”之远不是指两人之间的空间距离,而是指两人之间的心理距离。面对如此夫妻关系,思妇内心的凄苦与绝望也就可想而知了。

昔如影与形,今如胡与越①。不知行远近,忘去离年月②。

【注释】

①胡:汉时称北方的匈奴为胡。借指北方。越:南方的越族。借指南方。傅玄《朝时篇·怨歌行》:“同心忽异离,旷如胡与越。”

②去:傅刚《校笺》:“五云溪馆本、徐本、郑本作‘却’。”

【译文】

以前如影与形紧紧地相随,现在两人相隔就如胡与越。不知道他的行踪是远还是近,也忘记了他离开家时的年与月。

鲍令晖

见卷四《拟青青河畔草》作者简介。

寄行人一首

【题解】

本篇载《艺文类聚》卷三十一。诗写思妇独处春闺的不堪，表现颇新颖奇巧。首二句用极精简的笔墨描绘初春景色，以少总多，别开生面。辛弃疾《西江月·夜行黄沙道中》："七八个星天外，两三点雨山前。"苏轼《惠崇春江晚景》："竹外桃花三两枝，春江水暖鸭先知。"写法与此何其相似。末句妙，风趣，而风趣中带着无奈与苦涩。王夫之评云："小诗本色，不嫌迫促。'怪来妆阁闭''松下问童子'诸篇，俱从此出。"（《古诗评选》卷五）

桂吐两三枝，兰开四五叶①。是时君不归②，春风徒笑妾。

【注释】

①开：傅刚《校笺》："五云溪馆本、徐本、郑本作'暗'。"

②"是时"句：《楚辞》淮南小山《招隐士》："王孙游兮不归，春草生兮萋萋。"王逸注："违背旧土，弃家室也。"

【译文】

桂树已经吐出了两三条新枝，兰草已经长出了四五片绿叶。夫君您到这个时候还不回家，春风会徒然把孤独的我嘲笑。

近代西曲歌五首

《乐府诗集·清商曲辞》有吴声歌曲和西曲歌，其中多数出自民间，本为无伴奏的徒歌，后被南朝乐府机关清商署搜集整理、配乐传习，有的还结合舞蹈演唱，因而得以流传下来。此外，尚有一部分为文人拟作。作为民歌，西曲歌产生在江汉流域的荆（今湖北江陵）、郢（今湖北宜昌）、樊（今湖北襄樊）、邓（今河南邓县）之间，主要产生在宋、齐、梁三朝，故称之为“近代”；内容多表现水边旅人思妇的别情，以写船户、贾客生活的居多，多为五言四句的短章，风格真率自然、浪漫热烈。据《乐府诗集》卷四十七《西曲歌》郭茂倩题解引《古今乐录》，西曲歌有《石城乐》《乌夜啼》《估客乐》《襄阳乐》《三洲》等共三十四曲，其中《石城乐》《乌夜啼》等同为舞曲。

石城乐

【题解】

石城，在今湖北钟祥，南朝时属竟陵郡。《乐府诗集》共收《石城乐》五首，本篇为其中的第一首，写石城少年相互依偎进进出出游乐的情景。郭茂倩题解引《唐书》：“《石城乐》者，宋臧质所作也。石城在竟陵，质尝为竟陵郡，于城上眺瞩，见群少年歌谣通畅，因作此曲。”说此曲为臧质所作，或为附会之谈。

生长石城下，开门对城楼[①]。城中美年少[②]，出入见依投[③]。

【注释】

①门：《乐府诗集》作“窗”。

②美年少：《乐府诗集》作“诸少年”，傅刚《校笺》：“五云溪馆本、徐本、郑本作‘美少年’。”

③依投：依偎投靠。即彼此紧挨着一起往前走。

【译文】

生长在石城的下面，开门就正对着城楼。只见城中俊美的少年们，出出进进都相互依靠着往前走。

估客乐

【题解】

估客，贩货的行商。《乐府诗集》卷四十八齐武帝《估客乐》郭茂倩题解引《古今乐录》：“《估客乐》者，齐武帝之所制也。帝布衣时，尝游樊、邓。登祚以后，追忆往事而作歌。使乐府令刘瑶管弦被之教习，卒遂无成。有人启释宝月善解音律，帝使奏之，旬日之中，便就谐和。”释宝月分两次奏上自己所作，每次二首，共四首，本篇为第一次所上二首的第二首，写女子对外出经商的丈夫的深情嘱咐。

有客数寄书[①]，无信心相忆。莫作瓶落井，一去无消息。

【注释】

①客：《乐府诗集》作“信”。数（shuò）：屡次，频繁。

【译文】

如有传信的客人就多给我带信，如没有信就在心里把我思念。不要做落到井里的瓶子，一去之后就再也没有了消息。

乌夜啼

【题解】

《乌夜啼》，参见卷八刘孝绰《夜听妓赋得乌夜啼》题解。《乐府诗集》卷四十七共收八首，本篇为第一首。年轻美貌的歌舞女如能被富贵之人看上，并为之生儿育女，往往能使自己的命运得到改变。但这样的机会并非人人都能得到。诗从这一角度落笔，对歌舞女的命运寄予了同情。

歌舞诸年少，娉婷无穜迹①。菖蒲花可怜②，闻名不曾识。

【注释】

①娉（pīng）婷：姿态美好貌。辛延年《羽林郎》："不意金吾子，娉婷过我庐。"穜（zhǒng）：同"种"。《乐府诗集》作"种"。这里指怀上富贵人家的孩子。《史记》卷四十八《陈涉世家》："王侯将相宁有种乎！"

②菖（chāng）蒲：香草名。生水边，根可入药，道家认为久服可轻身不老。又有见到菖蒲花可得富贵的传说。《南史》卷十二《后妃下》："梁文献张皇后……方孕，忽见庭前昌（菖）蒲花，光采非常，惊报，侍者皆云不见。后曰：'常闻见昌（菖）蒲花者当富贵。'因取吞之，是月生武帝。"

【译文】

这些以歌舞为业的少女，姿态美好却都没有怀上孩子的迹象。菖蒲花看上去非常可爱，听说过它的名字却并不认识。

襄阳乐

【题解】

襄阳，郡名。治所在今湖北襄阳。《乐府诗集》卷四十八《襄阳乐》郭茂倩题解引《古今乐录》："《襄阳乐》者，宋随王诞之所作也。诞始为襄阳郡，元嘉二十六年仍为雍州刺史，夜闻诸女歌谣，因而作之，所以歌和中有'襄阳来夜乐'之语也。""宋随王诞之所作"或为附会之辞。所收共九首，此为其中的第一首，写大堤少女的美艳，对情郎能否经受住诱惑表露出担忧，也有调侃情郎之意。

朝发襄阳城，莫至大堤宿[1]。大堤诸女儿，花艳惊郎目。

【注释】

①莫：同"暮"。

【译文】

早晨从襄阳城出发，傍晚到大堤投宿。大堤有许多少女，像鲜花一样美艳惊动了情郎的双目。

杨叛儿

【题解】

《乐府诗集》卷四十九《杨叛儿》郭茂倩题解引《唐书·乐志》："《杨半儿》，本童谣歌也。齐隆昌时，女巫之子曰杨旻，少时随母入内，及长为何后宠。童谣云：'杨婆儿，共戏来所欢。'语讹，遂成杨半儿。"所收共八首，本篇为其中的第二首，写女子希望与情郎亲密相处、不分不离的愿望。陈祚明评云："悠雅古致，潆洄。"（《采菽堂古诗选》卷二十一）

暂出白门前[①],杨柳可藏乌[②]。郎作沉水香[③],侬作博山炉[④]。

【注释】

①暂出:偶出。白门:东晋、南朝都城建康(今江苏南京)的西门,又叫宣阳门。五行西方属金,金气白,故称西门为白门。

②可藏乌:谓柳叶已相当茂密。

③郎:《乐府诗集》作“欢”。沉水香:香木名。又名沉香或蜜香,放在炉里燃烧,其烟极香。

④侬:我。博山炉:古香炉名。因炉盖上的造型似传闻中的海中名山博山,故名。

【译文】

偶然从白门前走出来,只见杨柳茂密已可把乌鹊藏住。情郎你要是做沉水香,我就做薰香的博山炉。

近代吴歌九首

《乐府诗集》卷四十四《吴声歌曲》郭茂倩题解引《晋书·乐志》："吴歌杂曲，并出江南。东晋以来，稍有增广。其始皆徒歌，既而被之管弦。盖自永嘉渡江之后，下及梁、陈，咸都建业，吴声歌曲起于此也。"又引《古今乐录》："吴声歌旧器有篪、箜篌、琵琶，今有笙、筝。吴声十曲：一曰《子夜》，二曰《上柱》，三曰《凤将雏》，四曰《上声》，五曰《欢闻》，六曰《欢闻变》，七曰《前溪》，八曰《阿子》，九曰《丁督护》，十曰《团扇郎》，并梁所用曲。又有《七日夜》《女歌》《长史变》《黄鹄》《碧玉》《桃叶》《长乐佳》《欢好》《懊恼》《读曲》，亦皆吴声歌曲也。"吴声歌曲产生在以建业为中心的长江下游一带，产生时代最早为孙吴，多数产生在东晋、刘宋两代，故称之为"近代"；内容多表现男女恋情，多为五言四句的短章，多使用谐音双关语，风格婉曲柔媚，明丽清新。

春歌

【题解】

《乐府诗集》卷四十四收《子夜四时歌·春歌》二十首，本篇为其中的一首，表现思妇因春日相思而无心劳作的情思。

朝日照北林①，初花锦绣色。谁能春不思②，独在机中织。

【注释】

①“朝日”句:此句《乐府诗集》作“明月照桂林”。

②春不:吴兆宜注:“一作‘不相’”。

【译文】

早晨的阳光照耀着北面的树林,刚开的鲜花颜色就如锦绣一般。谁能在这美好的春天不犯相思,还独自在这织布机上不停地织。

夏歌

【题解】

《乐府诗集》卷四十四收《子夜四时歌·夏歌》二十首,本篇为其中的一首,表现尚未收获爱情的郁闷。以“莲”谐“怜”,在吴声歌曲中颇常见。使用谐音双关,能使诗意变得委婉含蓄、活泼机趣。

郁蒸仲暑月①,长啸北湖边②。芙蓉始结叶③,花艳未成莲④。

【注释】

①郁蒸:暑气浓郁蒸腾貌,闷热。仲暑月:夏季的第二个月,即农历五月。

②长啸:撮口长呼,发出一种悠长清越的声音。即吹口哨,为发抒抑郁感情的一种方式。北:《乐府诗集》作“出”。

③芙蓉:荷花。始:原作“如”,《乐府诗集》作“始”,据改。结:指叶片相交如结。叶:傅刚《校笺》:“沈本、陈本作‘蕊’。”

④花:原作“抛”,《乐府诗集》作“花”,吴兆宜注:“一作‘抱’。”兹据《乐府诗集》改。莲:指莲子。谐“怜子”,指爱情。莲花开得很鲜艳,但还未结出莲子来,隐示还未收获爱情的果实。

【译文】

正是仲夏闷热的时候，来到北湖边上长啸。芙蓉刚刚长出一片片绿叶，荷花鲜艳但还未长出莲子。

秋歌

【题解】

《乐府诗集》卷四十四收《子夜四时歌·秋歌》十八首，本篇为其中的一首，写女子在秋天月夜对情郎的深长思念。末二句构想新奇，意象隽永，耐人寻味。谢庄《月赋》："美人迈兮音尘阙，隔千里兮共明月。"与之异曲同工。李白的《静夜思》，则与之后先呼应。

秋风入窗里①，罗帐起飘飏。仰头看明月，寄情千里光②。

【注释】

①风：傅刚《校笺》："徐本、郑本作'威'。"

②千里光：即月光。月光普照千里，既照着自己，也照着远方的情人，是自己和情人之间的媒介，故女子要托月光将自己的思念之情带给对方。

【译文】

秋风从窗户吹进屋里，轻软的丝帐随风飘扬。仰头看着明朗的月光，拜托普照千里的月光将情意带给情郎。

冬歌

【题解】

《乐府诗集》卷四十四收《子夜四时歌·冬歌》十七首，本篇为其中的一首,写女子表白自己对爱情的坚定不移,同时反问情郎:你又怎么样呢? 声口宛然,仿佛可以目睹。

渊冰厚三尺①,素雪覆千里。我心如松柏②,君心复何似③?

【注释】

①渊冰:深水水面所结的冰。

②如松柏:《论语·子罕》:"岁寒,然后知松柏之后凋也。"

③心:《乐府诗集》作"情"。

【译文】

深渊水面所结的冰厚达三尺,白雪覆盖大地宽达千里。我的心就像松柏经冬不凋,不知您的心又与什么相似?

前溪

【题解】

前溪,水名。在今浙江德清,东流入太湖。《乐府诗集》卷四十五收《前溪歌》七首,郭茂倩题解引《宋书·乐志》云:"《前溪歌》者,晋车骑将军沈玩所制。"又引郗昂《乐府解题》云:"《前溪》,舞曲也。"诗中女子以开得正繁茂的茑花自比,要男子及时采摘,以免"花落逐流去",产生无可挽回的后果。《乐府诗集》所载后面尚有"还亦不复鲜"句,傅刚《校笺》引《考异》云:"疑孝穆以其竭情而删之。"

黄茑结蒙茏①,生在洛溪边。花落逐流去②,何见逐流还③?

【注释】

①茑(niǎo):小灌木,茎细长,攀援它物生长,夏开淡黄色小花。《诗

经·小雅·頍弁》："茑与女萝，施于松柏。"《乐府诗集》作"葛"。蒙茏：茂密覆盖貌。茏，《乐府诗集》作"笼"。

②逐流：吴兆宜注："一作'随水'。"傅刚《校笺》："五云溪馆本、徐本、郑本作'随流'。"

③见逐：《乐府诗集》作"当顺"。

【译文】

淡黄色的茑花开得正繁茂，生长在洛溪的旁边。花儿落下随着水流漂去，什么时候见过它又随着水流回还？

上声

【题解】

《乐府诗集》卷四十五收《上声歌》八首，郭茂倩题解引《古今乐录》："《上声歌》者，此因上声促柱得名。"即将琴瑟上支弦的小木柱移近，柱促则弦短，弹奏的是音高而急的乐曲。诗写女子迫不及待地穿上自己新做的裲裆迈步行走，其喜悦心情、飘逸风姿跃然于纸。

新衫绣两裆①，迮置罗裳里②。微步动轻尘③，罗衣随风起④。

【注释】

①新：原作"留"，《乐府诗集》作"新"，据改。两裆（dāng）：即"裲裆"，一种只遮蔽胸背的上衣，形似今之背心。《乐府诗集》卷二十五《琅邪王歌辞》其二："阳春二三月，单衫绣裲裆。"裆，《乐府诗集》作"端"。

②迮（zé）：仓促。傅刚《校笺》："五云溪馆本作'追'。"置：《乐府

诗集》作“著”。裳:《乐府诗集》作“裙”。

③微:《乐府诗集》作“行”。轻:《乐府诗集》作“微”。

④衣:《乐府诗集》作“裙”。随:傅刚《校笺》:“徐本、郑本作‘从’。”

【译文】

新的衣衫是一件绣花的裲裆,匆匆忙忙把它穿在绸衣里面。轻轻迈步扬起细微的灰尘,轻软的绸衣随着清风飘起。

欢闻

【题解】

《乐府诗集》卷四十五《欢闻歌》郭茂倩题解引《古今乐录》:“《欢闻歌》者,晋穆帝升平初歌,毕辄呼‘欢闻不’以为送声,后因此为曲名。”诗中的女子觉得自己远无依靠,近无根底,孤身一人就如微不足道的萤火虫,能拿什么来报答情郎的恩情呢?这位女子很可能是一位四处漂泊的歌舞女。陈祚明评云:“此诗语甚奇,亦足见女子情至。”(《采菽堂古诗选》卷十五)

遥遥天无柱,流漂萍无根。单身如萤火,持底报郎恩[①]?

【注释】

①持底:拿什么。

【译文】

遥远的天穹没有柱子支撑,浮萍在水面漂荡没有生根。单身一人就如暗淡的萤火,能拿什么报答情郎的恩情?

长乐佳

【题解】

《乐府诗集》卷四十五共收《长乐佳》八首，本篇为其中的第八首。女子夸耀自己床帐枕席的华美，然后对情郎发出一问，调侃、戏谑之意溢于言表。

红罗复斗帐①，四角垂朱珰②。玉枕龙须席③，郎眠何处床？

【注释】

①复：双层。斗帐：一种小帐，形如向下覆盖着的斗。《古诗为焦仲卿妻作》："红罗复斗帐，四角垂香囊。"斗，量器名。方口方底，口大底小。

②朱珰（dāng）：红色的珠饰。傅刚《校笺》："五云溪馆本、徐本、郑本作'珠珰'。"珰，原作"裆"，《乐府诗集》作"珰"，据改。

③龙须席：用龙须草做的席子。

【译文】

红色轻柔的丝绸做的双层斗帐，四角悬垂着红色的玉珰。玉饰的枕头龙须草制作的席子，情郎你今晚睡在哪张床上？

独曲

【题解】

独曲，通作"读曲"。《乐府诗集》卷四十六收《读曲歌》八十九首，在现存吴声各曲中数量最多。郭茂倩题解引《宋书·乐志》："《读曲歌》者，民间为彭城王义康所作也。其歌云'死罪刘领军，误杀刘第四'是也。"又引《古今乐录》："《读曲歌》者，元嘉十七年袁后崩，百官不敢作声歌,或因酒谯,止窃声读曲细吟而已,以此为名。”据此,《读曲歌》最早可能产生于宋元嘉年间,“读曲”就是低声吟唱,吟唱时不奏乐器。但歌词均为民间言情之作。这里所选的一首,抒写女子不愿在春意萌生时空忆独眠的苦闷。首二句写景生动,也可能是以春风比情郎,以柳树比自己。柳树得到春风就翩跹飞舞起来,比喻自己同情郎在一起就欢欣不已,反之则了无乐趣。

柳树得春风,一低复一昂。谁能空相忆,独眠度三阳①。

【注释】

①三阳:古称夏历十一月冬至一阳生,十二月二阳生,正月三阳开泰,合为三阳,指春天开始。《艺文类聚》卷八引宋皋《会稽记》:“余姚县南百里,有太平山,……三阳之辰,华卉代发。”

【译文】

柳树得到春风吹拂,柳枝一会儿低垂一会儿飘起。谁能只是空自相忆,独自眠宿度过这三阳佳期。

近代杂歌三首

《近代杂歌三首》皆南朝乐府中的“西曲歌”。因西曲歌多产生于南朝宋、齐、梁三朝，故称之为“近代”。

浔阳乐

【题解】

《乐府诗集》卷四十九《清商曲辞》收《浔阳乐》一首。浔阳，郡名。东晋时置，辖境在今江西九江一带。又长江流经江西九江北的一段称浔阳。吴兆宜注引杜佑《通典》:“《浔阳乐》者，南平穆王为荆河州作也。”南平穆王指刘铄，宋文帝刘义隆第四子。诗中的主人公当是一位妓女或舞女。其时长江中下游一带商旅来往频繁，主人公应接不暇，故特诉苦。

稽亭故人去①，九里新人还②。送一便迎两③，无有暂时闲。

【注释】

①稽亭：地名。在长江南岸。吴兆宜注引张僧鉴《浔阳记》:“稽亭，北瞰大江，南望高丘，淹留远客，因以为名焉。”稽，《乐府诗集》作“鸡”。人:《乐府诗集》作“侬”。

②九里：地名。据《魏书·地形志中》，徐州彭城郡彭城县有九里

山。里,傅刚《校笺》:“沈本、陈本作‘重’。”人:《乐府诗集》作“侬”。

③便:《乐府诗集》作“却”。

【译文】

稽亭的旧相识刚刚离去,九里的新客就已来到面前。送走一人就会迎来两人,没有片刻的空闲。

青阳歌曲

【题解】

本篇《乐府诗集》卷四十九《清商曲辞》题作《青阳度》,共三首,本篇为其中的第三首。诗以谐音双关的手法,表达了女子对得到爱情并与所爱的人结成匹偶的愿望。陈祚明评云:“萧散有古致。”(《采菽堂古诗选》卷十五)

青荷盖绿水,芙蓉发红鲜①。下有并根藕②,上生同心莲③。

【注释】

①芙蓉:指荷花。发:《乐府诗集》作“披”。

②藕:谐“匹偶”的“偶”。

③生:傅刚《校笺》:“五云溪馆本、徐本、郑本作‘有’。”同心:《乐府诗集》作“并目”。莲:谐“怜”。《读曲歌》其五:“思欢久,不爱独枝莲,只惜同心藕。”

【译文】

青青的荷叶覆盖着绿水,芙蓉花发出红艳与鲜妍。水下有两根并生的藕,水上生长着同心的莲。

蚕丝歌

【题解】

本篇《乐府诗集》卷四十九《清商曲辞》题作《作蚕丝》，共四首，本篇为其中的第二首。诗写女子相爱的决心，认为只要相思到底，就能等来恩爱缠绵之时。全诗以双关隐语出之，语意含蓄，回味不尽。陈祚明有“大有古意”（《采菽堂古诗选》卷十五）之评。

春蚕不应老，昼夜常怀丝①。何惜微躯尽②，缠绵自有时③。

【注释】

①丝：谐“思”。赵氏覆宋本作“思”。

②微躯尽：指身死。蚕吐丝后即化为蛹，此处隐示自己不惜为爱情牺牲生命。

③缠绵：双关语。以蚕丝的“缠绵”谐情爱的“缠绵”。

【译文】

春蚕不应当就这样老去，它白天夜晚都在怀着丝。怎惜耗尽微贱的身躯，自然会等来吐丝缠绵之时。

近代杂诗一首

【题解】

本篇刻绘女子形象，能抓住瞬间动态予以表现，颇生动传神。陈祚明评云："形容曲似，文人之笔，体味人情，乃至此耶？"（《采菽堂古诗选》卷十五）

玉钏色未分[①]，衫轻似露腕。举袖欲障羞，回持理发乱[②]。

【注释】

①钏（chuàn）：手镯。傅刚《校笺》："徐本、郑本作'钗'。"色未分：谓玉镯的颜色与手腕的肤色一样，无法分辨清楚。

②持：指抓住头发。

【译文】

玉镯的颜色尚未分辨清楚，衫袖轻薄好似露出了玉腕。举起衣袖打算把娇羞遮住，又回过头来抓住乱发梳理。

丹阳孟珠歌一首

【题解】

本篇收入《乐府诗集》卷四十九《清商曲辞·西曲歌》,题作《孟珠》,共十首,本篇为其中的第五首。写少女春游碰上十分中意的风流少年,不觉相见恨晚。首二句写阳春景色,清隽迷人。《孟珠》其二云:"阳春二三月,草与水同色。攀条摘香花,言是欢气息。"陈祚明评云:"'草与水同色',语隽,与'青袍若春草'当同垂。"(《采菽堂古诗选》卷十五)此二句与之全同,自亦如此。

阳春二三月①,草与水同色。道逢游冶郎②,恨不早相识。

【注释】

①阳春:温暖的春天。《初学记》卷三引梁元帝《纂要》:"春曰……芳春、青春、阳春、三春、九春。"

②游冶郎:游荡寻乐的风流少年。

【译文】

二三月间正是温暖的春天,绿草与碧水看去是同一个颜色。在路上碰上游荡寻乐的风流少年,只遗憾没有早些与他相识。

钱唐苏小歌一首

【题解】

本篇收入《乐府诗集》卷八十五《杂歌谣辞》，题作《苏小小歌》。郭茂倩题解引《乐府广题》：“苏小小，钱塘名倡也，盖南齐时人。西陵在钱塘江之西，歌云‘西陵松柏下’是也。”唐，傅刚《校笺》：“五云溪馆本、徐本、郑本作‘塘’。”钱塘，即今浙江杭州。诗写少男少女一乘车、一骑马到郊外约会情景，颇为温馨浪漫。诗传为苏小小所作，则诗中的“妾”应为苏小小本人，这使本诗所写成为最早与苏小小有关的故事，为不少后人所传诵、吟咏。

妾乘油壁车①，郎骑青骢马②。何处结同心③？西陵松柏下。

【注释】

①妾：《乐府诗集》作“我”。油璧车：即油壁车，是一种车壁用油涂饰的车子。璧，《乐府诗集》作“壁”。

②骑：《乐府诗集》作“乘”。青骢（cōng）马：毛色青白相杂的马。《古诗为焦仲卿妻作》：“金车玉作轮，踯躅青骢马。”

③结同心：结同心之好。这里指约会。南朝乐府《子夜四时歌·冬歌》其十三：“何处结同心？西陵柏树下。”

【译文】

我坐在油壁车中，郎骑在青骢马上。到哪里去结同心？到西陵的松柏树下。

王融

见卷四《古意二首》作者简介。

拟古

【题解】

本篇载《艺文类聚》卷五十六，题作《代藁砧诗》，共二首。本篇为第一首，第二首云："镜台今何在？寸身正相随。何当碎联玉，云上璧已亏。"据《艺文类聚》，诗当拟《古绝句四首》的第一首，其辞云："藁砧今何在？山上复有山。何当大刀头？破镜飞上天。"诗以谐音、比拟手法，表达了希望不知现在何方的丈夫归来，实现夫妻团圆的愿望。

花蒂今何在①？亦是林下生②。何当垂两髻③，团扇云间明④。

【注释】

①花蒂：花同枝茎相连的部分。也称"柎（fū）"，谐"丈夫"的"夫"。

②亦：原作"示"，傅刚《校笺》："五云溪馆本、徐本、郑本、孟本作'亦'。"据改。

③何当：何时能够。两：喻夫妻团圆成双。傅刚《校笺》："五云溪馆本、徐本、郑本作'双'。"

④团扇：汉乐府《怨歌行》："裁为合欢扇，团团似明月。"此则以团扇喻明月，同时以喻夫妻团圆。

【译文】

花蒂现在是在什么地方？花蒂也是从树林下生出。何时能够垂下两个发髻，团扇会在云间发出光明。

代徐幹

【题解】

本篇收入《乐府诗集》卷六十九《杂曲歌辞》，题作《自君之出矣》。代，拟。徐幹《室思》云："自君之出矣，明镜暗不治。思君如流水，何有穷已时。"为本篇所拟。《文子·上德》："鸣铎以声自毁，膏烛以明自煎。"末二句取此意比思念之苦，既贴切，又新颖。

自君之出矣，金炉香不然①。思君如明烛，中宵空自煎②。

【注释】

①然：同"燃"。

②中宵：半夜。煎：语义双关。表面是说蜡烛因燃烧而受煎熬，实际是说内心因苦苦地思念而备受煎熬。

【译文】

自从夫君离家走出了家门，金炉中的香就没有再点燃。思念夫君就像照明的蜡烛，半夜里燃烧徒然地受着熬煎。

秋夜

【题解】

本篇收入《乐府诗集》卷七十六《杂曲歌辞》，题作《秋夜长》。郭茂倩题解："魏文帝诗曰：'漫漫秋夜长，烈烈北风凉。展转不能寐，披衣起彷徨。彷徨忽已久，白露沾我裳。俯视清水波，仰看明月光。'又曰：'草虫鸣何悲，孤雁独南翔。郁郁多悲思，绵绵思故乡。'《秋夜长》其取诸此。"诗写夜晚欢乐场景，内容格调都已与曹丕诗大不相同。

秋夜长复长①，夜长乐未央②。舞袖拂明烛③，歌声绕凤梁④。

【注释】

①复长：《乐府诗集》无此二字。

②央：尽。

③明：《乐府诗集》作"花"。

④凤梁：雕绘有凤凰图案的屋梁。《乐府诗集》卷五十五《晋白纻舞歌诗》："清歌流响绕凤梁，如矜若思凝且翔。"

【译文】

秋天的夜晚长而又长，夜晚很长欢乐也没有尽头。舞袖轻拂着明亮的蜡烛，歌声环绕着华丽的凤梁。

咏火

【题解】

本篇载《艺文类聚》卷五十六，题作《离合诗》，并在诗末注明所离合的字为"火"字。吴兆宜注也于诗题下注云："离合赋物为咏。"关于离合诗，严羽《沧浪诗话·诗体》云："字相拆合成文，孔融'渔父屈节'之诗是也。"叶梦得《石林诗话》卷中明确孔融的《离合作郡姓名字诗》为文人作离合诗之始，认为该诗"离合'鲁国孔融文举'六字"，并以该诗的首四句"渔父屈节，水潜匿方，与时进止，出寺弛张"为例作了说明：

“第一句‘渔’字,第二句‘水’字,‘渔’犯‘水’字而去‘水’,则存者为‘鱼’字。第三句有‘时’字,第四句有‘寺’字,‘时’犯‘寺’字而去‘寺’,则存者为‘日’字,离‘鱼’与‘日’而合之,则为‘鲁’字。”最后并总结道:“殆古人好奇之过,欲以文字示其巧也。”(郭绍虞《沧浪诗话校释》引)徐师曾《文体明辨序说》更具体地将离合诗分为四体,其中的第一体为“离一字偏旁为两句,而四句凑合为一字”,本篇即属于这种情况,即首句的“冰”字有“水”,与次句的“水”字相犯而去“水”,则存者为偏旁两点,此两点与末句的“人”字相合即成“火”字。为符合离合原则,不免有拼凑痕迹,但总体而言仍有较浓郁的诗味。所咏之“火”,应为烛火、烛光。诗名为咏火,而实为咏人。

冰容惭远鉴①,水质谢明辉②。是照相思夕③,早望行人归④。

【注释】

①鉴:照,谓为烛光所照。

②谢:辞,辞让。

③是:此,这。

④行人:指远出在外的丈夫。

【译文】

冰雪般的容颜很惭愧被远远地照耀,水一般清纯的美质躲避明亮的光辉。但这烛光将一个相思的夜晚照亮,思妇在这夜晚盼望远行的丈夫早日回归。

谢朓

见卷四《赠王主簿二首》作者简介。

玉阶怨

【题解】

本篇载《艺文类聚》卷三十，收入《乐府诗集》卷四十三《相和歌辞·楚调曲》。《李太白集·玉阶怨》王琦注："题始自谢朓。"玉阶，指宫中。诗写宫怨，不着"怨"字，而怨意无处不在，洵为短章中神品。陈祚明评云："此首竟是唐绝，其情亦深。长夜缝衣，初悲独守。归期未卜，来日方遥，道一夕之情，余永久之感。"（《采菽堂古诗选》卷二十）王夫之评云："虚实迭用，以为章法。太白之所得于玄晖者，亦惟此许，有法可步故也。"（《古诗评选》卷三）沈德潜更认为："竟是唐人绝句，在唐人中为最上者。"（《古诗源》卷十二）

夕殿下珠帘①，流萤飞复息②。长夜缝罗衣，思君此何极③！

【注释】

①珠帘：用珍珠串连而成的帘子。

②流萤：即萤火虫，因其飞行如水之流荡不定，故称。

③何极：无尽。

【译文】

傍晚时分寝殿放下了珠帘，萤火虫飞来了又飞走了。在漫长的夜晚缝制绸衣，对君王的思念这哪有停息之时！

金谷聚

【题解】

金谷，地名。在河南洛阳西北。有水流经此地，名金谷水。西晋时石崇在此建有别墅，名金谷园，常邀名士在此宴集。谢灵运《山居赋》自注："金谷，石季伦之别庐，在河南界，有山川林木池沼水碓。其镇下邳时，过游赋诗，一代盛集。"诗写欢聚之后的离别，并展望离别之后的相思。陈祚明评云："言别之怀，此为切至。"(《采菽堂古诗选》卷二十)张玉谷评云："只说别时之景，别后尚足系思，而别时之苦不言显矣，用笔最妙。"(《古诗赏析》卷十八)沈德潜评云："别离情事，以澹澹语出之，其情自深。苏、李诗亦不作蹙蹶声也。"(《古诗源》卷十二)

渠碗送佳人①，玉杯要上客②。车马一东西，别后思今夕。

【注释】

①渠碗：用车渠所制之碗。渠，车渠。曹丕《车渠椀赋序》："车渠，玉属也。多纤理缛文，生于西国，其俗宝之。"一说，车渠乃生活在海中的一种蚌类，其壳厚大，壳内白如玉，可做饰物。

②要（yāo）：邀请。上客：贵客。

【译文】

举起车渠碗送别美丽的佳人，举起白玉杯邀请贵客再来。车马或东或西奔驰而去，分别后定会把今晚的欢聚思念。

王孙游

【题解】

本篇收入《乐府诗集》卷七十四《杂曲歌辞》。郭茂倩题解:"《楚辞·招隐士》曰:'王孙游兮不归,春草生兮萋萋。'《王孙游》盖出于此。"此题亦为谢朓首创。前二句勾绘春景如画,后二句情思悠然不尽。"芳已歇"表面是说春天已经过去,而实际是说即使你回来我也不再年轻了,意新而笔曲。王夫之评云:"亦可谓艳而不靡,轻而不佻,近情而不俗。"(《古诗评选》卷三)陈祚明评云:"翻新取胜。'王孙''芳草'句,千古袭用,要以争奇见才。"(《采菽堂古诗选》卷二十)

绿草蔓如丝①,杂树红英发②。无论君不归③,君归芳已歇④。

【注释】

①蔓:蔓延,滋长。傅刚《校笺》:"陈本作'曼'。又,五云溪馆本、徐本、郑本作'漫'。"

②红英:红花。

③无论:且不说。

④歇:尽。指花已凋谢。

【译文】

绿草长出了如丝般的枝茎,杂树开出了红色的小花。且不说夫君您不会归来,就算归来鲜花也已开尽。

同王主簿有所思

【题解】

本篇收入《乐府诗集》卷十七《鼓吹曲辞》。王主簿,名季哲,谢朓岳父王敬则之子。同,和也。写思妇月夜怀人,情景交融,意在言外,余韵悠长。陈祚明评云:“即景含情,怨在言外。法同唐绝,而调稍高。”(《采菽堂古诗选》卷二十)张玉谷评云:“先写情,后写景,则景中无非情矣。诗境超甚。”(《古诗赏析》卷十八)

佳期期未归①,望望下鸣机②。徘徊东陌上③,月出行人稀。

【注释】

①佳期:指夫妻团聚的日子。期:约定。

②望望:《礼记·问丧》:“望望然,汲汲然,如有追而弗及也。”郑玄注:“望望,瞻望之貌也。”下鸣机:走下织机。

③陌:田间小路。

【译文】

约好了团聚的日子但却到期未归,望啊望走下了正鸣响的织机。在东面的小路上来回徘徊,月亮出来了路上的行人越来越稀。

虞炎

虞炎（？—约499），会稽（今浙江绍兴）人。齐高帝时，曾为散骑常侍。齐武帝时，以文学为文惠太子萧长懋所赏，官至骁骑将军。曾与谢朓、王融等唱和，又曾为鲍照编集。《隋书》卷三十五《经籍志四》著录有集七卷，已散佚。其事略见《南史》卷四十八《陆厥传》及卷四《齐高帝本纪》。

有所思一首

【题解】

本篇收入《乐府诗集》卷四十三《相和歌辞·楚调曲》，题作《玉阶怨》。应为拟谢朓《玉阶怨》之作，但意境、神韵远不能与之相比，故钟嵘《诗品序》云："学谢朓，劣得'黄鸟度青枝'。徒自弃于高听，无涉于文流矣。"

紫藤拂花树，黄鸟度青枝①。思君一叹息，苦泪应言垂②。

【注释】

①黄鸟：黄雀，身小，色黄。《诗经·周南·葛覃》："黄鸟于飞，集于灌木，其鸣喈喈。"度：原作"间"，《乐府诗集》作"度"，据改。

②言：语助词，无义。

【译文】

紫藤在开满鲜花的树上轻拂，黄鸟从青青的树枝上掠过。思念夫君发出一声长长的叹息，痛苦的眼泪应已在眼睫下垂落。

沈约

见卷五《登高望春》作者简介。

襄阳白铜鞮

【题解】

本篇载《艺文类聚》卷四十三，题作《襄阳白铜鞮歌》；又载《文苑英华》卷二百一，题作《白铜鞮歌》；收入《乐府诗集》卷四十八《清商曲辞·西曲歌》，题作《襄阳蹋铜鞮》。郭茂倩题解引《隋书·乐志》："梁武帝之在雍镇，有童谣云：'襄阳白铜蹄，反缚扬州儿。'识者言：'白铜蹄，谓金蹄，为马也。白，金色也。'及义师之兴，实以铁骑。扬州之士皆面缚，果如谣言。故即位之后，更造新声，帝自为之词三曲。又令沈约为三曲，以被管弦。"又引《古今乐录》："襄阳蹋铜蹄者，梁武西下所制也。沈约又作，其和云：'襄阳白铜蹄，圣德应乾来。'天监初，舞十六人，后八人。"本篇为"三曲"中的第一曲。写女子在桃林岸与情郎分别情景。襄阳，今属湖北。

分首桃林岸①，送别岘山头②。若欲寄音息③，汉水向东流。

【注释】

①首：《艺文类聚》《乐府诗集》作"手"。

②送:《艺文类聚》《文苑英华》《乐府诗集》作“望”。岘(xiàn)山:山名。在今湖北襄阳。

③音息:《文苑英华》作“书信”,《艺文类聚》《乐府诗集》作“音信”。

【译文】

我们在桃林岸边分手,我在岘山头为你送别。以后若想给我传递音讯,可托付汉水因为汉水不住地在向东流。

早行逢故人车中为赠

【题解】

傅刚《校笺》:“徐本、郑本无‘车中为赠’。”诗人清早出行,在路上碰上旧友,见他脸上残留着女人的胭脂铅粉,于是写了这首诗嘲笑他。

残朱犹暧暧①,余粉上霏霏②。昨宵何处宿?今晨拂露归。

【注释】

①朱:指胭脂口红之类。暧暧(ài):模糊不明貌。

②上:通“尚”。吴兆宜注:“一作‘尚’。”霏霏:纷乱貌。

【译文】

残余的胭脂模模糊糊地还在,且还纷乱地留有一些铅粉。昨天晚上是在何处住宿?今天一早踩着露水回归。

为邻人有怀不至

【题解】

邻人有一位心仪的女子,与之约会,但踏着月色前来的并不是他想要见的那个她，于是大失所望。诗人知道了这件事，于是写了这首诗嘲笑他。

影逐斜月来，香随远风入。言是定知非，欲笑翻成泣[1]。

【注释】

①翻：反。

【译文】

她的身影随着斜斜的月光前来，她的衣香随着远风一阵阵飘近。说是她但可以判定她并不是她，本想笑一笑却反而变成了哭泣。

施荣泰

施荣泰,生平籍贯皆无可考。逯钦立辑校《先秦汉魏晋南北朝诗》共收其诗二首,列入梁诗。

咏王昭君一首

【题解】

本篇载《艺文类聚》卷三十,题作《王昭君诗》;又载《文苑英华》卷二百四,题作《昭君怨》;收入《乐府诗集》卷二十九《相和歌辞·吟叹曲》。关于王昭君,参见卷二石崇《王昭君辞一首》题解。诗篇表现昭君的不幸和哀怨,并寄予了深切的同情。末句出人意表,摄人心魂,发人深省。

垂罗下椒阁①,举袖拂胡尘②。唧唧抚心叹③,蛾眉误杀人④。

【注释】

①椒阁:以花椒和泥涂壁的楼阁。为后妃住处。

②胡:汉代对西北及北方少数民族的称呼。此指匈奴。

③唧唧:叹息声。《木兰诗》:"唧唧复唧唧,木兰当户织。"《文苑英华》作"寂寞"。

④蛾眉:蚕蛾触须细长而弯曲,以比美丽的双眉。此指美貌。

【译文】

低垂着罗裙走下了椒阁,举起衣袖擦去胡地的灰尘。抚摸着胸口不住地悲叹,美貌也可在无意中杀人。

高爽

见卷五《咏镜》作者简介。

咏酌酒人一首

【题解】

酌酒人，指筵席上给客人斟酒的侍女。诗人在筵席上碰上一位不会逢迎、神情庄重、不可随便调笑侵凌的侍女，于是写了这首诗，笔端不无赞美之意。陈祚明有“即事，故有致”（《采菽堂古诗选》卷二十八）之评。

长筵广未同①，上客娇难逼。还杯了不顾②，回身正颜色③。

【注释】

①长筵：曹植《名都篇》：“鸣俦啸匹侣，列坐竟长筵。”广未同：宽度跟长度不一样。语含双关，谓斟酒女跟一般斟酒女不同。

②了：完全。

③正颜色：即正色。《尚书·毕命》：“正色率下，罔不祗师言。”孔颖达《正义》：“正色谓严其颜色，不惰慢，不阿谄。”即表情庄重严肃。

【译文】

筵席长长而宽度与长度不同，在贵客面前她虽娇弱却难以威逼。送回了酒杯她就不再看你一眼，转过身来脸上是庄重严肃的神情。

吴兴妖神

赠谢府君览一首

【题解】

本篇载《太平御览》卷七百十八引《灵怪》，题作《吴兴妖童谢府君诗》。吴兆宜题下注："诸书引用多云'吴兴神女'。一作妓童，非。"吴兴，郡名。其地在今浙江湖州。谢府君，指吴兴太守谢览。据《梁书》卷十五《谢览传》，谢览出身士族陈郡谢氏，尚齐明帝萧鸾之女钱塘公主为妻，拜驸马都尉，任秘书郎、太子舍人、东阁祭酒等。入梁，历任中书侍郎、中庶子、侍中、新安太守、吏部尚书等，于天监十二年（513）初为吴兴太守。谢览"为人美风神，善辞令"，或有女子爱之慕之而不可得，于是假托"吴兴妖神"之名给谢览写了这首诗，抒写自己的失意和哀伤。

玉钗空中堕①，金钿色行歇②。独泣谢春风③，孤夜伤明月④。

【注释】

①堕：《太平御览》作"坠"。

②金钿（diàn）：金花。一种饰物。行：将要。色行，吴兆宜注："一作'行已'。"《太平御览》作"色已"。歇：消逝，消失。

③谢：辞别，告别。春风：隐喻所爱慕者。

④孤夜伤：吴兆宜注："一作'长夜孤'。"《太平御览》作"良夜辜"。

【译文】

玉钗从空中掉落下去，金钿的色泽也将消失。已告别春风独自哭泣，夜晚孤独悲伤地对着明月。

江洪

见卷五《咏歌姬》作者简介。

采菱二首

【题解】

《采菱二首》载《艺文类聚》卷八十二，题作《采菱诗》；收入《乐府诗集》卷五十一《清商曲辞·江南弄》，题作《采菱歌》。菱为一年生水生草本植物，其果实俗称菱角，可采食。诗以白描手法写采菱情景，轻轻点染，而画面明丽，风调清新，令人神往。

一

风生绿叶聚，波动紫茎开。含花复含实，正待佳人来。

【译文】

江风吹来绿叶聚拢，水波掀动紫茎散开。开出了菱花又结出了菱角，正等待着采菱的美人前来。

二

白日和清风，轻云杂高树①。忽然当此时，采菱复相遇②。

【注释】

①杂：吴兆宜注："一作'拥'。"

②遇：吴兆宜注："一作'忆'。"

【译文】

明朗的阳光伴随着清爽的江风，轻淡的白云中耸立着高高的树木。忽然间遇到了这么美好的时刻，又在采菱时与心中的她相遇。

渌水曲二首

【题解】

《渌水曲二首》载《艺文类聚》卷四十二，收入《乐府诗集》卷五十九《琴曲歌辞》。《琴曲歌辞》有《蔡氏五弄》，郭茂倩题解引《琴集》："《五弄》，《游春》《渌水》《幽居》《坐愁》《秋思》，并宫调，蔡邕所作也。"又引《琴书》："邕性沉厚，雅好琴道。嘉平初，入青溪访鬼谷先生，所居山有五曲，一曲制一弄。……南曲有涧，冬夏常渌，故作《渌水》。"渌（lù），清澈。诗赞美渌水的清澈，同时又倾诉内心的孤单寂寞，是一篇以乐景反衬哀情的作品。

一

潺湲复皎洁①，轻鲜自可悦②。横使有情禽③，照影遂孤绝④。

【注释】

①潺湲（chán yuán）：水缓慢流动貌。

②自：《艺文类聚》作"尚"。

③横：强行。

④孤绝：因孤单寂寞而死去。刘敬叔《异苑》卷三载，罽宾国王购得

一只鸾鸟，“欲其鸣，不可致。饰金繁，飨珍羞，对之愈戚，三年不鸣。夫人曰：‘尝闻鸾见类则鸣，何不悬镜照之？’王从其言。鸾睹影悲鸣冲霄，一奋而绝”。

【译文】

水流得很缓慢而且十分明亮清洁，轻柔新鲜看了自可让人感到欢悦。强行让有情的禽鸟，在这儿鉴照身影后便因孤单而气绝。

二

尘容不忍饰①，临池思客归②。谁能取渌水③，无趣浣罗衣④。

【注释】

①饰：赵氏覆宋本作“饬”。

②思客：《乐府诗集》作“客未”。

③能：《艺文类聚》作“知”。取：《乐府诗集》作“别”。

④无趣：《乐府诗集》作“全取”。趣，傅刚《校笺》：“五云溪馆本、徐本、郑本作‘处’。”浣（huàn）：洗涤。

【译文】

满脸灰尘没有心思再去修饰，站在池边盼望客游的夫君回归。谁还能在这时候去取来清水，毫无意趣地去洗涤绸衣。

秋风二首

【题解】

《秋风二首》收入《乐府诗集》卷六十《琴曲歌辞》。抒写寡妇在深秋时节的悲凄之情，令人不忍卒读。仅“凄叶”一句，就写出了无限凄凉，正所谓“有我之境，以我观物，故物皆著我之色彩”（王国维《人间词话》卷上)。又陈祚明评第二首云:“三首(按《乐府诗集》所收共三首,这里所选的是其中的第二、三首)并极酸瑟,而此首后二句尤佳。三句转,忽接四句,意语外娑,然是绝句妙法。”(《采菽堂古诗选》卷二十八)

一

孀居憎四时①,况在秋闺内。凄叶流晚晖②,虚庭吐寒菜③。

【注释】

①孀居:寡居。居,《乐府诗集》作“妇”。憎:《乐府诗集》作“悲”。

②晖(huī):《乐府诗集》作“蝉”。

③寒菜:越冬的野菜。菜,傅刚《校笺》:“徐本、郑本作‘采’。”

【译文】

寡居在家最恨春夏秋冬四季的不断变化,何况是独居在这秋天的闺房之内。凄凉的树叶上流淌着傍晚落日的余晖,空寂的庭院中冒出了寒菜的嫩芽。

二

北牖风摧树①,南篱寒蛬吟②。庭中无限月,思妇夜鸣砧③。

【注释】

①牖(yǒu):窗户。

②蛬(qióng):即“蛩”,蟋蟀。

③鸣砧(zhēn):即捣衣。古人在缝制寒衣前要先将衣料放在砧上捣平。砧,捣衣时垫在下面的石头。

【译文】

北面的窗户外大风摧折了树枝,南面的篱笆边蟋蟀在寒冷中悲吟。无边的月光照进庭院,思妇在深夜捶响了捣衣砧。

咏美人治妆

【题解】

本篇写美人临到上车了还嫌自己的妆化得不美，将其审视挑剔的情状刻画得颇生动。

上车畏不妍[①]，顾眄更斜转[②]。太恨画眉长[③]，犹言颜色浅。

【注释】

①妍（yán）：美。

②顾眄（pàn）：即“顾盼”，回头审视。

③太：吴兆宜注：“一作‘大’。”

【译文】

上车时还怕自己的妆化得不美，左顾右盼还斜扭着身子看了又看。对眉画得太长大为不满，还说眉上的黛色画得太浅。

范靖妇

见卷五《咏步摇花》作者简介。

王昭君叹二首

【题解】

《王昭君叹二首》载《艺文类聚》卷三十（缺第二首），题作《昭君叹》；又载《文苑英华》卷二百四，题作《昭君怨》；收入《乐府诗集》卷二十九《相和歌辞·吟叹曲》，题作《昭君叹》。吴兆宜题下注："一有'沈氏'。"《西京杂记》卷二："元帝后宫既多，不得常见，乃使画工图形，按图召幸之。诸宫人皆赂画工，多者十万，少者亦不减五万；独王嫱不肯，遂不得见。匈奴入朝，求美人为阏氏。于是上按图以昭君行。及去，召见，貌为后宫第一，善应对，举止娴雅。帝悔之，而名籍已定，帝重信于外国，故不复更人。乃穷按其事，画工皆弃市，其家资皆巨万。"其时画工主要有毛延寿，其"为人形丑好老少，必得其真"；其次尚有陈厂、刘白、龚宽等人。本篇即吟咏此事，对昭君的遭遇寄予了同情。不过后悔当初没有"重货洛阳师"乃出于诗人想象，未必符合昭君的本意及秉性。

一

早信丹青巧[①]，重货洛阳师[②]。千金买蝉鬓[③]，百万写蛾眉[④]。

【注释】

①丹青：绘画用的两种颜色，即指绘画。

②货：以财物进行贿赂，收买。《艺文类聚》《文苑英华》作“赂”。洛阳：据《西京杂记》，毛延寿乃长安杜陵人。

③买：《艺文类聚》《文苑英华》作“画”。蝉鬓：古代妇女的一种发式。崔豹《古今注》卷下：“魏文帝宫人绝所爱者，有莫琼树、薛夜来、田尚衣、段巧笑四人，日夕在侧。琼树乃制蝉鬓，缥眇如蝉，故曰蝉鬓。”蝉，《艺文类聚》作“云”。

④写：画。蛾眉：代指美丽的容貌。

【译文】

如能早些相信绘画有这么巧妙，就会花重金去收买洛阳的画师。用千金买来缥缈的蝉鬓，用百万使其画出美丽的容貌。

二

今朝犹汉地，明旦入胡关①。高堂歌吹远②，游子梦中还③。

【注释】

①胡：汉代对西北及北方少数民族的称呼。此指匈奴。

②“高堂”句：此句《乐府诗集》作“情寄南云反”。远，《文苑英华》作“少”。

③“游子”句：此句《乐府诗集》作“思逐北风还”。

【译文】

今天早晨还在汉朝的地界，明天一早就要进入胡人的边关。高高殿堂上的歌声吹奏声渐渐远去，远方的游子以后只能在梦中回返。

映水曲

【题解】

本篇收入《乐府诗集》卷七十七《杂曲歌辞》。写女子在水边对着明镜似的水面整饬自己的形象,表现了女子的爱美心理。

轻鬓学浮云,双娥拟初月①。水澄正落钗,萍开理垂发。

【注释】

①初月:农历月初的月亮,其形状如钩。

【译文】

把鬓发梳理得像浮云那样轻薄飘逸,模仿初月画出如蚕蛾触须般弯而细长的双眉。对着清澄的水面把将要掉落的金钗扶正,浮萍荡开了赶紧对着水面把下垂的头发整理。

何逊

见卷五《日夕望江赠鱼司马》作者简介。

南苑

【题解】

南苑，宫苑名。在建康（今江苏南京）城内，宋以后为人们的游集之地。南苑的千门万户皆已打开，游人当会不少，但美人却都被楼殿竹林挡住，诗人不得一见，不免惆怅。陈祚明评云："不言怨而怨可知。"（《采菽堂古诗选》卷二十六）

苑门辟千扇，苑户开万扉①。楼殿间珠履②，竹树隔罗衣。

【注释】

①户：《广韵》卷三："半门为户。"扉（fēi）：门扇。

②间：吴兆宜注："一作'开'。"傅刚《校笺》："徐本、郑本作'闻'。"珠履：以珍珠为饰的鞋。

【译文】

南苑打开了上千扇大门，上万扇小门也都已经打开。穿着珠鞋的美女被楼阁殿宇隔绝，竹树又把穿着绸衣的美女隔开。

闺怨

【题解】

本篇写闺怨,颇含蓄蕴藉。“房栊月影斜”,说明夜已深而人尚未眠。不愿“独对后园花”,乃因不愿因此而勾起自己徒有花容月貌的感伤。不着一字,而思之切、怨之深已不言自明。

闺阁行人断①,房栊月影斜②。谁能北窗下③,独对后园花④。

【注释】

①行人:远行在外的人。指丈夫。

②房栊(lóng):房屋的窗棂。

③能:吴兆宜注:“一作‘知’。”下:傅刚《校笺》:“沈本、陈本作‘外’。”

④“独对”句:吴按:“一作‘犹对后庭花’。”

【译文】

闺阁中远行的夫君音讯全无,窗棂上的月影已渐渐西斜。有谁能站在北窗的下面,独自面对后园中的鲜花。

为人妾思

【题解】

思,吴兆宜注:“一作‘怨’。”某人的小妾遭受冷落,心生幽怨,诗人于是为她写了这首诗。

燕子戏还檐①,花飞落枕前。寸心君不见②,拭泪坐调弦。

【注释】

①“燕子”句:傅刚《校笺》:“五云溪馆本、徐本、郑本作‘燕戏还檐

际'。"

②寸心：即心，因居于胸中方寸之地，故称。

【译文】

燕子嬉戏着飞回了屋檐，鲜花飘飞落到了枕前。一颗苦念的心您看不见，擦干眼泪坐下来调弦。

咏春风

【题解】

本篇载《艺文类聚》卷一、《初学记》卷一；又载《文苑英华》卷一百五十六，题作《咏风》。诗根据春风的属性和特点，从不同角度加以吟咏，具体可感，生动有趣。

可闻不可见，能重复能轻。镜前飘落粉，琴上响余声①。

【注释】

①余声：演奏完毕仿佛还留在耳畔的声音。此指因风吹动而发出的不大的声响。

【译文】

可以听得见但却不能看见，力度能很重又能很轻。镜前它把铅粉吹落飘散，琴上它能吹得丝弦发出袅袅的余声。

秋闺怨

【题解】

本篇前二句写清肃之景，后二句抒凄怨之情。陈祚明评云："'谁知夜独觉'，口头语，但觉沉至。'夜独觉'诚有，谁知也？"又："'竹叶'二

句，便是独觉时独见之景。”（《采菽堂古诗选》卷二十六）

竹叶响南窗，月光照东壁。谁知夜独觉①，枕前双泪滴。

【注释】

①觉：睡醒。

【译文】

竹叶在南窗外簌簌作响，月光照亮了东边的墙壁。谁知夜晚独自醒了过来，枕前两行眼泪直往下滴。

吴均

见卷五《和萧洗马子显古意六首》作者简介。

杂绝句四首

【题解】

傅刚《校笺》:“五云溪馆本、徐本、郑本无‘绝’字。”四首诗写离别相思,情景不一,或不作于一时。造语造境,颇有新警之处。比如一般总说别后因日思夜念而得于梦中相见,而本篇却说“梦中难言见”;但终于还是相见了,但却又梦境迷离,看不真切,“终成乱眼花”。层层递进,步步深入,将处境之不堪、内心之绝望表现得淋漓尽致。

一

昼蝉已伤念①,夜露复沾衣。昔别昔何道②,今令萤火飞。

【注释】

①昼:傅刚《校笺》:“五云溪馆本作‘画’。”

②“昔别”句:傅刚《校笺》:“徐校:‘下“昔”字,五云溪馆本、孟本均作“曾”。’刚按,徐本、郑本下‘昔’字作‘曾’。”

【译文】

白天的蝉鸣已让我感到伤心,夜晚的白露又沾湿了我的绸衣。以前分别时不知还说过些什么,今晚又让萤火虫在眼前纷飞。

二

锦腰连枝滴①,绣领合欢斜②。梦中难言见③,终成乱眼花。

【注释】

①锦:有杂色花纹的厚重丝织品。连枝:即连理枝,谓两棵树不同根而枝干结合在一起。常用以比喻恩爱夫妻。班固《白虎通义》卷下:"德至草木,朱草生,木连理。"滴:下垂。吴兆宜注:"一作'理'。"

②合欢:又称合昏。一种落叶乔木,羽状复叶,小叶对生,至晚则合。

③难言:傅刚《校笺》:"徐本、郑本作'谁不',五云溪馆本作'虽不'。"

【译文】

结成连理枝样子的锦制腰带下垂,绣着合欢图案的衣领倾斜。即使是在梦中也难说一声相见,最终成为一片昏花迷乱了双眼。

三

蜘蛛檐下挂,络纬井边啼①。何当得见子②,照镜窗东西。

【注释】

①络纬:崔豹《古今注》卷中:"莎鸡,一名络纬,一名蟋蟀,谓其鸣如纺纬也。"

②何当:何时能。

【译文】

蜘蛛悬挂在屋檐的下面,络纬在井边不住地啼鸣。何时才能在家中见到您，我要在窗户的东面或西面好好地照照镜子。

四

泣听离夕歌，悲衔别时酒。自从今日去，当复相思否？

【译文】

流着眼泪倾听离别之夜唱的歌，忍着悲痛口含离别之时喝的酒。自从今日离家远去之后，不知你是否还会把我思念？

王僧儒

见卷六《春怨》作者简介。

春思

【题解】

本篇载《艺文类聚》卷三、《文苑英华》卷一百五十七。前二句写春回大地，景色明丽。后二句以景寓情，给明丽之景抹上了一层哀怨之色，故陈祚明评云："道春如秋。"（《采菽堂古诗选》卷二十五）

雪罢枝即青，冰开水便绿①。复闻黄鸟声②，全作相思曲③。

【注释】

①水：《文苑英华》作"春"。

②黄鸟：黄莺，也名黄鹂。身体黄色，叫声婉转动听。声：原作"思"，《艺文类聚》《文苑英华》作"声"，傅刚《校笺》："徐校：'五云溪馆本作"吟"。'刚按，徐本、郑本作'鸣'。"兹据《艺文类聚》《文苑英华》改。

③全：原作"令"，《艺文类聚》《文苑英华》作"全"，据改。

【译文】

白雪消融树枝就已是青色，坚冰化开水便是一片碧绿。又听见黄鸟鸣叫的声音，所唱的全是一支支相思的歌曲。

为徐仆射妓作

【题解】

徐仆射，未详何人，或指徐勉，徐勉在梁武帝时曾任尚书右仆射之职。妓，歌舞艺人。诗选取一个在当时可能是极为寻常的场景，表现歌舞艺人的辛苦和身不由己。三、四句，写身体越来越疲劳，夜越来越深，含蓄有致。

日晚应归去，上客强盘桓①。稍知玉钗重②，渐见罗襦寒③。

【注释】

①上客：贵客。盘桓：徘徊，逗留。

②稍：渐渐。

③罗襦（rú）：绸制短衣。

【译文】

天色已晚应当归去，但贵客却固执地逗留不走。慢慢地觉得玉钗越来越重，渐渐地感觉穿着的绸制短衣越来越冷。

徐悱妇

见卷六《答外诗二首》作者简介。

光宅寺

【题解】

光宅寺始建于南朝梁天监七年(508),原为梁武帝萧衍故宅,后萧衍舍为寺庙。《梁书》卷四十九《文学·周兴嗣传》:“是时,高祖以三桥旧宅为光宅寺,敕兴嗣与陆倕各制寺碑,及成俱奏,高祖用兴嗣所制者。”诗写女子到光宅寺游玩,本想寻求清静,却处处受到打扰的烦恼。

长廊欣目送,广殿悦逢迎。何当曲房里①,幽隐无人声。

【注释】

①何当:何时能够。曲房:深隐的内室。

【译文】

长廊上有人高兴地目送,大殿上有人喜悦地逢迎。何时才能待在一个深邃的内室里面,幽静隐密听不见人声。

题甘蕉叶示人

【题解】

嵇含《南方草木状》卷上："甘蕉望之如树，株大者一围余，叶长一丈，或七八尺，广尺余二尺许，花大如酒杯，形色如芙蓉。"因甘蕉其叶阔大，可在上面书写。《南史》卷七十六《隐逸下·徐伯珍传》："伯珍少孤贫，学书无纸，常以竹箭、箬叶、甘蕉及地上学书。"诗写女子白天强自隐忍，而夜晚不可抑止的强烈悲苦。诗人与其夫徐悱感情深笃，诗当为徐悱去世后所作。

夕泣以非疏①，梦啼真太数②。惟当夜枕知，过此无人觉③。

【注释】

①以：通"已"。傅刚《校笺》："五云溪馆本、徐本、郑本作'似'。"

②真太：傅刚《校笺》："五云溪馆本、徐本、郑本作'太真'。"数（shuò）：频繁，屡次。

③过：拜访。

【译文】

夜里哭泣的次数已经不算少，梦中啼哭的次数其实也很频繁。只有在夜间陪伴的枕头知道这事，到家里来过的访客没有人能察觉。

摘同心支子赠谢娘，因附此诗

【题解】

支子，即栀子。常绿灌木或小乔木，叶对生，有光泽，春夏开白色花，花大，香气浓郁，果实可入药。支，傅刚《校笺》："五云溪馆本、郑本作

'栀',徐本作'梔'。"本篇诗意有较难确解处,可以确定的是,"同心栀子"后成为诗词中一个常用的词语或典故,如"庭前佳树名栀子,试结同心寄谢娘"(唐彦谦《离鸾》)、"葛花满把能消酒,栀子同心好赠人"(韩翃《送王少府归杭州》)等都是。

两叶虽为赠,交情永未因①。同心处何限②,支子最关人③。

【注释】

①因:缘由。

②处何限:傅刚《校笺》:"徐本、郑本作'何处恨',五云溪馆本作'处何恨'。"

③关:牵动。

【译文】

虽然将两片相连的叶子当作礼物送给了你,但长期以来人们并没有把它当作交情的依凭。从同心相处交情的依凭就不可能再有什么限制,在这方面栀子最能牵动人们的心。

姚翻

姚翻，南朝梁诗人。生平不详。

代陈庆之美人为咏

【题解】

傅刚《校笺》:“(本篇及后二首)徐本、郑本均作‘徐悱妇诗’。”代，犹“拟”。陈庆之，字子云，南朝梁人。曾官奉朝请、武威将军、北兖州刺史、南北司二州刺史等，封永兴县侯。《梁书》卷三十二有传。诗写美人在梳妆时因“羞畏家人知”而强忍眼泪的情景。至于有何事“羞畏家人知”，诗人未予点明，读者自可想象。

临妆欲含涕，羞畏家人知。还持粉中絮①，拥泪不听垂。

【注释】

①絮：用丝绵做成的粉扑。

【译文】

临要梳妆时想要忍住眼泪，心中羞愧害怕家里人知道。转身拿起铅粉中的粉扑，眼泪盈眶却不让它落下。

梦见故人

【题解】

题中所说的“故人”，应是女子曾经的丈夫或情人，因“人心定不同”，女子被抛弃了，因此心中怨恨，夜不能寐。一个“定”字，写出了心中的恨，也写出了对社会现实的冷峻认知。

觉罢方知恨，人心定不同。谁能对角枕①，长夜一边空？

【注释】

①角枕：有八个角的方枕。《诗经·唐风·葛生》：“角枕粲兮，锦衾烂兮。”

【译文】

醒来后才知心中怨恨，人心肯定是各不相同。有谁能够面对角枕，在长夜里有一边空着无人？

有期不至

【题解】

与情人有了约定而情人竟未如约而至，女子于是凄怨万分。后二句通过几个动作的描写，将女子失望痛苦的情态表现得活灵活现，可谓形神兼备。

黄昏信使断，衔怨心凄凄。回灯向下榻，转面暗中啼。

【译文】

黄昏时分信使不来音讯断绝，心怀怨愤感到无比悲凄。拿起灯来转身走向床榻，转过脸去暗中独自哭泣。

王环

王环，南朝梁人。生平不详。

代西丰侯美人一首

【题解】

代，犹“拟”。西丰侯，南朝梁临川靖惠王萧宏之子萧正德，字公和。天监初，封西丰县侯，累迁吴郡太守。因“自谓应居储嫡，心常怏怏，每形于言”。普通三年（522）奔魏，至魏称是被废太子。因魏人不礼之，又逃归。侯景作乱，把他立为天子，不久又被侯景所杀。其事见《南史》卷五十一。诗想象西丰侯的美姬想念在北方的丈夫，当作于西丰侯逃魏期间。

于今辞宴语①，方念泣离违②。无因从朔雁③，一向黄河飞。

【注释】

①宴：欢乐。

②违：离。

③朔：北方。

【译文】

如今告别了当初的欢声笑语，才对与你的别离感念哭泣。没有办法跟着北方的大雁，一直向着黄河的方向飞去。

梁武帝

见卷六《捣衣》作者简介。

边戍诗

【题解】

戍，傅刚《校笺》："徐校：'五云溪馆本作"戌"。'刚按，徐本、郑本作'戌'。"秋月普照千里，既照着自己，也照着戍边的丈夫，于是月下怀人便成为必然。"共照"令人欣慰，而"各怀"又令人伤感，形成强烈的对比。

秋月出中天①，远近无偏异。共照一光辉，各怀离别思。

【注释】

①中天：天空之中。

【译文】

秋月高挂在天空，无论远近都能照到没有偏向和不同。天下的人全都沐浴着月亮的光辉，各自怀着离别后的相思。

咏烛

【题解】

本篇咏烛，未写点亮前情景，也未写点亮后情景，而是写未点前想象

点亮后的情景,选材颇特别,而想象也颇生动。陈祚明评云:“兰膏初泛,光景渐流,此境殊活。”(《采菽堂古诗选》卷二十二)

堂中绮罗人①,席上歌舞儿。待我光泛滟②,为君照参差③。

【注释】

①绮罗人:指穿着绮罗的贵客。

②泛滟:烛光闪耀貌。

③参差(cēn cī):纷繁貌。指众人穿着的华美艳丽、歌舞的婀娜多姿等。

【译文】

堂中坐着穿绫着缎的贵人,席上是唱歌跳舞的少女。等我发出明亮闪耀的光芒,为您照出华美艳丽多彩多姿。

咏笔

【题解】

本篇咏笔,但诗旨较隐晦,对理解造成困难,故傅刚《校笺》引《考异》甚至认为:“题与诗不相应,‘笔’字疑误。”诗或为一位少女而作,赞美她的青春与美好,表示如果她已有对爱情的憧憬与渴望,但尚不好意思表达或不知道该如何表达,“笔”可以代为表达,为她推出一台情感的盛筵。

昔闻兰蕙月①,独是桃李年②。春心倘未写③,为君照情筵④。

【注释】

①兰、蕙:皆香草名。在诗文中一般被用来比喻美好的品质或岁月等。

②桃李年：桃花李花争艳的年纪。指青春年华。

③春心：由春景所引发的意兴或情怀。双关少女对爱情的渴慕之情。写（xiè）：倾吐，抒发。《诗经·邶风·泉水》："驾言出游，以写我忧。"

④照：同"炤"。《广雅·释诂四》："炤，明也。"这里是表达出来的意思。情筵：象征少女的情感世界。筵，《诗经·小雅·宾之初筵》："宾之初筵，左右秩秩。"郑玄笺："筵，席也。"

【译文】

以前听说过有如兰蕙般美好的岁月，现在独有她正当青春年华之时。如果春心还没有得到倾吐的机会，我为你照亮情感的盛筵。

咏笛

【题解】

本篇赞美了竹笛材质的奇异和笛音的美妙，而"玉指"二字则将赞美引向容貌美丽、吹奏技艺高超的吹笛人，给读者留下了驰骋想象的广阔空间。

柯亭有奇竹①，含情复抑扬。妙声发玉指②，龙音响凤凰③。

【注释】

①柯（kē）亭：地名。又名高迁亭，在今浙江绍兴西南，以产良竹闻名。《后汉书》卷六十下《蔡邕传》："邕虑卒不免，乃亡命江海，远迹吴会。"李贤注："张骘《文士传》曰：'邕告吴人曰："吾昔尝经会稽高迁亭，见屋椽竹东间第十六可以为笛。"取用，果有异声。'伏滔《长笛赋序》云'柯亭之观，以竹为椽，邕取为笛，奇声独绝'也。"竹：傅刚《校笺》："徐本、郑本作'材'。"

②玉：傅刚《校笺》："五云溪馆本作'五'。"

③龙音：谓笛音似龙吟。马融《长笛赋》："龙鸣水中不见已，截竹吹之声相似。"傅刚《校笺》引《考异》："既曰'龙音'，又曰'凤凰'，语殊夹杂，疑'龙'字有误。"响凤凰：谓吹奏的声音似凤鸣。《列仙传》卷上载，秦穆公时有萧史者善吹箫，穆公以女弄玉妻之，萧史"日教弄玉作凤鸣。居数年，吹似凤声，凤凰来止其屋"。

【译文】

柯亭有奇异的竹子适合做笛，竹笛吹起来高低抑扬饱含深情。美妙的声音从如玉的手指发出，既像是龙吟又像是凤鸣。

咏舞

【题解】

本篇前二句写舞姿，后二句写舞心。说欢快的舞姿是欢快心情的反映，舞姿与舞者的心愿和追求是结合在一起的，这似已涉及相关的舞蹈理论问题，说明诗人对舞蹈有其独到的观察与思考。

腕弱复低举，身轻由回纵。可谓写自欢①，方与心期共②。

【注释】

①写：抒写，表现。

②心期：心中的期望，心愿。

【译文】

纤弱的手腕又低低地举起，轻盈的腰身自如地旋转跳跃。可以说是在表现自己的欢乐，舞姿与心愿正紧紧地结合在一起。

连句诗

【题解】

连句诗，是由多人合作、每人作一句或两句、连缀成篇的一种诗体。传说起源于元封三年（前108）汉武帝与群臣共作的《柏梁诗》。连，傅刚《校笺》："五云溪馆本、徐本、郑本作'联'。"《校笺》又引《考异》认为此诗乃梁武帝"与宫妾连吟之作"，不无道理。前二句为梁武帝所作，后二句为宫女所作。

倾城非人美①，十载难重逢②。虽怀轩中意③，愧无鬓发容④。

【注释】

①倾城：指绝世之美。参见卷一李延年《歌诗一首》。

②十：赵氏覆宋本作"千"。重：原作"里"，傅刚《校笺》："徐校：'五云溪馆本、孟本均作"重"。'刚按，徐本、郑本作'重'。"据改。

③轩中意：谓得到君王宠爱的心愿。《左传·闵公二年》："卫懿公好鹤，鹤有乘轩者。"杨伯峻《春秋左传注》："轩，曲辀（音侜，辕也）而有藩蔽之车，大夫以上乘之。鹤乘轩车，汪中《述学·释三九中》云：'谓以卿之秩宠之，以卿之禄食之也。'汪说可信。"又，《汉书》卷九十七上《外戚传上·孝武卫皇后》载，卫子夫为平阳主歌女。武帝到平阳主处，"既饮，讴者进，帝独说子夫。帝起更衣，子夫侍尚衣轩中，得幸"。即随武帝入宫，后被立为皇后。

④鬓发容：美丽的鬓发。借指美貌。

【译文】

绝世之美并非常人所能具备，十年中也难得碰上一位。虽然怀有在轩中得到宠爱的想法，但很惭愧自己并不貌美。

春歌三首

【题解】

《春歌三首》收入《乐府诗集》卷四十四《清商曲辞·吴声歌曲》，其中第一、三首作者作“王金珠”。第一首又见《艺文类聚》卷四十三。傅刚《校笺》引《考异》：“此及下《夏歌》《秋歌》，皆《子夜四时歌》，宋刻误脱其总题。然《艺文类聚》已如此，盖相沿之省文也。”南朝乐府民歌有《子夜四时歌·春歌》二十首，为本篇所拟，皆写春日美景与少女春情。诗人在美学上颇有自己的追求，比如“朱日光素冰，黄花映白雪”二句，就说明诗人已有了比较明确的通过强烈、鲜明的对比色来增强画面感的意识，这对后来写出了“江碧鸟逾白，山青花欲燃”（杜甫《绝句》）这样诗句的诗人们来说，不能不说在一定程度上起到了“道夫先路”（屈原《离骚》）的作用。

一

阶上香入怀[①]，庭中花照眼。春心一如此[②]，情来不可限。

【注释】

①香：原作“歌”，《艺文类聚》《乐府诗集》作“香”，据改。

②春心：由春景所引发的意兴或情怀。双关少女对爱情的渴慕之情。一：《乐府诗集》作“郁”。

【译文】

台阶上的芳香扑入了胸怀，庭院中的鲜花照亮了双眼。春心涌动竟然达到如此地步，涌动的感情根本不可能遏止。

二

兰叶始满地[①]，梅花已落枝。持此可怜意，摘以寄心知[②]。

【注释】

①地:傅刚《校笺》:"徐本、郑本作'池'。"

②摘:所摘当为兰叶。古诗"涉江采芙蓉":"涉江采芙蓉,兰泽多芳草。采之欲遗谁?所思在远道。"

【译文】

兰叶刚开始把地铺满,梅花已经从枝上凋落。凭着我这充满爱怜的心意,摘片兰叶以寄给我的相知。

三

朱日光素冰[1],黄花映白雪。折梅待佳人[2],共迎阳春月[3]。

【注释】

①冰:《乐府诗集》作"水"。

②待:傅刚《校笺》:"五云溪馆本、徐本、郑本作'寄'。"

③迎:赵氏覆宋本作"道",吴兆宜注:"一作'待'。"阳春:春天。《初学记》卷三引梁元帝《纂要》:"春曰青阳,亦曰发生、芳春、青春、阳春。"

【译文】

红日照耀着水面的白冰,黄花映照着地上的白雪。折枝梅花等待着佳人,一起迎接春天的明月。

夏歌四首

【题解】

《夏歌四首》,其第一、二、四首收入《乐府诗集》卷四十四《清商曲辞·吴声歌曲》,其中第三首作者作"王金珠";第一首又见《艺文类聚》卷四十三。南朝乐府民歌有《子夜四时歌·夏歌》二十首,为本篇所拟,

皆写夏日美景与少女爱情。陈祚明评第二首云："语有含蕴。"评第三首云："用意忠厚。"(《采菽堂古诗选》卷二十二)

一

江南莲花开[①]，红光覆碧水[②]。色同心复同[③]，藕异心无异[④]。

【注释】

①莲：谐"怜"，即爱。开：《艺文类聚》作"水"。

②光覆：吴兆宜注："一作'花照'。"覆，《乐府诗集》作"复"，傅刚《校笺》："徐本、郑本作'照'。"水：《艺文类聚》作"色"。

③心：指莲心，谐"怜心"，即爱心。《艺文类聚》此句作"同丝有同藕"。

④"藕异"句：意谓即使因为某种不能抗拒的原因两人最终未能结成匹偶，但彼此的心也不会变。《艺文类聚》此句作"异心无异药"。藕，谐"匹偶"的"偶"。

【译文】

江南红色的莲花到了盛开的季节，红莲发出的红光将清碧的水覆盖。红莲的红色相同莲心也相同，即使藕长得不一样但心也不会不同。

二

闺中花如绣，帘上露如珠。欲知有所思，停织复踌躇。

【译文】

闺房中的花就像刺绣，帘子上的露就像珍珠。想要知道她是不是心有所思，你看她已停止纺织而且还在那儿徘徊踟蹰。

三

玉盘著朱李①，金杯盛白酒。虽欲持自亲②，复恐不甘口。

【注释】

①著：盛。《乐府诗集》作“贮”。朱李：红色的李子。曹丕《与吴质书》：“浮甘瓜于清泉，沉朱李于寒水。”

②虽：《乐府诗集》作“本”。亲：指心上人。原作“新”，《乐府诗集》作“亲”，据改。

【译文】

玉盘中放着红色的李子，金杯中盛着白色的酒。虽想拿来馈赠自己的所亲，但又怕味道并不甘甜爽口。

四

含桃落花日①，黄鸟营飞时②。君住马已疲③，妾去蚕欲饥④。

【注释】

①含桃：即樱桃。

②黄鸟：即黄莺。营飞：盘旋飞翔。

③已：吴兆宜注：“一作‘欲’。”

④欲：《乐府诗集》作“已”。

【译文】

正是樱桃花儿凋落的日子，正是黄莺盘旋飞翔的时候。夫君停下因为马已疲惫，我将离去因为蚕要饿了。

秋歌四首

【题解】

《秋歌四首》皆收入《乐府诗集》的《清商曲辞·吴声歌曲》，其中第一、三、四首见卷四十四，第二首见卷四十五。第二首作者作“王金珠”，题作《子夜变歌》；第三首作者亦作“王金珠”，题作《子夜四时歌·春歌》。第一首又见《艺文类聚》卷四十三。南朝乐府民歌有《子夜四时歌·秋歌》十八首，为本篇所拟，但对秋景几无涉及，而全表现青年男女的爱情，而且表现的全是美好、温馨和甜蜜的爱情。

一

绣带合欢结①，锦衣连理文②。怀情入夜月，含笑出朝云。

【注释】

①合欢结：将绣带结成双结。合欢本植物名，其叶似槐叶，至夜则合，常用以象征如胶似漆的爱情。结，原作“炬”，《乐府诗集》作“结”，据改。

②连理文：绣成连理枝的图案。曹植《魏德论·连理木》：“有木连理，别干同枝。”

【译文】

腰上的绣带结成合欢结，锦衣上绣着连理的花纹。满怀深情进入有明月的夜晚，含着微笑出迎绚烂的朝云。

二

七彩紫金柱①，九华白玉梁②。但歌云不去③，含吐有余香④。

【注释】

①紫金:紫磨金,一种精美的金子。

②九华:谓绚烂多彩。九,言其繁多。

③但歌:产生于汉代民间的一种无乐器伴奏的歌唱形式。《晋书》卷二十三《乐志下》:"但歌,四曲,出自汉世。无弦节,作伎最先唱,一人唱,三人和。魏武帝尤好之。"云:《乐府诗集》作"绕"。

④含吐:犹言吞吐、开合。

【译文】

紫金做成七种色彩的屋柱,白玉做成绚烂多彩的屋梁。但歌唱起来白云倾听流连不去,一吞一吐间都有不尽的芳香。

三

吹漏未可停①,弦断当更续②。俱作双丝引③,共奏同心曲。

【注释】

①漏:孔隙。指箫笛之类的管乐器。原作"蒲",《乐府诗集》作"漏"。傅刚《校笺》:"《考异》作'满',校说:'宋刻作"蒲",《乐府诗集》作"漏",并误。今从《诗纪》。'徐校:'五云溪馆本、孟本均作"漏"。'刚按,徐本、郑本作'漏'。"兹据五云溪馆本等改。未:《乐府诗集》作"不"。

②弦断:《乐府诗集》作"断弦"。当更:傅刚《校笺》:"五云溪馆本、徐本、郑本作'更当'。"

③丝:谐"思"。《乐府诗集》作"思"。引:《文选》嵇康《琴赋》:"曲引向阑,众音将歇。"李善注:"引,亦曲也。"

【译文】

吹奏箫笛不可以停下,丝弦断了应当再续上。弹奏的都是用两根弦的曲子，一起演奏的是表达同心的乐曲。

四

当信抱梁期①，莫听《回风》音②。镜中两人髻③，分明无两心④。

【注释】

①抱梁：同“抱柱”。期：约会。这里指约誓。《庄子·盗跖》：“尾生与女子期于梁下，女子不来，水至不去，抱梁柱而死。”

②《回风》：歌曲名。郭宪《洞冥记》：“帝所幸宫人名丽娟，年十四，玉肤柔软，吹气胜兰，不欲衣缨拂之，恐体痕也。每歌，李延年和之。于芝生殿唱《回风》之曲，庭中花皆翻落。”

③中：原作“上”，傅刚《校笺》：“徐本、郑本作‘中’。”据改。人：原作“入”，傅刚《校笺》：“徐校：‘五云溪馆本、孟本均作“人”。’刚按，徐本、郑本作‘人’。”据改。

④“分明”句：孔融《临终诗》：“人有两三心，安能合为一？”

【译文】

应当坚信如抱梁一样的约誓，不要听能翻花落叶的《回风》音。镜中照出的是两人的发髻，能分明地看出两人没有两心。

子夜歌二首

【题解】

《子夜歌二首》收入《乐府诗集》卷四十四《清商曲辞·吴声歌曲》。郭茂倩题解引《唐书·乐志》：“《子夜歌》者，晋曲也。晋有女子名子夜，造此声，声过哀苦。”《乐府诗集》收有“晋宋齐辞”四十二首，这里所选的为其中的第四十一、四十二首。依《乐府诗集》体例，此乃古辞，而古辞大体为来自民间的作品。第一首写歌女，其欲前未前的娇羞情态描摹颇逼真。第二首写美人，美艳而华贵，深受《诗经·卫风·硕人》影响。

一

恃爱如欲进，含羞未肯前。朱口发艳歌①，玉指弄娇弦。

【注释】

①朱口：原作“口朱”，傅刚《校笺》：“徐校：‘五云溪馆本作“朱口”。’刚按，徐本、郑本作‘朱口’。”据改。艳歌：指绮艳柔美的情歌。

【译文】

自恃得到宠爱应当就要上前，因为害羞却未往前迈进一步。从红唇发出美艳的情歌，如玉的手指娇羞地拨动着琴弦。

二

朝日照绮钱①，光风动纨罗②。巧笑蒨两犀③，美目扬双蛾④。

【注释】

①绮钱：刻镂有钱形图案的窗户。《文选》谢朓《直中书省》：“玲珑结绮钱，深沉映朱网。”李善注：“窗有四面，绫绮连钱。”吕延济注：“绮钱、朱网，并宫殿之饰也。”钱，傅刚《校笺》：“徐本、郑本作‘牕’。”

②光风：天气晴朗时的和风。宋玉《招魂》：“光风转蕙，泛崇兰些。”纨（wán）罗：精致洁白的细绢。罗，《乐府诗集》作“素”。

③巧笑：美好的笑。蒨：同“倩”，笑时两腮出现的酒窝。傅刚《校笺》：“徐本、郑本作‘奋’，五云溪馆本作‘旧’。”两犀：两排洁白

整齐的牙齿。《诗经·卫风·硕人》："齿如瓠犀，螓首蛾眉，巧笑倩兮，美目盼兮。"

④双蛾：似蚕蛾触须那样弯而细长的双眉。

【译文】

早晨的日光照在有钱形图案的窗户上，明朗和煦的微风吹动洁白轻柔的绸衣。笑得很美露出酒窝和两排洁白整齐的牙齿，美丽的双目扬起如蚕蛾触须般弯而细长的双眉。

上声歌一首

【题解】

本篇收入《乐府诗集》卷四十五《清商曲辞·吴声歌曲》，作者作"王金珠"。《乐府诗集》收有《上声歌》"晋宋梁辞"八首，郭茂倩题解引《古今乐录》："《上声歌》者，此因上声促柱得名。"是一首音高而急的乐曲。诗赞美《上声》及唱《上声》的歌女。

花色过桃杏，名称重金琼。名歌非《下里》[1]，含笑作《上声》。

【注释】

①《下里》：古代的通俗歌曲。宋玉《对楚王问》："客有歌于郢中者，其始曰《下里》《巴人》，国中属而和者数千人。"

【译文】

美丽的容颜超过桃花杏花，声名的贵重超过黄金美玉。唱的是有名的歌曲并非《下里》一类，满脸含笑她唱起了《上声》。

欢闻歌二首

【题解】

《欢闻歌二首》收入《乐府诗集》卷四十五《清商曲辞·吴声歌曲》，作者皆作“王金珠”，第二首题作《欢闻变歌》。有古辞一首，郭茂倩题解引《古今乐录》云：“《欢闻歌》者，晋穆帝升平初歌，毕辄呼‘欢闻不’？以为送声，后因此为曲名。”有《欢闻变歌》古辞六首，题解引《古今乐录》云：“《欢闻变歌》者，晋穆帝升平中，童子辈忽歌于道，曰‘阿子闻’，曲终辄云：‘阿子汝闻不？’无几而穆帝崩。褚太后哭‘阿子汝闻不’？声既凄苦，因以名之。”两诗皆写爱情，第一首写女子与情郎共游梵天的愿望，第二首写男子欲追求心仪的女子而不可得的惆怅。

一

艳艳金楼女，心如玉池莲。持底报郎恩①，俱期游梵天②。

【注释】

①持底：拿什么。《欢闻歌》古辞有“单身如萤火，持底报郎恩”之句。

②期：约定。梵天：佛教采用古印度传统说法，将世俗世界分为三种境界，即欲界、色界和无色界。其中的色界为已离开粗俗而只享受精妙境像的众生所住的境界。色界共有十八重天，其中的初三重天即梵天。也泛指色界诸天。《百喻经·贫人烧粗褐衣喻》：“汝今当信我语，修诸苦行，投岩赴火，舍是身已，当生梵天，长受快乐。”梵，傅刚《校笺》：“茅本、陈本作‘楚’。”

【译文】

住在金楼中的美艳的女子，心就像长在玉池中的红莲。用什么来报答情郎的恩情呢，我们约定一起去游梵天。

二

南有相思木[①]，含情复同心[②]。游女不可求[③]，谁能息空阴[④]。

【注释】

①相思木：旧题任昉《述异记》上："昔战国时，魏国苦秦之难。有以民从征戍秦，久不返，妻思而卒。既葬，冢上生木，枝叶皆向夫所在而倾，因谓之相思木。"

②含情：《乐府诗集》作"合影"，傅刚《校笺》："《考异》作'合影'，校说：'宋刻作"含情"，误。'"

③游女：《文选》张衡《南都赋》："耕父扬光于清泠之渊，游女弄珠于汉皋之曲。"李善注："《韩诗外传》曰：'郑交甫将南适楚，遵彼汉皋台下，乃遇二女，佩两珠，大如荆鸡之卵。'"《诗经·周南·汉广》："南有乔木，不可休思。汉有游女，不可求思。"

④息空阴：《乐府诗集》作"识得音"，傅刚《校笺》引《考异》作"空息阴"。

【译文】

南方有两棵相思木，饱含深情而且彼此同心。但像游女一样不可追求，谁能空自在树荫下歇息。

团扇歌一首

【题解】

本篇载《艺文类聚》卷四十三，收入《乐府诗集》卷四十五《清商曲辞·吴声歌曲》。参见前桃叶《答王团扇歌三首》。诗咏团扇，更咏充满爱意的摇动团扇的美人。画面清净，意味隽永。

手中白团扇，净如秋团月[1]。清风任动生，娇香承意发[2]。

【注释】

①团：《艺文类聚》作“圆”。

②香承：《艺文类聚》作“香乘”，《乐府诗集》作“声任”。承，傅刚《校笺》引《考异》作“随”。

【译文】

手中握着的这把白色的团扇，明明净净就如秋天的圆月。清风任由手的摇动而不断产生，娇媚的芳香秉承爱意而不停地散发。

碧玉歌一首

【题解】

本篇收入《乐府诗集》卷四十五《清商曲辞·吴声歌曲》，作古辞。参见前孙绰《情人碧玉歌二首》题解。诗写碧玉奉侍情景。首句可谓善于发端，末句含蓄有致。

杏梁日始照[1]，蕙席欢未极[2]。碧玉奉金杯，绿酒助花色[3]。

【注释】

①杏梁：以文杏所制的屋梁。司马相如《长门赋》：“刻木兰以为榱兮，饰文杏以为梁。”

②蕙席：用蕙草所制之席。未极：《楚辞》屈原《九歌·湘君》：“扬灵兮未极，女婵媛兮为余太息。”王逸注：“极，已也。”

③绿酒：美酒。陶渊明《诸人共游周家墓柏下》：“清歌散新声，绿酒开芳颜。”绿，《乐府诗集》作“渌”。花色：喻碧玉。

【译文】

太阳刚刚照到精美的杏梁上，蕙席上的欢欣还没有结束。碧玉捧着金杯前来劝酒，美酒更有助于映衬迷人的花色。

襄阳白铜鞮歌三首

【题解】

《襄阳白铜鞮歌三首》载《文苑英华》卷二百一，题作《白铜鞮歌》；收入《乐府诗集》卷四十八《西曲歌》，题作《襄阳蹋铜蹄》。第三首又见《艺文类聚》卷四十三、《太平御览》卷三百五十九。参见前沈约《襄阳白铜鞮》题解。三首皆抒写女子情感。前二首写送别和相思，风格婉约。“含情”二句，给人以此时无声胜有声之感。第三首赞美情人的英武气概，风格绮丽中有豪健，颇与北朝乐府民歌“快马高缠鬃，遥知身是龙。谁能骑此马，唯有广平公”（《琅邪王歌辞》其八）神似。

一

陌头征人去[①]，闺中女下机。含情不能言，送别沾罗衣。

【注释】

①陌头：路口。陌，田间道路。征人：远行的人。指丈夫。

【译文】

要在路口送别远行的丈夫离去，闺房中的思妇走下了织机。满怀深情却又不知如何开口说点儿什么，送别时只有泪水沾湿了绸衣。

二

草树非一香[①]，花叶百种色。寄语故情人[②]，知我心相忆。

【注释】

①树:吴兆宜注:"一作'木'。"

②语:吴兆宜注:"一作'情'。"

【译文】

百草和树木散发出不止一种芳香,百花和树叶呈现的也是百种颜色。请给我的旧情人捎去一句话,让他知道我心里还在想着他。

三

龙马紫金鞍[1],翠毦白玉羁[2]。照耀双阙下[3],知是襄阳儿。

【注释】

①龙马:古称高大的马为龙。《周礼·夏官·廋人》:"马八尺以上为龙。"马,《文苑英华》作"门",傅刚《校笺》:"五云溪馆本、徐本、郑本作'头'。"紫金:紫磨金,一种精美的金子。

②翠毦(mào):是以翠鸟羽毛为饰。毦,《后汉书》卷七十八《单超传》:"金银罽毦,施于犬马。"李贤注:"毦,以毛羽为饰。"羁:马笼头。

③双阙:宫门两边的望楼。古诗"青青陵上柏":"两宫遥相望,双阙百余尺。"

【译文】

高大的龙马配着以紫金为饰的马鞍,戴着翠羽做的饰品和以白玉为饰的马笼头。在宫门两边的望楼下光彩闪耀,一看就知道是襄阳的健儿。

皇太子

见卷七《圣制乐府三首》作者简介。

杂题二十一首

寒闺

【题解】

本篇写思妇因思念情郎而寒夜无眠情景。末二句想象出人意表。

被空眠数觉，寒重夜风吹。罗帏非海水①，那得度前知②？

【注释】

①海水：南朝乐府《西洲曲》："卷帘天自高，海水摇空绿。海水梦悠悠，君愁我亦愁。南风知我意，吹梦到西洲。"以海水之"悠悠"比梦之"悠悠"，海水俨然成为梦之载体或化身，此处"海水"与之同意。

②度：通"渡"。前知：犹言故知。

【译文】

锦被空空睡后几次醒来，寒意浓重夜风飕飕地吹。锦帐不是如梦悠悠的海水，哪能让故交渡海而回？

行雨

【题解】

行雨，指美人。《文选》宋玉《高唐赋序》："昔者先王尝游高唐，怠而昼寝，梦见一妇人，曰：'妾巫山之女也，为高唐之客，闻君游高唐，愿荐枕席。'王因幸之。去而辞曰：'妾在巫山之阳，高丘之阻，旦为朝云，暮为行雨。'"李善注："朝云、行雨，神女之美也。"诗写美人之美，而以巫山神女拟之，构思新巧；境界扑朔迷离，颇具神话色彩。

本是巫山来，无人睹容色[①]。惟有楚王臣[②]，曾言梦相识。

【注释】

①容色：容貌，容颜。

②楚王臣：指宋玉。

【译文】

本是从巫山来的美女，没有人见过她的容颜。只有楚王的臣子宋玉，曾说在梦中与她相识。

梁尘

【题解】

本篇载《艺文类聚》卷六，题作《咏梁尘诗》；《艺文类聚》卷四十三引刘向《别录》："汉兴以来，善雅歌者，鲁人虞公，发声清哀，盖动梁尘。"诗赞美歌声的高妙动人，大胆驰骋想象，既出人意表，又生动有趣。

依帷濛重翠，带日聚轻红[①]。定为歌声起，非关团扇风。

【注释】

①带：环绕。

【译文】

落在帷帐使浓重的翠色变得迷蒙，环绕太阳将阳光聚成一点儿轻红。灰尘一定是因为歌声扬起，无关团扇扇起的一阵阵风。

华月

【题解】

本篇咏月，前二句写月出之景，后二句抒思妇之情。“欲传千里意，不照十年悲”，写出思妇的旷达胸襟，与一般思妇诗不同。

兔腹生云夜①，蛾影出汉时②。欲传千里意③，不照十年悲。

【注释】

①兔腹：指月亮。古代传说月中有兔。屈原《天问》：“夜光何德，死则又育？厥利维何，而顾菟在腹？”腹，原作“丝”，吴兆宜注：“当作‘腹’。”据改。又，傅刚《校笺》引《考异》：“月不应称‘兔丝’，吴氏注谓当作‘兔腹’，然兔腹生云，于文未惬。疑本是‘兔影’，传写者见艳词多用‘兔丝’字，因而笔误耳。”

②蛾影：同“娥影”。指月亮。古代传说月中有嫦娥。《三辅黄图》卷四：“影蛾池，武帝凿。池以玩月，其旁起望鹄台，以眺月影入池中，使宫人乘舟弄月影，名影蛾池，亦曰眺蟾台。”影，原作“形”，傅刚《校笺》：“五云溪馆本、徐本、郑本作‘影’。”据改。汉：银河。

③千里意：思念千里之外夫君的情意。

【译文】

月亮在有云的夜晚升起，正是它从银河冒出之时。想让它传递思念千里之外的情意，不想让它照出离别十年的伤悲。

夜夜曲

【题解】

本篇收入《乐府诗集》卷七十六《杂曲歌辞》,作者作“沈约”。逯钦立辑校《先秦汉魏晋南北朝诗》:“按,《玉台》七已有简文和沈约《夜夜曲》,则此篇自以作沈约者为是,《玉台》盖误。”郭茂倩题解引梁《乐府解题》:“《夜夜曲》,伤独处也。”诗以次句点题,而以末句写出独处之状、孤独之情。陈祚明评云:“光中有怨。”(《采菽堂古诗选》卷二十二)

北斗阑干去①,夜夜心独伤。月辉横射枕,灯光半隐床。

【注释】

①阑干:横斜貌。曹植《善哉行》:“月没参横,北斗阑干。”

【译文】

北斗星逐渐横斜下沉,天天夜里内心独自悲伤。月亮的辉光横射到枕头上,灯光半明半暗隐去了半张床。

从顿还城南

【题解】

顿,城外临时驻所。城南,傅刚《校笺》:“沈本、陈本作‘南城’。”一对情侣可能结识不久就因故离开了,因结识不久,彼此了解不深,故别离使双方内心都有了隔阂和疑虑。但不久他们又重逢了,诗写重逢时情景,对其瞬间发生的心理和感情的变化刻画得颇为真切、细腻。

暂别两成疑①,开帘生旧忆②。都如未有情③,更似新相识。

【注释】

①疑：疑虑，怀疑。

②旧：傅刚《校笺》："茅本、沈本、陈本作'愁'。"

③如：傅刚《校笺》："五云溪馆本、徐本、郑本作'知'。"

【译文】

暂时别离后双方都产生了疑虑，开帘见面后又想起了以前的事情。都像从来没有过什么情分，更像是刚刚结识的人。

春江曲

【题解】

本篇收入《乐府诗集》卷七十七《杂曲歌辞》，题作《春江行》。郭茂倩题解："唐郭元振曰：'《春江》，巴女曲也。'"诗写送别情景。前写只顾忙着上路的丈夫，后写孤独地站在堤上深情送别的思妇，中以"谁知"二字连接、转折，形成强烈对比，具有打动人心、催人泪下的艺术魅力。

客行只念路①，相将渡江口②。谁知堤上人，拭泪空摇手。

【注释】

①客：指将远行的丈夫。

②相将：相伴，相随。将，《乐府诗集》作"争"。江口：《乐府诗集》作"京口"。

【译文】

客人远行一心只想着赶路，相伴着同行的人渡过了江口。有谁知道站在堤上的那个人，抹着眼泪徒然地在那儿挥手。

新燕

【题解】

本篇载《艺文类聚》卷九十二;又载《文苑英华》卷三百二十九,作者作“梁昭明太子”,题作《咏新燕》。写新燕突然飞进歌吹楼台情景,场面活泼有趣。

新禽应节归①,俱向吹楼飞②。入帘惊钏响③,来窗碍舞衣④。

【注释】

①新禽:即指新燕。节:时节,节令。

②吹楼:歌吹楼台,为歌舞艺人所居之地。

③钏(chuàn):腕环,俗称手镯。

④碍:《文苑英华》作“疑”。

【译文】

新燕按着节令飞了回来,一起向着歌吹楼台飞了过去。飞进帘子因手镯发出声响而感到惊惧,来到窗中因舞衣来回挥舞而受到阻碍。

弹筝

【题解】

筝,弦乐器名。《释名·释乐器》:“筝,施弦高急,筝筝然也。”《风俗通义》卷六:“《礼·乐记》:‘筝五弦,筑身也。’今并、凉二州筝形如瑟,不知谁所改作也。或曰:秦蒙恬所造。”诗名写弹筝,实写弹筝之人。“张高”二句,以工整的对偶,表现了弹筝人的悲伤之情。

弹筝北窗下,夜响清音愁。张高弦易断①,心伤曲不遒②。

【注释】

①张：上紧弦。《荀子·礼论》："笙竽具而不和，琴瑟张而不均。"

②遒：《楚辞》宋玉《九辩》："岁忽忽而遒尽兮，恐余寿之弗将。"洪兴祖补注："遒，迫也，尽也。"吴兆宜注："一作'成'。"

【译文】

她在北窗之下弹筝，夜里清亮的声音中含着哀愁。把弦上紧奏出高音筝弦容易折断，内心悲伤乐曲不能弹奏到头。

夜遣内人还后舟

【题解】

《礼记·檀弓下》："内人皆行哭失声。"郑玄注："内人，妻妾。"诗写夜晚于江上送内人返回后船的情景，将烛光波影、锦幔余香融为一体，呈现出一种斑斓之美、静谧之美。

锦幔扶船列[①]，兰桡拂浪浮[②]。去烛犹文水[③]，余香尚满舟。

【注释】

①列：排列，张设。原作"烈"，傅刚《校笺》："徐本、郑本作'列'。又，五云溪馆本作'洌'。"兹据徐本、郑本改。

②兰桡（ráo）：对小船的美称。桡，《楚辞》屈原《九歌·湘君》："薜荔柏兮蕙绸，荪桡兮兰旌。"王逸注："桡，船小楫也。"借指小船。

③文水：波纹。指光影。文，傅刚《校笺》引《考异》："'文'字未详，疑当作'交'。"

【译文】

锦制的帷幔沿着船边张设，精美的小船紧贴着水波漂浮。离去的烛光仍在水面留下光影，人虽已走但余香依然弥漫小舟。

咏武陵王左右伍暠传杯

【题解】

武陵王，即萧纪，见卷七《同萧长史看妓》作者简介。左右，指侍女伍暠（hào）。传杯，指宴饮时传递酒杯劝酒。吴兆宜注："一无'伍暠传杯'。"傅刚《校笺》："五云溪馆本、徐本、郑本无。"诗写伍暠传杯，抓住其瞬间情态予以描绘，有传神之处。

顶分如两髻，簪长验上头[①]。捉杯如欲转[②]，疑残已复留。

【注释】

①验：证明。上头：古代女子十五岁束发加笄（即簪子，用以插定发髻）表示成年，称上头。

②捉：傅刚《校笺》："五云溪馆本、徐本、郑本、孟本作'投'。"

【译文】

秀发从头顶分向两侧如同两个发髻，插着长簪证明已经成年上头。拿起酒杯正要转身走开，怀疑尚有残酒又作停留。

有所伤三首

伤，傅刚《校笺》："五云溪馆本、徐本、郑本作'思'。"三首诗表现思妇的生活和情感，写得都很精致，而且各具特色。

一

【题解】

第一首前二句用两"可"两"不可"，层层转折递进，写出思妇处境的不堪。

可叹不可思，可思不可见。余弦断瑟柱[①]，残朱染歌扇[②]。

【注释】

①柱：瑟上用以支弦的小木柱，可自由移动以调整音的高低。柱移近则弦短，发出来的声音高而急，宜表达哀怨激动的感情，而弦绷得过紧也容易折断。

②朱：指胭脂。歌扇：歌舞时所使用的扇子。

【译文】

可以叹息但没有办法思念，可以思念但没有办法与他相见。余下的一段丝弦从瑟柱折断，残留的胭脂将歌扇污染。

二

【题解】

第二首写思妇居处环境的黯淡寂寞，首句以动衬静，逾见其静。

寂寂暮檐响，黯黯垂帘色。惟有瓴甋苔①，如见蜘蛛织。

【注释】

①瓴甋（líng dì）：砖。

【译文】

傍晚在寂静中听到屋檐有声响，垂下的帘子是一片黯淡的颜色。只有那爬在砖上的一片片苔藓，就好像看见蜘蛛在把密密的蛛网编织。

三

【题解】

第三首写思妇“入林看碚礧”，并想象鲜花盛开景象，展现了思妇开朗乐观的一面。

入林看碚礧①，春至定无赊②。何时一可见，更得似梅花。

【注释】

①碚磊（bèi lěi）：即“蓓蕾”，含苞未放的花，俗称花骨朵儿。

②赊（shē）：长久。萧纲《娈童》：“羽帐晨香满，珠帘夕漏赊。”

【译文】

走进树林欣赏含苞未放的花儿，春天已到绽放的日子肯定已经不远。什么时候可以看到盛开的情景，它们一定会开得像梅花那样鲜艳。

游人

【题解】

本篇写游玩的欢乐，及虽游玩到日落却仍未得尽兴的遗憾，语言清浅，富有余韵。

游戏长杨苑①，携手云台间②。欢乐未穷已，白日下西山。

【注释】

①长杨苑：秦汉时有长杨宫，故址在今陕西周至东南。《三辅黄图》卷一：“长杨宫在今盩厔县东南三十里，本秦旧宫，至汉修饰之以备行幸。宫中有垂杨数亩，因为宫名。门曰射熊观，秦汉游猎之所。”泛指宫苑。

②云台：东汉洛阳南宫中有云台。泛指台观。

【译文】

在长杨苑游玩嬉戏，在云台间手拉着手。欢乐还没有到尽兴的时候，太阳已从西山坠落。

绝句赐丽人

【题解】

吴兆宜注：“一无‘绝句’。”傅刚《校笺》：“五云溪馆本、徐本、郑本无。”赐，傅刚《校笺》：“五云溪馆本、徐本、郑本作‘赠’。”诗以极度夸张的手法写美人之美。为赠人之作，有戏谑调笑成分。

腰肢本独绝[①]，眉眼特惊人。判自无相比，还来有洛神[②]。

【注释】

①独绝：独一无二，绝无仅有。独，傅刚《校笺》：“五云溪馆本、徐本、郑本作‘犹’。”

②还：回顾。来：自古以来。洛神：洛水之神。传本为伏羲氏之女宓妃，溺死于洛水而成为洛水之神。曹植作有《洛神赋》，对洛神的美丽多情有细致描绘。

【译文】

腰肢之美本来就独一无二，眉眼之美更是特别惊人。判定她的美貌自是无人可比，回头一想自古以来只有洛神。

遥望

【题解】

本篇写美人之美，虽是“遥望”所见，却写得神态生动，风姿绰约，楚楚动人。

散诞垂红帔[①]，斜柯插玉簪[②]。可怜无有比[③]，恐许直千金[④]。

【注释】

①散诞：悠闲自在貌。帔（pèi）：《释名·释衣服》：“帔，披也，披之肩背，不及下也。”即披肩。

②斜柯（kē）：侧着身子。汉乐府《艳歌行》：“夫婿从门来，斜柯西北

眄。”

③可怜:可爱。《古诗为焦仲卿妻作》:“东家有贤女,自名秦罗敷。可怜体无比,阿母为汝求。”

④恐:傅刚《校笺》:“五云溪馆本、徐本、郑本作‘洛’。”许:大约。直:同“值”。

【译文】

悠闲自在地下垂着红色的披肩,正侧着身子在往头上插玉簪。实在可爱没有人能与她相比,她的美丽恐怕得价值千金。

愁闺照镜

【题解】

本篇写离别相思之苦,角度颇显独特。末二句说自己憔悴得只有自己还能认出自己,语近自嘲,透出几分幽默,更透出几分酸楚。

别来憔悴久,他人怪容色。只有匣中镜,还持自相识。

【译文】

分别以来已经憔悴了很长时间,别人看见如此容貌都感到奇怪。只有镜匣中的这面铜镜,拿来照照我还能把自己认出。

浮云

【题解】

诗人看到天上飘过来一片云彩,于是想象它就是巫山神女朝云,正在向巫山的方向飘去,想要与楚王在梦中幽会。奇思妙趣,耐人寻味。

可怜片云生,暂重复还轻。欲使荆王梦①,应过白帝城②。

【注释】

①荆王梦：参见前皇太子《杂题二十一首·行雨》题解引《文选》宋玉《高唐赋序》。荆，傅刚《校笺》："五云溪馆本、徐本、郑本作'襄'。"

②白帝城：在今重庆奉节东瞿塘峡口，在巫山、巫峡以西。

【译文】

天上飘来一片可爱的云彩，一会儿浓重一会儿又变得轻淡。想要让楚襄王进入睡梦之中，现在应当已经飘过了白帝城。

寒闺

【题解】

傅刚《校笺》引《考异》："以诗意推之，当是《秋闺》。"看到绿叶变黄，红花变色，女子想到自己的青春也在一天天逝去，不禁悲从中来。刘勰云："春秋代序，阴阳惨舒，物色之动，心亦摇焉。"（《文心雕龙·物色》）说的就是这种情况。

绿叶朝朝黄①，红颜日日异②。譬喻持相比，那堪不愁思③。

【注释】

①朝朝：犹"日日"。

②红颜：通常指年轻女子美丽的容颜。沈约《君子有所思行》："共矜红颜日，俱忘白发年。"这里应指红花。

③那堪：哪能。堪，吴兆宜注："一作'得'。"

【译文】

绿色的树叶一天天地在变黄，红艳的鲜花一天天地在褪色。拿自己来与绿叶红花相比，哪能不涌起悲愁的思绪。

和人渡水

【题解】

本篇写一个刚刚成年的少女春日出游情景。后二句,以简练而传神的笔触,描绘了少女的美丽形象,展示了少女的爱美之心和天真无邪的个性。

婉娩新上头①,煎裙出乐游②。带前结香草,鬟边插石榴。

【注释】

①婉娩:柔顺貌。上头:古代女子十五岁束发插笄(簪子),表示成年,称上头。

②煎裙:同“湔裙”,洗涤衣裙。裙,下裳。据杜台卿《玉烛宝典》卷一,古代从元日至月底,有士女酹酒洗衣于水边以祛除不祥的风俗。傅刚《校笺》:“五云溪馆本、徐本、郑本作‘湔裾’。”乐游:乐游苑,皇家宫苑名。南朝宋武帝时建,故址在今江苏南京。

【译文】

她样子柔顺刚刚成年,到江边洗涤衣裙走出了乐游苑。衣带前面结着香草,发髻旁边插着石榴花。

萧子显

见卷八《乐府二首》作者简介。

春闺思

【题解】

本篇写思妇的相思之情，短短二十字，包含有无穷韵味、无边凄楚。“春度”二句，实慨叹青春不再，怨恨不能及时团聚。陈祚明评云：“情不能堪。”（《采菽堂古诗选》卷二十六）

金羁游侠子①，绮机离思妾②。春度人不归，望花尽成叶。

【注释】

①金羁：有金饰的马笼头。游侠子：指那些矜武尚气、能急人之难的人。此指思妇在边塞从军的丈夫。曹植《白马篇》：“白马饰金羁，连翩西北驰。借问谁家子？幽并游侠儿。”

②绮机：华美的织布机。

【译文】

边塞是骑着有金饰马笼头骏马的游侠，家中是在华美织机上忙碌的怀着离别之情的妻子。春天过去了但远行的人却还没有归来，望着窗外的鲜花全都变成了绿叶。

咏苑中游人

【题解】

本篇是一个美人春日游园的剪影,对美人的瞬间情态进行了捕捉和刻绘,有情致韵味。

二月春心动①,游望桃花初。回身隐日扇②,却步敛风裾③。

【注释】

①春心:春景所引发的意兴或情怀。宋玉《招魂》:“目极千里兮伤春心。”往往双关爱情意识的觉醒和萌动。

②日扇:吴兆宜注:“一作‘白日’。”

③却步:停步。裾(jū):衣襟。

【译文】

二月到来春心开始隐隐地萌动,转动目光欣赏桃花初放的美景。转过身来躲在遮阳的团扇后面,停下脚步收拢被风吹开的衣襟。

刘孝绰

见卷八《遥见邻舟主人投一物，众姬争之，有客请余为咏》作者简介。

遥见美人采荷

【题解】

本篇写美人乘船到湖中采荷情景，虽为“遥见”，却写得很真切、生动，饶有情趣。

菱茎时绕钏①，棹水或沾妆②。不辞红袖湿，惟怜绿叶香。

【注释】

①菱：一年生草本植物，生池沼中，其果实的硬壳有角，俗称菱角。钏（chuàn）：即手镯，用珠子或玉石等穿起来做成。

②棹（zhào）：船桨。

【译文】

菱茎有时会将手镯缠绕，船桨划水有时会沾湿红妆。不害怕红袖被水沾湿，只爱怜那绿叶发出的芳香。

咏小儿采菱

【题解】

诗中所咏“小儿”，很可能是一个“娈童”（富贵人家的男宠）。末二句写他既想邀宠又害怕被误解、怪罪的心理，实表现了“小儿”处境的艰难和可怜。

采菱非采菉①，日暮且盈舠②。峙嵎未敢进，畏欲比残桃③。

【注释】

①菉（lù）：草名。亦名王刍，其叶似竹叶。

②且：将，快要。舠（dāo）：形状像刀的小船。

③残桃：《韩非子·说难》：“昔者弥子瑕有宠于卫君。……与君游于果园，食桃而甘，不尽，以其半啖君。君曰：‘爱我哉！忘其口味以啖寡人。’及弥子色衰爱弛，得罪于君，君曰：‘又尝啖我以余桃。’故弥子之行未变于初也，而以前之所以见贤而后获罪者，爱憎之变也。”刘遵《繁华应令》：“剪袖恩虽重，残桃爱未终。”

【译文】

采摘菱角并不是采摘菉草，傍晚时分才快采满一船。踟蹰徘徊没敢将菱角进献，怕将菱角比作弥子瑕进献的残桃。

庾肩吾

见卷八《咏得有所思》作者简介。

咏舞曲应令

【题解】

应令，即奉皇太子之命所作诗。前二句写歌舞，“临”“出”写出动感；后二句写聆听歌曲后的想象，“定若”“应几”写出遐想之状。陈祚明评云：“‘定若’‘应几’字法，初唐所为钻仰。”（《采菽堂古诗选》卷二十五）

歌声临画阁，舞袖出芳林。《石城》定若远①，《前溪》应几深②。

【注释】

①《石城》：南朝乐府《西曲歌》有《石城乐》。参见前《近代西曲歌五首·石城乐》题解。远：双关语。既指乐曲产生的地点和年代远，也指歌声的悠远。

②《前溪》：南朝乐府《吴声歌曲》有《前溪歌》。参见前《近代吴歌九首·前溪》题解。深：双关语。既指水深，也指歌声的意境幽深。

【译文】

歌声在彩绘的楼阁前响起，舞袖从芳香的树林中飘出。《石城》中的石城一定会觉得遥远，《前溪》中的前溪不知应该有多深。

咏主人少姬应教

【题解】

应教，谓奉王公之命作诗。诗写主人家年轻姬妾的美丽，但字面并没有描写她们的美丽，表现颇婉蓄；同时还赞美了主人的出色，是善于应酬者。末二句有调侃的意味。

故年齐总角①，今春半上头。那知夫婿好，能降使君留②。

【注释】

①总角：古代男女未成年前将头发束扎成两个髻，左右各一，形似牛角，称总角。总，束扎。《诗经·齐风·甫田》："婉兮娈兮，总角丱兮。"

②降：指从马上或车上下来。使君：汉代对太守或刺史的称呼。汉乐府《日出东南隅行》（见卷一）记载了一个在郊外采桑的少女罗敷因美貌而让使君下马停留的故事。

【译文】

往年头上都还是总角，今春有一半已经上头。你们哪里知道夫婿很好，因为你们能让使君一类人物下马停留。

咏长信宫中草

【题解】

据《汉书》卷九十七下《外戚传下·孝成班倢伃》，班婕妤初得宠，后遭赵飞燕谗毁，失宠，遂自请退居长信宫以侍奉太后。诗通过写青草丛生，写出人迹罕至，进而写出长信宫和长信宫人的寂寞凄凉。"似知节”“如有情”“并欲”，以物之有知、有情及生机勃发，写出人之无知、无情及日薄西山。即物见人，意在言外。陈祚明评云：“似唐人。‘并欲’字佳。”（《采菽堂古诗选》卷二十五）

委翠似知节①，含芳如有情。全由履迹少，并欲上阶生。

【注释】

①委翠：谓青草丛生形如堆积。委，《广雅·释诂一》：“委，积也。”

【译文】

青草丛生似知节令已到，含蕴芳香如有脉脉深情。全是由于这里足迹稀少，都想要爬到台阶上滋生。

石崇金谷妓

【题解】

石崇，详见卷二石崇《王昭君辞一首》作者简介。金谷，参见前谢朓《金谷聚》题解。诗写金谷聚会时丝竹歌舞的情景。

兰堂上客至①，绮席清弦抚。自作《明君辞》，还教绿珠舞②。

【注释】

①兰堂：用木兰构建的厅堂。形容厅堂芳香高雅。

②教：让，吩咐。绿珠：石崇的歌妓，“美而艳，善吹笛”（《晋书》卷三十三《石崇传》）。

【译文】

贵客来到木兰构建的厅堂，华美的筵席上弹奏起清亮的琴弦。主人自己写作了《明君辞》，还让绿珠翩翩起舞。

王台卿

王台卿,生卒年、籍贯不详。据吴兆宜注引《岑窗杂录》,曾任刑狱参军一职。又据《南史》卷五十二,南平王萧恪为雍州刺史,曾为其门下宾客。又曾追随萧纲,今存诗多有应和萧纲之作。

同萧治中十咏二首

萧治中,其人不详。治中,官名。同,和诗。

荡妇高楼月

【题解】

荡妇,游荡在外的男子的妻子。诗写荡妇明月之夜独眠情景。后二句,问得妙,"终是"一转尤妙,无奈与凄怨之情溢于言表,可谓画龙点睛。

空度高楼月①,非复五三年②。何须照床里,终是一人眠。

【注释】

①度:傅刚《校笺》:"五云溪馆本、徐本、郑本作'庭'。"

②五三年:十五岁。傅刚《校笺》:"五云溪馆本、徐本、郑本作'三五圆'。"

【译文】

空自度过高楼上有明月的夜晚，我已不再是十五岁的年纪。月光何必往床里照耀，终究是我一人独眠。

南浦别佳人

【题解】

南浦，南面的水边。泛指送别之地。屈原《九歌·河伯》："子交手兮东行，送美人兮南浦。"又江淹《别赋》："春草碧色，春水渌波。送君南浦，伤如之何！"佳人，当指女子的丈夫。诗抒写女子与远行的丈夫临别时不可消解的哀愁。后二句所写，也许只是一种美好的期盼，因为往往是别时容易会时难。以看似轻松的笔墨，表现了一个"伤如之何"的主题。

敛容送君别①，一敛无开时。只应待相见，还将笑解眉。

【注释】

①敛容：收起笑容。

【译文】

收起笑容为您送别，笑容一收就再无开颜之时。只有等到再相见的时候，才会笑逐颜开不再紧锁双眉。

刘孝仪

见卷八《闺怨》作者简介。

咏织女

【题解】

本篇载《艺文类聚》卷四、《初学记》卷四、《太平御览》卷三十一，作者皆作“刘孝威”。诗写织女在七月七日夜与牛郎相会前早早地把自己打扮好，然后开始忐忑不安地等待，可看出她对一年一度的相聚是何等的重视和期待。在众多吟咏七夕的诗中，取材有其特别之处。

金钿已照耀①，白日未蹉跎②。欲待黄昏后③，含娇渡浅河④。

【注释】

①金钿（diàn）：镶嵌有金花的首饰。

②蹉跎（cuō tuó）：失时。阮籍《咏怀诗》其八：“娱乐未终极，白日忽蹉跎。”

③后：《艺文类聚》《初学记》《太平御览》皆作“至”。

④渡浅：原作“浅渡”，《艺文类聚》《初学记》《太平御览》皆作“渡浅”，据改。古诗“迢迢牵牛星”：“河汉清且浅，相去复几许？”

【译文】

金钿的光彩已在头上照耀，白日渐渐地西沉没有失时。想要等到黄昏之后，满含娇羞渡过清浅的银河。

咏石莲

【题解】

石莲，一名莲花掌、宝石花，二年生草本植物。花茎高20—30厘米，花外面淡红或红色，内面黄色。沿地面生叶，呈莲座状，倒卵形或近圆形，肥厚如翠玉，姿态秀丽，有较高观赏价值。诗先以“石”谐“实”，以“莲”谐“怜”，认为寄寓了爱情的石莲可价值百万、千金。然后假装不解，认为石莲乃无情之物，哪能像人似的懂得爱情！有调侃石莲其名之意，或亦有以“无情”之石莲反讽自称有情的“人心”之意。

莲名堪百万①，石姓重千金。不解无情物，那得似人心②。

【注释】

①堪：值。

②似：傅刚《校笺》：“五云溪馆本、徐本、郑本作‘解’。”

【译文】

莲这个名能值百万，石这个姓贵重千金。不明白这个无情之物，哪能与人有相似的心。

刘孝威

见卷八《侍宴赋得龙沙宵月明》作者简介。

和定襄侯八绝初笄一首

【题解】

据《南史》卷五十二，萧衹为南平元襄王萧伟之子，字敬谟，“美风仪，幼有令誉。天监中，封定襄县侯。后历位北兖州刺史”。侯景乱后奔东魏。八绝，八首绝句。傅刚《校笺》：“五云溪馆本、徐本、郑本无‘八绝’。”初笄(jī)，指女子刚成年。古代女子十五岁束发加笄(簪子)，表示成年。诗写少女刚刚束发加笄时的感受。陈祚明评云：“孝威五绝，并有作意，而嫌多浅率。此首稍可寄讽。”(《采菽堂古诗选》卷二十七)

合鬟仍昔发①，略鬓即前丝②。从今一梳罢，无复更萦时。

【注释】

①合鬟：谓将头发拢在一起盘成环形的发髻。

②略：掠，梳理。鬓：靠近耳边的头发。

【译文】

合拢盘成环形发髻的仍是以前的头发，所梳理的鬓发也还是以前的发丝。自从今天这么梳理之后，头发就再不会有萦绕之时。

江伯瑶

江伯瑶，南朝梁人。生平不详。《南史》卷五十《庾肩吾传》载，梁武帝普通年间萧纲为雍州刺史时，庾肩吾奉命与刘孝威、江伯摇、孔敬通等十人抄撰众籍，江伯摇或即为江伯瑶。

和定襄侯八绝楚越衫一首

【题解】

傅刚《校笺》："五云溪馆本、徐本、郑本无'八绝'。"《庄子·德充符》："自其异者视之，肝胆楚越也；自其同者视之，万物皆一也。"成玄英疏："楚越迢递，相去数千，而于一体之中，起数千之远，异见之徒，例皆如是也。"楚越衫，因衣衫乃远在家乡的妻子所缝制，故称。诗写游子在遥远的异乡看到妻子所缝制的衣服，不禁睹物伤情，悲从中来。感情深挚，动人心弦。

裁缝在箧笥①，薰鬓带余香。开看不忍著②，一见泪千行③。

【注释】

①箧笥（qiè sì）：箱子。汉乐府（一说班婕妤）《怨歌行》："弃捐箧笥中，恩情中道绝。"

②"开看"句：傅刚《校笺》："徐本、郑本此句作'开著不忍看'。"著

(zhuó),穿上。

③泪:赵氏覆宋本作“落”。

【译文】

在衣箱中看见妻子裁剪缝制的衣裳,衣裳上还带着薰染在她鬓发上的余香。打开箱子看到了衣裳却不忍心穿在身上,一看见衣裳眼泪就流了一千行。

刘泓

刘泓，南朝梁人。生平不详。

咏繁华一首

【题解】

繁华，《文选》阮籍《咏怀》："昔日繁华子，安陵与龙阳。"吕延济注："喻人美盛如春华（花）之繁。"所咏很可能为娈童（富贵人家的男宠）一类人物。

可怜宜出众，的的最分明①。秀媚开双眼，风流著语声②。

【注释】

①的的（dì）：明貌。《淮南子·说林训》："的的者获，提提者射。"

②风流：风情。著（zhuó）：附着。

【译文】

模样可爱合当这么出众，光彩夺目最是靓丽分明。张开双眼满是清秀妩媚，说话声音带着万种风情。

何曼才

何曼才，南朝梁、陈间人。生平不详。

为徐陵伤妾诗一首

【题解】

徐陵，见本书前言。诗为因失宠而悲伤的女子代言，情思凄切婉转。末句写出其不舍，更写出其不幸与堪怜。

迟迟衫掩泪[1]，悯悯恨萦胸[2]。无复专房日[3]，犹望下山逢[4]。

【注释】

①迟迟：依恋貌。《关尹子·三极》："人之善琴者，有悲心则声凄凄焉，有思心则声迟迟然。"

②悯悯：忧伤貌。何逊《相送联句》："悯悯歧路侧，去去平生亲。"

③专房：专夜，专宠。

④下山逢：谓遭弃后还能有见面的机会。古诗"上山采蘼芜"："上山采蘼芜，下山逢故夫。长跪问故夫：'新人复何如？'"

【译文】

心中依恋用衣衫掩面流泪，无比忧伤怨恨萦绕在胸怀。已不再有专夜得宠的日子，还望在下山时能与你相逢。

萧驎

萧驎，南朝梁、陈间人。生平不详。

咏衵复一首

【题解】

本篇载《初学记》卷二十六，题作《咏裙复诗》。衵（rì）复，卷九王筠《行路难》："裲裆双心共一抹，衵复两边作八襊。"吴兆宜注引《尔雅》："裲裆谓之衵复。"又引杨慎《韵藻》："衵腹，即今之裹肚。"裹肚，今俗称兜肚。逯钦立辑校《先秦汉魏晋南北朝诗》："此诗应作'咏袙复'。'袙复'即'帊复'，或'帕复'。《释名》：'帕复，横其腹也。'又《酉阳杂俎》云：'鬼以绫帊复赠辛秘，带有一结。'皆即此袙复。似《玉台》《初学记》皆误也。"诗咏兜肚，女子楚楚自怜之态仿佛可以目睹。由兜肚而写到纤腰，写到宽带，最后推出思念的主题。虽写到女子最贴身的兜肚，但不涉恶俗，故陈祚明有"大雅"（《采菽堂古诗选》卷三十）之评。

的的金弦净[①]，离离宝襊分[②]。纤腰非学楚[③]，宽带为思君[④]。

【注释】

①的的（dì）：明貌。《初学记》作"皛皛"。弦：丝线。《初学记》作

"纱"。

②离离：历历分明貌。褋（cuō）分：《初学记》作"缝裙"。褋，衣服上的褶子。原作"撮"，赵氏覆宋本作"褋"，据改。

③"纤腰"句：《墨子·兼爱中》："昔者，楚灵王好士细要（腰），故灵王之臣皆以一饭为节。"《韩非子·二柄》："楚王好细腰，而国中多饿人。"此句《初学记》作"腰非学楚舞"。

④宽带：谓衣带因身体消瘦而变得松缓。古诗"行行重行行"："相去日已远，衣带日已缓。"

【译文】

兜肚上金闪闪的丝线是那样明净，兜肚上的衣褶是那样分明。腰肢纤细不是因为学习楚国的细腰，衣带松缓是因为日日夜夜思念夫君。

纪少瑜

见卷八《建兴苑》作者简介。

咏残灯一首

【题解】

本篇载《艺文类聚》卷八十、《初学记》卷二十五。诗写闺房中灯烛将尽未尽时的一个生活场景，取材特别，画面温馨。

残灯犹未灭，将尽更扬辉。惟余一两焰，才得解罗衣。

【译文】

灯烛已快燃尽但还没有熄灭，将尽未尽之时更发出明亮的光辉。将在只剩下一两抹光焰时，才会解下绸衣上床就寝。

王叔英妇

见卷八《和昭君怨》作者简介。

暮寒一首

【题解】

本篇题作“暮寒”,但重点不在写岁末的严寒,而在写已然萌动的春色,及女子的爱美之心乃至春心。后二句,不仅写出了女子的爱美之心,也写出了女子有些顽皮的个性。

梅花自烂漫①,百舌早迎春②。逾寒衣逾薄③,未肯怀腰身④。

【注释】

①自:自然地。烂漫:光彩分布貌。

②百舌:鸟名。善鸣啭,其声多变化,故称“百舌”。

③逾:更加。

④怀:顾念,爱惜。傅刚《校笺》:“徐本、郑本、孟本作‘惜’。”

【译文】

梅花自然而然地烂漫开放,百舌鸣啭早早地迎接阳春。越是寒冷衣裳穿得越是单薄,不肯爱惜自己纤细的腰身。

戴暠

戴暠，南朝梁、陈间人。生平不详。

咏欲眠诗一首

【题解】

本篇写深夜时分女子临睡前的一个生活场景。夜已深，等待其实也已很久。“不唤定应归”，似乎是信任；而夜深仍不归，毋宁说是担心。

拂枕薰红帊①，回灯复解衣。旁边知夜久②，不唤定应归。

【注释】

①帊（pà）：手巾。

②旁边：指睡在旁边的丈夫。

【译文】

拂拭绣枕并把红色的手巾薰香，转过灯烛又解开轻薄的绸衣。睡在旁边的那个人知道已经夜深，不叫他一定也应会回归。

刘孝威

见卷八《侍宴赋得龙沙宵月明》作者简介。吴兆宜注:"一无'刘孝威'字。"

古体杂意

【题解】

古体,指汉魏时期诗风古朴、不刻意追求对偶声律的诗体。诗写游子深秋时节凄寒寂寞的处境和心境。后二句,与"夜中不能寐,起坐弹鸣琴"(阮籍《咏怀》其一)所描写的情景略似。

朝日大风霜,寄事是交伤。叶落枝柯净①,常自起棋张②。

【注释】

①柯(kē):树枝。

②棋:吴兆宜注:"疑作'箕'。"张:摆设。

【译文】

早晨太阳刚刚升起就是大风和寒霜,若把此事寄信告知只能让双方都心伤。树叶凋落树枝显得干干净净,常常自己起来摆开棋盘怅望。

咏佳丽

【题解】

本篇写心仪佳丽、思念佳丽而不得与佳丽在一起的怅恨。前面是热情的赞美，后面是失落和怅恨，中以“惟言”二字转折连接，前后形成鲜明对比。

可怜将可念①，可念直千金②。惟言有一恨③，恨不遂人心④。

【注释】

①将：且，又。

②直：同“值”。

③言：语助词，无义。

④遂：顺心。原作“逐”，傅刚《校笺》：“五云溪馆本、徐本、郑本作‘遂’。”据改。

【译文】

她是那样的值得爱怜和值得思念，值得思念只因她价值千金。只是有一个很大的遗憾，遗憾事情并不能够顺遂人心。

刘义恭

刘义恭(413—465),彭城(今江苏徐州)人。宋武帝刘裕第五子。少帝时为南豫州刺史,文帝时封江夏王。后历任荆州刺史、南兖州刺史、司空、太尉、录尚书事、太子太傅、太尉等。前废帝即位,狂悖无道,义恭、元景等谋欲废立,被杀。能诗,解音律。《隋书》卷三十五《经籍志四》著录有集十一卷(注云“梁十五卷,录一卷”。又有《江夏王集别本》十五卷),已佚。其事见《宋书》卷六十一、《南史》卷十三。

自君之出矣

【题解】

本篇载《艺文类聚》卷三十二,收入《乐府诗集》卷六十九《杂曲歌辞》。郭茂倩题解:“汉徐幹有《室思》诗五章,其第三章曰:‘自君之出矣,明镜暗不治。思君如流水,无有穷已时。’《自君之出矣》,盖起于此。”后二句比喻,清新脱俗,别具一格。

自君之出矣,笥锦废不开①。思君如清风,晓夜常徘徊②。

【注释】

①笥(sì):盛饭或衣物的方形竹器。

②常:《艺文类聚》作“尝”。

【译文】

自从夫君离家外出之后,装着锦缎的竹箱就被弃置一旁不再打开。思念夫君的思绪就如阵阵清风,清早夜晚常常在身前身后徘徊。

汤惠休

见卷九《楚明妃曲》作者简介。

杨花曲

【题解】

本篇收入《乐府诗集》卷七十七《杂曲歌辞》,诗前尚有"葳蕤华结情,宛转风含思。掩涕守春心,折兰还自遗。江南相思引,多叹不成音。黄鹤西北去,衔我千里心"八句。逯钦立辑校《先秦汉魏晋南北朝诗》则题作《杨花曲三首》,以《乐府诗集》所载前四句为第一首,后四句为第二首,本篇为第三首。诗写女子春日对远在他乡的丈夫的思念,有缠绵婉转之致。陈祚明评第二首云:"有《子夜》之风。"(《采菽堂古诗选》卷十九)本篇实亦如此。

深堤下生草,高城上入云。春人心生思,思心常为君①。

【注释】

①常:《乐府诗集》作"长"。

【译文】

深深的堤岸下长出了青草,高高的城墙往上耸入青云。人在春天容易心生思念之情,心中所思念的常常是夫君。

张融

张融（444—497），字思光，吴郡吴（今江苏苏州）人。刘宋时曾任封溪令、仪曹郎等。入齐，历官太子中庶子、司徒左长史等。为人放达不羁，常叹云："不恨我不见古人，所恨古人又不见我。"工草书，善玄谈。所作《海赋》，与木华《海赋》并为名作。钟嵘《诗品》将其诗列入下品。《隋书》卷三十五《经籍志四》著录有集二十七卷（注云"梁十卷"。又有张融《玉海集》十卷、《大泽集》十卷、《金波集》六十卷），已佚。明人辑有《张长史集》。其事见《南齐书》卷四十一、《南史》卷三十二。

别诗

【题解】

本篇载《艺文类聚》卷二十九、《初学记》卷十八。诗写游子思乡（也可以是思妇思夫）。首二句写景，后二句写人。白日已逝，清风偃息，正为了衬托游子的孤凄和寂寞。末以孤台望月之景作结，"台孤而人亦孤，对月思乡，包孕无限深意"（王文濡《古诗评注读本》），令人回味不尽。已大有唐诗风韵，故陈祚明评云："竟是唐人，翻以稍拙见异。"（《采菽堂古诗选》卷二十一）

白日山上尽①，清风松下歇②。欲识离人愁③，孤台见明月。

【注释】

①日:《艺文类聚》《初学记》作“云”。

②歇:尽。

③愁:《艺文类聚》《初学记》作“悲”。

【译文】

白日从山上落下已看不到踪影,清风吹到松树下也归于静寂。想要知道离别亲人的人是如何的忧愁,就到那孤独的高台上去望望清朗的明月。

王融

见卷四《古意二首》作者简介。

少年子

【题解】

本篇收入《乐府诗集》卷六十六《杂曲歌辞》。写女子对夫君的夸赞和挚爱夫君的情感，颇受汉乐府《陌上桑》的影响。

闻有东方骑，遥见上头人①。待君送客返，桂钗当自陈②。

【注释】

①上头：谓居于队伍的前列。指将军。汉乐府《陌上桑》："东方千余骑，夫婿居上头。"

②桂：吴兆宜注："疑作'挂'。"按，所疑甚是。陈：横陈，即横卧。宋玉《讽赋》："内怵惕兮徂玉床，横自陈兮君之旁。"

【译文】

听说在东方有一队骑兵，远远地看见奔驰在前头的人。等夫君送走贵客后返回，我会摘下玉钗躺在身旁作陪。

阳翟新声

【题解】

本篇收入《乐府诗集》卷七十四《杂曲歌辞》，郭茂倩题解引《隋书·乐志》："西凉乐曲《阳翟新声》《神白马》之类，皆生于胡戎歌，非汉、魏遗曲也。"按《隋书》卷十五《音乐志下》载西凉乐有《杨泽新声》，应即此。诗写女子在春日的愉悦心情和对婚姻生活的美好愿望。张衡《南都赋》："《寡妇》悲吟，《鹍鸡》哀鸣。坐者凄欷，荡魂伤精。"可见，《鹍鸡》并非就不能弹奏出悲哀的声音。不过汉魏六朝时期有以悲为美的审美习尚，如嵇康《琴赋》所云："八音之器，歌舞之象，历世才士，并为之赋颂。……称其材干，则以危苦为上；赋其声音，则以悲哀为主；美其感化，则以垂涕为贵。"因此，听起来让人感到悲哀的音乐也许还是人们有意加以追求的。不过《雉朝飞操》不同，它是明确地与"我独何命兮未有家"的悲哀联系在一起的，这让热切地追求"雄雌相随而飞"美好婚姻生活的女子无论如何不能接受，所以她要"耻为《飞雉》曲，好作《鹍鸡》声"了。

怀春发下蔡①，含笑向阳城②。耻为《飞雉》曲③，好作《鹍鸡》声④。

【注释】

①怀春：双关对爱情的憧憬与追求。下蔡：与下句"阳城"皆地名。《文选》宋玉《登徒子好色赋》："天下之佳人，莫若楚国。……嫣然一笑，惑阳城，迷下蔡。"吕延济注："阳城、下蔡，楚之二郡名。盖贵人所居，中多美人，故以为喻。"

②向：原作"发"，《乐府诗集》作"向"，据改。

③《飞雉（zhì）》曲：即《雉朝飞操》，收入《乐府诗集》卷五十七《琴曲歌辞》，作者作"战国齐犊沐子"。郭茂倩题解引扬雄《琴清

英》："《雉朝飞操》，卫女傅母之所作也。卫侯女嫁于齐太子，中道闻太子死，问傅母曰：'何如？'傅母曰：'且往当丧。'丧毕不肯归，终之以死。傅母悔之，取女所自操琴，于冢上鼓之。忽二雉俱出墓中，傅母抚雉曰：'女果为雉耶？'言未毕，俱飞而起，忽然不见。傅母悲痛，援琴作操，故曰《雉朝飞》。"又引崔豹《古今注》："《雉朝飞》者，犊沐子所作也。齐宣王时，处士泯宣，年五十无妻。出薪于野，见雉雄雌相随而飞，意动心悲，乃仰天叹大圣在上，恩及草木鸟兽，而我独不获。因援琴而歌，以明自伤。其声中绝。"其辞云："雉朝飞兮鸣相和，雌雄群游于山阿。我独何命兮未有家。时将暮兮可奈何，嗟嗟暮兮可奈何！"

④《鹍（kūn）鸡》：《文选》嵇康《琴赋》："若次其曲引所宜，则《广陵》《止息》《东武》《太山》《飞龙》《鹿鸣》《鹍鸡》《游弦》。"李善注："古相和歌者有《鹍鸡》曲。"《乐府诗集》卷四十一《相和歌辞·楚调曲上》郭茂倩题解引《古今乐录》："张永录云：'又有但曲七曲：《广陵散》《黄老弹飞引》《大胡笳鸣》《小胡笳鸣》《鹍鸡游弦》《流楚》《窈窕》，并琴、筝、笙、筑之曲。'"声：《乐府诗集》作"鸣"。

【译文】

怀着春日的情思从下蔡出发，含着微笑走向阳城。耻于弹奏悲伤的《雉朝飞操》，喜欢弹出《鹍鸡曲》的乐声。

谢朓

见卷四《赠王主簿二首》作者简介。

春游

【题解】

本篇收入《乐府诗集》卷七十四《杂曲歌辞》，题作《王孙游》，作者作“王融”。郭茂倩题解：“《楚辞·招隐士》：‘王孙游兮不归，春草生兮萋萋。’《王孙游》盖出于此。”“春草行已歇”，暗喻青春即将逝去。不能在美好的季节、美好的年华团聚，自会产生无穷的遗憾和怨望，故难免要诘问“何事久佳期”了。

置酒登广殿①，开襟望所思。春草行已歇②，何事久佳期？

【注释】

①“置酒”句：曹植《箜篌引》：“置酒高殿上，亲交从我游。”

②行：将。歇：尽。指衰败、枯萎。

【译文】

摆上酒席登上宽阔的殿堂，敞开衣襟遥望所思念的人。春草眼看就要开始衰败，因为何事久久地耽误团聚的好日子？

邢劭

邢劭(496—?),字子才,河间鄚(今河北任丘北)人。十岁便能属文,未二十已负盛名,时人比之为王粲。始为奉朝请,历任著作佐郎、中书侍郎、给事黄门侍郎、散骑常侍等。官至太常卿、中书监,摄国子祭酒。史称其文章之美,独步当时,每一文初出,京师为之纸贵。始与温子升齐名,称"温邢";后温卒,又与魏收并称"邢魏"。《隋书》卷三十五《经籍志四》著录有集三十一卷,已佚。明人辑有《邢特进集》。其事见《北齐书》卷三十六、《北史》卷四十三。

思公子

【题解】

本篇收入《乐府诗集》卷七十四《杂曲歌辞》。首二句写消瘦憔悴;第三句点题,亦点出所以消瘦憔悴之缘由;第四句承首二句意,问得宛妙。通篇构思精巧,于平易清淡中见出深情。陈祚明有"北朝诗于淡中见情,与南朝浮华自别"(《采菽堂古诗选》卷三十一)之评。

绮罗日减带①,桃李无颜色②。思君君未归,君来岂相识③?

【注释】

①绮:有文采的丝织品。罗:轻软而稀疏的丝织品。日减带:束腰的

衣带用得一天比一天短。谓身体越来越消瘦。

②桃李：桃花和李花。形容红颜美貌。喻青春年少。无颜色：谓已无青春的容颜。

③君：《乐府诗集》作“归”。

【译文】

围在绸衣上的衣带一天天减短，已没有了如桃李花般美丽的容颜。思念夫君但夫君却总也不回来，等到夫君回来我们难道还能彼此相识？

梁武帝

见卷七《捣衣》作者简介。

春歌

【题解】

本篇为《子夜四时歌·春歌四首》中的一首。关于《子夜四时歌》,见前《近代吴歌九首·春歌》题解。前二句描绘春日美景,后二句抒写美人未能应约前来相聚的失望与悲痛之情。美景与哀情,形成强烈的对比。谢灵运《石门岩上宿》:"妙物莫为赏,芳醑谁与伐?美人竟不来,阳阿徒晞发。"所抒情怀与此类似。

花坞蝶双飞①,柳堤鸟百舌。不见佳人来,徒劳心断绝。

【注释】

①花坞(wù):四周高起、中间凹下的花圃。

【译文】

花坞上有两只蝴蝶在翩跹飞舞,柳堤边有百鸟在啁啾鸣啭。不见美人来到眼前,徒劳的等待让人心肠断绝。

冬歌四首

【题解】

第一、三首收入《乐府诗集》卷四十四《清商曲辞·吴声歌曲》，第三首作“晋宋齐辞”。四首诗除第一首写歌舞伎外，其他三首都以思妇为表现对象，构思各有特色，第三、四首堪称新巧。夫君久出不归，一般思妇总会担心或怀疑夫君移情别恋，而第四首却说：“君志固有在，妾躯乃无依。”颇为温厚和平，故陈祚明有“发情止义，备之矣”（《采菽堂古诗选》卷二十二）之评。

一

寒闺动黻帐①，密筵重锦席②。卖眼拂长袖③，含笑留上客④。

【注释】

①黻（fú）帐：绣有黑白相间如斧形花纹的帷帐。

②密筵：谓座位密集，客人多。筵，坐席。锦席：铺着锦缎的坐席。锦，有杂色花纹的厚重丝织物。

③卖眼：抛媚眼。

④上客：贵客。

【译文】

寒冬掀开闺房中绣有黑白相间斧形花纹的帷帐，密集的坐席上铺着一层层精美的锦缎。抛着妩媚的双眼轻拂着长长的衣袖，面含微笑殷勤地挽留着贵客。

二

别时鸟啼户，今晨雪满墀①。过此君不返，但恐绿鬓衰②。

【注释】

①墀（chí）：台阶。

②绿鬓：乌黑而有光泽的鬓发。借指青春美丽的容颜。

【译文】

离别的时候鸟在门口鸣叫，今天早晨台阶上堆满了白雪。过了这个时候您还不能回来，只怕乌黑光亮的鬓发就要衰减。

三

果欲结金兰①，但看松柏林。经霜不堕地②，岁寒无异心。

【注释】

①金兰：指同心之好。《周易·系辞上》："二人同心，其利断金；同心之言，其臭如兰。"南朝乐府《子夜歌》："见娘喜容媚，愿得结金兰。"

②堕：吴兆宜注："一作'坠'。"

【译文】

如果想要结成金兰之好，只须去看一看松林柏林。虽经历霜雪松针柏叶也不会落到地下，哪怕岁末严寒也不会改变其坚贞之心。

四

一年漏将尽①，万里人未归。君志固有在②，妾躯乃无依。

【注释】

①漏将尽：谓时间将尽，一年将结束。漏，铜漏，为古代计时器。分播水壶、受水壶两部分。播水壶有小孔，可以漏水，水流入受水壶。受水壶里有立箭，箭上面分一百刻，箭随蓄水逐渐上升，露出刻数，表示时间。

②志：所指或为从军之志。

【译文】

铜漏显示这一年就将结束，万里之外的亲人却还没有回归。夫君您的志向固然常存心中，但我孑然一身却是孤苦无依。

简文帝

简文帝，即萧纲。见卷七《圣制乐府三首》作者简介。

采菱歌

【题解】

本篇载《艺文类聚》卷八十二，题作《采菱诗》；收入《乐府诗集》卷五十一《清商曲辞·江南弄》，题作《采菱曲》。菱为一年生水生草本植物，其果实俗称菱角，可采食。诗写农家女暂停喂蚕而摇船下湖采菱情景，画面优美，韵律清雅。

菱花落复含①，桑女罢新蚕。桂棹浮星艇②，徘徊莲叶南③。

【注释】

①含：含苞。

②棹（zhào）：船桨。艇：小船，其形狭而长。

③莲叶南：汉乐府《江南》："江南可采莲，莲叶何田田。鱼戏莲叶间，鱼戏莲叶东，鱼戏莲叶西，鱼戏莲叶南，鱼戏莲叶北。"

【译文】

菱花凋落之后又含苞待放，采桑女暂时停止喂养新蚕。摇动桂木做的船桨小船像星星似的漂浮在水面，在碧绿的荷叶南面流连徘徊。

夜夜曲

【题解】

本篇收入《乐府诗集》卷七十六《杂曲歌辞》,未署作者姓名。诗写愁人独处的悲伤。以“多情月”暗讽无情人,无情人今不知在何处,而“多情月”却“旋来照妾房”,将“诚不可堪”(陈祚明《采菽堂古诗选》卷二十二)之情表现得淋漓尽致。

愁人夜独伤,灭烛卧兰芳①。只恐多情月,旋来照妾房②。

【注释】

①兰芳:指芳香的居室。旧题李陵诗:“烛烛晨明月,馥馥秋兰芳。”

②旋:顷,不久。房:《乐府诗集》作“床”。

【译文】

忧愁之人夜里独自悲伤,吹灭蜡烛躺卧在芳香的闺房。只怕那一轮多情的月亮,一会儿就会来把我的闺房照亮。

金闺思二首

【题解】

本篇刻画思妇心理,颇精妙入微。因自己孤单寂寞,竟致看到“燕双飞”而感到羞惭;不能致问夫君,见北归之雁而欲“聊以寄相思”。“日移孤影动”,意象清肃,耐人悬想。陈祚明评云:“绝句。须第三句,佳。要出人意外,此秘可睹。”(《采菽堂古诗选》卷二十二)“自君”二句,所写即“自伯之东,首如飞蓬。岂无膏沐,谁适为容”(《诗经·卫风·伯兮》)之意。

一

游子久不返[1]，妾身当何依。日移孤影动[2]，羞睹燕双飞。

【注释】

①游子：指远游在外的丈夫。

②孤影：女子指自己的身影。

【译文】

夫君远游在外久久地不回家，我孤身一人不知应当依靠谁。太阳西斜移动孤独的身影，看到燕子双飞心中感到很羞愧。

二

自君之出矣[1]，不复染膏脂。南风送归雁，聊以寄相思。

【注释】

①“自君”句：徐幹《室思》：“自君之出矣，明镜暗不治。”

【译文】

自从夫君离家外出之后，就不再涂抹油膏胭脂。南风吹送北归的大雁，姑且让它捎去我的相思。

武陵王

武陵王萧纪，见卷七《同萧长史看妓》作者简介。

昭君辞

【题解】

昭君，参见卷二石崇《王昭君辞一首》题解。诗写王昭君在塞外的孤独凄苦。后二句，是说不忍心在明镜中看到自己凄苦憔悴的模样，而表现颇含蓄，其内心之苦不堪言也自可想见。

塞外无春色，边城有风霜。谁堪揽明镜，持许照红妆①。

【注释】

①许：此。红妆：女子的盛妆，因多用红色，故称。

【译文】

塞外看不到春天的景色，边城只有凄厉寒冷的风霜。谁能忍受在这时候拿起明镜，拿着明镜去照自己的红妆。

范云

见卷五《巫山高》作者简介。

别诗

【题解】

本篇载《艺文类聚》卷二十九，又见于《何逊集》，题作《范广州宅联句》，为与何逊的联句。范云于齐东昏侯永元元年（499）六月为广州刺史，诗当作于永元二年（500）春。写分别之后的重逢，语调轻快，喜悦之情溢于言表。“雪如花”“花如雪”以景色点明时令，别出心裁。此前谢道韫有“未若柳絮因风起”之句，此后又有岑参的“千树万树梨花开”之句，皆为以花拟雪之名句，此二句以雪与花回环作比，更添一层妙趣，更能见出巧思。陈祚明评云：“神到之语，不期而得。”（《采菽堂古诗选》卷二十四）张玉谷评云：“只是冬去春来耳，就雪、花颠倒翻出巧思，便耐咀味。”（《古诗赏析》卷十九）沈德潜评云：“自然得之，故佳。后人学步，便觉有意。”（《古诗源》卷十三）

洛阳城东西①，长作经时别②。昔去雪如花，今来花如雪③。

【注释】

①东西：近旁，附近。

②经时：经历多时。

③"昔去"二句：言冬去春来。"花如雪"之"如"，《艺文类聚》作"似"。

【译文】

在洛阳城的城边，送别后便是长时间的别离。以前离去时纷飞的白雪就像花一样，今天回来时白色的鲜花就像是片片白雪。

拟自君之出矣

【题解】

本篇载《艺文类聚》卷三十二，题作《拟古诗》；又载《文苑英华》卷二百二；收入《乐府诗集》卷六十九《杂曲歌辞》。徐幹《室思》第三章云："自君之出矣，明镜暗不治。思君如流水，无有穷已时。"为本篇所拟。诗写相思，后二句设想新奇，意味无穷。王维《送沈子福归江东》："惟有相思似春色，江南江北送春归。"与此异曲同工。陈祚明评云："拟此题者，都复可诵。诗固善言思也。"（《采菽堂古诗选》卷二十四）

自君之出矣，罗帐咽秋风[①]。思君如蔓草[②]，连延不可穷[③]。

【注释】

①咽（yè）：哽咽，哭泣时不能痛快地出声。

②蔓草：蔓生的草。

③连延：同"联延"，连绵不断。宋玉《高唐赋》："薄草靡靡，联延夭夭。"

【译文】

自从夫君离家外出之后，轻软的帷帐便常在秋风中哽咽。对夫君的思念就如蔓生的野草，连绵不断永远不可能穷竭。

范靖妇

见卷五《咏步摇花》作者简介。

登楼曲

【题解】

本篇收入《乐府诗集》卷七十七《杂曲歌辞》。前两句写远望所见，为后二句作铺垫。说“相思”“相忆”之情被“重岭”“长河”所阻隔，不合情理，但却凸显出不能团聚的无奈，以不合情理写出了合于情理。以复沓形式出之，平添曼婉悠长的情韵。

凭高川陆近①，望远阡陌多②。相思隔重岭，相忆限长河③。

【注释】

①凭高：即站在高楼上。凭，依凭。

②阡陌：田间小路，南北叫阡，东西叫陌。

③限：吴兆宜注：“一作‘恨’。”

【译文】

站在高楼上瞭望河流陆地近在眼前，遥望远处纵横交错的小路好多。相思之情被重重的山岭阻隔，相忆之情被长长的河流所限。

越城曲

【题解】

本篇收入《乐府诗集》卷七十七《杂曲歌辞》,未署作者姓名。越城,山岭名。即五岭中最西边的始安岭,在今广西东北部。诗写一位舞女思念在南方的情郎。因为内心悲痛,所以将一首《乌栖曲》唱成了“凄歌”;又由《乌栖曲》想到了乌鹊,想到随南飞的乌鹊飞去与情郎相聚。想象奇妙而合理,情感深挚而感人。

别怨凄歌响①,离啼湿舞衣。愿假《乌栖曲》②,翻从南向飞③。

【注释】

①怨:吴兆宜注:“一作‘远’。”

②《乌栖曲》:《乐府诗集》卷四十八《清商曲辞·西曲歌》收有梁简文帝、梁元帝等人所作《乌栖曲》共二十四首。

③翻:转身。

【译文】

怀着离别的哀怨唱起了凄凉的歌曲,因离别而悲啼眼泪浸湿了舞衣。希望能凭借正在演唱的这支《乌栖曲》,转身像乌鹊一样向南边飞去。

萧子显

见卷八《乐府二首》作者简介。

南征曲

【题解】

本篇收入《乐府诗集》卷七十四《杂曲歌辞》。写南征途中情景，有一定的地域特色。特别是通过“来”“惊”“怯”“竦”四个动词的使用，为读者带来心悸魄动的独特感受，并为诗篇平添奇异色彩。

棹歌来杨女①，操舟惊越人②。图蛟怯水伯③，照鹢竦江神④。

【注释】

①棹（zhào）歌：船歌。棹，船桨。杨：当作“扬”，指扬州一带。

②越人：指为越族人的船工。越是先秦时期南方的一个庞大的民族，居住在今江浙闽粤及江汉一带，称百越或百粤。《乐府诗集》卷八十三《杂歌谣辞》收有《越人歌》一首，见卷九。

③图蛟：在船边画上蛟龙。水伯：水神。《山海经·海外东经》：“朝阳之谷，神曰天吴，是为水伯。”

④照：明。鹢（yì）：水鸟名。形如鹭而大，善飞。古人常将鹢首画于

船头。《文选》张衡《西京赋》:"浮鹢首,翳云芝。"薛综注:"船头象鹢鸟,厌水神。"竦:通"悚",恐惧。

【译文】

唱起船歌引来了扬州的女子,划起小船惊动了越族的人们。船边画上蛟龙让水神感到害怕,船头明亮的鹢首让江神感到惊悚。

陌上桑二首

【题解】

本篇收入《乐府诗集》卷二十八《相和歌辞·相和曲》,第一首作者作"亡(无)名氏",第二首作者作"王台卿"。第二首又见《艺文类聚》卷八十八,作者作"王台卿",题作《咏陌上桑诗》。《陌上桑》,一作《日出东南隅行》,又作《艳歌罗敷行》,其古辞见卷二《古乐府诗六首》其一。两诗皆围绕"采桑"二字展开叙写,"蚕饥"而"心自急","须叶满"才能"挂筐",在一定程度上写出了采桑女作为劳动者的本色。

一

日出秦楼明①,条垂露尚盈②。蚕饥心自急,开奁妆不成③。

【注释】

①秦楼:汉乐府《陌上桑》:"日出东南隅,照我秦氏楼。秦氏有好女,自名秦罗敷。"

②条:指桑枝。汉乐府《陌上桑》:"罗敷喜蚕桑,采桑城南隅。"

③奁(lián):女子梳妆用的镜匣。

【译文】

太阳升起秦氏楼被照得明明亮亮,桑枝下垂上面颗颗露珠还那样饱满晶莹。春蚕饥饿心里自是万分焦急,打开镜匣化妆却怎么也不能化成。

二

令月开和景[①],处处动春心[②]。挂筐须叶满,息倦重枝阴。

【注释】

①令:美好。原作“今”,《艺文类聚》作“令”,据改。和景:和煦宜人的春景。

②春心:由美好春色所触发的意兴或情怀。往往双关男女之间的相思爱慕之情。

【译文】

美好的季节展开一派和煦宜人的春景,春景处处触动采桑少女的春心。挂上竹筐须要等到桑叶装满,疲倦了就走到重重桑枝的阴影下休息。

桃花曲

【题解】

本篇收入《乐府诗集》卷七十七《杂曲歌辞》,作者作“梁简文帝”。诗写对美人的倾心爱慕,愿摘桃花以献,而不管以后的结局会怎样。从用弥子瑕之典的情形看,可能是一个娈童对其所爱男子表达的爱意。

但使桃花艳[①],得间美人簪[②]。何须论后实,怨结子瑕心[③]。

【注释】

①桃:《乐府诗集》作“新”。

②间:犹言插上。原作“百”,《乐府诗集》作“间”,据改。

③子瑕:即弥子瑕,春秋时卫灵公的男宠。参见卷四陆厥《中山王孺子妾歌》、前刘孝绰《咏小儿采菱》等注。

【译文】

但愿能像桃花一样的鲜艳,能有机会插上美人的发簪。何必考虑结成果实以后的事,像弥子瑕那样在君王心中结下怨恨。

树中草

【题解】

本篇收入《乐府诗集》卷七十七《杂曲歌辞》,作者作“梁简文帝”。诗写男子思慕心仪的女子而不得的痛苦。古诗:“穆穆清风至,吹我罗衣裾。青袍似青草,长条随风舒。朝登津梁山,褰裳望所思。安得抱柱信,皎日以为期。”是写女子在春日怀望其情郎的诗。前四句由眼前的青草及风吹自己的衣裾,想到情郎“似春草”的“青袍”,实际上就是想到了情郎。本诗也由青草而联想到“青袍色”,又由“青袍”而联想到“翠幄”,表现爱情的主题,在写作上应接受了古诗的启发和影响。

幸有青袍色,聊因翠幄凋①。虽间珊瑚带②,非是合欢条③。

【注释】

①翠幄(wò):颜色似翠鸟羽毛,或以翠鸟羽毛为装饰的帐幔。此指住在翠幄中的美女。

②间:杂有。珊瑚带:指珊瑚枝。珊瑚,由热带海洋中的腔肠动物珊瑚虫分泌的石灰质骨骼聚集而成的东西,形状多像树枝,颜色多为红色,可做装饰品。带,《乐府诗集》作“蒂”。

③合欢:一种落叶乔木,为羽状复叶,小叶对生,白天张开,夜间合拢,常用来象征男女欢合。条:枝条。

【译文】

幸好有青袍一样青翠的颜色,却因思念翠幄中的美人而凋残。虽然青草间杂有珊瑚般的树枝,但它们却并不是合欢的枝条。

王台卿

见前《同萧治中十咏二首》作者简介。

陌上桑四首

【题解】

本篇四首，从送别写到盼归，内容既各有侧重，又环环相扣，步步深入，情感发展的逻辑清晰可寻。前二句写景，后二句抒情，景为情设，情以景生。“今夕是何时”，问得婉妙，意味无穷。陈祚明在第四首后评云：“甚得《国风》遗意。四章之法，前后条递。”又云：“起句虽同，配入次句，兴起下文，便觉章章各异，绝妙手笔。”（《采菽堂古诗选》卷二十八）

一

郁郁陌上桑①，盈盈道旁女②。送君上河梁③，拭泪不能语。

【注释】

①郁郁：繁盛貌。古诗“青青河畔草”：“青青河畔草，郁郁园中柳。”

②盈盈：姿态美好貌。古诗“青青河畔草”：“盈盈楼上女，皎皎当窗牖。”

③梁：桥。

【译文】

小道边的桑叶长得何其茂盛，小道旁的采桑女姿态何其美好。送别夫君踏上了河上的桥梁，擦着眼泪却说不出一言半语。

二

郁郁陌上桑，遥遥山下蹊①。君去戍万里，妾来守空闺。

【注释】

①遥遥：远貌。蹊（xī）：小路。

【译文】

小道边的桑叶长得何其茂盛，小路从山下一直延伸到绵邈的远方。夫君离家到万里之外的边塞戍守，我从此留在家里夜夜独守空房。

三

郁郁陌上桑，皎皎云间月①。非无巧笑姿②，皓齿为谁发③？

【注释】

①皎皎：明亮貌。陶渊明《拟古》其七："皎皎云间月，灼灼叶中华。"

②巧笑：轻巧、美好的笑。《诗经·卫风·硕人》："巧笑倩兮，美目盼兮。"

③发皓齿：指开口巧笑。曹植《杂诗》其四："时俗薄朱颜，谁为发皓齿？"皓，白。发，开。

【译文】

小道边的桑叶长得何其茂盛，云间的圆月何其皎洁明亮。我不是没有笑容妩媚的妍姿，但能为谁去开口露出这洁白的牙齿？

四

郁郁陌上桑，袅袅机头丝①。君行亦宜返，今夕是何时②？

【注释】

①袅袅：纤柔貌。丝：谐“思”。

②“今夕”句：意谓今晚就应当是夫妻团聚之时。

【译文】

小道边的桑叶长得何其茂盛，织机上的蚕丝是如此细长纤柔。夫君远行也应到了回家的时刻，您知道今夜是什么时候？

后记

本书的写作始于上世纪90年代中期，在初稿完成约三分之二时，因故停了下来，当时完全没有想到，这一停就停了二十多年。其时尚未使用电脑，全靠手写，我写出初稿后，由内人王笏用专用的稿纸誊正，其字迹端丽，读来令人赏心悦目。今天旧稿仍在，而斯人已逝。这次对旧稿重加整理，见字如面，岂能不悲从中来、感慨系之！

近年因拙著《嵇康集详校详注》在中华书局出版，因此与书局相关编室及编辑有较多联系。去年元月，因书局要再版由张启成、徐达二位教授主编，我亦为作者之一的《文选全译》（贵州人民出版社1994年版，台湾台北古籍出版社1996年繁体字版），我又得以结识书局基础图书出版中心编辑熊瑞敏先生。我向熊先生提出我有这样一部书稿，能否纳入《中华经典名著全本全注全译丛书》出版，他当时没有做出明确表态，但显然是把这件事放在心上了。两个月后，熊先生来电，说让我提供一份样稿。样稿很快获得通过，并很快得到将书稿立项的允诺，于是我立即转入紧张的工作状态，对旧稿进行修订和补充，并完成尚未完成的部分。经过近一年半焚膏继晷、矻矻不已的努力，书稿终得告竣，这自然让人感到十分释然、欣然。

在修订、补充和完成书稿的过程中，与熊先生一直保持着联系，不断从他那儿得到支持、鼓励，和非常专业的指导意见。基础图书出版中心主任王军先生也给予了大力支持和指导。本书译注原文所依从的本子为福建师范大学穆克宏教授点校的《玉台新咏笺注》(中华书局1985年版),各本《玉台新咏》所存在的异文,则参照、利用了北京大学傅刚教授《〈玉台新咏〉校笺》(中华书局2018年版)的成果。谨此一并致谢!

张亚新

2020年8月于北京玉渊潭畔

中华经典名著
全本全注全译丛书

（已出书目）

周易
尚书
诗经
周礼
仪礼
礼记
左传
春秋公羊传
春秋穀梁传
论语·大学·中庸
尔雅
孟子
春秋繁露
说文解字
释名
国语
晏子春秋
穆天子传
战国策
吴越春秋
越绝书
水经注
洛阳伽蓝记
大唐西域记
史通
贞观政要
东京梦华录
唐才子传
廉吏传
徐霞客游记
读通鉴论
宋论
文史通义
老子
道德经
黄帝四经·关尹子·尸子

孙子兵法

墨子

管子

孔子家语

吴子·司马法

商君书

列子

鬼谷子

庄子

公孙龙子(外三种)

荀子

六韬

吕氏春秋

韩非子

山海经

黄帝内经

新书

淮南子

新序

说苑

列仙传

盐铁论

法言

潜夫论

政论·昌言

风俗通义

申鉴·中论

太平经

周易参同契

人物志

博物志

抱朴子内篇

抱朴子外篇

西京杂记

神仙传

搜神记

拾遗记

世说新语

弘明集

齐民要术

刘子

颜氏家训

中说

帝范·臣轨·庭训格言

坛经

大慈恩寺三藏法师传

茶经·续茶经

玄怪录·续玄怪录

酉阳杂俎

化书·无能子

梦溪笔谈

北山酒经(外二种)

容斋随笔
近思录
传习录
焚书
增广贤文
呻吟语
龙文鞭影
长物志
天工开物
溪山琴况·琴声十六法
温疫论
明夷待访录·破邪论
陶庵梦忆
西湖梦寻
笠翁对韵
声律启蒙
老老恒言
随园食单
阅微草堂笔记
格言联璧
曾国藩家书
曾国藩家训
劝学篇
楚辞
文心雕龙
文选
玉台新咏
词品
闲情偶寄
古文观止
聊斋志异
浮生六记
三字经·百家姓·千字文·弟子规·千家诗
经史百家杂钞